Silvana De Mari

Der letzte Ork

Silvana De Mari

Der letzte Ork

Aus dem Italienischen von
Barbara Kleiner

cbj

cbj ist der Kinder- und Jugendbuchverlag
in der Verlagsgruppe Random House

FSC
Mix
Produktgruppe aus vorbildlich
bewirtschafteten Wäldern und
anderen kontrollierten Herkünften

Zert.-Nr. SGS-COC-1940
www.fsc.org

Verlagsgruppe Random House FSC-DEU-0100
Das für dieses Buch verwendete FSC-zertifizierte Papier *Super Snowbright*
liefert Hellefoss AG, Hokksund, Norwegen.

Gesetzt nach den Regeln der Rechtschreibreform

1. Auflage 2009

Die italienische Originalausgabe erschien 2004 unter dem Titel:
»L'Ultimo Orco«
bei Adriano Salani Editore S.p.A
Übersetzung: Barbara Kleiner
Lektorat: Martina Patzer
Umschlagkonzeption: Hauptmann & Kompanie
Werbeagentur, München – Zürich
MP · Herstellung: WM
Satz: Uhl + Massopust, Aalen
Druck: GGP Media GmbH, Pößneck
ISBN 978-3-570-13521-1
Printed in Germany

www.cbj-verlag.de

Dieses Buch ist allen Orkskindern gewidmet.

Dank an Maurizio für seine unerschütterliche Zuversicht.

Erstes Buch

Der Bär und der Wolf

»He, Hauptmann«, sagte Lisentrail,
»weißt du, nur bei denen, die nix anpacken,
geht nie was kaputt und bleibt immer alles gleich.
Auch Er, Der das Universum erschaffen hat,
wird bei diesem Unternehmen schon mal
einen Zahn oder einen Finger eingebüßt haben.«

Während er an der Spitze des Söldnerheers von Daligar die Verfolgung des Verfluchten Elfen anführte, versuchte Hauptmann Rankstrail, genannt der Bär, sich zu erinnern, seit wie vielen Jahren er ihn nun schon verfolgte, den Elfen.

Genau genommen versuchte er, sich zu erinnern, wann er zum ersten Mal von ihm gehört hatte, denn es musste doch eine Zeit in seinem Leben gegeben haben, da er den Unheilsbringer noch nicht einmal dem Namen nach kannte.

Nach einiger Zeit fiel es ihm endlich ein. Damals war er noch ein Kind gewesen, im Äußeren Bezirk der Stadt Varil. Am Tag, an dem seine Schwester Fiamma geboren wurde, hatte Donna Guzzaria von den Elfen erzählt, dass sie Urheber allen Unglücks auf Erden seien und auch Schwänze hätten, und dann hatte sie von dem da gesprochen, von dem Verfluchten, dem Erzfeind der Menschen und Vernichter ihrer Hühner.

Zum zweiten Mal hatte er an dem Tag von ihm gehört, als er sich die Schleuder gemacht hatte und seine glorreiche Laufbahn als Wilddieb begann. Er hatte einem der vielen Bettler, die dicht bei der Stadtmauer hausten und den hinkenden Gang derer hatten, denen der Henker die Füße verkrüppelt hat, etwas Honig geschenkt. Der Mann war ihm fast nachgelaufen, mit seinen kleinen Stolperschritten, in dem dringenden Bedürfnis, ihm zu danken, aber dem noch dringenderen, ihm von dem da zu erzählen, dem Verfolgten, dem mächtigsten aller Elfenkrieger, dem von einer alten Prophezeiung Angekündigten, dem Einzigen, der das Vergangene wiederbringen und damit die Zukunft retten würde.

Hauptmann Rankstrail, genannt der Bär, Kommandant der Leichten Kavallerie von Daligar, schwor sich, dass er ihn diesmal fangen würde, den Verfluchten Elfen, ihn fangen und dem noch verfluchteren Verwaltungsrichter ausliefern würde. Dann würde man sie wenigstens in Ruhe lassen, ihn und seine Leute. Sie wären frei, nach Hause zu gehen und zu versuchen, das Heer der Orks abzuwehren, es fernzuhalten von den Bauernhöfen, von den Hügeln, wo Kinder das Vieh hüteten und Frauen Wasser schöpften an Brunnen, die weit abgelegen waren von ihren Leuten und ihrem mühselig bestellten Grund und Boden.

In diesem Augenblick sprengten sie alle, der Elf voran und sie hinterdrein, aus der Enge der Dogonschlucht. Die Stadt Varil tauchte vor ihnen auf, hoch oben gelegen und wunderschön im dreifachen Gürtel ihrer Mauern, spiegelte sie sich zusammen mit einem riesigen Mond in den Wassern der Reisfelder.

Der Äußere Bezirk stand in Flammen. Die Stadt war belagert von Heerscharen von Orks, jeden Augenblick würden sie die Leichte Kavallerie von Daligar bemerken, die im Galopp auf sie zugeritten kam.

Hauptmann Rankstrail dachte, dass er anhalten sollte, so würde er seine Männer vielleicht noch retten können. Nicht mehr lang; nicht nur ein paar Wachposten, sondern das ganze Heer der Orks würde sie sehen. Und sie waren nur eine Einheit Reiter, schlecht bewaffnet obendrein.

Hauptmann Rankstrail dachte, wenn er nicht im nächsten Augenblick haltmachte, würde er ihre Kriegshörner erschallen hören und wissen, dass die Falle des Elfen zugeschnappt war, dass er hineingetappt war und dass seine Männer deswegen sterben würden.

Dann dachte er aber auch, dass anzuhalten schrecklich wäre, statt seiner in Flammen stehenden Stadt zu Hilfe zu eilen oder wenigstens mit ihr zugrunde zu gehen.

Der Elf machte derweil nicht halt und wurde auch nicht langsamer. Er zückte sein Schwert, das in der Dunkelheit leuchtete wie eine Fackel, er preschte voran und, verfolgt von der Leichten Kavallerie von Daligar, im Licht des Mondes, der sich riesengroß im Wasser der Reisfelder spiegelte, ritt er auf die umzingelte Stadt zu, die in Flammen stand, und auf das Heer der Orks, die entschlossen waren, sie zu vernichten.

KAPITEL 1

Hauptmann Rankstrail, genannt der Bär, Kommandant der Leichten Kavallerie von Daligar, war wie gut die Hälfte der Söldnersoldaten im Gebiet nahe der Grenze zwischen Bekannter und Unbekannter Welt geboren.

Früher hatte es dort befestigte Grenzen gegeben und bewaffnete Männer, die sie schützten und bewachten. Doch die Endlosen Regenfälle, die vor nicht langer Zeit die Welt verwüsteten, hatten auch die Grenzen hinweggeschwemmt und mit ihnen die Schilderhäuser und Wachtürme, die in regelmäßigen Abständen ihren Verlauf markierten. Die kleinen Holz- und Reisigbündel, die dort bereitlagen, um angezündet zu werden, falls der Feind in Sicht kam, waren davongeschwommen wie winzige und unnütze Flöße, und nun war da nichts mehr, womit man die Menschen hätte warnen können.

Man hatte die Truppen abgezogen, die Festungen waren verfallen und Frösche hatten sich darin angesiedelt, der Kohl war im Schlamm verfault und es war kein Getreide mehr gewachsen.

Elend hatte sich in der Welt ausgebreitet und mit dem Elend waren, getrieben vom eigenen Hunger und angelockt durch die

Nachlässigkeit der Menschen, Banden und Horden von Orks eingefallen und das einzige Hindernis auf ihrem Vormarsch waren Frösche gewesen.

Ganze Familien waren geflohen vor den Überfällen, vor der Grausamkeit und dem Wahnsinn derer, für die Zerstörung die einzige Lust und Freude ist, und nach ihrer Flucht waren sie herumgeirrt, bis sie, wie Schiffbrüchige an einem Felsenstrand, im Äußeren Bezirk der Stadt Varil landeten.

Hauptmann Rankstrail konnte sich an das erste Mal, da er Varil gesehen hatte, nicht erinnern: Er war erst ein paar Tage alt, als seine Familie von den Grenzen der Bekannten Welt aufbrach. Er lebte in einem sehr beschränkten Universum, bestehend aus dem Geschmack von Milch, dem Geruch seiner Mutter, dem Rücken, auf dem er getragen wurde, in einem Sack, der aus einem alten Stück Kleiderstoff gemacht war und mit einem langen, geflochtenen Lederriemen verschnürt wurde. Manchmal war es der Rücken seiner Mutter, öfter aber der seines Vaters: Er unterschied sie nach dem Rhythmus der Schritte, die ihn wiegten, dem Klang der Stimme, die ihn während der nicht enden wollenden Tage der Wanderung in den Schlaf sang.

Seine Familie war eine der vielen, die vor den Orks flüchteten, ihre Geschichte glich denen vieler anderer, es waren Geschichten von Schreien in der Nacht, mit der Axt eingeschlagenen Türen, Hühnern, die in brennenden Hühnerställen schmorten, ohne jeden Bratengeruch oder Duft nach Rosmarin.

Seine Familie war nach Varil gekommen, an einem hellen Nachmittag im ersten Frühling, kurz bevor die Sonne hinter dem Hügel mit den blühenden Mandelbäumen unterging, über dem sich mächtig die Stadtmauern aus weißem Marmor erhoben. Im Wasser der Reisfelder spiegelte sich das Bild der Stadt und des Himmels, und es entstand der Eindruck von einer in der Luft hängenden Welt, übergossen von Blau, das sich golden färbte, als die Sonne zum Horizont hinabsank.

Auch wenn Rankstrail die Mauern wahrnahm, erschienen sie ihm wohl nicht bemerkenswerter als die Hühnerställe seiner Heimat; jedenfalls gab er nicht zu erkennen, dass er den Unterschied zu schätzen wusste, und schlief ungerührt in seinem Stoffsack weiter. Trotzdem hatte er eine deutliche Erinnerung an diesen Tag. Dieser erste Anblick, diese Mauern aus blendend weißem Marmor und die Reisfelder, das Staunen über diese Pracht, die Dankbarkeit gegenüber dieser Stadt, die nicht die ihre war, sie aber bereitwillig aufnahm, sie freundlicherweise nicht verjagte, sie, Flüchtlinge ohne Habe und ohne Land, all das floss in die Geschichte ein, die sein Vater ihm in späteren Jahren des Abends mit ruhiger Stimme zum Einschlafen erzählte.

Schon als Kind war Rankstrail klar, dass Varil seine Stadt war, der Ort, für den zu kämpfen er stets als eine Ehre betrachten würde. Hätte man ihn vor die Wahl gestellt, wofür er sterben wollte, er hätte Varil gewählt.

Schon als Kind fragte er sich manchmal, was nach dem Tod sein würde.

Beim Ritterspiel der Jungs hieß es, Helden, die für ihr Land gefallen waren, erwartete bei den Göttern die Seligkeit. Der Begriff war rätselhaft, und Rankstrail schloss, er müsse wohl irgendeine hervorragende Behandlung beschreiben, eine Situation, in der Würste, getrocknete Feigen, frischer Ziegenkäse und vor allem Honig, der Inbegriff aller Süßigkeit, einmal nicht nur vorhanden, sondern in reichlichem Maße vorhanden waren.

Honig hatte Rankstrail kurz vor der Geburt seiner Schwester Fiamma kennengelernt. Es war ein sonniger Morgen, und wie immer begleitete er seine Mutter, die Waschfrau war, mit einem großen Korb Wäsche ins Haus des Prinzen Erktor, der vor Kurzem zum Herrscher gewählt worden war. Der Palast des Prinzen lag in der Zitadelle, im Herzen der Stadt, die sich in drei Bereiche gliederte: eben die Zitadelle, den Mittleren und den Äußeren Bezirk.

Die Zitadelle, der innerste und am besten geschützte, am höchsten gelegene Teil der Stadt, war der Kern, aus dem sie hervorgewachsen war, der älteste und vornehmste Teil. Da standen, inmitten üppiger Gärten und geschmückt von prächtigen Kolonnaden, die Paläste des Adels. Unter wilden Zitronen und Orangenbäumen, die die Gehwege säumten, plätscherten Brunnen.

Rankstrail war sehr groß und kräftig für sein Alter wie nur wenige der Kinder aus den Grenzlanden. Er ging Wasser holen, hackte Holz und half seiner Mutter den Wäschekorb tragen. Solange Rankstrail sich erinnern konnte, war sie immer Waschfrau gewesen, doch plötzlich begann ihr Bauch, dicker zu werden, was bedeutete, wie Rankstrail aus den Reden der Nachbarinnen entnahm, dass da ein Mädchen oder ein Junge drin war, die noch zu klein waren, um wie er an der frischen Luft zu leben. Sie schaffte ihre Arbeit nicht mehr, oder jedenfalls nicht mehr so wie früher. Das Wasser war zu kalt geworden, der Waschtrog zu niedrig, vor allem aber das Gewicht des Korbs war nun unerträglich. Rankstrail, der seine Mutter bisher immer nur aus Lust an der Gesellschaft begleitet hatte, begann, sich nützlich zu machen, was ihn mit maßlosem Stolz erfüllte. So konnte sie auch weiterhin als Waschfrau arbeiten, was der Familie das Abendessen und manchmal auch ein Mittagessen sicherte, denn auch wenn der Vater sehr gut im Bearbeiten von Holz war, waren doch die, für die er arbeitete, oft nicht so gut im Bezahlen.

Rankstrail wusste nicht, wie alt er war, vielleicht fünf oder auch sechs, die Armen zählten die Jahre nicht. Außer dem Gewimmer seiner frühesten Kindheit hatte er noch nie etwas von sich gegeben. Er hatte bisher nie gesprochen, er lachte nur selten, und nur in Ausnahmefällen weinte er.

Gewöhnlich war im Haus von Sire Erktor eine mürrische Haushälterin, die die Wäsche Zoll für Zoll nach nicht vorhandenen Flecken absuchte, um der Waschfrau sagen zu können, sie habe schlampig gearbeitet, und ihr weniger zu zahlen. An diesem Tag aber trafen sie überraschenderweise in dem großen Wäscheraum Dame Lucilla persönlich an, die Hausherrin, eine große und stattliche Frau. Sie sagte, es sei alles bestens und es sollten der Mama zwölf Groschen ausgezahlt werden – mehr als das Doppelte der vereinbarten Summe –, wie die Haushälterin mit einem Stöhnen bemerkte.

Die Dame war um einiges größer als Rankstrails Mama, sie hatte ebenfalls einen dicken Bauch und lächelte. Ihr Haar war hell, im schräg einfallenden Morgenlicht leuchteten ihre um den Kopf gelegten Zöpfe einen Augenblick lang wie eine Krone. Das Kleid der Wäscherin war ganz aus quadratischen Flicken zusammengesetzt, in Hell- und Dunkelbraun, Grau und Schwarz; es erinnerte an die Hügel von Varil im Herbst, wenn die Felder in unterschiedlichen Brauntönen leuchten, je nachdem in welcher Richtung sie gepflügt waren. Das Kleid der Dame hingegen war völlig weiß, mit solchen kleinen, weißen, runden Dingern darauf, die leuchteten wie die Hügel, wenn sie von Schnee bedeckt waren, was nur ganz selten vorkam. Auch die Flechten auf dem Kopf wurden von denselben Kügelchen gehalten, die das Licht verstärkt zurückwarfen.

»Was für einen braven Sohn Ihr habt! Er trägt Euch den Korb! Das muss ein großer Trost und eine unschätzbare Hilfe für Euch sein!«, sagte die Dame, während Rankstrails Mutter feuerrot wurde wie eine Paprika.

Rankstrail wunderte sich ein wenig über diese Worte, aber sie gefielen ihm. Zum ersten Male redete jemand seine Mama mit »Ihr« an. Als Anrede für eine Waschfrau hatte er das noch nie gehört, und er bemerkte, dass das nichts war, wovon man satt wurde, das aber doch Freude macht, wie der Duft von frischem Brot oder im Winter die Füße ans Feuer zu halten.

»Auch ich werde recht bald ein Kind bekommen, mein erstes«, sprach die Dame weiter, vom Schweigen der Mutter unbeeindruckt. »Ich hoffe, mein Kind wird so kräftig wie Eures und genauso klug. Wenn es ein Junge ist, werden wir ihn Erik nennen, wisst Ihr. Aber ich sehe, dass Ihr ein zweites erwartet. Wann soll es zur Welt kommen?«

Die Mama blieb stumm. Rankstrail, der sie kannte, wusste, dass sie gelähmt war von dem, was sein Vater Schüchternheit nannte, eine Art totaler Schrecken, in den seine Mutter jedes Mal verfiel, wenn sie mit irgendjemand Unbekanntem sprechen musste, selbst wenn das nur ein beliebiger Bettler aus dem Äußeren Bezirk war, diesmal aber war es noch dazu eine Dame.

»He du!«, erklang die mürrische Stimme der Haushälterin. »Antworte gefälligst, wenn die Dame dir die Ehre erweist, das Wort an dich zu richten.«

Das Gesicht seiner Mutter wurde noch tiefer rot, röter als die Paprikas, die beim Nordtor wuchsen und die Rankstrail besonders gern mochte, denn wenn sie geröstet waren, hatte man das Gefühl, in Fleisch zu beißen, auch wenn da in Wirklichkeit kein Fleisch war.

»Ich …«, brachte sie zögernd heraus, aber die Dame unterbrach sie, sie blieb vollkommen ruhig und Rankstrail war fasziniert. Bei ihm zu Hause und überall in seiner Umgebung schrien immer alle, auch wenn sie bloß Guten Tag sagen wollten, und erst recht, wenn sie wütend waren. Die Dame hingegen brauchte die Stimme nicht zu erheben, um zornig zu sein, allein der Blick, den sie der Haushälterin zuwarf, genügte, um diese zurechtzuweisen: Die erbleichte und verstummte, auch wenn sie keine Schläge bekommen hatte, ja nicht einmal angerührt worden war.

»Ich bin untröstlich«, sagte die Dame mit dieser Stimme, die so schneidend wie ein Messer sein konnte, »ich bin bestürzt über das Ausmaß an Ungezogenheit, das sich da in meinem Haushalt breitgemacht hat, es ist kaum zu fassen. Ich muss unaufmerksam gewesen sein... Was kann ich tun, um mich zu entschuldigen? Würdest du ein Glas Honig mögen?«

Diesmal hatte sie Rankstrail direkt angesprochen. Vor dem inneren Auge des Jungen entstand das Bild einer zähflüssigen bernsteinfarbenen Masse und er war sofort einverstanden. Die Haushälterin fuhr entsetzt in die Höhe, Mama wurde wieder rot, und schweren Herzens gelang es ihm, eine ablehnende Geste anzudeuten. Die Haushälterin ließ einen Seufzer der Erleichterung hören; die Dame tat, als bemerke sie nichts.

»Ich bitte Euch«, sagte sie fröhlich und fest in ihrem Entschluss, »folgt mir.«

Während er glücklich hinter ihr hertrottete, dachte Rankstrail, dass Dame Lucilla eine war, die sich wirklich nicht entmutigen ließ.

Die Dame führte ihn und seine Mutter durch riesige Küchen, wo von den steinernen Gewölbebögen Kessel und Töpfe herabhingen, so groß wie Harnische und so blank wie Schwerter, endlose Zöpfe aus Zwiebeln, Knoblauch und getrockneten Peperoni, ganze Schinkenseiten und Ketten von Würsten, so lang wie ein Drachenschwanz, und dort zwang die Dame eine Köchin, die genauso mürrisch und herablassend war wie die Haushälterin, ihm ein ganzes Glas Honig zu schenken.

Lang suchte die Köchin auf den Regalen der Vorratskammer. Es war klar, dass sie unter den Dutzenden der dort aufgereihten

Gläser nach dem kleinsten suchte. Als sie endlich glaubte, es gefunden zu haben, gab sie es widerwillig dem Jungen. Als der das Glas fest in Händen hatte, wies er mit einem Blick und der Andeutung eines triumphierenden Lächelns auf das einzige Regal, in dem ein noch kleineres Glas stand als das, welches sie ihm gegeben hatte. Rankstrail empfand eine tiefe Liebe für die Dimensionen und Proportionen der Dinge, fast wie wenn es geometrische Figuren wären: Kaum hatte er die Küche betreten, hatte er auch schon ausgerechnet, dass ihr Haus achtmal in der Breite und anderthalbmal in der Länge darin Platz finden würde. Und mehr denn als kulinarische Verlockung beeindruckten ihn die um die Balken geschlungenen Wurstketten durch die Kreise, die sie dabei beschrieben. Immer und überall erkannte er auf der Stelle das größte und das kleinste Ding. Von den blanken Kupferkesseln war der größte der über dem Kamin in der Mitte. Das kleinste Töpfchen war das neben einem Knoblauchzopf, der seinerseits der drittlängste war.

Die Köchin sah Rankstrail mit demselben Gesichtsausdruck an, womit man im Äußeren Bezirk lebende Kakerlaken oder mehr als einen Tag tote Frösche betrachtete. Denselben Blick richtete sie dann auf die Mama, die rot geworden war und ihre Wange mit der Hand bedeckte. Sie hatte sich die Wange einmal verbrannt, und wenn sie lächelte, verzog sich ihr Mund daher immer etwas nach einer Seite, wahrscheinlich lächelte sie deshalb so wenig und das war schade. Rankstrails Mama war wunderschön, wenn sie lächelte, er hätte sie dann am liebsten den ganzen Tag lang angeschaut.

Rankstrail hatte diese Geschichte mit der Brandwunde gehört, als sie in Bruchstücken und Andeutungen einer neugierigen Nachbarin erzählt wurde: Die Orks waren da, der Hühnerstall stand in Flammen, einige der Frauen hatten sich Verbrennungen zugezogen, weil sie so viele Hühner wie möglich retten wollten. Mama hatte sich verbrannt, als sie Nerella aus dem Feuer holte, die jetzt bei ihnen lebte, das einzige Gut der Familie; in dankbarer Erinnerung an ihre Errettung legte sie auch fast jeden Morgen ein Ei.

»Wer hat dir das Gesicht verbrannt? Ein Verehrer? Schade«, kommentierte die Köchin im Flüsterton, damit die Dame sie nicht hörte. »Ohne das Brandmal wärst du vielleicht gar nicht so hässlich.«

Mama stand da, reglos und stumm, das Gesicht flammend rot.

Rankstrail fühlte Wut in sich aufsteigen. Er stellte eine kurze Berechnung an, wie er es mit einem Gegner aufnehmen könnte, der doppelt so groß war wie er und das Dreifache an Gewicht mitbrachte, und nicht einen Augenblick lang streifte ihn Angst. Er drehte sich zu seiner Mutter um, damit sie ihm das Honigglas abnahm, doch ihr verzweifelter und fast flehender Blick ließ ihn erstarren. Mama wollte nicht, dass er für sie kämpfte. Er erinnerte sich daran – und das war eine schmerzliche Erinnerung –, wie bedrückt sie gewesen war, als er zwei um einiges ältere Jungen verprügelt hatte, die sich einen Spaß daraus gemacht hatten, sie zu verfolgen, ihr die Wäsche schmutzig zu machen und sie »die Gebrandmarkte« zu rufen. Zwei endlose Tage lang war das Lächeln aus ihrem Gesicht verschwunden, auch wenn es die beiden nicht eben als Gentlemen bekannten Burschen von diesem Zeitpunkt an nicht mehr wagten, es seiner Mutter gegenüber an Respekt fehlen zu lassen. Er konnte die Köchin nicht schlagen, aber gar nichts zu tun, war auch undenkbar; er musste sich etwas einfallen lassen, um einen Gegenangriff zu starten.

Aber obwohl der Satz nur ganz leise geflüstert worden war, hatte die Dame ihn gehört.

»Ich dulde keine Unhöflichkeit…«, begann sie in strengem Ton, konnte aber nicht zu Ende sprechen.

»Mama iss schschschön«, ließ sich Rankstrails Stimme vernehmen, laut und deutlich unter den Zwiebel- und Knoblauchzöpfen. Nicht einmal die Schwierigkeiten mit dem *sch* hatten ihn hindern können.

Einen Augenblick lang herrschte Schweigen, dann brach die Dame in Gelächter aus.

»Braver Junge. Großartige Antwort!«

Das eine oder andere Küchenmädchen erlaubte sich, in das Gelächter einzustimmen. Das rote Gesicht der Köchin verfärbte sich violett.

Rankstrails Mama sah ihn so überrascht an, dass ihr die Hand von der Wange glitt, sodass das verbrannte rote Fleisch den Blicken preisgegeben war. Es waren absolut die ersten Worte, die er von sich gab. Die Köchin starrte ihn erbost an, Rankstrail hielt ihrem Blick stand, ruhig und stolz, sein Honigglas in Händen. Die Wut auf die Köchin und der Wunsch, sie zu schlagen, waren verflogen. Sie war nur eine dumme Person, und ihm war es gelungen, ihr durch Worte mehr wehzutun als mit einem Tritt gegen das Knie. Jetzt lachten alle sie aus.

»Meine Mama iss schschön«, wiederholte er abschließend mit Bestimmtheit, stolz darauf, nur etwas an dem Wort hängen geblieben zu sein. Anschließend wandte er sich zum Gehen und entdeckte etwas Merkwürdiges: Erwachsene Frauen, die fast so klein waren wie Kinder, drehten in den riesigen Kaminen Bratenspieße, die schwer beladen waren mit eigenartigen länglichen Hühnern. Ihre Hände waren von Ruß geschwärzt, die Gesichter rot von der Feuersglut. Schweiß lief ihnen übers Gesicht und vermischte sich dort mit dem Ruß, was ihnen ein wildes und bedrohliches Aussehen verlieh, halb Tier, halb Dämon. Rankstrail überlegte sich, dass das fast noch mühsamer sein musste als die Arbeit einer Waschfrau, wenn im Winter manchmal das Eis aufgehackt werden musste, um die Wäsche zu spülen, und es saukalt war, aber wenigstens sah man den Himmel und die Bäume. Noch geblendet vom Licht draußen im Hof, hatte er diese merkwürdigen Gestalten beim Eintreten gar nicht bemerkt, da das Halbdunkel in der Küche sie verbarg. Rankstrail drehte sich zu seiner Mutter um und sah sie fragend an, aber auch sie schien verdutzt. Die Köchin machte sich über ihr Erstaunen lustig.

»Das sind die Weibchen von den Gnomen«, erklärte sie schnaubend, mit der gelangweilten Herablassung der Wissenden gegenüber Ungebildeten, »von denen, die in den Bergwerken arbeiten.«

Am Gesichtsausdruck Rankstrails und seiner Mutter änderte sich nichts, sodass die Köchin sich bemüßigt sah zu erklären, dass die Gnome und ihre Weibchen Dunkelheit, Hitze und Enge gut vertrügen. Sie fühlten sich wohl darin. Sie waren gut für alle Arbeiten, die echte Menschen nicht aushalten würden …

Rankstrail begegnete dem Blick eines dieser Wesen an den Spießen, und einen Moment lang las er darin den Hass, einen so wilden Hass, dass es der ganzen Kraft des kleinen Körpers bedurfte, um ihn zu bändigen: Die Hände ruhten und der riesige Bratenspieß stand still.

»Wirst du wohl weitermachen, Morgentau?«, sagte die Köchin barsch. »Willst du etwa die Reiher verkohlen lassen? Was ist los? Bist du vielleicht wütend, weil du dein Schemelchen zum Blaubeerpflücken verloren hast? Los, vorwärts, rühr deine Hände. Arbeitsscheu seid ihr doch noch nie gewesen …«

Sofort schlug Morgentau die Augen nieder, ihr Blick war trübe und leer geworden, die Reiher drehten sich wieder. Rankstrail grübelte lang über diese Bemerkung mit dem Schemel und den Blaubeeren nach, ohne sie zu verstehen, doch dann dämmerte ihm, dass es sich um einen Witz über die Körpergröße der Gnomin handeln musste. Er wusste, dass der Abstand des Kopfes einer Person zum Boden Gegenstand für Witze sein konnte. Er, der für sein Alter zu groß war, wurde oft verspottet, weniger von den anderen Kindern als von deren Müttern, und das leuchtete ihm ein: Er war größer und damit stärker und Stärke macht häufig Angst. Nie aber wäre er auf die Idee gekommen, dass man so maßlos dumm sein könnte, sich über einen zu kleinen Abstand zum Boden lustig zu machen.

»Ich dulde keine Unhöflichkeit«, wiederholte die Dame streng. Jedes Lächeln war aus ihrem Gesicht gewichen, es war jetzt finster. »Und noch weniger kann ich dulden, dass sie sich ungehindert in meinem Haushalt ausbreitet. Unhöflichkeit ist grausam und dumm zugleich. Ich dulde nicht, dass in den Gemächern meines Hauses von Gnomen gesprochen wird. Das Volk der Zwerge hat eine ruhmreiche Geschichte und mächtige Königreiche hervorgebracht. Auch wenn es jetzt in Knechtschaft lebt, gibt uns das kein Recht, seine einstige Größe und sein Leben zu verunglimpfen. Selbst in den Bergwerken oder beim Drehen unserer Geflügelspieße bleiben sie doch stets die Damen und Herren vom Volk der Zwerge.«

Schweigen machte sich breit.

Endlich verließ die Dame die Küche, nachdem sie sich mit einem Lächeln von Rankstrail und seiner Mutter verabschiedet hatte.

Die Köchin drehte sich um und wandte sich wieder ihrer Zwiebelsuppe zu; sie brummte vor sich hin, Namen könne man ja vielleicht ändern, die Gnome Zwerge nennen und räudige Straßenköter Promenadenmischungen, aber Gnome blieben eben doch Gnome und Köter Köter. Durch Namensänderungen würde die Welt der Menschen auch nicht besser, und die der Hunde schon gar nicht.

Mama legte wieder die Hand an die Wange und führte Rankstrail hinaus ans Licht, auf die Straßen der Zitadelle, die sauber waren wie die Häuser, voller Säulengänge, Bogenfenster und blühender Kletterpflanzen, die daran standen. Hoch oben auf den Mauern, die die herrlichen Gärten der Adelspaläste umschlossen, reckten jahrhundertealte Bäume stolz ihre Wipfel in die Höhe und spendeten den Straßen Schatten.

Als sie auf der Straße waren, in Sicherheit vor den Blicken der Köchin, drehte sich seine Mama zu Rankstrail um und schloss ihn in die Arme.

»Aber du kannst ja sprechen!«, flüsterte sie. »Kannst du sprechen?«, fragte sie in verändertem Tonfall.

Rankstrail hatte nie darüber nachgedacht. Das war eine schwierige Frage. Tatsächlich, wenn er es jetzt bedachte, dann konnte er sprechen, und nicht einmal schlecht, alles in allem. Sprechen war eine Mühsal, die er stets gemieden hatte. Sein Vater und seine Mutter, die überzeugt waren, er könnte es nicht, hatten ihn immer so angeredet, dass er sich auf Nicken oder Kopfschütteln beschränken und ruhig in seinem Schweigen verharren konnte.

»Es stimmt nicht, dass du nicht sprechen kannst. Es stimmt nicht, dass du … dass du … Du bist wie die anderen Kinder. Du bist wie die anderen … Mein Kind … Du bist mein Kind … Das Kind von mir und deinem Vater … Jetzt gehen wir heim und erzählen ihm, dass du sprechen kannst … Du bist wie die anderen … Du bist wie alle anderen …«

Mama war glücklich. Sie strahlte. Ihre Augen strahlten. Ihr Lächeln strahlte. Der Mund öffnete sich leicht, und das war wunderschön, auch wenn das Lächeln auf einer Seite von dem roten, harten Fleisch des Brandmals gehemmt wurde. Seine Mama war wunderschön, wenn sie lächelte. Rankstrail hätte sich so sehr gewünscht, dass sie immer lächelte.

Vereint in dieser Freude, machten sie sich auf den Weg. Sie durchquerten den Mittleren Bezirk zwischen dem ersten und dem zweiten Mauerring. Hier befanden sich die Läden der Wundheiler, der Goldschmiede und der Waffenschmiede, die für die Härte ihrer Harnische und die Schärfe ihrer Schwerter bis an die Grenzen der Bekannten Welt berühmt waren. In den engen Gassen im Schatten der beiden Mauern glühten ständig die Feuer der Essen, es war daher warm, mit ein Grund, warum sämtliche Bettler der Umgebung hier Unterschlupf suchten. Sie hockten auf dem Pflaster am Boden, zwischen den in Gold und Silber verzierten Rüstungen, die die Waffenschmiede ausstellten, und so entstand der kuriose Eindruck von zwei Heeren, eines der Hungerleider und eins der Helden, die beide da ihre Lager aufgeschlagen hatten und sich die Knochen wärmten.

»Schschschön!«, sagte Rankstrail und zeigte auf die aufgereihten Schwerterklingen.

Er fand es großartig, dieses Spiel von parallelen Linien, abwechselnd mit dem Kreisrund der Schilde, wodurch eine komplexe und anschauliche Geometrie entstand, mit sich überlagernden und überkreuzenden Formen und dem fantastischen und nicht weniger außergewöhnlichen Spiel der Schatten. Eine eisige Schönheit lag in den scharfen Kanten, eisig und grausam, aber in gewisser Weise beruhigend: Wo scharfe Klingen sind, kann niemand kommen und verletzen, weder Mütter noch Hühner.

Seine Mutter teilte seine Begeisterung nicht.

»Mir wäre es lieber, du hättest mit Waffen nichts zu tun. Auch wenn du einmal groß bist… Du könntest dir wehtun…«, murmelte sie leise, wirklich sehr leise, als ob sie Halsweh hätte.

Rankstrail betrachtete die Schwerter mit einer wilden Freude: Wenn die Orks je wiederkommen sollten, um Nerella zu verbrennen und seiner Mutter noch einmal wehzutun, dann würde er sie vernichten. Alle. Bis zum letzten. Auch wenn er selbst dabei sterben musste.

»Sch-schön! 'enn Oax Mama un Nenella aua, nimm' Ak'ail Sch'ert un b'ing' alle um. Alle. Alle Oax 'ot. Auch 'enn Ak'ail 'ot.«

Das *w* war ein schwieriger Buchstabe, bei *t* und *r* blieb er hängen, aber mit dem Rest kam er zurecht. Er konnte sprechen. Es war eine immense Mühe, aber es war zu bewältigen. Hätte er eher gewusst, wie glücklich das seine Mutter machte, er hätte sich am Riemen gerissen und schon früher gesprochen.

Er musste aber etwas Falsches gesagt haben, denn das Lächeln um Mund und Augen seiner Mutter erstarb. Jedes Mal wenn Rankstrail sich später verfluchte, weil er etwas ausgesprochen hatte, was er besser nicht gesagt hätte – und das kam nicht selten vor –, musste er an diesen Morgen bei den Waffenschmieden im Mittleren Bezirk denken. Sprechen war eine schwierige Angelegenheit. Es war nicht nur ein Problem, die Laute richtig hervorzubringen, da war noch etwas anderes, etwas Unwägbares, die Möglichkeit, jemanden zu verletzen, ohne dass man es wollte. Was die Dame gesagt hatte, stimmte, Rankstrail hatte es verstanden: Unhöflichkeit ist die pure Grausamkeit, ist wie ein Schlag oder ein Fausthieb. Als die Köchin seine Mutter mit Verachtung behandelte, hatte er das empfunden wie einen harten Schlag, wie wenn er im Winter auf dem Eis ausrutschte und sich, um den Wäschekorb nicht umzukippen, auf die Knie fallen ließ. Wut über dieselbe Art von Verletzung hatte er im Gesicht der kleinen Frau gelesen, Morgentau hatte man sie genannt, die zusammen mit den Bratspießen ihren Schweiß in den Küchenkaminen röstete. Rankstrail entdeckte, dass Worte sein konnten wie die Bewegungen des Wasserträgers, der durch die winzigen Gässchen des Äußeren Bezirks streifte und Zitronen und Trinkwasser verkaufte. Die Eimer hingen an einer Art Joch, das er auf den Schultern trug, und jeder, der nicht schnell genug auswich, bekam einen Schlag damit ab, unter den bedauernden Entschuldigungen ihres Eigentümers. Auch ohne es zu wollen, auch wenn man es mit aller Macht zu vermeiden suchte – Worte konnten verletzen.

»Die Orks kommen nicht hierher«, murmelte Mama, »hier sind wir in Sicherheit. Du brauchst keine Waffen. Varil ist uneinnehmbar… Da sind die Mauern… Weißt du, was in dem Glas ist?«

Durch die Hast, womit diese Worte ausgesprochen wurden, und den gewollt munteren Ton wurde sogar Rankstrail klar, dass das ein Versuch war, das Thema zu wechseln. Er hatte gedacht, es würde seine Mama stolz machen, dass er für sie kämpfen wollte, notfalls auch für sie sterben, aber so war es nicht. Er wollte, dass seine Mama stolz auf ihn war. Durch Feuer und Wasser würde er gehen, damit ihre Augen wieder strahlten. Vorerst versuchte er es wieder mit dem Sprechen, stolz, auch diesmal die Antwort zu wissen.

»G-g-uuut«, versuchte er zu erklären. »Schschön«, ergänzte er. Er fragte sich, mit welchen Lauten er das Licht bezeichnen sollte, das in einer köstlichen goldbraunen Masse schimmerte, und die Bernsteinketten auf dem Verkaufsstand eines Goldschmiedes halfen ihm aus der Verlegenheit. »'ie da.«

Erneut hatten seine Worte Unheil angerichtet wie die Eimer des Wasserträgers.

Wieder erstarb die Fröhlichkeit im Blick der Mutter.

»Woher weißt du das?«, fragte sie, die Stimme senkend. »Woher weißt du, was in dem Glas ist? Du hast doch noch nie Honig gesehen. Wir haben nie welchen gehabt.«

Die Frage verblüffte Rankstrail. In dem Verlangen, die Traurigkeit zu verscheuchen, die wieder in den Augen seiner Mama erschienen war, suchte er angestrengt nach etwas Intelligentem, was er sagen konnte. Woher weiß man etwas? Woher wusste er es? Er wusste es, und basta. Woher wusste er, dass er Rankstrail und Mama die Mama war? Man weiß die Dinge einfach, und damit basta. Es gab keine Erklärung. Wieder machte er eine unbestimmte Bewegung.

»Du weißt die Dinge, noch bevor sie passieren? Du weißt etwas schon, bevor es geschieht?«

Die Frage hatte überhaupt keinen Sinn. Untröstlich hielt der Junge das Honigglas mit beiden Händen umklammert und versuchte mit aller Macht, sich etwas einfallen zu lassen, damit Mamas Lächeln wiederkam, versuchte zu begreifen, wo der Fehler gelegen hatte, warum die Fröhlichkeit verflogen war, wie ein Schmetterling, wenn man ihn aus dem Gefängnis der Hände freilässt.

»Du weißt die Dinge, bevor sie passieren«, wisperte seine Mutter noch leiser, es war fast nur ein Hauch, »das darfst du niemandem erzählen. Hast du verstanden?«

Rankstrail freute sich über das Wispern. Es stellte die Gemeinsamkeit zwischen ihm und seiner Mutter wieder her, die er unerklärlicherweise durch seine Worte zerstört hatte. Obwohl er nichts begriffen hatte, nickte er überzeugt, fest entschlossen, so oft wie möglich den Mund zu halten, was auch immer das Gesprächsthema sein mochte.

Seine Mutter umarmte ihn noch einmal, und Rankstrails Angst, ihr Lächeln verscheucht zu haben, ließ nach.

Sie schritten durch das Tor in der zweiten Mauereinfassung und gelangten in den Äußeren Bezirk. Dieser, zwischen der zweiten und dritten Mauereinfassung gelegene Teil war der jüngste, ärmste und feuchteste der Stadt. Eingeschlossen zwischen sehr hohen Mauern, lag er beständig im Schatten. Nur im Sommer fiel in der Mittagszeit etwas Sonnenlicht hier herein und verscheuchte ein paar Stunden lang Dunkelheit und Feuchtigkeit, die hier sonst unangefochten herrschten. Im nördlichen Teil wurde ein Brunnen in Form eines Greifenkopfes aus einer Quelle gespeist und gab seinerseits das Wasser an große Wasserbecken weiter und an zahllose Pfützen, die niemals austrockneten. Eine dicke Moosschicht überwucherte und bedeckte die Stadtmauern bis herab auf die Dächer der winzigen, höhlenartigen Häuser, die wie Pilzkolonien an den Mauern klebten und all die Schiffbrüchigen aufnahmen, die aus der Welt draußen nach Varil gekommen waren, auf der Suche nach einem Ort, wo sie bleiben konnten. Da waren Flüchtlinge aus den östlichen Gebieten an den Rändern der Bekannten Welt, von den Überfällen der Orks in die Flucht geschlagen; da waren die blonden Riesen aus den Bergen des Nordens, vom Frost und den Wölfen vertrieben, und Nomadenstämme aus den Steppen jenseits der Unbekannten Welt.

Varil war nie belagert worden, auch damals nicht, als die Orks wie die Hyänen über das Land hergefallen waren und Sire Arduin sie bekämpfen musste, sie besiegte und bis über die Grenzen der Bekannten Welt hinaus zurückschlug. Deshalb waren die Außenbezirke etwas heruntergekommen, die Mauern verfielen in der allgemeinen Verwahrlosung immer mehr, wurden brüchig und unregelmäßig. Das Mauerwerk, auf dem die Hellebardiere ihre Rundgänge machten, war so bröckelig geworden, dass nicht nur Kapernsträucher zwischen den losen Steinen Wurzeln schlugen, sondern sogar ganze Feigen- und Kirschbäume. Im oberen Teil, wo ein wenig Sonne hinkam, waren auf Holzplanken Terrassen angelegt worden, gestützt auf in die Mauer gerammte Stämme und Äste und zu erreichen über Seile und Sprossenleitern, darauf hatte man dürftige Gemüsegärten angelegt, auf einer dünnen Schicht Erde, die von Hand heraufgeschafft worden war. Bei Regen und Hagel schwemmte es das spärliche Erdreich auf die Dächer der Hütten hinunter, wo sich zum Moos bald auch Farne gesellt hatten, sodass ein Gebilde irgendwo zwischen Stadt, Wald und hängendem Garten entstand. An Sonnentagen war dort oben im Windschatten zwischen prallen Kohlköpfen, dem Schwarz der Auberginen und dem Rot der Peperoncini Wäsche zum Trocknen aufgehängt, viel bunte Wäsche, denn einer der wichtigsten Berufe im Äußeren Bezirk war der der Waschfrau.

Die Stütz- und Verbindungsbögen zwischen dem äußeren und dem mittleren Mauerring waren nicht überwuchert von Blumen, wie in der Zitadelle, sondern quollen über von Essbarem: Große Rebstöcke hatten sich dort ebenso festgekrallt wie kleine Himbeer- und Brombeersträucher, und sobald da etwas zur Reife kam, stürzten sich die Kinder des Äußeren Bezirks ebenso wie die Wachsoldaten darauf.

Wie überall, wo Bettler und Hungerleider zu Hause sind, war auch im Äußeren Bezirk ständig Markt.

Die einzigen offiziell zugelassenen Berufe waren hier, neben dem des Bettlers, Waschfrau und Krämer. Das waren die Aufgaben der zuletzt Gekommenen: Die Einwohner der Stadt satt zu machen, ihre Wäsche sauber zu halten und ihnen zum eigenen Seelenheil die Tröstung des Almosens zu vergönnen. Dinge roh einzukaufen und gekocht weiterzuverkaufen, konnte einiges einbringen und einem helfen, über die Runden zu kommen. Die meisten Handwerker im Mittleren Bezirk aßen zu Hause, in ihrer Küche, die bei der Werkstatt lag, aber die Gesellen und Lehrlinge, die oft vom Land kamen, aßen nicht mit ihnen am Tisch, ebenso wenig ihre zahlreichen Kunden, und das waren alles Leute, die satt werden wollten. Bei der regulären Armee bekamen die Soldaten täglich Verpflegung, aber die war so eintönig, dass nicht wenige von ihnen gern etwas springen ließen, um ein bisschen Abwechslung zu haben.

So fantastisch Menge und Vielfalt der unablässig angebotenen

Esswaren auch sein mochten, sie hätten nicht im Entferntesten ausgereicht, den Hunger all derer zu stillen, die welchen hatten. Alle boten alles feil, und der Duft des Gesottenen und Gebratenen traf den, der sich kein Essen leisten konnte, wie ein Schwerthieb. Die Farbe der Auberginen und Tomaten blendete all jene, die keine besaßen. Das Gegacker der Hühner betäubte all jene, die keine hatten, und viele von ihnen hätten alles dafür gegeben, eins zu besitzen. In den Pfützen spielten die Kinder zusammen mit den Gänsen, zum Spaß und um sie nicht aus den Augen zu lassen. An einigen Ständen wurden Schnecken mit Petersilie feilgeboten, gebratene Froschschenkel und manchmal, an Festtagen, in Peperoncini karamellisierte Hühnerflügel und der Duft stieg aus allen Winkeln der Gassen auf bis hinauf zu den Wehrgängen der Wachsoldaten hinter den Mauerzinnen oberhalb der Kohlköpfe und Auberginen.

Überall huschten Iltisse herum, man hielt sie in den Häusern als Mäusefänger, als Spielzeug für die Kinder, zur Aufbesserung der Polenta im Winter und um ein hübsches Stückchen Fell zum Füttern der Schuhe zu haben. Sie waren schwer zu überwachen; dauernd liefen sie davon und machten Jagd auf Hühner, was entsetzliche Streitereien zwischen ihren Besitzern und denen ihrer vermeintlichen oder tatsächlichen Opfer heraufbeschwor. Der Reis wurde in großen Jutesäcken verkauft oder, mit Peperoncini gekocht, in kleinen geflochtenen Strohkörbchen. An den Hausecken wurden auf improvisierten Feuerstellen je nach Jahreszeit Kichererbsen oder Kastanien geröstet.

Während sie durch die schmutzigen Gassen gingen, die trotz der fortgeschrittenen Stunde noch im Schatten lagen, begann seine Mutter, eine Geschichte zu erzählen, genauer gesagt die einzige Geschichte, die sie kannte: von der Prinzessin, die in ihrem Garten einen Frosch trifft und ihn vor Dankbarkeit küsst, weil er sie aus ihrer grauen, traurigen Einsamkeit herausgeholt hat, woraufhin er sich in einen Prinzen verwandelt. Der Vater hingegen hatte eine andere Geschichte, mit der er Rankstrail nachts unterhielt, wenn Sommergewitter ihre Hütte durchrüttelten wie ein Nest auf einem Zweig: die Geschichte vom Wolf und der Ziege, die bei einem Gewitter in derselben Hütte Zuflucht finden, und im Dunkeln hält einer den anderen für einen Artgenossen und so kommen sie friedlich bis zum nächsten Morgen.

Rankstrail hasste Geschichten. Für alle anderen waren sie ein Segen, eine Art Geschenk. Eine Geschichte zu kennen, war ein seltener und kostbarer Schatz. Sogar im Äußeren Bezirk, wo niemand etwas umsonst gab, konnte die Fähigkeit, eine Geschichte zu erzählen, für ein unschätzbares Stück Brot mit Zwiebel eingetauscht werden. Manchmal war es Mama und Papa gelungen, mit dem Geschichtenerzählen etwas zu verdienen, aber mittlerweile kannten alle ihre Geschichten und sie konnten sie niemandem mehr andrehen.

Im Grunde waren diese Geschichten dumm und Dummheit störte Rankstrail. Die von der Prinzessin war am ärgerlichsten. Frösche reden nicht, verwandeln sich nicht in Prinzen, und nur ein Idiot würde einen Frosch küssen, davon konnte man schließlich Warzen bekommen. Auch die Frage einer eventuellen Nachkommenschaft war problematisch. Der erzlangweiligste Teil der ganzen Geschichte waren die Schilderungen der Kleider der Prinzessin, mit all den Stickereien, aber auch die Unterhaltung zwischen ihr und dem Frosch mit Reimen am Ende jedes Satzes war eine Pein. Nicht einmal die Geschichte, die sein Vater erzählte, begeisterte ihn, und er hatte nie begriffen, wieso sie ihn beruhigen sollte, hatte er Gewitter und Dunkelheit doch nie als beängstigend empfunden. Jedenfalls auch hier ein vollkommener Mangel an Logik: Im Dunkeln würden Wolf und Ziege sich am Geruch erkennen. Er selbst war, sogar wenn es stockfinster war, immer in der Lage, mit absoluter Genauigkeit anzugeben, wo sich sein Vater, seine Mutter, Nerella und jedes andere Lebewesen im Raum aufhielten. Die Freude über die ausgebliebene Verwandlung der Ziege in einen Festschmaus schien ihm auf einem ungleich verteilten Mitgefühl mit den beiden Lebewesen zu beruhen, denn schließlich lebten ja nicht beide von Gras. Der Wolf bekam nichts zwischen die Zähne, und nichts zu essen zu haben, ist auch eine Form von Leiden.

Aber auch wenn ihm die Erlebnisse der Prinzessin mehr als egal waren, so rührte ihn doch die Freude, mit der Mama die Geschichte erzählte. Gebannt hörte er zu, und wenn seine Mutter ihn fragte, ob er dieses langweilige Märchen noch einmal hören wollte, willigte er tapfer ein.

Als sie heimkamen, saß der Vater vor dem Haus. Er bearbeitete gerade ein Stück Holz, wahrscheinlich für einen Türstock oder eine Bank, eine Arbeit, für die er vielleicht bezahlt würde, und das wären dann zwei Festtage und es würde einen Tag lang oder auch zwei Polenta mit Wurst geben. Rankstrail hatte immer den Mund gehalten, die Ohren aber seit jeher weit offen, und er hatte begriffen, dass das Gewerbe eines Holzschnitzers ohne andere Einkünfte nicht ausreichte, um eine Familie zu ernähren. Rankstrails Vater war sehr gut in seinem Handwerk. Das Dorf, aus dem sie kamen, war überall mit Schnitzarbeiten verziert; Häuser, Türen, sogar die Pfähle, an denen die Wäscheleine gespannt wurde, waren überzogen mit einer wahren Flut von Blumen, Blättern, Früchten, Einhörnern, Greifen und Götterbildern, vielfältig stilisiert bis zur Unkenntlichkeit. Es galt als ein Wunder, wenn es einem Einwohner des Äußeren Bezirks gelang, als Handwerker zu arbeiten, Rankstrails Vater schaffte das nur aufgrund seiner

Geschicklichkeit, womit er Träume und Zeichen ins Holz übertrug.

Die Händler aus dem Mittleren Bezirk zahlten pünktlich, aber ihre Aufträge waren unbedeutend: Werkzeugtruhen ohne Schnitzwerk, Ausbesserungen an den Ladentischen. Die größten Aufträge waren die für den Adel, aber dort oben seinen Lohn zu bekommen, war ein mühseliges Unterfangen. Der Hochmut einiger dieser Familien ging so weit, dass sie allen Ernstes annahmen, für einen Bewohner des Äußeren Bezirks sei es eine solche Ehre, für sie zu arbeiten, dass das an sich schon Lohn genug wäre.

Rankstrails neugeborene Beredsamkeit wurde dem Vater mit der gebotenen Rührung mitgeteilt. Kein Brandmal verzog das Gesicht des Mannes, seine Freude und sein Lachen kamen laut und geradeheraus zum Ausbruch. Lang umarmte er Rankstrail und wiederholte immer wieder: »Mein Junge ... Mein Junge ... Mein geliebter Junge ...«

Rankstrail gab eine Probe seiner Fähigkeiten. In Anbetracht des Unheils, das er, ohne es zu wollen, mit seinen Worten bei der Mutter angerichtet hatte, und der Unerforschlichkeit der Wege, die Worte zu tödlichen Fallen für die Fröhlichkeit machten, beschränkte er sich darauf, mit dem Finger auf die Dinge zu zeigen und ihren Namen zu nennen.

Der Vater setzte sich wieder, nahm ihn auf den Schoß und erzählte ihm die einzige Geschichte, die Rankstrail gefiel und die er niemals müde werden würde zu hören, wieder und wieder: die ihrer Ankunft in Varil. Die Stadt, die Reisfelder, die Reiher, die aufflogen, wenn sie vorbeikamen, all das nahm in Rankstrails Geist konkrete Gestalt an.

Die ganze Herrlichkeit des Morgens schwang in den Worten des Vaters mit. Erst erzählte er von den Orten, wo man sie weggejagt hatte, er nannte alle beim Namen, schilderte einen nach dem anderen und Rankstrail hörte die Geschichte wie zum ersten Mal, gespannt, mit der ganzen Erwartung und der ganzen Enttäuschung. Dann kam die Schilderung von Varil, stark wie ein Falke, schön wie ein Pfau; wie sich der Hügel, auf dem die Stadt lag, zum ersten Mal ihren Blicken dargeboten hatte, die einzige Erhebung in einer grenzenlosen Ebene, die sich nach allen Seiten schier endlos bis zum Horizont dehnte, außer im Westen, wo sie von den Dunklen Bergen begrenzt wurde. An dieser Stelle holte der Vater Luft, lächelte ihn an und begann dann zu erzählen, wie sich Varil hochmütig und stolz inmitten seines dreifachen, zyklopischen Mauerrings erhob, oben auf dem Hügel, auf dessen Terrassen teils Reisfelder, teils Orangen- und Olivenhaine angelegt waren, die im Norden übergingen in einen dichten Wald aus Steineichen und Myrten, wo gemächlich fette weiße Kühe weideten. Alles wurde geschildert, jede Einzelheit wiederholt, jedes Detail betrachtet. Rankstrail hätte nur den Kopf zu heben brauchen, um selbst die Bögen und Strebepfeiler zu sehen, aber er fand sie lieber in den Worten des Vaters wieder. Es war, als ob sich drei geometrische Gebilde, eins aus Stein, eins aus Schatten und eins aus Worten, überlagerten und miteinander verflechten würden. Der Vater kannte die Bogenformen: Sein Großvater, ebenfalls Holzschnitzer, hatte sie ihm als Dekorationselemente beigebracht. Er erzählte Rankstrail von seiner Bewunderung und seinem Erstaunen, als er hoch droben im inneren Kern der Stadt die Rundbögen der zweiten Runenzeit erkannt hatte, während die Wachtürme in den drei Mauerringen durch die abgestuften Spitzbögen der dritten Runenzeit miteinander verbunden waren, was den Bogenschützen und Boten erlaubte, während einer Belagerung schnell von einem Stadtbezirk in den anderen zu gelangen, sollte dieser höchst unwahrscheinliche Fall denn je eintreten. Während der Vater erzählte, sah Rankstrail nach oben und betrachtete die Bögen, die sich kreuzten, Licht und Himmel in komplizierte geometrische Figuren aufteilten, die dicht von Wein, Efeu und blühenden Glyzinien überwuchert waren und, ineinander verschachtelt, bunte Halbkreise bildeten, ähnlich dem Gefieder eines großen, prächtigen Vogels, der auf den Mauern saß wie in seinem Nest. Aber der beste Teil der Erzählung, der ihm immer wieder Herzklopfen machte, auch wenn er ihn schon unzählige Male gehört hatte, war der Schluss: die ängstliche Erwartung, er und Mama mit bangem Herzen, als der Blick des Soldaten auf sie fiel, und das Erstaunen, Achtlosigkeit und Gleichgültigkeit darin zu erkennen – man würde sie nicht abweisen, man hatte sie nicht abgewiesen. Sie wurden nicht fortgejagt. Sie waren gerettet. Rankstrail lachte glücklich, und anstatt sich wie sonst darauf zu beschränken, vor Freude in die Hände zu klatschen, kommentierte er alles durch ein wiederholtes »Schön«, genauer gesagt »Schschön«, wie eine Art Refrain.

Die Freude von Vater und Mutter war überwältigend. In seiner Begeisterung versprach sein Vater ihm ein Spielzeug: Was für ein Spielzeug sollte er ihm machen? Rankstrail brauchte nicht nachzudenken. Wieder sah er sich selbst als Reitersoldat, mit einem Schwert in der Hand und Nerella unter dem Arm, während er sämtliche Mütter und Hühner auf der Welt gegen sämtliche Orks auf der Welt verteidigte.

»Sch'ert«, rief er freudig. »Sch'ert schschön!«

Er bereute es sofort: Wieder war die Fröhlichkeit untergegangen wie eine Fliege in der Suppe und hauchte zwischen den zusammengepressten Lippen der Mutter und unter dem besorgten Blick des Vaters ihren Geist aus.

KAPITEL 2

Zum Glück war da der Honig.

Die Fröhlichkeit kam wieder.

Andächtig wie einen Reliquienschrein öffneten sie das Glas und Mama träufelte ein wenig von seinem Inhalt auf ein Stück Fladenbrot, wie ein magischer Strahl aus Süße und Licht floss der Honig, süß und hell wie ihr Lächeln.

In dem Glas war eine komische tote Fliege eingeschlossen, riesig und mit gelben und schwarzen Streifen. Sein Vater erklärte ihm, das sei eine Biene, und erzählte ihm, es seien die Bienen und nicht die Götter, wie Rankstrail zunächst angenommen hatte, die den Honig produzierten. Die Mutter erzählte von der Dame, wie sie imstande sei, Kraft und Höflichkeit zugleich auszustrahlen, von den Perlen, mit denen ihr Kleid und ihre Haare besetzt waren, und so erfuhr Rankstrail, wie die kleinen runden Dinger hießen, die das Licht einfingen und zurückwarfen.

Von Schwertern war nicht mehr die Rede, aber der Vater machte seinem Sohn trotzdem ein Geschenk: Er gab ihm eine Flöte. Das war ein kostbares Geschenk von nahezu unschätzbarem Wert. Es verlangte viel Zeit und Konzentration, das Holzstück auszuhöhlen, zu vermessen und einzurichten und die Löcher exakt in der richtigen Größe und im exakt richtigen Abstand voneinander anzubringen, damit sie, wenn die Luft hindurchgeblasen wurde, den richtigen Ton erzeugten.

Als der Vater noch etwas einnehmen konnte, wenn er die Geschichte vom Wolf und der Ziege erzählte, hatte er seine Erzählung auf der Flöte begleitet, hatte die Pausen ausgemalt, um die Spannung zu steigern und die Freude über den guten Ausgang zu erhöhen. Flötenspiel war zwar eines der wenigen Dinge, die Rankstrail noch erzlangweiliger fand als die Schilderung der bestickten Kleider der Prinzessin und als ihr Gewimmer in Versen, aber das Strahlen in den Augen des Vaters und die Kostbarkeit des Geschenks waren so groß, dass er mit echter Rührung dankte.

In derselben Nacht wurde Fiamma geboren.

Der Vater hatte eine Decke aufgehängt, um Rankstrails Bettchen von dem großen Lager abzuschirmen, wo Fiamma gerade auf die Welt kam. Rankstrail hörte, wie zum Schreien der Kleinen die Stimme der Mutter hinzukam und sie tröstete. Er hatte längst verstanden, warum Mama einen so dicken Bauch gehabt hatte: Dadrin war ein lebendes Wesen, dasselbe galt für die Dame, die ihm das Glas Honig geschenkt hatte. Er beneidete das Kind in der Zitadelle, das unter Wurstgirlanden und inmitten von Bratspießen voller Reiher aufwachsen würde. Rankstrail hörte, wie das Weinen sich beruhigte, und er bedauerte, sich nicht an die eigene Geburt erinnern zu können und daran, wie Mama ihn getröstet hatte, denn es wäre schön gewesen, das im Gedächtnis zu haben und sich, jedes Mal wenn er traurig oder allein war, daran erinnern zu können. Seine früheste Erinnerung war die, als er sich die Knie aufgeschlagen hatte, der Papa ihn verarztet hatte und ihm dann eine echte Weintraube geschenkt hatte, aber da musste er schon länger auf der Welt gewesen sein, denn er konnte laufen und auf die Hausdächer klettern. Auch das war eine schöne Erinnerung.

Rankstrail hatte schon gesehen, wenn Katzen oder Iltisse Junge warfen, und er wusste genau, was da vor sich ging und wie. Neben dem Geschrei des Schwesterchens hatte er auch den unverwechselbaren, herben Geruch von Blut wahrgenommen, der damit verbunden war und plötzlich sehr stark wurde, wie wenn ein Huhn geschlachtet wird. Als er ihm das Mädchen zeigte, erzählte der Vater Rankstrail aber aus unerfindlichen Gründen trotzdem eine wirre Geschichte, wonach einer der großen schwarzen Störche mit rotem Schnabel, die manchmal über die Reisfelder flogen, sie auf ihrem Dach abgelegt haben sollte. Es war klar, dass das Mädchen, so klein es war, zu schwer gewesen wäre für einen fliegenden Storch, vor allem wenn dieser, wie der Vater behauptete, von jenseits der Wolken kam, was wahrscheinlich keine geringere Entfernung war als bis zu den Dunklen Bergen.

Die Schwester war krebsrot, das zugleich geschwollene und zerknitterte Gesicht erinnerte an den Kopf einer Schildkröte und der Vater nannte es wunderschön, vermutlich einer ähnlichen Logik folgend wie die Geschichte vom Storch.

Die Mutter blieb den ganzen Tag mit der Schwester im Bett, und Rankstrail begriff, dass das für die Familie ein Unglück war: Es wurde nichts gewaschen und man würde nichts einkaufen können. Er hätte die Kleine gern aus der Nähe angesehen, aber mittlerweile konnte er die Angst auf den Gesichtern der Eltern bereits gut lesen, und sie zeigte sich jedes Mal, wenn er ihr näher kam. Er begriff, dass das so war, weil er so groß und ungeschickt war, überall anstieß, sobald er sich bewegte. Er erinnerte sich wieder, dass er das wenige und kostbare Geschirr erheblich dezimiert hatte, und erinnerte sich auch, wie er Nerella, die den Orks wunderbarerweise entronnen war, einmal fast umgebracht hätte, ohne es zu wollen, weil er auf sie draufgefallen war.

Um seinen Eltern die Angst zu nehmen und sich zu beschäftigen, ging Rankstrail aus dem Haus, durchquerte den Äußeren Bezirk mit seinem ewigen, betörenden Duft nach Essbarem, eine völlig unnütze Verlockung für diejenigen, die sich außer Luft nichts leisten konnten. Unter den gleichgültigen Blicken der Wachsoldaten am Großen Tor trat er in die lichtdurchflutete Landschaft hinaus, ging unter Zedern, zwischen Mandel- und Erdbeerbäumen dahin. Zum ersten Mal war er allein hier. Er machte sich auf die Suche nach den Bienen.

Rankstrail kannte Bienen, er hatte sie schon in den Orangen- und Mandelhainen am Rande der Reisfelder gesehen, wenn er seine Mutter begleitete.

Er brauchte ihnen nur zu folgen, um die Waben zu finden, großartige Kostbarkeiten, die ihn durch ihre Vollkommenheit, durch die geniale Wiederholung der ständig gleichen, völlig identischen Sechseckform rührten und außerdem voller Honig waren. Er schürfte sich an Ästen auf und zerkratzte sich am Gestrüpp. Außerdem musste er auf seine Kosten die Erfahrung machen, dass Bienen stachen, was einen heftigen Schmerz und eine übel juckende Rötung zurückließ, die nicht blutete, aber gemeiner wehtat als alle Schürfwunden, die er sich je zugezogen hatte. Nach zahlreichen Versuchen entdeckte er, wie immer allein und auf eigene Faust, dass die Bienen ihn näher kommen und sich ausrauben ließen, wenn er sich mit Schlamm beschmierte und sich sehr langsam anschlich. Mit der Wabe in der Hand kam er nach Hause, knallrot von den vielen Bienenstichen auf allen unbedeckten Stellen der Haut, schmerzgeplagt, triefend von Schlamm, Schweiß und Blut. Er passierte wieder das Große Tor, das ausnahmsweise unbewacht war, er sauste, so schnell er konnte, lustig und munter wie ein Fink im Frühling, doch im ganzen Äußeren Bezirk war es merkwürdig still und eine einzelne Glocke läutete eintönig.

Als er endlich zu Hause war und seinen Schatz vorwies, war nichts so, wie er sich das vorgestellt hatte. Die Mutter seufzte, der Vater war niedergeschlagen. Es war die Nachricht gekommen, dass in derselben Nacht auch der Sohn von Sire Erktor auf die Welt gekommen und auf den Namen Erik getauft worden war, zugleich aber war auch der Todesengel gekommen und hatte die Dame mit sich genommen: Dorthin, von wo es keine Wiederkehr gibt.

Rankstrails Herz krampfte sich zusammen.

Er bereute den Neid, den er dem Jungen aus der Zitadelle gegenüber empfunden hatte, der nun sein Leben lang über so viele Wurstgirlanden verfügen konnte, wie er wollte, dem aber nie das Lächeln einer Mutter Licht und Wärme spenden würde. Zum ersten Mal in seinem Leben wurde ihm das außerordentliche Glück der eigenen Lage bewusst. Er hatte einen Vater und eine Mutter. Er war am Leben.

Er sah in das tränenüberströmte Gesicht seiner Mutter und wünschte nichts mehr, als sie in ihrer Trauer, die ihn überwältigte, zu trösten, also hielt er ihr die Wabe hin.

Die Mutter hörte auf zu weinen.

Der Vater erschauerte. Er wurde wütend, zum ersten Mal, seit Rankstrail sich erinnern konnte.

»Nie mehr!«, schrie er. »Nie mehr, tu das nie mehr! Schwör es! Begreifst du nicht? Die Bienen hätten dich töten können. Du hättest von einem Ast fallen können. Du hättest sterben können. Das kannst du uns nicht antun! Schau nur, wie sie dich zerstochen haben! Du kannst nicht so einfach in die Reisfelder gehen, ohne dass ich es dir sage. Weißt du, was für Sorgen wir uns gemacht haben?«

Rankstrail sah seinen Vater an, eher fasziniert als erschrocken. Noch nie hatte er die Stimme erhoben. Es war das erste Mal, dass er ihn schreien hörte. Die Vorstellung, dass ihm verboten wurde, sich wehzutun, erschien ihm fantastisch und verblüffend.

Aber das war noch nicht alles. Ruhiger, aber immer noch ängstlich, erklärte der Vater, das sei verboten. Wohl waren die Bienen wild und gehörten niemand, aber ihren Honig durfte man trotzdem nicht anrühren, sie, die Bewohner des Äußeren Bezirks, gehörten nicht zur Stadt: Sie waren hier nur geduldet. Sie hatten auf nichts ein Anrecht. Sie durften nichts anrühren, weder die Orangen an den Bäumen noch die Fische in den Teichen, weder die Reiher noch den Honig der wilden Bienen. Alles gehörte den Einwohnern der Stadt und das waren sie nicht.

Man hatte sie nicht in diese Stadt gebeten, nichts konnte deren Einwohner veranlassen, irgendetwas mit ihnen zu teilen.

»Du bist mein Kind«, fuhr sein Vater fort. »Ich will nicht, dass du etwas Gesetzwidriges tust, nie mehr. Dieser Honig, begreifst du, gehört nicht dem Erstbesten, der vorüberkommt, und auch nicht dem, der ihn sich erobert, auch wenn du Mut bewiesen hast, wenn du dir wehgetan hast, um daranzukommen. Diesen Honig zu nehmen, ist Diebstahl. Andere tun das, ich weiß. Es gibt Wilddiebe, es gibt Schmuggler, aber wir nicht, wir tun das nicht. Wir sind wir, bei uns tut man so etwas nicht. Du, ich, mein Vater und der Vater meines Vaters vor mir, wir achten das Gesetz. Wir haben nie etwas gestohlen. Nichts. Niemals. Eher verhungern wir. Ich, mein Vater und der Vater meines Vaters, niemals …«

Und nicht nur das. Es war gut gegangen, weil durch die Trauer um die Dame alle in der Zitadelle waren und sogar das Große Tor unbewacht geblieben war …

»… Wenn du stiehlst, können sie dich bestrafen. Sie können dich schlagen. Ich … das würde ich nicht ertragen, dass jemand meinem Kind wehtut, verstehst du? Ich will nicht, dass ein Soldat das Recht hat, dich zu schlagen oder auszupeitschen, niemals …«

Rankstrail war so beschäftigt mit der Vorstellung, dass er Vater und Mutter gehörte und nicht sich selbst, dass er zunächst die Stimme der Mutter gar nicht hörte, nicht hörte, wie sie immer wieder »Nein, nein, nein« sagte. Auch das war noch nie vorgekommen.

Die Mutter sagte, nein, dieses Ding da, die Wabe, die sei ihre Rettung. Man könnte sie verkaufen. Sie hatten nicht mehr viel im Haus. Die Truhe, die der Vater mit Schnitzwerk verziert hatte, war nicht bezahlt worden, die Fenster, die er repariert hatte, auch nicht, da brauchte man sich keine Hoffnungen zu machen. Sie konnte nicht waschen, nicht gleich, nicht solange das Kind so klein war. Mit dem, was sie im Haus hatten, schafften sie es noch ein paar Tage lang mit Brot und Zwiebeln; ohne Essen würde ihr die Milch wegbleiben und die Kleine müsste verhungern. Den Honig konnte man verkaufen, die Wabe auch, das war Wachs. Unschätzbare Güter. Sie bedeuteten das Leben für die Kleine. Ihre Kleine würde nicht sterben wie viele Kinder der Armen. Ihre Kleine würde leben um jeden Preis, jeden! Es war ein Segen, dass Rankstrail … imstande war, Honig zu beschaffen.

Stumm sah der Vater sie an, mit einem Gesicht, als ob man ihn geschlagen hätte. Er stammelte etwas, von wegen, er war ein … er war kein … er wollte nicht … er …

Rankstrail hört schweigend zu und war verwirrt. Schweigen war seine besondere Spezialität, Verwirrung hatte er bisher nicht gekannt. Sonst waren die Dinge klar gewesen, sie waren entweder eindeutig richtig oder eindeutig falsch und Gut und Böse waren durch eine klare Trennlinie geschieden. Wasser holen gehen war gut und man wurde gelobt dafür. Sich prügeln war schlecht, auch wenn man es tat, um Mama zu verteidigen – ungerecht, aber klar. Wenn man sich nicht prügelte, wurde man gelobt. Jetzt hatte er mit etwas zu tun, was falsch war, aber vielleicht weniger falsch als etwas anderes, nämlich der Hunger des Schwesterchens. Eine schwierige Angelegenheit. Wenn er weiterhin Honig stahl, würde ihn niemand dafür hochleben lassen, das war klar, wenn er aber aufhörte, es zu tun, würde das Schwesterchen leiden. Alles war falsch. Etwas eindeutig Richtiges gab es hier einfach nicht.

Die Mutter machte aus dem Stoffsack, in dem sie ihn als Neugeborenes getragen hatte, einen Quersack, nach wie vor mit dem geflochtenen Lederband zum Zuschnüren, um die Wabe darin zu verstecken, und sah Rankstrail an.

»Warum er?«, rief der Vater. »Er ist ein Kind. Die Erwachsenen sind wir.«

»Eben. Wir sind erwachsen. Du bist erwachsen. Wenn sie dich erwischen, bedeutet das die Ausweisung, und ohne ein Dach über dem Kopf stirbt Fiamma.«

»Er ist ein Kind. Er kann kaum sprechen…«

»Er wird sich mit Gesten verständlich machen… Außerdem, ich… ich mag nicht… ich kann nicht reden… mit anderen… und du… wenn es um Geld geht… dann bist du… er wird es nicht schlechter machen als wir beide und für ihn ist es weniger gefährlich.«

Schweigen. Der Vater schlug die Augen nieder.

Die Mama erklärte Rankstrail, wohin er gehen sollte. Am südlichen Teil der Stadtmauer gab es Verkaufsstände, wo Marzipan feilgeboten wurde und, was noch wichtiger war, kleine, flache Süßigkeiten, bernsteinfarbene Plättchen aus in Honig karamellisiertem Sesam. Er sollte seine Wabe vorzeigen und abwarten, was ihm geboten wurde, so tun, als denke er nach, und nach einem Augenblick annehmen. Was auch immer geboten wurde. Sie konnten nicht handeln. Sie konnten es nicht und wussten nicht, zu welchem Preis gestohlener Honig üblicherweise verkauft wurde; der genaue Ausdruck dafür war Diebstahl und Schwarzhandel. Außerdem war er ein Kind. Jedes Angebot war in Ordnung.

Hatte er verstanden?

Rankstrail bejahte. Er hatte verstanden.

Er fand die Stelle.

Da war eine alte Frau mit geflochtenen Zöpfen, die besah sich die Wabe und bot ihm eine Wurst dafür. Rankstrail fühlte, wie ihm eine Art Schauer über den Rücken lief, als ob er sich gleich prügeln wollte. Auf der Stelle vergaß er die Ermahnungen, alles sofort anzunehmen und zu gehen. Er antwortete nicht einmal. Er steckte die Wabe wieder in den Sack und drehte sich um.

»Zwei«, schrie die Alte. »Geh nicht weg. Warte. Das ist keine besonders gute Wabe, sie ist auch ziemlich schmutzig, aber du siehst aus wie ein braver Junge. Zwei Würste. Nur weil du aussiehst wie ein braver Junge.«

Rankstrail blieb stehen und tat so, als würde er nachdenken. Er reckte drei Finger hoch. Rankstrail kannte die Zahlen. Jahrelang hatte er bei allen Verhandlungen zugehört, was ihm das größte Vergnügen bereitete, viel mehr als jede Prinzessinnengeschichte und ihre heimlichen Unterhaltungen mit einem Frosch. Durch das Zuhören und Zuschauen hatte er auch gelernt, mit den Fingern zu zählen.

Die Alte lachte sarkastisch. Sie war ebenfalls ein harter Knochen. Die Zöpfchen waren in einer Reihe von konzentrischen Kreisen ganz um ihren Kopf gelegt. Sie bot zwei Würste und drei Kartoffeln. Rankstrail schüttelte den Kopf. Er stellte den Sack ab und nahm alle zehn Finger zu Hilfe: zwei Würste und zehn Kartoffeln. Die Kartoffeln waren auf zwei Eimer verteilt, unterschieden nach großen und kleinen. Rankstrail zeigte mit dem Finger auf den Eimer mit den großen Kartoffeln. Sie einigten sich auf zwei Würste und sieben große Kartoffeln. Rankstrail musste sich beherrschen, um nicht laut aufzulachen. Zahlen waren für ihn genauso erregend wie Formen und Proportionen, und außerdem erschien ihm das Feilschen, jemanden in der Diskussion um den Preis herauszufordern, wie ein Duell, wie eine Art unblutige Schlacht, in der er endlich für Papa und Mama kämpfen konnte.

Rankstrail kam mit den Würsten und den Kartoffeln nach Hause. Zum ersten Mal hatte er ganz allein etwas bewerkstelligt, hatte es in Verhandlungen mit einem Erwachsenen aufnehmen müssen und er hatte sich bewährt, hatte es geschafft, er war gut gewesen, aber wieder feierte ihn niemand. Von dem, was er mitgebracht hatte, gab es ein unendlich viel üppigeres Abendessen als gewöhnlich, aber er und seine Mutter teilten es schweigend, der Vater rührte nichts an. Er erklärte, er habe keinen Hunger, blieb sitzen und schnitzte an einer anderen Truhe, in der Hoffnung, dass ihm die jemand bezahlen würde.

Der Abend brach herein und das kleine Haus füllte sich mit Nachbarinnen aus dem Viertel. Das waren Donna Cira, Donna Sabiria und sogar Donna Guzzaria, die Frau des Bäckers, die wohlhabendste Matrone im Äußeren Bezirk.

»Süß, die Kleine«, sagte Donna Sabiria, sie hatte ein Stück blaues Seidenband mitgebracht.

»Wirklich sehr süß«, bestätigte Donna Cira, die einen herzförmigen Anhänger aus Bein mitgebracht hatte, und sie sagte, er sei gut, um böse Träume und Frostbeulen abzuwehren.

»Auf jeden Fall sieht sie besser aus als der Bruder, nicht wie ein Bär, hoffen wir, dass wenigstens sie rechtzeitig sprechen lernt, wie es sich gehört«, kommentierte die Bäckersfrau, die nichts mitgebracht hatte.

Nachdem Donna Guzzaria ihre Zuhörerinnen ausführlich darüber informiert hatte, was für ein Prachtstück ihr Sohn doch sei und wie glücklich das – natürlich mit Schönheit und einer angemessenen Mitgift ausgestattete – Mädchen wäre, das ihn früher oder später heiraten würde, erzählten die drei auch von der Freude und der Verzweiflung im Hause des Sire Erktor. Alles war bereit gewesen für das Fest, Wein und Marzipan sollten verteilt werden, doch dann wurde alles mit einem Schlag abgebrochen und verwandelte sich in eine Totenwache. Donna Guzzaria wusste wie immer alles. Vorsichtshalber nur flüsternd, erzählte sie auch die letzten Gerüchte weiter.

»Nicht zufällig hat der Todesengel das Haus von Sire Erktor heimgesucht. Die Leute sagen, es sei vorbei mit dem Frieden. Die Elfen sind zurück. Das müssen sie gewesen sein. Das können nur sie gewesen sein. Jetzt, wo die Endlosen Regenfälle überall aufhören und man wieder anfangen könnte, einigermaßen zu leben ... da kommen die Elfen wieder, die Wurzel allen Übels. Sie haben einen Schwanz. Ich habe gehört, sie vergiften das Brunnenwasser und bringen die Pest, wisst ihr, wenn die Menschen alle auf einmal sterben. Nachts gehen sie umher und fressen die Seelen der unbehüteten Kinder oder der Wöchnerinnen, wenn sie von der Geburt noch geschwächt sind. Nehmt auch Ihr Euch in Acht heut Nacht. Es heißt, in der Hauptstadt, in Daligar, sei ein schrecklicher Kind-Elf aufgetaucht, man weiß nicht, woher, und er soll sämtliche Hühner, Enten, Finken umgebracht haben, sogar die Papageien in der Gärten.«

Als die drei Gevatterinnen unter Ermahnungen zur Vorsicht und guten Genesungswünschen gegangen waren, war es Nacht, und in dem Häuschen herrschte Dunkel. Der Vater legte sich neben die Mutter, Rankstrail aber lag mit offenen Augen da. Schon als Kind brauchte er wenig Schlaf, auf jeden Fall viel weniger als seine Eltern. Als er sicher war, dass der Schlaf alle eingehüllt hatte, die barmherzige Decke des Vergessens über allen Kummer breitend, stand er auf und trat im Dunkel ans Lager der Schwester, er kniete davor nieder und verharrte reglos so, lauschte ihrem Atem. Ein wenig schief, wie eine angeschlagene Orange, trat der Mond hinter den Wolken hervor und schien durch das runde Fenster herein, goss sein Licht über das kleine Mädchen. Rankstrail streckte eine Hand aus und berührte das winzige, zur Faust geballte Händchen. Sie schlief weiter, öffnete aber doch die Faust und schloss die Fingerchen fest um den Daumen des Bruders zusammen. Rankstrail spürte die feuchte, warme Handfläche und eine für eine so kleine Hand erstaunliche Kraft. Auch wenn ihm klar war, dass das im Schlaf geschah, ohne jede bewusste Absicht, gefiel ihm die Geste. Er harrte weiter dort aus. Es gab da eine Art undurchdringliche Melancholie in ihm, die war seit jeher vorhanden, aber sie wurde schwächer, wenn Mama lachte, oder in einem Augenblick wie diesem, mit der Hand des Schwesterchens um seinen Daumen.

Ihr Geruch rührte ihn.

Das Licht des Mondes fiel hell auf sie. Ihr kleines Gesicht, geschwollen und zerknittert, sah nicht viel anders aus als am ersten Tag, vielleicht etwas weniger rot. Diesmal allerdings fand Rankstrail, dass der Vater recht hatte. Die Sache mit dem Storch war nach wie vor unklar, aber dass seine Schwester schön war, das stimmte. Sie war aus dem Bauch derselben Mutter gekommen, die auch ihn getragen hatte. Sie würde dieselben Menschen Vater und Mutter nennen wie er.

Sie war seine Schwester.

Schwester.

Schwesterchen.

Er wiederholte sich das Wort im Kopf wie eine Melodie. Wörter waren nicht seine Stärke, das wusste er, aber er spürte, dass einige davon eine merkwürdige Magie besaßen. *Schwester* war eins davon. Auch *Mutter, Vater* und *Sohn* konnten magische Wörter sein.

Rankstrail schwor sich, dass er den gesamten Honig von sämtlichen Bienen in der Gegend plündern würde, wenn nötig bis hinüber zu den Dunklen Bergen. Wenn nötig, war er bereit zu töten. Solange er am Leben war, würde niemand Fiamma wehtun dürfen. Niemals, solange er am Leben war, würde seine Schwester Hunger leiden. Sollte sich jemand unterstehen und behaupten, seine Schwester sei hässlich, sollte er das besser nicht in seiner Gegenwart tun.

Rankstrail wagte sich nicht zu rühren, er wollte nicht auf die feuchte Wärme um seinen Daumen verzichten, diesen Griff, mit dem ein Pakt fürs Leben besiegelt wurde. Reglos blieb er neben Fiamma knien, bis sich ihr Gesichtchen verzog und er bemerkte, dass es der Hunger war, der sie aufweckte. Die Morgendämmerung war da. Er wartete nicht ab, bis sie zu weinen begann. Er nahm seinen neuen Quersack und schlüpfte hinaus in die Reisfelder und begann einen neuen Tag als Dieb.

Im Alter von etwa fünf oder sechs Jahren – um das mit Bestimmtheit sagen zu können, hätte man Kalender lesen müssen, ebenso undenkbar, wie einen zu besitzen – wurde Rankstrail zum besten Honigdieb im Äußeren Bezirk, und das war ein Glück, denn nach Fiammas Geburt wurde Mama krank, sie bekam Husten und Honig, aufgelöst in einem Rosmarinsud, vertrieb ihn.

Es war nicht leicht. So viel Glück wie beim ersten Mal hatte er selten. Die Bienen kamen nicht bis in die Reisfelder, sie lebten in den Wäldern und auf den wenigen Weiden der Umgebung. Man musste tagelang gehen, um sie zu finden, und ebenso lang, um ihnen zu folgen und ihren Wohnsitz ausfindig zu machen, eine Art Schloss in Form eines großen Pinienzapfens, immer in der Höhe angebracht und umsummt von bewaffneten und geflügelten Verteidigern, die man mit dem rechten Maß an Mut und Geduld attackieren musste, sonst war es um einen geschehen. Die Waben waren leicht zu verstecken, und die Wachposten an den Stadttoren waren viel zu sehr damit beschäftigt, mit den Mädchen herumzuschäkern und untereinander zu streiten, als dass sie Kindern Beachtung geschenkt hätten. Der Blick des Vaters war weniger leicht zu betrügen, er schaute genau hin, vernichtet von dem Schmerz darüber, sehen zu müssen, dass sein Sohn etwas Verbotenes tat. Aber Husten war Husten und nur Honig konnte ihn ein wenig lindern, ganz zu schweigen von den sagenhaften Tauschaktionen mit Kartoffeln, Käse und Bohnen, die Fiamma in ihr Mäulchen stopfte, jetzt, da sie zu groß war für die wenige Milch der Mutter.

Er, sein Vater, war nicht in der Lage, diese Dinge zu kaufen. Er schlug die Augen nieder, und Rankstrail fühlte sich wesentlich schlechter, als wenn die Soldaten ihn erwischt und mit Peitschenhieben traktiert hätten. Er schwor, er würde aufhören. Sobald es ging, würde er aufhören. In der zuversichtlichen Erwartung, bald aufhören zu können, verstärkte er seine Aktivitäten aber noch und wurde so zum Experten und wichtigsten Honiglieferanten des Äußeren Bezirks.

Da war immer jemand, der Husten hatte, ein Nachbar, ein Alter, eins der verwahrlosten Kinder, die im Schlamm spielten. Manchmal bildete sich eine Schlange von Bittstellern vor ihrem Haus und allmählich wurde es zum Mittelpunkt des Viertels.

An Sommerabenden gab es so köstliche wie unnütze Vergnügungen unter Nachbarn. Es wurde Musik gemacht, kein Flötenspiel, sondern ein laute, schnelle Musik mit Dudelsack und Tamburin, von der man sagte, sie könne die Wirkung des Tarantelbisses heilen. Diese Musik gefiel Rankstrail. Der Rhythmus des Tamburins riss ihn mit, er fühlte sich wie ein Fohlen, das im Galopp über die Hügel jagt. Außer vom Biss der Tarantel heilte diese Musik auch von der Traurigkeit und manchmal auch vom Husten, denn es war vorgekommen, dass Mama ganze Abende lang mit Fiamma auf dem Schoß unter der Haustür saß, mit ihm und dem Vater neben sich, glücklich lachend und fast ohne zu husten.

Immer häufiger war es Rankstrail, der die Schwester Fiamma hüten musste. Mamas anfängliche Angst vor seiner Ungeschicklichkeit war verflogen, als sie ihn eines Nachts beobachtete, wie er vor seinem Schwesterchen kniete. Fiamma war wach, ihre Fäustchen waren fest um seine dicken Finger geschlossen, und er summte ihr etwas vor, um sie wieder in den Schlaf zu wiegen. Als die Kleine lächeln lernte, lächelte sie mehr den Bruder an als die Mutter, die häufig krank war und sie nicht zu oft in den Arm nahm, um sie nicht mit ihrem Husten anzustecken. Sie lächelte mehr den Bruder an als den Vater, der sich nicht immer von seiner Traurigkeit losmachen konnte, um mit ihr zu spielen. Das erste Wort, das Fiamma sagte, war »Ail«, und Rankstrail lief das Herz über. Um sie zum Lachen zu bringen und zum Einschlafen, erzählte Rankstrail ihr sogar die Geschichte von der Prinzessin und dem Frosch. Er erzählte sie mit eintöniger Stimme und versuchte, sie zu straffen, ja, sie wirklich so knapp wie möglich zu halten, aber auch so gefiel sie ihr. Auf die Geschichte vom Wolf und der Ziege verzichtete er, das ging über seine Kräfte. Als er es einmal versuchte, brachte er den Schluss durcheinander: Der Wolf schlägt endlich seine Zähne ins Fleisch, unter seinen Klauen spürt er Sehnen und Knochen und einmal wenigstens kann er seinen ewigen Hunger stillen. Während er erzählte, sah er den entsetzten Blick der Mutter und hörte sofort auf, aber ein dumpfer Groll auf den unlogischen Schwachsinn des Märchens blieb in ihm zurück: Dieselbe Menschheit, die gewöhnlich ein halbes gebratenes Zicklein oder ein Stückchen Wurst als höchste Gottesgabe pries, ergötzte sich hier am Überleben einer Ziege, als ob sie ihr Kind wäre.

Eine Wabe zu haben, war schön, es bedeutete, dass er zusehen konnte, wie die Kleine gemächlich und selig wie ein Engelchen die Zellen eine nach der anderen leerte und die klebrigen Händchen an den noch zahnlosen Mund führte. Das einzige Problem war, Fliegen und Bremsen zu verscheuchen.

Im Alter von sieben Jahren etwa wurde Rankstrail zum Wilderer. Auf seinen Streifzügen unter blühenden Mandelbäumen fiel dem Jungen irgendwann einmal auf, dass es in den Reisfeldern von Reihern und Dommeln nur so wimmelte, allesamt geflügelte Wesen, mehr oder weniger wie Hühner. Er erinnerte sich an seinen Besuch in der Küche des Sire Erktor: Was da auf den Bratspießen steckte, das waren Reiher gewesen. Reiher und bestimmt auch Dommeln ließen sich in Braten verwandeln, ebenso wie Hühner, wahrscheinlich auch in gekochtes Fleisch oder Gulasch. Die Reiher waren sehr zahlreich, wenn sie flogen, warfen sie Schatten auf die Reisfelder. Einer mehr oder weniger, das würde für niemanden einen Unterschied machen, mit Ausnahme des Reihers selbst und vielleicht seiner nächsten Angehörigen.

Im Unterschied zu Hühnern und Honigwaben konnten Reiher fliegen. Ihre Jagd setzte also den Besitz einer Schusswaffe mit kurzer Reichweite voraus, das heißt einer Schleuder, wie er sie in den Händen der Wilddiebe oder unter ihren Mänteln verborgen gesehen und deren Gebrauch er sofort erfasst hatte. Rankstrail hatte ein paar Versuche gemacht, Reiher mit Steinwürfen zu erlegen, aber so kräftig seine Arme auch waren, das war unmöglich.

Nie hatte er einen Schritt ohne seine Flöte getan. Er hatte nie darauf gespielt, auch nie den Wunsch verspürt, das zu tun, aber ihre Präsenz im Quersack war ein massives, mit zwanzig Zoll Länge messbares Unterpfand der Liebe seines Vaters zu ihm.

Rankstrail zog das geflochtene Lederband, das den Quersack verschloss, aus diesem heraus, und bastelte sich damit aus seiner Flöte und einem kleineren Ast eine Schleuder. Rankstrail machte ein paar Versuche: Sie war perfekt. Er verbrachte den Winternachmittag im Wasser und in der Kälte, trunken vom Gefühl seiner neuen Macht. Er besaß eine Waffe. Er musste lang üben, bis er Richtung und Kraft des Schusses zu regulieren wusste, aber bevor der Sonnenuntergang Luft und Wasser mit Gold überzog, erlegte er seinen ersten Reiher. Mächtige Freude erfasste ihn angesichts des blutbefleckten Gefieders, was Bratenduft in ihrem Herd und Kamin bedeutete.

Im Geist sah er sich als Krieger, bewaffnet mit einer Schleuder, Verfolger sämtlicher Orks der Erde, die Nerella zu töten versuchten, seine Mutter erschreckten und seinen Vater von einem Mann, der seine Familie in seinem Dorf mit Würde und Anstand ernähren konnte, zu jemandem gemacht hatten, der fürs bloße Überleben auf die Wilderei des Sohnes angewiesen war.

Jeden Augenblick, den er in den Reisfeldern zubrachte, träumte Rankstrail davon, derjenige zu sein, der das Land, das die Orks durch ihre Überfälle an sich gerissen hatten, für das Volk der Menschen zurückerobert, denn Orks, das sind welche, die Blutbäder unter Kindern anrichten, sich über ihre Schreie lustig machen und sich freuen über ihren Tod und das Leid derer, die sie beweinen. Er dachte, er würde sie suchen, schlagen, jagen, sie verfolgen bis ans Ende der Welt und sie ausrotten bis auf den letzten Ork. Er stellte sich auch sich selbst vor, groß und herrlich, wie er im Harnisch, eine Schleuder in der Hand, womöglich auch ein Schwert, voller Verachtung auf seinen Gegner herabblickte, auf das Vieh, den letzten Ork, der ihn auf Knien um Gnade anflehte und dem er sie großzügig vielleicht gewähren würde.

Rankstrail eilte nach Hause in den Äußeren Bezirk, außer der üblichen Wabe im Quersack unter der Jacke den Reiher. Unterwegs strömte ihm eine Menschenmenge entgegen, Flüchtlinge aus den Ebenen des Südens, wo eine große Hitzewelle die Erde ausdörrte und Brände Wälder und Dörfer verwüsteten. Zum zweiten Mal in seinem Leben hörte Rankstrail Verwünschungen der Elfen, die alle Macht und alles Wissen besaßen und auf unergründliche Weise die unbezwinglichen Herren der Welt waren, weshalb sie die Verursacher all dieses Leidens sein mussten.

Im Äußeren Bezirk sah Rankstrail sich einem Neuankömmling gegenüber: ein verwirrtes, zahnloses Männlein unbestimmbaren Alters, das mit merkwürdig hüpfenden Schritten dahintrippelte.

»Edle Herrschaften, die ihr auf diesen steinigen Wegen wandelt, die ihr diese betörenden Düfte einatmet, diese Speisen genießt, die mich mit ihrem Anblick quälen und mit ihren Aromen verzücken...«

Rankstrail blieb nicht stehen. Er wollte so schnell wie möglich heim, kaum etwas konnte ihm gleichgültiger sein als das Gejammer eines neuen Bettlers. Aus den Augenwinkeln sah er jedoch, wie das Männlein auf sein Gewand deutete, dessen Farbe durch Schmutz, Schlamm und Blut unkenntlich geworden war, an dessen Ärmeln aber noch Reste von Samt zu sehen waren, Hinweis auf seine ursprünglich feinere Machart.

»Seht, wie mein Gewand mich kleidet. Hängt es nicht schlapp herab wie ein Segel ohne Wind? Einst umschloss es straff die Beleibtheit meines Wohlstands, jetzt schlottert es um meinen zum Gerippe abgemagerten Leib...«

Obwohl er es eilig hatte, seine Beute nach Hause zu bringen, in Sicherheit vor etwaigen Durchsuchungen durch Jagdhüter oder Soldaten, blieb Rankstrail doch stehen und hörte zu. Das schien ein Lehrstück, nein, die hohe Schule der Bettelei zu sein. Freilich war hier das falsche Publikum. Um Almosen musste man im Mittleren Bezirk oder in der Zitadelle bitten. Im Äußeren Bezirk, wo die Bettler der Gegend lebten, war es nicht nur unnütz, sondern galt auch als unschicklich. Auch die Anspielung auf eine bessere Vergangenheit war ein Fehler, vor Leuten, deren Existenz von Anfang an vom Elend gezeichnet war, ohne jede Unterbrechung oder Variation des Schicksals. Böses Hohngelächter erhob sich unter den zerlumpten Umstehenden, erst klang es schrill und unangenehm wie ein Kreischen, dann übertönte es die verzweifelte Stimme des Männchens. Rankstrail wurde böse. Das war unhöflich, wie wenn sie seine Mutter »die Gebrandmarkte« riefen. Empört hörte das Männchen die Spötteleien an.

»Ihr lacht über mich? Über mich? Von allen Berufen war meiner der edelste …«

Ein paar Jungs warfen mit Steinen nach ihm. Rankstrail wurde wütend. Ob sympathisch oder nicht, das Männlein hatte niemandem etwas zuleide getan. Er spürte, wie die Wut ihm von der Brust in den Kopf stieg. Er stellte sich vor den Hinkenden und erklärte dem, den er für den Anführer der Angreifer hielt, er werde ihm sämtliche Knochen im Leib brechen, wenn er nicht sofort aufhörte. Erstaunlicherweise funktionierte das. Die Menge wich zurück, und es war interessant festzustellen, welche Macht das Wort hatte: Der Tonfall der Stimme war eine Waffe, die sich anstelle von Fäusten einsetzen ließ.

Das Männchen war zu Boden gefallen. Rankstrail hob es auf und stellte es wieder auf die Beine.

»B-b-iss du ein 'itter?«, fragte er erstaunt. »Hass du ein Sch-sch'ert 'ehabt? Ein Pferd? Hass du gegen die Oax gekämpft?«

»Ein Ritter?«

»Der edelste B-b-e'uf … wie du gesag hass?«

»Ich bin ein Schreiber, mein Sohn, unter allen Berufen der einzige, der an Adel und Großartigkeit dem des Ritters gleichrangig ist, mindestens ebenso erhaben. Außer die Götter… vielleicht. Die Schreiber bewahren die Geschichte, und das ist noch würdiger, als Ritter zu sein, fundamentaler. Nur wer die Vergangenheit kennt, kann die Zukunft bestimmen. Verstehst du?«

»S-sicher«, log Rankstrail und glaubte, sich unbemerkt davonstehlen zu können, aber er war nicht schnell genug. Das Männlein packte ihn, und angesichts seines sehr labilen Gleichgewichts wagte Rankstrail nicht, seine Kraft einzusetzen und sich loszumachen.

»Die Orks habe ich bekämpft…«, Rankstrail hörte wieder interessiert zu, »…indem ich die Wahrheit über sie schrieb… die Wahrheit darüber, wer wirklich gegen sie kämpfte… und wer in Wahrheit Bündnisse mit ihnen einging… auch damals … auch heute… es ist nicht möglich, dass die Orks uns angreifen, ohne dass es da Verräter gibt…« Rankstrails Blick schweifte wieder in Richtung Zuhause, aber das Männchen ließ nicht locker.

»In Daligar ist man dabei, die Vergangenheit auszulöschen, sie wird ertränkt in einer Flut von Lügen. Die Erinnerung an Sire Arduin geht verloren und mit der Erinnerung verlieren wir unsere Ehre. Die alte Prophezeiung, die von der Begegnung zwischen dem Letzten Elfen und dem Letzten Drachen spricht – weißt du, was das ist, ein Elf, mein Junge?«

»Sicher«, antwortete Rankstrail entschlossen und überzeugt, »einer mit Sch-sch'anz, der die Mamas von P'inzen s'erben läß', sodass sie kein M-ma'zipan m-mehr ver'eilen können.«

Der Mann stöhnte, als ob man ihn ins Gesicht geschlagen hätte. Er fing noch einmal von vorne an. Er war einer der Schreiber von Daligar, den Fängen eines der zahlreichen Henker der Stadt entronnen, der ihm die Rechnung dafür präsentieren sollte, erklärte er dem desinteressierten Publikum, dass er die alte Prophezeiung des Kriegers Sire Arduin, des Herrn des Lichts, des Bezwingers der Orks und Wiederhersteller der Ehre des Volks der Menschen, gelesen und verbreitet hatte. Während das Männchen herumhüpfte – bald sollte Rankstrail das als die unverwechselbare Gangart derer erkennen, denen der Henker die Füße traktiert hat –, wurde es von dem Haufen Jungs erneut mit Gelächter überschüttet. Steinwürfe wagten sie nicht, aus Respekt vor Rankstrails Charakter, aber sie riefen dem Alten Schimpfnamen nach wie »Verrückter Schreiber« oder noch einfacher »Idiot«.

Rankstrail schenkte dem Mann die Hälfte seiner Wabe, und dann versuchte er wieder, sich auf den Weg nach Hause zu machen.

Die Segenswünsche des Verrückten Schreibers verfolgten ihn noch lang. Der Mann versprach ihm, zum Dank werde er ihm schreiben beibringen; ja, er verlangte, er solle zurückkommen. Den Straßenstaub als Tafel benutzend, ließ er ihn nicht eher gehen, als bis er imstande war, den Anfangsbuchstaben seines Namens zu zeichnen und wiederzuerkennen. Und während er sein erstes R zeichnete, erklärte das Männlein ihm die Prophezeiung: Wenn Gefahr und der Feind erneut am Horizont auftauchten, würde der letzte und größte der Elfenkrieger eine Kriegerkönigin bei sich haben, die das Morgenlicht im Namen trug, und die Welt würde gerettet werden. Er ermahnte Rankstrail, nicht an die Lügen über die Elfen zu glauben oder sie doch wenigstens anzuzweifeln, und behauptete, unter allen Niederträchtigkeiten derer, die die Vergangenheit nicht kannten und darauf verzichteten, die Zukunft zu gestalten, sei der Hass auf die Elfen die abscheulichste und grausamste.

Rankstrail hörte bis zum Ende zu, die Lehren seiner Eltern befolgend, es niemandem gegenüber an Höflichkeit mangeln zu lassen, nicht einmal gegenüber demjenigen, der lächerliche und sinnlose Dinge erzählt, doch zuletzt konnte er endlich gehen.

Zu Hause sah er sich mit dem maßlosen Schmerz des Vaters konfrontiert, aber auch mit der maßlosen Genugtuung, den Reiher in Suppenfleisch zu verwandeln. Das Fleisch und die Brühe waren ein Segen für seine Mutter, deren Husten sich ein paar Tage lang beruhigte. Mit den Flaumfedern fütterte er Fiammas alte Stoffschühchen aus und so hörte sie endlich auf zu niesen.

In der Nacht, als alle schliefen, stand Rankstrail auf und schnitzte in seine Flöten-Schleuder das R, das der Schreiber ihm beigebracht hatte. Dann schnitzte er noch andere Verzierungen hinein: nicht die Vögel und Blumen, die sein Vater machte, sondern eigenartige, ineinander verschlungene geometrische Figuren, und das verschaffte ihm eine merkwürdige, innige Befriedigung. Er besaß eine Schleuder, und diese Schleuder trug einen Namen, wenn auch nur in Form eines einzigen Buchstabens, wie die Waffen der großen Krieger, die für die Welt der Menschen gekämpft und sie aus der Gefahr errettet hatten.

Tagsüber auf die Jagd zu gehen, war zu gefährlich, wie Rankstrail bald einsah. So geschickt er auch darin war, die Jagdhüter auszumachen, ihre Bewegungen aus dem Aufflattern der Vögel zu erahnen, waren sie doch eine Gefahr. Nachts hatte er außerdem den Vorteil, dem Vater bei der Heimkehr nicht unter die Augen kommen zu müssen. Er lernte, nur nachts auf die Pirsch zu gehen, wenn der Schlaf die Menschen warm und tröstlich einhüllte, alle, außer den Wachsoldaten, alle Kinder, außer ihm. Auch die Reiher und Dommeln schliefen in ihren Nestern, versteckt im Schilf am Fuß der Erdwälle. Der einzige Möglichkeit, sie zu finden, war stillzuhalten, Nacht für Nacht, und auf die glückliche Fügung zu hoffen: den Flug einer Eule, die ihm die Richtung zur Beute wies.

KAPITEL 3

Jeden Tag machte Rankstrail bei dem Schreiber halt und schenkte dem verrückten Kerl etwas, und wenn es auch nur eine Handvoll Kaulquappen war. Im Tausch dafür lehrte der ihn, einen neuen Buchstaben zu schreiben. Dann zeigte er ihm, wie man die Buchstaben zu Worten zusammenfügt, er ließ ihn das Alphabet wieder und wieder aufsagen, laut und leise, vorwärts und rückwärts oder mit Steinen im Mund, sodass er sein Stottern loswurde. Ein wunderbares Abenteuer waren die Zahlen, die Rankstrail immer schon deutlich vor Augen gestanden hatten, die aber nun, in scharf umrissene, klare Zeichen verwandelt, noch herrlicher wurden, wie die Klinge eines Schwerts. Gerührt entdeckte er, dass die Zahlen kein Ende hatten: Es gab keine, zu der man nicht noch eine, zehn oder weitere hundert hinzufügen konnte. Hatte man erst einmal aus eins und eins zwei gemacht, war der Begriff des Unendlichen unmittelbar gegeben, war er förmlich mit Händen zu greifen.

Nachdem er gelernt hatte, wie man Laute in Zeichen umsetzt, sie verwandelt und umlautet, indem man zwei Pünktchen darübersetzt, wurde Rankstrail in die Geschichte eingeführt. Er lernte Daten und Namen. Hörte von Schlachten. Begriff, warum man in der Mitte einer Truppenformation eine scheinbar schwache Einheit einsetzen kann, sodass der Feind leichtsinnigerweise eben dort angreift, um die Linien zu durchbrechen, sich aber dann umzingelt sieht. Er begriff, dass wegen eben dieser Gefahr der Einkesselung ein Heer an den Flanken nie unbedeckt sein darf. Geometrische Prinzipien, von einem fähigen Kommandanten angewandt, konnten über Leben oder Tod, über Sieg oder Niederlage entscheiden. Der Verrückte Schreiber erzählte ihm von Sire Arduin.

»Er hat die Welt der Menschen zurückerobert«, sagte er. »Du hast nicht vielleicht noch etwas Honig, mein lieber, großzügiger Junge? Schade, er tut meinen müden Gliedern so wohl... Sire Arduin eroberte die Welt der Menschen, die ganz von den Orks besetzt war, zurück, indem er strategisch vorging. Weißt du, was Strategie ist?«

Rankstrail hatte es begriffen: Es war die Summe aus Geometrie und Mut.

»Er hat einmal gesagt, ein Volk, das nicht mehr kämpfen kann, ist ein Volk von Sklaven oder ein Volk von Toten und...«

Rankstrail wollte kämpfen lernen. Er wagte es, von seinem Traum zu erzählen, dem Traum, Ritter zu werden, auch Fußsoldat, wenn etwas Besseres nicht möglich war, aber auf jeden Fall mit schimmerndem Helm und Harnisch. Die Antwort war wie eine kalte Dusche.

»Papperlapapp, das ist, wie wenn man als Kind davon träumt, fliegen zu können!«

Niemand aus dem Äußeren Bezirk würde jemals Harnisch und Rüstung der Helden erlangen können. Der Schreiber erklärte, dass die Einwohner des Äußeren Bezirks, die sich von Kaulquappen und Fröschen ernährten und ihrerseits den Mückenschwärmen, die in ihren Wasserlachen gediehen, als Fraß dienten, keinerlei

Zugang zum festgefügten Militärapparat der Stadt Varil hatten, weil die gesamte Hierarchie, vom obersten Befehlshaber bis herunter zum letzten Hellebardier, streng durch Gesetze der Geburt geregelt war. Wer von den Bewohnern der Hütten im äußeren Mauerbezirk meinte, die Berufung zum Krieger zu haben, musste sich damit begnügen, sich seinen Sold bei anderen Kriegsherren zu verdienen, besser gesagt in der Grafschaft Daligar, eine Tätigkeit, die bekannt war als Waffendienst. Ein Söldner genoss jedoch kein sonderlich hohes Ansehen.

»... siehst du, mein Junge, der Söldner verhält sich zum Ritter wie die Waschfrau zur Dame. Sie sind nicht nur so himmelweit voneinander entfernt wie die Sterne und ihr Spiegelbild in den Pfützen, sie sind unvereinbar. Wer sich einmal mit wenig achtbaren Tätigkeiten befleckt hat, dem ist der Weg zu Ehrenpositionen auf immer versperrt. Das Schlimme ist, dass in Varil auch die Stellungen des Baders, des Schmieds, des Goldschmieds, Apothekers, Schneiders, des Schweine-, Schaf- und Ziegenhirts, des Steinschneiders, Baumeisters und Dieners ausschließlich auf erblichem Wege zu erlangen sind. Der einzige Beruf außer dem des Söldners, den du als Bewohner des Äußeren Bezirks ergreifen kannst, ist der des Bettlers. Wärst du als Frau auf die Welt gekommen, könntest du auch als Wäscherin arbeiten.«

»Und woher weißt du das? Du kommst doch von auswärts!«, sagte Rankstrail verärgert.

Insgeheim hatte er schon befürchtet, dass sein Traum vom Ritterdasein bloß ein kindliches Hirngespinst sein könnte, aber das so nachdrücklich bestätigt zu bekommen, war trotzdem schmerzhaft.

»Man muss nicht von einem Ort stammen, um ihn zu kennen. Gut deine Froschbrühe, ich spüre, wie wohl sie meinen Knochen tut und gegen den Husten hilft. Sag deiner Frau Mutter in meinem

Namen Dank dafür. Die Kenntnis der Orte ist wie die der Zeiten, man kann sie auch durch das gehörte oder gelesene Wort erwerben. Häufig ist die Kenntnis von außen sogar besser als die von innen, genauso wie die architektonischen Linien und Proportionen eines Palasts sich besser an der Fassade erkennen lassen, als wenn man in seinem Keller hockt.

Daligar verdankt seinen Namen »Igelstadt« der Reihe von mörderischen Pfählen, die an der Stadtmauer außen, gleich unterhalb der Zinnen angebracht sind. Sie sind nach unten geneigt, innen hohl und dazu da, um Siedendes und Brennbares auf ein eventuelles Belagerungsheer hinabzulassen, ohne aus der Deckung gehen und sich hinausbeugen zu müssen. Die Pfähle wurden auf Anordnung von Sire Arduin angefertigt und angebracht, als die Orks aus der Stadt vertrieben worden waren und sie dann belagerten. Unablässig lief aus den hohlen Pfählen die Glut, Nacht für Nacht, im Dunkel glühende Bahnen zeichnend, das einzige Licht in einer sterbenden Menschenwelt, Zeichen dafür, dass Daligar kämpfte, dass Kämpfen möglich war.

Das Heer der Stadt Daligar, mein Sohn, setzt sich zusammen aus zwei grundverschiedenen und strikt getrennten Armeen. Die eigentliche Armee der Stadt besteht aus der sogenannten Schweren Kavallerie und Schweren Infanterie und rekrutiert sich aus den Einwohnern der Stadt. Die schönsten Pferde und die besten Schwerter sind für ihre Ritter bestimmt. Einstmals bestand die Schwere Kavallerie nur aus Adeligen, dem Grafen von Daligar und den Gründern der Stadt. In jüngerer Zeit dagegen legt der Richter fest, wer, ja nach Verdienst, Teil davon sein darf.«

»Na, das ist doch besser so, es ist gerechter.«

»Nein, das ist es nicht, mein Sohn, das scheint nur so. Du stellst dir vor, dass die Besten und Tüchtigsten in den Kampf geschickt werden, sobald das grausame Geschäft des Tötens nicht zu vermeiden ist. Mach dir bloß keine Illusionen, mein Junge, bilde dir nicht ein, der Krieg sei eine ruhmreiche Sache. Gelegentlich muss man ihn aber führen, und dann ist es besser, es führt ihn, wer imstande ist zu siegen. Gut ist ein Heer, wenn es von dem Intelligentesten und Loyalsten angeführt wird. In früheren Zeiten waren das die Angehörigen der großen, alten Familien, mal intelligent, mal dumm, fast immer mutig, seltener feige, im Großen und Ganzen tüchtig im Kampf, da sie von Kindesbeinen an nichts anderes gelernt hatten. Die Auswahl nach Adelsgeschlechtern war zwar ungerecht, gewährleistete aber Kontinuität und auch eine gewisse Eignung. Jetzt gibt es in Daligar nichts dergleichen. Jetzt sind an die Stelle der Adeligen die Sprösslinge aus den Familien getreten, die dem Verwaltungsrichter am nächsten stehen, und die Ungerechtigkeit ist größer geworden, weil niemand wagt, den Mund aufzumachen. Früher war Kritik am König immerhin erlaubt, und ich garantiere dir, jeder wird schlechter, wenn er von Leuten umgeben ist, die immer nur Ja sagen. Meinst du, deine Frau Mutter wäre so freundlich, mir Nadel und Faden zu leihen? Meine Hosen fallen wirklich auseinander. Wo war ich stehen geblieben? Für die Ritter gibt es die besten Rüstungen, die schärfsten Schwerter, die Hellebarden mit den schönsten Verzierungen. Die Söhne aus geringeren Adelsgeschlechtern, die früher als nicht alt genug galten und heute die Einzigen sind, die etwas weniger vor dem Richter kriechen, kommen in die Infanterie. Hier gibt es weniger Gold- und Silberbeschläge, aber der Stahl der Harnische und Schwerter ist von solider Qualität. ›Schwer‹ heißen diese Einheiten eben wegen des Gewichts der Rüstungen und Waffen, denn zum Stahl kommt noch das Gold und Silber der Gravuren und Intarsien hinzu. Auf der anderen Seite sind die Söldner. Das Wort kommt von Sold, man kauft sie für Geld.«

»Werden die anderen denn nicht bezahlt?«

»Aber gewiss nicht.«

»Wovon leben sie denn?«

»Sie sind von Haus aus reich. Die Angehörigen des regulären Heers erfüllen den Zensus …«

»Den was?«

»Sie haben von Haus aus Geld und brauchen keins. Die Hungerleider verdingen sich als Söldner. Du könntest Söldner werden. Du hast die besten Voraussetzungen dafür: Du bist groß, kräftig und bettelarm. Meinst du, du könntest deine Frau Mutter bitten, dass sie mir die Hosen flickt? Ich bin nicht wirklich gut im Nähen, und dann scheint mir, dass Nadel und Faden allein nicht genügen. Meiner Meinung nach braucht es da auch ein paar Flicken. Meinst du, deine Frau Mutter hat ein Stück Stoff übrig? Bei dir zu Hause ist nie was übrig? Schade. Wo war ich stehen geblieben?

Das Söldnerheer hat also die Aufgabe, nicht nur die Grafschaft zu verteidigen, sondern die ganze Menschenwelt bis an die Grenzen der Bekannten Welt, eingeschlossen also auch die Ebene von Varil, den Gespaltenen Berg, die Hochebenen von Kastaneda und der Hohen Wacht.«

»Die Ebene von Varil? Wir brauchen niemand. Wir haben die stärkste Armee der Welt.«

»Entschuldige, mein Sohn, wen meinst du mit diesem ›wir‹? Du bist kein Einwohner von Varil, sondern des Äußeren Bezirks, das ist nicht dasselbe. Ihr, genauer, sie, die wirklichen Bürger von Varil, haben eine ausgezeichnete Armee, haben sie aber nie eingesetzt, denn wenn ein feindliches Heer anrückt, öffnen sie die acht Schleusen des Dogon, dort, weißt du, wo die Windmühlen sind, die das Wasser auf die Reisfelder lenken, und setzen die Ebene unter Wasser. Varil ist nie angegriffen worden. Seine Armee besteht aus Adeligen, und das sind alles Leute, die sich nicht gerade darum reißen, die Siedlungen an den Grenzen zu verteidigen, also übernimmt das die Grafschaft, indem sie ihre Söldner dorthin schickt. Zwischen der Grafschaft Daligar und der Stadt Varil besteht ein alter Bündnispakt und eine ferne Erinnerung daran, dass Letztere einst der Ersteren untertan war. In den Jahrhunderten der Finsternis, als die Orks über die Menschenwelt herfielen, wurde der König von Varil durch den König von Daligar ernannt und musste vor ihm das Knie beugen. Das Bündnis besteht noch immer: Die Grafschaft übernimmt den Schutz und die Verteidigung der Grenzen der Bekannten Welt, sodass Varil in seiner aristokratischen Nachlässigkeit sich nicht darum zu kümmern braucht. Im Tausch dafür zahlt Varil jährlich einen stattlichen Tribut in Gold, der die Gesamtkosten des Söldnerheers um mehr als das Zehnfache übersteigt. Der Verwaltungsrichter könnte den Sold seiner Leute also mindestens verzehnfachen und dabei immer noch verdienen. Mit einem höheren Sold und anständiger Verpflegung wäre es nicht nötig, ständig Kontrolle auszuüben und dauernd den Henker zu bemühen, der sogar den Diebstahl eines einzelnen Kohlblatts aufs Grausamste bestraft. Um in einem Haufen von chronisch hungrigen, bis an die Zähne bewaffneten Kerlen die ständige Versuchung zum Diebstahl abzuwenden, muss die Gewalt maßvoll verteilt und gezielt eingesetzt werden. Ich habe das nie begriffen: Man bräuchte sie nur etwas besser zu bezahlen, ihnen das Vereinbarte zu geben. Wenn sie nicht gebraucht werden, bekommen die Söldner keinen Sold, und wovon sollen sie da leben? Aber wenn sie desertieren, bedeutet das den Galgen. In der Grafschaft Daligar halten sich Idiotie und Grausamkeit die Waage. Der Verwaltungsrichter scheint den Galgen nicht nur für eine notwendige, sondern auch ausreichende Vorrichtung zu halten, um vorbildliche Disziplin zu gewährleisten, und davon, den Sold zu erhöhen, hat nie jemand geredet.«

»Und warum sagst du, das wäre etwas für mich?«

»Weil du für einen Bettler nicht die richtige Statur hast. Wie es jetzt aussieht, wirst du, wenn du ausgewachsen bist, mindestens sechseinhalb Fuß groß und drei Fuß breit in den Schultern sein. Bittest oder schuldest du gern jemandem etwas?«

»Lieber verrecke ich.«

»Na siehst du! Du hast weder die Statur noch die Berufung zum Bettler. Und ein unbezahlter Schreiner, dein Vater, ist genug …«

»Ich mag es nicht, wenn du dich über meinen Vater lustig machst.«

»Nie und nimmer würde ich mir das erlauben. Jahre würden nicht ausreichen, um die ganze Hochachtung zum Ausdruck zu bringen, die ich für deine Eltern hege. Das schwöre ich dir beim Leben meines Sohnes.«

»Du hast einen Sohn?«

»Ja, und bevor ich verhaftet wurde, habe ich ihm befohlen, mich zu verleugnen, zu vergessen, Verleumdungen nicht zu widersprechen und am Leben zu bleiben. Hör zu, ich sage nur die Wahrheit. Wenn dein Vater bezahlt würde, wie er es verdient, könntest du in seiner Werkstatt mitarbeiten und sie später übernehmen. So wie die Dinge heutzutage aber einmal liegen, ist es besser, du suchst dir etwas anderes. Wenn es Arbeit für sie gibt, werden die Söldner bezahlt und verpflegt, also können sie ihren Sold nach Hause schicken. Zu den Aufgaben der Söldner gehört es auch, Banditen und Orks von den Grenzen fernzuhalten, wie es früher war, vor den Endlosen Regenfällen. Es gibt keine Schilderhäuschen, keine Warnfeuer und keine Grenzbefestigungen mehr, aber jetzt hat man wenigstens die Söldner hingeschickt. Nichts Erhabenes, wie du siehst. Nichts Großartiges. Es ist eine Arbeit ohne Ruhm und voller Mühsal, Nachtwachen, Überfällen und Gewaltaktionen, aber ohne die Söldner wären die Grenzlande wehrlos …«

»Kämpfen die Söldner gegen die Orks?«

»Sicher, du glaubst doch wohl nicht, dass die Ritter mit ihren schimmernden Rüstungen in die Grenzlande ziehen? Da könnten ja die Helmfedern staubig werden! Das ist ein Geschäft, wofür man die Söldner benötigt, Männer mit leichten Harnischen aus Leder- und Metallplatten: Die glänzen nicht in der Sonne und sind bei stunden- oder tagelangen Märschen nicht hinderlich. Söldner verrichten eine Arbeit ähnlich wie du mit deiner Wilderei, unverzichtbar und verachtet, und niemand dankt sie ihnen je, aber irgendwer muss sie ja machen, diese Arbeit, sonst kommen die Orks zurück. Und die sind schlimmer als alles und alle. Sie sind sogar schlimmer als der Verwaltungsrichter.«

Rankstrail hörte zu und dachte über alles nach.

Der Traum vom Ritter verblasste, zog sich aus den hellen Regionen des Tages zurück und kehrte nur flüchtig in den Augenblicken zwischen Wachen und Träumen wieder. Nur wenn Rankstrail schon die Augen zufielen, träumte er von sich selbst, von dem Zeitpunkt, da er der Stadt Varil seinen ganzen Schneid und seine Tapferkeit beweisen würde. Er träumte, eines Tages würde er einen Angriff der Kavallerie befehligen und die belagerte Stadt befreien. Er träumte, bedeckt von Gold und Ruhm würde er Einzug halten in der Stadt, und die Einwohner der Zitadelle würden sich in ihren Gärten und unter Blumengirlanden vor ihm verneigen und ihn zum König machen.

Doch auch in seinen Kinderträumen von Ruhm und Größe lauerte eine ständige Bedrohung, die mit der Zeit stärker wurde, nämlich das Bewusstsein, dass die Orks eines Tages wiederkommen würden, denn früher oder später kamen sie immer wieder. Das war ein dunkles, aber tief verankertes Wissen, eins von den Dingen, die man weiß, und basta, so wie er wusste, dass er er selbst war und dass seine Kräfte von Tag zu Tag zunahmen. Zuletzt drehte Rankstrail sich auf eine Seite, suchte eine

Lage, die für ihn bequem war und seine Läuse nicht allzu sehr behelligte, und überlegte sich, wenn es schlecht lief, könnte er immer noch Söldner werden. So würde er wenigstens die Orks bekämpfen.

Ein paar Stunden später wachte er auf, es war mitten in der Nacht. Er schlich aus dem Haus und stieg, den zerstreuten Blicken der Wachsoldaten ausweichend, über den Mauerwall, wo in Gärten alles üppig gedieh, Rebstöcke und Feigenbäume ihre Äste ins Leere streckten, und wagte sich hinaus in die eisige Nacht der Reisfelder, um etwas zum Essen aufzutreiben, für sich, seine Familie und all die Unglückseligen, die an die mit Greifen, Reihern und Paradiesvögeln verzierte Tür klopfen und um etwas baten.

Die Wilderei erwies sich als vielschichtiges Unterfangen, das ganz unterschiedliche und einander ergänzende Fähigkeiten voraussetzte: die Reiher auffinden, sie erlegen, den Wildhütern ausweichen und bei der Rückkehr durch das Große Tor den Blicken der Wachsoldaten entgehen. Zuletzt, zu Hause, war dann der Blick des Vaters. Er hinderte ihn nie daran, auf Jagd zu gehen. Zu Fiamma war noch ein Brüderchen hinzugekommen, Borstril, und dann war da der Husten der Mutter, die nicht mehr als Wäscherin arbeiten konnte, und alle brauchten etwas zu essen … Die Stichhaltigkeit der Gründe vermochte jedoch nichts gegen die Verzweiflung und die Niederlage in den Augen des Vaters auszurichten und gegen seine ständigen Beteuerungen, er habe keinen Hunger, um das, was der Sohn mitbrachte, nicht anrühren zu müssen, womit er nicht nur seine Seele, sondern auch sein leibliches Wohl gefährdete. Die Nachbarn bemerkten, dass es bei ihnen zu essen gab, nicht zuletzt wegen des Bratendufts, der aus ihrem Rauchfang aufstieg, über die Farne und Moose strich, die auf dem Dach wuchsen, und oft klopfte jemand an ihrer Tür und bat um etwas.

Jede Nacht war Rankstrail in den Reisfeldern. Nicht jede Nacht fing er etwas. Er lernte, die Bewegungen der Wildhüter am rauen Schrei der Eulen zu erkennen. Er lernte, sich zu bewegen, ohne dass er die Eulen aufschreckte, die durch ihren rauen Schrei den Wildhütern seine Anwesenheit anzeigten.

Er lernte, Müdigkeit, Kälte und Taubheit in den Beinen zu ertragen, wenn er lang reglos im Wasser stand. Er lernte, zu schwimmen wie die Frösche, sodass er überleben konnte, wenn durch einen Schaden an einer Schleuse der Wasserpegel plötzlich anstieg oder wenn die Regenfälle im Herbst die Reisfelder in tiefe Teiche verwandelten. Aus einem kräftigen Weidenzweig fertigte er sich eine Schusswaffe mit größerer Reichweite und spitzen, bohrenden Wurfgeschossen, einen kleinen Jagdbogen, nicht mehr als drei Fuß hoch. Rankstrail schnitzte sein R hinein und versteckte den Bogen in einer hohlen Eiche gleich außerhalb der Mauern. Während er mit der Schleuder seit jeher unschlagbar war, war er mit dem Bogen gut, aber nicht außergewöhnlich. Kaum hatte er ihr den Gebrauch beigebracht, übertraf Fiamma ihn an Geschicklichkeit.

Reiher und Dommeln, manchmal auch ein Kaninchen oder ein Dachs waren für seine Mutter, für die Kranken, die Kleinkinder und die schwangeren Frauen; als ob das nicht genügte, war da auch noch der Verrückte Schreiber satt zu kriegen. Um ihn vor Steinwürfen zu schützen, erkaufte sich Rankstrail das Wohlwollen und den Gehorsam der Kinder im Äußeren Bezirk, indem er sie in Banden organisierte und sie auf einige seiner nächtlichen Exkursionen mitnahm. Bei dieser Gelegenheit stellte er fest, dass viele, auch solche, die größer waren als er selbst, Angst vor der Dunkelheit hatten.

Für ihn war die Dunkelheit ein willkommenes und freundliches Element, das ihn wie eine Decke einhüllte und worin er sich sicher bewegte. Der Geruchssinn war ihm ein nicht weniger verlässlicher Führer als die Orientierung an Formen und Entfernungen. Die Tatsache, dass man sich vor der Dunkelheit fürchten könnte, erstaunte ihn fast so sehr wie die Feststellung, dass der Verzicht auf Schlaf für andere eine regelrechte Qual sein konnte.

Rankstrail erlernte die Grundregeln guter Kommandoführung: wenige, klare Befehle, die die Möglichkeiten des Empfängers nicht übersteigen. Ein guter Kommandant schlichtet Streitigkeiten, demütigt niemanden, duldet aber auch keine Demütigung der eigenen Person. Wider alle Gebote der Schicklichkeit und taub gegenüber allem Meckern und Schimpfen, nahm Rankstrail auch Mädchen in seinen Banden auf, wenn sie darum baten (tatsächlich war es nur seine Schwester Fiamma), sodass sie wenigstens eine Wahl hatten. Denn alles, sogar reglos im eiskalten Wasser der Reisfelder zu stehen, das Herz zum Zerspringen klopfend aus Angst vor den Wildhütern, alles erschien ihm tausendmal besser als das Schicksal einer Wäscherin, das sie alle erwartete.

Als Fiamma zum ersten Mal an einer Expedition teilnahm, musste Rankstrail ihr beibringen, wie man klettert und Hindernisse überwindet. Fiamma lernte schnell, aber bei diesem ersten Mal verloren sie Zeit; jemand wurde ungeduldig, und das verstärkte noch die Empörung darüber, sich das Abenteuer durch die Anwesenheit eines Weibsbilds verderben zu lassen.

»Das sind die Kinder von der Gebrandmarkten und von dem Idioten, der nichts Besseres weiß, als sich schikanieren zu lassen…«, murrte jemand.

Auch im Dunkeln hatte Rankstrail gehört, von wem der Kommentar kam. Wut und Hass explodierten in seinem Kopf. Ihm war klar, dass er diesmal nicht wie sonst beim ersten blauen Fleck, bei der ersten Bitte des Gegners um Gnade innehalten würde. Diesmal würde er vor nichts haltmachen, weder vor Blut noch vor brechenden Knochen. Er wollte nur eines: dem anderen die Hände um die Gurgel legen und immer weiter zudrücken, bis da keine Schmähung mehr herauskommen konnte.

Daraus wurde nichts.

Mit kecker Stimme kam ihm Fiamma zuvor.

»Die Götter strafen jeden auf seine Weise. Meiner Mama haben sie eine Verbrennung auferlegt, deine Mutter haben sie mit einem dummen Sohn geschlagen«, zischte sie, ohne dabei etwas von ihrer Fröhlichkeit einzubüßen. »Und ich kann dir versichern, das ist wesentlich schlimmer. Im Leben meiner Mama hat es eine Zeit gegeben, wo sie noch kein Brandmal hatte, und im Jenseits wird sie auch keins mehr tragen. Du aber hast in deinem ganzen Leben keinen einzigen Augenblick gekannt, wo du nicht dumm warst.«

Alle hielten sich die Hand vor den Mund, um ein Lachen zu unterdrücken, und Rankstrail atmete auf. Seine Wut legte sich. Mit jedem Augenblick kam sie ihm sinnloser und dümmer vor. Er überlegte sich, dass er schließlich nicht alle Idioten, die ihm über den Weg liefen, umbringen konnte; er würde lernen, es auch so zu machen wie Fiamma, er würde sie bloßstellen, dann brauchte Mama auch nicht traurig darüber zu sein, dass er jemanden verprügelte. Er sagte sich, er müsse aufhören, sich zu prügeln, er müsse versuchen, erst gar nicht damit anzufangen.

In dieser Nacht musste er sich mit einem leisen Gefühl des Schwindels oder vielleicht des Ekels eingestehen, dass er fähig gewesen wäre zu töten.

Außer auf Herausforderungen mit Worten zu reagieren, statt mit Fäusten, lernte Rankstrail von Fiamma auch, darauf zu achten, dass man Tieren so wenig Schaden wie möglich zufügte. Er machte es sich zur Regel, die Nester nicht anzurühren, solange Junge darin waren, nie auf die Mütter zu schießen und im Zweifelsfall eben auf die Beute zu verzichten. Rankstrail musste anerkennen, dass Fiammas Beobachtungen sinnvoll waren: Ohne Nester und ohne Eier würde es früher oder später keine Reiher und Dommeln mehr geben und das wäre auch zum Schaden der Jäger.

Des eigenen Andersseins gewahr zu werden, ist stets ein komplexer Vorgang; daher wurde Rankstrail erst allmählich und widerstrebend bewusst, dass alle anderen, einschließlich Fiamma, die Beute stets einen Augenblick später bemerkten als er selbst. Natürlich wäre es korrekter gewesen zu sagen, dass er die Beute einen Augenblick früher wahrnahm als die anderen. Die Gabe, Dinge vorherzuwissen, weshalb er damals gewusst hatte, was in dem Glas Honig war, zeigte sich in seinem Leben bei keiner Gelegenheit deutlicher, als wenn er eine Waffe in Händen hielt. Er wusste einen Augenblick im Voraus, wo das Tier auftauchen würde, dem es bestimmt war, seine Beute zu werden.

Während der langen Wintermonate, die der Verrückte Schreiber nur deshalb überlebte, weil Rankstrail Reisigbündel zum Feuermachen für ihn eintauschte, erklärte er ihm zwischen einem Niesen und dem nächsten, dass in Daligar wie in Varil der König teils durch Geburt, teils durch Wahl bestimmt wurde. Als Wähler wie als Kandidaten zugelassen waren nur die Angehörigen der großen Adelsfamilien. Oft, aber nicht immer und nicht notwendigerweise, wurde der Sohn des vorherigen Königs zum König gewählt. Hatte ein Herrscher einen männlichen Nachkommen, so wurde dem im Allgemeinen der Vorzug gegeben, außer er hatte schon Anlass zu Vorbehalten gegeben oder jemand anderer hatte sich durch besondere Verdienste ausgezeichnet. Arduin war eine Ausnahme gewesen, er war als General einstimmig zum König gewählt worden, weil er die Orks verjagt und das, was von der Stadt übrig war, gerettet hatte, nachdem der regierende Herrscher sie verlassen hatte und in die unzugängliche Falkenstadt Alyil in den Bergen des Nordens geflüchtet war. Arduin entstammte nicht dem städtischen Adel und seine Nachkommen wollten diesem auch nie angehören, sie mischten sich wieder unters Volk.

Nach Arduin war alles in einem Sumpf der Unfähigkeit untergegangen. Statt zu entscheiden, wer würdig war, gewählt zu werden, suchte man sich lieber denjenigen heraus, der einfach nur durchschnittlich war und nicht ganz so schlecht, der nicht offensichtlich unfähig war, und den wählte man dann. Durchschnittlichkeit wurde zum Verdienst, Unfähigkeit die Regel.

Die Grafschaft versank in ungelösten Problemen, vorhersehbaren und vermeidbaren Katastrophen, die sich pünktlich immer wieder einstellten, so regelmäßig wie die Jahreszeiten. Als im Frühjahr dann die Sonne wieder schien und in der Wärme des keimenden Lebens aus Millionen von Eiern die Mücken krochen, erklärte der Verrückte Schreiber, dass durch die fehlende Instandhaltung der Bewässerungskanäle und bei den spärlichen Niederschlägen jeden zweiten Sommer eine Dürre eintrat; oder dass ohne Rodung des Unterholzes eine Masse von Ästen und Abfällen das Flussbett des Dogon verstopfte, sodass die Regenfälle im Herbst jedes zweite Jahr zu Überschwemmungen führten. In den Wintermonaten, wenn die Glut auch in den kältesten Stunden der Nacht und des Schlafes im Herd weiterglomm, konnte es vorkommen, dass Funken an die Wände flogen und dort das Stroh in Brand setzten, das man in die Ritzen zwischen den schlecht zusammengefügten, morschen Balken gestopft hatte. In den ärmeren Dörfern standen die Häuser dicht nebeneinander, zu armselig, um Platz zu beanspruchen. Mit rasender Geschwindigkeit breiteten die Flammen sich hier aus, flogen wie die Engel der Zerstörung von Haus zu Haus, sodass die Überlebenden, wenn sie am nächsten Morgen die Toten zählten und die verkohlten Reste sichteten, sich nicht damit begnügten, mit dem Schicksal zu hadern, sondern nach den Verursachern fragten. Zur Erklärung der Katastrophen wurden die Elfen und ihre Zauberkräfte angeführt oder die Bosheit der Hexen, denen in ihrem unersättlichen Drang, den Menschen Leiden zuzufügen und sie zu verhöhnen, Dürre, Überschwemmungen und Elend nicht genügten. Und jedes Mal schwor das Volk der Menschen denen, die bösen Zauber und Fluch gewirkt hatten, Rache und Vergeltung mit Feuer und Schwert. Mit Feuer, Schwert und Qualen.

Im Sommer schließlich, als Hagelstürme und brütende Hitze einander ablösten, erklärte das Männlein, wie es dem Inquisitor der Stadt, Erligno, einem großen Elfen- und Hexenjäger, endlich gelungen war, nachdem eine Reihe von Herrschern beharrlich in Dummheit und Unfähigkeit gewetteifert hatten, auch das militärische Oberkommando und die Aufsicht über die Verwaltung unter seine Amtsgewalt zu bringen, obwohl der letzte König, Aturdo der Fünfte, noch am Leben war.

Nach dessen Tod war Erligno so klug, sich Verwaltungsrichter zu nennen, ein etwas weniger furchteinflößender Titel als Inquisitor, und er übernahm die absolute Herrschaft. König konnte er nicht werden: Seine Grausamkeit war schon zu bekannt, als dass er darauf hätte hoffen können, gewählt zu werden. Keine einzige Familie des Adels und des Patriziats, in der nicht wenigstens ein Angehöriger am Pranger oder am Galgen geendet oder auf unbestimmte Zeit in irgendwelchen Verliesen verschwunden war. Erligno focht das nicht an. Er schaffte das Wort »König« ab und verbot seinen Gebrauch. Die Rolle des Herrschers selbst, die eine Wahl voraussetzte, schaffte er als überflüssiges Relikt einer überholten Vergangenheit ab, enteignete Ländereien, Wälder und Unternehmungen, presste durch wucherische Steuern jedem, der noch irgendetwas besaß, auch das Letzte ab, ließ Widersacher töten wie räudige Hunde und stürzte das Land in das tiefste und aussichtloseste Elend, das man seit den Zeiten der Orks je erlebt hatte.

Stets im Namen des Übergangs zu einer neuen Ära hatte der Verwaltungsrichter auch einen großen Teil des früheren Königspalasts abreißen und ihn durch ein kurioses Bauwerk ersetzen lassen, das ohne alle Bögen, Säulen und Strebepfeiler wie ein großer, unregelmäßiger Steinquader oder die Basis eines Ameisenhaufens aussah. Das Fehlen von Verzierungen, von Gärten und Höfen und von jedweder Variation in der Höhe der Mauern führte dazu, dass der Bau in seinem Inneren Hunderte von Zimmern ohne Fenster oder Lichtschacht beherbergte. Rankstrail konnte darin kein grundlegendes Problem erkennen, aber der Schreiber betonte, dass es sich hier um einen Bruch handelte, alles Bisherige wurde nur noch als Müll betrachtet. Wer die Vergangenheit verwirft, tötet die Zukunft. Rankstrail nickte genervt und versuchte, sich aus dem Staub zu machen. Manchmal hatten die Reden des Männchens ja eine gewisse Logik, aber wenn er auf die getötete Zukunft zu sprechen kam, dann würde unausweichlich wenig später alles in einem Gejammer untergehen, das größere Geduld und Einfühlungsvermögen voraussetzte, als ein Junge aufzubringen vermag.

Vorzugsweise im Herbst, wenn die Stürme losbrachen und der Geruch von Most aus den Fässern aufstieg, konzentrierte sich die Unterhaltung auf die Fähigkeiten des Verwaltungsrichters. Sie schlossen bemerkenswerte Sprachkenntnisse und einige Fähigkeiten als Zauberer oder Erfinder ein. Der Verwaltungsrichter ließ systematisch große Mengen Gerste und Getreide beschlagnahmen, um daraus ein Gebräu seiner Erfindung zu machen, das, auf die Wurzeln der Jasmin- und Glyziniensträucher gegossen, diesen eine ständige, besonders üppige Blüte und einen intensiven, süßlichen Duft bescherte. Aus ganzen Ladungen vergorener Äpfel hingegen wurde eine helle Flüssigkeit destilliert, aus der durch Zusatz von Jasmin ein Parfüm gemacht wurde. Das wurde sehr teuer verkauft: Nicht nur überdeckte es den Geruch der Menschen und der Straßen, sondern, auf ein Taschentuch geträufelt und vors Gesicht gehalten, verringerte es bei Epidemien auch die Gefahr der Ansteckung – in der Regierungszeit des Verwaltungsrichters nahmen diese an Häufigkeit und Schwere zu, ein klares Zeichen für die wachsende Bösartigkeit der Elfen und der Hexen. Das Parfüm wurde in durchsichtige Flakons abgefüllt und in den zahlreichen fensterlosen Räumen des Palasts aufgestellt. Es wurde verkauft bis an die Grenzen der Bekannten Welt, und das ermöglichte es dem Verwaltungsrichter, seine Kassen mit Mengen von Edelsteinen und Gold zu füllen.

Hätte der Verrückte Schreiber seine Erzählungen nicht ständig durch Hüpfen, spitze Schreie und Gekicher unterbrochen, wäre er glaubwürdiger gewesen. Auch die Angewohnheit, je nach Jahreszeit von bestimmten festgelegten Themen zu sprechen, schien nicht eben auf geistige Gesundheit hinzudeuten. Wenn er über Strategie redete, war er verständlich, bei allem Übrigen allerdings hörte Rankstrail aus bloßer Höflichkeit zu, während er ihm nebenher etwas Kaulquappenbrühe kochte oder die Zahlen und das Alphabet wiederholte. Die Vorstellung, dass nicht alles Übel in der Welt von der Bosheit der Elfen und der Hexen herrührte, faszinierte Rankstrail durch ihre Logik, denn Elfen und Hexen hätten doch wirklich von geradezu selbstmörderischer Dummheit sein müssen, wenn sie Unheil verursachten, das sie dann selbst als Erste traf (ganz zu schweigen von den Vergeltungsmaßnahmen der Menschen), aber die Theorie stand in solchem Widerspruch zur landläufigen Auffassung, dass er sie als unglaubwürdig und verschroben abtat.

KAPITEL 4

Jahraus, jahrein ging das so dahin, bis Borstril laufen lernte.

Dann überstürzten sich die Ereignisse. Die Mutter unterlag im Kampf gegen den Husten, gleichzeitig befiel er den Vater. Zwei Jahre nach dem Tod der Mutter ergriff Rankstrail das Waffenhandwerk. Er hatte nichts anderes gefunden, um das sich selbst gegebene Versprechen zu halten: Niemals sollten seine Geschwister den Hunger kennenlernen.

Als Rankstrail den Äußeren Bezirk verließ, um Söldner zu werden, war er sechzehn Jahre alt.

Er brach in der Nacht auf, ohne sich von irgendwem zu verabschieden, weil sein Vater ihn zurückgehalten hätte, wenn er es gewusst hätte. Auch Fiamma, in allem seine Verbündete und Vertraute, hatte er im Dunkeln gelassen, denn auch sie hätte diese Verrücktheit nicht geduldet.

»Sold« war das Zauberwort, das den blutjungen Mann faszinierte und verlockte, sich wie ein Dieb aus dem Haus zu schleichen, weit fort von seinen Leuten. Sein Vater war krank geworden, und nur wenn er genug zu essen bekam und etwas hatte, wovon er den Arzt bezahlen konnte, hatte er eine Chance, gesund zu werden.

Sein Vater aß wenig, deshalb hatte er den Husten bekommen, der nicht mehr vergeht, wer jeden Tag zu essen hatte, bekam ihn nicht. Rankstrails Vater ertrug den Hunger seiner Kinder nicht. Sie mochten das gewilderte Zeug ja essen, er würde es ihnen nicht verbieten. Er verbot es nie. Aber nicht verbieten und gutheißen ist zweierlei.

Wenn Reiherbraten auf den Tisch kam, stand der Vater auf und setzte sich auf seinen Holzschemel, mit dem gesenkten Blick des Besiegten. Dort saß er dann bis zum Morgengrauen und schnitzte großartige Verzierungen, die kaum jemand bezahlen würde.

Auch nach dem Tod der Mutter war die Familie mit der Tischlerwerkstatt und Rankstrails Wilderei ganz gut durchgekommen, jedenfalls nicht schlechter als alle anderen im Äußeren Bezirk. Dann hatte der Vater zu husten angefangen. Im Winter war Fieber dazugekommen, es packte ihn, warf ihn tagelang nieder und ließ ihn erschöpft zurück, wochenlang nicht in der Lage, den Meißel anzurühren. Der Arzt hatte einen Sud aus Kamille, Belladonna und Baldrian verordnet, so viel Rinderbrühe wie möglich empfohlen und die knappen Ersparnisse der Familie mit einem Schlag zunichtegemacht.

So sah Rankstrail sich allein vor die Aufgabe gestellt, das Problem zu lösen. Das Erste, was ihm einfiel, war, mehr zu jagen. Die Notwendigkeit machte ihn unvorsichtig. Auf der Jagd erwischten sie ihn nicht: Bei seinem Gehör und seinem Geruchssinn hätte kein Wildhüter ihn je geschnappt. Aber um eine Wildente zu erlegen, der er nächtelang aufgelauert hatte, blieb er einmal zu lang draußen. Das Morgenlicht spiegelte sich schon in den Reisfeldern, und über die Befestigungsmauern hinwegzusetzen, war nicht mehr möglich. Rankstrail musste auf der Straße in die Stadt zurückkehren. An dem verschlafenen Wachposten am Tor des Äußeren Bezirks wäre er noch vorbeigekommen, hätte nicht ein hungriger Iltis angefangen, an seiner Tasche herumzuschnüffeln, was das Gelächter und die Aufmerksamkeit der Soldaten ringsum erregte.

Es wurde alles beschlagnahmt und er wurde zum Wachposten gebracht. Die Strafe waren zwölf Peitschenhiebe. Als sie fertig waren, erklärten sie ihm, dass diese Strafe nur einmal verhängt würde. Wenn sie ihn noch einmal bei der Wilderei erwischten und an den Narben sahen, dass er schon einmal gezüchtigt worden war, wäre er »draußen«. Er und seine Familie, draußen. Varil hatte ihm gestattet, innerhalb seiner Mauern zu leben: Wer sich nicht an die Gesetze hielt, war draußen und mochte sich einen anderen Ort zum Leben und zum Sterben suchen.

Taumelnd war Rankstrail aus dem Gebäude gekommen und hatte sich auf den Boden fallen lassen. Dort war er liegen geblieben, bis die Sonne im Zenit stand, dabei wehte ein eisiger Nordwind.

Die Scham machte den Schmerz unerträglich.

Sein Vater würde vergehen vor Scham, wenn er das erfuhr. Rankstrail schwor sich, es nie irgendjemandem zu sagen. Auch Fiamma nicht. Niemand würde das je erfahren. Er würde seine Wunden im Verborgenen unter der Jacke ausheilen lassen.

Jetzt war das Problem das Essen. Er durfte nichts mehr riskieren. Ohne die Jagd war seine Familie erledigt.

Doch in dem Augenblick kam der Ausrufer vorbei und rief allen in Erinnerung, dass man sich in Daligar, zwei Tagesmärsche entfernt, wieder einmal bemühte, Soldaten anzuwerben, für das Söldnerheer, das offiziell Leichte Kavallerie und Leichte Infanterie hieß. Das war schon einmal geschehen, vor acht Jahren, als ein furchtbarer Elf, der Verfluchte, durch die Stadt gezogen war und Hühner, Menschen, Kinder, Hunde, Kanarienvögel, wahrscheinlich Katzen, Kühe, Schafe, Ziegen, Widder und Goldfische in den

Brunnenbecken ermordet hatte. Rankstrail, der nach der Geburt seiner Schwester von dieser Geschichte gehört hatte, fragte sich, ob Daligar wohl wie jede andere Stadt sei oder eher wie ein Zoo. Der Verrückte Schreiber hatte ihm seine Version der Geschichte erzählt. Ihm zufolge hatte das Elfenkind ein totes Huhn wieder zum Leben erweckt, sodass die Trauer des Todes für diesmal aufgeschoben war. Diese absurde Erzählung war in Rankstrails Augen der endgültige Beweis dafür, dass das Männlein völlig unglaubwürdig war.

Nach acht Jahren hatten sie den Elfen immer noch nicht erwischt. Vielleicht war er gestorben, womöglich aus Angst vor all den Helden, die ihm nachstellten, jedenfalls hatte man sich um ihn nicht mehr gekümmert.

Diesmal erging der Aufruf zu den Waffen wegen der Schwarzen Banditen, der Räuber in den Südlichen Gebieten.

Der Junge vernahm das Wort »Sold«, das der Ausrufer bewusst in jedem Satz wiederholte, wie ein Verdurstender einen Wassertropfen auf einen heißen Stein fallen sieht. Von zu Hause fortzugehen, brach ihm das Herz, aber die Vorstellung von diesem Geld war unwiderstehlich wie ein Zauber.

Er wusste, dass er aufgrund seiner Größe und seines beginnenden Bartwuchses als junger Mann durchgehen konnte statt als das, was er tatsächlich war, kaum mehr als ein Kind; man würde ihn also nehmen. Nach Jahren der Gespräche mit dem Verrückten Schreiber, oder besser, dessen Monologen, besaß er beträchtliche Kenntnisse über die Grafschaft von Daligar und seine Armeen. Weitere Auskünfte bekam Rankstrail im Tausch gegen etwas Essen von einem durchziehenden Bettler, der erklärte, entfernt mit einem Söldner verwandt zu sein. Rankstrail vermutete ja, in Wirklichkeit handle es sich um einen Deserteur, doch ganz gleich ob aus erster oder zweiter Hand, die Informationen, die er hier bekam, entpuppten sich als unendlich viel nützlicher, realistischer und glaubwürdiger als die des Ausrufers.

Wie der Schreiber ihm gesagt hatte, erklärte sich der Name »Leichte« Kavallerie und Infanterie durch die Harnische und Helme, die sich aus Metallplättchen und Lederstücken zusammensetzten, sodass sie extrem kostengünstig waren und sich folglich auch ihr Gewicht in Grenzen hielt. Zusammengehalten wurde das Ganze durch Lederriemen oder Hanfschnüre, je nachdem was gerade vorhanden war; waren sie verschlissen, ersetzte der Soldat sie, so gut es ging, und wenn er keinen Hanf und kein Leder fand, behalf er sich mit Ochsensehnen, welche die Harnische der getöteten Banditen und Orks zusammenhielten; das hatte aber zur Folge, dass die Soldaten der Leichten Kavallerie und Infanterie sich am Ende in Aussehen und Geruch kaum von den Feinden unterschieden, die sie bekämpften.

Da sie leicht waren, hielten diese Harnische aber auch weniger ab, Schwerthiebe wurden nicht immer abgewehrt; etwa die Hälfte aus der Nähe abgeschossenen Speere und Pfeile drang durch. Dafür konnte man sich mit bemerkenswerter Geschwindigkeit fortbewegen, genauso schnell wie der Feind, und daher rührte bei den Söldnern eine besondere Kampftaktik, die von den regulären Einheiten des Heeres nicht angewandt wurde. Deshalb schickte man sie an die Grenzen der Bekannten Welt, in den Osten, um die Orks zurückzudrängen, und in den Süden, um den Schwarzen Banditen Einhalt zu gebieten, wenn die Bauerngehöfte in Flammen standen und die Köpfe der Untertanen der Grafschaft zu dekorativen Zwecken auf Pfähle gesteckt wurden.

Wenn es schlecht aussah, flohen die Söldner; im Fachjargon hieß das »Rückzug«, und die Flucht wurde nicht bestraft, wenn am Ende ein erneuter Angriff und ein Sieg standen. Das entsprach dem Prinzip, dass ein Soldat, der flieht, am Leben bleibt, also noch kämpfen kann. Starb ein Söldner, ließ man ihn dort liegen, wo er gefallen war. Wenn sie nicht gerade flohen, angriffen, rannten oder über die Verpflegung schimpften, die es nicht gab, oder über den Sold, der nicht kam, mochten seine Kameraden ihm wohl auch ein Grab schaufeln und zum Andenken etwas daraufsetzen. Wenn der Tote eine Frau hatte und diese ihm Kinder geschenkt hatte, wurde wohl auch manchmal für sie gesammelt, aber im Prinzip war es verboten, eine Frau zu haben, Söldner konnten keine Frau haben. Nicht nur dass sie als Familienväter allzu sehr darauf bedacht sein würden, nicht zu verrecken: Leute wie sie sollten einfach nicht heiraten.

Um in die Kavallerie aufgenommen zu werden, war ein Pferd vonnöten, also würde er erst bei der Infanterie Dienst tun.

Zur Infanterie wurde jeder zugelassen, der das eigene Recht auf Überleben so gering einschätzte, dass ihm der Beitritt wünschenswert erscheinen konnte. Es wurden keinerlei Nachforschungen über Herkunft, Name oder bisherigen Lebenslauf des Kandidaten angestellt. Der Sold betrug fünfzehn Kupfergroschen und einen Silbertaler alle drei Monate. Manchmal wurde der zu spät gezahlt, manchmal nur zum Teil und manchmal überhaupt nicht, es kam aber auch vor, dass er zum richtigen Zeitpunkt und in voller Höhe ausbezahlt wurde. Der Sold fürs erste Jahr wurde vorgestreckt, damit der Soldat sich Harnisch, Schwert, Beinschienen, Helm und wenigstens einen Dolch, eine Armbrust und einen Bogen anschaffen konnte. Pfeile lernte man aus Ersparnisgründen selbst zu machen. So schlecht, heruntergekommen oder zusammengestoppelt die Ausrüstung auch sein mochte, ein Jahressold reichte oft nicht aus, um die Kosten dafür zu decken. Die Höhe der Wucherzinsen war ein anderer ständiger Albtraum für die Söldner, neben den Armbrüsten der Orks und den Hinterhalten der Banditen.

Soweit Rankstrail verstand, war Grundlage des Lebens in der Leichten Infanterie die Hoffnung: Hoffnung, nicht getötet zu werden; Hoffnung, Sold und Verpflegung zu bekommen, nicht zu wenig und nicht zu verdorben. Hoffnung, dass die selbst gemachten Pfeile nicht abbrechen, nicht von der Bahn abweichen und durchschlagkräftig genug sein würden, um die Orks aufzuhalten, bevor diese die Zeit hätten, ihrerseits ihre verfluchten Pfeile abzuschießen, die von echten Schmieden gemacht waren, mit Spitzen aus echtem Eisen oder Stahl, abgeschossen von echten Armbrüsten, die von echten Tischlern gefertigt waren.

Man verpflichtete sich für fünfzehn Jahre. Wenn einer vor Ablauf dieser Zeit versuchte, sich davonzumachen, kam er an den Galgen. Wer sich hingegen im Lauf des ersten Jahres davonmachte, das heißt noch vor Ende der schon bezahlten Dienstzeit, wurde ebenfalls mit dem Tode bestraft, doch wurde dieser auf fantasievollere Weise herbeigeführt. Die gleiche Strafe, erzielt durch langwierige und einfallsreiche Prozeduren, stand auf fortgesetzte Befehlsverweigerung, auf Flucht nach einer Niederlage oder, die Götter mochten es verhüten, auf Rebellion oder Meuterei.

Geringere Vergehen wurden mit geringeren Strafen geahndet, die von Auspeitschen bis zur Verstümmelung reichten. Nach den ersten fünf Jahren Dienstzeit hatte fast keiner der Söldner mehr die ursprüngliche Anzahl an Fingern oder Zähnen. Von den fünfzehn fest angestellten Henkern in Daligar waren drei ausschließlich für die Söldner zuständig.

Die letzte Nacht zu Hause verbrachte Rankstrail in einem kurzen, unruhigen Schlaf, immer wieder unterbrochen von einem Traum, in dem Wolfsrachen vorkamen. Lang vor dem Morgengrauen wachte er auf, er erkannte seine Leute im Dunkeln an ihrem Geruch, und fast hätte die Trauer ihn überwältigt bei dem

Gedanken, dass er im Begriff war, sie zu verlassen. Ungeschickt schnitt er die Ärmel seiner Jacke ab, um auf den Stoff eine Nachricht zu schreiben, und mit einem Stück Kohle schrieb er darauf, was er vorhatte, damit Fiamma, die lesen konnte, es dem Vater und dem Bruder erklären konnte.

Als Rankstrail aus der Stadt hinaustrat, dämmerte es. Die Welt war in einen leichten Nebel gehüllt, und er hatte das Gefühl, sich in einem Traum zu bewegen. Als die Sonne höherstieg und der Nebel sich auflöste, wandte der Junge sich um und sah noch einmal zurück auf Varil. Stolz ragte es in die Höhe, das Wasser auf den Reisfeldern war jetzt verborgen unter dem dichten, zarten Grün der keimenden Pflanzen, und das sah aus, als wäre die Stadt umgeben von riesigen, sehr weichen Teppichen.

Namenlose Trauer schnürte ihm das Herz zu. Seinen Vater, Fiamma und Borstril zu verlassen, lastete ihm wie Blei auf der Seele. Ohne Fiamma würde da niemand mehr sein, dem er die Dinge erzählen konnte, und umgekehrt würde ihm niemand mehr etwas erzählen. Und Borstril – er hatte gerade angefangen zu sprechen und schon hörte er ihm gern zu. Auch sein erstes Wort war »A'ail« gewesen.

Fiamma war eine gute Bogenschützin, aber sie konnte nicht auf die Jagd gehen. Den einen oder anderen Reiher würde sie schon erlegen, aber wenn die Jagdhüter sie erwischten, bedeutete das die Peitsche. Sie war erst zehn und obendrein ein Mädchen. Mädchen waren empfindlicher als Jungs, und dann – Mädchen sind eben Mädchen. Wenn sie von den Jagdaufsehern ausgepeitscht wurden, war das schlimmer.

Fiamma konnte schreiben, Rankstrail hatte durchgesetzt, dass der Verrückte Schreiber es ihr auch beibrachte, nach wie vor den Staub der Straße als Tafel benutzend, aber er war sich nicht sicher, ob seine Schwester ohne ihn weiter üben und lernen würde.

Das Wort »Sold« übte allerdings einen zu großen Zauber aus; es war für ihn wie für die Motte das Licht. Jedes Mal, und das war oft, wenn er schon haltmachen und umkehren wollte, leuchtete in seinem Geist das Wort »Sold« auf. »Sold«, das bedeutete, dass alles seine Ordnung hatte und keine Regel verletzt wurde, außer vielleicht der, dass kleine Jungs zu Hause bleiben und gegen niemanden kämpfen sollten.

Mit diesem Sold würde sein Vater ordnungsgemäß bezahltes Essen bekommen, wovon er satt werden konnte, und dann würden sie anfangen, in kleinen Raten die Schulden beim Apotheker abzubezahlen.

Er brauchte drei Tage. Die Reise war ein dauerndes Hin und Her. Jeden Augenblick änderte er seine Meinung und wollte umkehren nach Varil, denn auch wenn es stimmte, dass der Sold gebraucht wurde, so war doch auch wahr, dass er eine Verrücktheit beging, das sah er ein. Er machte halt, ging auf die Jagd, dachte nach, suchte Trinkwasser, schaute den Wolken nach, ständig in der Hoffnung, dass sein Vater oder Fiamma hinter ihm am Horizont auftauchen würden, erst als kleine Pünktchen, dann als ganze Personen, die laut schimpfend und schreiend näher kamen, ihn schalten, er sei ja wohl verrückt und ein verantwortungsloser Bursche, er würde anfangen zu weinen, dann würden sie sich umarmen und alle gemeinsam nach Hause gehen.

Keine Menschenseele ließ sich blicken.

Nach drei Tagen kam er endlich in Daligar an. Die Stadt war klein, eingeklemmt hockte sie zwischen zwei Armen des Dogon, die sie wie ein enormer Wassergraben umschlossen. Wenn Varil, die einstige Hauptstadt der Ersten Runenzeit, mit ihren Palästen und ihren Mauern aus strahlend weißem Marmor, die Reiherstadt war, die beherrschend über der Ebene mit ihren von Mandelbäumen gesäumten Reisfeldern thronte, so war Daligar die eigentliche Hauptstadt der Menschen, die Igelstadt.

Daligar war ganz rot von den Ziegelsteinen, die hier in Öfen gebrannt wurden, staubig, ungastlich und abweisend im Schatten der Dunklen Berge gelegen. Seine Mauern waren wuchtig, niedrig und dicht gespickt mit zugespitzten Pfählen. Es lag auf einer Insel zwischen zwei Armen des Dogon, über die zwei Zugbrücken hinüberführten. Davor drängten sich jede Menge Bewaffnete, als ob die Stadt ständig im Krieg läge.

Im Unterschied zu Varil, wo jeder ein und aus gehen konnte, wurde Daligar bewacht wie ein mit Gold gefüllter Schrein, auch wenn das Gold längst aufgebraucht schien. Wer die Ehre hatte, hier zu wohnen, durfte nicht fortgehen, und wer hineinwollte, musste einen schwerwiegenden Grund dafür haben und ihn überzeugend darlegen können.

Außer der Härte des Lebens, das Rankstrail erwartete – immer vorausgesetzt, es blieb ihm erhalten –, außer dem Schmerz, die Seinen verlassen zu müssen, der ihm zu schaffen machte wie eine offene Wunde, war da noch eine andere Angst, verborgener und subtiler: die Befürchtung, dass der Herr, dem er sich nun anvertraute, vielleicht nicht gerade ein leuchtendes Vorbild an Gerechtigkeit und Weisheit sein könnte. Angesichts des unheilbaren Hustens und der Rechnung des Apothekers blieb ihm jedoch keine andere Wahl, also beschloss er, den Schritt zu tun, aber auf der Hut zu sein. Er würde seine Körperkraft verkaufen, nicht aber seine Seele.

An einem strahlenden Morgen, fast schon einem Sommermorgen, kam Rankstrail in Daligar an.

Die ganze Stadt war in Aufruhr, fast wie vor acht Jahren, als der schreckliche Elf hier gewesen war. Die Schwarzen Banditen überzogen die Südlichen Gefilde mit Feuer und Schwert. Es war von nichts anderem die Rede als von ihnen. Sie waren Banditen, die zunächst in einzelnen kleinen Banden angefangen hatten und sich dann zu einem Heer zusammengeschlossen hatten. Es waren keine Orks, aber ihre Grausamkeit war von Jahr zu Jahr schlimmer geworden. Jeder neue Kommandant der Schwarzen Banditen versuchte wie bei einem Turnier, alle vorherigen an Grausamkeit zu übertreffen.

Um irgendeine Art von Gegenwehr auf die Beine zu stellen und die Bauerngehöfte der Gegend zu verteidigen, wurde jeder, der sich meldete, automatisch angenommen. Das heißt letztlich so gut wie niemand, denn der Ruf der Schwarzen Banditen stand nur hinter dem der Orks der Unbekannten Welt zurück. Keiner der entmutigten Musterungsoffiziere stellte Rankstrail Fragen nach seinem Alter und er fand sich als Angehöriger der Leichten Infanterie wieder.

Er bekam die astronomische Summe von sechzig Kupfergroschen und vier Silbertalern ausbezahlt, die ihm für die Anwerbung, für die Ausrüstung und das erste Kriegsjahr im Dienst der Stadt von Daligar zustand, und er hatte den halben Vormittag, um sich alles Nötige zu beschaffen. Er würde noch am Nachmittag desselben Tages in die Berge des Südens aufbrechen, wo die Banditen die Bauerngehöfte mit Feuer und Schwert überzogen.

Rankstrail lief durch Daligar, verwirrt und unfähig zu denken. Die Stadt bestand aus verwinkelten, staubigen und schmutzigen Gassen, in denen er sich verlief. Im Vergleich dazu war der Äußere Bezirk daheim mit seinem Lumpenpack eine Art Schlaraffenland. Das Elend im Äußeren Bezirk war stets lärmend und von Hoffnung erfüllt gewesen, voll verheißungsvoller Düfte und Aromen. In einem gewissen Sinn war das Elend dort nie total, es kam und ging, nicht immer hatte man etwas, aber man war auch nicht immer völlig ohne alles. Wenn es ganz schlimm kam, gab es da immer noch Kohlstrünke, abgenagte Maiskolben und Kartoffelschalen von denen, die in Windrichtung wohnten und sich erlauben konnten, Kohlstrünke wegzuwerfen und Kartoffeln zu schälen; in Daligar gab es rein gar nichts. Alles spiegelte eine verzweifelte, düstere Misere wider, überhaupt kein Vergleich mit dem bunten, lärmenden Elend, an das er gewöhnt war. Er sah Kinder, die so abgemagert waren, dass die Haut über den Schädelknochen spannte, und Grauen überkam ihn angesichts des Winters, den sie nicht überstehen würden. Er sah Mütter mit völlig leerem Blick, den nicht einmal das Weinen der Kreaturen, die sie im Arm hielten, zu beleben vermochte.

Bevor ihn der Mut gänzlich verließ, traf er auf eine erwachsene Frau, die nicht größer war als ein Kind, und erkannte sie sofort wieder. Er war ihr begegnet, als er klein war, während sie einen Bratspieß voller Reiher drehte.

»Morgentau«, rief er; doch dann erinnerte er sich an die Worte der Dame und sprach die zerlumpte kleine Frau so an, wie man hohe Herrschaften anspricht. »Ihr seid doch Morgentau, eine der Damen vom Volk der Zwerge!«

Morgentau blieb stehen und sah ihn lange an. Sie strahlte übers ganze Gesicht, lächelte ihn an. Rankstrail dachte, jemanden Herr oder Dame zu nennen, könnte ebenso viel wert sein wie bares Geld oder ein Reiher.

Sie erkannte ihn sofort wieder, auch wenn sie ihn nur dies eine Mal gesehen hatte, als er noch ein Kind war.

Sie erklärte ihm, nach dem Tod der Dame sei sie lieber fortgegangen, angelockt (aber wahrscheinlich wäre richtiger zu sagen, irregeleitet) von dem Ruf, in dem Daligar allerorten stand: ein Hort der Gerechtigkeit zu sein. Jetzt war es zu spät, sich eines anderen zu besinnen, denn in Daligar war das nicht erlaubt. Die Gerechtigkeit des Richters sei tausendmal schlimmer als die Ungerechtigkeit in Varil.

An diesem Nachmittag nahm sie Rankstrail unter ihre Fittiche und führte ihn in der Stadt herum.

Der Junge verwendete die Hälfte seines Geldes für den Kauf des billigsten Schwertes, das er auftreiben konnte. Es war unsymmetrisch, leicht gekrümmt, das Heft aus Holz und die Scheide aus fleckigem Kupfer, ohne Knauf, der war verloren gegangen, verschollen in einer glorreichen Vergangenheit. Es hatte einem Hellebardier gehört, der an Sonnenstich gestorben war, weil er in der Sonne seinen Rausch ausschlief. Es war zu leicht und zu kurz für ihn und die Klinge war verrostet, aber es war ein Schwert. Pfeil und Bogen brachte er ja schon mit, er hatte ihn für die Jagd auf Reiher gemacht, aber er taugte für alles, was sich auf dem Angesicht der Erde bewegte. Den Harnisch hatte er selbst angefertigt, als Spielerei so nebenbei, um sich dem Traum hinzugeben, er könnte einer der Ritter mit in der Sonne schimmernder Rüstung werden. Er hatte ihn aus Metallplättchen gemacht, Abfällen, die er bei den Handwerkern des Mittleren Bezirks auflas, zusammengehalten von Tierhäuten, die je nach Jagdbeute variierten, vorwiegend aber Kaninchen und Dachse. Irgendeine Art von Schutz bot das Ergebnis schon, aber es sah finster und grimmig aus, weshalb Rankstrail sofort den Spitznamen »Bär« bekam.

Den Rest des Geldes schickte er seinem Vater. Morgentau stellte ihm den geeigneten Mann dafür vor, oder besser gesagt den am wenigsten ungeeigneten. Rankstrail musste ihm vertrauen, er hatte keine andere Wahl. Es war ein Parfümhändler, der sich auf den Weg nach Varil machte und ihm für die Beförderung einen ganzen Silbertaler abknöpfte, wobei er als Entschuldigung die Mühe anführte, die es ihn kosten werde, unter den Hungerleidern des Äußeren Bezirks den richtigen Empfänger ausfindig zu machen. Rankstrail feilschte nicht lang um den Preis, aber mit seinem rostigen Schwert in der Hand und seinem Bärenharnisch am Leib sagte er, falls dieses Geld nicht bei seinem Vater ankommen sollte, würden sie beide, er und der Händler, sich wiedersehen, egal wo, und wäre es auch im ewigen Eis am Ende der Welt. Etwas im Gesichtsausdruck des Kaufmanns änderte sich, und Rankstrail hatte das Gefühl, nein, die Gewissheit, dass dieses Geld bis auf den letzten Groschen in die Hände seines Vaters gelangen würde.

KAPITEL 5

Aufgrund der Dringlichkeit und Eile der Mission konnten die Rekruten jede Art von Ausbildung überspringen.

Rankstrail brach also noch am Tag seiner Anwerbung auf, die Sonne stand unverändert strahlend am klaren Himmel, Schwalben schossen darüber hin und nur ganz vereinzelt zeigte sich ein Wölkchen. Sie waren ein Trupp, das heißt fünfundzwanzig Mann, der vierte Teil eines Zugs, begleitet von einem Maultier, das den Vorrat an Brot für einen Monat mitführte. Genauer gesagt waren sie vierundzwanzig Männer und ein Knabe, doch falls jemand das bemerkte, hielt er es nicht für erwähnenswert.

Ihr Kommandant war ein sehr hoch gewachsener Typ mit großer Nase und großem schwarzen Schnurrbart; er hatte runde Augen, was ihm eine gewisse Ähnlichkeit mit den weißen Kühen verlieh, die rund um Varil grasten, allerdings mit einem entschieden weniger klugen und weniger freundlichen Ausdruck. Er zog das *s* und das *r* in die Länge, woraus Rankstrail schloss, dass er aus dem Nordwesten kommen musste; er hatte auch die komplette, für die menschliche Rasse vorgesehene Anzahl an Zähnen und Fingern, woraus Rankstrail ableitete, dass er entweder großes Glück gehabt hatte oder äußerst fügsam war.

Der junge Soldat marschierte mit den anderen, als Letzter in der Reihe, bis weit über Einbruch des Abends hinaus. Er hatte nichts gegessen und nichts zu trinken dabei. Eins von den Dingen, die ihm abgingen, war eine Feldflasche. In den Reisfeldern hatte er jederzeit seinen Durst löschen können, und dem Sechzehnjährigen war noch nicht in den Sinn gekommen, dass auf dieser Welt Orte existieren könnten, wo es kein Wasser gab.

Tief in der Nacht machten sie in einem Eichenwald an einem Fluss Rast.

Rankstrail war nicht müde, da er ja gewohnt war, tagelang, von Sonnenauf- bis weit nach Sonnenuntergang in den Reisfeldern herumzustreifen, aber jetzt hatte er zu lang nichts zu essen und zu trinken gehabt und noch mörderischer als der Hunger war der Durst.

Kaum war Befehl ergangen, sich zu rühren, stürzte er an den Fluss zum Trinken.

»He, Junge«, raunte ihm einer der Soldaten zu. »Tu das nicht. Reiß dich zusammen, und warte ab, bis es Brot gegeben hat.«

Es war ein kleiner Soldat mit einer platten Nase, die in der Vergangenheit mehrmals gebrochen worden sein musste, die Haare trug er zu mehreren Zöpfchen geflochten, wie die Männer aus dem Osten; es fehlte ihm eine ganze Reihe Zähne, und drei Finger der linken Hand. Rankstrail hörte nicht auf ihn. Er trank hastig, erbrach sich und trank wieder.

Als er endlich zu den anderen zurückkam, hatte der Truppführer das Brot schon ausgegeben, und seine Ration teilten gerade die drei ältesten Krieger unter sich auf.

»Was dagegen, Junge?«, fragte der Dickste von den dreien. »Wer essen will, muss auf seinem Posten bleiben. Lern erst mal, keine Sperenzchen zu machen.«

Rankstrail sah sich nach dem Kommandanten um. Der hatte sich auf einem Stein ausgestreckt und verzehrte sein Brot, er wandte nicht einmal den Kopf, obwohl er sie gehört haben musste. Nach seiner Erfahrung als Bandenchef stufte Rankstrail ihn als Vollidioten ein, denn ein echter Anführer duldet keine Ungerechtigkeiten, und schon gar nicht beim Essen, und nur ein Schwachkopf kann annehmen, er könnte in einen Krieg ziehen, wenn einer seiner Soldaten sich vor Hunger und Demütigung nicht auf den Beinen halten kann.

Er musste allein zurechtkommen. Sich zu prügeln, war zu riskant: Unterlag er, wäre er für immer gebrandmarkt. Siegte er hingegen, was schwierig, aber nicht ausgeschlossen war, würden sie es ihm früher oder später heimzahlen, womöglich, indem sie ihn grün und blau schlugen. Aber sich nicht zu wehren, wäre gleichbedeutend gewesen mit dem Verzicht auf jede Form von Achtung. Er musste einen anderen Weg finden.

»He, Junge, lass sein«, sagte der Soldat mit den Zöpfchen, indem er sein Brot teilte, »ich geb dir ein Stück von meinem. Machen wir halbe-halbe. Wenn wir langsam kauen, hält das vor, wie wenn wir die ganze Ration gehabt hätten …«

Rankstrail hörte nicht auf ihn. Er nahm das angebotene Stück Brot nicht. Er ging und legte sich unter die am weitesten entfernte Eiche und wartete ab, bis alle schliefen. Als die Atemzüge regelmäßig geworden waren und nichts mehr die Stille der lauen Nacht störte, stand er auf und bewegte sich mühelos in dem unbekannten Gelände, indem er sich an Gerüchen und Geräuschen orientierte, die für andere nicht wahrnehmbar waren, für ihn aber so deutlich wie eine Karte. Südlich vom Lager war ein Kaninchenbau. Er fand ihn sofort, weil er die Spuren am Flussufer gesehen hatte, während er trank. Der Fasan hingegen, den er kurz vor Morgengrauen erlegte, war ein reiner Glücksfall. Als der Rest der

Mannschaft aufwachte, hatte Rankstrail aus etwas Stroh und Glut vom Lagerfeuer ein Feuerchen gemacht und briet sich gerade den Fasan. Auf einem großen Stein lagen drei Kaninchen. Rankstrail deutete darauf.

»Das Fleisch könnt ihr essen, die Felle gehören mir«, sagte er ruhig. »Bleibt weg von meinem Feuer.«

Der Soldat mit den Zöpfchen hieß Lisentrail. Ohne aufzustehen, warf der Junge ihm ein Stück Fasan zu, der andere fing es im Flug.

Keiner von den anderen wagte, näher zu kommen.

Er hatte sie in die Tasche gesteckt.

Er war ein Junge und völlig unerfahren obendrein, aber er war imstande, sie satt zu kriegen, und das war ein so kostbares Gut, dass es alles andere überwog, auch den unverkennbaren Wunsch des Truppführers und vieler der älteren Soldaten, ihm sämtliche Zähne auszuschlagen und ihn auf seinen Platz zu verweisen.

Alle außer dem Truppführer aßen das Fleisch, und sie wussten, wenn sie ihn in Ruhe ließen, würde es in der kommenden Nacht mehr davon geben, und in der darauffolgenden auch.

Ihr Trupp durchquerte die ganze Grafschaft von Norden nach Süden.

Sie kamen durch einen Landstrich voller Pinienwälder und Sümpfe, darüber erhoben sich Hügel, gelb von Heu, wo weiße Kühe grasten wie die rund um Varil, bewacht von Viehhütern auf schwarzen Pferden. Die Pinien waren hoch und sehr eigenartig, am Stamm hatten sie keine Äste und ihre Wipfel öffneten sich zu riesigen Schirmen. Lisentrail brachte allen bei, Pinienzapfen zu sammeln, denn sie waren gut zum Feuermachen am Abend und in einer steinharten Schale enthielten sie eine winzige, kostbare Frucht namens Pinienkern.

Tagsüber marschierten sie. Nachts ging Rankstrail auf Jagd. Manchmal kam er mit leeren Händen wieder. Einmal erlegte er eine seltsame Mischung aus Schwein und Wolf, und die anderen sagten, das sei ein Wildschwein. Er erlegte es nach einer anstrengenden Hetzjagd durch Unterholz und Gestrüpp, wobei er sich völlig zerkratzte und mehr Kilometer zurücklegte, als er tagsüber mit den anderen marschiert war. Rankstrail schlief wenig, aber etwas Schlaf brauchte er doch. Jetzt begannen Müdigkeit und Schlafmangel, qualvoll für ihn zu werden, aber er biss die Zähne zusammen und gewöhnte sich auch daran.

Bei der ersten Ansiedlung auf ihrem Weg tauschte er seine Kaninchenfelle gegen eine Feldflasche ein, genauer gesagt er schickte Lisentrail, den Tausch vorzunehmen, denn er mit seinem Harnisch aus Metallplatten und Tierfellen glich doch eher einem Ork als einem ordentlichen Soldaten.

Ein paar Tage später tauschte er, noch einmal mit Lisentrails Hilfe, ein Stück des Wildschweins gegen zwei kostbare Feuersteine, sodass er nicht mehr von der Glut des Lagerfeuers abhängig war. Er erstand auch ein kleines, mit Salz gefülltes Horndöschen, ein unschätzbares Gut für jeden Soldaten, Bettler oder Landstreicher, um sicherzustellen, dass man sich ernährte wie ein Mensch und nicht wie ein Hund.

Abends zeigte Lisentrail ihm, wie man mit dem Schwert umgeht. Er brachte ihm die fundamentalen Paraden bei und auch ein paar Ausfälle. Er als Einziger hatte die Idee gehabt, dem jungen Soldaten Unterricht zu geben, aber nachdem er damit angefangen hatte, ärgerten die anderen sich grün und schwarz, dass sie nicht auch auf den Gedanken gekommen waren und damit die günstige Gelegenheit verpasst hatten, dem grünen Jungen ein paar Schwerthiebe zu versetzen, die auf seinen Schenkeln und Hüften ihre Schrammen hinterlassen hätten.

Lisentrail hingegen fügte ihm keine einzige Schramme zu. Er konnte gut mit dem Schwert umgehen und hatte es nicht nötig zu verletzten, um etwas beizubringen. Er schlug immer mit der flachen Klinge zu, sodass der Junge einsehen konnte, welche Punkte er im Kampf unbedeckt gelassen hatte. Er half ihm auch, seinen zusammengestoppelten Harnisch auszubessern, wo es nötig war, und trat ihm einige Metallplatten aus dem eigenen ab.

Mit dem Bogen brauchte man dem Jungen nichts beizubringen.

Ganz unten in seinem Quersack trug er immer die unverzichtbare Schleuder bei sich und ein paar runde Steine für alle Fälle. Ein Gutteil seiner nächtlichen Jagdbeute erlegte er mit der Schleuder, die auf kurze Entfernungen immer noch die ideale Waffe war, Steine lagen überall am Boden herum, Pfeile hingegen muste man fabrizieren.

Je weiter sie nach Süden kamen, desto gelber wurde das Grasland und immer seltener die Pinienwälder, bis sie ganz aufhörten. Die heißeste Zeit des Sommers brach an. Die Kühe wurden immer weniger und verschwanden ganz, an ihre Stelle traten viel kleinere Tiere, ebenfalls mit Hörnern. Sie hießen Hammel und machten *määh* statt *muuh*.

Die Sümpfe hörten auf, der Boden wurde trocken und das war ein Segen, denn das erlöste sie von den Mückenschwärmen, die ihnen in den Pinienwäldern und auf den Hügeln zugesetzt hatten. Jetzt waren die Fliegen eine Plage, sie waren groß und schwarz, mit schillernden Flügeln, und bissen.

Rankstrail hatte keine Beinschienen, weder aus Metall noch aus Leder, denn auch daran hatte er gespart. Er hatte nicht gedacht, dass sie unbedingt notwendig wären. Ob sie im Kampf gegen eventuelle Feinde unverzichtbar waren, wusste er noch nicht, gegen die Zecken aber mit Sicherheit. Jeden Abend musste er sie sich von den Knöcheln und vom unteren Teil der nackten

Beine entfernen. Oft blieb der Kopf des Tiers unter der Haut stecken und die Stelle entzündete sich. Einmal bekam er auch Fieber, das ihn völlig entkräftete. Aber er biss die Zähne zusammen und marschierte weiter.

In der gelben und ockerfarbenen Ebene mit ihrem verdorrten Gras und der verdorrten Erde war das, was von den Flüssen übrig war, zu erkennen am leuchtenden Grün des Schilfs und an den Oleanderbüschen mit ihren üppigen weißen und rosa Blüten.

Die Söldner marschierten weiter in Richtung Süden. Das Gras wurde weniger. Das Grün des Schilfs und der Oleanderbäume blieb aus. Es gab keine Hinweise mehr für das Vorhandensein von Wasser, sondern nur noch von Schlammlöchern, die als ferne Erinnerung daran übrig geblieben waren. Im karstigen, staubigen Boden klafften tiefe Risse, wahre Abgründe der Hölle, wenn es so etwas in der Hölle geben konnte.

Im Gestrüpp trafen sie auf kümmerliche Hammelherden, bis auf die Knochen abgemagerte Tiere, begleitet von bis auf die Knochen abgemagerten mickrigen Schäfern, die bei ihrem Anblick entsetzt davonliefen.

Von dem Brot, das ihr Maultier von Beginn an geduldig getragen hatte, war nicht mehr viel übrig, und was noch da war, war so hart geworden wie die Klingen ihrer Schwerter. Einerseits war das von Vorteil, denn man musste so lang darauf herumkauen, dass man das Gefühl hatte, wirklich etwas gegessen zu haben, andererseits war es ein Nachteil, denn zum Kauen und Hinunterschlucken brauchte man Speichel, und Speichel hatten sie immer weniger. Das Wasser wurde immer knapper und unreiner.

Zu jagen gab es kaum noch etwas, außer wenigen Schlangen und kleinen Stachelschweinen, die nur nach langem Auflauern zu erwischen waren. Eines Nachts schliefen sie in einer Höhle, und Rankstrail erlegte jede Menge Fledermäuse. Mit etwas Salz, am Spieß gebraten, schmeckten sie nicht viel anders als Kaninchen, außerdem machte es Spaß, die Flügel abzunagen. Lisentrail hatte noch ein paar Pinienkerne und die verwendeten sie als Füllung.

Manchmal gab es aber wirklich gar nichts.

Rankstrail, der sich bis dahin ausschließlich von seiner Jagd ernährt hatte, fing an, wie die anderen Brot zu essen. Der Durst begann, derart unerträglich zu werden, dass man den Hunger darüber vergaß.

In der Ferne am Horizont tauchten schroffe Hügel auf, nicht hoch und mit steilen Hängen, von ein paar zerzausten, vom heißen Wind gebeugten Bäumen bestanden.

Nach einem zermürbenden Tagesmarsch gelangten sie endlich an einen Teich, der noch nicht ausgetrocknet war und an dessen ausgefransten Ufern ein paar Gärten und eine Ansiedlung kleiner Häuser leuchteten.

Geplagt vom Durst, der durch das ständige Fieber quälend wurde, stürzte Rankstrail als Erster hin. Er ließ die anderen zurück und rannte zum Wasser. Er warf sich der Länge nach in den Schlamm und begann, gierig zu saufen wie ein Tier. Das Wasser war schlecht und schmeckte faulig, er trank aber trotzdem. Als er aufschaute, bemerkte er, dass er sich in einem Obstgarten befand, Pfirsichbäume bogen sich unter der Last ihrer Fürchte. Rankstrail kannte ihren Namen, weil er auf dem Markt im Äußeren Bezirk welche gesehen hatte, nur wenige, und sie waren sehr teuer gewesen.

Eine Stimme in ihm schimpfte, er solle das lassen, das sei Diebstahl, das sei eine Dummheit, er pflückte aber doch eine Frucht vom Baum und schlug die Zähne hinein. Die Schale war seltsam rau, innen aber war die Frucht weich und zugleich fest. Ihre Süße war vollkommen und obendrein löschte sie den Durst. Wenn es das Land gab, wo Milch und Honig fließen, so musste es diesen Geschmack haben. Es war die Speise der Götter, wenn die Götter denn etwas aßen.

Als das gelbe Fleisch zu Ende war, blieb ein roter Kern übrig, den Rankstrail in seinen Quersack steckte, einerseits um keine Spur des Diebstahls zu hinterlassen, andererseits um ihn seinem Vater zu geben, wenn er nach Hause kam, damit er ihn einpflanzen konnte.

Er pflückte noch einen Pfirsich und biss hinein. Die Stimme in ihm sagte noch einmal, er solle aufhören damit, aber der rasende Fieberdurst schien sich nur durch den Geschmack des Pfirsichs besänftigen zu lassen. Auch wenn er es mit verstümmelten Fingern und ausgerissenen Zähnen würde büßen müssen, er war einfach nicht imstande aufzuhören. Erst beim dritten Pfirsich konnte er endlich den Kopf heben und sich umsehen. An den Türen ihrer Häuser, wovon einige seltsamerweise auf Karrenräder montiert waren, hingen die Leichen der Bewohner der kleinen Ortschaft und starrten ihn aus leeren Augenhöhlen an, umschwirrt von Mücken- und Bremsenschwärmen.

Blind vor Durst war Rankstrail, der Jäger, der in einem Getreidefeld eine Maus hören konnte und den Flug der Reiher erahnen, an den Teich gestürzt und in einen Obstgarten eingedrungen, ohne die unverkennbaren Anzeichen eines Massakers zu bemerken: den Verwesungsgeruch und das laute Summen der Fliegen auf dem gestockten Blut.

Er blieb stehen und starrte dieses grausige Schauspiel an, den angebissenen Pfirsich in der Hand.

Er hatte noch nie einen toten Menschen gesehen, außer seiner Mutter, aber das war ein schicklicher Tod gewesen. Er war von niemandem verursacht, niemand hatte sie verhöhnt. Alle weinten und dann hatte man sie auf den Friedhof getragen.

Hier nicht. Acht Erwachsene und elf Kinder. Neunzehn, wie die Zehen und Finger eines Menschen, wenn ihm ein Finger fehlt.

Dass man sie mit dem Kopf nach unten aufgehängt hatte, machte ihm klar, dass man mit diesen Toten seinen Spott hatte treiben wollen, als ob es ein Spiel wäre.

Er krümmte sich und musste sich erbrechen: das faulige Wasser und die Pfirsiche. Er fiel auf die Knie und erbrach noch mehr.

Die Sonne stand im Zenit und im Gras zirpten die Grillen.

Er spürte Lisentrails Hand auf seinem Arm.

»Komm, komm, Junge, wir kümmern uns darum, wir begraben sie«, flüsterte er ihm zu, während er ihm den halben Pfirsich aus der Hand nahm und im Quersack verschwinden ließ, bevor der Truppführer ihn sah. Eine der eindeutig festgelegten Aufgaben der Leichten Infanterie war es, Zivilisten, die unbeerdigt geblieben waren, zu begraben, wenn niemand anderer das übernehmen konnte.

»Er ist auch Ssssoldat«, sagte der mit dem lang gezogenen *s*, als er näher kam.

»Er hat Fieber«, wandte Lisentrail ein.

»Es geht mir gut«, entgegnete Rankstrail und schüttelte seine Hand ab.

Um nichts in der Welt hätte er darauf verzichtet, diese Toten zu begraben.

Er zitterte, aber er nahm die Leichen ab und hob Gruben aus wie alle anderen auch, mit den Schaufeln, die die Bewohner zu ihren Lebzeiten verwendet hatten, um den Obstgarten umzugraben und die Kanäle zwischen den Gärten auszuheben. Einer der älteren Soldaten fing an, über diejenigen herzuziehen, die er Weiber nannte, für Rankstrail aber Mütter waren. Der wilde und verstörte Blick des Jungen genügte, um ihn zum Schweigen zu bringen.

Rankstrail versuchte, die Leichen halbwegs schicklich zu betten, und legte die kleinen Kinder neben die Mütter, in der Hoffnung, zu erraten, wie sie zusammengehörten.

Rings um die Häuser waren Gehege für Tiere, vielleicht Schafe und Schweine, nach dem Kot zu schließen, das Einzige, was von ihnen übrig war. Hinter den Häusern fanden sie überraschenderweise auch zwei Hühner, jeweils mit einem Bein an den Zaun gebunden, die jetzt niemandem mehr gehörten und für den Truppführer und die älteren Soldaten am Spieß endeten. Im Schlamm neben den Viehtränken gab es verschiedene Spuren von Schuhen, die bis zu dem Zaun mit den Hühnern gingen, sie konnten nicht von den Einwohnern stammen, denn die waren alle barfuß.

Als der Abend hereinbrach, gab der Truppführer den Befehl, die Pfirsiche zu pflücken, weil die ja jetzt auch ohne Eigentümer waren. Rasch und methodisch wurde der kleine Obstgarten geplündert.

Rankstrail nahm sich neunzehn Pfirsiche. Er aß keinen einzigen davon. Im Schutz der Dunkelheit ging er hin, legte auf jedes der neunzehn Gräber einen Pfirsich und bedeckte ihn mit einer Handvoll Erde.

Er schwor sich, dass er Gerechtigkeit üben würde.

An diesem Tag wurde er wirklich zum Soldaten.

Bis zu diesem Zeitpunkt war er bloß Söldner gewesen. All seine Kindheitsträume vergessend, war sein einziges Ziel gewesen, die Dienstzeit lebend zu überstehen, sich nicht töten zu lassen, während er versuchte, seinem Vater genug Geld zu schicken, um das Essen und den Apotheker zu bezahlen.

Jetzt wollte er sie jagen.

Es war, wie der Verrückte Schreiber gesagt hatte: Die Söldner waren dazu da, die Wehrlosesten zu verteidigen. Es war nicht nur wegen des Solds.

Jetzt wusste er, dass sie sie aufhalten würden.

Er war hierhergekommen, um diese Gegend zu befrieden und sicherer zu machen, sodass Männer, Frauen und Kinder hier leben und ihre Hühner züchten konnten. Und er würde nicht eher von hier fortgehen, als bis niemand mehr nachts daherkommen konnte wie ein Wolf, um am Ufer eines von Obstgärten gesäumten Sees ein Massaker anzurichten.

Er hörte auf, ein Söldner zu sein, und wurde Soldat.

KAPITEL 6

Dort, auf dem neu geschaffenen Friedhof entdeckte der sechzehnjährige Rankstrail eine der Grundregeln der Militärtaktik: sich in den Feind hineindenken. Jede Aktion erfordert Mühe, ist also diktiert von dem Wunsch nach einem Ertrag. Die Leichen auf so makabre und obszöne Weise auszustellen, musste selbst für kräftige Männer viel Arbeit bedeutet haben, es kam darin also die Hoffnung zum Ausdruck, etwas dabei zu gewinnen. Die Toten waren der Köder in einer Falle und sie, die Söldnerschar, waren die Beute.

Obwohl es ausdrücklich verboten war, einen Vorgesetzten zu belästigen und sich irgendwelches Recht auf selbstständiges Denken herauszunehmen, ging der blutjunge Soldat zum Kommandanten, um ihn davon in Kenntnis zu setzen, dass die Banditen mit hundertprozentiger Gewissheit in der Nacht angreifen würden. Das Massaker war vielleicht aus Lust und Neigung angerichtet worden, aber es hatte auch einen Zweck: Sicher würden die Söldner für die Nacht in dem leeren Bauerhof Unterschlupf suchen.

»Dass heisss Hauptquartier. Und untersteh dich nicht, mir noch einmal das Sssoldatenhandwerk beiberrringen zu wollen, sonst übergeb ich dich wegen Insssubordination dem Henker.«

Rankstrail übersah die verzweifelten Zeichen, die Lisentrail ihm machte und die besagten, er solle unbedingt und auf der Stelle den Mund halten, dankte dem Vorgesetzten für die Auskunft und fing wieder von vorne an. Er wolle bestimmt niemanden belehren, sondern, da sein Vorgesetzter es noch nicht begriffen hatte, lediglich erklären, dass sie vor Morgengrauen angegriffen würden. Die Feinde hatten die Toten in so absonderlicher Weise ausgestellt, eben damit die Männer, nach der Mühe, sie abzunehmen und zu begraben, so müde wären, dass sie die Nacht über dort blieben.

»Das begreift sogar ein Idiot«, setzte er am Schluss hinzu, »er begreift, dass das vorsätzlich gemacht ist; sogar die Pfirsiche und die Hühner haben sie uns dagelassen. So können sie sicher sein, dass wir nicht weitersuchen, um etwas zum Essen aufzutreiben. Wir werden hierbleiben wie ein Haufen Idioten und sie kommen und können uns in aller Ruhe abmurksen ...«

Diese Äußerung fand nur wenig Beifall.

Der mit dem langen *s* jagte ihn fort unter Androhung von Disziplinarmaßnahmen, Abschneiden der Zunge und vielleicht auch der Daumen. Dann legte er sich mit den älteren Kriegern im Haus schlafen, endlich einmal in richtigen Betten und mit einem echten Kamin, wo das Feuer in der kalten Nacht knisternd seine Wärme verbreitete.

Rankstrail erklärte den anderen die Gefahr und auf seine Weisung hin bildeten sie doppelte Wachposten, das heißt jeweils aus zwei Männern bestehend.

Die anderen hörten auf ihn.

Der Bär war zu sonderbar, als dass man nicht auf ihn gehört hätte.

Er sah Spuren, wo keine waren, mitten im Lärm und dem Geschimpfe des Lagerlebens konnte er einen Holzwurm nagen hören. Er zielte mit dem Bogen, bevor er das Kaninchen sah, als ob er schon im Voraus wüsste, wo es auftauchen würde. Niemand machte es Spaß, sich von einem Jungen sagen zu lassen, was er zu tun hat, aber man hat nur eine Haut und die Vorstellung von einem baldigen Tod führt zu sonst undenkbaren Lösungen.

Beim Obstgarten ließ Rankstrail auf Knöchelhöhe die Stricke spannen, mit denen die Toten aufgehängt worden waren, im Dunkeln sah man sie nicht.

Den gefährlichsten Wachposten, den vor dem Haus, wegen des Lichts vom Feuer, übernahmen er und Lisentrail.

Sie wechselten kein einziges Wort, bis sich das Dunkel im Osten zu lichten begann. Rankstrail beugte sich zu seinem Kameraden und sagte ihm, die Feinde seien schon im Obstgarten. Sie waren zahlreicher als sie, und vermutlich versuchten sie, sie zu umzingeln, bevor sie angriffen.

»He, Bär, woher weißt du das?«, fragte Lisentrail.

»Ich rieche den Geruch und höre das Geräusch ihrer Stiefel am Boden.«

»Niemand kann das riechen und hören.«

»Wenn du darauf gefasst bist, schon«, war die Antwort des Bären. »Ich habe die Spuren ihrer Stiefel gesehen, und ich wusste, welches Geräusch ich zu erwarten hatte, und deshalb habe ich es bemerkt.«

Lisentrail ging den Truppführer rufen. Er schlich auf allen vieren in den Raum, um vor dem Feuerschein aus dem Kamin von draußen nicht sichtbar zu sein. Der mit dem langen *s* kannte solche Vorsicht nicht, im Hemd und ohne Helm sprang er auf und brüllte herum, er wolle nicht wegen nichtsss und wieder nichtsss aufgeweckt werden. Zwei Pfeile trafen ihn, einer in den Bauch, der andere barmherzigerweise in die Kehle, wo der Einschuss rasch das Ende herbeiführte. Der kurze, von Gebrüll begleitete Auftritt das Truppführers war Ablenkung genug, damit Rankstrail mit Schleuder und Bogen auf einen Baum klettern konnte. Er erlegte vier Banditen, bis er begriff, warum sie »Schwarze« genannt wurden. Vor dem Gesicht trugen sie einen Gesichtsschutz, eine Art Maske, die war aus in Ruß gekochtem Leder, und sogar von der Höhe seines Baumes aus begriff Rankstrail, wie dumm diese Vorrichtung war. Zwar wirkte diese Art Maske abschreckend, aber sie nahm dem Maskierten die Sicht nach den Seiten, er konnte nicht sehen, was man nur aus den Augenwinkeln sieht, und außerdem schützte sie nicht vor wirklich schweren Schlägen. Diese Feststellung ermunterte ihn.

Lisentrail hatte die alten Krieger aus den Häusern herausschaffen können, als auch schon Brandpfeile auf die Strohdächer herabzuprasseln begannen. Er versuchte, sich in den Weinberg zurückzuziehen, wo die Rebstöcke sie schützen würden, fern von den Flammen, vor denen sie eine zu gute Zielscheibe abgaben.

Rankstrail bemerkte, dass dieses Manöver vorhergesehen worden war und dass im Weinberg eine Falle auf sie wartete. Er sprang von dem Baum herunter und eilte zu Lisentrail.

»Hier werdet ihr abgeschlachtet«, sagte er schnell. »Mir nach, bleibt dicht bei mir. Wir greifen im Obstgarten an, dort sind jetzt weniger Banditen und sie rechnen nicht damit. Ich täusche mich da nicht.«

Die Erinnerung an das Massaker, an die von einer Handvoll Erde bedeckten Pfirsiche entfachte blinde Wut in ihm. Er führte den Angriff, als ob er sein Lebtag lang nichts anderes getan hätte. Die Schwarzen Banditen kamen genau in dem Augenblick aus der Deckung, als Rankstrail und seine Männer zur Stelle waren. Ein Gutteil der ersten Linie stolperte über die im Dunkeln gespannten Seile, die zweite Linie stolperte über die erste.

Das Blatt wendete sich. Die Leichte Infanterie fiel über die Angreifer her wie Wölfe in der Nacht. Etwas weiter hinten stand ein Mann, bewaffnet mit einer enormen Doppelaxt, die er in beiden Händen hielt. Er brüllte seine Männer an, sich zurückzuziehen, aber es war zu spät. Der Bär begriff, dass das ihr Anführer war. Es war ein dicker, untersetzter Mann, das Gesicht bedeckt von der Maske, die ihn daran hindern würde, den Bären herankommen zu sehen, wenn der ihn von der Seite angriff.

Aber der Bär griff nicht von der Seite an. Er griff von vorne an.

Er wollte ihm ins Gesicht sehen.

Er wusste: Der war es.

Er hatte den Befehl gegeben, zunächst zu dem Massaker, dann zu der Inszenierung; zuerst hatte er das Leben mit Füßen getreten, dann den Tod verhöhnt.

Der Bär griff von vorne an: Der andere sollten ahnen, dass auch sein Tod verhöhnt werden würde.

Das klare Licht der Morgenröte vermischte sich mit dem unsteten Flackern der Brände. Einen Moment lang sahen sich die beiden Feinde in die Augen, dann hob der Bandit seine riesige Axt und ließ sie mit voller Wucht auf den Jungen herabsausen. Rankstrail parierte mit seinem Schwert, das unter dem Axthieb mit einem hellen Klang zerbrach. Der Mann lachte laut auf. Entsetzt starrte Rankstrail den Stumpf an, den er noch in der Hand hielt. Die Vorstellung, den Gegenwert von mindestens zwei Monaten Essen für seinen Vater für wertloses Zeug ausgegeben zu haben, war so niederschmetternd, dass ihn einen Augenblick Entsetzen überkam, aber er erholte sich sofort wieder. Er wich zur Seite aus, warf sich zu Boden und schnitt dem anderen mit dem Stumpf seines Schwertes die Achillessehne durch. Der Mann fiel um. Er begann seinen Fall als Lebender und beendete ihn als Toter; den Schwertstumpf in beiden Händen, um die Wucht des

Hiebes zu erhöhen, hatte der Junge ihm den Kopf abgeschlagen, noch ehe die Schultern am Boden auftrafen. Rankstrail war erleichtert: Seine Anschaffung war doch nicht völlig unnütz gewesen. Er beugte sich über den Toten, nahm ihm die riesige Axt aus der Hand und eilte dem Rest der Mannschaft zu Hilfe.

Als alles vorbei war, ließ Rankstrail abzählen. Sie hatten eine Einheit besiegt, die zweieinhalb mal so stark war wie sie selbst, und auf ihrer Seite gab es nur einen Gefallenen, den Truppführer. Einige waren verletzt, aber nichts Schwerwiegendes, nichts, was Trakrail, der Heiler ihres Trupps, nicht richten konnte. Das Feuer hatte die Dächer zum Einsturz gebracht und ein herabfallender Balken hatte das Maultier getroffen und erschlagen. Bevor sie ein riesiges Gulasch daraus machten, betrauerten sie es mit echtem Gefühl, während sich bei dem Truppführer die Teilnahme eher in Grenzen hielt, war er doch ein vollendeter Trottel gewesen – für einen Soldaten die schlimmste Gefahr und das schlimmste Verhängnis.

Rankstrail betrachtete die Körper der Feinde. Ihre Glieder und Harnische waren ganz mit Schlamm eingerieben und so schwarz, dass sie in der Nacht kaum zu erkennen waren. Viele trugen noch, als obszöne Trophäen am Unterarm und am Gürtel befestigt, die Kleider der Frauen und Kinder, die sie ermordet hatten.

»Jetzt begraben wir sie«, sagte Lisentrail. »Sie zu verbrennen, ginge schneller, aber es ist zu wenig Holz da, und wir können schließlich nicht die Obstbäume verheizen.«

»Wir hauen sie in Stücke und werfen sie den Hunden zum Fraß vor«, sagte Rankstrail, »das ist die gerechte Strafe.«

Einige Soldaten brummten zustimmend.

»Wir tun ihnen an, was sie selbst tun«, sagte jemand.

Der Vorschlag machte die Runde und die Männer erwärmten sich dafür, aber Lisentrail versetzte ihnen eine kalte Dusche.

»Männer«, sagt er, »für Gerechtigkeit ist der Posten des Henkers da, da bekommt man mehr bezahlt und es gibt jeden Tag zu essen, manchmal sogar Polenta ohne Würmer. Wir aber sind Soldaten, Leichte Infanterie. Wir sind keine Henker. Wir haben sie aufgehalten. Jetzt begraben wir sie, und damit basta.«

Er trat zu Rankstrail. »He, Bär«, sagte er leise zu ihm, »hast du eine Mutter oder hast du dich aus Schmiedeabfällen selbst gemacht?«

Rankstrail war sich nicht sicher, ob er die Bemerkung wirklich gut fand.

»Meine Mutter ist tot«, brummte er.

»Das tut mir leid«, sagte Lisentrail, »ehrlich. Jetzt ist deine Mutter im Reich der Toten, aber irgendwie weiß sie, was du tust. Handle immer so, dass sie stolz auf dich wäre.«

Rankstrail dachte darüber nach, das war eine gute Regel. Seine Mutter wäre stolz gewesen zu wissen, dass er die da für immer aufgehalten hatte. Seine Mutter wäre zufrieden gewesen, dass dank ihm keiner seiner Leute ums Leben gekommen war und dass kein Bauernhof mehr überfallen und in ein Häuflein blutiges Elend verwandelt würde, aber sie wäre nicht einverstanden gewesen, wenn er genauso wurde wie diese da.

Bevor sie die Toten begruben, nahmen sie ihnen ihre vielen Waffen, die wenigen Habseligkeiten und die Masken ab und betrachteten sie. Sie hatten Allerweltsgesichter, nichts, worin sie Dämonen oder Geschöpfen der Unterwelt geglichen hätten. Dem Anführer und ein paar seiner Leute fehlten Zähne und Finger.

»He!«, rief Trakrail. »Das waren Söldner.«

Lisentrail nickte mit einem Brummen.

»Wenn der Sold nicht kommt, bleibt nur der Hunger. Wenn der Hunger alles beherrscht, bleibt nur der Diebstahl. Wenn der Diebstahl begangen ist, bleibt nur der Henker, und wenn du weißt, dass der Henker auf dich wartet, bleibt nur die Flucht. Wenn du auf der Flucht bist und alle dich hassen, fängst du deinerseits an, alle zu hassen, und dann bist du ein Bandit oder ein Dämon geworden.«

Die Söldner zerschnitten die Masken, um ihre Harnische damit zu flicken oder sich Schulterstücke daraus zu machen. Die eine oder andere steckten sie oben auf Pfähle aus zerbrochenen Hellebarden und stellten diese rings um das Gehöft und im Obstgarten auf, zum Zeichen des Siegs und zur Abschreckung.

Lisentrail sammelte die Harnische der Räuber ein, und die besten Stücke daraus zusammenfügend, machte er einen Harnisch für Rankstrail: Die Tierhäute an seinem waren mit Blut getränkt und würden bald anfangen zu stinken, man würde ihn schon meilenweit gegen den Wind riechen und das würde wohl auch das Vergnügen an seiner Gesellschaft beeinträchtigen.

Auch mit einem normalen Harnisch wurde Rankstrails Ähnlichkeit mit einem Bären nicht geringer, dafür sorgten seine Statur und die üppigen Haare, die ihm in die Augen fielen, der Beiname blieb ihm erhalten.

Nachdem die Toten begraben waren, legte Rankstrail den Wachturnus fest.

Fiel der Führer einer Einheit, musste eigentlich der älteste Krieger das Kommando übernehmen, aber die Alten Kämpen waren einer schlapper als der andere. Die einzigen Verdienste, die sie in diesen Rang befördert hatten, waren hündischer Gehorsam und ein nicht zu überbietender Mangel an Unternehmungsgeist, der sie sogar vom Stehlen abgehalten hatte. Beide Eigenschaften waren aber unvereinbar mit der Übernahme des Kommandos.

Der Älteste wäre eigentlich Lisentrail gewesen, der auch besonnen, ruhig und beliebt war. Er war aber nicht in den Rang eines Alten Kämpen befördert worden, weil das nur denen vorbehalten war, die nie gestohlen hatten (oder sich nie hatten erwischen lassen), was für Lisentrail mit all seinen fehlenden Zähnen und Fingern ganz offensichtlich nicht zutraf.

Im Zweifelsfall würden alle auch weiterhin das tun, was der Bär sagte.

Rankstrail suchte den kleinen Obstgarten ab, bis er ganz oben in den Wipfeln, zwischen Blättern versteckt, noch die letzten Pfirsiche fand, die der Plünderung entgangen waren.

Er kletterte hinauf, pflückte sie und verzehrte sie, auf einem Ast hockend wie ein großes Eichhörnchen, mit kleinen Bissen und langsam kauend, damit sie länger vorhielten.

Am Abend wurde auch das restliche Brot aufgeteilt.

Rankstrail hatte keinen Wachdienst und legte sich schlafen. Leichter Regen weckte ihn mitten in der Nacht, und erst in diesem Augenblick wurde ihm bewusst, dass er zum ersten Mal in seinem Leben einen Menschen getötet hatte.

Er war müde und schlief wieder ein.

Er verfiel in einen unruhigen Schlaf und hatte einen merkwürdigen, düster lastenden Traum voller Wolfsklauen.

KAPITEL 7

Die auf die Pfähle gesteckten Ledermasken kündeten vom Sieg über die Banditen; die Schäfer, die mit ihren mickrigen Herden die Gegend durchstreiften, verbreiteten die Nachricht.

Binnen weniger Tage wusste man überall in der ganzen Umgebung Bescheid, und auf den staubigen Straßen setzte eine Prozession von Elendsgestalten ein, die aus allen Richtungen zu dem kleinen Teich strömten, um dort Zuflucht zu finden.

Sie kamen mit ihren Kindern auf dem Arm, Schafe und Hühner bei sich, um sie nur ja nicht aus den Augen zu verlieren. Im Herzen trugen sie die Angst vor den Verbrechern, die sie ausgeplündert und ihre Not noch größer gemacht hatten. Ins Gesicht geschrieben stand ihnen aber auch die Furcht vor den Soldaten, die gekommen waren, die Verbrecher zu bekämpfen. Die Familienväter sahen mit Sorge die Hühner zwischen den Füßen der bewaffneten und verhungerten Soldaten herumpicken. Die Mütter hielten ihre Kinder fest an sich gedrückt.

Rankstrail bat die Neuankömmlinge, einen Führer zu wählen und zu ihm zu schicken, dann würden sie miteinander reden.

Nach langen Beratungen kam eine Alte mit gekrümmter Habichtsnase in einem viereckigen Gesicht, das wie aus Leder gemacht wirkte. Rankstrail handelte mit dem weiblichen Oberhaupt regelmäßige Verpflegung mit Geflügel und Polenta aus, was seinen Trupp Männer vor Hunger und gefährlichen Versuchungen bewahren würde. Im Tausch dafür gab er ihr eine kleine Menge des örtlichen Geldes, das sie den Banditen abgenommen hatten, ein paar Bronzemünzen mit dem Konterfei eines merkwürdigen Ungeheuers mit zwei Gesichtern, vor allem aber bot er Schutz für alle, für Männer, Frauen, Kinder, Schafe und Hühner.

Zufrieden ging die Anführerin davon, und zum ersten Mal in ihrer trostlosen Laufbahn widerfuhr es den Söldnern, dass sie mit einem gewissen Wohlwollen betrachtet wurden, oder doch wenigstens mit nicht allzu großem Groll.

Lisentrail hatte die Verhandlungen mit angehört. Im Söldnerheer galt alles, was nicht vorgeschrieben oder zumindest ausdrücklich erlaubt war, als verboten. Ein Abkommen über die Gemeinschaftsverpflegung der Soldaten vor Ort war eine unerhörte Neuigkeit und würde wahrscheinlich an übergeordneter Stelle kaum Beifall finden.

»Ach ja?«, kommentierte der Bär gelassen. »Dann sollen sie jemand schicken, der mir sagt, dass das nicht geht.«

Kein anderer Kommandant war je auf die Idee gekommen, Gemeinschaftsverpflegung auszuhandeln. Keiner hatte begriffen, dass die Söldner sich gegenseitig Konkurrenz machten, wenn jeder für sich das Essen kaufte. Die Preise gingen in die Höhe, der Sold war schnell aufgebraucht und es kam zu Diebstählen. Mit den Diebstählen kam der Hass der örtlichen Bevölkerung und zuletzt der Henker. Um nicht dem Henker in die Hände zu fallen, desertierten viele und wurden Banditen. Die Zahl der Banditen nahm zu, neue Söldner mussten angeworben werden, um sie zu bekämpfen, und so ging das immer fort.

Nach dem Zug der Elenden kamen die Kameraden. Das waren die Überlebenden der drei Einheiten, die schon früher zur Bekämpfung der Verbrecher in die Gegend geschickt worden waren. Insgesamt etwa vierzig Mann, versprengt und ohne Kommandanten. Zwei der Truppführer waren an ihren Verwundungen gestorben, und einen hatte das Sumpffieber hinweggerafft, noch bevor er zum Einsatz kam.

In den folgenden Tagen begann Rankstrail, die Ebene bis an die Hügel hinauf zu durchkämmen, und legte ein Reihe von Hinterhalten an, bevor der Feind sich neu formieren konnte. Er hatte nur den Schlamm zu sehen brauchen, mit dem die Schwarzen Banditen sich einrieben, um zu wissen, wo sie ihr Versteck haben mussten: bei den schlammigen Rinnsalen, die alles waren, was von den Flüssen übrig war, zwischen vergilbtem und immer spärlicherem Schilf und Oleander, wo sich aber immer noch Männer versteckt halten konnten. Er brauchte die Flussläufe bloß in Abschnitte einzuteilen und diese einen nach dem anderen absuchen zu lassen, sämtliche Männer auf einen Punkt konzentriert, um die ganze Ebene ohne Verlust von den Banditen zu befreien.

Am Anfang hatten die Neuankömmlinge sich ausgeschüttet vor Lachen beim Anblick eines Jungen, der ausgewachsenen Männern und dann auch ihnen Befehle erteilte, doch rasch hörten sie damit auf und fügten sich. Der blutjunge Kommandant fand Spuren im Nichts, erriet die Bewegungen des Feindes durch Beobachtung des Vogelflugs, er war geräuschlos wie eine Schlange, nie verfehlte er einen Angriff, er schien im Voraus zu wissen, wo der Feind auftauchen würde. Rankstrail hatte eine Waffe mehr im Vergleich zu anderen: den Geruchssinn. Er wusste immer, wo der Feind entlanggezogen war und wie viel Zeit seitdem vergangen war.

In den Hügeln war das anders. Er kannte das Gelände nicht, während die anderen hier aufgewachsen waren. Rankstrail teilte alle in Gruppen von je zehn Mann ein, die durch Boten miteinander in Verbindung standen, und mit denen durchkämmte er die Höhen. Er warb die Schäfer an, kaufte sie mit dem Versprechen, dass ihre Schafe auf immer vor Banditen wie Söldnern sicher sein würden, und ließ sich von ihnen die Wege und die Wälder erklären. Er schuf ein Warn- und Nachrichtensystem auf der Basis von Steinhügeln, die so aufgeschichtet waren, dass sie einem zerstreuten Blick als zufällig erscheinen konnten. Auch ohne ein direktes Treffen konnten ihm so alle mitteilen, welche Bewegungen sie gesichtet hatten. Als Väter, deren Kinder von den Banditen ermordet worden waren, ihn fragten, ob sie sich an dem Kampf beteiligen könnten, war Rankstrail einverstanden. Lisentrail setzte ihm zu, versuchte, ihn mit allen Mitteln davon abzubringen und zu überzeugen, dass das gegen alle Vorschriften verstieß, vergebens. Rankstrail stellte die neu Hinzugekommenen als Kundschafter ein, und mit ihrer Hilfe lernte er, sich im Hügelland ebenso sicher zu bewegen wie in den Reisfeldern.

Es gab einen zentralen Teil des Hügellands, den Hochfels, der bedeckt war von Eichen und Kastanienwäldern und in eine Reihe von karstigen Hügeln auslief – Prallstein, Salzstein und Quarzstein –, wo zwischen großen Granitblöcken eine niedrige Vegetation gedieh, bestehend aus Myrten, Erdbeerbäumen, Ginster und großen Tamariskensträuchern, die mit ihren winzigen rosa Blüten aussahen wie Wölkchen. Mal liefen die Pfade im Schatten kleiner Wälder fast eben dahin, mal kletterten sie an unwegsamen Steilhängen in der prallen Sonne über den nackten Felsen empor. Die zu befolgende Strategie war nach wie vor eine Summe aus Mut und Geometrie, nur waren die Hügel nicht so flach wie die Reisfelder. Wo die Welt ein Oben und Unten hatte, musste man versuchen, von oben anzugreifen, und durfte in seinen Berechnungen keinesfalls Schluchten und Steilhänge außer

Acht lassen, die Fluchtwege unterbrechen und Hinterhalte verbergen konnten.

Der erste Angriff war gleich der riskanteste. In seinem vollkommenen Mangel an jeder Form von Überlegung kam Siuil, ein älterer Söldner, den Rankstrail nicht leiden konnte, auf das Gebüsch zugelaufen, wo Rankstrail und ein Dutzend Söldner Stellung bezogen hatten. Er war überzeugt, dass der Feind von unten, aus der vegetationslosen Zone kommen würde. Aber sie hatten ihn hinter sich, weiter oben in einem Kastanienwäldchen. Auch der beste Geruchssinn kann nichts ausrichten, wenn der Wind aus der falschen Richtung weht. Siuil wurde angegriffen, entwaffnet und auf die Knie gezwungen, im nächsten Moment würde man ihn enthaupten. Seit der ersten Begegnung war dies die größte Einheit von Banditen, mit der sie es zu tun bekamen. Im Schutz des Gebüschs gelang es dem Bären, sich anzuschleichen. Er wollte Siuil durch einen Überraschungsangriff befreien, gedeckt vom Pfeilhagel seiner Leute. Mit dem vereinbarten Zeichen zeigte er ihm seine Gegenwart an: zwei Pfiffe kurz hintereinander, wie der Ruf der Turteltauben. Siuil hob den Kopf, bemerkte Rankstrail, schaute aber verhängnisvollerweise zu ihm hinüber, wodurch die Banditen aufmerksam wurden und ihn entdeckten. Zum Glück hatte Lisentrail, der mit der Nachhut weiter unten und damit in günstiger Windrichtung postiert war, den Ruf der Turteltaube auch gehört. Er eilte mit Verstärkung herbei und befreite alle.

»He, Bär«, kommentierte er dann munter, »sieh es dir an und lerne daraus. Das ist der Unterschied zwischen einem bösen Menschen und einem Idioten. Der Böse schadet dir nur, wenn für ihn etwas dabei herausspringt. Der Idiot ist stets ein Risikofaktor.«

Jemand schlug vor, Siuil die Sache mit einem einzigen, gut gezielten Schwerthieb zu vergelten, aber Rankstrail sagte Nein, weil er wusste, zu welchen Dummheiten einen die Angst verleiten kann.

Der Alte Kämpe Siuil war ein ständiges Problem. Bei sich nannte Rankstrail ihn nur »den Trottel«, während Lisentrail ihn etwas vornehmer »den Leidenden« nannte. Siuil beklagte sich unentwegt und ständig über ein und dieselbe Sache. Mit Ausnahme seiner selbst und der anderen beiden Alten Kämpen beschuldigte er alle, im Leben nicht genug gelitten zu haben, und hielt sich selbst für einen Experten und Veteranen auf diesem Gebiet. Er wagte es, das auch vor Trakrail zu wiederholen, der hatte mit ansehen müssen, wie seine Mutter unter Anklage der Hexerei auf dem Scheiterhaufen verbrannt wurde, und im Gesicht das Brandmal trug, das den Kindern von Hexen eingebrannt wurde und ihnen keine andere Berufswahl ließ als das Waffenhandwerk. Oder vor Lisentrail, dem es wohl auch nicht gerade Vergnügen bereitet haben dürfte, sich Finger abhacken und Zähne ausbrechen zu lassen. Vor allem Rankstrail hätte ja überhaupt keinen Begriff davon, was Leiden hieße. Mit einem Satz direkt an die Führungsspitze gelangt, hatte er sich nicht nur die Zeit der Ausbildung erspart, sondern auch das tödlich zähe und unendlich langwierige Vorrücken vom Rang des Einfachen Kämpen über den des Ausgewählten und Optimalen Kämpen bis hin zu dem des Alten Kämpen, was der Trottel offenbar für den Inbegriff allen Leidens hielt.

Ihre erfolgreichste Aktion führten sie an den Südhängen des Prallsteins durch. Bei einer kleinen Ansiedlung am Rand eines lang gestreckten Kastanienwalds fiel Rankstrail der unverwechselbare Geruch vom Ruß und Leder der Masken auf, welche die Feinde unnützerweise trugen.

Die Banditen griffen in der Nacht an. Die Söldner hatten sie erwartet. Die Schlacht war schnell vorbei. Auf der Flucht nahmen die Banditen einen alten Bauern als Geisel, der noch spät auf der Straße von Quarzstein her unterwegs gewesen war. Lisentrail, wie immer in der Nachhut, schnitt den Flüchtenden den Weg ab, befreite den Alten und entschädigte ihn mit dem unermesslich kostbaren Geschenk einiger getrockneter Feigen und einem Schluck sauberen Wassers. Der Alte redete in einer unverständlichen Sprache, aber alle begriffen, dass er sie pries und segnete.

Mit dieser Aktion war die Region befriedet. Als es daran ging, die verwundeten Feinde zu erschießen, schlug Trakrail vor, sie zu Gefangenen zu machen und gesund zu pflegen. Dahinter stand folgende Überlegung: Sprach es sich herum, dass es Aussicht auf Überleben gab, würden die übrigen Banditen sich vielleicht ergeben. Allerdings hatte auch Trakrail keine blasse Ahnung, wo man die Gefangenen unterbringen und wie man sie verpflegen sollte. Rankstrail lachte über den Vorschlag. Siuil kriegte sich überhaupt nicht mehr ein vor Lachen. In gewisser Weise ekelte sich Trakrail vor den Toten. Er war nicht sonderlich begabt für das Waffenhandwerk. Ihm war wegen des Brandmals im Gesicht keine andere Wahl geblieben. Aber er war gut im Heilen von Wunden und kannte sich mit Kräutern aus. Deshalb war er beliebt.

Der Winter kam, er war kurz, klar und trocken.

Eine dünne Schneeschicht bedeckte einen einzigen Tag lang den Gipfel des Hochfels und schmolz gleich wieder. Im Frühling kam aus Daligar der offizielle Bote mit dem korrekt berechneten Sold für alle und – eine unerhörte Begebenheit, da die Söldner allesamt Analphabeten waren – einem Brief für Rankstrail. Er kam von seinem Vater. Er war in der krakeligen Handschrift des Verrückten Schreibers verfasst, die er kannte. Er begann mit: »Mein geliebter Sohn, ich träume von deiner Heimkehr, um deine Heimkehr bete ich immerdar…« Dann folgte Dank für das glücklich eingetroffene Geld, Beteuerungen, dass alles bestens ging und der Husten nur noch eine Erinnerung war, Schilderungen davon, wie gut sein Bruder heranwuchs, Neuigkeiten von der Schwester, die angefangen hatte, als Wäscherin zu arbeiten, und die Heiratsmittlerin des Äußeren Bezirks hatte gesagt, wer weiß, wenn der Zeitpunkt da war, würde vielleicht der Bäckerssohn gut für sie passen, und dann eine endlose Reihe von Ratschlägen und Empfehlungen gegen Kälte, Hitze, Erfrierungen und, die Götter mochten es verhüten, Schwerthiebe der Feinde …

Wieder und wieder las der junge Soldat den Brief, er hatte sich damit ins Gebüsch verzogen, wo er sich nun die Eicheln mit den Wildschweinen und das eigene Blut mit den Läusen teilte, von denen es in seinem Harnisch wimmelte. Dieser Brief war der greifbare Beweis, dass es irgendwo ein anderes Leben gab als ihr Robben im Schlamm, in der ständigen Furcht vor einem unerwarteten Überfall, der ihren letzten Atemzug besiegeln würde. Im Dunkeln, als er nicht mehr lesen konnte, strich er mit den Fingern über das Blatt, wo geschrieben stand: »Mein geliebter Sohn, ich träume von deiner Heimkehr, um deine Heimkehr bete ich immerdar …«

Der Frühling kam und ging vorüber und wieder kam der Sold. Der Hochfels war befreit und die Söldner zogen weiter ins Hügelland. Wieder verdorrte und verbrannte der Sommer das Gras. In der gesamten Region und auch über ihre Grenzen hinaus verbreitete sich der Ruf eines unbezwinglichen Kriegers, stark wie ein Bär und finster wie ein Wolf, der das Söldnerheer von Sieg zu Sieg führe. Er war ein harter Kerl, kein Muster an Barmherzigkeit, und keiner seiner Feinde ging lebend aus dem Kampf hervor, doch er hatte Erbarmen mit den Unschuldigen, sorgte für Ausgleich und Gerechtigkeit.

Der Sold traf ein, und Rankstrail benutzte den Boten, um die Hälfte davon an seinen Vater zu schicken.

Im Herbst war auch das Hügelland befreit, und es trat das ein, was immer einzutreten pflegt, wenn Kriege gewonnen sind: Der Sold kam nicht mehr, Verpflegung wurde zu einer blassen Erinnerung. Die Bauern kehrten auf ihre nunmehr sicheren Höfe zurück und begannen, misstrauisch und scheel auf alles zu blicken: die Reihen ihrer Kohlköpfe, die sich lichteten, und ihre Hühner, die aufhörten, Eier zu legen, oder, schlimmer noch, im ersten Nebel endgültig verschwanden, wie von Geisterhand entführt. Die Region war befriedet. Man brauchte die Söldner nicht mehr.

Vom Land, wo es immer etwas zu jagen gab und wo sich immer mal wieder ein Schäfchen verirrte, wurde ihre Einheit in die Hauptstadt verlegt, wo nur streunende Katzen sich verirrten und dann auch tatsächlich verschwanden.

Die Hauptstadt der Region, Kastel Hohe Wacht, lag am Südhang des Prallsteins und war eher ein großes Dorf mit staubigen Straßen und hohen Steinmauern, hinter denen sich die ausladenden Baumkronen von nützlichen Feigenbäumen und die kümmerlichen Wipfel von überflüssigen Palmen drängten. Im Schatten der Gärten lagen winzige, weiß gekalkte Häuser mit dunklen Holztüren, kleinen, schlitzartigen Fenstern und kegelförmigen Dächern, um im Sommer die Hitze abzuhalten und in den Herbststürmen das Wasser besser ablaufen zu lassen. Die Truppe hielt Einzug in der Stadt, von niemandem willkommen geheißen, mit Ausnahme eines finsteren Kriegers, der ihnen den alten Schafstall zeigte, wo sie sich einrichten sollten.

»He, Bär«, sagte Lisentrail, »ich will ja nicht die Prinzessin auf der Erbse spielen, aber hier drin herrscht nicht nur ein Gestank, schlimmer als in der Kloake, was wir ja gewöhnt wären. Hier kriegt man auch wirklich keine Luft. Man kann nicht atmen. Und ein Mensch kann nicht mal aufrecht stehen. Wir müssten auf allen vieren laufen wie die Hunde.«

»Dann setz dich doch hin«, antwortete Siuil verbindlich, »das strengt weniger an.«

Um nicht dort drin sein zu müssen, verbrachten sie ihre Tage, im Schlamm hockend, auf dem Hauptplatz des Ortes, wo ein alter Brunnen stand. Gegenüber lag der Gouverneurspalast, das größte Gebäude weit und breit, zweistöckig und verziert mit einer Reihe von Säulen, auf ungleichen Bögen ruhend. Im oberen Stockwerk wohnte der Gouverneur, ein Mann aus Daligar, extrem lang und mager, nein, spindeldürr, und man verstand nicht, warum, denn er hatte doch schließlich Hühner.

»Der hat Galle im Blut«, vermutete Trakrail als Heilkundiger. »Er muss Würmer gehabt haben und die sind nicht richtig behandelt worden.«

»Der hat Galle in der Seele«, sagte Lisentrail als Menschenkenner. »Er muss als Volltrottel auf die Welt gekommen sein und seine Mutter hat ihn nicht anständig mit Ohrfeigen traktiert, anders als meine, die legte Wert darauf.«

Der Gouverneur war über die Maßen seltsam. Stets war er von einer mürrischen Verdrossenheit, die ihm die Schultern herabdrückte und ihm unter der Nase, die krumm war wie ein Hühnerschnabel, den Mund auf eine Seite zog.

Im Erdgeschoss des Gouverneurspalasts war eine kleine Garnison untergebracht, drei Kavalleristen und vier Infanteristen, die Pferdeställe, der Gerichtssaal mit dazugehörigem Henker, Galgen, Pranger und einem bescheidenen Satz an Zangen und Kohlebecken, wie es typisch ist für eine Garnison auf dem Lande. Rings um den Palast erstreckte sich ein Garten mit üppigem Pflanzenwuchs, Rosen und einem gepflegten Rasen, der mit seinem leuchtenden Smaragdgrün gegen das fahle und staubige Grün der Umgebung abstach. Der Rasen wurde jeden Tag mit Wasser aus dem Brunnen besprengt, immer. Auch im Sommer, wenn die Sonne heiß herunterbrannte und so wenig Wasser im Brunnen war, dass die Frauen, die Wasser holen kamen, mit leeren Krügen nach Hause gehen mussten.

Mit den Regenfällen im Herbst stieg der Wasserpegel im Brunnen und auch die Rinnsale zwischen Schilf und Oleanderbüschen füllten sich wieder mit Wasser. Das Grün der Wiesen in der Umgebung glich sich dem des Rasens im Gouverneursgarten an, der mit seinem Smaragdgrün nun nicht mehr so sehr hervorstach, und vielleicht zog sich deshalb das Gesicht des Gouverneurs noch mehr in die Länge.

Der Herbst war lang und regnerisch. Die Söldner hockten allesamt untätig und unnütz herum und trauerten den Zeiten nach, als sie gegen die Banditen kämpfen konnten, und träumten davon, in den Kampf gegen die Orks geschickt zu werden, denn alles erschien ihnen besser als dieses sinnlose Herumlungern, dieses Vertrödeln der Zeit, im Staub hockend, den der Regen in Morast verwandelte.

Eines Tages, als es unter einem bleichen Himmel nicht recht hell werden wollte, kam ein großgewachsener, in einen dunklen Mantel gehüllter alter Mann mit hüpfenden Schritten auf sie zu.

»He, Bär, das ist noch einer, der dem Henker in die Hände gefallen ist«, brummte Lisentrail leise und mit heiserer Stimme, wie immer, wenn vom Henker die Rede war.

»Wenn es so war, wird das seinen Grund gehabt haben«, bemerkte Siuil altklug. »Es hat immer einen Grund, wenn einer in den Händen des Henkers endet.«

Der Alte schlich an den Häuserwänden entlang und hielt sich im Schatten. Da brach mit einem Mal die Sonne durch die Wolkendecke und tauchte ihn ins volle Licht. Ein paar Jungs gingen auf ihn los. Ihre Schreie und der Aufprall der Steine an den

Häuserwänden unterbrachen die Stille des verschlafenen Nachmittags.

»Schau doch nur, was für einen Spaß sie daran haben«, murmelte Lisentrail so leise, dass nur Rankstrail ihn hören konnte. »Stumpfsinnig und vergnügt wie ein Rudel Hunde, das über ein verwundetes Schaf herfällt.«

Die Schreie der Jungs wurden noch lauter. Siuil kicherte.

»Das Schlimmste ist, dass du vom Henker für immer gezeichnet bleibst«, fuhr Lisentrail fort. »Alle sehen das und jeder kann dich verhöhnen… In jedem Dorf, an jedem Ort gibt es irgendwen, für den es eine wahre Wonne ist, wenn er einen anderen verhöhnen kann…«

Rankstrail erinnerte sich an den Verrückten Schreiber und nickte. Eine Handbewegung von ihm genügte, und die Jungs stoben auseinander wie ein Rudel Hunde, wenn der Wolf auftaucht. Einen Augenblick lang sahen er und der Alte einander an, dann verschwand der Mann im Schatten.

Ein paar Tage später, als anhaltender Nieselregen sämtliche Jungs von den Gassen gefegt hatte, kehrte der Alte wieder. Diesmal traute er sich, Rankstrail anzusprechen. Er stellte sich vor, erklärte, er sei Nikli, der Geldverleiher.

»Geldverleiher? Dann seid Ihr ein Wucherer? Deshalb hasst man Euch! Es tut mir leid, dass ich die Jungs zurückgepfiffen habe, das tut mir wirklich sehr leid. Früher oder später wird niemand sie aufhalten und sie bringen die Sache zu Ende.«

Der Alte schluckte, rang nach Luft, doch dann erholte er sich und bat um die Erlaubnis, ihm, Rankstrail, und seinen Männern eine ehrbare Arbeit anzubieten, für die er zahlen würde. Rankstrail hob nicht einmal den Kopf und entgegnete, solange es sich vermeiden ließe, rede er nicht mit Wucherern, und er gab ihm Zeit, bis neun zu zählen und zu verschwinden.

»Es ist eine ehrbare Arbeit«, beharrte der Alte.

Rankstrail antwortete nicht. Er hob den Kopf und musterte ihn verächtlich. Der andere wandte sich zum Gehen, doch dann blieb er noch einen Augenblick unschlüssig stehen.

»Falls Ihr es Euch doch noch anders überlegt, das dort ist mein Haus«, setzte er schließlich hinzu und wies im Regen auf das niedrigste Haus der Ansiedlung, abseits von den anderen, der Garten völlig überwuchert von den abweisenden, stacheligen Säulen der Kaktusfeigen, sämtliche Fenster vergittert.

Rankstrail sah sich nicht um. Der Alte entfernte sich.

Im Winter wurde der Himmel grau und düster, die Kastanien gingen aus. Die Katzen waren schon zu Ende und schließlich begannen die Hühner zu verschwinden.

An einem hellen, sonnigen Morgen, während der Wind über die Hügel fegte und sich ihre Silhouette gestochen scharf vor dem dunkelblauen Himmel abzeichnete, traten auf dem Hauptplatz die Soldaten der Garnison in Erscheinung – drei Kavalleristen und vier Infanteristen –, in Begleitung eines Bauern, dazu der Henker in Kapuze, ohne Axt und mit den vorgeschriebenen vier Zangen, die an den Beschlägen seines Ledergürtels hingen.

Rankstrail hörte ein unterdrücktes Stöhnen, er brauchte sich nicht umzusehen, um zu wissen, dass das Lisentrail war.

Sie waren noch nicht verhungert, weil Lisentrail durch die Hügel streifte und alles nur halbwegs Essbare mitbrachte, einschließlich Stachelschweinen. Die Kastanien waren schon aus. Mäuse gab es noch, aber die waren schwer zu fangen. Auch ein paar Hühner mussten sich im Gebüsch und zwischen den Steinen verlaufen haben. Rankstrail wusste, dass das stimmte, er hatte Federn und gebratene Flügel gesehen. Er wusste auch, dass der Braten unter vielen aufgeteilt worden war, um nicht zu sagen, unter allen, aber nur der, der gestohlen hatte, würde dafür büßen müssen. Der Besitzer eines der Hühner hatte Anzeige erstattet. Das war der Bauer, der die Soldaten begleitete.

»Gut«, sagte der Führer der kleinen Schar, ein Reiter im stählernen Harnisch mit einer Art Goldstickerei darauf, die einen Greifen darstellte. Der Harnisch schimmerte in der Sonne und Rankstrail betrachtete ihn gebannt, voller Bewunderung, aber auch irgendwie eingeschüchtert. »Ich bin Ser Argniòlo, Kommandant der Kavallerie der Grafschaft. Ich bin gekommen, um Recht zu sprechen. Diesem armen Mann hier ist ein Huhn gestohlen worden. Aber zum Glück hat er den Schuldigen gesehen.«

Der Bauer trat vor. Er spuckte aus und zeigte auf Lisentrail.

Argniòlo gab ein Zeichen mit dem Kopf, und Lisentrail sah sich umzingelt von den vier Infanteristen, die auch stählerne Harnische trugen, aber ohne Verzierungen.

»He, du Tölpel«, sagte Argniòlo, »wie viel war dein Huhn wert?«

»Mei, schee woa mei Hendl, wirkli schee. Schee wia d' Sunna und rund wia da Mond. Nia net hob i so a schees Hendl g'hobt. Aa Ei am Dog hat's g'legt, und an guade Dog aa zwaa«, jammerte der Bauer mit einer Trauermiene, als hätte er eben seinen erstgeborenen Sohn beerdigt. »Sechs Taler, Euer Exzellenz, sechs Taler.«

»Es war ein Huhn von bester Qualität«, übersetzte der Henker. »Jung und wohlgenährt. Es legte ein Ei pro Tag, manchmal auch zwei. Es war mindestens sechs Taler wert.«

Rankstrail erkannte den Bauern wieder und verabscheute ihn. Es war der, dem Lisentrail und seine Männer zwischen Prallstein und Quarzstein zu Hilfe gekommen waren. Er war sich ganz sicher, es war der da, mit seinem schütteren Bärtchen und dem einen halb geschlossenen Auge, es war der Mann, den Lisentrail, nachdem er ihm das Leben gerettet hatte, aus seiner Feldflasche hatte trinken lassen und dem er einige seiner kostbaren getrockneten Feigen abgetreten hatte.

Argniòlo lachte gönnerhaft. »Sechs, abgemacht«, bewilligte er. »Sechs Zähne. Vorwärts, du, sei ein braver Junge. Wenn du den Mund von allein aufmachst, brauchen wir die Zangen nicht glühend zu machen, und du ersparst dir viel Ärger, das weißt du ja schon, nicht wahr?«

»Das stimmt nicht«, sagte Lisentrail aschfahl im Gesicht, aber ruhig. »Es stimmt nicht. Ich habe nichts gestohlen. Er behauptet, ich habe gestohlen, und ich sage, das stimmt nicht.«

»He«, sagte Siuil, der Alte Kämpe, »das war doch kein Huhn für sechs Taler. Es war alt und zäh wie ein Stecken.«

Sofort verstummte er und schlug sich die Hand vor den Mund. Lisentrail gab ein unterdrücktes Stöhnen von sich.

Rankstrail dachte, »Trottel« sei fast noch eine Schmeichelei für Siuil.

»Ist gut, sagen wir fünf Zähne«, räumte Argniòlo großzügig ein.

Rankstrail sah Lisentrail an und zum ersten Mal erblickte er Angst in seinen Augen. Es war eine gemeine Angst, die sich konzentrierte in einem schiefen, unterwürfigen Blick, dem Blick eines Hundes, nicht eines Menschen, während sein Mund sich zu einer Art Lächeln verzog, in der erbärmlichen Hoffnung, die Henker mitleidig zu stimmen. Das war nicht Lisentrail der Soldat, der Krieger, der ihm seit jeher den Rücken deckte, wenn er vorrückte, der stahl, um alle satt zu bekommen, der schreckliche Gefahren auf sich nahm. Sie hatten einen Hund aus ihm gemacht.

Rankstrail überlegte sich, dass es zweierlei ist, ob man in der Schlacht von einem Axthieb verstümmelt wird, während der Kommandant vorprescht und die Kameraden einen nach den Seiten hin decken, oder ob einen der Henker Stück für Stück verstümmelt, umringt von Leuten, die dazu lachen.

Nicht die Dinge sind wichtig, sondern die Bedeutung, die ihnen beigemessen wird. Wichtiger als der Schmerz an sich ist es, ob der Schmerz mit Mitgefühl oder mit Hohn betrachtet wird. Noch schlimmer, als getötet und verstümmelt zu werden, ist es, wenn jemand sich daran ergötzt oder darüber lacht.

Der Alte Kämpe Siuil fing an zu lachen. Rankstrail hasste sogar seinen Namen, der irgendetwas war zwischen dem Zischen einer Schlange und dem Piepsen einer Maus.

Lisentrail hatte sich auf die Knie geworfen oder vielleicht war er gefallen und die beiden Soldaten schleiften ihn mit sich.

Auch Ser Argniòlo fing an zu lachen, hörte aber gleich wieder auf, denn Rankstrail war vor die beiden Soldaten hingetreten. Auch Siuil hörte auf zu lachen. Hauptsächlich, um zu sehen, was da vorging, oder spontan, um dem zu folgen, der ihr Führer geworden war, standen die Männer, die noch am Boden saßen, einer nach dem anderen auf.

Sie waren mehr als fünfzig.

Argniòlo und seine Leute waren acht, den Henker eingeschlossen.

»Und du, du Lump, wer glaubst du denn zu sein?«, fragte Argniòlo drohend und eisig.

In der Verachtung lag, Rankstrail konnte es hören, ganz fern, leise, verborgen, unfasslich und doch unverkennbar Angst.

»Rankstrail, Euer Exzellenz«, antwortete er ruhig lächelnd. »Hauptmann der Abteilung dieses Soldaten. Zu Euren Diensten, Exzellenz«, setzte er höflich und verbindlich hinzu und machte eine tiefe Verbeugung.

Auch wenn in dem Satz keinerlei Ironie mitgeschwungen hatte, war doch sonnenklar, dass Argniòlo zu dienen, niemals in den Zielen oder Absichten des selbst ernannten Hauptmanns gelegen hatte. Jetzt war auch klar, dass er der Hauptmann war. Bis zu diesem Zeitpunkt hatte niemand Rankstrail zu irgendetwas ernannt.

Bis zu diesem Zeitpunkt hatte man einfach akzeptiert, dass, wenn es zum Kampf kam, er die Befehle gab. In gewisser Weise war bis zu diesem Zeitpunkt die Möglichkeit offengeblieben, dass er nur Ratschläge erteilte, die die anderen befolgten, weil sie ihnen vernünftig schienen.

Diese Möglichkeit bestand nun nicht mehr.

Rankstrail war der Hauptmann der Abteilung der Leichten Infanterie, der Söldner.

»Seht Ihr, Exzellenz«, fuhr Rankstrail fort, »wir, die Söldner, sind einfache Leute. Hauptsache, einer ist siegreich und verliert keine Männer, dann übertragen wir ihm das Kommando. Die Sache ist die, seht Ihr, Exzellenz«, Rankstrail befreite seinen Kameraden aus den Händen der Soldaten; umzingelt von Söldnern, mucksten die nicht und ließen ihre Beute anstandslos frei; Rankstrail packte ihn am Arm und stellte ihn auf die Beine, »das ist einer meiner Männer und ich brauche meine Männer so intakt und heil wie möglich. Ohne Finger können sie keinen Bogen spannen, und ohne Zähne spucken sie beim Reden und brauchen eine Ewigkeit, um eine getrocknete Kastanie zu essen, Exzellenz, und Krieg kann man schließlich auch nicht führen mit einem, der jedes Mal spuckt wie ein Springbrunnen, wenn er sagen soll, wo der Feind steht, und man versteht ihn einfach nicht!«

Eine gewisse Heiterkeit machte sich unter den Männern breit. Argniòlo wurde bleich.

»Mir scheint nicht, dass man Finger oder Zähne braucht, um, an Hauswände gelehnt, herumzulungern wie die Fliegen auf dem Mist«, erwiderte er bissig.

Rankstrail ließ Lisentrail los, da er nun wieder allein auf den Beinen stehen konnte, und wandte sich ganz Argniòlo zu.

»Wenn wir einmal gerade nicht an Hauswänden lehnen, Exzellenz, tun wir auch anderes, seht Ihr«, antwortete Rankstrail.

»Morgen könnte es die Jagd auf Orks sein, gestern waren es die Schwarzen Banditen. Ach, Ihr erinnert Euch nicht mehr an die Banditen?«, fragte er den Bauern, der ihn scheel ansah und versuchte, sich hinter dem Ritter zu verstecken. »Sie waren drauf und dran, Euch in Stücke zu reißen, keines davon größer als ein Ei!« Dann wandte er sich wieder Argniòlo zu. »Das sind meine Männer und ich stehe für sie ein, ich ganz allein. Mit dem Huhn, das war ein Irrtum, glaube ich, aber wir kommen jedenfalls dafür auf. Wie viel war es wert? Sechs Taler? Wir erstatten Euch das, noch heute Nachmittag. Besser sechs Taler zahlen, als zu wissen, dass ein Mann fünf Zähne weniger im Mund hat, meint Ihr nicht auch? Ach was, wir geben Euch sieben, einen Taler mehr sind wir Euch schuldig für die Mühe, die Ihr Euch gemacht habt, das Wasser und die Feigen in Eurem Bauch herumzutragen, die der Gefreite Lisentrail Euch gegeben hat, nachdem er Euch das Leben gerettet hat, erinnert Ihr Euch?«

»Gefreiter?«, zischte Siuil, aschfahl im Gesicht.

»Gefreiter?«, zischte Argniòlo. »Ein Dieb ohne Zähne und ohne Finger?«

»Was wollt Ihr, Exzellenz!«, fuhr Rankstrail unbeirrbar fort. »Wir sind von der Leichten Infanterie, wir sind Söldner. Wir sind einfache Leute und geben uns mit wenig zufrieden. Uns braucht nur einer ein paarmal das Leben zu retten, schwups, so befördern wir ihn auch schon. Was wollt Ihr da machen?«

»Gut«, sagte Argniòlo hastig, sichtlich bemüht, so schnell wie möglich von hier fortzukommen, er und sein schmächtiges Häuflein von blitzblanken Kriegern, fort von diesen fünfzig, bis an die Zähne bewaffneten Haudegen mit schmutzigen Haaren, die ihnen in die vernarbten Gesichter hingen, angeführt von einem blutjungen Verrückten, der aussah wie ein Bär und, nach wie vor lächelnd, immer näher an ihn und sein Pferd herankam. »Gut«, wiederholte er, »es sind deine Männer. Von diesem Augenblick an sorgst du für Ordnung in diesem Gesindel. Es ist mir ein Freude, dir dazu alles Gute zu wünschen«, setzte er langsam zischend hinzu, »aber bei der ersten Beschwerde, die ich höre, bei dem ersten verschwundenen Huhn haftest du mit deinem Kopf.«

Rankstrail war nun dicht bei ihm. Er legte die Hand an den Griff seines Schwertes. Tatsächlich war das immer noch bloß der Stummel eines Schwerts, den er vor allem zum Abschneiden von Ästen und zum Holzhacken benutzte, aber von oben sah man das nicht. Rankstrail stand am Boden, Argniòlo dagegen saß zu Pferd. Sie sahen sich an, dann vollführte Rankstrail eine noch tiefere und übertriebenere Verbeugung, nach der er sich mit einem noch überzeugteren und höflicheren Lächeln wieder aufrichtete.

»Aber gewiss, Exzellenz. Ein echter Kommandant übernimmt die Verantwortung für Leben und Tod der Männer, die er in die Schlacht schickt, und es ist nur recht und billig, dass er für sie einsteht. Beim ersten Huhn, das verschwindet, hafte ich mit meinem Kopf.«

»Früher oder später sehen wir uns wieder, du und ich«, sagte Argniòlo leise und drohend.

»Aber gewiss, Exzellenz«, bestätigte der Hauptmann. »So ist das Leben nun mal. Wenn wir nicht draufgehen, weder Ihr noch ich, sieht man sich wieder.«

Mit steifer Würde zog das Grüppchen ab. Der Bauer machte sich eiligst aus dem Staub und hockte sich an der Mauer des Gerichtssaals nieder, in Sicherheit, nicht weit vom Henker. Als die Garnisonssoldaten in ihre Rosengärten zurückgekehrt waren, wo sie ihn nicht mehr hören konnten, schüttelte Rankstrail den Kopf.

»Wunderschöner Harnisch«, bemerkte er fast mit einem Seufzer und mit Blick auf den Rücken Argniòlos, der sich entfernte.

»He, Hauptmann«, sagte Lisentrail leise. Er war der Erste, der ihn so anredete. »Hauptmann, was machen wir jetzt? Wo willst du die sieben Taler hernehmen? Der Kerl hasst dich jetzt. Vielleicht wäre es besser gewesen, du hättest nichts unternommen. Das geht schnell vorbei, weißt du, wenn sie dir die Zähne ausreißen.«

»Niemand rührt meine Männer an«, antwortete Rankstrail knapp. »Niemals.«

Indem er den Satz wiederholte, war das nicht länger eine Prahlerei, sondern es wurde Wahrheit. Das waren seine Männer, er war ihr Hauptmann. Er hatte die Verantwortung für ihr Leben und ihren Tod übernommen. Er war bereit, mit seinem Kopf dafür einzustehen.

»Hauptmann, das ist Ungehorsam. Die reißen dich in Stücke und die Stücke werfen sie den Hunden vor.«

»Nein. Wenn der hingeht und erzählt, dass ein Söldner ihm Angst eingejagt hat, dann verliert er sein Gesicht. Er wird schweigen wie das Grab eines Stummen. Mehr noch, in ein oder zwei Tagen wird er davon überzeugt sein, dass es seine Idee war, dich heil zu lassen, so kannst du besser für die Grafschaft kämpfen.«

Langes Schweigen trat ein, unterbrochen nur vom Wind. Riesige Wolken jagten über die Hügel dahin. Der Himmel war blau und spiegelte sich mitsamt den Wolken in den Pfützen auf dem Hauptplatz. Ein Schwarm Krähen zog vorüber.

»Gehorcht meinen Befehlen, dann gibt es keinen Ärger«, sagte der Hauptmann. »Ich weiß noch nicht, welche Befehle das sein werden, aber ich weiß, dass wir zu essen haben werden. Keiner macht irgendwelchen Unsinn und mein Kopf landet nicht unter den Rosen des Gouverneurs.«

»Hauptmann, bist du verrückt, du kannst doch nicht deinen Kopf für uns riskieren!«

»Männer«, entgegnete der Bär, »ich kann die Dinge beurteilen und täusche mich nicht. Mein Kopf bleibt dort, wo er ist. Wenn die Klügeren auf die Idioten aufpassen«, setzte er mit Blick auf Siuil hinzu, »dann wird alles gut gehen. Gefreiter Lisentrail, warte hier, und dass sich keiner vom Fleck rührt, solange ich nicht da bin.«

Hauptmann Rankstrail machte sich auf den Weg. Er wusste, dass das Haus des Wucherers das letzte am unteren Dorfrand war, direkt an der Böschung. Er fragte sich, ob er ein Geschäft gemacht hatte, und entschied sich, der Antwort eine offene Form zu geben: Sieben Taler waren vielleicht kein angemessener Preis für den Verkauf der Seele, fünf Zähne eines Mannes schon. Im schlimmsten Fall konnte er immer noch seinen Kopf obendrein geben und die Sache zum Abschluss bringen. Während er sich entfernte, erreichte ihn noch die Stimme des Gefreiten.

»He, Hauptmann«, sagte Lisentrail, »weißt du, nur bei denen, die nix anpacken, geht nie was kaputt und bleibt immer alles gleich. Auch Er, Der das Universum geschaffen hat, wird bei diesem Unternehmen schon mal einen Zahn oder Finger eingebüßt haben.«

Der Hauptmann verstand nicht, ob diese Bemerkung eine verspätete Bitte um Entschuldigung war oder eine plötzliche Anwandlung von Stolz.

Auch wenn er ihm keine Antwort mehr gab, bei sich dachte er doch, dass er das nicht ungern gehört hatte.

KAPITEL 8

Der Alte öffnete die Tür und ließ ihn ein. Das Zimmer war rund wie das ganze Haus, die Feuerstelle in der Mitte. Die Fenster waren schmal und nur wenig Licht fiel herein. Die Wände waren vollgestellt mit Büchern und Bücher lagen überall herum, aufgeschlagen, geschlossen, in allen Formaten, auch am Boden und auf dem großen Eichentisch, der die Hälfte des Raums einnahm. Auf einem anderen Tisch gab es auch Gänsekiele und Pergament, Gegenstände, die Rankstrail noch nie gesehen hatte, und große Kerzen in Kerzenhaltern aus Ton, als ob der Alte seine Nächte statt mit Schlafen mit Dingen zubrächte, für die man Licht benötigte.

Im Äußeren Bezirk waren Kerzen so selten und kostbar wie Hühner. Es gab höchstens eine pro Familie und die war für Notfälle bestimmt: wenn ein Kind sich nachts erbrechen musste oder wenn eine Frau in der Nacht niederkam; nicht wenn jemand starb, denn das kann man auch im Dunkeln, ja, das geht da sogar besser. Und im Übrigen schlief man ja nachts und da brauchte man kein Licht. Vielleicht schlief der Alte nachts nicht.

Rankstrail fand die Vorstellung beunruhigend und faszinierend zugleich. Auch er hielt ja seit jeher nachts die Augen offen und den Geist wach und nutzte so die Zeit. Ein großer, fetter rötlicher

Kater schlief auf dem einzigen Schemel im Raum und rührte sich auch bei Rankstrails Eintritt nicht vom Fleck. Die Feuerstelle diente zum Kochen, aber auch als Heizung: Im Raum war es angenehm warm wie an einem Frühlingsnachmittag und über einem kleinen Feuerchen schaukelte leise an seiner Kette ein Kupferkessel. Der unverwechselbare Geruch von Bohnen lag in der Luft und ergriff bald von Rankstrail Besitz, verursachte ihm krampfhaftes Knurren im Magen und maßlose Sehnsucht in der Seele, Heimweh nach warmem, im Sitzen eingenommenem Essen, einem Dach über dem Kopf und Feuer im Herd.

Der Geldverleiher war sehr höflich und verlor kein Wort über seinen Gesinnungswandel. Nachdem er ihn eingelassen hatte, bot er ihm einen Becher Cidre an, was, wie er Rankstrail erklären musste, eine Art Erfrischungsgetränk war, das man aus Äpfeln macht, sodann versuchte er, den jungen Soldaten über die Bedeutung des Wortes »anbieten« zu beruhigen, das keinerlei Verpflichtung zu Zahlung oder Rückerstattung beinhaltete.

Der Alte brauchte nicht wenig Zeit, um zu erklären, dass das Angebot von Cidre eine völlig selbstverständliche, fast banale Geste der Höflichkeit ist, während die Einladung zum Mittagessen weniger selbstverständlich und schon etwas Besonderes war. Ob Rankstrail die Bohnen mit ihm teilen wollte?

Es folgte eine lange Diskussion, in deren Verlauf der Alte dem jungen Wilden außer dem des Angebots auch den Begriff der Gastfreundschaft erläuterte, die beide gar nichts Beschämendes hatten und nicht bedeuteten, dass der damit Bedachte ein Habenichts, ein Bettler, ein Bittsteller oder ein Hungerleider sei. Zum Schluss aber lehnte Rankstrail die Bohnen blutenden Herzens entschieden ab und sie einigten sich auf einen halben Becher Cidre.

Ohne Mantel wirkte der Alte kleiner. Er hatte ein große Knollennase und ein eingefallenes Gesicht unter einem Wust grauer Haare, die im schräg in den Raum fallenden Sonnenlicht leuchteten.

»Ich brauche Euch für eine ehrbare Arbeit. Eine ehrbare Arbeit«, wiederholte er.

Rankstrail nickte.

»Ich brauche Eure Kraft, nicht Eure Seele. Und ich zahle so viel wie die Grafschaft.«

Rankstrail nickte wieder.

»Das ist unser Feind«, sagte der Alte und wies aus dem schmalen Fenster, das auf den Südhang des Salzsteins ging.

Der Hauptmann schaute in die Richtung, in die der lange Zeigefinger wies. Eine Herde Hammel graste friedlich im spärlichen Grün des Hanges.

»Hammel?«, fragte er verwundert.

»Hammel«, bestätigte der Alte. Bis zu diesem Zeitpunkt hatte er den Eindruck erweckt, geistig gesund zu sein, etwas verschroben vielleicht, aber nicht völlig verrückt. »Wisst Ihr, was der Unterschied zwischen einer Kuh und einem Hammel ist?«

»Ja«, antwortete Rankstrail. »Kühe sind größer.«

»Richtig. Aber es gibt noch einen anderen, wichtigeren«, beharrte der Alte.

Rankstrail dachte nach.

»Hammel machen *määh* und Kühe machen *muuh*«, brachte er schließlich vor, womit seine Kenntnisse dieser Materie erschöpft waren.

Der Alte schüttelte den Kopf.

»Die Zähne von Kühen schneiden, die von Hammeln rupfen«, erklärte er. »Versteht Ihr, was ich sagen will?«

»Dass man sich besser von keinem von beiden beißen lässt?«

»Nicht wenn Ihr ein Grashalm seid!«

»Ich könnte mich nicht erinnern, je ein Grashalm gewesen zu sein«, entgegnete Rankstrail kurz angebunden.

Der Alte seufzte, dann erklärte er, dass bis vor wenigen Jahren kleine Kühe auf den fetten Wiesen voller Klee und Blumen am Fuße der Hügel weideten, die oben von mächtigen Eichen- und Pinienwäldern bestanden waren. Die Zähne der Kühe bissen das Gras ab, das dann nur umso kräftiger und dichter mit Klee, Luzernen und Wiesenblumen nachwuchs. Das bedeutete, dass das Gras saftig, dicht und grün die Hänge bedeckte, die Kühe nährte und mit seinen Wurzeln das Regenwasser zurückhielt, das nicht in den Rissen und Spalten des verdörrten Bodens versickerte, wie das heute der Fall war.

Die Endlosen Regenfälle hatten auch die Kühe in Schlamm und Elend erstickt, und als die normale Abfolge der Jahreszeiten wieder einsetzte, vor fünf Jahren, waren von ihnen nur noch die blanken Knochen übrig gewesen, abgenagt von den Hunden oder direkt von ihren Besitzern. Es gab keine Kühe mehr, und es gab kein Geld, um welche zu kaufen. Um sich nicht zu verschulden oder von den Wucherern zugrunde gerichtet zu werden, kauften die Leute keine Kühe mehr, sondern Hammel. Hammel eignen sich aber für Gegenden mit Sträuchern und Büschen, nicht für Weideland, da sind sie verheerend. Sie kosten weniger, weil sie deutlich kleiner sind, aber Hammel rupfen das Gras mit sämtlichen Wurzeln aus und nach geringer Zeit trocknet der Boden aus und stirbt. Erst wird er ockerfarben, dann tun sich Risse darin auf, zunächst kleine und wenige, die sich dann ausbreiten und bald alles überziehen, während Staub den Horizont verschluckt, ebenso wie die Träume der Menschen, am Abend etwas nach Hause bringen zu können. Um zu überleben, fängt man an, Bäume zu fällen, die Wälder weichen Steppen und Ödland, wo das Erdreich von den heftigen Herbstregen fortgeschwemmt wird und in der Sonne und im heißen Sommerwind verdorrt. Die Viehhirten werden Holzfäller. Erst werden die Eichen gefällt, dann die Pinien mit ihren großen Schirmen: Man legt sie auf Fuhrwerke und verfrachtet sie in den Norden, wo sie als Brennholz verkauft werden, und wisst Ihr, was das bedeutet?«

»Es gibt keine Stöpsel zum Verschließen der Feldflaschen und keine Pinienkerne mehr?«, mutmaßte der junge Hauptmann verwundert. »Nicht dass man von Pinienkernen satt würde, aber zusammen mit Rosmarin sind sie gut in Fledermäusen und vielleicht schmecken sie ja auch allein und ohne Rosmarin...«

»Ja, auch«, unterbrach ihn der Alte, »aber das eigentliche Problem ist nach wie vor das Wasser. Baumwurzeln halten Wasser zurück. Wo keine Bäume sind, versickert das Wasser im Boden und verschwindet. Die Sommer werden von Jahr zu Jahr immer länger und trockener. Alles vergilbt und verdorrt. Der Schlamm wird zu Staub. Wir müssen wieder Kühe hierherbringen und den Menschen Arbeit geben, sonst macht die Dürre den Boden unfruchtbar und die Verzweiflung treibt die Menschen hinaus, eine Axt in der Hand und eine schwarze Maske vorm Gesicht. Ich bin kein Wucherer, sondern Geldverleiher. Ich will die Leute nicht aussaugen, sondern ihnen Geld leihen, damit sie sich erholen und die Erde wieder grün wird.«

Der Alte stand vor Rankstrail, im schrägen Licht der Sonne, die sich langsam neigte, und sah ihn an, mit seinem eingefallenen Gesicht, das wieder an Kraft gewann, und seinem Kopf, der sich hob im Stolz über das, was er zu sagen hatte.

Der Hauptmann schüttelte den Kopf.

»Könntet Ihr ihnen das Geld nicht einfach geben, und basta? Oder wenn Ihr nicht genug habt zum Verschenken, es ihnen geben, ohne Euch mehr zurückgeben zu lassen? Lasst Euch wenigstens nur dieselbe Summe zurückgeben, das wäre anständiger. Sie sind arm. Ich hasse Wucherer. Alle Söldner hassen den Wucherer mindestens genauso wie den Henker. Ohne Wucherer hätten wir uns nie anwerben lassen und ohne den Henker wären wir längst weg.«

»Auch ich hasse Wucherer. Wucherer sind Menschen, die Geld an solche verleihen, die es dringend nötig haben, sie dann über die Zinsen aussaugen und ins Elend stürzen. Und ich hasse Söldner: Männer, die ihr Schwert jedem verkaufen, der sie bezahlt. Ich bin Geldverleiher und kein Wucherer. Und Ihr seid Soldat und kein Söldner, denn vielleicht habt Ihr Euch des Soldes wegen anwerben lassen, aber nicht für den Sold seid Ihr ins Hügelland gezogen, habt es durchkämmt Zoll für Zoll und dabei tagtäglich Euer Leben aufs Spiel gesetzt. Ich bin Geldverleiher. Ich verschenke das Geld nicht, ich verleihe es, denn nur so lässt sich der Reichtum mehren. Nicht nur mein Reichtum, der aller. Leiht mir die Kraft Eures Schwertes, und ich mache aus diesem Land einen blühenden Garten. Man darf Geld nicht verschenken, denn dann ist es sofort weg und verpflichtet außerdem zur Dankbarkeit und das ist eine Demütigung, gedemütigte Menschen aber kämpfen nicht und siegen nicht. Ein Darlehen, wo man genauso viel zurückzahlt, wie man bekommen hat, ist in jedem Fall abhängig von der Großzügigkeit des Leihgebers; Großzügigkeit ist aber naturgemäß irgendwann erschöpft und verpflichtet wiederum zur Dankbarkeit. Ich konnte Euch nicht dazu bewegen, einen halben Teller Bohnen anzunehmen. Wärt Ihr ein Bauer, um nichts in der Welt könnte ich Euch dazu bringen, anzunehmen, was nötig ist, um eine Kuh zu kaufen. Ein Darlehen, bei dem man einen kleinen Teil mehr zurückzahlen muss, schafft Reichtum, sowohl für den Geber als auch für den Nehmer. Das ist eine Situation, die sich unendlich oft wiederholen und variieren lässt, und sie schafft den Wohlstand eines Landes.«

»Aber dieser Teil muss klein sein, sonst ist es Wucher.«

»Sicher, er muss klein sein, sonst ist es Wucher, und es entsteht Armut und kein Reichtum, man baut nicht auf, sondern zerstört. Ich leihe das Geld zum Kauf von Kühen und Ihr geht sie holen. Nur bewaffnete Männer können mit Gold oder Vieh von einem gewissen Wert diese Gegend durchqueren.«

»Und dann? Wenn Euch jemand das Gold, das Ihr geliehen habt, nicht zurückzahlt? Liefert Ihr ihn dann dem Henker aus?«

»Ihr habt mein Wort. Ich schwöre, dass das nicht geschehen wird.«

»Ihr werdet doch wohl nicht auf die Idee gekommen sein, dass wir es übernehmen könnten, diejenigen, die nicht zahlen, zu bestrafen?«

»Noch einmal gebe ich Euch mein Wort, und ich versichere Euch, mein Wort gilt etwas. Niemals soll das geschehen. Eure Ehre bleibt unangetastet, und Eure Seele auch.«

»Und wie zum Teufel sollen sie bezahlen?«, fragte der junge Hauptmann ungeduldig.

»Sie werden mir das Geld geben, wenn sie so weit sind. Habt Ihr verstanden?«

»Nein«, antwortete der Hauptmann aufrichtig.

»Egal. Seid Ihr bereit, mir Eure Kräfte zur Verfügung zu stellen? Ich schwöre Euch, dass nichts Ehrenrühriges dabei sein soll. Wie alt seid Ihr, Herr?«

Rankstrail zuckte zusammen. Nicht nur war das eine Frage, die er lieber vermieden hätte, sondern auch die Anrede »Herr« brachte ihn in Verlegenheit. Auf ihn angewandt, war sie so wenig glaubwürdig, dass sie in seinen Ohren lächerlich klang, um nicht zu sagen spöttisch.

»Zweiundzwanzig«, log er, »und wenn es Euch recht ist, möchte ich lieber mit ›Hauptmann‹ angeredet werden.«

»Gut, Hauptmann, Ihr könnt mir Euer Alter nennen, ich versichere Euch, dass ich das Geheimnis mit derselben Sorgfalt hüten werde, mit der ich Gold verwahre.«

»Achtzehn«, antwortete Rankstrail. Der Alte sah ihn weiter an. »Sechzehn«, sagte er schließlich. »Glaube ich«, schloss er.

»Gut«, befand der Alte, »dann habt Ihr dasselbe Alter wie unser Sire Arduin, als er die Ehre der Menschen auf der Welt wiederherstellte, indem er die Orks verjagte. Ja, ihr wachst schnell heran, werdet schon in jungen Jahren erwachsen und Krieger.«

»Wer *wir*?«

Der Geldverleiher antwortete mit einer ausweichenden Geste.

»Ich glaube, Hauptmann, dass es zwischen Euch und Sire Arduin größere Ähnlichkeiten gibt, als Ihr Euch vorstellen könnt. Es heißt, Ihr könnt lesen.«

Rankstrail nickte, wobei er versuchte, den Stolz hinter einer gleichgültigen Miene zu verbergen.

»Könnt Ihr auch eine Landkarte lesen?«

»Ich weiß nicht einmal, was eine Landkarte ist, aber ich kann lesen«, beharrte der Hauptmann.

»Also, seht hier, diese Folge von Worten und Zeichnungen. Stellt Euch vor, Ihr wärt ein Vogel und würdet über unsere Gegend hinwegfliegen. Das hier ist der Hochfels, dieser Kreis ist der Hügel von Prallstein und das hier ist der Quarzstein ...«

Der Hauptmann hatte sofort begriffen. Es stimmte: Es war, als ob man ein Vogel wäre, der in großer Höhe fliegt und auch über den Horizont hinaussehen kann.

»... Die Dunklen Berge, Daligar ...«, fuhr er fort, indem er die Orte erkannte.

»Jetzt zu dem, was wir zu tun haben. Ich vertraue Euch mein Gold an. Damit durchquert Ihr das Hügelland und kommt dann auf die andere Seite von Hochfels, auf die Hochebene von Kastaneda.«

»Ja, das ist leicht. Ich folge der Straße, und an der höchsten Stelle angelangt, wende ich mich hierhin …«

»Genau, Ihr wendet Euch nach Osten, dorthin, wo die Sonne aufgeht. Die Hochebene war von den Überschwemmungen der Endlosen Regenfälle nicht betroffen, sie lag höher, deshalb haben die Kühe dort überlebt. Jetzt gibt es dort reichlich davon, sogar zu viele, und ich weiß, dass die Leute versuchen, Handel damit zu treiben. Ihr kauft die Kühe, jedes Mal etwa ein Dutzend, und bringt sie hierher. Man braucht bewaffnete Männer für den Transport des Goldes und als Treiber für die Kühe, aber ich glaube nicht, dass Ihr Überfällen ausgesetzt sein werdet, man fürchtet Euch zu sehr. Ich zahle Euch wie die Grafschaft und verbürge mich für anständiges und ausreichendes Essen für alle. Die erste Bezahlung bei Eintreffen der ersten Kühe. Wann gedenkt Ihr aufzubrechen?«

»Sobald Ihr für die Männer, die mit mir ziehen, und für die, die bleiben, etwas zu essen besorgt habt. Sofort, wenn Ihr wollt«, antwortete Rankstrail.

Er verlangte einen Vorschuss von sieben Talern, verabschiedete sich von dem Alten und fand den Bauern wieder, der noch immer in der Nähe der Stube des Henkers hockte. Er drückte ihm das Geld in die Hand und ging.

»Bin i do wiakli oam dro«, rechtfertigte der sich jammernd. »A Hendl is hoid a Hendl!«

»Und ein Mann ist ein Mann«, erwiderte der Hauptmann, ohne sich umzuwenden.

Rankstrail ließ Lisentrail und die Hälfte seiner Männer zur Bewachung des Nichts in der Festung Hohe Wacht zurück, mit dem Befehl, im Schafstall zu bleiben und sich so wenig wie möglich blicken zu lassen, damit die Abwesenheit so vieler Männer nicht bemerkt wurde, und brach auf.

Lisentrail fehlte ihm sehr an seiner Seite, aber er hatte nicht gewagt, die Einheit unter der Aufsicht der Alten Kämpen zurückzulassen, auf deren Verlässlichkeit und Umsicht er nicht seinen Kopf verwetten wollte. Das Geld, das der Alte ihm anvertraut hatte, machte ihm Sorgen. Er hatte keine Vorstellung davon, wie man eine Kuh kauft und wie man sie dazu bringt, sich vom Fleck zu bewegen.

Trotz alledem verspürte er eine Heiterkeit und eine Hochstimmung in sich, die er nicht genauer zu beschreiben gewusst hätte, es war mehr als nur die Erregung und Neugier, an einen unbekannten Ort zu kommen, die Hoffnung darauf, dem Vater etwas schicken zu können, und die Freude darüber, Langeweile und Teilnahmslosigkeit hinter sich gelassen zu haben.

Schon bald tauchte die Hochebene von Kastaneda vor ihnen auf, großartig, bedeckt von einer gleichförmigen Masse von Kastanienwipfeln, die in den Tälern noch dichter standen, wodurch ihr Grün dort so dunkel wirkte wie die Schuppen eines riesigen Drachen. Zahllose Bäche und Flüsse gab es hier, die in fantastischen, tosenden Wasserfällen in die Tiefe stürzten und dort kleine Seen bildeten, in denen sich der Himmel spiegelte. Wasserrauschen begleitete sie in den riesigen Kastanien- und Farnwäldern auf Schritt und Tritt. Die Dörfer wirkten wie Adlerhorste, hoch oben an die steilsten Felsspitzen gekrallt und eingefasst von mächtigen und abweisenden Mauern, in deren Ritzen Kaktusfeigen wurzelten. Die Wälder waren voller Bienen, Kastanienhonig war dunkel und süß, der vom Erdbeerbaum war fast bitter. Rankstrail zeigte seinen Männern, wie man sich langsam, mit Schlamm und Erde bedeckt, heranpirschte, sodass man den kleinen geflügelten Wesen das abnehmen konnte, was allgemein als eine Speise der Götter galt.

Der höchste Teil der Hochebene überragte mächtig und stolz alle anderen Erhebungen: Er war ganz von saftigen grünen Wiesen überzogen, wie Rankstrail sie noch nie gesehen hatte, und dort graste eine große Herde wilder Kühe. Die zahllosen Bäche, die die Ebene durchzogen, bildeten in der fetten Erde eine Unmenge von kleinen Teichen und Tümpeln mit klarem Wasser. Darin schwammen kleine schwarze Fische umher und einige Frösche. Rankstrail dachte, falls es ihm beschieden sein sollte, alt zu werden und nicht vorher im Soldatendienst getötet zu werden, so würde er gern hierher zurückkehren.

Die Söldner lernten ein merkwürdiges Volk von freien Viehhirten kennen: stolz, wortkarg und abweisend, alle, auch die Frauen, bis an die Zähne bewaffnet, wie die Soldaten und noch mehr. Die aus Scannuruzzu und Lafrisonaccia, den größten Dörfern am Rand der Hochebene, erklärten sich bereit, ihnen eine ihrer Herden samt Kälbern zu verkaufen.

Die Verhandlungen waren lang und sehr schwierig, geführt wurden sie in einer dumpfen und gutturalen Sprache und wiederholt wurde die Schönheit der Tier gepriesen: »Unsre Küa sänt werklie schöö ...«

Zum Glück hatte der Hauptmann Takrail dabei, der viel Gespür für fremde Sprachen hatte.

Die Kühe waren klein, mager und angriffslustig, von brauner, ins Rötliche spielender Farbe, mit einem dichten Büschel langer Haare, das ihnen von der Stirn in die Augen fiel, was ihr Aussehen noch grimmiger machte. Sie konnten über die steilsten Felsen klettern und hatten rein gar nichts von den majestätischen weißen Kreaturen, die sich in den Wasserflächen von Varil gespiegelt hatten, aber sie waren kräftig und ausdauernd.

Am Ende der ersten zwei zermürbenden Verhandlungstage zeigte sich in dem reglosen Gesicht des Dorfvorstehers von Scannuruzzu, der auch für die übrige Region die höchste Autorität war, ein leises Beben der Mundwinkel, was wohl die hiesige Version eines strahlenden Lächelns sein musste. Der Mann machte Rankstrail ein besonderes Messer zum Geschenk, einen schmalen Dolch mit Griff aus Olivenholz, den in Kastaneda jeder echte Mann besitzen musste.

Das Treiben der Kühe war weniger schwierig als gedacht. Anfänglich ließ Rankstrail sie mit langen Stricken aneinanderbinden, doch dann bemerkte er, dass sie, wenn man sie nur ausreichend grasen ließ, nicht davonliefen, sich nicht verirrten und den Menschen, die sie führten, bereitwillig folgten. Beim Durchqueren des Hochfels steigerte sich Rankstrails Erregung zur Euphorie. Die Leute kamen aus den Dörfern herbeigelaufen, um die Rückkehr der Kühe in ihre Gegend zu begrüßen. Viele hatten Tränen in den Augen, während sie die Tiere streichelten, als ob es wiedergefundene Verwandte wären. Einige folgten Rankstrail bis in die Hauptstadt und verhandelten mit dem Alten, der jeweils nur eine Kuh abgab, teils für Geld, teils im Tausch gegen Arbeit. Erst wenn man die erste Kuh abbezahlt hatte, konnte man eine zweite bekommen.

Nach ein paar Tagen Rast zogen die Söldner erneut los. Beim dritten Mal nahm Rankstrail auch Lisentrail mit. Die Männer bekamen regelmäßig zu essen, wurden bezahlt und mit Ausnahme von einem wären alle für ihn durchs Feuer gegangen. Umgeben von lauter Getreuen, waren aber selbst Siuil und seine verhängnisvolle Dummheit harmlos. Viele der Kälber, die sie mitbrachten, waren kleine Stiere und würden dafür sorgen, dass die Herden sich vermehrten und der Reichtum beständig wurde.

Außer dem vereinbarten Geld drückte der Alte Rankstrail auch ein Buch in die Hand, für die langen, nunmehr ruhigen Abende am Lagerfeuer, erklärte er ihm.

Das Buch war eine Geschichte der Grafschaft. Von allen Verrücktheiten, die ihm schon begegnet waren, empfand Rankstrail die Tatsache, dass er nun ein Buch in Händen hielt, als die absonderlichste. Doch musste er zugeben, dass der Alte recht hatte: Es war schön, beim Lagerfeuer ein Buch in Händen zu haben, viel besser, als sich zu langweilen und zu warten, dass die Zeit an einem herablief wie Wasser an einem Stein. Anfangs brauchte er einen ganzen Abend, um ein paar Zeilen zu entziffern, dann machte es ihm weniger Mühe und seine aufmerksamen Augen liefen über die Seiten, leicht und behende wie ein Hase im Schnee. Es rührte ihn, etwas in Händen zu haben, was vor Zeiten aufgezeichnet worden war. Der Mann oder die Männer, die diese Worte niedergeschrieben hatten, waren seit Jahren schon zu Asche und Staub geworden, aber die Worte waren geblieben und hatten die Zeit und den Tod überdauert, damit er heute die Geschichten kennenlernen konnte, die sie erzählten. Seine Männer unternahmen einen schüchternen Versuch, ihn auszulachen, doch dann wurden sie neugierig und stellten Fragen. Geduldig zeichnete Rankstrail mit dem Finger die Buchstaben in den Staub der Straße, als ob es Tinte auf Pergament wäre, und begann so, auch ihnen Lesen und Schreiben beizubringen. Manchmal las er laut vor, und das war dann, als würden sie alle gemeinsam lesen.

Das zweite Buch, das er geliehen bekam, war über Astronomie. Darin gab es Zeichnungen. Rankstrail begriff endlich, dass die merkwürdigen Instrumente aus Kupfer und Messing, die der Alte besaß, zur Vermessung der Sternbilder dienten. Das dritte Buch handelte von der Kriegstaktik des Sire Arduin, und um die Erläuterungen zu verstehen, musste Rankstrail etwas Elfisch lernen, nicht viel, aber genug, um einige Worte auch in dieser Sprache schreiben und entziffern zu können. Auch das war spannend zu lesen. Schon der Verrückte Schreiber hatte ihm diese Schlachten geschildert, aber das zu hören, war gar nichts im Vergleich zu den schematischen Darstellungen.

Bei der siebten und achten Expedition bemerkte Rankstrail, dass ihnen andere Wanderer begegneten, hauptsächlich Händler mit Salz und Tierhäuten. Manchmal auch Stoffhändler mit ihren bunten Karren, gelegentlich fahrende Sänger oder Gaukler. Entlang der Straßen wurden Herbergen eröffnet und Werkstätten von Hufschmieden; Händler mit getrockneten Kastanien oder Wildschweinwürsten schlugen ihre Stände auf.

Sobald die Nacht hereinbrach, hob Rankstrail seine Blicke zum Himmel, an dem nun Sterne und Sternbilder strahlten, deren Namen er kannte und die ihnen, wie auf einer Karte mit einem verschlüsselten Alphabet, den Weg wiesen.

Der Alte hatte nicht gelogen: Die Kühe waren ein Segen. Es genügte ein Vierteljahr ihrer Anwesenheit und die Hügel begrünten sich wieder. Ein feiner Regen begann, mit einer gewissen Regelmäßigkeit zu fallen. Im Frühjahr trugen die Oleander wieder große weiße und rosa Blüten, und die Schlammlöcher verwandelten sich in Rinnsale und kleine Bäche.

Als die Oleander in den Herbststürmen ihre Blüten abwarfen, wurden aus den Rinnsalen echte Bäche mit klarem Wasser.

Die Zinsen der für den Ankauf der Kühe erforderlichen Kredite wurden in Arbeitsstunden erstattet. Der Alte ließ damit tiefe Kanäle ausheben und mit Ton auskleiden, die sich, ausgehend von den Bächen, im Nichts verliefen. Zwischen den Kanälen ließ er in regelmäßigen Abständen Orangenbäume pflanzen. Anfangs waren die Kanäle leer, doch durch die Regenfälle füllten sie sich nach und nach mit Wasser, das in der Sonne glänzte. Durch den Ton konnte das Wasser nicht im Boden versickern, also verteilte es sich in unzähligen Rinnsalen zwischen den Wurzeln der Bäume, die ihr stolzes Grün wie Punkte ins Ockergelb des Bodens tupften.

»Wie unser Herr Sire Arduin gesagt hat, Kriege müssen immer zwei auf einmal geführt werden, damit sie endgültig sind: einer gegen diejenigen, die morden und plündern, und einer gegen den Hunger, weil es der Hunger ist, der die Menschen zum Morden und Plündern treibt, und dann geht wieder alles erneut los und man muss wieder von vorn anfangen«, sagte der Geldverleiher zu Rankstrail am Jahrestag von dessen Ankunft in Kastel Hohe Wacht, den sie gemeinsam feierten. »In gewisser Weise habe ich die Rolle des Großkanzlers übernommen, der Ratschläge erteilt, und Ihr die des Königs, der das Heer führt und für das Wohl des Volkes sorgt. Meint Ihr, heute könnt Ihr einen Teller Bohnen annehmen?«

»Wer seid Ihr?«, fragte der Hauptmann.

»Ich habe es Euch schon gesagt, Hauptmann, ich bin Nikli, der Geldverleiher.«

»Ich will wissen, wer Ihr seid und wer Euch die Füße verstümmelt hat. Wenn mir die Antwort nicht missfällt, so werde ich dann vielleicht einen Teller Bohnen annehmen.«

Der Alte, der über seinen Topf gebeugt stand, wandte sich um und sah ihn lang an, bevor er antwortete.

»Ich war Großkanzler, Ratgeber des letzten Königs von Daligar. Der König war ein ausgemachter Dummkopf, das stimmt wohl, aber er war kein Verbrecher. Wäre die Welt nicht durch die Endlosen Regenfälle überschwemmt worden, hätte ich ihn auf dem Pfad der Weisheit halten können. Wenn es richtig ist, dass man Kriege immer zwei auf einmal gewinnen muss, so ist doch auch wahr, dass man auch leicht zwei auf einmal verliert. Herrscht in einem Land Elend, so findet jeder Gehör, der Schutz und Abhilfe verspricht. Wisst Ihr, Hauptmann, wenn die Menschenwelt von Unheil heimgesucht wird, ist es unerträglich, denken zu müssen, dieses Leiden sei durch bloßen Zufall verursacht. Da kommt dann die gemeine und niederträchtige Versuchung auf, die Wirklichkeit für kontrollierbar zu halten und anzunehmen, und es gebe da jemanden, der diese Kontrolle ausübt, jemand, der so mächtig ist, dass er das Unheil herbeiführt, und zugleich so ohnmächtig, dass er sich durch uns verfolgen lässt; so schlau, dass er die Geschicke der Welt lenken kann, und zugleich so blöde, das auch noch zuzugeben. Da bilden die Menschen sich dann ein, Herren über ihr Schicksals zu sein. Es genügt, die Verantwortlichen für das Leid ausfindig zu machen und zu vernichten, dann wird wieder alles wie früher. Ich habe versucht, Widerstand zu leisten, als in der von den Unendlichen Regenfällen überschwemmten Welt der Wahnsinn um sich griff und man die Elfen anklagte, an allem Unheil schuld zu sein. Wärt Ihr wohl so freundlich und würdet den Verwaltungsrichter nicht wissen lassen, dass ich hier bin? Im Prinzip bin ich ja ein Feind von allen Halbheiten, aber in diesem Fall wäre es mir doch lieber, die Henker von Daligar würden ihr Werk nicht zu Ende bringen.«

Auch Rankstrail brauchte eine Weile für seine Antwort. Noch nie hatte er von irgendjemandem etwas angenommen, außer manchmal ein paar getrocknete Feigen von Lisentrail, und er musste einige Male tief durchatmen, bevor er den Geldverleiher fragen konnte, ob er wohl so freundlich wäre, ihm einen halben Teller Bohnen anzubieten.

Das war die erste in einer langen Reihe von gemeinsamen Mahlzeiten, die der junge Hauptmann am Ende jedes Mal bereute, und nie hätte er gedacht, dass man etwas, was mit Essbarem zwischen den Zähnen zu tun hatte, dermaßen bereuen könnte. Die Bohnen waren gut, mit Zwiebeln, Öl und auch einem Stück Schweinespeck gekocht, aber der Geldverleiher, einstiger Großkanzler der Grafschaft von Daligar, gestützt auf die Autorität seines Alters und seine Rolle als Gastgeber, plagte ihn mit den albernsten und unerträglichsten Forderungen. So zwang er ihn, statt mit dem Brot oder mit den Fingern zuzulangen, eine Art lächerliche, kleine Schöpfkelle zu verwenden, und erklärte, dass diese weder wie eine Keule noch wie ein Dolch angefasst werde. Auch ein Messerchen tauchte auf, und er wurde gezwungen, die Fleischstücke mit einer Art Miniaturheugabel festzuhalten und mit dem Messerchen zu schneiden.

»Ein wohlerzogener Mensch benutzt Messer, Gabel und Löffel und rührt das Essen nie mit den Händen an.«

»Ich bin ein Söldner.«

»Das ist kein Grund, zu fressen wie ein Ork.«

Der junge Hauptmann durfte auf dem Tisch nur seinen Teller abstellen, niemals seine Ellbogen aufstützen und schon gar nicht die Füße darauflegen. Der Alte verlangte, dass er nicht hustete, während er trank, dass er den Kopf zur Seite wandte, wenn er nieste, und dass er sich nicht in die Hände schnäuzte und nie während des Essens.

Was der Alte zu erzählen hatte, fesselte Rankstrail allerdings, und um ihm zuhören zu können, überwand er seinen Ärger und unterwarf sich so überflüssigen wie törichten Regeln, beim Essen gerade zu sitzen, den Kopf hoch und die Ellbogen angelegt zu halten, sich nicht zu oft zu kratzen, wenn er bei Tisch war, so zahl- und artenreich die Schar der Läuse auch sein mochte, die er mit sich herumtrug und die in der Nähe des wärmenden Feuers besonders munter wurden.

Als der Hauptmann gereizt fragte, wozu all dieser Humbug gut sei, antwortete der Geldverleiher seelenruhig, an dem Tag, da er mit Botschaftern an einem Tisch werde speisen müssen, würde er sich nicht blamieren.

Die Söldner waren nun eine ordentlich verpflegte Truppe, und wenn sie durch die Straßen zogen, wurden sie nicht mehr von

Flüchen, Anklagen und Hass verfolgt. Hauptmann Rankstrail zog durch immer fernere Gegenden, beladen mit Gold oder an der Spitze immer größerer und besser genährter Herden, ohne dass je irgendjemand gewagt hätte, ihn anzugreifen. Er trug ungleiche Beinschienen und sein Harnisch war mehrfach geflickt, mit seiner Statur von fast sieben Fuß war er unverwechselbar, die schmutzigen Haare fielen ihm ins Gesicht und der Ruf von absoluter Unschlagbarkeit eilte ihm voraus. Er hatte die Banditen besiegt, weil er wie Sire Arduin immer wusste, wo er angreifen musste, wann er sich zurückziehen, wo sich verbergen und wann er zum Gegenangriff übergehen musste. Er war der Kommandant der Söldner, der seine Männer unschlagbar gemacht hatte, aber auch halbwegs gesittet und beinah beliebt. Jetzt war er gerade im Begriff, eine andere Schlacht zu gewinnen, die gegen den Hunger. Merkwürdige Gerüchte waren über ihn in Umlauf: dass er schreiben und, wenn er wolle, sich so kompliziert ausdrücken könne wie ein Großkanzler. Zog er mit seinen Männern vorüber, ergriffen Frauen und Mädchen die Flucht, wie sich das beim Vorbeimarsch von Söldnern schickt, aber hinter geschlossenen Fensterläden oder oben auf den Terrassen, im Schutz der Kletterpflanzen, wurde ihm so mancher lange Blick nachgeworfen, worum er sich allerdings nicht im Geringsten scherte.

Der Gefreite Lisentrail aber bemerkte es, er folgte dem Hauptmann nun wieder überallhin, denn es bestand keine Gefahr mehr, dass irgendwer Unfug machen könnte.

»He, Hauptmann«, sagte er fröhlich zu ihm, während sie, gefolgt von ihren Kühen, zwischen Myrten und Erdbeerbäumen und unter den Kastanien der Hochebene dahingingen, »du magst ja ein bisschen groß sein, schon eher sehr groß, aber schlecht aussehen tust du nicht und du hast keine Schrammen im Gesicht. Also, eine Frau könntest du schon finden.«

KAPITEL 9

Vor Anbruch seines dritten Winters in Kastel Hohe Wacht wurde Rankstrail zum spindeldürren Gouverneur bestellt.

Die schriftliche Vorladung war für den nächsten Tag und kam in Form eines kleinen, zusammengerollten Pergaments; es wurde überbracht von einem der Palastdiener, der fast höflich an die massive Eichentür der Söldnerunterkunft klopfte. Der Schafstall war abgerissen und durch einen Bau aus Stein und Holz ersetzt worden, warm und trocken, mit einer mächtigen Feuerstelle in der Mitte, und alle Soldaten hatten eine eigene Liegestatt, bei der das Stroh jede Woche ausgewechselt wurde.

Hauptmann Rankstrail betrachtete das Schreiben mit einer Begeisterung, die an Rührung grenzte, sei es wegen seines offiziellen Charakters, sei es wegen der finanziellen Bedeutung. Anlass konnte ja nur die förmliche Anerkennung seines Rangs als Hauptmanns und die Auszahlung des ausstehenden Solds von mehr als einem Jahr sein, was ihm nach seinen Berechnungen erlauben würde, sich ein Schwert zu kaufen, das diesen Namen verdiente, und ein Pferd.

Er würde nach wie vor Söldner bleiben, aber die Kavallerie genoss einfach mehr Ansehen. Keiner riss einem beim ersten verschwundenen Huhn Zähne oder Finger aus. Söldner bei der Kavallerie wurden mit »Ihr« angeredet und auch sonst war ihr Schicksal ein anderes. Die Kavallerie wurde an die Grenzen der Bekannten Welt geschickt, um mit den Orks den genauen Grenzverlauf auszuhandeln, und dorthin würde Rankstrail gern gehen, weil er da auf die Welt gekommen war und weil er mit den Orks ein paar Rechnungen zu begleichen hatte.

Den Rest des Tages verbrachten die Söldner damit, sich alles Mögliche auszumalen, bis hin zu solchen Verstiegenheiten wie, sich ein Stück Land oder einen kleinen Weinberg anzuschaffen.

Rankstrail willigte ein, als der Geldverleiher vorschlug, ihm die Haare zu schneiden; er ließ sich auch erklären, wie man die Fingernägel säubert, und hörte sich Anweisungen dazu an, wie man Hals und Hände wäscht. Einen halben Tag lang blieb er im nächsten Teich im Wasser sitzen, um die dicke Schmutzschicht aufzuweichen, die sich in Jahren des Lagerlebens und der Märsche im ständigen Kontakt mit den Rindern auf seiner Haut gebildet hatte. Das Wasser war eisig, aber das störte ihn nicht und vernichtete durch Ersäufen über die Hälfte seiner stillen Begleiter.

Er war fast nicht wiederzuerkennen, als er am nächsten Morgen vorsichtig über den Markt ging, der nun täglich auf dem kleinen Platz vor dem Gouverneurspalast abgehalten wurde. Die Stände mit den Pyramiden von Orangen, mit Oliven, Butter und Käse hielten die wenigen trockenen Stellen besetzt, und man musste achtgeben, um nicht in die Pfützen zu treten.

Obwohl die Unterredung für den frühen Morgen festgesetzt war, wurde der junge Hauptmann erst bei Sonnenuntergang vorgelassen, nachdem er den ganzen Tag, an dem es ununterbrochen nieselte, vor den Pferdeställen gewartet hatte. Als er endlich über die Schwelle trat, war er völlig durchnässt und mit Schlamm besudelt wie ein Frosch, der eben aus seinem Tümpel hüpft. Kälte wie Nässe war er gewohnt, aber es störte ihn, dass er überall, wo er vorbeikam, eine triefnasse Spur hinterlassen musste, trotz all der Anstrengungen, die er gemacht hatte, um tadellos zu erscheinen.

Der Gouverneur erwartete ihn in einem riesigen, rechteckigen Saal, dessen Längsseite von einem derart großen Kamin eingenommen wurde, dass ein ganzer Baumstamm darin brannte. Es war erstickend heiß; so lief dem jungen Hauptmann nicht nur der Schlamm, sondern nun auch der Schweiß hinunter.

Der Gouverneur sah ihn erzürnt und mit wütendem Abscheu an, was die ohnehin schon beträchtliche einseitige Verzerrung seines Gesichts noch verstärkte, dann befahl er ihm, sich so fern wie möglich von ihm zu halten, also am Ende des Saales zu bleiben. In diesem Augenblick hörte es auf zu regnen und zaghafte Helligkeit breitete sich am Himmel aus. Jenseits der langen Reihe von Bogenfenstern sprang das leuchtende Grün des Orangenhains ins Auge. Der Blick des Gouverneurs verlor sich im Grün und sein Gesichtsausdruck entspannte sich etwas.

»Weißt du wenigstens, wessen Verdienst das hier alles ist?«, fragte er.

Zum Glück begriff Rankstrail rechtzeitig, dass das eine jener Fragen war, auf die keine Antwort erwartet wird, und er hielt den Mund. Er konnte jedoch nicht verhindern, dass sich in Erwartung des Danks und der Belobigung die Andeutung eines Lächelns auf seinem Gesicht breitmachte.

»Nun denn, wir haben es geschafft. Zoll um Zoll, Scheiterhaufen für Scheiterhaufen haben wir es geschafft. Wir haben die Welt von allen Elfen befreit, von allen Hexen. Jetzt sind die Tore der Unterwelt verschlossen und die Dämonen speien kein Unheil mehr aus über uns. Die Welt ist wieder ein blühender Garten geworden.«

Rankstrail ließ schnellstens sein halbes Lächeln verschwinden, das in der dunklen Ecke, in die er verbannt war, zum Glück unbemerkt geblieben war.

»Der einzige Fleck, das einzige Schandmal, die einzige Schmach, die da noch übrig sind, das seid ihr, du und deine elende Bande. Woher weißt du, dass du dich heute hier einfinden solltest?«

Rankstrail dachte einen Augenblick lang nach und kam zu dem Schluss, dass es auf diese Frage, so idiotisch sie auch sein mochte, eine Antwort geben musste. Er holte das Pergament hervor. »Ich bin vorgeladen worden. Ihr selbst habt mich vorgeladen. So steht es geschrieben.«

»Siehst du«, sagte der Gouverneur triumphierend. »Das ist der Beweis! Ich habe dir bewusst eine schriftliche Vorladung geschickt. Den Brief kann dir nur der Wucherer vorgelesen haben. Jetzt kannst du nicht mehr leugnen, dass du mit ihm im Bunde bist. Du bist die Schande, die Schmach, der Abschaum. Du hast dich verkauft. Du hast dein Schwert verkauft und dabei gehört dein Schwert dem Verwaltungsrichter und der Grafschaft von Daligar. Und«, setzte er, jede Silbe einzeln betonend, hinzu, um den Sinn des Satzes nachdrücklicher und klarer zu machen, »du hast dich für Geld verkauft, für GELD.«

Rankstrail brauchte eine Weile, um zu begreifen, was da vor sich ging. Genauer, er begriff es sofort, Zeit brauchte er, um es glauben zu können. Am Ende glaubte er es.

»Ich bin der Hauptmann der Leichten Infanterie«, antwortete er, indem er näher an den Tisch herantrat. »Ich habe Männer befehligt, die unter meinem Kommando verstümmelt wurden oder ihr Leben gelassen haben, und aus Achtung vor diesen Männern bin ich nicht bereit, irgendeine Form von Respektlosigkeit zu dulden. Mein Schwert gehört weder dem Verwaltungsrichter noch der Grafschaft. Mein Schwert gehört mir und nur mir allein. Ich habe es mir selbst gekauft, gebraucht, und ich habe mir das billigste ausgesucht. Ich habe nicht mein Schwert verkauft, sondern meine Arbeit. Ihr habt mich geschickt, die Banditen zu fangen, und ich habe sie für Euch gefangen. Auch dem Geldverleiher habe ich meine Arbeit verkauft, nicht meine Ehre. Für Geld, natürlich. Das Wort ›verkaufen‹ bedeutet eben dies: dass im Tausch für Geld etwas gegeben wird. Wenn man bei diesem Tausch nichts bekommt, dann sollte man von Großzügigkeit oder von Dummheit sprechen; ich persönlich ziehe die zweite Deutung vor, aber das ist Ansichtssache. Ich verleugne meine Freundschaft mit dem Geldverleiher keineswegs. Der Beweis dafür, dass ich ihn kenne, liegt aber nicht im Lesen Eurer Vorladung, denn ich bin durchaus des Lesens kundig, was überhaupt nichts Außergewöhnliches ist, ich teile diese Fähigkeit mit der Mehrzahl meiner Männer ...«

Der Gouverneur lachte sein schiefes Lachen: »Du wirst doch wohl nicht erwarten, dass ich dir glaube?«

»Ich bin es nicht gewohnt, wie ein Lügner behandelt zu werden«, antwortete der Hauptmann ungerührt, dann fuhr er fort: »Der Beweis für meine Freundschaft mit dem Geldverleiher ist darin zu sehen, dass ich und meine Männer am Leben und bei guter Gesundheit sind. Wir haben seit drei Jahren kein Stück Brot zu Gesicht bekommen und auch keinen Groschen Geld, um welches zu kaufen, wie hätten wir Eurer Meinung nach da überleben sollen? Ihr habt meine Männer vor die Alternative gestellt, zu verhungern wie die Idioten oder als Diebe unter den Zangen des Henkers zu sterben.«

Die Frage sollte unbeantwortet bleiben. Rankstrail würde nie erfahren, wie sie hätten überleben sollen. Der Gouverneur jagte ihn hinaus. Er setzte ihn davon in Kenntnis, dass ihr Sold beschlagnahmt war, und zwar vollständig, einerseits als Strafe für unehrenhaftes Betragen, andererseits zur Begleichung der von ihnen an Staatseigentum verursachten Schäden. Alles, was er gelesen hatte, und alles, was er beim Feuer von dem Geldverleiher gehört hatte, reichte Rankstrail nicht aus, um zu begreifen, dass mit Staatseigentum der verfluchte, dreckige Schafstall gemeint war, wo sie auf allen vieren laufen mussten wie die Hunde. Der Gouverneur musste es ihm erklären; desgleichen erklärte er ihm, wenn er sie nicht alle auf der Stelle hängen ließe, dann sei der einzige Grund dafür, dass die Orks die Grenzen wieder unsicher machten und die Leichte Kavallerie allein nicht ausreichte, um sie in Schach zu halten. Keiner würde der Kavallerie zu Hilfe kommen können, außer ihnen.

Rankstrail überquerte den mittlerweile verlassenen Marktplatz mit einem merkwürdigen Gefühl, das vage an Übelkeit erinnerte und es vielleicht auch war.

Nicht einmal damals, als er ausgepeitscht worden war, hatte sich das so angefühlt. Da hatte er gewildert und war erwischt worden, das war etwas anderes.

Er seufzte.

Er sah zum Himmel hinauf, von wo wieder ein leiser Nieselregen zu fallen begann, der das Gras für die Kühe, die er hergeführt hatte, kräftiger und noch grüner machen würde.

Er seufzte noch einmal.

In der Dunkelheit konnte er die endlosen Orangenhaine nicht sehen, aber er wusste, dass sie da waren.

Dann ging er zu seinen Männern, um ihnen zu sagen, dass es weder Felder noch kleine Weinberge geben würde, nicht einmal ein Pferd. Vielleicht ein anständiges Essen, einen Schal und einen Kreisel für diejenigen, die Frau oder Kinder hatten, vielleicht ein Schwert für jemand wie ihn, der nur ein abgebrochenes hatte. Der Geldverleiher hatte sie wenigstens bezahlt und etwas hatten sie beiseitelegen können.

»He, Hauptmann«, antwortete ihm Lisentrail, »du hast doch wohl nicht ernsthaft geglaubt, dass sie uns den Sold ausbezahlen würden? Wir haben weder dem Totengräber noch dem Henker zu tun gegeben, und weil es so schön warm ist und sie so gut genährt sind, sind unsere Läuse dick und fett geworden wie Mäuse. Etwas haben wir also und das ist ja nun wirklich noch nie da gewesen.«

Tatsächlich hatte keiner von seinen Männern, die sowohl länger auf der Welt als auch beim Söldnerheer waren als er, daran geglaubt, dass ihnen vergönnt sein würde, irgendwann weniger verzweifelt und arm zu sein.

Zwei Tage später brachen sie auf, von ferne eskortiert von den drei Kavalleristen und den vier Infanteristen der Garnison, als ob sie Verbrecher wären.

Der Geldverleiher war nicht da zum Abschiednehmen, er hatte erfahren, dass er gesucht wurde, und war am Tag zuvor aufgebrochen, um sich für den Winter nach Hochfels oder vielleicht nach Scannaruzzu zurückzuziehen, wo er sicherer war.

Aber die anderen waren da, alle, einschließlich des halb blinden Bauern, dem Lisentrail das Huhn gestohlen hatte.

Sie warteten am unteren Ende von Prallstein auf sie, wo das Hügelland in die Ebene überging. Sie hatten ihnen Orangen mitgebracht, Käse und Brot. Der Bauer schenkte ihnen ein mageres, schwindsüchtiges Huhn, das er als »schee wia d' Sunna« definierte. Auch die Frauen waren gekommen, alte Gevatterinnen, Mütter mit ihren Kindern und junge Mädchen. Jemand weinte, und jemand warf Blumen, als sie vorüberzogen.

»Konnten sie nicht früher kommen? Nicht erst jetzt, wo wir abziehen?«, fragte jemand.

»Männer«, antwortete Lisentrail, »wir sind Söldner. Uns geben sie ihre Töchter nicht. Aber Brot und Käse haben sie uns gegeben. Das Huhn gehört mir. Wer es anrührt, dem ziehe ich bei lebendigem Leib die Haut ab. Wir nehmen es mit nach Daligar.«

Zum letzten Mal zogen der Hauptmann und die Leichte Infanterie durchs Dorf und ließen es hinter sich, ohne einen Blick zurück, denn ein Söldner schaut nicht zurück.

Die Bäche waren jetzt nicht mehr nur von spärlichem Schilfrohr gesäumt, sondern von Dutzenden von Orangenbäumen, die sich Jahr für Jahr zu Hunderten und Tausenden vermehren würden, um die Täler schließlich ganz zu füllen, in feierlichem Wechsel mit dem silbrigen Grün der Olivenbäume und dem zarteren der Mandelbäume, die im Frühjahr alles mit ihrer rosa Blütenpracht überzogen.

Auf ihren Kuppen trugen die Hügel keine Bäume, dafür aber blühende Wiesen. Dort weideten kleine Herden mit griesgrämigen Kühen, gehütet von rauflustigen Hirten, die, wenn keiner in der Nähe war, ihren Hirtenstab wie eine Axt oder ein Schwert verwendeten und davon träumten, der Bär, der Krieger, der Hauptmann der Leichten Infanterie zu sein.

In der glühenden Mittagshitze kamen die Söldner in Daligar an. Der Sommer ging dem Ende zu. Das Huhn war irgendwo in den Sümpfen der Ebene gegen Lebensmittel eingetauscht worden, unter dem prüfenden Blick von majestätischen weißen Kühen, was bei den Söldnern die Erinnerung an die zähen, flinken Tiere vom Hochfels wachrief und sie mit Wehmut erfüllte. Die Söldner waren schmutzig, müde und hungrig wie nie zuvor. Wenn sie vorüberzogen, riefen Mütter ihre Töchter ins Haus, und jeder brachte sein Federvieh in Sicherheit. Als sie vor den Toren der Igelstadt standen, gab es ein langes Hin und Her, denn niemand war auf die Idee gekommen, etwas zum Essen für sie zu besorgen und einen Platz, wo sie schlafen konnten.

Schließlich wurden sie in einem Eselstall untergebracht, wo man immerhin aufrecht stehen konnte; doch während der Schafstall in Kastel Hohe Wacht leer gewesen war, waren hier die Esel noch da und kamen sich mit den Söldnern ins Gehege.

Nach einem halben Tag der Diskussionen bekamen sie drei Brote und fünf Liter Kohlsuppe für fünfzig Mann. Und um sie loszuwerden, gab man ihnen drei Tage Urlaub.

Das kam zwar selten vor, war aber nicht ungewöhnlich. Einige der älteren Männer hatten eine Frau oder Kinder in Daligar, manche hatten noch Eltern. Dann waren da die, die niemanden hatten und zwischen den Eseln im Stall und der Stadtmauer herumlungern und die Zeit totschlagen würden, so gut es ging, bis jemand etwas zum Essen für sie auftrieb, vor allem aber ihnen sagte, was sie tun sollten.

Rankstrail hatte noch sechs Silbertaler und vierzehn Kupfergroschen, die er in einer sorgfältig mit Lederbändern verschlossenen Innentasche seines Hemds verwahrte. Das war nicht genug für ein Pferd und der Traum von der Leichten Kavallerie musste aufgeschoben werden, aber es war mehr als ausreichend für ein Schwert. Eines von denen aus blank poliertem Stahl, wie sie im Mittleren Bezirk hergestellt wurden und die nie zerbrachen, auch unter dem Axthieb eines Orks oder Banditen nicht.

Der Hauptmann benutzte nach wie vor die riesige Axt, die er seinem ersten überwundenen Gegner abgenommen hatte und die ihm als Waffe am liebsten war. Er trug auch immer den Schwertstumpf an der Seite, sei es, um den Schein zu wahren, sei es, weil er nützlich war zum Brotschneiden, wenn welches vorhanden war, aber es ging nicht an, dass er weiterhin ohne eine Waffe war, die diesen Namen verdiente. Ein Schwert für ihn musste mindestens vier Fuß lang sein und die Länge machte es kostspieliger und wertvoller.

Die Härte eines Schwerts hängt nicht nur vom Gewicht ab, sondern von der Qualität des Stahls, das heißt von der zu seiner Herstellung aufgewendeten Zeit und Geschicklichkeit. Je besser die Qualität, desto höher der Preis. Ab einer gewissen Qualität der Klinge kamen aber leider auch die Verzierungen am Griff hinzu, fast immer in Silber oder Hartzinn, oder bei höherwertigen Klingen sogar in Gold. Rankstrail hasste alles Gekünstelte aus tiefster Seele. Nicht nur weil das eine Frage des Geldes war, die an sich schon grundlegend war, sondern weil etwas daran falsch war. Er hatte es nie bereut, Gegner getötet zu haben. Stets hatte er die Gräuel vor Augen gehabt, die sie angerichtet hatten. Er hatte deswegen keine schlaflosen Nächte verbracht und nicht ihre Gesichter vor sich gesehen, aber sie zu töten, hatte ihm auch keinen Spaß gemacht. Ein Schwert war ein Schwert. Es wurde befleckt mit dem Blut von einem, der, so schlecht er auch sein mochte, doch stets ein Lebewesen blieb, das eine Frau in ihrem Schoß getragen hatte. Keine silberne oder goldene Verzierung sollte das Töten zum festlichen Akt machen.

Rankstrail brach auf nach Varil. Als er seinerzeit den umgekehrten Weg gegangen war, um sich als Söldner zu melden, hatte er bei all seinem Zaudern und Zögern drei Tage gebraucht. Ohne solches Hin und Her, zu Fuß und bei flottem Gehtempo brauchte man einen Tag, bei normalem zwei.

Der Weg verlief durch Schilf am westlichen Ufer des Dogon in einem breiten Tal zwischen flachen Hügeln, die im Westen zu den Dunklen Bergen hin anstiegen. Als das Tal sich auf die Ebene von Varil öffnete, war es Nachmittag, und die Sonne war verhangen. Die Welt war eine Abfolge von Grautönen, der Himmel, die Flügel der Reiher, das Wasser auf den Reisfeldern, ein leichter Nebel, der alles einhüllte. Dann riss der Himmel auf, und bei seiner Ankunft empfing die Stadt Rankstrail feierlich mit ihrem majestätischen dreifachen Mauergürtel und ihrem Spiegelbild im Wasser der Reisfelder, das rot gefärbt war vom Sonnenuntergang. Leicht wiegten sich die Reiher im Wind. Die weiß-goldenen Fahnen wehten über den sich kreuzenden Mauerbögen, die üppig von Blumen überwuchert waren. Die Dunkelheit brach herein. Die Fackeln wurden angezündet und spiegelten sich zusammen mit den Sternen im dunklen Wasser.

Kaum hatte er das große Tor durchschritten, fing Rankstrail an zu laufen. Die Leute wichen zur Seite, vielleicht um ihn in seinem Lauf nicht zu behindern, bestimmt aber wegen der Angst, die seine Statur und seine offensichtliche Zugehörigkeit zum Söldnerheer auslöste.

Rankstrail erkannte alles wieder, die Marktstände, die Pfützen, die Farne, die kleinen, an die Mauern gekrallten Gärten mit ihrem Ertrag an Kohl, Hoffnung und Auberginen. Er erkannte das kleine Haus wieder mit seiner Tür und dem zeremoniellen Schnitzwerk daran, den Königsadlern und Greifen, das Dach überwuchert von Moos, Farnen, Gras, Efeu und kleinen Blumen.

Als er eintrat, saßen alle ums Feuer und teilten sich Kichererbsen und Oliven.

Fiamma hätte er unter tausend Frauen wiedererkannt, sie glich noch immer dem kleinen Mädchen, fröhlich, keck und spottlustig, mit der Sanftmut der Mutter, aber ohne deren Resignation.

Wäre er Borstril auf der Straße begegnet, er hätte nicht gewusst, wer das ist. Da saß ein etwas schüchterner Junge, der ihn ängstlich ansah, als er in die Tür trat und den Rahmen mit seiner Statur ganz ausfüllte.

Der Vater reagierte als Erster: Er sprang auf, kam auf ihn zugelaufen und umarmte ihn weinend. Dann kam Fiamma, die einen Augenblick gebraucht hatte, um sich von der Überraschung zu erholen. Borstril blieb schüchtern sitzen, bis sein Vater ihn an der Hand nahm und zu seinem großen Bruder führte, damit er ihn umarmte. Auch Fiamma war mittlerweile in Tränen ausgebrochen.

Rankstrail verspürte eine unbändige Freude an der Umarmung. Er fühlte die Wärme ihrer Körper an seinem, fühlte das Nass ihrer Tränen an seinen Wangen.

Er hatte das Gefühl, den ganzen Schlamm, die Kälte, die Hitze, die Läuse, all das hätte es nie gegeben, all das wäre nur ein Traum. Dann erzählte der Vater. Er versuchte, ihm von ihrer Verzweiflung zu erzählen, als sie bemerkten, dass er fortgegangen war.

»... sofort, ich habe sofort begriffen, dass du fortgegangen bist, um dich anwerben zu lassen, Fiamma brauchte mir das nicht vorzulesen ... Seit jeher habe ich befürchtet, dass du dich anwerben lassen würdest ... Mein Kind mitten im Krieg ... mitten im Blut ... um den Apotheker für mich zu bezahlen ...«

Er hatte Borstril bei einer Nachbarin gelassen und war losgezogen, mit seinem Husten, und Fiamma mit ihm, nicht einmal eine Feldflasche mit Wasser und Brot hatten sie eingepackt. Um schneller zu sein, hatten sie nicht die Straße genommen, sondern die Abkürzung, was hieß, die Schleife des Dogon abzuschneiden und sich durch Gestrüpp und Dornengebüsch zu schlagen. Nach einem halben Tag waren sie in Daligar angekommen, völlig zerkratzt und zum Umfallen müde, aber ganz sicher vor ihm. Sie hatten die Stelle gefunden, wo die Einschreibungen vorgenommen wurden, und da hatten sie zwei Tage lang gewartet, im Regen und in der Sonne, aber er war nicht erschienen, und da hatte sein Vater gedacht, dass er sich vielleicht getäuscht hatte. Vielleicht war sein Sohn nicht aufgebrochen, um sich anwerben zu lassen, sondern war in den Reisfeldern geblieben. Vielleicht hatte er sich bei der Jagd verletzt oder die Jagdhüter hatten ihn geschnappt. Immer noch völlig aufgelöst, waren sie nach Varil zurückgekehrt, wieder auf der Abkürzung, um schneller voranzukommen, wieder zerkratzt und halb tot vor Hunger und Durst…

Zum ersten Mal seit dem Tod seiner Mutter fühlte Rankstrail, wie ihm Tränen in die Augen stiegen.

Sie hatten ihn gesucht.

Waren hin und her gerannt wie zwei Verrückte.

Verzweifelt.

Sie hatten versucht, ihn zurückzuhalten!

Er hatte sich drei Tage Zeit gelassen, damit man ihn einholen konnte, sie dagegen hatten die Abkürzung genommen, um sicher zu sein, dass sie ihn erwischten. Sie hatten sich verfehlt.

Rankstrail war froh, dass es ihnen nicht gelungen war, ihn aufzuhalten. Ohne das Geld wäre sein Vater längst tot. Ohne ihn hätte man Lisentrail in Stücke gehauen und niemals hätten sie die Banditen besiegt.

Es war sein Schicksal. Aber die Freude darüber, dass sie ihn verfolgt hatten, keuchend und verzweifelt, blieb davon unberührt. Er ließ sich alles eins ums andere Mal und immer wieder von vorn erzählen.

Dann erzählte er von sich, dichtete hier etwas dazu, ließ dort etwas weg, beschönigte etwas und erzählte einiges, wie es wirklich gewesen war. Borstril sah ihn mit aufgerissenen Augen an, die zu leuchten anfingen, wenn er die Ebene, die Wälder und die Wasserfälle schilderte. Rankstrail war stolz auf diesen Blick. Borstril gefiel ihm, ein ernsthafter, etwas schüchterner Junge, der ganz und gar dem Vater glich, dieselbe schmächtige Statur, dieselben hellen Haare. Sie blieben sitzen und erzählten sich bis tief in die Nacht, bis das Feuer in der Herdstatt erlosch.

Rankstrail teilte das Bett mit Borstril. Fast wagte er nicht zu schlafen, aus Angst, ihn zu stoßen, und aus Freude daran, ihn dicht neben sich atmen zu hören. Die ganze Nacht hindurch wiederholte er sich im Kopf die Worte *Bruder, Schwester, Vater* wie eine zärtliche Melodie voller Freude.

Endlich übermannte ihn der Schlaf, und wieder lief in seinem Geist der schmerzliche und undeutliche Traum mit den Wolfsrachen ab, von dem ihm am Morgen nur eine unbestimmte Erinnerung zurückblieb.

KAPITEL 10

Der Morgen brach an und war erfüllt von Stimmen, Gerüchen und Geräuschen. Rankstrail erkannte das Gackern der Hühner wieder, dazu den leichten Duft von gerösteten Kichererbsen, vermischt mit dem Singsang der Bettler.

Der junge Hauptmann fühlte, wie Frieden in sein Herz einkehrte.

Sein Vater war schon wach und dabei, etwas Reissuppe aufzuwärmen. Sie aßen sie gemeinsam, auf der Schwelle des Hauses sitzend. Borstril und Fiamma schliefen noch. Der Vater sprach von Mann zu Mann mit ihm. Die Dinge liefen gut, er hatte angefangen, geschnitzte Truhen an die Handwerker des Mittleren Bezirks zu verkaufen, in der Regel zahlten die, und auch pünktlich. Wenn die Dinge sich weiterhin zum Besseren entwickelten, würde Fiamma aufhören können, als Wäscherin zu arbeiten. Das war eine furchtbare Arbeit, man machte sich die Hände kaputt dabei und die Mädchen verlernten das Lachen, konnten nicht mehr hoch erhobenen Hauptes über die Straße gehen, weil sie zu sehr daran gewöhnt waren, sich über den Waschtrog zu beugen.

Ganz in der Nähe spielten Kinder mit den Hühnern und an den Ständen der Obstverkäufer tauchten die ersten Kunden auf.

Der Vater erzählte weiter. Der Verrückte Schreiber war im Jahr zuvor gestorben. Als Rankstrail nicht mehr da war, hatte der Vater ihn durchgefüttert und Fiamma ihn beschützt. Dafür hatte das Männlein Fiamma und Borstril Lesen, Schreiben und Rechnen beigebracht. Jetzt war er auf dem kleinen Friedhof beerdigt. Sie wussten nach wie vor nicht, wie er hieß.

Plötzlich war es aus mit dem Frieden. Die Stimmen und Geräusche verstummten.

Auf der Straße war eine Person aufgetaucht, die Rankstrail unbekannt war, für die Leute in der Gasse aber in irgendeiner Weise Furcht einflößend sein musste. Es war ein dürrer Mann mit Hakennase. Obwohl er nicht klein war, hatte er kurze Beine und einen dicken Hintern, ein seltsamer Kontrast zu den schmalen Schultern und dem hageren Gesicht. Insgesamt wirkte er wie ein riesiger Geier. In einige der Häuschen trat der Mann ein und wechselte mit den Bewohnern Worte, die Rankstrail nicht verstand, während das Weinen und die Verzweiflung, die er hinterließ, unmissverständlich waren. Erstaunt sah der junge Hauptmann seinen Vater an, auch der war verstummt und sehr angespannt. Endlich war der Geier bei ihnen angelangt und begrüßte sie mit zeremonieller Höflichkeit, was den Vater nicht aufheiterte, sondern seine Besorgnis ganz im Gegenteil noch vergrößerte.

»Ich bin der Steuereinnehmer, werter Herr«, stellte der Geier sich vor, »das heißt, mir kommt die hohe Ehre zu, für die erhabene Stadt Varil die Steuern und Abgaben einzutreiben, welche die hochwohlgeborene Einwohnerschaft dieser schuldet, außerdem habe ich die hohe Ehre, bei Hochzeiten, Geburten, Beerdigungen und allen anderen Ereignissen zu präsidieren, die irgendwelche Veränderungen in der Bevölkerung der erhabenen Stadt Varil hervorbringen, da sämtliche derartigen Veränderungen der Besteuerung unterworfen sind, wie die werten Herrschaften aus dem letzten Erlass gewiss schon entnommen haben. Der alte Herr kann nicht lesen? Das hätte ich niemals gedacht bei einem Herrn von solcher Distinktion! Unglücklicherweise kann ich das nicht als Entschuldigung gelten lassen. Leider ist die bösartige Verschwörung des nie genugsam ausgerotteten Volks der Elfen gegen das Volk der Menschen erneut aufgeflammt und die Grenzen werden wieder von den Orks attackiert. Es wird Geld benötigt für den Feldzug, den die benachbarte, hochverdiente Grafschaft Daligar gegen sie unternehmen wird. Die einzige Lösung war, die Steuern anzuheben und die sofortige Ausweisung der geschätzten Zahlungsunwilligen zu verfügen. Würde der gnädige alte Herr mir wohl seinen genauen Namen nennen, seine Verweildauer in der Stadt, die Zahl der Angehörigen seiner vornehmen, trefflich edlen Familie und die Anzahl der erlauchten Verstorbenen aus eben dieser hochgeschätzten Familie, die gegenwärtig auf dem Friedhof des Äußeren Bezirks ruhen, und würde er mir schließlich erklären, dank welcher Tätigkeiten seine geschätzte Person und seine hochverehrte Familie ihr Auskommen finden?«

Schüchtern gab der Vater die erwünschten Auskünfte. Auf dem Friedhof waren zwei Personen zu berechnen, denn da lagen auch die Gebeine des Verrückten Schreibers oder das, was von ihnen übrig war, und die gingen auf ihre Rechnung. Borstril war als Arbeiter anzusehen, da er in der Werkstatt des Vaters mithalf und Wasser holen ging. Fiamma war eben aufgewacht und stand nun ebenfalls an der Tür. Selbst wenn sie versucht hätte, ihre Betätigung in der edlen Kunst des Waschens zu verbergen, ihre rissigen roten Hände hätten sie verraten. Während der Steuereinnehmer seine Berechungen anstellte, sandte Rankstrail seinem Vater einen beschwichtigenden Blick zu. Er war da. Er war wieder da. Er war imstande, das Problem zu lösen.

Im Kopf rechnete der junge Hauptmann kurz nach. Seine sechs

Silbertaler und die vierzehn Kupfergroschen waren ausreichend für ein luxuriöses Schwert. Wenn die Steuern sich um die zwei Taler bewegten, bliebe ihm noch genug für ein gutes Schwert, wenn sie bei vier lagen, würde er sich mit einem mäßig guten Schwert begnügen müssen, aber immerhin aus Stahl, nicht aus Eisen. Wenn es zu leicht war, konnte er es als Zweitwaffe verwenden, mit der Linken zu benutzen, und rechts weiterhin die Axt verwenden.

»Einen halben Silbertaler und zwanzig Kupfergroschen«, sagte der Steuereinnehmer, »und die Stadt Varil kann sich glücklich schätzen, Euch weitere zwei Jahre lang in ihren Mauern zu beherbergen.«

Rankstrail brauchte einen Augenblick, um sich zu fassen. Er hatte wesentlich Schlimmeres befürchtet. Aber eigentlich hätte er sich das ja denken können. Die Summen konnten nicht übertrieben hoch oder unerschwinglich sein. Die meisten der Bewohner des Äußeren Bezirks zahlten die Steuern, wenn auch unter vielem Ächzen und Fluchen. Der Hauptmann lächelte, noch einmal beruhigte er den Vater mit einer Handbewegung; er stand auf und bezahlte, von Stolz erfüllt.

Der Steuereinnehmer verneigte und bedankte sich lang und umständlich. Sodann holte er aus seinem bestickten Samttäschchen eine kleine Rolle Pergament, einen Gänsekiel und ein mit Siegellack verschlossenes Fläschchen Tinte hervor, setzte eine komplizierte und ganz genaue Quittung auf, die er aufs Zierlichste mit zahlreichen Schnörkeln versah, und überreichte sie unter Danksagungen und Wünschen für das Wohlwollen der Götter. Zum Schreiben der Quittung brauchte er einige Zeit, aufs Brett des einzigen Fensters in dem winzigen Haus gestützt, und unterdessen scharte sich eine kleine Menge um ihn. Da waren die Nachbarin, die Männer von gegenüber, die aus dem Norden kamen, die

Familie mit den unzähligen Kindern vom Ende der Straße... Da waren die Bettler... Die Schausteller mit ihren dressierten Hündchen. Da waren all jene, die kein Geld hatten, die man aus der Stadt jagen würde, die in der Welt draußen untergehen würden, während sie hier in Sicherheit waren.

»Ich habe nur sechs Kupfergroschen«, sagte der Vater verlegen.

Aller Augen waren auf Rankstrail gerichtet. Er war ein Söldner. Söldner werden bezahlt. Es wurde etwas gemunkelt von ganzen Goldtalern, die mit wahrhaft fürstlicher Regelmäßigkeit ausbezahlt wurden, zusammen mit einer Verpflegung, bestehend aus Äpfeln, Schweinebraten, Polenta, getrockneten Feigen und Honig. Der junge Hauptmann hatte das Geld aus einer kleinen Börse gezogen, die noch nicht leer zu sein schien.

»Wie viel beträgt die Gesamtschuld des Äußeren Bezirks?«, fragte Rankstrail interessehalber.

»Sie beträgt zehn Silbertaler, edler Herr, erhabener Krieger und Söldner.«

Das war ein Fehler gewesen. Mit der Frage hatte er Erwartungen geweckt. Alle sahen ihn nun an wie den rettenden Engel. Voller Verzweiflung dachte Rankstrail an sein Schwert. Er konnte nicht länger mit einem in der Scheide steckenden Griff herumlaufen. Das war... lächerlich. Er überlegte sich, dass das, was er besaß, der Lohn für drei Jahre Arbeit war, ununterbrochene Arbeit ohne jede Schonung.

Er bemerkte den Blick seines Bruders, der voller Stolz und Bewunderung auf ihm ruhte.

Er entsann sich, dass die Zeit, die er mit den Kühen auf der Hochebene von Kastaneda zugebracht hatte, zusammen mit Lisentrail, während die Orangenhaine begannen, die Täler mit ihrem Grün zu überziehen, eine großartige Zeit gewesen war, und Großartiges braucht keinen Lohn, es trägt seinen Lohn in sich.

»Ein Zurück gibt es nicht«, murmelte er und nahm den Kampf auf.

Zehn Silbertaler hatte er nicht und würde er nie haben. Rankstrail verhandelte, er fing an bei fünf Talern, die noch in seinem Besitz waren.

»Besser fünf Taler in der Kasse als eine leere Kasse und fortgejagte Schuldner«, lautete seine Überlegung.

Wortreich und feierlich erklärte der Geier, dass es über die Höhe der Abgaben keine Diskussion geben könne, doch am Ende versuchte auch er, zu einer Einigung zu gelangen. Die Bittsteller schafften ihre gesamte Habe herbei und versuchten, das noch aufzubessern durch das Angebot einer zusätzlichen Zahlung in Naturalien in Gestalt von zwei Hühnern und einem Hündchen, das auf den Hinterbeinen tanzen konnte; letzteres Angebot wurde jedoch sofort wieder zurückgezogen, als die Eigentümer bemerkten, dass sein Schicksal in den Händen des Steuereinnehmers kulinarischer Natur sein würde, sprich, dass es mit Zwiebeln und Paprika im Kochtopf enden würde. Am Nachmittag fand man dann zu einer Einigung, nach einem Tag der zähen Verhandlungen, in deren Verlauf die olympische Ruhe des Streuereinnehmers kein einziges Mal erschüttert wurde und seine Barmherzigkeit, sofern er solche besaß, sorgfältig verborgen blieb. Aber auch der Hauptmann war unnachgiebig, geschult durch das harte Training mit den Dorfvorstehern von Scannuruzzu und Lafrisonaccia, deren karge und kühne Sprache nicht weniger schwer verständlich war als die feierlichen und geschwollenen Wendungen, in die der Steuereinnehmer sich hüllte und in denen er sich verlor. Vier Hühner wurden abgetreten, dazu ein Iltis und eine Kupferkanne. Rankstrails Ersparnisse waren aufgebraucht, und am Ende ging der Steuereinnehmer, nicht ohne zu versichern, dass sie die nächsten zwei Jahre nicht die Ehre und das Vergnügen seiner Anwesenheit haben würden, außer sie sollten beschließen, sich zu verheiraten, zu sterben oder sich zu vermehren, denn in diesen Fällen würde er nicht nur mit dem größten Vergnügen und zu seiner größten Ehre seine Amtes walten, sondern dann mussten auch die Steuersätze neu festgelegt werden.

Sie jagten ihn fort, wenn auch mit der gebotenen Höflichkeit.

Es war Abend geworden und spontan wurde ein Fest gefeiert, mit gebratenen Auberginenscheiben und Darbietungen dressierter Hunde. Die Tamburine spielten eine höllisch schnelle Musik, und sogar Fiamma fiel in den Chor mit ein, als das Lied von einem Hexenmädchen gesungen wurde, das insgeheim und verborgen vor der Nachbarschaft des Nachts auf einem Hahn ritt. Rankstrail bemerkte, dass der Bäckerssohn es immer wieder so einzurichten wusste, dass er wie zufällig neben seiner Schwester saß. Wie alle Mädchen, die als Wäscherin arbeiteten, versteckte sie ihre roten und rissigen Hände in den Falten ihres Rocks. Die Sterne standen schon längst am Himmel, als der Abend zu Ende ging.

Am nächsten Morgen verabschiedete sich der Hauptmann von seinem Vater und von Fiamma mit einer langen Umarmung, wobei er die Wärme der Umarmung auskostete. Sein Bruder hatte gebeten, ihn bis vor das Große Tor hinaus begleiten zu dürfen, und Rankstrail freute sich, ihn bei sich zu haben.

Dumpfe Trostlosigkeit überfiel den Hauptmann. Die Fröhlichkeit vom Abend zuvor war verflogen, und was blieb, war die Aussicht auf Tage ohne Brot, die auf ihn zukamen, wenn er sich das, was er benötigte, vorschießen lassen musste, um irgendein Stück rostigen Eisens zu kaufen, das auch nur annäherungsweise die Form eines Schwertes hatte.

Sie kamen bei dem Verkäufer von Sesamkringeln mit Honig vorbei. Nach dem Blick des Bruders zu urteilen, träumte auch er von einem. Aber auch er würde darauf verzichten müssen. Rankstrail hatte nicht einmal mehr einen Kupfergroschen.

In einer Nische in der Stadtmauer stand ein Teppichverkäufer. Sein Bruder Borstril, der gelernt hatte, sein merkwürdiges Idiom zu verstehen, erklärte ihm, der Mann sei gezwungen gewesen, seine Heimat zu verlassen, nachdem eine Windhose die Karawanenstadt Donadia, was so viel heißt wie Gabe Gottes, zerstört hatte: »Donadiaheißtmeinestadt, eingeschenkdergöttersieist, dievieltausendmalschöne ...«

Früher, bevor sie in vierzig Tagen und vierzig Nächten eines unaufhörlichen, wolkenbruchartigen Regens überschwemmt worden war, hatte die Stadt Gounnert geheißen, das heißt die Beliebte, die ihrerseits aus den Ruinen von Lakkil, La Fortunella, die Glückliche, hervorgegangen war, die ein Erdbeben vernichtet hatte. Der Händler verkaufte Teppiche, die wie die Zelte, die er hinter sich gelassen hatte, die Farben des Winds und der Sonne hatten. Wenn es ihm je gelingen sollte, was höchst unwahrscheinlich war, auch nur einen seiner Teppich zu verkaufen, würde er vermutlich dorthin zurückkehren können und seine Zelte in den Farben des Winds und der Sonne wiederaufbauen. Im Gässchen erklang die Hoffnung, etwas verkaufen zu können, die ihn erfüllte.

»Eiihrschönesmannsbild, kauftdochnureinenteppich!«

»Er fragt, ob du ihm einen Teppich abkaufen willst«, übersetzte Borstril.

Rankstrail schüttelte den Kopf. Jetzt gellten Verzweiflung und Wut durch das Gässchen.

»Blutsollstduspucken, beiderseeledeinertoten.«

»Das sind Verwünschungen«, erklärte Borstril, »er hat dir gewünscht, dass du Blut spucken sollst, und hat Kommentare über deine Vorfahren abgegeben, aber nicht wütend werden, ich bitte dich, er ist nicht böse. Er ist nur verzweifelt, weil er kein Geld hat.«

»Das kann ich verstehen«, erwiderte der Hauptmann knapp.

Dann verflog seine Traurigkeit auf einmal.

Er dachte wieder an die Kühe und an die gebratenen Auberginenscheiben.

Er musste laut lachen.

Er umarmte Borstril.

»Es ist eine Ehre, dich zum Bruder zu haben«, sagte er zu ihm und sah sein glückliches Lächeln.

Er überlegte sich, dass er damit etwas Grundsätzliches entdeckt hatte. Zu wissen, dass jemand es schätzt, dass wir da sind, kann wertvoller sein als ein Sesamkringel mit Honig. Er nahm sich vor, das zu bedenken, wenn er mit seinen Männern zu tun hatte, und machte sich schließlich auf den Weg.

Rankstrail hatte den Bogen nicht bei sich, aber seine alte Schleuder genügte auch. Die Reiher flogen auf, wenn er vorüberkam. Er erlegte zwei davon, fast vor der Nase der Jagdhüter, und er machte sich ein Vergnügen daraus, ihnen zu entwischen. Einen Reiher verkaufte er am Stadttor von Daligar für sechs Groschen, wovon drei sofort in Bohnen und Brot umgesetzt wurden. Letzteres teilte er mit Lisentrail. Der Reiher und das Brot für drei Groschen waren ein Segen. Nichts war für sie bereit. Die Gleichgültigkeit, mit der man sie, ihn und die anderen Söldner, empfangen hatte, war größer denn je, und da es sonst immer nur knapp zum Überleben reichte, bedeutete das, entweder sie sorgten für sich selber oder sie starben in einem Klima allgemeinen Desinteresses den Hungerstod.

Rankstrail und Lisentrail brieten ihren Reiher über einer Feuerstelle, die sie sich außerhalb des Stalls aus Steinen zusammengebaut hatten.

»He, Hauptmann«, sagte Lisentrail erstaunt und zufrieden, »dein Schwertstummel ist ja wie geschaffen dafür, als Bratenspieß verwendet zu werden. Es ist eine Spanne unterhalb vom Griff abgebrochen, und zwar so schief, dass sich ein Braten gut aufspießen lässt und auch schön fest sitzt. Auch gegen die Orks ist er zu was gut. Sobald du ein Schwert von einer Spanne Länge herausziehst, lachen die sich tot, und das erspart uns die Mühe, sie umzubringen.«

Als Antwort brummte der Hauptmann irgendetwas Unverständliches.

Der Duft des Reiherbratens verbreitete sich, aber statt der zu erwartenden Schlange von Bettlern und Bittstellern erschien ein halbes Dutzend Kavalleristen und Fußsoldaten vor Rankstrail, die Ersten mit karmesinroten Abzeichen, die Zweiten bescheidener in Weiß. Es waren junge Männer. Sie trugen keinen Harnisch, sondern leichte Kettenhemden und Samtröcke mit goldbestickten Kragen, die sie als Angehörige der höchsten aristokratischen Kreise innerhalb der Armee von Daligar auswiesen. Rankstrail, der vor seinem Bratspieß hockte, stand auf.

Derjenige in der Gruppe, der etwas älter schien als die anderen, ergriff das Wort, sprach aber irgendwie seltsam, langsam und die Silben einzeln betonend, wie man mit sehr kleinen oder etwas begriffsstutzigen Kindern redet. Er fragte ihn, ob er der Hauptmann sei und ob das Gerücht wahr sei, dass er schreiben könne.

»Warum?«, fragte der Hauptmann. »Braucht Ihr einen Schreiber?«

Einen Schreiber brauchten sie nicht. Schüchtern, in abgerissenen Worten und nach wie vor laut, langsam und deutlich artikulierend, wie man mit Idioten spricht, konnten sie schließlich vorbringen, was sie wollten. Sie waren die Ehrengarde der Tochter des Verwaltungsrichters, Aurora, Prinzessin von Daligar. Sie musste immer unter Aufsicht eines Bewaffneten stehen und sie wechselten sich im Turnus ab, jeder einen halben Tag. Im Allgemeinen rissen sie sich darum, stets pünktlich auf ihrem Posten zu sein, aber jetzt war ihre Anwesenheit bei den bevorstehenden Feierlichkeiten unumgänglich und sie brauchten einen Stellvertreter.

»Morgen«, sagte der, der zuerst das Wort ergriffen hatte, »ist der zwanzigste Jahrestag des Amtsantritts unseres herrlichen und geliebten Verwaltungsrichters, der für uns ein wahrer Landesvater ist.«

»Außerdem«, ergänzte ein Zweiter, »fällt dieser Jahrestag zusammen mit einem halben Jahrhundert Erdendasein unseres geliebten Führers.«

»Damit nicht genug«, fuhr ein Dritter fort, »die Feierlichkeiten sollen auch unsere ganze Dankbarkeit demjenigen gegenüber zum Ausdruck bringen, der sein ganzes Leben aufopfert für dieses Land, das auch das unsere ist...«

Da endlich begriff der Hauptmann den Grund für die Gleichgültigkeit, mit der sie empfangen worden waren. Zu dem denkwürdigen historischen Anlass waren unsägliche, unerhörte Festlichkeiten geplant, die alle schnöden, alltäglichen Belange ganz in den Hintergrund rückten, so auch das Problem der Grenzlande. Sich die Mühe zu machen, jemanden dorthin zu schicken, um die Orks, wenn nicht zu verjagen, so doch wenigstens aufzuhalten; auch sich für diejenigen, die gegen die Orks kämpfen sollten, um Verpflegung und Unterkunft zu kümmern, das alles schien vollkommen nebensächlich im Vergleich zu der hochbedeutenden Aufgabe, die Balkone zu schmücken und eine angemessene Zahl Apfelküchlein herzustellen. Die geplanten Festlichkeiten und Feierlichkeiten waren so pompös und großartig, dass keine einzige Familie der Honoratioren und des Adels ausgeschlossen sein wollte.

»Verstehst du, es wäre undenkbar, nicht dabei zu sein.«

»Unvorstellbar.«

»Unverzeihlich.«

»Ganz zu schweigen von der Tatsache«, ergänzte ein Vierter, der bisher nicht gewagt hatte, den Mund aufzumachen, »dass in keiner Familie nicht mindestens ein Angehöriger in den unterirdischen Verliesen, am Galgen oder am Pranger war oder ist, und da, verstehst du ... Nicht dass es nicht gerecht war, sie dorthin zu bringen, wo sie sind ... im Gegenteil, wir haben uns beim Verwaltungsrichter zu entschuldigen, dass er sich die Mühe machen musste, sie beiseitezuschaffen ... Nicht dass sie nicht schuldig wären ... morgen nicht dabei zu sein ...«

»Manchmal hat schon weitaus weniger genügt«, flüsterte einer der Fußsoldaten, »weniger, als bei einer Feierlichkeit nicht dabei zu sein. Mein Vater hat einmal gefehlt, weil er verwundet war, er war im Kampf für ihn verwundet worden ... und trotzdem ... hat man ihn ...«, der Junge verstummte plötzlich unter den funkelnden Blicken der Kavalleristen. Sie konnten ihren Kameraden aber nicht zum Schweigen bringen.

»Die Zeremonie morgen ist eine absolute Notwendigkeit. Wenn wir niemanden finden, der uns vertritt, dann trifft es mich, ich bin der Jüngste, dann muss ich der Feier fernbleiben. Das ist gefährlich. Der Richter merkt sich jede Abwesenheit, während die Gründe für eine Abwesenheit seinem Gedächtnis entfallen. Manchmal hat schon weitaus weniger genügt ...«

Der junge Fußsoldat verstummte, sah Rankstrail mit gequältem Ausdruck an und platzte heraus: »Aber was noch viel wichtiger ist, wenn wir uns morgen nicht alle um ihn scharen, wie soll er da wissen, wie sehr wir ihn lieben? Vor allem ich, der ich einer Familie angehöre, die dem Richter die Unannehmlichkeit bereitet hat, sie zur Strafe auslöschen zu müssen, wie könnte ich da fehlen?«

Die anderen in der Gruppe, die vom ersten Teil seiner Rede empört gewesen waren, pflichteten dem zweiten Teil begeistert und mit leuchtenden Augen bei.

Rankstrail wurde klar, dass diese Männer nicht nur von einer Mischung aus Angst, Opportunismus und Speichelleckerei beherrscht waren, die sich zur Legitimierung eines nichtswürdigen Herrn gegenseitig verstärkten. Nein, sie liebten diesen Herrn! Der Wahnsinn des Verwaltungsrichters wurde immer mehr als Normalität aufgefasst, die ständig wiederholten Lügen wurden immer selbstverständlicher als die Wahrheit betrachtet. Mit den Jahren erschien die niederträchtigste Grausamkeit immer selbstverständlicher als Gerechtigkeitsliebe. Ein Mann war hingerichtet worden, weil Verwundungen im Kampf ihn gehindert hatten, sich bei irgendeiner offiziellen Gelegenheit vor seinem Herrn zu verneigen, und nicht einmal sein Sohn empörte sich darüber! Es war nicht nur Angst, weshalb keiner fehlen wollte; es war nicht nur Schmeichelei, weshalb alle dabei sein wollten. In einem seiner lichten Momente hatte der Verrückte Schreiber einmal davon gesprochen, welch schillernde Verführungskraft die Grausamkeit erlangt, sobald die Hoffnung oder der Mut, sie bekämpfen zu können, untergehen. Er hatte ihm erklärt, wie dann stillschweigende Duldung und sträfliches Wegsehen einen verwerflichen Konsens bilden. Das war einer der vielen Sätze gewesen, die Rankstrail unnötig mit schwierigen Worten gespickt und ohne jede Bedeutung vorgekommen waren. Jetzt, angesichts dieser jungen Adligen, verstand er ihn.

Sie wollten dabei sein, weil sie den Verwaltungsrichter liebten.

Rankstrail stand noch immer bei seinem Reiherbraten und sah diese jungen Leute ungläubig an. Normalerweise hätten sie ihn keines Blickes gewürdigt, selbst wenn er vor ihren Augen verreckt wäre; doch um seine Gunst zu gewinnen, plauderten sie, immer noch so, wie man mit etwas begriffsstutzigen kleinen Kindern redet, die schmutzigsten Familiengeheimnisse aus, gaben die erbärmlichsten Feigheiten, die widerwärtigste Unterwürfigkeit preis.

Die Unterhaltung ging weiter. Im Zweifel, ob er sie auch wirklich verstanden hatte, fingen die Herren Reiter und Fußsoldaten noch einmal von vorne an und erklärten ihm, da nun einmal keiner fehlen dürfe, bräuchten sie jemanden, der sie im Wachdienst bei Prinzessin Aurora vertrat. Sie hatten gehört, der junge Hauptmann der Leichten Infanterie könne, nun, gewiss innerhalb der Grenzen seines Söldnerstandes, für eine halbwegs passable Person gelten, wenn man nicht allzu genau hinsah. Er konnte lesen und schreiben, er spuckte nicht auf den Boden und kratzte sich nicht in aller Öffentlichkeit wie die Hunde. Sie würden ihn waschen, wie es sich gehörte, sie würden den Haarfilz eines Bären und diesen Bart einer Meerkatze in Ordnung bringen, sie würden ihm eine Ritterrüstung anlegen und niemand würde etwas bemerken. Prinzessin Aurora war … wie sollte man sagen …

»Sie ist ein wunderbares Mädchen und lebt ganz in ihren Träumen …«

»In ihren Fantasien …«

»Sie lebt immer noch in ihrer Kinderwelt …«

Rankstrail erinnerte sich, dass er mehrmals Erzählungen gehört hatte, die Prinzessin von Daligar sei blöde oder verrückt wie ihre Mutter, sie esse nichts, was lebendig gewesen war, und setze nie einen Fuß vor die Tür ihres Palasts.

»Alles, was die junge Dame tut, ist, sich auf einer Schaukel zu wiegen.«

»Alles, was du tun musst, ist, dich in einem Winkel des Gartens zu postieren, stillzustehen und dich nicht vom Fleck zu rühren, stumm und reglos wie eine Statue. Du wirst die allerhöchste

Ehre haben, in Gegenwart der Tochter des Verwaltungsrichters verweilen zu dürfen. Das kannst du dann deinen Eltern erzählen, sofern du welche hast. Oder deinen Enkeln. Wir verstehen ja nichts davon, aber scheinbar ist es doch so, dass Söldner sich nicht verheiraten dürfen; aber wenn man nicht getötet wird, hört man doch früher oder später einmal auf, Söldner zu sein. Wenn du dich während des Wachdienstes rührst oder auch nur einen Mucks von dir gibst, lassen wir dich nach Strich und Faden auspeitschen und nehmen dir das Kommando der Leichten Infanterie ab. Aber das ist nur so dahingesagt, denn so dumm bist du bestimmt nicht.«

Zuletzt kamen Ermahnungen, seinen Namen betreffend. Unter allen Dingen, die in einer möglichen Unterhaltung nicht angesprochen werden durften, war sein Name das absolute Tabuthema. Wenn er den Mund aufmachte, würden sie ihn auspeitschen lassen, und wenn er es wagte, seinen Namen zu nennen, der in keinem der bekannten Stammbäume auftauchte und ihn sofort als Söldner auswies, würden sie ihn bei lebendigem Leib häuten. War das klar? Unter normalen Bedingungen hätte Rankstrail sie weggejagt, wenn auch mit der erlesenen Höflichkeit, die er als Söldner diesen Sprösslingen der Aristokratie schuldete. An wenig konnte ihm weniger gelegen sein als an der grässlichen Aussicht, einen Tag lang Kindermädchen für die Tochter des Verwaltungsrichters zu spielen, die offenbar als halb schwachsinnig galt, während ihr Vater in dem Ruf stand, einen, wenn man nach der falschen Seite nieste, bis zum Sankt-Nimmerleins-Tag in den unterirdischen Verliesen an den Füßen aufhängen zu lassen. Daher war es ratsam, sich da möglichst fernzuhalten und nichts mit ihnen zu tun zu haben.

Tatsache aber war, dass er nicht unter normalen Bedingungen lebte, also setzte er seine adligen Gesprächpartner in Kenntnis, dass das Angebot ihn sehr interessiere, unter der Bedingung, dass er im Tausch dafür außer ihrer immerwährenden Dankbarkeit, die sie ihm soeben geschworen hatten, sofort und auf der Stelle ein Schwert von ihnen bekam.

Man wurde sich schnell einig. Der jüngste der Fußsoldaten hatte soeben aus Anlass seiner Volljährigkeit eine Waffe geschenkt bekommen und überließ Rankstrail sein Schwert der Jugendzeit; es war ein wenig zu kurz und zu leicht für den Hauptmann, aber immerhin aus gutem Stahl und ohne Verzierungen.

Endlich gingen sie und endlich war der Reiher gar.

»He, Hauptmann«, sagte Lisentrail langsam, wie wenn man mit etwas begriffsstutzigen Kindern spricht, »kann ich den Spieß behalten, jetzt, wo du für die Schlacht etwas Besseres hast? Kann ich morgen auch mitkommen als Kindermädchen zur Prinzessin? Jetzt, wo du nicht mehr mit einem Spieß in den Krieg ziehst, können wir den Orks ja von deinem Ammendienst erzählen, dann lachen sie sich deswegen tot.«

KAPITEL 11

Es war ein warmer Tag, Aurora würde ihn ganz im Garten des väterlichen Palasts verbringen.

Rankstrail stand stocksteif im Schatten einer Trauerweide, teilweise unter ihren tief hängenden Ästen verborgen.

Er trug einen Harnisch aus blankem Stahl mit kunstvollen silbernen Verzierungen, einen Helm mit Visier, worunter sein Gesicht ganz verborgen war, und hatte strikten Befehl, sich nicht vom Fleck zu rühren und keinen Mucks von sich zu geben, sich aufs Atmen zu beschränken, und auch das nur ganz leise. Der Harnisch saß nicht richtig oder Rankstrail war nicht daran gewöhnt, jedenfalls atmete er wirklich ganz flach und leise, denn das war das Äußerste, was er darin zuwege brachte.

Sein ganzes Leben lang hatte Rankstrail davon geträumt, einen Harnisch aus echtem Stahl zu haben, und jetzt, da er einen trug, konnte er es kaum erwarten, ihn wieder loszuwerden. Endlich verstand er, warum man Söldner schickte, um Banditen und Orks aufzuhalten. Mit dem ganzen Metall am Leib wäre es vermessen gewesen, es mit irgendeinem Lebewesen aufnehmen zu wollen, das angriffslustiger war als ein Maikäfer. Auch der Helm war unerträglich: Er würde zwar alle Pfeile abhalten, sicher, aber das

Einzige, was man mit dieser Art Kessel auf dem Kopf machen konnte, war Bäumchen-wechsle-dich spielen.

Der Garten war schön, voll mit spätsommerlichen Blumen, aber die Glyzinienblüten waren riesengroß, irgendwie übertrieben, mit einem Duft, der einen benommen machte. Der Palast des Richters war ein klobiger, merkwürdig asymmetrischer Bau, ohne Säulen und Bögen, mit nur wenigen Fenstern und überhaupt keinen Verzierungen.

Die Tochter des Verwaltungsrichters musste jünger sein als Fiamma, sie mochte etwa zehn Jahre alt sein.

Sie trug ein Kleid aus silbernem und weißem Brokat, darüber eine lange Jacke aus karmesinrotem Samt, das waren die Farben von Daligar, die auch an den mit silbernen Bändern geschnürten Seidenschühchen wiederkehrten. Sie trug nichts, was hätte befleckt, zerdrückt oder beschmutzt werden dürfen. Vielleicht hielt sie sich deshalb so still und steif wie eine Marmorstatue. Sie war sehr schön. Die hellen Haare waren zu winzigen Zöpfen geflochten, in einem komplizierten Muster um den Kopf gelegt und von einem feinmaschigen Perlennetz gefasst, das ihr vollkommenes Antlitz umrahmte. Darin strahlten zwei große Augen in tiefem Meergrün, so dunkel wie das Meer an Wintertagen.

Rankstrail dachte an Fiammas Zöpfe. Er war es gewesen, der sie ihr jeden Morgen geflochten hatte, nachdem ihre Mutter gestorben war und bevor sie groß genug war, um allein zurechtzukommen. Bei seiner Schwester brauchte man nur die zwei seitlichen Zöpfe zu flechten, die dann um den Kopf gewunden und mit einem Stoffband festgebunden wurden. Schon das kostete jede Menge Zeit, und Fiamma zappelte ungeduldig, wollte davonlaufen. Rankstrail fragte sich, wie viel Zeit man wohl jeden Morgen brauchte, um all diese Zöpfchen zu flechten und zu winden und unter das Netz aus Silber und Perlen zu bringen, wie viel

Stillehalten und Langweile das erforderte, und das Ganze kam ihm absurd vor.

Das Mädchen war umringt von einer Schar Höflinge, die Rankstrail nicht genau zählen konnte, aber es mussten mindestens fünfzig Personen sein, Damen und Kavaliere, Diener, Gesellschaftsdamen und Pagen. Alle fühlten sich verpflichtet, dem Mädchen ihre Aufwartung zu machen, und sie stimmten ausführliche Lobreden an auf ihre Anmut, ihre Schönheit, ihren feinen, durchscheinenden Teint, das Strahlen ihrer Augen, den Glanz ihrer Haare und irgendjemand erwähnte auch den Liebreiz der Stickereien auf ihren Schuhen. Steif und gerade stand das Mädchen da und dankte allen mit einem leichten Kopfnicken.

Rankstrail dachte, dass auch ein Kompliment, unendliche Male wiederholt, ein Fluch werden kann: Vielleicht blieben deshalb die Augen des Mädchens nicht immer auf das Gesicht des Gesprächspartners gerichtet, sondern schweiften ab und verloren sich im Leeren.

Endlich rückte der Zeitpunkt für den Beginn der Feierlichkeiten heran und alle stürzten hinaus. Die großen, mit massivem Silber beschlagenen Torflügel öffneten sich und der Schwarm drängte aus den Palastmauern hinaus auf die sonnenüberflutete Straße. Eine Schar Kinder verschiedenen Alters spielte ein kompliziertes Spiel mit einem aus Lumpen zusammengenähten Stoffball. Als sich die Torflügel öffneten, wurde das Geschrei der kleinen Racker lauter. Bitten um milde Gaben mischten sich hinein, Späße und ebenso fantasievolle Beschimpfungen aus Empörung über verweigerte Almosen, schließlich rennende Schritte, um Fußtritte und Schläge zu vermeiden.

Durch die Toröffnung betrachtete Aurora die Kinder draußen. Ihr Blick belebte sich, und erst da wurde Rankstrail gewahr, wie leer und düster er normalerweise war, traurig und leer wie ein tiefer Teich ohne Leben darin. Als das Tor sich wieder schloss, starrte Aurora untröstlich weiter auf diesen Punkt, von wo einen Augenblick lang Sonne und Geschrei von der Straße in den Garten gedrungen waren; dann erstarrte sie wieder in ihren Gewändern aus Samt und Brokat, ihr Blick glitt erneut ins Leere und reglos wie eine vergessene Statue blieb sie da stehen.

Rankstrail fand das unerträglich.

Er hatte immer mit Kindern zu tun gehabt. Er hatte Fiamma großgezogen und die anderen Kinder im Äußeren Bezirk gleich mit, Kinder von Vätern, die weit weg waren, oder von verschollenen Müttern. Weil sie niemanden hatten, an den sie sich klammern konnten, hatten sie sich an ihn geklammert.

Bei Androhung drastischer Strafen hatte man ihn zu Schweigen und Stillhalten verpflichtet, aber still zu bleiben vor einem Kind, das diese Leere in den Augen hatte, erschien ihm nicht weniger schlimm, als untätig zuzusehen, wie jemand ertrank.

Er überlegte sich, dass er das Zeremoniell des Auspeitschens ja schon kannte, also wusste, dass man nicht daran stirbt und dass man ihm den Rang des Hauptmanns nicht nehmen konnte, weil er ihm gar nie verliehen worden war.

Er trat aus dem Schatten der Weide heraus, nahm den Helm ab und wagte, das Wort an das Mädchen zu richten.

»He, Euer Gnaden«, fing er an, war sich aber über die Anredeform nicht sicher. Vielleicht hätte bei ihrem Alter ein einfaches »Fräulein« genügt, aber er tappte da im Ungewissen. »Verzeiht, Euer Gnaden, ähm, entschuldigt, ich will ja nicht stören, aber ich dachte… na ja… würde ein Bogen Euch vielleicht Freude machen? Möchtet Ihr einen Bogen? Ihr wisst schon, um Pfeile abzuschießen… Ich habe auch für meine Schwester einen gemacht, sie ist etwas größer als Ihr. Als ich ihr vor ein paar Jahren den Bogen gemacht habe, war sie etwa so groß, wie Ihr jetzt seid, und sie hat viel Spaß mit dem Bogen. Dann hättet Ihr zum Spielen nicht nur die Schaukel, sondern gleich zwei Dinge, was immer besser ist als nur eins allein. Wenn Ihr wollt, mache ich auch für Euch einen Bogen, und dann bringe ich Euch bei, wie man ihn benutzt.«

Aurora heftete ihren stillen Blick auf ihn. Sie sah ihn lang an, wobei sich Leben in dem tiefen Teich regte, dann nickte sie.

Die Herstellung des Bogens und der Pfeile nahm einen Gutteil des Vormittags in Anspruch. Für den Bogen verwendete Rankstrail Eschenholz. Um es in die richtige symmetrische Form zu bringen, kerbte er es mit dem Messer ein, das er im Gürtel trug und das ihm der Dorfvorsteher von Scannuruzzu am Ende ihrer ersten Verhandlungen zum Geschenk gemacht hatte. Als Sehne verwendete er das geflochtene Lederband, das seine Flöte in eine Schleuder verwandelte. Dieses Band war eine Erinnerung an seine Familie und ihre Geschichte, er hing daran, aber angesichts der verzweifelt unausgefüllten Zeit des Kindes und in Ermangelung von anderem beschloss er, es zu opfern, er würde schon ein anderes Band für die Schleuder finden. Nachdem so die Sehne des kleinen, geschwungenen Eschenholzbogens hergestellt war, kamen die Pfeile dran, zwei insgesamt, aus Nussbaumzweigen. Um die Spitze der Pfeile zu beschweren, umkleidete Rankstrail sie mit zwei seiner insgesamt drei Eingroschenmünzen, womit er zwei Drittel seiner ganzen Habe opferte, sie waren sehr dünn und daher leicht in Kegelform zu biegen; zuvor aber zeigte er sie dem Mädchen, das aufmerksam zusah und sich auch sämtliche Erklärungen über das Geld, den Wert der Dinge anhörte, über die Berechnungen, die man anstellen muss, wenn man etwas kaufen will, wofür man nicht genug Geld hat, wie ein Pferd oder Arzneien beim Apotheker, wenn jemand, den man lieb hat, krank ist.

Das Ende der Pfeile tarierte Rankstrail mit Taubenfedern aus, die er in einem Nest entdeckt hatte.

Um es zu erreichen, musste er auf den Nussbaum klettern, dessen untere Zweige das Holz für die Pfeile geliefert hatte. Der junge Hauptmann, der mit seinem gewohnten Harnisch aus Metall- und Lederplättchen sogar einen völlig glatten Pfahl hinaufgeklettert wäre, legte endlich den unerträglichen und funkelnden Harnisch der Schweren Kavallerie ab, in der Hoffnung, dass auch auf dieses Vergehen keine schlimmere Strafe stünde als Auspeitschen.

Während er alles Nötige herstellte, redete Rankstrail unentwegt. Er schilderte Aurora die Stadt Varil, die Reiher, die Sümpfe, die Reisfelder, die großen Flächen mit Mandelbäumen rings um die Stadt, den Hügel mit den Orangen- und Olivenhainen. Sonst war Rankstrail eher wortkarg; niemals hätte er gedacht, dass er einen ganzen Vormittag damit zubringen könnte, einem Mädchen mit echten Silberfäden in den Samt- und Brokatgewändern zu erzählen, wie er und seine Geschwister gelernt hatten, sich ihre Kleider mit Federn zu flicken, die sie in Vogelnestern fanden.

Die Sache war die: Er, der Kinder gesehen hatte, die sich im Schlamm der Pfützen um Kohlstrünke balgten; er, der Kinder gesehen hatte, denen der Krieg ins Gesicht geschrieben stand; er, der mitgeholfen hatte, diejenigen zu begraben, die keinen Krieg und auch sonst nichts mehr sehen würden; er, der mit ansehen hatte müssen, wie seine Mutter an Husten starb; er, der, noch bevor er sprechen konnte, wusste, wie man es anstellt, ein Stück Brot einen ganzen Tag lang vorhalten zu lassen – sogar er war wie versteinert angesichts der Traurigkeit, der Leere, des Nichts, das im Grün dieser Augen lag.

Er schilderte Aurora den Äußeren Bezirk und seine Bewohner, die Schwarzen Banditen, die Kühe, den Geldverleiher, Scannuruzzu, den Hochfels, die Hochebene von Kastaneda, erhaben und großartig, wo das Gras schöner war, als man sich vorstellen kann, und das Wasser klar und rein wie im Garten der Götter. Er erzählte ihr von der Hochebene mit ihren Wasserläufen, schilderte ihr die Gegend, die so herb und zugleich lieblich war wie nur das Land, wo Milch und Honig fließen, und erklärte, das sei ein magischer Ort, wo man bestimmt gut sterben könnte. Aurora lauschte ihm in andächtigem Schweigen; unverwandt hielt sie ihre Blicke auf ihn gerichtet und ließ sich kein Wort entgehen. Und unter seinem Blick und beim Klang seiner Stimme regten sich Intelligenz und Leben in ihnen. Rankstrail hatte von allem Möglichen geredet, nur um nicht aufzuhören mit Reden.

Er hatte ihr sogar erzählt, wie er als Kind ganz allein gelernt hatte, den Bogen zu gebrauchen, in den Sümpfen, und die großen Graureiher und die kleinen Dommeln hatten die Mahlzeiten aus Schnecken und Fröschen bei ihnen zu Hause aufgebessert. Er erklärte ihr, warum er nachts in die Sümpfe gehen musste. Für die Bewohner des Äußeren Bezirks war die Jagd verboten, da das Jagdwild den Bewohnern der Oberstadt vorbehalten war, und er erzählte ihr, wie er gelernt hatte, die Position der Jagdhüter aus dem Reiherflug zu bestimmen.

»Wisst Ihr, mein Fräulein, im Dunkel der Nacht verrät einem das verzweifelte Gequake der Frösche, wenn sie im Schnabel der Reiher landen, wo diese sind. Im Übrigen machen die Frösche im Sommer ein solches Höllenspektakel, dass es einen Toten zum Leben erwecken könnte, mit Verlaub gesagt. Wenn man nichts fängt, bleiben immer noch die Frösche. Froschsuppe ist eine Delikatesse, müsst Ihr wissen, mein Fräulein, so gut wie Hühnersuppe, sie könnte wirklich einen Toten zum Leben erwecken. Wir hatten da eine Nachbarin, Donna Sabiria, die erzählte immer, einmal habe es so ausgesehen, als müsse ihr Vater sterben, und da hat sie ihm eine so gute Froschsuppe mit Peperoncini gekocht, dass er gesund geworden ist; er ist von seinem Lager aufgestanden und hat auf der Straße getanzt, er ist dann noch zehn Jahre am Leben geblieben. Deswegen ist es im Sommer schön in Varil. Man braucht nur Peperoncini, die Frösche sind für alle da. Das Schlimme ist der Winter, müsst Ihr wissen. Im Winter gibt es keine Frösche zu essen, und um Reiher zu jagen, muss man nächtelang in den Reisfeldern stehen, ganz stillhalten, bis einen eine Eule zum Nest führt, immer vorausgesetzt, das geschieht; und es gibt Nächte, in denen das nicht geschieht. Aber auch so gibt es Nächte, da ist es wirklich schön. Wenn ich mit etwas heimkam, war das nicht nur bei mir zu Hause ein Fest, den ganzen Weg entlang wurde gefeiert… Lasst mich mal sehen, wie groß Ihr seid. Vielleicht muss ich ihn etwas kleiner machen, aber nicht zu viel, dann könnt Ihr ihn später auch noch benutzen, wenn Ihr größer werdet. Was meint Ihr? So oder kleiner?«

Das Mädchen dachte lang nach, dann schüttelte es unbestimmt den Kopf. Rankstrail fragte sich, ob sie vielleicht stumm war.

Als er den Bogen fertig hatte, opferte Rankstrail ein Stück Ärmel von seinem Hemd in einem unbestimmten braunen Farbton und umwickelte dem Mädchen damit den linken Unterarm, um sie so vor dem Zurückschnellen der Sehne zu schützen, das scharf wie ein Peitschenhieb sein kann. Schließlich stellte er sich hinter Aurora, legt ihr den Bogen in die Hände und zeigte ihr, wie sie ihn halten musste.

Es war unvermeidlich, dass er das Mädchen dabei berührte, und sie erbebte leicht, ein leises Zusammenzucken, wie wenn man einen Spatz in die Hand nimmt. Rankstrail, der seine Kindheit damit zugebracht hatte, seiner Schwester zu zeigen, wie man sich prügelt, und der abends nie ohne eine Umarmung von Vater und Mutter zu Bett gegangen war, vermutete, dass sie in ihren makellosen Kleidern niemals eine Liebkosung erfuhr.

Er trat etwas zurück, er wollte nichts tun, was für sie ungewohnt war und sie womöglich erschreckte. Er zeigte ihr, wie sie den Bogen halten musste, und gab ihr die üblichen Erklärungen für Anfänger.

»Seht Ihr, Fräulein, um zu entscheiden, mit welchem Auge man zielt, muss man Folgendes tun: Seht irgendetwas an, seht diese Mohnblume an, seht sie ganz fest an. Dann bedeckt ein Auge mit der Hand, dann das andere. Wenn Ihr ein Auge zuhaltet, und es ändert sich etwas, dann müsst Ihr mit dem anderen zielen, bei dem sich nichts ändert… Sehr gut, es ist das linke Auge? Gut, jetzt passt auf, Ihr müsst Blick und Pfeil in eine Linie mit dem Ziel bringen.«

Die ersten Schüsse Auroras gingen ins Leere. Im Unterschied zu Fiamma hatte Aurora nicht nur nie eine Schleuder besessen, sondern offenbar auch nie irgendetwas gespielt. Sie hatte nicht genug Kraft, den Bogen straff genug zu spannen, um dem Pfeil eine Richtung zu geben. Sie hatte überhaupt keine Vorstellung davon, wie man zielt.

Rankstrail erklärte noch einmal ausführlich, wie man Blick und Pfeil in eine Linie mit dem Ziel bringt, und ermahnte sie, die Sehne straffer anzuziehen. Nach einer Serie von verfehlten Schüssen und einem unfreiwilligen Attentat auf einen alten Kater, der mit empörtem Miauen davonsprang, sagte der junge Soldat schließlich, halb amüsiert, halb ärgerlich: »Die Elfen sagen, man müsse mit dem Auge des Geistes zielen und denken, man sei der Pfeil, aber ehrlich gesagt ich begreife nicht, was das heißen soll.«

Das Mädchen drehte sich um und sah ihn aus seinen tiefen grünen Augen an.

»Die Elfen sagen, man müsse mit dem Auge des Geistes zielen und denken, man sei der Pfeil«, wiederholte sie fast mechanisch.

Zum ersten Mal vernahm Rankstrail ihre Stimme.

Der folgende Schuss Auroras und die vielen weiteren, die noch folgten, waren absolut präzise. Sie war imstande, aus einer Entfernung von dreißig Fuß einen einzelnen Grashalm zu treffen, die Blütenkrone einer Mohnblüte aus einer Entfernung von sechzig Fuß. Auf den Zoll genau kalkulierte sie die Richtung des Pfeils und die Kraft, mit der sie ihn abschießen musste. Sie war die geborene Bogenschützin. Glück schimmerte in ihren Augen wie Mondschein am Morgenhimmel. Rankstrail dachte, Jagen zu lernen, müsse aufregend für sie sein.

Aus den Augenwinkeln sah er eine Bewegung im Farn, wies sie darauf hin, sie zielte. Nichts regte sich mehr im Gebüsch. Sie hatte ein kleines Kaninchen getroffen. Rankstrail lachte vor Freude. Aurora war blass geworden. Sie stürzte zu dem verwundeten Kaninchen und sah es sterben, verzweifelt und mit Tränen in den Augen. Rankstrail wünschte sich von ganzem Herzen, dass es die Unterwelt geben möge und dass sie sich auftun möge, um ihn zu verschlingen. Dabei hatte er doch gehört, was über die Tochter des Verwaltungsrichters so geredet wurde. Sie sei dumm, sie sei krank, sie sei immer traurig, sie sei verrückt wie ihre Mutter und weigere sich, irgendetwas zu essen, was gelebt hatte. Irgendwas musste da schon dran sein.

Aurora bat Rankstrail, das Tier für sie aufzuheben, denn sie konnte es nicht, ohne den Saum ihres Brokatkleides mit Schlamm zu beschmutzen, sie konnte es auch nicht auf dem Arm halten, ohne sich die Samtjacke mit Blut zu beflecken. Rankstrail gehorchte, und während er das tote Tier in seinen riesigen Händen hielt, streichelte Aurora sanft sein Fell. Aber auch da, als ihr die Tränen in den Augen standen, dachte der Hauptmann, selbst dieser Schmerz sei besser als die Leere, selbst dieses Weh sei besser als das Nichts. Und er erzählte ihr vom Hunger. Wie der Hunger die Körper aushöhlt, wie er den Husten verursacht, der nicht mehr vergeht, wie er den Geist kleinlich und eng macht. Wie hungrige Kinder verkrüppelt und manchmal dumm wurden, wie die Seele verödete, verelendete, niederträchtig und gemein wurde.

Hunger macht die Großzügigkeit zunichte und lähmt den Mut.

»Mein Fräulein, hört mir zu. Der Tod ist nicht die Verneinung des Lebens, sondern nur die andere Seite der Medaille. Seht her«, setzte er hinzu und zog seine letzte Münze aus der Tasche, »alle sterben, um ihren Kindern Platz zu machen, auch wir beide werden sterben, um den Kindern, die wir haben werden, Platz zu machen, und wir werden es mit Freuden tun, denn die Ehre, Kinder zu haben, ist größer als die Angst vor dem Tod. Ohne den Tod wäre das Leben eine beliebige Folge von sinnlosen Tagen. Der Tod der einen ist das Leben der anderen. Die Eule frisst die Maus, der Reiher frisst die Frösche, und wenn sie das nicht täten, würde es zu viele Mäuse und zu viele Frösche geben, die dann nichts mehr zu fressen fänden, und alle miteinander würden sterben und die Welt mit ihrem Verwesungsgestank verpesten. Hier, nehmt«, sagte er schließlich und gab ihr die Münze, seine letzte Habe, »so werdet Ihr Euch erinnern an das, was ich Euch gesagt habe, und werdet mir vielleicht verzeihen, dass ich Euch dazu verleitet habe, dieses kleine Kaninchen zu töten.«

Das Mädchen sah ihn lang an und nickte dann.

»Ich bitte Euch, Herr, behaltet das Tier, und gebt es in meinem Namen jemandem, der Hunger hat und den es satt machen kann, möglichst einem Kind. Ich wäre Euch sehr dankbar für diesen Gefallen, und ich bitte Euch, verzeiht die Umstände, die ich Euch dadurch verursache. Herr, verzeiht meine unumwundene Frage: Habt Ihr jemals getötet?«

Rankstrail begriff, dass hier nicht mehr von Kaninchen und Reihern die Rede war. Er antwortete ihr ehrlich, dass er in seinem Leben Menschen getötet hatte: die Schwarzen Banditen, die ein Bauerngehöft an einem kleinen See angegriffen und zerstört hatten, diejenigen, die ihre Kameraden bei lebendigem Leibe verbrennen wollten, und all jene, die es verdient hatten.

»Aber Ihr würdet das nur tun, um Leben zu retten, Eures oder das anderer? Und Ihr werdet es nie vergessen?«, wollte Aurora wissen.

Rankstrail verstand nicht, ob das eine Feststellung oder eine Bitte war oder ob sie ihm ein Versprechen abnehmen wollte. Er hatte sein Lebtag lang nie mehr an die Menschen gedacht, die er getötet hatte. Er musste an Trakrails Vorschlag denken, Gefangene zu machen, und wieder kam ihm das absurd vor. Er verspürte ein vages Unbehagen, wie wenn seine Mutter ihn beim Herumbalgen auf der Straße erwischte, nachdem sie ihn unzählige Male ermahnt hatte, das nicht zu tun.

Er nickte.

Er versprach es.

Er würde es nur tun, um Leben zu retten, das eigene oder das anderer, und er würde sich immer daran erinnern.

»Ich verspreche es Euch, meine Dame. Ja, ich schwöre es Euch. Wenn ich es recht bedenke, ist dies das erste Mal, dass ich irgendjemandem etwas schwöre«, sagte Rankstrail, während er das Kaninchen in den Quersack steckte. »Aber versprecht mir eins, solltet Ihr je in die Lage kommen, Euer eigenes oder das Leben Eurer Lieben verteidigen zu müssen, so werdet Ihr kämpfen und kämpfen, um zu siegen. Und nun, mein Fräulein, wenn es Euch recht ist, werde ich Euch, wie auch schon meine Schwester, im Umgang mit dem Schwert unterweisen, sodass Ihr, wenn Ihr in die Lage kommen solltet, Euer eigenes oder das Leben Eurer Lieben verteidigen zu müssen, das auch tun könnt.«

Aurora war einverstanden.

Zwei Stöcke aus Schilfrohr zu besorgen, war einfacher, als einen Bogen herzustellen; Aurora versteckte ihn sorgfältig im Dachgebälk des Holzschuppens, gut vor Regen geschützt, vor allen Blicken verborgen und unauffindbar. Ebenso sorgfältig im Dachgebälk versteckt war auch ein kleiner Stoffball.

»Auch das ist ein Verstoß gegen die Regeln. Seht Ihr das?«, erklärte sie trocken, als sie Rankstrails Erstaunen sah, und wies voller Groll auf die prächtige, mit Silber und Kristallglas verzierte Schaukel, die in der Mitte des Gartens an den Ästen eines Kastanienbaums hing. »Es ist meine Pflicht, meine Tage darauf zuzubringen, um so sehr wie möglich den Prinzessinnen aus den Büchern meines Vaters zu gleichen, und es gilt als nicht ratsam, dass ich einen anderen Zeitvertreib habe.«

Rankstrail erklärte ihr die Grundzüge von Deckung und Parade und beschrieb ihr die gängigsten Schwertformen: symmetrisch oder asymmetrisch, gerade oder gekrümmt, mit einer Hand oder mit beiden Händen zu führen. Bevor sie anfingen, fragte Aurora, ob die Elfen auch über den Schwertkampf etwas gesagt hatten, und Rankstrail musste nachdenken.

»Sie sagen, um gezielt abwehren zu können, muss man die Augenbewegungen des Gegners beobachten, denn jeder schaut instinktiv dorthin, wohin er schlagen wird, und das ist logisch, und beim Angriff solle man denken, man sei das Schwert, und was das wieder heißen soll, weiß ich nicht«, erklärte er.

Sie machten ein paar Versuche, und Rankstrail dankte der Unterwelt, dass die Schwerter bloß aus Schilfrohr waren, denn sonst hätte er ein halbes Dutzend Hiebe einstecken müssen, ohne einen einzigen anbringen zu können. Obwohl durch ihre prächtigen Kleider in ihrer Beweglichkeit behindert, war das Mädchen unglaublich geschickt, vor allem aber lachten ihre Augen so sehr, funkelten wie Sonnenstrahlen im dunklen Tann, dass

Rankstrail ihr ihre Überlegenheit verzieh. Das Selbstwertgefühl des jungen Soldaten, der im Bogenschießen übertroffen und im Schwertkampf besiegt worden war, wurde etwas angeschlagen, aber der Abgrund an Leere in Auroras Augen war so groß, dass er sich in jeder Art von Wettkampf hätte besiegen lassen, nur um sie lachen zu sehen, einschließlich im Klettern oder darin, einen flachen Stein übers Wasser hüpfen zu lassen.

»Mein Fräulein«, sagte er lachend, »ich hoffe, Euch nie zur Gegnerin zu haben.«

Das Mädchen wurde wieder ernst. Sie sah ihn mit ihren grünen Augen an, die vor Leben funkelten.

»Ich glaube nicht, mein Herr«, antwortete sie, »dass wir je Gegner werden könnten.«

Rankstrail antwortete mit einer Verbeugung.

KAPITEL 12

Die Sonne stand im Zenit und es war Mittagessenszeit. Rankstrail hatte Hunger. In seinem Quersack hatte er ein Stück Schwarzbrot mit Bohnen, und da seine drei Groschen nunmehr in Auroras Besitz übergegangen waren, musste er rasch überschlagen, wie viel er davon essen durfte, damit ihm für den nächsten Tag auch noch etwas blieb.

Er legte Helm und Harnisch wieder an, um nicht aufzufallen, und beobachtete neugierig die Anstalten, die für Auroras Mittagsmahlzeit getroffen wurden. Atemlos und geschäftig kamen zwei Diener herbeigeeilt und deckten den Tisch für sie. Sie breiteten ein Tischtuch aus, auf dem sich Stickereien und Spitzen abwechselten, sodass es aussah wie ein Blumenbeet unter einer Schneedecke. Rechts vom Teller, der aus Kristallglas war wie der Trinkbecher, legten sie fünf silberne Messerchen auf, links davon fünf ebenfalls silberne Gabeln, die nach außen hin kleiner wurden... Aurora flüsterte Rankstrail zu, normalerweise seien einundzwanzig Diener dafür da, ihr das Essen aufzutragen, aber heute waren offenbar alle bei der Feier, mit Ausnahme dieser beiden.

Als alles fertig war und Aurora sich setzen konnte, begannen die beiden Diener, die vorgesehenen fünf Gänge aufzutragen.

Auf dem Tisch standen auch zwei riesige goldene Kerzenleuchter, in denen jeweils vier Kerzen steckten, schneeweiß und aus echtem Wachs, sie wurden angezündet, obwohl die Mittagssonne hell schien.

Die Gänge, die nacheinander und mit großem Zeremoniell von den zwei Dienern aufgetragen wurden, waren: eine Zucchini, in hauchdünne Scheiben geschnitten, jede davon, wie umständlich erklärt wurde, mit je vier Tropfen aromatischen Öls beträufelt; Sellerie, in winzige Würfelchen gehackt, in Basilikumsoße; Kapernsalat mit einer ganzen Olive; mit Maisbrei gefüllte Rosenblätter; Komposition aus drei Trauben mit Blaubeeren. Auch die Blaubeeren waren drei, eine für jede Traubenbeere.

Aurora aß sehr langsam, jede einzelne Traube wurde auseinandergeschnitten, jede Blaubeere geschält und jedes Zucchinischeibchen sechzehnmal zerschnitten, bevor sie endlich in den Mund geschoben wurden.

Als Aurora fertig und alles abgetragen war, kam Rankstrail wieder näher. Er war erstaunt und konnte es nicht fassen. Vorausgesetzt selbst, es stimmte, was so erzählt wurde, nämlich dass durch Ironie des Schicksals die Kinder der Reichen in ihren prächtigen Kleidern wenig bis nichts essen, während die verlausten Kinder der Armen sich den Bauch nie voll genug schlagen können, so war diese Mahlzeit doch äußerst dürftig gewesen. Das ganze Zeug da hätte Fiamma nicht einmal für eine halbe Jause gereicht.

»Sonst gibt es nichts?«, fragte er verwundert.

Das Mädchen schüttelte den Kopf.

»Das war das Mittagessen?«, fragte er noch einmal. Vielleicht waren die Mahlzeiten hier ja anders eingeteilt und das war nur ein kleiner Imbiss gewesen.

Aurora nickte.

»Und was habt Ihr zum Frühstück bekommen?«, fragte er hartnäckig weiter.

»Es gilt als ratsam, dass ich nur einmal am Tag esse, sodass die Verdauung nicht belastet wird«, erklärte das Mädchen verständig. »Es gibt auch noch einen anderen Grund. Man hat mir mehrfach erklärt, dass die Augen eines Mädchens dadurch größer aussehen und dass es für ein Mädchen wichtig ist, möglichst große Augen zu haben«, fühlte sie sich verpflichtet zu erläutern.

Aufmerksam betrachtete Rankstrail die Ringe unter ihren Augen, wo die Haut durchscheinend war, und die Hände, an denen die Knochen vorstanden wie bei einem Vögelchen. Die prächtigen Kleider und der kostbare Schmuck verbargen die Magerkeit; sie täuschten den Betrachter und lenkten seine Blicke ab, sodass er sie nicht zu den Backenknochen oder zu den Fingergelenken wandern ließ. Mit Grauen dachte Rankstrail an das viele Lob, das sie für ihren perlmuttfarbenen Teint und die Anmut der Glieder bekommen hatte. Im Klartext hieß das, mehr oder weniger bleich und ausgezehrt, denn normal ist, dass die Leute rosig aussehen, nicht perlmuttfarben, und dass die Gliedmaßen eines Mädchens oder einer Frau eine gewisse Fülle aufweisen, im Unterschied zu denen einer Libelle, Mücke oder einer Gottesanbeterin. Er fragte sich, welcher verbrecherische Idiot auf die Idee gekommen sein konnte, sie auszuhungern. Vor allem schien ihm, dass mit Anstand ertragener Hunger, wenn einfach nichts zum Beißen da ist, wertvoller, weniger schändlich war als dieses widerwärtige Geschnipsel von Blaubeerschalen und Basilikumstängeln an Rosenblütenblättern auf Kristalltellern vor goldenen Kandelabern. Es war klar, dass man sie aushungerte. Eine vertrocknete Puppe, nur noch Haut und Knochen, eingeschlossen in ihre Brokat- und Samtkleider, die nie mehr die Kraft finden würde, ihre Hülle abzustreifen und ihre Flügel zu entfalten.

Rankstrail überlegte sich, dass er auf die Frage, ob sie Hunger habe oder ob sie Brot wolle, sicher nur eine ablehnende Antwort bekommen würde, also beschloss er, keine weiteren Umstände zu machen. Nachdem er noch einmal den verfluchten Harnisch und den Helm abgelegt hatte, holte er das Brot aus seinem Quersack, brach es in zwei ungleiche Teile und legte den größeren Teil Aurora direkt in die Hand.

Er hoffte, dass sie so viel gesunden Menschenverstand haben möge, nie irgendwem von diesem Tag zu erzählen, denn an diesem Punkt wäre es mit Peitschenhieben allein nicht mehr getan.

Aurora sah lang das Brot an, dann lang ihn, endlich dankte sie mit einer Verbeugung. Rankstrail sah ihr zu, wie sie ihre Zähne in das Brot schlug und dabei peinlich darauf bedacht war, dass auch ja kein Krümel verloren ging, wie die Armen es machen, dann teilte er auch die Bohnen brüderlich mit ihr. Das Mädchen sah sie lang neugierig an, es waren offenbar die ersten, die sie zu Gesicht bekam. Rankstrail nahm sich vor, sollte er je dem Koch begegnen, so würde er ihm Bohnenpastete empfehlen, mit einer Spur Petersilie, sodass etwas Abwechslung in Auroras Hungerdiätplan kam.

Als das Brot und die Bohnen zu Ende waren, führte Rankstrail das Mädchen ans Ende des Gartens, wo es einen kleinen Teich gab. Als sie kamen, flog träge ein Reiher auf, und zwei Entenjunge flüchteten sich in das Gestrüpp aus Gräsern und Schilf, wovon er umstanden war.

»Könnt Ihr einen Stein hüpfen lassen?«, fragte er.

Aurora schüttelte den Kopf. Rankstrail suchte einen flachen Stein und ließ ihn übers Wasser springen. Beim ersten Wurf setzte er viermal auf, beim zweiten Wurf dreimal und beim dritten Wurf fünfmal. Fasziniert sah Aurora zu. Auch sie suchte sich einen flachen Stein. Rankstrail wollte ihr erklären, wie sie ihn in der Hand halten musste, um ihm die richtige Richtung und die erforderliche Kraft zu geben, aber sie unterbrach ihn mit einem kleinen Lächeln.

»Das habe ich schon von allein begriffen!«, sagte sie triumphierend. »Man muss nur denken, man sei der Stein!«

Ihr Stein setzte fünfzehnmal auf, wobei er im strahlenden Licht das Nachmittags fünfzehn Tropfenkronen auffunkeln ließ; wenn sie zurückfielen, bildeten sie eine endlose Serie von konzentrischen Kreisen, die sich überschnitten und dann verebbten. Aurora lachte hell auf, doch beim Klang ihrer eigenen Stimme verstummte sie gleich wieder, schlug die Hände vor den Mund und sah sich besorgt um, als wolle sie eine unverzeihliche Unartigkeit wiedergutmachen.

»Seht Ihr das?«, fragte Rankstrail und wies auf den Rand des Tümpels.

»Ja, mein Herr, das sind Kaulquappen«, antwortete Aurora verständig. »Wenn sie größer werden, ändern sie ihre Form und werden Frösche.«

»Ja, das stimmt, aber nicht alle. Seht Ihr, es sind Hunderte davon da, vielleicht Tausende. Wenn aus allen Frösche würden, wäre Euer Haus voll damit vom Keller bis unters Dach, Ihr könntet Euch nirgendwo hinsetzen, immer wäre da schon ein Frosch, Ihr könntet nichts lesen, ohne dass Euch ein Frosch aufs Buch springt, und abends hättet Ihr erhebliche Mühe, Euch Euren Platz im Bett von ihnen freizuräumen.«

Zum zweiten Mal erlaubte sich Aurora, laut aufzulachen, wieder schlug sie die Hände vor den Mund, aber ihre grünen Augen funkelten wie ein Licht im dunklen Unterholz. Auch als sie wieder ihre übliche steife Haltung einnahm, blieb das Funkeln in ihrem Blick.

Rankstrail beugte ein Knie auf den Boden, sodass er dem Mädchen direkt in die Augen schauen konnte.

»Nur aus ein paar von diesen Kaulquappen werden Frösche«, erklärt er. »Die übrigen sind als Nahrung da, für die Reiher, für die Enten und für alle, die nichts anderes haben. Meine Geschwister und ich haben wochenlang nichts anderes gegessen als Schnecken und Frösche. Jetzt könnt Ihr wählen, entweder bringe ich Euch bei, wie man ein Kaninchen isst, ich zeige Euch also, wie man ihm die Haut abzieht, wie man Feuer macht und es brät, oder ich bringe Euch bei, wie man Kaulquappen fängt und auf einem Stein in der Sonne gart, ohne Feuer zu machen, aber ich gehe nicht eher weg von hier, als bis Ihr etwas gegessen habt, was diese Leichenblässe aus Eurem Gesicht vertreibt.«

Entsetzen zeichnete sich in Auroras Augen ab, die jedoch auch jetzt nicht wieder ins Leere abglitten, sondern glänzten und hellwach waren.

»Verzeiht mir, Herr, wenn ich Euch widerspreche, es kann nicht mein Wille sein, dass lebendige Wesen zu Tode kommen«, sagte sie.

»Auch Ihr seid lebendig und Euer Leben ist mehr wert als das der Kaulquappen. Ihr braucht Fleisch auf Euren Knochen und Blut in Euren Adern, und zwar dringend. Wer nicht isst, ist zu nichts imstande, außer das Leben an sich abgleiten zu lassen, bis der Tod kommt. Der Hunger ist eine Demütigung, die viel schwerer wiegt als das Leben einer Kaulquappe und auch als das Leben eines Kaninchens. Hunger bedeutet Schmerz, und dieser Schmerz ist unrein, weil man sich seiner schämt, und wenn man sich schämt, gibt es keine Würde und keinen Mut mehr. Wenn man Hunger hat, kann man nicht einmal mehr vernünftig denken.«

Rankstrail wartete Auroras Zustimmung nicht ab und fing mit seinen riesigen Händen ein Dutzend Kaulquappen.

»Jetzt zerquetsche ich sie, um sie zu töten«, kündigte er an.

»Nein!«, schrie das Mädchen. »Nein … Ich bitte Euch, lieber das Kaninchen. Das ist schon tot.«

»Einverstanden, mein Fräulein«, willigte Rankstrail lächelnd ein.

Er ließ die Kaulquappen los. Er holte das Kaninchen aus dem Quersack, häutete es, und um es zu braten, machte er ein Feuerchen aus Schilfrohr, nicht ohne Aurora die Feuersteine zu zeigen und ihr zu erklären, wie sie funktionierten. Er verzichtete darauf, einen Spieß herzustellen, sondern verfuhr nach Art der Wilddiebe. Man gibt das Kaninchen oder was man eben hat, in eine Ofenröhre aus Erde und Steinen und zündet das Feuer darüber an. Er erklärte Aurora, dass der Garprozess langsamer ist als auf dem offenen Feuer, aber wenn jemand kam, brauchte man nur das Feuer zu löschen, und man würde nichts sehen und auch nichts riechen. Das Kaninchen war klein, es würde recht schnell gar sein, zum Glück, denn ein paar Wolken waren aufgezogen, und der Himmel hatte angefangen, sich zu verfinstern. Die Festgeräusche drangen nur gedämpft hierher, Gesang, Applaus, Lautenspiel und Hörnerschall. Wenn es zu regnen begann, würde das Fest mit einem Schlag zu Ende sein.

»Erlaubt Ihr, dass ich Euch eine Frage stelle, mein Herr?«, fragte Aurora ernst.

Rankstrail bejahte. Es machte ihn betreten und verlegen, mit »Herr« angeredet zu werden, es geschah ihm hier zum zweiten Mal, aber er wagte nicht, das Mädchen zu bitten, ihn bei seinem Namen zu nennen.

»Könntet Ihr mir wohl erklären, was ein reiner Schmerz ist?«

Rankstrail nahm sich fest vor, nie mehr aufs Geratewohl zu reden, wenn er mit Aurora sprach, denn dann bestand die Gefahr, dass er es mit Fragen zu büßen hatte, die ihm den kalten Schweiß auf die Stirn trieben und ihm das Gefühl gaben, im Treibsand zu stecken.

»Ein Schmerz, der nicht … das heißt, der nichts wegnimmt … Ich meine: etwas, was wehtut, auch ganz höllisch weh, aber einem doch nicht die Würde raubt. Das ist, wie wenn deine Mutter stirbt. Du leidest wie ein Hund, alles scheint verloren und sinnlos, aber … Als meine Mutter gestorben ist, habe ich furchtbar gelitten, aber … ich wusste … ja, eben … dass sie stolz auf mich gewesen war und dass ich stolz darauf war, sie zur Mutter gehabt zu haben … und da war keine Scham dabei. Wo keine Scham mit im Spiel ist, da ist der Schmerz rein.«

Rankstrail verstummte. Der Teufel sollte ihn holen! Das hätte er nicht sagen dürfen. Das Mädchen war erst vor Kurzem Waise geworden.

»Wenn die Mutter stirbt, ist das ein reiner Schmerz«, wiederholte sie, als ob sie sich eine Lektion aufsagen würde, deren Worte ihr vollkommen fremd waren. »Dürfte ich fragen, mein Herr, wenn ich Euch damit nicht zu nahe trete, wie Eure Mutter gestorben ist?«

Es hätte schlimmer kommen können, die Frage war einfach.

»Sie hat den Husten bekommen, der nicht vergeht, den, wo man Blut spuckt. Wir haben den Arzt gerufen, der hat gesagt, wir sollten ihr einen Aufguss aus Belladonna und Rosmarin geben und dann Hühnerbrühe. Wir haben alles verkauft, was man verkaufen kann, und ich habe gejagt, was ich jagen konnte, um den Aufguss aus Belladonna und Rosmarin und die Hühnerbrühe zu machen, aber sie ist trotzdem nicht gesund geworden«, antwortete Rankstrail.

Der Blick des Mädchens war seltsam intensiv, sie hing förmlich an Rankstrails Lippen. Das war nicht bloß Interesse. Das war, als ob … als ob sie dringend Informationen darüber benötigte, wie Mütter gewöhnlich sterben.

»Verzeiht, wenn ich indiskret bin, aber als Eure Mutter gestorben ist, was habt Ihr da gemacht?«, fragte sie weiter.

Rankstrail staunte immer mehr über die Richtung, die diese Unterhaltung nahm.

»Na ja«, begann er verlegen, »als sie gestorben ist, haben wir alle geweint…«

»Ihr habt geweint?«, fragte Aurora. »Gilt das nicht als unschicklich?«

»Nein«, antwortete Rankstrail zögernd. Jungs und Männer sollten nicht weinen, er hatte aber geweint, und sein Vater auch, und wenn er jetzt darüber nachdachte, hätte ihn bei der Beerdigung seiner Mutter irgendjemand blöd angeredet, weil er weinte, so hätte er ihn, ohne zu zögern, geohrfeigt. »Nein«, antwortete er mit größerer Entschiedenheit, »das ist es nicht.«

Nie hätte er gedacht, dass er einmal vor jemandem zugeben würde, dass er geweint hatte, aber nun, da es geschehen war, kam es ihm gar nicht mehr so schlimm vor.

»Ja, ich habe auch geweint«, fuhr er fort. »Wir haben alle geweint und konnten gar nicht mehr aufhören, und wenn es uns zu weh tat, haben wir uns umarmt und so zusammen weitergeweint. Mein Vater hat den Grabstein für meine Mutter gemeißelt. Ich habe ihm die Buchstaben gezeigt, die er verwenden musste, und dann hat er zwei Schwäne dazu gemacht, das waren er und meine Mutter, und zwischen den beiden Schwänen drei Junge, das waren meine kleinen Geschwister und ich. Das hat uns gefallen.«

Rankstrail widerstand der Versuchung hinzuzufügen, dass dies das erste und letzte Mal in seinem Leben gewesen war, dass er geweint hatte, und er verstummte. Das war nun wahrhaftig eine seltsame Unterhaltung, aber aus irgendeinem Grund war sie für Aurora von größter Bedeutung. Rankstrail hatte das Gefühl, einer verdurstenden Pflanze Wasser zu geben.

Das Kaninchen war fast fertig.

»An was ist denn Eure Mutter gestorben?«, fragte Rankstrail leise, in der Hoffnung, keine Dummheit zu begehen.

Es war eine Dummheit.

Die Augen des Mädchens glitten wieder ins Nichts ab. Es war, als hätte die Unterwelt ihre Schatten über das Grün dieser Augen geworfen und alles Leben daraus getilgt. Sie zitterte leicht.

Auf dem Gebiet der Idiotie musste Rankstrail sich wieder einmal selbst übertroffen haben. Er verfluchte sich, aber es war sinnlos zu wünschen, die Götter möchten ihn im Boden versinken lassen, denn das passierte ja doch nicht. Wieder beugte er ein Knie auf den Boden und sah dem Mädchen direkt in die Augen, bis sie zurückkehrte aus ihrem Nichts und ihn, wenn auch unter Schwierigkeiten, ansah. Während sie ihm ins Gesicht sah, beruhigte sie sich und auch das Zittern verging. Aber sie blieb noch lang sehr nachdenklich.

»Ich glaube, meine Mutter hat auch eine Form von Husten gehabt, aber ich glaube nicht, dass man den Arzt gerufen hat«, mehr sagte sie nicht.

Die Information war so lückenhaft wie voll düsterer Anspielungen. Nicht nur war klar, dass man dem Mädchen verboten haben musste, die eigene Mutter zu beweinen, weil das eine abwegige Tätigkeit war, in etwa so unanständig wie Essen mit den Fingern oder überhaupt Essen. In ihrem Nichtssagen sagte das Mädchen ihm, dass der Tod seiner Mutter beabsichtigt gewesen war.

»Wollt Ihr mir noch mehr darüber erzählen, wie es geschehen ist?«, fragte er ernst.

Rankstrail hatte seine Wachsamkeit auf Schlachtfeldern und im Erkennen von Hinterhalten geschult. Ja, Wachsamkeit hatte er schon als Kind gelernt, wenn er vor der Nase der Jagdhüter wilderte. Er witterte die Gefahr, nahm sie wahr wie einen Geruch oder eine Bewegung in der Luft.

Genau dieses Gefühl hatte er jetzt. Er hatte die nicht präzisierbare, aber bestimmte Ahnung, dass das Mädchen ihm ein so unerhörtes, unaussprechliches Geheimnis enthüllen wollte, was sein Leben in Gefahr bringen würde. Das war dann keine Frage von Peitschenhieben mehr. Wenn irgendjemand erfuhr, dass er davon etwas wusste, war er ein toter Mann.

»Nein«, flüsterte Aurora ausweichend, nachdem sie lang über die Frage nachgedacht hatte, und es war klar, dass sie log. Da gab es etwas, was sie unbedingt sagen wollte, aber nicht sagen würde. Sie war ein tapferes Mädchen.

Die Enten schnatterten aufgeregt, als der alte Kater vorüberstrich. Die Baumwipfel rauschten im Wind, der aufgekommen war, und von Neuem hörte man Lautenklänge und Applaus.

»Das Kaninchen ist fertig«, sagte Rankstrail.

In diesem Augenblick begann es zu regnen.

KAPITEL 13

Sie flüchteten sich unter das Vordach des Geräteschuppens. Das war offenbar das älteste Gebäude in der schmucklosen und geradlinigen Anlage, denn das Dach ruhte auf einer Reihe von Säulen und Bögen, was dem ganzen Bau ein wenig das Aussehen eines Zauberschlösschens verlieh.

Vor dem Regen geschützt, machten sie es sich auf dem Sockel der Säulen bequem.

Rankstrail schnitt das Kaninchen auf. Er holte seinen Salzvorrat hervor, den er in einem Horndöschen bei sich trug, zusammen mit den Feuersteinen seine kostbarste Habe. Wie er die Teile nach und nach aufschnitt, salzte er sie und legte sie auf große Farnblätter, die ihnen als Teller dienten.

»Erlaubt Ihr, dass ich Euch eine Frage stelle, mein Herr?«, sagte Aurora.

»Gewiss, mein Fräulein«, antwortete Rankstrail und hoffte inständig, dass sich die Frage auf den Unterschied zwischen Armbrust und Bogen oder die Verwandlung von Kaulquappen in Frösche beziehen möge.

»Unrein ist ein Schmerz dann, wenn wir an dem, was uns schmerzt, Schuld haben, nicht wahr? Unrein ist der Schmerz über etwas, was wir selbst verursacht haben, auch wenn das niemals unsere Absicht war? Man hat es nicht vorsätzlich getan und etwas Schreckliches ist geschehen, nicht wahr?«

»Wollt Ihr sagen, Ihr habt versehentlich Eure Kleider schmutzig gemacht oder die Zöpfe sind Euch unter diesem Dings da… unter dieser Haube oder was immer das ist, herausgerutscht? Habt Ihr die Schaukel kaputt gemacht?«, sagte Rankstrail und setzte das wohlwollende Lächeln des verständnisvollen Erwachsenen auf, der ein Kind beruhigen will, das sich einen harmlosen Streich hat zuschulden kommen lassen. »So was kommt vor!«

»Nein, Herr, ich will sagen, wenn man die Verantwortung für den Tod von jemandem hat, wenn jemand durch unsere Schuld getötet wurde.«

Das Lächeln auf Rankstrails Gesicht erlosch. Wieder hatte er das Gefühl, sich auf Treibsand zu bewegen. Er dachte lang nach, bevor er noch einmal eine Antwort wagte.

»Auf dem Hochfels droben habe ich einmal einen unerfahrenen Soldaten auf Patrouille geschickt. Ich war mir sicher, dass keine Gefahr bestand. Er wurde gefangen genommen, und ich musste seine Schreie hören, als er getötet wurde. Ich habe ihn nicht getötet, und es ist nicht gesagt, dass ein Soldat mit mehr Erfahrung besser davongekommen wäre. Durch seinen Tod konnte ich den Rest der Mannschaft vor einer sicheren Falle bewahren, das waren immerhin fünfzehn Mann. Und trotzdem, jeden Abend vor dem Einschlafen höre ich diese Schreie wieder. Ich glaube, das ist ein unreiner Schmerz. Wer ist der Mensch, für dessen Tod Ihr Euch verantwortlich fühlt, mein Fräulein?«

»Der Kommandant der Wachen«, murmelte Aurora.

»Und wie ist das gekommen, dass Ihr seinen Tod verursacht habt?«

Aurora schluckte mehrmals verzweifelt. Ihre grünen Augen füllten sich mit Tränen, verloren sich aber nicht im Leeren.

»Seine Frau war gekommen, um mir ihre Aufwartung zu machen. Sie trug eine goldene Halskette. Die war nicht einmal besonders schön, um ehrlich zu sein, aber ich hatte verstanden, dass ihr viel daran lag, denn unwillkürlich berührte sie sie unentwegt. Ich hatte verstanden, wie viel ihr daran lag und wie wichtig es für sie war, dass ich das bemerke, versteht Ihr? Seht Ihr, Herr, im Benehmen dieser Dame lag nicht nur der Wunsch, wie sonst bei den Damen, die mir ihre Aufwartung machen, dass ihre Kleider bemerkt werden, die besten, die sie besitzen, die oft Monate Arbeit und viele Opfer gekostet haben. Nein, da war der heftige Wunsch, dass ich diese Kette bemerke, versteht Ihr?«, fragte Aurora.

»Ja sicher«, log Rankstrail.

»Daher habe ich zu ihr gesagt, die Kette sei sehr schön, und sie war so glücklich darüber! Sie erzählte mir, diese Kette habe sie am Tag ihrer Hochzeit von ihren Eltern geschenkt bekommen. Ihr Gatte hatte ihr dann Anhänger in Form von Eicheln geschenkt, für jedes Kind einen. Ich habe wiederholt, dass ich sie wundervoll finde, und das stimmte auch, aber ich fand sie wundervoll an ihr. An ihr, versteht Ihr?«, fragte Aurora, deren Augen sich mit Grauen und mit Tränen füllten und dann wieder ins Leere abglitten. Rankstrail wagte sogar, sie zu berühren, er nahm sie am Arm und schüttelte sie leicht, um sie wieder zu sich zu bringen.

»Erzählt weiter«, sagte er leise. »Weint nur, wenn Ihr wollt, aber erzählt weiter.«

Aurora verbarg ihr Gesicht in den Händen und brach in Schluchzen aus. Ihr Weinen ging unter im Rauschen des Regens, der nun dicht auf den blühenden Garten herabfiel, auf dem Teich Tausende winzige konzentrische Kreise und Tausende Wasserbläschen bildend. Bald würden die Feierlichkeiten beendet sein, und jeden Augenblick konnten die Hofdamen, Diener und Pagen sich wieder auf Aurora stürzen und ihr Vorwürfe machen, dass Tränenspuren ihren Teint befleckten.

»Damit wollte ich sagen, dass diese Kette an ihr schön ist, weil ihr Leben darin eingeschlossen ist. Ich habe gesagt, dass ich auch gern eine solche Kette hätte, und damit meinte ich eine Kette, wo jedes Stück von jemandem kommt, der mich geliebt hat und den ich geliebt habe. Damit wollte ich nicht sagen, ich wolle *ihre* Kette besitzen, aber ich habe mich schlecht ausgedrückt, versteht Ihr?«

»Ich habe verstanden, erzählt weiter«, sagte er sanft. Auroras Schultern wirkten wie zusammengesackt, als ob ein Gewicht sie niederdrückte. »Was auch immer es ist, sagt es, dann teilen wir die Last.«

Rankstrail nahm das Stück Hemdsärmel, das vom Bogenschießen her noch immer zum Schutz um ihren Unterarm gewickelt war, und hielt es ihr hin, damit sie ihre Tränen trocknen und sich die Nase putzen konnte.

Aurora griff mit der Hand in die tiefe Tasche in ihrer Samtjacke, um etwas herauszuholen. Sie öffnete die Hand und da lag ein Kettchen mit zwei winzigen goldenen Eicheln daran.

Überrascht sah Rankstrail sie an.

»Habt Ihr immer noch nicht verstanden, Herr«, hauchte Aurora.

»Nein«, antwortete der Hauptmann ehrlich.

»Man hat meinem Herrn Vater hinterbracht, was ich gesagt habe. Man erzählte ihm, wie schön ich die Kette gefunden habe, man redete ihm ein, ich wolle sie haben. Offenbar habe ich in meinem ganzen Leben niemals geäußert, dass ich etwas schön finde. So sagte mir jedenfalls mein Herr Vater, dessen beständiger Wunsch, mir Freude zu bereiten, andauernd von meiner vollkommenen Wunschlosigkeit entmutigt wird, und der sich daher diese Gelegenheit nicht entgehen lassen wollte. Meinem Herrn Vater erschien es überaus wichtig, dass ich diese Kette bekomme, um mir seine übergroße Liebe zu beweisen. Also ließ er den Kommandanten der Wachmannschaften des Hochverrats anklagen. Der Mann endete am Galgen, seine Kinder haben keinen Vater mehr und seine Gemahlin ist allein. Sein gesamtes Hab und Gut ist beschlagnahmt worden, einschließlich dieser Kette, die jetzt in meinem Besitz ist, und sie quält mich tausendmal mehr, als wenn sie aus glühenden Dornen wäre. Seine Kinder mussten ihren Vater am Galgen sehen und jetzt leiden sie Hunger. Der Mann, der den Goldschmied beauftragt hat, goldene Eicheln zu machen, um die Geburt seiner Kinder zu feiern, wird sie nicht aufwachsen sehen, versteht Ihr? An alldem trage ich die Schuld und werde sie immer tragen. Mein Herr Vater hat mir auch gestanden, dass es keinerlei Verrat gegeben hat, dass kein Verrat gestanden wurde … dass all dies nur geschehen ist, damit er mir seine Liebe bekunden und mir eine Freude machen kann …«

Alles Weitere ging in Schluchzen unter, das sich seinerseits im Rauschen des Regens verlor.

Rankstrail verspürte ein seltsames Gefühl, so etwas wie eine Leere im Oberbauch.

Wurde diese Unterhaltung je entdeckt, würde er nicht nur dem Henker ausgeliefert, sondern man würde diesem auch auftragen, ein wenig mit ihm zu spielen, bevor man ihn an den Galgen brachte. Und doch war es nicht das Gefühl der Gefahr, was ihm auf der Seele lastete, sondern Grauen. In den wenigen Tagen damals in Daligar hatte er vom Kommandanten der Wachmannschaften reden hören, Mandrail hieß er wohl, der zwei Jahre zuvor des Hochverrats angeklagt und hingerichtet worden war. Stimmte die Geschichte mit dem Hochverrat gar nicht, so war sein unschuldiger Tod am Galgen Zeichen und Symbol eines abartigen und verbrecherischen Wahnsinns. Sollte jedoch tatsächlich Hochverrat verübt worden sein und Mandrail sich dessen schuldig gemacht haben, so bestand das abartige, grausame und wahnwitzige Verbrechen darin, diese ungeheuerliche Geschichte einem kleinen Mädchen zu erzählen.

In beiden Fällen gab es nur eine Erklärung: Der Verwaltungsrichter, in diesem Augenblick Herr über sein Leben und über sein Schwert, war vollkommen wahnsinnig. Vielleicht war der Verrückte Schreiber gar nicht so verrückt. Schade, dass er tot war. Jetzt wäre der richtige Zeitpunkt gewesen, ihn um Erklärungen zur Geschichte und zur Verkettung der Ereignisse zu bitten.

Rankstrail beugte sich vor, um Aurora in die Augen zu sehen.

»Jetzt hört mir gut zu, mein Fräulein, und vergesst nie, was ich Euch nun sagen werde. Jeder ist verantwortlich für seine Taten, aber auch nur für die. An dem Tag, da Ihr einem Menschen das Schwert in die Kehle stoßt, dann und nur dann seid Ihr verantwortlich für seinen Tod. An dem Tag, da Ihr einen Menschen denunziert und die Geschichte von einem Verrat erfindet, den er nie begangen hat, dann und nur dann seid Ihr verantwortlich für seinen Tod am Galgen. Jetzt hört auf, diese Kette mit Euch herumzutragen, verwahrt sie an einem sicheren Ort. Früher oder später werdet Ihr sie ihrer rechtmäßigen Besitzerin zurückgeben, und Ihr werdet alles in Euren Kräften Stehende tun, das begangene Unrecht wiedergutzumachen, oder Ihr werdet alles in Euren Kräften Stehende tun, damit so etwas nie wieder geschehen kann. Dafür braucht Ihr Eure ganze Kraft, deshalb hört jetzt auf zu weinen und fangt an zu essen. Kein guter Soldat zieht mit leerem Magen in den Kampf und Ihr habt einen Kampf zu bestehen. Fangt jetzt damit an. Heute habt Ihr gelernt, ein Kaninchen zu braten. In diesem Garten gibt es so viele davon, wie Ihr wollt. Frösche brät man genauso, aber sie brauchen nur ganz wenig Zeit. Kaulquappen braucht man nur auf einen Stein zu legen, auf den die Sonne scheint, und sie werden von selber gar, aber gebt acht, dass die Ameisen sie Euch nicht wegfressen. Wenn das passiert – auch Ameisen kann man essen. Wenn man wirklich gar nichts anderes hat, dann isst man auch die. In einem Monat sind die Nüsse reif, man braucht nicht hinaufzuklettern, sie fallen von allein herunter …«

»Keine Sorge, Herr, ich kann klettern.«

»Wirklich?«

»Gewiss, Herr, das mache ich nachts, wenn man mich im Dunkeln nicht sieht und nicht all diese Kleider mich einschnüren. Das ist leicht, wisst Ihr. Man braucht nur zu denken, man ist ein Eichhörnchen oder eine Katze!«

»Gut, so bekommt Ihr noch mehr Nüsse; Ihr müsst nur aufpassen damit, denn Nüsse machen Flecken …«

»Kann man Nüsse denn essen?«

»Habt Ihr noch nie welche gegessen? Sicher kann man sie essen. Ihr müsst nur achtgeben, die grüne Schale macht schwarze Flecken an den Fingern und das könnte jemand bemerken. Verwendet Messer und Gabel und fasst sie nie mit bloßen Fingern an. Wenn Ihr klettern könnt, dann schaut, vom Dach des Werkzeugschuppens aus gelangt man auf diesen Mauervorsprung und von dort auf den Ast des Nussbaums und dahinter liegen die Küchenfenster und dort drinnen ist alles zu finden. Wenn man Hunger hat, ist es legitim, zum Dieb zu werden …«

»Nein, das nicht«, unterbrach ihn Aurora erschrocken. »Das ist zu gefährlich. Jemand in der Küche könnte bezichtigt werden, weil etwas fehlt, und dafür bestraft werden. Eher esse ich Ameisen.«

»Mit den Ameisen, das geht klar. Aber jetzt esst ein Stück Kaninchen, vorwärts.«

Aurora schaute zweifelnd.

»Darf ich Euch eine Frage stellen, mein Herr?«, fragte sie.

»Gewiss«, antwortete Rankstrail sanft und hoffte inständig auf eine Frage zu Kaulquappen, Fröschen, seiner Familie, war sich aber hundertprozentig sicher, dass ihn nichts mehr erschüttern konnte.

»Wenn ich das esse, vergeht dann die Angst?«

Rankstrail nahm sich vor, nichts mehr zu hoffen und sich keiner Sache mehr sicher zu sein.

»Ja«, sagte er sanft und bestimmt, »wenn Ihr esst, vergeht die Angst.«

Aurora aß ein Viertel von dem kleinen Kaninchen. Sie kaute sehr langsam und sorgfältig, so als erfülle sie eine Pflicht. Rankstrail hätte ihr die Feuersteine und sein Salzdöschen dalassen wollen, aber sie wies sie zurück. Wenn man diese Dinge bei ihr fand, käme das dem Todesurteil für ihn gleich. Zum Feuermachen würde sie eine der Kerzen benutzen, die immer brannten, auch am helllichten Tag, und Salz gab es in ihrem Haushalt reichlich. Sie schwor Rankstrail, dass sie sich jeden Tag das Nötige zum Essen jagen würde, gleichwohl bat sie ihn, das, was von dem Kaninchen übrig war, mitzunehmen für ein hungriges Kind, sodass dieser Tag auch für jemand anderen noch ein Festtag wurde.

»Ich hätte noch eine Frage, mein Herr, wenn Ihr gestattet«, sagte Aurora. »Seht Ihr, es gibt etwas, wovon ich weiß, dass ich es tun muss, wovon ich schon immer gewusst habe, dass ich es tun muss, und nie zu denken gewagt hätte, ich könnte es nicht tun … aber wenn ich keinen Hunger habe, keine Schuld und keine Angst empfinde, dann erscheint es mir weder verrückt noch abwegig, es nicht zu wollen.«

»Aber gewiss, mein Fräulein«, antwortete Rankstrail. Wieder

war das Gefühl der Gefahr ganz akut. Noch einmal legte er sein Leben in die Hände eines zehnjährigen Mädchens.

»Nicht jetzt, sicher, aber in acht Jahren, wenn ich ins Erwachsenenalter eintrete, werde ich einen Mann ehelichen müssen... der... wie soll ich sagen...«

»Den Ihr nicht wollt?«

»Den ich nicht will.«

»Gut, das ist einfach. Ihr habt drei Möglichkeiten, entweder Ihr überzeugt den Mann davon, dass er eine andere heiraten soll...«

»Unmöglich«, sagte Aurora mit Nachdruck.

»Unmöglich. Seid Ihr sicher?«

»Seht Ihr, er ist... es ist, als wäre er... tatsächlich kann man ihn als König betrachten, und wie er sagt, der größte König, den es je gegeben hat auf Erden, liebenswürdig im Frieden, schrecklich im Krieg, und seinesgleichen hat er nur an sich selbst. Sagen wir mal so, er kann keine Jungfrau heiraten, die weniger schön ist als seine erste Gemahlin, die die schönste Frau in der ganzen Grafschaft war, und den Schilderungen nach komme nur ich ihr gleich.«

»Ohne Euch zu nahe treten zu wollen, mein Fräulein, mit Verlaub gesagt, das erscheint mir der blanke Unfug. Und wenn Ihr Pickel bekommt? Wenn Ihr hinfallt und Euch die Nase brecht? Und wenn Euer künftiger Gatte eines Tages eine Frau sieht, die womöglich Pickel und eine krumme Nase hat, und er sie wunderschön findet, weil sie ihn anlächelt, während er traurig ist? Ihr könnt Euch immer noch Pickel wachsen lassen oder Euch die Nase brechen, sodass Ihr nicht länger die Schönste in der Grafschaft seid. Seht Ihr, mein Fräulein, man kann feststellen, wer am schnellsten läuft. Man kann messen, wer am kleinsten oder am größten ist. Auch wer die meisten Würste vertilgt, ist messbar – der Traum aller Hungerleider, an diesem Wettbewerb teilzunehmen. Aber man kann nicht feststellen, wer die Schönste im Land ist. Jeder Mann trägt diejenige im Herzen, die für ihn die Schönste im Land ist, genau wie jede Frau weiß, welchen Mann sie will, auch wenn der Henker ihm die Füße verkrüppelt hat oder er im Krieg verstümmelt wurde oder Wundmale davongetragen hat. Wisst Ihr, mein Fräulein, ich habe immer das Gesicht meiner Mutter wunderschön gefunden, auch wenn sie ein Brandmal hatte.«

»Und Euer Vater liebte Eure Mutter?«

»Gewiss, mein Fräulein, aus ganzem Herzen.«

»Wie ist das Gesicht Eurer Mutter entstellt worden?«

»Das weiß ich nicht genau, es tat ihr weh, davon zu sprechen. Ich weiß nur, dass es vor meiner Geburt geschehen ist.«

»Wie hieß Eure Mutter? Da fällt mir auf, mein Herr, ich weiß Euren Namen noch nicht.«

Unter den zahllosen Ermahnungen der jungen Adligen, die ihn engagiert hatten, war die nachdrücklichste und am häufigsten wiederholte die gewesen, seinen Namen für sich zu behalten, aber an dem Punkt, den er nun erreicht hatte, wirkten alle Ermahnungen und Drohungen lächerlich und fern.

»Ich heiße Rankstrail. Meine Mutter hieß Aharthrail. Das sind Namen, die bei uns in der Gegend üblich sind. Ich glaube nicht, dass sie irgendetwas Besonderes bedeuten. Es sind einfach Töne.«

»Alle Namen haben eine Bedeutung, Hauptmann, auch wenn wir sie nicht alle kennen. Im archaischen Elfisch war Aharthrail der Name des Morgensterns, der bis in den Morgen am Himmel steht und die Welt aus der Dunkelheit in die Morgenröte geleitet. Ich glaube, auch Euer Name hatte früher eine Bedeutung, so etwas wie ›Derjenige, der von Barmherzigkeit gerührt ward‹. Meine Mutter hieß Transkilia, was einstmals hieß ›Diejenige, die in den Wäldern lebt‹, und das war ein verbreiteter Name bei den E…

ich meine … bei den Liebhabern des Waldes. Meine Mutter fehlt mir sehr, mein Herr. Sie fehlt mir ganz unsäglich, jeden Augenblick. Ihre Abwesenheit ist ein absoluter Schmerz. Zum ersten Mal spreche ich das aus. Seit Jahren war uns nicht mehr gestattet, uns zu umarmen. Aber wenigstens konnten wir miteinander sprechen. Meine Mutter fehlt mir und ich werde meinen … den ich heiraten muss, nicht heiraten. Seht Ihr, ich kann es Euch nicht erklären, es ist nicht nur eine Frage der Schönheit. Sagen wir, es ist eine Frage des Blutes, er muss … er will jemanden meines Blutes heiraten, das heißt, es ist schwierig zu erklären, desselben Blutes wie seine erste Frau.«

»Zweite Möglichkeit, Ihr könnt ihn umbringen.«

Entsetzen malte sich in den Augen des Mädchens.

»Mein Herr!«, sagte sie mit einem Stöhnen. »Mein Herr!«, wiederholte sie. »Wie könnt Ihr nur … nur daran denken … allein der Gedanke … Mein Herr, verzeiht mir, aber ist Euch überhaupt klar, was Ihr da gesagt habt … Das ist völlig undenkbar!«

»Völlig undenkbar? Wirklich? Schade«, entgegnete der Hauptmann bissig. Das blasse Gesicht der Prinzessin wurde noch blasser, aber er achtete nicht darauf. »Ein Mann, der eine Frau zwingt, ihn anzunehmen, wenn sie ihn nicht will; ein Mann, der seine Hände nach einer Frau ausstreckt, die ihn ablehnt, der hat den Tod verdient. Unternehmt nichts, um diesen Tod herbeizuführen, wenn Euch das um Euren Seelenfrieden bringt, aber denkt immer daran, dass dieser Mann, wer auch immer er sei, den Tod verdient hätte.«

»Mein Herr, niemand sollte den Tod verdienen.«

»Bringt ihm wenigstens Verachtung entgegen, wenigstens das! Gut, dann bleibt nur die dritte Möglichkeit, ihr müsst fliehen.«

Das Mädchen deutete auf die Mauern ringsum.

»Fliehen? Fliehen? Und wie?«

»Das ist nicht so schwer. Jahr für Jahr müsst Ihr so tun, als wärt Ihr einverstanden, so entsteht kein Verdacht. Unmittelbar vor der Hochzeit müsst Ihr dann ein Hochzeitsgeschenk verlangen, sonst verheiratet Ihr Euch nicht.«

»Aber wenn ich so tue, als wollte ich die Hochzeit, dann ist es nicht logisch, dass ich etwas verlange, um die Ehe einzugehen, die ich doch wünsche.«

»In der Tat, meine Dame, keinerlei Logik. Es muss aussehen wie eine Laune. Ihr verheiratet Euch nicht, bevor Ihr nicht den Beweis habt, dass Euer Bräutigam Euch über die Maßen liebt, und er muss es mit Geschenken beweisen.«

»Und welche Geschenke soll ich verlangen?«

»Der erste Wunsch ist ein Pferd, schnell wie der Wind, unermüdlich wie die Raserei. Das schnellste Pferd im Land. Die Geschwindigkeit eines Pferdes ist messbar, also gibt es ein schnellstes Pferd im Land. Wenn man zu fliehen beabsichtigt, ist es immer nützlich, das beste Pferd zu haben. Das ist keine hundertprozentige Garantie für den Erfolg, erhöht die Wahrscheinlichkeit des Gelingens aber sehr.«

»Der Vorschlag scheint mir vernünftig. Und dann?«

»Verlangt das absurdeste Kleid, das man sich denken kann. Etwas, wozu es viel Geld, Zeit und Energie braucht, und während alle damit beschäftigt sind, es herzustellen, bereitet Ihr Eure Flucht vor.«

Aurora nickte und dachte nach.

»Etwas in der Farbe des Nebels oder der Dunkelheit, von Rauch und Nacht, ein Kleid, das für einen Mann und zugleich für eine Frau ist … sicher … etwas Absurdes, um Zeit zu gewinnen, dabei aber auch etwas, was Euch hilft, Euch auf der Flucht unsichtbar zu machen.«

Aurora lächelte und nickte überzeugt. Das würde ihr gelingen.

»Wisst Ihr, mein Herr, da ist etwas, was meine Mutter mir noch sagen konnte, bevor man sie… ich meine, bevor sie sterben musste. Sie hat zu mir gesagt, ihre ganze Liebe gelte natürlich mir, aber außerdem demjenigen, der imstande wäre, mir den Weg zu zeigen… mir den Weg zu zeigen… um…«

Sie verstummte, in Gedanken versunken, aber auch seltsam fröhlich, fast freudig erregt. Dann wurde sie wieder ängstlich. Sie sah Rankstrail an.

»Ich habe noch eine Frage, mein Herr, das wird wirklich die letzte sein. Tragt Ihr schon das Gesicht einer Dame in Eurem Herzen?«

»Nur das Gesicht meiner Mutter«, antwortete der Hauptmann entschieden.

Aurora lachte hell auf. Diesmal schlug sie nicht die Hände vor den Mund und erschrak nicht.

Der Regen ließ allmählich nach, und es blieb nur noch das leise Geräusch der Tropfen, die von den Bäumen fielen. Lärm und Stimmen kamen von jenseits der Mauern, eindeutiges Zeichen dafür, dass die Schar der Höflinge sogleich zurückkehren würde.

Rankstrail und Aurora standen auf, um auf die Veranda und zur Schaukel zurückzukehren, und erst da bemerkten sie, dass der Regen den Boden rings um den Schuppen in eine einzige Schlammlache verwandelt hatte.

»Sie dürfen nicht merken, dass ich hier gewesen bin«, sagte das Mädchen entschieden. Das Erste, was Rankstrail einfiel, war, sie auf seinen Armen hinüberzutragen, wie er es mit Fiamma gemacht hätte, aber er wagte es nicht. Er zog sein irgendwie braunfarbiges Hemd aus und legte es über den Schlamm, damit Aurora darüber hinweggehen konnte. Dann zog er es wieder an und legte auch gleich den Harnisch darüber an. Als er sich zu ihr umwandte, hatte das Mädchen die Hände vor den Mund geschlagen und die Augen weit aufgerissen.

»Mein Herr, was hat man Euch getan?«, fragte sie.

Rankstrail begriff.

»Das ist nichts«, beruhigte er sie. »Als Kind habe ich gewildert und dabei hat man mich einmal erwischt; das sind die Spuren von den Peitschenhieben.«

Er erzählte ihr auch, dass er diese Auspeitschung vor allen geheim gehalten hatte, das Hemd hatte ihm an den Wunden geklebt, und er hatte abgewartet, dass es aufhörte wehzutun. Da er sich so schrecklich schämte, hatte er nicht einmal seiner Schwester Fiamma etwas davon gesagt oder sie um Hilfe gebeten. Aurora war die Erste, die die Narben zu Gesicht bekam und ihn bemitleidete.

»Es hat nicht sehr wehgetan«, setzte er noch hinzu. Das war gelogen, um die Kleine zu trösten, denn ihr standen die Tränen in den Augen.

Die Geräusche kamen näher.

Das Tor wurde geöffnet.

Rankstrail erinnerte sich an das Stück Hemdsärmel in den Händen des Mädchens, aber Aurora hatte es schon verschwinden lassen.

Wieder umringt von ihren sämtlichen Hofdamen, wurde Aurora erneut überschüttet mit Lobeshymnen auf ihre Schönheit und Klagen über den skandalösen Zustand ihrer Kleider. Trotz aller Bemühungen der beiden hatte der Tag auf dem Brokat und dem Samt offenbar doch Spuren hinterlassen, die für ihre Augen unsichtbar, für den kritischen Blick der Hofdamen aber riesengroß sein mussten.

Rankstrail ging davon, den Rest des Kaninchens im Quersack, mit hängendem Kopf und einer unbestimmten unangenehmen Empfindung, die nicht nur von dem unerträglich lästigen Harnisch herrührte, der ihm in den Hals schnitt. Er war um drei Groschen ärmer, die seine ganze Habe ausgemacht hatten, und er würde anderthalb Tage lang ohne Brot auskommen müssen, aber das war es nicht. Es war auch nicht die Versuchung, das gegebene Versprechen zu brechen und den Rest des Kaninchens zu vertilgen, oder die Überwindung, die es ihn kostete, ihr nicht nachzugeben.

Er brauchte einige Zeit, um seinem Unbehagen einen Namen geben zu können, dann, während er Auroras Jagdbeute ein paar Straßenkindern übergab, kam er drauf.

Er hatte das völlig unbegründete, vernunftwidrige Gefühl, die oberste und erste Anstandsregel zu verletzen, die es für jeden Angehörigen irgendeiner Truppe gab.

Niemals einen Kameraden zurücklassen.

Nie irgendwen zurücklassen.

KAPITEL 14

Neun Tage waren vergangen seit den Festlichkeiten und nichts war geschehen. Die Zeit schlich dahin. Tag für Tag trafen Flüchtlinge aus Bonavent vom Rande der Bekannten Welt ein. Es gab keine Worte mehr, das Grauen zu schildern, es gab keine Tränen mehr, es zu beweinen. Die Stadt Daligar nahm niemanden auf.

Die Flüchtlinge waren Frauen und Kinder. Die Männer waren zurückgeblieben, um ihre Höfe, ihr Vieh, ihre Äcker und Gärten, die sie seit Generationen im Schweiße ihres Angesichts bestellt hatten, zu schützen.

Die Männer waren zurückgeblieben und hatten den Tod gefunden.

Jetzt lagerten die Frauen und Kinder vor den Mauern der Stadt.

Sie versammelten sich ums Feuer, reihum standen die Frauen eine nach der anderen auf und riefen die Namen der Männer und Söhne in Erinnerung, die sie verloren hatten; eine nach der anderen riefen sie die Häuser in Erinnerung, die sie bewohnt hatten, das Leben, wie es gewesen war, auch die Namen der Tiere, die sie besessen hatten und die von den Feinden geschlachtet worden waren, um sie zu essen oder einfach so, aus purem Übermut. Für Bauern sind Tiere nämlich fast so etwas wie Familienmitglieder, eine letzte Garantie gegen Hunger, Elend und Einsamkeit, damit die nicht übermächtig werden können.

Und nach den Frauen sprachen die Kinder, die, die schon sprechen konnten. Eins nach dem anderen riefen sie ihre Väter in Erinnerung, ihre Großväter, ihre Brüder und die jungen Tiere, mit denen sie gespielt hatten, und das Spielzeug, das sie gehabt hatten, denn jedes Kind hat ein Spielzeug, ein Stück Holz oder einen Stein, dem es einen eigenen Namen gibt.

So schloss sich der Kreis des Schmerzes und der Klage rings ums Feuer und dann begann alles wieder von vorn.

Rankstrail und Lisentrail gingen auf die Jagd. Das war nicht erlaubt, was hieß, dass es mit den verschiedensten Folterstrafen geahndet wurde, aber der junge Hauptmann der Leichten Infanterie hatte sich schon den Ruf erworben, einen eher heiklen Charakter zu besitzen, und niemand wollte sich gern mit ihm anlegen. Wenn sie zurückkamen, überließen er und Lisentrail fast alles den Frauen an ihren Feuern, und manchmal blieben sie auch bei ihnen hocken und hörten sich ihre Geschichten an, die sich alle irgendwie ähnelten, Geschichten von Schreien, Feuer und Schlägen in der Nacht.

Der Hauptmann schwor sich, dass er die Orks aufhalten würde.

Er schwor sich, wenn er sie aufgehalten hätte, würde er sie verfolgen bis ans Ende der Welt.

Er würde sie ausrotten bis auf den letzten Ork, der würde ihn um Gnade anflehen, er aber würde kein Erbarmen kennen.

Zusammen mit allen anderen Söldnern wurde er zum Appell in den Hohen Hof befohlen, der lag in der Festung unterhalb des Palasts des Verwaltungsrichters. Die Abteilungen der Leichten Infanterie waren vollzählig angetreten, etwa ein halbes Dutzend, fast fünfhundert Mann. Zu Rankstrails Abteilung hatte man noch

Rekruten hinzugefügt, um die erforderliche Zahl von hundert Mann oder exakt vier Zügen vollzumachen. Das waren natürlich alles Leute, die sich für den Sold verdingten, viele von ihnen kamen aber aus Familien, die aus den Grenzlanden hatten fliehen müssen und die wollten wirklich gegen die Orks kämpfen. Viele standen, etliche saßen am Boden oder auf den Stufen der zwei schmalen, von Efeu überwucherten Treppen, die zu den Wehrgängen hinaufführten.

Da war auch eine Einheit Kavalleristen mit wundervollen Pferden. Einer hatte einen Rappen, so schwarz wie Rabenflügel. Rankstrail dachte sich, wenn er je ein Pferd besitzen sollte, dann müsse es so eines sein. Er sah den Reiter an und war sich fast sicher, ihn wiederzuerkennen. Das Visier war heruntergeklappt, aber Rankstrail hatte das bestimmte Gefühl, das sei der Mann, vor dem er Lisentrail und seine fünf Zähne gerettet hatte. Er erinnerte sich an den Namen, Argniòlo. Schließlich ergriff der Ritter das Wort und verkündete, in etwa zehn Tagen würden sie alle zusammen aufbrechen; in diesen zehn Tagen aber sollten sie die Straßen der Stadt nicht durch ihre Anwesenheit verschandeln und die Luft nicht durch ihren Atem verpesten. Sie sollten in den Ställen bleiben, die man ihnen angewiesen hatte, und wer sich auf der Straße blicken ließ, würde dem Henker übergeben, damit der ihn gebührend darüber aufklärte, was Befehle sind und wie man sie befolgt. Dann würden sie an die Grenzen der Bekannten Welt ziehen. Sie würden Silario durchqueren, das gepriesene Land, wo die Nymphen aus dem Dogon-Fluss und die aus dem See Silar zusammenkommen, dann würden sie die Ehre haben, die wunderbaren Gefilde der Goldenen Wälder zu durchqueren, und schließlich würden sie den Gespaltenen Berg und die Hochebene von Bonavent erreichen. Dort konnten sie zeigen, was sie taugten, vorausgesetzt, sie taugten überhaupt etwas.

Reglos und mit angehaltenem Atem lauschte die Menge der Soldaten.

»Warum brechen wir nicht gleich auf?« Das war die Stimme des Hauptmanns gewesen, laut und vernehmlich, wie ein Steinwurf hallte sie in der befohlenen Stille wider. »Wenn es stimmt, dass die Zahl der Toten und der Verwüstungen mit jedem Tag zunimmt, warum warten wir dann?«

Der Ritter musste guter Laune sein, denn er wurde nicht ärgerlich, sondern lachte.

»Weil keiner da ist, der dich hinführen kann, du Trottel. Wie willst du ihn denn finden, den Gespaltenen Berg? Willst du einen Ork nach dem Weg fragen?«

Heiterkeit regte sich unter den Kavalleristen.

Rankstrail lächelte höflich und verbindlich. Der Ritter hatte das Visier nicht hochgeklappt, aber seine Stimme war unverkennbar, es war Argniòlo. Offenbar war auch er wegen des Kriegs gegen die Orks vom Hochfels zurückbeordert worden. Es war ausgeschlossen, dass Argniòlo ihn nicht wiedererkannte, aber er ließ es sich nicht anmerken.

»Wenn Ihr uns eine Landkarte gebt, Exzellenz, oder uns sagt, an welchem Sternbild wir uns orientieren sollen, dann könnten wir, glaube ich, auch allein zum Gespaltenen Berg finden«, schlug er vor.

»Wem willst du denn weismachen, dass du eine Landkarte lesen kannst, du Tölpel? Das kannst du deiner Mutter oder deiner Schwester erzählen, wenn du eine hast.«

Diesmal war die Heiterkeit unter den Kavalleristen unverhohlen.

»Exzellenz!«, begann Rankstrail wieder, weiterhin sehr respektvoll. »Seht Ihr, wir von der Leichten Infanterie, wir finden unseren Weg, natürlich nicht so wie Ihr, Exzellenz, wie Ihr nie und nimmer, aber wir finden ihn! Wenn Ihr uns eine Landkarte gebt oder uns sagt, an welchem Sternbild wir uns orientieren sollen, dann brechen wir auf!«

Argniòlos gute Laune war plötzlich verflogen.

»Was hast du es denn so eilig, du Nichtsnutz?«, fragte er erbost. »Ist dir ein Wucherer auf den Fersen, oder der Henker oder ein betrogener Ehemann? Oder kannst du es nicht erwarten, dass die Orks dir die Eingeweide herausreißen?«

»Gewiss, die Orks sind schrecklicher als die Banditen«, räumte Rankstrail ein, »kein Vergleich, aber vielleicht können wir doch den einen oder anderen aufhalten, bevor er uns die Eingeweide herausreißt. Ich glaube, es ist besser, wir brechen gleich auf.« Der Hauptmann verstummte. Sein höfliches Lächeln erlosch. Er richtete sich auf und reckte den Kopf in die Höhe. Er drehte sich zu seinen Männern um, wodurch er der Kavallerie den Rücken zukehrte.

»Wir brechen jetzt auf!«, brüllte er, und seine Stimme schallte laut durch den ganzen Hof. »JETZT! Keine gebrandschatzten Häuser mehr, keine Männer mehr, die verschleppt und einen Kopf kürzer gemacht werden! Keine ermordeten Kinder mehr! Schaut euch doch nur um, dort draußen vor den Mauern. Hört die Wehklagen der Mütter, die ihre Kinder sterben sahen, die die Köpfe ihrer Männer sahen, abgeschlagen und auf Pfähle gesteckt, zur Einzäunung der Gemüsebeete. Geht hin und hört sie an, denn mehr davon wird es nicht geben. Mehr wird es davon nicht geben, weil wir dem ein Ende machen, jetzt!«

Ein Raunen lief durch die Reihen. Die Männer, die am Boden saßen, erhoben sich einer nach dem andern.

»Halten wir sie auf!«, rief der Hauptmann mit dröhnender Stimme. »Ziehen wir jetzt los! Halten wir sie jetzt auf! JETZT!«, donnerte er.

Da geschah etwas Merkwürdiges, was in der ganzen Geschichte der Infanterie noch nie da gewesen war. Als ob sie sich abgesprochen hätten, antworteten die Männer, aufrecht stehend, gerade und mit hoch erhobenem Kopf, den Blick auf ihren Hauptmann gerichtet: »JETZT!«

Mehrmals hallte der Ruf im Hof wider. Mehrmals wurde der Ruf wiederholt, immer einstimmig, und jedes Mal kamen noch mehr Stimmen hinzu. Auch die jüngeren unter den Kavalleristen stimmten einer nach dem anderen mit ein und hörten sich aus voller Kehle brüllen: »JETZT!«

»JETZT!«

Eine Handbewegung Rankstrails und es wurde still im Hof.

Der junge Hauptmann wandte sich an Argniòlo. »Habt Ihr diese Landkarte?«

»Früher oder später lasse ich dich auspeitschen«, zischte Argniòlo leise und gedehnt, wobei er das Visier hochklappte, um dem Hauptmann ins Gesicht sehen zu können. »Ich lass dir die Haut auf deinem Rücken so schinden, dass du dich dein Lebtag lang nie wieder mehr wo anlehnen kannst. Beim Henker vergeht dir vielleicht die Lust, Späße zu machen.«

»Gewiss, Exzellenz, wann immer Ihr wollt, aber nicht in diesem Leben, vielleicht im nächsten. In diesem Leben hier bin ich Rankstrail, Hauptmann der Leichten Infanterie, und das sind die Männer, die unter meinem Befehl stehen. Unter meinem Befehl könnten sie auch sterben, und wenn ich jemandem gestatte, es mir gegenüber an Respekt fehlen zu lassen, dann ist das so, als würde man zu diesen Männer sagen, sie seien nichts wert.«

Unter den Kavalleristen wurde es still. Alle hatten Rankstrail erkannt. Womöglich hatten sie ihn noch nie gesehen, aber gehört hatten vom Bären schon alle, ausnahmslos, von dem blutjungen Hauptmann der Leichten Infanterie, der lesen konnte, sich an den Sternen orientierte und seine Soldaten in Schutz nahm. Alle hatten schon von dem jungen Krieger gehört, der alle besiegen würde, selbst die Dämonen, der unüberwindlich war, weil seine Männer für ihn durch das Reich des Todes gehen und wiederkehren würden.

Argniòlo schwieg und rührte sich nicht, denn nicht nur Rankstrail wagte es, ihm direkt ins Gesicht zu sehen, sondern diese ganze Bande, die er mit sich führte, diese ganze Bande von verlausten, dreckigen Halsabschneidern sah ihn an.

Rankstrail begriff: Die oberste Regel des Söldnerheeres, die da lautete, möglichst den Hunger und den Henker walten zu lassen, um die Männer mit gesenktem Kopf und niedergeschlagenen Augen zu halten, diese Regel war verletzt worden. Zum ersten Mal begriff er auch, dass es diese Regel gab. Bisher war er im Grunde überzeugt gewesen, dass es aus Dummheit, Gleichgültigkeit und Nachlässigkeit geschah, wenn man sie ohne Essen und Sold ließ.

Aber nein, man hatte Angst vor ihnen. Der Mangel an allem trieb sie zum Diebstahl. Der Diebstahl zog Ächtung nach sich und die glühenden Zangen. Die Absicht war, sie stets parat zu haben, mit gesenktem Kopf und niedergeschlagenen Augen. Das war wie bei Aurora, Hunger, Scham und Angst waren die Waffen, mit denen man einen Menschen zerstört. Mit Hunger, Scham und Angst hielt man sie in Schach und beschwichtigte zugleich die Angst, die man vor ihnen hatte.

»Und dann, Exzellenz«, fuhr Rankstrail unbeirrbar fort, »wenn Ihr mich dem Henker übergebt, dann müsst Ihr selbst gegen die Orks ziehen und mit ihnen über die Bedeutung von Leben und Tod diskutieren, und vielleicht habt Ihr gerade anderes zu tun. Besser, ich gehe dahin, ich bin das gewöhnt. Jetzt«, fuhr er ernst und mit Nachdruck fort, »gebt mir diese Karte, denn an jedem

Tag, den wir länger zögern, sterben Menschen, alleingelassen, und wir hätten es verhindern können.«

Ein langes Schweigen trat ein und keiner rührte sich, dann endlich bewegte sich jemand. Es war ein alter Ritter mit weißem Haar und einer ledernen Ordenskette mit Insignien aus purem Gold, die ihn als hochrangigen Angehörigen einer alten Adelsfamilie auswiesen. Er überquerte den Hof und kam zu Rankstrail, dann stieg er vom Pferd, damit er nicht von oben herab mit ihm reden musste.

Er zog eine Landkarte aus seiner Satteltasche, entrollte sie, zeigte Rankstrail, wo der Gespaltene Berg war, die Hochebene von Malevent und die Ebene von Bonavent, er zeigte ihm die Stellen, wo am ehesten Angriffe zu befürchten waren. Und die Stellen, wo der Weg noch sicher war. Schließlich übergab er ihm die Karte, versprach ihm, dass er versuchen wollte, ihm baldmöglichst Verstärkung zu schicken, wünschte ihm viel Glück und verabschiedete sich mit einem Kopfnicken, das Rankstrail erwiderte.

Obwohl ihn nie irgendwer zu irgendwas ernannt hatte, war Rankstrail von diesem Augenblick an nicht nur Hauptmann seiner Mannschaft, sondern der gesamten Leichten Infanterie, also von fast fünfhundert Mann.

Im Morgengrauen des folgenden Tages brachen sie auf. Jeder Trupp führte einen Esel mit, der Wasser und Brot transportierte.

Nach drei Tagen hatten sie die Ehre, in das gepriesene Land Silario zu kommen, was kein Flussdelta war, sondern ein ausgedehntes Sumpfgebiet. Sowohl die Nymphen vom Fluss Dogon als auch die vom See Sila mussten verschollen sein oder vielleicht waren sie von den Blutegeln aufgefressen worden oder hatten sich aus Verzweiflung über diese nicht enden wollenden Sümpfe ertränkt. Die Mücken waren hier riesengroß, wild und aggressiv, sie stachen auch tagsüber, im Vergleich dazu erinnerte man sich geradezu liebevoll und mit einem Hauch von Wehmut an die zahmen Mückenschwärme im Äußeren Bezirk. Die Blutegel waren eine furchtbare Plage. Nach ein paar Meilen Fußmarsch im Schlamm musste man haltmachen, die Stiefel ausziehen, die Hosenbeine hochkrempeln und versuchen, sie zu entfernen. Sie saugten sich an den Beinen fest, schwärzlich und dick aufgeschwollen vom Blut der Söldner. Wenn man sie falsch anpackte, rissen die Tiere auseinander, verspritzten ihr Blut in alle Richtungen, und ihr Saugrüssel blieb im Fleisch stecken, wo er eitern würde. Trakrails Mutter war Heilerin gewesen. Er erklärte, dass man die Blutegel fest in Salz einpacken müsse und dann verbrennen, damit sie vollständig vernichtet wurden. Sämtliche Salzvorräte wurden eingezogen und ständig brannten Fackeln, so konnte man das Verfahren wirksamer machen. Die Blutegel wurden entfernt, der Gefreite Lisentrail sammelte sorgfältig alle ein, um sie am Abend am Spieß zu braten, so war das abgesaugte Blut nicht verloren und die Truppe wurde nicht allzu sehr geschwächt. Da sie kein Salz mehr hatten, behalfen sie sich mit Borretsch und Thymian, die am Rand der Sümpfe wild wuchsen.

Die zweite Zierde der Grafschaft mit klangvollem Namen waren die Goldenen Wälder, wo es Gold allerdings keines gab. Wie sich herausstellte, handelte es sich dabei um riesige Pinienwälder, die Bäume waren vollständig von Brombeerranken überwuchert, deren Blätter auch im Sommer ganz gelb waren. Wege gab es keine. Sie mussten sich mit Äxten und Schwertern ihren Weg bahnen, und dabei riss das Brombeergestrüpp den Männern auch das bisschen Haut noch ab, das sie vor den Mücken in den Sümpfen hatten retten können.

Endlich nahmen die Pinienwälder ein Ende und die Hochebene von Malevent kam in Sicht, grün und mit blühenden Wiesen, fast ununterbrochen von starken Winden heimgesucht.

Auf dem Hochplateau ragte der Gespaltene Berg empor, etwa hundert Fuß hoch, in der Nähe der Quelle des Dogon. Er bestand aus rosa Granit und im Licht des Sonnenuntergangs glühte er stellenweise feuerrot. Er war umstanden von jahrhundertealten Olivenbäumen, der einzigen Baumart, die auf der Hochebene gedieh, riesig und knorrig. Der Sage nach waren die Bäume heilig, so alt, dass sie die Schlacht zwischen den Göttern, die die Welt erschaffen hatten, und den Dämonen der Unterwelt miterlebt hatten. Der Gespaltene Berg verdankte seinen Namen einem tiefen, senkrechten Riss, der sich von oben bis unten durch ihn hindurchzog; wenn der Wind, der hier oben zu jeder Jahreszeit und aus allen Richtungen blies, durch diesen Spalt fuhr, erzeugte er einen tiefen Ton, wie der Klang eines Horns.

Die Hochebene war von dichter, blühender Heide bedeckt. Vom Wind zerzaust und von häufigen Regenfällen erquickt, bot sie zahlreichen Schaf- und Ziegenherden Nahrung, vor allem aber Pferden, großen, kräftigen Tieren von guter Wesensart.

Zwei Dörfer gab es hier, Montesirchio und Capula, jedes mit einem großen Hauptplatz, wo Viehmarkt abgehalten wurde. Die Häuser lagen weit verstreut, jedes mit einer Einzäunung für die Tiere und mit Ställen ringsum. Sie waren niedrig, ihre kegelförmigen Dächer reichten bis auf den Boden herunter und waren genau wie dieser mit Gras und Blumen bewachsen; die Kamine sahen aus, als ob sie direkt aus der Wiese sprießen würden. Die Fenster waren breit und niedrig und man sah darin den Widerschein der Herdglut. Hier und da tauchten kleine Nutzgärten in der Heide auf, nach allen Seiten von hohen Mauern beschützt.

Im Hügelland hinter Capula lagen die Kupferminen, wo ein sehr langer, dünner Kupferdraht hergestellt wurde, der zur Befestigung der kegelförmigen Hausdächer diente; von innen gesehen, bildete dieser Draht dann eine Art sehr lange Spirale. In den Minen arbeiteten Zwerge, die seit Jahrzehnten versklavt und ausgebeutet wurden, unter der Aufsicht von einem halben Dutzend Soldaten. Wenige Tage nach der Ankunft des Hauptmanns hieß es, einem der Zwerge, einem gewissen Nirdly, sei die Flucht gelungen. Es handelte sich dabei um ein für seine Spezies erstaunlich junges Individuum, angesichts der geringen Geburtenrate und der ausgesprochenen Langlebigkeit dieses Volkes.

An einem besonders klaren Morgen, als der Nordwind auch noch das letzte Staubkörnchen vom Horizont gefegt hatte, stieg der Hauptmann auf den Gespaltenen Berg, gefolgt von dem Gefreiten Lisentrail und ein paar jüngeren Hellebardieren. Der Aufstieg war nicht zu schwierig und nach einem halben Tag waren sie am Gipfel. Man überblickte die gesamte Hochebene mit ihren Ziegen und ihren grasbewachsenen Häusern, und dann weiter unten im Osten Bonavent, das nun in den Händen der Orks war. Es hatte die Form eines lang gestreckten Dreiecks. Zwischen einem Kastanienwäldchen und nun brachliegenden Sonnenblumen- und Maisfeldern erkannte der Hauptmann eine Reihe von verkohlten Häuserruinen. Das waren die Überreste der fünf Bauerngehöfte, von denen die Flüchtlinge in Daligar erzählten. Die besten Gänse weit und breit habe es hier gegeben, erzählten die Frauen an ihren Feuern vor Daligar, wenn sie sich an ihr Geflügel und an die Würste erinnerten, die sie daraus machten. Das aus dem See abfließende Gewässer musste der Rivonero sein, dessen Wasser fast schwarz war von den vielen Forellen, die darin lebten. Die Angler dieser Forellen lagerten jetzt vor Daligar und die Forellen aß jemand anderer.

Der Hauptmann überschlug rasch im Kopf, wie viele Männer er brauchen würde, um aus dem Traum von der Rückeroberung dieses Landes Wirklichkeit zu machen, und die Zahl war derart hoch, dass er es aufgab, darüber nachzudenken. Alles, was er tun konnte, war, Malevent zu schützen.

Noch weiter im Osten fing das Orkland an, eine nicht bestellte Ebene, bedeckt von unzugänglichen Wäldern und durchzogen von unüberwindlichen Klüften. Steilfelsen und enge Täler, Steinwüsten und Sümpfe wechselten sich hier ab, ein unfruchtbarer Boden, der seine Kinder nicht ernährte und sie in Abständen wie hungrige Wölfe in die Welt hinausspuckte, um sie zu plündern.

Als der Abend hereinbrach, funkelten die Sterne im eisigen Wind so groß und wirkten so porös, als ob sie eine Schale hätten. Die Söldner lagerten am Fuße des Gespaltenen Bergs und da sahen sie eine kleine Gestalt aus dem Dunkel auftauchen, sie kam bis an ihren Kreis um das Feuer heran, verfolgt von vier Bewaffneten, die zwei Hunde mit sich führten.

Der Zwerg blieb stehen. Er sah zuerst sie an, dann die Soldaten hinter sich und musste wohl erkennen, dass es kein Entrinnen für ihn gab, da zuckte er die Schultern. Er hatte ein kantiges Gesicht und einen braunen Bart. Eine Wade und eine Schulter bluteten, ein Zeichen dafür, dass er schon gebissen worden war.

»Ich lasse mich lieber von euch töten«, erklärte er keuchend. »Haltet die Hunde fest.«

Der Hauptmann lag am Boden und beobachtete die Sterne, er stand nicht einmal auf.

»Lisentrail«, sagte er munter, »dieser Herr vom Volk der Zwerge ist gekommen, um in den Militärdienst zu treten. Vor hundert Jahren etwa hat es eine Verordnung der Grafschaft Daligar gegeben, die gegen freiwilligen Militärdienst die Befreiung von der Zwangsarbeit in den Minen vorsieht. Erklär den Soldaten, die ihn verfolgen, dass er nunmehr ein Söldner ist und dass sie sich wegscheren sollen, mitsamt ihren Hunden. Ihr Gebell macht mich nervös.«

»He, Hauptmann«, sagte Siuil, »Zwerge sind bei uns nie aufgenommen worden. Die will wirklich niemand.«

»Lisentrail«, wiederholte der Hauptmann, »wir haben soeben einen Herrn vom Volk der Zwerge in unsere Reihen aufgenommen. Sobald du mir die Soldaten und die Hunde vom Hals geschafft hast, geh, und such einen Harnisch aus, der ihm passen könnte. He du, wie heißt du?«, fragte Rankstrail schließlich, nachdem er sich so weit aufgerichtet hatte, dass er dem Neuankömmling ins Gesicht schauen konnte.

»Ich bin Nirdly«, sagte der Zwerg.

»Gut, Nirdly, ich bin dein Hauptmann und der da ist dein Gefreiter.«

Der junge Zwerg nickte, schluckte ein-, zweimal und schnappte nach Luft.

»He, Hauptmann«, antwortete er schließlich, »ich gebe dir Rückendeckung. Wenn du es je brauchen solltest, werde ich für dich sterben.«

»Mein Junge«, sagte Lisentrail mit mürrischer Herablassung zu ihm, während er über ihn hinwegstieg, um die Soldaten zurückzudrängen, »wenn er es je braucht, werden hier alle für ihn sterben, und alle geben wir ihm Rückendeckung.«

»Man weiß ja nie«, murmelte der Zwerg.

KAPITEL 15

Fast zwei Jahre blieben der Hauptmann und seine Truppe in der Gegend. Bevor die Söldner auftauchten, hatten die Orks oft gebrandschatzt und geplündert, doch dann waren sie jenseits des Rivonero verschwunden.

»Sie rücken immer nur ein Stückchen vor, sie haben es nicht eilig, so macht man das«, bemerkte Lisentrail. »Sie haben Bonavent eingenommen, jetzt rüsten sie sich für Malevento. Wenn keiner sie aufhält, stehen sie früher oder später vor Daligar. He, Hauptmann, wusstest du, dass der Ort, wo ich geboren wurde, jetzt zum Orkland gehört? Der Ort heißt Pontetremulo und liegt am Rivonero. Wir hatten jede Menge Schafe. Es sah aus, als würde bei uns Schnee liegen, so viele waren es. Deshalb gab es bei uns Pergament. Wir stellten Pergament her, die Männer beluden ihre Kiepen damit und zogen herum, um es verkaufen. Jetzt sind wir nichts mehr. Es gibt uns gar nicht mehr…«

Als sich herumsprach, dass die Soldaten gekommen waren, stellten die Orks ihre Überfälle ein. In ihrem ersten Jahr begegneten die Söldner ihnen nur ein einziges Mal.

An einem der ersten Herbsttage, an einem klaren, kalten Morgen, der Himmel war blank gefegt vom Nordwind, gelangten der

Hauptmann und seine Männer zu einem Bauerngehöft, das überfallen und geplündert worden war. Die Männer, die unter Einsatz von Hippen, Schaufeln, Gabeln und Sensen ein Minimum an Widerstand geleistet hatten, um die Flucht ihrer Familien zu decken, waren niedergemetzelt worden. Frauen und Kinder hatten sich retten können und waren, außer sich vor Schmerz und Angst, zu den Söldnern gekommen und hatten sie um Hilfe angefleht. Als die Soldaten eintrafen, waren die Orks sturzbesoffen, besinnungslos lagen sie nach einer Nacht des Rausches und der Verwüstung auf dem Lehmboden dieser Häuser umher und schliefen. Viele lagen in ihrem eigenen Erbrochenen, das zusammen mit verschüttetem Wein und dem Blut der Abgestochenen am Boden eine einzige Lache bildete.

»Es gibt immer welche, die zu spät aufwachen«, sagte Lisentrail. »Denen hat keiner Bescheid gesagt, dass das Fest vorbei ist.«

Es war eher eine Schlächterei als eine Schlacht. Die Soldaten töteten die Orks einfach, noch bevor sie Zeit und Gelegenheit hatten, sich aufzurappeln, zu verstehen, wie ihnen geschah, und zu den Waffen zu greifen. Es war Rankstrail unangenehm, als ihm der Eid wieder einfiel, den er Aurora geleistet hatte, und er sich fragen musste, ob dieses Massaker an Betrunkenen womöglich dessen Verletzung bedeutete; doch dann sah er, was von den Eigentümern des Anwesens übrig war, und schüttelte die Idee ab wie eine lästige Zumutung. Wer kam, um abzuschlachten, wurde abgeschlachtet.

Als alles vorbei war, beugte Rankstrail sich über die Toten. Das waren die ersten Orks, die er in seinem Leben zu Gesicht bekam. Ein merkwürdiges Gefühl von Enge und Leere presste ihm den unteren Teil des Brustkorbs zusammen, wie wenn man sich erbrechen will und es nicht kann.

Er streckte eine Hand aus und berührte vorsichtig, als fürchte er einen Angriff oder eine Ansteckung, den Helm eines der Toten. Das war eher eine Lederkappe als ein wirklicher Helm, sie war mit sich überlappenden Metallplättchen besetzt, rostigen Eisen-, Bronze- und Kupferstücken, Letztere eindeutig von Türen und Türstöcken abgerissene Beschläge, die noch Spuren von Verzierungen trugen. Die Kappe reichte tief hinunter, bis über den Mund. Rings um die Öffnungen für Augen und Nase war die Maske mit Pelzstücken und Wolfsklauen besetzt, was ihr ein abschreckendes Aussehen verlieh, wie die Pelz- und Lederstreifen, die an den Seiten herabhingen, mit großen Klauen, vermutlich Bärenklauen daran. Die Orks nahmen ihre Kappen nie ab, auch beim Essen und Schlafen nicht.

Der Hauptmann holte tief Luft, dann packte er die Kappe und zog sie mit beiden Händen ab. Darunter kam ein monströses, unregelmäßiges Gesicht zum Vorschein, das nur aus Häuten und Tierklauen zu bestehen schien. Auf der Stirn saßen kleine Schuppen, die aussahen wie ein Mosaik aus Eidechsenschwänzen, ganz genau aneinander angepasst. Der Hauptmann schien erleichtert.

»Sie haben nichts Menschliches«, sagte er, »der besteht ja nur aus Klauen, Pelz und Eidechsenschwänzen. Das ist ein halbes Vieh, etwas zwischen Mensch und Tier.«

»Nein, Hauptmann«, widersprach ihm Lisentrail. »Das sind wirklich Eidechsenschwänze, Klauen und Tierfell. Die Orks kleben sich Fell, Klauen und Eidechsen- oder Skorpionschwänze ins Gesicht. Darunter aber sind sie mehr oder weniger wie wir. Schau hier.«

Mit Mühe zog der Gefreite das Fell, die Klauen und die Schuppen ab. Sie waren so fest angeklebt, dass sich die Haut des Leichnams stellenweise ablöste. Darunter kam ein breites, kantiges Gesicht mit flachen Wangenknochen zum Vorschein. Die Haut war dick und wies harte, unregelmäßige Knoten auf, dazwischen rötliche Vertiefungen, insgesamt war sie merkwürdig lehmfarben und fahl, fahler und lehmfarbener als bei Toten üblich. »Das Zeug ist angeklebt. Ich weiß nicht, womit, eine Mischung aus ranzigem Öl und siedendem Pech, glaube ich. Es muss höllisch wehtun, das im Gesicht zu befestigen, aber bei den Orks ist es oberstes Gebot, keinen Schmerz zuzulassen. Zweites Gebot ist, den Tod zu lieben, und zwar beileibe nicht nur den der anderen. Auch den eigenen. Ein Ork muss sich mit Freuden töten lassen und ganz unrecht haben sie damit ja nicht. Besser tot als so ein Hundeleben, wie sie es führen. Im Ankleben und bei der Gestaltung der Masken hat jeder Stamm seine eigenen Materialien und Ornamente. Siehst du, der da ist vom selben Stamm, Eidechsenschwänze, Klauen und Dachsfell.«

»Aber sie sind komisch«, beharrte der Hauptmann. »Sehr komisch.«

»So komisch auch wieder nicht.«

»Sicher sind die komisch. Sie haben eine dickere Haut als wir. Sie sind komisch. Sie sind nicht wie wir. Das ist nicht nur abgeschürft.«

»Er hat eine Haut wie du, Hauptmann, wie du sie hättest, wenn man sie dir dreimal im Jahr mit Pech versengen würde. Und weil sie dann immer dieses Ekelzeug im Gesicht kleben haben, ändern sie ihren Gesichtsausdruck nie, und dadurch wird ihr Gesicht ein bisschen starr, wie bei einem Idioten. Weißt du, wenn du zwanzig Jahre lang einen Arm nicht benutzt, dann wird er steif, und du hast nicht einmal mehr die Kraft, eine Nuss aufzuheben. Das ist dasselbe.«

»Auch die Farbe ist komisch. Niemand kann so weiß sein.«

»Hauptmann, hast du jemals jemanden gesehen, der länger als sechs Monate in einem Verlies gewesen ist? Er hat genau diese

Farbe. Kleb dir etwas ins Gesicht und zieh dann einen Helm darüber, wart ein Dreivierteljahr, dann bist du auch so weiß wie eine Fliegenlarve. Schau dir die Haut an den Armen an, die ist wie bei uns. Die Orks sind nur größer, und ein bisschen dunkler und stämmiger. Viele Orks sind größer als wir, auch größer als du, und du bist groß, aber nicht alle. Die aus den Sümpfen sind kleiner als ich, und ich bin klein. Manche behaupten, sie hätten mehr Haare, aber das ist ein Märchen. Vielleicht stimmt es, dass sie mehr stinken als wir, vielleicht waschen sie sich bloß weniger und dann haben sie keine Schnüre. Um die Platten an ihren Harnischen zusammenzuhalten, verwenden sie Tiersehnen. Wenn wir keine Schnüre haben und Ochsensehnen verwenden, stinken wir ganz genauso wie sie. Sie haben ein platteres Gesicht und die Haare sind glatter, aber sonst... Besser erkennt man sie daran, wie sie leben. Ein Ork allein... das gibt es nicht. Sie essen alle zusammen, sie marschieren alle zusammen, sie betrinken sich alle zusammen, sie bewegen sich alle zusammen. Die Aufmärsche der Orks sind unglaublich – der Traum jedes Ausbilders. Alle bewegen sich wie *ein* Mann. Und dann, Orks haben Spaß am Töten, und sie feiern es, wenn sie Gelegenheit dazu hatten. Die Orks haben Spaß daran, Kinder leiden zu sehen, und das ist wahr, Hauptmann, ich schwöre es dir. Ich komme ja auch aus den Grenzlanden. Ich erinnere mich an meinen Bruder. Er war etwas größer als ich. Wir waren mit den Schafen unterwegs, er und ich. Er hat sie auf sich gezogen, damit ich fliehen konnte, und sie haben ihn geschnappt. Ich habe gesehen, wie sie ihn getötet haben. Sie lachten dabei. Und dann haben sie getanzt. Wenn du die Formel für einen Ork willst, ein Ork ist jemand, der sich freut, wenn ein Kind leidet, und noch mehr wenn es dann krepiert. Weißt du, es heißt, man kann den Unterschied zwischen Menschen und einem Halb-Ork nicht erkennen, aber ich weiß nicht, ob das stimmt.«

»Gibt es denn Halb-Orks?«

»Man sagt doch, es gibt alles auf der Welt.«

Der Hauptmann hatte genug. Er trat aus der Hütte mit ihrem Dach aus Gras und Blumen, die angefüllt war mit Leichnamen, Erbrochenem, Blut und verschüttetem Wein, und kotzte sich die Seele aus dem Leib.

»He, Hauptmann«, sagte der Gefreite, der herausgelaufen war, um ihm beizustehen, »du solltest dich in Acht nehmen vor wurmigen Zwiebeln. Die bekommen dir nicht.«

Der Hauptmann lag auf den Knien und konnte nicht aufhören zu kotzen, er rang nach Luft. Als es Lisentrail gelang, ihn wieder auf die Beine zu stellen und ihn ins Quartier zu schleifen, rührte er sich zwei Tage lang nicht von seinem Lager und brachte kaum ein Wort heraus. Mangels anderer Diagnosen bestätigte Trakrail vage, dass ihm die verfaulten Zwiebeln, die er gegessen hatte, geschadet haben mussten.

Der Hauptmann erholte sich, seitdem aber war er finster und verschlossen.

Zum Glück ließen sich die Orks nicht mehr blicken.

Der eigentliche Feind waren nun nicht mehr die Orks selbst, sondern die Angst vor ihnen.

Der Hauptmann bekämpfte diese Angst.

Er ersann ein System von Barrikaden und miteinander kommunizierenden Warnfeuern, sodass es den Horden unmöglich war, unbemerkt ins Land einzufallen. Er vereinbarte mit den Dorfvorstehern, dass jede Gemeinde den Bau eines kleinen gemauerten Pferchs übernahm, wo die Bevölkerung im Fall eines Angriffs Zuflucht finden konnte. Die Söldner brachten ihnen bei, wie man Wachdienste organisiert. In der Nähe von Brunnen, wo immer viele Menschen zusammenkamen und die daher zu Überfällen einluden, wurden Bewaffnete platziert. Für diejenigen, die nicht Wasser holen oder Vieh hüten gingen, wurde es Pflicht, stets bewaffnet zu sein und vor allem ein Horn mit sich zu führen, um im Notfall Alarm geben zu können. Außerdem handelte der Hauptmann mit den Dorfvorstehern Unterkunft und Verpflegung für die Söldner aus, im Tausch gegen Schutz, angemessene Hilfe bei den Arbeiten in der Landwirtschaft und beim Bau von Schutzanlagen. Daher hatten sie, als der Sold ausblieb, was bereits nach weniger als einem halben Jahr der Fall war, doch weiterhin zu essen und waren guter Dinge.

Es wurde Winter. Die Tage waren nach wie vor fast lau, aber der Wind in der Nacht war eisig. Oft waren die Lagerstätten der Söldner am Morgen von Raureif überzogen, doch dann ging die Sonne auf und alles schmolz.

Der zweite Frühling ihres Aufenthalts ging ins Land und es wurde Sommer. Die Akazien blühten mit großen weißen und karmesinroten Blüten, die Rankstrail an die Kleider der Prinzessin Aurora erinnerten. Doch an einem sengend heißen Tag, als ein glühender Wüstenwind über die Hochebene fegte und mit einem Todesstöhnen durch den Riss im Gespaltenen Berg fuhr, war es aus mit der Ruhe.

Wenige Meilen südöstlich, wo die Hochebene von Malevent endete und das Gebirge des Alten Mondes begann, war die Leichte Kavallerie angegriffen worden. Die Bitte um Beistand kam in Gestalt eines tödlich verwundeten jungen Mannes auf dem Rücken eines mit Schlamm und Blut verspritzten Pferdes. Rankstrail und Lisentrail hatten ihn gesehen und waren ihm entgegengeeilt. Sie kamen gerade noch rechtzeitig, um die Botschaft zu vernehmen und den Jüngling zu Boden stürzen zu sehen, wo er liegen blieb, die glasigen Augen ins Leere starrend.

In anderthalb Tagen Gewaltmarsch kamen sie ans Gebirge des

Alten Mondes. Das war ein kahler, abweisender Gebirgszug, durchzogen von Schluchten, dazwischen steiniger Boden, auf dem eine niedrige, spärliche Vegetation wuchs. Es gab kein Wasser. Die wenigen Bachbetten waren ausgetrocknet, staubige Risse klafften darin.

Sie teilten sich in Gruppen auf und suchten in der sengenden Sonne das Gelände nach allen Richtungen ab, doch sie konnten weder die Kavallerie noch Orks entdecken. Das unheilvolle Kreisen von Geiern führte sie schließlich auf den Grund einer Schlucht, und dort sahen sie, was von der Leichten Kavallerie noch übrig war. Sie brauchte keinerlei Hilfe mehr, mit Ausnahme vielleicht des Nötigen, um über den Fluss des Todes überzusetzen.

»Glaubst du, dass man, wenn man stirbt, Münzen braucht, um den Fährmann zu bezahlen?«, fragte der junge Trakrail.

»Nein«, erwiderte Lisentrail entschieden, »Krepieren ist das Einzige, wofür man nichts und niemandem etwas zu zahlen braucht.«

Kein einziges Pferd war mehr da, weder tot noch lebendig. Die Orks mussten sie mitgenommen oder aufgegessen haben. Bei den Söldnern fanden sich auch die Leichen von zwei jungen Schäfern, und Rankstrail begriff, was geschehen sein musste: Ein kleiner Trupp Orks hatte unter großem Trara die zwei Jungs gefangen genommen und sich von den Reitern in die Schlucht hinein verfolgen lassen, wo das Gros ihrer stinkenden Armee sie erwartete. Die Schlucht war zur tödlichen Falle geworden. Ein paar Dutzend Bogenschützen, oben an den beiden Enden postiert, mussten ausreichend gewesen sein, um die Leichte Kavallerie zu vernichten.

Außerdem war es so, dass Rankstrail den Grenzabschnitt, der unter seiner Kontrolle stand, abgesichert und undurchlässig gemacht hatte. Der Kavallerie war dies nicht gelungen, sodass sie es mit den Feinden zu tun bekommen hatte, die nicht nach Malevent hatten vordringen können.

Sie konnten nichts weiter tun, als die Toten zu begraben und wieder abzuziehen.

Rankstrail ließ einen Teil seiner Leute zur Bewachung der beiden Dörfer in der Nähe zurück, die durch ein System von Feuerzeichen mit dem Gespaltenen Berg in Verbindung standen und im Fall eines Angriffs rechtzeitig Bescheid geben konnten, schickte einen Boten nach Daligar, um dort von der Katastrophe Nachricht zu geben, und kehrte um.

Während sie durch die letzte Schlucht im Gebirge des Alten Mondes zogen, erkrankte einer seiner Männer. Das Fieber wütete in ihm, und Trakrail erklärte, er werde in einem halben Tag wieder imstande sein zu gehen, aber er brauche Wasser, viel sauberes Wasser.

»Hat jemand etwas sauberes Wasser?«, fragte der Hauptmann.

»Ich habe eine halbe Flasche voll, aber da graust's einer Sau vor«, antwortete Lisentrail.

»Und warum hast du es dann bei dir?«

»Noch so ein Tag mit so viel Sonne wie heute, dann wird auch dieses Wasser köstlich.«

Sie brauchten Zeit für die Suche nach Wasser. Rankstrail fand durch seinen Geruchssinn eine fast versiegte Quelle auf dem Grund einer Klamm. Mit nervtötender Langsamkeit liefen ihre Wasserflaschen voll, Tropfen für Tropfen. Als sie zurückkehrten, hörte Rankstrail ein leises Winseln. Versteckt in einem Gebüsch, oder besser gesagt gefangen in einem Dornengestrüpp, lag ein Wolfsjunges. Es musste von oben heruntergefallen sein, wenn es nicht heruntergeworfen worden war.

Es hechelte vor Durst und eine Pfote war verletzt. Es war schon kaum mehr imstande zu japsen. Es war klein, aber mutig. Als

Rankstrail die Hand nach ihm ausstreckte, um es zu packen, knurrte es tapfer. Der Hauptmann schnitt die Äste ab, die ihm den Weg versperrten, und befreite es. Er packte es im Nacken und hielt es hoch, so sahen die beiden sich an. Das Junge knurrte noch einmal, dann begann es zu winseln. Sein Fell war grau, von einem sehr hellen Grau. Die Augen waren von einem schönen Braun, der Farbe von Kastanienhonig, die den Hauptmann an den Hochfels erinnerte. Nicht weit davon lag seine Mutter, die seit mindestens drei Tagen tot sein musste, getroffen von einem der Pfeile der Orks.

Rankstrail flößte dem Welpen Lisentrails fauliges Wasser ein, da er für seine Soldaten ja sauberes gefunden hatte, und das Tier wurde wieder munter. Als der Hauptmann es in den Arm nahm, leckte das Wolfsjunge ihm das Gesicht und schlief völlig erschöpft auf der Stelle ein. Rankstrail beschloss, das Tier bei sich zu behalten.

»He, Hauptmann, du machst wohl Witze?«, fragte Lisentrail mit der Empörung, die ihn stets packte, wenn er mit ansehen musste, wie der gesunde Menschenverstand Schiffbruch erlitt, und mit der Begeisterung, die ihn stets beflügelte, wenn es galt, sich in die Angelegenheiten anderer einzumischen. »Wenn du jagen gehst, wird das ein Kreuz. Man muss ihm ja auch zu fressen geben. Wölfe fressen schließlich kein altes Brot und Bohnenschoten, das sind schließlich keine Hühner. In einem Land von Schäfern und Schafen ist es von allen unklugen Ideen, auf die man kommen kann, die allerunklügste, sich einen Wolf zu halten. Unklug ist höflich ausgedrückt. Höflich ausgedrückt ist etwas, wenn man statt einer Sache etwas anderes sagt, das besser klingt. Unklug heißt so viel wie bescheuert.«

»Das hatte ich verstanden«, antwortete der Hauptmann kurz angebunden.

Trotz der Einwände des Gefreiten wollte Rankstrail nichts davon hören, das Wolfsjunge da zu lassen, wo er es gefunden hatte. Es schlief in seinem Arm und sie hatten einen gemeinsamen Feind.

Das junge Tier war ein Gewinn für den Hauptmann, dessen Nächte immer mühsamer und unruhiger wurden, da ihn immer wieder der Traum mit den Wolfsklauen quälte. Er und der junge Wolf schliefen aneinander geschmiegt, und das eingerollte Junge neben sich zu haben wie eine warme Kugel aus Fell oder eine Art sehr viel kleineren Bruder, verringerte in gewisser Weise seine Angst, und der Traum kam seltener und wurde weniger bedrohlich.

Das Junge wuchs heran. Einer der Rekruten hatte als Schausteller mit dressierten Hunden gearbeitet und bot seine Mitwirkung bei der Erziehung des Tieres an. Der kleine Wolf war intelligent und lernte die elementaren Kommandos für das Zusammenleben mit den Menschen schnell, einschließlich seines Namens, der einfach Wolf lautete. Er folgte Rankstrail überallhin, schnell und leise wie sein Schatten. Sie hießen nun der Bär und der Wolf.

Die ohnehin schon wenig vertraueneinflößende Erscheinung des Hauptmanns wurde mit dem Wolf an seiner Seite noch abschreckender. Die Schäfer versuchten, sich mit ihren Herden vom Gespaltenen Berg möglichst fernzuhalten. Die Frauen in den Dörfern verbarrikadierten sich in ihren Häusern, wenn die Soldaten vorbeizogen.

Von den Orks weiterhin keine Spur. Die vom Hauptmann errichteten Barrikaden waren unüberwindlich, aber seine Laune wurde dadurch nicht besser. Er schien von den Orks geradezu besessen und wollte wissen, ob sie da waren oder nicht.

Die Pferde auf der Hochebene von Malevent waren eher Last- als Reittiere. Bis sie zum Verkauf kamen, konnten sie dort frei herumlaufen, bereit, sich von den Söldnern streicheln und reiten zu lassen, wenn die nichts zu tun hatten. Die Pferdehüter erboten sich, ihnen die Grundkenntnisse des Reitens beizubringen, im Tausch gegen Unterricht im Gebrauch von Schwert und Bogen. Viele der Söldner lernten reiten, der Hauptmann auch.

Während des Ritts auf einem dieser kräftigen und ruhigen Tiere gelangten der Hauptmann, Lisentrail, Trakrail und Nirdly, der Zwerg nach Talil, das Dorf am äußersten Rand von Bonavent, das noch in Hand der Menschen war. Alles war hier mit Schnitzarbeiten überzogen, von den schrecklich quietschenden Türen über die dunklen und wackligen Fensterrahmen, die schief in den Angeln hingen, bis hin zu den zerbrochenen Dachziegeln. Auf den schmutzigen Straßen lagen, von Scharen Fliegen umschwirrt, verrottete Kohlstrünke und Ziegenmist herum, die niemand wegräumte. Am Ende des Orts, zwischen Weinbergen, die zu verwildern begannen, lag ein kleiner Teich.

»Aber ist es denen denn egal, wo sie leben?«, fragte Lisentrail.

»Das wird wohl so sein, weil sie in der Nähe der Orks leben«, entgegnete Nirdly. »Das ist, wie wenn du mit einem zusammen bist, der Läuse hat, dann kriegst du auch Läuse.«

»Vielleicht ist es nur die Ungewissheit«, schlug Trakrail vor. »Sie leben direkt an der Grenze, in der Gefahr, von einem Augenblick auf den anderen fortgehen zu müssen. Wer Angst hat, seine Bleibe verlassen zu müssen, verwendet keine Mühe darauf, sie instand zu halten.«

Die Schnitzarbeiten waren großartig: Hoch- und Basreliefs lösten einander ab und zeigten verwunschene Gärten und tierische Fabelwesen. Der Hauptmann fragte sich, ob das nicht vielleicht sein Geburtsort war, dessen Namen er nie erfahren hatte. Er ging auf einen Alten zu, der sich, auf seinen Spaten gestützt, über eine Reihe kümmerlicher Kohlköpfe beugte. Er sagte ihm, wie seine Eltern hießen und ob er sie zufällig kenne, da sie vielleicht aus diesem Ort stammten. Der Alte antwortete nicht, schüttelte nur unbestimmt den Kopf, ohne ihn auch nur einmal zu heben, den Blick unverwandt auf die Kohlköpfe gerichtet.

Der Hauptmann ging.

»Wir haben ihm nicht gefallen«, schloss Lisentrail. »Vielleicht mag er keine Zwerge«, fuhr er fort, in dem Versuch, die mangelnde Höflichkeit des Alten zu erklären. »Die Leute nennen sie Gnome, von wegen Herren vom Volk der Zwerge, wie du sie nennst, und niemand will einen vor seiner Tür sehen.«

Der Sommer ging herum. Ein eisiger Nordwind begann, über die Hochebene zu fegen.

Mit dem zweiten Herbst traf plötzlich, schnell wie der Wind auf seinem braunen Ross, ein Bote aus Daligar ein.

Ein Drache war gesichtet worden. Jemand ritt auf ihm, und sie wussten, wer das war. Das konnte nur der Elf sein, der Verfluchte, der Verhasste, der Feind, Er.

Ganz Daligar war bedroht. Das Leben des Verwaltungsrichters selbst war in Gefahr.

Der Hauptmann wurde auf der Stelle zurückbeordert. Die Leichte Kavallerie war von den Orks vernichtet worden. Da war niemand mehr.

Niemand mehr außer ihm und seinen Männern.

KAPITEL 16

Von allen Absurditäten, die Rankstrail in seinem Leben je gehört hatte, war das zweifellos die kolossalste.

In Daligar standen, vollzählig und bis an die Zähne bewaffnet, die eigentliche Infanterie und die eigentliche Kavallerie, ausgerüstet mit ordentlichen paarweisen Beinschienen, Harnischen aus Stahl, nach allen Regeln der Kunst geschmiedeten Schwertern, die nicht zerbrachen, und es schien ihm völlig klar, dass für die weder ein Elf noch ein Drache eine Herausforderung bedeuten könnten; aber mit der Ansicht stand er wohl allein da.

Die Nachricht war nicht nur absurd, sondern auch eine Katastrophe.

Plötzlich abzuziehen und die Bevölkerung in den Grenzlanden ohne Schutz zurückzulassen, war aberwitzig und unverantwortlich, aber er hatte keine Wahl, er musste es tun. Er hatte gerade noch Zeit, die Dorfvorsteher zusammenzurufen. Vor allem mussten sie das Warnsystem durch Feuerzeichen aufrechterhalten. Sie konnten die Zahl ihrer bewaffneten Grenzposten erhöhen, wenn sie die Frauen mit Hippen und Sensen ausrüsteten, denn auch Frauen konnten kämpfen. Und außerdem, in einer von Orks bedrohten Gegend durften die Frauen ohnehin niemals, unter gar keinen Umständen unbewaffnet gehen.

Während dieser Erörterungen sah Rankstrail den Schrecken, der sich in den Augen seiner Gesprächspartner abmalte, und er hasste den Verwaltungsrichter aus tiefster Seele, und auch diesen anderen da, den Verfluchten, den Elfen, durch dessen Schuld die Gegend von Malevent jetzt sich selbst überlassen wurde, ohne Söldner, am Rande eines Gebietes, das jeden Augenblick Horden von Orks ausspucken konnte.

Als die Igelstadt in Sicht kam, waren sie am Ende ihrer Kräfte. Sie waren zwanzig Stunden am Tag marschiert, hatten sämtlichen Blutegeln im Fluss und zusätzlich noch denen im See Nahrung gegeben und trugen nur noch die letzten Fetzen Haut am Leib, die sie vor Mücken und Dornen hatten retten können. Vor Müdigkeit konnten sie sich kaum noch auf den Beinen halten. Es war fast Nacht. An den Toren der Stadt gab es endlose Verhandlungen mit den Wachposten des Großen Tors, die keinerlei Anweisungen bekommen hatten und nicht beabsichtigten, einen ihrer Vorgesetzten zu stören, um solche zu erfragen. Die Tatsache, dass ihre Anwesenheit unbedingt notwendig, von absoluter Dringlichkeit, unverzichtbar und unumgänglich war, auch wenn dafür eine Region schutzlos zurückgelassen und deren Bevölkerung womöglich dem Massaker anheimgegeben wurde, hatte nicht zur Folge gehabt, dass sich irgendjemand überlegte, wo man sie unterbringen konnte. Die Einzigen, die in irgendeiner Weise tätig wurden, waren die Bogenschützen. Als sie den Wolf des Hauptmanns erblickten, legten sie auf ihn an, aber Rankstrail brachte sie davon ab, indem er ihnen in wenigen, tief empfundenen Worten seine Meinung darlegte über sie, ihre Bögen und den Gebrauch, den sie am besten davon machen sollten.

Mitten in der Nacht entschlossen sich die Soldaten endlich, einen Offizier zu rufen. Der kam und erklärte ihnen hochmütig und eisig die jüngsten Ereignisse in Daligar, die ungeheure Tragödie, die durch die Tapferkeit seiner Leute eben noch hatte abgewendet werden können. Der Elf, der Verfluchte, war gekommen. Um ein Haar wäre es ihm geglückt, Prinzessin Aurora zu entführen, und an dieser Stelle war der Hauptmann zum ersten Mal froh, dass man ihn zurückbeordert hatte, und ebenfalls zum ersten Mal gab es jemanden, den er mehr hasste als die Orks und den Verwaltungsrichter. Als ob das noch nicht genügte, fuhr der Offizier fort, war der Unheilsbringer noch am selben Tag wiedergekehrt und dann abgezogen, nicht ohne die schlimmsten Verbrecher der Grafschaft aus den Gefängnisverliesen befreit zu haben. Das kam dem Hauptmann merkwürdig vor. Er fragte sich, welche Missetäter diese Verliese wohl beherbergen mochten, in einem Land, wo keine Gefangenen gemacht wurden.

Am nächsten Morgen ließ der Hauptmann vor den Toren der Stadt ein Lager aufschlagen, das von den Ufern des Dogon bis zu den Schilfwäldern reichte, und setzte durch – treffender wäre freilich zu sagen »erzwang« –, dass sie für je sechs Mann einen Laib Brot bekamen und freies Recht zum Fischen und Jagen für alle.

Rankstrail ließ den Wolf in Lisentrails Obhut zurück und begab sich zum Palast des Richters. Der klobige, unharmonische und düstere Bau war ihm unangenehm. Er war hässlich und unbequem zugleich. Schon beim ersten Mal, während des langen Tages, den er mit Aurora im Garten verbrachte, hatte er ihn irritiert, aber da war er mit anderem beschäftigt gewesen, als auf die Architektur zu achten. Jetzt konnte er den Bau aus größerer Nähe und in aller Ruhe betrachten, denn trotz der Dringlichkeit der Vorladung blieb ihm doch ein halber Tag des Wartens nicht erspart. Der Page, der ihn hereingeführt hatte, bemerkte, wie er erstaunt die düsteren Mauern und die wenigen, schlecht verteilten Fenster an der schmucklosen Fassade betrachtete, missverstand diese Blicke und erklärte stolz und auftrumpfend, das sei der »Neue Stil«.

Ganz Daligar mit seinen albernen, von Kolonnaden eingefassten Gärten, seinen banalen Wendeltreppchen aus Stein, die sich an den Häusern hinaufwanden, seinen kitschigen Balkonen unter Kletterpflanzen, den schmiedeeisernen Gittern, den Haustoren mit ihren Türstürzen aus behauenem Marmor, den Tempelchen mit gedrechselten Doppelsäulen, den Nischen und Bogenfenstern, mit zwei, drei oder vier Bögen – all das würde abgerissen und neu aufgebaut werden, um deutlich zu machen, dass mit dem Verwaltungsrichter eine neue Zeit begann, eine neue Ära. Ein neuer Stil. Auch an einer neuen Sprache wurde gearbeitet. Sobald die Elfenverschwörung zerschlagen war und die Wirtschaft sich wieder erholte, würde man sich um den »Neuen Stil« kümmern. Zum ersten und letzten Mal ging Rankstrail da durch den Kopf, dass es durchaus seine positiven Seiten haben kann, ein Volk von Habenichtsen und Hungerleidern zu sein.

Während er sich im Hof aufstellte, in der erwartungsfrohen Hoffnung, dass ihm jemand sagen möge, was er tun sollte, vernahm Rankstrail eine Stimme: »Mein Herr!«

Es dauerte einen Augenblick, bis er verstand, dass er gemeint war. Hinter einem Gitter, das ein schmales Fenster verschloss, sah er sich der einzigen Person außer dem Geldverleiher gegenüber, die ihn in dieser Weise angeredet hatte. Aurora, die Prinzessin von Daligar, war immer noch sehr schön, aber viel weniger durchsichtig als bei ihrer ersten Begegnung. Sie war mindestens zwei Spannen gewachsen, ihr Nacken schien nicht mehr aus den Knöchelchen eines Zeisigs gemacht, sondern wuchs stolz und kräftig aus den Schultern empor, die breiter geworden waren, während die Arme nichts Zerbrechliches mehr hatten. Mit Eidechsen und

Fröschen genährt, hatte ihr Körper offenbar den Willen gefunden, zu wachsen und zu gedeihen; nun lag in den Händen, die aus den Brokatärmeln hervorkamen, ebenso viel Anmut wie Kraft. Der Hauptmann überlegte sich, dass das kein Kind mehr war, das da mit ihm sprach, sondern eine junge Frau. Sehr jung, gewiss, die Kindheit lag kaum hinter ihr, aber unbedingt eine Frau.

»Mein Herr!«, hauchte sie noch einmal.

Ihre Augen leuchteten wie die Sommersonne zwischen Jasminblättern, wie das Frühlingslicht auf Kleeblüten, sie waren so klar wie das Quellwasser auf der Kastaneda, so tiefgrün wie Kiefernwipfel, wenn sie unter dem Schnee hervorleuchten. Sie hatten die Farbe des Winds, der über die Hügel streicht. Sie begegneten denen das Hauptmanns und Aurora lächelte.

Weder Scham noch Schuld noch Angst, dachte Rankstrail.

»Hat er Euch etwas angetan, meine Dame?«, fragte er besorgt, obschon ihr Lächeln ihn schon beruhigt hatte. »Der Verfluchte, meine ich.«

»Er ist kein Verfluchter, mein Herr, sondern der Letzte und Mächtigste vom Volk der Elfen. Er hat ganz einfach meinen Garten durchquert, während sich sein Los erfüllte. Hört zu, mein Herr, es gibt da eine Prophezeiung von Arduin höchstpersönlich, besser gesagt, es gab sie, denn mein Vater hat sie wegmeißeln lassen. Das einzig Böse, das der letzte Herr der Elfen mir hätte antun können, wäre gewesen, dass er sich in meine Person verliebte, und das musste ich verhindern. Ich habe etwas Schändliches begangen und einem kleinen Mädchen wehgetan und das tut mir leid, aber es war notwendig. Ich musste mich in dieser Weise albern und ekelhaft aufführen, um sicherzugehen, dass der letzte und mächtigste der Elfenkrieger, wenn er mich sah, nicht den Wunsch hegen konnte, sein Leben mit dem meinen zu verbinden. Er ist noch einmal wiedergekommen, aber nur um diejenige zu befreien und mit sich zu führen, die seine Königin sein wird, die Nachfahrin Arduins; alles hat er von ihr vorhergesehen, außer ihrem Namen. Wisst Ihr, mein Herr, die Schleier der Zeit täuschen manchmal selbst den weisesten Propheten!«

»Herrin, verzeiht, mit Eurer Erlaubnis«, protestierte Rankstrail empört. »Ich habe rein gar nichts verstanden.«

Es war keine Zeit mehr. Nachdem man ihn einen ganzen Vormittag lang wie bestellt und nicht abgeholt im Hof hatte herumstehen lassen, war nun endlich der Page gekommen, um ihn zu holen.

»Mein Herr, ich flehe Euch an, vergesst Euren Eid nicht!«

Aurora huschte davon, sodass der Page sie nicht bemerkte. Der Hauptmann war verwundert. Er erinnerte sich an den Eid, nicht zu töten, außer wenn es unvermeidbar war, um jemanden zu retten. Er versuchte auch, irgendeinen Sinn in Auroras Worten auszumachen. Was hatte sie gesagt? Nicht verflucht, sondern der letzte… Konnte sie ihm nicht etwas Sinnvolleres sagen, etwas, womit man etwas anfangen konnte?

Aurora war nicht in Gefahr, der Gespaltene Berg aber sehr wohl. Er musste fort von hier. Er hatte anderswo zu tun, und vor allem hatte er nicht begriffen, ob den Elfen zu töten, ein Verdienst oder die größte aller Dummheiten sein würde. Ein Grund mehr, schleunigst von hier fortzukommen.

Der Page rannte jetzt förmlich und Rankstrail musste ihm folgen. Die Regel im Haus lautete offenbar: »Erst warten wie ein Idiot, dann rennen wie ein Verrückter.« Außer Atem gelangten sie in den Großen Saal, wo der Verwaltungsrichter in Person – Rankstrail wusste sofort, wer es war – zu den Heerführern sprach.

Der Richter war sehr schön, mit weißem Haar, einem sehr schönen weißen Bart und hellen Augen, er sah Aurora ähnlich. Er hatte das gleiche ovale Gesicht, dieselben schmalen Hände.

»… ich, der Verwaltungsrichter, ich, der ich dieser Stadt die Gerechtigkeit gebracht habe…«, wiederholte er unentwegt fast in jedem Satz.

Zum Glück war er so mit Reden beschäftigt, dass er Rankstrails Kommen gar nicht bemerkte. Der große Saal war schmucklos und kahl, nur spärlich erhellt durch wenige Fenster und Luken, die ohne erkennbare Ordnung über die Wände verteilt waren.

Da waren die vier Kommandanten der Schweren Kavallerie, einschließlich Argniòlo, und die drei der Infanterie, sie saßen auf Eichenstühlen, die von weißen und karmesinroten Überwürfen bedeckt waren, und alle wandten ärgerlich und gereizt den Kopf, als der Hauptmann hinter dem Pagen eintrat. Für ihn war kein Stuhl vorgesehen, also blieb Rankstrail an der Wand stehen. Nachdem er gesagt hatte, was er zu sagen hatte, verstummte der Verwaltungsrichter plötzlich, seufzte, wandte sich um und ging hinaus, ohne jedes Zeichen des Grußes, nicht einmal ein Kopfnicken.

Stille herrschte in dem großen Saal. Die Männer blieben sitzen, schließlich standen alle auf, außer einem.

»Gut«, sagte einer der Kommandanten der Infanterie. »Die Befehle scheinen mir klar.«

»Könnte jemand von den Herrschaften sie auch mir verdeutlichen?«, fragte der Hauptmann.

»Hast du sie nicht gehört? Hast du sie nicht verstanden?«, fragte Argniòlo.

Rankstrail verzichtete darauf, als Rechtfertigung eine Verspätung anzuführen, die offenbar einzig zu dem Zweck inszeniert war, ihn das Wesentliche verpassen zu lassen.

»Das eine wie das andere, Exzellenz«, antwortete er ruhig. »Nur selten ist einer von der Leichten Infanterie zu irgendwas gut. Wenn Ihr mir Eure Befehle wiederholen und dabei langsam und deutlich sprechen würdet, verstehe ich sie vielleicht.«

»Willst du dich lustig machen?«

»Ich will nur gern fort, Exzellenz. Zurückkehren zum Gespaltenen Berg. Vorausgesetzt, ich werde nicht gebraucht. Wenn Ihr mich braucht, dann sagt mir, was ich tun soll.«

»Wir haben es mit einem Elfen und einem Drachen zu tun. Meinst du, du und deine Männer, ihr habt genug Mumm in den Knochen, es mit ihnen aufzunehmen?«

»Ich bin mir sicher, dass nicht, Exzellenz. Vom Mumm in den Knochen ist nach den Gewaltmärschen der letzten Tage nicht mehr viel übrig. Für Elfen und Drachen reicht das nicht, für die Orks könnte es allerdings langen. Wir könnten uns die Aufgaben teilen. Ihr, die Ihr Helden seid, rettet Daligar, und wir, die wir Söldner sind, kehren zurück nach Malevent und schlagen uns mit den Orks herum, das sind wir schließlich gewöhnt.«

»Was redest du denn da für einen Unsinn?«, fragte Argniòlo aufgebracht.

»Aber Exzellenz, ich gebe Euch doch nur recht«, erklärte der Hauptmann geduldig.

»Und du schämst dich gar nicht, ein Feigling zu sein?«

»Nein«, erwiderte Rankstrail munter. »Und warum sollte ich? Ihr seid die Ritter ohne Furcht und Tadel! Ich bin ein Söldner, ich kämpfe schließlich nicht für den Ruhm, ich werde dafür bezahlt. Ein Drache macht uns Angst, und außerdem weiß ich ja, dass Ihr da seid. Zieht Ihr in diesen Kampf, Ihr seid unerschrocken und fürchtet Euch vor nichts, und ich kehre zurück zu den Orks.«

»Du bist ein Feigling«, zischte Argniòlo.

»Das stimmt!«, gab der Hauptmann seelenruhig zu. »Und da wir uns darüber einig sind, kann ich nun gehen?«

Davon konnte gar keine Rede sein. Argniòlo setzte ihn davon in Kenntnis, dass von diesem Augenblick an er selbst und seine Leute die Schwere Kavallerie waren, während Rankstrail und etwa fünfzig von seinen Männern die Leichte Kavallerie bildeten. Sie hatten bis zum Abend Zeit, sich Pferde zu beschaffen. Im Morgengrauen würden sie aufbrechen, um die Flüchtenden aufzuhalten, besser gesagt um ihnen den Weg abzuschneiden.

Kavallerist zu werden, ist der große Traum jedes Infanteristen, ein Aufstieg, der ihn fast in die Position eines achtbaren Mannes erhebt, aber nicht in diesem Augenblick, nicht nach dem, was Aurora gesagt hatte, und nicht wenn er nicht verstand, was vor sich ging. Rankstrail versuchte einzuwenden, sie könnten nicht einmal reiten, was nicht ganz stimmte, und sie verstünden nichts von Pferden, was nicht ganz falsch war, aber diesmal hatte Argniòlo das letzte Wort.

»Hauptmann, bist du nicht der Mann der Wunder? Alles, was du anpackst, scheint dir zu gelingen. Ich bin mir sicher, du schaffst auch das.«

»Wenn von Wunder die Rede ist, dann ist eines gemeint, Exzellenz, *ein* Wunder. Wenn es zwei oder drei sind, spricht man von *Wundern*, und das ist etwas anderes. Hier müssen wir uns etwas einfallen lassen, wie man an Pferde kommt, dann müssen wir versuchen herauszufinden, wie man auf denen sitzt und auch darauf sitzen bleibt, sodann müssen wir den Drachen ausfindig machen, und dann wird es noch ein Problem sein, ihm klarzumachen, dass er sich töten lassen soll. Ihr wollt doch wohl nicht, dass wir ihn für Euch töten, den Drachen? Wie macht man denn das?«

»Ein Drache ist nicht schwer zu töten, am Bauch ist er sehr verwundbar. Die Schuppen sind dort so dünn wie bei einer Schlange.«

»Wir schießen unsere selbst gebastelten Pfeile auf ihn ab, auf Pferden sitzend, auf denen wir uns gar nicht halten können? Wenn Ihr doch so gut unterrichtet seid, warum tötet Ihr ihn dann nicht selbst? Und wenn wir ihn für Euch erlegen, was ist dann mit dem Ruhm? Was wollt Ihr denn dann in fünfzig Jahren Euren Enkeln erzählen, abends beim Feuer, wenn es draußen regnet? Ihr seid da, Ihr seid die Besten, Ihr tötet den Drachen, weil Ihr die Tapfersten seid, und wir kehren zurück zum Gespaltenen Berg, um die Orks zu bekämpfen, denn Ruhm gibt es dort keinen zu holen. Wir werden ja auch keine Enkel haben, denen wir etwas erzählen. Und sollten wir doch welche haben, dann erzählen wir ihnen eben, dass wir Euch begegnet sind. Das ist immer noch besser, als ihnen zu sagen, wir hätten den Drachen getötet. Kann ich jetzt gehen?«

Keiner sagte etwas. Rankstrail wandte sich zum Gehen.

»Hauptmann«, rief ihn einer von den anderen zurück, der bis dahin schweigend dagesessen hatte. Es war der Mann, der Rankstrail die Landkarte übergeben hatte, der alte Ritter mit der goldenen Ordenskette. »Ihr seid zum Hauptmann der Leichten Kavallerie ernannt worden, behaltet aber gleichzeitig das Kommando über die Leichte Infanterie, der Verwaltungsrichter hat die Urkunde unterzeichnet.« Der Mann seufzte, ohne ihm ins Gesicht zu sehen, und Rankstrail begriff, dass er mit dieser Entscheidung nicht nur nicht einverstanden war, sondern sich auch schämte, dass er sie nicht hatte verhindern können. Er warf Argniòlo einen Blick zu und fuhr fort: »Auch mir ist klar, dass... dass es... wenn der Ausdruck gestattet ist«, zweiter Blick zu Argniòlo, »riskant ist, Männer gegen die Feinde der Grafschaft zu schicken...«, dritter Blick zu Argniòlo, »zweifellos tüchtige Männer, die aber nicht reiten können, vor allem wenn unter den Feinden der Grafschaft ein Drache ist. Im übrigen haben Eure Männer die Orks im Osten abgewehrt und diese Gebiete sind jetzt schutz- und wehrlos. Niemand mehr wird die Orks aufhalten, Hauptmann, außer Ihr seid morgen siegreich. Sterbt Ihr, so haben wir niemanden mehr, den wir in die Grenzlande schicken können. Wenn Ihr aber, die Götter mögen es verhüten, desertiert oder den Befehl verweigert… das ist natürlich nur so dahingesagt, Hauptmann, ich weiß ganz genau, dass das auch nicht im Entferntesten in Betracht kommt, so aberwitzig und verantwortungslos könntet Ihr nicht sein, Euch selbst, Eure Männer und, nach den jüngsten Bestimmungen, auch die Familienangehörigen Eurer Männer… dem auszusetzen, was an Strafen vorgesehen ist… zu Recht vorgesehen ist… nach den jüngsten Bestimmungen…«, der Mann wurde immer langsamer. »… sollte dies geschehen, so würden die dreizehn Henker von Daligar nicht ausreichen, und man würde noch mehr beschäftigen müssen. Und wenn die Henker fertig sind, fallen die östlichen Gebiete in die Hände der Orks. Ihr werdet morgen zusammen mit Sire Argniòlo hinausziehen und werdet Euch gegenseitig unterstützen. Sieg oder Tod, Hauptmann; eine Niederlage würde als Hochverrat angesehen«, schloss der Mann sehr leise. »Es tut mir leid«, setzte er überraschend noch hinzu und schlug die Augen nieder.

Es trat ein Schweigen ein, das nicht einmal der aufgebrachte Argniòlo zu brechen wagte.

»Ich hätte noch eine Frage«, sagte der Hauptmann schließlich zu dem alten Ritter.

Der Mann hob den Kopf und sah ihn an.

»Dürfte ich Euren Namen erfahren? Wenn wir uns das nächste Mal begegnen, würde ich Euch gern begrüßen können.«

Der alte Ritter brauchte ein Weilchen, bis er verstand. Er lächelte nicht, erhob sich aber und stellte sich liebenswürdig vor. »Ich bin Follio, Graf von Daligar, mein Herr, aber mittlerweile ist das nur noch ein Ehrentitel. Er bedeutet lediglich, dass ich der letzte Nachfahr der Gründerväter der Stadt bin.«

Rankstrail antwortete mit einem Kopfnicken.

Argniòlo beschloss, dass der Zeitpunkt gekommen sei, seine

Stimme wieder vernehmen zu lassen. Während er hinausging, hörte der Hauptmann sie noch munter und spöttisch hinter sich: »Morgen im Morgengrauen müsst Ihr bereit sein. Wir werden Euch mitteilen, was Ihr zu tun habt und wie. Ich bin mir sicher, schlau, wie Ihr seid, werdet Ihr Euch Pferde zu beschaffen wissen und auch damit umgehen können, alles andere wäre Desertion. Ich bin mir auch sicher, tapfer, wie ihr seid, werdet Ihr sie aufhalten. Alle, die aufgehalten werden müssen. Alles andere wäre Hochverrat.«

Im Stillen verwünschte Rankstrail ihn. Er hatte nicht begriffen, ob sie ihn benutzen wollten, um den Elfen zu vernichten, oder ob sie den Elfen benutzen wollten, um ihn und die Seinen zu vernichten. Wenigstens eines der beiden Ziele würden sie erreichen, wenn nicht beide gleichzeitig.

Zurück im Lager vor den Stadtmauern, rief er seine Soldaten zusammen und informierte sie von der Tatsache, dass sie nunmehr die Leichte Kavallerie waren. Die Auswahl der Reiter war nicht schwer. Alle, die mit ihm am Hochfels gewesen waren, denn die hatten noch den Sold, den der Geldverleiher ihnen gezahlt hatte, dazu noch das bisschen, was in den letzten zwei Jahren bezahlt und nicht angetastet worden war, da der Hauptmann ja mit den Dorfvorstehern Unterkunft und Verpflegung der Truppe vereinbart hatte. Es waren seine Getreuesten und nicht zufällig auch jene, die am Gespaltenen Berg Reiten gelernt hatten, denn alle, der eine mehr, der andere weniger, hegten bei sich den Traum, sich von dem bisschen Geld, das sie beiseitegelegt hatten, ein Pferd kaufen zu können und Kavallerist zu werden.

Giftig murmelte Siuil vor sich hin, wie immer habe der Hauptmann ja überhaupt keine Ahnung, was Leiden sei, wie immer mühelos und ohne alles Leiden werde er zum Befehlshaber der

Kavallerie befördert; aufgebracht und von oben herab bat er sodann, nicht zur Kavallerie gehören zu müssen, sie könnten ohne ihn genauso gut auskommen.

Die Pferde waren in den Stallungen der Grafschaft, nicht weit von dem Eselsstall, der ihnen zwei Jahre zuvor als Unterkunft gedient hatte. Die Ställe waren gedrängt voll. Wenigstens für die Reittiere hatte Argniòlo gesorgt. Rankstrail verhandelte für alle, um zu vermeiden, dass sie sich gegenseitig Konkurrenz machten, und um den Preis für die Pferde niedrig zu halten. Er konnte einen Preis von zehn Silbertalern das Stück, einschließlich Sattel und Zaumzeug, heraushandeln. Lisentrail hatte nur acht Taler: Alles, was er dafür bekommen konnte, war Krummschwanz, eine alte Stute, launisch und unberechenbar. Der Einzige, der nichts hatte, war Rankstrail, weil er nach wie vor alles Geld seinem Vater schickte. Im Quersack hatte er ein paar Kupfergroschen, die er aufgehoben hatte, um mit seinem kleinen Bruder Sesamkringel mit Honig essen zu können, wenn er im nächsten Urlaub nach Hause kam.

Er suchte sich ein Pferd für sich selbst aus, einen schönen Fuchs, und ließ ihn beim Verkäufer, während er in Begleitung von Lisentrail, der den Weg kannte, in den unteren Teil der Stadt ging, in eine dunkle Gasse, die ganz im Schatten lag und wenig originell Wucherergasse hieß.

Die Häuser waren hoch und schmal und standen so dicht beieinander, dass man sich teils seitlich zwischen ihnen hindurchzwängen musste. Die Gasse war steil und an vielen Stellen von Treppen unterbrochen.

»He, Hauptmann«, sagte Lisentrail, »pass auf, wer hier durchkommt, landet früher oder später beim Henker.«

Der Hauptmann nickte. Er würde aufpassen. Er wusste, was in der Grafschaft Daligar mit denen geschah, die ihre Schulden nicht beglichen.

Er fragte den einzigen Menschen, den sie trafen, einen Mann, der in einem langen Gewand in völlig verblichenem Schwarz auf einer Türschwelle saß, wo sie einen Geldverleiher finden könnten.

Der Alte sah ihn verwundert an.

»Mann!«, sagte er. »Wir hier sagen Wucherer dazu. Siehst du, Mann, jetzt erklär ich es dir. Jedes Jahr verdoppelt sich der Zins, so kann ich sicher sein, dass du dir Mühe gibst. Wenn du nicht zahlst, dann ist da der Henker, so kann ich mir immer sicher sein, dass du dir Mühe gibst; aber ich bin gutmütig, den Henker rufe ich nur, wenn ich mich geprellt fühle, wenn einer mir nichts gibt oder zu wenig. Das kommt, weil ich gutmütig bin. Stell dir vor, ich habe einen Freund, dem habe ich vor acht Jahren einen Taler geliehen, als sein Töchterchen zur Welt kam, und er kann mir jedes Jahr nur einen Taler zurückgeben statt zwei, aber ich rufe nicht den Henker.«

»Sicher, warum solltest du?«, überlegte Rankstrail. »Bis auf den heutigen Tag hat er dir acht Taler gegeben und er schuldet dir immer noch einen. Ihn zum Henker zu schicken, das würde bedeuten, die Henne mit den goldenen Eiern zu schlachten.«

»Auch, aber außerdem bin ich gutmütig.«

»Sozusagen ein Heiliger«, bestätigte der Hauptmann.

Damit das Ganze bloß eine Verrücktheit und kein regelrechter Selbstmord würde, lieh Rankstrail sich nur fünf Taler, eine Summe, die er theoretisch wieder hereinbekommen konnte, da sein Sold als Hauptmann der Leichten Kavallerie ja höher war. Einen sechsten Taler bekam er, indem er dem Wucherer schweren Herzens den Dolch mit dem Olivenholzgriff verkaufte, den man ihm in Scannuruzzu geschenkt hatte. Einen siebten Taler hätte er bekommen können, wenn er den Wolf verkaufte, der ihm überallhin folgte, aber da weigerte er sich.

Der Pferdehändler war unnachgiebig. Für den Fuchs wollte er zehn Taler und da war nichts zu machen. Aber um den Hauptmann nicht unbefriedigt zu lassen, um ihn nicht ohne Pferd wegzuschicken, konnte er ihm für sechs Taler Zecca geben, das war ein Geschäft, denn in gewissem Sinn war das ein Prachtstück für seinen Preis. Sicher durfte man nicht nur nach dem Äußeren gehen. Der Hauptmann wollte schon fragen, warum das Pferd Zecca hieß, aber dann sah er es und die Frage erübrigte sich.

»Ein Pferd ist es allemal, wenn es darum geht«, sagte der Verkäufer, und der Hauptmann musste ihm beipflichten.

Ein Pferd war es, wenn es darum ging.

»Mit Sattel«, versicherte der Verkäufer.

Der Hauptmann zögerte einen Augenblick, bevor er das Geschäft endgültig abschloss. Er wusste wohl, dass er keine andere Wahl hatte, als Zecca zu kaufen. Er wollte nur so lang wie möglich, und sei es auch nur für einen Augenblick, den Zeitpunkt hinauszögern, da er der Besitzer von Zecca wurde.

KAPITEL 17

Am nächsten Morgen wurden sie nach Arstrid geschickt, zu der tiefen Schlucht mit den steilen Wänden, die der Dogon sich durch das Massiv der Dunklen Berge gegraben hatte. Der Auftrag lautete zu warten, man wusste nicht genau, auf wen, und auch nicht, was genau mit ihm zu machen sei.

Die Grundkenntnisse im Reiten, die sie sich auf den gutmütigen Tieren am Gespaltenen Berg erworben hatten, reichten Rankstrail und seinen Männern aus, um neben Argniòlos Kavalleristen eine passable Figur zu machen; ein feiner Nebel lag an diesem Herbstmorgen über dem Dogon und seinen schilfbewachsenen Ufern.

Sie waren lang vor Morgengrauen aufgebrochen, und als sie am Ziel ankamen, stand die Sonne schon hoch.

Die Schlucht war ein tiefer, dunkler Einschnitt im Gebirge. Auf der Karte, die der Hauptmann vom Geldverleiher bekommen hatte und noch immer bei sich trug, wand sich der Dogon in einer tiefen Klamm durch den ganzen Gebirgsstock und stürzte dann jenseits davon in einem schwindelerregend hohen Wasserfall senkrecht hin ab.

Sie nahmen in zwei Reihen Aufstellung, die Leichte Kavallerie vorn, Argniòlos Reiter hinten. Ein leichter Nebel hüllte alles ein.

Argniòlo ergriff das Wort. Er erklärte Sinn und Zweck der Operation. Man musste das Werk des Verwaltungsrichters vollenden. Damit die Elfen mit ihren Machenschaften der Menschenwelt nie mehr etwas anhaben konnten, hatte er als einzig mögliches Mittel, so schmerzlich es sein mochte, deren Vernichtung angeordnet. Aber in der Welt der Menschen gab es Verräter, die, statt niederzuknien in Dankbarkeit für das Wirken ihres Wohltäters, dieses boykottierten und zunichtemachten.

»Vergangene Freveltaten nicht achtend und die Zukunft böswillig aufs Spiel setzend, hat ein Paar Bauersleute, schmutziges Pack, freches, gemeines Gesindel, dem Letzten Elfen zum Überleben verholfen. Im Tausch für einen sagenhaften Schatz haben diese zwei das Wohl der Welt verschachert, genauso wie ihre Tochter, ein Hexenmädchen, das ganz und gar von ihrem Schlage ist. Vor zwei Jahren wurden die beiden Elenden durch die Justiz des Verwaltungsrichters gerichtet, man hat sie getötet, wie man Schlangen tötet, aber in einem Übermaß an Barmherzigkeit hat man die Tochter verschont. Und jetzt ist diese verdammte kleine Hexe die Verbündete des Elfen und des mächtigsten aller bösartigen Lebewesen, eines Drachen. Das straft die Feinde unseres Landes Lügen, die da behaupten, die Elfen seien nicht die Verursacher allen Übels. Der Elf hat versucht, die Prinzessin von Daligar zu entführen, und der Versuch ist fehlgeschlagen, dank der großen Tapferkeit unserer Wachmannschaften, die den Elfen verwunden konnten. Wahre Helden.«

»Eine ganze Brigade gegen einen, und dann ist ihnen der Verletzte auch noch entwischt, schöne Helden das«, übersetzte Lisentrail leise, sodass nur der Hauptmann neben ihm es hören konnte.

»Der Elf ist jetzt auf der Flucht«, fuhr Argniòlo fort, »und er schleift sämtliche Verräter und Feinde der Grafschaft mit sich, beschützt von einem Drachen und einem Hexenmädchen mit verruchten Zauberkräften. Die Befehle sind klar. Wir müssen all jene vernichten, die versuchen, sich der Gerechtigkeit des Richters zu entziehen. Denkt alle daran. der Elf ist verwundet, und der Drache ist am Bauch verwundbar, wo die Schuppen heller sind. Sie werden von Osten kommen und versuchen, in die Schlucht hineinzugelangen, es wird also gut sein, wenn wir sie vorher angreifen. Hier in der Ebene sind wir beweglicher.«

»Hier kann man nach allen Seiten fliehen«, übersetzte Lisentrail wieder, »doch wenn er dem Drachen in der Schlucht gegenübersteht, nützt ihm der ganze Schrott, den er am Leib trägt, so viel wie der Forelle eine Pfanne.«

»Der Plan sieht vor, dass wir in dieser Aufstellung in zwei Reihen bleiben«, fuhr Argniòlo fort.

»Die Leichte Kavallerie vorn und die Schwere hinten«, prophezeite Lisentrail, aber immer noch so, dass nur Rankstrail es hören konnte, »sodass sie uns unterstützen können, wie nett. Das bedeutet, dass wir nur vorrücken können, weil sie uns im Nacken sitzen.«

»Die Leichte Kavallerie vorn und die Schwere hinten«, begann Argniòlo wieder, »so können wir euch zu Hilfe kommen.«

»He, Hauptmann, hast du gehört? Ich könnte glatt General werden! Schauen wir mal, ob ich auch das Nächste errate. Der Drache für uns und der Elf für sie.«

»Wenn der Drache in Sicht kommt, teilen wir uns die Aufgaben, wir kümmern uns um den Elfen, ein äußerst gefährliches und mit Zauberkräften begabtes Wesen, und ihr werdet die Freundlichkeit haben, uns den Drachen vom Hals zu schaffen.«

Nach dieser Ansprache sagte Argniòlo kein Wort mehr, fand nicht einmal den Klepper des Hauptmanns der Leichten Kavallerie eines spöttischen Kommentars würdig.

Wieder spürte Rankstrail die Angst, leise, verborgen, unfasslich, unverkennbar. Nicht nur aus Bosheit hatte Argniòlo ihn zurückholen lassen, nicht nur aus Hass hatte er ihn zwischen sich und den Drachen gestellt.

Er hatte Angst.

Er war gelähmt vor Furcht.

Die Herbstsonne stieg höher, und auch trotz ihrer geringen Kraft glänzte sie auf den Rüstungen der Schweren Kavallerie, die reglos dastand. Es war noch nicht Mittag, und schon fingen die Kavalleristen an, zu schwitzen und nach Luft zu schnappen. Viele stiegen vom Pferd und flüchteten sich in den Schatten der Linden etwas weiter hinten, wie Muscheln eingeschlossen in ihre glühenden Rüstungen.

Da weiterhin nichts geschah, brach die Leichte Kavallerie die Linien und das Schweigen auf. Die Männer übten sich im Galopp. Manch einer fiel vom Pferd, andere konnten sich an dem Tier festklammern und es mit Mühe und Not zum Stehen bringen, andere blieben würdevoll im Sattel sitzen.

Abgesehen von Stürzen und durchgehenden Pferden, waren die Fortschritte unverkennbar, die Männer wurden von Stunde zu Stunde besser. Die Übung mit den großen, friedfertigen Pferden auf dem Malevent und dieser eine Tag des müßigen Wartens zeitigten ihre Früchte. Im Gegensatz zum Hauptmann, der finsterer und verzweifelter schien denn je, war seine Truppe ausgesprochen gut gelaunt.

Sie waren die Kavallerie.

Erwartet hatten sie es eigentlich nicht, aber es war nicht zu leugnen, dass sie es gehofft, oder besser, davon geträumt hatten, sonst hätten sie ihren Sold nicht so eisern gespart, Groschen für Groschen.

Sie waren nach wie vor Söldner. Niemand würde ihnen seine

Tochter zur Frau geben. Sie waren nach wie vor Schlachtfleisch, aber tausendmal besser als die Infanterie.

Sie mussten es mit einem Drachen aufnehmen und einem Krieger, der List und Zauberkräfte auf seiner Seite hatte, und das löste Ängste aus; besorgtes Getuschel lief durch die Reihen, doch dann ebbte alles wieder ab. Sie hatten ihren Hauptmann. Der Hauptmann würde siegen und sie würden am Leben bleiben.

Munter wie ein Zeisig ritt Trakrail immer wieder die Reihen auf und ab, quasselte dabei ununterbrochen und streichelte unentwegt die Beschläge seines Sattels aus dritter Hand, wie jemand, der maßloses Glück gehabt hat und es noch gar nicht fassen kann.

Lisentrail und der Hauptmann saßen am Boden, um ihre Pferde zu schonen, es war besser, wenn sie ausgeruht waren.

Der junge Wolf war mit einem Strick festgebunden, damit er die Pferde nicht scheu machte, und schlief, nicht ohne sich zuvor mit einem empörten Jaulen über die ungewohnte Lage eines Gefangenen beschwert zu haben, die Schnauze auf einem Bein des Hauptmanns, und die tierische Wärme war das Einzige, was Rankstrails Unruhe etwas besänftigen konnte. Er versuchte nachzudenken, aber in seinem Kopf gingen immer dieselben drei oder vier Gedanken herum, die sich krampfhaft wanden wie Würmer in einer verfaulten Zwiebel, gegeneinanderstießen, sich verknäulten und schließlich unnütz und ergebnislos davonglitten.

Unter Umständen würde er gegen einen Elfen und einen Drachen auch siegen können, wenn er nur wüsste, ob man das auch sollte.

Kein Verfluchter, sondern der Mächtigste und der Letzte, hatte Aurora gesagt. Die Begriffe standen nicht notwendig im Gegensatz zueinander. Man konnte sehr wohl der Mächtigste und Letzte eines verfluchten Volkes sein. Wenn er keine Geißel Gottes war, dieser kleine Prinz der Elfen oder was auch immer der war, mit dem er es würde aufnehmen müssen, warum hatte er nicht wie ein normaler Mensch einen Hund, eine Katze, meinetwegen auch einen Iltis, einen Papagei oder ausnahmsweise einen Wolf dabei, warum führte er ausgerechnet einen Drachen mit sich? Den Drachen musste man auf jeden Fall töten. Das war eines der wenigen Dinge, die klar waren. Da er nicht sicher war, ob es ihm gelingen würde, die Menschenwelt an den Ostgrenzen von den Orks zu befreien, wäre es nicht nett gewesen, in der Zentralebene einen Drachen am Leben zu lassen. Aber abgesehen davon, hätte Aurora ihm in den wenigen Augenblicken, in denen sie miteinander hatten sprechen können, nicht etwas Sinnvolles sagen können, statt solche Albernheiten von sich zu geben?

Den Mangel an Erklärungen durch Aurora glich Lisentrail aus. Lisentrail fehlte nicht nur jede Übung darin, sich um die eigenen Angelegenheiten zu kümmern, sondern auch die, den Mund zu halten. Diese zwei Dinge zusammen führten im Allgemeinen zu einem ununterbrochenen und unaufhaltsamen Strom von bruchstückhaften, widersprüchlichen, wo nicht gar absurden Informationen, die er bei Passanten, Bettlern, Obstverkäufern, dem Gehilfen des Henkers, dem Dudelsackspieler, einem der Küchenmädchen des Richters, vor allem aber bei der Schwägerin eines der Gärtner und bei der Cousine dritten Grades eines der in den Verliesen wachhabenden Soldaten aufschnappte.

Lisentrail erklärte, dass letzterer, der Soldat, die beiden gekannt hatte, er war ein paar Tage mit ihnen zusammen gewesen, bevor man sie aufhängte, wie, was, welche zwei? Die Eltern des Mädchens natürlich. Diese beiden, Sarja und Monser hießen sie, waren Bauern; sie hatten dem Wachsoldaten in den Verliesen erzählt, dass sie in ihren Jugendtagen ein Elfenkind gerettet hatten. Denn, hatten die zwei sich gesagt, man lässt ein Kind nicht sterben, niemals, denn sonst wäre da ja kein Unterschied zu den Orks. Und dann hatten sie gesagt, dass der, den sie da gerettet hatten, kein Verfluchter war, das stimmte einfach nicht, er war eine anständiger Kerl, aber in diesem Punkt war der Richter unnachgiebig, und deshalb gibt es das Gesetz, dass sämtliche Elfen getötet werden müssen, und einen Elfen muss man immer ausliefern, auch wenn er ein anständiger Kerl ist.

»Auch wenn es ein Kind ist?«, fragte der Hauptmann.

»Auch wenn es ein Kind ist«, bestätigte Lisentrail. »Die zwei sind dann gehenkt worden, und ihre Tochter hat man an einen Ort gebracht, der heißt Waisenhaus, und das ist für ein Kind ungefähr so wie für einen erwachsenen Mann die Leichte Infanterie, Hunger, Kälte, Strapazen, Läuse und Schläge, wirklich kein schöner Ort. Und da ist etwas Merkwürdiges passiert, der Richter hat an einer alten Mauer die Schnörkel wegmeißeln lassen, die dort waren, und das waren keine Schnörkel, sondern eine Prophezeiung von Sire Arduin höchstpersönlich, das ist der, der alle vor den Orks gerettet hat, ohne ihn wären auch wir nicht auf der Welt, er konnte die Zukunft vorhersehen. Siehst du, Hauptmann, dich und mich nicht, aber die, die etwas zählen, die hat Arduin in der Zukunft gesehen. Und er hat gesehen, warte, das ist etwas schwierig. Er hat gesagt, dass der Letzte der Elfen, eine Art Geißel Gottes, den letzten Drachen treffen wird und sie sich dann zusammentun mit einer, die etwas mit dem Morgen im Namen hat, und ihr Vater und ihre Mutter, nein, nicht die vom Elfen, Vater und Mutter von dem Mädchen, hatten ihn lieb, wie, was, wen? Den Elfen natürlich. Das passt also zusammen, der Elf hat den Drachen getroffen, hat sich mit der Tochter der beiden Gehenkten zusammengetan, die ihn geliebt haben wie ihr eigenes Kind, und die Tochter von diesen beiden heißt Robi.«

»Aber sollte sie nicht etwas mit dem Morgen im Namen haben?«

»Genau, Robi steht für Rosalba. Ich weiß das, denn das ist ein Name aus unserer Gegend. Auch Sarja, also die Mutter, ist ein Name aus unserer Gegend, es ist der Name einer Blume. Womöglich sind wir sogar verwandt. Die Schwägerin meiner Schwester heißt Rosalba, und auch sie wird Robi gerufen. Also passt die Prophezeiung, verstehst du?«

»Nein«, antwortete der Hauptmann. »Aber das macht nichts; nicht noch einmal erzählen.«

Rankstrail kannte die Prophezeiung. Er hatte nie daran geglaubt, hatte aber so oft davon gehört, dass sie sich ihm wohl oder übel eingeprägt hatte. Der letzte Elf, der letzte Drache, ein Mädchen mit dem Morgenlicht im Namen waren jahrelang immer wieder in den Erzählungen des Verrückten Schreibers vorgekommen, er erinnerte sich daran. Ihm fiel ein, dass Aurora das Gleiche bedeutete. Er fragte sich, ob das Zufall oder Fügung war, und ahnte, dass die Erbitterung des Richters gegenüber dem Letzten Elfen in irgendeiner Weise mit dem Namen seiner Tochter zusammenhängen müsse.

In diesem Augenblick kam Trakrail hinzu und machte alles noch viel schlimmer. In mancher Hinsicht, vor allem in puncto Unfähigkeit, sich um die eigenen Angelegenheiten zu kümmern und den Mund zu halten, hatte er mit Lisentrail viel gemeinsam. Während die Sonne zum Horizont herabsank und auf seinem schmutzigen blonden Haar Lichtreflexe hervorzauberte, begann Trakrail, die Geschichte seiner Mutter zu erzählen. Zuerst kaute er schüchtern auf den Worten herum, wie er es auch mit seinen Fingernägeln tat, doch dann schwang sich seine Rede auf wie eine Ente zum Flug, anfangs ungelenk, dann rasch und anmutig. Es stimmte nichts von dem, was Argniòlo gesagt hatte. Trakrail war nicht der Sohn einer Hexe. Seine Mutter hatte Kräuter gesammelt, um zu heilen, und stand den Gebärenden bei, doch dann hatte der Verwaltungsrichter verfügt, dass heilkundige Frauen Hexen seien und einen Pakt mit der Hölle geschlossen hätten, um diese Fähigkeit zu erlangen; Trakrails Mutter war in den Verliesen gelandet und hatte zwei Wochen dort verbracht, bevor sie die Ehre hatte, zum größeren Ruhm des Verwaltungsrichters den Scheiterhaufen zu besteigen. Sie hatte die beiden gekannt, und wenn Trakrail kam, um ihr Brot zu bringen oder auch einfach nichts, nur um sie zu sehen, es waren ja die letzten Male, hatte er auch die beiden getroffen, und das waren anständige Leute. Schlechte Menschen sahen anders aus als sie. Wenn Trakrail erst einmal loslegte, war er nicht mehr zu bremsen, so sagte er auch, der Verwaltungsrichter täte das alles nur aus Neid, und er senkte nicht einmal die Stimme, als er das sagte. Es hieß, auch er, der Verwaltungsrichter, hätte versucht, jemanden zu heilen, aber wenn man nicht dafür begabt ist, gelingt es einem nicht, die Bücher mit den Kräuternamen genügen da nicht. Die Hexen waren dazu imstande und er nicht und deshalb hasste er sie. Mit den Elfen war es dasselbe. Der Richter war schön, gewiss, und er legte den allergrößten Wert darauf, das sah man schon daran, wie gepflegt und zierlich in Locken gelegt seine weißen Haare immer waren, aber die Elfen waren schöner als er, alle. Der Richter wusste eine Menge Dinge, weil er jahrelang über Büchern gehockt hatte, aber jene, die Elfen, die wussten alles sofort und auf einmal. Kaum konnten sie laufen, sprachen sie schon drei Sprachen, Astronomie und Alchimie lernten sie durch die Wiegenlieder, die man ihnen vorsang. Es stimmte überhaupt nicht, dass die Elfen böse waren. Wenn sie es wären, hätten sie sich doch gegen ihre Ausrottung wehren können, indem sie die Welt vernichteten.

Die Elfen waren nicht schuldig, wie auch seine Mutter es nicht gewesen war.

Lisentrail sagte ihm, er solle aufhören, Blödsinn zu reden, Trakrail brach plötzlich ab, schlug die Augen nieder und ging eilig davon, wie wenn der Flug einer Ente vom Stein einer Schleuder oder vom Pfeil eines Soldaten unterbrochen wird.

Schließlich ging die Sonne unter. Ein leichter Regen fiel. Auf der anderen Seite des Tals tauchte im Zwielicht der Dämmerung undeutlich eine Armee auf. Leute zu Fuß, geführt von zwei Reitern. Der Zug kam näher, und Rankstrail erkannte, dass der Reiter nur einer war, auf dem zweiten Pferd saßen drei Kinder. Ein Drache beschloss den Zug und begann aufzuholen. Es war eine unbeschreibliche Kreatur, in der Kraft und Schönheit miteinander verschmolzen. Sogar in dem schwachen Licht sah man sein leuchtendes Smaragdgrün und die mörderischen Stoßzähne, die einen Menschen zerreißen würden wie ein Wolf ein Küken.

Der Drache war riesig; wenn er brüllte, durchzuckte eine Stichflamme den Himmel, aber selbst da hatte der Hauptmann keine Angst. Man konnte ihn erlegen. Zwanzig Mann, die ihn gleichzeitig von allen Seiten mit glühenden Hellebarden angriffen, könnten ihn zwingen, vom Boden abzuheben. Im Augenblick, da er sich zum Flug erhob, konnten Bogenschützen von unten seinen verwundbaren Bauch angreifen. Das war möglich. Das Problem war, ob man es tun sollte und warum.

Es war wieder heller geworden, der Regen hatte aufgehört und die Wolkendecke war aufgerissen. Rankstrail konnte eine Reihe von unbewaffneten Menschen erkennen, in Lumpen, jede Menge Kinder darunter. Der Mond ging auf. Der Reiter, der den Zug begleitete, der Elf natürlich, trug ein Schwert in der Hand, das im Mondlicht glänzte. Es hatte geheißen, er sei vielleicht verwundet. Auf Argniòlos Befehl zogen Männer der Schweren Kavallerie an Rankstrail und seinen Leute vorbei und griffen den Reiter an, der sie jedoch zurückdrängte. Die eine oder andere der abgerissenen Gestalten trat hinzu, um ihm zu helfen, aber der Krieger kam allein zurecht. Einer von Argniòlos Kavalleristen griff ihn von hinten an, und auch wenn er nicht in die Richtung schaute, parierte der Elf den Stoß und entwaffnete den Angreifer, ohne ihn anzusehen.

»He«, murmelte jemand. »Der kämpft wie der Hauptmann. Auch der weiß im Voraus, woher der Hieb kommt.«

»Hauptmann, was machen wir?«, fragte Lisentrail. »Wenn wir noch länger warten, ziehen sie in die Schlucht.«

Der Hauptmann antwortete nicht. Sie gingen fort. Sie taten niemandem etwas zuleide, sie flohen einfach nur.

Der Drache hatte sich zwischen sie gedrängt. Argniòlo und seine Leute traten den Rückzug an. Jetzt waren sie dran.

»Zielt auf den Drachen«, sagte der Hauptmann.

»Hauptmann, das ist, als ob man auf ein Haus schießen würde. Die Pfeile prallen daran ab. Nur am Bauch kann man einen Drachen treffen!«

»Zielt auf den Rücken des Drachen«, wiederholte der Hauptmann.

Wolken von sinnlos verschossenen Pfeilen verdunkelten den trüben Herbsthimmel.

Ein Mädchen mit einer Krone auf dem Kopf scharte das Lumpenpack um sich und brachte es in Sicherheit. Sie war mehr oder weniger ein Kind, im Alter von Fiamma oder Aurora. Fast wäre sie im Schlamm ausgerutscht, doch sie fing sich wieder.

Alle waren wie aufgelöst. Sie waren völlig verängstigt, und verängstigte Menschen zu führen, ist grauenhaft schwer. Verängstigte Menschen machen Dummheiten, sie verlaufen sich oder fliehen in die falsche Richtung, aber das Mädchen war unglaublich. Sie hatte keine Angst. Deshalb gelang es ihr, den anderen Mut zu machen und sie zu leiten. Ihre Ruhe und ihr Mut waren das einzige Bollwerk gegen den Schrecken aller. Und das war ein mächtiges Bollwerk.

Sie war ein geborener Führer. Die Männer Argniòlos, die den Krieger mit dem Schwert angegriffen hatten, zogen sich zurück, höflich ausgedrückt für: sie flohen, wie Lisentrail bemerkte. Eines der Pferde scheute und warf seinen Reiter ab. Nachdem er seinen Leuten Zeichen gegeben hatte, sich nicht von der Stelle zu rühren, ritt Rankstrail hin, damit der Mann nicht isoliert war, und wartete, bis er wieder im Sattel saß. In diesen wenigen Minuten warf ihm das Mädchen Blicke voller Verzweiflung und Hass zu. Sobald Rankstrail sah, dass der Mann in Sicherheit war, kehrte er zu den Seinen zurück.

»Hauptmann, was machen wir?«, fragte noch einmal Lisentrail und wiederholte: »Hauptmann, was sollen wir tun?«

»Sag den Männern, sie sollen sich nicht rühren. Und denkt dran, ich liefere euch nicht an den Henker aus, für Gerechtigkeit sorge ich selbst. Wer meinem Befehl zuwiderhandelt und angreift, der fällt durch mein Schwert.«

»Hauptmann, du kannst nicht nichts tun. Man wird dich hinrichten«, drang Lisentrail in ihn.

»Tut, wie ich euch befehle. Etwas anderes kann man nicht machen«, wiederholte der Hauptmann düster.

Er hatte eine Entscheidung getroffen. Wenn er den Befehl gab, nichts zu unternehmen, würde man ihn hinrichten, seine Männer aber nicht. Ein Soldat muss Befehle ausführen, und wenn der Befehl lautet, sich nicht zu rühren, kann er nichts unternehmen. Vor allem konnten sie nicht das ganze Söldnerheer abschlachten, mit den Orks vor den Toren. Seinen Männern würde man nichts tun.

Er dachte an die hasserfüllten Blicke des Mädchens. Er überlegte, dass er ihr Leben rettete auf Kosten seines eigenen, und sie würde das nie erfahren. Dann konnte er sie nicht mehr sehen, weil sie in die Schlucht gezogen war. Der Drache versperrte den Eingang. Der Hauptmann fragte sich, bis wann, einen Tag lang oder zwei? Fünf? Für immer? Früher oder später würde der Drache von dort weggehen, und dann stand zwischen Argniòlo und dem Mädchen nur noch der Krieger mit dem Schwert und den Haaren, die im Mondlicht schimmerten.

Der Drache erhob sich zum Flug. Sein weißer und verletzlicher Bauch leuchtete im Mondlicht.

Unter einem riesigen Mond überspannte das fantastische Grün seiner Flügel den Nachthimmel.

Auch so, den eigenen Tod vor Augen, gab sich der Hauptmann der Betrachtung dieses großartigen Fluges hin, in dem sich Macht und Anmut vereinten. Der Hauptmann verstand: Es würde einen enormen Erdrutsch geben. Die Armee der Hungerleider war in Sicherheit. Und er konnte sich als erledigt betrachten.

Andererseits, er war schließlich nicht unsterblich. Dass er früher oder später sterben würde, damit hatte er gerechnet.

Reglos blieb er stehen und genoss das Schauspiel des Drachenflugs.

»Legt an!«, brüllte Lisentrail hinter ihm. »Zielt auf den Bauch! Da prallen sie nicht ab!«

Der Befehl wurde umgehend ausgeführt. Der Hauptmann hatte nicht einmal die Zeit, sich umzudrehen, da strömte das Blut schon aus unzähligen Wunden im Bauch des Drachen, vom dichten Pfeilhagel der Leichten Kavallerie getroffen.

»NEIIIIN!«, brüllte der Hauptmann.

Die Stichflamme des Drachen zuckte grell über den Himmel und setzte jahrhundertealte Bäume in Brand. Das Tier schlug im Flug mit voller Wucht gegen die eine Seite des Berges, der zerbarst.

Erdreich rutschte ab, Steine, verbrannte Bäume und Schlamm, eine riesige Erdlawine wälzte sich hinab.

Als die Erdmassen zum Stillstand kamen und man wieder etwas sehen konnte, war die Schlucht für immer verschlossen. Auf der anderen Seite waren das Mädchen, der junge Krieger, all die Hungerleider in Sicherheit, unerreichbar.

Der Drache lag am Boden.

Er lag in den letzten Zuckungen des Todeskampfes.

Der Boden war von seinem Blut getränkt.

Tausende winziger Margeriten entsprossen da dem Boden und öffneten ihre Blüten, bildeten einen Teppich, in dessen Mitte der Drache seine letzten Atemzüge tat.

Rankstrail stieg vom Pferd, seine Männer desgleichen. Der Wolf hatte sich endlich von seinem Strick losmachen können und war an seiner Seite.

Langsam traten sie näher.

Der Drache erstarrte im Tod.

Der Wind zupfte an den Margeriten und ihre Blütenblätter wirbelten umher.

Es wurde kälter.

»Männer«, sagte der Hauptmann leise. »Diesmal haben wir eine Dummheit begangen.«

KAPITEL 18

Der Hauptmann wandte sich zu Lisentrail um.

»Auf Ungehorsam steht die Todesstrafe, Gefreiter«, sagte er zu ihm. Seitdem sie Seite an Seite kämpften, sprach er zum ersten Mal in so hartem Ton mit ihm.

Der Gefreite hielt seinem Blick stand.

»Dann krepiere ich eben, wie der Drache krepiert ist, Hauptmann, aber wenigstens bleibst du am Leben, denn nur du kannst die Orks aufhalten, nur du. Auch meine Leute wohnen an den Grenzen der Bekannten Welt und das sind schließlich keine Kakerlaken, sie haben auch ein Recht zu leben.«

Sie sahen sich an.

Argniòlo und die Seinen kamen unter Triumphgeheul daher.

»Und der Elf?«, fragte Argniòlo enttäuscht. »Und das Hexenmädchen?«

»Alle unter dem Erdrutsch begraben«, log der Hauptmann. Seine Männer hinter ihm nickten zustimmend. »Wir haben den Drachen abgeschossen, er ist auf den Gebirgshang gestürzt und der ist abgerutscht. Zwei Fliegen mit einer Klappe. Alle tot.«

»Aber der eine oder andere hat sich vielleicht retten können?«, fragte Argniòlo besorgt.

»Uns schien es nicht so. Alle unter dem Erdrutsch. Keiner entkommen«, bekräftigte der Hauptmann. »Ganz sicher können wir freilich nicht sein, es war alles in einer Staubwolke.« Wieder erhob sich zustimmendes Gemurmel in der Truppe.

»Es wäre besser, man hätte die Leichen und könnte sie dem Verwaltungsrichter vorweisen.«

»Dann hättet *Ihr* sie töten müssen, Exzellenz. Wir Söldner sind so, wo wir uns Mühe ersparen können, da ersparen wir sie uns.«

Der Hauptmann und Argniòlo sahen sich an.

»Bei Morgengrauen will ich dich in meinem Zelt sehen, Hauptmann.«

»Ja gewiss, Exzellenz. Welches wäre denn Euer Zelt, da doch nirgendwo Zelte stehen?«

»Die Zelte befinden sich auf dem Karren, der uns gefolgt ist, zusammen mit den Dienern. Ich bin sicher, du und deine Männer, ihr habt sie schnell aufgerichtet. Söldner sind zu allem zu gebrauchen, heißt es, und du noch mehr als andere. Man sagt, du bist ein ausgezeichneter Viehhirt gewesen, also bist du bestimmt auch ein guter Diener.«

»Gewiss, Exzellenz«, antwortete Rankstrail, »es wäre mir eine Ehre, Euer Zelt aufzuschlagen. Es wäre mein ganzer Stolz und eine hohe Auszeichnung, Euch das Lager zu bereiten. Aber entschuldigt, Exzellenz, nur eins möchte ich sagen, damit Ihr dann nicht böse werdet. Wir waren jetzt zwei Jahre am Gespaltenen Berg und wir haben uns seit zwei Jahren nicht gewaschen. Wir haben Läuse, so fett wie Kakerlaken, ganz zu schweigen von den Wanzen. Seid ihr sicher, dass Ihr schlafen wollt, wo wir mit unseren Händen hingelangt haben? Ich wage Euch gegenüber nicht zu erwähnen, was wir mit unseren Händen alles anstellen und was wir damit anfassen, das ist schließlich kein Gesprächsthema für einen Kavalier.«

Mit eisigem Hass sah Argniòlo ihn an, der Hauptmann erwiderte den Blick mit einem ehrerbietigen Lächeln und einer leichten Verbeugung.

Die Zelte der Kavalleristen wurden von den Dienern aufgestellt.

Die Söldner schliefen am Boden rings um ihre Lagerfeuer. Im ersten Morgengrauen fand sich der Hauptmann, ohne Waffen und ohne Panzer, wie es die Höflichkeit gebot, in Argniòlos Zelt ein, das prächtig mitten in der Ebene aufragte, ganz in Weiß und Karmesinrot, eingefasst von waagrechten Goldbordüren.

Ein merkwürdiger süßlicher Geruch verbreitete sich über dem Lager der Kavalleristen. Überall am Boden verstreut, lagen die restlichen Margeritenblüten und bildeten eine Art Teppich. Viele waren rot vom Blut des Drachen, andere weiß und auch darin kehrten die Farben von Daligar wieder.

Argniòlo erwartete ihn im Inneren des Zelts. Er saß auf einem mit Samt bezogenen Sessel und ließ den Hauptmann lange warten, bevor er sich umdrehte und ihn ansprach. Hinter Argniòlo teilte ein Vorhang das Zelt in zwei Hälften. Rankstrail spürte, dass sie nicht allein waren im Raum, doch das beeindruckte oder beunruhigte ihn nicht weiter, denn während er geduldig abwartete, bis der andere geruhen würde, seine Anwesenheit zu bemerken, sah er aus den Augenwinkeln, dass der Wolf ihm gefolgt war und sich im Schatten niedergelegt hatte.

Endlich hob Argniòlo den Blick und sprach Rankstrail an.

»Deine Aktion hat mir überhaupt nicht gefallen, Hauptmann. Aber den Drachen hast du wenigstens erlegt. Weißt du, was dies für ein Duft ist?«

»Das habe ich mich schon gefragt, Exzellenz«, antwortete der Hauptmann aufrichtig.

»Wir kochen das Drachenfleisch.«

»Was? Was macht Ihr? Ihr kocht den Drachen? Aber das …«

»Das wird das Festbankett für die Kavallerie von Daligar, Hauptmann. Zum Heldentum erzogen und von Drachenfleisch genährt, wird die Kraft des Drachen in uns übergehen und uns unbezwinglich machen.«

Es erforderte Rankstrails gesamte Willenskraft, seine spontanen Regungen im Zaum zu halten, sowohl die, sich zu übergeben, als auch die, Argniòlo mit Fußtritten zu traktieren.

»Was hältst du davon?«, fragte der andere.

»Ich weiß nicht«, antwortete der Hauptmann in dem Versuch, sich bedeckt zu halten. »Ich habe jede Menge Fledermäuse gegessen und kann doch nicht fliegen. Meine Mutter, die eine fromme Frau war, hat Tausenden Mücken Nahrung gegeben, und das hat den Charakter der Mücken auch nicht verbessert. Aber ich weiß nicht, vielleicht habt Ihr ja recht. Habt Ihr viele Hühner gegessen, dort, wo Ihr gelebt habt?«

Empört sprang Argniòlo auf.

»Ich bin nicht bereit, deine Frechheiten noch länger zu dulden«, sagte er.

Auf eine Bewegung seines Armes hin traten drei seiner Männer, komplett bewaffnet, mit funkelndem Harnisch und Schwert, hinter dem Vorhang hervor und stellten sich vor den Hauptmann.

»Gut«, sagte der. »Wenn Ihr mir nichts weiter zu sagen habt, dann möchte ich mich verabschieden. Ich breche morgen auf zum Gespaltenen Berg, als Kommandant sowohl der Leichten Infanterie als auch der Leichten Kavallerie, wie der Graf von Daligar befohlen hat. Alle zwei Monate schicke ich Euch meinen Bericht. Meine besten Empfehlungen an die ganze Gesellschaft.«

Der Hauptmann wandte sich zum Gehen. Argniòlo rief ihn zurück.

»Hauptmann«, sagte er in eisigem Ton, »du wirst doch wohl nicht glauben, dass du lebend aus diesem Zelt herauskommst?«

»Gewiss nicht, Exzellenz, ich bin intelligent und habe begriffen, dass ich verloren bin. Aber mein Wolf, der ist wirklich ein dummes Vieh und versteht rein gar nichts. Sobald einer von Euren Männern sich rührt, springt er ihm an die Kehle. Wie gesagt, meine besten Empfehlungen an die ganze Gesellschaft.«

Wieder wandte der Hauptmann sich zum Gehen. Sein Wolf ließ ein leises Knurren hören.

»Früher oder später sehen wir uns wieder, du und ich«, zischte Argniòlo.

»Aber gewiss, Exzellenz«, bestätigte der Hauptmann. »Wenn wir nicht draufgehen, weder Ihr noch ich, sieht man sich wieder.«

Er trat aus dem Zelt und hob eine Handvoll von den Margeritenblüten auf, einige weiß wie die Unschuld, andere rot vom Opferblut, und umschloss sie fest mit der Faust.

Als er bei den Feuern des Söldnerlagers ankam, kniete er nieder und kotzte sich die Seele aus dem Leib. Lisentrail sah ihn besorgt an, wagte aber keinen Ton zu sagen.

Der Hauptmann stand wieder auf und betrachtete die Margeritenblüten, die er in der Hand hielt, dann verstaute er sie sorgfältig in seinem Quersack. Ohne ihn anzusehen, gab er Lisentrail Befehl, die Männer zum Aufbruch antreten zu lassen. Am Abend würden sie in Daligar sein und am nächsten Morgen würden sie zusammen mit der Infanterie zum Gespaltenen Berg aufbrechen.

Sie saßen schon zu Pferd, da fragte jemand leise: »Aber die auf der anderen Seite von dem Erdrutsch, was wird denn jetzt aus denen?«

»Auf der anderen Seite der Dunklen Berge ist das Meer«, antwortete Lisentrail. »Das Meer, das ist ein Ort, wo überall Wasser ist, es geht immer weiter und hört nie auf. Trinken kann man es nicht und deshalb ist auch noch so viel davon da, aber das Meer ist voller Zeug, das man essen kann. Nicht nur Fische, auch an den Felsen ringsum finden sich lauter Sachen, die man essen kann, auch im Sand ist was. Wer am Meer lebt, leidet keinen Hunger.«

»Und warum gehen dann nicht auch wir dorthin?«, fragte jemand. »Zum Leben?«

»Weil da die Erinnyen sind«, antwortete Lisentrail.

»Wer?«

»Die Furien. Die Todesengel. Die Geister der Zerstörung. Das sind grauenhafte Gespenster, unbesiegbar. Sie kommen vom Himmel und zerstören alles, was sie auf ihrem Weg finden. Deshalb lebt niemand mehr am Meer. Sogar die Piraten kommen nicht mehr dorthin. Wer über die Dunklen Berge hinausgeht, findet früher oder später den sicheren Tod. Auch der Drache hätte es gegen die Erinnyen nicht geschafft, Hauptmann.«

Der Hauptmann antwortete nicht, nickte aber. Den Bruchteil einer Sekunde lang sah sein Adjutant ihm ins Gesicht. Kurz vor der Ankunft in Daligar fasste der Gefreite sich ein Herz und wagte, ihn anzusprechen: »Hauptmann«, sagte er, »du musst aufpassen. Zwiebeln, wenn sie wurmig sind, bekommen dir einfach nicht.«

Zweites Buch

Der letzte Phönix

»Aber sind Elfen denn nicht unsterblich?«, fragte jemand.
»Nur wenn man sie leben lässt«, antwortete Lisentrail,
der immer über alles Bescheid wusste.
»Wenn einer sie tötet, krepieren sie wie wir.«

KAPITEL 1

Am vollkommen klaren Himmel zog das erste Tageslicht herauf. Das Meer schimmerte wie ein Mantel aus Seide. In der rosafarbenen Helligkeit zeichneten sich am Horizont blass zwei schmale, durchsichtige Wölkchen ab. Die nächtliche Brise hatte den Sand zu leichten Wellen aufgeworfen, winzige Hügelchen, deren Spitzen im Morgenlicht, und deren Täler im Schatten lagen, darauf kreuz und quer die Spuren von Einsiedlerkrebsen neben denen von Sperlingen und Möwen. Später würden die Kormorane dazukommen. Gleich würde über den Klippen die Sonne aufgehen. Sie waren enorm hoch und fielen senkrecht ab. Überwuchert von Efeu und blühenden Kapernpflanzen, waren sie praktisch unzugänglich und fast so hoch wie die Berge, die bedeckt mit Eichen- und Kastanienwäldern grün hinter ihnen leuchteten. Im Osten wurde der Himmel zusehends farbloser, das Nachtblau wurde zu Himmelblau, während die Sterne im zunehmenden Licht verblassten. Am Rand des Gebüschs, im Schatten einer schon welkenden Tamariske schoss ein Zaunkönigpärchen gemeinsam auf die Stelle zu, wo sich ein halber Wurm noch wand; und die Falle schnappte zu.

Alle beide erwischt. Krampfhaft und mit verzweifeltem Gezwitscher setzten die Vögelchen sich zur Wehr, aber die Falle war perfekt, das geflochtene Hanfseil ließ ihre winzigen Krallen nicht los, ja, eine brach bei einem vergeblichen Befreiungsversuch.

Endlich etwas zu essen.

Moron strich sich die Haare aus dem Gesicht, nahm das Stückchen Wurm wieder an sich, packte die Zaunkönige – zuerst den kleineren, wahrscheinlich das Weibchen, dann das Männchen – und biss ihnen entschlossen den Kopf ab. Mit einem Schlag hörte das Gezwitscher auf und es herrschte wieder Stille.

Der junge Kerl leckte sich das Blut von den Lippen, um sich auch nicht einen Tropfen davon entgehen zu lassen, dann steckte er die kleinen Körper in seinen Quersack. Das würde sein Mittagessen sein. Die Köpfchen würden sofort als Köder weiterverwendet und so hätte er mit etwas Glück auch ein Abendessen. Blieb zu entscheiden, was mit dem halben Wurm zu tun war, er konnte das Mittagessen damit aufbessern oder ihn in seiner Funktion als Köder belassen, in der Hoffnung, dadurch das Abendessen aufzubessern.

Moron ging im Geist rasch durch, welche Möglichkeiten dieser Tag bot. Ein Mittagessen, bestehend aus einem Drittel Unze Vogel und ein Abendessen mit vielleicht etwas mehr, wer weiß.

Weil es eben gut gelaufen war.

Moron sah sich um. So früh am Morgen wimmelte es am Strand von Menschen, die alle beschäftigt waren. Da waren die Sammler von Tellmuscheln, das sind winzig kleine Muscheln, die im Sand schlafen, so klein, dass sie den Hunger weniger stillen als das Gefühl vermitteln, man hätte gegessen, was immer noch besser ist als die Gewissheit, es nicht getan zu haben. Später am Vormittag würde sich das geschäftige Treiben zum Felsenriff hinüber verlagern, da dort mit der Ebbe Miesmuscheln und Napfschnecken zum Vorschein kamen, und auch die sind so klein, dass sie den

Hunger weniger stillen als ihn reizen. Mittag: die Sonne im Zenit und Zeit fürs Mittagessen, vorausgesetzt, man hat welches. Wenn nicht, war man über Mittag genauso beschäftigt, denn um diese Zeit sammelten sich im Schatten der großen Felsen, die die Bucht nach Westen hin abschlossen, die Krebse. Daher waren mittags alle im Wasser, um zu versuchen, welche zu fangen. Dann am Nachmittag schließlich würde sich das geschäftige Treiben aus dem Wasser heraus verlagern, auf der Suche nach Pinienzapfen mit ein paar Pinienkernen drin, und auch Pinienkerne sind ja so winzig, dass sie den Hunger weniger vertreiben, als welchen verursachen.

Moron warf einen Blick auf den Strand, das heißt den Strand von Erbrow, der sich unterhalb ihres Dorfes erstreckte, des Dorfes Erbrow nämlich, in der Mitte der Bucht, die natürlich Erbrow-Bucht hieß. Erbrow war der Name des Drachen gewesen, der umgekommen war, damit sie leben konnten, daher war alles Erbrow genannt worden. Auch die Tochter des Elfen, Ihre Hoheit das Prinzesschen, hatten sie Erbrow genannt. Bei den Namen hatten sie sich nicht viel Kopfzerbrechen gemacht.

Am Strand war das geschäftige Treiben besonders laut. Cala, die Frau von Creschio, und ihre Freundin Robi, die Frau des Elfen, kicherten mal wieder wie zwei dumme Gänse. Auch Cala hatte ein Blag bekommen, einen Jungen, er hatte einen absurden Namen, der zu Chicco abgekürzt wurde und in der Sprache ihrer Heimat angeblich so etwas wie »Fliegende Wolke« bedeutete, bescheuert wie nur was, als Name. Eine Kreuzung aus Huhn und Wurm hätte vermutlich mehr Verstand besessen als diese zwei dummen Weiber zusammen, denn selbst ein solches Mischwesen hätte begriffen, dass es einem an diesem Strand schlecht ging und dass es da nichts zu kichern gab. Robi und Cala verbrachten die Hälfte ihrer Zeit damit, Tellmuscheln zu sammeln, die andere Zeit suchten sie blöde Muscheln ohne was drin, um alberne Ketten daraus zu machen oder überflüssiges Zeug für in die Haare. Gelegentlich sagte ihm jemand, wie die Dinger hießen, aber er vergaß es immer wieder. Vor drei Jahren hatten Robi und der Verfluchte Elf geheiratet. Es hatte ein großes Fest gegeben, natürlich ohne was zu essen, aber mit Tanz. Sie hatten auch die aus Arstrid eingeladen, das andere Dorf von armen Schluckern und Hungerleidern, die auf dem Felsvorsprung wohnten, der die Bucht nach Norden hin abschloss, und die schon länger da waren als sie, auf jeden Fall waren sie nicht weniger arm dran als sie (auch wenn man anerkennen musste, dass sie als Hochzeitsgeschenk fünf Hühner und einen Hahn mitgebracht hatten, die jetzt den Hühnerhof von Erbrow bildeten und scheinbar für die Keimzelle künftigen Reichtums gehalten wurden).

Sie, die Einwohner von Erbrow, hatten ihnen im Tausch ein Fohlen geschenkt. Die zwei ursprünglichen Pferde, Blitz und Fleck, die sie mühsam mit sich heruntergeschleift hatten auf dem Weg, den sie sich in den Felsen gehauen hatten, als sie fliehen mussten, sie lebten jetzt am Strand, und man wusste nicht recht, warum, wo sie doch zu nichts nütze waren, als Gulasch allerdings recht tauglich gewesen wären. Und wie man aus ihnen kein Gulasch machen durfte, so durfte man die Fohlen, die sich pünktlich alle zwei Jahre einstellten, nicht zu Koteletts verarbeiten. Und so konnte einer in Erbrow, wenn er nicht verhungerte, nicht von der Klippe fiel oder auf eigene Faust ertrank, immer noch von einem Pferd niedergetrampelt werden, denn sie hatten mittlerweile eine ganze Herde und die Viecher rannten den ganzen Tag wie blöd am Strand auf und ab. Arme Schlucker und Hungerleider mochten sie ja sein, aber reiten konnte bei ihnen jeder. Ohne Sattel und im Galopp. Was zu nichts nütze war und nur noch mehr Hunger machte. Er nicht, er hatte sich geweigert.

Anlässlich der Hochzeit der zwei Idioten hatten die beiden Dorfgemeinschaften sich unverbrüchliche und ewige Treue geschworen und dann waren sie jeder wieder zum eigenen Elend und Hunger zurückgekehrt. Offenbar war es das unantastbare Vorrecht freier Menschen, vor Hunger und Elend umzukommen, lesen und schreiben zu können, ohne Sattel reiten und schwimmen zu können und wie die Wilden halb nackt herumzulaufen, vorausgesetzt, es stimmte, dass es irgendwo Wilde gab.

Hinter Cala ging der jüngere der Holzfäller, er hieß Solario, hatte blonde Haare und einen blonden Bart, und er sammelte Tellmuscheln nur mit einer Hand, weil er im anderen Arm das kleinste seiner Kinder hielt, das ebenfalls lachte wie blöd. Offenbar waren alle vergnügt an diesem vermaledeiten Strand unter dem Felsen. Alle lachten unentwegt wie ein Schwarm besoffener Möwen; nicht dass er jemals besoffene Möwen gehört hätte, aber er war sich sicher, dass sie ein solches Geräusch von sich geben würden, eine Mischung aus Gurgeln und Gegacker. Das machte ihn wütend. Tatsache war, wäre er am Strand geblieben, um Tellmuscheln zu sammeln, hätte er viel mehr zu essen bekommen als mit seiner Fallenstellerei, aber er hätte das Gekicher von Cala ertragen müssen, das von Robi und dann Solario, der zum hundertsten Mal erzählte, wie tüchtig seine älteren Töchter waren, die bereits lesen und schwimmen konnten, oder wie er sich in seine Gemahlin verliebt hatte. Gemahlin, nicht Frau, wie es früher geheißen hatte; seit sie ans Meer gekommen waren, hatten alle angefangen, zu reden wie die Elfen. Solario hatte sich seiner Gemahlin erklärt, kaum dass sie am Strand angekommen waren, noch bevor sie anfingen, Häuser zu bauen, erfüllt von dem Glück darüber, frei zu sein. Frei wozu, das war nicht klar. Andauernd zu lachen wie eine besoffene Möwe, einem Kind, das noch nicht einmal sprechen konnte, allen möglichen Unfug zu erzählen, zu verhungern an einem Strand, der von sämtlichen Winden heimgesucht wurde, ausgenommen dem Ostwind, den wenigstens hielten die Dunklen Berge ab.

Lumpenpack waren sie nicht mehr, das ließ sich nicht leugnen, denn um so heißen zu dürfen, müsste man wenigstens ein paar Lumpen sein Eigen nennen. In acht Jahren waren ihre paar Klamotten zerschlissen und durchgewetzt, hatten sich aufgelöst. Fetzen davon waren im Gestrüpp hängen geblieben. Sie hatten die Fäden einzeln herausgezogen, um sie zu Angelschnüren zu drehen oder unvorstellbare Netze daraus zu knüpfen.

Das Ergebnis war ein Volk von freien Menschen und Herren über ihr Schicksal, oder weniger geschwollen ausgedrückt: Herren über ein Paar Hosen, denn die Freiheit hält schließlich nicht warm, wenn der Nordwind weht oder das Meer weiß ist von Hagel. Alle, die Kinder bekommen hatten, von Solario bis zu dem Verfluchten Elfen, dessen Blag vor zwanzig Monaten geboren worden war, liefen sommers wie winters halb nackt herum, weil sie ihre Lumpen für ihre Kinder hergegeben hatten. Yorsh, das große Oberhaupt, Erbe und Nachfahr sämtlicher Menschen- und Elfengeschlechter und was sonst noch alles, trug einen Fetzen um die Hüfte und das war's. Die Beine der Mädchen waren nackt bis zu den Knien, und ihre Arme waren bloß, was vor allem unzüchtig ist. Hätte Tracarna sie gesehen, hätte es jede Menge Hiebe gesetzt. Was für ein Spaß! Das Lustigste an der ganzen Geschichte war, dass sie, je abgerissener und verlotterter sie daherkamen, desto mehr so redeten, als ob sie Adelige, große Herrschaften und Feudalherren wären. Mein Herr, wie gehen Eure verratzten Geschäfte? Madame, woran krepiert Ihr heute? Monsieur, wie ist es bei Euch heute um die Würmer bestellt? Wollen wir uns daran gütlich tun? Er hatte den Elfen gefragt, warum er mit Ausgestoßenen und Bettlern, Knechten und Taglöhnern, die sich kaum auf den Beinen hielten, redete, als ob sie allesamt Königssöhne wären, und der hatte geantwortet, das sei die wirksamste Art, jedem auf Anhieb klarzumachen, dass seine Würde der eines Königs gleich ist. Möglicherweise seien ja alle daran gewöhnt, Würde mit prachtvoller Kleidung, schönem Schuhwerk und Gold in Verbindung zu bringen, wenn es aber weder Gold noch Schuhwerk gab und die Kleider knapp waren, müsse man, um die Würde nicht zu vergessen, in jedem Satz an sie erinnern. Der Elf hatte noch hinzugesetzt, die Sprache sei nur eines von zwei Dingen, das andere sei das Erbarmen, das sei ein absoluter Wert, obwohl es überhaupt nichts kostet. Für einen Elfen, mochte das ja Sinn haben, aber er, Moron, war kein Elf, und er fragte sich, was zum Teufel das heißen sollte.

Moron versuchte, sich zu erinnern, wann zuletzt Essen für ihn eine ganz alltägliche Angelegenheit gewesen war. Die Erinnerung verlor sich im Dunkel der Zeiten, bevor der Verfluchte Elf aufgekreuzt war mit seinem glänzenden Schwert und seinem ebenso blendenden Schwachsinn und sie alle an diesen vermaledeiten Strand geführt hatte, damit sie sich hier von Tau, Gras, Algen, Salzwasser, Baumrinde und gelegentlich einem Stück verfaultem Fisch ernährten. Wenn er schwimmen gelernt hätte, dann würde es auch Tellmuscheln für ihn geben, Krebse und Miesmuscheln; und wenn er klettern gelernt hätte, würde es auf den Felshängen Myrtenhonig für ihn geben, aber ein Alter Kämpe tat so etwas nicht. Er kletterte und schwamm nicht, er war schließlich kein Eichhörnchen und auch kein Fisch, lieber lebte er von Tau und Baumrinde. Außerdem konnte er nicht sicher sein, ob er überhaupt imstande sein würde, sich an den Felsen hochzuhieven bis dorthin, wo die Bienen zu Hause waren, immer schön langsam, wie der Elf ihm das gezeigt hatte, um sich dort von einem Bienenschwarm nach allen Regeln zerstechen zu lassen. Im Lernen von Dingen war er nie besonders gut gewesen.

Richtig vollschlagen hätte man sich können bei den Brackwassertümpeln, wo Silberreiher und Fischreiher im Schlamm herumstaksten, bereit, sich in einen Braten verwandeln zu lassen, der diesen Namen verdiente. Eine kleine Falle mit einem halben verfaulten Fisch hätte genügt, aber das durfte man nicht. Es war verboten. Im ersten Jahr, als alle völlig verhungert an diesem Strand ankamen, war die Jagd auf Silberreiher und Fischreiher ein Mordsspaß gewesen, das hörte aber mit einem Schlag auf, weil sie alle aufgegessen hatten. Seitdem ein paar wiedergekommen waren, war es verboten, sie anzurühren, damit sie sich vermehrten und man immer Eier hatte. In ganz besonderen Ausnahmefällen war es erlaubt, einen einzelnen zu fangen, wenn jemand nach einer Krankheit wieder zu Kräften kommen musste oder eine Frau vor Kurzem niedergekommen war. Möwen durfte man erlegen, davon gab es jede Menge, leider waren sie nicht zu fangen. In Fallen gingen sie nicht und für Steinwürfe waren sie zu schnell. Da würde man eine Schleuder oder einen Bogen brauchen, aber mit beidem konnte Moron nicht umgehen.

Früher hatte er ordentlich gegessen. Die anderen nicht, die aßen jetzt mehr, nicht viel, aber bestimmt mehr als er, das musste er zugeben. Wenn sie nicht aßen, dann redeten sie wie die Elfen, und in gewisser Weise füllte ihnen das auch den Magen. Es gibt Leute, die sind einfach vom Glück gesegnet, sie sind so blöd – um nur eins zu nennen –, quietschvergnügt und munter mit nacktem Arsch an einem Strand herumzutollen, der von sämtlichen Winden außer einem heimgesucht wird. Der Elf hatte ihnen schwimmen beigebracht, und wenn einer im Wasser zurechtkam, gab es am Vormittag Napfschnecken und mittags Krebse, die zu den Tellmuscheln vom Morgen hinzukamen, und insgesamt war das alles bestimmt interessant. Auch mit dem Bogen zu schießen, hatte er ihnen beigebracht, und Möwen waren lecker. Er, Morron, war nicht gut mit dem Bogen, und schwimmen zu lernen, hatte er sich geweigert. Das war was für Elfen. Ein Kämpe musste nicht schwimmen können, und ein Alter Kämpe schon gar nicht. Und auch nicht lesen und schreiben. Wenn sie nicht schwammen, lasen sie – noch so was für Elfen und Idioten. Sie schrieben die Worte in den Sand und dann lasen sie sie. Nicht einmal eine im Bier ersoffene Möwe hätte so was gemacht, und dabei war Worte in den Sand schreiben und dann schauen, ob man sie lesen konnte, noch nicht das Schlimmste. Abends, wenn schönes Wetter war, hockten sich alle am Strand rund ums Feuer und erzählten sich Geschichten von Leuten, die nie existiert hatten und auch nie hätten existieren können, weil sie so verrückt waren, und man verstand absolut nichts davon. Manchmal erzählten sie nicht einfach nur, sondern taten so, als wären der eine ein König und die andere eine Prinzessin, und dann entwickelte sich da eine Geschichte. Das hieß Theater. Einmal waren sie alle miteinander in Tränen ausgebrochen, weil Cala eine tote Prinzessin spielte. Nicht zu fassen. Alte Kämpen betranken sich abends mit Bier und das war was für Männer, sie erzählten sich doch keine völlig unwahrscheinlichen Geschichten, bei denen man nicht verstand, was sie bedeuten sollten. Die aber hatten auch noch ihren Spaß daran, zu weinen, weil Cala eine tote Prinzessin spielte. Es gibt eben Leute, die sind einfach vom Glück gesegnet.

Die anderen hatten ehrlich gesagt nicht viel zu essen gehabt, dort, wo sie früher alle waren, im Waisenhaus, und Madame Tracarna, die eigentliche Leiterin des Waisenhauses, achtete darauf, dass es nicht zu viel zu essen gab, denn ein Kind, das nach Lust und Laune isst, bekommt später einen schlechten Charakter. Die anderen hatten im Waisenhaus wirklich so wenig zu essen, dass es noch viel weniger war als jetzt mit den Tellmuscheln am Strand. Sie beide, Creschio und Moron, die Aufseher im Waisenhaus, sie hatten richtig zu essen. Zunächst Polenta, die wurde in ungleiche Teile aufgeteilt und die Aufteilung machten sie. Sie bekamen auch immer die Reste, wenn bei den Vorstehern des Waisenhauses, Madame Tracarna und Messere Stramazzo, etwas übrig blieb, allerdings nur selten, weil Stramazzo eine Art Fass ohne Boden war, aber manchmal kam es doch vor.

Und dann war da, wichtiger noch als die Polenta, die Hoffnung. Früher oder später würden sie beide Kämpen werden, vier Rationen Polenta am Tag und zweimal im Monat eine Portion Schweinefleisch. Und früher oder später würden sie Alte Kämpen werden, fünf Rationen Polenta am Tag, zweimal pro Woche eine Portion Schweinefleisch und ein Krug Bier zum Winterfest und zum Neumondfest. Der Gedanke ans Bier trieb ihm vor Bedauern die Tränen in die Augen. Als Waise im Waisenhaus hätte er eigentlich keinen Anspruch auf Bier gehabt, oft blieb aber welches in den Bechern von Tracarna und Stramazzo zurück und das war dann ein Fest.

Es war nicht immer so gut gelaufen. Am Anfang war es eher hart gewesen, härter noch als bei ihm zu Hause, wo man auch nicht zimperlich war. Das war die lange Zeit der verschrumpelten Äpfel und der Polenta mit Würmern drin, die immer in ungleiche Teile aufgeteilt wurde. Auch die Schläge wurden ungleich verteilt, umgekehrt wie die Polenta, je kürzer man da war, desto mehr Schläge bekam man. Aber auch da war er nicht verzweifelt. Man musste nur durchhalten. Auch wenn man nichts konnte, wenn man nicht reden konnte, wenn man nichts war, früher oder später wurde man groß, wenn man nicht vorher krepiert war. Und dann bekam man die Stelle eines Aufsehers, später die eines Kämpen und zuletzt – die Seligkeit auf Erden – wurde man ein Alter Kämpe.

An dem Tag, als der Elf gekommen war, zusammen mit seinem Freund, dem Drachen, hatte es ein kolossales Besäufnis und eine kolossale Fresserei mit Bier und den Hühnern von Tracarna und Stramazzo gegeben. Moron hatte gedacht, es wäre hirnverbrannt, wegzugehen, das Gewisse gegen das Ungewisse einzutauschen, nur schade, dass niemand da war, dem man das sagen konnte. Sogar Creschio, der seit jeher mit ihm zusammen war, unzertrennlich, seine andere Hälfte sozusagen, war von seiner Seite gewichen, um sich mit dieser Zimperliese von Cala zusammenzutun und an den Lippen des Elfen zu hängen, nach seinem Schwachsinn zu lechzen. Nicht zu fassen.

Und dann, während dieser ganzen verrückten und unglaublichen Reise, auf die der Elf sie und alle armen Schlucker und Hungerleider aus allen Winkeln der Grafschaft mitschleifte, hatte Moron immer wieder gedacht, das sei alles Unsinn, aber auch da war niemand, dem er es sagen konnte. Alle rannten hinter dem Verrückten her, wenn einmal Müdigkeit und wehe Füße sie hätten aufhalten können, erzählte der Verrückte ihnen einen Haufen Märchen, eins unsinniger als das andere, und alle schöpften wieder Mut und marschierten weiter. Nicht einmal als sie die Kavallerie von Daligar vor sich sahen, hatten sie sich beeindrucken lassen. Der Wahnsinnige hatte diesen Hungerleidern, die ihr Leben lang nichts anderes getan hatten, als jemanden zu suchen, vor dem sie kriechen konnten, ein paar Geschichten von strahlenden Helden erzählt, und schon waren sie alle Krieger geworden und hatten beschlossen, sie würden sich niemandem ergeben, auch wenn man sie töten sollte. Und wäre da am Ende nicht der Drache gewesen, der sich hatte töten lassen, um sie zu retten, hätte die Kavallerie von Daligar sie alle niedergemacht. Alle, bis auf den letzten verwanzten Fußlahmen, bis auf das letzte grindige Kind.

Nicht zu fassen.

Und sie hatten sich auch nicht empört über den Vermaledeiten

Elfen, der sie dazu trieb, ihr stinkendes und verwanztes Leben aufs Spiel zu setzen, im Gegenteil, um Himmels willen, lauter Helden!

Nicht zu fassen.

Schließlich waren sie an diesem Strand angekommen, als ob das Meer ein Ort zum Ankommen wäre, mit all dem blauen Wasser und den grünen Inseln, den Felsnasen und den Möwen. Das Wasser und die Möwen mochten ja noch angehen. Was er wirklich nicht ertragen konnte, war das Mädchen, die Halb-Elfin. Es war ein ganz gewöhnliches Mädchen, aber als sie auf die Welt kam, war das, als würde eine Prinzessin geboren!

Wenn er, Moron, als Kind Fieber hatte, schickte man ihn mit den anderen, sich was zum Essen zu suchen, und seine Mutter hielt ihn mit Ohrfeigen wach, wenn er nicht von selber wach blieb. Das Püppchen brauchte nur einmal zu niesen, und es war, als ginge die Welt unter. Ständig hielt ihr Vater sie auf dem Arm, als ob sie ein Krüppel wäre, dabei konnte sie sehr gut laufen. Ihn, Moron, hatte nie jemand auf dem Arm getragen. Bei ihm zu Hause, das waren anständige Leute. Wenn ein Kind geboren wurde, das würde dann schon für sich sorgen, und wenn zu viele Kinder da waren, brachte man sie eben ins Waisenhaus, er war schließlich nicht von selbst ins Waisenhaus gegangen.

Er, Moron, hatte sich sein Leben lang wegen Mücken und Zecken kratzen müssen und das hatte ihm nicht geschadet, er war schließlich nicht daran gestorben. Als Ihre Hoheit die Prinzessin zum ersten Mal von einer Mücke gestochen wurde, hatte ihr Vater sein letztes Kleidungsstück hergegeben, um aus dessen Fäden eine Art Netz zu knüpfen, das kein geflügeltes Wesen durchließ, und dabei gehen Kinder nun wirklich nicht kaputt, wenn sie den Mücken ein bisschen von ihrem Blut abgeben.

Am Anfang, als sie am Strand ankamen, hatten sie Regeln

aufgestellt. Von allem, was die alle taten, war das das Idiotischste.

Jeder hatte etwas gesagt, und das war dann eine Regel des Orts, weil Orte ihre Regeln haben müssen.

Sie hatten gesagt, jeder kann tun, was er will, man kann lesen, schreiben oder anderen Schwachsinn treiben. Man kann seiner Tochter sogar den Namen eines Drachen geben. Man kann auch halb nackt herumlaufen, was an allen anderen Orten verboten wäre. Er, Moron, war zum Glück mehr oder weniger gleich geblieben, aber Robi war sehr gewachsen und passte nicht mehr in ihre alten Klamotten. Ihr Mann, Seine Hoheit der Elf, lief halb nackt herum, nicht nur weil er eine Tochter bekommen hatte, sondern auch weil seine Kleider dazu gedient hatten, seine Frau zu bekleiden, und die hatte viel davon gebraucht. Robi, die im Waisenhaus eine Art zaundürre Latte gewesen war, nur Haut und Knochen und Schneidezähne, war ein kräftiges Mädel geworden, durch das viele Im-Wasser-Sein und Schwimmen hatte sie solche Schultern bekommen – sollten sie je nach Daligar zurückkehren, würde ihr niemand den Posten des Steinhauers in den Steinbrüchen des Verwaltungsrichters streitig machen wollen.

Ein Haufen schwachsinnige Regeln, um schwachsinnige Dinge zu sagen, die nichts über wirkliche Dinge aussagten. Nichts darüber, wie man ein Alter Kämpe wird. Als sie *die Stadt gründeten*, wie sie das nannten, da ihrer Meinung nach diese Anhäufung von Elend eine Stadt war, hatte jeder etwas gesagt, und er, Moron, hatte gesagt, dass einer auch Elf sein dürfte, aber das hatte er nur gesagt, damit alle begreifen sollten, dass sie über all diesem ganzen blöden Regelkram vergessen hatten, den Elfen zu verbieten, mitten unter den anderen zu leben, als ob sie ganz normale Menschen wären. Sie dagegen hatten es nicht kapiert, und dass einer auch Elf sein durfte, war eine der Regeln dieses Orts von Schwachsinnigen geworden.

Verrückt. Und keiner, dem er es sagen konnte. Nicht einmal Creschio. Nicht einmal ihm. Nicht zu fassen.

Seit jeher waren sie wie ein Mann gewesen, sie beide, Creschio und Moron, auch ihre Namen waren wie einer gewesen, man hatte sie immer in einem Atemzug genannt, Creschiomoron, denn wo der eine war, war auch der andere.

Um die Wahrheit zu sagen, war es immer der andere, Creschio, der die Initiative ergriff, Entscheidungen traf, Tiere zum Essen fing, die Beute verteilte, Wunden versorgte und Strafen festsetzte. Er, Moron, beschränkte sich darauf, ihm beizustehen und einverstanden zu sein, was nicht zu unterschätzen ist, denn Aufseher müssen immer zu zweit sein, also war seine Anwesenheit fundamental und unverzichtbar. So fundamental und unverzichtbar, dass Creschio Moron auch weiter bei sich behielt, als sie sich gestritten hatten. Das war passiert, als Morons kleiner Bruder gestorben war. Creschio hatte sich aufgeregt und zu ihm gesagt, er hätte ihn nicht sterben lassen dürfen, er hätte ihm mehr zu essen geben, ihn weniger arbeiten lassen müssen, er hätte ihm helfen und beistehen müssen. Alles Blödsinn, im Waisenhaus galten dieselben Regeln wie bei ihm zu Hause: jeder für sich, und die Götter, wenn es sie denn gab, für alle. Es war schließlich nicht seine Schuld, wenn sein Bruder klein und dumm war und sich die Polenta wegnehmen ließ. Einem die Polenta wegzunehmen, der dumm genug war, sie sich wegnehmen zu lassen, war erlaubt. Er, Moron, hatte sie ihm weggenommen. Er war ja schließlich nicht umsonst sein Bruder.

Dann aber, um sich wieder mit ihm zu vertragen, hatte er Creschio auf dieser ganzen blödsinnigen Reise hinter dem Elfen herbegleitet. Er war sogar an seiner Seite gewesen, als eine Schar von Reitern aus Daligar mit ihren schimmernden Rüstungen den Elfen umzingelt hatte und der sie in die Flucht geschlagen hatte.

Es war nicht fair, dass Creschio jetzt immer für sich blieb.

Ach was, schlimmer als das, nicht für sich, sondern immer bei Cala, immer in der Nähe des Elfen.

Er wollte nicht mehr, dass man ihn Creschio nannte. Er sagte, das erinnere ihn ans Waisenhaus, also ob das was wäre, was man vergessen müsste. Völlig zu Recht hatte Tracarna gesagt, Kinder müsse man mit kurzen Namen rufen wie Hunde, und daher hatte sie seinen ursprünglichen Namen so verstümmelt, eigentlich hieß Creschio nämlich Caren Aschiol, was in der Sprache der Leute aus den Sümpfen des Nordens, wo er herkam, wörtlich »Falke der Hügel« bedeutete. Oder nein, in der Sprache des Volkes, dem er angehörte, denn mittlerweile redeten ja alle wie dieser Vermaledeite Elf. Auch diese Zimperliese von Cala kam aus derselben Gegend, aus den Sümpfen des Nordens, und in Wirklichkeit hieß sie Cail Ara, »Neumond«. Nur weil sie aus derselben Gegend kamen, die zwei, das und nur das konnte der Grund sein, warum sie jetzt ständig zusammen waren, denn es war schlicht undenkbar, dass einer wie Creschio an dieser unerträglichen kleinen Zimperliese irgendwas sympathisch finden sollte.

Er, Moron, hieß schon von Haus aus so. Ein guter Name, der rein gar nichts bedeutet, nur gut, um dich zu rufen, wenn wer was von dir will, und Tracarna hatte da nichts abkürzen müssen.

Auch Robi hatte so einen Namen, der nichts bedeutete und schnell ausgesprochen war.

Den Namen Moron hatte seine Mutter ausgesucht, jedes Kind hatte sie mit den Lauten gerufen, die ihr gerade in den Sinn kamen. Als er geboren wurde, gab es gerade eine ungewöhnliche Morchelschwemme und deshalb hieß er Moron, das war alles. Auch ins Waisenhaus zu kommen, war weiter nichts gewesen, eines Tages waren sie zu viele gewesen, und da war halt er es, der wegmusste.

Dass Creschio, Caren Aschiol, Falke der Hügel, nicht mehr zu ihm gehörte, war unerträglich für ihn, nur ein paar Schritt weit von ihm entfernt, war er auf immer für ihn verloren, weil er ständig um den Elfen und bei Cala war. Das war die größte Qual für ihn, schlimmer noch als der Hunger, schlimmer noch als der endgültige Verlust des Traums davon, ein Alter Kämpe werden zu können. Er hörte seine Stimme, die sich aber nie an ihn richtete, und das war wie eine offene Wunde. Im Grunde wusste er selbst, dass ihm nur deswegen Tracarnas wurmige Polenta im goldenen Glanz der Erinnerung wie eine Götterspeise erschien.

Moron löste das kostbare Stück Schnur, das er um die Taille geschlungen trug. Das war seine Angelleine. Er hängte die zwei Vogelköpfchen daran und machte sich auf den Weg zum Felsen des Blöden Orks oder, wie manche auch sagten, des Letzten Orks. Der Felsen des Blöden Orks war ein sehr kleiner Felsbrocken, der in der Mitte der Bucht aufragte und eine kuriose Form hatte, er sah nämlich so aus wie zwei riesige Fußsohlen. Der Felsbrocken war über eine Sandbank mit dem Felsvorsprung verbunden, der die Bucht nach Norden hin abschloss. Das war eine gute Stelle zum Fischen, denn hier kamen die Brassenschwärme auf ihrem Weg ins offene Meer vorbei, aber auch gefährlich für jemand, der nicht schwimmen konnte, denn bei Flut stieg das Wasser hier übermannshoch an. Die Stelle verdankte ihren Namen Srakkiolo, einer Gestalt, die in sämtlichen Balladen über Orks vorkam, er sollte der Letzte Ork sein, der übrig bleiben würde, wenn es dem Volk der Menschen gelungen war, sie alle zu vertreiben. Srakkiolo würde die wunderbare Aufgabe haben, jede Menge Prügel zu beziehen und aus allen seinen Abenteuern geschlagen und gedemütigt hervorzugehen, da er von absolut einzigartiger Dummheit und Grausamkeit war. Srakkiolo würde zum Felsbrocken gelangen, um die ersten Strahlen der aufgehenden Sonne einzufangen, die er brauchte, um seine Feinde zu blenden, die Flut würde ihn überschwemmen und er würde dort sterben.

Moron hockte sich auf den Felsbrocken. Es bestand keine Gefahr, die Flut würde erst am frühen Morgen kommen. Er warf die Angelleine aus und wartete, wenn er Glück hatte, konnte er eine Brasse fangen.

Nicht weit von ihm saß das zimperliche Püppchen wie immer auf dem Arm des Vaters. Moron wünschte aus ganzem Herzen, sie eines Tages in die Finger zu kriegen, wenn weder ihr Vater noch ihre Mutter in der Nähe waren. Von all seinen Träumen war das vielleicht der einzige, der noch Bestand hatte. Der Elf setzte das Mädchen ab und blieb auf dem Felsen stehen. Moron schaute die Kleine an und wünschte aus ganzem Herzen, sie möge in dieses Wasser fallen, das die Farbe ihrer Augen hatte, wie alle behaupteten, und ein für alle Mal darin krepieren.

KAPITEL 2

Erbrow schaute aufs Meer hinaus.

Ihr Vater hob den Kopf und der Wind zauste ihm die Haare. Die Sonne verfing sich in ihnen und ließ sie aufleuchten. Das Mädchen lachte, ihr gefiel dieses Spiel des Lichts in den Haaren ihres Vaters. Er war stark und glatt und hatte gelbe Haare, die den Sonnenschein reflektierten.

Mama war stark und weich und hatte schwarze Haare wie sie selbst, in denen sich das Licht nicht fing, sondern an denen es herabglitt, aber das war auch schön, weil die Haare gelockt waren, und vor dem Einschlafen konnte man sein Gesicht darin vergraben. Ihr Vater war vom Volk der Elfen und hatte den Geruch von Luft und Wind; ihre Mama war vom Volk der Menschen und hatte den Geruch von Meer und Erde, aber am Morgen waren die Gerüche vermischt, weil ihr Papa und ihre Mama nachts eng umschlungen schliefen. Sie, Erbrow, trug den Namen des letzten Drachen. Die Welt war schön. Das Meer hatte die Farbe ihrer Augen, aber es konnte sie töten, daher war es ihr nicht erlaubt, nah ans Wasser zu gehen, wenn Papa und Mama nicht dabei waren, aber jetzt war ihr Papa da. Vögel konnten fliegen, Kinder nicht, nicht einmal die, die wie ein Drachen hießen, und das war schade;

dafür aber konnten Kinder essen und zuhören, wenn jemand eine Geschichte erzählte. Ihr Vater erzählte gerade eine Geschichte von den Sardinen. Eine schöne Geschichte, eine von denen, wo man die Dinge sieht.

»Verstehst du«, erklärte Yorsh, »unser Problem ist, leicht und kontinuierlich Nahrung zu finden.«

»Hamham«, sagte Erbrow und zeigte auf die Sardinen.

»Sicher, mein Kind«, bestätigte ihr Vater, »Sardinen kann man essen. Und sie lassen sich auch konservieren. Wir müssten einen Weg finden, die Salinen wieder in Betrieb zu nehmen. Das waren Becken, in denen das Meerwasser stand, sodass man Salz gewinnen konnte. Verstehst du, wenn wir genügend Salz hätten, könnten wir die Sardinen im Sommer, wo wir recht viele fangen, in Salz einlegen, sodass wir auch im Winter welche haben, wenn das Meer hohen Seegang hat und man nicht hinausfahren kann. Ich glaube, die Salinen waren dahinten zwischen der Felsnase und den Brackwasserteichen, da sind noch Spuren zu sehen, wie von großen, quadratischen Becken.«

Erbrow schaute hinüber zu der großen Felsnase und den Brackwasserteichen unter dem Wasserfall des Dogon. Sie sah die großen Pinien, die ihre Schirme aufspannten wie grüne Wolken, das Schilfrohr und die Kaktusfeigen. Alles war grün oder blau. Plötzlich wurde alles weiß. Der Himmel spiegelte sich in großen Becken, die sich abwechselten mit Quadraten von blendendem Weiß. Da waren Häuser mit so etwas wie riesigen Reiherflügeln daran, und Erbrow begriff, dass sie dazu da waren, mit Windkraft das Wasser zu bewegen. Das Bild war einen Augenblick zu sehen, dann zitterte es und verschwand, wie auch das von den quadratischen Wasserflächen.

Erbrow drehte sich zu ihrem Vater um und nickte. Sie wusste jetzt, was Salinen waren.

Yorsh schwieg. Er versuchte zu verstehen, wie die Strömungen in der Bucht verliefen und wie und warum sich die Sardinenschwärme bewegten. Wenn sie am Eingang des Kanals zwischen der kleinsten der Inseln, die vor der Bucht lagen, und der Felsnase, die sie nach Süden abschloss, Netze ausspannten, würden sie vermutlich genügend fangen können, um alle satt zu kriegen, und auch noch Zeit für anderes haben. Gegenüber der Felsnase von Arstrid, die die Bucht nach Norden abschloss, lagen sechs völlig grün bewachsene Inseln, die nach ihrem Aussehen Pinie, Frosch, Ziege, Kuh, Stier und Tischlein genannt worden waren. Zu Beginn ihres Aufenthalts am Strand hatte Yorsh sie rasch in Augenschein genommen. Unter erheblicher Mühe, wegen der Strömung, hatte er sich darauf beschränkt, an den Stränden oder Felsen kurz an Land zu gehen. Mit einem Blick hatte er festgestellt, dass da nichts Nützliches gedieh, und er hatte kehrtgemacht. Damals war er der einzige Schwimmer in der Gemeinschaft gewesen, auch wenn der Begriff Schwimmen unzutreffend war, seine Fähigkeit, sich vorzustellen, er sei ein Fisch, und sich als solcher im Wasser zu bewegen, war damit nicht genau erfasst. Jetzt konnten von den anderen auch viele schwimmen. Falls nötig, hätten sie zu den Inseln schwimmen können.

»Wenn wir genügend Sardinen fangen könnten, würden wir auch verhindern, dass jemand Zaunkönige isst«, fügte er mit einem finsteren Blick auf Moron hinzu, der mit seiner schiefen Gestalt am Strand herumhüpfte, »und dadurch großartige Kreaturen vernichtet, ohne seinen Hunger zu stillen.«

»Tschip tschip nein aua.«

»Vögeln darf man nicht wehtun. Hühner sind Vögel, die man essen darf.«

»Tschip tschip ham ham.«

»Ja, das Huhn ist ein Vogel, den man essen darf. Nicht dass

Hühner nicht denken würden, die Ärmsten, aber sie fliegen nicht, siehst du, und mit einem Huhn bekommt man mindestens sechs Leute satt. Es ist richtig, dass die Menschen andere Wesen essen, und damit ein Kind nicht Hunger leidet, bin ich auch bereit, mit meinen eigenen Händen einem Zaunkönig den Hals umzudrehen, aber sobald es uns möglich ist, müssen wir die anderen Bewohner dieser Erde respektieren und Entscheidungen treffen, die so wenig Leid wie möglich verursachen. Das absolut Gute können wir nicht haben. Wir streben das geringste Übel an.«

»Nein ham ham tschip tschip. Nein aua tschip tschip«, pflichtete Erbrow bei.

»Genau, Vögel isst man nicht. Und man tut ihnen auch nicht weh. Zaunkönige tötet man nicht, vor allem dann nicht, wenn man an einem Ort lebt, wo es von Tellmuscheln und Sardinen nur so wimmelt.«

Yorsh richtete sich auf und blieb auf dem Felsen stehen, der Wind und die Reflexe des Sonnenlichts auf dem Wasser umspielten ihn. Er schaute auf ihr Haus, seins und Robis, am äußersten westlichen Rand des Orts. Er war so glücklich, dass er sich von Licht durchdrungen fühlte, er glaubte sich ein Teil davon.

Dann schaute er Moron an, der jetzt nicht weit von ihm auf dem Felsbrocken des Blöden Orks hockte, dann drehte er sich um und beobachtete wieder den Sardinenschwarm.

Plötzlich nahm das Licht ab und es durchfuhr sie eiskalt. Erbrow sah zum Himmel hinauf, wo unverändert die Sonne schien, dann sah sie auf die Baumwipfel, die reglos waren, weil es völlig windstill war. Sie suchte mit den Augen und endlich begriff sie. Es war nicht Kälte, was sie erstarren ließ, es war Hass.

Der Mann des Hasses war nicht weit weg von ihr, hockte auf dem Felsbrocken des Blöden Orks, um mit seiner verdrehten Angelleine ein paar Fische zu fangen. Er hatte ihrem Vater einen bösen Blick zugeworfen, wie er es auch mit ihrer Mutter tat, aber das war nichts im Vergleich zu dem puren Hass, den er für sie übrig hatte.

Der Mann des Hasses drehte sich um und sein Blick traf sie voll. Es war ein fürchterlicher Blick. Der Mann warf ihn ihr nie zu, wenn ihr Vater oder ihre Mutter es hätten sehen können, sondern nur wenn sie allein ihn sehen konnte. Dieser Blick sollte sagen, dass sie ihm früher oder später in die Hände fallen würde, wenn ihr Vater oder ihre Mutter nicht da waren, und dann würde es kein Erbarmen geben.

Erbrow schwankte.

Sie verlor das Gleichgewicht. Sie versuchte, die Hand ihres Vaters zu fassen, der war aber ganz an den Rand des Felsens vorgetreten, um die Sardinen zu beobachten, und sie griff ins Leere. Sie fiel ins Wasser. Sie spürte, wie ihr das Meerwasser in Augen und Nase drang, und auch in den Mund, als sie ihn aufmachte, um zu weinen. Aber selbst dann ließ sie ihre Puppe nicht los.

KAPITEL 3

Yorsh stockte der Herzschlag. Im nächsten Augenblick war er auch schon im Wasser, eine Hand auf dem Brustkorb des Mädchens.

Die Kleine konnte nicht schwimmen.

Gleich nachdem sie am Strand angekommen waren, hatte Yorsh versucht, Robi das Schwimmen beizubringen, indem er ihr den Begriff des »Delfinseins« erklärte, das hieß ganz fest daran zu denken, dass man ein Delfin ist, und Robi wäre beinah ertrunken.

Nachdem sie so viel Wasser geschluckt hatte, dass man sich wundern musste, dass überhaupt noch welches im Meer war, hatte sie eine Technik entwickelt, ähnlich wie die Frösche in den Teichen, die ihr erlaubte, den Kopf oben zu halten und zu atmen. Die hatte sie dann allen anderen beigebracht, und jetzt waren es nur noch Moron und die allerkleinsten Kinder, die nicht schwimmen konnten.

Yorsh und Robi hatten bemerkt, dass es dem Elfen nicht immer leichtfiel zu unterscheiden, welche Fähigkeiten nur ihm eigen waren und welche er mit den Menschen gemeinsam hatte. Aus Angst, sich zu täuschen und Erbrow in Gefahr zu bringen, indem er elfische Kräfte bei ihr voraussetzte, hatten sie vereinbart, dass Robi ihr das Schwimmen beibringen würde, wenn sie etwas älter war.

Da sie aber am Meer lebten, war es unvermeidlich, dass Erbrow ins Wasser fiel. Das Ergebnis waren jedes Mal große Hustenanfälle und großes Geheul, woraus Yorsh geschlossen hatte, dass die Schwimmtechnik ihrer Mutter sie im Wasser wohl eher retten würde.

Während er das Mädchen packte, dachte Yorsh an das Delfinsein und brachte sie wieder an die Oberfläche. Das ganze Unternehmen hatte nur ein paar Sekunden gedauert. Erbrow fing an, wie verrückt zu lachen. Sie hustete nicht und rieb sich auch nicht die Augen, obwohl sie sie offen gehalten hatte.

»Noh«, sagte sie ganz fröhlich.

»Noch?«, fragte Erbrow.

»Noh«, bestätigte die Kleine.

Yorsh begriff. Er hielt sie gut fest und ließ sie unter der Wasseroberfläche dahingleiten. Lachend schaute Erbrow sich um, zeigte auf einen Seestern und steuerte dann auf einen kleinen Tintenfisch zu, der sich farblich dem Felsen hinter ihm angepasst hatte und nun erschrocken davonschwamm, eine Tintenwolke hinter sich herschleppend.

Sie war wie ein Delfin im Wasser. Yorsh nahm sie wieder auf den Arm, sie hörte nicht auf zu lachen. Er erinnerte sich, dass er sie noch nie berührt hatte, wenn sie ins Wasser gefallen war und Wasser geschluckt hatte. Vielleicht genügte die Berührung, um ihr seine Kräfte zu übertragen. Auch mit der neugeborenen Erbrow hatte er durch Berührung kommuniziert.

Seine Tochter musste seine magischen Fähigkeiten ganz oder teilweise geerbt haben.

»Pass auf, meine Kleine«, sagte er sanft, »wir haben Lungen, keine Kiemen. Wir können so tief hinuntertauchen, wie wir wollen, aber dann müssen wir wieder hochkommen und Luft holen.«

»Uff?«

»Ja, genau. Luft, atmen.«

Yorsh ließ sie wieder ins Wasser hinunter. In Abständen brachte er sie zum Luftholen wieder an die Oberfläche, bis er sich sicher war, dass Erbrow begriffen hatte.

KAPITEL 4

Als sie ins Wasser fiel, war ihr dieses in Mund und Nase gelaufen und hatte ihr den Atem genommen. Sie sah nur Schatten. Alles war kalt. Sie wollte schon weinen. Dann hatte ihr Papa sie gepackt und sie hatte wieder Luft bekommen, die Kälte war vergangen und die Augen konnten wieder sehen wie immer. Sie erkannte jede einzelne Faser an ihrem Kleid. Im Wasser hatte sich der Hass des Mannes aufgelöst und war verschwunden. Das Meer hatte dieselbe Farbe wie ihre Augen und es konnte sie nicht töten. Solange sie im Schutz des Meeres war, konnte der Mann des Hasses sie nicht erreichen mit seinem Blick, auch wenn er nicht weit entfernt von ihr war. Papa verstand das nicht, weil der Hass, den der Mann des Hasses gegen ihn hegte, klein war, und Papa war groß, Hass aber ist wie der Wind. Große Menschen bewegt er nur wenig, Kinder jedoch muss man davor schützen und in den Arm nehmen, sonst wirft er sie um. Erbrow war nun nicht mehr wehrlos. Der Mann des Hasses konnte nicht schwimmen. Sie konnte fliehen, wohin er ihr nicht folgen und sie auch nicht mehr ansehen konnte.

Es gelang Erbrow, ihrem Vater zu sagen, dass sie noch im Meer bleiben wollte, und zum Glück verstand er sie, denn er erlaubte es ihr. Er erklärte ihr, wie sie atmen sollte, als ob sie das nicht längst begriffen hätte, und nach einem ziemlich blöden Spielchen mit Auf- und Untertauchen ließ er sie endlich los. Jetzt musste sie fliehen, so schnell sie konnte, so weit weg, wie sie konnte, weit weg von dem Mann des Hasses und seinen Augen.

Das Meer war grenzenlos, schön wie die Welt draußen, mit der es aber überhaupt kein Ähnlichkeit hatte, und außerdem konnte sie hier fliegen. Sie breitete die Arme aus und flog durch das Salzwasser, das sie trug und irgendwie auch umarmte.

Sie traf auf einen Schwarm winziger Fische von einem so blendenden Blau, dass man meinen konnte, es leuchte von innen.

Sie kam zu einer Wand voller seltsamer kleiner Blümchen, gelb wie die Sonne, wenn sie untergeht. Sie waren nicht wie Blumen auf der Erde, die hielten ja still, diese hier aber grüßten sie, als sie vorbeikam, mit festlicher Höflichkeit und schlossen ihre Blütenblätter wie die Finger einer Faust.

Sie kam an eine Wiese mit sehr hohem Gras, wie sie es noch nie gesehen hatte, und über der Wiese stand ein Schwarm Fische mit grünen und goldenen Streifen, die in der Sonne leuchteten.

Sie kam unter einem violetten Baum hindurch, der sich zu einem Fächer öffnete, darunter weiße Sträucher, auch die voller Blümchen, die zum Gruß für vorbeischwimmende Kinder ihre Blütenblätter schlossen.

Zuletzt gelangte sie auf eine grüne Insel voller Vögelchen und kleiner Nester, wo sie aber auf ein böses Vieh traf, das die Unschuld fraß.

KAPITEL 5

Die Kleine wollte nichts davon wissen, auf den Arm genommen zu werden; sie wollte weiter im Wasser spielen. Sie machte sich los, tauchte wieder unter und glitt davon, schnell wie ein Fisch. Mit ausgebreiteten Armen segelte sie durchs Wasser wie Zaunkönige oder Möwen in der Luft, dann fand sie heraus, dass sie sich durch einen kräftigen Stoß der geschlossenen Beine fortbewegen konnte, wie Yorsh es auch machte. Sie war genauso schnell wie er. Er ließ sie unter Wasser mit einem Schwarm neugeborener Makrelen spielen, kleine Fische von so strahlendem Blau, dass das Licht davon abprallte. Als Erbrow genug hatte von den Makrelen, schwamm sie weiter, und Yorsh folgte ihr, sie lachte immer noch vergnügt und war nicht leicht einzuholen. Klein, wie sie war, schlüpfte sie durch einen niedrigen steinernen Bogen, der für ihn zu eng war, und er musste kehrtmachen und um einen großen Felsblock herumschwimmen. Als er endlich auf der anderen Seite des Bogens ankam, war die Kleine schon weit voraus, mitten im Seegras, das sich zwischen riesigen, haushohen Felsen träge hin und her wiegte. Die Felsen rückten immer dichter zusammen, überschattet von großen Fiederkorallen, die ihre Schirme ausbreiteten, das Licht in ihren Biegungen und Wölbungen brachen und

Platz machten, wenn Erbrow vorüberschwamm, während die Tintenfische ihre kleinen Tentakeln rasch wie zu einer Faust schlossen. Ein Schwarm Brassen und Sardinen stand plötzlich wie eine Wand vor Yorsh, ihr silbernes und stahlgraues Gleißen verwehrte ihm einen Augenblick lang die Sicht auf das Mädchen. Als er sie einholte, brachte er sie dicht unter die Oberfläche, damit sie nicht zu weit davon entfernt waren, wenn sich das Bedürfnis, Luft zu holen, wieder einstellen würde. Die Kleine blieb in ein paar Spannen Tiefe, um noch eine kleine Languste anzuschauen, dann tauchte sie endlich auf.

»Ham ham?«, fragte sie Yorsh interessiert, ihre Puppe immer noch in der Hand.

»Nicht dass ich wüsste«, antwortete ihr Vater mit einem skeptischen Blick auf die Languste, »ich glaube nicht, sie hat wirklich eine zu absurde Form.«

Yorsh sah sich um. Sie waren am Ufer von Tischlein, der größten unter den Inseln, die vor der Bucht lagen.

Die Insel war sehr grün, dicht bewachsen mit Ginster- und Myrtensträuchern. Sie bestand aus einem hohen Hügel, der obenauf platt war wie ein Tisch, daher auch der Name. Yorsh beschloss, sie diesmal zu erkunden, auch um seiner Tochter Zeit zu lassen, sich zu erholen und aufzuwärmen, bevor sie sich auf den Rückweg machten.

Er nahm sie auf den Arm und ging los. Er stieg von der Ostseite her auf den Hügel, da ihm dieser Weg weniger steil schien, und gelangte auf die Hochebene. Dort angekommen wandte er sich um und schaute auf die Bucht von Erbrow. Es verschlug ihm den Atem. Von fern, vom Meer aus betrachtet, sah der Ort wirklich aus wie ein großer Drachen, der sich dort zum Schlafen ausgestreckt hatte. Yorsch sah die Häuser, die verstreut zwischen dem Ufer und dem großen Felsvorsprung lagen, und erkannte sein eigenes. Sie hatten sie erbaut, indem sie Steine und lose Felsbrocken zusammenfügten, dazu Baumstämme, die vom Wind oder ihren einzigen zwei Äxten gefällt worden waren, oder vom Meer angespülte und von der Brandung glatt geschliffene Holzstücke. Das Ergebnis waren solide, krumme Wände, schiefe Türen ohne Angeln, die die Eingänge nur so ungefähr verschlossen und verziert waren mit komplizierten Schnörkeln und Mustern, worin sich Muscheln abwechselten mit bunten Steinen, Teilen von Pinienzapfen oder Gehäusen von Seeigeln. Mit ihren hellen, von Grau bis Rosa spielenden Farben hoben sich die Bauten ab vom strahlenden Blau des Meeres und vom üppigen Grün der Felsvorsprünge, die ganz mit Ginster und Pinien bewachsen waren. In der Mitte jedes Hauses war eine Herdstatt, deren Rauch durch die Öffnung im Dach aufstieg, die Dächer waren aus geflochtenem Schilf und Schiefer, den sie an den beiden Felsvorsprüngen am nördlichen und südöstlichen Rand der Bucht sammelten. Schilf säumte die Brackwassertümpel, die sich rings um den Punkt bildeten, wo der Dogon sich nach seinem spektakulären Fall in einer Reihe von Pfützen und Wasserlöchern verlief. Sogar aus dieser Entfernung, von der Insel aus, sah man die großen Silberreiher und die kleineren Fischreiher, die sich im flachen Wasser die Frösche streitig machten. Die Bucht war dermaßen fruchtbar, reich und blühend, sie quoll sozusagen über von Essbarem, dass selbst sie, ein Haufen armseliger Flüchtlinge und Hungerleider, wo auf vier Kinder, Alte oder Schwache ein arbeitsfähiger Erwachsener kam, dass selbst sie, ausgerüstet nur mit zwei Schaufeln und zwei Äxten, hatten überleben können.

Obwohl er oft darüber nachgrübelte, war Yorsh nicht klar, wieso der Ort vor ihrer Ankunft unbewohnt gewesen war. In diesem Punkt gelangten der gesunde Menschenverstand und die

Geschichtsbücher der alten Bibliothek, in der er dreizehn Jahre seines Lebens zugebracht hatte, einhellig zum selben Urteil: Unbewohnte Orte waren entweder so öde und unwirtlich wie ein Skorpionbauch, oder es schwebte irgendeine schreckliche Gefahr über ihnen, die sie für die heikle Kunst des Überlebens ungeeignet machte. Das war das Schicksal von Yernish gewesen, dem mythischen Ort der Greifen, die von Schimären überfallen und vertrieben worden waren; die wurden ihrerseits in einem unerbittlichen Kampf durch die Harpyien ausgerottet und diese wiederum fielen der legendären Dürreperiode in der Zweiten Runenzeit zum Opfer. Als Yernish von einem Dauerregen heimgesucht wurde, der vierzig Tage und vierzig Nächte dauerte und die letzten Harpyien, welche die Dürre überstanden hatten, bis auf das letzte ungefiederte Küken ausrottete, hatten sich ein paar Nomadenstämme in der Gegend niedergelassen, die eine Karawanserei gründeten. Sie bestand nur aus Zelten in den Farben des Windes und der Sonne und hieß Lakkil, was in ihrer Sprache *Ort des Glücks* hieß.

»Es macht mich misstrauisch, dass dieser Ort vor unserer Ankunft unbewohnt war. Ich möchte nicht, dass sich dahinter eine Gefahr verbirgt.«

»Aua.«

»Genau, Gefahr ist etwas, was wehtut. Andererseits hat sich in all diesen Jahren nichts Gefährlicheres ereignet als ein Gewitter.«

Yorsh schaute weiter auf den Strand. Im Norden war die weite Bucht begrenzt durch den Felsvorsprung von Arstrid, im Süden wurde sie abgeschlossen von einer sehr hohen, senkrecht abfallenden und absolut unzugänglichen Felsenklippe, die gen Westen tief zerklüftet war und auf ihrer Spitze eine stattliche Kolonie von Seeadlern beherbergte. Das waren kräftige, stolze Vögel, die sich in die Fluten warfen, um mit großen Fischen in den Krallen wieder aufzutauchen, sie hatten einen direkten, eindringlichen Blick, wie er sonst bei keinem anderen Tier zu beobachten ist.

Dann erkannte er im Uferverlauf wieder die Gestalt von Erbrow, seinem Drachenbruder, wie er in der Sonne ausgestreckt dalag. Der Kopf war der nördliche Felsvorsprung, der Schwanz der südliche; der Körper wurde gebildet von dem weiten, sehr grünen Felsenrund, und der Wasserfall war dort, wo die Flügel am Körper des schlafenden Drachen anlagen.

»Erbrow«, sagte er gerührt.

Weil sie glaubte, sie sei gemeint, umarmte das Mädchen ihn und legte den Kopf an seine Brust, doch dann zappelte sie und wollte auf den Boden hinunter. Yorsh küsste sie aufs Haar und ließ sie laufen. Scheinbar war da keinerlei Gefahr, der Boden war aus solidem Stein, darauf saßen Hunderte von weißen Fischreihern, die aufflatterten, als sie vorbeikam, und den Himmel verdunkelten. Ihre Nester waren einfach auf den Felsen abgelegt, darin die Eier oder völlig wehrlose Küken, woraus Yorsh schloss, dass es auf der Insel keine Raubtiere gab, weder Schlangen noch reißende Tiere.

»Nicht die Nester und die Eier anrühren«, ermahnte er Erbrow, die sie fasziniert betrachtete, »und schon gar nicht die Küken.«

»Nein aua tschip tschip«, bestätigte sie.

Er wandte sich nach Norden, wo er glaubte, im Gebüsch versteckte Grotten gesehen zu haben, als Erbrows Stimme ihn zurückrief.

»Tschip tschip ham ham aua«, sagte sie bestimmt.

»Ein krankes Huhn?«, übersetzte Yorsh erstaunt.

»Tschip tschip ham ham aua«, wiederholte die Kleine.

Sie zeigte auf etwas Großes, Weißes, das sich unterhalb von ihnen in einer kleinen, teilweise von einem Holunderstrauch versteckten Grotte bewegte. Yorsh kam näher. Das war eindeutig das größte Huhn, das er je gesehen hatte, es war fast so groß wie ein Hund. Es hatte herrliches weißes Gefieder, überzogen von silbernen und bläulichen Reflexen, die auch im Halbschatten schimmerten und so schön anzusehen waren, wie wenn die Sonne strahlend über dem winterlichen Meer steht oder das Mondlicht zwischen Wolken hervorbricht. Trotz seines schimmernden Gefieders schien das Tier aber zu leiden. Vielleicht war es nur erschrocken über ihre Anwesenheit. Sie mussten seit unvordenklichen Zeiten die Ersten sein, die ihren Fuß auf die Insel setzten. Das Geschöpf duckte sich und hob eine schrille, unangenehme, vorwurfsvolle und wehleidige Klage an, die einen Stein hätte erweichen können.

»Tschip tschip ham ham?«, fragte Erbrow.

»Ich weiß nicht«, flüsterte Yorsh, »ich bin mir nicht ganz sicher, ob das ein Huhn ist. Es ist zu groß dafür und Hühner jammern nicht. Und dann auch das Gefieder... Vielleicht klagt es ja, weil es verletzt ist. Vielleicht kann man es kurieren.«

»Ham ham!«, meinte Erbrow mit Entschiedenheit. »Ham ham!«, wiederholte sie.

Yorsh begriff nicht, ob die Kleine hungrig war oder ob sie das vermutliche Huhn essen wollte, weil sie sein Gejammer unerträglich fand.

»Wie könnt Ihr es wagen, Ihr Unglückseligen?«, fragte das Huhn, seine Klage durch ein aggressives Kreischen ergänzend.

»Das ist kein Huhn, Hühner sprechen nicht«, stellte Yorsh entschieden fest.

»Nein tschip tschip ham ham?«, kommentierte Erbrow maßlos enttäuscht, fast verzweifelt.

»Beklagt Ihr Euch, weil Ihr verletzt oder krank seid?«, fragte Yorsh voller Mitleid. »Eure Klage ist herzzerreißend, wenn ich irgendetwas tun kann, um Euch Erleichterung zu verschaffen...«

»Mein Herr«, entgegnete das Geschöpf giftig, »mein Gesang ist eine der erhabensten Klangschöpfungen, die es gibt unter dem Himmelszelt, und auch darüber, bei den Göttern der ganzen Welt.«

»Das muss uns entgangen sein«, murmelte Yorsh.

»Und wie könnt Ihr es wagen, meinen Frieden zu stören, unverhoffte, ungebetene, unerwünschte Gäste, aufdringliche Grobiane. Ich habe Euch empfangen mit meinem erhabensten Gesang und Ihr antwortet mir in so ungezogener Weise! Ganze Dichtungen wurden zum Lobpreis meiner Stimme verfasst! Oh weh, wie ist die Welt verkommen! Heute ist ein Tag von so unheilvoller Bedeutung, weil ich, an diesen wilden und unwirtlichen Ort versetzt, keinen Spiegel besitze und nicht sicher bin, welches Aussehen mein Gefieder hat, wie viel Silber darin noch glänzt! Welches Unheil, welche Bürde für meine Seele, die Furcht, was sage ich, der Schrecken, was sage ich, das Grauen, dass mein Gefieder sich schon lichten könnte und ich nicht mehr den Neubeginn erreiche, da es mir an der Möglichkeit gebricht, im Spiegel zu betrachten, in welchem Stande meine Schönheit ist…«

Yorsh war verblüfft und gerührt. Ohne jeden Zweifel, sie waren auf einen Phönix gestoßen. Also stimmte es nicht, dass die Drachen sie ausgerottet hatten.

»Das ist ein Phönix!«, sagte Yorsh bewegt. »Ein sehr altes und kostbares Geschöpf. Ein Phönix!«

»Ham ham!«, wiederholte Erbrow hartnäckig.

Nie begriffen sie etwas.

Sogar ihr Papa nicht. Es gab Tage, da begriff er rein gar nichts.

Sie wollte nicht sagen, ein krankes Huhn, sondern ein Huhn, das Schaden anrichtet.

Nicht wie der Mann des Hasses, der einem seinen Blick überwarf wie eine Kappe aus Eis und Dunkelheit.

Das Huhn nahm weg. Es nahm die Fröhlichkeit weg, die Lust zu lachen. Es verdarb alles.

Einmal hatte Mama ihr ein scheußliches Tier gezeigt, einen dicken Wurm, der in den Tümpeln beim Wasserfall lebte und Blutsauger hieß. Wenn er sich bei jemandem festsetzen konnte, blieb er dran und saugte, so viel er konnte.

Das, was ihr Vater Phönix nannte, war eine Art riesiger Blutsauger, und er würde nicht wieder aufhören zu saugen, bis er alles zerstört hatte, was er vor sich sah, und jetzt sah er eben sie beide vor sich.

Und was das Schlimmste war, das Geschöpf konnte sprechen.

Sie hatte nicht sagen wollen, dass sie das Huhn essen sollten, sondern dass das Huhn sie aufessen würde. Nicht ihren Körper, sondern was darin war.

Das bösartige Huhn fraß die Fröhlichkeit.

Es fraß das Liebhaben.

Es brachte Streit und missgünstige Gedanken, und was schlimmer war, wenn es das vollbracht hatte, wurde es dadurch nicht weniger missgünstig und unglücklich.

Die einzig gute Idee war, zu gehen und es zu lassen, wo es war, zu fliehen, so schnell sie konnten.

Das wäre eine gute Idee gewesen, aber früher oder später würde jemand anderer dieses Riesenhuhn finden und von ihm vernichtet werden. Vielleicht war das der Grund, warum Papa immer noch dablieb.

KAPITEL 6

Yorsh dachte, das Kind müsse wirklich sehr hungrig sein. Nie hätte er für möglich gehalten, dass Erbrow einen solchen Grad an Unhöflichkeit, um nicht zu sagen, Grausamkeit an den Tag legen könnte, ein mit Sprache begabtes Wesen, selbst wenn es aussah wie ein Huhn, verspeisen zu wollen.

»Werte Dame«, sagte er, »ich bin sprachlos. Zu meinem größten Kummer hatte ich immer gedacht, Eure Art sei ausgestorben. Nun entdecke ich zu meiner immensen Freude, dass Ihr am Leben seid…«

»Redet keinen Unsinn, törichter Jüngling. Eine stattliche Schar starker und stolzer Phönixe lebt jenseits des großen Ozeans in glücklicher Gemeinschaft. Diesseits des weiten, tiefen Meeres bin ich die einzige Phönixhenne, die überlebt hat, das ist wahr, weil die bösen Drachen uns bekämpft und gelegentlich sogar mit Rosmarin verspeist haben.«

»Ich dachte, das war mit Lorbeer«, murmelte Yorsh, aber zum Glück gingen seine Worte im Rauschen der Brandung unter.

»Tschip tschip ham ham?«, fragte Erbrow hartnäckig.

»Was will das Kindelein wissen?«, fragte die Phönixhenne gereizt und mit einem verächtlichen Blick.

»Sie hat gefragt, ob Ihr ein Huhn seid«, antwortete Yorsh knapp.

»Mein Herr! Wie könnt Ihr nur eine so barbarische Bemerkung dulden?«

»Mit Verlaub, werte Dame, ich kann das ehrlich gesagt nicht so schlimm finden. Meine Tochter ist ein kleines Mädchen, ihr Verstand arbeitet mit Analogien. Wenn ihr ein unbekannter Begriff oder ein unbekannter Gegenstand begegnet, sucht sie diese mit ihr schon bekannten in Verbindung zu bringen. Sie kennt Hühner, Euch kennt sie nicht, also versucht sie, Euch unter den Begriff…«

Die Phönixhenne ließ ihn nicht ausreden.

»Dürfte ich erfahren, junger Herr«, fragte sie giftig und von oben herab, »auf welchen Namen Eure wenig erlesene Höflichkeit hört?«

»Yorshkrunquarkjolnerstrink«, antwortete Yorsh mit einer angedeuteten Verbeugung, sich weitere Erklärungen ersparend. »Stets zu Euren Diensten«, setzte er galant hinzu, in erster Linie, um die Vorstellung zu beenden.

»Ach ja«, sagte die Phönixhenne, »tatsächlich? Ist ja interessant. Der Letzte und der Mächtigste also aus dem Volk der Elfen. Ward Euch dieser Name einfach so zum Spaß gegeben, oder steht tatsächlich fest, dass Ihr der letzte Eures Stammes seid und der mit den größten magischen Kräften Begabte?«

»Der Name wurde mir nicht zufällig gegeben.«

»Der letzte«, fing die Phönixhenne wieder an, deren Stimme immer schriller und verächtlicher wurde. »Es muss ziemlich unangenehm sein, der Letzte eines Stammes zu sein, der nicht einmal in der Lage war, die eigene Ausrottung zu verhindern. Peinlich, peinlich. Aber wenn Ihr der Letzte seid, wie kommt es dann, dass Ihr eine Tochter habt? Ihr werdet Euch doch nicht – Ihr müsst verzeihen, aber in meiner herrscherlichen Großmut und unendlichen Güte widerstrebt es mir, brutal zu sein, und ich wage es kaum auszusprechen – Ihr werdet Euch doch nicht mit Menschen vermischt haben? Allein die Vorstellung erschüttert mich bis ins Mark…«

»Madame«, antwortete Yorsh unter Aufbietung all seiner Höflichkeit, »ich habe die Ehre, ein Wesen zur Frau zu haben, wie sich ein besseres gar nicht denken lässt, und die Freude über diese Gewissheit erfüllt mein Dasein ganz und gar, eingeschlossen die Augenblicke, in denen ich Eure Bekanntschaft machen durfte, die ich nicht unbedingt zu den glänzendsten meines Lebens zählen würde. Wagt nie mehr, weder in meiner Gegenwart noch anderswo, es meiner Gemahlin oder meiner Tochter gegenüber an Respekt fehlen zu lassen. Und was das Überleben von Stämmen angeht, Madame, ich weiß ja nicht, wie es jenseits des weiten, tiefen Ozeans aussieht, aber hier, verzeiht die Offenheit, hier kommen Phönixe nicht eben scharenweise vor.«

Die Bemerkung war sicher unglücklich gewesen. Die Phönixhenne brach in ein derart misstönendes und kreischendes Lamento aus, dass im Vergleich dazu der zuvor gehörte sogenannte Gesang geradezu von Wohlklang und Harmonie geprägt schien.

Yorsh war verblüfft. Nicht zum ersten Mal in seinem Leben stieß er auf eine erhebliche Diskrepanz zwischen dem, was in den Büchern stand, und der Wirklichkeit. Überall hatte er Schilderungen von der Großartigkeit der Phönixe gelesen, von ihrer Intelligenz, der Schönheit ihres Gesangs, der Kraft ihrer Schwingen. Erbrow, der Drache, allerdings in seiner Großartigkeit hatte von ihnen gesprochen wie von albernen Hühnern. Man musste einräumen, dass diese Beschreibung nicht ganz unzutreffend war. Manchmal hatte Yorsh den Eindruck, dass in den Büchern alles und das Gegenteil von allem geschrieben stand. Auf einem alten

Pergament, von dem es hieß, es sei von dem Herrscher selbst verfasst, hatte er eine Beschreibung Arduins gefunden, die ihn als Riesen von sieben Fuß Größe schilderte; ein anderes Mal war ihm ein Buch in die Hände gefallen, wo Esel mit weißen und schwarzen Streifen dargestellt waren, und außerdem gab es da eine verrückte Kuh mit runden Flecken, sehr langen Beinen und noch längerem Hals.

»Gut, werte Dame, ich bitte, die Störung zu entschuldigen. Es war mir eine Ehre, Eure Bekanntschaft zu machen …«

»Tschip tschip ham ham«, zischte Erbrow erbost.

»Es war mir ein Vergnügen, Eure Bekanntschaft zu machen«, wiederholte Yorsh geduldig, wobei er der Kleinen einen tadelnden Blick zuwarf, »und nun verabschieden wir uns, um Euch nicht länger …«

»Mein Herr«, rief die Phönixhenne ihn zurück. »Ich bin übermannt von namenloser Überraschung, Verwunderung befällt mich ob Eures Betragens, das ich bar jeder Höflichkeit finde. Ich frage mich, wie Ihr Euch bei so ungezogenem Benehmen einen Angehörigen des Volks der Elfen nennen könnt.«

»Madame«, antwortete Yorsh, »ich verstehe nicht. Wir hatten den Eindruck, Euch lästig zu fallen, und daher gingen wir davon aus, dass unsere Abwesenheit Euch willkommen sein würde …«

»Ich kann nicht glauben, dass Ihr nun gehen und mich hier meiner hehren Einsamkeit überlassen wollt, meiner tristen Einöde, meiner traurigen Abgeschiedenheit, auf diesem von Gott und den Menschen vergessenen Felseneiland. Ich mit all meinen Jahren …«

»Werte Dame«, erwiderte Yorsh, »Ihr habt mir erklärt, wie unangenehm Euch unser Eindringen war, also verzichten wir auf das Vergnügen, weiterhin Euer Gefieder bewundern zu dürfen, und kehren an unser Ufer zurück.«

»Mein Herr, welch böser Wille, mir Worte zur Last zu legen, die ich selbst wohl ausgesprochen habe, aber in einem Augenblick höchster, von Euch selbst verursachter Verzweiflung«, beharrte die Phönixhenne in immer schrillerem Ton.

»Wahrhaftig böser Wille«, bestätigte Yorsh. »Unerträglich. Wer wollte bestreiten, dass Ihr recht habt? Es wird eine Erleichterung für Euch sein, von unserer Gesellschaft befreit zu sein, also beschleunigen wir unseren Abschied. Meine Dame«, Yorsh grüßte mit einer tiefen Verbeugung, nahm sein Töchterchen wieder auf den Arm und wandte sich zum Gehen.

Er sinnierte kurz darüber nach, dass ein mit Leben und Geist begabtes Wesen sich niemals und über nichts in Sicherheit wiegen sollte. Nach dreizehn Jahren, die er in Gesellschaft eines brütenden Drachen zugebracht hatte, war er sich stets sicher gewesen, für einen Ausbund an Geduld gelten zu dürfen. Er war immer überzeugt gewesen, dass ein brütender Drache ein nicht zu überbietendes Höchstmaß an alberner Missgunst, wehleidiger Verdrießlichkeit und kläglicher Arroganz darstellte. Die, wenn auch kurze Bekanntschaft mit der Phönixhenne hatte ihn eines Besseren belehrt.

Gellend rief die Stimme der Phönixhenne ihn zurück.

»Madame, ich verstehe nicht, was Ihr wollt«, sagte er schließlich, fürchtete zugleich aber, sehr wohl verstanden zu haben, und zwar vom ersten Moment der Unterredung an.

»Mein Herr«, entgegnete die Phönixhenne giftig, »ich rufe die Götter zu Zeugen an, dass ich nicht eben die beste Meinung von Euren Geistesgaben hege, aber selbst Ihr müsstet begreifen, dass es nicht mein Wunsch ist, weitere Jahrhunderte allein auf diesem Felseneiland zuzubringen. Ergo lasst Euch etwas einfallen, auf dass meine glänzende, aber zerbrechliche Person diesen Ort unversehrt, ohne irgendwelchen Schaden zu nehmen, verlassen kann.«

»Euch mitnehmen? Aber werte Dame, diese wunderschöne Insel ist Euer Zuhause, ist Euer unumschränktes Reich. Ich weigere mich, Euch einem so lieblichen Ort zu entreißen, wo Ihr in Sicherheit seid und an Leib und Leben unversehrt bleibt. Wenn wir Euch mitnähmen, müssten wir Euch unsere verheerende Gegenwart aufnötigen, ganz zu schweigen von den anderen Menschenwesen, mit denen wir zusammenleben und die noch schlimmer sind als wir, noch unhöflicher und mürrischer. Wir zwei, meine Tochter und ich, sind bei Weitem noch am meisten mit Höflichkeit gesegnet, da könnt Ihr Euch ausmalen, wie die anderen sind. Bleibt hier. Wir sind Eurer Gegenwart nicht würdig.«

»Nein tschip tschip ham ham uns«, insistierte Erbrow verzweifelt. »Tschip tschip ham ham uns aua.«

»Was faselt dieses ... nun, sagen wir, diese Art Kindelein da?«

Wieder brauchte Yorsh ein paar Sekunden für die Antwort. Ein weiterer Grundpfeiler seiner Gewissheiten, die Überzeugung nämlich, dass er niemals den Wunsch verspüren würde, jemanden zu ohrfeigen, war soeben zusammengebrochen.

»Mein wundervolles Töchterchen hat den Wunsch geäußert, die Bekanntschaft mit Euch nicht länger fortzusetzen, aus Angst, Eure Gesellschaft könne für uns nicht förderlich sein. Bevor Ihr nun Klagen anstimmt, Madame, mache ich Euch darauf aufmerksam, dass die Höflichkeit, die ja tatsächlich mit einer harmlosen Form der Lüge verglichen werden kann, bei Kindern unter drei Jahren unmöglich ist, und Erbrow ist zwei. Mit anderen Worten, sie sagt, was sie denkt. Wenn Euch also«, fuhr er fort, »in dem, was sie sagt, etwas unangenehm ist, dann bleibt Euch nur eins, nämlich Euer Verhalten so zu ändern, dass sich die Meinung, die sie von Euch hat, bessert.«

»Mein Herr, ich pflichte Euch bei, sie ist ein Kind, und obendrein zum Teil menschlich, das heißt, sie vereinigt sämtliche Unvollkommenheiten in sich, und da ist klar, dass ihr selbst die elementarsten Grundregeln der Höflichkeit unbekannt sind, doch wenn ich mich recht entsinne, gibt es ausgezeichnete und höchst wirksame Systeme, wie man sowohl Kindern als auch Hundejungen in kürzester Zeit Manieren beibringt und sie lehrt, vor ehrbaren Personen den Mund zu halten.«

Yorsh sah die Phönixhenne an, und auch die Gewissheit, dass er niemals davon träumen würde, jemanden zu erwürgen, war zusammengebrochen, und damit war auch seine Geduld am Ende.

»Madame«, begann er eisig und wunderte sich selbst über den Klang seiner Stimme, so ungewohnt war er ihm, »untersteht Euch nie wieder, nie wieder will ich hören …«

Ein Schwall von Tränen unterbrach ihn, von so herzzerreißender Qual erfüllt, dass Erbrow sich die Ohren zuhielt. Da war überhaupt kein Gekreisch oder Gezeter mehr, nur die grenzenlose Trauer einer verzehrenden Einsamkeit, einer unvordenklichen und untröstlichen Verlassenheit.

»Mein Herr! Seid gütig. Seid groß, erweist Euch Eures Namens würdig, nehmt meine bescheidene Person mit aufs Festland! Erweist Euch Eurer Sippe würdig! Habt Erbarmen! Wie könnt Ihr mich hier zurücklassen, elend und gebeugt unter der Last meiner Jahre, der Last schmerzlicher Erinnerungen, längst vergangener Lieben, alles aus und vorbei, verschlungen von der Zeit, verschluckt von der Unterwelt?«

Es war ein sanftes Klagen, das Mitleid einflößte. Yorsh fühlte, wie sich sein Herz zusammenzog.

Der Schmerz in dieser Klage lähmte ihn.

So unerträglich sie auch sein mochte, die Phönixhenne war ein uraltes Lebewesen, das er im Begriff war auf einer öden Insel zurückzulassen.

Schon allein dass er auf einen so grausamen Gedanken hatte

kommen können, erschütterte ihn. Er fragte sich, was seine Mutter und sein Vater von ihm denken würden, wenn sie von seiner Grausamkeit wüssten, und zum ersten Mal in seinem ganzen Leben verspürte er ein Gefühl der Scham, zum ersten Mal in seinem ganzen Leben war er froh, dass seine Eltern ihn nicht sehen konnten.

Er gab nach und beeilte sich, die Phönixhenne zu beschwichtigen. Er versprach ihr, dass sie sie mitnehmen würden aufs Festland, und die Wehklagen beruhigten sich, wenn auch nur langsam. Erbrow war still, ihre Puppe in Händen und mit einem unglücklichen Gesichtsausdruck.

Mit Erbrow auf dem Arm stieg Yorsh den Hügel hinunter. Er kitzelte ihr die Fußsohlen, die Kleine hob den Kopf von seiner Schulter und lachte, froh über die wiedergefundene Nähe zum Vater.

Die schwachen Wehklagen der Phönixhenne verstummten langsam.

»Nein tschip tschip ham ham uns. Aua uns«, wiederholte Erbrow hartnäckig.

Auch wenn ihre Sprache noch holprig war, Erbrows Logik war einwandfrei. Die Phönixhenne war ein bösartiges Geschöpf, und das Beste wäre gewesen, sie zu lassen, wo sie war.

»Ich bringe es nicht über mich, sie hierzulassen. Wir müssen sie mitnehmen.«

»Nein«, sagte das Mädchen entschieden, mit einer über jeden Zweifel erhabenen Sicherheit. »Tschip tschip ham ham uns aua. Nein tschip tschip ham ham uns.«

»Sie ist ein unerträgliches Geschöpf, das ist gar nicht zu leugnen, aber schau mal, sie ist ein sehr altes Geschöpf, so alt wie die Drachen, und daher... zwangsläufig unerträglich, aber auch kostbar. Lange Zeit hindurch haben auf der Welt die Drachen, die

Phönixe und die Greifen geherrscht, bevor die Götter die Gabe des Wortes allein dem Menschen vorbehielten, und es ist schwer einzusehen für sie und kränkt sie, dass von ihrer einstigen Größe vielleicht nur Dünkel übrig geblieben ist. Dieses Geschöpf ist kostbar, weil es sehr alt ist, es trägt das Gedächtnis der Welt in sich. Und, was noch wichtiger ist, es ist in der Lage, Schmerz zu empfinden. Seine Gegenwart ist eine Plage, das stimmt, aber es ist... wie soll ich sagen... diese Phönixhenne ist imstande zu leiden. Sie ist unglücklich und wir... wir sind verantwortlich für das Leid der Welt, und daher auch für die Phönixhenne, so bösartig sie auch sein mag, verstehst du?«

Erbrow seufzte. Sie nickte, doch dann schüttelte sie den Kopf und seufzte erneut.

»Mama aua«, setzte sie hinzu.

»Ich fürchte, du hast recht. Mama wird nicht erfreut sein. Nicht wenn die Phönixhenne erst einmal den Mund beziehungsweise den Schnabel aufgemacht hat. Ich weiß, ich bin dabei, mich gründlich in die Nesseln zu setzen, aber ich kann nicht anders.«

»Esse?«

»Nessel? Das ist eine Pflanze, die brennt, wenn man damit in Berührung kommt. Wenn einer sich selber ins Unglück bringt, sagt man, er setzt sich in die Nesseln. Das ist eine Metapher, verstehst du, eine bildliche Ausdrucksweise.«

Erbrow nickte.

Sie hatte blaue Augen wie Yorsh, aber in allem Übrigen war sie ganz die Mama. Auch im Gesichtsausdruck, sanft, aber in gewisser Weise würdevoll. Majestätisch, hätte man sagen können.

Jedes Mal wenn in diesen acht Jahren Gefahren zu bestehen gewesen waren, ganz abgesehen von ihrer wechselvollen Flucht, war Yorsh immer wieder sprachlos gewesen angesichts von Robis Fähigkeit zu entscheiden, was zu tun war, und die Sache dann auch in die Hand zu nehmen. Als eine Windhose auf die Felsküste zuraste, war er gerade auf dem Meer draußen, um Netze für die Sardinen auszulegen. Es war Robi gewesen, die alle in die Höhlen geführt und diese mit Felsbrocken hatte verschließen lassen, bevor der Sand, aufgewirbelt vom Wind, wie verrückt über den Strand zu toben begann. In der Hungersnot, die nach monatelangen Stürmen und Gewittern ausgebrochen war, weil man nicht ins Meer und keine einzige Tellmuschel suchen konnte, war es Robi gewesen, die diejenigen aufmunterte, die der Mut verließ, sie war es gewesen, die angefangen hatte, alles nur irgendwie Essbare zu verkochen, von Reihern und Fröschen bis zu Ameisen, von Pinienkernen bis hin zu in Honig karamellisierten Kakerlaken, die sie nicht nur bis in den Frühling retteten, sondern die auch allen Kindern wahnsinnig gut schmeckten.

Die Überzeugung, dass die alte Prophezeiung ihn etwas anging, hatte ihn nie verlassen. Er fragte sich, ob Robi nicht tatsächlich Arduins Nachfahrin war, das Mädchen mit dem Morgenlicht im Namen, seit jeher für ihn bestimmt, den letzten und mächtigsten der Elfen. Vielleicht gab es eine ihm unbekannte Sprache, in der die Lautfolge Robi die Morgenröte bezeichnete, oder vielleicht hatte in diesem einen Punkt die Weitsicht des Herrn des Lichts durch die Jahrhunderte versagt.

Yorsh beschloss, auf der Westseite des Hochplateaus herunterzusteigen. Nicht weit entfernt lagen die beiden Inseln Kuh und Stier, dahinter der Horizont. Auf der Westseite gab es keinen Strand, dafür aber eine schöne Bucht mit ausreichend tiefem Wasser, dass ein Schiff, ohne auf Grund zu laufen, einfahren konnte. Sie war gesäumt von einer Reihe spitzer, steiler Felsen, die wie eine Serie von Türmen direkt aus dem Wasser ragten und winzige Buchten schufen, in denen sich alles ansammelte, was das Meer so anspült, Pinienzapfen, Haufen von Algen, in der Brandung glatt polierte Holzstücke, Skelette von Delfinen und das gigantische Gerippe eines Wals, dessen Wirbel dermaßen groß waren, dass sie einem Menschen als Sitzhocker dienen konnten. Unzählige Wrackteile lagen herum. Yorsh erinnerte sich, gelesen zu haben, dass in früheren Zeiten an dieser Küste blühendes Leben geherrscht hatte. Schiffe kreuzten auf dem Meer, hoch beladen mit Waren, Salinen gleißten in der Sonne und lieferten den Menschen Salz. In dieser Zeit eines regen Handelsverkehrs musste die Tischlein-Insel mit ihrem herrlichen natürlichen Hafen, eingefasst von tückischen Felsen und von starken Strömungen umspült, eine tödliche Falle gewesen sein. Planken in jeder Länge und Stärke lagen da herum, Schiffsmasten verschiedener Größe, Fetzen von Segeln, deren ursprüngliches Weiß nicht mehr zu erkennen war und deren Gewebe völlig verrottet und so durchsichtig geworden war wie ein Spinnenetz. Yorsh betrachtete diese kläglichen Überreste, und auch wenn Generationen seither vergangen waren, fühlte er immer noch den Schmerz der Ertrinkenden. Einen Augenblick lang spürte er die Verzweiflung und hörte die Schreie, als die Brandung die Oberhand gewann über den Willen der Menschen und die Seeleute wussten, dass ihre letzte Stunde gekommen war. Die kleine Erbrow unterdrückte ein Schluchzen, und da war Yorsh klar, dass sich auch für sie in diesen Holzteilen und Segelfetzen Leben verbargen, die unterbrochen, und Atemzüge, die abgeschnitten worden waren. Einen Augenblick lang war es, als habe sich ein grauer Schleier vor die Sonne gelegt, und so, die Kleine auf seinem Arm, standen sie da unter den Schwingen der Erinnerung an den Tod.

Yorsh drückte das Mädchen an sich, fühlte sie klein und warm an seiner Brust und in dieser Umarmung löste sich der Schmerz, seiner und ihrer. Die Schwingen des Todes wichen.

»Wie haben ihrer gedacht« sagte er. »Jetzt kehren wir ins Leben zurück. Das Wichtige ist nicht Sterben, sondern wie und warum man stirbt und ob sich jemand an einen erinnert, wenn man tot ist. Auf See zu sterben, ist in gewisser Hinsicht Konsequenz einer Wahl. Wären diese Männer zu Hause geblieben, um ihren Garten zu bestellen und ihre Sardinen zu fischen, hätten sie ein Leben in Sicherheit geführt. Stattdessen wollten sie wissen, was jenseits des Horizonts ist, denn die höchste Berufung des Menschen ist das Abenteuer der Erkenntnis. Ehren wir ihren Mut. Und schauen nach, ob es in all diesem Zeug etwas gibt, was uns dienlich sein kann. Wir müssen nämlich ein Floß bauen, damit ihre Hoheit, die Madame Phönixhenne, ihren kostbaren Allerwertesten sicher an Land bringen kann, aber sag ihr bloß nicht, dass ich mich so ausgedrückt habe.«

»Allerten?«

»Das ist der Körperteil, auf dem man sitzt.«

Yorsh musste lachen. Erbrow lachte mit, und auch wenn es nur ein Lachen von jemand war, der nicht sicher ist, ob er den Witz verstanden hat, brachte es doch die Sonne wieder zum Strahlen.

Das Floß zu bauen, war weniger leicht als gedacht, dafür aber lustiger. An Holz fehlte es nicht. Sie fanden auch eine zertrümmerte Truhe, an der das gold- und silberbeschlagene Schloss noch völlig intakt war. Yorsh legte die Hand darauf und es sprang auf. Erbrow lachte. Ohne ihre geliebte Puppe loszulassen, legte sie ebenfalls die Hand auf das Schloss, und diesmal schnappte es zu. Erbrow ließ es wieder aufspringen, dann wieder zuschnappen.

»Gut«, sagte ihr Vater. »Es ist immer nützlich im Leben, wenn man weiß, wie man Schlösser und Riegel öffnet. Nun hör gut zu, mein Kind, das darfst du nur tun, wenn ich oder die Mama dabei sind, denn es kann sehr gefährlich, ja tödlich sein, aber mir ist es lieber, du weißt die Dinge und lernst sie gleich.«

Yorsh ließ seine Hand über ein Stück trockenes Holz gleiten und es fing Feuer. Er ließ die Flamme ein paar Augenblicke auflodern, dann löschte er sie mit einer Bewegung. Erbrow lachte, dann entzündete auch sie mit einer Handbewegung eine Flamme.

»Sehr gut, mein Schatz, und jetzt pass auf. Feuer bedeutet totale Zerstörung. Es wärmt unsere Nächte und kocht unser Essen, aber es kann auch der absolute Schmerz sein. Die magischen Kräfte stellen sich erst dann ein, wenn man sie zu beherrschen weiß. Das ist bei Elfen so, also müsste es auch bei...«

Yorsh stutzte.

»Ich weiß gar nicht, wie ich dich nennen soll«, bekannte er. »Nein, jetzt, wo ich es mir überlege, weiß ich es ganz genau. Ich werde dich Halb-Elfin nennen. Denn, siehst du, wichtiger als die Worte, die ja nur eine Folge von Silben sind, ist der Sinn, den wir ihnen geben. Halb-Elf, das ist derjenige, der die Kenntnisse der Elfen und den Mut der Menschen als Erbe in sich vereint. Dass der Ausdruck Halb-Elf bisher als Schimpfwort verwendet wurde, ist bloß ein Zeichen für die Verrücktheit der Welt. Wenn das Wort Wasser ein Schimpfwort würde, müssten wir deshalb doch auch nicht verdursten, oder was meinst du? Also, meine wunderbare Halb-Elfin, ohne die Erlaubnis von Papa oder Mama darfst du nie Feuer machen, und nie bei Wind; wenn ein Feuer zu groß wird, lösch es. Jetzt zeig ich dir, wie man das macht.«

KAPITEL 7

Um ganz sicher zu sein, dass seine Tochter verstanden hatte, legte Erbrow die Hand ins Feuer und ließ sie ein wenig dort. Er stöhnte auf und nahm die Hand aus dem Feuer, der Handrücken war gerötet und schnell bildete sich eine Brandblase. Erbrow stöhnte ebenfalls. Sie ließ ihre Puppe fallen und hielt beide Händchen an die Brandblase des Vaters. Sie schloss die Augen, und die Anstrengung war so groß, dass sie die kleine Stirn in Falten legen musste. Die Brandblase verschwand, und Yorsh konnte zusehen, wie seine Haut wieder glatt und rosig wurde.

»Und das, wo hast du das gelernt?«, fragte er sie.

»Erbrow aua.«

»Wenn du dir die Knie aufschlägst und ich sie wieder heil mache?«

Das Mädchen nickte.

Yorsh schloss sie in die Arme und hielt sie lang fest. Die Kräfte des Mädchens waren möglicherweise größer als seine eigenen, mit Sicherheit aber hatten sie sich in sehr frühem Alter schon bemerkbar gemacht.

Die magischen Kräfte der Elfen, vereint mit dem Mut der Menschen.

Yorsh schauderte, außer Halb-Elf gab es da noch ein anderes Wort für Erbrow und das lautete *Hexe*. Wenn Halb-Elf nur ein beleidigendes Schimpfwort war, konnte Hexe den Tod bedeuten, auch für jemanden, der nie etwas Böses getan hatte.

Er drückte die Kleine an sich und schwor, dass er sie immer und vor jedermann schützen würde.

Dann ließ er sie laufen und baute das Floß. Sie würden die Phönixhenne daraufsetzen und es bis zum Strand schieben, mit Lungen- und Muskelkraft gegen die Strömung angehend. Nach einer Reihe von Versuchen, die in Geplantsche und Gelächter endeten, gelang es ihnen schließlich, drei Holzstücke mit ein paar Segelfetzen zusammenzubinden, zwei Teile von einem Hauptmast und eine Planke, aus denen das improvisierte Gefährt bestand, groß genug, um die Phönixhenne aufzunehmen, während Yorsh sie schwimmend an Land schob.

Bei der Vorstellung, auf ein Floß steigen zu müssen, erhob die Phönixhenne anfänglich ein Gezeter, das während der Überfahrt in immer schrillere und markerschütternde Töne überging, etwas zwischen Heulen und Todesröcheln. Yorsh hatte Erbrow Anweisung gegeben, ihm zu folgen und sich dabei etwa sechs Fuß unter der Wasseroberfläche zu halten, wo die Strömung weniger stark war, er sie aber noch sehen konnte. Im Wasser zu sein, wo sich ihre Atmung umstellte, erschien ihm für das Mädchen sicherer, als bei normaler Atmung auf dem Floß zu sitzen, wo ihr jede Menge Wasser in Nase und Augen spritzen würde. Der junge Elf hatte die Strömung gegen sich und musste all seine Kräfte aufbieten, um das Floß voranzuschieben. Die Phönixhenne tat nichts, um ihm zu helfen, und sicher wäre es für Yorsh erheblich weniger anstrengend gewesen, wenn er nicht die Hälfte seines Atems darauf hätte verschwenden müssen, unentwegt beschwichtigend auf sie einzureden und sie über die Gefahren des Salzwassers für die Schönheit des Federkleids zu beruhigen. Zum ersten Mal im Leben hatte Yorsh im Wasser Schwierigkeiten. Jetzt verstand er, was Robi meinte, wenn sie sagte, sie habe Wasser geschluckt. Das war nicht korrekt ausgedrückt, im Grunde wurde das Wasser ja nicht geschluckt, sondern es drang in die Lungen ein, und das war ein äußerst unangenehmes Gefühl.

Erbrow kam vor ihm am Ufer an, und zu sehen, dass sie in Sicherheit war, festen Boden unter den Füßen hatte, war eine Erleichterung für Yorsh. Das Mädchen hielt die kleine Languste in Händen, die sie offenbar wiedergefunden hatte. Sie lief, warf sich ihrer Mutter in die Arme und legte sie ihr triumphierend in die Hand.

»Ham ham?«, fragte sie hoffnungsvoll.

»Aber sicher, das ist eine Art Krebs, heute Abend noch landet sie auf dem Rost.« Robi lachte, nahm das Mädchen auf den Arm und drückte sie lang an sich, wie sie es immer tat, wenn sie sich Sorgen machte. »Du schwimmst unter Wasser wie dein Papa!«, stellte sie fest.

Yorsh bemerkte die Spannung. Die Kleine war in der Lage, sich an Orte zu begeben, wohin ihre Mutter ihr nicht folgen und wo sie sie nicht schützen konnte, doch es lagen auch Zärtlichkeit und Fröhlichkeit im Ton, ja, noch etwas mehr. Er fand das richtige Wort: Rührung. Er dachte, das Gefühl, das eine Frau empfindet, wenn sie in ihrer Leibesfrucht körperliche oder seelische Züge dessen wiedererkennt, den sie zum Vater ihrer Kinder erwählt hat, könnte man Rührung nennen. Das Geschlecht der Elfen war nicht untergegangen und war nicht ausgelöscht worden. Seine Kräfte lebten weiter in einem Geschöpf mit gerundeten Ohren, dem widerspenstigen Haar und dem unbezwinglichen Mut seiner Mutter und des ganzen Menschengeschlechts.

»Du bist meine Gemahlin«, murmelte er so leise, dass die Worte im Geräusch der Wellen untergingen.

Dann sagte er es sich im Kopf noch einmal vor, und wieder war das Glücksgefühl so intensiv, dass es körperlich spürbar wurde wie der Salzgeruch des Meeres oder die Wärme der Sonne auf der vom Meerwasser kühlen Haut. Endlich war er heraußen aus dem Wasser und an Land, er zog das winzige Floß über den Sand hinter sich her, damit ihre Hoheit die Phönixhenne davon heruntersteigen konnte, ohne die geringste Gefahr, dass ein Tröpfchen des vermaledeiten Meerwassers auch nur von Ferne den unvergleichlichen Glanz ihres silbrigen Gefieders streifen könnte.

»Ja, was für ein fantastisches Huhn!«, rief Robi. »Gibt es noch mehr davon? Wir könnten eine Zucht aufmachen. Seine Eier müssen faustgroß sein!«

»Nein tschip tschip ham ham«, beeilte sich Erbrow, sie zu korrigieren.

»Das ist kein ...«, wollte Yorsh sagen, doch es war zu spät.

Der Aufschrei der Phönixhenne fuhr durch die ganze Bucht wie ein mörderischer Dolchstich aus eisigem Hass. Die Muschelsammler schreckten hoch und unterbrachen ihre Tätigkeit. Die Krebsjäger hoben verwundert die Köpfe vom Wasser und versuchten zu begreifen, was los war. Sogar Moron erschrak und hüpfte vom Felsen des Blöden Orks herunter. In der Ferne, auf der anderen Seite der Bucht, wieherten und scheuten die Tiere der kleinen Pferdekoppel von Erbrow. Von dem Dorf Arstrid stiegen drei Rauchspiralen auf, das vereinbarte Zeichen, um zu fragen, ob Hilfe vonnöten war.

Während er an seinen Herd stürzte, um Arstrid mit zwei Rauchspiralen und einem Wölkchen dazwischen zu beruhigen, bemerkte Yorsh aus den Augenwinkeln Flügelschlagen hinter sich. Sogar die Adler vom Felsenriff, die hoch droben lebten und einen mit festem Blick ansahen, zogen seltsamerweise plötzlich ihre Kreise tiefer herunten. Robi setzte Erbrow am Boden ab, damit sie zu ihrem Vater laufen konnte, während sie sich dem neuen Geschöpf zuwandte. Bewehrt mit all ihrem Mut und ihren wenigen Stöcken, waren die Bewohner von Erbrow herbeigeeilt.

»Allerten essel?«, fragte Erbrow untröstlich.

»Ja«, antwortete ihr Vater. »Ohne jeden Zweifel. Jetzt sitzen wir mit dem Allerwertesten mitten in den Nesseln, aber das ist keine Ausdruckweise für ein kleines Mädchen.«

»Weib!«, zischte die Phönixhenne. »Wie kannst du es wagen, mich so anzureden? Ich, Weib, bin ein Phönix, die Zierde der Welt, die Krone der Schöpfung. Nicht nur bin ich eines der ältesten Geschöpfe der Welt, die Letzte meiner Art, zurückgeblieben in einer elenden Welt voll armseliger Kreaturen, sondern unter den alten Geschöpfen bin ich das schönste, das es je gegeben hat, das anmutigste, das je erschaffen ward, an Glanz selbst die Sonne übertreffend. Mein Herr«, zischte sie, zu Yorsh gewandt noch, »ist dies vielleicht das Menschenwesen, mit welchem Ihr Eure ohnehin schon fragwürdige Existenz vermischt habt?«

Yorsh holte tief Luft, um dem zu begegnen, was für ihn eine furchtbare Pein war, Unhöflichkeit. Er konnte nicht dulden, dass jemand es seiner Gemahlin gegenüber an Respekt fehlen ließ. Er holte einen Augenblick zu lang Luft. Robis Stimme ertönte sanft und endgültig.

»Madame«, sagt sie zu der Phönixhenne, »ich habe nicht recht verstanden, wer Ihr seid, und vor allem nicht, wie Ihr Euch erlauben könnt, vor meinem Haus herumzuschnattern, aber ich rate Euch, in meiner Gegenwart achtungsvolles Schweigen zu bewahren. Eure Ähnlichkeit mit einem essbaren Federvieh ist zu groß, als dass Ihr Euch erlauben könntet, die eng gesteckten Grenzen meiner beschränkten Geduld noch weiter herauszufordern.«

Die Phönixhenne verstummte. Erbrow atmete erleichtert auf,

doch ihre Erleichterung endete sofort. Unmerklich, still und sanft wie der erste Herbstregen hatte die Klage der Phönixhenne eingesetzt, kein unerträgliches Gekreisch wie kurz zuvor, sondern ein leiser, eindringlicher Ton, der jeden Gedanken daran, dass dieser Schmerz jemals gestillt werden könnte, für immer zunichtemachte.

»Madame, ich flehe Euch an, nehmt mein Leben, wenn es Euch gefällt, und verfahrt damit nach Eurem Gutdünken, doch verwirklicht nicht Eure Absicht, meinen Leib in Speise zu verwandeln. Ich, die letzte Angehörige einer Familie, deren Ursprünge bis an den Anbeginn der Schöpfung zurückreichen, möchte durch die Unwürdigkeit des Todes, den Ihr mir ankündigt, nicht die gesamte Sippe, die mich hervorbrachte, mit Schmach überziehen.«

Auch Yorsh war wie versteinert. Zum ersten Mal in seinem ganzen Leben empfand er Groll auf Robi, die all diesen Schmerz verursacht hatte, doch sofort verscheuchte er ihn. Jetzt, da er nicht selbst Ursache des todtraurigen Gesangs des Phönix war, begriff er, wie grundlos und ungerecht der war, doch da war er der Einzige – außer Erbrow, die starrte die Phönixhenne empört, voller Wut und ohne eine Spur von Zärtlichkeit an. Die Einwohner von Erbrow aber rebellierten gegen Robi. Auf der kleinen Tischlein-Insel war Yorsh zu sehr damit beschäftigt gewesen, in Scham und Schuld zu versinken, um es zu bemerken, aber jetzt hatte er keinen Zweifel mehr, der Glanz auf dem Gefieder der Phönixhenne nahm zu, wenn sie sang. Die glanzvolle Verzweiflung des Geschöpfes hatte in Minuten die Eintracht im Dorf zerstört. Viele Stimmen erhoben sich gegen Robi, die niedergeschlagen schwieg, einen schuldbewussten Ausdruck im Gesicht.

»Böse!«, der Ausdruck kam immer wieder.

»Gemein!«, wagte jemand zu sagen.

»Wenn sie Hunger hat, kennt sie nichts.«

Yorsh wollte an die Seite seiner Gemahlin treten und sie schützen, aber wieder war er nicht schnell genug.

»Gut«, antwortete Robi, nachdem sie mit einer aufsässigen Bewegung den Kopf zurückgeworfen hatte, die widerspenstigen Haarlocken und jeden Ausdruck von Schuld aus ihrem Gesicht vertreibend. »Meine Herrschaften, ihr habt mich überzeugt. Ich bin nicht würdig, mit diesem Geschöpf zu verkehren, das in meiner Nähe das grausame Schicksal zu erleiden droht, als Braten zu enden.«

Empörtes Murren erhob sich in der Menge, Robi aber war unbeeindruckt.

»Wer möchte das Federvieh zu seiner Rettung aufnehmen?«

Alle rissen sich darum. Am Ende gewannen Cala und Caren Aschiol. Er nahm die schimmernde Phönixhenne liebevoll in den Arm und ging nach einem verächtlichen Blick auf Robi mit verzücktem Lächeln davon.

»Ich bin sicher, für euch wird es eine Freude sein«, versicherte sie ihm.

Yorsh sah Robi an. Robi besaß Entschiedenheit, Intelligenz, rasche Entschlusskraft, aber auch eine gewisse… um ehrlich zu sein… nicht dass das ungerechtfertigt wäre… eine gewisse… der Ausdruck war hart, aber anderes fiel ihm nicht ein… eine gewisse Grausamkeit.

Je länger er darüber nachdachte, desto mehr gelangte Yorsh zu der Überzeugung, dass die Ähnlichkeiten zwischen Robi und Sire Arduin, wie die Überlieferung von ihm berichtet, zu zahlreich waren, um zufällig zu sein.

Erbrow seufzte, und diesmal vor Erleichterung.

»Nein Mama aua«, sagte sie.

»Ja«, antwortete ihr Vater fröhlich. »Mama bleibt nie in den Nesseln sitzen.«

Kurz vor Morgengrauen klopfte jemand an die Tür. Es war Caren Aschiol mit der Phönixhenne im Arm. Ein Stück von Calas dürftiger Kleidung war dazu verwendet worden, ihr den Schnabel zuzubinden. Caren Aschiol wirkte verlegen und Yorsh war sehr verständnisvoll. Im Namen der Heiligkeit der Freundschaft nahm er das Federvieh zurück. Caren Aschiol schwor ihm ewige Treue.

KAPITEL 8

Robi wünschte sich, dass die Götter nicht nur existieren möchten, woran sie gelegentlich ihre Zweifel hatte, sondern auch dass einer von ihnen die Freundlichkeit besitzen möge, die Menschheit im Erdboden versinken zu lassen, oder doch wenigstens sie selbst, damit sie niemandem mehr ins Gesicht zu schauen brauchte.

Was sie gesagt hatte, war unsinnig gewesen, grausam und schrecklich. Sie war wütend und verzweifelt.

Sie hatte sich aus der Ruhe bringen lassen und das durfte sie nicht. Wenn sie aus der Ruhe kam, sagte sie Dinge, von denen sie später wünschte, sie niemals gesagt zu haben. Sie hatte einem mit Sprache begabten Wesen, dessen einziges Vergehen war, sie beleidigt zu haben, ein Schicksal angedroht, das schlimmer war als der Tod. Es war, um einen von Yorshs Lieblingsbegriffen zu verwenden, nicht höflich gewesen, die Phönixhenne mit einem Huhn zu verwechseln, obschon es da eine erhebliche Ähnlichkeit gab und auch nicht einzusehen war, woraus sie hätte folgern sollen, dass diese Art Huhn zweitausend Jahre alt war und ein halbes Dutzend Sprachen beherrschte, das heißt fünf mehr als sie selbst. Obendrein hatte sie ausgerechnet in diesem Augenblick voller Rührung festgestellt, dass ihr Kind die Fähigkeiten des Vaters besaß; sie war gerührt gewesen, erfreut und begeistert, aber sie hatte sich auch – getroffen war ein zu starkes Wort, sie hatte sich ausgeschlossen gefühlt. Sie hatte sich anders gefühlt, das war's. Die beiden, so außergewöhnlich, einander so ähnlich in ihrer Geschmeidigkeit; sie dagegen irdisch und menschlich, manchmal auch barbarisch, in jedem Fall aber plump. Als sie die Phönixhenne sah, hatte sie sie sofort für ein Huhn gehalten, ohne eine andere Möglichkeit überhaupt in Erwägung zu ziehen. Nicht nur weil sie keinerlei Wissen über alte Kreaturen besaß; ebenso wie sie über keinerlei Kenntnisse in den alten Sprachen verfügte, ganz zu schweigen von allem Übrigen, von Alchemie bis Zoologie, über Astronomie und Geschichte; sie konnte nur lesen und schreiben, weil Yorsh es ihr beigebracht hatte. Sie hatte es auch aus dem instinktiven Bedürfnis heraus getan, das Gespräch auf etwas Alltägliches zu bringen, wie Kochen oder Hühnerzucht, wozu keine außergewöhnlichen Kräfte erforderlich waren und ihre menschlichen Fähigkeiten ausreichten. Sie war genau an ihrem empfindlichsten Punkt getroffen worden, an dem Punkt, der ihr Schatten war, der Angst, Yorsh könne sie für minderwertig halten. Schlimmer noch, in dem beklemmenden Gefühl, es tatsächlich zu sein.

Wenn Yorsh wenigstens sofort ihre Verteidigung ergriffen hätte, wenn er selbst gegen die Phönixhenne aufgetreten wäre, sie wäre ruhig geblieben und hätte die ganze Sache mit einem Achselzucken abgetan.

Stattdessen war sie wütend geworden und hatte das Schlimmste getan, sie hatte sich als grausam erwiesen. Auch wenn Caren Schiol und Cala das bösartige Geschöpf unerträglich gefunden und zurückgebracht hatten, sie war die Einzige gewesen, die ihm gedroht hatte – sie durfte gar nicht daran denken –, es zu essen. Die Phönixhenne war bestimmt unerträglich, aber das gab ihr selbst nicht das Recht, unhöflich zu sein, um eines von Yorshs Lieblingsworten zu verwenden. Sie wollte nicht, dass ihr Gemahl dachte, er habe eine so brutale Frau geheiratet, die imstande war, einem mit Sprache begabten Wesen den Tod anzudrohen.

Nachts, wenn sie eng umschlungen schliefen, gab es keine Unsicherheit und keinen Zweifel für sie. Aber tagsüber, wenn sie fern voneinander waren und er in seiner Schönheit, in seiner Kraft und Geschmeidigkeit strahlte und bestach mit seinen umfassenden Kenntnissen alles Wiss- und Erkennbaren, von der Bewegung der Sterne bis herunter zu den Namen der Meerestiere, da befielen sie Zweifel. Unsicherheit überkam sie, zusammen mit der Erinnerung an die Stimme Tracarnas, die sie Mistkäfer nannte, wenn sie sich über sie lustig machen wollte.

»Klein, schwarz und verstockt. Wer sollte je so dumm sein, dich zu heiraten, du Mistkäfer? Nur wenn die großen Regenfälle wieder kommen, alle ertrinken und nur du übrig bleibst, dann, ja dann hast du vielleicht eine Chance ...«

Dieses »hässlich und grob«, das Tracarna ständig im Mund führte, ihr ewiges »plump und auch ein bisschen dumm«, hätte keine Bedeutung gehabt, wäre da nicht der Schmerz gewesen. Ihre Eltern waren gehenkt worden. Ihr Haus war abgebrannt. Das Dorf, wo sie geboren und aufgewachsen war, hatten die Kriegsknechte verwüstet. Sie war niemandes Kind mehr. Einsam und trostlos war sie zurückgeblieben, als einzige Gesellschaft die Zecken und Wanzen, die sich in dem schmutzigen Mantel, der ihr auch als Decke diente, eingenistet hatten, nie genug zu essen und unentwegt arbeitend. Dieser dumpfe Schmerz hatte ihr die merkwürdige Überzeugung eingegeben, nichts wert zu sein, die sich auf dem Grund ihrer Seele verbarg und nur dann wich, wenn es etwas oder jemanden zu bekämpfen gab und sie ihren Löwenmut entfaltete. Niemandes Kind zu sein, hatte in diesen langen, unerträglichen Jahren dazu geführt, dass der ätzende Spott Tracarnas, obwohl Robi nicht viel von ihr hielt, sich tief in sie eingrub. Auch wenn die Phönixhenne ein dummes und lächerliches Geschöpf war, trafen ihre Worte sie wie siedendes Öl, weil sie diesen ungelösten Schmerz in ihr wachriefen, die dunkle Gewissheit, nichts wert zu sein.

Wenn nicht gar nichts, so doch bestimmt weniger als Yorsh, und schon gar nicht so viel, wie seine Gemahlin hätte wert sein müssen.

In Daligar hatte sie nur ein paar Augenblicke lang Aurora, die Tochter des Verwaltungsrichters gesehen, ihre durchscheinende, strahlende Schönheit, die wie für Yorsh geschaffen schien, und das hatte sie getroffen wie ein Schlag in die Magengrube. Auch die andere trug einen Namen, der zu Arduins Prophezeiung passte. Sollte Aurora Yorshs eigentliche Bestimmung sein und sie nur eine Art Fehltritt?

In den ersten Tagen ihres Aufenthalts in Erbrow bewahrte die Phönixhenne, das musste man ihr lassen, achtungsvolles Schweigen. Steif und aufrecht stand sie tagelang am Strand, den Blick verloren in die Ferne gerichtet, und verweigerte voller Abscheu und Verachtung jede Nahrung. Wie sich herausstellte, aß sie nichts, ernährte sich von Licht, Luft und Salzwasser und ab und zu einem Grashalm oder winzigen Samenkörnern und betrachtete sämtliche mit der Nahrungsbeschaffung verbundenen Tätigkeiten als unschicklich.

Die Bewohner des nahe gelegenen Dörfchens Arstrid kamen allesamt von ihrer Felsenhöhe herunter bis an den Strand, um das außergewöhnliche Geschöpf zu betrachten. Alle fragten, ob und wann man es würde essen können, und alle sagten: »Nein, wirklich?«, wenn Robi ihnen erklärte, dass das Geschöpf kein Huhn, sondern ein Phönix sei, zweitausend Jahre alt, und sechs Sprachen spreche. Alle waren fasziniert von dem schönen Gefieder, und alle meinten, es müsse etwas ganz Besonderes sein, ein solches Tier im Haus zu haben. Robi fragte, ob jemand diese wunderbare Gesellschaft zu haben wünschte, aber die Bewohner von Arstrid waren mit der Kunst des Verhandelns vertraut, schon lang bevor sie überhaupt auf die Welt kam, und zu deren Grundprinzipien musste radikales Misstrauen gegenüber jedwedem spontanen und kostenlosen Angebot gehören. Höflich, aber bestimmt lehnten sie ab.

Nach den ersten Tagen bemerkte die Phönixhenne, dass Robi ihre Drohungen nicht wahr machen würde, und fing wieder an zu sprechen. Nicht mit ihr, sondern ausschließlich mit Yorsh.

Es war ein kalter, nebliger Morgen. Steif vor Kälte hockten Yorsh und Robi vor ihrem Haus und besprachen das unlösbare Kleidungsproblem.

Sie alle waren halb nackt wie die Wilden und voller Sorge, weil die Kinder genauso unbekleidet waren; aber wenn man die Kleinen herumtollen sah wie junge Wölfe, hatte es den Anschein, als ob ihnen die Nacktheit nicht schadete.

Der Mangel an Stoff bedeutete jedoch auch, dass es keine Segel gab.

Sie hatten ein paar Flöße gebaut, was ihnen erlaubte, in der Bucht zu kreuzen und mit primitiven, aus Stroh geflochtenen Netzen Jagd auf Sardinen zu machen. Die Kraft ihrer krummen und schiefen Ruder war allerdings nicht ausreichend, um es mit den Strömungen zwischen den Inselchen aufzunehmen, die die Bucht abschlossen, Strömungen, die umso stärker waren, je schmäler der Wasserkanal war. Ohne Segel würden sie es nie schaffen, die Inseln zu erreichen oder gar aufs offene Meer hinauszufahren, um über den Horizont hinauszuschauen.

»Ich habe nicht verstanden, mein Herr«, begann die Phönixhenne, ohne Rücksicht darauf, dass Robi gerade die Möglichkeit erörterte, die Federn zu sammeln, die man in verlassenen Nestern fand, »wer oder was an diesem Ort auf den Namen Erbrow hört. Es will mir scheinen, das ist der Name Eures Kindeleins, ein merkwürdiger Name für ein Mädchen.«

Yorsh erklärte, das sei der Name des letzten Drachen gewesen, und bei dem Wort Drache zuckte die Phönixhenne zusammen. Yorsh musste einräumen, dass es nicht richtig gewesen war, dass die Drachen die Phönixe verfolgten, gleichzeitig aber auch gestehen, dass seine Liebe und Dankbarkeit für den letzten der Drachen grenzenlos waren.

Außer ihrem Mädchen war auch das Dorf auf diesen Namen getauft worden und folglich die ganze Bucht, an der es lag.

Die Phönixhenne schien verblüfft.

»Es ist üblich«, sagte sie, »den Namen einer nach Form, Eigenschaften und Farbe ähnlichen Kreatur zu geben. Außerdem sollte nicht vernachlässigt werden, dass es Brauch ist, Mädchen weibliche Namen und Jungen männliche Namen zu geben. Nun sind aber Euer Kindelein und das oben erwähnte… wie soll ich sagen… Reptil…«

»Nach Form, Ausmaßen und Farbe sind das Mädchen und der Drache vollkommen verschieden«, unterbrach Yorsh sie, »aber was ihre Loyalität angeht, ihre Großzügigkeit, Intelligenz und ihren Mut, ähneln die beiden Geschöpfe des Namens Erbrow sich wie ein Tropfen Wasser dem anderen. Was das letzte Thema angeht, das Ihr angeschnitten habt, so erinnere ich mit absoluter Gewissheit, dass der letzte Drache mit dem Namen Erbrow, als ich ihn traf, soeben ein Ei gelegt hatte und es bebrütete, weshalb…«

»Mein Herr«, unterbrach ihn die Phönixhenne, »Ihr werdet Euch doch hoffentlich nicht unterstehen, in meiner Gegenwart von einem so… unschicklichen Thema zu sprechen?«

»Dass Hühner Eier legen, darf man sagen, oder ist das auch

unschicklich?«, fragte Robi dazwischen, der das Ganze schon wieder anfing auf die Nerven zu gehen. Sie empfand diese Art, sie andauernd von der Unterhaltung auszuschließen und sich nur an Yorsh zu wenden, als blanken Hohn. Die Phönixhenne warf ihr einen verächtlichen und hochmütigen Blick zu, und da sie ihr Thema noch nicht erschöpft hatte, sprach sie weiter.

»Es ist ziemlich schlau, einem Drachen, einem Dorf, einem Mädchen und einem Ort denselben Namen zu geben, sodass man nie weiß, wovon die Rede ist«, kommentierte sie. »Habt Ihr lang darüber nachgesonnen oder seid Ihr spontan auf die Idee gekommen? Ganz zu schweigen von dem Grauen, den es bedeutet, wenn einem Vernichter von Phönixen so viel Verehrung entgegengebracht wird.«

»Madame«, platzte Robi erbost heraus, »ich schulde dem Drachen, der den Namen Erbrow trug, ewige Dankbarkeit. Ohne sein Opfer wären wir alle hier nicht am Leben; vier Jahre lang war mir sein Bild Trost in meiner Einsamkeit, und nie hätte ich gedacht, dass er mir mehr fehlen könnte, als er es immer schon tat, doch seitdem Ihr an diesen Gefilden gelandet seid, Madame, wächst meine Sehnsucht nach ihm von Stunde zu Stunde und steigert sich ins Unermessliche. Ich erlaube mir, Euch daran zu erinnern, dass weder ich noch mein Sprössling dem Volk der Elfen angehören. Wir haben deshalb überhaupt keine Scheu, jedwedes Lebewesen zu verspeisen, das kochbar ist, und Ihr seid es.«

Die Phönixhenne verzog keine Miene.

»Madame«, antwortete sie eisig, »ich will nicht ausschließen, dass Ihr allein imstande wärt, einen solchen Plan in die Tat umzusetzen, aber Euer Gatte würde Euch das nicht gestatten.«

Robi verschlug es den Atem. Das war absolut wahr. Nein, es war absolut falsch, selbst wenn Yorsh nicht da gewesen wäre, hätte sie niemals auch nur daran zu denken gewagt, ein mit Sprache begabtes Wesen zu töten und zu verspeisen. Die Worte der Phönixhenne unterstrichen den Unterschied, der zwischen ihr und Yorsh bestand und immer bestehen würde, ja, sie ließen ihn riesengroß und damit unüberbrückbar erscheinen. Sie selbst hatte diese Antwort herausgefordert, sie hatte sie verdient.

Wer noch weniger eine Miene verzog als die Phönixhenne, war Yorsh.

»Madame«, entgegnete er ruhig, »was Ihr gesagt habt, entspricht der Wahrheit. In ihrer Rede hat meine Gemahlin eine Hyperbel verwendet, eine effektvolle rhetorische Figur, die eine übertriebene, eine exzessive Sprache gebraucht. Meine Gemahlin würde Euch niemals verspeisen, hielt es aber für angebracht, Euch dies anzudrohen, ist das doch eine wirksame Methode, Euch zum Schweigen zu bringen, denn Euer Gerede ist unangenehm. Da die Androhung, Euch zu essen, damit wirkungslos geworden ist, will nun ich Euch eine glaubwürdige und realistische Drohung vor Augen führen. Solltet Ihr noch einmal wagen, es meiner Familie gegenüber an Respekt fehlen zu lassen, so werde ich Euch auf das Floß setzen, wieder auf die Tischlein-Insel zurückbringen und Euch dort bis ans Ende Eurer Tage, die, wie ich fürchte, ungezählt sind, lassen, mit Sicherheit aber bis ans Ende meiner Tage, die in Eurer Abwesenheit bestimmt glücklicher verlaufen.«

Robis Beklemmung war mit einem Schlag verflogen. Sie fragte sich, wie sie wegen des dummen Geredes eines dummen Geschöpfes so verzweifelt hatte sein können. Jetzt erschien ihr das alles absolut nebensächlich.

Die Phönixhenne schwieg nicht, sondern stimmte wieder ihre verzweifelte Klage an. Alles Schrille war daraus verschwunden. Mit sanfter Stimme beschwor sie, während der Glanz ihres Federkleids zunahm, ihre uralte Traurigkeit, die unendliche Einsamkeit, die abgrundtiefe Verzweiflung ihres Lebens, in dem durch die Jahrhunderte niemals auch nur der Abglanz eines Trostes sichtbar geworden war. Auch diesmal liefen die Leute aus dem Dorf zusammen. Die Proteste gegen die Härte in Robis Charakter waren jedoch wesentlich zurückhaltender. Cala und Caren Aschiol ließen sich nicht blicken. Die Phönixhenne wurde der Familie Solario anvertraut, die darum gebeten hatte, sie zu sich nehmen zu dürfen, wenn auch nicht sehr überzeugt. Solario und seine Gemahlin waren sehr schnell wieder zurück und flehten Yorsh und Robi an, das bösartige Geschöpf zurückzunehmen und ihnen zu verzeihen.

»Ihr Weinen erregt sehr großes Mitleid«, bemerkte Yorsh, »aber es muss sehr anstrengend sein. Sie kann es nicht länger durchhalten. Sie kehrt sofort zu ihrem Gezeter und ihrem Geschimpfe zurück und dann erträgt keiner sie mehr. Und auch das Mitleid, das diejenigen überkommt, die sich von ihrer Verzweiflung rühren lassen, wird mit jeder Wiederholung geringer.«

»Sie ist ein albernes Geschöpf, das mit allem unzufrieden ist, aber ich fürchte, wir werden uns ihrer annehmen müssen«, antwortete Robi; in gewisser Weise galten sie als die Oberhäupter des Dorfes. »Nachdem wir verstanden haben, was ihre Waffen sind, kann sie uns nicht mehr schaden.«

Die Sonne stieg höher und der Nebel verflog, die Luft begann sich zu erwärmen. Auf den kalten Morgen folgte ein klarer, milder Tag. Der Strand war überflutet von Licht. Winzige Wölkchen sprenkelten den Himmel, schaukelten in der leichten Brise. Weit jenseits der Wolken mühte ein Viertelmond sich redlich, mit seinem schwachen Licht auch am Tageshimmel zu leuchten. Träge segelten die Möwen dahin und ihre Schreie erfüllten die Luft.

Wenige Schritte vom Ufer entfernt wateten Yorsh und Robi zwischen den Felsen durchs Wasser, die aus dem sandigen Grund ragten, um eine riesengroße Krabbe mit sehr langen, dünnen Scheren zu fangen. Ein wirklich enorm großes Tier. Robi begann, sie auszunehmen; kaum etwas machte sie glücklicher, als zu sehen, wie ihr Kind sich am Essen gütlich tat.

Robi kannte den Hunger. Er war das bestimmende Moment im Waisenhaus gewesen. Auch Yorsh, Waise in jeder Hinsicht, hatte den Hunger gekannt, sowohl vor als auch nach seiner Flucht vom Elfenplatz, wo er eingesperrt gewesen war. Ihr Kind sollte nie erfahren, was das war, Hunger, auch wenn sie und Yorsh es mit dem Teufel aufnehmen mussten, um ihm etwas zu essen zu besorgen. Sie und Yorsh waren besonders geschickt im Jagen. Yorsh nahm geistig Verbindung zur Beute auf und konnte ihren Standort ausmachen. Das Töten war eine Pein für ihn, aber damit Erbrow etwas zu essen bekam, war er zu allem bereit, selbst durch die Unterwelt zu gehen oder einen Pfeil auf eine Goldbrasse abzuschießen. Robi hingegen wusste wie ihr Vater einen Augenblick vorher, in welche Richtung die Beute fliehen würde. Es hatte einige Zeit gedauert, bis ihr bewusst wurde, dass das eine besondere Gabe war, die nicht alle besaßen.

Was sie ebenfalls freute, war, dass Yorsh angefangen hatte zu essen wie sie. Das heißt, er hatte den Abscheu der Elfen, etwas zu essen, was gedacht hatte, abgelegt. Zuerst hatte er nur ein bisschen gekostet, aber jetzt ernährte Yorsh sich wie alle anderen und nicht aus Hunger. Yorsh aß, weil er das so wollte. Er wollte sein wie sie.

Wie sie und Erbrow.

Gleich am Tag ihrer Hochzeit hatte er damit angefangen und eine halbe Napfschnecke verspeist. Seit Erbrow geboren war, tat er das, begleitet von komischen und begeisterten Äußerungen des Entzückens, die das Mädchen zum Lachen reizten und sie ehrlich gesagt auch. Mit der Zeit war er von Schnecken zu Muscheln und Krebsen übergegangen, bis hin zu Tintenfischen und sogar Brassen.

Während Robi arbeitete, kam die Phönixhenne mit ihrem wiegenden Gang eines überdimensionierten Huhns heran, der lange Hals bog sich nach links und rechts, das Gefieder glänzte in der Sonne.

Der Tag war so schön, dass Robi meinte, bei allem bösen Willen und mit seinem ganzen Hochmut würde nicht einmal das alberne Federvieh es zuwege bringen, ihr die Laune zu verderben. Nach Yorshs Worten vom Vormittag war sie sicher, dass nichts sie jemals in ihrem Glauben an sich selbst und ihren Gemahl erschüttern könnte.

»Gestattet Ihr, Madame«, begann die Phönixhenne, nachdem sie sich auf dem Stamm einer Strandkiefer niedergelassen hatte, der vom Wind so niedergebeugt war, dass er dicht am Boden über den Sand hinkroch, »dass ich mich mit Euch unterhalte?«

»Das Vergnügen ist ganz auf Eurer Seite«, antwortete Robi munter. »Ich würde lieber allein bleiben, da ich zu tun habe.«

Die Phönixhenne erhob wieder ihren todtraurigen Gesang und Robi unterbrach sie.

»Schon gut, bleibt nur.« Sie wollte nicht, dass sich die schon bekannte Szene wiederholte, Leute herbeiliefen, jemand es übernahm, das arme Geschöpf trösten zu wollen, um es wenig darauf beschämt zurückzugeben. »Sprecht ruhig mit mir. Ich gebe Euch mein Wort, dass ich heute nicht die Geduld verlieren werde.«

»Euer Wort?«, fragte die Phönixhenne.

»Mein Wort«, bestätigte Robi.

Hinter dem Phönix sah sie das Meer funkeln. Yorsh und Caren Aschiol waren dabei, aus Schilfgeflecht eine Reuse für Tintenfische zu bauen. Weiter hinten ging Cail Ara mit dem kleinen Chicco auf dem Arm und sammelte gemeinsam mit anderen Kindern Tellmuscheln. Chicco war ein prächtiger Junge, kräftig und fröhlich, er war nur wenige Tage nach Erbrow auf die Welt gekommen.

»Ich wollte nur sichergehen, denn ich habe Euer Temperament mittlerweile kennengelernt und weiß, wie sehr es zu plötzlichen Zornesausbrüchen neigt.«

Robi schluckte. Zweifel stiegen in ihr auf, die Verlässlichkeit ihrer Ruhe womöglich überschätzt zu haben und vielleicht auch die ihrer guten Laune, als sie dem Federvieh erlaubte zu bleiben, aber jetzt war es zu spät.

»Ich wollte mit Euch über Euren Gemahl sprechen«, begann die Phönixhenne.

»Ich höre.«

»Seht Ihr, Madame, die Angehörigen des Volks der Elfen waren stets von beeindruckender Schönheit, aber Euer Gatte ist nicht nur der mächtigste und letzte der Elfen, sondern auch der mit der größten Anmut der Erscheinung ausgezeichnete, sei es in der Form seines Antlitzes, sei es in seinem Körperbau, mehr als alle, denen ich in meinem Leben begegnet bin, und das waren etliche.«

»Ja«, bestätigte Robi.

Andere Elfen hatte sie nie gesehen, aber Yorsh war zweifellos über alle Maßen schön.

Aus der Ferne sah sie ihn an. Die Sonnenstrahlen verfingen sich in seinem Haar.

Die Phönixhenne fuhr fort: »Nach wie vor frage ich mich, wie es geschehen konnte, dass er sich mit Euch vermischt, das heißt, ich wollte sagen, mit Euch ehelich verbunden hat«, und sie seufzte. Robi erstarrte und unterbrach ihre Arbeit. »Offenbar muss die Einsamkeit etwas ziemlich Schreckliches sein, und wenn jede Aussicht verloren ist, etwas Besseres zu finden… Als ich ihn fragte, Euren Gemahl, wie es hatte kommen können, dass er sein Blut mit dem Euren vermischte, antwortete er mir auch tatsächlich, dass nichts Besseres zu finden gewesen war. Und er versicherte mir auch, dass er und Erbrow um vieles besser seien als alle anderen Strandbewohner.«

Mit einem Ruck beugte Robi den Kopf über die Krabbe und machte sich wieder daran, sie zu säubern. Ihr Gesicht war im Schatten, und sie gewann Zeit, sich wieder zu fassen. Sie hatte den Panzer mit einem Stein zertrümmert und war nun dabei, ihn auszunehmen, mit den Fingern fuhr sie in sämtliche Kanäle und Höhlungen, damit nichts verloren ging. Ihre Hände trieften von dem, was vordem der lebendige Köper und das Gehirn der Krabbe gewesen war, weich und rosig lief es ihr an den Händen herab und spritzte ihr bis auf die Arme. Ein stattlicher Wespenschwarm begann, sie zu umschwirren, und reizte sie. Im Blick der Phönixhenne zeichnete sich zunehmend Abscheu ab.

Eine der Wespen stach Robi und mit einem wütenden Schlag tötete sie zwei von ihnen. Die winzigen Eingeweide traten aus und vermischten sich in dem Krabbenfleisch, das ihr Handabdruck auf dem Stein, ihrer Arbeitsfläche, hinterlassen hatte. Die Phönixhenne stieß einen spitzen Schrei des Ekels aus und wandte entsetzt den Blick ab. Wespen und Mücken, Bremsen, Flöhe und Läuse rührten das Fleisch und Blut unsterblicher Wesen nicht an. Yorsh taten sie nichts, folglich hasste er sie nicht. Am Anfang ihrer Ehe hatte Robi ihn dabei überrascht, wie er Mücken wieder zum Leben erweckte, die sie endlich hatte erschlagen können. Nach Erbrows Geburt und nach vielen Nächten, die sie damit zugebracht hatten, das Weinen der Kleinen zu beschwichtigen, hatte Yorsh sämtliche Rettungsaktionen für Wesen, die sein Töchterchen stechen oder beißen konnten, eingestellt. Robi begann, sich wie ein schmutziges, schlampiges und grausames Wesen zu fühlen. Sie war froh, dass Yorsh sie nicht sehen konnte. Zum ersten Mal, seitdem sie sich begegnet waren, war sie froh darüber, dass er nicht da war.

»Wollt Ihr die Hilfe mein, Madame«, fragte unvermutet die Phönixhenne.

»Danke«, antwortete Robi und versuchte, sich mit dem Ellbogen die Haare aus der schweißnassen Stirn zu streichen, um nicht die verschmierten Hände benutzen zu müssen.

Heftig schüttelte sie den Kopf, um weitere Wespen zu verscheuchen.

»Sehr freundlich von Euch«, sagte sie. »Wobei wollt Ihr mir denn helfen, die Krabbe auszunehmen oder die Wespen zu verscheuchen?«

»Madame«, entgegnete die Phönixhenne, während Empörung ihre ungewohnte Sanftmut zurückzudrängen begann. »Ich bin ein Phönix, und niemals könnte ich mich dazu herablassen, gemeine und schmutzige Arbeiten zu verrichten, wie Ihr sie tut, und kaum etwas könnte meiner erlauchten Natur fernerliegen, als die Körper von Wespen auf Steinen zusammenzukratzen. Das sind Dinge, welche, wie soll ich sagen, die existenziellen Voraussetzungen von Würde zunichtemachen, ja sogar den Gedanken daran. Das sind Dinge, welche Menschen tun. Das ist einer der vielen Gründe, weshalb die Elfen das Menschengeschlecht insgesamt verachteten. Wisst Ihr, den Ausdruck ›Halb-Elf‹ haben zur Zeit ihrer Herrschaft die Elfen selbst geprägt, und ich kann mit Gewissheit sagen, dass es keine Schmeichelei war. Es war, wenn ich mich recht entsinne, eine ziemlich grobe Beschimpfung.«

Robi holte tief Luft und schluckte.

»Helfen wobei also?«

»Ich könnte Euch mit Euren Haaren helfen, Madame. Ich könnte es wenigstens versuchen, denn ich habe keinerlei Gewissheit, eine Verbesserung zustande zu bringen, widerspenstig wie sie sind – müsste ich nicht Euren recht zornmütigen und heftigen Charakter fürchten, würde ich zu sagen wagen: krause. Seht Ihr, werte Dame, vielleicht mit etwas… ich meine… mit etwas mehr… nun… alles in allem… könnte man… vielleicht… etwas verbessern. Wenn die Haare etwas mehr in die Stirn fielen, würde man weniger von Eurem Gesicht sehen… auch die Ringe unter Euren Augen würden weniger auffallen… und Eure übertrieben große Nase… Ich habe nicht verstanden, warum Ihr Euch die Gehäuse von Weichtieren und amputierte Pflanzen ins Haar steckt.«

»Das sind Muscheln. Und Blumen«, brachte Robi mit tonloser Stimme heraus. »Sie sind, das heißt… sie sollen eine Zierde sein.«

»Stücke von toten Tieren als Zierde? Warum nehmt Ihr dann nicht auch Eidechsenschwänze, Fledermausflügel oder Pferdeknochen, wie die Riesen?«

Robi war lang still, den Blick auf die Krabbe geheftet.

»Danke«, antwortete sie dann trocken. »Nicht nötig. Meine Haare sind in Ordnung, so wie sie sind.«

»Aber Madame«, wandte die Phönixhenne ein.

»Nicht nötig«, wiederholte Robi, und eine gewisse Härte wurde in ihrer Stimme vernehmbar.

Cail Ara und die Kinder, die gemeinsam Tellmuscheln sammelten, hatten ein Kinderlied angestimmt.

Yorsh und Caren Aschiol standen im Wasser und probierten die Reuse aus, sie schien nicht funktioniert zu haben, denn sie hatten nichts gefangen und nun frotzelten sie sich gegenseitig, machten einander fantasievolle und komische Vorwürfe wegen des Misserfolgs.

Robi hätte nichts in der Welt sehnlicher gewünscht, als bei ihnen zu sein.

»Ich wusste, dass Eure Zornmütigkeit überhandnehmen würde«, quengelte die Phönixhenne. »Ich hätte Euch nicht vertrauen sollen.«

»Ich habe nicht im Geringsten die Ruhe verloren«, log Robi, wobei sie versuchte, sie wiederzugewinnen. Sie dachte an Yorsh, der seine Hände auf ihrem Haar faltete, wenn er sie liebkoste, sie dachte an sein Lächeln, wenn er sich über sie beugte. Sie wurde ruhig.

Als die Krabbe fertig ausgenommen war, schob Robi einen flachen Stein aufs Feuer und schlichtete das Fleisch in drei Häufchen darauf, zwei gleich große für sie und für die immer hungrige Erbrow, das kleinere war für Yorsh. Später würde sie Pinienkerne rösten, die restliche Mahlzeit für den jungen Elfen.

»Weshalb macht Ihr drei Teile, Madame? Elfen essen doch nichts, was gedacht hat, kein Wesen, das gelaufen oder geschwommen ist oder Eier gelegt hat.«

»Mein Gemahl tut es aber, Madame«, sagte Robi und fand ihr Lächeln wieder, »er liebt unser Kind und mich so sehr, dass er versucht, uns so ähnlich zu sein wie möglich.« Sie war wieder ganz erfüllt von Stolz, er hatte all ihre Zweifel vertrieben und in die dunklen Winkel gescheucht, wo sie sich verkrochen wie die Fledermäuse, wenn man ein Scheunentor weit aufmacht. Robi sah wieder zu Yorsh hinüber, seine Gestalt im glitzernden Wasser, und der Stolz darauf, seine Liebe zu besitzen, erfüllte sie so sehr, dass sie fast lachen musste. Sie sah die Phönixhenne voller Nachsicht an. Nicht einmal diesem dummen Huhn würde es gelingen, ihr den Tag zu verderben, weder diesen noch irgendeinen anderen, wenn die süße Liebe ihrer Tochter und die kraftvolle Liebe ihres Mannes bei ihr waren.

»Wisst Ihr, Madame«, fing sie belustigt wieder an, »seitdem er mein Gemahl geworden ist, isst der letzte und mächtigste der Elfen dasselbe wie wir erbärmlichen Menschen. Möweneier haben zwar keine Erfahrung mit Meditation, doch später wird ein Vogel aus ihnen, trotzdem gehören Omeletts zu den Dingen, die Yorsh erst seit unserer Hochzeit isst, und mittlerweile sind sie sein absolutes Lieblingsgericht. Wisst Ihr, die Omeletts brate ich immer auf dem Schwert der alten Könige des Elfengeschlechts, in der Kerbe, weil ich sonst keine Pfanne habe; sie werden ganz lang und dünn und ich rolle sie zu einer Spirale zusammen, genau wie das Innere einer Muschel, diese Form liebt mein Mann ganz besonders, weil sie ein Sinnbild für die Unendlichkeit ist, dann gebe ich Rosmarin dazu und Honig, wenn ich welchen habe …«

Sie verstummte. Vor Entsetzen hatte die Phönixhenne die Augen aufgerissen und rang nach Luft.

»Ihr … Ihr habt gewagt … das efeuumrankte Schwert? *Dieses* Schwert? Auf so schnöde Weise profaniert und entweiht! Ihr … Wie konntet Ihr nur? Die gesamte Geschichte des Elfenvolks liegt in diesem Schwert beschlossen, seine ganze Größe. Mit Gewissheit erinnere ich mich, dass es gut verwahrt in den Felsen gerammt wurde, eben damit es nicht missbraucht werden könnte. Wie konnte dieses Schwert in Eure Hände gelangen?«

»Yorsh hat es herausgezogen«, stammelte Robi.

»Weiß Euer Gemahl, dass Ihr das Symbol der Größe seines Volkes zum Omelettbraten benutzt?«

Robi fragte sich, wie sie nur auf die Idee hatte kommen können, der Phönixhenne von dem Schwert zu erzählen. Tatsächlich hatte sie nie gewagt, Yorsh das zu gestehen, glücklicherweise ahnte er nicht, mittels welchen Verfahrens rohe Eier in Omeletts verwandelt wurden. Es war die Freude gewesen, sich geliebt zu wissen, die sie zu dieser Torheit verleitet hatte. Sie versuchte, der Antwort auszuweichen.

»Mein Gemahl«, sagte sie, lächelnd und sich zu einem leisen

und ruhigen Ton zwingend, »isst das, was die Menschen essen, aus Liebe zu mir und unserer Tochter…«

»Madame«, fiel ihr das überdimensionierte Huhn ins Wort, »was für ein alberner Schwachsinn! Nicht um sich auf Euer unanständig barbarisches Niveau hinabzubegeben, verdirbt Euer Gemahl seine Elfennatur mit Speisen, die er eigentlich verabscheuen müsste. Wisst Ihr es denn wirklich nicht? Ich rufe die Götter zu Zeugen an, wie gering auch die Meinung sein mag, die ich von Euren Geistesgaben hege, so solltet aber doch sogar Ihr zu der Einsicht gelangt sein, dass Euer Gemahl sich selbst zugrunde richtet«, sagte sie schließlich in besorgtem Ton.

Robis Lächeln fiel in sich zusammen. Sie verlor das Gleichgewicht und musste sich am Ast einer Pinie festhalten.

»Er richtet sich selbst zugrunde?«, fragte sie tonlos.

»Er bringt sich um«, bestätigte die Phönixhenne mit einem stillen Lächeln des Mitleids für die offensichtliche Einfalt der anderen. »Euretwegen und wegen dieser Eurer… na, sagen wir Tochter, verdammt der letzte und mächtigste der Elfen sich selbst zum Verlust seiner Unsterblichkeit. Die Angehörigen des Volks der Elfen sind nämlich unsterblich, Madame. Wenn niemand sie durchbohrt, henkt oder zu Tode foltert, wie in den letzten Jahrhunderten geschehen, wenn niemand sie einsperrt ohne Wasser und Brot, wenn nicht die Lohe des Scheiterhaufens sie verzehrt, Madame, so ist den Angehörigen des Stammes der Elfen das Los der Unsterblichkeit beschieden. Ihr Körper ist dazu geboren, unversehrt zu bleiben. Ebenso wie ihr Geist. Nichts kann diesem Körper etwas anhaben, außer vielleicht eine Erkältung als Kleinkind, aber nur wenn es schlecht ernährt ist. Der Körper der Elfen kennt keinen Verfall im Alter, außer wenn Schmerz den Geist des Elfen zerrüttet oder wenn seine Eingeweide vergiftet sind durch die Gärungsprozesse des Fleisches, das er zu sich genommen hat. Indem Ihr ihn dazu gebracht habt, sich mit Euch zu vermählen, und ihm eine, wie soll ich sagen, menschliche Tochter gabt, habt Ihr Euren Gemahl dazu verurteilt, zu wählen. Entweder zuzusehen, wie seine Nachkommenschaft ins Tal des Todes hinabsteigt, oder aber die eigene Unsterblichkeit zunichtezumachen, indem er seinen unzerstörbaren Leib zugrunde richtet, sodass er selbst vorangeht ins Grab und sich diesen schmerzlichen Anblick erspart. Nun kann er Schwielen bekommen, Frostbeulen oder Würmer. Wie bei den Menschen kann sein Leib von Lepra befallen werden, von der Bläschen- oder Beulenpest. An seinen Beinen können sich offene Wunden bilden wie bei allen anderen Sterblichen auch. Er wird mit dem Schweiß Bekanntschaft machen und aus den Achselhöhlen riechen. Husten kann ihm den Atem rauben oder er kann im eigenen Blut ersticken, wenn das Herz aussetzt. Seine Zähne werden Löcher bekommen und verfaulen, dasselbe könnte mit seinen Knochen geschehen. Sein Körper wird im Alter hinfällig, seine Seele wird trübe werden, wie es bei Alten stets der Fall ist, gepeinigt von Wirbelschmerzen und Übersäuerung des Magens, der immer brennt, wenn man keine Zähne mehr zum Kauen hat. Vielleicht werden seine Glieder im Alter zittern. Vielleicht ist es aber auch der Geist, der zuerst nachgibt, und er wird alles vergessen außer seinem Namen, und womöglich sogar den. Sein Herz wird stehen bleiben. Die Würmer im Grab werden das auffressen, was die Zeit von ihm übrig gelassen hat. Habt Ihr nicht die winzigen Fältchen bemerkt, die sich um seine Augen gebildet haben? Und auch dass seine Haut nicht mehr so schneeweiß ist, wie bei Elfen üblich, habt Ihr das nicht bemerkt?«

»Das ist die Sonne«, wandte Robi leise ein, mit dem, was von ihrer Stimme übrig war.

»Madame, die Haut der Unsterblichen bleibt sich immer gleich. Wenn sie verdirbt, wird sic dunkel wie Leder, erschlafft und beginnt Falte um Falte ihren Weg hinab in die Verwesung, den Würmern zum Fraß.«

Robi musste sich festhalten, um nicht umzukippen. Einen Moment lang wurde ihr schwarz vor Augen. Alles verschwand, übrig blieb einzig das Bedürfnis, zu weinen und sich zu erbrechen. Als sie wieder sehen konnte, hatte sie ihr knisterndes Feuer aus trockenem Schilfrohr vor Augen, Pinienzapfen und die daraus gewonnenen Pinienkerne, und auf einem flachen Stein ihr Krabbenfleisch, in drei Häufchen aufgeteilt, das kleinste davon Gift für Yorsh.

Mit einem rauen Schrei sprang sie auf und versetzte dem Stein einen Fußtritt, er kippte um, fiel ins Feuer und dann auf den Sand. Sie stieß sich einen Knöchel daran, und ein Stück Glut versengte ihr die Hand, wo sich sofort eine große rote Brandblase bildete. Robi bedeckte das, was von dem Feuer übrig war, mit Sand, dann endlich fiel sie auf die Knie, erbrach sich und begann zu weinen.

Sie kauerte sich ganz zusammen, nahm den Kopf in die Hände, von Schluchzen geschüttelt, bis sie Erbrows Ärmchen um sich spürte und ihr Weinen hörte. Erschrocken und verzweifelt war die Kleine herbeigeeilt, um sie zu trösten. Seit Monaten hatte sie nicht mehr geweint. Das letzte Mal war im Winter gewesen, als die Brackwasserteiche am Rand zugefroren waren und sie darauf ausgerutscht war. Das Weinen hatte nicht lang angehalten, denn Yorsh behob in wenigen Augenblicken jeden Schmerz.

Jetzt war es das verzweifelte Weinen eines Kindes angesichts des verzweifelten Weinens seiner Mutter. Robi versuchte, sich zu beruhigen; sie umarmte ihr Kind, um es zu trösten, und sah nach, was von ihrer Krabbe übrig blieb. Sie hatte soeben das Abendessen ihres Kindes weggeworfen.

Sie schluckte ihre Tränen hinunter und suchte im Sand und in der Glut das Krabbenfleisch zusammen, ging es im Meerwasser waschen, wobei sie einen großen Umweg machte, um Yorsh, Caren Aschiol, Cail Ara und den anderen auszuweichen, die am Strand lachend auf Fische und sonstiges Getier Jagd machten.

Auf dem ganzen langen Weg hatte Erbrow sich unentwegt an ihre Beine geklammert und ängstlich gewimmert. Robi zündete ihr Feuer wieder an und briet darauf, was von dem Krabbenfleisch noch übrig war. Diesmal waren es nur zwei Häuflein.

KAPITEL 9

Erbrow hätte groß sein wollen. Groß und stark. So hätte sie ihre Mutter vielleicht trösten und dafür sorgen können, dass sie aufhörte zu weinen.

Sie wusste nicht, was tun. Sie wusste nur, dass sie unnütz war.

Diese grässliche Henne aß nichts, weil sie sie auffraß.

Wie sie, ihre Mama und ihr Papa Goldbrassen und Pinienkerne aßen, so fraß diese Henne Fröhlichkeit und Freude.

Unfrieden zu stiften, war Honig für sie. Schmerz zu verursachen, war ihr lieber, als Pinienkerne zu haben.

Und das Schlimmste war, dass ihr Hunger nicht zu stillen war.

Noch nie hatte sie Mama so verzweifelt gesehen.

Sie erinnerte sich daran, wie es gewesen war, als sie Fieber gehabt hatte und Mama erschrocken war, aber dann hatte Papa ihr die Hände auf die Stirn gelegt, das Fieber war vergangen und Mama hatte wieder gelächelt.

Vielleicht würde Papa auch diesmal nach Hause kommen und alles wieder in Ordnung bringen, aber da war sie sich nicht sicher.

Diesmal, schien ihr, war alles viel dunkler und düsterer, hoffnungsloser. Fieber zu haben, war schrecklich, es war, wie ein Feuer im Kopf zu haben und eins in der Kehle, aber das hier war schlimmer.

KAPITEL 10

Yorsh kam in der Dämmerung heim, fröhlich und gut gelaunt, die Hände voll kleiner Tintenfische. Vom Gebirge her blies ein heftiger Wind, das Meer war aufgewühlt und die Sterne hinter Wolken verborgen.

Yorsh sah das erloschene Gesicht seiner Frau, hörte den falschen Klang ihrer Stimme bei der Begrüßung und seine Fröhlichkeit schwand.

»Was ist dir, meine Liebe?«, fragte er besorgt und beugte sich herab, um ihr in die Augen zu schauen; sie hockte an dem Feuer, das sie vor dem Haus gemacht hatte und das jetzt langsam ausging. Erbrow strich darum herum, ungewohnt still und angespannt.

»Nichts«, antwortete Robi achselzuckend und versuchte, ein Lächeln aufzusetzen, das Finstere in den Augen blieb jedoch. »Ich mache mir Sorgen, weil jeden Augenblick das Unwetter losbrechen kann«, setzte sie hinzu.

Sie lächelte noch einmal. Dann brach sie in Tränen aus.

Es war ein langes und verzweifeltes Weinen, das, jedes Mal wenn es sich zu beruhigen schien, erneut einsetzte. Robi konnte nicht aufhören. Ihr Töchterchen lief herbei und umklammerte ihre

Beine; Robi war klar, dass ihretwegen auch die Kleine litt, und das machte die Sache nur noch schlimmer. Sie versuchte, sich rasch etwas einfallen zu lassen.

»Ich habe an meine Eltern gedacht«, log sie. Sofort bereute sie es. Aber nun war es geschehen.

Bis zu diesem Tag hatte sie Yorsh nie wirklich angelogen, freilich hatte sie, um die Wahrheit zu sagen, ein paar Kleinigkeiten verschwiegen.

So hatte sie ihm nie gesagt, dass ihre Omeletts in Form von Spiralen und vielleicht von Sternbildern durch die Profanierung eines uralten Schwerts zustande kamen, aber das war keine wirkliche Lüge gewesen. Es war nur, dass sie unbedingt etwas zum Braten brauchte, sie fürchtete nicht, dass er ihr das verbieten könnte, sondern es ihm Kummer bereiten würde.

Sie hatte ihm nie gesagt, dass ihr wirklicher Name Rosalba war, und hatte ihm auch nie von ihren Visionen erzählt, aber das war ebenfalls keine Lüge gewesen. Zusammen mit den Muscheln im Haar war es die einzige Form von Koketterie, die sie sich je herausgenommen hatte. Sie wollte nur sicher sein, aber wirklich ganz sicher, dass er, der letzte, der herrliche Spross aus dem Geschlecht der Elfen, sie um ihrer selbst willen wollte, nicht weil sie eine Nachfahrin Arduins war. Auch nachdem er sie gewählt hatte, blieb der Zweifel, ob er, der Herrliche, sie auch wirklich wollte, und seine Unkenntnis davon, dass er schon seit jeher für sie bestimmt war, gab ihr Sicherheit.

Jetzt hatte sie Yorsh zum ersten Mal wirklich belogen, und obendrein auf grausame und dumme Weise, denn an den Tod ihrer Eltern zu erinnern, die wegen des Vergehens der Freundschaft mit einem Elfen gehenkt worden waren, hieß, Yorsh in Schuldgefühle zu stürzen.

Robi hob ihr Gesicht zu Yorsh, es war völlig verweint und der

Rotz lief ihr aus der Nase. Aus ganzer Seele wünschte sie, sie hätte nicht geweint. Vor ihrem Gemahl Yorsh wollte sie nicht weinen. Elfen weinen nicht. Nie laufen ihnen Tränen aus den Augen, und im Unterschied zu den Menschen ertragen sie jede Art von Schmerz, ohne nach etwas zum Schnäuzen suchen zu müssen.

Sie fühlte Yorshs Arme um sich, Erbrow war zwischen ihnen.

»Mama aua«, sagte sie leise.

Yorsh drückte Robi an sich, ihren Kopf an seine Schulter, doch das tröstete sie nicht. Sie dachte, dass diese Schulter gebeugt sein würde durch ihre Schuld, dass dieser Atem, den sie jetzt auf ihren Haaren spürte, aussetzen würde durch ihre Schuld. Sie holte Luft und atmete ein paarmal tief durch, und auch wenn ihr das keinen Trost brachte, beruhigte sie sich doch etwas.

»Es ist vorbei, es geht schon besser«, brachte sie hervor. Yorsh nickte, wenig überzeugt.

In diesem Augenblick ging zwischen ihnen und dem Meer mit wiegendem Schritt die Phönixhenne vorüber, dunkel zeichnete sich ihre Gestalt im Dämmerlicht vor dem Himmel ab.

»Tschip tschip ham ham!«, rief Erbrow erbost und deutete auf sie, in der Hoffnung, ihr Vater möge verstehen, dass sie die Ursache allen Übels war.

»Nie wieder will ich hören, dass du ihr nachrufst, sie sei ein Huhn«, sagte Yorsh und legte Strenge in seinen üblichen zärtlichen Tonfall. »Das ist nicht höflich, ich will nicht, dass du lernst, unhöflich zu sein …«

Zu allem Übrigen an diesem Tag kam nun auch noch Unverständnis hinzu. Erbrow brach in Tränen aus.

»Schimpf nicht mit ihr!«, sagte Robi, aber vor lauter Eifer, Erbrow in Schutz nehmen und ihr weitere Tränen ersparen zu wollen, war sie zu heftig geworden, und ihr wurde klar, dass sie zornig wirkte.

Yorsh sah alle beide lang an, dann schloss er Erbrow in die Arme, um sie zu trösten, und umarmte auch Robi noch einmal.

»Schau mal«, sagte er und zeigte Robi seine Jagdbeute, er hatte sie auf dem großen Baumstamm, der ihnen als Bank diente, ausgebreitet. »Ich habe drei Tintenfische gefangen, die zwei großen für euch und den kleinen für mich.«

Yorsh lächelte und wartete darauf, dass Robi auch lächelte, dass ihre Fröhlichkeit wiederkäme. Gewöhnlich war alles, was mit Essen im Allgemeinen und mit den Mahlzeiten für Erbrow im Besonderen zu tun hatte, geeignet, Robi zu einem strahlenden Lächeln bewegen, hell wie ein Sommertag, sodass Yorsh darüber die Pein vergaß, die ihm das Töten bereitete. Robi biss die Lippen zusammen und nickte, ohne auch nur den Kopf zu wenden und die drei Tintenfische anzuschauen. Sie senkte den Blick auf den Stein, der als Herdplatte diente und, war das Feuer aus, als Tisch. Auf der einen Seite waren die Pinienkerne für Yorsh, auf der anderen das Krabbenfleisch für sie und ihre Tochter. Sie begann zu essen. Zum ersten Mal in ihrem Leben hatte sie keinen Appetit. Sie musste sich zwingen, etwas hinunterzuschlucken. Alles kam ihr vor wie Sand. Sie kaute und kaute immer auf demselben Bissen herum. Sie bemerkte, dass Yorsh sie verwundert ansah.

»Gibst du mir ein bisschen?«, sagte er freundlich lächelnd.

»Nein«, antwortete Robi hastig. »Ich… ich… hab großen Hunger.«

Yorsh lächelte weiterhin.

»Gibst du mir dann ein bisschen von deinem?«, fragte er Erbrow. »Tauschen wir? Schau mal her, dreizehn Pinienkerne, ein Küsschen und eine Geschichte für einen Bissen von deinem Essen. Ich erzähle dir noch einmal die Geschichte von der Bohnenprinzessin. Ist das ein gutes Geschäft?«

Erbrow nickte glücklich und schob ihm eine Handvoll von ihrem Krabbenfleisch hinüber.

»Nein!«, rief Robi. »Nein, nein, nein. Sie ... sie hat auch großen Hunger ... sie muss wachsen.«

Fassungslos sah Erbrow sie an. Wieder bildete sich diese senkrechte Falte zwischen ihren Augenbrauen, ihr Kinn bebte, doch diesmal konnte sie das Weinen zurückhalten.

Yorsh nickte still. Er lächelte noch immer.

Seine Blicke wanderten zu der Phönixhenne, deren Umrisse sich im letzten Licht abzeichneten, und er schüttelte den Kopf.

»Du hast völlig recht«, sagt er zu Erbrow, »sie ist wirklich ein Huhn.«

»Tschip tschip ham ham!«, kommentierte Erbrow mit finsterer Miene, aber getröstet.

»Ja, fast würde ich zu behaupten wagen, etwas zwischen einem Huhn und einem Geier. Geier sind unreine und grauenhafte Vögel und sie fressen ... nun, sagen wir unreine und grauenhafte Dinge.«

»Tschip tschip pfui?«

»Ja, ich glaube, das gibt einen Begriff davon. Aber auch sie finden sich untereinander schön, und wenn ein kleiner Geier auf die Welt kommt, sind seine Mama und sein Papa stolz und glücklich. Wenn sie also auch nicht gerade die liebenswürdigsten Wesen sind, versuchen wir trotzdem, nicht grausam zu ihnen zu sein.«

»Nein aua.«

»Nein aua. So ist es, mein Schatz.«

Erbrow lächelte selig. Endlich begann der Tag, eine Wendung zum Besseren zu nehmen. Papa war heimgekommen und in gewisser Weise brachte er alles wieder in Ordnung.

»Meine Gebieterin«, sagte Yorsh schließlich, zu Robi gewandt.

Sein Lächeln war sehr zärtlich, und beim Sprechen nahm er eine ihrer rauen und schwieligen Hände in seine, die fast vollkommen makellos waren. »Ich bitte Euch, vergebt mir, dass ich Euch Schmerz zufüge. Ich will meine Unsterblichkeit nicht und Ihr könnt sie nicht schützen.«

Robi schüttelte den Kopf. Wieder brach sie in Tränen aus und verabscheute sich dafür, dass sie sich nicht beherrschen konnte.

»Das darfst du mir nicht antun. Das darfst du nicht. Jeder Bissen, den ich für dich zubereitet habe, war Gift für dich, und ich wusste es nicht…«

»Meine Herrin! Robi! Meine einzige Liebe. Wie könnt Ihr nur so bodenlos ungerecht sein Euren Kochkünsten gegenüber! Was meine Unsterblichkeit angegriffen und ein für alle Mal vernichtet hat, das war die halbe Napfschnecke, die ich auf einem Felsen gesammelt und mir ohne Zutun von irgendjemand in den Mund gesteckt habe, womit ich die einzig mögliche Wahl traf, die mein Leben glücklich macht. Meine Liebe, ich würde durchs Feuer gehen für eines Eurer Omeletts mit Pinienkernen und Myrte, die Ihr bratet, ein Schwert als Pfanne benutzend, und ich bin mir sicher, wenn die Elfenkönige wüssten, dass das Schwert, das sie vor Jahrhunderten auf dem Höhepunkt ihrer Macht geschmiedet haben, von Euch gezückt wird, um den Hunger zu bekämpfen und Freude zu verbreiten, wären sie stolz und würden sich geehrt fühlen.

Meine Gebieterin, ich bitte Euch, verwehrt mir nicht die Süße Eures Lächelns und den Honig, den Ihr auf die Brassenfilets träufelt, denn da ich nun einmal davon gekostet habe, würde ich die Pforten der Zeit und des Todes durchschreiten, würde auf die andere Seite der Sterne gehen, wo die Parallelen sich berühren und die Zahlen enden, und würde dort Euren Lobpreis singen und meinem Schicksal danken, denn der Tausch wird zu meinem Vorteil gewesen sein. Meine Herrin, die Unsterblichkeit ist eine verhängnisvolle Gabe, die meinem Geschlecht den Untergang gebracht hat. Die Unverletzlichkeit unserer Körper, so unangreifbar wie Stein, wie Diamant, wie Eis, das in den Klüften hängt, wo kein Frühling und keine Sonne hingelangt, hat uns so anfällig gemacht, dass wir untergegangen sind. Furchtsam haben wir stillgehalten, voller Angst vor dem Leben, das seinem Wesen nach Wandel und Zerstörung ist, und so sind wir einer nach dem anderen gestorben. Mein Volk ist untergegangen, weil es ihm an dem Mut gebrach, den Tod anzunehmen, das letzte Geschenk, welches das Universum für die Lebenden bereithält. Jede Braut bringt ihrem Bräutigam ihren Mut als Gabe dar, wenn sie einwilligt, ihn zu lieben, denn in der Geburt eines neuen Lebens reichen Leben und Tod sich die Hand. In einem Volk, das zur Unsterblichkeit verdammt war, hielt man diese Gabe für zu groß, als dass man sie erbeten oder auch nur angenommen hätte. Trotzdem sind wir ausgestorben, ermordet, gemetzelt, dahingerafft von Hunger und Traurigkeit. Wir sind gestorben. Das Menschengeschlecht wusste, dass der Tod Teil des Lebens ist, dass sie untrennbar miteinander verbunden sind. Die Elfen wollten das nicht wahrhaben und haben ihr Geschick verwirkt, indem sie stur an der Unsterblichkeit festhielten und sich dann eben darauf versteiften, Fliegen wieder zum Leben zu erwecken.«

»Du begreifst nicht«, sagte Robi mit versagender Stimme. Erbrow erschrak und floh in die Arme ihres Vaters. »Du begreifst nicht. Die Zähne werde dir ausfallen und … die Haare auch!«

»Gut, dann werde ich eben beim Sprechen spucken wie der alte Fischer von Arstrid, und morgens werde ich mir mit einem Tuch den Schädel polieren, damit er in der Sonne schön glänzt. Es gibt wenig, was mir abscheulicher vorkäme als eine alberne und ewige Jugend, die mich meinen eigenen Kindern gleichmacht. Mein weißes Haar oder die Falten, die sich in meinem Gesicht bilden, sollen meine Kinder daran erinnern, dass ich nicht ihr Bruder und Freund bin, sondern ihr Vater. Wenn sie meine schrundigen und fleckigen Hände sehen, sollen sie daran denken, dass ich der bin, der sie gezeugt hat, denn sonst werden sie nie wissen, bei wem sie sich Sicherheit und Trost holen können. Meine Kinder sollen sich unser annehmen in unserer Gebrechlichkeit, damit sie Barmherzigkeit lernen. Wie könnten sie das, wenn wir die Kraft der Jugend niemals verlören? Von allem Unglück auf der Welt scheint mir das Schlimmste, ein Kind überleben zu müssen, es dem Tod überlassen und es begraben zu müssen. Das würde ich selbst meinem ärgsten und verhasstesten Feind nicht wünschen. Wenn ich mich verändere, wirst du mich dann wirklich nicht mehr mögen? Robi, meine einzige Liebe, wirst du mich wirklich weniger lieben, wenn ich spuckend rede wie der alte Fischer oder mein Schädel von der Sonne verbrannt ist, weil nackt wie eine frisch geschlüpfte Möwe? Auch dein Gesicht und dein Lächeln werden sich ändern und dabei die Erinnerung an die Sonne bewahren, die deine Haut gerbte, während du Krebse sammeltest und wir sie dann gemeinsam verzehrten, aber deswegen bleibt meine Liebe zu dir doch immer gleich, wächst von Tag zu Tag, deshalb wird das Glück des Zusammenseins mit dir von Tag zu Tag größer und strahlender. Dein Körper wird die Spuren tragen von der Geburt unserer Kinder, dein Haar die Spuren der Zeit, die wir Hand in Hand miteinander gegangen sind. Seitdem ich weiß, dass meine Tage gezählt sind, haben sie ein Vielfaches an Glanz gewonnen; die immens große Bewegung der Sterne und die winzige eines Grashalms haben ihr Maß bekommen, weil die Zeit einen Wert hat. Meine geliebte Herrin, in Eurem Blick liegt die Kühnheit des Falkenflugs und die Zärtlichkeit der Sonnenreflexe auf dem Wasser. In dem Lächeln, womit Ihr Euch über unser Kind beugt, liegt das Licht der Sonne, die die Erde wärmt. Im Lächeln, das Ihr zeigt, wenn ich mich über Euch beuge, liegt das Geheimnis des Mondlichts, wenn es leise zwischen Wellen und Wolken spielt. Meine Gebieterin, Ihr besitzt die Kraft eines kampfbereiten Heeres und nichts kann Euch bezwingen, auch der Tod nicht, denn nicht einmal ihn fürchtet Ihr. Meine Gebieterin, ich bitte Euch, weint nicht. Euch Schmerz zuzufügen, ist mir unerträglich. Ich habe heute Eure Tränen gesehen und sie waren ein Geschenk für mich, denn ich weiß, dass Ihr meinen Tod beweint, aber ich bitte Euch, schwört mir eins: Sollte ich vor Euch sterben, so sollen in dem Moment, da ich von Euch gehe, Eure Augen trocken sein und Eure Stirne glatt.«

Yorsh lächelte. Robi versuchte, sich an die Worte der Phönixhenne zu erinnern, doch alles ging unter im Lächeln ihres Gemahls. Alles verklang neben seiner Stimme. Immer aufs Neue wiederholte sie sich im Kopf das Wort »Gemahl«. Er war ihr Gemahl. Sie waren zusammen und Erbrow war ihr Kind. Nur noch undeutlich erinnerte sie sich an die Worte, die ihr solche Qual bereitet hatten.

»Die Würmer werden dich fressen«, stammelte sie noch. Die Tränen, die ihr übers Gesicht liefen, begannen, weniger zu werden, wie die Tropfen eines Sommergewitters, wenn die Wolkendecke aufreißt und der blaue Himmel wieder erscheint.

»Aber meine Gebieterin«, wandte Yorsh ein, um sie zur Vernunft zu bringen. Er breitete sogar die Arme aus, um seinen Worten mehr Nachdruck zu verleihen. »Ganze Heerscharen von Würmern haben die Wachteln und Fasane genährt, mit denen Euer Vater Euch als Kind gefüttert hat. Nun nähren fette Regenwürmer, durch Unwetter von den Klippen heruntergespült, die Goldbrassen, die unseren Hunger stillen. Es wäre eine unverzeihliche Unhöflichkeit, sich da nicht revanchieren zu wollen!«

Obwohl sie noch nicht aufgehört hatte zu weinen, musste Robi doch unwillkürlich lachen. Glücklich klatschte Erbrow in die Hände.

Schwankend zwischen Lachen und Weinen, sah Robi ihren Gemahl an.

Er war nicht mehr unsterblich.

Sie würden gemeinsam sterben. In hohem Alter. Hand in Hand.

»Weißt du…«, fing sie an. Es war weniger leicht als gedacht, sie hatte zu lang gewartet, und jeden Tag, den sie zögerte, wurde es peinlicher zu gestehen, warum sie so lang gezögert hatte. »Weißt du, mein Name…«

Sie konnte nicht ausreden. Ein Aufschrei Erbrows unterbrach sie.

Gleichzeitig wandten Robi und Yorsh sich dorthin, wohin das Mädchen entsetzt zeigte.

Die Phönixhenne brannte. Es war ein fantastisches Spiel der Flammen, vor dem dunklen Horizont strahlte das Feuer in einem mit Silber und Gold vermischten Licht von unbeschreiblicher Schönheit.

Das Feuer dauerte fast die halbe Nacht lang. Der Nordwind, der über den Strand hinwegfegte, konnte es nicht löschen, im Gegenteil, er fachte die Flammen noch weiter an und sie wurden dadurch noch prächtiger.

Hell und in allen Farben loderten die Flammen empor, widergespiegelt auf dem dunklen Grund der Wellen, zugleich aber trug der Wind einen entsetzlichen Gestank nach verbranntem Fleisch zum Dorf.

Viele Einwohner eilten herbei. Fast alle versuchten immer wieder, das Feuer mit Meerwasser oder durch Einsatz ihrer spärlichen Kleidungsstücke zu löschen, es hielt jedoch allem stand. Sämtliche Kinder, angefangen von Erbrow, weinten vor Entsetzen.

Robi war außer sich wegen des Schreckens der Kleinen, die aber nicht wegzubringen war, sie klammerte sich überall fest, um nur ja dazubleiben. Außer der Sorge plagten sie auch Schuldgefühle wegen dieses blöden Geschöpfes, und Wut, denn in der einen oder anderen Weise hatte es sie alle im Griff.

Am unbekümmertsten war Yorsh, der mehrfach wiederholte, er sei sicher, dieser in Abständen wiederkehrende Brand sei ganz normal bei einem Phönix, aber als Stunde um Stunde verstrich, wurde auch seine Sicherheit etwas wankend.

Endlich, als der Mond untergegangen war, erloschen die blauen und silbrigen Flammen, und die Phönixhenne erschien wieder. Zum Blau und Silber in ihrem Gefieder war ein goldener Schimmer hinzugetreten. Auch in der Gestalt hatte sie sich verändert, und nicht zu ihrem Vorteil. Die ohnehin schon lächerlich kurzen Flügel, die keinerlei Flugbewegung erlaubten, waren noch kürzer geworden. Der Hals war länger, der Schnabel stärker gekrümmt und der Kopf fast völlig kahl. Das alles verringerte die Ähnlichkeit mit einem Huhn, verstärkte jedoch die mit einem fantastischen Geier, in den Farben der Morgenröte und des Meeres.

Endlich beruhigten sich Erbrow und die übrigen Kinder. Nach und nach gingen alle schlafen.

Völlig verzweifelt, ja gänzlich aus dem Häuschen, nahm Robi Erbrow auf den Arm und pflanzte sich vor der Phönixhenne auf.

»Wenn du noch einmal mein Kind zum Weinen bringst, dann dreh ich dir deinen verwanzten Hals um«, drohte sie ihr, fahl vor Zorn im Gesicht.

Dann machte sie kehrt, um die Kleine schlafen zu legen. In den Flammen musste außer dem letzten Rest Höflichkeit auch das Gedächtnis der Phönixhenne zugrunde gegangen sein, denn mit einer deutlich höheren und schrilleren Stimme als vorher erklärte sie, nicht zu wissen, wer zum Teufel diese grässliche Person sei und in jedem Fall sei sie, der Stolz der Schöpfung und die Zierde der Welt, nicht bereit, Drohungen von irgendeinem dahergelaufenen Weibsbild wegen ihres grässlichen Blags …

Robi war schon weit weg. Yorsh antwortete ihr.

»Madame«, sagte er seelenruhig, »wenn Ihr noch einmal wagen solltet, meine Tochter ein grässliches Blag zu nennen, dann landet Ihr am Spieß, das verspreche ich Euch, mit Rosmarin als Zutat und ein paar Pinienkernen als Füllung.«

»Rosmarin als Zutat und Pinienkerne als Füllung?«

»Für Goldbrassen passt das ganz vorzüglich«, sagte Yorsh ungerührt. »Meine kulinarischen Kenntnisse sind zwar beschränkt, aber mir scheint, das könnte auch für Euch gut passen.«

»Mein Herr«, sagte die Phönixhenne und schnappte nach Luft, »ich sehe Euch heute zum ersten Mal, doch scheint Ihr mir ganz unzweideutig ein Elf zu sein.«

»Ich bin ein Elf.«

»Elfen können nichts essen, was mit Denken begabt ist.«

»Genau, wenn jemand meine Tochter ein ›grässliches Blag‹ nennt, wäre das folglich keine Regelverletzung«, wies Yorsh sie zurecht. »Madame«, grüßte er sie schließlich mit einer kleine Verbeugung und ging dann auch schlafen.

KAPITEL 11

Am Anfang meinte Erbrow, es sei alles in Ordnung.

Allmählich verliefen die Tage wieder ohne allzu große Bedrängnis. Man musste nur aufpassen, dass der Mann des Hasses nicht zu nah war und dass die Phönixhenne nicht gerade brannte, dann lief alles glatt.

Der Hass des Mannes wuchs von Tag zu Tag.

Erbrow fühlte, wie ihr Herz heftig pochte, sodass es ihr wehtat, wenn sie die schiefe Gestalt am Strand entlangschleichen sah und weder Papa noch Mama in der Nähe waren, um sie auf den Arm zu nehmen.

Wenn die Phönixhenne brannte, was mittlerweile fast täglich der Fall war, geschah etwas Seltsames mit ihr, sie konnte nicht weggehen. Sie fühlte, das wäre unhöflich gewesen, wie ihr Papa sagen würde. Sie fühlte, dass sie dableiben und zusehen musste. Außer dem scheußlichen Geruch nach verbranntem Fleisch lag in diesen Flammen eine eigenartige Mischung aus Groll und Wehmut, der sie keinen Namen zu geben wusste. Sie hatte das bestimmte Gefühl, das Einzige, was den Groll und die Wehmut der Phönixhenne beschwichtigen oder doch wenigstens nicht allzu sehr anfachen würde, sei die Anwesenheit eines Publikums.

Mama war aber nicht mehr verzweifelt, ja in ihrem Lächeln lag etwas, was früher nicht darin gewesen war.

Alles in allem ging es also gut.

Dann aber geschah etwas Schlimmes, und sie wusste nicht, was. Plötzlich veränderte Mama sich. Der Himmel war nach wie vor blau, das Meer nach wie vor ruhig, aber Mama trug eine neue Angst in sich, wie damals, als die Windhose das Dorf hinweggefegt hatte und das Meer sich in ein tobendes Ungeheuer verwandelt hatte.

KAPITEL 12

Seit ihrer wechselvollen Reise von der Grafschaft Daligar bis an ihren Strand hatte Robi keine Visionen mehr gehabt. Damals hatten sie sie geleitet, hatten ihr in all den Wirren und Kämpfen die Gewissheit eines völlig unwahrscheinlichen Siegs gegeben, dann waren sie verschwunden. Beim letzten Mal hatte sie spielende Kinderhände gesehen; das hatte ihr die Sicherheit gegeben, dass Yorsh und sie heiraten und Kinder haben würden. Die Gesichter der Kinder hatte sie nicht gesehen, sie hatte nicht einmal gesehen, wie viele es waren. Die Vision war undeutlich, da waren nur Händchen und Spielzeug, sie schoben sich übereinander, um zu verschwinden und wiederzukehren. Das Spielzeug, das war ein völlig schiefer Kreisel, ein Pferdchen aus rohem Holz und dann die Puppe und das Schiffchen, die ihre Eltern für sie gemacht hatten, als sie klein war, und die Yorsh ihr mitgebracht hatte, als er sie endlich ausfindig gemacht und erkannt hatte. Sie wusste, dass Yorsh als Kind einen Kreisel und ein Holzpferdchen besessen hatte. Den Kreisel hatte sie einen Augenblick lang auch gesehen. Es war Spielzeug von sehr feiner Machart, in allen Blautönen bemalt. Der Verwaltungsrichter hatte ihn mit den Füßen zertreten, bei jener einzigen Begegnung, die sie mit ihm gehabt hatte. Das war, als Yorsh nach

Daligar kam, um sie zu befreien, er ganz allein gegen eine Garnison Soldaten, unterstützt nur von den Gefängnisratten und zwei Deserteuren, Meliloto und Palladio. Das Holzpferdchen, vermutlich auch ein Stück elfischer Handarbeit, hatte Yorsh selbst verloren. Bei einem Niesen des Drachen, Erbrow des Älteren, war es ihm in den Vulkan gefallen, der die Brutgrotte erwärmte.

Als Erbrow auf die Welt kam, hatte Yorsh Solario gebeten, ihm ein Pferdchen und einen Kreisel zu schnitzen. Der Kreisel war asymmetrisch und zog eine schiefe Bahn, bei dem Pferd waren die Hinterbeine zu dünn und der Hals zu lang und sie hatte darin die Gegenstände ihrer Vision wiedererkannt.

Nach der Reise war Robi die Gabe der Hellsicht abhandengekommen, wenn es sich denn um eine Gabe handelte. Jetzt waren die Visionen wiedergekehrt, aber sie waren ein Fluch.

Jetzt sah Robi Abgründe von Dunkelheit, einer hinter dem anderen, sah etwas, was das Licht vernichtete.

Sie sah nicht einfach das Fehlen von Licht, sondern sein Gegenteil. Licht macht das Dunkel zunichte, ein Lichtstrahl genügt, um jede Dunkelheit zu durchbrechen. Sie aber sah eine Dunkelheit, die das Licht verschlang. Ein Bruchteil davon genügte und jede Helligkeit war ausgelöscht. Wenn sie die Augen schloss, erschien eine dunkle Finsternis, allumfassend und erschreckend. So, als würde sich jemand bereit machen, im nächsten Moment über die Welt herzufallen.

Robi war hin und her gerissen zwischen dem Wunsch, Yorsh davon zu erzählen und diese Mitteilung ein für alle Mal durch die Erklärung ihrer Abstammung und ihres Namens zu vervollständigen, und dem, sich weiterhin damit zu beschwichtigen, dass diese Halluzinationen ganz bedeutungslos wären.

Das war keine Vision. Es war nur ein Streich, den die Müdigkeit ihr spielte. Sie war jetzt ständig müde. Immer häufiger kam es vor, dass sie sich nicht auf den Beinen halten konnte. Sie hätte andauernd schlafen können. Oft war ihr speiübel, auch wegen des schrecklichen Gestanks nach verbranntem Fleisch, der mittlerweile ständig über der Bucht lag.

Das übrige Dorf hatte sich trotz des Gestanks an die Selbstverbrennungen der Phönixhenne gewöhnt, und mittlerweile fragte man sich schon amüsiert, wann sie wieder Festbeleuchtung machen würde. Erbrow allerdings schien daran überhaupt nichts lustig zu finden. Für sie war das anders. Jedes Mal wenn das vermaledeite Federvieh in Flammen aufging, rührte sie sich nicht vom Fleck und schaute wie gebannt zu, gequält, aber sie harrte dort aus.

Nach jedem Feuer war das Gefieder der Phönixhenne noch prächtiger und im gleichen Maße nahm ihr Hochmut zu. Ihr Gedächtnis wurde immer lückenhafter. Beim vorletzten Mal erinnerte sie sich nicht mehr, wer die Elfen waren. Nach dem letzten Mal wusste sie nicht einmal mehr, wer die Phönixe waren. Sie quasselte pausenlos. Ihre Rede war ein unaufhörliches Gejammere über ihre Schönheit und die Gefahr, dass sie von der Zeit angegriffen und, die Götter mochten es verhüten, alt und grau werden könnte. Beging man den Fehler und versuchte, der Kreatur zu versichern, wie schön die Farbe ihres Gefieders sei, das Gold und Silber der Flügel, so steigerten sich die Forderungen nach Trost und Zuspruch ins Unendliche, wurden maßlos und tyrannisch, ohne dass die dahintersteckenden Ängste im Geringsten beschwichtigt worden wären. Es war ein schrilles und nervtötendes Gequassel und vielleicht war sie auch deswegen erschöpft.

Robis Entschluss stand fest. Sie war sich so gut wie sicher, dass es ein Fehlalarm sein würde, aber so unwahrscheinlich es auch war, sie durfte nicht länger zögern, die Warnung auszusprechen. Über das Alter der Koketterie und der Launen war sie hinaus. Es war ihr peinlich, Yorsh, dem sie während ihrer Reise nie Mut zugesprochen hatte, von ihren Visionen einer Zukunft zu erzählen, die ihr Sicherheit verliehen hatten, während er von Angst und den schrecklichsten Befürchtungen geplagt war, dass es für sie kein Morgen geben könnte.

Sie würde bekennen müssen, dass sie ihm, seiner Liebe nicht vertraut hatte; aber mittlerweile war sie sicher, dass er nicht nur nicht böse werden würde, sondern dass er sie im Gegenteil auch weiterhin genauso lieben würde, wenn nicht noch mehr.

Robi fragte sich, wie sie nur so lange hatte warten können, wie sie Yorsh die Beruhigung hatte vorenthalten können, dass sämtliche Prophezeiungen sich bewahrheitet hatten.

Yorsh hockte zusammen mit Jastrin auf dem dicken Stamm einer Strandkiefer, den der Wind bis in die Waagrechte gebeugt hatte. Erbrow spielte in ihrer Nähe. Moron ging hinter ihr vorbei, schief und mürrisch, eine seiner monströsen Vogelfallen in der Hand, und Robi verspürte das Unbehagen, das sie immer in seiner Gegenwart befiel, aber sie waren, wie es in den Gründungsstatuten ihrer Stadt hieß, eine Gemeinschaft von Freien, und daher konnte man nicht einfach jemanden ausschließen oder misshandeln, bloß weil er etwas Unheimliches an sich hatte. Yorsh sprach gerade, nach seiner Gestik zu urteilen, vom Angriff Sire Arduins auf die Orks. Auch Erbrow musste das sehr interessant finden, denn just in dem Moment, da sich Morons Schatten ihr näherte, hörte sie auf zu spielen, lief zu ihrem Vater und ließ sich hochheben. Moron ging in Richtung auf den Felsvorsprung weiter, nicht ohne zuvor den armen Jastrin mit einem demonstrativ verächtlichen Blick bedacht zu haben. Jastrin bemerkte das gar nicht und hörte weiterhin gebannt und aufmerksam zu. Seine Beine waren dünner und schwächer als die der anderen und taten ihm oft weh.

Yorsh hatte für ihn das Amt und den Titel Offizieller Schreiber erfunden, und in Ermangelung von Pergament, auf dem man hätte schreiben können, war er Offizieller Bewahrer des Gedächtnisses, und sooft er konnte, schleppte Yorsh ihn mit sich, um ihm in einprägsamen Episoden von der Vergangenheit zu erzählen, die er aus einigen Hundert Geschichtsbüchern kannte.

Wie Yorsh erklärte, lag die Zukunft eines Volkes in seiner Vergangenheit beschlossen, und ein Volk, das seine Vergangenheit nicht kannte, konnte seine Zukunft nicht gestalten. Bewahrer des Gedächtnisses war also ein sehr wichtiges und hohes Amt.

Robi hörte weniger genau zu, weil sie der Ansicht war, dass die Zusammensetzung des Abendessens eine nicht minder wesentliche Rolle bei der Gestaltung der Zukunft eines Volkes spielte, der einzige Adressat von Yorshs Ausführungen, der so gebannt wie ergriffen zuhörte, war also Jastrin.

Robi kam nicht mehr bis zu Yorsh.

Plötzlich erschienen am Horizont drei Gestalten, gehüllt in ein so vollkommenes Schwarz, dass es wirkte, als verschluckten sie das Licht, als töteten sie es und verbreiteten rings um sich eine solche Finsternis, dass sich auch der Horizont verdunkelte.

Caren Aschiol war mit Chicco im Wasser. Mit dem Kind auf dem Arm kam er an Land und setzte den Kleinen ab.

»Was ist denn das?«, fragte er. »Ein Gewitter ist nicht so schwarz.«

Robi antwortete nicht. Sie wusste nicht, was sie sagen sollte. Das Einzige, was sie wusste, war, und das stand ihr völlig klar vor Augen, dass sie diese Gefahr gesehen hatte und vollkommen blödsinnigerweise keinen Alarm geschlagen hatte.

Endlich kam Yorsh.

»Die Erinnyen!«, rief er. »Die Furien! Das sind die Todesengel!«

Yorsh war aschfahl ihm Gesicht. Zum ersten Mal sah Robi Entsetzen in seinen Augen.

»Die was?«, fragte sie.

»Meine Großmutter hat mir von ihnen erzählt«, antwortete Yorsh. »Ich wusste, dass es eine Gegend gibt, die von den Erinnyen heimgesucht wird, alle Jahrzehnte einmal kehren sie an den Ort ihres Martyriums zurück, aber ich wusste nicht, wo das ist. Es ist hier!«

Die drei schwarzen Schatten kamen langsam näher. Die im Wasser spielenden Kinder, ein halbes Dutzend jeden Alters und jeder Größe, die bis zu diesem Augenblick mit dem Gekreisch der Möwen gewetteifert hatten, verstummten. Erbrow begann zu husten.

»Jetzt weiß ich, warum an diesem Ufer niemand gelebt hat«, fuhr Yorsh fort. »Die Erinnyen sind die Geister von drei armen Frauen, die als Hexen verurteilt wurden. Sie haben einen Fluch über das Leben und das Universum verhängt und sind zu Geistern der Zerstörung geworden.«

»Aber wann ist denn das passiert?«, fragte Caren Aschiol. Chicco hatte auch angefangen zu husten.

»Das war vor den Elfenreichen.«

»Vor den Elfenreichen? Und was heißt das?«

»Vor neun bis zehn Jahrhunderten.«

»Vor tausend Jahren? Mein Sohn kriegt keine Luft wegen einer Sache, die vor tausend Jahren passiert ist? Und was hat er damit zu tun? Und ich, was habe ich damit zu tun?«

»Aber sind denn die Hexen nicht Töchter der Elfen? Waren sie so grauenhaft, schon bevor man euch zu Königen gemacht hat?«, fragte Moron, der näher gekommen war. »Tolle Idee, an diesen Traumstrand zu kommen. Wären wir im Waisenhaus geblieben, wären wir jetzt Alte Kämpen …«

Robi hasste ihn, und das war das Einzige, was sie einen Moment lang von ihrer Wut auf sich selbst ablenken konnte, weil sie geschwiegen hatte, als die Schatten schon in ihren Schlaf gedrungen waren. Doch dann ging alles unter in der Sorge um Erbrow, die auf ihrem Schoß saß und der das Atmen immer schwererfiel. Auch die anderen Kinder fingen an zu husten. Yorsh, Creschio, Cala und Solario liefen hin und holten sie aus dem Wasser, in einem beschwerlichen Marsch, mit verlangsamten Bewegungen und mühsamem Luftholen, wie gebrechliche oder kranke Alte. Robi blieb am Strand, hielt ihre Arme schützend über Erbrow und Chicco.

»Zu jener Zeit bedeutete ›Hexe‹ nicht Abkömmling der Elfen«, hob Yorsh wieder an, als sie an Land waren. Auch seine Stimme wurde allmählich heiser. »So nannte man damals die Heilerinnen, weise Frauen, Geburtshelferinnen und Kräuterkundige. Als übers Meer eine Seuche kam, beschuldigten alle die Hexen, dass sie es nicht verhindert hätten und dass sie nicht in der Lage wären, sie zu heilen. Wenn unabwendbare Katastrophen geschehen, ist es eine Erleichterung, das Gefühl der Ohnmacht zu bekämpfen, indem man einen Schuldigen ausfindig macht. Man behauptete, die Pest sei Folge einer Hexenverschwörung.«

»Ist gut. Aber was machen wir?«, fragte Caren Aschiol mit immer gepressterer Stimme.

»Ich weiß es nicht«, sagte Yorsh.

Schon seit da nur drei winzige Punkte im goldenen Nachmittagslicht gewesen waren, wurde die Luft knapp, und das Atmen fiel schwer. Caren Aschiol begann zu husten und sein Gesicht verfärbte sich dunkel. Auch sein Husten erlosch. Mit fast erstickter Stimme, versuchte er, die Kinder, die still und reglos ausharrten, zu sich zu rufen. Nur das Meer wagte sich noch zu rühren, seine langen Wellen rollten weiter heran, unbeeindruckt von der Dunkelheit. Chicco kauerte neben Erbrow; sein Vater nahm ihn auf den Arm.

Es wurde sehr kalt und man schien keine Luft mehr zu bekommen.

»Ich will versuchen zu verhandeln«, flüsterte Yorsh. »Ihr flieht! Flieht alle!«

»Fliehen wohin?«, fragte Robi. Der Himmel war völlig dunkel, Schatten überall.

Die Gestalten wurden immer bedrohlicher, riesig und sehr nah. Husten und Stöhnen erhob sich überall. Die Mütter hatten sich über ihre Kinder geworfen, um sie zu schützen. Die Gruppe von alten Frauen, die in den Brackwasserteichen Muscheln suchten, hatten unter dem Wasserfall Zuflucht gesucht, in der Hoffnung, dass das Wasser sie schützen und das unerträgliche Brennen in den Atemwegen lindern würde.

Ein paar Pfeile flogen.

Caren Aschiol und Cala hatten ihr Bögen wieder an sich genommen, mit denen sie Brassen gejagt und die sie danach am Strand abgelegt hatten. Die Pfeile erreichten nicht einmal die Fransen der Kleider, die blutigen Hände. Ein grausiges, gellendes Gelächter erhob sich über der verstummten Bucht.

Zuletzt schoss Yorsh einen Pfeil ab. Er verfehlte sein Ziel nicht; er schoss durch die größte der drei Gestalten hindurch, die sich nicht von der Stelle rührte, während ihr Lachen noch lauter und höhnischer erschallte.

Creschio und Cala hielten sich umschlungen, Chicco zwischen ihnen, sie hielten sich fest an den Händen. Nicht weit davon rang Moron die seinen, sah sie an und grub sich die Nägel in die Handballen.

Jetzt, wo sie über ihr waren, konnte Robi die Erinnyen unterscheiden. Es waren drei geflügelte Gestalten, schwarz und mit schwarzen Kapuzenmänteln, sodass nur die knöchernen, blutigen Hände sichtbar waren.

Die Flügel waren riesig und ausgefranst, ihre Schatten verfinsterten den Himmel.

Dunkel legte sich über die Welt, Angst verschlang sie. Der blaue Himmel, wo Möwen segelten, die Teiche mit den Reihern, die Felsenklippe mit den blühenden Kapernpflanzen, alles ging unter in Kälte und Dunkelheit.

Zwei der Schatten wichen zur Seite und blieben etwas zurück.

Die Dritte war direkt über ihnen, und sie war es, die sprach.

KAPITEL 13

Mama wusste, dass die drei Blasen der Verzweiflung kommen und die Welt verschlingen würden.

Das war sie, die neue Angst, die sie in sich trug.

Ihre Mama sah, was geschehen würde.

Auch sie selbst sah, was geschehen würde, nicht alles, nur einiges, und nicht immer, nur manchmal.

Die anderen sahen nie etwas.

Niemand.

Nicht einmal ihr Papa.

Deshalb hatten sie, die anderen, nie Angst.

Die drei Blasen der Dunkelheit erschienen am Horizont und dann kamen sie näher. Alles wurde dunkel.

Mama hielt sie im Arm, und plötzlich blieb ihr die Luft weg, wie damals, als sie ins Wasser gefallen war; diesmal aber war es nichts Kaltes, sondern etwas, was brannte. Chicco war bei ihr, und obwohl er auch hustete, gab er ihr seinen Stoffball, um sie ein bisschen zu trösten. Dann aber kam sein Papa, hob ihn hoch und trug ihn fort.

Der Schatten war dunkler geworden als eine sternlose Nacht, dichter als der Qualm von Feuer, wenn das Holz feucht ist.

Ihr Papa sagte, sie sollten fliehen, aber keiner wusste, wohin.

Dann begann die größte von den Figuren, die da über ihnen hingen, zu reden.

KAPITEL 14

Robi hob den Kopf und wagte, das geflügelte Wesen anzusehen, das über ihr am Himmel hing.

Das Ding redete. Robi begriff, warum man sie die Furien nannte.

»Wir sind die Furien, die Erinnyen«, sagte eine dumpfe Stimme. »Wir sind die Mütter ohne Nachkommenschaft.«

»Wir sind der Schmerz, die Rache und der Hass.«

Robi fiel zu Boden. Sie hielt Erbrow fest an sich gedrückt. Der Schmerz war furchtbar. Es war, als ob glühende Erde, vermischt mit Skorpionen, in ihre Atemwege eingedrungen wäre. Sie bedeckte ihr Kind mit ihrem Körper. Sie hörte die Kleine unter sich röcheln.

Das Dunkel hatte den Strand verschluckt.

Die Furie fing wieder an: »Wir kommen, zu fordern den Zoll für unsere nicht empfangenen Kinder, für unsere ungeborenen Kinder, für unsere Kinder, die gestorben sind, noch bevor sie erfahren konnten, welche Farbe das Leben hat, was ein Leben ohne Schmerz ist.

Nichts kann unsere Raserei bremsen, nichts unseren Hass besänftigen.

Wie ein Schwarm wild gewordener Raben, wie eine Meute Hunde, wie Hyänen, Wölfe oder Geier werden wir euren Frieden zerfleischen, werden wir eure Seelen zerfleischen wie euren Leib.

Das ist die Vergeltung für diejenigen, die unseren Leib gemartert und unser unschuldiges Blut vergossen haben, für diejenigen, die um unsere Unschuld wussten und geschwiegen haben aus Feigheit; wir werden alle vernichten, die hier an diesem Ort leben und atmen, wo uns und unserer Nachkommenschaft das Leben und der Atem geraubt wurden.

Wie ein Schwarm wild gewordener Raben.

Wir sind die Furien, die Erinnyen.

Wir sind der Schmerz, die Rache und der Hass.

Ihr Törichten, ihr habt es gewagt, diesen Ort zu entweihen, der Schauplatz unseres Martyriums war, der Ort, an dem unser Blut und unser verbranntes Fleisch Zeugnis ablegten von der tumben Grausamkeit der Menschen.«

Plötzlich spürte Robi, wie sich die Skorpione, die ihr die Atemwege verbrannten, auflösten. Die Luft konnte wieder fließen. Erbrow hustete zwei-, dreimal und fing dann an zu weinen und von allen Geräuschen war dies das tröstlichste, denn es bedeutete, dass sie am Leben war. Robi hob den Blick. Zwischen ihr und den Erinnyen war Yorsh. Er stand aufrecht da mit ausgebreiteten Armen, um seinen Windschatten so groß zu machen, dass er sie und das Kind erfasste. In seinem Schatten war die Luft rein und frisch. Robi hörte Yorsh nach Luft ringen, sein Atem wurde immer kürzer und abgerissener. Sie sah, wie er auf die Knie fiel, aber er schützte weiterhin ihren Atem.

Diejenige der drei Erinnyen, die am nächsten war und gesprochen hatte, stimmte ein leises Lachen an und wich zur Seite.

Yorsh war außerhalb ihres Schattens. Die Sonne leuchtete wieder auf seinem silberhellen Haar. Robi hörte ihn husten.

»Ich bitte Euch«, sagte er freundlich, »tut uns nichts an. Tut ihnen nichts an. Sie haben nie irgendjemandem ein Leid zugefügt.«

Yorsh hatte sich wieder aufrichten können.

»Ich wüsste gern Euren Namen, junger Elf«, sagte diejenige der Furien, die am nächsten war. Sie war die größte. Ihr ausgefranster Mantel hüllte sie ganz ein, nur die mageren Hände kamen wie Krallen darunter hervor. Die Nägel an den Fingern waren abgerissen worden, die Handflächen waren von tiefen Wunden gezeichnet.

»Yorshkrunkquarkjolnerstrink.«

»Yorshkrunkquarkjolnerstrink? Der Letzte und der Mächtigste also. Euer Gesicht ist von der Sonne gegerbt, also ist Euer Fleisch schon der Sterblichkeit verfallen, letzter der Elfenkrieger. Sollten wir auch beschließen, Eure Atemzüge nicht auszulöschen, so wird Euer Leib doch nicht mehr lang seinen Schatten auf die Erde werfen.«

»Meine Damen«, antwortete Yorsh. »Ich kenne Eure Namen. Eure Geschichte ist mir nicht unbekannt. Noch bevor ich sie in Büchern las, hat meine Großmutter sie mir erzählt, damit die Erinnerung an das Leid nicht verloren ginge. Eine der letzten Erinnerungen, die ich an sie habe, ist die Erzählung Eurer Geschichte. Ihr seid die Heilerinnen, die Frauen, die Kräuter sammelten, um zu heilen, ihr halft den Frauen bei der Geburt. Ihr habt Wunden versorgt, Verbrennungen geheilt, gebrochene Knochen eingerichtet. Als der Engel der Zerstörung, die Pest, von jenseits des Meeres kam, waren Eure Kräfte und Euer Wissen nicht ausreichend, ihr Einhalt zu gebieten, und man hat Euch angeklagt, man hat Euch Hexen genannt und im allgemeinen Hass und in der Anklage, die Wurzel allen Übels zu sein, uns gleichgesetzt.

»Frauen, Gebieterinnen, Mütter, erinnert Ihr Euch nicht? Wir, die Elfen, sind mit Euch auf den Scheiterhaufen gestiegen. Auch uns hat man gehindert, unsere Kinder zu empfangen, diejenigen, die ihre Mütter hätten werden können, wurden schon im Kindesalter hingeschlachtet. Auch unsere Kinder hat man daran gehindert, auf die Welt zu kommen, auch sie wurden noch als Kinder, zusammen mit den Euren, ausgerottet. Euch hat man als ›Hexen‹ gebrandmarkt und verurteilt, genauso wie die menschlichen Bräute der Elfen und die Mädchen, die Elfen- und Menschenblut vermischt in sich trugen. Manchmal erben diese Töchter die magischen Kräfte der Elfen, was der Illusion Vorschub leistet, es liege in ihrer Macht, dem Übel Einhalt zu gebieten, und sie würden sie nur aus Bosheit nicht einsetzen oder gar dazu nutzen, Schmerz und Leid zuzufügen.«

Die größte der Furien lachte leise. Die anderen beiden verharrten finster und stumm.

»Wir erkennen an, dass sinnvoll ist, was du sagst, junger Elf, letzter Elf«, antwortete sie. »Ihr seid mit uns gestorben, ihr habt uns keinen Schaden zugefügt, also lassen wir dich am Leben, wenn du dich uns nicht in den Weg stellst. Trittst du beiseite, übersehen wir dich. Die Mutter und das Kind aber gehören uns. Wenn du weiterhin versuchst, sie durch deinen Schatten zu schützen, wirst du ihren Tod nicht verhindern, wird er nur dem deinen folgen. Es gibt unschuldige Menschen, sagst du? Vielleicht ist das wahr, junger Elf, aber vor dem Hass verblasst die Wahrheit und verliert ihren Wert. Es ist leichter, alle auszurotten, und jene Götter, die uns nicht gerettet haben, werden dann, so es ihnen beliebt, die Unterscheidung treffen zwischen Schuldigen und Unschuldigen. Wir lassen dich am Leben, im Namen der gemeinsam erlittenen Verfolgungen, aber mit den Menschlichen, mit denen du dich vermischt hast, kennen wir kein Erbarmen. Warum sollten wir? Sie haben keine Schuld, aber ihre Vorfahren, deren Blut in ihren Adern fließt, hatten sie. Jene Götter, die mit uns, die wir weder Schuld auf uns geladen noch solche ererbt hatten, kein Erbarmen kannten, mögen sich, wenn es ihnen beliebt, der Wahrheit annehmen, die du aussprichst.«

Yorsh schüttelte der Kopf. Er machte keine Anstalten, beiseitezugehen.

»Was uns ausmacht, sind die Entscheidungen, die wir treffen, nicht das Blut, das in unseren Adern fließt. Ich schlage Euch ein Abkommen vor, meine Damen, mein Leben im Tausch für ihres. Dann werde ich euch als gerecht preisen und werde euren Namen nicht verfluchen.«

»Gerecht? Gerechtigkeit ist nicht Teil unseres Plans, törichter Jüngling. Weder betrübt es uns zu wissen, dass wir sie verletzt haben, noch bekümmert es uns zu wissen, dass du unser Tun nicht billigst. Wir lassen dir die Wahl, zu leben oder mit ihnen zu sterben. Du kannst nichts tun, um sie zu retten.«

Erneut legte sich der Schatten der Erinnyen über die Welt. Yorsh schützte Robi und Erbrow. Wieder stand er mit ausgebreiteten Armen da. Die Arme begannen zu zittern. Husten behinderte den Atem des jungen Elfen. Robi konnte den Sand und die Skorpione, die ihn erstickten, förmlich spüren.

»Rühr ihn nicht an«, sagte Robi zu der Furie, die am nächsten war. »Halt dich fern von ihm.«

Yorshs Körper schützte sie vor dem Schatten der Erinnyen und so konnte sie atmen. Sie war aufgestanden und hatte Erbrow am Boden abgesetzt, jetzt klammerte die Kleine sich still und verzweifelt an ihre Beine.

»Ich bedaure euren Tod. Ich bedaure den Tod eurer Kinder. Rührt ihn nicht an. Rührt weder ihn noch meine Tochter an.«

»Wie denn, junge Frau, meinst du, uns aufzuhalten?«, fragte

mit sarkastischer Sanftmut diejenige der drei, die am fernsten war. »Nichts kann uns mehr verletzen. Niemand kann uns aufhalten.«

Robi antwortete nicht. Ihr Vater fiel ihr ein. »Versuch es trotzdem«, sagte er. »Auch wenn es vergeblich ist. Wenigstens bringst du die Zeit herum.« Tod um Tod. War sie die Erbin Arduins oder nicht?

Sie war eine Kriegerin. Krieger sterben mit der Waffe in der Hand. Niemand, selbst die Erinnyen, die Furien, ja, selbst die Dämonen der Unterwelt würden ihrem Kind oder ihrem Gemahl nicht ungestraft wehtun können, solange sie am Leben war.

Sie hatte ihre Schleuder noch.

Nicht einmal im Waisenhaus hatte sie sie je verloren. Nicht einmal in den Verliesen von Daligar hatte man sie je bei ihr gefunden. Es war die Schleuder, die ihr Vater ihr gemacht hatte, als sie Kind war. Sie trug sie immer bei sich, zusammen mit einem Stein. Robi spürte das Holz der Schleuder in der Hand und das gab ihr wieder Mut. Jeden Augenblick konnte Yorsh umfallen und der Schatten der Erinnyen würde sich auf sie senken. Sie schoss. Der Stein zog eine klare Bahn durch den lichtlosen Himmel.

Die Furie sank in sich zusammen.

Der Schatten wurde schwächer.

Die Sonne begann wieder zu scheinen.

Yorsh ließ sich auf die Knie fallen, dann auf alle viere. Allmählich hörte das Geröchel aus Sand und Skorpionen auf und sein Atem kehrte wieder.

»Weg von hier!«, brüllte Robi die Erinnyen an. »Sofort!«

Sie beugte sich zu Yorsh hinunter, um ihm zu helfen, er hustete.

»Warum ist mir das gelungen? Warum konnte ich sie besiegen?«

Yorsh brauchte ein Weilchen, bis er antworten konnte, vielleicht, weil er darüber nachdenken musste, oder einfach weil er nicht genug Luft bekam.

»Meine Gebieterin«, eröffnete er ihr sanft, als er endlich sprechen konnte, »seit ein paar Tagen vielleicht erwartet Ihr ein Kind. Ihr tragt ein Kind in Euch. Diesen Herbst wird unsere Tochter ein Brüderchen bekommen.«

Er trat zu Robi und schloss sie in die Arme.

KAPITEL 15

Ein Brüderchen? Ein neues Kind? Das jetzt in Mama drin war? Daher kam also dieses Gefühl von etwas Kleinem, Warmem und Feuchtem, das seit ein paar Tagen von Mamas Bauch ausging! Es war schlimm, dass ihr nie jemand etwas erklärte und dass sie immer allein auf alles kommen musste. Ihr Bruder musste ein mächtiger Krieger sein, wenn er durch sein bloßes Dasein diese schwarze Gestalt vom Himmel geholt hatte, die sie schon töten wollte.

Jetzt konnte die Gestalt sie nicht mehr töten.

Sie lag zusammengekauert auf dem Sand, ein schwarzer Fleck zwischen Ufer und Meer.

Sie war nur noch Wut und Schmerz.

Erbrow fühlte den Schmerz im Kopf, als ob es ihr eigener wäre.

Sie las Erinnerungen darin, als ob sie selbst diese Dinge erlebt hätte.

Sie sah grüne Wiesen, wo eine Frau Heilkräuter sammelte, und mit Augen, die nicht die ihren waren, konnte sie die Form von Blättern und Blüten unterscheiden. Sie wusste auch die Namen: Belladonna gegen Atemnot, Wolfsmilch gegen Würmer, Löwenzahn gegen geschwollene Füße.

Sie sah eine kleine Holzhütte, kleiner als ihr eigenes Haus, davor Reisigbündel und zwei spielende Kinder.

Die Erinnerung an die Hellebardiere, die die Hütte umstellten, tauchte auf, sie hörte das Wort Hexe und sah den brennenden Scheiterhaufen.

Die Stimme ihres Vaters war wieder zu vernehmen, sie richtete sich nach wie vor an ihre Mama.

»Jene sind Engel des Todes und Ihr, meine Herrin, Ihr seid das Leben. Nichts kann die Erinnyen besiegen, kein Mann, kein Krieger, keine Frau, außer derjenigen, die ein Kind in ihrem Schoß trägt. Ihr konntet sie besiegen.«

Erbrow fühlte sich zerrissen, sie wollte leben. Sie wollte, dass ihr Brüderchen auf die Welt kommen konnte.

Gleichzeitig wollte sie nicht, dass dem geflügelten Wesen noch mehr Leid angetan würde.

Genug Leid, genug Weh. Sie wusste nicht, wie sie es ihrer Mutter sagen sollte, die hielt die Schleuder immer noch hoch und machte nicht den Eindruck, als wolle sie sie sinken lassen.

Wenn ihre Mama wütend war, war nicht leicht mit ihr zu reden, und jetzt war sie wirklich sehr wütend.

KAPITEL 16

Robi fühlte, wie Ruhe und Kraft in sie zurückströmten. Nun hörte sie auch wieder das Meeresrauschen, die Zikaden, den Wind in den Gräsern. Der Geruch des Meeres schlug ihr ins Gesicht und die Luft war wieder rein.

Sie und ihr Gemahl, sie waren unbesiegbar.

Sie erwartete ein zweites Kind.

Sie packte die Schleuder und drehte sich um, sie wollte es mit den beiden anderen Gestalten aufnehmen, die noch droben am Himmel waren. Yorsh stellte sich dazwischen und wieder breitete er die Arme aus, aber diesmal, um die Erinnyen zu beschützen.

»Nein«, sagte er. »Nein, meine Damen, Ihr braucht keine Angst zu haben.«

»Ich denke, es wäre besser, sie hätten welche«, erwiderte Robi angriffslustig, und schob Erbrow grob beiseite, die mit ihren schwachen Ärmchen an den Fetzen ihrer Kleidung zog. Bestimmt aus Angst, die arme Kleine, aber sie war ihr im Weg, und in diesem Augenblick konnte sie nicht zulassen, dass sich ihr irgendwer in den Weg stellte.

Yorsh gebot ihr mit einer Geste Einhalt. Er reckte ihr die Handfläche entgegen, wie um sie aufzuhalten, und mit der Andeutung eines Lächelns schüttelte er den Kopf. Die Geste war sehr höflich, wie alles, was Yorsh tat, aber sie hatte auch etwas Endgültiges.

Robi hielt inne.

»Ich bitte Euch, meine Damen, habt keine Angst«, sagte Yorsh, zu den Erinnyen gewandt. »Hass hat Euch gegen die Lebenden aufgebracht, weil Angst Euch in diesem Leben festgehalten hat. Erfüllt von Groll, wagt Ihr nicht, die Pforten zum Reich des Unendlichen zu durchschreiten. Ihr habt einen grausamen und ungerechten Tod erlitten, aber was die Henker nicht wissen, der Tod ist auch Trost und Erlösung, und das habt Ihr nicht erfahren dürfen. Ihr hattet nicht den Mut, aus dieser Welt zu gehen, und deshalb seid Ihr Gespenster geworden, Engel des Todes, Dämonen der Zerstörung. Ihr seid gebannt geblieben in diesem Leben. Ich bitte Euch nun, legt Eure Angst ab, damit Euer Schmerz ein Ende finden kann, damit Erbarmen über Euch komme. Ich bitte Euch, meine Damen, fürchtet Euch nicht. Vergebung möge Euch besänftigen, sodass Ihr Eure Schwingen zum Unendlichen hin öffnen könnt. Ich schwöre Euch, wir werden Euer Andenken bewahren und Euch nie vergessen. Die Nacht, die den Herbst in zwei Teile teilt, wenn Nebelschleier die Welt verhüllen, diese Nacht soll Euch geweiht sein. Wir werden Kürbisse aushöhlen und einkerben und Kerzen hineinstellen. Die zünden wir dann an und ihr freundliches Licht soll an Eure misshandelte Unschuld und die verratene Gerechtigkeit erinnern. Diese Nacht werden wir ›Nacht der Hexen‹ nennen. Und damit werden wir die Erinnerung an Euer Martyrium für immer bewahren. Die Nacht der Hexen wird die Gedenkstunde sein, da die Menschheit Abbitte tut für alle ihre Ungerechtigkeiten, es wird die Nacht sein, in der Opfer und Henker einander ohne Groll und Bitternis begegnen. Sie wird Sühne und Vergebung bringen. Und so erwarten wir den Tag des Winteranfangs, an dem das Dunkel den Tag überwiegt und die Sonne nur blass am Himmel steht, und diesen Tag wollen wir mit unseren Kerzen erhellen, damit feiern wir die Wiederkehr des Lebens. Wir werden unsere Kinder feiern und für ihr Leben danken und auch bei dieser Gelegenheit werden wir uns stets an Euch erinnern.«

Die am Boden liegende Furie erhob sich mühsam und kehrte langsam zu den anderen zurück. Noch waren die drei Flecken, die das Licht verschluckten, am Himmel zu sehen, aber sie warfen überhaupt keinen Schatten mehr.

»Törichter Jüngling«, knurrte die kleinste der drei Erinnyen, »elender Schwachkopf, du weißt ja gar nicht, wovon du redest. Die Pforten des Todes sind schrecklich. Hättest du sie je gesehen, niemals hättest du die Torheit begangen, auf die Ewigkeit deines Lebens zu verzichten. Sie triefen von Grauen, Schande, Schlamm, vermischt mit fauligem Blut, von Würmern zerfressen, darunter ein Gewimmel von Bremsen und Wanzen …«

Yorsh schüttelte den Kopf und wieder breitete er die Arme aus, aber diesmal hatte die Geste eine andere Bedeutung, nicht Schutz, sondern Umarmung.

»Nein, meine Damen, meine armen Mütter. Die Pforten des Todes sind schrecklich nur auf der Seite, die wir sehen. Wenn wir den Mut haben, die Schwelle zu überschreiten, wenn uns das gelingt, ohne dass Groll, Reue oder Schmerz uns übermannen, dann und nur dann gelangen wir auf die andere Seite des Todes. Fürchtet Euch nicht. Habt keine Angst. Es erwarten Euch unendlich weite Wiesen unter grenzenlosen Himmelszelten. Bei Eurer Ankunft werden auf den Wiesen Blumen sprießen. Ihr habt Wüsten zu durchqueren, danach aber werdet Ihr nie wieder Hunger oder Durst leiden. Das Land, wo Milch und Honig fließen, es liegt auf der anderen Seite der Sonne. Um dorthin zu gelangen, muss man sterben. Der Tod hat die Farben der Morgenröte, er klingt wie

Wellenrauschen und er riecht nach Salz. Oft sagen Männer und Frauen zu denen, die sie erschaffen haben – vorausgesetzt, dass das mehrere sind und nicht nur einer –, warum habt Ihr uns verlassen? Sogar die Hoffnung ist von uns gegangen. Ist nicht die Hoffnung die letzte Gabe? Nein, nicht sie ist die letzte Gefährtin, die uns bleibt, sondern der Tod. Der Tod ist der letzte Begleiter, wenn die Hoffnung am Ende ist, wenn die vor Durst aufgesprungenen Lippen nicht mehr erzählen können, wenn das Grauen die Flügel gestutzt hat. Die letzte Gabe, das ist der Tod. Lob sei Dem, Der die Welt erschaffen hat, für sein Erbarmen.

Meine Damen, Frauen, Mütter, zu lang habt Ihr gewartet. Eure Kinder, die ungeborenen, die gestorbenen und die, die nicht einmal empfangen wurden, zu lange schon erwarten sie Euch auf den unendlich weiten Wiesen unter grenzenlosen Himmelszelten. Geht hin und nehmt sie an der Hand, erzählt ihnen die Geschichten, die sie über das Leben trösten, das sie nicht kennengelernt haben, denn diese Geschichten gibt es, und sie wollen erzählt werden.

Wir bitten Euch um Verzeihung für das Böse, was die Welt Euch angetan hat, und wir gewähren Euch die unsere für alles Böse, was Ihr der Welt angetan habt. Eure Zeit ist abgelaufen. Geht jetzt!«

Robi stand da, hinter Yorsh, die Schleuder in der Hand und Erbrow an ihre Beine geklammert. Die Kleine wollte hochgehoben werden, aber vielleicht begriff sie die Gefahr nicht, denn sie schien nicht erschrocken; ja, als sie auf Höhe des Gesichts der Mutter war, begann sie, sie zu streicheln, wie um sie zu beruhigen.

Die Erinnyen rührten sich nicht. Die große, diejenige, die am Boden gelegen hatte, schwebte auf halber Höhe über ihnen, die beiden kleineren hoch droben am Himmel.

Ihr Schatten begann zu verblassen, wurde immer schwächer.

Auch die anderen – Creschio, Jastrin, Cala, der junge Schreiner – erholten sich langsam. Überall war Husten zu hören, Räuspern und raue, heisere Versuche, die Stimme zu gebrauchen.

Die Möwen flogen wieder. Schrill erklangen ihre Schreie an Himmel und mischten sich unter die längeren und tieferen der Seeadler.

Erbrow fing an zu lachen, die anderen Kinder fielen ein, es war ein langes, befreiendes Lachen.

Die Schatten verblassten immer mehr, waren nun fast unsichtbar.

»Sind sie weg?«, fragte jemand. »Sind sie weggegangen?«

Der Himmel war wieder blau, makellos, ohne einen Schattenfleck. Große weiße Wolken zogen darüber hin, vorangetrieben vom Nordwind.

»Sie sind weg«, bestätigte Yorsh. »Und sie kommen nie mehr wieder. Aber wir werden ihr Andenken in Ehren halten und dafür sorgen, dass die Erinnerung an sie nie aus der Welt verschwindet. Wir werden immer voller Schmerz und Respekt an all die Frauen denken, deren einziges Vergehen es war, den Wöchnerinnen beizustehen und Heilkräuter zu sammeln, und die deshalb Hexen genannt wurden.«

Er wandte sich um und sah Robi an.

»Meine Liebe«, sagt er leise.

Robi ließ die Schleuder sinken. Eine ungeheure Müdigkeit überkam sie. Sie würde gleich umfallen. Sie musste schnell machen.

»Mein Name ...«, begann sie.

Sie konnte nicht ausreden. Wieder war es die Phönixhenne, die sie unterbrach, aber mit einem anderen Schrei. Es war nichts Gellendes darin, kein Groll. Nur Schmerz. Aber ein gefasster Schmerz.

Robi fiel in Ohnmacht.

Es dauerte lang, bis sie wieder zu sich kam. Es war bereits Nacht. Der Wind hatte sich gelegt und ein feiner Nieselregen wusch die Welt rein.

Man hatte Robi in ihrem Haus hingelegt. Yorsh war über sie gebeugt. Erbrows leises Stimmchen war das Erste, was zu ihr drang.

»Mama?«

Robi beruhigte sie mit einem Lächeln. Etwas weiter weg stand die Phönixhenne und sah sie besorgt an.

»Robi, meine Liebe, geht's dir gut? Geht es Euch gut, meine Herrin?«, fragte Yorsh.

»Geht es Euch gut, meine Herrin?«, wiederholte die Phönixhenne.

Meine Herrin? Noch nie hatte die Phönixhenne sie »meine Herrin« genannt.

Verdutzt sah Robi sie an. Da waren weder Zeichen von Groll noch von Hohn.

»Danke, es geht mir gut. Jetzt geht es mir gut«, beruhigte sie die anderen. »Warum hat sie geschrien?«, fragte sie Yorsh, auf die Phönixhenne deutend.

Ihre Sympathie für dieses Wesen hatte jenes Minimum unterschritten, das ihr erlaubt hätte, das Wort direkt an sie zu richten. Aber die Phönixhenne antwortete selbst.

»Ich habe ein Ei gelegt«, sagte sie in einem Ton, der zugleich schüchtern und ernst war. »Wisst Ihr, Madame, ich werde Nachkommen haben. Ich werde sterben.«

»Ihr … was?«, fragte Robi.

»Wenn das Ei gelegt ist, können wir nicht länger unsere ewige Jugend bewahren, indem wir ab und zu verbrennen. Ich werde sterben. Ich habe beschlossen zu sterben. Auch für mein Geschlecht ist die Unsterblichkeit eine Möglichkeit. Seht Ihr, Madame, wir waren ein herrliches Geschlecht, stark und stolz. Wie die Drachen, mit denen wir uns über lange Zeit die Schöpfung teilten, sterben wir, wenn wir Mutter werden. Von dem Augenblick an, da wir das Ei legen, sind unsere Tage gezählt. Mein Name – jetzt entsinne ich mich wieder – ist Angkeel, ›Bote‹. Meine Schwestern und ich, wir trugen die Botschaft der Götter zu den Menschen, und zum Lohn dafür war uns vergönnt, Alter und Tod von uns fernzuhalten. Das war eine furchtbare Gabe. Nie war der richtige Zeitpunkt. Die blau-goldene Flamme machte die Zeit zunichte und alles fing wieder von vorne an. Zu spät, ach, leider zu spät, bemerkten wir, dass wir nach jeder Wiedergeburt dümmer und blödsinniger waren. Wir büßten die Fähigkeit zu fliegen ein. Wir büßten unseren Verstand ein. Es blieben uns nur Groll und Hass auf jede Form des Lebens, das nicht wie das unsrige in einer albernen Ewigkeit verplempert wurde. Und je erfüllter ein Leben war, umso mehr hassten wir es, aus unserer inneren Leere heraus. Die Drachen, grausam und mildtätig, halfen uns aus dieser Not. Um nicht ohne Nachkommenschaft zu sterben, legten meine Schwestern eine nach der anderen ihr Ei, und ihre Söhne kreuzen heute am Himmel.«

Die Phönixhenne holte Luft.

»Mein Herr«, sagte sie zu Yorsh, »ich bitte Euch um Verzeihung. Mein Hass auf Euch war grenzenlos. Ihr, der den Mut besessen hat, auf ewiges Leben zu verzichten, Ihr habt meinen Neid erregt wie niemand sonst. Aus Angst zu sterben verzichten wir darauf, zu leben. Aber sagt mir doch, ich bitte Euch, mein Herr, ist wahr, was Ihr zu den Müttern gesagt habt? Die schreckliche und grausame Pforte zum Unendlichen ist nur Fassade? War das nicht nur eine fromme Lüge, um die Mütter zu beschwichtigen und die Welt von ihnen zu befreien? Nein? Gut, mein Herr. Um noch einen Gefallen muss ich Euch bitten. Wenn mein Sprössling geboren ist, könntet Ihr Euch da seiner ungefiederten, nackten Jugend annehmen? Ihr habt erzählt, dass Ihr das auch für den Drachen getan habt. Wie der Drache werde auch ich die Brutzeit nicht überleben und ebenso wie der Drache werde ich nicht für meinen Sprössling sorgen können, folglich wird er, wie der des Drachen, jemanden brauchen, der ihm das Fliegen beibringt, aber es muss einer von seiner Art sein, der es ihm beibringen kann, versteht Ihr? Mein Spross, müsst Ihr wissen, wird fliegen, hoch und weit. Wie auch ich einst am Beginn der Welt.«

Die Phönixhenne trat beiseite. Unter ihr lag ein Ei. Es war viel kleiner als das des Drachen, aber genauso schön, silberne und goldene Arabesken auf blauem Grund.

»Wie lang ist Eure Brutzeit?«, fragte Robi.

»Drei Monde, Madame.«

»Drei Monde! Beim Drachen waren es Jahre!«

»Der Drache gibt während der Brutzeit sein gesamtes Wissen an seinen Sprössling weiter, meine Dame, ich dagegen gebe nur das Leben. Aber meine Nachkommen müssen nicht sterben, um Mutter zu werden. Sie werden es machen wie Ihr, zwei Leben vereinigen sich, damit ein drittes entsteht, das keinem ganz gleich ist, sondern ein wenig dem Vater und ein wenig der Mutter ähnelt. Meine Nachkommen werden nicht mit Sprache begabt sein, dafür aber können sie fliegen und besitzen Mut und Klugheit!«

Man hörte ein merkwürdiges Rauschen in der Nacht. Robi fühlte sich wieder wohl und trat in die Dunkelheit hinaus. Yorsh hielt Erbrow auf dem Arm. Die Seeadler waren herbeigekommen. Sie hatten sich niedergelassen und standen nun reglos und still rings um ihre Hütte, als erwarteten sie etwas. Sie waren groß, majestätisch, mit weißem und blauem Gefieder, das selbst im schwachen Sternenlicht leuchtete.

»Önix bebi«, erklärte Erbrow den erstaunten Umstehenden ruhig. »Önix bebi!«

»Phönix Baby«, übersetzte ihr Vater. »Phönix Baby! Ja, das sind die Kinder der Phönixe.«

Die großen Adler nickten stumm. Ihr Blick war ruhig und stolz. Es war, als lächelten sie im Dunkeln.

KAPITEL 17

Die Brutzeit war eine merkwürdige Zeit, freudige Erwartung und Trauer mischten sich, zwei entgegengesetzte Bewegungen kreuzten sich darin. Die eine war auf neues Leben gerichtet, die andere auf den Tod. Das verlieh dem Ganzen eine sanfte Wehmut, in die sich eine ebenso sanfte Vorfreude mengte.

Yorsh war in Gedanken ganz bei der Erinnerung an den letzten Flug Erbrows des Älteren.

Mit jedem Tag, der verging, kehrte das Gedächtnis der Phönixhenne wieder, tauchte auf aus dem Treibsand, unter dem ihre vielen Inkarnationen, ein Feuertod nach dem anderen es verschüttet hatten. Die Phönixhenne erinnerte sich an Geschichten und Ereignisse rund um ihre Geburt, erinnerte sich an den Tod Arduins, sie erinnerte sich an die gesamte Geschichte der Menschheit, während der ihr Leben abgelaufen war. Sie erinnerte sich an die Salinen, die der Welt den Reichtum des Salzes beschert hatten, gleißend hatte es in der Sonne gelegen wie Schnee auf den Gipfeln der Berge. Sie erinnerte sich an den Hafen, die Schiffe, die Piraten, die die Bucht geplündert hatten, bevor die Erinnyen kamen und sie mit ihrer grausamen Raserei zu Ödland machten.

Schließlich erinnerte sie sich an die Grotten. Auf der Tischlein-Insel gab es Dutzende davon, herrlich mit ihren Säulen aus tropfendem Wasser und Stein, und sie erinnerte sich, dass die Bewohner der alten Hafenstadt in diesen Grotten alle Waren und Schätze gehortet hatten, die sie übers Meer mitnehmen wollten, sobald die Piraten ihnen einen Augenblick Frieden gönnen würden.

»Waren?«, fragte Yorsh.

»Waren!«, bestätigte die Phönixhenne.

Stoffe für Kleider und Segel, Netze, Angelschnüre, Köder, Pfähle, Hacken, Pflüge, Heu- und Mistgabeln, Äxte, Nadeln, Messer, kleine Klingen, Waffen, Schmuck, Pergament, Garn und Zwirn, Kerzenwachs, Schüsseln, Becher, Hämmer, Ambosse, Krüge, Leder für Schuhe, Zaumzeug, Sättel, Bögen, Schwerter, Pfeile, Helme, Rüstungen...

Alles, was man in einem Dorf brauchen konnte. Alles, was man zum Leben brauchte und was weder Erde noch Meer hergaben...

Yorsh, Caren Aschiol, Solario und die besten Schwimmer unter den Männern bauten eine Reihe von Flößen und unternahmen zahllose Fahrten hin und her. Eine war anstrengender als die andere, aber auch eine glücklicher als die andere, mit einer großen Fracht von Gaben, die aus einer anderen Zeit stammten, in gewissem Sinn direkt vom Himmel und von den Göttern kamen.

Nicht alles war in gutem Zustand. Alles war nützlich. Alles war zu gebrauchen.

Binnen weniger Tage hatten alle Kleidung, und einer nach dem anderen bekam Schuhe, die aber am Anfang, nach dem langen Barfußlaufen, unerträglich waren. Jastrin bekam jede Menge Pergamentrollen und endlich konnte das Gedächtnis der Welt aufgezeichnet werden. Robi bekam eine silberne Haarspange, die sie aber an Rimara weiterschenkte, weil Yorsh ihr gestand, dass er viel lieber Muscheln und Blumen in ihrem Haar sah.

Im dritten Mond sprang das Ei. Es war zu Mittag an einem der ersten Frühlingstage, die Sonne stand hoch am Himmel. Die Phönixhenne lag ausgestreckt am Meer, ihren Kopf in Erbrows Schoß, die nichts davon hören wollte, dort wegzugehen. Yorsh war bei ihr. Das Mädchen lehnte sich mit dem Rücken an seine Seite, sodass er sie würde trösten können, sobald die Phönixhenne starb.

Das Küken, das aus dem Ei kroch, war ein kleiner Vogeljunge, triefnass, nackt und federlos wie jedes Küken, aber auch so war unzweifelhaft, dass er ein Adler werden würde. Er und seine Mutter sahen sich in die Augen, dann starb die Phönixhenne. Die großen Seeadler segelten in langsamem Flug heran und stellten sich rings um sie in einem zum Meer hin offenen Halbkreis auf, sodass sie den Horizont sehen konnte. Erbrow weinte nicht, blieb ruhig mit dem Küken im Arm im Kreis der Seeadler stehen. Robi ließ ihre Tochter keinen Moment aus den Augen, schließlich stand sie da zwischen einer Ansammlung spitzer Schnäbel und scharfer Krallen. Robi unternahm aber nichts, was sie sichtlich Überwindung kostete.

Die Dorfbewohner, die die Sache von ferne verfolgt hatten, kamen näher. Viele waren gerührt. Einige weinten.

Es wurde beschlossen, die Phönixhenne zu verbrennen, und alle begannen, für den Scheiterhaufen Holz zu sammeln.

Da trat Moron heran und bestand auf einer kulinarischen Lösung des Bestattungsproblems.

Noch bevor er den Mund aufmachen und fragen konnte, warum man das Huhn denn nicht aß, statt es zu verbrennen, schlug Erbrow die Hände vors Gesicht, und das Küken, das sie im Arm hatte, fuhr mit der ganzen Bosheit, die ihm seine Größe von einer halben Spanne gestattete, auf den Mann los.

Den Bruchteil einer Sekunde sah Moron das Mädchen an und Yorsh erkannte den Hass. Endlich wurde ihm klar, warum das

Mädchen vor dem Blick des Mannes Angst hatte. Unzählige Male war es vorgekommen, dass Erbrow sich urplötzlich auf den Arm heben ließ, und jedes Mal hatte er ihre Angst gespürt. Er hatte an böse Träume gedacht, Fantasien, dunkle Schatten, Märchenungeheuer, wie sie in den Zeilen der Abzählreime nisten.

Erst jetzt bemerkte er, dass die Angst des Mädchens immer dann auftrat, wenn Moron in der Nähe war.

Er begriff auch, dass das Küken im menschlichen Geist lesen konnte. Im Gegensatz zu ihm, der nicht imstande gewesen war, seine Tochter zu schützen, hatte der kleine Adler, eben aus dem Ei geschlüpft, noch triefnass und nackt, die Angst seiner Tochter und Morons Hass erfasst. Er, Yorsh, hatte das nie begriffen.

Yorsh stand auf und trat Moron entgegen.

»Halt dich von meiner Tochter fern, oder ich vernichte dich«, sagte er zu ihm. Er erhob seine Stimme nicht. Niemand außer ihnen beiden konnte sie hören.

Mit einem schiefen Lächeln sah Moron ihn an.

»Ich hab doch nichts getan«, zischte er aggressiv. »Du kannst mir nichts tun, wenn ich nichts getan habe. Man kann einem schließlich nichts tun wegen Sachen, die er bloß denkt. Erst legst du deine Regeln fest, und dann regst du dich auf über einen, der nichts getan hat. Was ist denn los? Schadet es deinem Prinzesschen vielleicht, wenn man es anschaut?«

»Halt dich von meiner Frau und von meiner Tochter fern, oder ich vernichte dich. Das sage ich hiermit zum zweiten Mal. Und es wird das letzte Mal sein.«

Moron trollte sich.

Die Phönixhenne verbrannte sehr langsam.

Da war kein phantastisches Lichtspiel, aber auch kein Rauch oder Geruch nach verbranntem Fleisch.

Still sahen Erbrow und das Küken zu. Sie waren ernst und traurig, aber sie weinten nicht, keiner von beiden. Am Schluss blieb nur eine leichte Asche übrig, die der Wind über dem Meer zerstreute und die sich unter die Wellen mischte. Die Seeadler erhoben sich zum Flug und kreisten noch lang im Abendlicht über der Bucht.

Das Küken bekam den Namen Angkeel. Erbrow und Jastrin übernahmen die Aufgabe, es zu behüten und zu füttern. Der kleine Adler liebte Garnelen, ließ Napfschnecken und Muscheln gelten und betrachtete jede Art von Fisch, Weich- oder Schalentieren, die nicht absolut frisch oder gar Abfälle waren – die Götter mochten es verhüten –, als eine Zumutung.

Erbrow liebte er heiß, für Jastrin hegte er eine gewisse Sympathie. Robi und Yorsh ließ er gelten.

Ansonsten duldete er nicht, dass man ihm nahe kam. Sein Schnabel war mörderisch und seine Krallen waren sehr scharf. Er hatte einen infernalischen Charakter und Hunger wie ein Wolf.

Wenn er nicht gerade fraß, nicht Hühner jagte, Pferde scheu machte oder Reihern nachstellte, wenn er nicht gerade die wenigen kostbaren Netze zerrupfte oder durch sein Gekreisch auf den Klippen die Fische verscheuchte, schmiegte er sich in Erbrows Arm, und die war glücklich wie noch nie.

Nachdem drei Monde vergangen waren und der Sommer vor der Tür stand, war allen klar, dass der junge Adler groß genug war, um fliegen zu lernen. Es stellte sich das Problem, wie man ihn auf die Spitze der Felsenklippe bringen könnte.

Robi flocht einen Korb aus Schilf, in dem er bequem Platz fand, und Yorsh machte sich auf den Weg, ihn dort hinaufzutragen.

Der Abschied zwischen dem jungen Adler und Erbrow war lang und ergreifend.

Die Felsenklippe fiel senkrecht zum Meer ab und war schwer

zu erklimmen, es gab nur wenige und unsichere Trittstellen und keine Flächen zum Ausruhen und Luftholen.

Schon bald brannten Yorsh die Arme und Beine vor Anstrengung. Während des gesamten Aufstiegs war er umschwirrt von den Seeadlern, die ihn freudig umkreisten, ihm mit ihren Flügeln in die Quere kamen und ihn mehr als einmal in Gefahr brachten, das Gleichgewicht zu verlieren.

Als er endlich oben auf der Klippe ankam, war Yorsh vollkommen erschöpft. Seine Lippen waren trocken und aufgesprungen. Der junge Adler wurde mit großen Freudenkundgebungen empfangen und gefüttert. Der Kopf eines Kaninchens, noch von Blut triefend, und eine halbe, schon etwas angenagte Möwe wurden großzügig auch Yorsh angeboten und zu seiner Erleichterung überstand die Freundschaft der Adler seine höfliche, aber bestimmte Ablehnung.

Das Meer war atemberaubend schön. Glitzernd lag die Erbrow-Bucht im Sonnenlicht. Seit seiner Jugend, seit er zwei Monate lang auf dem Rücken eines Drachen geflogen war, hatte Yorsh das Meer nicht mehr aus solcher Höhe gesehen. Im Osten erhoben sich die Dunklen Berge und leuchteten in der Sonne tiefer grün als ein Smaragd.

Yorsh erkannte die Täler wieder, über die er, zwischen den Flügeln seines Drachenbruders sitzend, hinweggeflogen war, er erkannte die Windungen des Dogon wieder, die er mit Sarya und Monser hinaufgefahren war und an denen er dann mit Robi und den anderen wieder entlanggezogen war.

Auch erkannte er, was bei einer Entfernung von nicht mehr als zwei Meilen nicht schwer war, die beiden Gestalten, die sich viel weiter unten, nahe beim oberen Ende des Wasserfalls, dahinschleppten. Es waren zwei Männer, der eine immer noch vergleichsweise dick, der andere drastisch abgemagert, und auch wenn acht

Jahre vergangen waren, erkannte Yorsh sie sofort. Es waren Meliloto und Palladio, die zwei Soldaten, die Robi in den Verliesen von Daligar bewacht hatten. Zwei Familienväter, brave Leute, ohne dass sie sich durch besonderen Mut oder Ehrlichkeit hervorgetan hätten. Sie waren nicht unfreundlich zu dem Mädchen gewesen und hatten sich ihnen auf der Flucht dann angeschlossen.

Sie schienen verletzt, mutlos und am Ende ihrer Kräfte, auf der verzweifelten Suche nach einer Möglichkeit, unter dem schwindelerregenden Wasserfall den Abhang hinunterzukommen, ohne sich den Hals zu brechen.

Nachdem er sich mit tiefen Verbeugungen von den Adlern verabschiedet hatte, gezwungen, den Kaninchenkopf und die halbe Möwe mitzunehmen, machte Yorsh sich auf den Weg zu den beiden.

Er ging zwischen Farnen und Eichen dahin, die ihn an Landschaften erinnerten, die er jahrelang nicht mehr gesehen hatte. Doch trotz des dringenden Bedürfnisses, seinen Durst zu löschen und den beiden Flüchtlingen zu Hilfe zu eilen, konnte Yorsh nicht laufen. Und es war nicht nur Erschöpfung, was ihn daran hinderte. Es war ein leises Gefühl von Kälte zwischen Magen und Brustkorb, das er schon lang nicht mehr verspürt hatte, und es war kein Hunger.

Angst.

Es war aus.

Man hatte sie entdeckt.

Man hatte ihn entdeckt.

Sie waren da.

Allerdings waren Meliloto und Palladio nicht der Typ von Menschen, die Jagd auf ihn machten. Und auch nicht der Typ von Menschen, die ihr Leben als Familienväter riskierten, um herzukommen und ihm zu sagen, dass Jagd auf ihn gemacht wurde.

Vielleicht hatte er gar nichts damit zu tun. Vielleicht wurden sie nur verfolgt… Man hatte herausgefunden, dass sie Deserteure waren, das war alles… Da sie nicht wussten, wohin sie sich wenden sollten auf ihrer Flucht, waren sie bis an den Wasserfall gelangt, dessen gähnender Abgrund sie aufgehalten hatte.

Es gab da allerdings noch eine zweite Vermutung, nämlich die, dass in der Menschenwelt etwas Schreckliches passiert war und die beiden auf der Flucht davor waren.

Er entsann sich aber, dass Meliloto und Palladio Frau und Kinder hatten, viele Kinder, und Frau und Kinder verlässt man nicht, schon gar nicht, wenn etwas Schlimmes, Schreckliches im Gange ist.

Außer… man sucht Hilfe.

Die dritte Vermutung war, dass sie auf der Suche nach ihm waren. Ein so schreckliches Verhängnis, eine so unaussprechliche Verzweiflung musste über ihre Frauen und Kinder gekommen sein, dass es die Menschen dazu trieb, bei jeder Art von Kräften Hilfe zu suchen, selbst bei den Kräften eines Elfen.

Die Gefahr, die der Welt drohte, musste so übermächtig sein, dass sie den Hass gegen sein Geschlecht überwog, ihn vergessen ließ.

Yorsh bemerkte, dass er den Schritt verlangsamt hatte.

Er wollte nicht hören, was geschehen war.

Er wollte es nicht wissen.

Er wollte, dass das Leben so weiterging wie bisher. Er. Robi. Erbrow. Die anderen. Die Jagd auf Fische. Sein Haus. Sein Strand. Er hatte sich sein Leben allein aufgebaut; er hatte Napfschnecken vom Felsen gelöst und Pfeile auf Brassen abgeschossen, damit sein Kind etwas zu essen hatte, einen Stein hatte er auf den anderen geschichtet, damit seine Leute bei Unwetter ein Dach über dem Kopf hatten.

Das neue Kind, das in der Wärme und Dunkelheit von Robis Schoß heranwuchs, sollte geboren werden wie Erbrow, gewiegt vom Rauschen der Wellen und auf dieser Welt empfangen von der Umarmung seines Vaters.

Das sollte immer so weitergehen.

Er wollte nicht wissen, was geschehen war.

Er schuldete niemandem etwas.

Sie schuldeten niemandem etwas. Sie waren geflohen, von allen verfolgt; niemand hatte ihnen geholfen, außer dem letzten Drachen, der von eben jenen Menschen ermordet worden war, die jetzt um Hilfe bitten kamen. Sie hatten sich ihr Leben selbst aufgebaut, hatten am Strand Tellmuscheln gesammelt, schlotternd vor Kälte im Winter und im Sommer von der Sonne versengt.

Yorsh blieb stehen.

Die Versuchung war enorm groß. Er wollte umkehren.

Sie hatten ihn noch nicht gesehen.

Sie würden nie erfahren, dass er nur eine halbe Meile von ihnen entfernt gewesen war.

Niemand würde das je erfahren.

Sie würden dort bestimmt nicht hungers sterben, wenn sie etwas zu essen suchten, auch würden sie nicht umkommen, wenn sie unter dem Wasserfall hinunterstiegen. Sie waren erwachsene Männer. Sie hatten Wasser zur Genüge und mit vereinten Kräften würden sie sich schon ein oder zwei Forellen fangen können. Sie würden sich gegenseitig verarzten, gegenseitig trösten und dann würden sie wieder gehen.

Es war nicht sein Problem. Er hatte sie ja schließlich nicht eingeladen und nicht adoptiert.

Im Dunkel des Waldes war das Licht grün wie die Farne, zwischen denen er dahinging. Das erinnerte ihn an die Flügel des letzten Drachen, der sein Bruder gewesen war.

Und zum ersten Mal tauchte die Frage in ihm auf, ob nicht auch Erbrow der Jüngere, bevor er sein Leben hingab, damit sie alle leben konnten, die Versuchung verspürt haben mochte, davonzugehen und sein Leben zu retten.

Auch Robis Vater und Mutter hatten ihn ja schließlich nicht adoptiert oder eingeladen. Sie waren auf ihn und sein Leben gestoßen und hatten es ganz einfach gerettet.

Nicht im Traum würde es einem Elfen einfallen, ein Lebewesen zu verfolgen, er würde sich aber auch nur schwer dazu bewegen lassen, jemanden zu retten, mit Ausnahme von Fliegen, Kaninchen, Hühnern... Angesichts eines Verfolgten würde er, der Elf, seinen Tod beweinen, gewiss, in erhabenen Gesängen und zart empfundenen Gedichten. Auf Pergament würde er in goldenen Lettern von dessen Taten berichten. Auf großen Wandgemälden würde er an sie erinnern und damit ein unauslöschliches Zeugnis davon geben. Aber niemals würde ein Elf hingehen und ihn retten. Nicht nur weil die Unsterblichkeit eine zweischneidige Gabe ist und den, der sie besitzt, bisweilen feige macht und die Gefahr unerträglich scheinen lässt, sondern auch weil Verfolgte zu retten, einen größeren Einsatz verlangt. Nicht nur den des eigenen Lebens, sondern auch den der Seele.

Um jemanden zu retten, muss man unter Umständen kämpfen.

Und kämpfen bedeutet, dass man getötet werden kann. Es bedeutet einen Schwerthieb, der etwas für immer zerhaut, abtrennt oder verkrüppelt. Es kann bedeuten, dass man dann nur noch ein Bein hat und den eigenen Kindern nicht mehr entgegenlaufen kann, dass man nur noch einen Arm hat und sie nicht mehr in die Arme schließen kann. Es kann heißen, dass das eigene Blut sich mit Staub vermischt und zu Schlamm wird. Es kann heißen, dass die eigenen Augen zum Fraß für Krähen oder Würmer werden, oder für beide, denn die Wege der Natur sind zahllos und unerforschlich.

Kämpfen kann auch töten heißen, kann heißen, den Schmerz dessen zu fühlen, der stirbt.

Kämpfen kann heißen, so viel zu töten, dass man den Schmerz des Sterbenden nicht mehr spürt, und dann bedeutet es, die eigene Seele zu verlieren.

Menschen tun das, sie verfolgen, töten und retten.

Manchmal können sie grausamer sein als die Orks, aber ihr Erbarmen ist auch größer als das der Götter.

Yorsh schämte sich. Es waren zwei verletzte Männer, die er da verzweifelt zwischen den Felsbrocken des Wasserfalls hatte herumirren sehen. Was auch immer sie bis zu ihm geführt hatte, es gehörte sich nicht, ihnen nicht zu helfen.

Er würde ihnen helfen, sie nähren, pflegen und beherbergen.

Er sagte sich noch vor, dass er nicht verpflichtet war, ihnen auch noch zu folgen, nachdem er ihnen geholfen hatte, und wiederholte sich das auf dem ganzen Weg wieder und wieder, weil er sich nicht sicher war. Welche Gefahr auch immer es war, die die Welt der Menschen bedrohte, hatte er erst einmal davon gehört, würde sie auch ihn angehen, ob er wollte oder nicht.

Endlich war der Wald zu Ende. Die Lichtung tat sich vor ihm auf. Der Lärm des Wasserfalls traf ihn ebenso wie das grelle Licht.

Meliloto und Palladio sahen und erkannten ihn. Noch bevor sie ihn begrüßten, sagten sie, dass die Orks wiedergekehrt seien, wie zu Zeiten Arduins, aber jetzt war kein Arduin da. Sie sagten, dass die Stadt Varil, wo sie Aufnahme gefunden hatten, sie, ihre Frauen und Kinder, belagert werde und dass sie, wenn keine Hilfe kam, fallen würde. Und dann sagten sie, dass da niemand mehr war. Die Armee von Varil war hingemetzelt worden. Der Verwaltungsrichter von Daligar würde keinen einzigen Soldaten zu ihnen schicken, das wusste jedes Kind.

Blieb nur er. Er war ein Prinz, nicht wahr? Nein? So etwas Ähnliches? Ein Krieger? Irgendetwas musste er doch sein. Sie hatten ihn gesehen. Er hatte ein Schwert, das im Stein steckte, herausgezogen. Das will etwas heißen! Solche, die Schwerter aus dem Felsen ziehen, gewinnen immer. Das steht auch in den Büchern geschrieben, dass einer, der Schwerter aus dem Felsen zieht, unbesiegbar ist. Sie hatten keine Bücher gelesen, das war wohl wahr, sie konnten schließlich nicht lesen, aber so was wusste doch jedes Kind. Sie wollten nicht stören, sie waren nur gekommen, um zu fragen ob er, Yorsh, die Freundlichkeit hätte, zu kommen und diesen Krieg für sie zu gewinnen, dann würden sie auch wieder nach Hause gehen können, was jetzt nicht möglich war, weil ihr Haus in einer belagerten Stadt lag, und da waren ihre Kinder drin, in der Stadt mit lauter Orks ringsherum.

Danach würden sie ihn in Ruhe lassen. Sie wollten schließlich nicht stören, aber er war doch der letzte der Elfenkrieger. Er war der Einzige, der ihnen in den Sinn gekommen war. Wenn nicht er, wer dann? Etwas musste er tun können. Nicht wahr, er konnte etwas tun? Sie wussten, dass er einen Drachen gehabt hatte. Sie wussten auch, dass man den umgebracht hatte. So etwas spricht sich herum. Es tat ihnen leid, dass sein Drache getötet worden war. Hatte er nicht vielleicht noch einen? Nein? Schade! Ein Drache gegen die Orks, das hätte Eindruck gemacht. Aber auch ohne Drachen, war er nicht ein Prinz? Nein? Nicht dass er wüsste? Krieger? Auch nicht? Irgendetwas musste er aber doch sein. Irgendetwas würde er tun. Er war derjenige, der sich das Schwert des toten Königs genommen hatte, er musste etwas tun können!

Yorsh spürte das ganze Gewicht der Verzweiflung.

Er wollte nicht aus den Bahnen seines Lebens treten, für niemanden. Nicht einmal einen Tag lang, nicht einmal eine Stunde lang.

Er wollte Robi nicht verlassen, die ein Kind erwartete. Er wollte seine Tochter nicht verlassen, die die Kräfte einer Hexe besaß und die nur er verstand und beschützen konnte.

Er wollte nicht weg von seinem Strand, der den Namen seines Drachenbruders trug und wo er Tage verbrachte, die von Licht überglänzt waren.

Alles, was er für die Stadt Varil unter Belagerung der Orks tun wollte, war, ein Gedicht zu verfassen. Ein schönes Gedicht. Ein Epos selbstverständlich. In Zwölfsilbern mit Kreuzreimen. In den epischen Teil konnte er eine melodramatische Geschichte einbauen. Ein Kriegerkönig – zu banal. Eine Kriegerkönigin. Ein Kriegerkönig stirbt für seine Gemahlin, aus dem Grauen über seinen Tod und aus der Kraft ihrer Liebe bezieht sie die Fähigkeit, einen aussichtslosen Krieg zu gewinnen.

Er dachte noch über andere Erzählformen nach, mit ausgefallenerem Vers- und Reimschema, dann hörte er auf, über solchen Schwachsinn nachzudenken, und nickte den beiden zu, deren Kinder in einem Haus saßen, in einer Stadt mit Orks rundherum.

Es war nicht nur, weil die Orks, wenn sie siegreich waren, früher oder später, nach einem Weilchen, vielleicht nach zehn Jahren oder einem halben Jahrhundert, auch ans Meer kommen würden. Eines schönen Morgens würde ihre Strandgemeinde aufwachen und nichts außer den senkrecht abfallenden Felsenklippen würde sie mehr von den Orks trennen.

Da war noch etwas anderes.

Er wollte nicht, dass Robi und Erbrow Gemahlin und Tochter von einem waren, der die Möglichkeit gehabt hatte, für eine belagerte Stadt zu kämpfen, und das nicht getan hatte.

Wenn er Meliloto und Palladio fortjagte, wenn er sich umdrehte und ging, würden Robi und Erbrow sicher nie etwas davon erfahren. Aber er würde es wissen und von dem Moment an würde er ihnen nicht mehr in die Augen schauen können.

Er war der letzte und der mächtigste der Elfen.

Irgendetwas würde ihm schon einfallen. Irgendetwas würde er tun.

Wenn nicht er, wer dann?

KAPITEL 18

Erbrow war verwirrt. Seltsame Dinge ereigneten sich.

Ihr Papa war auf der einen Seite der Felsenklippe hochgestiegen und auf der anderen Seite vom Wasserfall heruntergekommen. Beim Fortgehen hatte er Angkeel mitgenommen, beim Zurückkommen hatte er zwei andere Papas mitgebracht.

Fröhlich und selbstgewiss war er aufgebrochen, umschwirrt von den Adlern, und düster und verzweifelt war er wiedergekommen.

Die zwei Papas, die er mitgebracht hatte, waren verletzt und hatten schreckliche Dinge erzählt. Ihre Kinder waren an einem Ort, wo nur eine Mauer sie von denen trennte, die sie ermorden wollten. Die sie ermorden wollten, würden das mit Vergnügen tun und danach vor Freude tanzen.

Erbrow war untröstlich.

Am Anfang war großes Palaver gewesen. Jeder redete mit jedem. Wenn sie nicht redeten, standen sie mit verschränkten Armen da, den Blick auf den Boden gerichtet, und schüttelten den Kopf. Mit ihr redete niemand; sie musste sich aus den Gesichtern und Wortfetzen zusammenreimen, was vor sich ging.

Sie hatte verstanden, dass Kinder in Gefahr waren und ihr Papa da hingehen musste. Die anderen beiden Papas waren nicht aus ihrem Dorf, sondern kamen von diesem schrecklichen, fernen Ort, wo ihre Kinder waren, und von diesen Kindern hatten die beiden Papas erzählt, und zwar viel. Einer von den beiden Papas, der mit der verletzten Schulter, sagte immer: »Was wahr ist, ist wahr«, der andere, der größere mit der Wunde am Bein, sagte immer: »Das weiß doch jedes Kind.« Sie erinnerte sich nicht recht, welches die Kinder des einen und welches die des anderen waren, sie brachte sie immer durcheinander. Da war Dalia, die groß und schon Mama war, Goeri, der Letztgeborene, der so alt sein musste wie sie selbst, und dann alle dazwischen – das Mädchen mit den Zöpfen, der Junge mit der Schleuder, der, der immer erkältet war …

Erbrow wollte nicht, dass ihr Papa wegging. Sie wollte, dass er dablieb, wollte es mit aller Macht.

Gleichzeitig wollte sie aber auch, dass er ging. Sie wollte nicht, dass diese Kinder an diesem schrecklichen Ort bleiben mussten, ohne dass ihr Papa ihnen half.

Angkeel war auf die Felsenklippe verbannt, weit weg von ihr. Manchmal sah sie ihn, wenn er ungeschickte, plumpe Flugversuche unternahm, die im Gebüsch endeten, von dem das Hochplateau gesäumt war.

Mama hatte wieder Angst. Sie war verschlossen wie eine Muschel und redete nicht, mit niemand.

Mama hatte Angst; trotzdem war es schön, bei ihr auf dem Schoß zu sitzen, denn da war nicht nur Mamas Herz.

Da waren die Brüderchen.

Zwei.

Jetzt, wo sie größer waren, konnte man sie gut unterscheiden.

Da war ein größeres Herzchen, ruhig und kräftig, und ein kleineres, das zart und rasch schlug. Und dann war da diese komische

Sache mit der Lüge. Zu Cala hatte ihre Mama gesagt, sie erwarte ein Kind, und Ebrow konnte nicht begreifen, warum Mama sagte, es sei eins, wo es doch zwei waren.

Die Männer hatten ihre Schaufeln hervorgeholt und unter dem Wasserfall einen Weg freigelegt. Sie sagten, sie würden ihn schon zum zweiten Mal graben, und diesmal war es schneller und einfacher gegangen. Der Weg war breit genug auch für Pferde, denn zwei von ihren Pferden würde Papa mitnehmen.

Ihr Papa hatte einen ganzen Tag und einen ganz Abend mit ihr im Arm verbracht, hatte ihr Geschichten erzählt und Lieder vorgesungen. Dann war er plötzlich verschwunden. Eines Morgens war sie aufgewacht und er war nicht mehr da. Alle fragten sich, warum er in der Nacht aufgebrochen war, ohne sich von jemandem zu verabschieden, und Crescio fand schließlich die Antwort. Ihr Papa war gegangen und hatte den Mann des Hasses mitgenommen. Das konnte er nur nachts, wenn niemand ihn von einer so absurden und gefährlichen Entscheidung abbringen konnte. Keiner verstand den Grund für diese Entscheidung außer Erbrow. Ihr Papa wollte den Mann des Hasses nicht in ihrer, Erbrows, Nähe lassen, weil ihr Papa mittlerweile begriffen hatte, dass dieser Mann ihr wehtat. Aber er hatte Mama nichts davon gesagt, denn sonst hätte sie ihn einfach aus der Welt geschafft. Papa wollte nicht, dass ein Mensch getötet wurde, auch wenn er böse war, und dass es ihre Mama war, die das tat.

Mamas Angst wurde hart wie Stein, und sie verschloss sich noch mehr.

Auch Erbrow hatte Angst. Wenn Mama sie ein bisschen länger auf dem Schoß gehalten hätte, wäre beim Herzschlag der Brüderchen die Angst vergangen, aber Mama kauerte allein auf einem Stein, den Kopf zwischen den Händen. Erbrow lehnte sich an ihre Beine, aber von da konnte man die Brüderchen nicht hören.

KAPITEL 19

Yorsh lehnte sich an das Pferd und schaute hinunter auf den Strand und sein Dorf im ersten Morgenlicht.

Das Pferd war ein junger Fuchs, das erste Fohlen von Blitz und Fleck, sie hatten es Enstriil getauft, was in archaischem Elfisch so viel heißt wie »schnell«. Über ihm keuchte Moron den Weg hinauf. Yorsh sah ihn an. Nicht einmal ein Pferd hatte er ihm geben können, weil er nicht reiten konnte, schreckliche Angst vor Pferden hatte und sie außerdem hasste, ein Gefühl, das aus ganzer Pferdeseele erwidert wurde.

Yorsh wollte Frau und Kind nicht verlassen und tat es doch. Mit aller Macht wollte er bei ihnen bleiben und ging doch fort von ihnen. Von allen Dingen, die er tun konnte, war Kämpfen das, was er am meisten hasste, und er war auf dem Weg, es zu tun, wobei er von allen Wesen, die das Menschengeschlecht hervorgebracht hat, ausgerechnet dasjenige mit sich schleppte, das er am wenigsten um sich zu haben wünschte.

Frei zu sein, bedeutet nicht, tun zu können, was man will, sondern die Fähigkeit, Verantwortung für die Welt zu übernehmen, hatte er irgendwo gelesen. Yorsh erinnerte sich nicht mehr, wer der Autor war, aber er fragte sich, ob er einfach so aufs Geratewohl geurteilt hatte oder ob auch er eine geliebte Gemahlin und ein vergöttertes Kind hatte zurücklassen müssen, um sich fern von zu Hause abschlachten zu lassen, was ihm voraussichtlich niemand danken würde.

Das Pferd begann zu grasen.

»Etwas anderes kann man nicht tun«, murmelte Yorsh.

Das Pferd graste weiter. Yorsh schüttelte den Kopf.

Er konnte Moron nicht in der Nähe seiner Tochter lassen. Der Mann hasste sie. Hass war für Erbrow wie Schmerz. Sie empfand ihn wie eine Verletzung.

Früher oder später würde er ihr vermutlich etwas antun. Und das würde vielleicht etwas Schreckliches sein.

Yorsh konnte ihn nicht bestrafen, nicht bevor er wirklich etwas unternahm. So verabscheuungswürdig er sein mochte, bis zu diesem Zeitpunkt war Moron unschuldig. Vor allem ist niemandes Schicksal gewiss. Wie konnte er wissen, ob Moron Erbrow wirklich schaden würde? Das war nur eine Möglichkeit.

Eine andere Möglichkeit war, dass er fern von Meer und Dorf ein Leben fand, das ihm mehr zusagte.

Er konnte sich als Alter Kämpe anwerben lassen, da ihn die Vorstellung nun einmal so begeisterte, oder er konnte Arbeit finden als Zweiter Dorfdepp, eine andere Tätigkeit, für die er sehr geeignet schien. Alles wäre besser, als an einem Strand herumzulungern, den er aus ganzer Seele hasste, Dinge zu tun, die er verabscheute, umgeben von Menschen, denen er den Tod wünschte.

Der Weg wurde wieder steiler. Unter ihm keuchten Meliloto und Palladio dahin, sie führten Gadfurt mit, »der Starke«, das dritte Fohlen von Blitz und Fleck. Sie hatten Yorsh bis nach Erbrow begleitet. Der in den Stein gehauene und geschlagene Weg war zum Teil verschwunden, zum Teil noch gut sichtbar. Ohne die verschütteten Abschnitte wieder freizuschaufeln und zu befestigen, wäre es unmöglich gewesen, Pferde mitzuführen, aber Menschen zu Fuß konnten hier durchkommen.

In den wenigen Tagen ihres Aufenthalts in Erbrow, während sie ihre Wunden pflegten und Yorsh sich auf die Reise vorbereitete, hatten die beiden ihm erklärt, wie die Ebene von Varil eingenommen und die Stadt eingekesselt worden war.

Sie hatten ihm von einem gewissen Rankstrail erzählt, Söldnerhauptmann in Diensten der Stadt Daligar, und wie er seit Jahren die Orks bekämpfte und sie von der Bekannten Welt fernhielt.

Rankstrail stammte aus Varil.

»Wirklich aus Varil?«, fragte Yorsh.

Die Information schien ihm bemerkenswert. Oberste Regel eines guten Kriegers ist: Such dir einen Verbündeten. Die goldene Regel für den kampfunwilligen Krieger lautet: Such dir einen guten Verbündeten, und sobald es geht, überlass ihm die Aufgabe, und kehr nach Hause zurück. Diese Regel hatte er aus keinem der Handbücher für Militärtaktik, die er gelesen hatte; gewisse Einsichten kamen ihm eben spontan.

Die beiden bestätigten es. Der Hauptmann stammte wie die meisten Söldner aus dem Äußeren Bezirk der Stadt Varil, wo auch sie lebten. Im Unterschied zu Daligar, das wie eine Art Igel die Menschen abwies und vor seinen Toren verrecken ließ, nahm Varil jeden auf. Dann wurde einem über Steuern und Abgaben freilich das letzte Hemd ausgezogen, was wahr ist, ist wahr, aber man ließ sie herein und am Leben. Sie kannten auch die Familie des Hauptmanns. Der Vater war ein braver Mann und die Schwester, Fiamma, arbeitete als Wäscherin, sie war im heiratsfähigen Alter. Da war auch noch ein jüngerer Bruder, aber sie erinnerten sich nicht, wie der hieß.

Der Hauptmann war noch nie besiegt worden.

Es hieß, er könnte selbst im Nichts Spuren erkennen, man munkelte, er könnte Bewegungen am Vogelflug ablesen. Er war geräuschlos wie eine Schlange, seine Angriffe gingen nie fehl, er wusste immer im Voraus, wo der Feind auftauchen würde.

Nachdem er immer mächtigere Orkhorden eine nach der anderen abgewehrt und zurückgeschlagen hatte, sah er sich am letzten Februarmorgen im Raureif etwas gegenüber, was nicht mehr bloß ein Haufen Orkkrieger war, sondern ein regelrechtes Heer, bestehend aus Infanterie und Kavallerie, ausgestattet mit Katapulten und Wagen, wie man das seit den Zeiten des seligen Arduin nicht mehr gesehen hatte.

Angesichts dieser massiven Invasion hatte der Hauptmann zum Rückzug blasen müssen. Es war aber ein geordneter Rückzug gewesen, keine Flucht, und schon erzählte man sich davon wie von einem legendären Unternehmen. Rankstrail hatte niemanden zurückgelassen. Er hatte die Orks hingehalten, bis sämtliche Bauernhöfe geräumt waren. Die Männer hatte er bewaffnet. Frauen, Kinder und Alte hatte er mitgeführt und in Sicherheit gebracht. Obstgärten hatte er niederbrennen, die Ernte auf den Feldern vernichten, Viehherden schlachten lassen und von den Menschen alle, bis auf den letzten Mann mitgenommen. Von den Karren der Zivilbevölkerung behindert, war sein Heer am Gespaltenen Berg umzingelt worden, aber Rankstrail hatte die Einkesselung durchbrochen. In den Sümpfen von Silario war er erneut eingekesselt worden und war wieder entkommenn, dann noch einmal bei den Goldenen Wäldern und zum letzten Mal in der Ebene von Varil. Diese Umzingelung war schrecklich gewesen. Sie konnten es von den Stadtmauern aus sehen. Das Heer der Orks hatte Aufstellung genommen, es war unmöglich, dass der Hauptmann es schaffte. Die Armee von Varil war in Bereitschaft versetzt worden, aber während die Stadtältesten noch beratschlagten, ob sie sie den Eingekesselten zu Hilfe schicken sollten (und sie schließlich zur Verteidigung doch in der Stadt ließen), hatte sich der Hauptmann mit dem, was von seinen Männern noch übrig war, mit Mistgabeln bewaffnete Bauern und Frauen mit Kindern auf dem Arm, noch einmal aus dem Kessel freigekämpft und war bis an die Stadtmauern gelangt. Jedes Mal hatte der Hauptmann wider alle Erwartung die Linien der Orks durchbrochen, durch Angriffe in der Nacht, im Dunkel erahnend, welches die schwächsten Punkte waren, hatte allen, auch Frauen, Kindern und Alten, beigebracht, zu kämpfen und sich zur Wehr zu setzen. Damit hatten die Orks nicht gerechnet. Seit den Zeiten Arduins hatten sie nicht mehr im großen Stil gegen die Menschen gekämpft und vergessen, dass auch die Menschen kämpfen konnten. Auch von Arduin hieß es, er habe im Nichts Spuren erkennen und am Vogelflug Bewegungen ablesen können. Er sei geräuschlos gewesen wie eine Schlange und seine Angriffe seien nie fehlgeschlagen. Auch er schien immer im Voraus zu wissen, wo der Feind auftauchen würde. Aber nicht einmal der selige Arduin hätte es geschafft, nur mit einer Leichten Kavallerie und mit Messern bewaffneten Weibern gegen ein reguläres Heer. Der Hauptmann hatte die Invasion nicht aufhalten können, aber bis nach Varil war er gekommen und hatte die Flüchtlinge in seinen Mauern in Sicherheit gebracht und jetzt quoll der Äußere Bezirk über von Menschen. Dann aber hatte der Hauptmann gehen müssen, weil die Söldner dem Verwaltungsrichter gehörten und ihr Platz in der Igelstadt war. Ein Söldner kann schließlich nicht tun, was ihm passt. Das war Verrat. Abgesehen davon, auch wenn Rankstrail beliebt war, weil er aus Varil stammte und die Orks besiegte, sah man ihn und seine Leute doch ohne Bedauern ziehen. Seine Truppe flößte Angst ein. Sie setzte sich zusammen aus allen Geächteten und Ausgeschlossenen. Seitdem die Orks verstärkt angriffen, hatte man, um Soldaten aufzutreiben, die Stollen der Bergwerke leergeräumt und auch noch den letzten Zwerg mit Axt und Schaufel zum Söldner gemacht. Als auch keine Zwerge mehr da waren, hatte man, um Rankstrails Reihen zu füllen, die Gefängnisse geleert. Es waren nicht wenige, denen der Kriegsdienst als Alternative zum Galgen angeboten wurde. Man musste schon zweimal hinschauen, um Rankstrail und seine Leute von den Orks, die sie bekämpften, zu unterscheiden. Das Einzige, was diesen bunt zusammengewürfelten Haufen von Ehrenmännern zusammenhielt, war der Hass auf die Orks und der bedingungslose Glaube an ihren Hauptmann. In Abwesenheit des Hauptmanns wie der zu bekämpfenden Orks sah man sie lieber von hinten.

In Varil hatte man sich wegen der Orks keine großen Sorgen gemacht. Man besaß ja die Schleusen und eine unbesiegbare Armee, bestehend aus Helden in Rüstung mit goldenen Verzierungen, allesamt Familien entstammend, die seit jeher unbesiegbare Krieger hervorbrachten. Alle waren überzeugt, dass Varil in Sicherheit war.

Yorsh hatte Varil noch nie gesehen. Die Stadt lag inmitten von Reisfeldern. Da gab es Windmühlen, die das Wasser in den Kanälen voranbewegten und zusammen mit den Schleusen das Wasserniveau auf den Reisfeldern regulierten. Die Windmühlen waren auch Spähtürme. Dort waren die Wachsoldaten postiert. Wenn Krieg war, wenn die Orks kamen oder der König von Varil sich mit dem von Daligar zankte, wurde von den Windmühlen aus durch Hornsignale oder Feuerzeichen Alarm gegeben, und zugleich wurden die Schleusen geöffnet, alle. Auf diese Weise verwandelte sich die Ebene in ein Meer von mannshohem Schlamm, über dem gewaltig die Stadt thronte, mit ihrem dreifachen, nie bezwungenen Mauerwall, für jedes Heer uneinnehmbar.

»Und warum sind die Schleusen nicht geöffnet worden?«, fragte Yorsh.

Etwas Furchtbares war geschehen. Jemand musste sie verraten haben. Die Orks waren bis an die Stadt herangekommen und niemand hatte die Schleusen geöffnet. Die Stadt war umzingelt worden.

Sie beide waren außerhalb der Stadt gewesen, weil sie Karpfen fangen gegangen waren, die es in den Teichen gab, weiter oben im Schilf. Die Jagdhüter kamen dort nicht hin, weil sich aus Karpfen niemand etwas machte. Während die Forellen weiter unten lebten, aber die waren für die Stadt, für die Einwohner, und dort gab es Jagdhüter. Deshalb waren sie außerhalb der Stadtmauern, im Schilf versteckt, als die Orks zur Stadt kamen, ohne dass Alarm gegeben worden wäre und ohne dass jemand die Schleusen geöffnet hätte. Plötzlich hatten sie sich mitten unter Orks befunden, die sich auf den Hügeln rings um Varil fröhlich breitmachten. Sie hatten gesehen, wie sie reihenweise Bäume fällten, Zedern und Olivenbäume, um ihre riesigen Feuer zu machen, über denen sie dann halbe Rinder am Stück brieten. Sie waren noch zwei Tage im Schilf geblieben, keine fünfzig Schritt von dort entfernt, wo die Orks ihr Lager hatten und sich gegenseitig umbrachten, um sich mit den Waffen zu üben. Sie waren furchtbar, die Orks, ob er je welche gesehen hatte? Das waren keine Personen. Ihr Gesicht war voller Haare. Sie bestanden nur aus Haaren und Krallen. Etwas zwischen einem Tier und einem Dämon. Sie hatten weder Erinnerungen noch Gedanken, hieß es. Sie waren Tötungsmaschinen.

Nach zwei Tagen war die Armee von Varil in ihrer ganzen Herrlichkeit aus der Stadt ausgerückt, um die Belagerung zu durchbrechen. Das war ihr Glück gewesen, denn die herrliche Armee von Varil war besiegt worden, abgeschlachtet, um genau zu sein, aber mit dem Abschlachten waren die Orks so beschäftigt gewesen, dass sie beide entkommen konnten. Die Flucht war der blanke Schrecken gewesen. Zuerst waren sie im Schutz des Schilfs geflohen, dann in dem der Mandelbäume, deren Blüte gerade begann, und schließlich im Schutz der Nacht und des Rauschs der Sieger.

»Warum haben sie sich abschlachten lassen?«, hatte Yorsh äußerst angespannt gefragt.

Eine weitere Grundregel der Kriegskunst betraf dic korrekte Einschätzung des Gegners. Eine goldene Regel im noch ungeschriebenen Handbuch des unfreiwilligen Helden empfahl, sollte das Missverhältnis der Kräfte zu groß sein, es gar nicht erst zu versuchen.

Die beide wussten nichts. Sie waren keine Experten in Militärtaktik. In ihrer Zeit als Soldaten des Verwaltungsrichters hatten sie nichts weiter getan, als in den Verliesen Wache zu schieben. Sie konnten Ratten fangen, darin waren sie ganz groß.

Ihnen war die Armee von Varil herrlich und unbezwingbar erschienen, aber aus irgendeinem unerfindlichen Grund mussten die Orks nicht derselben Ansicht gewesen sein.

Sie beide hatten nicht gut sehen können. Sie hatten das Funkeln von Rüstungen gesehen, geschwenkte Standarten und flatternde Mäntel und dann hatten sie die Hörner zum Sieg blasen hören, aber es waren die der Orks gewesen. Das Siegesgebrüll der Orks war zum Himmel aufgestiegen und hatte keinen Raum mehr für Hoffnung gelassen. Dann waren sie geflohen. Zoll für Zoll. Von einem Schrecken in den nächsten fallend. Zum Glück waren die Orks berauscht von Bier und vom Sieg und hatten sie nicht gesehen …

»Sie haben euch nicht gesehen? Und eure Verletzungen? Die sind doch von Pfeilen!«

Vielleicht war der Gegner ja schrecklich, aber zielen konnten die Orks nicht. Diese Nachricht hatte sowohl für den klassischen als auch für den widerstrebenden Helden etwas Tröstliches.

Das waren keine Ork-Pfeile gewesen, die sie verletzt hatten.

Die Orks hatten sie weder gesehen noch wahrgenommen noch geahnt, dass es sie überhaupt gab, sonst hätte es keine Rettung für sie gegeben, das wusste ja jedes Kind. Nachdem sie, am Boden kriechend wie Nattern oder Regenwürmer, geflohen waren, eilten sie sofort nach Daligar. Sie hatten Schleichwege genommen, sich durch das Gestrüpp der Neumond-Hügel geschlagen, aber das war eine völlig überflüssige Vorsichtsmaßnahme gewesen. Drei Meilen hinter Varil fanden sich urplötzlich keine Orks mehr. In der Dogon-Schlucht war kein einziger mehr. Die Abkürzung war aber doch zu etwas gut gewesen. Wenn auch völlig zerkratzt, waren sie doch früh angekommen. Die Nacht war noch nicht hereingebrochen, als sie vor den Toren Daligars standen. Sie wollten Alarm geben. Das konnte sie das Leben kosten, na gut, in Daligar wurden sie als Deserteure gesucht, aber vielleicht, wenn sie Rankstrail zu Hilfe rufen konnten, würde er ihre Leute retten, ihre Kinder und Familien.

Ihnen genügte es, wenn sie Rankstrail benachrichtigten, auch wenn es sie das Leben kosten sollte, egal. Nur, es war ihnen nicht gelungen. Zu den Wachsoldaten am Tor hatten sie gesagt, sie kämen aus Varil und wollten den Söldnerhauptmann sprechen. Die Soldaten hatten auf sie geschossen.

»Hat man euch denn erkannt?«, fragte Yorsh, der an der mangelnden Vernunft, Logik und Berechenbarkeit der Menschenwelt verzweifelte.

Er war davon ausgegangen, dass wenigstens angesichts eines Überfalls der Orks alle zusammenhalten würden.

Nein, entgegneten die beiden. Man konnte sie nicht erkannt haben. Die Wachsoldaten waren jung, nie vorher gesehen. Und dann, der Verwaltungsrichter war bestimmt ein Aas und verzieh nichts, was wahr ist, ist wahr, aber sie hatten ja schließlich nicht die Grafschaft verhökert! Sie waren bloß desertiert. Vor acht Jahren. Und was war das schon? Zum Tod verurteilt waren sie, und ob, was wahr ist, ist wahr, aber keiner erinnerte sich an sie und sie wurden auch nicht gesucht, sie waren ja schließlich keine Elfen, mit Verlaub gesagt. Sie waren nur Deserteure. Man hatte sie jedenfalls nicht erkannt.

Sie hatten nur gesagt, dass die Orks gekommen waren und Varil eingekesselt hatten und dass sie den Söldnerhauptmann sprechen wollten, um ihn um Hilfe zu bitten. Nicht einmal eine Antwort hatte man ihnen gegeben. Man hatte auf sie geschossen, zum Glück waren sie nicht schwer verletzt, nur ein bisschen. Sie hatten Kraft genug gehabt, sich davonzuschleppen und zu ihm zu gehen. Sie waren sich nicht einmal sicher gewesen, ob es ihn überhaupt noch gab, ob er nicht längst hinüber war, das heißt, immer mit Verlaub gesagt. Als der Drache erlegt worden war, hatte es geheißen, die Flüchtlinge seien alle tot, verschüttet unter dem Erdrutsch, der die Kavallerie aufgehalten hatte. Und auch wenn sie überlebt hatten, war es ihr Los, den Erinnyen zum Fraß zu dienen. Es hieß, dass die den Strand heimsuchten und dort grausam wüteten; und dass es diese Grausamkeit und nicht der Schatten bei Sonnenuntergang sei, weshalb die Dunklen Berge Dunkle Berge hießen. So etwas sprach sich herum. Auch wenn freilich das Gerücht, sie seien davongekommen und am Leben, das einzige war, das man nie zu hören bekam, hatten sie sich auf den Weg gemacht, weil sie ja nichts Besseres zu tun hatten. Schlimmstenfalls würde die Reise vergeblich gewesen sein. Besser sterben, während man etwas Vergebliches tut, als wenn nichts mehr zu machen ist; was wahr ist, ist wahr.

»Und wie seid ihr denn über die Geröllmassen des Erdrutsches weggekommen? Die sind doch unüberwindlich!«, hatte Yorsh nachgefragt.

Die Geröllmassen, die die Schlucht von Arstrid verschlossen

hatten, und die senkrecht zum Meer hin abfallende Felsenklippe waren für die Bewohner des Strands und von Arstrid die einzige natürliche Verteidigung. Aber sie antworteten ihm, dass die unüberwindlichen Erdmassen von zahllosen Regenfällen weggespült, mit Gras, Blumen und Sträuchern überwachsen seien und dass man an einer Seite Terrassen angelegt und Rebstöcke gepflanzt hatte. Außerdem führte ein Weg darüber, der war wohl ein bisschen steil, was wahr ist, ist wahr, aber unüberwindlich, nein… Sie, die sie jeder durch einen Pfeil verletzt waren, hatten das jedenfalls alles bewältigen können. Apropos: Warum hatte man wohl auf sie geschossen? Er als Elf wusste doch alles, ob er da eine Idee hätte?

Yorsh hatte schon darüber nachgedacht. Die einzige Antwort, die ihm in den Sinn kaum, war, dass der Verwaltungsrichter schon wusste, dass Veril eingekesselt war (und wenn man es recht betrachtete, war es unmöglich, dass er es nicht wusste, denn irgendwelche Wachposten und Kundschafter musste er doch haben). Der Richter hatte also keinerlei Absicht, Varil zu Hilfe zu kommen, und wollte außerdem nicht offen zugeben, dass er keine Lust dazu hatte.

Sie beide, Palladio und Meliloto, die sich unter den Stadtmauern hinstellten und aus voller Kehle brüllten, der Feind stehe vor den Toren und habe ihr Verteidigungsheer vernichtet, sie waren in den Augen des Richters schlimmere Feinde gewesen als die Orks.

Als er dann genauer darüber nachdachte, kam Yorsh zu dem Schluss, dass seine Theorie wahrscheinlich richtig, aber unvollständig war.

Der Richter wollte nicht zugunsten von Varil eingreifen, und er wollte nicht, dass die Nachricht von der Belagerung in die Stadt gelangte, aus Angst, der Hauptmann und seine Söldner könnten dem Befehl zum Nichteingreifen zuwiderhandeln. Der Hauptmann wusste nichts. Wenn er etwas gewusst hätte, wäre er seiner Stadt mit seinen Männern zu Hilfe geeilt.

Diese Idee gefiel ihm ausnehmend gut, und er sagte sie sich immer wieder vor, nicht nur weil sie logisch war und die Logik immer ein geistiges Vergnügen ist, sondern weil sie eine Lösung beinhaltete.

Endlich hatte er einen Plan. Das war gar nicht so schwer. Meliloto und Palladio mussten noch einmal nach Daligar zurückkehren und Alarm geben: Der schreckliche Elf war wieder da. Der Richter würde seine Söldner und ihren legendären Hauptmann auf ihn hetzen und Yorsh würde sie nach Varil führen. Die Idee war nicht ganz seine eigene. Das war schon einmal vorgekommen. Einer der letzten Elfenkrieger hatte ein Menschenheer, das glaubte, ihn zu verfolgen, zu einer belagerten Stadt geführt, um sie zu befreien. Yorsh erinnerte sich nicht genau an die Epoche, es musste kurz vor dem Untergang der Elfenreiche gewesen sein und als es schon möglich war, dass eine Stadt von den Orks belagert wurde, aber er erinnerte sich an den Namen des Kriegers: Nerstrinkail, »Der letzte Krieger«. So würde der Hauptmann von der Belagerung Varils erfahren. Man würde es ihm nicht erzählen, sondern er würde es mit eigenen Augen sehen, während er mit all seinen Männern außerhalb von Daligar war, weit weg von den Henkern und Galgen des Richters, wo er kämpfen und den Befehl verweigern konnte. Der Hauptmann würde Bescheid wissen. Seine Truppe war zwar nicht ausreichend, um Varil zu befreien, aber immerhin etwas. Von da würde der Gegenangriff ausgehen. Der Widerstand. Sie würden sie verjagen.

Das war ein guter Plan. Yorsh würde die goldene Regel dessen anwenden, der nicht kämpfen will. Finde die richtige Person, stelle sie an den richtigen Platz und geh nach Hause. Er hatte Meliloto und Palladio den Plan auseinandergesetzt, sie waren nicht wirklich glücklich darüber, aber wenigstens ließ ihre Verzweiflung etwas nach. Vielleicht würden sie in einem der Verliese von Daligar enden, zusammen mit den Ratten, vielleicht würden sie die Strafe für ihre Desertion verbüßen müssen, aber im Ausgleich dafür gab es neue Hoffnung. Früher oder später würde die Belagerung von Varil durchbrochen und ihre Kinder würden gerettet werden.

Einer etwas wirren Theorie von ihnen zufolge gab es zwei Arten zu sterben: Während keiner etwas unternimmt und es allen egal ist oder während einer versucht, etwas zu tun und es ihm nicht gelingt.

Das ist nicht dasselbe.

Yorsh hatte ihnen versichert, er und der Hauptmann, sie würden es schaffen, ihre Kinder zu retten.

Der Tag neigte sich dem Ende zu. Der Sonnenuntergang färbte den Himmel rot. Endlich waren sie am oberen Ende des Wasserfalls angelangt, und wieder dachte Yorsh, so wie sie heraufgekommen waren, könnte jemand anderer, ein Heer von Orks zum Beispiel, hinuntergelangen.

»Es bleibt nichts anderes übrig«, murmelte er noch, während er von oben sein Haus erkannte. Robi und Erbrow waren dort.

Immer wieder kämpfte er mit dem glühenden Wunsch, dorthin zurückzukehren. Wieder sah sein Pferd ihn an, mit einem so höflichen wie vollkommenen Desinteresse für das Heimweh, das ihn plagte. Es wurde Abend und damit Zeit, für die Nacht ein Lager aufzuschlagen.

Moron war schweigsam und angespannt. Meliloto und Palladio hingegen waren zum Reden aufgelegt. Palladio erzählte von seinem jüngsten Kind, das sich weigerte, sprechen zu lernen, vielleicht weil es fürchtete, wenn es das könnte, wäre es groß und würde dann nicht mehr so gehätschelt. Meliloto erzählte von seiner ältesten Tochter, die vor Kurzem ein Kind bekommen hatte, und versuchte unbeholfen zu erklären, was es heißt, Großvater zu werden, und wie anders es ist, als Vater zu sein, aber er konnte den richtigen Ausdruck nicht finden und seine Worte verebbten inmitten der leisen Geräusche der Frühlingsnacht.

Mit dem Bogen schoss Yorsh für jeden eine Forelle, die sie auf einem Feuer aus Reisig und Pinienzapfen brieten.

Die Nacht verstrich.

Am Morgen war es neblig.

Moron war verschwunden. Wenig wahrscheinlich, dass er sich allein in einem Gebiet herumtrieb, wo es von Orks wimmelte. Die einzige Erklärung war, dass er in Richtung Daligar gegangen war, um Yorsh dem Verwaltungsrichter auszuliefern, im Tausch gegen eine Anstellung als Kämpe und einen Krug Bier.

Yorsh weckte Meliloto und Palladio und eröffnete ihnen fröhlich, dass sich ihr Opfergang erübrigt habe. Sie brauchten nicht mehr in die Igelstadt zu gehen und Gefängnis oder Galgen zu riskieren, um den Zorn des Verwaltungsrichters auf Yorsh anzustacheln.

Er hatte sich seinen persönlichen Verräter von zu Hause mitgebracht und das konnte sowohl in logistischer als auch in organisatorischer Hinsicht von Vorteil sein.

Moron würde dafür sorgen, dass alle in der Grafschaft verfügbaren Soldaten auf ihn gehetzt wurden.

KAPITEL 20

Hauptmann Rankstrail fluchte.

Es war ein verhaltener Fluch, der in den leisen Geräuschen des Frühlingsmorgens unterging, ohne sie zu stören. Eine leichte Brise wehte und bewegte das frische Laub an den Zweigen. Rankstrail konnte es nicht sehen, aber er hörte das Rauschen.

Der Hauptmann fluchte noch einmal. Hätten die Götter auch nur einen Bruchteil dessen gehört, was er ihnen wünschte und sie aufforderte zu tun, sie hätten wahrscheinlich den Blitz auf ihn geschleudert, aber sie hörten ja nie zu.

Den ganzen nicht enden wollenden Monat Februar hindurch hatte er sich dahingeschleppt, Tag für Tag, Nacht für Nacht, Schritt für Schritt, von einer Agonie in die nächste fallend, und hatte gebetet. Eines der wenigen Dinge, die ihm dabei aufgingen, war, dass die Götter blind und taub waren oder doch nur sehr beschränktes Interesse an den Angelegenheiten der Menschenwesen und an der Unterhaltung mit ihnen hatten. In diesem sich endlos hinziehenden Monat März war er dazu übergegangen, die Götter zu beschimpfen, aber sie schienen von seinen Flüchen ebenso wenig beeindruckt wie von seinen Gebeten.

Der Hauptmann streckte sich.

Es wunderte ihn, dass er nichts zu tun hatte.

Das war seit Jahren nicht mehr vorgekommen, und wenn, hatte es nie lang gedauert. Ohne Einteilung hing die Zeit reglos in der Luft. Das Einzige, was der Morgen brachte, war das Warten auf den Abend. Und mit dem Aufgehen der Sterne begann das Warten auf den Morgen.

Das Einzige, was seine Tage ausfüllte, waren die Erinnerungen und sein unausgesetztes Wühlen darin, was von allen Tätigkeiten diejenige war, die er am liebsten vermieden hätte, dennoch kehrte er sinnlos und in dumpfer Selbstquälerei immer wieder dazu zurück.

Da war die Erinnerung an die Verwundeten, die er hatte zurücklassen müssen. Er hatte seinen Leuten Befehl gegeben, die eigenen Kameraden zu töten, wenn er es nicht selbst getan hatte, damit sie den Orks nicht lebend in die Hände fielen.

Da war die Erinnerung an die Kinder, die er nicht vor den Pfeilen hatte schützen können, die über die Frauen und Kinder auf den Karren herfielen wie ein Schwarm Bremsen über zertretene Trauben am Boden.

Da war die Erinnerung an den Henker.

Jetzt hatte auch er ihn kennengelernt.

Aus unbekannten Gründen war der Hauptmann dem Henker übergeben worden. Er wurde in ein Verlies gesperrt, und in wenigen, sehr langen Stunden erfuhr er, was absoluter Schmerz ist, eine Erfahrung, die ihm bis zu diesem Zeitpunkt unbekannt gewesen war und auf die er auch gern verzichtet hätte. Er erkannte, dass die Wahrnehmung des Ich und der Welt, die Wahrnehmung des Ich in der Welt sozusagen, dadurch für immer verändert wurde. Diese Veränderung war nicht zum Besseren und sie war endgültig.

In gewissem Sinn war es eine wohlmeinende Begegnung gewesen, nicht nur weil sie zeitlich begrenzt war, sondern vor allem weil nichts an ihm verstümmelt wurde. Alles, was zurückblieb, waren die Spuren von glühenden Zangen am oberen Brustkorb und an den Schultern.

Der Verwaltungsrichter höchstpersönlich, in karmesinroten Brokat gekleidet, führte den Vorsitz und setzte ihm lang und breit auseinander, dass er ihn nicht hasste, ja, ihn ganz im Gegenteil immer sehr geliebt habe, nicht nur mit der väterlichen Liebe, die er all seinen Soldaten entgegenbrachte, sondern mit einem ganz speziellen und viel größeren Wohlwollen. Es schmerzte ihn, ihm Schmerzen zuzufügen, wenn Rankstrail ihm die Wiederholung verzeihen wollte.

»Ich will dich nicht töten, verstehst du, ich will nur sichergehen, dass ich dich gebrochen habe«, versicherte er ihm freundlich, und im Stillen wünschte sich Rankstrail, er möge bald bemerken, dass ihm das schon gelungen war, und für seinen Schlächter einen anderen Zeitvertreib suchen. Er verstand nun Lisentrails gesenkten und schiefen Blick beim Anblick des Henkers, sein gemeines kleines Lachen.

Der Richter fuhr fort. Aus purer Liebe hatte er ihn in die Hände des Henkers gegeben, um ihn davor zu bewahren, womöglich vorschnelle oder unbedachte Entscheidungen zu treffen.

Nicht die Entscheidung zum Ungehorsam, das mochten die Götter verhüten, daran war ja gar nicht zu denken, aber die schwerwiegende Entscheidung, sich in seinen Handlungen nicht strikt auf die Ausführung von Befehlen zu beschränken, ohne jeden Zusatz und ohne jede Änderung.

Aus Liebe hatte der Richter ihn dem Henker in die Hände gegeben. Um sicher zu sein, dass der Hauptmann ihn liebte.

Von allen Albernheiten, die der Hauptmann in seinem kurzen, aber bewegten Leben je gehört hatte, erschien ihm das anfänglich die kolossalste, doch dann fielen ihm wieder die jungen Adeligen ein, die ihn einmal einen Tag lang als Leibwächter für die Prinzessin Aurora engagiert hatten.

Er erinnerte sich daran, wie sich bei der bloßen Erwähnung des Verwaltungsrichters absoluter Schrecken und völlige Unterwerfung in ihren Blicken abzeichneten.

Er dachte daran, mit welch bedingungsloser Treue Esel und geprügelte Hunde die Grausamkeiten ihres Herrn erwidern.

Ihm wurde klar, dass der Richter verrückt war, über alle Maßen verrückt, aber er nahm sich vor, sich stets daran zu erinnnern, dass er nicht dumm war.

Während sich der Schmerz für immer in seine Erinnerung eingrub, sodass er eins damit wurde, bemerkte der Hauptmann, wie stark die Ähnlichkeit zwischen dem Richter und Aurora war. Die Hände waren gleich, die Gesichtsform, das Kinn… die Augen nicht… das Lächeln auch nicht. Er fragte sich, ob ihn von nun an Auroras Gesicht an ihren Vater erinnern würde oder an die Zangen seines Henkers, doch noch während er sich das fragte, gab er sich selbst die Antwort: Das würde nie geschehen. Aurora war Aurora, und basta, und das würde immer so bleiben.

Der Hauptmann überlegte sich, dass die Behandlung Wirkung zeigte. Seitdem er die glühenden Zangen ertragen hatte, waren in ihm eine ängstliche Feigheit und Scham zurückgeblieben, die anhielten, auch lange nachdem die Brandwunden verheilt waren und die Jacke sie wieder bedeckte. Wie ein geprügelter Hund wird ein gefolterter Mensch automatisch dazu neigen, Befehle auszuführen.

Die Handlungen des Richters folgten einer klaren Logik, das musste er anerkennen.

Jenseits der Gitterstäbe gurrten die Tauben und eine Wolke segelte durch das Blau des Frühlingshimmels.

Der Hauptmann dachte, dass es interessant wäre zu erfahren, warum man ihn weiterhin in einer Zelle festhielt, aber dann war er sich nicht sicher, ob es ihn wirklich so brennend interessierte, das zu erfahren.

Er war froh, dass seine Zelle eine von denen war, die eine Fensteröffnung ins Freie hatte, eine von denen, wo man, wenn auch in der Ferne und jenseits der Gitterstäbe, den Himmel sehen konnte.

Er war sich nicht sicher, ob die Zelle ihm gehörte.

Vielleicht gehörte er der Zelle.

Er konnte nicht bestimmen, wer der Besitzer und wer der Besessene war. Aber seine Zelle war gut, man sah den Himmel, wenn auch weit jenseits der Gitterstäbe. Die Zahl der Ratten, mit denen er sie teilte, ließ sich ertragen. Nicht weit von der Stelle, wo er am Boden lag, flogen die Tauben. Es hätte schlimmer sein können.

Der Hauptmann fragte sich, wie lang ein Mensch es in einer Zelle aushält, ehe sein Verstand anfängt nachzugeben, und es kam ihm der Verdacht, dass diese Frist kürzer sein könnte als die bereits verstrichene.

Aber auch das war eine Tatsache, die von Tag zu Tag immer mehr an Bedeutung verlor.

Der Hauptmann fluchte wieder, aber diesmal hatten die Götter ihn vielleicht gehört, denn die Wirklichkeit blieb nicht unverändert, sondern geriet plötzlich in Bewegung. Man hörte Stimmen, Befehle, Waffenlärm, Füßescharren, dazu das Klirren von Rüstungen, Quietschen von Angeln, Aufschieben von Riegeln, Türen, die aufgingen und wieder zugeschlagen wurden.

Rankstrail hörte, wie einer nach dem anderen die vier Riegel beiseitegeschoben wurden, die die Tür zu seiner Zelle verschlossen. Während er sich noch fragte, ob es angezeigt wäre, vom Boden aufzustehen, sprang die Tür auf, und Argniòlo stand vor ihm, noch schöner und strahlender, als er ihn in Erinnerung hatte, in einer funkelnden Rüstung mit Goldverzierungen, vervollständigt durch einen Helm mit einem prächtigen bunten Federbusch, der ihm eine verblüffende Ähnlichkeit mit den Papageien in den Buden der Schausteller verlieh.

Rankstrail fragte sich, wie er mit all dem Metall am Leib auch nur einen einzigen Ork verjagen oder einen einzigen Banditen fangen wollte.

Hoch aufgerichtet stand Argniòlo über ihm.

»Steh auf, du Flegel, wenn ich mit dir rede«, sagte er zu ihm ohne Schärfe, ja, mit einer gewissen Sanftmut im Vergleich dazu, wie er sonst mit ihm sprach. »Ihr habt jetzt lang genug auf der faulen Haut gelegen, du und die anderen Schmarotzer.«

Noch einmal verspürte Rankstrail die Angst, klein, dünn, unfassbar und flüchtig. Immer noch verstand er nicht, warum man ihn in eine Zelle gesperrt hatte, aber wenigstens wusste er, warum man ihn herausholte. Es gab Ärger, und sie hatten niemand anderen, den sie schicken konnten. Die einzige Art von Ärger, die ihm einfiel, die einzige Idee, die ihm vor Augen stand, ließ ihn vor Schreck erstarren.

»Die Orks?«, fragte er mit tonloser Stimme. Es konnte nichts anderes sein. Während er in der Zelle eingesperrt war, hatte keiner die Orks aufgehalten, sie standen vor den Toren.

»Aber nein!«, antwortete Argniòlo gereizt. Dann zuckte er die Achseln.

Rankstrail folgte Argniòlo und seinen Männern. Wie sie durch die unterirdischen Gänge dahinschritten, sprangen nach und nach die Zellentüren auf, und die Männer seiner Truppe wurden einzeln oder in kleinen Gruppen daraus hervorgeholt. Der Hauptmann bemerkte, dass sie wie er selbst verdreckt waren, mit wirrem Haar und langen Bärten, aber anscheinend alle bei guter

Gesundheit. Die von den Orks verletzten, waren gepflegt worden. Keiner schien Hunger oder sonst irgendwelche Entbehrungen gelitten zu haben, außer dem Eingekerkertsein. Der Einzige, dem der Verwaltungsrichter die Ehre seines Besuchs und der Bekanntschaft mit seinem Scharfrichter erwiesen hatte, war er selbst, der Lieblingssohn des geliebten Vaters der Grafschaft, wie fahrende Sänger und Höflinge ihn nannten.

Als sie so Stufe um Stufe aus den Tiefen der Verliese aufstiegen, versammelte sich nach und nach Rankstrails gesamte Truppe um ihn, oder wenigstens das, was nach einem verheerenden Rückzug und vier Einkesselungen davon noch übrig war.

Schließlich kamen sie im Innenhof des Palasts des Verwaltungsrichters zusammen.

»Hauptmann«, fragte einer, »schickt man uns gegen die Orks? Sind sie bis hierhergekommen?«

»Hauptmann«, fragte ein anderer, »warum hat man uns eingesperrt?«

Die frische Luft brachte Rankstrail ganz zu sich. Er hatte das Gefühl, aus einem seltsamen Traum erwacht zu sein. Lisentrail war wieder an seiner Seite.

Obwohl auch er wie alle anderen in den Tiefen eines Verlieses gesteckt hatte, war es ihm doch möglich gewesen, an ein paar Informationen zu kommen. Kein Wunder: ausgeschlossen, dass unter den Wachsoldaten nicht einer sein sollte, den Lisentrail kannte, irgendein Verwandter, ein Schwager oder Vetter fünften Grades, ein ehemaliger Nachbar des zweiten Ehemanns der achten Schwester, ein Nachfahr mütterlicherseits des Onkels des Urgroßvaters.

Lisentrail erklärte, dass man sie zur Strafe unter die Erde verbannt hatte, weil sie getötet und gebrandschatzt hatten, damit die Güter der Grafschaft nicht den Orks in die Hände fielen; weil sie auf diesem endlosen Rückzug Männer verloren und dem Feind Waffen überlassen hatten. Sie hätten die Befehle ausführen sollen. Abhauen, und zwar schleunigst. Was aus den Bauernhöfen wurde, wenn sie den Orks in die Hände fielen, war nicht ihre Angelegenheit, sie waren Söldner. Ein guter Söldner denkt wenig nach und ergreift keine Eigeninitiative. Er wusste auch, warum man sie jetzt herausholte. Der Elf war wieder aufgetaucht, der Letzte, der Verfluchte, der vor acht Jahren mit dem Drachen unterwegs gewesen war, und da brauchte man jemanden, der ihn einfangen ging. Argniòlo konnte nicht, denn sonst bekam seine Rüstung Kratzer, außerdem waren seine Beinschienen so hoch, dass er darüberstolperte, also schickte man sie.

Als Argniòlo das Wort ergriff, bestätigte er alles, was Lisentrail gesagt hatte.

Der erste Teil der Rede, der sich auf das Gefängnis als Strafe für den geordneten Rückzug bezog, musste Argniòlo selbst nicht allzu überzeugend vorkommen, denn er haspelte ihn schnell herunter, ohne Kommentare oder Beschimpfungen.

Als er jedoch anfing, von dem Elfen zu sprechen, legte sich Argniòlo richtig ins Zeug. Seine Beredsamkeit bekam geradezu lyrische Töne, seine Rhetorik schwoll mächtig an. Ausführlich schilderte er Mütter mit Kindern im Arm, ausgezehrt vom Hunger und bedroht von der Pest, und er erklärte, dass all dies Schuld des Elfen wäre. Er sprach auch über Banden von Orks, die von der Ostgrenze her zur Unterstützung des Elfen eingedrungen waren, denn grenzenlos ist die Bösartigkeit dessen, der mit einem Drachen gemeinsame Sache gemacht hatte.

Endlich sah Argniòlo dem Hauptmann direkt ins Gesicht und bezichtigte ihn. Ein junger Ehrenmann, ein gewisser Moron, war unter Überwindung unsäglicher Gefahren und unvorstellbarer Hindernisse zu ihnen gekommen, um sie zu warnen, dass der

Elf, der Verfluchte, erneut die Grafschaft unsicher machte. Moron, der Gerechte, hatte sie auch darauf hingewiesen, dass es am Meer ein Dorf gab, das blühte und gedieh, und dass dort die Feinde der Grafschaft lebten, die vor acht Jahren der Gerechtigkeit entgangen waren, als ein Drache mit seinem Flug einen Erdrutsch verursacht und die Schlucht des Dogon versperrt hatte.

Argniòlo holte tief Luft. Er sah den Hauptmann voller Verachtung an, dann sprach er weiter und seine Rede wurde düsterer, wie leidend, oft unterbrochen von langen, schmerzlichen Pausen.

Vor acht Jahren hatten sie ihn entwischen lassen.

Den Elfen.

Ihn und seine ganze elende Bande.

Der Elf war der Feind. Orks sind ein Problem nur für Idioten, nur für sie, Rankstrail und seine Männer, Verrückte, geschlagen mit Grobheit, Schwachsinn und Grausamkeit, die glaubten, sie mit Waffen bekämpfen zu können, und die, um das zu tun, die halbe Grafschaft verheert hatten. Er, Argniòlo und seine Verbündeten, verstanden zu reden. Diplomatie nannte man das, DIPLOMATIE, ein bisschen schwierig, das Wort, für solche ungehobelten Kerle wie sie. Nicht die Orks waren der angestammte historische Feind, der Elf war es, der sie nun wieder bedrohte.

»Aber wenn man nicht kämpfen, sondern mit ihnen reden sollte, warum hat man dann uns gegen die Orks geschickt?«, fragte jemand vorsichtig.

Viele andere fragten, ob sie je einen Bauernhof gesehen hätten, wo die Orks durchgezogen waren, und wie die Diplomatie da ihrer Meinung nach schützen konnte.

Mit einem bösen Blick zum Hauptmann und verärgert über das Getuschel, schloss Argniòlo, dass nur ein Idiot denken könnte, Banditen und Orks seien die Feinde. Nur ein Idiot konnte nicht einsehen, dass es vergeudete Mühe war, das Unheil zu bekämpfen, ohne denjenigen zu vernichten, der es verursacht und herbeigerufen hatte.

Kein einziger der Flüchtenden war damals unter dem Erdrutsch ums Leben gekommen. Sie waren bis ans Meer gelangt, wo sie gedeihlich lebten und wo ihre finstere Magie die Wellen gezähmt und die Erinnyen bezwungen hatte, da sie beides überlebt hatten.

Überlebt hatten sie, waren davongekommen, gerettet. Alle. Am Leben und bei guter Gesundheit, und ihretwegen verkam die Menschenwelt und ging ein.

Glückwunsch den Söldnern!

Sie waren so feige wie blöd gewesen.

Während die Truppe von Hauptmann Rankstrail sich mit Bagatellen und Lappalien wie den ewigen Scharmützeln mit den Orks abgab und sich damit vergnügte, die halbe Grafschaft zu verwüsten, führten die wahren Feinde ein Leben in Saus und Braus.

Zum Glück waren nicht alle Flüchtlinge Verräter und Feinde der Grafschaft. Einer von ihnen war ein wahrhafter Ehrenmann, ein tüchtiger junger Mann, er hatte sie verfolgt mit seinem Hass, einzig zu dem Zweck, sie auszuspionieren und womöglich zu sabotieren, und jetzt war er gekommen, um auf die Gefahr aufmerksam zu machen, zu warnen und Hinweise zu geben.

Er, Argniòlo, hätte sie, die Söldner, am liebsten allesamt zum Tode verurteilt, weil sie den Drachen getötet hatten und nicht den Elfen, weil sie das Hexenmädchen und sein Gefolge hatten entkommen lassen, vor allem aber weil sie gelogen hatten. Aber der Verwaltungsrichter, der einst Inquisitor gewesen war, hatte in seiner ganzen Barmherzigkeit erahnt, dass die Handlungsweise der Söldner weder von Feigheit noch von Verlogenheit bestimmt war, sondern bloß von Dummheit. Der Elf hatte sie hereingelegt, hatte sie verhöhnt. Er hatte so getan, als seien er und seine Gefolgsleute unter dem Erdrutsch ums Leben gekommen, und die Söldner in ihrer abgrundtiefen Einfalt, will sagen Idiotie, waren darauf hereingefallen.

Aller Regel nach konnte man Dummheit aber nicht bestrafen, hatte der Verwaltungsrichter in seiner Großmut, seiner Milde und Barmherzigkeit festgestellt. Die Dummen zum Tode zu verurteilen, hätte ein Massaker bedeutet, daher hatte er beschlossen, ihnen zu verzeihen; freilich sollten die Dummköpfe endlich einsehen, dass sie zum Denken nicht fähig waren, und sich in ihrem Tun besser auf eine blinde Befolgung von Befehlen beschränken.

Der Befehl, nach dessen Erfüllung der Richter ihnen vergeben und sie wieder in den Schoß der Gemeinschaft aufnehmen wollte, war die Gefangennahme des Verfluchten. Des Elfen.

Er ritt einen Fuchs und war vor Daligar gesehen worden. Unerschütterlich wie ein Riese stand er da, gerade außerhalb der Reichweite eines Pfeils. Der Verfluchte schien dort auf sie zu warten.

Der Befehl lautete, ihn zu ergreifen, tot oder lebendig. Falls er nicht tot war, sollte er jedoch ausreichend gefesselt sein, um völlige Bewegungslosigkeit zu garantieren. Es wurde angeordnet, Stricke zu verwenden und keine Ketten, denn der Verfluchte konnte Schlösser auch ohne Schlüssel öffnen, während nicht bewiesen war, dass er Knoten lösen konnte.

Alles in allem betrachtet, war es ihm lieber, wenn sie ihn schon tot brachten.

Argniòlo lächelte wohlwollend. Die Versammlung wurde aufgelöst. Der Tag war lau, fast warm, eine Verheißung von Sommer lag darin und die Gewissheit, dass der Winter vorbei war.

»Aber sollten ihn denn nicht längst die Erinnyen bei lebendigem Leib gefressen haben? Hat es nicht geheißen, niemand könnte die aufhalten?«

Lisentrail zuckte ratlos mit den Schultern.

»Aber sind Elfen denn nicht unsterblich?«, fragte jemand.

»Nur wenn man sie leben lässt«, antwortete Lisentrail, der immer über alles Bescheid wusste. »Wenn einer sie tötet, krepieren sie wie wir.«

Der Hauptmann schäumte vor Zorn wie noch nie in seinem ganzen Leben.

Der Idiot war wiedergekommen.

Der Idiot hatte es gewagt wiederzukommen.

Der absolut vollkommen Schwachsinnige hatte sein Knochengestell und alles, was daran war, bis vor die Tore von Daligar geschleppt.

Rankstrail verfluchte ihn, den Elfen. Er betete darum, es möge die Götter geben und sie möchten den Idioten in die Hölle schleudern: Ein Höllenkreis für Idioten musste ja wohl vorgesehen sein.

Er, Rankstrail, und seine Männer hatten ihr Leben aufs Spiel gesetzt, um ihm die Flucht zu ermöglichen, ihm und den anderen. Indem sie erzählten, sie seien alle tot, hatten sie ihnen auch eine Zukunft ermöglicht. Der Drache hatte seinen letzten großartigen Flug angetreten, und Lisentrail hatte alles dafür getan, dass dies auch sein letzter Flug war. Statt nun an seinem Strand zu bleiben, hatte der Verfluchte sein Pferd geschnappt und einen kleinen Ausritt unternommen. Vermutlich wollte er seinen Horizont erweitern und die Welt kennenlernen. Vielleicht wollte er Geograf oder Kartograf werden. Oder einen Handel mit Kürbissen und Mandarinen aufbauen.

Jetzt wussten Argniòlo und der Richter Bescheid. Jetzt hatten sie verstanden, dass alle am Leben waren. Jetzt würden sie sie holen lassen. Einen nach dem anderen. Rankstrail musste an die kleine Königin denken, die mit der funkelnden Krone, die ihn voller Wut und Verachtung angesehen hatte. Sie musste mittlerweile eine Frau sein. Vielleicht hatte sie schon Kinder. Auch sie würde man holen lassen.

Rankstrail war weniger großmütig als der Richter. Wenn die Dummheit gewisse Grenzen überschreitet, wird sie zum Verbrechen, und es ist nur gerecht, dass sie bestraft wird.

Vielleicht hatten ja die anderen recht, Argniòlo, der Richter, alle miteinander.

Was wusste er denn schon?

Wer hatte denn gesagt, dass er immer gescheiter war als alle anderen?

Vielleicht hatten ja der Verrückte Schreiber und der Zauberer unrecht und die Elfen waren tatsächlich die Ursache allen Übels. Vielleicht stimmte es, dass sie die Orks gerufen hatten, vielleicht stimmte es, dass sie die Überschwemmungen verursacht hatten und das ganz Elend auf der Welt. Ein Idiot, der imstande war, aufs Pferd zu steigen und bis nach Daligar zu kommen, war sicher zu allem fähig...

Durch seine Schuld würde vielleicht jemand die kleine Königin holen gehen und sie töten...

Vielleicht würden sie sie alle ausrotten...

Einmal hatte der Hauptmann ihn gerettet. Ein zweites Mal würde er das nicht tun. Er würde ihn an Argniòlo ausliefern, so würde er sich beruhigen und die jetzt groß gewordene kleine Königin und alle anderen Überlebenden in Ruhe lassen. Hatten sie erst einmal den Elfen, würden sie die anderen in Ruhe lassen.

Nur wenn er ihn nicht auslieferte, würden sie die Bande der Hungerleider und ihre Königin holen gehen. Mittlerweile kannte er Argniòlo und den Richter. Wenn möglich würden sie Ärger lieber vermeiden. Sie würden alles als erledigt betrachten, und er würde wieder dazu übergehen können, die Orks von Kindern und Menschen fernzuhalten.

Er musste ihn fassen.

Er würde ihn fassen.

Sie traten aus dem Hof hinaus und machten sich auf den Weg zu den Stallungen. Dazu mussten sie die Stadt durchqueren, und als sie unter dem Palast des Richters vorüberkamen, schlug Rankstrail die Augen nieder, als dächte er nach, aber er dachte nichts Besonderes, er wollte nur der Gefahr aus dem Wege gehen, die Blicke Auroras zu kreuzen, sollte sie an einem der Fenster oder auf einem der wenigen Balkone stehen.

Ihre Pferde waren gut genährt und gepflegt. Zerbrochene Sättel waren repariert worden, beschädigtes Zaumzeug ersetzt. Die Pferde standen schon gesattelt bereit.

»Komisch«, sagte einer, »es ist, als hätte man uns eingesperrt, um uns aus dem Weg zu räumen, aber ohne uns Schaden zuzufügen, damit wir gleich wieder zur Verfügung stehen, wenn wir gebraucht werden.«

»Stimmt, man hat uns nicht Hunger leiden lassen, man hat uns nicht schlecht behandelt... nur aus dem Weg geräumt...«

»Das war nur ein Vorwand, um uns keinen Sold zahlen zu müssen...«

Beim Stall festgemacht, fand der IIauptmann auch scincn Wolf wieder, am Hals hatte er üble Würgemale von einem Strick. Er war abgemagert und wütend wegen der langen Gefangenschaft, aber er war am Leben und alles in allem bei guter Gesundheit. Es war ein Augenblick echter Freude, der einzige seit langer Zeit, als er neben dem Tier die kleine, unverwechselbare Gestalt von Morgentau erblickte. Die Herrin des Zwergenvolkes, wie er sie nannte, betreute mittlerweile den Käfig, der die Wölfin von Daligar beherbergte, die in der Stadt von jeher zu Ehren von Sire Arduin gehalten wurde, weil dieser stets eine Wölfin bei sich gehabt hatte. Nicht einmal der Verwaltungsrichter, der von dem Kult um Sire Arduin nie sonderlich begeistert gewesen war, hatte es gewagt, diese alte Tradition anzutasten, er hatte sich darauf beschränkt, den Käfig immer weiter weg zu verlegen, zuerst hinter den Palast, dann direkt hinter die Stallungen, wo niemand die Wölfin sehen konnte und wo sie allmählich in Vergessenheit geraten konnte.

Rankstrail freute sich, das Gesicht einer Freundin zu sehen. Er verdankte Morgentau viel. Der Grund, weshalb die Zwerge, die niemals von irgendjemandem Befehle angenommen hatten, bereit gewesen wären, sich für ihn vierteilen zu lassen, war nicht nur im gemeinsamen Hass auf die Orks zu suchen. Er lag darin, dass der Hauptmann dem Anblick ihrer zerlumpten Kleidern und ihrer Furcht einflößenden Äxte nie anders begegnet war als mit der Anrede »Ihr Herren des Zwergenvolkes«.

Im Stall stellte der Hauptmann fest, dass er einen Mann mehr hatte. Nach acht Jahren nicht betrauerter Abwesenheit war Siuil zurückgekehrt und hatte sich wieder unter seine Leute eingereiht. Er hatte auch ein Pferd, und wie er dem Hauptmann sogleich versicherte, sobald er ihn sah, hatte Argniòlo höchstpersönlich es ihm beschafft, damit er sich der Reiterei anschließen konnte.

»He, Hauptmann«, sagte Lisentrail, sobald er konnte, »jetzt sind wir komplett. Die Pferde hat man uns zurückgegeben, den Wolf haben wir wiedergefunden; den Elfen zum Verfolgen haben wir und auch den Verräter hat man uns mitgegeben. Es fehlt uns also nichts.«

Als sie endlich alle zu Pferd saßen, öffneten sich die Tore der Stadt, um sie hinauszulassen. Es war früher Nachmittag. Rings um die Stadt lagerten die Flüchtlinge von den Grenzen der Bekannten Welt. Sie hatten sich Hütten gebaut, mit kümmerlichen Gärtlein dazwischen, handtuchgroße Flächen mit Kohl und Auberginen, verwinkelte Hühnerställe und Andeutungen von Obstgärten, das Ganze erinnerte an die Decken, wie arme Frauen sie aus den Resten der unterschiedlichsten Kleider herstellten.

Es war eine armselige Welt, ihre Bewohner jedoch wild entschlossen, inmitten ihrer Kohlköpfe und Hühner zu überleben. Der Hauptmann überlegte sich, wenn er je für irgendetwas ein Wappen zu entwerfen hätte, für eine Grafschaft oder ein Volk, dann würde es ihm gefallen, dass ein Huhn darin vorkäme, weil es Symbol ist für den Durchhaltewillen, womit die Leute Krieg und allen Unbillen zum Trotz am Leben bleiben.

Als sie die Gärten und das Schilfrohr hinter sich gelassen hatten, erkannten sie unweit vom Fluss die unverwechselbare Gestalt des Elfen. Er war bekleidet mit einem groben Tuch, das von fern an den Stoff der Mäntel der Ritter erinnerte, und er ritt einen Fuchs. Im Unterschied zum ersten Mal, als sie ihn gesehen hatten, trug er diesmal Schuhe. Das Schwert hing an seiner Seite, aber er zückte es nicht und machte keinen Gebrauch von dem Bogen, den er quer über die Schulter trug. Der Idiot schien dort zu warten. Er entfernte sich erst, nachdem er sie gesehen hatte, ja, es schien, als wollte er sichergehen, dass er gesehen worden war. Der Elf schien es bewusst so einzurichten, dass sie ihn nie aus dcn Augen verloren. Dann, als der halbe Nachmittag herum war und sich im Westen der Dogonschlucht die ersten Schatten bildeten, verschwand er. Als hätte er sich in Luft aufgelöst.

Die Flüche des Hauptmanns ließen sogar die Zwerge erbleichen, die in ihren Bergwerksstollen mit ihrem Urteil über die Welt und die Götter ja gewiss nicht zimperlich waren.

Dann schickte Rankstrail zwei Kundschafter aus, schickte eine Patrouille an die Westseite der Schlucht und gab schließlich auf.

Sie hatten ihn verloren. Der Hauptmann gab Befehl, abzusitzen und die Tiere ausruhen zu lassen. Mit hängender Zunge, weil er den im gestreckten Galopp reitenden Männern hinterhergerast war, kam schließlich auch der Wolf an. Kurz vor Sonnenuntergang, als der Talboden mittlerweile schon ganz im Schatten lag, erschien der Elf wieder.

Die Verfolgungsjagd begann erneut, hörte aber bei Einbruch der Nacht auf, denn nachdem er am Westhang gut sichtbar gewesen war, verschwand der Elf plötzlich. Wieder gab Rankstrail Befehl zum Absitzen, nicht ohne Himmel und Hölle seine Meinung dazu kundzutun. Wieder ruhten die Pferde aus und auch diesmal konnte der Wolf sie einholen, noch erschöpfter und schlimmer hechelnd. Doch, als die Pferde ausgeruht waren und als auch der Wolf wieder Kraft geschöpft hatte, tauchte der Elf erneut auf, und die Verfolgung wurde wieder aufgenommen.

Während er an der Spitze des Söldnerheers von Daligar die Verfolgung des Verfluchten Elfen anführte, versuchte Hauptmann Rankstrail, genannt der Bär, sich zu erinnern, seit wie vielen Jahren er ihn nun schon verfolgte, den Elfen.

Genau genommen versuchte er, sich zu erinnern, wann er zum ersten Mal von ihm gehört hatte, denn es musste doch eine Zeit in seinem Leben gegeben haben, da er den Unheilsbringer noch nicht einmal dem Namen nach kannte.

Nach einiger Zeit fiel es ihm endlich ein. Damals war er noch ein Kind gewesen, im Äußeren Bezirk der Stadt Varil. Am Tag, an dem seine Schwester Fiamma geboren wurde, hatte Donna Guzzaria von den Elfen erzählt, dass sie Urheber allen Unglücks auf Erden seien und auch Schwänze hätten, und dann hatte sie von dem da gesprochen, von dem Verfluchten, dem Erzfeind der Menschen und Vernichter ihrer Hühner.

Zum zweiten Mal hatte er an dem Tag von ihm gehört, als er sich die Schleuder gemacht hatte und seine glorreiche Laufbahn als Wilddieb begann. Er hatte einem der vielen Bettler, die dicht bei der Stadtmauer hausten und den hinkenden Gang derer hatten, denen der Henker die Füße verkrüppelt hat, etwas Honig geschenkt. Der Mann war ihm fast nachgelaufen, mit seinen kleinen Stolperschritten, in dem dringenden Bedürfnis, ihm zu danken, aber dem noch dringenderen, ihm von dem da zu erzählen, dem Verfolgten, dem mächtigsten aller Elfenkrieger, dem von einer alten Prophezeiung Angekündigten, dem Einzigen, der das Vergangene wiederbringen und damit die Zukunft retten würde.

Hauptmann Rankstrail, genannt der Bär, Kommandant der Leichten Kavallerie von Daligar, schwor sich, dass er ihn diesmal fangen würde, den Verfluchten Elfen, ihn fangen und dem noch verfluchteren Verwaltungsrichter ausliefern würde. Dann würde man sie wenigstens in Ruhe lassen, ihn und seine Leute. Sie wären frei, nach Hause zu gehen und zu versuchen, das Heer der Orks abzuwehren, es fernzuhalten von den Bauernhöfen, von den Hügeln, wo Kinder das Vieh hüteten und Frauen Wasser schöpften an Brunnen, die weit abgelegen waren von ihren Leuten und ihrem mühselig bestellten Grund und Boden.

In diesem Augenblick sprengten sie alle, der Elf voran und sie hinterdrein, aus der Enge der Dogonschlucht. Die Stadt Varil tauchte vor ihnen auf, hoch oben gelegen und wunderschön im dreifachen Gürtel ihrer Mauern, spiegelte sie sich zusammen mit einem riesigen Mond in den Wassern der Reisfelder.

Der Äußere Bezirk stand in Flammen. Die Stadt war belagert von Heerscharen von Orks, jeden Augenblick würden sie die Leichte Kavallerie von Daligar bemerken, die im Galopp auf sie zugeritten kam.

Hauptmann Rankstrail dachte, dass er anhalten sollte, so

würde er seine Männer vielleicht noch retten können. Nicht mehr lang, nicht nur ein paar Wachposten, sondern das ganze Heer der Orks würde sie sehen. Und sie waren nur eine Einheit Reiter, und schlecht bewaffnet obendrein.

Hauptmann Rankstrail dachte, wenn er nicht im nächsten Augenblick haltmachte, würde er ihre Kriegshörner erschallen hören und wissen, dass die Falle des Elfen zugeschnappt war, dass er hineingetappt war und dass seine Männer deswegen sterben würden.

Dann dachte er aber auch, dass anzuhalten schrecklich wäre, statt seiner in Flammen stehenden Stadt zu Hilfe zu eilen oder wenigstens mit ihr zugrunde zu gehen.

Der Elf machte derweil nicht halt und wurde auch nicht langsamer. Er zückte sein Schwert, das in der Dunkelheit Leuchtete wie eine Fackel, er preschte voran und, verfolgt von der Leichten Kavallerie von Daligar, im Licht des Mondes, der sich riesengroß im Wasser der Reisfelder spiegelte, ritt er auf die umzingelte Stadt zu, die in Flammen stand, und auf das Heer der Orks, die entschlossen waren, sie zu vernichten.

KAPITEL 21

Die Idee war ganz einfach: Er musste sich verfolgen lassen, den Pferden der Menschen aber Zeit zum Ausruhen geben, damit sie nicht im Zustand völliger Erschöpfung vor Varil ankamen. Die Stadt zu befreien, war unmöglich. Alles, was er tun konnte, war, Rankstrails Söldner vor Ort zu führen, damit sie, die Befehle des Verwaltungsrichters missachtend, eine Verteidigung aufbauten.

Es war nicht besonders schwer, zu verschwinden und wieder aufzutauchen, aber auch nicht ganz leicht. Die Sinne der Menschen waren viel weniger fein entwickelt als seine eigenen, vor allem im Sehen und Hören waren sie recht plump. In Acht nehmen musste er sich allerdings vor dem Hauptmann, der besaß ein eigenartiges Gespür, er bemerkte Dinge, bevor sie geschahen, eine Fähigkeit, für die er noch keinen Namen wusste.

In der Dogonschlucht, als die Männer des Hauptmanns ihre Pferde rasten ließen, nachdem sie ihn zum zweiten Mal »verloren« hatten, stieß Yorsh auf Palladio und Meliloto, die an der vereinbarten Stelle in einem Zedernwäldchen auf ihn warteten. Die beiden waren sehr nervös, und da begannen sie, hauptsächlich, um sich selbst die Tapferkeit des einzigen verbliebenen Verteidigers der Menschenwelt vor Augen zu führen, die Verdienste und Heldentaten des Hauptmanns aufzuzählen:

»Der die südlichen Gefilde von den Banditen befreit hat.«

»Der die Kühe wieder dorthin gebracht hat.«

»Der niemals besiegt worden ist.«

»Der den Drachen getötet hat.«

»Der zehn Jahre lang den Orks standgehalten hat.«

Der den Drachen getötet hat?

»Der den Drachen getötet hat?«, wiederholte Yorsh.

Erschrocken sahen die beiden sich an. Sie hatten etwas Falsches gesagt.

Yorsh fühlte, wie es ihm eiskalt den Rücken hinunterlief.

Der Hauptmann war Erbrows Mörder, der Mörder seines Drachenbruders, dessen Namen jetzt seine Tochter trug. Er ließ sich mit dem Verbrecher ein, der Erbrow ermordet hatte. War Erbrows Mörder der letzte Retter der Menschheit? Da war es aber schlecht bestellt, um die Menschheit. Wenn ihre Rettung durch den etwaigen Zusammenschluss von Yorsh und dem Mörder Erbrows zustande kommen sollte, war die Hoffnung wirklich verschwindend gering.

In diesem Augenblick trat Meliloto ungeschickt zur Seite und ein Zweig knackte. Der Hauptmann hörte es. Auch er schien ein überdurchschnittlich feines Gehör zu haben, nicht wie ein Elf, aber besser entwickelt als bei den meisten Menschen.

Yorsh blieb nichts anderes übrig, als die beiden Idioten im Schatten versteckt zurückzulassen, wieder aufzusitzen und in der einzig möglichen Richtung weiterzureiten, auf die Ebene von Varil zu. Jeden Augenblick würde die Schlucht des Dogon zu Ende sein und die Stadt würde auftauchen.

Erst in diesem Augenblick wurde Yorsh klar, dass er die Kavallerie des Mörders von Erbrow hinter sich und das Heer der Orks vor sich haben würde. In seiner Begeisterung hatte er ein kleines Detail vergessen, seine eigene Sicherheit. Auch die Geschichte von Nerstrinkail, dem letzten Elfenkrieger, verriet zu diesem Punkt nichts. Wie hatte der Ärmste sich am Schluss selbst gerettet?

Plötzlich war die Dogon-Schlucht zu Ende. Der Himmel wurde mit einmal weit und war bis zum Horizont übersät mit Sternen.

Yorsh fühlte den Wind in Haar und Gesicht.

Varil stand in Flammen, die Feuersbrunst spiegelte sich im Wasser der Reisfelder, wie die Sterne und die Flügel der Reiher, die von den heransprengenden Pferden aufgescheucht wurden. Jeden Moment konnten die Orks sie bemerken und er würde ihre Kriegshörner hören. Yorsh dachte, dass er haltmachen sollte, aber der Gedanke war sofort spurlos verschwunden und vergessen. Die Stadt stand in Flammen, und der Schmerz derer, die den Tod erwarteten oder ihn in den Augen ihrer Nächsten hatten sehen müssen, fand seinen Widerhall in der Seele des Letzten, des Größten und Mächtigsten vom Stamme der Elfen.

Yorsh fühlte diesen Schmerz. Er sah Varil zum ersten Mal in seinem Leben, aber er spürte die Flammen, als ob sie unter seiner eigenen Haut brennen würden. In seinem Inneren spürte er die Angst und das Leiden jedes einzelnen Bewohners der Stadt, aber auch die Liebe zu den Lebenden und den Toten und die Hoffnung, weil die bei den Menschen nie erlischt, selbst dann nicht, wenn alles verloren ist. Dann fielen ihm, alle auf einmal, die Namen der Kinder der beiden unglückseligen Väter ein, die ihn holen gekommen waren, und für ihn stand fest, er würde keinen Augenblick länger dulden, dass sie ohne Hilfe blieben.

Sein Pferd galoppierte auf die belagerte Stadt zu. Er hatte ein Heer hinter sich. Klein, verlottert und schlecht bewaffnet, aber es war ein Heer.

Aus Yorshs Mitleid wurde Zorn.

In diesem Augenblick fühlte er die Männer hinter sich. Er spürte ihre Wut. Er spürte ihren Hass. Er spürte, wie ihr Geist mit dem seinen zu einem verschmolz.

Der Verfolgte war zum Führer geworden. Die Verfolger zu Gefolgsleuten. Die Hufe der Pferde preschten durch Wasser und Schlamm dahin. Der Äußere Bezirk von Varil gleich innerhalb der Stadtmauern war ein einziger, riesiger Brandherd. Hier ragten die Torbögen vor den Flammen schwarz in die Höhe, der innere Kern der Stadt aber war noch unversehrt, schmutzig wehten hier die Banner in der beißenden, rußigen Luft. Wenn die Brände im Äußeren und Mittleren Bezirk erloschen, würden die mächtigen Tore aus eisenbeschlagenen Eichenbohlen, gepanzert wie die Höllenpforte selbst, zu Asche geworden sein. Die Zitadelle würde sein wie ein Schafstall für ein Rudel Wölfe.

Mehr als die Hälfte der Söldner von Daligar stammten aus dem Äußeren Bezirk Varils, waren Kinder der Flüchtlinge von den ausgefransten Rändern der Bekannten Welt, wo Ehre nichts galt und die Menschen sich einzig durch Flucht retten konnten. Sie waren Söldner, zusammengeschweißt von der Notwendigkeit, ihr Auskommen zu finden, und von dem bedingungslosen Glauben an ihren Hauptmann, aber was da brannte, das waren *ihre* Häuser. Die da starben, das waren *ihre* Leute. Aus ihrem Hass wurde Mut und aus dem Mut Tapferkeit. Die Schmach, die ihrer Heimat zugefügt wurde, verwandelte sich in Heldenmut. Während sie reitend die Ebene von Varil durchquerten, wurde aus Rankstrails Söldnern ein unschlagbares Heer. Der letzte und mächtigste der Elfen konnte es unverwundbar machen, indem er Pfeile und Geschosse ablenkte. Wenn nicht sie, wer dann? Wenn nicht in dieser Nacht, wann dann? Sie zogen in die Schlacht gegen einen erheblich stärkeren Gegner, aber keinem einzigen von Rankstrails Männern wäre in den Sinn gekommen, haltzumachen und sich in Sicherheit zu bringen.

Während er an der Spitze dessen dahinritt, was nunmehr sein Heer war, erinnerte Yorsh sich daran, dass auch sein Volk ein Volk von Heerführern und Kriegern gewesen war.

Bevor sie hinter Mauern und Zäune gesperrt, ausgehungert, gedemütigt, besiegt und verspottet wurden, hatten die Elfen Horden von Riesen die Stirn geboten und Heerscharen von Orks. Sogar mit den Dämonen hatten sie es aufgenommen, als die Unterwelt sie ausgespien hatte, um die Menschenwelt anzugreifen.

Er war ein Elf. Was ihn umgab, drang in ihn ein. Was in seinem Kopf war, breitete sich draußen aus.

Wenn er der Verachtung oder dem Schmerz der anderen begegnete, drangen sie in seine Seele ein und raubten ihr Farbe und Glanz. Das war seine Größe und seine Grenze: Wenn einerseits die Verachtung der anderen ihn niederdrückte, wenn ihre Angst ihn verletzte, konnte andererseits sein Mut in der Seele der anderen Platz greifen und unendlich groß werden. In diesem Augenblick, während er vor den anderen dahinritt, sprang seine Kraft über und entflammte die Herzen der Männer wie ein Fünkchen das Schilfrohr im trockenen Sommerwind.

Er, der letzte und mächtigste der Elfen, ritt an der Spitze eines Heeres, und sein Glaube vervielfachte sich durch den Glauben der anderen galoppierenden Reiter, wie ein Lichtstrahl um ein Vielfaches stärker wird, wenn er von Spiegeln reflektiert wird. Er wusste, dass die anderen seinen Atem spürten, und er spürte den ihren. Er wusste, dass die anderen seinen Herzschlag spürten, und er spürte den ihren. Im Wind, der über die Kruppe der Pferde strich, machte sich eine Strömung breit, eine brennende Lunte, die Geist und Kräfte zusammenschmolz. Der Geist seines Pferdes, Enstriil, war eins mit dem seinen und mit dem der anderen Pferde. Ihre Hufe sprengten durch den Schlamm in Richtung Varil, ihre Mähnen flatterten wie Banner im Wind.

Yorsh zückte sein Schwert, es leuchtete. Das geschah nicht zum ersten Mal. Sein Schwert wie die Krone, die Robi auf dem Kopf getragen hatte, als sie die Flüchtenden in die Dogon-Schlucht führte, fingen das Licht ein und warfen es verstärkt zurück, auf dass die Kämpfer in der Dunkelheit den Weg finden und Mut fassen sollten. Krone und Schwert waren dazu gemacht, denjenigen, die sie verloren hatten, Mut und Zuversicht zurückzugeben.

Nichts würde sie mehr aufhalten können, ihn und seine Truppe von Ausgestoßenen und Hungerleidern, die sich nun in ein Heer unbesiegbarer Krieger verwandelt hatte. Zum letzten Mal litt die Stadt Varil Schrecken und Schmerz. Die Leichte Kavallerie von Daligar rückte heran, unaufhaltsam. Yorsh sah sich um. Rankstrail, der Hauptmann, war dicht hinter ihm. Sein Leutnant folgte ihm etwas weiter rechts. Sie waren *ein* Geist und *eine* Seele.

Mit Willenskraft steckte Yorsh die von der Sommerhitze verdörrten Grasnaben in Brand, von denen die Reisfelder gesäumt waren. Es entstanden schmale und sehr lange Feuerbänder, vom Widerschein im Wasser verdoppelt, sodass seine Leute sich an den Feuerlinien orientieren konnten, die auf die Stadt zuliefen und die Befestigungen erkennen ließen, die das feindliche Heer zum Schutz gegen einen unwahrscheinlichen Angriff aus Daligar errichtet hatte.

In diesem Augenblick trat zwischen den Wolken riesengroß der Mond hervor und erhellte die Ebene. Tausende von Reihern, die den Spießen der Orks noch entgangen waren, flatterten auf, wenn sie vorüberkamen, mit langsamem Schlag ihrer Flügel, die im Mondlicht glänzten. Die Hufe der Pferde und ihr Widerschein im Wasser sprengten gemeinsam voran und trafen bei jedem Schritt in einem Wirbel von Schlammspritzern und Wassertropfen zusammen, worin sich der goldene Widerschein des Feuers und das kalte Licht des Mondes vermischten. Die Armee des

Menschengeschlechts war auf dem Weg, sich die Welt zurückzuerobern, die den Menschen gehörte.

Im flackernden Licht der Feuerbänder wurden die Palisadenzäune der Orks sichtbar; besteckt mit Lanzen- und Pfeilspitzen hoben sie sich vor dem schwarzen Himmel und den Sternen ab. Nicht einmal Yorsh mit seinen scharfen Elfenaugen hatte die abgeschlagenen Köpfe gesehen, die auf die höchsten Pfähle gesteckt waren. Er hatte nur einen schwachen Anflug von Schmerz verspürt, den er nicht von dem der leidenden Stadt hatte unterscheiden können. Er hatte sie nicht gesehen, die im letzten Schrei verzerrten Münder und die Klumpen von Blut in den Haaren, die in der leichten Brise der Sommernacht wehten.

Jetzt sah er es, und seine Männer mit ihm. Yorsh fühlte das Grauen und den Schmerz. Etliche erkannten Väter und Brüder wieder. Einige erkannten ihre Söhne.

Wer dieses makabre Schauspiel aufgebaut hatte, um etwaige, unwahrscheinliche Helfer abzuschrecken, hatte keine Ahnung davon, was die Wut der Menschen ist, wie mächtig sie anschwellen kann, wozu sie werden kann.

»JETZT!«, schrie Rankstrail.

»Jetzt! ... Jetzt! ... Jetzt! ...«, wiederholte seine Armee einstimmig.

Der Schrei erschallte im Dunkel, machtvoll und wild wie ein Brüllen, flog über die Ebene, über Flammen und Rauch hinweg, hallte wider jenseits der Feuersbrünste.

»JETZT!«

In der belagerten Stadt antworteten die Hörner mit kurzem, tiefem Schall.

Die Palisadenzäune waren hastig und schlampig zusammengebaut worden. Die Anführer der Orks mussten ihre Errichtung für eine reine Formsache gehalten haben, so sicher waren sie sich, dass kein Heer, keine Armee, dass nichts und niemand von der Igelstadt herkommen würde, um der Reiherstadt zu Hilfe zu eilen.

Mit scharfem Auge machte Yorsh diejenigen Stellen aus, wo die Pfähle weniger dicht standen, sodass man mit Pferden hindurchkommen konnte, und wo die Pfähle zu hoch waren, um im Galopp darüber hinwegzusetzen, konnte der junge Elf dem Sprung mit seinem Geist nachhelfen. Obwohl grundsätzlich unüberwindlich, konnte die Schwerkraft momentweise lang doch aufgehoben werden. Enstriil nahm Anlauf und sprang als Erster. Yorsh leitete und unterstützte den Sprung. Hinter und nach ihm setzten sämtliche Reiter über die Pfähle hinweg, von ihm geführt, begleitet, unterstützt. Die Erschöpfung nach dieser übermenschlichen Anstrengung verflog völlig, war wie ausgelöscht vom Klang der Hörner aus dem Inneren der belagerten Stadt, vom Mut, der Wut und dem Glauben, die Yorsh und seine ganze Armee beseelten.

Das erste Bataillon Orks nahm vor ihm Aufstellung. Der Kommandant war sehr groß. Nach dem, was er in Büchern gelesen hatte, erkannte er in ihm einen der Orks, die von den Feuerbergen am äußersten Rand der Bekannten Welt herabgekommen waren. Der Helm, der einen Teil des Gesichts voller Haare und Stoßzähne bedeckte und aus Lederfransen und rostigem Eisen gemacht war, bildete unverkennbar die Schnauze eines Wolfes nach, ebenso der halbkreisförmige Schild, deren Eisenbeschläge Krallen nachempfunden waren.

Yorsh erschlug ihn mit einem einzigen Schwerthieb.

Der Schmerz des Todes traf ihn wie ein Pfeil. Er spürte sein Schwert ins Fleisch des anderen eindringen, als ob es sein eigenes wäre, er spürte, wie der Atem im Blut erstickte, das Röcheln und Gurgeln, spürte, wie das Herz stehen blieb. Er fühlte die

Erinnerung an abgeschlagene und auf Lanzen gesteckte Köpfe, das dreckige Lachen, das diese Unternehmung begleitet hatte, die Lust am Gefühl von Macht und Stärke beim Abschlachten von Wehrlosen. Er fühlte die Freude, die der andere empfunden hatte, wenn er im Gleichschritt mit allen anderen marschierte, denn in dieser Bewegung, und nur da, konnte er das Gefühl der eigenen Nichtigkeit ertränken und vergessen. Er fühlte auch die Erinnerung des anderen an den Duft des Sommerwinds. Einen Augenblick lang sah er in einer Folge von trüben Bildern eine missmutige und brutale Mutter, niedergebeugt, um etwas zu essen zu suchen, umringt von einer Schar kleiner, greinender Wesen, und er begriff, dass hinter jedem künftigen Ork eine Kindheit in Schlamm und mit fauligem Essen stand. Eine Geschichte von ungeliebten Kindern, die in die Welt gesetzt wurden, nur um sie später als Waffen im Kampf gegen eine wohlhabendere Welt einzusetzen.

Sie waren Personen.

Die Orks waren Personen.

Was sie im Gesicht trugen, das ganz aus Haaren und Stoßzähnen bestand, war nur eine Kriegsmaske. Die Orks waren kein Auswurf der Hölle, sie waren Personen. Als Neugeborene hatten sie geweint, verzweifelt, wie nur Neugeborene weinen können. Eine Mutter hatte sie in ihrem warmen Bauch getragen.

Yorsh wurde langsamer.

Auf keinen Fall würde er einen zweiten Schlag führen können.

Seine Laufbahn als Heerführer war hier zu Ende.

Rankstrail überholte ihn. Die Illusion der Rollenverteilung zwischen Verfolger und Verfolgtem zerbrach. Überwältigt von Schmerz, weil er seine Leute hingemetzelt sah, weil ihren Söhnen die Köpfe abgeschlagen und auf Pfähle gesteckt worden waren, preschte der junge Hauptmann vor, um seine belagerte Heimatstadt zu befreien. Sein Schwert traf jeden, der ihm in den Weg kam.

Yorsh wurde klar, warum der Ruhm seines Volkes, Völkerschaften zum Sieg führen zu können, der Vergangenheit angehörte. Das Niveau an elementarer Grausamkeit war bei den Elfen unter jenes Mindestmaß gesunken, das für jede Art von Kriegführung und damit für das Überleben selbst erforderlich ist. Ihr Vermögen, andere zu verstehen, war ihnen zum Verhängnis geworden. Sie hatten die Orks nicht aufgehalten, wie sie gesollt hätten, und die Menschen hatten sie deswegen gehasst, sie hatten ihre Kräfte überschätzt, hatten ihre Empfindlichkeit missverstanden und sie für alle Übel verantwortlich gemacht. Gegen die Dämonen hatten sie kämpfen können, aber nicht gegen die Orks, geschweige denn gegen die Menschen, weil der Schmerz der Besiegten sie überwältigte und den Sieg für sie unerträglich machte. Alles, nur das nicht. Lieber sterben. Lieber verschleppt und deportiert werden. Lieber das eigene Fleisch aufgezehrt sehen von Hunger, zerfressen von Zecken und Hass.

Wie ein Brand unaufhaltsam um sich greift, auch nachdem das Feuer, von dem er ausging, erloschen ist, so kannte die Armee des Menschenvolks kein Halten und kein Zögern, als der Schmerz Yorshs Herz überwältigte.

Er hielt sich in der Nähe von Rankstrail, der die Verteidigungsposten der Orks einen nach dem anderen niederstreckte, ohne selbst auch nur einen Mann einzubüßen. Keiner der Pfeile von den Armbrüsten der Orks traf sein Ziel, weil Yorsh das, was ihm an Kräften blieb, dazu nutzte, sie abzulenken, aber die Anstrengung war so unermesslich groß, dass sie in Schmerz umschlug. Im Lichtschein der Feuer und des Mondes hatte der junge Hauptmann in wenigen Augenblicken den schwächsten Punkt der Barrikade ausgemacht, wo er durchbrechen konnte.

Rankstrail hob die rechte Hand und streckte den Arm zur Seite aus. Lisentrail begriff sofort und setzte sich mit seinen Männern in Richtung Norden in Bewegung, zu dem bewaldeten Hügel am Eingang zur Stadt, wobei er die Orks umging und von der Seite her angreifen würde, während der Hauptmann und das Gros der Truppe von vorne kommen würden.

Dann breitete der Hauptmann die Arme aus und die Truppe hinter ihm teilte sich in zwei Teile. Mit Yorsh allein geblieben, eröffnete er den Angriff auf die zweite Linie der Orks, brach in sie ein wie ein Löwe in ein Rudel Hunde. Sein Schwert in der rechten Hand, eine Hellebarde, die er aus einer der Barrikadenzäune gerissen hatte, in der linken, war er vom Pferd gestiegen und hielt ganz allein ein Dutzend Orks in Schach, lenkte alle Aufmerksamkeit auf sich, während seine Leute sie von den Seiten her angriffen. Die Orks sahen sich plötzlich von allen Seiten umzingelt. Zahlenmäßig waren sie überlegen, aber zum ersten Mal, seitdem der Krieg gegen das Volk der Menschen begonnen hatte, geriet ihre Sicherheit ins Wanken. Ihr Mut zersprang plötzlich wie Glas, das auf einen Felsen trifft, sank wie der Flug eines Schwarms Elstern, wenn sie den Falken über sich sehen. Neben dem Hauptmann war, nicht weniger furchterregend als er selbst, sein Wolf aufgetaucht, sein Anblick erfüllte die Orks mit Schrecken. Das war nicht nur Angst vor dessen Klauen. Die Sage berichtete, dass auch Sire Arduin mit einem Wolf an seiner Seite kämpfte. Ob Wahrheit oder Legende, die Orks kannten diese Sage gewiss. Das Tier, das an seiner Seite kämpfte, näherte den Hauptmann dem Bild ihres einstigen Todfeinds an.

»Jetzt!«, schrien die Männer wieder.

Es war ein Brüllen aus tiefster Kehle. Die Orks begannen, sich zurückzuziehen, und der Rückzug wurde bald zur überstürzten, hastigen Flucht ohne jede Ordnung. In dem ersten Zusammenstoß hatte Rankstrail sein Schwert zerbrochen und die grobe, mörderische Waffe eines der Anführer der gegnerischen Seite an sich genommen. Die Klinge war enorm groß, über drei Fuß lang, und der Griff war darin eingearbeitet, sodass die Klinge selbst zum Schutz der sie führenden Hand diente. Es war den Orks gelungen, zu den zwei riesigen Wurfmaschinen zu kommen, mit deren Hilfe sie die beiden Bezirke der Stadt in Brand gesteckt hatten, indem sie brennende und mit Öl getränkte Reisigbündel hineinkatapultierten. Während ein Teil ihres in Auflösung begriffenen Heeres noch versuchte, die Kavallerie der Menschen aufzuhalten, verschwendete der andere Teil letzte Energien und Zeit darauf, die Wurfmaschinen in die entgegengesetzte Richtung zu drehen, sodass sie zum Angriff auf Rankstrail dienen konnten. Als ihnen das endlich gelungen war und Rankstrail in Reichweite ihrer brennenden Reisigbündel gekommen war, griff die Reiterschar, die den Hügel und die Stadt umgangen hatte, sie überraschend von der rechten Flanke her an, die völlig ungedeckt war, und metzelte sie nieder. Mit dem enormen und schweren Schwert, das sein eigenes ersetzte, schlug Rankstrail dem Großteil der Orks die Köpfe ab.

Auch wenn er es nicht selbst war, der den Schlag führte, Yorsh fühlte es. Der Augenblick, in dem die Klinge Wirbel und Knochenmark durchtrennte, wurde zur Negation des Begriffs von Menschlichkeit, ja, des Begriffs von Leben überhaupt. Ein paar Augenblicke lebte der Kopf noch weiter, und so abscheulich die Gedanken gewesen sein mochten, die er gedacht hatte, der Schmerz war derart unerträglich, dass die Grenzen der Gerechtigkeit überschritten wurden.

Yorsh beschränkte sich darauf, Rankstrail zu folgen. Die Armee der Menschen hatte sich wieder zu einem einzigen Zug formiert und war bereit, den entscheidenden Angriff zu eröffnen.

Auf den Hügeln begann das Gebiet der Wälder und Obstgärten. Die Pferde gingen im Schritt. In etwa hundert Fuß Entfernung von der äußeren Stadtmauer kamen sie durch das feindliche Lager in das, was von einem Orangenhain übrig war, die letzten Blüten bildeten am Boden einen weißen Teppich. Ein Großteil der Bäume war gefällt worden, um verfeuert zu werden und Barrikaden, Leitern und Scheiterhaufen zu errichten. An den verbliebenen Bäumen baumelten die Gehenkten. Einige waren blutjung, fast noch Kinder. In der Mitte erhob sich ein sehr langer Stapel, Hunderte von Reisigbündeln bildeten eine Art Barrikade, darauf waren ein Dutzend Leute an Pfähle gekettet, die Glieder von Blut und Schlamm verschmiert. Der Geruch des mit Öl getränkten Holzes war stärker als der Geruch der Leiber. Einige Orks standen oben auf dem Holzhaufen und schwenkten Fackeln.

Rankstrail blieb stehen. Seine Armee unter großem Waffengeklirr ebenfalls, unter das sich Flüche mischten, weil die Pferde scheuten und einander anrempelten.

Der Orks stimmten ein Triumphgeheul an.

Einer von ihnen, mit Wolfsklauen auf dem Schild, zeigte mit der Hand auf Rankstrail und rief höhnisch: »Du nix mehr schreien ›Jetzt‹. Du nix mehr schreien. Du still. Ich wollen dich oder sie brennen.«

Die anderen Orks grölten und lachten auch.

Rankstrail hob die Hand, um seine Leute zurückzuhalten. Mit einer weiteren Geste befahl er auch dem Wolf stillzuhalten; er sah den Ork an, dann noch einmal die auf dem Scheiterhaufen angeketteten Leiber und schließlich sah er wieder den Ork an.

Ohne ihn aus den Augen zu lassen, stieg er vom Pferd.

»Hauptmann, das ist zwecklos, das ist eine Torheit«, rief sein Leutnant ihm zu, ein Kleiner mit Zöpfchen und verstümmelten Fingern. »Wenn sie dich in Stücke gehauen haben, verbrennen sie sie trotzdem! Tu das nicht!«

»Da sind meine Geschwister dabei, der Dritte von links und das Mädchen im Hochzeitskleid«, antwortete Rankstrail. »Bevor ich abkratze, würde ich doch zu gern wissen, wie zum Teufel meine Schwester auf diesen Scheiterhaufen kommt und warum sie so angezogen ist. Und auch wenn keine Verwandten von mir dabei wären, ändert das nichts: Es sind Frauen und Kinder. Rührt euch nicht.«

Der Hauptmann ließ sein Schwert fallen, öffnete die beiden Schließen, die seinen Panzer an den Schultern hielten, und ließ ihn zu Boden gleiten. Zuletzt nahm er den Helm ab und blieb reglos so stehen, unbewaffnet und wehrlos, er fixierte die Orks, die er vor sich hatte.

Zwei von ihnen hoben ihren Bogen, doch sie kamen nicht mehr dazu, den Pfeil anzulegen.

Yorsh spornte Enstriil an, sprengte auf den Scheiterhaufen hinauf und warf sie um.

»Nein!«, brüllte Rankstrail.

Yorsh stieg vom Pferd, steckte sein Schwert in die Scheide und breitete die Arme aus, wie um die Welt zu umarmen. Die Orks mit den Fackeln legten Feuer ans Holz. Enstriil scheute und traf einen von ihnen. Weitere Fackeln fielen aufs Holz, aber die Flammen loderten nicht auf, sie bewegten sich züngelnd zwischen dem Holz und dem trockenen Reisig wie Würmer in einem fauligen Fisch. Das Öl entzündete sich nicht. Es kostete Yorsh eine furchtbare Anstrengung, die Flammen einzudämmen. Das Feuer, das auf dem Scheiterhaufen nicht brannte, loderte in seinem Kopf. Jeden Augenblick konnte er zusammenbrechen. Er hatte nicht mehr viel Zeit. Hinter sich hörte er, wie das Getöse der Schlacht wieder losging. Er hatte das Feuer der Orks aufgehalten, nicht ihre Waffen.

Er hielt weiterhin den linken Arm ausgestreckt, die Finger der Hand gespreizt, um das Feuer unter Kontrolle zu halten, mit der rechten Hand zückte er das Schwert und ließ es mit aller Macht auf die Ketten der ersten Geisel niedersausen, die zersprangen wie Glas.

Die Geisel war die junge Frau im Hochzeitskleid; sie trug an einem blauen Band ein kleines beinernes Herz um den Hals und einen Bogen über der Schulter.

Yorsh deutete mit dem Kopf auf sein Schwert und auf die anderen Gefangenen und sie begriff. Sie nahm ihm das Schwert aus der schon zitternden Hand und durchschlug damit die Ketten der zweiten Geisel, eines alten Mannes, dessen Gesicht blutüberströmt war, weil sich offenbar jemand den Spaß gemacht hatte, ihm den Bart auszurupfen.

Das Efeuschwert funkelte wild. Plötzlich sah sich Yorsh einem Ork gegenüber. Riesig, mit einer grausig leeren Augenhöhle, die sich gähnend inmitten der Schuppen und Krallen in seinem Gesicht auftat. Doch er kam nicht dazu, die Axt zu heben, Hauptmann Rankstrail ohne Helm und ohne Harnisch hatte sein Schwert wieder gepackt. Der Kopf der Orks wurde mit einem einzigen Schlag vom Rumpf getrennt.

Yorsh spürte die wilde Freude, womit der Blinde gern auf ihn eingeschlagen hätte, die grausame Lust, womit er die Fackel hatte fallen lassen, das Glücksgefühl, womit er die Flammen hätte auflodern sehen, aber wieder spürte er dahinter eine aufbrausende, grausame und verzweifelte Mutter, die ihm als Kind einmal die Finger der einen Hand mit einem Stein zertrümmert hatte, um ihn für den Diebstahl eines Stücks Karotte zu bestrafen. Er sah eine Reihe von schmutzigen Kindern, unter einer Schlammlawine zurückgelassen. Er hörte ein langes, nie getröstetes Weinen, das sich wie ein Gewimmer in endgültiger Stille verlor, unterbrochen nur noch durch das Geräusch des Regens und des Donners.

Hauptmann Rankstrail benutzte die Axt, um die Ketten auch der anderen Gefangenen zu zerschlagen, und wo sie nicht nachgaben, riss er die Pfähle aus.

Seine Männer halfen ihm, stützten die Gefangenen und halfen ihnen vom Scheiterhaufen herunter.

Yorsh konnte Arme und Hände noch ausgebreitet halten, aber seine Beine gaben nach. Er fiel auf die Knie. Als auch der letzte Gefangene in Sicherheit war, packte Hauptmann Rankstrail ihn beim Hemd, als ob er bloß ein Stoffbündel wäre, und stieß ihn hinunter, wobei er gleichzeitig auch mitsprang. Gemeinsam rollten sie im Schlamm.

Yorshs Sicht trübte sich. In seinem Kopf verschmolz die Müdigkeit mit dem Schmerz der Toten, dem Grauen der Geköpften, dem Weinen eines Orkkindes, das Erinnerungen in ihm wachrief, die er nicht fassen konnte. Das Flackern der Brände von Varil, die jenseits der noch blühenden Mandelbäume wüteten, verblasste. Rankstrail packte ihn erneut bei seinen Kleidern, stellte ihn auf die Füße und lehnte ihn an den Stamm eines der wenigen Bäume, die da noch standen.

Mit einer groben Bewegung seiner riesigen Hände strich er ihm Schlamm und Haare aus dem Gesicht. Hauptmann Rankstrail fehlte einiges an seiner Ausrüstung, unter anderem Handschuhe. Er packte seine Waffen mit der nackten Hand und seine Handflächen zeigten die Spuren davon. Yorsh versuchte, ihm auszuweichen.

»Bist du verletzt?«, fragte Rankstrail unwirsch. »Bist du krank?«

»Ich bin müde«, antwortete Yorsh verlegen und mit dünner Stimme.

Er zitterte. Er sah den anderen an. Zum ersten Mal standen sie sich von Angesicht zu Angesicht gegenüber.

Das Mädchen im Hochzeitskleid kam näher und gab ihm mit einer angedeuteten Verbeugung das Schwert zurück. Das Heft war dermaßen schmutzig und verrußt, dass man die Efeuranken kaum mehr erkannte. Die Klinge aber strahlte so hell wie noch nie.

KAPITEL 22

Irgendwo auf der Strecke zwischen dem östlichen Rand der Reisfelder und den Hügeln hatte Hauptmann Rankstrail aufgehört, der Verfolger zu sein, der eine Beute jagt, und war wieder der Krieger geworden, der auszieht, seine Leute und sein Land zu befreien.

Die Verfolgungsjagd war zu Ende gegangen und der Kampf hatte begonnen. Der Elf war kein Flüchtling mehr, den man auf Befehl des Verwaltungsrichters zu fangen hatte, sondern der einzige Kommandant, dem zu folgen er je bereit gewesen war.

Rankstrail hatte das Gefühl gehabt, er selbst zu sein und zugleich Yorsh, der vor ihm im Wind dahinritt, und er fühlte dessen Ruhe und Zuversicht, die nicht weniger stark waren als seine eigene Verzweiflung und Wut. Im Gesicht spürte er den gleichen Wind, der Yorsh und den anderen Kriegern entgegenschlug. Es war, als ob alle EIN Mann geworden wären.

Zum ersten Mal, seitdem er die zweifelhafte Ehre hatte, sein Besitzer zu sein, fühlte Rankstrail seinen Gaul rennen wie der Wind, regelrecht fliegen. Selbst Wasser und Schlamm waren kein Hindernis für seine Hufe. Die anderen mochten ja ihre Zweifel haben, aber er kannte seinen Zecca und wusste, dass nicht einmal ein Rudel hungriger Wölfe auf den Fersen ihn dahin bringen könnte, so schnell zu laufen.

Es war die Magie des jungen Elfen, wenn ihre Pferde derart schnell rannten.

Als der zum Führer gewordene Gejagte die Feuer entzündete, die ausreichend Licht gaben, um im Gelände voranzukommen, wurde Rankstrail klar, warum alle die Elfen immer gehasst hatten. Es war eine Mischung aus Neid und Angst, worin jedes der beiden Elemente für sich allein schon tödlich war, die sich aber gegenseitig noch steigerten. Rankstrail verstand den Grund für den Hass, dessentwegen die Elfen ausgerottet worden waren.

Was er aber nicht verstand, war, wie man sie hatte töten können, die Elfen. Wenn sie auch nur annähernd dem glichen, der da vor ihm dahinritt, mussten sie unbesiegbar gewesen sein.

Dann vergaß Rankstrail alles, außer den Hufen seines Pferdes, die im gleichen Rhythmus mit denen des herrlichen Rosses des jungen Elfen da vor ihm über den Boden dahinjagten. Sein Gaul flog mit einer Kraft, die dem Mut und der Unerschrockenheit gleichkamen, die er selbst im Herzen fühlte, und so begann die Befreiung von Varil.

Der junge Elf hatte eine Bresche geschlagen, indem er den Anführer der ersten Linie der Orks niederstreckte, aber dann war er langsamer geworden und hatte plötzlich ihm, Rankstrail, die Aufgabe und die Ehre überlassen, der Befreier zu sein. In diesem Augenblick schwor sich Rankstrail, dass der Elf sein Kommandant und Führer sein werde, dass er ihm, und nur ihm, sein Schwert und sein Leben weihen wollte, vorausgesetzt dass ihm ein solches noch vergönnt sein sollte.

KAPITEL 23

Nachdem das Mädchen im Hochzeitskleid ihm sein Schwert zurückgegeben hatte, blieb Yorsh lange gegen den Baum gelehnt stehen und versuchte vergeblich, wieder Atem zu schöpfen. Sein Blick war vernebelt. Wie im Traum sah er die Gruppe der Orks, die um sie herumstanden. Rankstrail wollte schon auf sie losgehen, als ein Pfeil den am nächsten Stehenden traf. Die junge Frau im Hochzeitskleid hatte Pfeile aus dem Köcher des großen Orks in ihren Bogen gespannt und mischte sich ins Kampfgeschehen.

Rankstrail begann wieder zu kämpfen, zum Glück beschränkte er sich darauf, die Feinde zu töten, ohne sie zu köpfen, und Yorsh blieb der Schmerz erspart.

Gellende Schreie übertönten das Getöse, das Prasseln und Krachen des brennenden Scheiterhaufens. Sie kamen von oben, von der innersten und höchsten Einfassungsmauer der Stadt, die noch nicht in Flammen stand und standhielt. Auch dort gab es Gefangene, und es bedurfte keines Scheiterhaufens, um sie zu töten, man brauchte sie nur in das darunter lodernde Feuer zu werfen. Die Gefangenen waren Männer, fast alle im Harnisch, offenbar Kämpfer der Armee von Varil, die leichtsinnigerweise die Idee gehabt hatten, sich lebend gefangen nehmen zu lassen, und das jetzt teuer würden bezahlen müssen. Sie hingen hintereinander in einer langen Reihe, die Hände über dem Kopf gefesselt und die Handgelenke an einen Balken gehängt, von dem die Orks sie nun einen nach dem anderen ins Leere hinabstießen.

Yorsh biss die Zähne zusammen, um wieder zu Kräften zu kommen. Er stand auf und zwang seinen Blick, die Nebel zu durchdringen. Er nahm Pfeil und Bogen und streckte den Ork nieder, der am nächsten bei der Reihe der Gefangenen stand. Der Pfeil fuhr ihm durch die Kehle, und wieder musste Yorsh fühlen, wie der Atem in Blut erstickte und das Herz stehen blieb, während grausige und finstere Erinnerungen seinen Geist überschwemmten wie eine Woge von Schlamm. Es gelang ihm, noch einen Pfeil einzulegen, und er traf und durchtrennte die Fesseln der zwei am nächsten stehenden Gefangenen, sie waren frei, er aber sank erneut mit dem Rücken gegen den Baumstamm, die Stirn von kaltem Schweiß bedeckt.

Einer der beiden befreiten Gefangenen ergriff das Schwert des getöteten Orks und stürzte sich in den Kampf.

Der andere befreite seine Genossen einen nach dem anderen und alle kämpften mit.

Die Bresche in den Befestigungsanlagen war so schmal, dass die Orks einzeln hindurchgehen mussten, was den Soldaten zugutekam, die bald die Oberhand gewonnen hatten.

»Es ist unmöglich, so zu zielen, kein Mensch kann das«, sagte die junge Braut verblüfft.

»Er ist kein Mensch«, erklärte Rankstrail. »Er ist ein Elf.«

»Ein Elf?«

»Ein Elf«, bestätigte Rankstrail.

»Der Flüchtige! Wir haben ihn gefasst!«, brüllte Rankstrails Leutnant erfreut. »Das ist der Flüchtige! Hauptmann, wir haben ihn gefasst! Wir haben den Elf gefasst!«

»Das ist kein Gefangener, Lisentrail!«, sagte Rankstrail, die Begeisterung des anderen brüsk erstickend. »Das ist unser Führer. Er führt den Angriff auf die Orks und wir folgen ihm.«

»Du machst wohl Witze, Hauptmann, das ist ein Elf, wir nehmen doch keine Befehle von einem Elfen an.«

»Eher verreck ich«, sagte ein anderer, den zu identifizieren der Hauptmann sich nicht die Mühe machte.

»Wenn noch einmal einer von euch den Mund aufmacht und Unsinn redet, so lasse ich ihn über die Klinge springen. Keinen Mucks will ich mehr hören, ihr Rudel räudiger Hunde!«, brüllte er seine Leute aus voller Kehle an. Mächtig schallte seine Stimme, übertönte den Lärm des Feuers und die Hörner von Varil. »Dass mir keiner auch nur daran zu denken wagt, meine Befehle in Zweifel zu ziehen, sonst reiße ich euch eigenhändig in Stücke! Macht nicht, dass ich es bereuen könnte, das nicht schon früher getan zu haben, und lasst mich nie mehr wiederholen, was ich über euch und über eure Mütter denke, die ihr Leben damit vergeudet haben, euch auf die Welt zu bringen.«

Die Männer verstummten. Keiner würde mehr aufmucken. Keiner würde sich mehr rühren ohne den Befehl dazu. Der Hauptmann beruhigte sich. Seine Stimme wurde wieder freundlicher.

»Wir alle haben Befehle von einem Elfen befolgt, und das Ergebnis ist, dass wir nicht krepiert sind und sogar eine Schlacht gewonnen haben, die nicht zu gewinnen war, gegen ein Heer, das nicht zu schlagen war, also folgen wir weiterhin seinen Befehlen. Sobald es mir gelingt, ihn wieder auf die Beine zu stellen.«

Yorsh war entkräftet zu Boden gesunken. Trotz der unerträglichen Gluthitze, die in Wellen von dem brennenden Scheiterhaufen herüberschlug, hatte er wieder angefangen zu zittern. Die Erinnerungen der Orks, die er getötet hatte, quälten ihn. Er sah selbst die entferntesten Augenblicke wieder, die sie im Gedächtnis trugen. Er begriff, warum sie nur als Teile eines Heeres existieren konnten. Ein Mensch erlernt das Gefühl der eigenen Einmaligkeit von seiner Mutter, aber nur wenn die es auch besitzt. Als Söhne von Sklavenmüttern waren die Orks frei von überhaupt nichts, nicht einmal von Grausamkeit.

Rankstrail beschloss, ihn in Ruhe zu lassen, und wandte sich seiner Schwester zu.

»Was zum Teufel machst du hier draußen? Warum zum Teufel bist du nicht innerhalb der Mauern? Und warum zum Teufel trägst du dieses Kleid?«, fragte er wütend.

Der Anblick des tobenden Hauptmanns war fürchterlich und ließ seine Soldaten vor Schreck erstarren, doch seine Schwester war ziemlich unbeeindruckt.

»Man hat uns innerhalb der Mauern gefangen genommen«, erklärte sie mit der größten Ruhe, nachdem sie sich auf den Boden gesetzt hatte, wodurch zu Blut, Ruß und allem Übrigen auf ihrem weißen Kleid nun auch noch Schlamm hinzukam.

Sie war schlank und hatte nichts von dem massigen Körperbau ihres Bruders, auch wenn es da eine vage Ähnlichkeit gab in der Art, den Kopf hoch erhoben zu tragen und dem Gegenüber direkt in die Augen zu schauen. Die braunen Haare waren zu zwei Zöpfen geflochten und um den Kopf gelegt. Sie lehnte den Kopf an einen Baumstamm und versuchte, Kraft zu schöpfen zum Weitersprechen, trotz der Müdigkeit, die so grenzenlos sein musste wie der Horizont an einem wolkenlosen Tag. Ihre Lippen waren aufgesprungen von der Hitze, und bevor sie weitersprach, holte ihr Bruder seine Feldflasche hervor und gab ihr zu trinken; dann reichte er sie weiter an die anderen befreiten Gefangenen.

»Die Orks sind über die Verbindungsbögen zwischen den Festungsmauern gekommen«, fuhr sie fort, sobald sie Atem geschöpft hatte. »Sie sind bis in die Altstadt vorgedrungen, wohin wir uns alle geflüchtet hatten, und haben den Äußeren Bezirk in Brand gesteckt. Sie haben uns heute Morgen gefangen genommen und hinausgeschafft, bevor die Flammen die Treppen unpassierbar machen würden. Jetzt ist die Zitadelle isoliert. Die Orks stehen auf den Mauern, aber das Innere der Stadt leistet noch Widerstand.«

»Aber wie konnte Varil nur fallen? Warum sind die Schleusen nicht geöffnet worden? Und warum hat die Armee von Varil die Orks nicht zurückgeschlagen? Eine prachtvolle Armee! Die schönste Armee der Welt!«

»Schön waren sie ja, das muss man ihnen lassen«, erinnerte sich das Mädchen. »Binnen eines halben Tages haben sie sich abschlachten lassen. Fast alle verreckt, aber schön waren sie. Zur Verteidigung der Stadt waren dann nur noch wir da, Frauen, Kinder und Verwundete. Irgendjemand hat uns an die Orks verraten. Ihre Kundschafter haben sich in der Nacht angeschlichen wie die Wölfe. Sie haben die Mühlen besetzt und die Wachposten an den Schleusen getötet, bevor sie sie öffnen konnten. Sie hatten Landkarten dabei und wussten, wie sie vorgehen mussten. Dann haben sie die Stadt belagert. Die Kavallerie hat versucht, die Belagerung zu durchbrechen. Eine Attacke haben sie ausgehalten. Das war eine Armee für Paraden und für Schauturniere. Die Aufstellung haben sie nach dem Alter der Familien vorgenommen. Neben Sire Erktor in der ersten Reihe der Kavallerie war Sire Gaimir, sein Vetter ersten Grades, der aber die leichte Infanterie befehligte, die hinter der Kavallerie hätte stehen müssen. In der Front der Reiter war also eine Lücke, eben das Regiment Infanterie, und genau da sind die Orks vorgestoßen und haben die Kavallerie auseinandergerissen. Die Truppe der Hellebardiere hätte einen Wall bilden und den Angriff der Orks abwehren können, aber die kamen erst ganz hinten, weil ihr Kommandant von jüngerem Adel ist und keiner der Herrschaften von altem Adel ihn neben sich in der ersten Reihe haben wollte. Prinz Erik, der Sohn von Sire Erktor, und seine Bogenschützen wurden gar nicht erst aufgestellt. Sein Vater hat ihn weggejagt, nicht nur weil er gewagt hatte zu sagen, eine Truppenaufstellung nach Alter der Adelshäuser käme einem Selbstmord gleich, sondern auch weil Pfeile als Waffe – warte, wie hat er noch gleich gesagt –, weil Pfeile als Waffe unelegant seien: etwas für Wegelagerer und Banditen, gut für die Wildschweinjagd. Ein Pfeil kann von jedem hergelaufenen Idioten abgeschossen werden, aus der Ferne, und der vornehmste der Ritter stirbt genauso daran wie der letzte Hellebardier und das ist wenig elegant. Einer bringt sein halbes Leben damit zu, den kunstgerechten Gebrauch des Schwerts im Wettstreit zu üben, und dann ist das zu nichts nütze, wenn ihm aus dreißig Fuß Entfernung ein Pfeil durch die Kehle geschossen wird. Auch das ist unelegant. Lieber verliert man den Krieg, aber wenn der Krieg dann verloren ist, spielen die Orks mit den abgehackten Köpfen Boccia, und das ist auch nicht wirklich elegant. Zu dumm, dass ihr Ehrenkodex den Orks nicht verbietet, diese verflixten Armbrüste einzusetzen. Der Himmel war schwarz von ihren Pfeilen. Sie wären nur halb so tödlich gewesen, wenn die Unsrigen nicht wie angewurzelt dagestanden wären und sich hätten durchbohren lassen. Das Reglement der Armee von Varil verbietet es, sich zu Boden zu werfen, um sich zu schützen, das gilt als gleichbedeutend mit Flucht. Es steht Todesstrafe darauf. Sie sind stehen geblieben. Es hätte genügt, sich hinter die Schilde zu ducken und für eine Gegenoffensive am Leben zu bleiben. Sie sind aber stehen geblieben. Natürlich nicht immer, nur bis sie so schwer verwundet waren, dass sie nicht mehr stehen konnten. Sire Erktor wurde gefangen genommen und sofort gehenkt. Damit sein Tod nicht allzu schmerzhaft würde, hat sein Sohn, Prinz Erik, einen Sack Goldstücke vom Festungswall hinuntergeworfen, und sie begnügten sich damit, ihn zu hängen. Für die anderen Gefangenen hat Prinz Erik alles Gold der Stadt vom Festungswall hinuntergeworfen, aber das reichte nicht für alle und da ...«

»Ich weiß, ich weiß«, fiel ihr der Bruder ins Wort. »Ich weiß, was sie machen.«

Das Mädchen brach in Tränen aus, fasste sich aber gleich wieder und fragte, ob jemand etwas zu essen hätte. Rankstrail und sein Leutnant teilten ihr Brot mit ihr.

»Warum hast du dieses Zeug da an?«, fragte der Hauptmann, auf das Hochzeitskleid deutend, ein über und über besticktes weißes Gewand, besetzt mit kleinen Schleifchen. Er hatte die Stimme gesenkt, aber Yorsh hatte das feine Gehör der Elfen und auch durch das Geprassel des brennenden Scheiterhaufens hindurch hörte er jedes Wort. »Das war das Kleid unserer Mutter. Was fällt dir denn ein? Und was willst du anziehen, wenn der Bäckersohn um deine Hand anhält?«

»Der Bäckersohn wird nie um mich anhalten. Niemals. Seine Mutter, die alte Hexe, verlangt mindestens zwanzig Goldstücke Mitgift und die haben wir nicht. Werden wir auch nie haben. Und selbst wenn wir sie hätten, um nichts auf der Welt will ich einen haben, der mich nur will, wenn ich eine Mitgift habe, und der mich vor den Orks im Stich gelassen und sich aus dem Staub gemacht hat. Hätte ich nicht den Bogen gehabt, den du mir gemacht hast, und hättest du mir nicht beigebracht, ihn zu gebrauchen, ich wäre seit anderthalb Tagen tot. Ich habe dieses Kleid angezogen, weil ich mir sicher war, dass ich den nächsten Morgen nicht erleben würde. Ich wollte nicht in den üblichen Lumpen sterben, und da ohnehin nie jemand um mich anhalten wird – da wollte ich zum ersten und letzten Mal dieses Kleid anziehen.«

Das Mädchen fing wieder an zu weinen.

»Warum habt ihr so lang gebraucht? Warum habt ihr so lang gezögert?«, fragte sie.

Dann beruhigte sie sich und fing erneut an, von dem Kleid zu sprechen, vermutlich, um sich bei einem weniger grausamen Thema als dem Krieg und den Orks zu beruhigen. Sie senkte die Stimme noch mehr, aber Yorsh konnte sie trotzdem verstehen.

»Weißt du, dass es neu war? Es ist nie getragen worden! Ich hatte geglaubt, unsere Mutter hätte es bei der Hochzeit getragen, aber nein. Die Stickerei war nicht richtig gemacht, du weißt ja, Mama war nie besonders gut im Sticken und dann sah sie ja auch nicht so gut und beim Sticken hatte sie Vorder- und Rückseite des Mieders zusammengenäht. Ich musste das auftrennen, bevor ich es anziehen konnte.«

Rankstrail war wie versteinert.

»Bist du sicher?«, fragte er schließlich.

Yorsh fand es im höchsten Maße fragwürdig und dumm, über Kleiderfragen zu diskutieren, während die Stadt in Flammen stand und eine Schlacht zum größeren Teil noch zu schlagen war, und er wunderte sich, denn bis zu diesem Zeitpunkt war ihm Hauptmann Rankstrail alles andere als dumm erschienen.

Mit erheblicher Mühe versuchte er, wieder auf die Beine zu kommen. Rankstrail packte ihn am Arm und zog ihn hoch.

Der junge Elf erinnerte sich wieder, wen er da vor sich hatte.

Bisher hatte er in ihm einen Menschen gesehen, der verzweifelt war über sein geschundenes Land, einen großen Krieger, einen unerschrockenen Kämpfer, imstande, sich umbringen zu lassen, um die gefangenen Geiseln zu befreien.

Jetzt erinnerte er sich, dass der, den er da vor sich hatte, Kommandant der Kavallerie von Daligar war. Die Wut gab ihm Halt. Unwillig machte er sich aus dem Griff der großen, dunklen Hand los. Seine Müdigkeit war verflogen.

»Ihr habt den letzten Drachen töten lassen«, zischte er, bleich vor Zorn und Verachtung. »Ihr seid derjenige, der Erbrow hat ermorden lassen.«

Langes Schweigen. Rankstrail schien verlegen, senkte den Blick aber nicht.

»Ich habe dich gerettet«, antwortete er heftig. »Ich habe euch alle gerettet. Dich und die anderen Hungerleider. Ich hatte den Befehl, euch auszulöschen, euch zu vernichten, und ich habe euch entkommen lassen. Ich habe den Befehl zum Angriff hinausgezögert, um euch Zeit zu lassen, euch in der Schlucht in Sicherheit zu bringen. Dir und den anderen. Ich wollte nicht einen Haufen Bettler auf dem Gewissen haben und ich habe euch Zeit gelassen zu entkommen … Du verdankst mir dein Leben.«

»Ihr habt unser Leben nicht gerettet. Ihr habt Euch darauf beschränkt, es uns nicht zu nehmen. Ihr selbst habt es in Gefahr gebracht. Meines Wissens war es der letzte Drache, der uns das Leben gerettet hat. Nie mehr werden sich auf der Welt die Schwingen eines Drachen öffnen, durch Eure Schuld.«

Yorsh fühlte sich übermannt von Zorn und Verachtung. Die Erinnerung an Erbrow erfüllte ihn ganz. Er hätte den Hauptmann schlagen mögen, ihm wehtun. Der Wolf spürte das, wie er den Hass und die Wut in seiner Stimme gespürt hatte, und knurrte bedrohlich, aber der Hauptmann brachte ihn mit einem Befehl zum Verstummen. Langes Schweigen.

»Ich glaube, du hast recht«, sagte der Hauptmann.

Das hatte Yorsh nicht erwartet.

»Ich glaube, du hast recht«, wiederholte Rankstrail und strich sich die Haare aus dem Gesicht, das dadurch noch schmutziger von Blut, Ruß und Schlamm wurde.

Der Hauptmann hatte eine Verletzung am Handgelenk, die er nicht bemerkt hatte; er schien der Sache keine Bedeutung beizumessen. Er merkte, dass er auch an einer Schulter und über einem Knie verwundet war, aber auch das kümmerte ihn nicht. In allem, was er tat, lag so etwas wie Achtlosigkeit sich selbst und dem eigenen Leben gegenüber.

»Ich weiß, dass du recht hast«, fuhr er fort, »und das Schlimmste ist, dass ich es auch damals wusste, in jener Nacht. Ich hatte beschlossen, Söldner zu werden, weil ich Geld brauchte, und basta. Ich hatte nicht daran gedacht, dass ich damit mein Schwert verkaufte und dass das bedeutete, die Seele zu verkaufen. In dieser Nacht damals wussten wir nicht, was wir tun sollten. Man hatte uns gesagt, dass ihr der Erzfeind seid. Der Befehl lautete, euch zu vernichten, und den Befehl nicht auszuführen, hätte bedeutet, das Leben meiner Leute dranzugeben. Andererseits waren da Kinder, ein Haufen Kinder, ein Mädchen mit einer Krone auf dem Kopf, Bettler, Hungerleider, Alte … Wir wussten nicht, was wir tun sollten. Wir haben den Drachen getötet und erzählt, dass ihr alle unter einem Erdrutsch umgekommen seid … Das schien uns eine gute Idee … Man hat euch nie verfolgt, weil wir erzählt haben, ihr wärt alle tot. Du begreifst das nicht. Es stand nicht nur mein Leben und das meiner Männer auf dem Spiel. Auch das ihrer Geschwister und Eltern, die in Daligar leben, ihrer Frauen und Kinder, auf die der Verwaltungsrichter Zugriff hat, auch wenn es verboten ist. Wir mussten die Familien der Männer schützen, die aus Daligar kamen.«

»Hauptmann«, unterbrach ihn Yorsh ohne Schärfe, fast sanft, »eben gerade deswegen, weil die Familien eurer Männer als Geiseln genommen wurden … Hauptmann! Ihr kämpft für ein Ungeheuer!«

Der Hauptmann machte eine Bewegung, als müsse er nach Luft ringen.

»Ich weiß«, antwortete er schließlich. »Ich weiß das seit zehn

Jahren, und zehn Jahre sind zu viel, aber die Orks sind schlimmer als das Ungeheuer, für das ich kämpfe, und wie, wenn nicht im Kampf für Daligar, hätte ich sie aufhalten können?«

Der Wolf winselte leise und drückte die Schnauze gegen die Hand des Hauptmanns.

Rankstrail und Yorsh sahen sich an.

Yorsh musste sich Gewalt antun, um dem anderen, Erbrows Mörder, gegenüber nicht weich zu werden.

Wer Verantwortung für die Welt übernimmt, hat keine Verachtung verdient, niemals. Der Hauptmann hatte einen Fehler begangen, vielleicht war es ein tragischer Fehler gewesen, vielleicht nur die Entscheidung für das kleinere Übel...

Yorsh erinnerte sich, dass es in dem Turm hoch droben über dem Meer, wo ein Gutteil des menschlichen Wissens und des Gedächtnisses der Lebenden aufbewahrt wurde, auch eine Lebensgeschichte des Sire Arduin gegeben hatte, aufgezeichnet von ihm selbst. Als er den Hauptmann ansah, bemerkte er, dass die beiden sich glichen. Es war eine schwere Prüfung für Yorsh, sich von der Verzweiflung des Hauptmanns, seiner primitiven Direktheit nicht rühren zu lassen, und irgendwann gelang es ihm nicht mehr.

»Gut«, fing er knapp, aber freundlich wieder an, »da Ihr schon einmal dabei seid, Eure Meinungen zu revidieren, würdet Ihr da vielleicht die Freundlichkeit haben, mich nicht länger anzureden, als ob ich Euer Pferd oder Euer Hund wäre?«

Der Hauptmann war verblüfft. Seine Augen schweiften ratlos zwischen denen von Yorsh hin und her, ohne dass sich ein Funken von Verständnis darin gezeigt hätte. Endlich begriff er.

»Du... das heißt... Ihr. Ich... Ihr. Entschuldigt, aber das ist die Gewohnheit. Ich rede mit meinen Männern so... sicher, Ihr habt recht... das ist die Gewohnheit, aber Ihr habt recht. Ihr kennt den Namen Eures Vaters und seid weder ein Zwerg aus den Bergwerksstollen noch ein zum Tode Verurteilter, den man vom Galgengerüst heruntergeholt hat…«

Yorsh unterbrach ihn.

»Verzeiht, Herr, wenn ich mir anmaße, Euch belehren zu wollen, aber niemand auf der Welt, außer ganz kleinen Kindern oder denen, die unsere Freunde und Brüder sind, verdient es, angeredet zu werden, ohne dass unsere Rede den äußersten Respekt bezeuge, den wir ihm entgegenbringen. Umso mehr, wenn es sich um jemanden handelt, der glaubt, solchen Respekt nicht verdient zu haben. Jeder ist das, was er glaubt zu sein, und da es nicht leicht ist zu wissen, wer wir sind, leiten wir es aus dem Blick dessen ab, der uns ansieht, aus dem Tonfall dessen, der mit uns spricht. Es ist nicht ihre erbärmliche Herkunft, nicht die Tragödie ihrer Geburt, es sind nicht die grauenhaften Spuren, die der Henker auf ihrem Fleisch hinterlassen hat, was Eure Männer vom angeborenen Adel ihres Lebens ausschließt, sondern die Worte, mit denen sie angeredet werden, und die Worte, mit denen angeredet zu werden sie erwarten. Die Zwerge stammen allesamt von den vormaligen mächtigen Herrschern über das Erdinnere ab, und auch wenn sie jetzt in Elend und Sklaverei leben müssen, bleiben sie doch Nachfahren eines großartigen Geschlechts. Die Menschen stammen allesamt von einem Mann und einer Frau ab, die von den Göttern zusammengegeben wurden, auf dass sie einander in Liebe oder Hass, in Zärtlichkeit oder Grausamkeit angehören, und auch sie sind heilig, alle. Diejenigen, die den Namen ihres Vaters nicht kennen, könnten Kinder eines Königs oder eher noch eines Gottes sein. Es gibt uralte Geschichten und Legenden, die besagen, dass Er, der das Universum und das Leben erschaffen hat, wenn Er sich mitteilen will, Seine Botschaft jeweils einem vaterlosen Kind anvertraut, weil Kinder ohne Väter Kinder des Lebens selbst sind. Sprecht arme Schlucker und Verfemte mit derselben

Höflichkeit an, womit Ihr Könige ansprecht, und ganz von selbst wird Gerechtigkeit in die Welt kommen, ohne dass man sie mit Blut erzwingen muss. Worte können wichtiger sein als die Dinge, die sie bezeichnen, ja, sie können diese verändern. Ich verstehe ja, dass Ihr aufgebracht wart aus Angst, mein Leben könnte in Gefahr gebracht werden, aber behandelt Eure Leute nie mehr wie Grobiane und Feiglinge, und sie werden es auch nie werden.«

Yorsh sah sich um. Rankstrails Leutnant musste es gelungen sein, eine der Schleusen öffnen zu lassen, das Wasser stieg nämlich mit einmal blitzschnell an und löschte den Brand im äußeren Bezirk der Stadt. Große Rauchwolken schoben sich vor den Mond. Er fühlte sich zerrissen. Den Mörder Erbrows konnte er nur hassen, den Hauptmann aber konnte er nicht hassen. Das war unerträglich. Er wollte weg. Er wollte nach Hause.

»Sind die Familienangehörigen Eurer Männer immer noch in der Hand des Verwaltungsrichters?«, fragte er besorgt.

Der Hauptmann schüttelte den Kopf. Er lächelte, beinah.

»Sie sind in Sicherheit. Wir hatten jahrelang Zeit.«

»Alle?«

»Alle.«

Dann wich das Lächeln aus dem Gesicht des Hauptmanns und düstere Besorgnis trat in seine Augen.

»Ich werde die Orks aufhalten«, versprach Rankstrail. »Ich werde sie aufhalten und vernichten. Ich werde sie zurückjagen in ihre stinkenden Gefilde, alle bis zum letzten. Ich werde sie zertreten. Ich werde sie in Stücke reißen, ein jedes kleiner als ein Ei. Und ich werde kein Erbarmen kennen. Niemals.«

»Nein«, sagte Yorsh.

»Nein?«

»Sie sind Personen, die Orks, meine ich.«

Rankstrail sah ihn lange an, dann schweifte sein Blick vom Gesicht des Elfen ab, wanderte zu den Palisadenzäunen mit den abgeschlagenen Köpfen darauf.

»Das ist nicht leicht zu erklären, ich glaube, dass ihre Grausamkeit mit dem elenden Los ihrer Mütter anfängt. In der Welt der Orks ist die Frau für den Krieger nur ein Werkzeug, um noch einen Krieger zu erzeugen. Der Schmerz, den die Mütter empfinden, wird in den Söhnen zur Grausamkeit.«

Yorsh verstummte. Der Blick des Hauptmanns war völlig verloren. Alles, was er da erzählte, war tatsächlich sinnlos. Alles, was der Hauptmann tun konnte, war, die Orks in ihre Gebiete zurückzujagen, und wenn das gelang, war das an sich schon ein großartiges Unterfangen.

Der Hauptmann schluckte und breitete die Arme aus.

»Ich werde für Euch kämpfen und für Euch sterben, wenn Ihr es von mir verlangt …«, versicherte er ernst.

»Danke, nicht nötig, dass Ihr Euch bemüht«, antwortete Yorsh, »ich habe nicht die Absicht, irgendeinen Krieg zu führen. Mir genügt, dass Ihr Euren Krieg weiterführt, sodass ich nach Hause zurückkehren kann.«

»Aber nein, Ihr seid doch schon im Krieg, Ihr alle«, sagte der Hauptmann. »Ihr seid in Gefahr, Ihr und Eure Leute. Wir hatten gesagt, Ihr wärt von dem Erdrutsch verschüttet worden, aber jetzt wissen alle, dass das nicht stimmt. Ihr seid wiedergekommen, um die Stadt zu retten. Ihr habt meine Leute gerettet, dadurch habt Ihr aber Eure Leute in Gefahr gebracht. Indem Ihr uns vor den Orks gerettet habt, habt Ihr dem Richter gezeigt, dass Ihr noch am Leben seid. Dieses widerwärtige Subjekt, das Euch verraten hat …«

»Moron?«

Yorsh fühlte sich nachgerade vernichtet. Es war ihm nicht in den Sinn gekommen, dass er Robi und sein Töchterchen in Gefahr bringen könnte. In seiner abgrundtiefen Einfalt, um nicht zu sagen seiner abgrundtiefen Dummheit, hatte ihn der Gedanke nicht einmal gestreift.

»Dieser Moron hat von einer blühenden Dorfgemeinschaft gesprochen… sie werden kommen und Euch vernichten…«

»Aber warum? Wir haben ihnen doch nichts Böses getan… Wir sind nur geflohen…«

»Ich weiß, ich weiß, aber sie werden keine Ruhe geben, bis sie Euch haben. Geht jetzt, kehrt zu den Eurigen zurück. Schützt sie. Das hier erledigen wir. Dank Euch haben wir gesiegt.«

Der Hauptmann rief einen seiner Männer heran, damit er Yorshs Pferd holte. Enstriil war nicht weit weg. Er graste zwischen den Mandelbäumen.

Yorsh sah den Hauptmann immer noch an.

»Hauptmann«, sagte er ruhig, »es ist ein Märchen, dass Elfen die Gedanken der Menschen lesen können, aber es ist einer der Gründe für den Hass auf sie. Ich kann nicht Gedanken lesen, aber ich spüre Gefühle, wenn sie stark sind, ich spüre die Angst. In jener Nacht, als wir geflohen sind und mein Drachenbruder getötet wurde, da gab es zwei Gruppen. Eine, von der ich jetzt weiß, dass es Eure war, und eine zweite, viel größere hinter Euch, das waren die Ritter in schimmernden Rüstungen auf sehr schönen Pferden. Die, das versichere ich Euch, die waren starr vor Schreck… Die Angst war so stark, dass man sie förmlich riechen konnte…«

»Schreck vor Euch?«, fragte Rankstrail. »Vor dem Drachen?«

»Nein, vor Euch. Euer bewaffneter Haufen ist Furcht einflößend. In jener Nacht habe ich Euch kämpfen sehen. Niemand kann es mit Euch aufnehmen. Und ganz sicher nicht die Ritter, die Ihr bei der Schlucht von Arstrid hinter Euch hattet, obwohl sie zahlreich und gut bewaffnet waren. Das weiß ich durch ihre Angst. Wer die Kraft dazu hat, eine Ungerechtigkeit zu verhindern, Hauptmann, und sie nicht nutzt, macht sich mitschuldig. Nie werde ich Euch den Tod des letzten Drachen verzeihen, denn niemand konnte Euch in jener Nacht zu irgendetwas zwingen, denn niemand war stärker als Ihr. Das nicht bemerkt zu haben, entehrt Euch. Tut das nicht noch einmal.«

Sie sahen sich an. Der Hauptmann war nicht beleidigt oder wütend, er war eher überrascht und betroffen.

»Ich gehe jetzt und rette meine Familie und meine Leute«, setzte Yorsh hinzu. »Das Mädchen mit der Krone, wie Ihr sie genannt habt, ist kein Kind mehr und seit vier Jahren meine Gemahlin. Dass sie und meine Tochter durch mich in Gefahr kommen könnten, das ist der schlimmste Albtraum für mich, Hauptmann.«

Er grüßte ihn und schwang sich auf Enstriil.

»Ihr könnt nicht allein reiten. Ich glaube, die Orkbanden sind über die ganze Ebene verteilt. Sie werden Euch zerfleischen.«

»Wie denn?«, fragte Yorsh mit einem leichten Anflug höflicher Arroganz. »Ich bin imstande, Gras in Brand zu stecken, Pfeile abzulenken und den Griff jeder Waffe glühend heiß zu machen.«

Der Hauptmann sah ihn an, dann nickte er und grüßte ihn schließlich mit einer angedeuteten Verbeugung.

Yorsh ritt in die Nacht hinaus.

Er hatte gesiegt.

Er war verzweifelt.

Er musste so schnell wie möglich zu seinen Leuten zurück.

Während er sich entfernte, hörte er noch die Stimme des Hauptmanns: »Wenn Ihr mein Schwert benötigt, werde ich zur Stelle sein.«

Er hatte es leise gesagt, aber trotz des Galopps und der prasselnden Brände hörte Yorsh es, und nachdem er es gehört hatte, kam ihm in den Sinn, dass Rankstrail bei der Schlucht von Arstrid vielleicht daran gedacht haben könnte, seine Rolle als Kommandant der Leichten Kavallerie mit der eines zum Galgen Verurteilten zu vertauschen, bloß um sie zu retten, und dass er es dann doch nicht getan hatte, um das geschundene Land nicht ohne den Schutz zu lassen, den nur er und seine Leute bieten konnten.

Er konnte es dem Hauptmann nicht als Verbrechen, als Ehrlosigkeit anlasten, dass er die reguläre Kavallerie von Daligar nicht angegriffen und damit die Befehlsgewalt über die Grafschaft einem Verrückten entrissen hatte.

Der Hauptmann war ein Söldner. Seine Männer waren hervorragende Kämpfer, aber sie waren Ausgestoßene, Zuchthäusler, die dem Galgen entronnen waren, Zwerge, die man aus den Bergwerksstollen geholt hatte, Söhne ohne Väter, seit jeher an Verachtung gewöhnt. Für jemanden, der nicht der Aristokratie angehörte, war das Risiko zu groß, einen fürchterlichen und verheerenden Bürgerkrieg anzuzetteln, der angesichts der Orks vor den Toren den Zusammenhalt unter den Menschen nur noch weiter schwächen würde.

Der Söldnerführer war weder unwürdig noch feige.

Erbrows Opfer hatte alle gerettet. Er hatte sowohl ihn als auch den Hauptmann gerettet, sowohl die Flüchtlinge als auch die Söldner, die sie wenigstens hatten entkommen lassen.

KAPITEL 24

Als das Wort »Elf« unter seinen Leuten zu zirkulieren begann, gefährlich und heimtückisch wie die Flämmchen auf dem Scheiterhaufen, als sie zwischen den ölgetränkten Reisigbündeln hin und her züngelten, hatte der Hauptmann mit einer Brutalität gesprochen, die aus Angst erwuchs, mit einer Grausamkeit, die von Furcht diktiert war.

Schon einmal hatte er die Kontrolle über seine Armee verloren, damals in der Schlucht von Arstrid, als der letzte Drache sich im Mondlicht zu seinem großartigen letzten Flug erhob, und er wollte diese Erfahrung nicht noch einmal machen. Der Hass auf die Elfen war stark, tief verwurzelt, uralt. Sogar die Erinnerung daran, dass sie mit ihm geritten waren, denselben Wind im Gesicht gespürt hatten wie er, trat für die Männer zurück angesichts des feindseligen Klangs des Wortes »Elf«. In einem Haufen von Bewaffneten konnte der Hass von einem Augenblick auf den anderen zum Ausbruch kommen, um sich greifen und explodieren, unkontrolliert, unvorhersehbar, grausam, tödlich. Nur die vorderste, kleine Gruppe von Männern hatte gesehen, was auf dem Scheiterhaufen geschah, und Rankstrail war sich nicht sicher, ob sie es auch verstanden hatten. Die Befürchtung des Hauptmanns, dass seine Leute dem Prinz der Elfen etwas antun könnten, in einem Moment, da er völlig unbewaffnet war, war begründet.

Er sah daher mit Erleichterung, wie der Elf sich im Dunkel der Nacht entfernte.

Er wusste ihn unterwegs zu den Seinen und außer Reichweite der Hellebarden seiner Leute.

Der Hauptmann kehrte zurück zu den Stadtmauern von Varil. Er gab Lisentrail Befehl, die Hälfte der Männer außen um die Stadt patrouillieren zu lassen. Er hatte den Befehl kaum zu Ende gesprochen, da wiederholte er ihn noch einmal, indem er das Wort »Herr« vor den Namen des anderen setzte und darauf achtete, ihn in der Ihr-Form anzureden. Eine Höflichkeitsform, die bisher stets seinen Vorgesetzten vorbehalten gewesen war, auch wenn die von abgrundtiefer Feigheit, Grausamkeit und Dummheit waren wie Argniòlo.

Der Leutnant sah ihn peinlich berührt an, und während er sich entfernte, hörte Rankstrail, wie er die Situation zusammenfasste und den anderen Männern erklärte, dass der Elf einen seiner Zauber gewirkt haben musste. Gesiegt hatten sie ja, das stimmte, aber dafür hatte ihr Hauptmann den Verstand verloren.

Rankstrail trat durch das verkohlte Tor in den Äußeren Bezirk. Das Wasser, das die Brände gelöscht hatte, bildete am Boden mit Lehm und Asche eine dicke Schlammschicht. Die Tore des Mittleren Bezirks waren verbrannt, die der Zitadelle hatten standgehalten. Sie öffneten sich vor dem Hauptmann, der unter Beifallrufen und rauen Freudenschreien eintrat. Die Hörner erschallten.

Infanterie und Kavallerie des regulären Heeres waren an einem einzigen Morgen bis auf den letzten Mann vernichtet worden, aber die Stadt war nicht ohne bewaffneten Schutz. Da waren noch die Bogenschützen des Prinzen Erik und die Soldaten der Festungswache. Sie waren es, die den Neuankömmlingen die

Tore öffneten und sie willkommen hießen. Droben auf den Festungsmauern setzten Bogenschützen und bewaffnete Zivilisten noch den letzten Orks nach, die durch die Brände, die sie selbst gelegt hatten, in dieser Zitadelle eingeschlossen waren, was ihnen zum Ruhm hätte gereichen sollen, nun aber zur tödlichen Falle wurde.

Die meisten der Zivilisten, die da kämpften, Heugabeln als Hellebarden und Küchenmesser als Schwerter verwendend, erkannte Rankstrail wieder. Das waren die Frauen und Männer vom Gespaltenen Berg. Sie kamen von den Rändern der Bekannten Welt. Das waren die Leute, die er auf seinem furchtbaren Rückzugsmarsch mitgeschleift und in Sicherheit gebracht hatte, Leute, denen er das Kämpfen beigebracht hatte. Sie hatten es wiederum anderen beigebracht. Ihnen und den paar Bogenschützen des Prinzen Erik war es zu verdanken, dass die Zitadelle gehalten wurde. Sie erkannten ihn wieder und jubelten ihm zu. Sie kamen auf ihn zugelaufen, umarmten ihn und weinten vor Freude, ihn zu sehen.

Im Vorübergehen wurde er mit Blumen beworfen. Es waren vertrocknete und rußige Lavendelblüten. Das geschah dem Söldnerheer zum ersten Mal.

Zwei Adelige mit goldenen, von Ruß und Blut verschmierten Offiziersspiegeln kamen im selben Augenblick herbeigelaufen und jubelten ihnen zu.

Begleitet von den Vivatrufen einer kleinen Menge, stellten sie sich vor als Prinz Erik, Sohn des Erktor, des von den Orks ermordeten Kommandanten der Stadt, und sein Vetter ersten Grades, Paolk.

Auch Rankstrail stellte sich vor, sich selbst, seine Schwester Fiamma und Lisentrail, den er, Yorshs Lehren eingedenk, Herr Lisentrail nannte und als Leitenden Offizier titulierte. Prinz Erik grüßte mit einer angedeuteten Verbeugung. Lisentrail starrte ihn lang völlig entgeistert an, ausnahmsweise einmal sprachlos, und dem Hauptmann wurde klar, dass er seine Truppe und die Armee der Adeligen auf eine Stufe gestellt hatte.

»Verehrte Dame«, sagte Prinz Erik zu Fiamma, »vielleicht ist es Euch nicht bewusst, aber Ihr seid der rettende Engel der Belagerten. Wir wussten nicht, ob es sich um eine Vision handelte oder um eine lebende Frau, als wir Euch im weißen Kleid auf dem Festungswall herumklettern sahen, den Bogen über der Schulter, ohne vor den Orks zurückzuweichen.«

Fiamma errötete. Sie lächelte nicht. Einen Augenblick lang erinnerte ihr Gesichtsausdruck Rankstrail an ihren gemeinsamen Vater. Töten musste für sie weniger selbstverständlich sein als für ihn, und sie konnte nicht darüber lächeln, auch wenn das Ergebnis ein Sieg war.

Der junge Bogenschütze lächelte. Er ähnelte sehr seiner Mutter, Dame Lucilla, die Rankstrail einmal, als er Kind war, ein Glas Honig geschenkt hatte. Er wandte sich an den Hauptmann und sagte: »Herr, bestellt dem Verwaltungsrichter unseren Dank, dass er Euch zu unserer Hilfe geschickt hat. Einige von uns, und ich gehöre zu ihnen, zu meiner Schande muss ich es gestehen, haben an unserem Verbündeten zu zweifeln gewagt …«

»Es war nicht der Verwaltungsrichter, der uns geschickt hat«, entgegnete der Hauptmann mühsam. Er bekannte einem Adeligen gegenüber einen Ungehorsam. Die Versuchung zu schweigen war groß, aber die Treue zu Yorsh, noch jung, aber unerschütterlich, verbot es ihm. »Euer Zweifel gereicht Euch nicht zur Schande, denn vom Verwaltungsrichter kam kein Befehl zur Hilfeleistung und wäre auch nie gekommen. Es war der letzte der großen Elfenkrieger, der uns zu Eurer Rettung hergeführt hat. Ohne ihn hätten wir nichts von der Belagerung erfahren, denn sie war uns verheimlicht worden, und ohne ihn hätten wir nicht bis hierher durch die feindlichen Linien vordringen können. Die Hufe unserer Pferde wären im Schlamm der Reisfelder stecken geblieben und unsere Waffen wären in der Schande des Verrats untergegangen.«

Betroffenes Schweigen folgte auf die Worte des Hauptmanns.

»Wir lieben die Elfen nicht, Hauptmann. Schämt Ihr Euch nicht, zu bekennen, dass Ihr von einem von ihnen Befehle angenommen habt?«, fragte eisig der Vetter des Prinzen, ein schmächtiger, blonder junger Mann.

Der Hauptmann sah ihn an. Es war genauso, wie wenn er mit Argniòlo redete, derselbe Hochmut, dieselbe Borniertheit. Die Versuchung, den Blick zu senken und in seine Rolle als gemeiner Söldner zurückzukehren, streifte ihn nicht einmal. Die Treue, die er Yorsh geschworen hatte, wies ihm den Weg, wie es zuvor die leuchtende Klinge seines Schwerts getan hatte.

»Die wirklich schlimme Schande, eine unauslöschliche, niederträchtige, unerträgliche Schande ist es, nicht zu begreifen, wem wir Dankbarkeit schulden, wenn unser Leben und unser Land gerettet wurden. Schreibt den Namen des Elfen auf Eure Pergamente, ritzt ihn in Eure Mauern, erinnert an ihn, denn ohne ihn wäre diese Stadt nur noch Schlamm, Asche und zerborstene Waffenteile, ein Haufen Schutt, wo grunzende Schweine und streunende Hunde nach verkohlten Knochen scharren.«

Hinter ihm unterdrückte Lisentrail ein Stöhnen, und aus dem Augenwinkel sah der Hauptmann, wie seine Schwester die Hand an den Mund führte, um das Gleiche zu tun. Der Hauptmann wusste, dass er Worte verwendete und Dinge sagte, die er, ein einfacher Söldner aus dem Äußeren Bezirk, vor einem Adeligen nicht einmal hätte denken dürfen. Doch wie er für Lisentrail Argniòlo die Stirn geboten hatte, so war er bereit, es für Yorsh mit den Dämonen der Unterwelt aufzunehmen, ja, mit den Göttern selbst.

Mit einer unwilligen Handbewegung brachte der Prinz seinen Vetter zum Schweigen, dann dankte er dem Hauptmann, dass er gekommen war und die Stadt gerettet hatte.

Es lag nicht die geringste Spur von Verachtung oder Hochmut in dem, was er sagte. Er war gerührt und machte kein Hehl daraus. Bis Sonnenuntergang hatten sie geglaubt, das werde ihre letzte Nacht sein; er, der Hauptmann, war gekommen und hatte ihnen einen neuen Morgen geschenkt, und wenn er das mithilfe eines Elfen bewerkstelligt hatte, dann galt die Dankbarkeit der Einwohnerschaft eben beiden.

Prinz Erik sprach von der belagerten Stadt, von der besetzten Ebene, von den Wassern des Dogon, die rot waren von Blut und Verzweiflung. Man hatte die Stadt im Stich gelassen. Keine Armee war mehr da, um sie zu schützen, kein Heer war ihr zur Hilfe gekommen. Eingeschlossen in der Zitadelle, machten sie ihre letzten Bohnen den Würmern streitig. Es gab kein Wasser mehr, um die Verwundeten zu waschen, es gab kein Verbandszeug mehr, um sie zu verbinden. Sie hatten keine Pfeile mehr zum Verschießen. Sie zogen die der Orks aus den Leichen, die keine Tränen mehr hatten zum Weinen. Wenn ihr niemand zu Hilfe kam, wäre die Stadt beim nächsten Morgengrauen vernichtet gewesen. Rankstrail erlaubte sich ein Lächeln. Der Prinz ähnelte sehr seiner Mutter, Dame Lucilla. Er war derart uneitel, dass Rankstrail wagte, ihm zu sagen, dass er die Ehre gehabt habe, seine Mutter kennenzulernen, sie habe ihm ein Glas Honig geschenkt am Tag vor seiner, des Prinzen, Geburt, demselben Tag, an dem auch seine Schwester Fiamma geboren war. Tränen traten dem Prinzen in die Augen, und Rankstrail entschuldigte sich, dass er den Schmerz in ihm aufgewühlt habe, die eigene Mutter nicht gekannt zu haben, aber der Prinz unterbrach ihn und dankte ihm noch einmal. Bis vor wenigen Augenblicken noch war er überzeugt gewesen, zum Tode verurteilt zu sein wie seine Stadt, und die Rettung war für ihn unerwartet gekommen, von einem Heer unter der Führung eines unbezwinglichen Retters, der in Begleitung eines Mädchens kam, das die Geburtsstunde mit ihm teilte, und ihm obendrein eine Erinnerung an seine Mutter brachte.

Erik war ein Adeliger, schien aber vor allem ein guter Kämpfer.

Rankstrail dachte, dass er endlich jemanden getroffen hatte, der tüchtig war und gesunden Menschenverstand besaß.

Er wollte sich schon in seine Dienste stellen, wie es sich für ihn, einen Söldner und Söldnerführer, gegenüber einem Aristokraten schickte, als er Yorshs Worte wieder hörte: »Ihr seid die Stärksten… Wer die Kraft hat und sie nicht nutzt…«

Die Ebene war von Orks besetzt, die Belagerung war noch nicht aufgehoben, der Krieg hatte erst angefangen. Das war der Moment, da der Fähigste das Kommando übernehmen musste, und ob es ihm nun passte oder nicht, Hungerleider hin oder her, der Fähigste war er.

Die einzige noch übrige Armee war sein Haufen entlaufener Sträflinge und er war ihr Kommandant.

Vielleicht hatte der Elf recht. Vielleicht war der Zeitpunkt gekommen, und es war seine Pflicht, Befehle zu erteilen und keine mehr entgegenzunehmen. Ihm wurde klar, dass er sich dank Yorshs Vorbild, aufgrund seines glühenden Wunsches, seine Ratschläge zu befolgen, und des festen Willens, ihm unverbrüchlich die Treue zu halten, wie er geschworen, bis zu diesem Augenblick wie ein Gleichgestellter benommen hatte und als solcher auch akzeptiert worden war. Er war der Kommandant des einzigen existierenden Heeres, der von niemandem Befehle annahm außer von sich selbst.

Er ergriff wieder das Wort.

»Die Stadt ist noch nicht frei«, sagte er. »Und sie wird es auch nicht sein, bis wir die Orkbanden aus der Ebene vertrieben haben. Heute Nacht werden wir in der Zitadelle aufräumen und morgen früh bei Sonnenaufgang müssen wir hinausziehen und die Orks dort draußen angreifen. Ersetzt zerbrochene Waffen und Helme so weit möglich. Bringt alle kampffähigen Männer vor Sonnenaufgang hier zusammen, damit wir sie zählen und beschließen können, was zu tun ist.«

Der junge Adelige nickte. Er empörte sich nicht, war nicht entrüstet, im Gegenteil, er wie seine Bogenschützen schienen zu strahlen vor Erleichterung.

Endlich hatten sie jemanden, der wusste, was zu tun war.

Rankstrail war gut aufgelegt, wie wenn er mit Lisentrail würfelte. Er musste die Gegenoffensive organisieren und sein Land von den Orks befreien.

Das schien nicht so unüberwindlich schwierig. Erstmals würde er nicht abgebrochene Pfeile einsammeln müssen, um etwas zum Verschießen zu haben. Erstmals würde er eine Schar von Waffenschmieden und Schreinern zu seiner Verfügung haben, die nur einen Auftrag hatten: ihm das Leben leichter zu machen. Angesichts der Verluste, die die Orks erlitten hatten, und angesichts der Truppe, die er selbst zusammenstellte, würde vielleicht zum ersten Mal sein Gegner nicht um ein Vielfaches stärker, sondern nur zahlenmäßig etwas überlegen sein.

»Wir müssen angreifen«, wiederholte er, »bei Sonnenaufgang, denn das ist das Letzte, was sie erwarten.«

»Aber mein Herr!«, rief der Vetter ersten Grades, wobei er das »Herr« so sehr in die Länge dehnte, dass die ironische Absicht deutlich war. »Ich dachte, es sei unzulässig, überraschend anzugreifen. Eine echte Armee, meine ich, kündigt immer rechtzeitig an, wenn sie die Schlacht eröffnen will, und nimmt Aufstellung.«

Prinz Erik schien wütend.

Rankstrail verzog keine Miene.

»Bevor die Sonne aufgeht«, erklärte er unbeirrt, »verlasse ich die Stadt und gehe in die Ebene hinaus, wo die Köpfe von Männern, Frauen und Kindern immer noch auf den Pfählen der Orks stecken, und vernichte diejenigen, die sich aus Brandschatzen, Verstümmeln und Töten einen Spaß machen. Bevor morgen Abend der Mond aufgeht, wird die Ebene befreit sein, und die Bauern werden wissen, dass niemand mehr ihr Leben und ihre Häuser verwüsten kann. Wenn ich dazu das Blut meiner Männer vergießen muss, werde ich es tun, und wenn zusammen mit dem Blut meiner Männer auch das im Staub endet, was von Eurer Ehre übrig ist, so werde ich auch das opfern.«

»Mein Herr«, erwiderte der Vetter ersten Grades erbost, »ich dachte, wir führten Krieg, um unsere Tapferkeit unter Beweis zu stellen und uns Ruhm und Ehre zu verdienen.«

»Ihr seid schlecht informiert. Die Ziele eines Soldaten sind zu hoch gesteckt, als dass er auf Kleinigkeiten wie den Glanz des eigenen Namens achten könnte. Ziel eines Soldaten ist es, die Orks aufzuhalten, und jeder Augenblick, der nicht darauf verwendet wird, sie zu bekämpfen und zu töten, ist ein Verbrechen, denn er macht uns zu Komplizen der Verbrechen, die wir hätten verhindern können und nicht verhindert haben. Aufgabe eines Soldaten ist es, Wiesen und Felder zurückzuerobern, damit Kühe weiden können und die Viehhirten nicht ausgeraubt und getötet werden. Aufgabe eines Soldaten ist es zu kämpfen, damit die Bauern etwas anbauen können und den Boden dafür haben.

Die Stadt ist von Orks umzingelt und die Zeit der höfischen Kriegführung ist vorbei.

Man kämpft nicht für die persönliche Ehre. Von allen denkbaren Tätigkeiten ist der Krieg vermutlich die am wenigsten ehrenvolle.

Ehre liegt nur im Sterben und Kämpfen dafür, dass der Krieg aufhört und es nie wieder nötig ist, einen zu führen. Ehre liegt darin, zu begreifen, wann man Krieg führen muss, und aufzuhören, sobald man aufhören kann.

Wir werden hinausziehen und siegen. Das Heer wird den Feind von Norden her angreifen und die Dörfer und Gehöfte in den Reisfeldern befreien. Die Bewohner bringen wir in die Zitadelle. Ihre Siedlungen sind zu schwer zu schützen, und wenn die Felder erst einmal überflutet sind, ist ohnehin keine Landwirtschaft möglich. Jedes Stück Vieh bis herunter zum letzten Huhn muss vor dem Abend innerhalb der Stadtmauern sein. Sämtliche Schreiner sollen sich unverzüglich an die Arbeit machen. Die Tore der äußeren Stadtmauern müssen bis morgen wieder aufgerichtet sein ...«

»Das ist unmöglich«, wandte jemand ein.

»Ich bin sicher, dass die Schreiner das schaffen; und ich bin mir auch sicher, dass die Schmiede in den paar Stunden bis zum Sonnenaufgang die Pfeile fabrizieren werden, die wir benötigen. Unterdessen zeigt allen Frauen, die kräftig genug sind, wie man einen Bogen benutzt. Meine Schwester wird Euch dabei helfen, Prinz Erik. Sie versteht zu kämpfen und sie wird es den anderen besser beibringen können als jeder Mann. Die Frauen beziehen auf den Festungswällen Position, so ist die Stadt nicht ungeschützt, wenn wir in die Ebene hinausziehen. Sie werden vielleicht nicht perfekt zielen, da sie kaum Übung haben, aber ihre Zahl macht es und das ist auch nützlich für uns.«

»Ihr wollt doch wohl nicht die Frauen kämpfen lassen?«

»Es wird jeder kämpfen, der dazu imstande ist.«

»Sicher, warum nicht?«, fragte Paolk außer sich. »Warum setzen wir dann nicht gleich Alte und Kinder ein, lassen sie Steine werfen und siedendes Wasser hinuntergießen?«

»Gute Idee, wir werden auch das tun«, erwiderte der Hauptmann, ohne eine Miene zu verziehen.

»Müssen wir dann auch Harnische aus Leder mit Eisenbeschlägen tragen wie Ihr und... die Orks?«, fragte eine Stimme.

»Sicher«, antwortete Rankstrail, »aus zwei Gründen. Oder genauer, wenn ich es recht bedenke, aus drei Gründen. Wir wie die Orks tragen diese Harnische, weil sie einen nicht in der Bewegungsfreiheit einschränken. Sie sind so leicht, dass man stundenlang marschieren kann, ohne zu ermüden. Der zweite Grund ist, sie glänzen nicht in der Sonne, bilden daher keine Zielscheibe für Pfeile und werden auch nicht glühend heiß. Der dritte Grund, ich mag keine Harnische mit Gold- und Silberverzierungen. Das macht den Eindruck, als wäre der Krieg eine Art Fest, und das ist eine Vorstellung, die nur der Orks würdig ist. Hat sonst noch jemand Fragen?«

Keiner hatte mehr Fragen.

Prinz Erik versicherte Rankstrail, dass er mit seinem Leben für die Sicherheit der herrlichen Dame garantiere, deren Mut und Tapferkeit ihresgleichen nur hatten in den Heldentaten der Herrscherinnen von einst. Der Hauptmann brauchte ein paar Augenblicke, bis er begriff, von welcher Dame da die Rede war, so unwahrscheinlich kam es ihm vor, dass dieser Ausdruck auf seine Schwester Fiamma angewendet werden könne. Aus den Augenwinkeln sah er, wie sie ihre roten Waschfrauenhände in den Falten ihres Rockes versteckte, dann sah er, wie sie den Kopf schüttelte und sie wieder hervorholte, vor sich verschränkte, wo jeder sie sehen konnte, während ihre Blicke und die des Prinzen Erik sich begegneten.

Nachdem er die notwendigen Befehle erteilt hatte, damit die Anordnungen des Hauptmanns unverzüglich in die Tat umgesetzt würden, und alle, einschließlich Paolk, davoneilten, um sie auszuführen, erklärte der Prinz, dass die Bewohner des Äußeren Bezirks nun so gut wie möglich in der Zitadelle untergebracht werden müssten. In den Häusern, in den Gärten, auf den Dächern, in den Obstgärten. Er, Prinz Erik, würde sich geehrt fühlen, wenn er die Angehörigen des Hauptmanns in seinem Heim aufnehmen dürfe. Rankstrail sah ihn verwundert an, schien es ihm doch gewagt, um nicht zu sagen idiotisch, einen jungen Mann und ein junges Mädchen im selben Haus unterzubringen, vor allem wenn der junge Mann der Aristokratie angehörte und das Mädchen als Wäscherin gearbeitet hatte, aber es fiel ihm nicht ein, wie er das auf schickliche Weise hätte ausdrücken können.

Rankstrail schickte Lisentrail zum Äußeren Tor mit dem Befehl, alle Söldner zu versammeln, die versprengten Pferde zusammenzutreiben und mit dem Auftrag an Trakrail, die Leichtverletzten zu verarzten, während die Schwerverwundeten in der Zitadelle Aufnahme finden würden.

Mithilfe des Prinzen gelang es Rankstrail und Fiamma, ihren Vater und Borstril wiederzufinden. Es ging ihnen gut, sie waren völlig verrußt und husteten schwer, waren aber bei guter Gesundheit. Der Vater umarmte ihn lang, und nur mit großer Mühe fand Rankstrail die Kraft, sich loszumachen. Borstrils Augen funkelten vor Bewunderung in seinem rußgeschwärzten Gesicht.

Rankstrail ließ seine Familie bei Prinz Erik zurück und machte sich auf den Weg zum Äußeren Bezirk. Er wandte sich dorthin, wo einst ihr Haus gestanden hatte. Nichts war davon übrig außer ein paar verkohlten Balken, die aus einer Wand herausragten. Noch zu erkennen war der Stein am Grab seiner Mutter, während der wilde Kirschbaum, der schief zwischen den Steinen der Einfassungsmauer hervorwuchs, standhaft allem trotzte.

Rankstrail wandte sich zum Großen Tor, dessen Reste noch immer glühten. Eine Gestalt mit Bogen in der Hand und schon eingelegtem Pfeil trat vor ihn hin. Es war einer seiner Leute, und Rankstrail fragte ihn, welchen Ork er verfolgte.

»Ich verfolge dich, Hauptmann«, antwortete der andere.

Im Siegestaumel hatte er Siuil vergessen.

Ein unverzeihlicher Leichtsinn, hatte er doch die Vermessenheit gehabt zu meinen, er könnte komplett, inklusive Verräter, auf die Reise gehen, ohne Schaden zu nehmen.

»Der Richter hat mir angeschafft, mit dir abzurechnen, wenn du ihn verraten würdest.«

»Ist es für deinen Richter Verrat, die Orks zu besiegen?«

Der Hauptmann betrachtete Siuils dunkle Gestalt vor dem silbrigen Mondlicht und dem goldenen Widerschein der Brände. Es gab nichts, was er hätte tun können, um dem Pfeil auszuweichen, der sich in sein Herz bohren würde, er war schutzlos, ohne Harnisch. Und doch hatte er seltsamerweise keine Angst.

Ohne Erstaunen sah er Siuil zu Boden sinken.

»Mit Eurer Erlaubnis, Hauptmann«, knurrte eine Stimme.

Es war Nirdly, der Zwerg, gefolgt von Lisentrail. Es war Nirdlys Axt gewesen, die Siuil niedergestreckt hatte. Lisentrail hielt das Schwert in der Hand, war aber nicht dazu gekommen, es zu gebrauchen.

»Mit deiner Erlaubnis, Hauptmann«, echote er. »Deine Männer darf keiner anrühren, das ist bekannt, aber das da war kein Mann und ist sein Lebtag lang keiner gewesen.« Er lächelte und fügte hinzu: »Und so hat er endlich aufgehört zu leiden.«

Der Hauptmann nickte stumm und dachte, dass er früher oder später einmal würde nachrechnen müssen, wie oft Lisentrail ihm schon das Leben gerettet hatte. Er sah den Toten an, und endlich wurde ihm klar, was das Leiden war, worin Siuil seit jeher erklärt hatte, Experte zu sein. Alle anderen hatte er als bloße Dilettanten des Leids abgetan, auch die, welche bereits die Bergwerke oder den Henker kennengelernt hatten, oder die, wie Trakrail, die eigene Mutter unter der Anklage der Hexerei auf dem Scheiterhaufen hatten sterben sehen.

Siuils Leiden war ein finsterer, verzehrender Neid, der lebenslange, verbohrte, unheilbare Groll des Mittelmäßigen über die Ungerechtigkeit des Lebens. Endlich verstand er, warum der Verwaltungsrichter die Elfen hasste. Endlich verstand er, warum er selbst dem Henker ausgeliefert worden war. Es war seine erbärmliche Mittelmäßigkeit, die der Richter mit Grausamkeit zu bemänteln suchte, weil er keinen anderen Deckmantel dafür fand. Er hatte ihn dem Henker ausgeliefert, weil er Angst vor ihm hatte. Er hatte ihn nicht umbringen lassen, vielleicht um nicht schutzlos dazustehen gegenüber Feinden, die der Hauptmann für ihn bekämpfen konnte, oder vielleicht auch, um sich selbst diese Angst nicht eingestehen zu müssen.

Plötzlich traten zwei merkwürdige Gestalten durch die Reste des Äußeren Tors. Sie erklärten, sie hießen Meliloto und Palladio und seien gekommen, um für die Stadt zu kämpfen, aber möglichst nur ein bisschen, und nur wenn es wirklich nötig wäre, denn sie seien Familienväter. Und auch Großväter. Rankstrail erkannte in ihnen Bewohner des Äußeren Bezirks und erinnerte sich, wo genau in der Zitadelle er ihre Familien gesehen hatte, und sagte es ihnen.

KAPITEL 25

In Windeseile ritt Yorsh dahin. Die Hufe seines Pferdes flogen über die Reisfelder.

Reiher flatterten auf, wenn er vorüberkam, und ließen sich dann wieder nieder. Die Morgendämmerung brach an.

Er machte nur so lang Rast, wie unbedingt nötig war, damit Enstriil nicht unter ihm zusammenbrach, und er unterstützte den frenetischen Lauf mit seiner ganzen Willenskraft; so brauchte Yorsh einen Tag und eine Nacht, bis er die Schlucht von Arstrid erreichte. Die Landschaft um ihn herum war erfüllt von Tod. Er kam durch Olearia, ein ausgedehntes Weinbaugebiet, das die Region von Varil im Westen säumte und das er wiedererkannte, weil er darüber gelesen hatte. Es waren besondere Rebstöcke, niedrig, fast am Boden kriechend, sodass sie vor dem Wind geschützt waren. Sie verliehen der Landschaft ein irgendwie hauswirtschaftliches Aussehen, wie eine große Fläche von ordentlich aufgereihten grünen Körben. So geschützt, konnte man die Trauben am Stock trocknen lassen und gewann daraus einen besonderen Wein, kostbar und süß, der ganze Stolz der Region.

Die Gehöfte waren alle niedergebrannt. In den Mauerresten wimmelte es überall von Orks, keinem gelang es aber, ihn zu fassen, ja, ihn auch nur aufzuhalten. Meist schliefen sie, fast immer betrunken oder damit beschäftigt, sich gegenseitig abzuschlachten. Keiner von ihnen bemerkte ihn rechtzeitig, um irgendetwas zu unternehmen, außer ihm überflüssigerweise ein paar Pfeile nachzuschicken oder ein paar ebenso überflüssige Beschimpfungen in einer rauen Sprache, die sogar ihm unverständlich war.

Dann traf er plötzlich keine Orks mehr an. Wie Meliloto und Palladio schon betont hatten, waren sie in der Ebene von Varil überall, während in der Grafschaft Daligar kein einziger war.

Die Sonne stand hoch und Felder wechselten sich ab mit Obstgärten. Das einzige Unheil, das die Grafschaft getroffen zu haben schien, waren die übliche Vernachlässigung und Misere. Vereinzelt begleiteten Kinder ein paar mickrige Schafe, erbärmliche Hütten aus Holzstämmen und Lehm standen verstreut in der Ebene. Jedes Mal wenn Yorsh jemanden sah, machte er halt und warnte vor den Orks und der bevorstehenden Invasion. An der Grenze gab es keine Grenzpatrouillen, kein einziger Bewaffneter, tatsächlich war da einfach niemand. Es war ein Wunder, dass die Orks noch nicht schon längst eingefallen waren.

Die meisten antworteten ihm überhaupt nicht. Diejenigen, die ihn als Elfen erkannten, warfen ein paar Steine nach ihm, die noch weniger gefährlich waren als die Pfeile der Orks, und riefen ihm Beschimpfungen nach, diesmal in einer verständlichen Sprache.

Ein alter Holzfäller war wenigstens so höflich, ihm mitzuteilen, dass die Herolde des Verwaltungsrichters schon vorbeigekommen waren und erklärt hatten, die Orks seien keine Gefahr, weil es Doploramie gegeben hätte, das heißt, sie hatten miteinander geredet.

»Diplomatie?«, fragte Yorsh.

Ja, das war das Wort, es bedeutete, dass die Orks im Grunde

brave Leute waren, wie der Richter gesagt hatte, dass sie miteinander geredet hatten und die Orks nun noch braver geworden waren und niemandem ein Haar krümmen würden.

»Brave Leute?«, fragte Yorsh.

Sicher, brave Leute; sicher, wenn einer Krieg mit ihnen anfing, wurden sie auch wütend, aber die Grafschaft hatte ja die Diplo... Doplo...

»Diplomatie«, half Yorsh nach, für den es keinen Zweifel mehr gab, von wem und im Tausch für was Varil und seine Bewohner an die Orks verraten worden waren, indem man den Kommandanten die Lagepläne der Schleusen ausgehändigt hatte.

»Diplomatie, genau, das ist das Wort. Wir hier in Daligar mögen schließlich keinen Krieg, die Orks sind jetzt brav und es gibt überhaupt keine Gefahr, niemand muss fliehen. Ja, wir haben sogar die Rebstöcke dabei gewonnen.«

»Welche Rebstöcke?«

»Die von Olearia. Sie haben immer zu Varil gehört, während sie jetzt uns gehören, der Grafschaft. Sie gehören uns, verstehst du? Es ist nur gerecht, dass wir hier auch ein bisschen mehr Platz bekommen. Früher einmal waren wir viel größer. Das hat der Richter gesagt, der hat die Geschichte schließlich studiert. Die aus Varil sind immer hochnäsig gewesen und haben uns immer angesehen, als ob wir Kakerlaken wären. Jetzt nehmen sie Vernunft an und kommen herunter von ihrem hohen Roß. Das Rebland nehmen wir uns. Schluss damit, dass wir nie etwas haben. Es werden schon die Familien ausgesucht, die hinziehen und dort leben werden. Siehst du, wie gut der Richter das gemacht hat? So werden wir größer und reicher, es wurde auch Zeit. Hast du verstanden? Gut, willst du jetzt von alleine gehen oder muss ich dich mit Axthieben verjagen?«

Yorsh hatte verstanden. In seiner abgrundtiefen Schlechtigkeit, in seinem unermesslichen Kleinmut und seiner grenzenlosen Dummheit hatte der Verwaltungsrichter den Tod Varils gegen die Unversehrtheit der Grafschaft eingetauscht und dabei obendrein noch einen beträchtlichen Zugewinn an Land gemacht. Das Rebland, das im Westen an die Reisfelder grenzte. Nicht die Orks würden an die Stelle der dort ermordeten Bauern treten, sondern Leute aus der Grafschaft, die ging also glanzvollen Zeiten der Größe entgegen, was der Richter immer versprochen hatte, aber bisher in der üblichen Misere etwas untergegangen sein musste.

Das Bündnisabkommen, das Daligar und Varil seit Jahrhunderten miteinander verband, war mit Füßen getreten worden. Dabei war es sonnenklar, dass die beiden Städte gemeinsam jeder Invasion trotzen konnten, jede für sich aber verloren war. Der Untergang der Grafschaft wurde so nur aufgeschoben, war lediglich eine Frage der Zeit. Nachdem sie die Reiherstadt vernichtet hatten, würden die Orks in aller Ruhe auch die Igelstadt auslöschen. Er fragte sich, welche Geschichtsbücher der Verwaltungsrichter wohl studiert haben mochte, schien er doch auf der ganzen Welt der Einzige, der nicht wusste, dass die Orks in ihrer ganzen Geschichte noch nie einen Vertrag eingehalten hatten.

Yorsh erkannte, dass die Orks die Befreiung Varils als Vertragsbruch deuten würden. Vom schrecklichen Hauptmann Rankstrail verjagt, würde das Heer der Orks unverzüglich Daligar angreifen, sie konnten jeden Moment losschlagen. Es blieb nur wenig Zeit, all diese Leute aus ihren Häusern, von ihren Felder, aus ihren kümmerlichen Obstgärten wegzuschaffen und samt ihren mickerigen Schafen innerhalb der Stadtmauern von Daligar in Sicherheit zu bringen, oder doch wenigstens im Schatten der zyklopischen Mauern, die ihnen mit ihren Pfählen und bewaffneten Wachen Schutz bieten würden.

Bevor er ging, informierte Yorsh den Holzfäller, dass er, der

Verfluchte Elf, seines Rufes würdig, die Diplomatie des Richters durchkreuzt hatte. Er hatte die Orks geärgert und aufgehetzt. Geärgert war ja noch milde ausgedrückt. Er hatte sie gereizt und wütend gemacht, sie waren außer Rand und Band. Sie sollten fliehen, alle, sofort, so schnell sie konnten, solange noch Zeit war, solange sie noch Beine zum Laufen und Luft zum Atmen hatten, denn von einem Augenblick auf den anderen würden sie die nicht mehr haben.

Der Holzfäller sah ihn an mit dem ganzen Hass, den ein Menschengesicht nur auszudrücken vermag; dann, ohne Zeit damit zu verlieren, ihn zu verfluchen, ging er los, um die anderen zusammenzurufen. Nach ein paar Schritten blieb er stehen und drehte sich noch einmal um.

»Wie soll ich wissen, dass du nicht lügst?«, fragte er misstrauisch.

Gute Frage; eine gewisse elementare Logik konnte man ihm nicht absprechen. Yorsh ließ sich schnell etwas einfallen.

»Elfen lügen nie. Sie können alles, außer lügen«, antwortete er höflich.

Das war keine echte Lüge, bloß eine Abrundung der Wirklichkeit. Für Elfen, wie für alle Wesen, die inniger und direkter mit dem Geist der anderen verbunden sind als Menschen untereinander, war lügen mühsam und anstrengend, aber im Falle absoluter Notwendigkeit waren sie dazu imstande.

»Aah«, sagte der Holzfäller, nicht allzu überzeugt. »Und wie soll ich wissen, dass du jetzt nicht lügst?«

»Jemand, der lügt und behauptet, er könne nicht lügen, sagt die Wahrheit, also ist er kein Lügner«, antwortete Yorsh.

Er hatte das spontan gesagt, ohne nachzudenken. Die Argumentation entstammte einem Dialog aus einer der vielen mehr oder weniger abgeschmackten Geschichten, die Yorsh Erbrow dem Älteren während seiner nicht enden wollenden Brutzeit jahraus, jahrein immer wieder vorgelesen hatte. Diese Geschichte gefiel auch seiner Tochter, und er hatte angefangen, sie wieder zu erzählen. Ohne eine Geschichte schlafen zu gehen, wäre für die Kleine ebenso schlimm gewesen, wie auf das Abendessen verzichten zu müssen. Die Erinnerung an Erbrow übermannte ihn und damit Angst und der Wunsch, hier fortzukommen, Unwillen über die viele Zeit, die der Holzfäller brauchte, um sich überzeugen zu lassen.

»Und was zum Teufel soll das heißen?«, fragte der Mann. »Lügen oder nicht lügen ist doch nicht immer dasselbe wie der Name oder die Haarfarbe. Was hat das damit zu tun? Einer lügt oder nicht, je nachdem wie es ihm in den Kram passt. Man lügt doch nicht immer. Auch mein Hausnachbar, der sagt, es stimmt nicht, dass seine verdammten Ziegen meine Tomaten fressen, während es doch genau seine verdammten Ziegen sind, die sie fressen, nun, der hat gestern gesagt, es ist schönes Wetter, und das war wahr.«

Das war ein Dickschädel. Stur. Vielleicht ganz einfach ein Mensch, der mit etwas Hirn begabt war.

»Angesichts der Tatsache«, fragte Yorsh entnervt, »dass wir viel mächtiger und böser sind als ihr, wie habt ihr es da angestellt, uns zu vernichten, deiner Meinung nach?«

»Das weiß ich nicht«, antwortete der Alte nachdenklich.

»Auch wir haben einen schwachen Punkt. Wir können nicht lügen. Wenn du einem Elfen eine Frage stellst, muss er antworten. Wenn du ihn zum Beispiel fragst, ob er bewaffnet ist und wo die anderen Elfen versteckt sind, muss er es dir sagen. Wie hätten wir sonst unterliegen können, denk doch mal nach!«

Der Holzfäller dachte lang nach, er schien überzeugt. Er warf ein paar Steine nach Yorsh und stieß ein paar Verwünschungen aus, dann stürzte er endlich davon, um Alarm zu schlagen. Während er Enstriil antrieb, hörte Yorsh den Klang der Hörner von Dorf zu Dorf wandern.

Er hatte es geschafft.

Wenn die Orks wiederkamen, würden sie nur leere Hütten vorfinden, vielleicht ein Huhn, das sich leichtsinnigerweise zwischen die Holunderbüsche verirrt hatte.

Yorsh ritt und ritt, den ganzen Tag, und dann auch den ersten Teil dieser nicht enden wollenden Nacht, wo das Dunkel und die Angst in ihm undurchdringlicher waren als das Dunkel am Himmel.

Enstriil ertrug die Strapazen. Lang bevor das erste Licht der Morgendämmerung heraufzog, kam die Schlucht von Arstrid in Sicht, beleuchtet von zahllosen Fackeln, die die Nacht erhellten. Die Kavallerie von Daligar, die Ritter in den schimmernden Rüstungen und mit den unzerbrechlichen stählernen Schwertern erwarteten ihn. Yorsh erschrak nicht sonderlich bei ihrem Anblick, ja, ihre Anwesenheit hier war beinah tröstlich, bedeutete sie doch, dass sie das Dorf nicht gefunden und den Strand nicht besetzt hatten.

Als Yorsh nah genug an einen Flügel des mächtigen Aufgebots herangekommen war, erblickte er unter dem Nussbaum, der den Erdrutsch überstanden hatte, Moron. Er trug die Uniform aus Tuch und Leder der Alten Kämpen, für die er ihn verraten oder besser verschachert hatte. Mit der langen Lanze wirkte er noch schiefer. Endlich war es dem armen Moron gelungen, Kämpe zu werden. Nur schade, dass sich sein Traum verwirklicht hatte, als die Orks vor den Toren standen. Nach dem völlig Fehlen irgendwelcher Abzeichen zu urteilen, war alles, was er hatte erreichen können, der Rang eines einfachen Kämpen. Auf der anderen Seite hatte er aber auch nicht viel zu bieten, der Ärmste. Die Tatsache, dass Yorsh sich vor Daligar aufpflanzte, gut sichtbar für jeden, der sich nur die Mühe machte, den Kopf zu heben und in seine Richtung zu schauen, hatte Morons Chancen, etwas zu bekommen im Tausch für seine Information, dass der Letzte Elf wieder im Land sei, doch erheblich geschmälert.

Yorsh blieb stehen und lächelte ihm zu. Moron sah ihn entsetzt an und stürzte davon, wobei er über seine Lanze stolperte.

Die Schlucht war vollkommen abgeriegelt. Die Phalanx der Reiter reichte von einer Seite bis zur anderen. Keine Maus hätte da hindurchgepasst und er war keine Maus. Langsam ritt Yorsh die Reihen entlang bis zur Mitte. Wie vor acht Jahren, als vor ebendieser Schlucht sein Drachenbruder getötet worden war, trat der Mond hinter den Dunklen Bergen hervor und erhellte die Welt mit seinem sanften, gespenstischen Licht. Die Erinnerung an Erbrows letzten Flug überkam ihn mit solcher Macht, dass sie schmerzhaft wurde. Yorsh sah wieder, wie die grünen Flügel sich ausbreiteten, und einen Augenblick lang senkte er den Kopf, damit keiner der bewaffneten Männer, die er vor sich hatte, seinen Schmerz sehen konnte. Er durfte nicht an seinen Drachenbruder denken. Er musste die Grafschaft retten.

In der Mitte der Formation stand der Verwaltungsrichter höchstpersönlich, er saß auf einem rauchfarbenen Pferd mit schwarzen Streifen in der Mähne, ein wunderschönes Tier, das der Inbegriff von Kraft und Rasse schien.

Der Richter trug eine komplette Rüstung aus hellem Metall, sie war vielleicht aus Silber oder Stahl, und seinen Helm zierte oben ein rauchfarbener Helmbusch mit schwarzen Streifen, der die Farben in der Mähne seines Pferdes wieder aufnahm. Das Visier war hochgeklappt, und man sah das schöne, alte Gesicht, das sowohl durch das Blau der Augen als auch durch das Weiß des Bartes aufgehellt wurde. Der Ritter neben ihm hatte das Visier heruntergeklappt. Yorsh dachte, dass sein bunter Helmbusch ihm eine verblüffende Ähnlichkeit mit den Papageien in den Buden der Schausteller verlieh.

Yorsh stellte sich vor den Richter hin und sah ihn lang an. Der hielt seinem Blick stand. Es war da etwas Unverstandenes und Unverständliches in der Person des Richters. Yorsh dachte, das sei so, wie vor einem Buch zu stehen, aus dem zu viele Seiten herausgerissen worden sind, um die Handlung noch rekonstruieren zu können.

»Jeden Augenblick können die Orks Euer Land überfallen«, informierte er ihn knapp, ruhig und bestimmt. »Die Stadt Varil, die Ihr im Tausch für Eure Sicherheit an die Orks verschachert habt, hat die Belagerung durchbrochen. Die Angreifer wurden zurückgeschlagen und sie könnten jeden Moment auftauchen, auf der Suche nach leichterer Beute, und ich fürchte, diese Beute werdet Ihr sein.«

»Varil?«, antwortete der Richter überrascht. Er schwieg, offenbar unfähig zu begreifen. »Es ist nicht möglich, dass Varil die Belagerung durchbrochen hat. Das ist unmöglich!«

»Es ist die Wahrheit«, versicherte ihm Yorsh. »Varil ist frei. Es beweint seine gefallenen Söhne, es zählt seine vom Feuer verwüsteten Bögen. Es greift die Orks an, die in den Reisfeldern lagern, es hat angefangen, sie zurückzuwerfen, und hat nicht die Absicht, damit aufzuhören. Ihr werdet deren nächste Beute sein.«

Das Gesicht des Richters verfinsterte sich, die ebenmäßige Stirn legte sich oberhalb der Augenbrauen in tiefe Runzeln und Falten, seine Stimme klang wie verschleiert von Schmerz.

»Zu spät sind wir gekommen, Waffenbrüder«, klagte er, und seine Stimme hallte laut durch die helle Nacht. »Der Elf, der Verfluchte, er hat den Krieg in unser geliebtes Land getragen. Zu spät. Wir können nichts tun…«

»Ihr könnt kämpfen«, sagte Yorsh. »Ihr könnt Euch mit Varil verbünden. Ihr und Euer furchtbarer Hauptmann mit seiner Furcht einflößenden Armee…«

»Der Elf, der Verfluchte, hat den Krieg in unser geliebtes Land getragen«, wiederholte klagend und hart zugleich der Verwaltungsrichter. »Kämpfen? Weiß du, was das heißt, Krieg, verworfener junger Mann und grausamer Tor?«

Die Frage erstaunte Yorsh.

Er konnte nicht antworten.

Er fühlte in sich das Grauen beim Tod der Orks, die er getötet hatte.

Er sah die Erinnerungen derer vor sich, die geköpft worden waren.

Er hatte den Krieg dem Söldnerhauptmann überlassen. Er wusste, dass er die Reisfelder säubern, aber er wusste auch, dass er keine Gefangenen machen, sondern sämtliche Orks, die ihm in die Quere kamen, gnadenlos vernichten würde, restlos, bis auf den letzten. Auf dem Feld liegen gebliebenen, verwundeten Feinden würde er den Garaus machen, wie Ratten im Heuschober. Ihr Blut würde sich unter die Erde mischen und sie in Schlamm verwandeln. Er würde die unschuldig Getöteten nicht reinwaschen von ihrem Schmerz, und die Gewalt in der Schöpfung würde zunehmen, bis die Welt der Menschen zuletzt in ihr versank. Mit jedem Ork, den er bekämpfte, mit jedem Ork, den er abschlachtete, verlor der Hauptmann ein Stück seiner Seele.

So oder so würde dann am Ende die Grausamkeit siegen, die der Orks oder die der Menschen, welche, um sie zu vernichten, geworden waren wie sie.

Verhandeln und diskutieren. Die Orks waren keine Dämonen. Sie waren Personen. Der Schmerz verwandelte sich in ihnen in Gewalt, und war die Gewalt erst einmal entfesselt, nahm sie zu von Massaker zu Massaker, um nicht wieder Schmerz zu werden.

Die Gewalttätigkeit des Hauptmanns war tausendmal besser als die Feigheit des Richters, sicher, aber… vielleicht… vielleicht, wenn es ihm gelänge, diese Gewalttätigkeit einzudämmen, ihr Grenzen zu setzen… sodass die Orks zwar besiegt wären, aber nicht vernichtet, nicht alleingelassen in ihrer Demütigung und deshalb nach noch größerer Gewalt trachtend…

Yorsh wurde klar, dass er auf keinen Fall an seinem Strand würde bleiben können, Rankstrail nicht seinem Schicksal mit den Orks und die Männer und Frauen der Grafschaft ihrem Schicksal mit einem verrückten Despoten überlassen konnte. Was er zu Rankstrail gesagt hatte, galt auch für ihn. Wer die Kraft hat, Ungerechtigkeiten zu verhindern, und sie nicht einsetzt, macht sich mitschuldig an diesen Ungerechtigkeiten. Das galt besonders für ihn. Er, der Größte, der Mächtigste und der Letzte, er konnte nicht einfach an seinen Strand zurückkehren und Napfschnecken sammeln, Sonette aufsagen, Komödien dichten und die strahlende Reinheit der eigenen Seele betrachten, während der Hauptmann und seine Menschenwracks aus Bergwerksstollen und Gefängnissen ihre Seelen der Verdammnis preisgaben, indem sie sie in Krieg und Zerstörung versinken ließen.

Er musste das Kommando übernehmen. Rankstrail hatte gesagt, er sei bereit, für ihn zu kämpfen, seine Befehle auszuführen, also auch den Befehl, Gefangene zu machen und sie zu versorgen.

Das würde die Seele der Kämpfer vor dem Verderben retten, gleichzeitig hätten sie mit den Gefangenen einen ersten Kerntrupp von unfreiwilligen Botschaftern, mit denen sie Verhandlungen aufnehmen konnten.

Der Hauptmann würde seine Befehle ausführen, einschließlich des Befehls, den Krieg einzustellen.

Er und der Hauptmann konnten siegen: nicht nur über die Orks, sondern auch über die Grausamkeit.

Der Hauptmann würde seinen Mut einsetzen und er seine Macht. Zusammen würden sie absolut unschlagbar sein, wie nicht einmal Sire Arduin es gewesen war, wie nicht einmal der Kriegsgott selbst es war, wenn es ihn gab, denn der gewann Kriege, indem er sie führte, Yorsh aber würde sie gewinnen, indem er sie vermied.

Unter seiner Leitung würden die Menschen dazu imstande sein. Sie würden das gemeinsam machen. Der Hass auf die Elfen würde verschwinden, untergehen im gemeinsamen Sieg, und seine Kinder würden in einer Welt leben, wo der Begriff Halb-Elf kein Schimpfwort mehr war.

Er sah dem Mann, den er vor sich hatte, direkt ins Gesicht, und er musste daran denken, dass es, solange der Richter an der Macht war, einen Ork mehr auf der Welt gab, der ihr unschuldiges Antlitz verschandelte.

»Versucht nicht, Verrat als Liebe zum Frieden und zum Leben auszugeben«, sagte er barsch. Nicht einmal den Schlächtern von Varil gegenüber hatte er so tiefe Verachtung empfunden.

»Ich bin nicht gekommen, um dich zu überzeugen«, unterbrach ihn der Richter säuerlich. »Ich bin gekommen, um dich zu töten.«

Yorsh seufzte.

»Wirklich? Und wie?«, fragte er nachsichtig. »Mit welchen Mitteln wollt Ihr mich denn töten?«, fuhr er mit zunehmend unverhohlener Arroganz fort. »Ich bin in der Lage, Gras in Brand zu setzen, Pfeile abzulenken und den Griff jeder Waffe glühend heiß zu machen. Kein Mensch kann mir schaden, nur wenn ich beschließe, ihm das zu erlauben.«

»Das hatten wir schon von allein begriffen«, antwortete der Richter. »Und wir haben es einkalkuliert und vorgesorgt.«

KAPITEL 26

Erbrow hatte Angst.

Vielleicht sollte man besser sagen, sie spürte die eisige Angst ihrer Mutter, die sich hinter einem ruhigen Lächeln verbarg. Die Angst ihrer Mutter flößte ihr Schrecken ein.

Seit ihr Papa fortgegangen war, hatte Mama mit ihrem freundlichen Lächeln alle beruhigt, und das Leben war zur Normalität zurückgekehrt. Jetzt arbeiteten alle mit Stoffen, Nadeln, Spaten und Meißeln, die sie in der Höhle auf der Tischlein-Insel gefunden hatten. Die Häuser wurden von Tag zu Tag größer, gerader, rechtwinkliger und genauer berechnet. Echte Türen öffneten sich quietschend in echten Angeln.

Alle hatten Kleider. Caren Aschiol und die anderen Männer patrouillierten, bis an die Zähne bewaffnet mit beeindruckenden Schwertern und Bögen, die sie nicht zu gebrauchen wussten, am oberen Rand der Felsenklippe, denn die Zeit, da es schien, als seien sie allein auf der Welt, war vorbei und schien auch nicht mehr wiederzukehren.

Ihre Mama hatte nie richtig nähen gelernt, aber alle Frauen, die zu alt oder zu müde waren, um auf Fischfang zu gehen, und die überlebt hatten, weil Robi auch für sie Fische und Muscheln gefangen hatte, rissen sich nun darum, für sie Kleider zu nähen und zu besticken.

Ihre Mama trug ein weißes Gewand über einer ebenfalls weißen Tunika und einen weiten Mantel aus schwerem, dunklem Stoff. Für Erbrow hatten sie ein helles Kleid genäht mit einer blauen Schürze und großen Taschen, die eine im Latz, die andere im Rock. Die Taschen waren über und über bestickt mit einem Blütenregen, Möwen am Himmel, einem Schwarm Fische und einem Zug Seeadler. Die Taschen waren so groß, dass ihre Spielsachen darin Platz hatten. Das Bötchen und die Puppe hatten ihrer Mama gehört, der Kreisel und das Holzpferdchen hatte ihr Solario geschnitzt, ein Freund, dem ihr Papa einmal erzählt hatte, dass er als Kind diese Spielsachen besessen hatte. Erbrow hatte diese Erzählung auch gehört. Das Pferdchen war verloren gegangen, weil es an einem Ort voller Bücher und Drachen in einen Krater gestürzt war. Die Bücher gab es jetzt noch, während von den Drachen keiner mehr da war. Den Kreisel hatte ein böser Mann zerbrochen, dem ihre Familie immer wieder begegnete und der anderen gern wehtat.

Mit dem Kleid und der Schürze war ihr nie mehr kalt und das war ganz nett, denn früher hatte sie sich bei ihrem Papa aufgewärmt, wenn ihr kalt war. Jetzt war der aber weit weg, man wusste nicht, wo, und dadurch wurde ihr noch kälter. Mit all dem Zeug am Leib konnte sie nicht ins Wasser, und sie hatte begriffen, dass ihre Mama ihr das extra anzog, um sie daran zu hindern; ihre Mama hatte nämlich Angst, sie könnte auf dem Meeresgrund spielen gehen, jetzt, wo ihr Papa, der ihr als Einziger dorthin folgen konnte, nicht da war. Zum Glück hatte ihr Papa den Mann des Hasses mitgenommen, denn mit all den Kleidern hätte sie nicht vor ihm fliehen können zu den Fischlein und den Bäumchen auf dem Meeresgrund, die kleine Kinder dort unten freundlich begrüßten.

Die Angst, sie könnte ertrinken, war beständig wach in Mama und vermischte sich von Tag zu Tag mehr mit der furchtbaren, grausamen Vorstellung, Papa könnte nicht wiederkommen. Mama lächelte, aber nachts im Dunkeln, wenn sie glaubte, Erbrow schliefe, überließ sie sich einem düsteren, verzweifelten Weinen, und dann blieben als Trost nur die kleinen Herzen der beiden Brüderchen, das eine langsamer und kräftig, das andere schneller und schwächer.

Tagsüber war Mama ständig unterwegs, zwischen den im Bau befindlichen neuen Häusern und den zu flickenden Netzen der Fischer; aber zum Glück war Jastrin da, wenn Mama weg war, und das war immerhin etwas.

Jastrin war zu ihnen in ihre Hütte gezogen. Er war ein Junge, der weder Papa noch Mama gehabt hatte, an die ihm eine Erinnerung geblieben wäre. Jastrin hatte etwas mit den Beinen, statt kräftiger zu werden, wurden sie von Jahr zu Jahr magerer. Er lief nicht viel und ermüdete immer schneller beim Gehen.

»Nimm ihn zu dir und unter deine Obhut«, hatte ihr Papa am letzten Tag, den er mit ihnen verbrachte, zu ihrer Mama gesagt.

Ihre Mama hatte genickt und seither lebte Jastrin bei ihnen.

Caren Aschiol und Solario hatten ihre Hütte vergrößert und ein richtiges Zimmer angebaut, und da lebte Jastrin jetzt, vergraben in seinen Pergamenten, die er wie besessen vollschrieb, in dem Versuch, nichts von dem auszulassen, was ihr Papa ihm erzählt hatte. Jastrin redete und schrieb viel, weil er nicht so gut laufen konnte. Umständlich erklärte er Erbrow, dass er die Bewegung in seinem Kopf spürte, er wusste, dass er laufen wollte, ihm stand klar vor Augen, wie man am Strand von einem Felsen zum anderen hüpft, aber er konnte das seinen Beinen nicht beibringen. Erbrow nickte verständnisvoll. Ihr passierte dasselbe mit den Worten. Der Gedanke war klar in ihrem Kopf, aber die Zunge mühte sich zwischen einem halben Dutzend abgerissener und ungenauer Laute ab, mehr brachte sie nicht heraus. Einmal hatte ihr Papa gesagt, wahrscheinlich habe sie die intellektuelle Frühreife der Elfen geerbt, dazu aber das menschliche Tempo im Spracherwerb, und das hatte sie getröstet, weil es ihr zu verstehen gab, dass diese Situation nur vorübergehend war. Flüssigkeit und Präzision im Gebrauch ihrer wenigen Silben würden von Monat zu Monat zunehmen, während das bei Jastrin nicht so war. Seine Schritte würden mit jedem Jahr unsicherer und langsamer werden.

Sicher und stark, geschickt und souverän war der Junge im Reich der Worte, darin ein würdiger Schüler Yorshs.

Es musste nicht leicht sein für ihn, der die Buchstaben immer am Strand mit einem Stöckchen in den Sand geschrieben hatte, mit Tinte umgehen zu lernen. An Händen wie Kleidern trug er ständig die Spuren davon. Aber noch schwieriger als der Umgang mit der Tinte war für Jastrin das Erinnern. Wie er Erbrow umständlich erklärte, jetzt, wo er endlich Pergament, Federkiel und Tinte zur Verfügung hatte, fehlte ihm die Stimme ihres Vaters, des letzten Elfen, der erzählte. An die Geschichten erinnerte Jastrin sich gut, aber Namen und Daten gerieten ihm durcheinander. Wer hatte den Auguren verboten, für ihre Weissagungen der Zukunft aus dem Vogelflug Geld zu nehmen, Artimisius der Dritte oder der Vierte? Wer hatte es zur Vorschrift gemacht, dass die Söhne von Edelleuten Ritter und die Söhne von Handwerkern Fußsoldaten werden mussten, Artemisius der Erste oder der Dritte? Fünftes oder sechstes Jahrhundert? Jedes Mal wenn ihre Mama wieder auftauchte, lief Erbrow zu ihr hin, um sich in den Arm nehmen zu lassen, und Jastrin bestürmte sie mit Fragen zu Daten und Dynastien, wobei er zu seiner Enttäuschung immer wieder feststellen musste, dass die Mama von Erbrow sich einfach nicht daran erinnerte. Genauer gesagt sie hatte eine so vage und ungefähre Vorstellung davon wie von der Augenfarbe der Dämonen oder der Anzahl der Sandkörner am Strand. So unglaublich Jastrin das erscheinen mochte, ihre Mama hatte nie aufmerksam zugehört, wenn Papa erzählte, sie hatte sich die Daten, Namen und manchmal sogar die Geschichten nicht gemerkt. Sie war damit beschäftigt gewesen, Fische zu fangen, Pinienkerne zu sammeln, ihren Papa zu heiraten, gut schreiben zu lernen, eine Tochter zu haben, denen zu helfen, die mit dem Hausbauen nicht zurechtkamen, und über alldem mussten viertes und fünftes Jahrhundert durcheinandergeraten sein, was Jastrin unverzeihlich fand.

»Unverzeihlich. Das ist absolut unverzeihlich!«, sagte der Junge mehrmals am Tag, während ihre Mama seelenruhig und fröhlich lächelte.

Erbrow fragte sich, wie es möglich war, dass nur sie bemerkte, wie falsch das fröhliche und ruhige Lächeln ihrer Mutter war, wie stark und eisig ihre Angst war, so groß und so eiskalt, dass sogar die Lust, Jastrin zu erwürgen (eine Lust, die ihre Mama bei jeder seiner unerlässlichen historischen Fragen packte), davon abgeschwächt wurde.

Nachts schlief Erbrow zwischen dem Körper ihrer Mutter und dem Kaminfeuer, eine gute Methode, es die ganze Nacht hindurch schön warm zu haben. Besser wäre es gewesen, zwischen Papa und Mama zu liegen, aber Papa war nicht da und man musste sich bescheiden. Dafür hatten sie, seitdem die Höhle auf der Tischlein entdeckt worden war, große, warme Stoffstücke, die Decken genannt wurden. Die sie für sich zu Hause bekommen hatten, war dunkel, dick, weich und rau zugleich.

Die erste Nacht nach Neumond, als eine dünne Sichel jenseits des schmalen Fensterchens stand, erwachte Erbrow, und ihr war eiskalt. Sie zitterte und die Kälte kroch ihr bis in die Knochen.

Sie streckte die Hand aus, um die Decke wieder über sich zu ziehen, und schaute auf die Glut, um zu sehen, seit wann das Feuer aus war. Mit Entsetzen entdeckte sie, dass die Decke über ihr lag und das Feuer knisterte, und sie begriff, dass es nicht Kälte war, was sie zu Eis erstarren ließ, sondern Hass. Erbrow drehte sich um und sah den Mann des Hasses neben sich, aber im nächsten Augenblick wurde ihr eine Art Kapuze über den Kopf gezogen und sie sah nichts mehr. Sie fühlte etwas Kaltes und Böses an der Kehle.

»Halt still und rühr dich nicht, oder ich lass deine Tochter abstechen«, flüsterte eine Stimme. Es war eine ruhige, kalte, schleppende Stimme, die Erbrow nicht kannte. Jemand sprach mit ihrer Mama. Es war weder der Mann des Hasses noch der, der ihr das böse Ding an die Kehle hielt.

»Halt still, Erbrow«, sagte ihre Mama leise. »Du hast eine Klinge an der Kehle. Halt still und wein nicht.«

»Und was machen wir mit dem Krüppel, Sire Argniòlo?«, fragte der Mann des Hasses.

»Der Krüppel, Moron? Den nehmen wir mit… ja, das ist die beste Idee…«, sagte wieder die kalte, ruhige Stimme, die also zu dem Herrn gehören musste, der Argniòlo hieß. »Nimm auch die Krone mit, die neben dem Kamin hängt. Diese Krone hatte die Hexe auf, als sie geflohen ist. Der Efeu ist das Symbol der Elfen. Bestimmt hat sie Zauberkraft. Der Richter freut sich, wenn er sie bekommt, und die Frau hier wird sie nicht mehr benötigen. Das Letzte, was die Welt brauchen kann, ist eine Hexenkönigin, die mit einem Elfen lebt. Jetzt bereiten wir ihm eine schöne Überraschung, Eurem geliebten Elfen, dem Verfluchten. Ihr werdet schon sehen, wie er sich freut, seine Familie wiederzusehen.«

Das böse Ding, das Erbrow an der Kehle hatte, drückte stärker und tat ihr weh.

»Jastrin, halt still und sei ruhig, tu, was sie dir sagen, sonst bringen sie Erbrow um«, sagte vollkommen ruhig die Stimme ihrer Mama.

Dann hob sie jemand hoch, der schlecht roch, und trug sie fort durch die kalte Nacht.

Erbrow hätte am liebsten geweint, doch es gelang ihr, es nicht zu tun.

KAPITEL 27

Yorsh fühlte, wie ihm ein eisiger Schauer über den Rücken lief. Das Gefühl war fast so stark wie die Wut.

Wut empfand er über den Verrat, der die Menschenwelt gespalten hatte, über den Sieg, der zum Greifen nahe gewesen war und nun wieder zu nichts zerrann.

Der eisige Schauer war eine unbestimmte Befürchtung. Vielleicht gab es unter den Möglichkeiten des Richters etwas, was er nicht einkalkuliert hatte, etwas, was ihm entgangen war.

Ihm fiel auf, dass bei dem Richter und den Seinen keine Angst zu spüren war.

Sie hatten keine Angst vor ihm.

Sie hätten aber welche haben sollen.

Endlich spürte er, winzig wie ein Luftbläschen im Ozean, Erbrows Angst. Sein Töchterchen war hier.

Moron, der elende Idiot, hatte sie zu seiner Familie geführt: Das war es, was er im Tausch für die Stellung als Einfacher Kämpe gegeben hatte.

In seinem frisch erworbenen Stolz als siegreicher Krieger hatte er Erbrows Anwesenheit nicht bemerkt. Die Sicherheit hatte ihn blind gemacht.

Yorshs Angst verwandelte sich in blanken Schrecken.

Sie hatten seine Tochter gefangen genommen, sie war hier, wenige Schritt von ihm entfernt, er sah sie nicht, wusste aber, dass sie da war. Jetzt spürte er ihre ganze Angst, ihr ganzes Grauen. Er spürte, dass man ihr eine Klinge an die Kehle hielt. Ihm wurde klar, dass man sie dadurch ruhiggehalten hatte, während sie aus ganzer Kraft gegen den Wunsch ankämpfte, ihn zu rufen, und gegen den, endlich loszuweinen.

Sie konnten ihm antun, was sie wollten, und danach konnten sie ihr antun, was sie wollten.

Er erinnerte sich an die alberne Überheblichkeit, womit er die Hilfe des Hauptmanns zurückgewiesen hatte. Er hatte ihn geschickt, Varil zu befreien. Er hoffte mit aller Macht, der Söldner könnte ihm nicht gehorcht haben und ihm gefolgt sein.

Er drehte sich um und schaute hinter sich auf die sanfte Linie der Hügel im Mondschein und wünschte sich so heftig wie nie zuvor etwas in seinem Leben, den bedrohlichen Schatten des Kriegers auftauchen zu sehen, gefolgt von seinem Wolf und seiner Armee von entlaufenen Sträflingen.

Auf den Hügeln rührte sich nichts.

Der Hauptmann war in Varil geblieben, um es zu befreien.

Yorsh war allein.

»Das hatten wir schon von allein begriffen«, hatte der Richter gesagt. »Wir haben es einkalkuliert und vorgesorgt.«

Sie hatten vorgesorgt, natürlich.

»Lasst meine Tochter laufen. Sie ist erst zwei Jahre alt. Ehrenmänner führen keinen Krieg gegen Kinder«, sagte Yorsh leise. Es gelang ihm, ruhig zu bleiben; Erbrow sollte kein Zittern in seiner Stimme hören, sonst würde sie noch mehr erschrecken.

»Deine Tochter ist kein zwei Jahre altes Kind, sondern eine zwei Jahre alte Hexe, stimmt's? Was für einen Sinn hat es, ein Wesen am Leben zu lassen, das nur bösartig sein kann? Das Äußerste, was ich für dich tun kann, ist, sie im Tausch gegen deines am Leben zu lassen. Sie wird nicht frei sein, aber am Leben. Ich werde sie und ihre Mutter, die Hexe, die sich mit dir zusammengetan hat, ins Exil schicken, ins Gebirge des Nordens. Sie werden nach Alyil gebracht, in die Falkenstadt. Dort wird ihre Bösartigkeit niemandem schaden. Sie dürfen am Leben bleiben. Darauf hast du mein Wort. Im Tausch dafür will ich aber dein Leben. Hier und jetzt. Wir wissen, dass Pfeile dich nur mit deiner Einwilligung treffen können, stimmt's? Diese Einwilligung verlangen wir von dir. Es ist nicht schwer. Das ist ein ganz einfacher Pakt.«

Yorsh verspürte Wut, Verzweiflung und Hass. Hätte sein Hass töten können, es hätte ein Blutbad gegeben. Er versuchte zu überlegen. Als Waffen waren ihm nur die Überlegung und das Wort geblieben.

»Das ist nicht der rechte Zeitpunkt«, sagte er, immer noch bemüht, ruhig zu bleiben. Kurz war da ein kleines Beben der Unsicherheit in seiner Stimme, im Übrigen aber klang sie wie die eines Führers. »Der Feind steht vor den Toren. Die Orks ...«

»Der Feind bist du, elender Elf«, unterbrach ihn der Richter.

»Die Feinde sind die Orks, gemeinsam könnten wir sie aufhalten ...«

»Bist du erst einmal tot, kann ich die Orks meiner Loyalität versichern, und wahrscheinlich können wir ihren Angriff so abwenden. Und auch wenn mir das nicht gelingen sollte, so weiß ich doch immerhin, dass ich die Elfen vernichtet habe. Damit werde ich wenigstens eines meiner Lebensziele verwirklicht haben.«

Sie wurden unterbrochen, das Geräusch war grausam für Yorshs Ohren. Erbrow war endlich in Tränen ausgebrochen. Das seit Tagen unterdrückte Weinen, Angst und Grauen machten sich in krampfhaftem Schluchzen Luft. Der Richter brach in Gelächter aus. Der

Kreis der Soldaten öffnete sich und er sah Erbrow und Robi… Sie war auch da! Ein Mann mit nacktem Oberkörper hielt Erbrow auf dem Arm, sein Kopf war ganz von einer schwarzen Lederkappe bedeckt, einer der Henker von Daligar. Die harten Muskeln an den enormen Armen bildeten einen schrecklichen Kontrast zu Erbrows pausbäckigem Gesichtchen und den kleinen Händen. Der Mann hielt die Klinge eines kurzen Schwerts an die Kehle des Mädchens. Robi lag am Boden, die Hände auf dem Rücken gefesselt. Man hatte ihr die Haare geschoren. Die schwarzen Locken, mit denen Yorshs Finger jahrelang gespielt hatten und die das Erste waren, was er des Morgens beim Aufwachen von ihr sah, sie waren nicht mehr da.

»Da ist auch die Frau, die mit dir lebt«, sagte die Stimme des Richters. »Wir haben ihr die Frisur in Ordnung gebracht, jetzt passt sie besser für eine Frau, die sich mit einem Elfen eingelassen hat.«

Robi hob den Kopf zu Yorsh, ihre Blicke trafen sich. Neben Robi war Jastrin, der es Erbrow nachmachte und auch in Schluchzen ausbrach.

Yorsh wollte etwas sagen, etwas tun. Es kam ihm nichts in den Sinn. Der Himmel war leer. Yorsh versuchte zu beten, aber die Götter, wenn es sie denn gab, hatten an ihm nicht mehr Interesse als an seiner ganzen Sippe.

»Macht meine Frau los und gebt ihr das Kind«, sagte er.

»Red keinen Unsinn«, erwiderte der Richter. »Vielleicht hast du es noch nicht bemerkt, Letzter der Elfenprinzen, aber dein Verhandlungsspielraum ist gleich null. Ich will kein Risiko eingehen. Du hast zu viele Kräfte. Oder nicht?«

Noch einmal begegneten sich die Blicke von Yorsh und Robi. Wenn er vielleicht den Griff des kurzen Schwerts, das der Henker an Erbrows Kehle hielt, glühend heiß machen könnte…

Und dann… könnte er… vielleicht…

Und dann nichts.

Seine Kräfte existierten nicht mehr. Er hatte vergessen, dass die Kräfte der Elfen untergehen, wenn Schmerz und Verachtung sie umgeben. Vor allem Schmerz überstehen sie nicht. Jetzt waren sie zugrunde gegangen, vernichtet, ausgelöscht. Seine Mutter hatte nach dem Tod seines Vaters alle magischen Fähigkeiten verloren. Seine Großmutter war nicht einmal mehr imstande gewesen, ein Feuer anzuzünden, nachdem sie die eigene Tochter hatte begraben müssen.

Yorsh mochte das vergessen haben, aber der Richter wusste es genau.

Seine magischen Kräfte waren untergegangen im Schmerz der beiden Menschen, die er am meisten liebte auf der Welt, sie waren verloren gegangen im Entsetzen darüber, dass er nicht imstande gewesen war, sie zu schützen. Die Erkenntnis, ihr Unglück verursacht zu haben, vielleicht ihre lebenslange Gefangenschaft, noch wahrscheinlicher aber ihren Tod, hatte auch den kleinsten Funken Zauberkraft in ihm zunichtegemacht.

Er würde sterben.

Yorsh wollte nicht sterben. Er wollte leben. Er wollte neben Robi schlafen, Erbrow im Arm halten, sein Kind auf die Welt kommen sehen. Sein Hexenmädchen brauchte ihn, um groß zu werden und leben zu lernen. Er würde bald sterben, aber vielleicht würde der Richter ja Wort halten. Vielleicht würde auf seinen Tod nicht auch der jener folgen, die er am meisten liebte auf der Welt. Ihm blieb nichts als diese Hoffnung.

Die Demütigung Robis, ihr kahl geschorener Kopf waren wie eine Wunde.

Sogar den armen Jastrin hatten sie in die Katastrophe mit hineingezogen!

Sollte er je einen Grabstein bekommen, würde man daraufschreiben müssen, dass er gestorben war, überwältigt und vernichtet von seiner Unschuld, was poetisch ausgedrückt war, um es nicht Idiotie nennen zu müssen.

Robi war es gelungen aufzustehen.

»Erbrow, hör auf zu weinen«, befahl sie ruhig. »Jetzt. Auf der Stelle. Du gehörst dem Geschlecht der Elfen an und bist eine Nachfahrin Arduins und da weint man nicht vor diesen Leuten.«

Es wurde still. Jemand grinste, aber der Name Arduin war gefallen. Robi wandte sich wieder zu Yorsh und ihre Blicke begegneten sich noch einmal.

»Ich heiße Rosa Alba«, sagte sie laut und deutlich, mit fester und stolzer Stimme, der Stimme einer Königin.

Robi. Rosalba. Rosa Alba.

Yorsh fasste wieder Mut. Er nickte.

Die Prophezeiung Arduins kam ihm in den Sinn und tröstete ihn.

Der große Kriegerkönig und Visionär durfte den Blick durch die Zeiten in die Zukunft wohl nicht gewagt haben, um eine Gräberstätte und Leichen zu betrachten. Robi und ihren Nachkommen war es bestimmt zu leben.

Ihm war es bestimmt zu sterben, aber seine Tochter würde ihn überleben. Rosalba auch, seine Königin und Gemahlin würde überleben. Sie würde siegen. Ihr Kind würde geboren werden... Ihre Kinder würden geboren werden. Endlich konnte Yorsh die beiden winzigen Seelen erkennen und unterscheiden, die da heranwuchsen in Sicherheit, im Schoß einer Kriegerkönigin, die sie verteidigen und schützen würde, notfalls gegen alles und jeden. Die Vergangenheit und die Zukunft, lautete die Prophezeiung... den Kreis durchbrechen...

Der letzte Drache und der letzte Elf waren sich begegnet, der Kreis der Einsamkeit war durchbrochen worden.

Der öde Kreis der Dumpfheit, der bleierne der Ungerechtigkeit. Ein Haufen verhungerter, verzweifelter, einsamer Kinder war befreit worden. Erbrow war gegründet worden. Auch wenn es Yorsh bestimmt war, sein Leben an diesem Tag zu beschließen, so war es doch ein gelungenes Leben gewesen. Auch wenn Yorsh keine Vorstellung davon hatte, wie sie das bewerkstelligen würde, die Prophezeiung gab ihm die Gewissheit, dass Robi sich selbst, ihre Kinder und die Welt der Menschen retten würde. Die Nachfahrin Arduins war bereit, an seine Stelle zu treten. Er war nicht gescheitert.

Jetzt galt es, den geschlossenen Kreis der Gewalt der Orks und des Richters zu durchbrechen. Wie jede gute Prophezeiung hatte auch die Arduins mehr als eine Bedeutung.

Robi: Rosalba. Rosa Alba. Robi wusste, dass sie das Mädchen aus der Prophezeiung war, Erbin Arduins, Tochter des Mannes und der Frau, die ihn geliebt hatten, und seit jeher für ihn bestimmt. Einen Augenblick lang fragte er sich, warum Robi ihm das nicht schon früher gesagt hatte, aber er fand die Antwort sofort. Sie hatte absolut sicher sein wollen, dass er sie um ihrer selbst willen wollte, nicht weil sie ihm zur Gemahlin vorherbestimmt war. Der Wille weiterzuleben, überkam ihn noch einmal mit Macht. Er wollte bei Robi sein, wollte die Tage und Nächte mit ihr teilen, wollte die Wärme ihrer Umarmung spüren, er wollte jeden Abend ihren Geruch und jeden Morgen den Klang ihrer Stimme wiederfinden. Er wollte ihre Kinder auf die Welt kommen sehen. Aber er konnte nichts tun, damit das eintrat.

Yorsh wollte nicht sterben, aber allein zu sterben, war tausendmal erträglicher für ihn als die Vorstellung, seine angebetete Frau und seine angebetete Tochter in den Tod getrieben zu haben.

Ein Letztes blieb ihm zu tun, Erbrow über seinen Tod hinwegzutrösten. Zum letzten Mal senkte er seinen Blick in die schwarzen Augen seiner Gemahlin, und zum letzten Mal las er darin neben Stolz, Verzweiflung und Hass all die Liebe, die in ihnen lag. Der Mut im Blick der Kriegerkönigin, Erbin des Sire Arduin, beruhigte ihn. Auf irgendeine Weise würde sie die Welt und ihre Tochter retten. Er wollte ihr etwas sagen, etwas Abschließendes. Er wollte ihr danken für alles, dafür, dass sie ihn geliebt hatte, dass sie da war, dass sie ihre Tochter geboren hatte. Er wollte ihr sagen, sie solle ihn nicht beweinen, solle ihr Leben nicht in Schmerz und Trauer vertun, sondern solle es leben, es auskosten bis zur Neige, bis zum letzten Funken an Freude. Er wusste, dass er keine Zeit mehr hatte.

»Leb weiter«, sagte er zu ihr.

Yorsh lenkte seinen Blick weg von Robis Gesicht und senkte ihn in die verschreckten und verzweifelten blauen Augen Erbrows. Die Kleine hatte ihr Weinen unterdrückt und hielt sich reglos zwischen den fürchterlichen Armen des Henkers. Yorsh lächelte ihr zu. Der Richter gab Befehl, die Pfeile anzulegen und die Bögen zu spannen. Die wenigen Bogenschützen gehorchten dem Befehl. Yorsh sah Erbrow unverwandt an, das Lächeln hatte nicht genügt, das Mädchen zu beruhigen. Sie war zu verschreckt.

»Ich habe überhaupt keine Kräfte mehr. Gebt das Mädchen seiner Mutter in die Arme, und ich will sterben, ohne euch zu verfluchen.«

»Wenn die Verwünschungen eines Elfen mir etwas anhaben könnten«, antwortete der Richter seelenruhig, »müsste ich schon in tausend Stücke zerrissen sein, stimmt's?«

Yorsh suchte das Blau von Erbrows verzweifeltem Blick. Er wusste, dass einer, wenn er das Schattenreich des Leids und das Dunkel des Todes durchschreitet, wie eben jetzt sein Kind, das gezwungen war, den Todeskampf seines Vaters mit anzusehen, entweder für immer verdorben ist oder ein großartiges, seelenvolles Wesen wird.

Yorsh dachte an die Erinnyen. Er hatte ihnen gesagt, endlose Wiesen unter grenzenlosen Himmeln würden sie erwarten; bei ihrer Ankunft würden auf den Wiesen Blumen sprießen und der Glanz der Sterne würde sich erhöhen. Er hatte gesagt, sie würden lernen, zwischen den Sternen zu fliegen. Angesichts seines unmittelbar bevorstehenden Todes wusste er, dass das wahr war.

Das Bild der unendlichen Wiesen unter grenzenlosen Himmeln entstand in seiner Seele und er fand darin Trost und Frieden. Er sah die Verzweiflung aus dem Blick seiner Tochter weichen. Auch in ihr breitete sich das Grün unendlicher Wiesen unter grenzenlosen Himmeln aus. Für einen kurzen Augenblick lächelte Erbrow.

Er hatte keine Angst und Erbrow auch nicht.

Jetzt konnte er gehen.

Der Schießbefehl wurde gegeben.

Yorsh fühlte einen reißenden Schmerz in der Schulter. Ihm wurde klar, dass Enstriil erschrecken und davonlaufen konnte, was ihn in Sicherheit bringen und Erbrow in Händen des Henkers lassen würde. Weiterhin ohne den Blick von seiner Tochter zu wenden, stieg er vom Pferd. Er konnte noch stehen. Einen Moment lang verspürte er die Versuchung, sofort zu sterben, sein Herz anzuhalten, um den Schmerz weiterer Pfeile zu vermeiden, als Elf konnte er das. So vermindert, vernichtet, ausgelöscht sie sein mochten, gänzlich verschwunden waren seine Kräfte nie. Etwas blieb immer. Nicht genug zum Kämpfen, nicht genug, um Robi, Erbrow und Jastrin kämpfend zu retten, aber genug, um das eigene Herz anzuhalten oder einen einzelnen Pfeil abzulenken. Er hatte auf die Unsterblichkeit verzichtet. Es blieb ihm die Gabe, den Zeitpunkt seines Todes selbst zu bestimmen. Er verwarf die

Versuchung, um Erbrow nicht zu verderben, sie sollte begreifen, dass das Leben, jedes Leben, eine zu kostbare Gelegenheit ist, als dass man auch nur die Dauer eines Lidschlags, auch nur einen Tropfen Schmerz davon verschenken sollte.

Auf keinen einzigen Augenblick, in dem er sein Kind noch sehen konnte, wollte er verzichten.

Yorsh fühlte keine Angst mehr, nur noch Traurigkeit. Sein Kind würde ohne ihn aufwachsen, Robi würde ohne ihn leben. Die beiden Kinder würden ohne ihn auf die Welt kommen. Sein Blick begann, sich zu trüben, er sah alles wie durch einen Schleier, und zu seinem Erstaunen bemerkte er, dass sich seine Augen mit Tränen gefüllt hatten. Einen Moment lang war er verblüfft. Doch dann war er froh, dass er am Tag seiner Hochzeit die halbe Napfschnecke gegessen hatte, denn so konnte er weinen, wie die Menschen es tun.

KAPITEL 28

Nicht einen Augenblick lang wandte ihr Papa seinen Blick von ihr. Erbrow sah unendliche Wiesen unter grenzenlosen Himmeln. Ihre Angst schwand. Es blieb eine Traurigkeit in ihr zurück, so groß wie die Wiesen und die Himmel, die sie gesehen hatte.

Nie mehr würde sie den Kopf an die Schulter ihres Papas lehnen. Nie mehr würde sie seine Stimme hören, wenn er Wiegenlieder sang oder ihr Märchen erzählte, damit sie in die Traumwelt hinübergleiten konnte, ohne die Ungeheuer fürchten zu müssen, die in den Schatten hausen, wenn Nacht und Dunkelheit nahten, und die nur Kinder sehen konnten. Nie mehr würde sie am Morgen seinen Geruch in den Haaren ihrer Mutter erkennen.

Sie hätte zu gern geweint, aber Mama hatte gesagt, das dürfe man nicht. Der Anführer der bösen Menschen gab erneut einen Schießbefehl, und diesmal zielte der Soldat, der neben ihm stand, der mit dem bunten Federbusch. Ihr Papa wurde ins Herz getroffen und sie spürte den furchtbaren Schmerz. Der Wunsch zu weinen wurde unerträglich. Sogar Jastrin, der doch größer war, schluchzte. Aus ganzer Seele hätte Erbrow auch weinen mögen.

Ihr Papa fiel zu Boden und blieb reglos dort liegen. Sein Blut breitete sich am Boden aus und wurde zu Schlamm.

Erbrow wandte sich um zu dem Mann, der sie auf dem Arm hielt, und schaute ihm in die Augen, die durch einen Schlitz in seiner Lederkappe zu sehen waren, dann deutete sie auf ihre Mama. Dieser Mann hatte besonders viel Dunkles in sich, aber er verstand die Bitte. Er brauchte eine Weile, um sich zu entschließen, dann zuckte er die Achseln und willigte ein. Er trat zu Robi, damit Erbrow wenigstens in ihrer Nähe war.

»Gleich steht dein Papa wieder auf, du wirst sehen«, flüsterte ihre Mama. »Sie wissen es nicht, aber dein Papa hat jede Menge Kräfte. Gleich passiert etwas...«

Erbrow wusste, dass das nicht stimmte, Papa würde nicht wieder aufstehen. Wo in ihrem Inneren früher ihr Papa gewesen war, war jetzt ein kaltes, eisiges Loch.

Die Welt wurde grün.

Die Männer lachten weiter. Jastrin schluchzte weiter. Ihre Mama blieb weiter reglos stehen und starrte weiter ihren Papa an, der am Boden neben Enstriil lag.

Die Welt war grün geworden und keiner hatte es bemerkt. Nur sie.

Es war ein wunderschönes Grün mit verschlungenen goldenen Arabesken darin, in denen sich das Sonnenlicht fing.

Unendliche Wiesen unter grenzenlosen Himmeln.

Zwei Flügel, so grün wie die Wiesen, so weit wie der Himmel...

Jemand mit großen grünen Flügeln war gekommen, um ihren Papa mitzunehmen, jetzt war er nicht mehr allein.

Wo eben noch ein schwarzes, eisiges Loch gewesen war, war nun ein merkwürdiges Gefühl von Frühlingswind, Blumen, Meerwasser.

Es war das Gefühl dessen, der auf einem Drachen reitet.

Rund um Enstriils Hufe, wo ihr Papa am Boden lag, sprossen aus der Wiese kleine Blumen. Es waren unendlich viele, wie Sterne am Himmel. Es waren diese Blumen mit vielen weißen Blütenblättern und einem gelben Knopf in der Mitte. Endlich fiel Erbrow der Name wieder ein, es waren Margeriten.

»Nein aua«, sagte sie leise zu ihrer Mama.

Mehr denn je beklagte Erbrow in diesem Augenblick, nicht sprechen zu können. So frei und leicht ihr Geist sich aufschwang, so gebunden war ihre Zunge und mühte sich ab mit den wenigen Silben, die sie aussprechen konnte.

»Nein aua«, wiederholte sie, um ihre Mutter zu trösten, aber es war zu spät.

Ihre Mama konnte sie nicht mehr hören.

Ihr Papa verwandelte Schmerz in Trostlosigkeit und wegen der Trostlosigkeit hatte man ihn mit Pfeilen durchbohrt.

Ihre Mama verwandelte den Schmerz in Kraft und Wut.

Ihre Mama war unbesiegbar und würde es bleiben.

Ihre Wut war unbezähmbar.

Erst nachdem der Körper ihres Vaters zu Asche verbrannt war, würden alle wirklich sicher sein, dass er nichts mehr tun konnte. Der Mann, der sie auf dem Arm hielt, gab ihr zu trinken und setzte sie am Boden ab. Ihre Mama begann zu sprechen, auf sie achtete niemand mehr, Erbrow konnte sich bücken und eine Handvoll von den Blümchen ausrupfen, einige mit weißen Blütenblättern, andere dunkelrot gefärbt von Blut. Sie steckte sie in die größere ihrer Taschen. Die feuchten Blütenblätter klebten an den Dingen fest, die in dieser Tasche waren, an dem Bötchen und der Puppe, die früher ihrer Mama gehört hatten.

Dann hob der Mann mit der Lederkappe sie wieder hoch.

KAPITEL 29

Robi hoffte weiter, wartete weiter, dass er aufstände, wiederauferstände.

Bei den anderen heilte er die Wunden.

Er würde auch die eigenen Wunden heilen. Jeden Augenblick konnte er wieder aufstehen.

Nichts geschah.

Robi wartete weiter. Das musste ein Trick sein. Das konnte nur ein Trick sein. Wenn sie am wenigsten darauf gefasst waren, würde er aufstehen und sie in die Knie zwingen.

Er war er.

Robi erinnerte sich, wie sie ihm zum ersten Mal begegnet war, da hatte Yorsh Calas verstümmelte Hand geheilt.

Er konnte alles.

Er hatte die Erinnyen aufgehalten.

Als sie ihn kennenlernte, ritt er auf einem Drachen.

Das konnte nur ein Trick sein.

Yorsh blieb reglos zu Füßen von Enstriil liegen, in einer Blutlache, die sich immer weiter ausbreitete und in der Tausende kleine Margeriten blühten.

»He, schaut mal«, sagte jemand, »Margeriten!«

»Margeriten«, wiederholte ein anderer. »Auch als der Drache gestorben ist, war alles voller Margeriten. Dann ist er wirklich ernsthaft tot.«

Robi fühlte, wie ein Schwindelgefühl sie erfasste. Zum ersten Mal dachte sie, dass es vielleicht wirklich aus war.

Sie war verdutzt und ungläubig, hatte das Gefühl, ins Nichts zu stürzen.

Es kostete sie übermenschliche Anstrengung, stehen zu bleiben.

Sie hatte keinen anderen Wunsch, als auf die Knie zu sinken und zu weinen bis in den Tod, aber sie würde es nicht tun. Nicht vor *denen*.

Wie im Traum sah sie die Männer des Richters einen Scheiterhaufen aufrichten und den Leib ihres Gemahls darauflegen. Sie sah die Fackel, die das Feuer entzündete. Sie sah die Flammen emporlodern.

Sie wollten sichergehen, dass keine Magie, kein Trick den Letzten der Elfen je wieder ins Leben zurückbringen konnte.

Im Licht des ersten Morgengrauens stieg der Rauch bis zum Himmel hinauf, der stumm und verschlossen blieb.

Wider alle Vernunft wartete Robi immer noch, dass etwas geschähe, was dem Albtraum ein Ende bereitete, immer noch erwartete sie, Yorshs Stimme zu hören, ihn in den Flammen auftauchen zu sehen wie einen Gaukler oder einen Seiltänzer.

Robi wartete, dass der Himmel sich auftäte und die Erde verschlänge, aber auch das geschah nicht.

Der Scheiterhaufen brannte langsam nieder. Die Sonne ging auf und stieg hoch hinauf über die Erde. Den ganzen Tag über blieb Robi reglos stehen, mit dem Gewicht ihrer Leibesfrucht, die schwer wie ein Mühlstein schien, und mit quälendem Durst.

Irgendjemand hatte Mitleid und gab Erbrow zu trinken und

erlaubte ihr, ein paar Schritte zu gehen. Am Boden kauernd, jammerte Jastrin ununterbrochen weiter.

Das Feuer erlosch, nachdem es alles Brennbare verzehrt hatte.

Es war zu Ende.

Nichts war geschehen.

Robi fühlte, wie Ekel sie überwältigte, und sie hatte Angst umzufallen.

Einer der Männer des Richters, bewaffnet mit einer großen Axt, legte Yorshs Schwert auf einen breiten Felsen und hieb mit aller Macht darauf ein. Der Felsen splitterte, die Axt zerbrach in tausend Stücke, das Schwert aber blieb ganz, sein Glanz vermehrte sich noch, ein eisiges Funkeln im Licht des neuen Tages. Mit der Krone ging es ebenso, auf sie wurde allerdings mit einer Keule eingedroschen. Auch sie blieb unversehrt, während die Keule zerbrach, der Efeu aber schimmerte in einem feinen bläulichen Licht wie die ersten Sterne an einem Sommerabend. Bedauernd sah der Mann den Richter an. Yorshs Schwert und Robis Krone blieben auf dem Felsen liegen.

Der Lärm hatte Robi wieder zu sich gebracht. Der Ekel war verschwunden. Ihre Wut füllte sie ganz aus und hielt sie aufrecht.

Sie würde sie vernichten.

Ihre Wut wuchs ins Unermessliche.

Sie würde sie vernichten, alle, vom Ersten bis zum Letzten, und ihre Freunde, die Orks, mit dazu.

Sie würde sie auslöschen.

»Ich verfluche euch«, sagte Robi ruhig. Ihre Stimme klang eisig. Stille machte sich breit. »Ich, Rosa Alba, Nachfahrin des Arduin, sage euch: Ihr seid verflucht, alle. Euer Fleisch wird verrotten und abfallen von euch, euer Denken wird verdorren vor Angst und Schrecken. Eure Knochen werden nicht in Gräbern ruhen, sondern den Hunden ein Fraß sein.«

Lang suchte Robi mit Blicken nach Moron, bis sie ahnte, dass er sich im Schatten der Felsen versteckt hielt, die die Schlucht nach Osten hin abschlossen.

»Ich weiß ja nicht, ob es einen Gott gibt, an den du glaubst. Wenn ja, so flehe ihn an, dass er dir zur Flucht verhilft und dich sterben lässt, bevor ich dich finde«, empfahl sie ihm.

Zuletzt wandte sie sich zum Richter und sagte, weiterhin mit der größten Ruhe und jede Silbe einzeln betonend: »Ich verfluche dich. Du wirst in Angst und Schrecken sterben. Deine Nachkommenschaft wird qualvoll sterben. Sie wird um Mitleid betteln und keines finden, wie heute meine Tochter keins gefunden hat…«

Ein Stöhnen Erbrows unterbrach sie. Robi wandte sich um und sah ihr Kind an. Sie musste sich beruhigen. Sie musste sich um ihre Tochter kümmern.

»Du bist nicht weise, Frau«, sagte der Richter. »Das sind nicht die Worte, die mich dazu bewegen könnten, dich zu verschonen.«

»Du hast nie im Entferntesten vorgehabt, mich zu verschonen, stinkender Usurpator«, erwiderte Rosalba. »Auf dich angewandt, ist das Wort *Aas* ein Kompliment, wird das Wort *elender Wurm* missbraucht, das Wort *Schwein* mit Kot besudelt.«

»Ich bin der König, der größte, den es je gegeben hat auf Erden, liebenswürdig im Frieden, schrecklich im Krieg, und meinesgleichen habe ich nur an mir selbst«, kläffte der Richter aufgebracht, doch dann bekam er sich wieder in die Gewalt. »Allerdings gebe ich zu, dass ich niemals die Absicht hatte, dich am Leben zu lassen. Weder dich noch dein Blag. Du bist nicht eben das, was man ein Vorbild an Unterwürfigkeit nennen könnte, und wenn ich dich verschone, dann haben wir in ein paar Wochen hier einen weiteren Vertreter der Sippe, die du zusammen mit dem Elfen begründet hast, stimmt's? Nach allem, was sie hat mit ansehen müssen, dürften bei deiner Tochter die magischen Kräfte vernichtet sein, vorausgesetzt, sie hat je welche gehabt. Wie du ja nun weißt, macht Schmerz die Kräfte der Elfen zunichte, aber ich will lieber kein Risiko eingehen. Die Welt kommt besser ohne ein Halbblut aus, halb dein Blut und halb das eines Elfen.«

»Immer noch besser als deins: ein Teil Ratte, ein Teil Laus, und den Rest machen sich zu gleichen Teilen Zecken, Kakerlaken und Würmer streitig.«

Wie im Traum hörte Robi, dass der Richter Befehl gab, sie zu töten, auf der Stelle, sie und Erbrow. Sie hatte keine Angst. Sie schloss die Augen und kein Bild erschien, trotzdem empfand sie überhaupt keine Angst. Sie hatte keine Vorstellung davon, was nun passieren würde, doch sie war sich sicher, dass weder sie noch ihre Tochter an diesem Tag sterben würden. Sie wiederholte sich, dass sie die Erbin Arduins war, und Arduin hatte die sie betreffende Prophezeiung in Stein meißeln lassen, weil er lebende Wesen und Siege vorhergesehen hatte. Sie würde siegen.

Ein alter Ritter mit Bart und einer schweren Ordenskette aus Goldplatten um den Hals kam auf sie zu. Er fasste sie an einem Arm, dann drehte er sie plötzlich um und durchtrennte mit einem Hieb die Fesseln an ihren Händen. Der Mann richtete sein Schwert auf die Kehle des Henkers, der Erbrow sofort losließ. Robi stürzte sich auf ihre Tochter und konnte sie endlich in die Arme schließen. Das Mädchen zitterte, schaffte es aber immer noch, nicht zu weinen.

Der Ritter stand zwischen ihr und den anderen.

Mit erhobener Stimme, dabei aber doch kalt und ruhig, sagte der Richter:

»Follio, Graf von Daligar, das fällt Euch etwas spät ein, dass Ihr ein Verräter seid, stimmt's?«

»Etwas spät, das stimmt«, bestätigte der Mann. »Zu spät. Grauenhaft spät. Unverzeihlich spät. Meine Seele ist mittlerweile so verloren wie meine Ehre, und es wird eine Erlösung sein, ein Leben zu verlieren, das Ihr in einen Strom von Schlamm und unschuldigem Blut verwandelt habt. Jedes Morgen, das zum Heute wird, birgt nicht die Hoffnung auf einen neuen Tag, sondern bringt einen Tod näher, der auch keine Erleichterung sein wird. Gelähmt von Trägheit, Feigheit, von der törichten Hoffnung, das Schlimmste verhindern zu können, mitzuwirken am Aufbau einer besseren Welt, wo am Ende ein Zipfel von Gerechtigkeit sichtbar würde, habe ich tatenlos zugesehen, wie Ihr Verbrechen über Verbrechen begingt, und war Euer Komplize dabei. Um Euch zu folgen, bin ich durch Schlamm und Blut gewatet, und je tiefer ich darin versank, desto schwieriger wurde es haltzumachen. Um mir nicht eingestehen zu müssen, dass ich der Komplize eines Verbrechers bin, habe ich mir den Glauben an Euch immer von Neuem eingeredet, nach jeder neuen Lüge, nach jeder neuen Wahnsinnstat. Ich habe mit angesehen, wie Ihr feige den letzten Elfen ermordet habt, und ich habe nichts getan, um Euch aufzuhalten, denn die Bösartigkeit des Elfengeschlechts zu leugnen, hätte bedeutet, meine eigene zu bekennen, war ich doch Euer Komplize bei dessen Verfolgung und Vernichtung. Ich werde aber nicht zusehen, wie Ihr eine Frau ermordet, die ein Kind erwartet, und ein kleines Mädchen, das noch keine drei Jahre alt ist.«

»Es war der Name Arduins, der Euch zu dieser Torheit getrieben hat, stimmt's?«

Der Mann hielt inne und dachte nach, bevor er antwortete.

»Ja«, bestätigte er. »Es war der Name Arduins.«

»Glaubt Ihr wirklich an diesen Unsinn, dass die Hexe eine Nachfahrin von ihm ist?«

»Nichts ist mir jemals wahrscheinlicher erschienen, aber selbst wenn es nicht so wäre, allein den Namen eines Mannes von Ehre nennen zu hören, reicht, um uns daran zu erinnern, dass es Ehre gibt, dass Tapferkeit nicht nur ein Märchen ist, das man Kindern vor dem Einschlafen erzählt, dass Anstand kein bloßer Traum ist, über den man sich wegen seiner Einfalt lustig machen kann.«

Ein Pfeil schwirrte. Wieder hatte der Mann mit den bunten Federn geschossen, der auch Yorsh getötet hatte. Der Graf war am Hals getroffen. Er fiel vor Robi nieder, die sein Schwert an sich nehmen konnte. Im Gegensatz zu Yorshs Schwert war dieses enorm schwer. Robi stand seit dem Morgen auf den Beinen, auf dem einen Arm hielt sie Erbrow und mit dem anderen hielt sie das Schwert.

Der Richter höchstpersönlich gab seinem Pferd die Sporen und kam zu ihr. Er hob sein Schwert, und Robi dachte, dass sie nicht genug Kraft im Arm haben würde, um den Schlag abzuwehren.

Und wieder hatte sie keine Angst.

Plötzlich veränderte sich die Farbe des Himmels, etwas Blaues und Weißes füllte ihn aus. Robi brauchte einen Augenblick, bis sie verstand, dass ein Seeadler den Richter angriff. Angkeel war gekommen.

Der junge Adler musste seine Lehrzeit abgeschlossen haben und war herbeigeeilt, auf den Spuren Erbrows, die das Licht seiner Augen und die ganze Liebe seines Lebens war. Robi sah das Gesicht des Richters von Blut überströmt. Sie wünschte aus ganzer Seele, dass der Adler ihm die Augen aushacken möge, aber Angkeel schien noch nicht so sicher im Fliegen und mithilfe von zweien seiner Männer konnte der Richter ihn abschütteln und sich befreien.

Viehisches Gebrüll erscholl in der Ferne, grausam und brutal.

Wie von Yorsh angekündigt, waren die Orks gekommen.

Die Vorstellung, dass der Richter ihr Verbündeter war, schien ihnen nicht allzu klar. Eine Horde bewaffneter Orks stürzte auf die Kavallerie von Daligar zu.

Der Richter gab Befehl zur Flucht, auf der Stelle, sofort. Er spornte sein großartiges, rauchfarbenes Pferd an, weg von den Orks und vom Adler, der ihn nicht verfolgte, sondern sich auf Robis Schulter hockte. In wenigen Sekunden war die Kavallerie von Daligar aufgesessen und stürmte im Galopp davon.

»Nach Norden«, brüllte der Richter.

»Nach Norden?«, fragte jemand. »Reiten wir nicht nach Daligar?«

»Zu gefährlich, nach Norden. Wir reiten in die Berge, nach Alyil. Das ist unzugänglich. Es ist die Falkenstadt. Meine Tochter Aurora ist schon dort, in Sicherheit. Daligar wird zurechtkommen. Wir werden versuchen, es zurückzuerobern, sobald die diplomatischen Verbindungen mit den Orks wieder funktionieren. Durch die Befreiung von Varil hat der Verdammte Elf die Orks gegen uns aufgehetzt… Nutzt die Meldefeuer, die sollen in Daligar Bescheid geben, dass der Hof sich rechtzeitig in Sicherheit bringt.«

Die Stimme des Richters verlor sich in der Ferne.

Die Reiter folgten ihm. Irgendjemand versuchte, Enstriil mitzuschleifen, aber er scheute und machte sich los, stellte sich gleich wieder neben den Scheiterhaufen. Irgendjemand schoss ein paar Pfeile auf Robi ab, die plötzlich von allen vergessen schien. Robi warf sich über Erbrow, um sie zu schützen und um so zu tun, als sei sie getroffen. Rings um sie war niemand mehr. In dem dringenden Bedürfnis, sich in Sicherheit zu bringen, hatten sie ihre Hinrichtung den Orks überlassen. Nun hatten sie alle Zeit, die sie brauchten, für ihre Flucht.

Robi ließ das Schwert des Grafen von Daligar los, es war zu schwer. Sie beugte sich über ihn. Jastrin stürzte herbei und umarmte Erbrow. Angkeel schlug befriedigt mit den Flügeln.

»Dummes Huhn«, flüsterte Robi, Tränen der Wut und des

Schmerzes unterdrückend, die ihr in die Augen gestiegen waren. »Konntest du nicht früher kommen?«

Das war Unsinn. Angkeel hätte Yorsh nicht retten können. Aber er hatte soeben sie gerettet. Robi verschluckte die Tränen der Rührung, die ihr in die Augen traten, und streichelte den Kopf des jungen Adlers. Angkeels Ankunft musste Erbrow sehr beruhigt haben, die ihren Freund aus ganzer Kraft umarmte, dann sah sie Robi an und machte eine merkwürdige Bewegung: Sie zeigte erst auf Angkeels Flügel, dann auf die Landschaft ringsum. Das wiederholte sie mehrmals.

Der Graf lebte noch. Trotz des Pfeils und des Blutverlusts gelang es ihm noch zu sprechen.

»Herrin, ich bitte Euch um Verzeihung … ich bitte Euch um Verzeihung … Ich bitte Euch … Wenn Ihr könnt … Ihr, die Erbin Arduins … Rettet Daligar … Rettet meine Stadt … Diese Verbrecher, diese Verrückten haben sie im Stich gelassen … Daligar hat sich wie ich mit Feigheit besudelt, aber es hat nicht verdient unterzugehen … Hier, nehmt diese Kette … das sind die Insignien der Grafschaft … sie werden Euch helfen, Euch Anerkennung zu verschaffen …«

Der Mann starb. Robi schloss ihm die Augen. Noch einmal spürte sie die Versuchung, zu weinen, zu schluchzen bis in den Tod, und noch einmal, ein letztes Mal, verscheuchte sie die Tränen. Sie würde nicht weinen.

Jetzt musste sie ihre Kinder retten.

Die Zeit für Tränen würde kommen. Vielleicht später. Wenn der Krieg vorbei war.

Bis dahin aber würden ihre Augen trocken bleiben und ihre Seele hart wie Stein.

Jetzt musste sie zurück nach Erbrow, in ihr Dorf. Sie musste zurück in ihr Haus am Strand, wo das Geräusch der Wellen sich mit der Erinnerung an Yorsh vermischen würde, aber auch dann würde sie nicht weinen können. Vielleicht später. Wenn der Krieg vorbei war.

Sie musste Kraft schöpfen, ihr Kind bekommen und ihren Kriegszug vorbereiten.

Sie würde kämpfen. Sie würde die Welt zurückerobern, damit ihre Kinder einen Ort hätten, wo sie leben konnten, und sie würde deren Regeln so verändern, dass ihre Kinder leben konnten, ohne verfolgt zu werden. Sie würde kein Mitleid kennen. Yorsh hatte auch keins bekommen.

Das Mitleid war mit dem Geschlecht der Elfen ausgestorben.

»Robi«, jammerte Jastrin, »gehen wir nach Hause?«

Robi hob den Blick. Das Heer der Orks schwenkte nach Westen und mittlerweile waren die östlichsten Teile ihrer Formation schon zu nah beim Eingang zur Schlucht von Arstrid.

Vor Grauen geriet ihr erschöpftes Herz ins Wanken.

In diese Richtung, ins offene Gelände, konnte sie nicht fliehen, das wäre Selbstmord gewesen. Die einzige Möglichkeit, wie sie, ungesehen und ohne verfolgt zu werden, durchkommen könnten, wäre gewesen, hochzuklettern und am oberen Rand des Abhangs im Schatten der Felsen dahinzubalancieren, aber das war für sie mit ihrem Bauch undenkbar. Noch undenkbarer für Erbrow, die zu klein war, von Jastrin mit seinen schwachen Beinen ganz zu schweigen. Außerdem war es schwierig, nicht gesehen zu werden, wenn ein Adler zwei Spannen über dem Kopf seine Kreise zieht.

Sie konnte nicht nach Hause gehen.

Diese Worte gingen ihr wie ein Mühlrad im Kopf herum. Sie konnte nicht nach Hause gehen.

Robi sah sich um. Sie konnte nur nach Westen fliehen, nach Daligar, in die Stadt, die sie hasste, die die Hinrichtung ihrer Eltern gesehen hatte und beinah auch ihre eigene. Wenn die Orks die Ebene besetzten, war das Einzige, was sie, ihre Tochter und Jastrin retten konnte, die Mauern von Daligar zwischen sie selbst und die Orks zu bringen.

Der Richter war nicht in Daligar, so konnte niemand befehlen, dass auch Kinder getötet werden durften.

Sie würden vielleicht sie umbringen, wenn sie sie wiedererkannten, aber bestimmt keine Kinder.

»Jetzt können wir nicht nach Hause«, antwortete sie sanft, »da sind die Orks zwischen uns und zu Hause. Früher oder später kehren wir zurück. Jetzt setz ich dich aufs Pferd, dich und Erbrow. Du passt auf sie auf und ich passe auf dich auf und so schaffen wir das schon.«

Robi sah nicht zum Scheiterhaufen hinauf. Sie durfte nicht weinen und wollte auch nicht in Versuchung geraten. Die Vorstellung, dass sie nie wieder Yorshs Stimme hören würde, nie wieder beim Einschlafen seinen Atem neben sich spüren, nie wieder seinem Blick begegnen, traf sie wie ein Schwerthieb.

Diese zwei Worte »nie wieder« hallten in ihrem Kopf wie eine Totenglocke und sie verscheuchte den Klang. Später, später würde Zeit sein für die Verzweiflung und für diese Worte.

Sie legte sich die goldenen Insignien von Daligar um den Hals, sie überlegte, ob sie sich bücken und ein Stück Erde mit den dunkelrot gefärbten Margeriten ausreißen sollte. Sie könnte es in die versteckte Tasche ihres Gewands stecken, wo auch die Schleuder war, die ihr Vater für sie gemacht hatte, als sie noch ein kleines Mädchen war, und die ihr mehr als einmal das Leben gerettet hatte, aber sie wagte es nicht. Die Gefahr, in Tränen auszubrechen, war zu groß. Sie durfte nicht. Sie konnte nicht. Wenn sie der Verzweiflung nachgab, dann würde sie sie überwältigen, und ihre Kinder wären verloren.

Rosalba nahm Yorshs Schwert an sich. Seinen Griff in der Hand zu fühlen, gab ihr wieder Mut. Oft hatte sie es benutzt, um darauf aus Möweneiern Omeletts zu braten, die goldbraun, lang und dünn wurden und an sommerliche Strohhalme erinnerten, aber auch um Holz zu hacken, womit sie ihr Haus beheizte, den Stein zu hauen, woraus sie es gebaut hatten. Das Schwert lief nicht an, splitterte nicht, ja, sein Funkeln nahm immer noch zu.

Der Stolz darauf, verwendet zu werden, um Hunger und Kälte, die Erzfeinde seit eh und je, zu bekämpfen, durfte nicht geringer sein als der, gegen bewaffnete Feinde eingesetzt zu werden.

Robi legte sich die Schnalle des Gurts, an dem es hing, über die rechte Schulter, sodass das Schwert an ihrer linken Seite ihren gewölbten Bauch nicht einengte und sie am Atmen hinderte.

Die Krone setzte sie sich auf den Kopf, nicht nur weil die versteckte Tasche zu klein dafür war, sondern auch weil ihr am grausig kahl geschorenen Schädel kalt war.

Nicht weit von ihnen entfernt stand Enstriil reglos, ungerührt von dem Gebrüll der Orks wie zuvor vom Galoppieren der Kavallerie, und wartete. Robi ging zu ihm hin, setzte ihm zuerst Erbrow und dann Jastrin auf den Rücken. Mit unendlicher Mühe, die ihr ein Stöhnen entlockte, stieg sie selbst schließlich auch auf. Angkeel hockte sich vor Erbrow hin, dicht an sie geschmiegt.

»Los, gehen wir, mein Schöner, nur Mut, nach Osten«, trieb sie ihn an. »Wir gehen schnell, verborgen unter den Kastanienbäumen, und sie werden uns nicht sehen. Sie sind zu Fuß. Wir schaffen es. Morgen sind wir noch am Leben und am Tag darauf auch.«

Das Pferd blieb noch einen Augenblick lang stehen, den Blick unverwandt auf den Scheiterhaufen gerichtet. Dann setzte es sich allmählich in Bewegung.

Robi suchte mit Blicken den Schatten ab, aber sie konnte Moron nicht entdecken. Er konnte nicht mit dem Richter geflohen sein, denn er war zu Fuß. Er musste hier irgendwo sein, nicht weit weg, im Schatten von irgendetwas, was dunkel genug war, um ihn zu verbergen. Laut und vernehmlich, weil sie sicher war, dass er sie hörte, wünschte Robi ihm, die Orks möchten ihn finden. Sie erinnerte ihn daran, dass das auf jeden Fall besser war, als von ihr gefunden zu werden.

Dann machte sie sich auf den Weg nach Daligar.

KAPITEL 30

Moron hielt sich im Schatten, in einer am Eingang der Schlucht gelegenen Felsenhöhle. Die Hexe hatte ihn verflucht und war auf ihrem Pferd davongeritten, samt den beiden Blagen, ihrer Tochter und diesem Quälgeist von Jastrin, eine halbe Elfin und ein halber Krüppel, eine feine Gesellschaft das.

Enttäuscht betrachtete der Mann die Plakette des Einfachen Kämpen, die ihm auf die Brust herabhing, befestigt an einer Messingkette, die bei schlechtem Licht als Gold hätte durchgehen können. Nur bei schlechtem Licht allerdings.

Die Reiter waren abgezogen. Er hatte nie sonderlich darauf gezählt, dass ihn jemand wirklich bei sich haben wollte, er war es gewohnt, dass man ihn fallen ließ, freilich …

Sie hatten ihn hier zurückgelassen, zu Fuß, mit der Hexe auf der einen und den Orks auf der anderen Seite. Nicht sehr freundlich. Und außerdem war da noch der Adler, das hatte gerade noch gefehlt! Zum Glück war er zu sehr damit beschäftigt, mit der Kleinen schönzutun, und war nicht gekommen, um ihm die Augen auszuhacken.

Vielleicht hatte er schlecht verhandelt, nicht genug herausgeholt im Tausch für den Elfen. Er hätte sich die Stellung eines Berittenen Kämpen geben lassen sollen, nicht die eines Einfachen Kämpen. Dann wären da jetzt Pferdehufe gewesen, um größtmögliche Distanz zwischen ihn und die Orks zu legen, nicht nur seine Füße, die in Soldatenstiefeln aus beschlagenem Leder steckten, an die er nicht gewöhnt war und mit denen er bei jedem Schritt stolperte. Die Hexe war nach Osten gezogen, für ihn war die entgegengesetzte Richtung besser.

Er konnte es schaffen und ans Meer fliehen.

Sich immer im Schatten haltend, kletterte Moron auf die Felsen hinauf und dort duckte er sich. Er bewegte sich kriechend vorwärts und sah sich ab und zu um nach den Furcht einflößenden Einheiten, die unter ihm dahinzogen.

Die schauerlichen Kriegsmasken machten ihm Angst. Das tierische Gebrüll betäubte ihn.

Er wünschte sich von ganzem Herzen, sie möchten die Hexe fangen und in Stücke reißen.

Der Elf, er wenigstens war krepiert.

Wenigstens das war ihm gelungen.

Die Rotznase aber war noch am Leben. Freilich nicht mehr lang, wenn die Orks sie erwischten. Auch wenn der Richter sie schnappte, hatte sie wohl kein langes Leben mehr.

Wenn sie es dagegen bis nach Daligar schafften, war ihre Mutter imstande und ließ sich die Stellung der Königin geben. Sie war Enkelin von diesem Typen, Ard... irgendwas, wo alle in Habachtstellung gingen, wenn man nur den Namen nannte. Sie trug die Krone auf dem Kopf und die Kette des Grafen um den Hals, und in Daligar war niemand mehr, der Befehle geben konnte. Königin, und er war Einfacher Kämpe! Die war zu allem imstande. Es gibt Leute, denen gelingt eben immer alles. Er hätte nicht nach Daligar gehen können, er nicht. Sehr gut möglich, dass er in Daligar Robi antraf, die auf Königin machte, wie der Typ mit dem Bart gesagt hatte, der mit der Kette, eine Kette aus Gold nämlich, nicht aus Messing wie seine. Und wenn Robi die Königin spielte und er auftauchte, dann bekam er wohl nicht seine Ration als Einfacher Kämpe, sondern einen netten Strick, um ihn auf dem Hauptplatz aufzuknüpfen.

Der Elf aber war krepiert.

Moron kroch weiter ins Innere der Schlucht. Dort warf er die überflüssigen Abzeichen seines Kämpendaseins ab. Ein Leben lang hatte er davon geträumt, aber jetzt konnten sie ihm den Tod bringen. Und einen unangenehmen Tod, sei es nun, dass er den Orks, sei es, dass er Robi in die Finger fiel, ganz zu schweigen von seinen Mitbewohnern im Dorf, die Einwohner von Erbrow. Nur ein idiotischer Elf konnte auf die Idee verfallen, einem Ort, an dem Menschen lebten, einen solchen Namen zu geben.

Einmal, vor Jahren, als er Creschio zu erklären versucht hatte, wie abscheulich der Elf war, hatte der ihm in die Augen geschaut und ihn angezischt, wenn er ihn je dabei erwischte, dass er dem Elf etwas antat, würde er ihn in Stücke reißen.

Es war ein Verhängnis, dass er jetzt nach Erbrow zurückmusste.

Das war schließlich nicht der Plan gewesen, dass er nach Erbrow zurückmusste. Der Plan war gewesen, dass der Elf, Robi und das Blag krepierten und er sein weiteres Leben in Daligar verbrachte, zufrieden und Bier trinkend.

Warum liefen die Dinge bei ihm nicht, wie sie sollten?

Aber wenn man es recht bedachte, auch in Daligar leben, Bier trinken und ein zufriedenes Leben führen, wenn es denn möglich wäre, was es aber nicht mehr war, wie soll man sagen …

Moron suchte nach den passenden Worten.

In einem gewissen Sinn … fehlte ihm der Elf.

Schwierig, jemanden ein ganzes Leben lang zu hassen, und dann … dann … ist da nichts mehr.

Das war ein Verlust, wie sich amputiert fühlen.

Jedes Mal wenn er als Kind von seinem Vater so viel Schläge bekommen hatte, dass er nicht mehr laufen konnte, kauerte er sich zwischen den Holzstapel und den Kamin oder, wenn Sommer war, verbrachte er den Tag damit, Fliegen zu fangen und ihnen die Flügel auszureißen. Nur um irgendwas zu tun.

In gewisser Weise fühlte er sich wie eine Fliege ohne Flügel.

Auch wenn es gut gelaufen wäre, wenn er jetzt seinen Krug Bier in der Hand gehabt hätte und die Kämpenkaserne rings um sich, wäre da immer noch dieses Gefühl gewesen, dass etwas fehlte … Obendrein war es nicht einmal gut gelaufen … er hatte nichts mehr.

Schritt für Schritt legte er den Weg zurück. Die Sonne ging auf und ging wieder unter, dann ging sie wieder auf. Regen durchnässte ihn, Wind trocknete ihn und endlich gelangte Moron an den Wasserfall.

Er hätte sich für immer hier niederlassen können, irgendwo am Lauf des Dogon, etwas weiter oben, etwas abseits von der Route nach Daligar. Da würde er sowohl Crescio als auch den Orks entgehen. Er würde sich von Kastanien ernähren, von Zaunkönigen, Rotkehlchen, Schnecken, manchmal auch von gar nichts, daran war er ja schon gewöhnt. Verborgen in den Kastanienwäldern, würden sie ihn niemals finden.

Tatsache aber war … in gewisser Weise … dass er keine Lust dazu hatte.

Er könnte von Kastanien und Hunger leben, aber er hatte keine Lust dazu … und dann … früher oder später würden Robi oder Creschio oder alle beide ihn erwischen. Und das wäre dann hart.

Es war aber nicht nur die Angst. Er hatte wirklich keine Lust dazu, das war's. Eine Fliege ohne Flügel.

Auch wenn er die Schleichwege kannte und im Schutz der Dunkelheit voranging, musste er doch achtgeben, während er unter dem Wasserfall hinunterstieg.

Creschio, Caren Aschiol, der Kommandant von Erbrow, hatte erfahren, dass die Orks ins Land einfielen, und bewaffnete Patrouillengänge und Warnfeuer organisiert.

Es gelang Moron, allem auszuweichen. Er war gut im Kriechen. Er war gut darin, sich zu verstecken. Jeder ist gut in irgendwas. Es gibt niemanden, der in gar nichts gut ist.

Moron stieg hinunter, fiel hin, rutschte aus, aber alles leise. Keiner sah ihn, die Dunkelheit verbarg ihn. Noch lang vor Morgengrauen war er am Strand von Erbrow.

Das Meerwasser war kalt und ihn fror.

Moron tauchte langsam ein, er strampelte dabei, weil er nicht schwimmen konnte, und erreichte den Felsen des Blöden Orks, des Letzten Orks. Dort blieb er sitzen und wartete auf den Sonnenaufgang. Mit dem ersten Tageslicht würde die Flut kommen.

Als sein kleiner Bruder gestorben war, im Waisenhaus, hatte Creschio zu ihm gesagt, er sei eine Art Ork, weil er sogar seinem kleinem Bruder die Polenta weggenommen hatte und seinen kleinen Bruder hatte sterben lassen. Aber was sollte ihm denn schon daran liegen, an seinem kleinen Bruder? Der war die ganze Zeit über bei Mama geblieben, nachdem man ihn, Moron, bereits ins Waisenhaus gebracht hatte. Es gibt Leute, denen gelingt eben immer alles.

Mit der Morgendämmerung kam die Flut. Moron schauderte. Sein Leben war hier zu Ende. Wenigstens war es zu Ende, wann er es wollte. Das war ihm gelungen, wenigstens das.

Es ärgerte ihn, dass er in der Kälte sterben musste. Er hatte

Kälte immer gehasst. Auch im Sommer schleppte er immer ein Gefühl von Kälte mit sich herum, wie ein erloschener Herd in einem Haus.

Moron schüttelte sich. Wichtig war, dass es sofort zu Ende war, wo er starb, würden schließlich keine Margeriten wachsen.

Doch da täuschte er sich.

Nachdem das Wasser seinen Atem erstickt hatte, nachdem die Flut ihn fortgetragen hatte und als der Felsen bei Ebbe wieder aus dem Wasser auftauchte, war er bedeckt von einer Handvoll Margeriten. Es waren nur wenige, klein, schief und krumm, wie die stumme, vergebliche und verspätete Bitte um ein wenig Zärtlichkeit.

Niemand bemerkte es.

Die darauffolgende Flut löschte sie aus, für immer.

Drittes Buch

Der letzte Ork

Lisentrail hatte nämlich eines Tages zu ihm gesagt:
»He, Hauptmann, hast du gewusst, dass die Kinder von
Königen allein in einem dunklen Zimmer schlafen müssen, ohne
wen, der ihnen eine Geschichte erzählt oder
ihnen etwas vorsingt?
Davon bekommen sie einen miesen Charakter,
und wenn sie erwachsen sind,
liefern sie die Leute dann dem Henker aus.«

KAPITEL 1

Robi hatte Glück. Bei den Resten von Yorshs Scheiterhaufen angekommen, hatten die Orks offenbar beschlossen, ihr Lager aufzuschlagen. Sie hörte ihre Stimmen und stellte fest, dass sie ihr nicht folgten. Sie ritt eine Nacht und einen Tag. Sie trank aus Bächen, plünderte Kirschbäume, stahl in den verlassenen Bauernhöfen Karotten und vertrocknete Äpfel und rastete nie, außer so lang, wie unbedingt notwendig war, damit Enstriil nicht vor Erschöpfung zusammenbrach. Oft fiel sie, überwältigt von Müdigkeit, in einen kurzen Schlaf voller Albträume, aus dem sie mit einem schmerzlichen Schluchzen aufschreckte. Vor ihr saßen Erbrow, still und wie in einen Traum versunken, und Jastrin, der die halbe Nacht hindurch geweint hatte und erst aufhörte, als Robi ihn anherrschte, er solle damit aufhören.

Als er sich beruhigt hatte, nahm Jastrin sein ununterbrochenes Geplapper wieder auf. Robi trauerte dem Schluchzen nach. Jastrin kannte die Prophezeiung Arduins, sie war Bestandteil seiner fragmentarischen, aber beträchtlichen Geschichtskenntnis. Sobald er sich die Tränen aus den Augen gewischt hatte, begann er wieder, davon zu reden. Ob es stimmte, dass sie wie ihr Urahn in die Zukunft schauen konnte?

Die zweite Hälfte der Nacht war ein ununterbrochenes Loblied auf ihre Hellsicht.

»Es ist ein Glück, die Zukunft zu kennen. Dir geht es nicht so wie uns gewöhnlichen Menschen, dass man nicht weiß, was man sagen oder tun soll … Bei dir kommt es nie vor, dass du nicht weißt, wie eine Sache ausgeht! Alles ist in deinem Kopf drin. Man braucht bloß die Augen zu schließen und alles ist da. Alles ist leicht … man weiß alles schon im Voraus …«

Jastrin ließ nicht locker. Hatte er erst einmal ein Gesprächsthema gefunden, so konnte er vom ersten Funkeln des Abendsterns bis zur Morgendämmerung und noch einmal bis zum Aufgang des Abendsterns ununterbrochen reden, nur mit den unbedingt notwendigen Pausen zum Luftholen.

Robi versuchte nachzudenken, aber Jastrins Stimme lag ihr unentwegt in den Ohren.

Im Stillen hasste und verfluchte sie ihn, doch nicht mit dem erbitterten und bösen Hass, womit man Feinde verfolgt, sondern mit dem freundlichen und nachsichtigen, wie man ihn für Nervensägen übrighat.

Nur ein unverbesserlicherer Schwachkopf konnte meinen, ihre Visionen seien ein Segen. In Wirklichkeit waren sie bruchstückhaft, chaotisch, unvorhersehbar, fast immer unverständlich und widersprüchlich, manchmal absurd. Sie hatten sie beschützt und ihr geholfen, als sie noch ein Kind war, auf ihrer abenteuerlichen Flucht mit Yorsh, im Übrigen aber verstand sie ihren Sinn immer erst, wenn es zu spät war. Sie kamen ihr sinnlos, lästig und zudringlich vor wie Fliegen an einem Sommernachmittag. Als Yorsh aufgebrochen war, um in seinen Tod zu gehen, hatte sie nur eins im Kopf gehabt, und das war die Vision eines Rudels rennender Wölfe gewesen.

Nach dem Grauen seines Todes waren die Visionen blasser und seltener geworden und hatten jede erkennbare Kontur verloren. Yorsh hatte oft gesagt, die Zauberkraft der Elfen werde im Schmerz zunichte. Etwas in dieser Art musste auch ihr zugestoßen sein. Seitdem ihr Gemahl ins Reich der Toten eingegangen war, hatte sie nur noch unbestimmte Schatten im Kopf, Farbflecken, die sich in einem dichten, dunklen Nebel übereinanderschoben.

Obwohl tagsüber noch milde Temperaturen herrschten, war Robi am kahl rasierten Schädel kalt. Wahrscheinlich dauerte es einige Zeit, bis man sich an das Dasein ohne Haare gewöhnte. Immer noch trug sie die prächtige, fein ziselierte Krone mit den verschlungenen Efeuzweigen, dem getriebenen Gold zwischen blauem Email auf dem Kopf. Die Krone strahlte wie von innen heraus. Die goldene Kette des Grafen von Daligar, die sie über ihren zerlumpten Kleidern um den Hals trug, hatte einen stilleren, weniger auffälligen Glanz.

Überall begegneten ihnen Flüchtlinge aus der Grafschaft. Die Orks rückten vor. Zu entkommen war unmöglich. Der Weg über die Berge des Nordens war schon versperrt, hieß es.

Der Verwaltungsrichter und die Armee von Daligar waren längst in Sicherheit.

Durch die Warnfeuer benachrichtigt, war auch der Hof eiligst nach Alyil geflohen, in die unzugängliche Falkenstadt in den Bergen des Nordens.

Nach Daligar zu gehen, erschien Robi nach wie vor als die absolut verrückteste, aber auch als die einzige Möglichkeit. Betäubt von Jastrins unentwegtem Gerede und von ihrer eigenen Benommenheit, grübelte sie über diese Entscheidung nach.

Die Müdigkeit war genauso schlimm wie der Hunger, keins von beiden aber war so schlimm wie die Verzweiflung. Langsam schleppte sich der Tag dahin. Ab und zu sprach Robi, teils um ihre

Tochter zu beruhigen, teils um sich selbst zu beruhigen, teils um ihre eigene Stimme zu hören.

Sie wiederholte immer wieder denselben Satz: »Ich werde Mutter von zwei Kindern sein.«

Manchmal stieg Robi ab und ging ein Stück zu Fuß, um Enstriil zu schonen. Die Köpfe von Jastrin und Erbrow pendelten im Schlaf hin und her und sie selbst hätte es am liebsten auch so gemacht. Sie hatte ein Pferd, sie trug eine Krone auf dem Kopf. Diesen Menschen ohne Hoffnung musste sie wie eine Führerin erscheinen. Sie bemerkte, dass sie ihr folgten, etwas Besseres hatten sie nicht.

Jedes Mal wenn sie die Augen schloss, sah sie nur verschwommene Schatten.

Vielleicht war die Zukunft ja noch nicht festgelegt. Vielleicht musste sie erst noch entschieden werden. Vielleicht aber war ihre Hellsicht ganz einfach mit Yorsh zugrunde gegangen.

Sie verspürte keine Angst. Vielleicht war auch die zugrunde gegangen, ertränkt in Verzweiflung.

Endlich kam das verhasste Daligar in Sicht. Endlich war Robi aus den Wäldern heraus. Der Strom der Flüchtlinge hinter ihr schwoll ständig an. Sie bestätigten, dass es Warnfeuer gab, und in der Nacht zuvor hatten sie gebrannt. Viele hatten sie gesehen, und wie sie wusste die Stadt Bescheid, dass die Orks anrückten. Wenigstens gab es noch Wachposten.

Aber nicht alle waren auf diesem Wege benachrichtigt worden. Andere Flüchtlinge sprachen von einem Verfluchten Elfen, der erst die Orks aufgestachelt und dann die Unverschämtheit besessen hatte, sich über sie lustig zu machen, und Robi musste sich anhören, diese Unverschämtheit sei ihre Rettung gewesen, weil sie ihnen die Flucht ermöglicht hatte.

Robi musste an sich halten, um nicht zu fluchen. Sie war auch in Versuchung, Hand ans Schwert zu legen und diese grausame Dummheit mit Blut zu ahnden.

Sie dachte an die Größe und Großzügigkeit ihres verlorenen Gemahls, der all diesen Leuten das Leben gerettet hatte, indem er sich ihren Hass auf ihn zunutze machte. Beim Gedanken an Yorsh blutete ihr das Herz und noch einmal verscheuchte sie ihn, denn jetzt musste sie für ihre Kinder kämpfen und das konnte sie nicht mit blutendem Herzen.

Daligar war umlagert von verzweifelten Flüchtlingen, die sich, je näher man den Stadtmauern kam, immer häuslicher niedergelassen hatten.

Es musste mehrere Flüchtlingswellen gegeben haben, die letzte rollte noch und verebbte gerade. Wie Pilze schossen überall winzige Unterstände aus dem Boden, Mäntel wurden über in den Boden gerammte Stöcke gebreitet. Sie waren nicht einmal mannshoch und man musste auf allen vieren hineinkriechen. Überall brutzelte auf kleinen Feuern irgendetwas. An Leinen waren über den Feuern Kinderhemdchen zum Trocknen aufgehängt.

Die älteste dieser Ansiedlungen, direkt vor dem Graben, bestand schon aus kleinen Hütten und winzigen Gärtchen, umgeben von Tomatenstauden, dazwischen scharrte hier und da ein vereinzeltes Huhn, das so kostbar war, dass Scharen von Jungs es mit finsterer Miene, mit Stöcken und Knüppeln bewaffnet, aufs Schärfste bewachten. Robi bat eine Frau, die in einer flachen, verbeulten und fettigen Pfanne gerade ein Fladenbrot buk, um etwas zum Essen, sie bat um Mitleid, denn der Hunger war unerträglich und sie hatte nichts zu bieten im Tausch. Sie hatte nur ihr schmutziges, zerrissenes Kleid am Leib und nicht einmal Schuhe. In der ganzen Katastrophe war es ein winziger Trost, dass Erbrow in der Nacht der Entführung in Kleid und Schürze zu Bett gegangen war, mitsamt dem Spielzeug in den großen, bestickten Taschen. Das Mädchen war barfuß mitgenommen worden, aber sie hatte immerhin genug am Leib, um nicht zu frieren, und es war ein Segen, dass sie ihre Spielsachen bei sich hatte, denn jetzt, verstört, schweigsam und entsetzt, konnte sie wenigstens ihr Bötchen und ihre Puppe fest umklammert halten.

Mit einem wütenden Lächeln stand die Frau auf. Die bloße Vorstellung, dass jemand sie um Brot bitten konnte, ohne im Tausch etwas zu bieten zu haben, war wie blanker Hohn für sie.

»Du hast da diese Goldkette um den Hals, Gnädigste, wer weiß, wem du sie gestohlen hast; wenn du mir ein Glied davon gibst, kann man darüber reden«, sagte sie verächtlich.

In ihrer abgrundtiefen Verzweiflung und ihrer maßlosen Erschöpfung hatte Robi sowohl die Kette als auch die Krone vergessen. Sie musste zugeben, dass man nur schwerlich unbemerkt bleiben oder glaubwürdig die Rolle des Bettlers spielen konnte, wenn man auf einem Pferd saß und mit all diesem Gold behängt war. Aber jetzt war es nun einmal geschehen. Sie riss sich zusammen und überlegte.

Die Kette bestand aus einzelnen, aneinandergehängten Goldplatten, sie würden sich leicht voneinander lösen lassen. In diesem Augenblick erwachte Angkeel, der bis dahin in Erbrows Schoß gedöst hatte, und flog mit einem rauen Schrei auf. Langsam zog er einen Kreis über ihr und ließ sich dann auf ihrer Schulter nieder. Robi sah wieder nach der Frau, erblickte sie aber nicht mehr. Erst ihre Stimme verriet ihr, wo sie war: Sie kniete vor Enstriil auf dem Boden.

»Herrin«, sagte die Frau, »meine Herrin, verzeiht. Ich bitte Euch um Verzeihung. Ich flehe Euch an, zürnt mir nicht, ich bin nur eine einfache Frau. Wir sind arme Leute, wir wissen nicht. Ich hatte Euch nicht angesehen. Ich hatte die Krone nicht gesehen, das Schwert. Ich hatte den Adler nicht gesehen. Ihr seid eine von den alten Königen, nicht wahr? Ihr seid gekommen, um uns zu retten? Der Richter ist geflohen. Wir sind allein. Der Hof, die Soldaten, alle sind geflohen. Nur wir sind hiergeblieben. Meine Herrin, nur Ihr seid da… ich bitte Euch, Herrin, wer seid Ihr? Seid Ihr wirklich oder seid Ihr nur ein Gespenst, das aus der Tiefe der Zeit kommt?«

Robi war verblüfft.

»Ich heiße Rob…«, sie unterbrach sich. Das war jetzt nicht das Richtige. »Ich bin Rosa Alba, die Erbin Arduins«, brachte sie schließlich hervor. Dann überwog der Hunger alles andere. »Das Brot…«, murmelte sie.

Die Frau beeilte sich, es ihr in die Hand zu drücken, es war noch zu heiß, dann entfernte sie sich mit einer Verbeugung.

Flüsternd erklärte Jastrin: »Die alten Könige stehen im alten Palast von Daligar. Nein, nicht sie selbst, ihre Statuen. Das weiß ich von Yorsh, das heißt, ich wollte sagen, das hat er mir erzählt, als er noch am Leben war. Die alten Könige, weißt du, die hatten unter der Krone einen kahl rasierten Schädel. Das waren irgendwie etwas raue Zeiten, wie Yorsh das nannte, etwas raue Zeiten, ich glaube, das soll heißen, dass sie alle ziemlich ungehobelte Lümmel waren, Bauern und Viehhirten, die sich eine Krone aufsetzten, wenn sie in den Kampf zogen, dabei aber brave Kerle, tüchtige Kämpfer und gute Könige. Die handwerklichen Fähigkeiten waren noch nicht so entwickelt, schon gar nicht bei der Herstellung von Helmen. Die Scharniere der Visiere waren derart grob, dass sich die Haare darin verfingen. Wenn einer in den Krieg zog, rasierte man ihm daher die Haare ab. Das war ein Zeichen dafür, dass gekämpft werden musste. Mit der Krone auf dem nackten Schädel siehst du wahrscheinlich den Statuen der alten Könige ähnlich. Und dann hast du Angkeel bei dir. Der Adler zeichnete den König aus vor allen anderen Kriegern. Jeder König hatte einen Adler.

Mit Angkeel machst du eine richtig gute Figur. Arduin hatte einen Wolf. All diese Dinge weiß ich, weil Yorsh sie mir erklärt hat. Es ist unglaublich, was Yorsh alles wusste und wie gut er erzählen konnte. Ach, entschuldige, ich habe ganz vergessen, dass ich seinen Namen ja nicht erwähnen sollte.«

Yorshs Namen zu hören, war wie ein Dolchstoß für Robi, doch sie überwand sich und verbot dem Jungen nicht das Wort. Sie musste härter werden, wenn Yorshs Kinder überleben sollten. Sie musste ihr Herz stählen, musste es härter machen als einen Diamanten!

Robi warf das Fladenbrot von einer Hand in die andere und blies darauf, um es etwas abzukühlen, dann teilte sie es mit Jastrin und Erbrow. Andere Lumpengestalten drängten schüchtern heran und erzählten ihr alle durcheinander, dass fast der ganze Hofstaat, von den Feuern oder womöglich auch einem Boten des Richters gewarnt, am Tag zuvor nach Alyil aufgebrochen war, in die Falkenstadt in den Bergen des Nordens.

»Sie sind alle fort, müsst Ihr wissen, verehrte Frau, und Ihr, wer seid Ihr? Seid Ihr gekommen, um uns zu helfen?«

»Verzeiht, werte Frau, mit Verlaub gesagt, Ihr seht merkwürdig aus, ziemlich merkwürdig sogar, aber hier ist sonst niemand mehr, seid Ihr jetzt das Oberhaupt der Stadt?«

»Liebe Frau, lasst uns nicht im Stich, bei der Seele Eurer Toten und der unsrigen. Der größte Teil der Soldaten hat die Stadt verlassen. Sie haben den Pferden und den Sänften das Geleit gegeben.«

»Nur die Wachposten an den Stadttoren und auf den Wehrgängen sind noch da.«

»Und wer beschützt uns jetzt?«

»Daligar ist verlassen ...«

»Wehrlos ...«

»Allein. Sie haben die Stadt alleingelassen. Hier sind nur noch die Mauern und Ihr, Madam. Seid Ihr eine Kriegerin? Könnt Ihr etwas unternehmen?«

»Entschuldigt, Frau, könnt Ihr uns nicht auch in die Stadt hineinlassen? Wenn die Orks kommen, ist es besser, innerhalb der Mauern zu sein …«

»Liebe Frau, bei der Seele Eurer Toten und der unsrigen …«

Den Mund voller Fladenbrot, schaute Robi in den Wassergraben hinunter: stehendes, schlammiges Wasser, von einer dicken grünen Algenschicht überzogen, die aussah wie eine Wiese. Der Graben war tief. Er konnte ein feindliches Heer aufhalten. Die majestätische Zugbrücke war herabgelassen und sie ritt darüber.

Das Stadttor war mit einem großen Fallgitter verschlossen, das mittels eines Systems von Seilen und einer Seilwinde von einem Trupp Soldaten bedient wurde.

Robi sah die Soldaten an, die sahen sie an.

Robi überlegte sich, wenn sie höflich genug fragte, flehte, würde sie sie vielleicht überreden können, sie einzulassen, wenigstens für eine Nacht, und ihr Kind wäre in Sicherheit.

Doch noch während sie nach den Worten suchte, schweifte ihr Blick zu den anderen Flüchtlingen. Scharenweise zerlumpte Kinder, scharenweise verzweifelte Mütter. Schwerlich würde sie bewegendere Worte finden, mitleidigere Blicke ernten als all diese Menschen in ihrem Jammer.

Robi schluckte das Brot hinunter, stieg vom Pferd, hob stolz den Kopf und legte eine Hand ans Schwert, die andere an das Gitter. An den Abzeichen der Uniformen versuchte sie zu erkennen, wer der Kommandant des Trupps war, und an den wandte sie sich.

»Ich bin Rosa Alba, die Erbin Arduins. Mir sind die Insignien der Stadt übergeben worden. Zieht das Gitter hoch.«

Verdutztes Schweigen. Die Menge der Flüchtlinge drängte sich hinter Robi.

Verzweiflung musste auch unter den Soldaten herrschen. Der Name Arduins hatte eine Wirkung wie Hörnerschall. Die Köpfe gingen in die Höhe, die Blicke belebten sich. Robi schöpfte Mut, sie hatte das Richtige gesagt. Diese Menschen hier wollten ein Oberhaupt und einen Funken Hoffnung, jetzt, da die Obrigkeiten, an die sie geglaubt hatten, fortgegangen waren und alle Hoffnung sie verlassen hatte. Jahre und Jahre der Erziehung zum blindesten Gehorsam, Jahre und Jahre der Gewöhnung an die abscheulichste Grausamkeit hatten den Bewohnern Daligars jede Weisheit und allen Mut geraubt. Dummheit und Feigheit herrschten allenthalben.

Ohne einen Führer, der ihnen sagte, was sie tun sollten, würden sie sich abschlachten lassen wie die Schafe.

Sie hatten die Flüchtlinge ausgesperrt und die Brücke hochgezogen. Es musste da irgendeinen Befehl geben, dem angesichts der drakonischen Maßnahmen, mit denen der Richter Ungehorsam bestrafte, niemand zuwiderzuhandeln wagte, und deshalb würden sie sterben, ohne auch nur einen Versuch zu unternehmen, sich zu wehren.

»Ähäm«, fing der Kommandant des Trupps zögernd an. »Donna Rosa Alba … das heißt … Frau … Äh … Ich … Es ist nicht meine Schuld … Seht Ihr … Wir haben die Schlüssel zum Stadttor nicht … Man muss den Seneschall darum bitten … Man kann sie nicht ohne Genehmigung bekommen …«

Robi dachte, dass das jetzt gar nicht passte.

In der ersten Verwirrung über ihr Auftauchen konnte sie es schaffen, mit ihrer Krone auf dem Kopf, den goldenen Insignien um den Hals, dem Namen Arduins auf den Lippen und ihrem großartigen weiß-blauen Adler auf der Schulter.

Sie hatten sich hinter ihren Vorschriften verschanzt.

Es dauerte zu lang, an den Schlüssel zu kommen, die Genehmigung dafür zu erbitten, die Entscheidung für seinen Einsatz zu erwirken.

Der magische Augenblick würde verstreichen. Die Überraschung würde nachlassen. Der Gehorsam würden siegen. Jeden Augenblick konnte jemandem auffallen, dass Rosa Alba ja zu Robi abgekürzt werden konnte, und er würde sich erinnern, dass ein Todesurteil über sie verhängt war. Das wäre das Ende.

Erbrow und Jastrin waren auf dem Rücken von Enstriil sitzen geblieben. Das Mädchen war genau auf der Höhe des enormen Riegels aus getriebenem Eisen. Sie legte ihr kleines Patschhändchen darauf, das nicht einmal genügend Kraft gehabt hätte, auch nur den Schlüssel zu heben.

Klank.

Ein hartes, trockenes Geräusch hallte in der Stille wider und der Riegel sprang auf.

Robi hielt ihre Mimik im Zaum und ließ kein Erstaunen erkennen. Sie warf Jastrin einen drohenden Blick zu, damit auch er kein Erstaunen verriet und einmal im Leben seinen Mund hielt. Sie musste sich davon überzeugen, dass ihre Tochter Zauberkräfte besaß, die alles überstanden hatten, auch den Schmerz.

Reglos und unerschütterlich wiederholte sie ihren Befehl. Dies war nicht der Augenblick, es bei Halbheiten bewenden zu lassen.

»Ich bin Rosa Alba, die Erbin Arduins. Mir sind die Insignien der Stadt übergeben worden. Ich bin gekommen, um mit und für Daligar zu kämpfen.« Nichts von dem, was sie gesagt hatte, war eigentlich falsch. »Zieht das Fallgitter hoch, unverzüglich, und lasst es offen, bis sämtliche Flüchtlinge, die um die Stadt lagern, hereingekommen sind. Wenn alle in Sicherheit sind, lasst das Gitter herunter und zieht die Zugbrücke hoch.«

Die Befehle wurden auf der Stelle ausgeführt.

Robi betrat die Stadt als Erste, zu Fuß, Enstriil am Zügel führend. Jastrin und Erbrow sahen sich mit großen Augen um. Zum ersten Mal sahen sie eine Stadt. Daligar war heruntergekommen, verdreckt und verschimmelt durch Verwahrlosung und Elend, aber trotzdem lag Staunen auf den Gesichtern der beiden.

Angkeel saß weiterhin auf Robis Schulter. Sein Gewicht war beträchtlich, seine Anwesenheit aber beruhigend. Es war klar, dass die neue Herrscherin von Daligar einen Gutteil ihres Erfolges ihm verdankte.

Als auch der letzte Karren mit Flüchtlingen in der Stadt war, krachte das Fallgitter mit lautem Knall herunter, während die Zugbrücke unter Quietschen und Kettengerassel langsam in die Höhe ging.

In diesem Augenblick erschienen die Orks: Bataillone und Bataillone, Heerscharen und Heerscharen, drangen sie alle gleichzeitig aus den Wäldern.

Die Kavallerie, die an der Spitze ritt, produzierte sich in einer so sinnlosen wie komischen Attacke, indem sie die winzigen Gärten und die Tomatenstauden niedertrampelte, und machte unmittelbar vor dem Graben halt.

Tierisches Gebrüll drang von den Belagerern herauf, dem Flüche von den Wehrgängen antworteten.

»Herrin, die nördliche Zugbrücke ist noch heruntergelassen«, machte einer der Hellebardiere ihr Meldung. »Um sie zu erreichen, müssen die Orks den Dogon überqueren. Da gibt es eine Holzbrücke in einer halben Meile Entfernung. Sollen wir die nördliche Brücke auch hochziehen?«

»Natürlich«, antwortete Robi. »Nachdem ihr alle eingelassen habt, die in der Umgebung lagern.«

Wieder wunderte sie sich, dass es sogar für eine so selbstverständliche Aktion der Genehmigung oder der Zustimmung einer Wildfremden bedurfte, die aus dem Nichts aufgetaucht war und sich selbst zur Führerin ernannte.

Sie saß fest in einer Stadt, in der man bis vor Kurzem bereit gewesen wäre, sie zu hängen, und in der Dummheit und Feigheit der Verteidiger nur der Grausamkeit und Angriffslust der Belagerer gleichkamen.

Dankgebete stiegen aus der Menschenmenge der Flüchtlinge auf, die jetzt rund um den Brunnen im unteren Teil der Stadt direkt hinter dem Stadttor lagerten.

Arduin hatte ein merkwürdiges Wesen gesandt, das sie gerettet hatte.

Da beschloss Angkeel, dass es nun genug sei mit seiner königlichen Reglosigkeit, und stürzte sich auf ein unbewacht gelassenes Küken. Die königliche Würde der neuen Königin war nun anerkannt und nichts konnte sie mehr antasten.

KAPITEL 2

Der Kommandant der Wachsoldaten beim Großen Tor begleitete Robi zum Palast des Richters, dem einstigen Königspalast, den sie vage kannte, weil sie als Kind in seinen unterirdischen Verliesen gefangen gewesen war, aus denen Yorsh sie dann befreit hatte.

Der Palast war eigenartig, seltsam schief und asymmetrisch, mit nur ganz wenigen Fenstern. Rosalba durchschritt prächtige und verlassene Säle, einen schönen Garten voller Blumen und gelangte schließlich über eine ganz von Glyzinien überrankte Treppe in das, was der Soldat den »Großen Saal des Alten Throns« nannte. Er war nach drei Seiten geschlossen, anstelle der vierten Wand war da eine lange Galerie, auf der riesige, in Stein gehauene Statuen der Könige von Daligar aufgereiht standen. Alle hielten ein Schwert in der Hand, die ältesten hatten unter der Krone einen kahl rasierten Schädel und die ersten beiden in der Reihe, die ältesten Könige von Daligar, trugen einen Adler auf der Schulter. Der Saal mit der Galerie lag im ersten Stock, darunter öffnete sich ein Hof, der völlig verschieden war von dem übrigen düsteren Bau, eingefasst von einem Bogengang mit gedrechselten Säulen und schlanken Spitzbögen.

»Zweite Runendynastie«, erklärte Jastrin.

Auch der Soldat gab architektonische Erläuterungen ab.

»Wo man Bögen und Säulen sieht, das sind die älteren Teile, das geht zurück auf die Runenzeit«, erklärte er, »es ist nicht mehr viel davon da, weil der Richter alles hat abreißen lassen, um nach seinem Geschmack neu zu bauen. Außer dem, was hier noch zu sehen ist, das ist die Königsgalerie, das Herz von Daligar, aber der Richter mochte es nicht, das war nicht sein Thron«, setzte der Soldat hinzu und zeigte auf einen riesigen, völlig schmucklosen Thron aus Stein. »Das ist der Thron Arduins. Der Richter residierte im ›Kleinen Saal des Neuen Throns‹, das war seiner.«

Rosalba hatte Erbrow, die eingeschlafen war, auf dem Arm, und Angkeel, der auch halb döste, saß auf ihrer Schulter. Jastrin trottete hinter ihr her.

Während sie die lange Reihe der Königsstatuen abschritt, sah Robi überraschenderweise zwei Gestalten auf sich zukommen, die ersten Personen, die sie im Königspalast traf. Voran ging ein groß gewachsener Würdenträger mit schmalem Gesicht, wallendem weißem Bart und Haupthaar; er war prächtig in hellen Brokat gekleidet. Ihm folgte ein kleiner, rundlicher, glatzköpfiger Mann, genauso alt wie der erste, mit rundem Gesicht, kurzem Bart und in weißes Leinen gekleidet, darüber trug er einen dunklen Mantel, der bei aller Erlesenheit doch den Eindruck von Arbeitskleidung machte.

Als sie auf gleicher Höhe waren, blieb Robi stehen.

»Die Stadt ist von den Orks belagert und man muss sie retten«, verkündete sie. »Ich bin Rosalba, die Erbin Arduins.«

Noch einmal musste sie sich selbst loben, weil sie eine kleine Ansprache gehalten hatte, die keine falsche Behauptung und nichts Anfechtbares enthielt. Erstauntes Schweigen. Der kleine Alte fasste sich als Erster. Er strahlte übers ganze Gesicht und begrüßte sie gerührt mit einer tiefen Verbeugung.

»Herrin«, stellte er sich vor, »ich bin der Hofmeister des Königlichen Hauses, und es ist mir eine Ehre, Euch zu Diensten zu sein. Was auch immer Ihr benötigen mögt, sprecht es nur aus. Eure Anwesenheit… Die Tatsache, dass Ihr hier seid…«, er stockte, suchte nach Worten. »Wir sind nicht allein in der Gefahr. Ein Erbe Arduins ist bei uns. Ihr, Herrin, seid der einzige Hoffnungsstrahl im grausamen Dunkel dieser schrecklichen Nacht.«

Die Verbeugung des anderen, des hageren Alten, fiel erheblich weniger tief aus, eigentlich war es mehr ein Kopfnicken als eine Verbeugung.

»Ich bin der Seneschall des Stadt, Herrin, und niemals hätte ich gedacht, dass ich nach der doppelten Schmach der Flucht des Hofes und des Angriffs durch die Orks auch noch würde erleben müssen, dass mir jemand ohne Schuhe Befehle erteilt.«

Robi war sprachlos, und sie fragte sich, ob sie wütend werden oder die Sache auf sich beruhen lassen sollte. Der Haushofmeister musste derjenige sein, der sich um die Küchen kümmerte, um das Treppenkehren, ums Bettenmachen und um alles, was erforderlich ist, damit ein Haus nicht zur Zufluchtsstätte für Kakerlaken, Fledermäuse und Ratten wird. Sie war sich nicht sicher, ob sie wusste, was genau ein Seneschall war. Vermutlich so etwas Ähnliches wie ein Berater. Und der lange Lulatsch mit der weißen Mähne musste der Berater des Richters gewesen sein – neben seinem unsympathischen Charakter ein weiterer guter Grund, nichts mit ihm zu tun haben zu wollen.

Immerhin aber hatte er sie mit »Herrin« angeredet. Sie würde den Disput wohl auf später verschieben. Das war vielleicht nicht der rechte Zeitpunkt, ihre äußerst riskante Position auszureizen. Doch dann änderte sie ihre Meinung. Vielleicht wären sie am nächsten Tag alle tot und ermordet. Es war ihre erste und einzige Nacht als Befehlshaberin von irgendwas. Da konnte sie auch gleich ernsthaft Königin sein. Sie versuchte, sich zu erinnern, wie die Könige, Halbgötter und Helden in den Dramen und Tragödien sprachen, die Yorsh zum Zeitvertreib an langen Sommerabenden am Strand unter dem Felsen erfunden hatte. »Langsam«, wiederholte Yorsh immer wieder bei den Proben, »ein König spricht immer langsam. Er muss sich nicht beeilen, um den Fisch vom Feuer zu nehmen oder die Netze zu überprüfen. Könige haben nie etwas anderes zu tun, als König zu sein. Sie haben immer alle Zeit der Welt.«

»Daligar wird morgen nicht sterben«, entgegnete sie in langsamer und gemessener Sprechweise. »Von Euch könnte ich dasselbe nicht behaupten. Meine Geduld muss mir mit den Schuhen abhandengekommen sein, war aber auch in besseren Zeiten nie sonderlich reichlich vorhanden. Das solltet Ihr nie außer Acht lassen, würde ich Euch empfehlen.«

Dass Daligar überleben würde, war die erste wirklich zweifelhafte Aussage, die sie machte. Um die Unterhaltung gleich auf eine praktischere Ebene zu lenken, fragte sie den Hofmeister des Königlichen Hauses nach einem Ort, wo sie ihre Tochter schlafen legen konnte, wenn möglich nicht das Bett des Verwaltungsrichters. Der alte Mann verneigte sich und bat sie mit einer Handbewegung, ihm ins Innere des Palasts zu folgen. Jastrin trottete hinter ihnen drein, immer müder. Steif und kerzengerade beschloss der Seneschall den Zug.

Vor einer bemalten Tür standen imposant und nutzlos vier Wachsoldaten. Sie betraten einen Raum, der ganz mit weißer Seide ausgeschlagen war und »Saal des Neuen Throns« genannt wurde, darin stand ein mit Silberintarsien verzierter Holzsessel, der dem Richter gehört hatte. Der Stoff, mit dem er bespannt war, zeigte Stickereien in einem Margeritenmuster. Über die Rückenlehne geworfen war ein kostbarer Mantel aus dunkelblauem Samt mit einem raffinierten Besatz aus Perlen und Goldfäden, wodurch er aussah wie das Meer im nächtlichen Glanz des Mondscheins.

Schließlich wurde die neue Herrscherin in »ihre Gemächer« geführt, eine Flucht von großen Sälen, in deren Innerstem ein riesiges Bett mit Baldachin stand und ein Kamin vorhanden war.

Robi legte die schlafende Erbrow aufs Bett und deckte sie mit einer hellen Wolldecke zu, die sich federleicht um sie schmiegte. Endlich verließ Angkeel ihre Schulter und hockte sich neben Erbrow, die ihn, ohne ganz aufzuwachen, in die Arme schloss.

Robi beugte sich hinunter und küsste ihre Tochter auf die Stirn. Am liebsten hätte sie sich neben ihr ausgestreckt, um nach Herzenslust auszuschlafen, aber ihr war klar, dass sie in diesem Fall von den Orks geweckt werden würde.

»Bleibt bei der Kleinen und wacht bei ihr«, sagte sie sanft zum Hofmeister des Königlichen Hauses, »und Ihr«, sagte sie knapp zum Seneschall, »führt mich sofort auf die Wehrgänge; wir wollen doch einmal sehen, ob es mir auch ohne Schuhe gelingt, diese Stadt von Dummköpfen zu retten, wo es, selbst um die Zugbrücke hochzuziehen, eines Befehls von mir bedurfte.«

An der Tür sah sich Robi noch einmal nach der schlafenden Erbrow um.

»Wir gehen jetzt in den Kampf«, sagte sie zum Hofmeister des Königlichen Hauses. »Wir kämpfen. Wer immer es kann. Alle. Ihr nicht. Ihr bleibt als Wache hier.« Sie zeigte auf das Kind. »Sollte ich nicht in diesen Raum zurückkehren, werdet Ihr Euch um meine Tochter kümmern, als ob sie Euer eigenes Kind wäre.«

Der Hofmeister des Königlichen Hauses verneigte sich tief zum Zeichen des Gehorsams.

»Ich will sagen«, fuhr Robi fort und musste dabei gegen Ekel und Schwindel ankämpfen, die diese Worte in ihr hervorriefen, »falls ich nicht wiederkehre und die Orks kommen… ich will sagen … wenn die Orks bis zu meiner Tochter vordringen …«, sie zögerte noch einmal, dann schloss sie ernst: »Lasst nicht zu, dass sie ihnen lebendig in die Hände fällt.«

»Das hatte ich schon verstanden, Herrin«, antwortete der Alte.

Der Weg, den der Seneschall einschlug, um sie schnellstmöglich auf die Wehrgänge zu bringen, führte durch den unteren Teil des Palasts, die oberste Ebene der Verliese. Es war eine Folge von kleinen Räumen mit Hunderten von Glasfläschchen darin, die allesamt mit einer durchsichtigen Flüssigkeit gefüllt waren.

»Was ist denn das?«, fragte Robi.

»Parfüm«, antwortete der Seneschall einsilbig.

»Ich weiß nicht, was das ist«, gestand die Herrscherin. Sogar Jastrin schien dazu nichts einzufallen.

Der Seneschall seufzte und schickte einen kurzen Blick zum Himmel, zu den Göttern, wie um sie zu Zeugen anzurufen für derart barbarische Unkenntnis.

»Der Verwaltungsrichter«, erklärte er, »hat eine Methode entdeckt, wie man aus den Überschüssen an Obst und Getreide Dünger für die Blumen im Palast gewinnen kann.«

»Überschüsse an Obst und Getreide?«, fragte Robi fassungslos. Die Armut und der Hunger ihrer Jahre im Waisenhaus waren ihr noch im Gedächtnis, ebenso wie die Soldaten, die ihre Eltern fortgeschleppt hatten. Außer der verdächtigen Freundschaft mit einem Elfen war die Anklage gewesen, sie hätten versucht, die Ernte des Dorfes Arstrid beiseitezuschaffen, die sie gekommen waren, als Überschluss abzuholen. »Was für Überschüsse an Obst und Getreide? Wann hat es in der Grafschaft denn je Überschuss an irgendetwas gegeben?«

Der Seneschall ging auf den Einwurf nicht ein, seufzte und fuhr fort.

»Mit dem Obst und Getreide werden vor allem die großen und

besonders stark duftenden Glyzinienblüten gedüngt. Durch ein kompliziertes System von Destillierkolben gewinnt man aus den Blüten ein Parfüm, eine durchsichtige Flüssigkeit, die entflammbar ist, vorzüglich duftet und nützlich ist gegen die Ausbreitung von Seuchen. Das Parfüm wird überall verkauft, auch außerhalb der Grafschaft. Ein Großteil des Reichtums des Richters rührt daher.«

Die Tatsache, dass die Bevölkerung von Daligar jahrelang Hunger gelitten hatte, nur um dieses sinnlose Zeug herzustellen, schien den zaundürren Höfling nicht im Entferntesten zu rühren. Robis Sympathie für ihn wurde dadurch nicht größer.

»Entflammbar?«, fragte sie schließlich. »Heißt das, dass es brennt? Aber Wasser brennt doch nicht!«

Noch ein Seufzer.

»Die durchsichtige Flüssigkeit ist kein Wasser, sondern eben Parfüm«, erklärte der Seneschall. »Hält man eine Flamme daran, entzündet es sich. Ja, wenn ein Fläschchen in ein Kaminfeuer fällt und zerbricht, gibt es eine so heftige Stichflamme, dass es zu einer Explosion kommt.«

»Zu was?«, fragte Robi.

»Zu einer Explosion, Herrin. Eine Flamme, die sich mit Donnerknall nach allen Seiten ausbreitet.«

Sie kamen aus den Verliesen heraus und durchquerten einen großen Innenhof. Jastrin stets hinter sich, gelangte Robi nach oben auf die Wehrgänge und sah sich um.

Im Licht der untergehenden Sonne lag die Stadt da, sie war von allen Seiten umzingelt. Im Westen strahlte noch der letzte Sonnenschein, während der Himmel im Osten nach Varil zu dunkel war wie eine Stahlplatte, schwer von Wolken, vor denen sich die Mauern der Stadt leuchtend abhoben, als wären sie aus Gold.

Unter dem dräuenden Himmel standen die Möwen reglos in der Luft, ihre Flügel glänzten in den letzten Sonnenstrahlen. Unterhalb der Wehrgänge wehten die karmesinroten Fahnen der Stadt. Die schrägen Strahlen der untergehenden Sonne spiegelten sich in den Wassern des Dogon und verwandelten den Fluss in ein schimmerndes Band aus Licht. Der Fluss lief von Ost nach West, er kam aus der Ebene von Varil und floss zu den Dunklen Bergen, an einer bestimmten Stelle teilte er sich in zwei ungleiche Arme, welche die Stadt Daligar einschlossen wie eine Insel und rings um sie einen tiefen, natürlichen Graben bildeten. Der Flussarm im Südosten war breit und behäbig, das Wasser stand fast still und war gesäumt von Schilfrohr; über ihn führte die monumentale Zugbrücke, auf der Robi ihren Einzug gehalten hatte. Der Flussarm im Norden war schmal und lief zwischen Felsenufern, das Wasser war hier reißend. Die Zugbrücke beim Nördlichen Tor war kurz und schmal.

Die Orks lagerten mittlerweile schon an beiden Flussarmen. Etwa anderthalb Meilen vom Zusammenfluss der beiden Wasserarme entfernt, zwischen Daligar und den Dunklen Bergen, erblickte Rosalba die alte Holzbrücke, die erlaubte, den Fluss zu überqueren, ohne durch die Stadt zu müssen. Die feindlichen Heere hatten sie überschritten und belagerten die Stadt nun von allen Seiten. Ohne Befehle sich selbst überlassen, hatten die Soldaten von Daligar nicht einmal den Funken Verstand aufgebracht, die Brücke in Brand zu setzen.

Jastrin erklärte, die Holzbrücke sei laut Yorshs Erzählungen überdacht und im Inneren farbig ausgemalt und mit Reliefs geschmückt, die Sire Arduins Siege darstellten.

Yorshs Namen auch nur zu hören, war schmerzlich für Robi, und sie musste ihre ganze Kraft zusammennehmen, musste mit aller Kraft an Erbrow denken, musste mit aller Kraft an das Kind denken, das sie unter dem Herzen trug. So gelang es ihr, Jastrin ruhig und gefasst nach der Taktik Sire Arduins zu fragen, ihn zu bitten, er solle ihr wiederholen, was Yorsh ihm über die siegreiche Kampftechnik des Heerführers erzählt hatte. Unglücklicherweise versiegte bei diesem Punkt aber Jastrins Redestrom. Er wusste nichts darüber, denn bis dahin waren sie nicht gekommen. Alles, was Yorsh ihm noch rechtzeitig dazu hatte sagen können, waren die zwei Sätze, die Arduin ständig wiederholte: »Ich kämpfe mit dem, was ich habe«, und: »Ich kämpfe nur, um zu siegen.«

Robi ließ sie sich zweimal wiederholen, um sicher zu sein, dass das alles war, was der große Feldherr weiterzugeben hatte. Das hieß nichts und war zu nichts zu gebrauchen.

»Ich kämpfe mit dem, was ich habe.«

»Ich kämpfe nur, um zu siegen.«

Das kam ihr vor wie die Sätze, die sich die Rädelsführer von Jungenbanden auf der Straße zurufen, bevor sie aufeinander losgehen.

Zwischen den Lagerfeuern der Orks standen in unregelmäßigen Abständen die Pfähle mit den Köpfen der Männer darauf, die nicht rechtzeitig geflohen waren. Die Soldaten auf den Wehrgängen erkannten die Köpfe ihrer Kameraden und zeigten sie einander. Das waren die Wachposten gewesen, die tapfer ihre Warnfeuer angezündet hatten, um das Anrücken der Orks anzuzeigen, sich dann aber, in Ermangelung eines Befehls, der ihnen erlaubt hätte, ihre Stellung zu verlassen, nicht vom Fleck gerührt hatten und so ihren eigenen Tod bewacht hatten. Die Entfernung war zu groß, aber Rosalba stellte sich die Augenhöhlen vor, in denen schon die Fliegenschwärme nisteten, das von Blut verklebte Haar, die zum letzten Schrei schrecklich verzerrten Münder – auch jenseits der Flusses, auch in der Dämmerung war das zu sehen.

Sogar bis oben auf die Wehrgänge herauf drang der Gestank

der Belagerer, eine Mischung aus Kot und fauligem Fleisch, und nicht einmal der frische Wind, der die Möwen in ihrem Flug trug, vermochte, ihn zu vertreiben oder auch nur abzuschwächen. Das Wasser des Dogon war schon verseucht und nicht mehr trinkbar. Der Stadt blieb nur der Brunnen unten bei der Zugbrücke, in dem Teil, der aller Wahrscheinlichkeit nach als erster fallen würde.

Glaubte man Jastrin, der über die Taktik Sire Arduins rein gar nichts wusste, was die Gewohnheiten der Orks anging, aber eine Autorität war, so würde es in der Nacht ruhig bleiben. Der Angriff würde nicht vor Morgengrauen beginnen.

Wenn sie es sich aussuchen konnten, kämpften die Orks lieber nicht in der Nacht, und hier konnten sie es sich ja nun wahrhaftig aussuchen.

In der Nacht sah man die zerfetzten Glieder nicht, die Angst und das Grauen der Sterbenden waren nicht zu erkennen, und um die Angriffslust anzufeuern, blieben nur die Schreie und das Stöhnen der Verwundeten. Am Tag hingegen würde im Licht der Sonne alles gut erkennbar sein, das Blut auf den Piken und Äxten würde glänzen und ihre Raserei vervielfachen.

Nur wenn es absolut notwendig war, würde man darauf verzichten, aber es bestand ja keinerlei Notwendigkeit.

»Bis morgen früh ist Daligar sicher«, versicherte Jastrin. »Wenn wir Glück haben, regnet es morgen, und wir gewinnen einen weiteren Tag Leben.«

»Greifen sie nicht an, wenn es regnet?«

»Nur wenn sie es sehr eilig haben. Sie mögen das nicht.«

In diesem Augenblick riss der Himmel auf, der Wind, der von Stunde zu Stunde stärker geworden war, zerstreute die Wolken und damit die Hoffnung auf Regen.

Eine letzte Nacht, eine einzige.

»Die Orks aus den Sümpfen sind gute Schwimmer und gute Kletterer. Siehst du dort hinten? Diese Stapel von Dingern, von denen man nicht weiß, was es ist? Das sind Boote. Sie haben eine Art von sehr leichten Booten, die aus Häuten und Zweigen gemacht sind. Die nehmen sie überallhin mit, dutzendweise, sie laden sie auf kleine Karren aus Holz und geflochtenem Stroh.«

»Unser Graben ist also zu nichts nütze?«

»Doch, zu etwas schon. Sie können die Leitern nicht benutzen«, antwortete Jastrin beschwichtigend.

Robi sah es. Jedes Boot fasste zwei Männer und es waren wirklich unzählig viele. Der Graben allein würde die Orks also sicher nicht aufhalten. Man brauchte zusätzlich irgendeine militärische Verteidigung. Ein paar Schritte von den Booten entfernt hatten die Orks einen Pfahl aufgestellt, der mit Fett eingeschmiert war, er glänzte im schwindenden Licht.

»Und das?«, fragte Robi.

Jastrin musste einen Augenblick nachdenken.

»Das ist zur Übung für die Akrobatensoldaten.«

Ein paar Orks kletterten hinauf wie auf einen Maibaum, das hatte Robi einmal bei einem Fest gesehen.

»Siehst du?«, sagte Jastrin. »Das sind die Akrobatensoldaten.«

»Also die Boote bringen sie herüber und dann klettern sie die Mauern hinauf?«

»Ja, bis es einem von ihnen gelingt, die Zugbrücken herunterzulassen. Dann sind wir erledigt.«

Rosalba sah den Orks weiter zu, wie sie hinaufkletterten und sich hinunterließen und dabei eine Reihe von komplizierten Figuren ausführten, fast so etwas wie ein Ballett in der Vertikalen, und ihre Körper schienen dabei schwerelos. Fasziniert sah Robi zu, konnte den Blick nicht abwenden, bis Jastrin sie auf die Wurfmaschinen aufmerksam machte.

Nach der Kavallerie, nach den Männern zu Fuß waren kurz vor Sonnenuntergang, gezogen von Scharen kleiner Maultiere, die Wurfmaschinen eingetroffen, groß, schwarz und schrecklich.

»Die sind für die Zugbrücke. Sie schleudern mit Öl getränkte, brennende Reisigbündel. Ich glaube ja nicht, dass sie es über die Mauern schaffen und die Dächer der Häuser treffen, aber die Zugbrücken setzen sie mit Sicherheit in Brand, und ohne die bleiben uns nur die Fallgitter, um sie draußen zu halten. Aber wenn sie viele sind, heben sie die einfach hoch.«

Robi fühlte, wie das Grauen der Verzweiflung sie packte. Es war niemand anderer da, um die Stadt zu befehligen, und sie hatte nicht die blasseste Ahnung, wie eine Strategie aussehen könnte, die sie retten würde. Reglos blieb sie auf den Wehrgängen stehen und schaute hinunter. Verwirrt von ihrem Schweigen, wich Jastrin von ihrer Seite, vermutlich auf der Suche nach einem geneigteren und aufmerksameren Zuhörer.

Der einzige halbwegs vernünftige Plan war die Kapitulation, aber wie Jastrin umständlich erklärt hatte, war »vernünftig« kein Wesensmerkmal der Horden, die sie belagerten.

»Wer kapituliert, den bringen sie elendiglich um. Wer es versucht hat, den haben sie das büßen lassen.«

»Büßen? Was heißt da ›büßen‹? Was haben sie denn zu büßen, wenn sie sich ergeben?«

»Dass sie ihnen die Freude an der Schlacht verdorben haben. Ich glaube, sie sind beleidigt, wenn sie nicht kämpfen können. Sie sind Krieger, verstehst du? Sie fühlen sich betrogen, wenn keiner mit ihnen kämpft. Sie ärgern sich.«

»So, sie ärgern sich?«, fragte Rosalba. Sie war nicht sicher, ob sie richtig verstanden hatte. Jastrin war bemüht, sich klar auszudrücken. So wie Yorsh, aber mit fragwürdigerem Ergebnis.

»Sie ärgern sich«, bestätigte Jastrin.

»Mir scheint, sie ärgern sich auch, wenn einer sie bekämpft oder zu fliehen versucht.«

»Das stimmt!«, räumte Jastrin ein, untröstlich. »Sie sind eben reizbar.«

»Gibt es deines Wissens einen Weg, sich nicht von den Orks umbringen zu lassen?«

»Sicher, wir brauchen uns nur untereinander umzubringen. Es gab mal eine Festung, da haben alle gemeinsam Selbstmord begangen. Das war noch vor den Elfenkönigen. Sie haben sich gegenseitig umgebracht, sodass die Orks, als sie kamen, nur Tote vorfanden und niemandem mehr wehtun konnten.«

»Wer weiß, wie sie sich da geärgert haben«, bemerkte Rosalba, »reizbar, wie sie sind!«

»Ja«, antwortete Jastrin, ohne den Sarkasmus zu bemerken, »aber da war nichts mehr zu machen.«

Wahrscheinlich hätte auch der größte König, hätte selbst der mächtigste Krieger keine Lösung gewusst außer der, sich vor Eintreffen der Orks selbst zu töten, sich die Kehle durchzuschneiden, nachdem man sie den Kindern durchgeschnitten hat, um so langwierigere und fantasievollere Prozeduren zu vermeiden, denen etwaige Überlebende nach der Niederlage mit Sicherheit unterworfen würden.

Die Idee des kollektiven Selbstmords erschien ihr die einzige Lösung, und sie erwog sie lange bei sich, während die Sonne unterging und im Westen die ersten Sterne funkelten, an einem immer wolkenloseren Himmel.

Dann verwarf sie sie, weil das feige war.

Daligar würde kämpfend sterben, um die Orks aufzuhalten und der noch freien Welt Zeit zu geben, sich zu rüsten und zum Gegenangriff überzugehen. Alle würden sterben, bis zum letzten Kind, bis zum letzten räudigen Hund, bis zum letzten verlausten Huhn, aber sie würden nicht ohne Widerstand sterben und so lang kämpfen, wie sie konnten.

Ihr geliebtes Töchterchen und das Kind, das sie im Schoß trug, würden mit ihr sterben, und der Stamm der Elfen würde ebenso ausgelöscht sein wie der Arduins. Das war das Ende, aber es war nicht das Ende von Feiglingen. Sie hatten keine Wahl, ob sie leben oder sterben wollten, aber sie konnten entscheiden, ob sie als Menschen sterben wollten oder wie die Fliegen, die mit einer Handbewegung ausgelöscht werden an einem Sommerabend. Jeder abgeschossene Pfeil, jeder getötete, verletzte oder irgendwie aufgehaltene Ork wäre ein gewonnener Tag. Und nicht nur Zeit würden sie der Menschenwelt schenken, sondern auch Mut und Vertrauen. An den Lagerfeuern, auf den Schlachtfeldern, in den Nächten ohne Mond, wenn der Glaube wankend und ein schmerzloser Tod zur unwiderstehlichen Versuchung wird, da würde man von Daligar erzählen, der Stadt, die kämpfend gestorben war, Straßenzug um Straßenzug, Haus für Haus, Mann für Mann, und der Mut würde aufleben und die Hoffnung wiederauferstehen.

Robi riss sich los, stieg die Treppe hinunter zum Thronsaal. Das Kind in ihr regte sich und gerührt blieb sie einen Augenblick stehen. Seit Yorshs Tod geschah das zum ersten Mal. Tränen traten ihr in die Augen.

Vielleicht war doch nicht alles verloren. Vielleicht gab es ja eine Vorsehung, die wollte, dass dieses Kind geboren wurde.

Jastrin versuchte tapfer, einer Reihe von Jungs und Mädchen den Mut einzuflößen, den er selbst nicht hatte, und erzählte ihnen die Geschichte von Arduin, wie er gegen die Orks kämpfte, wobei auf einen seiner Soldaten zehn Orks kamen, nein, zwanzig, dreißig, hundertzehn... und er hatte sie alle in einer einzigen Schlacht vernichtet, wie wenn der Wind die Spreu auseinandertreibt. Robi unterbrach ihn in seiner Erzählung und befahl mit ruhiger Stimme, sie sollten sofort aufstehen, alle, und jeden, der nur halbwegs imstande war, eine Waffe in der Hand zu halten, in die Waffenkammer führen. Der Befehl der Königin von Daligar, der Erbin Arduins, war, alles zu verteilen, was zu verteilen war. Alle zusammenzutrommeln. Auch die Frauen. Auch die Kinder. Denn Schlimmeres als das, was die Orks anrichten würden, wenn sie die Stadt einnahmen, konnte ihnen nicht passieren. Wenn gestorben werden musste, so sollte jeder, der es wollte, das Recht haben, mit der Waffe in der Hand zu sterben. Sie gab auch Befehl, schleunigst zum Brunnen zu gehen und alle verfügbaren Töpfe, Krüge, Fässer und Eimer mit Wasser zu füllen und an jeden eine Feldflasche mit sauberem Wasser auszugeben, damit zumindest für die ersten Tage der Durst gebannt war. »Die ersten Tage«, wiederholte sie bedächtig. Daligar würde nicht bei Anbruch des nächsten Tages sterben.

Sofort schwärmten die Kinder in alle Winkel der Stadt aus. Während Robi sich in ihre Gemächer begab, um nach Erbrow zu sehen und nachzudenken, hörte sie, wie ihre Befehle von Mund zu Mund weitergegeben wurden, und sah, wie die Fackeln angezündet wurden. Die Stadt belebte sich und schöpfte neuen Mut.

Dieselben Befehle erteilte sie den vier Soldaten, die vor dem Kleinen Thronsaal Wache hielten, eigentlich bloß aus Gewohnheit, denn da war ja niemand mehr zu bewachen; auf ihre Lanzen gestützt, dösten sie, die Köpfe auf ihre verschränkten Arme gelegt. Sie fuhren hoch und sahen sie an. Während sie durch die riesigen Flügeltüren aus Holz und Eisen schritt, sah Robi noch, dass sie sich, zwar nicht sofort, aber doch auf den Weg machten. Wenigstens hatten sie wieder wen, der ihnen Befehle gab. Jemand mit einem Plan, einer Idee, jemand, der die Verantwortung übernahm und Entscheidungen traf.

»Wir haben einen Kommandanten.«

»Es ist eine Frau.«

»Besser als nichts.«

»Außerdem schwanger.«

»Besser als nichts.«

»Schwanger von einem Elfen obendrein. Die Gesuchte, das ist sie, die Frau des Elfen. Und wir haben sie als Kommandanten akzeptiert.«

»Man wird bescheiden, wenn die Orks vor der Tür stehen. Und überhaupt, wenn sie von einem Elfen schwanger ist, ist das nur von Vorteil.«

»Von Vorteil? Aber sind die Elfen denn nicht schreckliche Schurken?«

»Sie sind niederträchtig und infam, aber sie können eine Menge Dinge. Und sie kann bestimmt auch so einiges.«

»Von wegen Schurken! Erinnert ihr euch nicht mehr an die Inschrift auf der Mauer, die der Richter hat wegmeißeln lassen?«

»Es hieß, das sei eine Prophezeiung. Eine Prophezeiung von Sire Arduin höchstpersönlich.«

»Darin war die Rede von der Frau eines Elfen. Meine Schwägerin ist die Cousine eines der Steinmetze. Der hat gesagt, eine Nachfahrin von Sire Arduin würde den letzten Elfen heiraten.«

»Aber was ist denn aus dem Elfen geworden?«

»Den hat der Richter umgebracht, hat der Junge gesagt.«

»Der halbe Krüppel?«

»Genau der. Er hat gesagt, dieser Elf war der letzte, das sagte schon sein Name, dass er der letzte war. Sie haben diese endlos langen Namen, weißt du, wo man gleich weiß, was sie im Leben machen werden.«

»Wenn Sire Arduin, der Siegreiche, etwas in die Wand meißeln ließ, dann war das bestimmt nicht nur so zum Zeitvertreib oder um den Steinmetzen Arbeit zu geben.«

»Schwangere Frauen sind schon an sich ein bisschen magisch. Die Elfen hatten Zauberkräfte. Frauen, die von Elfen schwanger sind, nennt man Hexen, und wahrscheinlich haben sie große Zauberkraft. Vielleicht wirkt die Hexe ja einen Zauber, der den Charakter der Orks bessert. Oder wir werden richtig tapfer und besiegen sie.«

Rosalba hörte zu. Die Worte »Elf« und »Hexe« waren deutlich zu vernehmen, zwar leise ausgesprochen, aber ohne Groll und Hass, vielleicht sogar mit einer Spur Hoffnung. Plötzlich tauchte das Wort »Hexe« allein nicht mehr auf, dafür aber geflüstert und in allen Tonlagen in der Zusammensetzung »Königin-Hexe«. Die Stimmen wurden noch leiser. Die Hoffnung wuchs.

Im Thronsaal war niemand.

Robi legte die Hand auf den Griff von Yorshs Schwert und zog es mühsam aus der Scheide. Diese Waffe war eindeutig für einen Krieger gemacht, der größer war als sie, vor allem aber kein Kind unter dem Herzen trug. Ihre Bewegungen waren ungeschickt und fahrig und sie musste einen zweiten Anlauf machen und beide Hände zu Hilfe nehmen.

Endlich hielt sie das Schwert in Händen, den Griff mit beiden Händen fest umklammert.

Die Klinge war blank. Das Licht der Fackeln spiegelte sich darin. Robis Gesicht spiegelte sich darin, ihre funkelnden schwarzen Augen. Robi sah sich an. Die Waffe war nicht zu schwer, sie konnte damit umgehen. Die Auskehlung, die in der Mitte der Klinge auf beiden Seiten über die ganze Länge verlief, verringerte das Gewicht. Durch die vielen Stunden, die sie im Wasser zugebracht hatte, waren ihre Schultern kräftig geworden wie die eines Kriegers. Auch jetzt, da sie ein Kind in sich trug, war sie imstande, das Schwert zu halten und damit zu kämpfen.

Dann dachte sie nichts mehr.

Sie sah den König.

Die Vision kam mit solcher Wucht, dass sie körperlich erschüttert war davon. Sie taumelte, aber das Schwert blieb fest in ihren Händen.

Der König erfüllte ihr Inneres. Er blickte sie aus dem Schwert heraus an. Der König erfüllte ihre Seele. Auf dem Kopf trug er die mit Efeuranken umwundene Goldkrone, er hielt sein Schwert in Händen, mächtig und sicher saß er auf dem steinernen Thron. Von den Schultern herab fiel ihm ein Mantel aus dunklem Samt, besetzt mit Perlen und Gold, in seinen schweren Falten wechselten Licht und Schatten wie auf den Meereswogen im Mondenschein.

Das war kein Gerippe, sondern ein lebendiger Mann, selbstbewusst und kräftig, der sie aus ihrer Vision heraus anblickte. Robi erwiderte den Blick, aber sie konnte nichts genau erkennen. Das Bild des Königs war im Schatten, sie hatte den Eindruck, seine Ohren wären etwas spitz. Ein Halb-Elf? Die Abschätzigkeit dieses Ausdrucks ärgerte sie und war ihr unangenehm. Sie suchte nach einem anderen Begriff, aber sie fand keinen. Zum Teufel: ein Halb-Elf. Das war präzise und bezeichnete genau, was gemeint war.

Man brauchte es nur mit Stolz auszusprechen statt mit Scham. Ein Halb-Elf. Sie ließ sich die Silben wie Honig auf der Zunge zergehen. Der Geist eines Elfen und der Mut eines Menschen. Zur Hälfte die Kraft der Menschen, zur Hälfte die Seele der Elfen. Halb-Elf. Unbezwinglich wie ein Halb-Elf, stark wie ein Halb-Elf. Das klang gut. Man musste sich nur daran gewöhnen. Das Kind in ihr strampelte. Halb-Elf war der König auf dem Thron mit dem Schwert in der Hand und der Krone auf dem Haupt. Der König sah sie lang an, während Robi ihre Kräfte wachsen fühlte.

Wer war der König? Arduin? Wer, wenn nicht Arduin, der Herr des Lichts, der große Krieger, der die Orks vernichtet und Daligar zurückerobert hatte, wider alle Vorhersagen, wider alle Vernunft, wider allen gesunden Menschenverstand, der jedem empfohlen hätte, aufzugeben und sich um andere Dinge zu kümmern. Auch Arduin musste ein Halb-Elf gewesen sein.

»Arduin?«, fragte Robi im Flüsterton.

Der Herrscher nickte, dann löste sich die Erscheinung auf, aber ohne ganz zu verschwinden. In einem Winkel ihres Geistes blieb sie erhalten wie ein Schatten der Erinnerung.

Er würde keine Angst vor den Orks haben. Er würde wissen, was zu tun war. Er hatte ihr eine Botschaft hinterlassen. Die zwei Sätze für Bandenführer, die zu seiner Zeit eine Bedeutung gehabt haben mussten und wohl auch heute noch hatten.

Er war der Herr des Lichts. Das Licht. Das Licht des Feuers. Feuer gibt Licht.

Feuer. Das war die Lösung: Feuer.

Robi hatte keine Angst mehr vor den Orks. Sie wusste, was zu tun war.

Sie nahm den dunklen, mit Perlen und Gold besetzten Samtmantel von dem goldverzierten hölzernen Thron und hüllte sich in ihn. Sie schloss die schwere goldene Schnalle am Hals. Der Mantel war warm und leicht wie Flaumfedern. Er würde sie weder beim Reiten noch beim Kämpfen behindern. Er hatte dem König gehört, und sie brauchte etwas, um ihre Lumpen zu verbergen und die königliche Würde ihrer Person zu betonen.

Jetzt war sie der einzige König weit und breit.

Von der königlichen Würde ihrer Person hing der Ausgang jeder Schlacht ab.

Königlich. Sie kostete das Wort aus. Sie musste Königin sein. Nur der König ist jemand, für den man auch bereit ist zu sterben.

In den Tragödien, die Yorsh schrieb und die sie an langen Sommerabenden am Strand von Erbrow aufführten, hatte es immer die Rolle eines Kriegers oder eines Königs gegeben. Jetzt musste sie es genauso machen. Sie musste die Rolle des Kriegerkönigs spielen und in gewisser Weise würde sie das dann auch werden, oder wenigstens würde die Schar von Anhängern, die sie gewinnen konnte, den Eindruck haben, einem König zu folgen, und das wäre tröstlich für sie. Womöglich würden sie siegen. Auf jeden Fall aber würden sie zufriedener sterben. Robi musste das Bild des Königs in ihrem Inneren wiederfinden und werden wie er. Als ob sie Theater spielte.

Sie trug die Krone auf ihrem schlecht rasierten Schädel, wo die Haarstoppeln noch mit Blut und Schlamm verschmiert waren. Sie betrachtete ihr Spiegelbild auf der Schwertklinge. So ging das nicht, dachte sie. Sie sah zu sehr aus wie ein Lumpenweib oder wie eine Verfolgte. Sie nahm einen der weißen Schleier, die um den Thron drapiert waren, wand ihn um ihren Kopf und befestigte ihn mit der Krone, sodass ihr Gesicht wie von einer Wolke eingehüllt aussah. Noch einmal senkte der König seinen Blick in ihren, dann verschwand er. Es war Zeit, in den Kampf zu ziehen.

KAPITEL 3

Rosalba verließ den Kleinen Thronsaal. Erbrow schlief und wachte auch nicht auf, als ihre Mutter sich über sie beugte und sie küsste. Der Hofmeister des Königlichen Hauses stand an der Tür Wache und verneigte sich, als sie vorüberging.

Die Königin-Hexe kehrte auf die Wehrgänge zurück, doch zunächst ging sie in die Kellerverliese hinab und zählte überschlagsweise nach, wie viele Fläschchen mit Parfüm, dem Zauberwasser, aus dem Feuer kam, dort fein säuberlich aufgereiht standen, es waren annähernd zweihundert. In einem Winkel ihres Geistes war der König bei ihr. Das Schwert wieder in die Scheide zu stecken, wäre sehr schwierig gewesen, vor allem aber es dann wieder herauszuziehen. Sie beschloss, es in beiden Händen zu halten, während ihr Blick über das endlose Heerlager der Orks glitt, wobei sie die gleiche Haltung einnahm wie die alten Könige in Stein hinter ihr.

Die Soldaten sammelten sich, zögernd, verschreckt, mutlos, aber wenigstens hatten sie Waffen in Händen. Alle schauten auf sie, die aufrecht und wachsam dastand, in einem prächtigen Mantel, der wirkte wie das Meer im Mondenschein, und mit einer Krone, die so alt war wie ihre Stadt selbst und strahlend über ihrem ruhigen, strengen Gesicht saß.

Die Stadt schwebte in tödlicher Gefahr, aber sie hatte ihren König. Seine Krone funkelte im flackernden Licht der einzigen Fackel, darunter flatterte der Schleier im Wind wie eine Fahne, andere Fahnen hatten sie nicht in diesem Augenblick, der ihr letzter sein konnte. Auf dem königlichen Mantel schimmerten abwechselnd Perlen und Goldfäden in leisem Glanz. Auch das Schwert leuchtete im Dunkel der mondlosen Nacht. Der König war eine Frau. Die Erinnerung daran, dass das sein konnte, war fast vollständig verblasst, aber in sehr alten Zeiten nannte man die weiblichen Könige »Königin« und einige Königinnen waren Königinnen-Hexen gewesen.

Die Stadt hatte eine Königin-Hexe.

Eine Königin, die Gemahlin eines Elfen gewesen war, war eine Königin-Hexe.

Vielleicht war die Stadt ja doch nicht ganz verloren.

Robi liebte Daligar nicht. Oder vielleicht müsste man genauer sagen: Sie hasste es aus ganzer Seele. Es war die Stadt, die gleichgültig zugesehen hatte, wie ihre Eltern gehenkt wurden, und die unter anderen Umständen Yorshs Tod gefeiert hätte. Die Leute betrachteten sie jetzt mit derselben Ergebenheit, mit der sie einen der Götter empfangen würden, falls er vom Himmel herabstiege, um sich auf ihrem armseligen Markt ein Pfund Paprika zu kaufen. Robi wusste, dass dieselben Menschen ihre Hinrichtung aufrichtig bejubelt hätten, wenn der Richter die Stadt nicht den Orks überlassen hätte.

Daligar war die letzte Stadt, für die sie hätte kämpfen und sterben wollen.

Die Menschen rings um sie, waren die letzen, mit denen sie hätte kämpfen und sterben wollen.

»Ich kämpfe mit dem, was ich habe«, hatte Arduin gesagt. Sie würde mit den Menschen von Daligar kämpfen, die dumm und feige waren, was sie am meisten verabscheute auf der Welt.

Robi sah von den Wehrgängen hinunter. Auch die letzte Wolke war vom Himmel gefegt, der jetzt von Sternen übersät war. Es war eine Neumondnacht, aber die Feuer der Orks leuchteten in der Ebene und auf den Anhöhen; wie auf einer riesigen, von Feuern markierten Landkarte war das Terrain gut zu erkennen.

Jastrin neben ihr erging sich über die verschiedenen Stämme der Orks und gab dazu genaue Schilderungen ihrer Gebräuche und ihrer Geschichte.

Im Nordosten, vierzig Fuß jenseits der nördlichen Zugbrücke, gleich hinter dem Weidengebüsch lagerte eine Gruppe von großen Orks aus den Ebenen des Südens, die waren im Augenblick sturzbesoffen von Bier, das sie, mit Honig und Ziegenmist gemischt, tranken, für sie eine absolute Köstlichkeit. Durch den Honig machte das Bier schneller betrunken und der Ziegenmist mit seinem Anteil an Salz erhöhte den Durst und so betrank man sich immer mehr und mehr. Sie aßen Ziegenfleisch, das sehr abgehangen, nein, regelrecht verfault war. Die Würmer machten es nur umso köstlicher, erklärte Jastrin. Um ihre Verpflegung zu gewährleisten, hielten die Orks in einem Pferch eine Herde von kleinen Ziegen, die sie von zu Hause mitgebracht hatten. Als Futter für die Ziegen führten sie auf Pferden Strohballen mit, die jetzt neben dem Pferch lagerten.

Robis Blick verweilte lang bei dem Stroh. Stroh brennt, wenn man Feuer daran legt.

Eine halbe Meile weiter südlich waren die Orks aus den Bergen, die etwas kleiner, etwas ärmer und wohl auch etwas schmutziger waren als alle anderen, und sie lagerten im Kiesbett des Flusses. Wasser und Stein brennen nicht, aber gleich hinter dem Kies fing das trockene Gras an, gelb und verdörrt, das brennt hingegen ganz vorzüglich. Auch die Orks aus den Bergen hatten ihren Verstand in schlechtem Bier ersäuft und ihren Durst nach Blut mit Wein gelöscht. Betrunkene kämpfen schlecht und können sich schlecht gegen Brände wehren. Es würde genügen, das Stroh für die Ziegen anzuzünden, der Nordwind würde dann das Übrige tun. Sie würden zwischen den Flammen und dem Fluss eingekeilt sein, ohne anderen Ratgeber als das Bier, das sie intus hatten.

Je länger Rosalba hinsah, desto lebhafter regte sich die Hoffnung, erhob sich tanzend wie Funken in der Flamme.

Auf derselben Seite des Flusses, nach Norden zu bei den Schilfwäldern, lagerte die unüberschaubar große Gruppe der kleinen Orks aus den Sumpfniederungen. Ihre Harnische waren aus bleichem grünlichen Leder, Helme und Kampfmasken waren mit den spitzen Zähnen von Raubfischen verziert. Sie hatten die kleinen Boote aus Holz und Leder bei sich, mit denen sie am folgenden Tag den Angriff eröffnen würden, ohne die er aber schlichtweg unmöglich war.

Die kleinen Orks aus den Sümpfen waren gute Schwimmer, hatte Jastrin gesagt. Ihre Harnische waren leicht und im Fall eines Brandes würden sie sich in den Fluss stürzen; aber sie waren wirklich sehr viele und an dieser Stelle war der Dogon reißend und tief. Nicht alle würden sich retten können und ein Gutteil der Waffen wäre auf jeden Fall vernichtet. Doch das Hauptproblem war, die Boote zu zerstören; ohne die Boote rückte das Überleben Daligars in den Bereich des Möglichen.

Gegenüber, am südlichen Ufer des Dogon, hatte sich die Kavallerie der Orks niedergelassen, peinlich darauf bedacht, sich vom gemeinen Fußvolk fernzuhalten. Sie allein konnten einem mehr Angst einflößen als alle anderen zusammen. Die Reiter waren nicht betrunken, auffällig nüchtern aßen sie etwas, was sie wohl gejagt hatten, vermutlich Wildschwein. In ihrer Nähe standen die

Wurfmaschinen, unstreitig Meisterwerke der Kriegstechnik, die tags darauf Daligar in Brand setzen würden. Die Kavalleristen waren am falschen Ufer. Da der Wind von Norden wehte, würde man vom Fluss her Feuer legen müssen. Jemand oder etwas musste aus der Stadt hinunter zu den Orks gehen. »Eine Explosion ist eine Flamme, die sich mit einem Donnerschlag in alle Richtungen ausbreitet«, hatte der Seneschall gesagt. Es war gar nicht so schwer, General zu sein. Man musste nur die richtigen Waffen haben und die Position des Feindes immer im Verhältnis zur Windrichtung untersuchen. Unter ihr wehten im Dunkel die Banner. Da fiel Robi auf, wie lang und leicht sie waren.

Der Kommandant der Soldaten kam, um sie zu informieren, wie viele sie waren. Es waren nur sehr wenige Bewaffnete in der Stadt zurückgeblieben, etwa fünfzig Fußsoldaten und ein halbes Dutzend Kavalleristen. Es waren Leute von geringem und neuem Adel, die nicht aufgefordert worden waren, dem Richter auf seiner letzten Unternehmung zu folgen, vor allem weil man sie nicht dabeihaben wollte. Es gab also insgesamt sieben Pferde, Enstriil mitgerechnet.

Rosalba befahl, eine Reihe von kleinen Flößen zu bauen, die mit Parfümfläschchen beladen würden, etwa zwanzig pro Floß, und mit Fackeln bestückt, um die Lager südlich des Dogon in Brand zu setzen. Gleichzeitig ließ sie die übrigen Parfümfläschchen unter den sieben Reitern verteilen, sich selbst eingeschlossen. Jeder von ihnen würde etwa zehn Fläschchen bekommen, eine Fackel und ein mit der brennbaren Flüssigkeit getränktes Banner. Der Plan war ganz einfach: Sie würden über die kleine Zugbrücke im Norden einen Ausfall machen und mithilfe des Parfüms, der Banner, der Fackeln und des Winds alles in Brand stecken, was ging, vor allem die Boote. Dann würden sie zur Holzbrücke reiten und sie zerstören, sodass die Verbindung zwischen den beiden Ufer des Dogon und damit zwischen den Teilen des Belagerungsheers unterbrochen war. Gleichzeitig würden die mit Parfüm beladenen Flöße aufs Wasser gesetzt, der Wind würde sie ins Schilf treiben und dieses mit etwas Glück in Brand setzen. Jedes Floß sollte beladen sein mit parfümgetränkten Reisigbündeln, in der Mitte etwa zwanzig Fläschchen, die noch voll, aber ohne Stöpsel waren.

Robi erklärte, sie hätten keine andere Wahl. Sie mussten noch in dieser Nacht angreifen.

Am nächsten Tag würde die Stadt fallen. Sie hatten keine Waffen gegen die Wurfmaschinen.

Sie würden die Schwärme der anrückenden Boote nicht aufhalten können. Sie hatten nichts, um die Orks am Übersteigen der Mauern zu hindern.

Am nächsten Tag würde die Stadt fallen, wenn es in der Nacht nicht gelang, ihr Überleben zu sichern. Sie würden hinausreiten, sie würden es schaffen.

Sie würden siegen, für die Stadt. Für die Kinder, die sich an diesem Abend schlafen legen konnten mit dem Gedanken, dass sie ein Morgen hatten.

Sie würden siegen anstelle derer, die die Stadt liegen hatten lassen wie einen alten Lumpen. Sie würden siegen. Die Stadt würde leben. Sie würden mit ihr leben.

Aller Blicke waren auf sie gerichtet, nicht nur die der Reiter, sondern auch die der Einwohner von Daligar, der Soldaten, des Seneschalls. Rosalba verstand, dass sie weitersprechen musste. Anfangs wiederholte sie, was die siegreichen Kämpfer am Strand immer gesagt hatten. Jedes Mal wenn in künftigen Jahrhunderten ein Land sich durch ein Heer von unvorstellbarer Übermacht und Grausamkeit bedrängt sah, würde man sich beim Feuer an sie erinnern, an ihren Ritt durch die windige Nacht, und würde Mut schöpfen daraus.

Sie würden siegen.

Jeder sollte daran denken, dass der Glaube mit ihnen war. Oder waren sie es, die Glauben haben mussten? Besser, der Glaube war mit ihnen. Es war nicht klar, was das hieß, aber es klang besser. Nichts und niemand war auf ihrer Seite, da sollte wenigstens der Glaube mit ihnen sein. Rosalba fragte sich, ob es notwendig sei anzugeben, welcher Glaube, doch dann beschloss sie, sich bei allem, was sie sagte, ganz im Allgemeinen zu halten und sich nicht auf fragwürdige Details einzulassen.

Doch dann hörte sie auf, auswendig gelernte Worte zu wiederholen. Ein jeder solle sich deutlich das Gesicht derjenigen Menschen vor Augen rufen, für die er kämpfte, wie sie das Gesicht ihrer Tochter, falls die Versuchung der Angst auftauchen sollte.

Lang vor Morgengrauen war der Trupp bereit. Bevor sie aufs Pferd stieg, überlegte Rosalba, ob sie noch einmal zu Erbrow gehen sollte, um sie zu umarmen. Vielleicht wäre es das letzte Mal. Sie dachte lang darüber nach, verzichtete dann aber darauf. Die Gefahr, den Mut zu verlieren, war zu groß. Sie wiederholte sich, sie werde die Mutter von zwei lebenden Kindern sein. Sowohl sie selbst als auch Erbrow würden diese Nacht überleben, sie hatten ein ganzes Leben vor sich, um sich zu umarmen.

Sie fragte sich, ob der Galopp ihrem ungeborenen Kind schaden könnte, und bei dem Gedanken wurde ihr klar, dass es Yorshs Kind war, das sie im Schoß trug. Es war, als ob der letzte der Elfen noch immer bei ihr wäre. Sie war die Erbin Arduins, sie trug den Erben der Elfen in sich, sie konnte gar nicht anders als siegen. »Ich kämpfe nur, um zu siegen«, das bedeutete: Wer seines Siegs gewiss ist, kämpft ohne Furcht, und wer ohne Furcht kämpft, erringt den Sieg. Das Bild des Königs stand ihr wieder vor Augen, klar und lebhaft. Der König lächelte ihr zu.

Robi saß auf und rief den mutlosen Gesichtern ihrer kleinen Schar zu: »Ich kämpfe mit dem, was ich habe, und nur, um zu siegen!«, und die Gesichter hellten sich auf.

Wenigstens hatte keiner gelacht.

Sie versuchte, sich zu erinnern, was die großen, alten Königinnen in Yorshs Dramen immer gesagt hatten, irgendwie war das weniger blöd gewesen als dieses »Ich kämpfe mit dem, was ich habe, und nur, um zu siegen«.

»Ich bin nur eine schwache Frau«, erinnerte sie sich mit Mühe. Nie war ihr das so wahr erschienen wie jetzt. »Aber ich habe… ich habe…« Wie lautete noch dieser verfluchte Satz? »Aber ich habe den Magen eines Königs…«

Nein, es war nicht der Magen. Wie hieß das noch? Sie brachte die Eingeweide immer durcheinander, Yorsh war der Experte für Anatomie, wie für alles andere auch. Welches war noch einmal der Teil, wo den Schauspielern zufolge der Mut saß?

Der Satz kam trotzdem an, auch wenn er falsch war. Die Königin erlaubte sich, Witze zu machen. Das war aufrüttelnd wie ein Stoß ins Horn. Fast besser als der Wahlspruch Arduins.

»Ich bin nur eine schwache Frau, aber ich habe die Lungen eines Königs…«, versuchte sie es noch einmal.

»Jaaaa!«, brüllten alle.

Auch das stimmte nicht, aber es klang gut.

»Ich bin nur eine schwache Frau, aber ich habe das Herz eines Königs«, das war das Richtige.

Diesmal antwortete die Menge mit einem stürmischen Aufschrei. Das war der richtige Satz. »Ich bin nur eine schwache Frau, aber ich hab das Herz eines Königs«, wiederholte Rosalba, Königin von Daligar. »In mir schlägt das Herz Arduins! Ich werde siegen, ich werde siegen für meine Kinder, ich werde siegen für euch! Wir werden gemeinsam siegen!«

Es wurde wahr. Die Angst verging. Die Schreie und die Kraft der Menge packten und erfüllten sie. Sie trug das Herz Arduins in sich. Wie er würde sie siegen.

In diesem Augenblick erhob sich Angkeel, wahrscheinlich von Hunger getrieben, und kam mit einem rauen Schrei durch das Fenster aus den königlichen Gemächern geflogen, wo Erbrow schlief. Schwer ließ er sich auf Robis Schulter nieder, seine Ankunft wurde von den Umstehenden begeistert begrüßt. Die Königin-Hexe, Erbin Arduins, bewaffnet mit einem Elfenschwert, ritt mit einem Adler auf der Schulter und einer Krone auf dem Haupt. Die Zeichen waren alle auf ihrer Seite, wenigstens die. Vielleicht war auch der Glaube auf ihrer Seite, was immer das auch heißen mochte. Sie kämpften, um zu siegen.

Die Brandflöße wurden aufs Wasser gesetzt, nachdem die Zugbrücke heruntergelassen worden war. Im Gegensatz zur riesigen, schwerfälligen und sehr lauten Brücke am südlichen Stadttor war die im Norden, die den reißenden, tosenden und schmalen Arm des Dogon überbrückte, klein und fast geräuschlos zu bedienen. Außerdem lag sie zum Glück im Schatten, das Licht der Fackeln drang nicht bis hierher, weder von den Wehrgängen noch von den Lagern her.

Die Orks bemerkten sie erst, als sie schon auf der Brücke waren. Die Soldaten hatten genügend Zeit, sie wieder hochzuziehen, bevor ein Ork seinen Fuß daraufsetzen konnte. Rosalba hörte, wie sie hinter ihr zuschlug, und mit Grauen wurde ihr bewusst, dass sie umzingelt waren von Feinden, ohne Ausweg. Wieder erschien der König und lächelte ihr zu. Sie würde es schaffen. Sie kämpfte nur, um zu siegen.

Rosalba ritt weiter. Wie alle trug sie im Quersack ein parfümgetränktes Banner und etwa zehn Fläschchen mit sich. Eines davon schleuderte sie auf den Ziegenpferch, aber sie verfehlte ihr Ziel, und das Fläschchen fiel auf den weichen Boden, ohne zu zerbrechen. Robi versuchte es noch einmal. Die Fackel fiel ihr aus der Hand. Sie fluchte leise. Nach und nach erwachten die Orks aus ihrem Bierrausch und suchten ihre Waffen zusammen, um sie aufzuhalten. Das zweite Fläschchen zerbrach krachend am Zaun des Ziegenpferchs, der Reiter hinter ihr setzte es in Brand. Gleichzeitig drang vom südlichen Ufer ein furchtbarer Donnerschlag herüber. Wenigstens die Brandflöße hatten ihren Zweck erfüllt und eine Explosion ausgelöst. Kleine Ziegen stoben, im Dunkeln und im Rauch verschreckt, in alle Richtungen auseinander und zum Getöse und den Schreien überall kam ihr ängstliches Geblöke hinzu.

Das Problem war jetzt das Feuer. Nicht nur die Orks waren davon umzingelt, sondern sie auch.

Rosalba sah, wie drei ihrer Reiter die Boote in Brand steckten.

Mit dem Parfüm getränkt, brannten die kleinen Gefährte aus gegerbtem Leder wie Zunder. Ohne die Boote zum Überqueren der zwei Flussarme war die Stadt gerettet. Einer ihrer Männer wurde von einer Handvoll Pfeile durchbohrt, die anderen beiden konnten aber im Schatten des Rauchs entkommen.

Rosalba hatte den getöteten Reiter erkannt, es war ein stiller, groß gewachsener junger Mann. Sie erinnerte sich an seine dunklen Augen. Und ihr wurde klar, dass sie nichts mehr sehen würden. Bis zu diesem Augenblick war er in ihrem Kopf eine Art Schachfigur gewesen, einer der Berittenen, mit denen sie ihren Angriff durchführen würde. Als sie ihn fallen sah, wurde aus der Schachfigur wieder ein Mensch: der Große mit den Sommersprossen und den dunklen Augen. Bestimmt gab es in Daligar einen Vater und eine Mutter, vermutlich eine Frau und vielleicht auch Kinder, zu denen er nicht mehr zurückkehren würde. Rosalba fühlte Angst und Grauen in sich aufsteigen. Mit aller Macht hätte sie anderswo sein wollen, im Innern der Stadt, bei Erbrow und in Sicherheit, aber gerade der Gedanke an Erbrow spornte sie auch an. Aus Angst wurde wilde Entschlossenheit. Diejenigen, die auf den gefallenen Krieger warteten, würden wissen, dass der junge Mann aus Liebe zu ihnen in den Tod gegangen war.

Robi dachte wieder an Yorsh und schwor sich noch einmal, dass ihre Kinder leben würden, auch wenn sie dafür bis ans Ende ihrer Tage Heere führen müsste. Sie stählte ihre Seele.

Sie musste mit den fünf Reitern auskommen, die ihr geblieben waren und die Anspruch auf einen Kommandanten hatten, der an ihren Sieg glaubte. »Ich kämpfe mit dem, was ich habe, und nur, um zu siegen.« Je öfter sie ihn wiederholte, desto wahrer und sinnvoller wurde der Satz.

Schreie drangen von den Lagern der Orks herüber. Ihr Plan mit dem Feuer wurde nun überall in Form von wirklichen Bränden verwirklicht. Einige Orks würden den Flammen nicht entkommen. Rosalba fragte sich, ob die Orks tatsächlich aus Schlamm geboren wurden oder ob sie im Bauch einer Mutter gewesen waren, und es schüttelte sie vor Grauen über ihr Tun. Dann dachte sie an das Gesicht ihrer Tochter, und wieder überwog der Wille, die Mutter zweier lebender Kinder zu sein, alles andere. Und wenn sie sämtliche Orks verbrennen müsste, die sich ihr in den Weg stellten, sie würde es tun.

Rosalba ritt weiter. Enstriil flog dahin wie der Wind. Die Orks am nördlichen Ufer hatten keine Pferde, hier konnte sie keiner verfolgen. Mit ihren Männern hinter sich ereichte die Königin die Holzbrücke eine Meile westlich der Stadt. Sie und die anderen schleuderten ihre Quersäcke mit ganzer Kraft gegen die Brückengeländer, die sich mit der brennbaren Flüssigkeit überzogen. Rosalba blickte auf und sah den Erfolg ihrer Unternehmung: Angefacht vom Wind, wüteten die Flammen im Lager der Orks am Nordufer und auf ihrem gesamten Weg bis hierher.

Sie und ihre Reiter würden es niemals schaffen, auf demselben Weg zurückzukehren. Es blieb ihnen nur die Flucht nach vorn, sie mussten die schon in Flammen stehende Brücke überqueren und versuchen, von der Südseite in die Stadt zu gelangen. Auf dieser Seite lagerte die Kavallerie der Orks. Das waren furchtbare Krieger, außerdem hatten sie Pferde. Es blieb keine Zeit, darüber, nachzudenken. Während die Brücke Feuer fing, ritt sie darüber, und die Männer hinter ihr entrollten die brennenden Banner, die sich im Wind in lange Feuerzungen verwandelten. Die Brücke brannte lichterloh und im Feuerschein erkannte man die bunt bemalten Reliefs in ihrer ganzen Pracht. Sie stellten die Siege Arduins dar. Da waren verletzte, getötete, fliehende Orks zu sehen; da waren Mütter, die ihre Söhne wieder in die Arme schlossen, Felder, die wieder blühten. Der Heerführer selbst war nirgends dargestellt. Das tat Robi leid. Sie hätte gern den alten König wiedergesehen, aber auch so trat ihr sein Bild erneut vor Augen.

Am Südufer herrschten nun Feuer und Chaos. Die Königin ließ die brennende Brücke hinter sich, gefolgt von ihren Reitern; jeden Augenblick würde die schreckliche Kavallerie der Orks vor ihnen auftauchen. Ihre berittenen Männer ließen die brennenden Banner im Nordwind flattern, und ihr Trupp sah aus wie eine Schar von Racheengeln, die jedem Vernichtung bringen, der sich ihnen entgegenstellt.

Plötzlich sah Robi die gigantischen Wurfmaschinen des Gegners vor sich, wie Ungeheuer tauchten sie aus dem Rauch auf. Sie waren aus gut abgelagertem Holz und schon beladen mit den Reisigbündeln, die in Daligar Feuer verbreiten sollten wie die Pest. Sie hatte keine Parfümfläschchen mehr, ihre Männer aber wohl.

Wie bösartige Riesen ragten die Wurfmaschinen über ihr in die Höhe, während Enstriils Hufe sie forttrugen von dort, dann sah sie, wie die Flammen sogar an diesen Riesen in die Höhe leckten und unter großem Funkenstieben in den Himmel griffen. Robi zog das Schwert mit beiden Händen, das Schwert mit dem Efeu am Knauf, das einst Yorsh gehört hatte. In der Dunkelheit und im Feuerschein leuchtete es mit silbrigem Licht. Sicher bahnte sich Enstriil in dem Rauch und Durcheinander seinen Weg. Die Pferdekoppel der Orks tauchte plötzlich aus dem Dunkel vor Robi auf, sie wurde langsamer, um sie zu betrachten. Die Pferde der Feinde waren alle gleich: dunkel, sehr schön, mit glänzendem Fell, die Mähne zu komplizierten Zöpfchen geflochten und mit Klammern aus getriebenem Eisen festgehalten. Die Koppel war in aller Eile angelegt worden, in den paar Stunden zwischen der Ankunft der Reiter und dem Einbruch der Nacht, und die Einzäunung bestand aus dicken Rindersehnen, die um in die Erde gerammte Pfähle gezogen waren. Robi stieg vom Pferd, zückte das Schwert, und es genügte ein einziger Hieb, um die Einzäunung einzureißen. Voller Angst vor dem Feuer stoben die Pferde wie irr in die Nacht hinaus. Die gegnerische Kavallerie hatte nun keine Pferde mehr, aber um den Schlag auszuführen, hatte Rosalba anhalten müssen. Ein riesiger Ork stellte sich vor ihr auf und packte die Zügel ihres Pferds.

Rosalba packte das Schwert mit dem goldenen Knauf und den blauen Efeuzweigen fest mit beiden Händen. Funkelnd in der Nacht und im Wind fuhr die Klinge des alten Elfenschwerts in die Höhe und sauste auf den Nacken des Orks herab.

Die Klinge drang ein. Robi fühlte, wie ihr das Blut des Feindes auf Gesicht, Hände und den Mantel spritzte. Einen Augenblick lang hätte das Grauen vor dem, was sie da tat, sie beinah überwältigt, aber sie verscheuchte es. Und wenn sie sämtlichen Orks zwischen Daligar und den Dunklen Bergen den Kopf abschlagen musste, damit ihr Kind auf die Welt kommen konnte, so würde sie es tun. Und wenn sie die Leichen der getöteten Feinde bis zu den Baumwipfeln hinauf stapeln müsste, damit ihre Tochter mit den Augen des letzten der Elfen weiteratmen konnte, so würde sie es tun. Sie würde keine Furie werden, sie würde kein rastloses Gespenst werden, zerrissen von der Sehnsucht nach den nicht geborenen oder gestorbenen Kindern, sie würde die Mutter von zwei lebenden Kindern sein.

Mehr und mehr Orks drängten heran. Ihre fünf Berittenen waren dicht bei ihr. Die Königin-Hexe wischte sich das Blut aus dem Gesicht, hob das Schwert in die Höhe und schlug zu, wieder und wieder. Bei jedem Schlag vernahm sie einen wilden, grausamen Schrei und erstaunt erkannte sie ihre eigene Stimme wieder.

Robi konnte kämpfen. Nicht nur weil sie sich zum Spaß oft mit Yorsh geschlagen hatte, sondern weil sie, auch wenn sie auf die Jagd ging, irgendwie immer einen Augenblick früher wusste, wo der Feind auftauchen würde. Unter den Schweiß auf ihrem Gesicht mischte sich das Blut der Orks. Die Schultern begannen zu schmerzen, als ob sie getroffen worden wäre. Vor Anstrengung blieb ihr die Luft weg.

Robi sah den letzten Ork an, der vor ihr stand, und ihr wurde klar, dass sie es nicht mehr schaffen würde, das Schwert noch einmal zu heben.

Sie dachte an ihre Kinder.

Sie dachte an ihren Vater.

Sie dachte an ihre Mutter und die getrockneten Äpfel.

Sie dachte an Yorsh.

Ihre Schultern waren wie aus Blei. Das Schwert war schwer wie aller Schmerz der ganzen Welt. Die Arme sanken herunter.

Zwei Orks standen riesengroß vor ihr.

Robi dachte, nun ist es aus.

Die beiden Orks fielen zu Boden, einer nach dem anderen.

Zwei Pfeile hatten sie kurz hintereinander getroffen, sie waren eingedrungen durch den winzigen Spalt zwischen Harnisch und Halsbeuge. Es waren zwei sehr schöne Pfeile aus dünnem Stahl oder Silber, an ihrem Ende austariert von weißen und karmesinroten Federn. Erschöpft auf ihr Schwert gestützt, sah Robi sich um und versuchte herauszufinden, wer ihr zu Hilfe gekommen war. Der Bogenschütze saß auf einem rauchfarbenen Pferd, das auch im Dunkeln seine ganze Schönheit erkennen ließ, die Muskeln spielten unter dem glänzenden Fell, ein vollendeter, wie von Geschwindigkeit und Wind geformter Tierleib. Die Zielgenauigkeit des Schützen ging über alles Maß, war vergleichbar nur der, die Yorsh gehabt hatte.

Robi erkannte das prachtvolle Pferd des Verwaltungsrichters.

Einen langen, einen wunderbaren Augenblick lang dachte, hoffte sie, träumte sie den absurden Traum, Yorsh sei vom Scheiterhaufen auferstanden und gekommen, ihr zu helfen, habe den Richter noch ein letztes Mal verhöhnt, indem er ihm sein Pferd stahl.

Im heftig flackernden Licht der Brände und im Rauch war die Erscheinung undeutlich, aber vielleicht war es auch nur die Schwierigkeit des Auges, das Unmögliche zuzulassen, was Robi hinderte, ihren Helfer zu erkennen, bis sie dicht bei ihm war. Der Kopf des Bogenschützen war unbedeckt und sein helles Haar schimmerte im Licht der Flammen, ebenso wie das komplizierte Netz aus Silberfäden und winzigen Perlen, wovon es zusammengehalten war. Ein heller Seidenkragen fiel über die Samtjacke.

Ganz ohne Zweifel war das Aurora, die Tochter des Verwaltungsrichters.

Das war wirklich der letzte Mensch auf der Welt, den Robi auf einem Schlachtfeld erwartet oder von dem sie sich Hilfe erhofft hätte.

Die Prinzessin von Daligar war wie immer von vollendeter, bezaubernder Schönheit. Sie trug ein Gewand aus nachtblauem Samt, verziert mit sehr feinen Silberstickereien und Perlen, abgestimmt auf das Haarnetz. Darunter trug sie Hosen aus demselben Stoff und sehr dunkle Stiefel, sodass außer Händen und Gesicht auch nicht ein Stückchen Haut zu sehen war.

Robi dagegen fühlte die nächtliche Kälte empfindlich am schlecht rasierten Schädel, an den schmutzigen Füßen ohne Schuhe und an den knochigen und aufgeschlagenen Knien, die ihr blut- und schlammgetränktes Kleid unbedeckt ließ, wenn sie zu Pferd saß.

Die Prinzessin von Daligar hielt ihr prachtvolles rauchfarbenes Pferd an. Sie stieg ab und kniete neben den beiden Orks, die sie getötet hatte, nieder, schloss beiden die Augen und verweilte daraufhin noch einen Augenblick still und traurig bei ihnen, als ob das zwei nahe oder geliebte Verwandte wären. Die ganze Szene kam Robi noch absurder vor als alles, was sie erlebt hatte. Aurora nickte ihr kurz zu und stieg wieder aufs Pferd.

Von den Wehrgängen aus hatte man sie gesehen. Sofort ging die Zugbrücke schwer und unter großem Kettengerassel herunter. Rosalba und ihre Berittenen, mit Aurora waren es wieder sechs, stürmten im Galopp über die Brücke und erreichten schließlich den großen Platz mit dem Brunnen. Sofort wurde das Fallgitter heruntergelassen, während die Brücke hochging. Vier der frei laufenden Pferde der Orks waren ihnen gefolgt und schafften es gerade noch rechtzeitig, bevor das Gitter schwer hinter ihnen herunterkrachte und einen Trupp Orks im letzten Moment aufhielt. Sich an der schon hochgehenden Zugbrücke festklammernd, luden sie ihre Armbrüste und zielten. Rosalba versuchte, so schnell wie möglich vom Pferd zu steigen, um aus der Schusslinie zu kommen, stolperte über ihren Mantel und fand sich auf Knien am Boden wieder. Der für sie bestimmte Pfeil streifte sie an der rechten Schulter, sie blutete leicht und der Schleier um ihr Gesicht färbte sich rot. Rosalba nahm ihn ab und verwendete ihn zum Verbinden der Wunde. Das Blut hinterließ unauslöschlich dunkle und hellere Flecken darauf. Schade, dachte sie, es ist guter Stoff. Mit dem Schleier hatte sie auch die Krone abgenommen, die sie nun im Schoß hielt.

Neben ihr lag das Schwert mit dem Knauf aus Gold und Efeuranken, die Klinge von Blut befleckt.

Das Kettengerassel der Zugbrücke gab ihr die Gewissheit, dass sie in Sicherheit war. Die Orks, die auf sie gezielt hatten, waren getötet worden oder von der hochgehenden Zugbrücke in den Dogon geschleudert worden, und so blieb der Feind draußen vor den Toren, diese Nacht, die folgende Nacht und die darauffolgende auch noch.

Jemand stand über ihr.

Es war Aurora. Auch sie war vom Pferd gestiegen. Unwillkürlich musste Robi denken, dass die Leichtigkeit in Auroras Bewegungen sie irgendwie an Yorsh erinnerte. Sie erhob sich und blieb so stehen, das Schwert in der einen Hand, die Krone und den blutverschmierten Schleier in der anderen.

Die Prinzessin von Daligar betrachtete sie neugierig. Robi empfand diesen Blick wie einen Schwarm Bremsen und wäre ihn gern losgeworden. Die andere war die Tochter des Mannes, der Yorsh hatte töten lassen. Ihr Vater und ihre Mutter waren auf seinen Befehl hin gehenkt worden.

Robi hasste sie aus tiefstem Herzen, doch dann erinnerte sie sich daran, dass die andere ihr soeben das Leben gerettet hatte.

Aurora war so schön wie Yorsh, nicht der letzte Grund, warum sie sie weiterhin hasste, auch jetzt, da Yorsh tot war und kein Anlass zur Eifersucht mehr bestand. Aber sie hatte gerade ihr und damit ihrer Tochter und dem noch ungeborenen Kind das Leben gerettet.

Robi richtete sich auf. Sie war todmüde. Gestützt von Estrill auf der einen Seite und dem Schwert, das sie wie einen Stock benutzte, auf der anderen, versuchte sie, nicht zu fallen. Ihre Füße versanken im Schlamm, aber wenigstens die knochigen, schmutzigen Knie waren von ihrem Kleid bedeckt. Robi fragte sich, wo ihr goldbestickter Samtmantel geblieben war, doch da sah sie ihn zwischen Enstriils Hufen am Boden liegen.

Eine kleine Menschenmenge sammelte sich um sie. Alle waren da: Soldaten, Frauen, Kinder, Einwohner der Stadt und Flüchtlinge, selbstverständlich der Seneschall. Es fehlte nur der Hofmeister des Königlichen Hauses, der sich selbst beim Siegesgeschrei nicht befugt gefühlt haben dürfte, von Erbrows Lager zu weichen.

Die Prinzessin der Grafschaft betrachtete sie. Robi dachte weiterhin, dass sie ihr für die Rettung danken musste, aber sie hasste die Tochter des Richters zu sehr, als dass sie das über sich gebracht hätte. Endlich leuchtete Auroras Antlitz auf.

»Robi! Rosalba. Rosa Alba?«, fragte sie leise in fröhlichem, triumphierendem Ton wie jemand, der ein Rätsel gelöst hat.

Robi nickte und an dieser Stelle trat das zweite unglaubliche Ereignis an diesem Abend ein, das dritte, wenn man auch ihren Sieg mitrechnete, der ja nun wahrlich unglaublich war.

Die Prinzessin von Daligar kniete vor ihr nieder und beugte ihr Haupt, das samtene Gewand und die samtenen Hosen versanken im Schlamm.

»Meine Herrin«, sagte sie mit lauter Stimme und hob den Kopf wieder. »Rosa Alba, Erbin Arduins, diejenige, die das Licht des neuen Tags im Namen trägt und der Hoffnung, die jeden Tag aufs

Neue für die Menschen wiederaufersteht, Herrscherin von Daligar, du bist gekommen, für die Stadt Daligar und ihre Einwohner zu kämpfen.«

Rosalba stand reglos da, erschöpft und erstaunt. Sie wusste nicht recht, was tun, und hatte auch keine Kraft mehr dazu. Sie war am Leben. Die Belagerung gesprengt. Ihre Tochter war am Leben und vielleicht würde sie sie retten können. Eine Verbündete war aufgetaucht, vielleicht die letzte, die sie sich hätte wünschen können, aber eine Verbündete mit unfehlbarem Ziel und sie hatte ihr eben das Leben gerettet.

Aurora erhob sich, nahm den blauen und goldenen Mantel vom Boden und reichte ihn Rosalba mit einer angedeuteten Verbeugung.

Die Herrscherin von Daligar legte ihn sich um die Schultern. Sie spürte seine weiche Wärme. Sie fing den Blick der Berittenen auf, die sie begleitet hatten, und bemerkte, dass sich darin etwas geändert hatte. Sie waren ihr gefolgt aus Verzweiflung, wie eine Horde Jungs, die einem selbst ernannten Rädelsführer folgten; jetzt sahen sie sie an wie eine Königin. Derselbe Blick lag in den Augen aller in der Menge, die sie umringte. Viele knieten nieder.

»Meine Herrin«, begann Aurora wieder. »Mir fehlen die Worte, um dem Abscheu über den ruchlosen Mord Ausdruck zu geben, den mein eigener Vater verübt hat. Indem er Euren Gemahl tötete, hat er das verabscheuenswürdigste aller Verbrechen begangen und die Welt der Menschen wehrlos gemacht, die in diesen schrecklichen Zeiten, da unser Überleben selbst auf dem Spiel steht, in Eurem Gemahl ihren Retter und Beschützer gefunden hätte. Mein Vater hat sich nach Alyil begeben, in Sicherheit, und dorthin sind auch sein Hofstaat und fast das ganze Heer geflohen. Unsägliches Grauen erfüllte mich, als ich hören musste, wie mein Vater sich rühmte, Euren Gemahl getötet zu haben, den er für das letzte Hindernis auf seinem Weg zu endgültigem Ruhm hielt. Ebenso unsäglich war aber auch meine Freude, als ich hörte, wie er sich beklagte, dass Ihr, die Erbin Arduins, ihm entkommen seid. Da war mir klar, dass die Welt der Menschen nicht verloren ist, weil sie noch eine Königin hat, und ich bin gekommen, um mich Euch anzuschließen und für Euch zu kämpfen.«

Wieder dachte Robi, dass sie Aurora danken müsste, aber wieder brachte sie es nicht über sich.

Sie blieb stehen, auf das Schwert und auf Enstriil gestützt. Sie betrachtete das wundervolle rauchfarbene Ross. Es war das schönste Pferd, das sie je gesehen hatte. Sogar Enstriil hielt dem Vergleich nicht stand.

»Schönes Pferd«, brummte sie schließlich. Das waren die ersten Worte, die sie zu Aurora sagte.

Die nickte.

»Das schönste im ganzen Land«, bestätigte sie.

Als alle sicher waren, dass die Unterhaltung beendet war, stiegen aus der kleinen Menge erneut Jubelrufe auf. Der Reitertrupp wurde mit Beifall und Blumen überschüttet. Irgendjemand warf kleine Klümpchen aus Rosinen und Honig. Robi bemerkte, dass sie großen Hunger hatte, und es kostete sie ihre ganze Willenskraft, sich daran zu erinnern, dass eine Königin sich nicht auf den Boden werfen kann, um zwischen den Pferdehufen Süßigkeiten aufzulesen.

Auroras Anwesenheit flößte den Einwohnern Mut ein und ihre offenkundige Unterordnung unter Robi erhöhte das Vertrauen.

Sie hatten eine echte Königin.

Sie waren nicht von allen verlassen.

Wenn die Tochter des Richters in Daligar blieb, dann war die Stadt nicht zum Untergang verdammt. Und wenn sie hinter der Verrückten mit dem kahl geschorenen Schädel herritt, dann stimmte es wohl, dass die keine Verrückte war, sondern die Erbin Arduins.

Während die Jubelrufe erklangen, trug sich das dritte unglaubliche Ereignis des Abends zu, das vierte, wenn man den Sieg mitrechnete.

Aurora kniete vor einer Frau nieder, die in Lumpen ging und zwei Kinder an der Hand hielt. Die ganze Szene war unverständlich und augenblicklich trat Schweigen ein, denn keiner wollte etwas davon verpassen.

»Liebe Frau«, sagte Aurora, indem sie wieder aufstand und eine goldene Kette mit zwei Anhängern in die Hände der Frau gleiten ließ; Rosalba stand nah genug, um zu sehen, dass die Anhänger die Form von Eicheln hatten. »Euer Gemahl war der Befehlshaber der Wachmannschaften, Mandrail, der vor zehn Jahren zu Unrecht des Hochverrats bezichtigt und hingerichtet wurde. Als Eure ganze Habe beschlagnahmt wurde, ist diese Kette, ein Geschenk Eures Gatten, in meine Hände gelangt. Ich vermag nichts gegen die Ungerechtigkeit meines Vaters, der einen Mann zum Tode verurteilen ließ, dessen Loyalität und Unschuld ihm bekannt waren, ich kann Euch nur diese Kette zurückgeben.«

Die Frau schaute auf die Kette in ihren vom Waschen rissigen Händen.

Ihre Schultern strafften sich, und der Kopf ging in die Höhe, während Stolz in ihren Blick trat.

Das war die Witwe des Mannes, den der Richter unter der falschen Anschuldigung des Hochverrats hatte hinrichten lassen. Dank diesem Schritt von Aurora würde sie nicht länger als die Frau eines Verräters angesehen werden.

Der düsterste Teil ihres Leidensweges war beendet.

»Wenn ich«, sagte Aurora, nun an alle gewandt, »mit meinem Leben die Schandtaten meines Vaters ungeschehen machen könnte, dann würde ich es dafür hingeben. Ich kann nur beteuern, dass ich niemals vergessen werde, welches Unheil er angerichtet hat. Ich bin gekommen und bitte um die Ehre, für Daligar und seine Herrscherin kämpfen und sterben zu dürfen.«

Erstauntes Raunen lief durch die Menge. Rosalba dachte, nun habe sie aber wirklich das Äußerste gesehen. Dann dachte sie nichts mehr, überwältigt von der Freude darüber, noch am Leben zu sein, und ihre Tochter mit ihr.

»Du musst etwas sagen. Nach dem Sieg muss man immer etwas sagen«, flüsterte Jastrin, der wie ein Kobold neben ihr aus der Dunkelheit aufgetaucht war.

Rosalba brauchte nicht lang nachzudenken. Zu sehen, wie Aurora niederkniete, um einem Opfer der Gewaltherrschaft ihres Vaters die Ehre wiederzugeben, hatte sie daran erinnert, dass der König auch derjenige ist, der über Ehre und Unehre entscheidet.

Sie war noch am Leben, aber nicht alle teilten dieses glückliche Los.

Mit letzter Kraft gelang es Robi, ihre Stimme so weit zu erheben, dass sie die anderen übertönte.

»Die Boote der Orks sind vernichtet, die Wurfmaschinen verbrannt. Durch die Brände ist das Nordufer gesäubert. Die Orks, die überlebt haben, mussten schwimmend fliehen und ihre Waffen zurücklassen. Die Brücke, über die sie ihre Positionen hätten erreichen können, ist abgebrannt. Im Augenblick ist die Stadt uneinnehmbar, eines ihrer Flussufer ist befreit.«

Ihre Worte wurden mit Jubelrufen aufgenommen, aber diesmal gebot Rosalba ihnen mit einer Gebärde Einhalt.

»Ich bin mit sechs Männern hinausgeritten, mit fünfen komme ich zurück«, fuhr sie fort. »Der Krieger, der gefallen ist, hat sein Blut vergossen, damit die Stadt eine Zukunft hat.«

Rosalba brauchte nicht zu fragen, wer die Angehörigen des getöteten Mannes waren. Unterdrücktes Schluchzen lenkte ihren Blick auf eine alte und eine junge Frau, ein verschrecktes Kind auf dem Arm der Mutter. Alle folgten ihrem Blick. Robi wusste nicht, was sie tun sollte. Sie fragte sich, was man sagt, wenn ein Mensch tot ist, und versuchte, sich etwas einfallen zu lassen, was nicht allzu dumm und überflüssig klänge. Sie dachte an das Gesicht des jungen Mannes, sah seine Sommersprossen und die dunklen Augen vor sich.

»Er ist für euch gestorben«, sagte sie zögernd. Sie war sich nicht sicher, ob das sonderlich klug war, was sie da sagte. »Das war seine Art, euch zu lieben«, fügte sie hinzu.

Das Grüppchen sah sie an, hing an ihren Lippen. Robi dachte, dass es zu den Fähigkeiten eines Königs gehört, Trost zu spenden.

»Ohne sein Opfer wäre die Stadt nicht gerettet worden«, setzte sie unsicher hinzu.

Das musste gepasst haben, denn auch wenn der Schmerz dadurch nicht geringer wurde, traten doch Stolz und Zuversicht in die Blicke der drei. Und die Worte, die sie zögernd vorbrachte, hatten für die anderen einen kräftigen, feierlichen und getragenen Klang gehabt.

»Ein wahrer König vergibt Ehrungen«, flüsterte Jastrin. »Etwas, was über Generationen hinweg als Auszeichnung in der Familie bleibt.«

Rosalba sah hinab auf die Goldkette, die ihr der Graf von Daligar übergeben hatte. Trotz aller Müdigkeit gelang es ihr, ein Glied daraus zu lösen. Der Seneschall zog ein Band aus seinem Ärmel und reichte es ihr. Robi führte das Band durch die Öse. Dann trat sie zu der Frau mit dem Kind und legte das Ordensband um den Nacken der Witwe des gefallenen Kavalleristen und grüßte sie mit einer leichten Verbeugung, was die junge Frau mit einem angedeuteten Kniefall erwiderte.

Viele der Anwesenden begannen zu weinen.

Robi kehrte zurück zum Seneschall, ergriff das Schwert, und außerstande, es noch einmal zu heben und in die Scheide zu stecken, begab sie sich in ihre Gemächer.

Der blutbefleckte weiße Schleier glitt zu Boden. Zu anstrengend, ihn aufzuheben. Die Schulter blutete fast nicht mehr. Robi ließ ihn liegen, wo er war.

Der Hofmeister des Königlichen Hauses verneigte sich, als sie den Raum betrat.

»Meine Herrin«, murmelte er, dann verschwand er.

Als sie eintrat, hockte Angkeel schon neben Erbrow.

»Mach Platz da, du Federvieh«, hauchte Robi, dann fiel sie aufs Bett, das Schwert noch in der Hand. Sie ließ es los, umarmte Erbrow und schlief ein.

KAPITEL 4

Erbrow erwachte lang vor Morgengrauen. Jenseits des hohen, schmalen Fensters, das in der Mitte von einer Säule unterteilt war, stand der Mond und erhellte eine stürmische Nacht. Erbrow sah sich um in der Hoffnung, das Haar ihres Vaters oder die grünen Flügel des Drachen aufleuchten zu sehen, aber da war nur das stumme, strenge Weiß von ihr unbekannten Wänden.

Die Nacht musste furchtbar gewesen sein. In der Luft lagen Rauch und andere schreckliche Gerüche, wie von Schmerz und wütendem Kampf. Nie wusste sie, was vor sich ging.

Sie hatte ihren Papa nicht mehr, der ihr die Dinge erklärte.

Sie hatte ihn auf den Flügeln des Drachen davonfliegen sehen, und nun wusste auch sie, wie es ist, im Flug getragen zu werden. Das war schön gewesen, aber ihr Papa fehlte ihr ganz schrecklich. Sie hätte so gern weinen mögen, aber Mama hatte gesagt, dass man das nicht darf. Wenn sie weinen könnte, dann würde sich dieser kalte, steinerne Klumpen, den sie in sich trug, lösen. Sie hätte gewollt, dass Mama sie im Arm hielte, wo man die Herzen der Brüderchen hören konnte, dann hätte sich der steinerne Klumpen vielleicht auch gelöst, wenigstens ein bisschen, aber Mama konnte sie nicht im Arm halten, sie hatte immer anderes zu tun.

Als sie ganz wach war, bemerkte Erbrow, dass ihre Mama schlafend neben ihr lag. Einen Augenblick lang fühlte sie sich getröstet, doch dann fiel das Mondlicht voll ins Zimmer und sie sah das Blut. Ihre Mama hatte welches im Gesicht, auf dem Kleid, auf den Haaren, oder besser, auf dem, was davon übrig war. Mama war verletzt. Das Mädchen legte die Hand auf Mamas Schulter, wo unter dem zerrissenen Kleid aus einer kleinen, noch frischen Wunde ein paar Tröpfchen Blut sickerten, und heilte sie. Die Anstrengung war übermäßig und sie hatte Lust zu weinen. Doch sie konnte die Tränen hinunterschlucken, und wieder wünschte sie aus ganzer Seele, ihren Papa bei sich zu haben.

Sie musste dringend Pipi. Bei sich zu Hause, dort, wo sie geboren war, brauchte man nur hinaus an den Strand zu gehen. Erbrow fragte sich, wie man an diesem seltsamen Ort, wo sie sich jetzt befand, an den Strand kam. Mama würde das ganz bestimmt wissen, aber sie schlief jetzt. Auch im Schlaf spürte Erbrow, wie abgrundtief erschöpft sie war, und wagte nicht, sie zu wecken.

Sie ließ sich aus dem Bett auf den Boden gleiten. Das Mondlicht erhellte nun den ganzen Raum. Neben ihrer Mutter sah sie das Schwert mit den Efeuranken, auf dem sie ihre Omeletts gebraten hatten und das jetzt ganz mit Blut verschmiert war. Erbrow riss die Augen auf und lief weg, denn das wollte sie nicht sehen. Auf ihrer Suche nach dem Strand fragte sie sich, wie sie es nun anstellen würden, mit den Omeletts, und ob sie überhaupt je wieder Möwennester finden würden.

Ziellos lief sie herum, sie fand keinen Strand. Ihr Zuhause war ein einfacher Ort gewesen, der bei den Wänden aufhörte. Drinnen war Haus, da schlief man, und draußen war Strand, da konnte man Pipi machen, auch nachts, ohne sich allzu weit von Papa und Mama zu entfernen, die schliefen. Zuhause, da war das Efeuschwert blank und sauber gewesen und hatte zum Omelettmachen gedient, und da war Papa gewesen, der ihr Geschichten erzählte und Lieder vorsang, wenn die Dunkelheit hereinbrach und ihr Angst machte.

Wo sie jetzt war, das schien ein merkwürdiges Haus zu sein, es ging immer weiter, eine Tür nach der anderen, und hörte nie mehr auf. Erbrow fragte sich, wo sie den Strand gelassen hatten. Sie kam in einen Garten voll grünem Gras und großen Blüten, die im nächtlichen Tau schimmerten, und wenigstens das Problem mit dem Pipi konnte gelöst werden.

Erbrow musste einsehen, dass sie sich verlaufen hatte. So schrecklich die Vorstellung war, zu ihrer Mutter mit dem blutigen Schwert zurückzukehren, die Vorstellung, nicht mehr dorthin zurückzufinden, war noch schlimmer.

Immer mächtiger verspürte Erbrow den Wunsch zu weinen, aber Mama hatte gesagt, dass man das nicht durfte. Sie setzte sich auf den Boden, schlang die Arme um die Knie und legte den Kopf darauf. Sie holte ihre Puppe aus der Tasche, nahm sie in die Hand und strich mit den Fingern über das abgenutzte Holz, aber auch das schenkte ihr keinen Trost. Ihr Papa war mit dem Drachen fortgegangen und sie war allein. Sie wusste nicht, was vor sich ging. Alles machte ihr Angst. Alles war grauenhaft. Das Omelettschwert blutverschmiert. Auch Mama war voller Blut und obendrein hatte sie, Erbrow, sich verlaufen. Alles war kalt.

Mama hatte gesagt, dass man nicht weinen darf.

Mama hatte gesagt, sie wollte die Mutter von zwei lebenden Kindern sein.

Die Brüderchen waren zwei und sie würden leben.

Sie wurde nicht gebraucht. Erbrow konnte gehen.

Am Boden kauernd, träumte Erbrow davon, dass ihr Papa käme und sie auf den Drachenflügeln mitnähme. Sie überlegte sich, wenn sie ihr Herz anhielte, würde das geschehen. Mama hatte ja die zwei Brüderchen und sie hatte sich verlaufen... Erbrow wusste, wie man selbst sein Herz anhält. Ihr Papa hatte es nicht getan, aber während er seinen Blick tief in den ihren senkte, hatte er daran gedacht, und sie hatte es verstanden.

Jemand berührte sie. Erbrow hob den Kopf und im schwachen Licht sah sie eine große Gestalt mit hellem, sanft schimmerndem Haar, und einen Augenblick lang dachte sie, ihr Papa sei endlich gekommen, um sie zu holen, aber da war kein Drache.

Es war nicht er, sondern eine junge Frau, die gekleidet war wie ein Mann, mit einem Bogen über der Schulter und einem komplizierten, mit Perlen besetzten Silbernetz, das ihr Haar zusammenhielt. Die Frau hatte ein Knie auf den Boden gebeugt, sodass sie ihr direkt in die Augen schauen konnte.

»Kann ich Euch mit irgendetwas behilflich sein, meine kleine Herrin?«, fragte sie.

Erbrow war verblüfft. Das war eine schwierige Frage. Während sie noch über eine mögliche Antwort nachgrübelte, sprach die Unbekannte weiter.

»Mein Name ist Aurora«, stellte sie sich mit einer Verbeugung vor.

Das Mädchen nickte. Rasch schob sie ihre Verzweiflung beiseite und versuchte weiter herauszufinden, was sie tun müsse. Sie fragte sich, ob sie sich ebenfalls vorstellen müsse. Sie war sehr eingeschüchtert, sie wollte aber nicht unhöflich erscheinen. Papa legte großen Wert auf Höflichkeit. Sie zeigte auf sich selbst.

»Ebou«, brachte sie schließlich leise heraus.

»Das ist ein wunderschöner Name, meine kleine Herrin, es ist wahrhaft eine Ehre, Eure Bekanntschaft zu machen«, bemerkte Aurora.

Erbrow nickte.

»D'ache«, fühlte sie sich verpflichtet zu erläutern, wobei sie noch einmal auf sich selbst zeigte.

»Das ist der Name des Drachen. Ich habe verstanden. Ihr tragt den Namen des letzten Drachen, den Euer Vater in seinen jungen Jahren im Flug begleitete.«

Erbrow nickte, dann betrachtete sie Aurora lang im unsteten Licht der Fackeln.

»'ezz«, flüsterte sie.

»Jetzt? Jetzt… Ihr wollt mir sagen, dass Euer Vater und der Drache jetzt wieder beisammen sind und gemeinsam fliegen?«

Erbrow nickte. Endlich hatte sie jemanden gefunden, der sie verstand.

»Erlaubt Ihr, dass ich Euch in die Arme schließe?«, fragte Aurora überraschenderweise. Erbrow nickte und fühlte sich eingehüllt von dem nachgiebigen, warmen Körper, eingehüllt von Stoffen, die weich waren auf der Haut. Sie legte den Kopf in Auroras Halsbeuge, die nach Luft und Wind roch, was sie vage an ihren Vater erinnerte. Lang streichelte Aurora ihr das Haar. Das war nicht dasselbe, wie weinen zu können, aber wenigstens war da jemand, der sie in die Arme nahm, während sie von ihrem Papa erzählte, und das war immerhin etwas. Der kalte und steinerne Klumpen, den sie in sich trug, seitdem sie ihren Papa hatte sterben sehen, begann, sich etwas zu lösen. Wenn sie in den Armen von jemandem hätte weinen können, der mit ihr weinte, während sie von ihrem Papa erzählte, würde sich dieser Klumpen noch weiter auflösen, und die Erinnerung an die grünen Drachenflügel würde stärker werden als die an das Dunkelrot des Blutes, aber Mama hatte gesagt, dass man nicht weinen darf, und Erbrow wagte es nicht.

»Eure Puppe ist sehr schön«, sagte Aurora. »es muss schön sein, eine solche Puppe zu haben, da fühlt man sich nie allein.«

Ein Anflug von Lächeln huschte über Erbrows Gesicht. Es gefiel ihr, dass Aurora mit ihr genauso sprach, wie sie es den Großen gegenüber gehört hatte, obwohl sie doch noch klein war.

»Sollte ich je ein Töchterchen haben«, versetzte Aurora, »dann wird sie hoffentlich eine genauso schöne Puppe haben wie Eure, dann ist sie nie allein.«

Diesmal strahlte Erbrow übers ganze Gesicht, während sie ihre Finger stolz über die geschnitzte Holzpuppe gleiten ließ.

»Habt Ihr Euch verlaufen? Dieser Palast ist sehr groß und man kann sich leicht verirren. Wenn Ihr erlaubt, begleite ich Euch zurück. Darf ich Euch auf den Arm nehmen? Ich weiß, wo Eure Mutter schläft«, fügte sie hinzu.

Erbrow nickte. Sie war müde. Es war schön, von Aurora auf den Arm genommen zu werden. Alles an ihr und ihrer Umarmung war sanft und warm. Erbrow legte den Kopf auf ihre Schulter und dachte, wenn sie jetzt, in diesem Augenblick, über den Tod ihres Vater weinen könnte, würde sich der kalte Klumpen in ihrem Inneren völlig lösen. Sie wünschte von ganzem Herzen, es tun zu können, aber sie war nicht sicher, ob Mama es erlauben würde, und so hielt sie sich zurück. Als sie in einen merkwürdigen Raum gelangten, wo ein sehr großer goldener Sessel stand, setzte Aurora sie ab.

»Geradeaus in dieser Richtung, da ist Eure Mutter. Bleibt bei ihr, sie braucht Euch jetzt sehr. Denkt dran, Ihr müsst jetzt recht tapfer sein. Ihr müsst bei ihr sein. Die Stadt wird von den Orks belagert, aber Eure Mutter hat einen großartigen Sieg über sie errungen und jetzt ist die Stadt uneinnehmbar. Diese Nacht hat viel Leid mit sich gebracht, aber dank Eurer Mutter, dank ihrer Tapferkeit und ihres Mutes ist unendlich viel größeres Leid abgewendet worden. Dank Eurer Mutter und des Blutes, das vergossen wurde, können die Kinder dieser Stadt auch weiterhin das Wort ›morgen‹ verwenden. Eure Mutter kann jetzt nicht bei Euch sein, weil sie die Stadt vor Tod und Zerstörung bewahren muss, und nur sie allein kann das. Niemand besitzt ihre Kraft, niemand ihre Tapferkeit. Ihr, meine kleine Herrin, seid der wichtigste Mensch in der Stadt. Ohne Euch ist Eure Mutter verloren und ohne Eure Mutter sind wir alle verloren. Ihr müsst jetzt recht tapfer sein, meine kleine Herrin, ich beschwöre Euch. Ich muss nun gehen. Der Wind hat sich gelegt und die Nebel lichten sich. Schon bald wird das Mondlicht verblassen und alles wird konturlos und unbestimmt wie im Traum. In der Dunkelheit kann ich mich aus der Stadt hinausstehlen. Mein Pferd ist das schnellste im Land und seine Farbe verschwindet im Nebel und im Schatten, wie auch die Farbe meiner Kleidung. Ich kenne sämtliche Schleichwege, die im Dunkeln nur ich finden kann. Ich kann die Neumondhügel durchqueren, die uns von Varil trennen. Ich muss dort einen sehr starken Krieger holen, damit er anstelle Eurer Mutter kämpft und sie bei Euch sein kann.«

Erbrow nickte erleichtert. Endlich hatte sie jemanden gefunden, der sie verstand, wenn sie sprach, und der ihr erklärte, was vorging. Wenn ihr jemand erklärte, was geschah, war die Welt nicht mehr nur wüste Raserei, dann trat sie aus dem Dunkel der Unverständlichkeit heraus. Es war, als habe ein Lichtstrahl die Nebel zerteilt. Sie wusste auch, wenn sie ihren Papa bloß mit jemandem beweinen könnte, der mit ihr weinte, würde der Klumpen, den sie in sich trug, weniger schwarz und weniger hart werden. Aurora hatte eine ruhige Stimme, die an das Rascheln von Schilf erinnerte, wenn der Seewind darüber hinstrich. Es war eine Stimme, bei deren Klang man sich zusammenkuscheln konnte, den Kopf sinken und die Augen zufallen lassen konnte und davon träumen, dass Papas Tod nicht mehr schmerzlich war.

Endlich hatte sie jemanden gefunden, der etwas Sinnvolles sagte.

»Nein aua«, empfahl sie besorgt.

»Gewiss«, versicherte ihr Aurora, »ich werde aufpassen, dass mir nichts Böses zustößt. Nun geht. Eure Mutter braucht Euch. Sie könnte aufwachen und Euch nicht an ihrer Seite finden und das wäre schrecklich für sie.« Sie verneigte sich.

Das Mädchen nickte noch einmal zum Gruß, dann lief es weg. Sie hätte Aurora freundlicher mit ihrem Namen grüßen wollen, aber er war voller *r* und das war ein besonders schwieriger und tückischer Laut.

»Aoa«, flüsterte sie leise. Ohne diese tückischen Buchstaben klang er wie ein Windhauch an einem glühenden Sommertag.

Sie durchquerte drei Räume und gelangte schließlich ans Bett ihrer Mutter.

Sie ging dicht an der Wand mit dem Kamin entlang und lief dann zum Bett, sodass sie das blutige Schwert nicht sehen musste.

Sie rollte sich zusammen wie ein Kätzchen, sorgfältig darauf bedacht, das Kleid ihrer Mutter dort nicht zu berühren, wo es dunkelrote Blutflecken hatte, und diese auch nicht anzusehen.

Alles war warm und sie hörte den Herzschlag der Brüderchen.

In der anbrechenden Dämmerung tauchten neue Gerüche auf, der zarte Duft von Fladenbrot, das gebacken wurde, Apfelküchlein, die gebraten wurden, und Hoffnungen, die sich wieder zu regen begannen. Ein Hahn krähte.

Erbrow glitt in den Schlaf und ihr Geist verlor sich in Träumen wie ein Schneeball im Meer.

KAPITEL 5

Rosalba erwachte bei strahlendem Sonnenschein. Wie jedes Mal beim Aufwachen überkam sie die Verzweiflung über Yorshs Tod und wie immer schob sie sie beiseite. Die Zeit würde kommen, da sie weinen, sich die Haare raufen und ihre Kleider zerreißen konnte, aber das war nicht jetzt. Ihre Kleider waren schon zerfetzt, die Haare abrasiert, und ein Heer von Orks stand vor dem Südtor einer Stadt von Feiglingen und Idioten, die es sich jahrelang zur Ehre angerechnet hatten, Untertanen des Verwaltungsrichters zu sein.

Erbrow schlief friedlich neben ihr, und die Verletzung an der Schulter, die sie davongetragen hatte, war schon verheilt. Rosalba nahm das als gutes Omen, küsste ihre Tochter auf die Stirn und stand auf, wenn auch mit Mühe.

Voller Jubel war der Tag angebrochen und voll von Essbarem. Im Saal des Kleinen Throns begrüßte ein Korb mit Fladenbrot und Äpfeln das Erwachen der Herrscherin. Auf dem Thron lag auch ein merkwürdiges Kleidungsstück aus mehreren Lagen Stoff, die Seitennähte des Rockes waren nicht geschlossen; darunter gab es regelrechte Hosen, sodass sich beim Reiten nichts nach oben verschob. Das Gewand war schwarz mit Goldstickereien am Kragen.

Innen, wo es in Berührung mit der Haut kam, war eine Schicht Leinen, außen hingegen war es aus dichtem, warmem Samt. Am Boden standen verschiedene Paar Schuhe, alle schwarz und in unterschiedlichen Größen, damit sie die passenden für sich aussuchen konnte. Auf dem Grund des Korbes fand Rosalba ein Stück Käse, das sie voller Rührung betrachtete. Seit dem Tod ihrer Eltern hatte sie keinen mehr gegessen. Sie ging hinüber zu Erbrow und legte den Käse zusammen mit einem Fladenbrot und einem Apfel neben sie, damit sie beim Aufwachen alles vorfände; dann zog sie ihr schmutziges, zerfetztes Kleid aus und das neue Gewand an, alles mit einer Hand, weil sie sich mit der anderen den Mund mit Fladenbrot vollstopfte. Sie kehrte in den Thronsaal zurück.

Ein Geräusch von Schritten kündigte ihr das Herannahen des Hofmeisters des Königlichen Hauses an. Er strahlte glücklich, als er sie erblickte.

»Ich habe Euch zu danken«, begann Robi, während die Augen des Alten voller Stolz strahlten. »Dieses Gewand ist wirklich schön und bequem. Wie seid Ihr auf die Idee gekommen, so etwas zu machen, was zugleich Reiteranzug und Kleid ist?«

»Das war Dame Aurora«, antwortete der Alte. »Sie hat erklärt, wie man es machen soll, und ich habe die Anweisungen gegeben. In dieser Nacht haben wir das erste gemacht und heute machen wir noch eins. Wir haben die ganze Nacht daran gearbeitet, Herrin, und mit der größten Freude. Aber Euer Dank muss vor allem Dame Aurora gelten«, sagte der Mann bescheiden, »ohne sie wäre ich nie auf die Idee mit den Hosen gekommen, die aussehen wie ein Rock. Sie hat uns ihr eigenes Gewand gezeigt und uns erlaubt, Maß zu nehmen.«

Das Quäntchen Freude, das die Herrscherin empfunden hatte, war sofort wie weggeblasen, aber so wenig sie Aurora leiden konnte, das Kleidungsstück war zu bequem, als dass sie darauf verzichtet hätte.

Zum Ausgleich dafür erreichte sie eine gute Nachricht.

Aurora hatte sich aus dem Staub gemacht. Sie war verschwunden, wie sie gekommen war. Gegen alle Regeln des gesunden Menschenverstands hatte sie die Zugbrücke herunterkurbeln lassen, unter der Gefahr, sämtliche Orks auf sich zu ziehen, und der noch viel schlimmeren, dass sie in die Stadt eindrangen, und war dann in Nacht und Nebel verschwunden. Wohin, das wusste niemand.

Robi erinnerte sich, dass sie nicht eigens Befehl gegeben hatte, die Zugbrücken auf gar keinen Fall hinunterzulassen, weil sie davon ausgegangen war, dass kein Mensch solchen Unfug begehen würde. Aber sie musste einsehen, dass sie den Schwachsinn aller unterschätzt hatte. In Daligar durfte man sich eben nie auf irgendetwas verlassen.

Sie fragte sich, ob Aurora den Orks wohl schon in die Hände gefallen war, und irgendwie tat ihr das leid, denn immerhin hatte sie ihr ja das Leben gerettet. Mit Grauen erinnerte sie sich daran, sie verflucht zu haben, verscheuchte den Gedanken aber. Es war jetzt nicht der Zeitpunkt, sich mit abergläubischen Vorstellungen aufzuhalten …

Robi sorgte dafür, dass jemand für ihre Tochter sorgte, dann begab sie sich auf die Wehrgänge. Derselbe Nebel, der Auroras Flucht verbarg, hüllte alles ein, machte alles unkenntlich. Wie ihr der Hofmeister des Königlichen Hauses erklärte, sogar in dieser trockenen und niederschlagsfreien Jahreszeit zu Beginn des Sommers bildeten sich im Tal des Dogon, der in einer tiefen Schlucht durch die Dunklen Berge führte, flüchtige und undurchdringliche Nebel, die plötzlich hereinbrachen, die Welt unsichtbar machten und sich ebenso plötzlich wieder auflösten, vom Nordwind hinweggefegt.

Die Orks unternahmen ungeschickte Versuche, die große Zugbrücke und das Südtor anzugreifen. Mit einer Pontonbrücke und einem Rammbock wäre das möglich gewesen, sie aber hatten keins von beiden. Alles, was sie zuwege brachten, war, auf winzigen, zusammengeschusterten Flößen Bewaffnete über den Dogon zu schicken, die dann mit ihren Äxten und Schwertern auf die schweren Balken des Tors einschlugen, wenn sie überhaupt so weit kamen. Die kleinen Flöße fuhren unter dichtem Pfeilhagel dahin, durch die Verluste gerieten sie aus dem Gleichgewicht, kenterten in der Strömung. Sogar der legendäre Srakkiolo, der Blöde Ork aus den Sagen und Balladen, hätte sich etwas weniger Schwachsinniges einfallen lassen.

Die plumpen Versuche wurden den ganzen Tag lang fortgesetzt. Wenn einer der Angreifer von den Bogenschützen getroffen wurde, zusammenbrach und sein Blut die Wasser des Dogon rot färbte, jubelten die Einwohner von Daligar begeistert, während die Orks einen unerschütterlichen Gleichmut bewiesen. Sie ersetzten den Gefallenen umgehend und machten weiter. Rosalba war gelassen. Auch wenn sie bis ans Tor gelangten, mit Brandfläschchen und Feuer wäre das schnell erledigt.

Am Nachmittag kam Wind auf, der Nebel wurde vertrieben, Vernunft kehrte ein und die Orks ließen von ihren Versuchen ab.

Der Angriff hatte lang gedauert, war unsinnig gewesen und gescheitert.

Rosalba war erleichtert.

Plötzlich drangen von den Wehrgängen im Osten Schreie und die düsteren Rauchschwaden eines Feuers herüber.

Rosalba begriff.

Der Angriff hatte lang gedauert, war gut durchdacht gewesen und ganz und gar nicht gescheitert. Sie hatte die Orks unterschätzt. Sie hatte zwei Fehler begangen: Zum einen hatte sie nicht begriffen, dass die Befehle für den Angriff auf das Südtor wirklich gar zu dumm waren, zum anderen hatte sie vergessen, welchem strategischen Zweck die akrobatischen Übungen an dem glitschigen Maibaum dienten, die sie bei den Orks beobachtet hatte.

Mit den Wachsoldaten stürzte Rosalba zum Ort des Geschehens und konnte gerade noch sehen, wie die Angreifer sich flink wie die Eichhörnchen an der Außenmauer hinunterließen.

Zwei Soldaten lagen mit durchschnittener Kehle am Boden. Sie hatten so lange dem falschen Angriff zugesehen, dass die Gegner unterdessen über die Mauern hatten heraufklettern können.

Das Ziel war nicht gewesen, in die Stadt einzudringen, sondern einfach im Süden ein Ablenkungsmanöver zu schaffen, damit währenddessen ein kleiner Trupp von leicht bewaffneten Akrobatenkriegern auf einem der verbliebenen Boote über den Fluss setzen, ungesehen die nördlichen Mauern erklimmen und ein halbes Dutzend Kinder entführen konnte.

Die Pfähle, die die Stacheln von Daligar bildeten und eigentlich dazu da waren, siedendes Pech auf die Belagerer hinabzugießen, erleichterten umgekehrt das Hinaufklettern. Wieder einmal hatte Rosalba die abgrundtiefe Dummheit ihrer Armee unterschätzt. Der über Generationen fortgesetzte Drill zum blinden Befehlsgehorsam trug seine Früchte. Weil sie den Wachsoldaten nicht den Befehl gegeben hatte, auf den Wehrgängen auf ihren Posten zu bleiben, hatten die Idioten es auch nicht getan.

Drei Lager mit den verbliebenen Lebensmittelvorräten der Stadt waren in Flammen aufgegangen.

Das war aber ein verdammtes Pech, bemerkte der Kommandant der Wachsoldaten, dass ausgerechnet diese Gebäude in Brand gesetzt worden waren, denn sie grenzten weder an die Stadtmauern noch waren sie untereinander verbunden.

Robi dachte, das Pech sei wirklich zu groß, um zufällig zu sein, und ihr kam der Verdacht, ob nicht irgendjemand den Orks einen Lageplan der Stadt zugespielt haben könnte.

Eine Gruppe verzweifelt weinender Mütter versperrte ihr den Weg. Jemand sagte ihr, dass auch Jastrin entführt worden wäre.

In dem Geschrei ließ sich die ruhige Stimme des Hofmeisters des Königlichen Hauses vernehmen, wurde aber sofort übertönt von der eisigen des Seneschalls. Sie teilten ihr mit, dass die Orks schon dabei waren, den Scheiterhaufen für die Geiseln zu errichten. Entweder ergab sich die Stadt oder sie würden die Geiseln verbrennen.

Im ersten Fall, der auszuschließen war, wäre es vorbei mit der Stadt, im zweiten, der nicht wünschenswert schien, wären die Schreie der Geiseln und der Geruch ihrer verkohlenden Leiber, wie sollte man sagen … entmutigend.

»Entmutigend?«, wiederholte Robi, wobei sie sich standhaft gegen die Versuchung wehrte, ihn zu erwürgen.

»Entmutigend«, bestätigte der Seneschall kopfschüttelnd, »sowohl für die Einwohnerschaft in ihrer Gesamtheit als auch für die näheren Angehörigen im Besonderen.«

»Für die näheren … im Besonderen.«

Mit einer unbestimmten Bewegung deutete der Seneschall auf die Gruppe der Mütter. Robi fragte sich, warum der Verwaltungsrichter diesen unerträglichen Hofschranzen nicht mitgenommen hatte. Die einzige Antwort, die ihr dazu einfiel, war, dass er ihn auch nicht ertrug.

Die Mütter hatten aufgehört zu weinen und waren dabei, sich zu bewaffnen. Bratenmesser und die kleinen Äxte zum Töten von Hühnern tauchten in ihren Händen auf.

»Meine Herrin«, sagte eine der Frauen, in graue Jute gekleidet und fast so groß wie sie. Sie hatte ein schönes, regelmäßiges Gesicht, überstrahlt von dunklen Augen und dunkelbraunem Haar, das man unter einem verfilzten Wollschal erkennen konnte. »Meine Herrin, wir haben Euch kämpfen sehen. Wir haben Euch siegen sehen. Wir wollen kämpfen. Unsere Männer sind dem Verwaltungsrichter gefolgt, weil sie als Soldaten seinem Befehl gehorchen mussten, aber jetzt werden sie wiederkommen und für uns und unsere Kinder kämpfen. Solange sie nicht da sind, gehen wir hinaus.«

Robi sah sie an und nickte. Niemals hätte sie es über sich gebracht, von dieser Frau zu verlangen, sie solle dableiben und zusehen, wie ihr Kind verbrannte. Ebenso wenig würde sie es über sich bringen, sie hinausziehen und umkommen zu sehen, um dann zuzusehen, wie ihr Kind trotzdem verbrannte.

Sie selbst trug ein Kind unter dem Herzen, das sie beschützen musste, aber in diesem Augenblick, im Angesicht dieser anderen Mutter, wollte sie nicht, dass ihr Kind auf eine Welt käme, wo man untätig zusah, wie Kinder bei lebendigem Leib verbrennen. Eher sollte es still in ihrem Schoß verenden, ohne erst unter Schmerzen auf diese Welt kommen zu müssen.

Und dann war da noch Jastrin.

Als ob er dein Sohn wäre, hatte Yorsh gesagt.

»Aber gewiss ziehen wir hinaus. Wir ziehen alle hinaus. Sattelt mein Pferd, ruft die Soldaten zusammen.«

»Herrin«, protestierte der Seneschall, »das ist Wahnsinn!«

»Wer wollte das leugnen!«, pflichtete Robi ihm bei. »Auf der anderen Seite, die Gesunden und Vernünftigen haben sich und ihre erlauchten Wänste in den Bergen des Nordens in Sicherheit gebracht. Nur wir sind dageblieben, Frauen, Kinder und Wahnsinnige, um mit dem Heer der Orks über die Bedeutung von Leben und Tod zu debattieren. Alles in allem betrachtet, wenn wir alle gemeinsam hinausgehen, ist es lustiger, als wenn einer lebendig auf dem Scheiterhaufen verbrennt und der andere oben an den Mauern steht und dabei zusieht.«

Sie rückten sofort aus. Der Scheiterhaufen konnte jeden Augenblick fertig sein und in Brand gesetzt werden.

Die Zugbrücke wurde herabgelassen. Robi mit ihren fünf Berittenen, vier weiteren Soldaten, die sich die Pferde der Orks genommen hatten, und alle anderen zu Fuß stürzten hinaus. Schwer rasselte das Fallgitter hinter ihnen herunter.

Zu den Müttern waren noch andere Frauen hinzugekommen, Großmütter, Tanten, und sämtliche in der Stadt verbliebenen Männer. Sie waren eine bunt zusammengewürfelte Truppe, bewaffnet, so gut es ging, wenn nicht völlig unbewaffnet, aber sie hatten einen Vorteil: Für die Orks war es eine Überraschung. Vollkommen absurde Unternehmungen haben den Vorzug, dass sie nicht berechenbar sind. Robi sah die Orks fliehen. Die Menge teilte sich vor ihnen.

Da die Pferde der Orks in alle Richtungen auseinandergestoben waren, hatte die Armee von Daligar im Unterschied zum Gegner immerhin den Vorteil, über eine Kavallerie zu verfügen, so bescheiden diese auch sein mochte.

Mit hämischer Freude stellte Rosalba fest, dass die Orks weder mit der Schnelligkeit des Gegenangriffs noch mit dessen Wucht gerechnet hatten.

Dann bemerkte sie, dass ihnen trotz der Überrumpelung das Vorankommen zu leicht gemacht wurde. Die Soldaten ergriffen regelrecht die Flucht vor ihnen, als ob sie leibhaftige Dämonen oder Erinnyen gesehen hätten. Sie stießen seltsam raue Flüche aus, kuriose Beschimpfungen, die sie in merkwürdig hohem Ton von sich gaben und mit einer immer wiederholten Geste begleiteten, wie wenn man etwas verscheuchen will.

Rosalba und die anderen fünf Berittenen erreichten den Scheiterhaufen. Öl war noch nicht daraufgegossen worden. Ihr Überraschungsangriff hatte es verhindert. Einer der Orks warf eine Fackel, aber es gab nur etwas Geknister und Rauch. Ohne Öl griff das Feuer nicht und die Flammen unter den Leibern erloschen gleich wieder.

Der die Fackel geworfen hatte, wurde von oben attackiert. Ein rauer Schrei, zwei weit ausgespannte blaue und weiße Flügel. Angkeel war endlich von seinen Streifzügen zurückgekehrt. Nach Erbrow war Jastrin der Mensch, den er am meisten liebte auf der Welt. Der Ork schrie auf und ging zu Boden, Blut sickerte durch seine zerfetzte Kampfmaske.

Rosalba trieb Enstriil auf den Scheiterhaufen hinauf und gelangte zu Jastrin. Mit einem einzigen Hieb von Yorshs Schwert durchschlug sie die Ketten, die ihn an den ersten Pfahl in der Reihe fesselten, und befreite ihn. Dabei musste sie sich hinunterbeugen und das war ein Glück, denn so wich sie um Haaresbreite dem Pfeil aus, der sich in den Pfahl bohrte. Robi bereute es, sich nicht die Zeit genommen zu haben, einen Helm zu suchen und aufzusetzen, ihr Kopf war jetzt nur von der Krone geschützt. Jeden Augenblick würde ein Pfeilhagel den klaren Himmel dieses sonnigen Tages verdunkeln. Der laue Wind hatte den Nebel vollständig zerstreut. Der Himmel war hoch und weit, die Möwen des Dogon segelten darin. Robi dachte, dass ihr zum Sterben ein Hagelsturm oder wenigstens ein Gewitter lieber gewesen wäre.

Mit ihrem Schwert durchschlug Robi die Ketten der anderen Kinder. Ihre Reiter griffen die Bogenschützen der Orks an und gewannen so Zeit. Hier gab es keine Flucht oder unverständliche Verwünschungen, hier trafen sie auf heftige Gegenwehr. Zwei Soldaten wurden verletzt. Die Gruppe der Mütter hatte bemerkt, dass die Orks sie nicht angriffen und ihnen auswichen. Mit ihren lächerlichen kleinen Äxten, ihren Messern zum Fischschuppen und Entbeinen von Hühnern gingen sie auf die Bogenschützen los und auch dadurch gewannen sie etwas Zeit.

Plötzlich schallte der Ruf eines Horns durch die Ebene.

Robi blickte auf und sah vom Osten her eine Gruppe Reiter näher kommen. Varil schickte Verstärkung! Die Welt der Menschen hatte beschlossen, aufzustehen und zu kämpfen, um für ihre Kinder das Recht zu erstreiten, nicht getötet zu werden!

Die Sonne stand hoch und der erste Reiter trug keinen Helm. Auch wenn sie das wunderschöne rauchfarbene Pferd mit der schwarzen Mähne nicht gleich erkannt hätte, das schimmernde Haar ließ keinen Zweifel: Aurora kehrte zurück. Und zu ihrem immerwährenden Verdienst hatte sie die sympathische Idee gehabt, etwa fünfzig berittene Soldaten mitzubringen. Sie führten keine Banner oder Standarten mit sich und schon von Weitem erkannte man die irgendwie zusammengeflickten Harnische aus Lederplättchen, die ungleichen Beinschienen und die verbeulten Helme der Leichten Kavallerie. Neben dem, der ihr Kommandant sein musste, lief ein Hund. Ein Hund?

»Aber das ist ein Wolf!«, sagte der Kommandant der Wachsoldaten, der zu Rosalba geeilt war, um sie zu schützen.

Nachdem sie den Punkt des geringsten Widerstands ausgemacht hatten, nämlich die Ostflanke der feindlichen Aufstellung, wo die kleinen Orks aus den Sümpfen standen, preschten die Reiter vor und durchbrachen die Reihen. Eine Hundertschaft von großen Orks aus den Bergen, mit Schilden aus Wolfsschnauzen und Hellebarden mit Reißzahnklinge, versuchte, sich ihnen in den Weg zu stellen, aber mit unwiderstehlicher Wucht durchbrachen die Reiter auch diese Linie. Sie hatten den Scheiterhaufen mit den Kindern darauf erblickt und ihre Wut war nicht mehr zu bremsen. Wütend erscholl ihr Schlachtruf, fast ein Brüllen:

»Jetzt. JETZT. JEEETZT!«

Bei jedem Mal schwoll der Ruf an und wurde grimmiger. Robi hörte, wie ihre eigene Stimme in den Ruf mit einstimmte.

Sie hörte Jastrins helle Stimme. Die Stimmen der Mütter.

»Jetzt. JETZT. JEEETZT!«

Jetzt stehen wir auf. Jetzt kämpfen wir. Jetzt befreien wir unser Land. Euer Terror endet hier. Und jetzt.

Der Trupp Reiter postierte sich zwischen die Orks und Robi, sodass sie Zeit hatte, ihre Leute zu sammeln und in Sicherheit zu bringen, ins Innere der Stadt. Alle Kinder waren befreit. Hinter ihnen zogen die Kavalleristen ein, als Vorletzte Aurora auf ihrem nebelfarbenen Ross, und als Letzter der, der unzweifelhaft der Kommandant der Gruppe sein musste. Er war sehr groß und saß auf einem unansehnlichen Klepper, der, sobald er in Sicherheit war, so ruckartig stehen blieb, dass er seinen Reiter fast abgeworfen hätte. Der Riese fluchte unter seinem Helm.

Hechelnd vom schnellen Lauf, kam der Wolf heran und blieb neben ihm stehen.

Ein einziger, großer Ork, einer von den Kavalleristen ohne Pferd, hatte es geschafft, auf die Zugbrücke zu springen, schon während sie hochgezogen wurde, und unter dem Gitter durchzurollen, bevor es krachend herunterfiel. Es war ein Krieger von erschreckendem Aussehen. Sowohl die Kampfmaske als auch der Helm waren ganz von Wolfsklauen bedeckt. Er stürzte sich auf Rosalba, stolperte aber über den Wolf, der ihn anfiel, was dem Hauptmann die Zeit gab, ihn anzugreifen. Er köpfte ihn mit einem einzigen Hieb seines Orkschwerts ohne Knauf, wo der Griff nahtlos in die Klinge übergeht. Aber, so überlegte Robi, wenn auch kaum etwas schlimmer ist als der Hass auf jemanden, der versucht, dich zu töten, so hat die Enthauptung doch etwas Unerträgliches. Noch einmal fragte sie sich, ob die Orks Vater und Mutter hatten und ob sie Neugeborene gewesen waren. Nicht weit von ihr lagen die Leichen von einem halben Dutzend Feinden, die offenbar in den paar Augenblicken eingedrungen waren, als das Fallgitter offen gestanden hatte, und von den in der Stadt verbliebenen Bogenschützen getötet worden waren.

Robi hätte Lust gehabt, niederzuknien und dem Himmel oder wem auch immer zu danken. Nicht nur waren sie alle am Leben, sondern es war auch Verstärkung eingetroffen. Der Kommandant des Trupps hatte den Helm abgenommen und Robi sah ihm ins Gesicht. Die Erleichterung verwandelte sich in rasende Wut. Sie hatte den Hauptmann der Kavallerie von Daligar erkannt.

Sie hatte ihn nur ein einziges Mal flüchtig gesehen, vor acht Jahren, am Eingang zur Schlucht von Arstrid, aber das hatte genügt, um sich das Gesicht für immer einzuprägen.

Das war der Mann, der Erbrow getötet hatte, der Mann, der sie alle hatte umbringen wollen, alle, bis herab zur kleinsten Rotznase, und das war ihm nur deshalb nicht gelungen, weil der letzte, großartige Drache, den die Welt hervorgebracht hatte, die Schlucht von Arstrid verschlossen hatte, nachdem sie sich hineingeflüchtet hatten.

In der Erinnerung sah Robi noch einmal die weiten, im Mondlicht ausgespannten grünen Flügel, die Pfeile, die ihn töteten. Sie erinnerte sich an den grünen Flecken, der ihre Kinderträume ausgefüllt hatte, ihr Wärme geschenkt hatte.

Größer als ihr Hass auf den Verwaltungsrichter war nur der auf den Söldner.

Der Hauptmann der Kavallerie von Daligar sah sie und erkannte sie, oder vielleicht erkannte er sie nicht, weil zu viel Zeit vergangen war, um sich wiederzuerkennen, aber er identifizierte sie. Er stieg vom Pferd und ging auf sie zu.

Sie hatte immer noch das Schwert in der Hand, die leuchtende Klinge der Elfen funkelte, während sie es auf seine Kehle richtete. Er war sehr groß, sehr kräftig und schien wirklich unbesiegbar. Mit unendlicher Genugtuung sah Robi die Angst in seinen Augen. Der Wolf knurrte drohend.

»Halt den Wolf fest«, herrschte Robi ihn an.

»Lisentrail, halt ihn fest«, sagte der Hauptmann. Mit wilder Freude sah Robi noch einmal die Angst in seinem Gesicht.

KAPITEL 6

Seitdem Aurora ihm die schreckliche Nachricht überbracht hatte, war Rankstrail voller Angst. Er hatte den letzten Elfen nicht retten können, und nun bestand die Gefahr, dass er nicht rechtzeitig kommen würde, um dessen Gemahlin und ihren Kindern Hilfe zu bringen.

Rankstrail hatte nicht im Entferntesten begriffen, wie groß die Gefahr war, in der Yorsh schwebte. Leichtfertig hatte er ihn für unbesiegbar gehalten und nicht versucht, ihm Schutz zu bieten. Er würde es sich bis ans Ende seiner Tage nicht verzeihen, dass er seinen Tod nicht verhindert hatte.

Jetzt war die Menschenwelt des einzigen Kriegers beraubt, der in der Lage gewesen wäre, sie zu retten, den Gegenangriff zu führen. Wie einen räudigen Hund hatte man denjenigen getötet, der sie zum Sieg hätte führen können.

Die wenigen Augenblicke in seiner Nähe hatten Rankstrail genügt, um ihm auf immer in bedingungsloser Treue ergeben zu bleiben. Als Aurora ihm vom Tod des letzten Elfen berichtete, hatte Rankstrail sich geschworen, dass er seine Gemahlin und seine Kinder beschützen würde.

Er hatte keinerlei Zweifel, dass die Kriegerin, die sich als hochschwangere Frau kühn einem Heer von Orks entgegenstellte, um Kinder aus der Gefahr zu retten, niemand anderes sein konnte als die Gemahlin des Letzten Elfen, die Erbin des letzten großen Königs von Daligar.

Er hatte nicht nur Krone und Schwert wiedererkannt. Er hatte den Mut wiedererkannt.

Vor Eifer, ihr zu Hilfe zu eilen, hatte er an nichts anderes gedacht.

Erst als ihm die Königin-Hexe die Spitze desselben Schwerts an die Kehle setzte, das er bei der Befreiung von Varil vor sich hatte leuchten sehen, wurde Rankstrail klar, dass er schon wieder einen Fehler begangen hatte. Für sie war er nichts weiter als der Mörder des Drachen, ja, schlimmer noch, ein Sklave des Richters.

In dem Augenblick, als das Schwert die Haut an seiner Kehle ritzte, packte Rankstrail die Panik.

Die Männer hier bei ihm waren ihm gefolgt, weil sie in absoluter und unerschütterlicher Treue zu ihm standen. Der manierlichere Teil der Truppe, die alteingesessenen Bewohner von Varil, die in der Stadt Verwandte oder Familien hatten, waren unter dem Kommando von Prinz Erik zurückgeblieben. Mit ihm gekommen waren Männer nur zweifelhafter oder unbekannter Herkunft, Männer ohne Geschichte oder mit einer Geschichte, die man besser nicht erzählte. Sie waren der Abschaum, die Verfluchten, die Ausgestoßenen. Da war kein Mann in seinem Gefolge, der nicht schon mit dem Gefängnis oder dem Henker Bekanntschaft gemacht hatte, mit Ausnahme der Gruppe bewaffneter Zwerge mit ihren Äxten, für die der Eintritt in die Armee die Befreiung von der Zwangsarbeit in den Bergwerken bedeutet hatte. Die wollte man nicht einmal in den Gefängnissen, um sie nicht zu besudeln.

Alles, was diesen Haufen von Ehrenmännern zusammenhielt, außer dem Hass auf die Orks, war er.

Sollte die Königin-Hexe ihn töten, würden seine Männer über sie herfallen. Nachdem er Yorsh verloren hatte, von dem Drachen ganz zu schweigen, würde Rankstrail auch noch die Schuld auf sich laden, den Tod seiner Gemahlin verursacht zu haben. Und nachdem sie die Königin abgeschlachtet hatten, würden sie Aurora in Stücke reißen, die ja in erster Linie Tochter des wenig geliebten Verwaltungsrichters war, und ihre Bitte um Hilfe vermutlich nur eine tödliche Falle.

Mit einer Handbewegung gebot Rankstrail all jenen Einhalt, die ihm zu Hilfe eilen wollten. Glücklicherweise hatte Lisentrail den Wolf rechtzeitig packen können, bevor er der Kriegerin an die Kehle sprang. Aurora war abgesessen und eilte ebenfalls herbei.

»Herrin«, begann er mit ruhiger Stimme, »ich heiße Rankstrail, ich bin der Hauptmann der Söldner von Daligar. Ich weiß, wer Ihr seid. Ich habe Eurem Gemahl geschworen, dass mein Schwert ihm gehört, und ich bin gekommen, es in Eure Dienste zu stellen, um Euch und Eure Kinder zu schützen, so gut ich kann. Wenn Ihr meint, dass die Schuld am Tod des letzten Drachen mit meinem Leben gesühnt werden muss, so sollt Ihr es haben, das schwöre ich Euch, aber nicht jetzt: Wenn die Belagerung zu Ende ist.«

Lisentrail war bleich geworden. Er schluckte, er hielt den Wolf immer noch am Nackenfell und machte ein paar Schritte vorwärts.

»Der Drache, eigentlich wurde der …«, begann er unsicher.

»Ruhe!«, sagte Rankstrail hart.

»Ihr habt Yorsh gekannt? Ihr habt meinen Gemahl gekannt?«, fragte die Königin-Hexe. Der Druck des Schwerts auf Rankstrails Kehle ließ nach.

»Wir sind gemeinsam nach Varil geritten und haben die Stadt befreit, die von Orks belagert war. Er … Ich … Wir hatten den Befehl, ihn zu fangen«, fuhr der Hauptmann fort. Der Druck des

Schwerts nahm wieder zu. Wütendes Grollen wurde in den Reihen seiner Männer laut, jeden Augenblick konnte es zu einem Brüllen anschwellen. »Wir erfüllten den Befehl, ihm zu folgen. Wir wussten nicht, dass Varil belagert war, der Richter hatte es uns verschwiegen, aber Euer Gemahl wusste vom Todeskampf der Stadt und hat uns zu ihrer Befreiung geführt. Vom Verfolgten ist er zu unserem Führer geworden ... wir ... gemeinsam.«

»Gemeinsam mit Euch? Dem Mörder Erbrows?«, fragte die Königin höhnisch. Der Druck des Schwerts war kaum noch zu spüren.

»Nein, der Tod des Drachen damals, das war, um Euch zu retten ...«, versuchte Lisentrail noch einmal schüchtern und stotternd sich einzumischen.

Sanftmut war kein besonders ausgeprägter Charakterzug der Königin-Hexe. Mit einem Ruck nahm sie das Schwert von Rankstrails Kehle, aber nur um es dem Gefreiten an die Kehle zu setzen. Endlich konnte Rankstrail durchatmen. Er wandte sich zu seiner Truppe um und machte mit einer brüsken Bewegung klar, dass er keine Hilfe brauche und dass keiner sich rühren oder auch nur einen Mucks von sich geben solle.

»Der Tod des Drachen!«, wiederholte die Königin. »Eine nette Art, sich auszudrücken. Wenn man das hört, könnte man meinen, er habe Würmer oder eine Erkältung gekriegt.«

»Ich allein bin verantwortlich für diese Aktion meiner Truppe, und ich bin auch der Einzige, der dafür geradesteht«, erwiderte der Hauptmann. »Wenn Ihr mein Leben dafür wollt, so sollt Ihr es haben, aber später, wenn die Orks nicht mehr vor der Stadt lagern. In jedem Fall, Herrin«, setzte Rankstrail nach einer kurzen Pause hinzu, »haben wir Euch soeben das Leben gerettet.«

»Wer wollte das leugnen?«, antwortete die Herrscherin wenig beeindruckt. »Ihr habt mich vor den Orks gerettet, aber wer sagt mir denn, dass das nicht war, um mich eines Tages dem Richter auszuliefern, dessen Sklave Ihr seid, wenn ich das einmal so unverblümt sagen darf. Außerdem seid Ihr von der Tochter eben jenes Mannes zu Hilfe gerufen worden, der meine Eltern hängen und meinen Gemahl ermorden ließ. Im Übrigen ist das betreffende Fräulein zu Euch nach Varil geritten, ohne dass ihr eines ihrer bezaubernden hellen Haare gekrümmt worden wäre, durch ein Gebiet, wo es von Orks nur so wimmelt, Orks, die sehr genaue Kenntnisse vom Lageplan der Stadt besessen haben müssen, weil sie gezielt drei Vorratslager in Brand setzten. Nennt mir einen Grund, Hauptmann, warum ich Euch trauen sollte, und nennt ihn mir schnell.«

Die Königin-Hexe verharrte reglos. Der Wolf, den Lisentrail noch immer am Nackenfell hielt, knurrte. Endlich fiel dem Hauptmann etwas ein.

»Herrin, Ihr habt etwa hundert Mann, ich aber habe rund fünfzig gut bewaffnete Männer zu Pferd. Ich werde nicht gegen Euch kämpfen, aber meine Männer würden meine Hinrichtung nicht dulden. Wenn wir uns hier gegenseitig abschlachten, wird niemand die Orks aufhalten.«

»Ich würde lieber wissen, auf welcher Seite Ihr steht, solange ich hundert Männer habe und Ihr fünfzig, vor allem angesichts der Orks, die vor der Stadt lagern.«

»Euer Gemahl vertraute mir. Gemeinsam haben wir Varil befreit!«

Die Herrscherin dachte lange nach, Schweigen machte sich breit, in dem nur das Knurren des Wolfes zu hören war, dann ließ sie das Schwert langsam sinken.

»Es ist wahr«, erinnerte sich Robi. »Ich muss anerkennen, dass es wahr ist. Er hat Euren Namen genannt, als er den Richter zu überzeugen suchte, gegen die Orks zu ziehen oder doch wenigstens ihn selbst nicht daran zu hindern, es zu tun ... ›Ich und Euer schrecklicher Hauptmann mit seiner Furcht einflößenden Armee‹, das waren seine Worte, bevor er getötet wurde. Es ist wahr. Er vertraute Euch. Er war bereit, Euch als Verbündeten zu betrachten ... Abwarten, bis die Belagerung vorbei ist, und danach über Recht und Unrecht verhandeln, sagt Ihr ... Das scheint mir vernünftig. Ich habe auf jeden Fall keine große Wahl. Unterdessen gebt allen Angehörigen Eurer Truppe Befehl, mir fernzubleiben und in meiner Gegenwart den Mund nicht aufzumachen. Geduld gehört nämlich nicht zu meinen zahlreichen Tugenden.«

Die Königin wandte sich um und ging. Sie kam zu einem mageren Jungen, der eben befreit worden war, und beugte sich zu ihm hinunter, um zu fragen, wie es ihm ging.

»Haben sie dir wehgetan, Jastrin?«, fragte sie.

»Nein, sie haben mir nichts getan, Robi, ich will sagen, meine Herrin«, antwortete der Junge. »Du bist rechtzeitig gekommen. Du warst großartig.«

»Danke«, erwiderte die Herrscherin. Auch da lächelte sie nicht.

»He, Robi ... meine Herrin, weißt du, warum sie vor euch Reißaus genommen haben?«, fragte der Junge triumphierend.

»Nein, aber ich bin sicher, dass du es weißt.«

Der Junge lächelte befriedigt.

»Das ist eine Frage ihres Ehrenkodex und der ist bei den Orks sehr streng. Für sie sind Frauen derart mindere Wesen, dass sie in der Rangordnung ihrer Gesellschaft den untersten Platz einnehmen, zusammen mit Hunden und Straßenkötern. Verstehst du? Die Tatsache, dass sie Frauen widerwärtig finden, ist für Euch zum Vorteil geworden. Wenn ein Krieger mit dir zusammengeraten wäre und du hättest ihn besiegt, so hätte er nicht nur unehrenhaft sein Leben verloren, sondern die Unehre wäre bis ans Ende aller Zeiten an seiner ganzen Sippe haften geblieben. Aber auch im Fall eines Sieges hätte die Tatsache, dass er gegen eine Frau kämpfte, die Ehre des Orks für immer zunichtegemacht, und der Verlust der Ehre kann unter Orks eine wirklich schmerzliche und peinvolle Angelegenheit sein, manchmal tödlich.«

»Und warum haben sie uns heute Nacht angegriffen?«

»Weil sie dich nicht erkannt haben. Sie haben nicht gemerkt, dass du eine Frau bist. Es erschien ihnen derart unwahrscheinlich, dass eine schwangere Frau gegen sie in den Kampf zieht, dass sie dich für einen Mann gehalten haben. Dein Schädel ist kahl, du bist mit wehendem Mantel im Galopp auf einem Pferd geritten und es war dunkel. Und wenn einer kapierte, dass du eine Frau warst und schwanger obendrein, was noch schlimmer ist, dann schützte die Dunkelheit ihn davor, von den anderen Orks gesehen zu werden. Jetzt haben sie dich aber deutlich gesehen.«

»Interessant«, bemerkte die Herrscherin. »Wirklich interessant. Schade, dass ihr Ehrenkodex verbietet, eine Frau mit dem Schwert anzugreifen, aber nichts dagegen einzuwenden hat, sie mit Pfeilen zu töten.«

»Nun, weißt du, ich meine, ich wollte sagen, wisst Ihr, Herrin, man kann nicht alles haben«, fuhr der Junge sehr ernst und nachdenklich fort. »Und wisst Ihr, was das Allerschlimmste für einen Ork ist, abgesehen davon, sich mit einer Frau zu schlagen? Noch schlimmer, als besiegt zu werden? Geköpft zu werden. Auch nach dem Tod. Die Enthauptung hindert den Krieger daran, auf schickliche Weise im Reich der Toten zu wandeln. Deshalb stecken sie auch gar so gern die Köpfe der Unseren auf Pfähle, so haben sie sie nicht nur getötet, sondern ihnen auch die Ewigkeit ruiniert.«

»Das musst du mir erklären«, sagte Robi, »wenn ein Ork mordend und brandschatzend stirbt, andere verstümmelt und köpft, hat er volles Anrecht auf die Unterwelt, sofern er nur seinen Kopf auf den Schultern trägt?«

»Genauso ist es.«

»Und wie sieht ihre Unterwelt aus?«

Jastrin machte eine unbestimmte Handbewegung.

»Mehr oder weniger dasselbe wie hier, nur im Überfluss. Vorausgesetzt dass der Ork immer tapfer für die Orks gekämpft hat und dass er auch als Toter noch seinen Kopf auf den Schultern hat. Ein Ork würde sich lieber bei lebendigem Leib verbrennen lassen oder unter der Folter sterben als im eigenen Bett, wenn er wüsste, dass sein Leichnam danach geköpft würde.«

»Tatsächlich!«

Die Königin ging zur anderen Seite des Platzes hinüber, wo neben dem Brunnen die beiden verletzten Krieger lagen. Als sie weit genug entfernt war, dass sie ihn nicht mehr hören konnte, ließ Lisentrail seine Stimme wieder vernehmen.

»War das die Frau von dem Elfen?«, fragte er. »Dann ist sie eine Hexe.«

Etliche Männer waren näher gekommen und versuchten zu begreifen, was geschehen war.

Rankstrail nickte; er sah ihr nach und dachte, wenn je irgendjemand ein geborener Führer war, dann sie.

»Das glaube ich wohl, dass er vor nichts Angst hatte, mit einer solchen Frau an seiner Seite. He, Hauptmann, wie hat man den Elfen denn umgebracht? Das dürfte ja nicht ganz leicht gewesen sein. Der hat es doch allein mit einem ganzen Heer aufgenommen.«

»Sie haben seine Tochter als Geisel genommen, ein kleines Mädchen. Er musste sich erschießen lassen, sonst hätten sie das Kind getötet«, erklärte der Hauptmann.

»Das war niederträchtig. Das war wirklich niederträchtig. Und du, Hauptmann, wie hast du das erfahren? Hat es dir die Tochter des Richters erzählt? Ich sage, der ist nicht tot, er hat bloß so getan.«

»Nein, er ist wirklich tot«, antwortete der Hauptmann. »Nachdem er tot war, ist sein Leichnam verbrannt worden, und wo sein Blut hinfiel, wuchsen Margeriten, wie beim Drachen. Er ist wirklich tot. Und ihr, der Tochter des Richters, hat es ihr Vater erzählt.«

»Deshalb ist die Hexe so wütend? Deshalb ist sie so schrecklich wütend, auch auf uns. Aber wir haben ihren Mann nicht ermordet. Den Drachen ja, das waren wir, aber mit ihrem Mann, damit haben wir nichts zu tun.«

»Weil wir dem Befehl dieses kriminellen Verrückten gehorchten«, entgegnete der Hauptmann. »Und die Schande, es getan zu haben, wird uns auf immer anhängen, uns und unseren Kindern. Die Schande ist ein Kreis, der sich, einmal geschmiedet, nie wieder löst.«

»Erzähl keinen Unsinn, Hauptmann, wir sind Söldner. Wir leben ja gar nicht lang genug, um welche zu machen, Kinder, meine ich, immer vorausgesetzt, wir finden eine Frau, die uns will. He, Hauptmann«, sagte Lisentrail weiter, »hast du vielleicht eine Idee, was wir essen und wo wir schlafen sollen, denn wenn wir krepieren, wachsen schließlich keine Margeriten, das merkt nicht mal wer. Da sollten wir vorher wenigstens was essen. Wir haben einen Tag auf dem Pferd hinter uns und kommen in eine von Orks belagerte Stadt, wo keiner uns will und wo es nichts mehr zu essen gibt, und wenn uns nicht die Orks das Fell über die Ohren ziehen, dann lässt uns die Hexe hängen... Die Schwägerin von meiner Cousine sagte immer, man muss auch die gute Seite der Dinge sehen...«

Rankstrail betrachtete noch immer die Herrscherin. Sie besaß Intelligenz, Mut und Tatkraft. Leider besaß sie auch Logik des Denkens. Und die Logik sprach im Augenblick gegen ihn.

Wenn sie vor Schmerz und Wut nur nicht so sehr zur Ungerechtigkeit neigen würde, hätte sie eine große Königin sein können!

Aurora hatte dem Wortwechsel wie versteinert zugehört. Ein kleines Mädchen mit schwarzen Locken, einer blauen Schürze und nackten Füßen überquerte plötzlich den Hof und warf sich in die Arme der jungen Frau, die hob sie hoch und sah sie mit einem strahlenden Lächeln an, die Kleine lachte glücklich.

Sofort ging die Königin auf sie los.

»Wagt nicht, meine Tochter anzufassen«, zischte sie.

Das Lächeln auf den Gesichtern der beiden erlosch. Die blauen Augen der Kleinen und die grünen Auroras verloren dermaßen an Strahlkraft, dass sie grau wirkten. Aurora setzte das Mädchen am Boden ab und wandte sich an die Herrscherin.

»Meine Herrin«, sagte sie ruhig. »Verzeiht mir, aber ich gestatte Euch nicht zu denken, ich könnte ihr wehtun.«

»Wagt nicht, meine Tochter anzufassen«, sagte die Königin, nachdem sie ihre Tochter auf den Arm genommen hatte.

Völlige Stille machte sich unter den Umstehenden breit, den Soldaten, der Menge der Einwohner, den Müttern der befreiten Kinder, alle schwiegen, nur das Gackern der wenigen in der Stadt verbliebenen Hühner war zu hören.

»Ich habe Euch das Leben gerettet, meine Herrin.«

»Vor den Orks, ja«, gab Robi zu. »Auch weil es ohne mich unmöglich ist, die Stadt zu retten, und weil Ihr und Euer Vater verständlicherweise nur schwer auf die Stadt verzichten könnt. Ihr müsst mir schon erklären, wie Ihr es angestellt habt, ein Gebiet zu durchqueren, wo es von Orks nur so wimmelt, und wie es kommt, dass die da draußen wussten, wo wir unsere Lebensmittelvorräte lagern, und das solltet Ihr mir in aller Ruhe erklären, denn es fällt mir schwer, das zu verstehen.«

Aurora senkte den Blick nicht, fest blickte sie mit ihren grünen Augen in die dunklen der Herrscherin.

»Mein Gewand und mein Pferd sind in der Dunkelheit und im Nebel nicht zu sehen, aber vor allem gibt es eine Abkürzung, die eine Windung des Dogon abschneidet. Der Weg verläuft durch Dickicht, und wer ihn nicht kennt, findet ihn nicht. Auf diesem Weg bin ich nach Varil geritten und auf ihm sind wir alle zusammen zurückgekommen. Die Orks kennen diese Abkürzung nicht und sie sind dort nicht. Was den Lageplan der Stadt angeht, den können sie nur von meinem Vater haben. Er muss mit den Orks verhandelt haben. Er hat ja auch Varil schon verraten, indem er die Pläne der Schleusen gegen Frieden für Daligar eintauschte, jetzt verschachert er Daligar für ich weiß nicht was. Ich bin die Tochter meines Vaters, wie sollte ich das leugnen, Herrin? Das berechtigt Euch jedoch nicht, an mir zu zweifeln. Ich bin ich, Gebieterin, nicht mein Vater.«

»Das Blut Eures Vaters fließt in Euren Adern, Ihr seid seine Tochter. Eure Hände haben dieselbe Form wie seine, und er war es, der meine Tochter als Geisel festhielt, um meinen Gemahl zu ermorden. Ihr habt die gleiche Stirn wie er, das gleiche Lächeln. Warum sollte ich nicht zittern, wenn Ihr diese Hände auf meine Tochter legt? Warum sollte ich mir nicht erwarten, dass Ihr sie als Geisel festhalten und mich und das Kind, das ich trage, ermorden wollt? Der Apfel fällt nicht weit vom Stamm, sagt man bei uns. Wie Euer Freund, der Hauptmann, schon bemerkt hat, mit den Orks vor den Toren habe ich keine große Wahl, aber wagt ja nicht, meiner Tochter nahezukommen, ja, wagt nicht einmal, sie auch nur von ferne anzuschauen, sonst lasse ich Euch hinrichten.«

Auroras Gesicht war aschfahl, ihr Blick ging ins Leere.

»Herrin!«, griff der Hautmann ein, dem es reichte. »Dame Aurora ist die ganze Nacht hindurch geritten, um Euch Hilfe zu bringen, und hat dabei ihr Geschick über alle Gebühr herausgefordert. Sie hat es herausgefordert, indem sie nach Varil kam, wo sie zumindest anfangs als Abgesandte ihres Vaters betrachtet wurde, dessen Verrat man schon ahnte. Sie hat es soeben wieder herausgefordert, als sie mit uns gemeinsam die Kinder auf dem Scheiterhaufen, die Männer und Frauen, die sie zu befreien suchten, und Euch selbst, Herrin, vor einem sicheren und grausamen Tod errettete. Vor allem aber heute Nacht hat sie es herausgefordert, als sie als Frau allein, nur mit ihrem Pferd, und bewaffnet einzig mit ihrem großen Mut, durch von Orks besetztes Gebiet ritt und dabei weitaus mehr aufs Spiel setzte als ihr bloßes Leben. Was mich angeht, ich erkenne meine Schuld an und bin bereit, dafür, wie Ihr es wünscht, die Verantwortung zu tragen, sobald die Belagerung beendet ist, aber ich verlange und fordere Gerechtigkeit für meine Männer, die eine Stadt verlassen haben, wo sie als Freunde und Befreier angesehen wurden, um hierherzukommen und für Euch zu kämpfen und vielleicht auch zu sterben. Wie könnt Ihr nur so grausam sein?«

»Weder Ihr noch sonst irgendjemand kann etwas von mir verlangen oder fordern. Ihr habt mich gerettet, gewiss. Aber ich wiederhole, ohne mich ist die Stadt verloren, und mich zu retten, bedeutet ganz einfach, dass Ihr Daligar nicht den Orks überlassen wollt. Ich habe mit ansehen müssen, wie die Pfeile meinen Gemahl durchbohrten, meine Tochter musste seinem Sterben zusehen. Und Ihr erklärt, sein Gefolgsmann zu sein! Mit solchen Gefolgsleuten braucht man keine Feinde. Hättet Ihr nicht den Drachen getötet, der ihn begleitete, wäre er unbesiegbar gewesen. Wenn Ihr sein Waffenbruder geworden seid, warum wart Ihr dann nicht zur Stelle, um ihn zu beschützen, als man ihn ermordete? Wie ich so grausam sein kann? Durch tägliches, fleißiges Üben«, antwortete die Herrscherin trocken. »Meine Herren, der letzte Krieger, der begabt war nicht nur mit grenzenlosem Mut, sondern auch mit der erlesensten Höflichkeit, ist ermordet worden wie ein räudiger Hund. Da bleibt mir nur noch meine Grausamkeit, um den Tod von meinen Kindern fernzuhalten, und ich versichere Euch, diese Grausamkeit wird niemandem erspart bleiben.«

Aurora war kreidebleich. Aber beim Ton der Stimme des Hauptmanns hatte ihr Blick wieder zu strahlen begonnen. Mit einer freundlichen Handbewegung bat sie Rankstrail zu schweigen, weil sie ahnte, dass er etwas erwidern wollte. Den Blick nach wie vor unverwandt auf das Gesicht der Königin gerichtet, stimmte sie ihr mit einem kleinen Kopfnicken zu.

»Ihr habt recht, die Grausamkeit meines Vaters war so maßlos, dass im Verhältnis dazu jede Höflichkeit, die geringste Nachsicht als sträflicher Leichtsinn erscheinen muss. Ich werde in meinem Verhalten alles vermeiden, was Euch beunruhigen könnte, und mich auch Eurer Tochter nicht nähern, denn ich verstehe Eure Unruhe, und ich verstehe auch, dass meine Unschuld allein nicht ausreichend ist, sie zu beschwichtigen.«

Ein Adler mit blauen und weißen Schwingen erschien. Der Hauptmann sah zum ersten Mal einen Adler in diesen Farben. Ein erstauntes Raunen lief durch die Menge. Der Adler drehte zwei Runden am klaren Himmel und ließ sich dann auf der Schulter der Königin-Hexe nieder. Erbrow umarmte ihn mit aller Macht und verbarg ihr Gesichtchen in seinem Gefieder.

Auf den Wehrgängen waren Schreie zu hören, nicht wie wenn man jemanden ruft, sondern Rufe des Wiedererkennens. Favolo, Carolo, Airolo ... Einer der Soldaten beugte sich zur Königin.

»Meine Herrin!«, rief er. »Kommt und schaut. Sie haben ...«

»Sie haben den Soldaten, der beim ersten Angriff gefallen ist, geköpft. Auch die Wachsoldaten, die auf die Warnfeuer achten sollten. Herrin. Kommt, und schaut, was sie mit ihren Köpfen angestellt haben.«

Lisentrail war wieder dicht bei seinem Hauptmann, zusammen mit Trakrail.

»He, Hauptmann«, fragte er. »Sehen sie das zum ersten Mal oder warum macht es ihnen solchen Eindruck?«

Vom Ende des Platzes her war Stöhnen zu hören. Immer wieder ein lang gezogenes »Nein« und dann wieder Namen: Favolo, Carolo, Airolo ...

»Das müssen die Angehörigen der Geköpften sein, die Mütter und Frauen«, kommentierte Trakrail, und rief: »Lasst sie nicht auf die Wehrgänge hinauf! Lasst sie nicht hinauf!«

Die Königin drehte sich um und sah Trakrail kurz an, dann wandte sie sich zu den Frauen, offenbar, um sie aufzuhalten oder zu trösten, aber es war schon zu spät, sie waren schon auf der steilen Steintreppe unterwegs nach oben. Die Königin versuchte, ihnen zu folgen, aber sie war langsam. Sie trug das Mädchen auf dem Arm und den Adler auf der Schulter, alles Gewicht, das zu dem ihrer Leibesfrucht noch hinzukam. Ein alter Würdenträger folgte ihr.

Frauenweinen erhob sich, still und verzweifelt, ohne Schreie. Außer Atem kam die Königin am oberen Ende der steilen Treppe an und musste sich an die Mauer lehnen, um Luft zu schöpfen. Dann sah sie auf die Wehrgänge, wieder verschlug es ihr den Atem. Sie wurde bleich, vielleicht vor Ekel, während widerwärtiges, obszönes Geschrei und grobe Flüche in der Sprache der Orks aus deren Lager heraufdrangen.

Das Mädchen fing an zu weinen.

Die Königin übergab die Kleine dem Würdenträger, der sie fortbrachte, dann trat sie zu der Gruppe von Frauen, redete ihnen gut zu, tröstete sie und verscheuchte sie anschließend von den Wehrgängen.

»Fort von hier, beweint sie woanders, nicht hier, und beweint sie in der Erinnerung an den Glanz ihres lebendigen Daseins. Gute Frau, erinnert Ihr Euch an Euren Mann am Tag Eurer Hochzeit? Dann hört auf, seinen von den Orks entstellten Leichnam zu betrachten, und die Entstellung wird verschwinden. Gute Frau, erinnert Ihr Euch an das letzte Mal, als Euer Sohn Euch zulächelte? Denkt daran und vergesst alles andere. Sie würden nicht wollen, dass Ihr ihre sterblichen Überreste anschaut. Wendet Euren Blick ab.«

Eine nach der anderen stiegen die Frauen hinunter. Ihr Weinen verstummte.

Aber die Orks hatten das Mädchen gesehen. Jetzt wussten sie, dass die Königin von Daligar einen schwachen Punkt hatte: ein kleines Mädchen mit blauer Schürze und schwarzen Locken.

Der Hauptmann hoffte inständig, dass man das nie werde bereuen müssen.

Die Königin war außer sich. Sie wandte sich an den Hauptmann und seine Leute.

»Köpft alle Orks, die euch in die Hände fallen«, befahl sie. »Angefangen bei denen, die sich heute hier auf dem Platz haben abschlachten lassen. Bei einem ist die Arbeit ja schon getan, bleiben noch die anderen. Macht mit ihren Köpfen, was sie mit den Köpfen der Unsrigen machen. Sofort.«

»Köpft sie alle«, befahl der Hauptmann, »und steckt die Köpfe auf Pfähle, wie sie es machen, schön hoch oben, damit man sie gut sehen kann.«

Viele von Rankstrails Männern und sämtliche Zwerge begrüßten den Befehl mit wildem Geschrei.

Lisentrail blieb stumm und Trakrail versuchte zu widersprechen.

»Hauptmann«, flüsterte er. »Das haben wir noch nie gemacht.«

»Dann machen wir es eben jetzt«, gab der Hauptmann trocken zurück. »Wenn wir diesen Bestien keine andere Angst einjagen können als die, sich im Jenseits lächerlich zu machen, dann jagen wir ihnen eben die ein.«

KAPITEL 7

Als Rosalba von den Wehrgängen wieder in den Hof hinunterstieg, war ihr übel.

Auf der Spitze einer Hellebarde steckte der Kopf des Soldaten, der mit ihr hinausgeritten und getötet worden war. Rosalba sah die weit aufgerissenen, leeren Augen und die Sommersprossen, die im Tod eine trostlos gelbliche Farbe angenommen hatten. Um ihn herum steckten auf ähnlichen Piken die Köpfe derjenigen, die bei den Meldefeuern Wache gestanden hatten, mangels Befehlen auf ihrem Posten geblieben waren und so den Tod gefunden hatten. Im Unterschied zur Nacht zuvor waren die Piken mit Girlanden von Essbarem umwunden worden, mit Zwiebeln und Würsten, vielleicht um den Hunger der Belagerten zu verhöhnen, vielleicht um die eigene Todesverachtung zur Schau zu stellen und zu zeigen, dass es für die Orks keinerlei Grauen bedeutete, sich mit Sachen vollzuschlagen, an denen sich auch die Fliegen der Toten gelabt hatten.

Die Orks erwarteten sie und erkannten sie sofort wieder. Rosalba hatte die Krone auf dem Kopf gehabt, sodass sie gut zu erkennen war, und, was schlimmer war, sie hatte Erbrow auf dem Arm getragen. Es war, als hätte sie laut hinausgeschrien, dass da in Daligar jemand war, der das Kommando führte, und dass diese Person eine schrankenlose Liebe für ein kleines Mädchen mit blauer Schürze und dunklen Locken hegte.

An den Gebärden, die sich mehr auf das Mädchen bezogen als auf sie, wurde Rosalba klar, wie klein die Stücke waren, in die sie ihre Tochter reißen würden, und mit wie viel Vergnügen sie das tun würden. Wieder schwindelte ihr bei dem Gedanken, dass das, was für sie das Kostbarste auf Erden war, für die da draußen nur ein möglichst rasch zu vernichtender Mistkäfer war.

Einer von Rankstrails Männern führte ihren Befehl aus. Während sie über den Hof ging, traf Rosalba auf den enthaupteten Körper jenes Angreifers, dem sie in die Augen gesehen hatte, bevor er getötet wurde, und wieder überkam sie Übelkeit. Um sich nicht davon überwältigen zu lassen, versetzte sie dem runden Schild des Orks einen Fußtritt. Der war schwer und drehte sich um. Er war aus Holz mit einer Eisenplatte in der Mitte und ganz mit Schnitzereien bedeckt. Rosalba war verblüfft. Sie bückte sich, um das komplexe Spiel der geometrischen Figuren zu betrachten, die ineinander verschlungen waren und sich immer gleich und immer wieder anders wiederholten. Das Kind in ihr rührte sich.

Rosalba gab dem Kommandanten der Wacheinheiten Befehl, seine Leute unter strengste Aufsicht zu stellen. Die geringste Unaufmerksamkeit konnte die Zerstörung der Stadt bedeuten und musste daher mit unnachsichtiger Strenge bestraft werden. Jeder Feind, der in weniger als zehn Fuß Entfernung vom Fluss gesichtet wurde, musste gemeldet werden. Noch am selben Abend würden an den Schutzpfählen Laternen angebracht, sodass die Mauern und der Fluss hell erleuchtet waren und kein Überraschungsangriff mehr möglich war.

Nichts hätte Rosalba lieber getan, als zu Erbrow zu eilen, nicht nur um sie über die unflätigen Beschimpfungen der Orks hinwegzutrösten, die das Kind gehört und vermutlich auch verstanden hatte. Sie wollte sie auch trösten wegen ihrer eigenen Unhöflichkeit Aurora gegenüber, um einen Yorsh teuren Begriff zu verwenden. Aus irgendeinem unerfindlichen Grund schien das Kind eine besondere Zuneigung zu der jungen Frau gefasst zu haben, vermutlich wegen ihrer Ähnlichkeit mit Yorsh.

Doch wieder konnte sie nicht tun, was sie wollte. Anderes war vordringlich. Der Seneschall trat vor sie hin. Die Stadt war uneinnehmbar, aber vom Hunger bedroht. Sie hatten noch Lebensmittel für etwa vierzehn Tage. Bei strenger Rationierung konnten sie einen Monat lang durchhalten, aber es würde kein angenehmer Monat sein. Die Vorräte an Öl, Getreide, Bohnen, Kichererbsen und Maismehl waren verbrannt. Blieben noch die kleinen Vorräte, die jede Hausfrau bei sich im Haus hatte – Pökelfleisch, Rosinen, Honig, Mehl –, aber das war nicht viel. Wenn man die Pferde der neu Angekommenen zu Gulasch verarbeitete, würde man vielleicht anderthalb Monate durchhalten können, aber vermutlich würde die Idee bei den Söldnern keinen Beifall finden, sie schienen nicht auf die Welt gekommen, um dem Geist der Versöhnung zu huldigen.

Die Königin gab Befehl, alle zu zählen, sämtliche Familien, einschließlich der Flüchtlinge, und die Zahl der Kinder gesondert anzuführen; Gänse, Tauben und Hühner bis herab zum letzten ungefiederten Küken zu erfassen. Sie würden alle Möglichkeiten nutzen. Sie würden Schmetterlinge, Fledermäuse, Spinnen essen. Jede Mutter, die etwas Honig im Haus hatte, sollte lernen, wie man Kakerlaken darin karamellisiert. Wenn sie groß sind, kann man sie essen und die in Daligar waren riesig. Soweit sie sich erinnern konnte, wimmelte es in den Verliesen von Ratten, und sie war sicher, dass die, mit getrockneten Kastanien gefüllt, ein echter Leckerbissen sein würden. Da waren die Goldfische, die der

Hofstaat vergessen hatte mitzunehmen und wovon es in jedem Adelspalast welche gab, da waren die unerträglichen Papageien, die in ihren Käfigen zurückgelassen worden waren. Es sollten Bögen verteilt werden, und alle einsatzfähigen Bürger sollten lernen, damit zu schießen. Das konnte nützlich sein, um die Verteidigung der Stadt zu verstärken, in jedem Fall würde es helfen, die Fleischvorräte durch Möwen aufzustocken. Im Norden war die Einkesselung durchbrochen worden. Die Zuletztgekommenen, also die Reitersoldaten des Hauptmanns, würden kleine Ausfälle machen und am nördlichen Ufer patrouillieren, sodass eine erneute Belagerung von dieser Seite verhindert wurde, und sie würden etwas jagen. Bei ihren Visagen brauchte man nicht zu befürchten, dass sie sich im Wald verlaufen, sich vor einem Wildschwein erschrecken oder den Beistand einer liebevollen Großmutter brauchen würden, um den Heimweg zu finden.

»Herrin«, begann der Seneschall wieder, »das Schlimmste ist, dass wir kein Wasser haben. Der Brunnen ist fast leer, und das Flusswasser haben die Orks dermaßen verschmutzt, dass es Krankheiten auslösen könnte, wenn man es trinkt.«

Rosalba fehlten die Worte. Das Wasser war ein unlösbares Problem. Nicht umsonst gaben die Orks sich alle erdenkliche Mühe, es zu verseuchen.

Jastrin meldete sich zu Wort.

»Wasser kann man reinigen«, erklärte er. »Wasser reinigt man durch Feuer.«

Das wusste er, weil Yorsh es ihm erklärt hatte. Mit den Fingern hatte er im Sand auch eine Zeichnung dazu gemacht, merkwürdige Dinge, die man dazu brauchte und die er wiedererkannt hatte, als sie dort vorbeigekommen waren, wo das Parfüm gemacht wurde.

»Die Glasrohre? Die Destillierkolben?«, fragte der Seneschall.

Ja, genau, das waren die Namen, Glasrohre und Destillierkolben.

Rosalba dankte dem Himmel für Jastrin, sein gutes Gedächtnis, seine Tapferkeit und seinen Mut. Auch er kämpfte mit dem, was er hatte. Seine Beine waren schwach, sein Geist aber vorzüglich. Yorsh hatte recht gehabt. Es lohnte sich, für Jastrin zu kämpfen, als ob er ihr eigener Sohn wäre.

Den Rest des Tages verbrachte Rosalba mit dem Seneschall und Jastrin. Bevor es endgültig Nacht wurde, hatten sie herausgefunden, wie die Destillierkolben funktionierten. Wenn auch langsam und unter Aufbietung des gesamten vorhandenen Holzvorrats waren sie imstande, das Flusswasser zu reinigen. Bei allergrößter Sparsamkeit, mit etwas Glück und etwas Regen würden sie also auch dem Durst trotzen können.

Als Rosalba sich endlich in ihre Gemächer zurückziehen konnte, schlief Erbrow schon seit einer Weile, und sie konnte sie nicht begrüßen. Der Hofmeister des Königlichen Hauses verkündete ihr, dass das Mädchen gegessen habe, und trug ihr das Abendessen auf, das er als »Himmelshase mit getrockneten Trauben und Pinienkernen, serviert auf feinem Schalottenbett« bezeichnete. Der Teller war weiß mit Goldmuster, und daneben lagen ein kleines Messer und eine winzige Heugabel aus Silber, die Rosalba, während sie das Essen mit den Fingern zum Mund führte, neugierig betrachtete und sich fragte, wozu sie wohl gut sein mochten. Bis zu diesem Zeitpunkt hatte sie nicht bemerkt, welchen Hunger sie hatte, den unstillbaren Hunger der Frauen, die ein Kind erwarten.

Der »Himmelshase« war wohl das Beste, was sie je gegessen hatte, und sie sagte es dem alten Herrn, der darüber glücklich strahlte.

»Woher nehmt Ihr die Fledermäuse?«, fragte sie mit vollem

Mund. »Und wie habt Ihr es angestellt, die Flügel zu karamellisieren?«

»Die Verliese sind voll mit Fledermäusen, meine Herrin«, antwortete der alte Herr erfreut. »Zum Karamellisieren der Flügel vermischen wir Honig mit etwas Zitronensaft, so werden sie wunderbar knusprig. Dasselbe Verfahren verwenden wir übrigens auch für Rosenblüten, und im selben Mengenverhältnis. Wisst Ihr, meine Herrin, ich war verzweifelt, unsere Vorratskammern sind leerer als ein leeres Schneckenhaus. Von den Bränden heute sind sie verschont geblieben, aber wer sie nicht verschont hat, das war der Hof auf der Flucht, der alles mitgenommen hat, was nicht niet- und nagelfest war. Zum Glück hat Dame Aurora mich auf die Fledermäuse in den Verliesen aufmerksam gemacht. Niemals hätte ich an eine so ausgefallene Speise gedacht, aber was mir gesagt wurde, stimmt. Sie haben einen noch feineren Geschmack als Kaninchen und Hase.«

»Dame Aurora?«, fragte Rosalba.

Was wusste denn Aurora davon? Sie musste inmitten der Pracht ihres blühenden Gartens eine unbeschwerte Kindheit verbracht haben, ohne je mehr oder weniger ekelhafte Tiere jagen zu müssen, um nicht zu verhungern.

»Ja«, entgegnete der alte Herr. »Sie hat auch mit dem Bogen die nötigen Tiere erlegt und hat mir empfohlen, sie in Salzwasser marinieren zu lassen, sodass die Haut sich leichter ablösen lässt. Seltsam, wie ein Mädchen, das immer im Wohlstand, wo nicht im Überfluss gelebt hat, über so ungewöhnliche Kenntnisse verfügen kann.«

Die Mitteilung verminderte schlagartig Rosalbas Genuss an dem Abendessen, und alles schien ihr plötzlich weniger großartig zu schmecken, was aber doch kein Grund war, die Knöchelchen nicht fein säuberlich abzunagen. Während sie aß, die Ellbogen auf das bestickte Tischtuch gestützt und die Fledermausflügel in den Fingern, legte der Hofmeister des Königlichen Hauses ein kurzes, halbmondförmiges Schwert mit einem schweren Griff aus Stein und Kupfer neben sie, daran war ein kugelförmiger Anhänger aus Jade, worin das Bild der aufgehenden Sonne eingraviert war. Er war mit einem sehr alten und verschlissenen Lederband befestigt, das genauso abgegriffen und abgenutzt war wie die Scheide dieses sonderbaren Schwerts. Das Schwert und der Anhänger hingegen hatten, wie alt sie auch sein mochten, die Zeit unbeschadet überstanden.

Rosalba sah diese Dinge an und empfand eine merkwürdige Freude bei dem Gedanken, sie zu besitzen, wie ein Gefühl der Zugehörigkeit. Sie erregten in ihr den mächtigen Wunsch, sie zu berühren, eine nie gefühlte Lust, sie in Händen zu halten.

Fragend sah sie den alten Herrn an.

»Das hat Sire Arduin gehört, meine Herrin«, beantwortete dieser die stumme Frage. »Das ist alles, was von ihm geblieben ist. Seine anderen Waffen, sein Schwert, sind mit ihm begraben. Das hier sind die einzigen Gegenstände, die noch in unserm Besitz sind. Es freut mich aufrichtig, dass Euch der Besitz dieser Dinge so glücklich macht. Denkt nur, wäre nicht Dame Aurora gewesen, ich hätte gar nicht daran gedacht, sie zu holen und Euch zu übergeben.«

Der letzte Befehl, den Rosalba vor dem Schlafengehen gab, lautete, ihrer Tochter etwas anzuziehen, was nicht blau war, und ihr Haar zu bedecken. Der Hofmeister des Königlichen Hauses erinnerte sich, dass er sämtliche Kinderkleider und Gewänder von Dame Aurora aufgehoben hatte. Die Hauben waren weiß, die Kleider karmesinrot. Die Vorstellung, dass Aurora so etwas wie ihr Schutzengel wurde, erboste Rosalba, aber wenn ihre Tochter dadurch weniger gut erkennbar war, würde sie deren alte Kinderkleidchen dazu benutzen.

Endlich erreichte Rosalba ihr Lager und streckte sich unter der weißen Decke neben ihrer Tochter aus, die kurz erwachte und sie umarmte. Rosalba lag noch lange wach und kostete das Vergnügen, die schwarzen Locken ihrer Tochter zu küssen, wie ihre eigene Mutter es bei ihr getan und wie Yorsh es gemacht hatte. Erbrow schlief wieder ein, ohne sie loszulassen, und endlich schloss auch Rosalba die Augen und begann ihre kurze Nacht, verfiel in einen immer wieder unterbrochenen, unruhigen Schlaf, worin Erinnerungen, Albträume und wirre Visionen einander ablösten.

KAPITEL 8

Langsam schlichen die Tage dahin.

Anfangs überwog die freudige Erregung. Die Stadt hatte dem Tod ins Angesicht geblickt, und noch am Leben zu sein, war derart überraschend, dass sich überall die Fröhlichkeit Bahn brach und alles zum Fest wurde.

Unglaublicherweise hatten sie zweimal einen totalen Sieg über die Orks errungen, mit sehr geringen Verlusten. Die Belagerung war durchbrochen und die Stadt war uneinnehmbar gemacht worden.

Eine ganze berittene Armee war ihnen zu Hilfe gekommen, und die Begeisterung war nach wie vor groß, auch wenn diese Leute sich nur dadurch von den Orks unterschieden, dass sie keine Kampfmasken im Gesicht trugen. Hinter vorgehaltener Hand sagten freilich einige, für die Hälfte von Rankstrails Männern wäre es tatsächlich besser, sie würden sich eine solche ins Gesicht kleben. Nicht dass diesen Männern, als ihre Mütter sie zur Welt brachten, etwas gefehlt hätte im Vergleich zu allen anderen. Es waren die Verletzungen im Kampf, vor allem aber die Verstümmelungen durch den Henker, die ihr Lächeln schief, die Gesichter asymmetrisch und die Blicke scheel machten.

Mit der Zeit gewöhnte man sich aber an das Wunder des Überlebens, die Lebensmittelknappheit machte sich bemerkbar, vor allem aber wurde klar, dass die Belagerung wohl durchbrochen war, aber noch lang dauern würde. Die Orks kampierten vor dem Südtor auf der anderen Seite des südlichen Arms des Dogon, dort aßen und schliefen sie, gingen auf die Jagd, bauten Boote, setzten ihre Wurfmaschinen wieder instand und überzogen auch diese mit ihren komplizierten geometrischen Mustern. Sie veranstalteten Paraden und Turniere, und mehr als einmal ertappten sich die Einwohner von Daligar dabei, dass sie ihnen insgeheim von den Schießscharten aus zuschauten, fasziniert von der Perfektion ihrer akrobatischen Übungen, wo die Körper der Krieger sich mit den Waffen und den Pferdeleibern zu komplexen Figuren verflochten.

Dank der vielen geplünderten Bauernhöfe und der gestohlenen Herden waren die Lebensmittelvorräte der Belagerer üppig. Muhen, Meckern und großes Geschnatter von Gänsen und Hühnern drang von den Lagern herauf und erfüllte die Bewohner von Daligar mit Schmerz und Sehnsucht nach besseren Zeiten, als das Elend die Stadt noch nicht fest im Griff hatte und man noch das eine oder andere Huhn auftreiben konnte.

Die Belagerer machten unmissverständlich klar, dass das langsame, träge Verfließen der Zeit das geringste ihrer Probleme war. Wie lang auch immer es dauern würde bis zum Fall der Stadt, die Zeit hatten sie.

Rankstrail traf Morgentau wieder. Sie und ihre Leute waren in den Ställen untergebracht, wo während der Gefangenschaft der Söldner ihre Pferde gestanden hatten. Sie sorgte für Sauberkeit, und nicht nur der Hauptmann freute sich, sie wiederzusehen, auch sein Wolf stimmte zur Feier der Begegnung ein Freudengeheul an. Morgentau eröffnete dem Hauptmann, dass in der Zeit seiner Gefangenschaft in den Verliesen des Verwaltungsrichters sein Wolf Vater geworden war. Sie hatte ihn in denselben Käfig gesperrt wie die Wölfin der Stadt. Die kleine Frau begleitete Rankstrail zu einer Eiche, hinter der ein rostiges, altes Eisengitter eine Art Höhle abschloss, darin war eine Wölfin mit einem einzigen Welpen, ein schönes hellbraunes Wolfsjunges.

Rankstrail lachte, während sein Wolf heulte. Das schien ihm ein gutes Zeichen. Die Alte warnte ihn, er solle achtgeben auf die Mutter. Sie war ein nie gezähmtes, unberechenbares Tier, wild, böse und angriffslustig; der Hauptmann versprach, daran zu denken. Munter und verspielt kam das Junge heran und leckte ihm durch das Gitter die Hände.

Der Hauptmann und seine Leute ritten jeden Tag durch das Nordtor hinaus, verfolgt von den Pfeilen der Orks am anderen Ufer. Zum Schutz dagegen hatte er die schweren Schilde der regulären Armee von Daligar verteilen lassen, die im Zeughaus der Stadt zurückgeblieben waren. Die Reiter schwärmten aus ins Schilf und in die Kastanienwälder, von wo sie mit einem Hasen oder einer Wachtel wiederkehrten, manchmal mit einem Wildschwein. Das waren keine Vergnügungspartien. Vom ersten Tag an stießen sie auf Grüppchen von Orks, die ihre kleinen Boote repariert hatten und daher wieder beweglich waren. Diese Trupps waren es, die jeden Gedanken an Flucht unmöglich machten, der aber doch immer wieder auftauchte, ausgemalt und verworfen wurde. Weder in kleinen Gruppen noch alle zusammen konnten sie die Stadt verlassen und nach Alyil in die Berge des Nordens ziehen. Daligar war Zufluchtstätte und Falle zugleich. Sie saßen hier fest, zu zahlreich, um zu fliehen, zu wenig gut bewaffnet, um zu kämpfen.

So gelang es Rankstrail, seine Männer halbwegs satt zu kriegen, auch wenn sie ständig hungrig waren, aber wenigstens brauchten sie nicht auch noch auf die knappen Vorräte der Stadt zurückzugreifen. Die Patrouillenritte am Flussufer erlaubten ihnen außerdem, die Pferde grasen zu lassen, da es in der Stadt kein Heu gab. Sein Wolf konnte frei laufen, ohne die Stadtbewohner in Angst und Schrecken zu versetzen. Der letzte Vorteil: Seine Kerle mit den beunruhigenden Visagen blieben den Plätzen fern, wo die Frauen ein paar mickerige Auberginen zogen und die Kinder Hüpfen spielten, nachdem sie mit bunter Kreide das Haus des Orks auf das Pflaster gemalt hatten, aus dem man fliehen musste.

Seine Männer waren der unterschiedlichsten Herkunft und alle eher aufgeweckt. Seitdem er zusammen mit dem letzten Elfen gekämpft hatte, redete Rankstrail anders mit ihnen.

Der Elf hatte nicht gelogen.

Weder gelogen noch übertrieben.

Er hatte seine Redeweise geändert und seine Männer hatten sich verändert.

In dieser Welt aus rauen Tönen, abgehackten Sätzen, Beschimpfungen, ordinären und immer wiederholten Flüchen stellten sein Wortschatz und der Respekt, den er ihnen erwies, als ob sie Prinzen und Könige wären, einen unerhörten Reichtum dar, der etwas Märchenhaftes hatte. Die Streitereien hatten abgenommenen. Die abfälligen Bemerkungen über die jeweiligen Mütter, wo jeder über die Herkunft des anderen all den Hohn und die Verachtung ausgoss, die er selbst erfahren hatte, waren weniger gemein, weniger grausam geworden. Es herrschte jetzt unter ihnen ein ständiges Geplänkel mit den unwahrscheinlichsten und fantasievollsten Beschimpfungen, das fast eine heitere Note hatte.

Auch weil es notwendig war, dass schriftliche Befehle verstanden wurden, brachte der Hauptmann seinen Männern in den freien

Stunden das Lesen und Schreiben bei. Das hatte er am Hochfels auch schon getan, aber die Männer, die damals bei ihm gewesen waren, mit Ausnahme von Lisentrail, Trakrail und Nirdly, waren in Varil geblieben.

Da er schon einmal dabei war, brachte er jedem bei, seinen eigenen Namen zu schreiben. Riesige Hände ritzten mit Dolchen, die mit einem einzigen Stoß ein Muli hätten ausweiden können, schiefe und krakelige Buchstaben in Stein oder in die Rinde der Bäume. Der Hauptmann bemerkte, dass die Männer Tag für Tag zu der Stelle zurückkehrten, an der sie ihren Namen eingraviert hatten, um ihn wieder zu lesen, als hätten sie damit eine Spur in der Welt hinterlassen. Rund um die Lagerfeuer, wo sie ihr erjagtes Wild brieten, begannen die Männer, sich ihre Geschichten zu erzählen. Das geschah zum ersten Mal. Dem Hauptmann war nicht klar, ob das wegen der wahrscheinlichen Gefahr eines baldigen Todes so war oder ob die Tatsache, dass man den eigenen Namen in der Welt hinterließ, es leichter machte, auch die eigene Geschichte zu hinterlassen. Es waren harte Geschichten, und die sie erzählten, zeigten keinerlei Rührung, außer vielleicht am Anfang, wo häufig eine Mutter stand ohne einen Mann an ihrer Seite, irgendwo an den Grenzen der Bekannten Welt.

Durch die Zusammenstöße zwischen Rankstrails Männern und den Orks mehrten sich die abgeschlagenen Köpfe sowohl auf den Wehrgängen von Daligar als auch um die Feuer der feindlichen Lager. Wenn einer seiner Männer fiel und sein Kopf mit Blickrichtung Daligar auf einer der Piken der Orks landete, machte der Hauptmann es sich zur Gewohnheit, zu der Stelle zu gehen, wo der Tote seinen Namen eingeritzt hatte, und mit der Hand darüberzustreichen, um an ihn zu erinnern. Die anderen machten es bald ebenso. Der eine oder andere fügte Verzierungen oder ein paar Worte der Erinnerung hinzu. Das waren Worte wie »braver Kerl«

oder »schade, dass er tot ist«, die auf dem Stein oder in der Rinde hinterlassen wurden.

Zum Glück war es den Orks nicht möglich, auf ihren Nussschalen Pferde über den Fluss zu transportieren, und das gab den Menschen dann doch eine beträchtliche Überlegenheit.

Auch im Inneren der Stadt gab es Verluste. Die Orks hatten sich ein halbes Dutzend große Armbrüste gebaut. Sie mussten sie zu zweit bedienen, und es war nicht möglich, genau zu zielen, aber man konnte Pfeile auf die Wehrgänge hinaufschießen, wo die Wachposten standen und vor allem Befehl hatten, möglichst oft über den Rand hinunterzuschauen, um die Stadt vor einem neuerlichen Angriff der Akrobatenkrieger zu bewahren. Jetzt war der Wachdienst auf den Wehrgängen keine gefahrlose und schmerzfreie Angelegenheit mehr wie früher. Die Pfeile drangen bis ins Innere der Stadt. Sie landeten plötzlich irgendwo, und auch wenn sich mittlerweile jeder in Acht nahm, alle so wenig wie möglich ausgingen und immer nur im Schutz von Bogengängen oder improvisierten Schilden, der eine oder andere wurde doch getroffen.

In den Höfen des Palasts unterrichtete Aurora jeden, der imstande war, einen Bogen zu halten, im Bogenschießen. War der Schuss gut, trafen die Pfeile große Zielscheiben aus Stroh und zerfetzten sie. Wenn sie nicht mit Unterricht im Bogenschießen beschäftigt war, hatte Aurora gemeinsam mit den Frauen der Stadt im Palast ein öffentliches Lazarett eingerichtet, wo die Verwundeten, die keine Familie hatten, also auch Rankstrails Söldner, behandelt werden konnten. Die Vorstellung, dass Frauen den Söldnern nicht nur nahe kommen, sondern sie auch berühren könnten, wurde anfangs für unschicklich gehalten, doch dann gewöhnte man sich daran. Am wenigsten begeistert davon waren die Herren vom Volk der Zwerge, sie wollten in Ruhe gelassen werden. Ihnen waren Trakrails schmutzige Verbände und seine gekauten Kräuter lieber, weil der sich wenigstens nicht anmaßte, sie zu waschen oder von ihren Pferden zu trennen. Arkry, Herr der Zwerge und der Älteste unter den Söldnern, hatte einen Streifschuss am Bauch abbekommen. Er wurde der Prinzessin von Daligar übergeben, die versuchte, ihn ruhigzuhalten und ihm wenigstens für einen Tag sein Brot mit Knoblauch zu entziehen, doch er entwich in die Ställe, wo er ein paar Tage allein blieb, bis Morgentau ihn zwischen den Futtertrögen entdeckte und beschloss, sich seiner Wunde anzunehmen.

Nach den ersten zwei Monden im Belagerungszustand war die Begeisterung völlig verflogen und die Freude erloschen.

Nach und nach, einen Tag um den anderen, verstummten in der Stadt die Geräusche. Stille breitete sich aus, als das Gurren der Tauben und Turteltauben aufhörte, die bis dahin in den zahlreichen Taubenhäusern gelebt hatten. Sie verschwanden zusammen mit den letzten, noch in den Kellern verbliebenen Kartoffeln. Das Pfeifen der Amseln und das Zwitschern der Spatzen verstummte noch vor dem Gackern der Hühner, die wegen der Eier bis zuletzt verschont wurden. Als das Miauen der Katzen ausblieb, wurde der Blick der Menschen trübe, weil die Fröhlichkeit verloren war; als das Hundegebell verstummte, wurde er düster, weil die Unschuld verloren war. Die Stille wurde durchbrochen nur noch vom Wiehern der Pferde und vom Schrei der Möwen, die hoch droben knapp unter den Wolken dahinsegelten, außerhalb der Reichweite jeden Pfeils und jeder Schleuder.

Der schiere Hunger und dumpfe Verzweiflung machten sich breit in Daligar, hüllten es ein von den Fundamenten, wo es keine Ratten mehr gab, bis hinauf zu den Dachziegeln, wo die Schwalbennester verschwunden waren.

Der Sommer brach an, gnadenlos brannte die Sonne vom Himmel herab und verscheuchte auch noch die letzte Wolke. Das Wasser wurde knapp.

Das Lachen der Kinder verstummte. Als die Stadt wirklich am Ende war, verstummte zuallerletzt ihr Weinen. Die Zikaden verschwanden, über dem Feuer geröstet, und in der Nacht waren nur die Trommeln der Orks zu hören, ununterbrochen bis zum Morgengrauen, wie zur Erinnerung daran, dass nirgendwo geschrieben stand, auf jede Nacht müsse ein Morgen folgen.

Bitterer Groll machte sich breit unter den Leuten gegenüber den Männern des Hauptmanns, die Wachteln und Fasane verspeisten, durch das freundliche Schilf streiften, wo in Bächen klares Wasser floss, ein jeder auf einem Pferd, was pfundweise gutes, frisches Fleisch ohne Würmer bedeutete.

Eines Morgens, es war schon glühend heiß, obwohl die Sonne eben erst aufgegangen war, teilte Morgentau dem Hauptmann mit, dass die Wölfin durch das Andenken Arduins vorläufig noch vor allzu begehrlichen Blicken geschützt war, dass aber das Wolfsjunge in diesen trostlosen Zeiten in Gefahr war, zusammen mit den letzten in der Stadt verbliebenen Zwiebeln ein böses Ende zu nehmen.

Aus Respekt vor seinem alten Waffengefährten, der ihm mindestens ein halbes Dutzend Mal das Leben gerettet hatte und nun eben seit Neuestem Vater geworden war, versprach Rankstrail, dass er eine Unterbringung für das Wolfsjunge finden würde.

Der Tag war glühend heiß. Im Schilf stand das Wasser träge und stickig, darüber Mückenschwärme. Vor Mittag griffen die Orks an. Sie kamen in einer ungewöhnlich zahlreichen und kampfbereiten Formation und sie hatten vor allem auch Pferde.

»He, Hauptmann«, rief Lisentrail ihm zu, während sie für den Gegenangriff nach einer Deckung suchten, »diese verfluchten

Kerle haben nicht nur ihre Wurfmaschinen wieder instand gesetzt, sondern offenbar auch die Brücke wieder aufgebaut.«

»Ja«, sagte jemand anderes, »weiter im Süden im Schilf, wo man es nicht sieht.«

»Hauptmann«, gab ihm einer der Zwerge Bescheid, »sie haben Menschen bei sich.«

»Ja, ich habe die Standarten gesehen. Es sind Angehörige der Kavallerie von Daligar. Die Orks haben sie an ihren Pferden festgebunden.«

»Warum haben sie sie noch nicht umgebracht?«

»Das heben sie sich für heute Nacht auf.«

»Hauptmann, wenn wir sie nicht befreien, dann sollten wir sie lieber töten. Besser, wir tun es, als sie müssen diese Nacht erleben.«

»Dann versuchen wir, sie zu befreien, Nirdly, ich bringe nicht gerne Kameraden um, auch wenn die beleidigt sind, wenn wir sie als unsere Kameraden bezeichnen. Lisentrail, du reitest durchs Schilf und überraschst sie von hinten. Nimm die Herren vom Volk der Zwerge mit, außer Nirdly. Trakrail, du bist der beste Bogenschütze, du bleibst mit den Männern hier. Du, Nirdly, kommst mit mir und wir machen ein Ablenkungsmanöver.«

»Was machen wir zwei, Hauptmann?«

»Wir fliehen und schlagen dabei ein bisschen Lärm, aber nicht zu viel, damit es nicht wie absichtlich aussieht. Um uns zu verfolgen, lassen sie die Gefangenen mit ein paar Wachen zurück, und Lisentrail befreit sie. Wenn sie im offenen Gelände sind, kommen die Pfeile von Trakrail und den anderen dazu. Noch Fragen?«

»Ja, ich, Hauptmann: Wenn wir eins der Pferde der Orks erbeuten, dürfen wir das dann essen?«, erkundigte sich Nirdly. »Ich würde mir doch zu gern noch einmal richtig den Bauch vollschlagen, bevor ich abkratze.«

Zum ersten Mal, seitdem sie zusammen waren, verlor Rankstrail in dem Gefecht etliche Männer. Aber er konnte ein halbes Dutzend Soldaten von der regulären Armee befreien, die die Orks gefangen genommen und an ihren Pferden festgebunden hatten. Wie die Unglückseligen verlauten ließen, waren sie gemeinsam von Ayil aus aufgebrochen und hatten versucht, nach Daligar zu gelangen, wo ihre Familien waren. Bis in die Berge des Nordens hatte es sich herumgesprochen, dass in Daligar eine Königin-Hexe war, eine Nachfahrin Arduins, die kämpfte, und dass die Stadt sich wehrte und den Orks trotzte.

Noch am selben Nachmittag auf dem Rückweg beschloss Rankstrail, dass er die Königin um eine Audienz bitten würde.

Er ließ den Wolf bei der Truppe zurück und machte sich auf den Weg. In einem der unterirdischen Gänge der Stadt traf er auf eine Mutter mit einem aufsässigen Kind.

Der Junge war wirklich unerträglich. Er warf sich auf den Boden, spuckte seine Mutter an und versuchte, nach ihr zu treten. Sie zerrte heftig an ihm und bemerkte die herankommenden Söldner nicht.

»Du weißt ja, was mit bösen Kindern passiert? Wenn du nicht aufhörst«, zischte sie, »dann hol ich den Söldnerhauptmann, und der frisst dich.«

»He, Volk von Daligar!«, mischte sich Lisentrail empört und spöttisch ein. »Mit Hunderten von waschechten Orks bester Qualität vor den Toren bräuchtet ihr euren Kindern nicht solchen Schwachsinn aufzutischen, wenn ihr sie nicht erziehen könnt…«

Der Hauptmann beschränkte sich auf ein Schulterzucken. Mutter und Sohn verstummten und huschten davon.

Bei den Ställen hielt Morgentau ihn auf. Im letzten Sonnenlicht schienen ihre weißen Haare, die unter der Haube hervorlugten, zu strahlen. Die Alte hielt das Wolfsjunge im Arm, das sie um Haaresbreite vor dem Kochtopf hatte bewahren können, sie war aber nicht sicher, ob ihr das beim nächsten Mal wieder gelingen würde. Da er nicht wusste, was er sonst tun sollte, nahm Rankstrail das Tier mit. Beim Palast des Verwaltungsrichters, der jetzt wieder »Königspalast« genannt wurde, passierte er die Wachposten und trat durch die seitliche Pforte von der Straße her in den Garten. Es war derselbe Garten, in dem er zehn Jahre zuvor Aurora getroffen hatte. Die Glyzinien waren verblüht, und die Hitze hatte den kleinen Teich ausgetrocknet, wo im letzten Schlamm noch ein paar Frösche japsten und darauf warteten, dass jemand aus der Küche käme, um ihrer Qual ein Ende zu bereiten. Die prächtige silberne Schaukel schwang träge über dem ungepflegten Rasen hin und her. Rankstrail band das Wolfsjunge an den Stamm einer Glyzinie, wo es, überwältigt von Müdigkeit, auf der Stelle einschlief.

Der Hauptmann trat aus dem Schatten und durchquerte den Garten, der im letzten Licht des Sonnenuntergangs dalag. Erst da bemerkte er, dass er nicht allein war. Unweit vom Teich saß am Boden das Töchterchen der Königin-Hexe in einem schlammverschmierten karmesinroten Kleidchen, trug dazu eine Haube aus kompliziert ineinander verflochtenen Spitzen, die ihr offenbar lästig war, denn ständig versuchte sie, sie vom Hals zu entfernen. Das muss wohl eine Gesetzmäßigkeit sein, dachte sich Rankstrail. Jedes Mal traf er in diesem Garten die gerade amtierende Prinzessin von Daligar, immer in Karmesinrot gekleidet und immer mit etwas Kompliziertem und Unbequemem auf dem Kopf. Der Hauptmann war froh, dass man der Kleinen die Kleider gewechselt hatte, um sie zu tarnen, aber er machte sich keine Illusionen. Die Orks wussten nun, dass die Königin-Hexe einen schwachen Punkt hatte, und sie waren weniger dumm, als ihnen nachgesagt wurde. Oben auf dem Ast einer Eiche döste der Adler und auch das beruhigte den Hauptmann. Ein Leibwächter mehr für das kleine Mädchen.

Die Kleine saß am Boden, eine Puppe und ein Bötchen aus Holz in Händen. Als ihre Blicke sich begegneten, lächelte der Hauptmann sie an, und das Mädchen errötete bis über beide Ohren. Ihre blauen Augen strahlten wie Sterne.

Der Hauptmann war gerührt. Er hatte die Tochter des letzten Elfen vor sich, sie hatte dasselbe Blut in ihren Adern wie der einzige Prinz, den er als Kommandanten akzeptiert hatte und dem er bis in den Himmel oder bis in die Unterwelt gefolgt wäre.

»Du hast die gleichen Augen wie dein Vater«, entfuhr es ihm.

Er hätte sich verfluchen können. Unter allen möglichen Sätzen, die man an ein Mädchen richten konnte, das hatte mit ansehen müssen, wie sein Vater starb, hatte er entschieden den allerdümmsten ausgewählt. Eine Träne stieg ihr in die Augen, dann noch eine und noch eine. Die Tränen summierten sich und es wurde ein untröstliches Weinen daraus. Der Hauptmann verfluchte sich doppelt. Als ob er nicht schon genug Schuld auf sich geladen hätte, darunter die größte, Yorsh nicht beschützt zu haben, hatte er nun obendrein noch sein Töchterchen zum Weinen gebracht. In dem verzweifelten Versuch, sie zu trösten, nahm der Hauptmann sie in den Arm und drückte sie an sich. Das Weinen schien sich nicht beruhigen zu wollen, ja, es artete in heftiges Schluchzen aus.

Sogar der Gedanke, dass die Königin-Hexe ihm bei lebendigem Leib die Haut abziehen lassen würde, falls sie ihn mit ihrer in Tränen aufgelösten Tochter im Arm erwischte, peinigte ihn weniger als die Verzweiflung des Mädchens und die Vorstellung, sie verursacht zu haben. Der Adler wachte auf, in langsamem Flug glitt er bis zu einem der niedrigeren Äste eines Kastanienbaums herab, um der Kleinen nahe zu sein. Sein Schnabel war genau auf der Höhe der Augen des Hauptmanns, und der hoffte, er würde nicht auf die Idee kommen, es ihm zu vergelten, dass er die Kleine zum Weinen gebracht hatte. Das Schluchzen wurde heftiger, zwischen den Schluchzern wurden abgerissen die Worte »mein Papa« hörbar.

»Mir fehlt er auch, weißt du?«, flüsterte Rankstrail. »Ich bin ihm nur einmal begegnet, aber er fehlt mir in jedem Augenblick. Wenn er hier sein könnte, wäre der Krieg schon gewonnen und zu Ende. Er hat dich verlassen, um meine Stadt zu retten, weißt du? Ohne ihn hätten wir alle den Tod gefunden, auch die Kinder. Alles wäre nur noch Schutt und Asche. Er hat dich verlassen, um uns zu retten. Auch wenn ich ihn nur ein einziges Mal gesehen habe, hat er doch Zeit gefunden, mir zu erzählen, wie lieb er dich hat… ›Mein geliebtes Töchterchen‹, hat er gesagt…«

Rankstrail hatte gehofft, dass sie sich beruhigen würde, wenn er in beschwichtigendem Tonfall auf sie einredete. Wie grausam für ihn selbst die Erinnerung an Yorsh sein würde, hatte er aber nicht vorhersehen können. Rankstrail hatte dem Elf geschworen, sein Schwert gehöre ihm, und er hatte ihn allein in den Tod gehen lassen. Mit ihm wäre die Welt gerettet gewesen und durch Rankstrails Schuld hatte der Richter ungehindert das Heil der Welt vernichten können. Rankstrail umarmte die Kleine fest und zu seiner größten Beschämung konnte er ein paar Tränen nicht zurückhalten. Das Mädchen bemerkte es und ihre eigenen Schluchzer wurden noch heftiger. Am liebsten wäre Rankstrail im Boden versunken. Nicht nur hatte er sie nicht beruhigen können, sondern er hatte ihr Weh auch noch vergrößert. Der Hauptmann wusste nichts Besseres zu tun, als sie im Arm zu halten und sich selbst zu verfluchen, während die Zeit verging und der Nachmittag sich dem Ende zuneigte.

Während die Sonne hinter den Dunklen Bergen unterging, beruhigte sich das Schluchzen etwas, aber das Mädchen hörte nicht auf zu weinen. Sie schluchzte weiter, die Arme um den Hals des Hauptmanns geschlungen, das Gesicht am Kragen seiner Jacke, der von Rotz und Tränen feucht wurde.

Offenbar war es sein Schicksal, überlegte sich Rankstrail, die karmesinrot gekleideten Prinzessinnen von Daligar zu trösten und zuzulassen, dass sie sich in Teile seiner Kleidung schnäuzten. Die Zärtlichkeit, die er für die Kleine empfand, überwältigte ihn. Er hätte alles gegeben, was er besaß, um sie zu trösten. Aber alles, was er besaß, war Zecca, ein geraubtes Orkschwert, und ein Harnisch, der auseinanderfiel und den er in Abständen flicken musste.

Er wagte es, ihr über die Haare zu streichen. Bei seinen Geschwistern hatte das funktioniert. Seine klobigen, rauen Hände verfingen sich in den Spitzen der Haube, sie löste sich und die Locken quollen hervor. Alles hätte der Hauptmann darum gegeben, dass alles wieder so wurde, wie es vorher gewesen war: Die Locken unter der Haube und die Tränen in dem Mädchen. Doch mit wütender Gebärde riss ihm das Kind die Haube aus der Hand und warf sie auf den Boden. Sie ergriff den Saum ihre roten Kleides und zerrte daran in dem Versuch, das Kleid zu zerreißen.

»Wek. Hässli«, rief sie, warf erneut die Arme um den Hals des Hauptmanns und fing wieder an zu weinen.

»Es ist hässlich, auch mir gefällt diese Farbe nicht«, pflichtete der Hauptmann ihr bei. »Das ist keine Farbe für ein kleines Mädchen. Sie erinnert an Bl...«

Zum Glück konnte er sich noch rechtzeitig bremsen.

Er hatte Fiamma und Borstril großgezogen, er wusste daher, wie erschreckend für Kinder Dinge sein können, die einem Erwachsenen völlig gleichgültig erscheinen.

Für die Tochter der Königin-Hexe, die ihren Vater hatte sterben sehen, musste es grauenvoll sein, ein Kleid tragen zu müssen, das in ihrer Vorstellung mit Blut gefärbt war.

In dem Schluchzen des Kindes erkannte man die Worte »Papa« und »Zuhause«.

Der Hauptmann fing wieder an zu sprechen und er sprach lang; wieder erklärte er, dass Yorsh die Welt gerettet hätte, und dann erklärte er ihr, dass sie die blaue Schürze nicht anbehalten konnte, weil das zu gefährlich war. Die Orks wussten, was sie angehabt hatte. Die Schürze hatte man ihr nicht genommen, weil man sie nicht liebte, und ihr dieses Kleid angezogen, das so eine hässliche Farbe hatte, die aber nicht aus… nun ja, nicht aus Blut war, sondern diese Farbe kam aus einer Muschel, er wusste das, weil seine Mutter ihm das erklärt hatte, deshalb war sie so kostbar, sie kam aus dem Meer, wie sie selbst, sie war am Meer geboren, nicht wahr? Ihr Zuhause war am Meer, und es war nicht, weil man sie nicht lieb hatte, dass man sie nicht dorthin zurückbrachte. Da waren die Orks dazwischen.

Allmählich beruhigte sich das Weinen. Der Abend sank herab. Endlich schlug das Mädchen die Augen zum Hauptmann auf, der ihr mit seinem Ärmel das Gesichtchen abwischte. Er wusste nicht, was er sonst tun sollte. Sie war noch zu klein, um auch ihr das Bogenschießen beizubringen.

»Möchtest du einen kleinen Hund?«, fragte der Hauptmann schließlich. »Ein hübsches Hündchen zum Spielen, magst du das? Dann bist du nicht mehr so allein. Und wenn ein Ork kommt, um dir wehzutun, dann beißt das Hündchen ihn.«

Die Kleine sah ihn an. Ein Funken Interesse glomm in ihren Augen auf wie ein einziges Glühwürmchen in einer Nacht von Verzweiflung.

»Wi'kli?«, fragte sie und legte die Stirn in Falten.

Der Hauptmann fragte sich, was zum Teufel »Wi'kli« heißen sollte, und es fiel ihm nichts ein.

Mit einem Kopfschütteln bedeutete er dem Kind, dass er nicht verstanden hatte. Die Kleine zeigte zuerst auf sich selbst, dann auf die Holzpuppe und dann wieder auf sich selbst.

»Wi'kli?«, fragte sie noch einmal.

»Na sicher, wirklich, ein wirkliches Hündchen, kein Holzspielzeug.«

»Wau?«, erkundigte sich die Kleine zweifelnd.

»Nein, bellen tut er eigentlich nicht, er heult. Aber das ist genau so gut, oder sogar noch besser, weißt du? Hündchen, die heulen, sind besser als die, die bellen. Sie wecken dich nachts nicht auf, oder vielleicht ein bisschen, aber nur wenn Vollmond ist. Und wenn ein Ork kommt, sind die Hunde, die heulen, gefährlicher als die, die bellen. Ich habe auch so einen, weißt du, meiner ist der Papa von diesem hier. Ich habe ihn extra für dich mitgebracht«, log der Hauptmann schließlich.

Rankstrail durchquerte den Garten bis zu der Stelle, wo er den kleinen Wolf zurückgelassen hatte. Er war aufgewacht und sah das Mädchen von der Seite her an. Das Mädchen sah den Welpen an, der Hauptmann beugte ein Knie auf die Erde, die Kleine bückte sich, das Wolfsjunge legte die Pfote auf den Saum ihres Kleides und die beiden Nasen berührten sich. Das Mädchen legte beide Hände vor den Mund, der sich endlich, etwas getröstet, zur Andeutung eines Lächelns öffnete.

KAPITEL 9

Die Königin-Hexe kauerte auf ihrem steinernen Thron, nicht zuletzt weil das der höchste Punkt von Daligar war, von wo aus man den ganzen südlichen Teil der Ebene überblicken konnte, und sie schaute auf die Neumondhügel, die sich am Horizont abzeichneten.

Der Hauptmann informierte sie, dass eine Brücke wiederaufgebaut worden war und Daligar wieder komplett umzingelt war. Die Stadt war am Ende. Noch in dieser Nacht musste eine Entscheidung getroffen werden. Eine Möglichkeit war, umgehend anzugreifen, bevor das Nordufer wieder ganz in die Hände der Orks fiel. Nach und nach gewannen die Feinde ihre versprengten Pferde zurück und gut ein Drittel ihrer Kavallerie war schon wiederhergestellt. Hätte man in Daligar nur etwa hundert Fußsoldaten und rund dreißig Berittene zur Verfügung, könnte man einen Überraschungsangriff auf das feindliche Lager unternehmen und Kühe und Schafe rauben, außerdem die Trinkwasservorräte, die wesentlich weiter oben aus dem Dogon geschöpft und in Fässern auf Karren aufbewahrt wurden, um sie schneller hin und her transportieren zu können.

»Ich glaube, sie stellen die Fässer extra hin, damit wir sie sehen, wie ihre Ziegenherden, um unseren Hunger und unseren Durst auf die Spitze zu treiben. Das wäre ein schöner Schlag, wenn wir ihnen sowohl das Wasser als auch die Tiere wegnehmen könnten. Das würde der Stadt eine Verschnaufpause von ein, zwei Monden geben.«

»Wir haben weder Infanteristen noch Kavalleristen«, antwortete die Königin. »Die andere Möglichkeit?«

»Wir essen die Pferde auf und hoffen darauf, dass wir verdursten, bevor die Orks kommen. Entweder wir greifen sofort an, Herrin, oder wir greifen nie mehr an. Solange das Nordufer in ihrer Hand ist, haben wir überhaupt keine Bewegungsfreiheit mehr. Kein Gras mehr für die Pferde und keine Jagdbeute mehr für die Männer. Die Pferde würden bald verhungern, und da können wir sie genauso gut aufessen, bevor sie allzu sehr abmagern. Oder, Herrin, wir greifen mit dem an, was wir haben. Die Chancen auf Erfolg sind allerdings verschwindend gering, und wenn wir uns haben abschlachten lassen, wäre die Stadt vollkommen wehrlos.«

»Da scheint es mir doch besser, die Pferde zu essen, so sind wir wenigstens zufrieden und haben einen vollen Bauch, wenn wir krepieren. Ich habe noch nie Pferdefleisch gegessen, ich nehme aber an, es ist besser als die Grillen mit Honig, die wir jetzt verspeisen.«

»Ich wüsste das auch nicht zu sagen«, ließ sich näselnd der Seneschall vernehmen, der steif und kerzengrade am anderen Ende des Saales im Schatten stand. »Bis auf den heutigen Tag sind in diesem Palast weder Pferde noch Grillen verzehrt worden, niemals.«

Die jähzornige Königin machte sich nicht einmal die Mühe, ihn zu beschimpfen, untrügliches Zeichen dafür, dass sie mit ihren Kräften am Ende war.

Der Hauptmann verharrte lange schweigend, dann verabschiedete er sich. Bevor er den Saal verließ, wandte er sich noch einmal zur Königin-Hexe um.

»Ich habe mir erlaubt, Eurer Tochter ein Wolfsjunges zu schenken«, sagte er unsicher. »Es könnte nützlich sein, falls sie angegriffen wird…«

»Das habt Ihr gut gemacht«, fiel ihm die Herrscherin überraschenderweise ins Wort. »Ich bezweifle zwar, dass ein Wolfsjunges Orks vertreiben kann, aber es ist gut gegen die Einsamkeit. Wir könnten den kleinen Wolf Treu nennen«, setzte sie nachdenklich, fast mit einem Lächeln hinzu. »Wie der Hund, den ich als Kind hatte.«

»Hübscher Name für einen Wolf«, bemerkte der Seneschall sarkastisch. »Aber gewiss, in allen einschlägigen Handbüchern werden ja Adler und Wolf als die geeigneten Spielkameraden für wohlerzogene Mädchen empfohlen… Es hat Zeiten gegeben«, schloss er mit einem Seufzer, »da wir die Gewissheit haben konnten, uns nicht dafür schämen zu müssen, wie unsere Herrscher das Besteck hielten.«

Die Herrscherin holte tief Luft und ein unbestimmtes Lächeln erschien auf ihrem Gesicht, untrügliches Anzeichen dafür, dass sich etwas in ihr zusammenbraute.

»Worauf genau gründet sich denn Eure Gewissheit, dass heute Abend bei Mondaufgang Euer Kopf nicht auch auf einer Pike bei den anderen auf den Wehrgängen steckt?«, fragte sie mit schneidender Höflichkeit.

Der Seneschall blieb völlig gleichmütig. Er dachte einen Augenblick lang nach, wobei er sich mit der Hand über das spitze Kinn und den wallenden Bart strich.

»Im Wesentlichen auf drei Erwägungen, meine Herrin, die jede für sich ein hinreichender Grund wäre und die sich zusammengenommen gegenseitig verstärken. Erstens hat der Verwaltungsrichter alle fünfzehn Henker der Stadt mitgenommen, ohne deren Dienste er offenbar weder zu leben noch zu regieren imstande war, also ist Daligar derzeit ohne Scharfrichter. Ihr müsstet dieses Geschäft selbst besorgen, was über die Maßen anstrengend ist, und ich darf mir erlauben, Euch daran zu erinnern, dass Ihr in Eurem Zustand jegliche Strapaze meiden solltet. Zweitens würde die Moral der Bevölkerung noch tiefer sinken, wenn sie feststellen müsste, dass wir den Orks ihre Aufgabe erleichtern, indem wir uns gegenseitig umbringen, und schließlich, aber mindestens ebenso wichtig, bin ich der Einzige in der Stadt, der die Chronik der letzten Jahre kennt sowie die Lage der Waffenkammern und der unterirdischen Gänge, was zu diesem Zeitpunkt absolut lebensnotwendig ist.«

»Danke«, bemerkte Robi trocken. »Ihr solltet mir das immer wieder in Erinnerung rufen, damit ich es auch bestimmt nicht vergesse.«

»Seid unbesorgt, meine Herrin, und macht Euch keine Umstände. Ich werde mich nicht scheuen, es Euch in Erinnerung zu rufen, vielleicht öfter, als Euch lieb sein mag.«

In diesem Augenblick stürmte einer der eben aus den Klauen der Orks befreiten Kavalleristen herein, die man sogleich in die Armee von Daligar aufgenommenen hatte, wütend trat er vor die Königin hin. Er erklärte, in dritter Generation in direkter Linie von dem vierten König mit Namen Baldoswin abzustammen, und es sei eine unerträgliche Schmach für ihn, nicht von seinesgleichen befehligt zu werden. Es war ein kräftiger, ganz hübscher Bursche mit einer dichten blonden Mähne.

»Herrin«, begann er; offenbar hatte er das unbestimmte Lächeln, das sich auf den Zügen der Herrscherin abzeichnete, wenn die eng gesteckten Grenzen ihrer Geduld überschritten waren, als

Ermunterung aufgefasst, »ich fordere eine dem Rang meiner Familie angemessene Stellung. Ich weigere mich, dem Befehl eines Söldners unterstellt zu sein. Ich verlange, dass Ihr unverzüglich eine würdigere Position für mich und mein Schwert findet.«

»Wie ich höre, ist die Stelle des Henkers frei«, antwortete die Herrscherin barsch. »Ihr könnt wählen, ob Ihr Henker sein, geköpft werden oder dem Befehl von Hauptmann Rankstrail gehorchen wollt, der Euch, wenn ich das recht sehe, soeben das Leben gerettet hat. Sobald Ihr eine Entscheidung getroffen habt, setzt uns davon in Kenntnis, und wir werden sie unverzüglich ausführen. Bis zu diesem Zeitpunkt wäre ich Euch dankbar, wenn Ihr Eure unbedeutende Erscheinung an einen Ort verfügen könntet, wo sie meinen Blick weniger stört.«

Nachdem er seinen neuen Soldaten, den direkten Nachfahren in dritter Generation von Baldoswin dem Vierten, für den zweiten Wachturnus der Nacht auf den Wehrgängen eingeteilt hatte, entfernte sich der Hauptmann. Er durchquerte den zweiten Innenhof, den früheren Appellplatz, wo sämtliche Flüchtlinge untergebracht waren.

Der Hof war erfüllt von den Wehklagen der Geflohenen aus der Tiefebene und aus dem Osten, vom Gespaltenen Berg bis nach Daligar.

Es gab keine Tränen mehr.

Sie waren ausgegangen, zusammen mit den letzten getrockneten Kastanien. Die Verzweiflung war umgeschlagen in dumpfe Trauer.

In leiernden Sprechgesängen erinnerten Männer und Frauen an die Namen ihrer Toten, diejenigen, die in den Razzien an den Grenzen getötet worden waren, und diejenigen, die auf dem langen Weg ins Exil umgekommen waren.

Sie sagten, was man immer von den Toten sagt: Wie tüchtig sie waren, wie anständig, wie sehr sie ihnen fehlten. Leiser und kläglicher hoben sodann die Litaneien an, worin an die Ziegen, Kaninchen, Gänse und auch an die Hühner erinnert wurde, die von den Äxten und Schwertern der Eindringlinge geschlachtet worden waren, und der Schmerz war kaum geringer als bei der Erinnerung an die Angehörigen. Wie die Flügel der Erinnyen erhoben sich Klage und Wehklage über die Erinnerung und das verzweifelte Heimweh nach dem, was verloren war, wozu die Rebstöcke gehörten, die Tomatenstauden, die Gemüsegärten, derer ebenfalls gedacht wurde. Auch die Ziegen, Kaninchen, Gänse und Hühner, ja sogar die Gärten, sie alle hatten Namen gehabt, die man jetzt in Erinnerung rief, und auch ihr Tod bedeutete Verzweiflung, denn das erhöhte unter den noch lebenden Kindern die Zahl derer, die der Winter, die Schwindsucht und der Aussatz hinwegraffen würden, auch wenn jemand das Wunder vollbringen sollte, sie vor den Orks zu retten.

Lang hörte Rankstrail zu, dann hielt er es nicht mehr aus. Er stieg die steinerne Treppe zu den Gemächern der Königin hinauf. Er ging unter einer langen Pergola mit üppig blühenden Glyzinien entlang; hätte man seinerzeit hier Bohnen gepflanzt, überlegte er sich, dann gäbe es jetzt etwas zum Verteilen.

Die Nacht war hereingebrochen und die Königin hatte sich in den Saal neben dem Thronsaal zurückgezogen, sie saß an dem großen runden Eichentisch, um den sich der Große Rat der adeligen Granden hätte versammeln müssen, wenn die adeligen Granden nicht in die Berge des Nordens gezogen wären, um dort ihren Großen Rat abzuhalten. Es war ein schwerer Tisch aus zwei Spannen dicken Bohlen, die von massiven silbernen Beschlägen zusammengehalten wurden.

Bei ihr saßen der Seneschall und der Hofmeister des Königlichen Hauses, alle drei starrten ins Leere, wie Menschen, die nichts anderes zu tun haben, als abzuwarten, dass die Zeit vergeht, bis zu dem Moment, da die Tage zu Ende sind und man sterben darf.

»Meine Herrin«, sagte Rankstrail, »die Flüchtlinge aus dem Süden sind verzweifelt und haben Hunger.«

Die Königin antwortete nicht und rührte sich nicht. Sie blickte weiterhin ins Leere.

»Verzeiht, Herrin«, fuhr Rankstrail fort. »Habt Ihr Gold?«

Die Königin hob den Kopf und sah ihn erstaunt an.

»Der Verwaltungsrichter hat dafür gesorgt, dass der Goldschatz der Grafschaft nach Alyil geschafft wurde«, antwortete an ihrer Stelle der Seneschall. »Aber er hat drei Kisten Silbermünzen zurückgelassen, weil auf den Karren kein Platz mehr dafür war.«

»Die könnten wir an die Flüchtlinge verteilen«, schlug Rankstrail vor. »Und auch an die anderen, die Handwerksmeister, die Diener, Wäscherinnen, Holzfäller, an alle.«

»Silber kann man nicht essen, Hauptmann, und in einer belagerten Stadt gibt es auch nichts zu kaufen. Niemand verkauft etwas.«

»Sie werden die Hoffnung kaufen.«

Der Blick der Königin belebte sich, er wurde hellwach. Sie begann zu verstehen.

»Wenn wir das Silber verteilen, so bedeutet das, dass wir die Belagerung morgen durchbrechen. Früher oder später wird es etwas zu kaufen geben, und das Silber ist dazu da, es zu kaufen«, erklärte Rankstrail. Er sprach langsam, setzte seine Worte mit Bedacht, aus seiner langjährigen Erfahrung mit Elend und Armut schöpfend. »Hoffnung ist das Einzige, was den Hunger überlistet. Die Hoffnung macht fast so satt wie Bohnen.«

Die Königin-Hexe sah ihn lange an.

»Das stimmt!«, erinnerte sie sich. »Die Hoffnung macht fast so satt wir Polenta mit Würmern; weniger als Trauben, aber mehr als Brombeeren. Das hatte ich vergessen.«

Sie nickte zustimmend und deutete ein Lächeln an. Lange schwieg sie nachdenklich, schließlich sagte sie: »Wir werden das Silber verteilen, Hauptmann. Und wir werden auch den Grund und Boden verteilen. Er wird nicht mehr der Grafschaft gehören, sondern denen, die ihn im Schweiße ihres Angesichts bearbeitet haben. Jedem werden die Felder, die er bestellt hat, als Eigentum gehören, wie das in Arstrid und in Erbrow war, und er kann sie seinen Nachkommen als Erbe hinterlassen. Wenn wir morgen kämpfen und die Belagerung durchbrechen, werden sie keine Sklaven mehr sein, die man wie Vieh kaufen und verkaufen kann. Wenn wir nicht durchkommen, werden wir alle sterben, bis zum letzten Wickelkind und bis zum letzten verlausten Huhn auf dieser Welt. Aber keiner von uns wird als Bettler sterben, wir werden als freie Menschen sterben. Schickt einen Ausrufer, er soll bekannt machen, dass auch die Geschäfte, Schlachthäuser, Waschtröge nicht mehr der Grafschaft gehören, sondern denen, die dort arbeiten.«

»Also kämpfen wir? Wir essen die Pferde nicht?«

»Ich weiß es noch nicht. Ich habe gesagt ›wenn‹.«

Rankstrail ließ sich vom Hofmeister des Königlichen Hauses dabei helfen, die Münzen in den drei Kisten zu zählen und auszurechnen, wie viele davon auf jedes Familienoberhaupt entfielen.

Er verteilte sie selbst, zusammen mit einem vom Seneschall vorbereiteten Stück Pergament mit Unterschrift und Siegel der Königin-Hexe, worauf jeder Familie das Eigentum an dem bis dahin von ihr bearbeiteten Boden bescheinigt wurde.

Danach kehrte Rankstrail wieder in den Saal des Großen Rates zurück.

»Die Krieger sind bereit zum Angriff, Herrin«, eröffnete er ihr fröhlich.

»Wirklich? Und wo habt Ihr die gefunden?«, fragte die Königin-Hexe fassungslos.

»Im Hof.«

»Aber im Hof, da sind doch nur die Flüchtlinge?«

»Das sind die Kämpfer, jeder von ihnen, der imstande ist, eine Waffe in der Hand zu tragen. Bisher waren sie Leibeigene, jetzt aber sind sie frei. Sie sind Eigentümer. Der Boden, auf dem die Orks lagern, gehört ihnen. Der Kohl, den die Orks verzehren, gehört ihnen, wie ihnen auch die Apfelbäume gehören, die sie für ihre Lagerfeuer fällen. Sie wollen in den Kampf ziehen und sie werden es tun. Wenn nicht wir sie heute Nacht in den Kampf führen, dann ziehen sie morgen früh allein hinaus.«

Die Königin-Hexe dachte lang nach, bevor sie eine Antwort gab.

»Wir selbst werden sie bei Tagesanbruch hinausführen«, sagte sie schließlich. »Vielleicht ist ja noch nicht alles verloren. Wenn die Bogenschützen uns Deckung geben, könnten wir auch ohne Reiterei einen Ausfall bis zum Ufer machen und versuchen, ihre Reihen zu durchbrechen. Es genügt, wenn wir bis zu ihren Vorratslagern kommen. Ihre neue Brücke kann nur hinter dem Schilf sein, die einzige Stelle, die wir nicht einsehen können. Wir haben noch ein paar Brandfläschchen. Wir müssen versuchen, das Nordufer von ihnen zu befreien. Sie werden den Mut verlieren und wir haben zu essen. Und haben ein paar Tage gewonnen. Wir müssen nur noch ein wenig durchhalten. Früher oder später wird Verstärkung kommen. Jemand wird kommen und für uns kämpfen. Die Soldaten, die Ihr befreit habt, waren auf dem Weg zu uns, wollten sich uns anschließen. Andere werden folgen.«

Der Seneschall dämpfte ihren Enthusiasmus.

»Und wie gedenkt Ihr sie zu bewaffnen, Eure ›Krieger‹, wie Ihr sie nennt? Die Waffenkammern sind leer. Wollt Ihr sie vielleicht mit Sicheln und Schleudern gegen die Orks schicken?«

Die Königin-Hexe und der Hauptmann wechselten einen Blick, dann sagten beide wie aus einem Mund: »Die Schwerter der Könige!«

»Die Schwerter der Könige?«, brauste der Seneschall auf. »Wollt Ihr diesen Hungerleidern etwa die Schwerter unserer Könige in die Hand drücken?«

Die Königin-Hexe blieb völlig ruhig. Sanft sagte sie, es wäre für die alten Könige gewiss eine Ehre, dass ihre kostbaren Schwerter endlich zu etwas nütze waren, außer ihre behandschuhten Hände zu stützen. Beinah freundlich erklärte sie, diese Könige wären bestimmt erfreut zu wissen, dass ihre Schwerter vom Volk benutzt wurden, um seine Kinder und auch seine Hühner zu retten, nachdem die Adeligen und die Militärs sich aus dem Staub gemacht und ihren Allerwertesten sowie das Gold der Grafschaft in Sicherheit gebracht hatten. Fast zärtlich setzte sie hinzu, falls der Seneschall in ihrer Gegenwart noch einmal den Ausdruck »Hungerleider« verwenden sollte, so werde er seinen Kopf am höchsten Turm der Stadtmauer wiederfinden, anstelle der roten Banner, die sie bei ihrem ersten Ausfall gegen die Orks verbrannt hatten. Sie höchstpersönlich würde ihn dort hinhängen, womit auch das heikle Problem des fehlenden Henkers gelöst wäre.

Um die Schwerter von den Standbildern zu lösen, brauchte man Hammer und Meißel. Es war eine langwierige Arbeit. Viele der Bauern halfen mit, aber das war nicht ihr Metier und sie hatten nicht das erforderliche Werkzeug. Sie hatten noch kein Dutzend Schwerter gelöst, als der Hofmeister des Königlichen Hauses eine Delegation meldete.

Rankstrail, die Königin-Hexe und der Seneschall, über und

über von Marmorstaub bedeckt wie im Winter die Bäume von Schnee, traten näher, versuchten, sich den Staub abzuklopfen und ein halbwegs manierliches Erscheinungsbild zuwege zu bringen.

Die Delegation bestand aus etwa zwanzig Männern, alle reiferen Alters, der eine oder andere mit weißem Haar und tiefen Falten. Alle trugen ausgebleichte, verschlissene Gewänder, die jedoch an den brüchig gewordenen Goldfäden der prächtigen Borten als Festgewänder zu erkennen waren. Einige von ihnen hatten Säcke unterschiedlicher Größe bei sich.

»Meine Herren?«, sprach die Königin-Hexe sie an.

Es mussten keine besonders beruhigenden Gerüchte in Umlauf sein über den jähzornigen Charakter der Königin und unter den Männern herrschte eine gewissen Befangenheit. Schließlich trat der Älteste aus der Gruppe vor, ein kleiner Mann in einem dunkelroten Gewand mit leuchtend blauen Augen und schütterem weißen Bart.

»Meine Herrin, wir sind die Vorsteher der Zünfte in der Stadt. Wir sind gekommen, um zu bitten… wir… haben gehört… es heißt…«

»Alle Einwohner der Stadt werden Herren ihres Geschicks«, bestätigte die Königin. »Eure Werkstätten und Geschäfte sowie die Häuser, in denen Ihr wohnt, gehören von nun an Euch.«

Der Alte lächelte und nickte.

»Meine Herrin, wir sind gekommen, um zu kämpfen. Diesmal werdet Ihr nicht allein aus der Stadt reiten. Wir sind Euer Volk. Und wir werden mit Euch hinausziehen in den Kampf, für uns, für unseren Grund und Boden, für unsere Kinder und unsere Geschäfte, und wenn nötig sind wir bereit zu sterben. Wir haben die Waffen gebracht.«

»Die Waffen? Ihr habt Waffen?«

»Aber gewiss doch, Herrin«, lächelte der Alte.

Einer der Männer im dunkelroten Gewand öffnete einen Sack: Messer und Äxte in jeder Form und Größe ergossen sich auf den Boden.

»Die Zunft der Metzger«, erklärte der Alte.

Dann öffneten auch die anderen nach und nach ihre Säcke.

»Zunft der Kesselflicker: Es gibt keine einzige Pfanne mehr in der Stadt, Omelett kann keines mehr gebraten werden. Sie haben die Pfannen mit geschmolzenem Blei gefüllt, haben die Griffe verstärkt und an der Spitze die Skalpelle der Wundärzte angebracht. Jetzt sind das eher gefährliche Keulen. Zunft der Schreiner: Sie haben aus Brettern Schilde gemacht. Zunft der Maurer: Sie werden die Arbeit hier zu Ende bringen und die Schwerter herauslösen, meine Herrin, und sie haben auch alle Eisengitter abmontiert, um aus Brettern Schilde machen zu können. Sie haben gebrannten Kalk bereitgestellt. Wenn jemand zu nah an unsere Stadtmauern kommt, soll es ihn reuen, dass wir kein siedendes Öl haben. Zunft der Gerber: kleine Sensen und Äxte. Mithilfe der Schreiner haben sie die Griffe verlängert und jetzt sind es Hellebarden, und zuletzt, Herrin, die Zunft der Färber, die Schneidermeister und sämtliche Frauen der Stadt.«

Letztere trugen blaue Gewänder. Ihre Säcke waren groß und leicht. Sie öffneten sie und Tücher in verschiedenen Größen quollen heraus. Sie waren weiß mit zwei Blumen in der Mitte: eine Lilie und eine Glyzinienblüte, beide purpurrot und ineinander verschlungen.

»Unsere Fahne. Wir können nicht kämpfen und sterben ohne ein Symbol zum Anschauen. Ein Volk braucht ein Fahne und wir haben keine. Die roten Banner unserer Stadt sind verbrannt und wir trauern ihnen nicht nach. Sie waren das Symbol derer, die davongelaufen sind und uns hier allein zurückgelassen haben, sodass wir Pfannen mit geschmolzenem Blei füllen müssen, um uns und unsere Kinder zu retten.«

»Wir haben Euer Wahrzeichen zu unserem Banner gemacht, rote Blumen auf weißem Feld. Wie der blutbefleckte Schleier, den Ihr in der ersten Nacht geschwenkt habt, als Ihr für die Stadt kämpftet. Das Blut, das Männer und Frauen vergossen haben für die Freiheit auf den Resten ihrer Unschuld. Seht Ihr, hier ist Euer Schleier, wir bringen ihn Euch zurück, in Gold gesäumt, er soll die offizielle Fahne und das Wahrzeichen unserer Stadt werden. Wir haben dreihundertsechs davon gemacht, eine für jeden Pfahl auf den Mauern. Zu Zeiten Arduins hingen da Laternen, jetzt sollen Fahnen dort wehen. Aus der Igelstadt soll die Fahnenstadt werden. Alle werden wissen, dass wir kämpfen. Und dass wir als freie Menschen sterben werden, im Kampf für unser Land und unsere Ehre.«

Der Alte verneigte sich tief. Die Königin-Hexe lächelte.

»Wann habt Ihr das denn alles gemacht?«

»Jeden Tag etwas, Herrin, jeden Tag etwas. Angefangen haben wir noch in derselben Nacht, als Ihr für uns gekämpft habt. Nicht einmal den Morgen haben wir abgewartet.«

»Dürfte ich Euren Namen wissen, Herr?«, fragte die Königin höflich.

Der Alte zuckte leicht zusammen, als die Königin ihn mit »Herr« anredete. Verblüfft sah er sie an, dann hob er den Kopf und sein Brustkorb dehnte sich.

»Ellaboro, meine Herrin.«

»Gut.« Die Königin wandte sich zum Seneschall. »Vermerkt, dass Messere Elleboro Eigentümer seines Ladens ist, dann tut desgleichen mit den anderen Herren, denen, die hier sind, und denen im Hof. Gebt jedem von ihnen ein Schwert. Wenn all das geschehen ist, bleiben uns noch ein paar Stunden, um uns auf den Kampf vorzubereiten. Die Schreinermeister werden uns den Gefallen erweisen, aus dem Tisch des Großen Rats des Verwaltungsrichters leichte Schilde für die Bogenschützen zu machen. Dann wird auch dieser Tisch zu etwas nütze gewesen sein. Wenn die Stadt befreit ist, werden wichtige Entscheidungen, die alle angehen, dort getroffen, wo auch alle Gelegenheit haben mitzureden, nämlich auf dem großen Platz von Daligar, nicht hinter verschlossenen Türen rings um einen Tisch.«

Alle nickten und verbeugten sich. Die Königin verabschiedete sich. Zusammen mit Rankstrail entfernte sie sich.

»Hauptmann, wir haben ein Heer«, sagte sie mit neuem Mut zu ihm. Nicht alles war verloren.

»Es sieht so aus«, bestätigte Rankstrail nachdenklich. »Es fehlt uns nur eine Gruppe von erfahrenen Reitersoldaten, sie kann auch klein sein, um die Formation an den Flanken zusammenzuhalten. Wenn wir noch etwa fünfzig Bewaffnete hätten, könnten wir es schaffen.«

»Ich habe noch eine halbe Kiste mit Silbermünzen übrig, Hauptmann. Ich möchte, dass Ihr sie unter Euren Männern verteilt. Bemesst nach Dienstgrad und Zahl der erlittenen Verwundungen. Was Euch angeht, bezieht irgendeines der leer stehenden Häuser und übernehmt offiziell das militärische Oberkommando der Stadt. Eure Männer sollen in den Kasernen derer schlafen, die geflohen sind, auf den sauberen Lagern der regulären Soldaten. Zu essen kann ich ihnen nichts geben, aber wenigstens schlafen sollen sie anständig. Und nun, mein Herr, bleiben uns bis zum Morgen noch ein paar Stunden, die wollen wir zum Schlafen nutzen, ich wünsche Euch eine gute Nacht.«

KAPITEL 10

Rankstrail verteilte das Silber unter seinen Männern. Das ergab für jeden mehr als zwei Jahressolde – ein denkwürdiger Augenblick.

Es gab nichts zu kaufen, und keiner war sicher, ob er erleben würde, dass es wieder etwas gab, aber die Männer fühlten sich, wenn nicht wie Könige, so doch wenigstens endlich nicht mehr wie Schlachtfleisch, gut genug höchstens für den Henker.

Rankstrail wertete die Amputationen des Gefreiten Lisentrail als Kriegsverletzungen und bezahlte ihn entsprechend, was den Gefreiten der Königin-Hexe gegenüber etwas freundlicher stimmte.

»He, Hauptmann«, sagte er, »schade, dass wir bei der Leichten Infanterie keine Frauen aufnehmen. Als Ausbilderin an der Hellebarde würde unsere Durchlauchtigste sich sehr gut machen. Du hast dir die Ausbildung ja erspart! Habe ich dir je von meinem ersten Tag im Lager erzählt, wie der Ausbilder an der Hellebarde mich einen halben Tag lang im Schlamm mit den Blutegeln hat stehen lassen, weil ich beim Übungsmarsch Letzter war?«

»Bestimmt schon sechsmal«, erinnerte sich Rankstrail. »Gefreiter Lisentrail, Ihr habt nicht zufällig etwas zum Essen?«

»Ich habe noch einen halben Stab getrocknete Feigen. Wenn

ich Euch die Hälfte davon abgebe, oh mein Hauptmann, dann befreit Ihr mich vom Wachdienst heute Nacht, nicht wahr?«, schlug er vor. Ein Stab getrocknete Feigen war ein langer Spieß, auf dem etwa zwanzig Feigen steckten.

»Nein«, sagte Rankstrail mit der Andeutung eines Lächelns. »Aber ich setze mich zu dir und höre dir zu, wenn du mir noch einmal von den Blutegeln erzählst, vielleicht habe ich ja einen Teil der Geschichte nicht richtig mitbekommen.«

Der Gefreite gab ihm eine Feige, den Rest seines Abendessens sollte er sich bei denen besorgen, die er nicht für den Wachdienst eingeteilt hatte.

Die jüngeren Soldaten hatten ein paar Mäuse gefangen.

Rankstrail konnte ein letztes Stück Federvieh erlegen, das dem Hunger der Belagerten wie durch ein Wunder bisher noch entgangen war.

Während sie die Spieße herrichteten, verbreitete sich der unverwechselbare Geruch von frisch gebackenem Brot in der Luft, der absolut hinreißendste Duft, den es in der Menschenwelt gab. Lisentrail tauchte auf mit einem Korb voll kleiner, flacher Brotlaibe. Hinter ihm kamen zwei weitere Soldaten, die Arme voll bepackt mit Decken. Es waren sichtlich saubere, ordentlich gefaltete Decken, bestehend aus vielen verschiedenen Stoffflicken in den unterschiedlichsten Farben.

»Habt ihr das Zeug gekauft?«, fragte Rankstrail, indem er aufstand. Er hoffte aus ganzer Seele, sie würden mit Ja antworten: Einen Diebstahl solchen Ausmaßes konnte er nicht durchgehen lassen.

»Nein, Hauptmann«, antwortete der Gefreite, »das hat man uns geschenkt. Zum Dank.«

Das war, vorsichtig ausgedrückt, höchst unwahrscheinlich, aber die Soldaten mit den Decken bestätigten es. Einige Frauen aus der Stadt waren gekommen, um ihnen dieses Geschenk zu bringen. Für das Brot hatten sie die letzten, sorgsam gehüteten Säcke Mehl aus sämtlichen Vorratskammern Daligars hervorgeholt und für die Decken hatte jede Frau einen Zipfel ihres Rockes geopfert. Angeführt wurde die Gruppe von einer Kleinen mit feuerrotem Zopf und einem weiten grünen Rock, die Lisentrails Ansicht nach eine Schwäche für den Hauptmann haben musste, denn er hatte sie schon öfter gesehen, wie sie aus der Ferne zu ihnen herüberschaute. Er wies auf den Flicken aus dunkelgrünem Samt, der zu ihrem Rock gehörte, aber selbst da begriff Rankstrail nicht, wovon die Rede war, weil er überhaupt nicht darauf geachtet hatte.

»Da haben wir also etwas zu essen und etwas gegen die Kälte in der Nacht«, sagte Lisentrail fröhlich.

»Es ist Sommer«, entgegnete Rankstrail grimmig und betrachtete ein Stück schwarzen Samt mit Silberfäden darin, das sich zwischen die Baumwoll- und Wollflicken verirrt hatte.

Den Mund vollgestopft mit frischem Brot und gebratenen Mäusen, versuchten die Männer, auch die anderen Flicken in den Decken zuzuordnen. Der dunkelrosa Flicken gehörte zur Mutter eines der Kinder, die vom Scheiterhaufen der Orks gerettet worden waren, das mit Röschen bestickte Hellblau gehörte dem hübschen Mädchen, das immer am Brunnen Wasser holen ging. Auch das verblichene Schwarz der Bettlerin wurde wiedererkannt und der kleine Lederflicken aus dem Rock von Morgentau.

Es war ein merkwürdiger Augenblick.

Sie waren kein Schlachtfleisch mehr, gut höchstens für den Henker, miserabel verpflegt und in Verschläge gepfercht.

In den Brotlaiben waren kleine Gaben versteckt, Sesam- oder Sonnenblumenkerne, Rosinen, Nüsse, Pinienkerne, Oliven, Minzeblättchen, Rosmarin, Stückchen von einem weichen, süßen Holz, das einer der Männer, dessen Mutter Köchin war, als Zimt identifizierte.

»Aber wo haben sie all das Zeug nur her, nach Wochen der Belagerung?«

»Sie haben das aufgehoben bis zum Schluss. Für eine letzte Mahlzeit, das letzte Abendmahl, so etwas in der Art.«

»Und sie haben es für uns hergegeben?«

»Sie haben es für uns hergegeben.«

»He, Hauptmann«, sagte Lisentrail munter, »weißt du was? Jetzt wo die Schwere Kavallerie mit dem Richter abgehauen ist, um ihn in Alyil vor den Ziegen zu schützen, sind nur noch wir da als Garnison der Stadt!«

»Das stimmt«, sagte ein anderer. »Wenn wir morgen unseren Angriff verfehlen, krepieren wir alle bis auf den letzten Mann, und es rettet uns keiner mehr, aber wenn wir siegen …«

»Wenn wir siegen, sind wir nicht mehr die Männer vom Söldnerheer. Dann sind wir Menschen, und basta …«

Der Satz blieb unvollendet. Viele Männer senkten den Blick und schauten auf ihre fehlenden Finger, auf die ungleichen und geflickten Beinschienen. Wenn sie am nächsten Tag siegten, wären diese Dinge vielleicht nicht mehr so wichtig.

»Männer, macht euch keine Illusionen. Das ist nur unsere Henkersmahlzeit«, flüsterte Zeelail, der jüngste der Bogenschützen, auch er aus dem Äußeren Bezirk und trotz der Schrammen ein hübscher Bursche, seine Finger waren noch vollzählig. »Es steht drei zu eins mit den Orks. Wir kommen morgen nicht zurück. Keiner von uns.«

»In Varil war es vier zu eins«, sagte Roxtoil, blind, sehr groß und blond aus den Sümpfen des Nordens.

»Da hatten wir einen Elfen dabei. Hier gibt es niemand, der die Pfeile ablenkt und unsere Pferde schneller laufen lässt. Hier sind nur wir und sie und die Sonne scheint auf uns genauso wie auf sie. Sie sind dreimal so viele wie wir.«

»Unser Hauptmann ist noch nie unterlegen. Morgen schaffen wir es, und dann suchen wir uns die, die uns die Flicken von ihrem Rock geschickt hat«, sagte Trakrail.

Sie dämpften ihre Stimmen, damit der Hauptmann sie nicht hörte.

»Es ist drei zu eins. Und die sind Orks.«

»Auch das im Osten waren Orks und immer haben wir gesiegt«, sagte Daverkail, ein Riese von einem Kerl.

»Aber zum Schluss sind wir abgezogen und das ist doch auch ein bisschen wie Flucht«, sagte Nirdly.

»Es gab einen Rückzug, das ist doch keine Flucht...«, präzisierte Workail, ebenfalls riesengroß, den nur Daverkail an Größe übertraf.

»Wo früher wir waren, sind jetzt die Orks. Wie nennst du denn das?«

»Lasst euch nicht lebendig erwischen, ihr habt gesehen, was sie mit den Gefangenen machen...«

»Wie bringt man sich denn selber um?«

»Du sprichst dich mit einem anderen ab, du bringst ihn um und er dich.«

»Aber wenn der andere schon tot ist, wie kann er mich denn dann umbringen?«

»Ihr stellt euch einander gegenüber auf, schaut euch ins Gesicht; ihr haltet das Schwert mit beiden Händen, die Spitze nach vorn, und lasst euch beide gleichzeitig ins Schwert des anderen fallen.«

»Na ja, hier haben wir keinen Elfen, aber wir haben seine Frau. Etwas wird die wohl auch können. Wir haben eine Königin-Hexe. Sie ist doch Nachfahrin Arduins, oder nicht? Sie sieht aus wie eine Bettlerin, ist aber eine Königin.«

»Ja, sie ist eine Königin-Hexe, der Adler schläft auf ihrer Schulter. Bei den Kommandanten der Orks schläft nirgendwo ein Adler auf der Schulter. Das ist doch ein Zeichen, oder nicht?«

»Morgen ziehen wir hinaus und keiner kommt zurück. Macht euch keine Illusionen. Falls wir aber doch zurückkommen, ändert das nichts. Wir werden nach wie vor die Leichte Kavallerie sein. Heute Abend haben sie uns Brot und Stücke aus ihren Röcken gebracht, aber das ist nur, damit wir zufrieden sind. Denn dann siegen wir vielleicht, während wir verrecken, und sie sind gerettet; wenn wir dagegen verlieren und verrecken, gehen sie genauso drauf wie wir. Aber sie haben es wenigstens versucht. Für sie macht einen Unterschied bloß, ob wir siegen oder nicht; ob wir krepieren oder nicht, das macht bloß für uns einen Unterschied.«

»Sei still, der Hauptmann hört uns.«

»Er ist zu weit weg.«

»Von wegen, er ist zu weit weg! Er hört etwas, wo andere nichts hören, hast du das noch nicht bemerkt?«

»Ja, das stimmt. Er sieht auch, wo andere nichts sehen.«

»Er sieht im Dunkeln.«

»Der Hauptmann ist noch nie unterlegen.«

Rankstrail stand auf. Das Gespräch verstummte. Ruhig wartete er ab, bis alle den letzten Bissen hinuntergeschluckt und sich zu ihm umgewandt hatten. Er sah jedem Einzelnen ins Gesicht.

»Wir werden siegen morgen«, sagte er mit leiser Stimme. Das war eine Mitteilung. »Wir werden siegen, und basta. Wir hauen sie in Stücke. Wir durchbrechen die Belagerung. Morgen Abend überhäufen wir die Stadt mit Mehl, Pökelfleisch und Öl, denn morgen stürmen wir ihre Vorratslager. Morgen Abend stellt ihr euch in die Mitte des Hofes und füllt jeder Frau, die euch darum bittet, die Schürze mit Esswaren, zum Dank für heute Abend. Morgen siegen wir, denn wir sind nicht mehr die Leichte Kavallerie, sondern wir sind die Kavallerie, und basta.«

Der Hauptmann schwieg und sah jedem Einzelnen ins Gesicht.

»Ihr werdet siegen morgen, denn woher auch immer ihr kommt, wofür ihr hier kämpft, das ist euer Land, sind eure künftigen Kinder. Diejenigen, für die ihr kämpft, sind euer Volk geworden, und euer Volk kämpft mit euch. Wir werden nicht allein hinausziehen morgen. Die Männer von Daligar sind mit uns, und die Frauen bleiben auf den Wehrgängen mit den Bögen, die sie zu gebrauchen gelernt haben, und mit den Kübeln ungelöschten Kalks, den sie eben anrühren. Wir werde alle gemeinsam kämpfen morgen und alle gemeinsam werden wir siegen.«

Rankstrail verteilte die Decken. Die mit dem Flicken des Mädchens vom Brunnen musste er verlosen, nach dem Prinzip des kürzeren Strohhalms, denn viele wollten sie haben. Die mit dem Stück dunkelgrünen Samt gab er Lisentrail, dann blieb er bei ihm und leistete ihm die halbe Nacht Gesellschaft bei seinem Wachdienst. Irgendwann tauchte in der Ferne eine kleine Frau mit rotem Zopf und dunkelgrünem Rock auf und sah zu ihnen herüber. Rankstrail hatte sie nicht bemerkt und Lisentrail machte ihn darauf aufmerksam, doch Rankstrail blieb gänzlich uninteressiert.

Während die Stadt noch im Schlaf lag, tauchte eine merkwürdige Gestalt in einem langen, ausgebleichten schwarzen Gewand auf. Der Hauptmann sah ihn an und erkannte den Wucherer wieder, den, der ihm die fünf Taler für den Kauf von Zecca geliehen hatte. Der Hauptmann hatte ihm in Abständen etwas schicken können, aber nie die ganze Summe, und mit den Zinsen verdoppelte sich die Summe alle acht Monate, mit dem Ergebnis, dass er ihm immer noch fünf Taler schuldete. Endlich hatte er sie. Alle auf einmal, all fünf. Der Mann kam näher und der Hauptmann lächelte ihm zu. Er legte die Hand an den Quersack und spürte die fünf Geldstücke unter seinen Fingern. Zärtlich strich er darüber. Sie bedeuteten Freiheit und Leben. Nie mehr würde er den Henker fürchten müssen. Die Angst, die ihn jedes Mal erfasste, wenn er an die fünf Taler dachte, war für immer vorbei. Für immer. Der Hauptmann holte die Münzen hervor und zählt sie langsam in die Hand des Mannes, wobei er den Moment genüsslich auskostete und seinem Gedächtnis einzuprägen suchte, denn der Augenblick, da der Albtraum vom Wucherer zu Ende ist, ist ein denkwürdiges Ereignis, das gefeiert werden muss. Der Wucherer schaute auf das Geld, sah es lang und mit liebevoller Zärtlichkeit an, streichelte jedes einzelne Stück, so als wollte auch er seinen Fingern die Erinnerung einprägen, doch dann legte er es entschlossen in die Hand des Hauptmanns zurück. Er war nicht gekommen, um seine Schuld einzutreiben, er erließ sie ihm für immer. Das Pferd bezahlt zu haben, das den Kampf gegen die Belagerung von Daligar anführen würde, schien ihm diese fünf Taler wert, allemal. Er war nur gekommen, um den Dolch zurückzugeben, falls er nützlich sein könnte … morgen … gegen die Orks … Auch er war unter den Bürgern, die am nächsten Tag in den Kampf ziehen würden. Und da war ihm lieber, dass sein Kommandant mit allen möglichen Waffen gerüstet war.

»He, Hauptmann«, sagte Lisentrail, nachdem der Mann gegangen war, »weißt du, was die Schwägerin meiner Schwester immer sagt? Nur wenn man das Geld nicht hat, wollen es alle …«

Bei Morgengrauen kam von der Nordseite der Wehrgänge, die auf das freie Ufer des Dogon gingen, eine schier unglaubliche Nachricht: Verstärkung war im Anmarsch.

KAPITEL 11

Rosalba erwachte. Der Himmel war überglänzt vom ersten Morgenlicht. Jetzt hatte sie auch am frühen Morgen schon geschwollene Knöchel und einen schmerzenden Rücken. Sie erinnerte sich, dass ihr Heer wartete, und richtete sich mühsam in dem großen Bett auf, wo neben ihr Erbrow lag und noch schlief. Robi vergrub den Kopf zwischen ihren Händen. Sie würde es niemals schaffen, den Angriff zu führen. Auf der anderen Seite, einem Söldner würden sie nicht folgen, sie würden nur ihr folgen.

Sie musste hinausgehen.

Fröhlich erklang Jastrins Stimme: »Es ist Verstärkung gekommen!«, rief er. »Sie sind beim Nordtor hereingekommen! Sie warten unten im Hof!«

Einen Moment lang schloss Robi die Augen. Vielleicht gab es ja ein Schicksal und es war ihnen freundlich gesonnen. Hinter den geschlossenen Lidern sah sie nur unbestimmte Schatten. Vielleicht war das Schicksal ja nicht festgelegt, und es war an ihnen, es mitzugestalten. Sie öffnete die Augen und lächelte. Sie würden es mitgestalten. Sie stand auf und legte, indem sie die Riemen über die Schultern führte, die beiden Schwerter an, das kurze Schwert Arduins und das lange von Yorsh. Sie setzte die Efeukrone auf, legte den blauen und goldenen Mantel um die Schultern und schloss ihn am Hals, dann folgte sie Jastrin in den Innenhof, trat hinaus in den neuen Tag.

In froher Erwartung sah sie von der Höhe der Wehrgänge herab auf die Neuankömmlinge. Es waren etwa hundert Soldaten, die meisten zu Pferd. Sie waren an das mittlerweile freie Nordtor gekommen und hatten es praktisch unbehelligt passiert. Robi fragte sich, wieso von den Lagern der Orks kein Pfeil und kein Schrei aufgestiegen waren.

Die Neuankömmlinge trugen die leichte Marschkleidung der Soldaten, Harnische aus Leder und Eisen und keine Helme, die unter der sengenden Sonne unerträglich gewesen wären. Nach der Leichten Kavallerie aus Varil war das die erste Hilfe, die aus der Menschenwelt zu ihnen kam, und sie waren mit den ersten Freudenschreien begrüßt worden, die seit Langem in der Stadt erklangen.

Die Begeisterung war so groß, dass sich niemand die Mühe gemacht hatte, genauer nach ihrer Identität und ihrem Begehr zu fragen, bevor man die Zugbrücke herunterließ, das Fallgitter hochzog und sie einließ, und nun hatten die Neuankömmlinge den zentralen Hof des Palastes besetzt.

In der allgemeinen Verwirrung ergriff der Kommandant der Gruppe das Wort. Alle üblichen Höflichkeitsfloskeln beiseitelassend, erklärte er: »Wir sind nicht gekommen, um Hilfe zu bringen, geliebtes Volk von Daligar, sondern nur, um sie, die Hexe, das Weib, das mit dem Elfen zusammen war, zu ergreifen, sie an die Orks auszuliefern und so einen neuen Frieden zu besiegeln. Ich, Sire Argniòlo, wurde vom Richter hierhergesandt, um euch zu beruhigen und zu beschützen …«

»Deswegen haben die Orks sie nicht angegriffen!«, sagte Trakrail, dessen scharfer Verstand rasch arbeitete. »Sie sind Verbündete. Der Verwaltungsrichter muss mit ihnen verhandelt haben.«

»Aber hat er denn nicht vor den Orks Reißaus genommen?«, fragte jemand.

»Das stimmt, er hat nicht gekämpft, aber wir kämpfen. Die Königin-Hexe kämpft. Dank uns und der Königin-Hexe ist er wieder imstande zu verhandeln, hat er etwas zu bieten: sie. Im Tausch für die Stadt. Oder die halbe Stadt, wer weiß.«

»Die halbe Stadt, was soll das heißen? Dass sie sie in zwei teilen?«

»Nein, dass der Richter herrscht, aber nicht allein wie früher. Mit den Orks über ihm.«

Dröhnend erklang wieder die Stimme des Abgesandten des Richters: »Volk von Daligar, treue Untertanen, jetzt von Hass verblendet! Es gibt einen Waffenstillstand mit denen, die man unsinnigerweise immer noch Feinde nennt, und sie, die Hexe, ist das Unterpfand des Waffenstillstands, der Gegenstand des Abkommens, der Garant der künftigen Harmonie. Sie ist die Ursache allen Übels, und sie fährt fort, Zwietracht zu säen... Wir haben die feste Zusicherung: Im Tausch gegen sie, die Hexe, die Frau des verhassten Elfen, der das Söldnerheer gegen Varil geführt hat, werden alle Überfälle eingestellt.«

Nirdlys mächtige Stimme ertönte von den Wehrgängen: »Gegen Varil? Was soll das heißen: gegen? Wir haben Varil befreit. Die Orks hatten es in Brand gesteckt.«

»Der Krieg ist aus«, fuhr Argniòlo fort, ohne den Einwurf zu beachten. »Die Weisheit des Verwaltungsrichters hat wieder einmal obsiegt.«

»Die Orks haben Varil niedergebrannt«, wiederholte Nirdly.

Diesmal verlor der Führer der Delegation im schweren karmesinroten Brokatrock mit goldenen Litzen seine hochmütige Ruhe.

»Ich spreche nicht mit Gnomen! Wie kannst du es wagen, das

Wort an mich zu richten? Das ist also aus Daligar geworden, eine Gosse, wo der letzte der Gnome es wagt, einen Ritter anzusprechen? Und ihr erlaubt diesem Abschaum, in eurem Haus zu regieren?«

Rosalba hatte den Führer der Delegation auf der Stelle erkannt. Argniòlo, die rechte Hand des Richters, der Mann, der sie entführt hatte, der Yorsh getötet hatte, derjenige, der den tödlichen Pfeil abgeschossen hatte, der Yorshs Herz durchbohrt und seinen Atem für immer angehalten hatte.

In ihrer abgrundtiefen Dummheit hatten ihre Untertanen nicht begriffen, dass es, bevor man ein Stadttor öffnet und Bewaffnete einlässt, angezeigt sein könnte, sich nach deren Identität und Absichten zu erkundigen und beim eigenen Kommandanten Befehle einzuholen.

Auf der anderen Seite, ihr Befehl lautete, keine Orks einzulassen, und das waren keine Orks. Die Idioten hatte ihre Befehle also ausgeführt.

Dummheit und Fahrlässigkeit hatten sich hier gepaart. Die Neuankömmlinge waren auf jeden Fall bewaffnete Männer und würden den Einwohnern alles von den schwachen Schultern nehmen, sowohl die Aufgabe zu kämpfen als auch die noch viel beschwerlichere des Denkens.

Argniòlo stockte. Er hatte den verblüfften Rankstrail bemerkt. Der Hauptmann war gekommen, um sie zu begrüßen, in der Annahme, es sei Verstärkung, und jetzt standen sie einander in wenigen Schritten Entfernung gegenüber.

Ungläubig und wütend starrte Argniòlo ihn an.

»Was machst du hier?«, fragte er und ließ die pompöse Ausdrucksweise beiseite.

»Sommerfrische. Ein paar Ausflüge. Ein bisschen Jagen«, erwiderte der Hauptmann seelenruhig mit einem Achselzucken und einer unbestimmten Handbewegung.

»Hier sollten nur die Zivilbevölkerung und die Hexe sein.«

»Ich bin aber auch hier. Wisst Ihr, der Ort ist schön, die Berge so nah, wenig Mücken … Meine Männer sind auch bei mir, einfach so aus Gewohnheit.«

Argniòlo schluckte. Er brauchte ein Weilchen für seine Antwort, die Situation war weniger einfach als gedacht und er musste sich etwas einfallen lassen.

»Rankstrail«, sagte er sanft und mit leiser Stimme, damit nur er ihn verstehen konnte, »ich weiß nicht, wie viele … sagen wir Männer … du bei dir hast … aber es können nicht mehr als fünfzig sein, eure gesamte … wie soll man das nennen? Armee? Mit deinen … sagen wir Soldaten.«

»Ha«, sagte Rankstrail mit sehr lauter Stimme, »sagen wir ruhig Soldaten, ein für alle Mal, das klingt nicht schlecht.«

»Ich wollte sagen«, erwiderte Argniòlo erbost, »meine Männer sind doppelt so viele wie deine. Ich befehlige ein Heer, keine Delegation, nur damit hier niemand auf dumme Gedanken kommt.«

»Meine Männer verstehen aber zu kämpfen.«

»Du hast ein Heer von Orks vor den Toren, du kannst es dir nicht erlauben, deine Kräfte zu schwächen, indem du innerhalb der Festung gegen uns kämpfst. Du hast keine andere Wahl, als die Hexe widerspruchslos auszuliefern. Außerdem, und darauf hast du mein Wort«, hier wurde Argniòlo feierlich, »wird dir Verzeihung gewährt, und du kannst deinen Platz unter den zivilisierten Menschen wieder einnehmen. Die Orks warten nur auf die Übergabe der Hexe, um abzuziehen. Du bist der Befehlshaber von Daligar. Entscheide du im Sinne des Wohls der Stadt.«

Rankstrail musste sich alles noch einmal wiederholen lassen, um sicher zu sein, dass er auch recht verstanden hatte.

»Wirklich?«, fragte er am Ende interessiert. »Mir wird Verzeihung gewährt, weil ich meine Männer geführt habe, um eine im Todeskampf liegende Stadt zu befreien und meine Brüder zu retten, die bei lebendigem Leibe verbrannt werden sollten? Ich bin sicher, so viel habe ich nicht verdient. Von wenigen Dingen auf der Welt bin ich so felsenfest überzeugt. Apropos, der Letzte Elf hat den Angriff geführt, ich aber bin in die Stadt eingedrungen und habe sie befreit. Werdet Ihr beim nächsten Austausch mit den Orks dann mich ausliefern? Und mit meinen Männern, was macht Ihr mit denen? Werdet Ihr sie einen nach dem anderen verkaufen für einen Frieden, der nur ein Hohn sein kann?«

»Die Überfälle der Orks sind die Antwort auf Euren Krieg«, schnauzte Argniòlo ihn an.

»Die Orks sind wie die Wölfe in unserem Land. Daligar hat soeben unter Blut und Tränen die Belagerung durchbrochen und immer noch lagern die Orks rings um die Stadt. Als wir ankamen, stand Varil in Flammen. Der letzte der Elfen hat es gerettet. Wart nicht Ihr es, der ihn getötet hat? Ich hatte ihm unverbrüchliche Treue geschworen. Könnte es vielleicht die Schuld, ihn nicht beschützt zu haben, mildern, wenn ich seinen Mörder töte?«

Eine bedrohliche Bewegung ging durch Argniòlos Schar.

»Jeden Augenblick«, unterbrach Argniòlo ihn giftig, »wird Sryassink, der Befehlshaber des Orkheers, am Nordtor sein, um, wie mit dem Verwaltungsrichter vereinbart, die Hexe abzuholen, und ich werde sie ihm übergeben. Sryassink und ich haben einen Pakt geschlossen, welcher der Feindschaft zwischen Menschen und Orks ein Ende bereiten wird. Wir werden als die ›Friedensstifter‹ in die Geschichte eingehen. Dank unser und des Verwaltungsrichters, der die Übereinkunft gefördert hat, werden weder Blut noch Tränen fließen.«

»Wer auch nur daran denkt, eine Frau, und obendrein eine Frau, die ein Kind erwartet, an die Orks auszuliefern, der muss über meine Leiche gehen, und meine Leiche ist noch gar nichts. Die, die Ihr Hexe nennt, nennen wir Königin. Vielleicht haben wir ja beide recht. Die Königin von Daligar ist eine Königin-Hexe. Ihre Kräfte entspringen der Wut und dem Hass und die werden uns retten. Wisst Ihr, wenn eine Stadt alleingelassen wird mit den Orks, dann begnügt man sich mit wenig. Wer sie auch nur ein bisschen länger am Leben erhält, den kürt sie zum König. Und Eurer und des Verwaltungsrichters Meinung nach werden die Orks den Kampf einstellen, wenn der Kopf der Königin auf der höchsten ihrer Piken steckt? Ich sage Euch, sie werden den Angriff auf die Stadt eröffnen und sie stürmen, weil sie nicht nur ohne Führung und Führer ist, sondern auch ohne Ehre und ohne Glauben …«

»Du bist am Leben, weil der Richter vor einem Monat beschlossen hat, dich zu verschonen. Er hat dich verschont und dir das Kommando über die Söldner wiedergegeben«, zischte Argniòlo.

»Das war der größte Fehler seines Lebens. Er wird ihn noch bereuen«, antwortete Rankstrail.

Wieder konnte er nicht weitersprechen. Geschrei erhob sich rings um ihn, von der Abordnung der Zünfte, von den Flüchtlingen aus den Ostgebieten.

Ohne die Königin-Hexe wären sie längst tot in einer verwüsteten Stadt.

»Mein Mann hatte Wachdienst bei den Warnfeuern«, schrie eine Frau mit ihrem Kind im Arm. »Er hat dem Befehl gehorcht. Hat Bescheid gegeben, dass die Orks im Anmarsch waren, und ist auf seinem Posten geblieben, wie er sollte. Sein Kopf ist da draußen. Das ist sein Kind. Es ist nur am Leben, weil die Königin-Hexe vor einem Monat die Brücke und die Wurfmaschinen der Orks in Brand gesetzt hat!«

»Sie hat für uns und mit uns gekämpft.«

»Sie ist hinausgezogen und hat unsere Kinder zurückgeholt. Und die Söldner haben ihr geholfen. Und ihr, wo wart ihr? Unsere Regierenden, unsere Soldaten? Alle davongelaufen, um sich in Sicherheit zu bringen.«

Ein junger Bauer, der das Schwert mit dem silbernen Knauf von Jesua III. dem Kühnen schwang, verkündete, jetzt würden sie hinausziehen, um die Orks zu vernichten, und danach würden sie jeden vernichten, der irgendwelche Rechte über sie oder auf das von ihnen bestellte Land geltend machen sollte, oder gegenüber den Kommandanten, die den Angriff befehligten.

Zwei der Frauen, deren Kinder von den Akrobatensoldaten entführt und von Robi befreit worden waren, erkannten ihre Männer in Argniòlos Heer. Wutentbrannt stürzten sie zu ihnen hin und fragten, ob ihnen klar sei, dass sie die Frau holen kämen, die für ihre Kinder ihr Leben riskiert hatte, während sie, die Väter, es sich mit dem Richter und seinem Hofstaat in der frischen Gebirgsluft gut gehen ließen.

»Wenn ihr und der Richter das nächste Mal das Weite sucht«, sagte ein Soldat, »dann nehmt auch gleich meine Frau und meine Kinder mit. Vielleicht werde ich eure Befehle dann ausführen.«

Rosalba überlegte sich, dass sie ihre Meinung über ihre Untertanen vielleicht doch ändern musste. Die Intelligenz war zwar nach wie vor zweifelhaft, aber was den Mut anging, zeigten sich doch erste Ansätze.

Mittlerweile war sie am unteren Ende der langen Steintreppe angelangt, die von der Galerie der Könige in den Hof hinunterführte. Sie trat plötzlich aus dem Schatten heraus, und Argniòlo brauchte einen Augenblick, bis er sie wiedererkannte. Er hatte sie ein einziges Mal in seinem Leben gesehen und war überrascht, sie mit einer Krone auf dem Haupt zu sehen, eingehüllt in einen nachtblauen und goldenen Samtmantel.

Als ihm endlich klar wurde, wen er da vor sich hatte, begriff er die Gefahr.

Rosalba fixierte ihn.

Sie sah Yorsh wieder vor sich, während er starb, sie sah sein schmerzverzerrtes Gesicht, die von Pfeilen durchbohrte Brust, das Blut und den letzten, von Argniòlo abgeschossenen Pfeil, der ins Herz drang.

Robi hörte seine Stimme wieder.

Sie spürte, wie das Kind in ihr sich regte, und ihre Wut wuchs ins Unermessliche.

Der Mann da vor ihr hatte seelenruhig seinen Tod angeordnet.

Dieser Mann würde den Abend nicht erleben.

Argniòlo legte die Hand ans Schwert, konnte es ziehen und ließ es auf Robi niedersausen.

Ein Aufschrei des Hasses erhob sich in der Stadt.

Seine Soldaten sahen tatenlos zu, wie ihr Kommandant das Schwert gegen eine Frau mit einem Kind im Schoß erhob.

Robi hatte das Kämpfen von Yorsh gelernt, dem Feind stets ins Gesicht schauen, denn es sind unmerkliche Augenbewegungen, die verraten, wohin der Schlag zielen wird. Sie parierte mit dem Elfenschwert und griff sofort mit der Linken nach dem kürzeren und beweglicheren Schwert Arduins. Während sie sein klobiges Heft aus Eisen und Stein umfasste, begriff sie endlich den Sinn dieses halbmondförmigen Schwertes, das am Außenrand extrem schwer und fast einen Zoll dick war, innen hingegen sehr dünn und scharf: Es war zum Köpfen gemacht. Ohne die Dicke des äußeren Rands hätte die Waffe nicht ausreichend Gewicht gehabt und mit einer weniger fein geschliffenen Innenseite wäre es nicht scharf genug gewesen. Arduin, der Herr des Lichts, war in die Geschichte eingegangen für seinen Mut, nicht für seine Barmherzigkeit.

Mit dem längeren ihrer beiden Schwerter zwang Robi Argniòlo, das seine zu senken. Mit dem anderen schlug sie ihm den Kopf ab.

Das verlangte einen starken Arm und den hatte sie. Wut vervielfacht die Kräfte, Angst zehrt sie auf. Während das Blut über ihren Mantel spritzte, setzte sie Argniòlos Offizier, einem Mann mittleren Alters, glatzköpfig und mit einer Habichtsnase, die Spitze des langen Elfenschwerts an die Kehle. Entgeistert und zutiefst erschrocken sah er sie an. Rankstrail und seine Männer hatten die Schwerter gezogen. Oben auf den Wehrgängen hatten die Männer und Frauen, die Aurora ausgebildet hatte, ihre Bögen gespannt. Die Enthauptung Argniòlos durch diejenige, die ihrer Auffassung nach schon eine Art Gefangene war, hatte alle paralysiert.

»Ihr seid zu spät dran!«, rief die Königin. »Die Zeit der Übereinkünfte ist vorbei. Wer gemeuchelt, verstümmelt und gebrandschatzt hat, der findet keine Vergebung. Wir liefern ihm keinen der Unseren aus, in der Hoffnung, dass ihn das milde stimmt und er so vielleicht ein bisschen weniger meuchelt und brandschatzt. Diejenigen, die unsere Häuser niedergebrannt und unsere Leute ermordet haben, die reißen wir in Stücke, bevor sie noch mehr Häuser verbrennen und noch mehr töten. Wir vergelten Hieb mit Hieb und machen allen Schurken dies- und jenseits der Grenzen der Bekannten Welt klar, dass die Zeiten vorbei sind, da man die Kinder vom Volk der Menschen ungestraft töten durfte, und dass sie auch nie mehr wiederkehren. Ich bin der Kommandant dieser Stadt, ich bin die Erbin Arduins. Ich bin der König. Und ich sage euch, in dieser Stadt ist die Zeit der Feiglinge und der Verräter vorbei.«

In diesem Augenblick erschien Aurora auf den Wehrgängen, sie erblickte den Leichnam Argniòlos und erbleichte. Grauen zeichnete sich in ihren Augen ab. Kurz schien ihr übel zu werden, doch dann fasste sie sich, auch wenn ein kleines Beben in ihrer Stimme war.

»Meine Herrin«, sagte sie voller Achtung zu Robi, ihre Stimme erschallte laut und vernehmlich im ganzen Hof und auf den Wehrgängen. »Der Führer der Ersten Division der Orks mit Namen Syrassink ist hier und erklärt, er wolle mit dem Mann namens Arniòlo sprechen.«

Die Königin nickte. Der untertänige Respekt, mit dem Aurora, die Tochter des Verwaltungsrichters und dessen einzige Erbin, sie angesprochen hatte, schüchterte den kahlköpfigen Soldaten und die anderen noch weiter ein. Sie musste rasch entscheiden, was zu tun war. Immerhin waren die Neuankömmlinge etwa hundert gut bewaffnete Männer.

»Habt Ihr einen Namen?«, fragte sie unwirsch den Mann, an dessen Kehle die Spitze ihres Schwerts lag.

»Anrico«, lautete die Antwort.

»Hauptmann Rankstrail«, befahl Rosalba, »führt Anrico und seine Männer in die Waffenkammer und gebt jedem Mann einen Helm. Sie werden Euren Angriff von den Flanken her unterstützen. Wer nicht kämpfen will, wird hingerichtet, ich will seinen Kopf noch vor heute Abend auf einer Pike sehen. Wer mitkämpft, soll mit Respekt behandelt werden, und es soll ihm das Einwohnerrecht in der Stadt eingeräumt werden.«

»Herrin!«, wagte der Mann zu widersprechen, seine Empörung verlieh ihm Mut. »Meine Familie ist eine der Gründerfamilien von Daligar. Das Einwohnerrecht in dieser Stadt stand mir schon zu, lang bevor ich oder Ihr geboren wurdet, und es ist nicht an Euch, es mir zu- oder abzuerkennen.«

Rosalba hatte einen Fehler gemacht. Sie konnte und durfte nicht mit Leuten kämpfen, die weder an sie noch an die Stadt glaubten, lediglich gezwungen von der Angst vor dem Standrecht. Anrico gefiel ihr.

Die Königin holte tief Luft und trat einen Schritt zurück, sodass sie sich an alle neu Angekommenen richten konnte.

»Heute gründen wir diese Stadt neu«, erwiderte sie laut und vernehmlich. »Wer heute nicht mitkämpft, bleibt für immer draußen. Es zählt nicht mehr, was Eure Vorfahren in der Vergangenheit getan haben. Was Ihr heute tut, das zählt. Jeder hat sein Geschick und seine Zukunft in Händen. Heute werden wir sehen, ob wir alle gemeinsam sterben oder ob wir uns die Freiheit von Orks und Mördern erkämpfen. Heute werden wir kämpfen: Männer, Frauen und Kinder, Adelige und einfaches Volk, Ritter, Galeerensträflinge oder Herren vom Volk der Zwerge, und alles, was war, wird heute annulliert. Für uns alle wird die Welt heute neu erschaffen oder ausgelöscht, eine andere Möglichkeit gibt es nicht. Noch könnt ihr gehen. Ich will keine Unentschlossenen, Zauderer oder Halbherzigen in meinen Reihen. Wenn jemand nicht kämpfen will und lieber geht, so respektieren wir seine Entscheidung. Lasst die Zugbrücke am Nordtor herunter. Keine Beschimpfungen und rohen Gesten für den, der in die Berge zurückkehren will, weg von der Schlacht.«

Die kleine Zugbrücke am Nordtor wurde herabgelassen und dann wieder hochgezogen, ohne dass einer der Neuankömmlinge sich gerührt hätte.

Die Königin-Hexe sah diese Männer an, und die Andeutung eines Lächelns erschien auf ihrem Gesicht, freilich zögernd und schief. Siegesgeschrei erhob sich in der Stadt.

»Ihr untersteht dem Kommando von Hauptmann Rankstrail«, sagte sie.

»Herrin, Hauptmann Rankstrail ist ein Söldner, wir sind Ritter«, wandte Anrico noch einmal ein.

»Das war so bis vor einem Augenblick und dieser Augenblick ist für immer vorbei. Ich verspreche Euch, wenn sich heute erweisen sollte, dass die Tapferkeit eines von Euch die des Hauptmanns übertrifft, dann soll er das Kommando über die Stadt übernehmen. Doch bis dahin untersteht Ihr seinem Befehl. Die Tapferkeit des Hauptmanns ist groß, und unter seinem Kommando zu kämpfen, ist eine Ehre.«

»So sei es, Herrin«, antwortete Anrico schließlich, »Rosalba, Erbin Arduins.«

»Heb diesen Kopf auf«, sagte Robi zu dem armen Jastrin, der hinter ihr die Treppe heruntergekommen war und sie voller Entsetzen anstarrte, dabei wies sie auf den Kopf Argniòlos. »Los«, zischte sie böse. Sie konnte sich nicht bücken, sie hätte an Würde eingebüßt und außerdem behinderte sie ihr Bauch.

Aurora wurde noch blasser, doch sie blieb reglos stehen.

»Rob... das heißt, meine Herrin«, brachte der arme Jastrin heraus. Undurchdringlich sah die Königin ihn an. Mit Tränen in den Augen packte Jastrin den Kopf Argniòlos bei den blutigen Haaren und reichte ihn ihr.

Den Kopf in der Hand, schritt Rosalba an Aurora vorbei. Die erbleichte noch mehr, doch auf ihrem reglosen Gesicht war keinerlei Gefühlsregung abzulesen. Dann folgte sie ihr.

Auf den Wehrgängen herrschte angespanntes Schweigen. Rosalba hatte Aurora und ihre Bogenschützen zur Linken, während Rankstrail und Lisentrail zu ihrer Rechten gingen. Am anderen Ufer des Dogon waren die Orks in Zügen und Schwadronen aufgestellt, die Kommandanten vor der großen Zugbrücke.

Der Ork mit Namen Sryassink war klein, mit schütterem Bart und spärlichen Zähnen. Er war der Führer einer enormen Kompanie von Bogenschützen; das war eine Verletzung der Regel, derzufolge die Anführer der Orks immer die Größten sein mussten.

»Wo ist der Mann mit Namen Argniòlo?«, brüllte er wütend. »Er versprechen uns die Hexe und jetzt muss er reden mit uns.«

Rosalba zeigte ihm den Kopf, hielt ihn lange hoch, dann ließ sie ihn fallen.

»Argniòlo hat nicht mehr viel zu sagen«, bemerkte sie verächtlich. »Das ist das Ende, das in Daligar Verräter nehmen. Ich werde an seiner Stelle sprechen.«

Alle auf den Wehrgängen, einschließlich Jastrin, hielten den Atem an.

Der Ork wurde immer wütender. Dass der Kopf des Mannes, mit dem er das Abkommen getroffen hatte, blutbesudelt vor ihn hingehalten wurde, machte ihn vor seinen Leuten lächerlich. Unflätiges Lachen ließ sich aus allen Reihen vernehmen. Er hatte die Verhandlungen geführt und sich womöglich auch noch seines Geschicks dabei gerühmt.

»Ich nicht sprechen mit Frau«, grunzte Sryassink, während die erste Reihe Bogenschützen hinter ihm Aufstellung nahm. »Du Frau und mit Kind drin, von alle Lebewesen am schmutzigsten. Dreckiger als Schwein oder Hund. Ich sprechen mit dir, ich verlieren meine Ehre. Wenn Frau mit Kind drin sieht, wie Ork, nachdem tot, begraben wird, verliert Ork seine Ehre, auch wenn er im Kampf gefallen ist.«

Der Ork spuckte auf den Boden aus. Rosalba war überwältigt von Hass, bleichem, triumphierendem Hass. Mit dem Hass wuchs die Grausamkeit. Das Kind, das sie trug, würde das Licht der Welt erblicken, und wenn es den Kopf all derer kosten würde, die das verhindern wollten. Fest umschloss sie den Griff des kurzen Schwerts. Mit eisiger Stimme sagte sie: »Ich habe dir nicht erlaubt, mich anzusprechen. Du darfst nur anhören, was ich dir zu sagen habe, und dann sterben oder abziehen. Kehrt alle miteinander zurück in die trostlosen und schäbigen Gefilde, die euch ausgespien haben. Wenn ihr lernt, sie zu bestellen, wird aus dem Staub Erde, und ihr werdet ein Volk. Bis dahin seid ihr bloß ein Haufen gemeiner Banditen, die weniger wert sind als der Boden, auf den ihr eure Füße setzt, und es ist erlaubt, euch zu vernichten und sich der Zahl der Getöteten zu rühmen. Ich befehle dir, abzuziehen und deine Horden mitzunehmen, oder im gesamten Dogontal wird euer Blut die Erde in Schlamm verwandeln und den Würmern als Nahrung dienen, die wir zum Angeln im Fluss verwenden, womit ihr endlich ein eurer würdiges Ende gefunden hättet.«

Der Ork wankte wie unter einem Hieb. Seine Meute murrte bedrohlich.

Rosalba begriff, dass sie ihm die Ehre genommen hatte. Ihre Worte hatten sein Ansehen und vielleicht auch seine Macht geschwächt.

»Wer du, Frau, wagen, mit mir reden wie mit Diener, ich bin Kommandant. Ich zerstör dich und die Stadt. Wir abschlachten alle bis auf den Letzten, und wenn Frauen und Männer tot, schlachten wir die Kinder in Müttern«, kreischte er mit vor Wut schriller Stimme.

»Es ist nicht wahr, dass ich mit dir spreche wie mit meinen Dienern. Meine Diener sind ehrbare Menschen und niemals würde ich ohne Respekt oder ohne Rücksicht mit ihnen sprechen.« Das Murren unter den Orks wurde lauter.

»Ich abschlachten dich und Bastard in dir«, drohte der Anführer der Orks.

»Ich bin die Herrscherin von Daligar, Kommandant und König der Stadt. Ich bin die Erbin Arduins, sein Blut fließt in meinen Adern. Was ich in mir trage, ist der legitime Nachfahre, in dem sich das Blut des letzten Königs der Elfen mit dem der Erben Arduins vereint. Meine Söhne werden die heute begonnene Aufgabe zu Ende führen, die Auslöschung der Orks, die es wagen, das Blut der Söhne der Menschenwelt zu vergießen.«

Der Name Arduins hallte dumpf wider. Der Anführer der Orks erbleichte.

»Das mir keine Angst machen«, entgegnete er. »Nicht mal vor Mong-halul-Orks wir Angst haben.«

Das war ein Fehler gewesen. Rosalba bemerkte es. Indem er verneinte, Angst zu haben, räumte er die Möglichkeit ein, welche zu haben. Er hatte seine Ehre eingebüßt.

Robi fragte sich, wer wohl die Mong-halul-Orks sein mochten und was sie mit der Sache zu tun hatten. Vermutlich waren sie Teil der Mythologie, eine Art Ungeheuer oder Dämonen. Offenbar bewegten sich die Gedankengänge der Orks in anderen Bahnen als ihre, doch das war nicht der Zeitpunkt, um Lücken in ihrem geografischen und historischen Wissen aufzufüllen. Sie lachte von Herzen.

»Aber ich will dich ja gar nicht schrecken!«, sagte sie sanft, fast beschwichtigend. »Ich will nur deinen Kopf so bald wie möglich vom Rumpf getrennt haben und dann wieder schlafen gehen, denn weißt du, seitdem ich schwanger bin, schwellen mir die Füße an, wenn ich zu lange stehe, und ich muss mich viel ausruhen.«

Das Murren in der Masse der Orks steigerte sich zum Gebrüll. Eine der Hellebarden schwirrte durch die Luft, aber sie galt nicht ihr. Der Anführer der Orks wurde an der Gurgel getroffen. Er hatte zugelassen, dass eine schwangere Frau ihm drohte und ihn dann noch weiter entehrte, indem sie über Frauenangelegenheiten mit ihm sprach. Rosalba hatte nicht nur ihm die Ehre genommen, sondern ihnen allen. Der Ork sah Rosalba einen Augenblick lang an, dann quoll ein Schwall von Blut aus seinem Mund, sein Atem ging über in Röcheln und er fiel zu Boden.

»Einer weniger«, knurrte Rankstrail.

»Einer weniger«, bestätigte Lisentrail. »Sie haben dreimal so viele Krieger wie wir, aber im Reden sind wir besser. He, Hauptmann, weißt du, warum den Elfen nichts aufhalten konnte und warum er vor nichts Angst hatte? Mit einer solchen Frau im Haus müssen ihm die Orks wie Witzfiguren vorgekommen sein.«

Ein großartiger Führer war sie, die junge, schwangere Königin, wenn auch etwas reizbar, das musste man zugeben. Andererseits aber sollte dem Vernehmen nach auch ihr Vorfahr nicht gespaßt haben, sobald die Zeit für Späße vorbei war.

KAPITEL 12

Rosalba kehrte in ihre Gemächer zurück, um ihre Tochter ein letztes Mal zu umarmen. Die Vorstellung, aufs Pferd zu steigen, war ihr unerträglich.

Der Hauptmann folgte ihr und setzte ihr dabei seine Idee auseinander, in zwei Kolonnen auszuschwärmen. Sein Stellvertreter würde mit den Neuankömmlingen in Richtung Osten reiten, so als ob sie die Abkürzung nach Varil nehmen wollten … Seine Stimme klang immer verschwommener.

Robi verspürte einen stechenden Schmerz im Bauch. Einen Augenblick lang bekam sie keine Luft, dann ging es vorbei und sie atmete normal weiter. Sie war bleich geworden. Besorgt sah Rankstrail sie an.

»Das Kind!«, murmelte er. »Ist es so weit?«

»Nein, noch nicht, es ist noch zu früh, wenn es jetzt zur Welt kommt, ist es zu klein!«

»Herrin«, sagte Rankstrail ruhig, »kehrt zurück in Eure Gemächer. Ich werde hinausziehen. Ich werde diesen Krieg für Euch führen. Und ihn für Euch gewinnen. Ich hatte geschworen, für Euren Gemahl zu kämpfen und zu sterben, jetzt tue ich es für Euch und für Eure Kinder. Eurem Gemahl verdanke ich die Befreiung meiner Stadt, meiner Leute und ... ja, auch meine eigene. Und wenn ich sämtlichen Orks von hier bis zu den Dunklen Bergen den Kopf abschlagen müsste, damit Euer Kind in Frieden zur Welt kommen kann, so werde ich das tun. Und nun geht.«

»Nein«, antwortete Rosalba, »ich muss den Angriff führen. Ich, nur ich allein bin mit der Prophezeiung gemeint ...«

»Die Prophezeiung? Welche Prophezeiung? Ach ja, ich verstehe, vor acht Jahren hat man mir so etwas erzählt, Sire Arduin hat Euch und Euren Gemahl vorausgeträumt oder so ähnlich. Wenn er von Euch geträumt hat, so weil Ihr ein Schicksal zu erfüllen habt. Aber ich will ja gar nicht den Krieg gegen die Orks führen, Herrin, ich will nur ihre Vorräte erobern. Auch wenn ich von keiner Prophezeiung vorhergesagt wurde, wenn kein Heldenblut in meinen Adern fließt und wenn ich eine Truppe befehlige, die kein Dichter sich je herablassen würde zu besingen – bis zu den Vorratslagern kann ich kommen. Auch ohne Euch, Herrin, bis zu den Vorratslagern schaffen wir es. Ich kämpfe mit dem, was ich habe.«

Rosalba verschlug es den Atem, und nicht nur wegen eines erneuten Stichs im Bauch.

»Warum habt Ihr das gesagt: ›Ich kämpfe mit dem, was ich habe‹?«

Der Hauptmann zuckte mit den Schultern.

»Ich weiß nicht, es klingt gut.«

»Und Ihr kämpft nur, um zu siegen?«

»Herrin«, entgegnete der Hauptmann verwundert, »ich glaube, nur ein vollkommener Trottel würde kämpfen, um zu verlieren«, dann deutete er ein Lächeln an. »Macht Euch keine Sorgen, Herrin, seid ganz beruhigt. Ich reite hinaus und hole die Lebensmittelvorräte für Euch.«

Rankstrail wandte sich um und entfernte sich. Robi folgte ihm mit Blicken, bis er anfing, die steile Treppe hinabzusteigen, die ihn zu den Wehrgängen bringen würde, dann raubte ihr noch einmal ein stechender Schmerz den Atem.

»Hauptmann!«, schrie sie, sobald sie wieder konnte. Rankstrail sah sich um. »Mein Pferd… befehligt den Angriff auf meinem Pferd. Nehmt Enstriil.«

Der Hauptmann nickte. Er sah sie noch einen Augenblick lang an, bevor er sich umwandte und verschwand.

Robi musste sich festhalten, um nicht zu stürzen.

Als Erbrow auf die Welt kam, war Yorsh bei ihr gewesen, hatte ihr den Rücken gestützt und sie im Arm gehalten. Die Schmerzen waren sanft gewesen, wie friedliche Wellen an einem reinen Strand. Sie kamen und gingen und ließen ihr Zeit zum Atmen, sie konnte Yorshs Stimme hören, die sie einlullte, und dann war zu den Geräuschen der Nacht und dem großen, starken Meeresrauschen das Schreien des Kindes hinzugekommen. Da war etwas in Yorshs Stimme oder in seinen Händen, was den Schmerz linderte, ihn leichter machte.

Jetzt war niemand da, der die Schmerzen besänftigte, im Gegenteil, Angst und Sehnsucht steigerten sie ins Maßlose.

Sie war allein.

Yorsh war getötet worden.

Ihr Kind würde vor der Zeit zur Welt kommen, in einer von Orks belagerten und von der Menschenwelt verlassenen Stadt, verteidigt nur von einer Handvoll Bettler unter dem Kommando eines Renegaten und der Tochter des Mannes, den sie am meisten hasste auf der Welt.

Etwas streifte ihre Hand, die noch immer das kurze Schwert Arduins umschlossen hielt. Es war Erbrow, ihre Tochter, die die Augen ihres Vaters hatte und den Namen des letzten Drachen trug.

Das Mädchen hatte seine kühlen Händchen um ihre verschwitzten Finger gelegt. Vermutlich beruhigte diese Geste sie, denn die folgenden Stiche erschienen ihr weniger schlimm.

Sie schöpfte neuen Mut. Ihr Atem ging wieder kräftig und regelmäßig.

Sie beugte sich hinunter, um ihr Töchterchen zu umarmen, doch tapfer schickte sie sie dann fort, sie solle im Hof spielen, und kauerte sich aufs Bett. Sie wartete, dass die Zeit verging und ihr Kind auf die Welt kam. Der Durst war unerträglich, doch der Krug war leer, und in den Hof zum Brunnen hinuntersteigen, ging über ihre Kräfte. Schritte auf der Treppe brachten sie wieder zu sich. Mühsam konnte sie aufstehen. Sie sah Parzia, die Mutter, deren Kind sie gerettet hatte.

»Meine Herrin«, sagte die empört zu ihr, »warum habt Ihr nicht gerufen? Warum habt Ihr mich nicht rufen lassen? Ihr hättet nur dem Hofmeister des Königlichen Hauses Bescheid zu sagen brauchen … Das könnt Ihr nicht allein … Jetzt bin ich da … Wisst Ihr, das ist mein Beruf … ich bin Hebamme … Zum Glück hat der Hauptmann mich rufen lassen … Ihr wisst schon, der, der aussieht wie ein Bär …«

Rosalba war erleichtert. Wie immer war ihr das Normalste von der Welt, nämlich Hilfe zu holen, nicht in den Sinn gekommen. Sie musste sich daran erinnern, dass die eingefleischte Gewohnheit, sich immer nur auf sich selbst zu verlassen, ihr auch zum Verhängnis werden könnte.

Die Hebamme gab ihr einen Tee aus Kamillenblüten und Honig zu trinken, der sie auf der Stelle wieder zu Kräften brachte, oder vielleicht war das auch nur, weil sie nicht mehr allein war. Kamille und Honig. Das musste sie sich merken, für dann, wenn Erbrow ihr erstes Kind bekommen würde. Lang spielte sie mit diesem beruhigenden Gedanken. Erbrow würde heranwachsen und ein

Kind bekommen und ihre Mutter würde ihr mit Rat und Tat zur Seite stehen. Sie und Erbrow würden nicht in der Belagerung von Daligar zugrunde gehen. Und auch Daligar würde nicht zugrunde gehen.

Sie würden es schaffen. Zwischen ihr und den Orks stand der Hauptmann.

Leise Geräusche drangen vom Hof herauf. Irgendjemand spielte mit ihrer Tochter. Eine Frau sang ihr ein Liedchen vor und die Kleine lachte.

»Es ist Euer zweites, nicht wahr?«, fing Parzia wieder an. »Ein hübsches Mädchen, Euer Töchterchen, wirklich hübsch ... das hier kommt vor der Zeit? Einen Angriff auf die Orks zu reiten, empfiehlt sich da wirklich nicht. Wir sind Euch zu ewiger Dankbarkeit verpflichtet für das, was Ihr getan habt, Herrin. Nun, seht Ihr, werden die Götter Euch dafür mit einem wunderbaren Söhnchen belohnen. Jetzt solltet Ihr freilich ein wenig beten, meine Herrin, um sie Euch günstig zu stimmen ...«

Rosalba hatte noch nie den Eindruck gehabt, dass der Götter an den menschlichen Angelegenheiten im Allgemeinen und an ihren eigenen im Speziellen sonderlich großes Interesse hatten, doch sie sparte sich jeden Kommentar zum Thema.

»... Männer sind geflohen und nur die Frauen sind zum Kämpfen zurückgeblieben ...«

Offenbar hielt Parzia das ununterbrochene Gespräch, genauer, den ununterbrochenen Monolog, für einen festen Bestandteil ihrer Arbeit.

»Jetzt sind aber Männer da ... Der Hauptmann, der aussieht wie ein Bär ... er wird es schaffen, nicht wahr? Auch ohne Euch ... Aber Ihr dürft Euch jetzt keine Sorgen machen ... Auch die Schwägerin meiner Schwester hat ein Kind vor der Zeit bekommen, und ihr solltet sehen, was für ein prächtiges Kerlchen das jetzt ist ...

wenn es etwas früher kommt, umso besser, Ihr werdet sehen… auch die Kusine meiner Nachbarin und die Schwester meines Schwagers, wenn ich es recht bedenke… Macht Euch nur ja keine Sorgen, hier geht alles gut… Auch draußen geht alles gut, nicht wahr, Herrin?«, sagte sie plötzlich, wobei ihre Stimme leiser und unsicherer wurde. »Der Hauptmann wird es schaffen, nicht wahr, auch ohne Euch? Der aussieht wie ein Bär… Man sagt, der unterliegt nie, er war es, der Varil befreit hat, nicht wahr?«

Über den Schmerzen und dem Kamillentee hatte Rosalba die Schlacht völlig vergessen. Sollte Rankstrail nicht den Sieg erringen, wurde ihr Kind besser nicht geboren, das lohnte sich dann nicht.

»Aber was macht Ihr denn da? Ihr könnt nicht aufstehen… Ihr müsst liegen bleiben… So kommen die Kinder zur Welt… Meine Herrin… was macht Ihr denn? Ihr dürft das nicht!«

Jetzt, da sie wieder die Kraft dazu hatte, war Rosalba aufgestanden. Auf den Beinen fühlte sie sich wohler. Als Erbrow zur Welt kam, hatte Yorsh versichert, dass die Natur und das Universum immer sinnvollen Linien folgten, daher war die Position, die für sie am bequemsten war, bestimmt auch die, in der alles am leichtesten ging. Außerdem fand sie es unerträglich, auf dem Rücken zu liegen, es raubte ihr die Kraft und schnitt ihr den Atem ab. Sie war in Schweiß gebadet. Gefolgt von den Protesten der Hebamme trat sie aus ihrem Zimmer in die warme Luft hinaus, wo eine leichte Brise wehte.

Unter ihr in der Ebene von Daligar tobte die Schlacht.

Hauptmann Rankstrail hatte noch einmal die feindlichen Linien durchbrochen und von oben sah Robi ihn mit seiner spärlichen Kavallerie und seiner noch ärger zusammengestoppelten Infanterie, bewaffnet mit funkelnden alten Schwertern mit Goldintarsien. Der Wolf lief zwischen den Orks umher und machte ihre Pferde scheu.

Die unfreiwillig vom Verwaltungsrichter gesandte Verstärkung bildete den Kerntrupp der Attacke, und es war nicht ausgeschlossen, dass das ausreichen könnte. Der Hauptmann hatte recht gehabt. Er konnte es schaffen. Im Schilf, das die zwei Windungen des Dogon verbarg, loderten die Flammen. Der Hauptmann hatte die neue Brücke entdeckt und zerstört. Das nördliche Ufer gehörte wieder ganz den Menschen.

»Der größte Kommandant von Daligar seit den Zeiten Arduins«, raunte sie Parzia zu. »Ohne jeden Zweifel. Er kämpft mit dem, was er hat, und nur um zu siegen. Er wird es schaffen.«

Das sagte sie nicht nur, um sich selbst zu trösten oder die andere aufzumuntern. Sie begann, daran zu glauben.

Der Hauptmann würde es schaffen.

Unten am Dogon rückte Rankstrail in Richtung auf die feindlichen Vorratslager vor. Der Hauptmann und die Seinen ritten in breiter Front zwischen dem Dogon und einem flachen Hügelzug, der von einem dichten Teppich aus Myrten und Zwergkiefern bedeckt war, von wo nun mit einem Mal ein Schwarm von Fasanen und Rebhühnern aufflatterte.

»Da, die Vögel!«, rief die Königin. »Rebhühner! Und ein Fasan! Rankstrail kann sie nicht sehen.«

»Herrin!«, versuchte die Hebamme sie zu beruhigen. »Das ist nicht der Zeitpunkt, um an die Jagd zu denken!«

Auf den Schrei hin eilte Aurora herbei.

Sie kam gelaufen, in schwarzem Samt mit Silberstickerei, aber ohne Kragen, sodass ihr schneeweißer Hals in der sommerlichen Hitze frei blieb. Ihr Haar war fein säuberlich unter ein Netz aus winzigen Perlen gebunden; Robi fuhr sich mit der Hand durch das schweißnasse Gesicht und Haar, sogar in diesem Augenblick hasste sie sie aus ganzer Seele.

»Was macht Ihr hier?«, fragte sie mit dem bisschen Atem, das ihr verblieben war.

»Ich schütze Euch und die Stadt, wie Hauptmann Rankstrail mir gesagt hat. Ist das nicht Euer Befehl?«

»Das ist nicht mein Befehl«, sagte Robi, »auch wenn ich zugeben muss, dass es ein weiser Befehl ist. In der Tat wäre es eine ausgezeichnete Idee, jemanden zum Schutz in der Stadt zu lassen, aber das können wir uns nicht leisten. Der Hauptmann braucht alle Kräfte, die wir haben. Schaut, aus dem Gebüsch fliegen die Vögel auf. Eine Einheit Orks schleicht sich dort an, um Rankstrail von oben anzugreifen.«

Aurora erbleichte.

»Ich breche sofort auf. Ich versuche, ihn zu erreichen.«

»Ja, macht schnell! Wenn er nicht aus dem Hinterhalt überrascht wird, kann Rankstrail es mit ihnen aufnehmen. Lasst die Zivilisten zur Verteidigung der Wehrgänge zurück, die schaffen das schon. Ihr reitet mit sämtlichen Bogenschützen der Stadt durch das südliche Tod hinaus und durchquert das Schilf. Von dort gelangt Ihr in den Eichenwald und von der Böschung aus greift Ihr an. Ihr seid dort oberhalb der Orks und im Schutz der Bäume.«

Sie musste abbrechen, wieder raubte stechender Schmerz ihr den Atem.

Erst als Aurora gegangen war, ließ Robi sich von der Hebamme wieder in ihre Räume begleiten. In einer Ecke saß Erbrow mit ihrem Wolfsjungen im Schoß, trotz des Durcheinanders still und friedlich. Zaghaft glitt ein fröhliches Lächeln über ihre Züge, als die Mutter vorüberging und sie zärtlich streifte. Einen Augenblick lang strahlte das Lächeln ganz offen und das Mädchen machte eine merkwürdige Geste mit der Hand. Sie schloss sie zur Faust, nur Zeige- und Mittelfinger waren ausgestreckt.

Robi fasste wieder Mut.

Alles würde gut werden.

KAPITEL 13

Der Hauptmann rückte an der Spitze seiner Männer vor; reiten zu können, ohne den größten Teil seiner Willenskraft dafür aufwenden zu müssen, Zeccas Widerspenstigkeit zu überwinden, war ein völlig neues und überraschendes Gefühl für ihn.

Rankstrail ritt auf Enstriil, und wenn ihm das einerseits das Leben enorm erleichterte, verursachte es ihm doch auch ein leises Unbehagen. Das war nicht sein Pferd, sondern das des letzten Elfenkriegers, den er allein hatte sterben lassen, nachdem er ihm sein Schwert versprochen hatte. Wenn er das auch hätte vergessen können, das Pferd erinnerte ihn ständig daran. Auch wenn er nur Zecca wirklich gut kannte, verstand er doch so viel von Pferden, um zu wissen, dass ein Pferd seinen Reiter in gewisser Weise annehmen muss, ungefähr so wie der Hund seinen Herrn. Sogar Zeccas erbitterte Bockigkeit war herzlicher als Enstriils undurchdringliche Gleichgültigkeit. Das Pferd führte seine Befehle aus, aber es liebte ihn nicht und ertrug sein Gewicht wie eine lästige Last.

Es tröstete ihn nur der Gedanke, dass dieses Pferd seine Chancen vergrößerte, die Stadt, in der die Kinder des Elfenprinzen lebten, vor dem Hunger zu bewahren.

Er fragte sich, ob der neue Erbe schon geboren war, und der Gedanke versöhnte ihn und schien ihm ein gutes Zeichen. Trotz seiner unverzeihlichen Torheit, die den letzten Elfen zum Tod verurteilt hatte, würde sich die Menschenwelt vielleicht doch noch retten können.

Rankstrail sah die Rebhühner und Fasane auffliegen und lächelte. Die Orks waren weder mit dem Bogen noch mit der Armbrust besonders gut. Sie hatten und benutzten sie, doch ihre bevorzugten Waffen waren Hellebarden, Äxte und diese mörderischen Schwerter, deren Klinge bis über den Griff hinaufging.

Es war ein gutes Zeichen, dass nach all den Tagen der Belagerung etwas Wild die Hellebarden und Armbrüste der Orks überlebt hatte, vor allem an dieser Stelle, zwischen Schilf und Eichenwald, wo jetzt eine oder vermutlich zwei Einheiten der Orks vorwärtsrobbten, um ihn überraschend anzugreifen.

Die Falle war bereit, genauer gesagt die zwei Fallen, diejenige, die die Orks glaubten ihm gestellt zu haben, und diejenige, in die sie tappen würden.

Lisentrail, die Zwerge und alles Fußvolk, einschließlich der Metzger, Schmiede und Barbiere der Stadt hatten Position bezogen und warteten hinter den Felsen, wo die Menschen geschützt waren und die Orks keine Deckung haben würden.

Der Hauptmann sah vom östlichen Teil des Orklagers Rauchwolken aufsteigen. Die neuen Wurfmaschinen der Belagerer sowie die Brücke waren in Brand gesetzt worden. Anrico und die regulären Soldaten hatten das erledigt. Das Triumphgeheul der Menschen stieg zum Himmel auf, zusammen mit dem Rauch. Der Ruf »Daligar« kehrte in einem rhythmischen Sprechgesang immer wieder, und das war nach mehr als einem Monat der erste menschliche Ton, der sich gegen die dumpfen Trommellaute der Orks vernehmen ließ. Die Stadt war wieder uneinnehmbar. Jetzt brauchte man nur noch die Vorratslager zu stürmen und die Belagerung durch den Hunger, die fürchterlichste, würde ein Ende haben.

Leuten wie ihm, die aus dem Nichts kamen, stand es nicht zu, den Lauf der Geschichte zu ändern, aber die Vorratslager einnehmen, das wohl. Er würde die Stadt mit Brot, Kartoffeln und Pökelfleisch überhäufen, und die Königin-Hexe würde alle Zeit haben, die sie brauchte.

Der Königin-Hexe würde es gelingen, die Belagerung zu durchbrechen und die Angreifer bis hinter die Reisfelder zurückzuschlagen. Der springende Punkt war, man musste das Massiv der Neumondhügel einnehmen, durch das der Schleichweg zwischen der Igelstadt und der Reiherstadt führte und das sich so jäh über die Ebene von Varil erhob, dass es praktisch uneinnehmbar war.

Die Königin-Hexe würde das schaffen, wie, das vermochte er sich nicht vorzustellen – endgültiger Beweis dafür, dass *dies* nicht sein Auftrag war.

In Gedanken kehrte er zu den Vorratslagern zurück.

Folgendes war zu tun, er musste die Orks, die glaubten ihn in eine Falle gelockt zu haben, auf sich ziehen. Lisentrail würde ihm von oben Deckung geben und ihm die Zeit lassen, über die Felshänge im Wald zu ihm zu stoßen, und dann würden sie Lisentrail denselben Dienst erweisen. Rankstrail und seine Männer würden ihm Deckung geben und Lisentrail würde bis zu den Vorratslagern vordringen, zu den Karren mit Wasser, Hühnern, Kälbern, Rindern, und unter dem Schutz der Einheit Anricos, die jeden Augenblick vom Fluss heraufkommen musste, würden sie alles in die Stadt schaffen.

Wie vorhergesehen brach plötzlich vom Wald her ein Pfeilhagel über sie herein, wie vorhergesehen konnten sie Verluste vermeiden, weil sie durch Schilde hinlänglich geschützt waren.

Wie vorhergesehen kamen die Orks aus ihrer Deckung heraus, und wie Rankstrail nicht vorhergesehen hatte, fielen alle über ihn her.

Sie kamen von allen Seiten, diszipliniert und in Formation, bereit, sich töten zu lassen, wenn sie ihm nur ihr Schwert an den Hals setzen konnten. Er und nur er allein war Ziel des Angriffs. Für jeden, den er tötete, tauchten zwei weitere auf. Die Orks waren bereit, zu sterben und auf ihre Vorräte zu verzichten, wenn sie nur ihn vernichten konnten.

Unter schwersten Verlusten, die jetzt mit röchelndem Atem unter ihren Kriegsmasken in ihrem Blut am Boden lagen, gelang es den Orks, ihn von seinen Männern zu isolieren, beim Hauptmann war nur sein Wolf. Ganz einfach, ohne ihn würden seine Männer auseinanderlaufen.

Sein Schwert, das er vor Varil einem Ork abgenommen hatte, zerbrach unter einer Axt, und er wurde an der rechten Hand verwundet. Es war ein recht schweres Schwert, aber die Legierung war nichts wert. Rankstrails vorletztes Schwert war, obwohl aus guter Legierung, zerbrochen, weil es für ihn zu leicht war. Das vorherige dagegen war zu leicht gewesen, eine miserable Legierung und obendrein halb verrostet. Der Hauptmann dachte, sein ewiges Problem, sich ein anständiges Schwert zu beschaffen, würde vermutlich an diesem glühend heißen Kampftag ein Ende finden, denn es erschien ihm unwahrscheinlich, dass er überleben würde.

Eine Fülle von Gedanken bestürmte ihn in diesem verzweifelten Kampfgetümmel. Er hatte den Feind unterschätzt. Er war auf allen Seiten von Orks umzingelt, und um sie zurückzuschlagen, hatte er nur ein zerbrochenes Schwert, das er mit einer verletzten Hand hielt, und die Zähne seines Wolfs, der auch nicht mehr lang durchhalten würde. Der dicke Ast, mit dem er die Axthiebe abwehrte, wurde zusehends immer kürzer. Hätte er die Szene auf einem Volksfest von Gauklern dargestellt gesehen, sie hätte ihn zum Lachen gereizt.

Anricos Horn erklang in kurzen Abständen dreimal hintereinander.

Sie hatten es geschafft.

Er und Lisentrail waren bis zum Wasser und zu den Lebensmittelvorräten vorgedrungen und brachten sie nun in die Stadt.

Man hatte auch die riesigen Armbrüste mitgenommen und auf die Wasserkarren geladen, um sie in die Stadt zu schaffen. Ohne die unverzichtbaren, dicken, geflochtenen Rindersehnen wären die Orks außerstande, neue zu bauen, dafür wären nun sie an der Reihe damit, unter einem Schild auf allen vieren voranzukriechen.

Daligar war gerettet.

Er würde sterben.

Er war immer davon ausgegangen, dass er nicht alt werden würde, und er fragte sich, ob seine Männer seinen Namen irgendwo einritzen würden, in eine Baumrinde oder auf einen Stein.

Ein Pfeilhagel mähte die Orks rings um ihn nieder.

Plötzlich sah Rankstrail sich umringt von den Bogenschützen unter Auroras Kommando. Die Orks mussten zurückweichen. Sie verschwanden im Wald, von wo aus sie aber doch noch einige Pfeile abschossen, dazu Drohungen und Verwünschungen ausstießen.

Rankstrail hatte einige Worte ihrer dunklen, gutturalen Sprache gelernt. Er erkannte unflätige Ausdrücke des Hohns und des Hasses, und er begriff, dass von diesem Augenblick an nicht mehr er, sondern Aurora Ziel des Angriffs war.

Entsetzt sah er, dass ein Pfeil sie treffen würde, und wieder bemerkte er das früher, fast noch bevor der Pfeil abgeschossen wurde. Er packte Aurora beim Arm und warf sie zu Boden, er selbst fiel auch. Der Pfeil schoss über sie hinweg und bohrte sich in den Stamm eines Ahorns, wenige Zoll von dem Punkt entfernt, wo eben noch Auroras Kopf gewesen war. Noch mehr Pfeile kamen, doch der Hauptmann konnte sich und seinen Harnisch zwischen sie und ihr Ziel schieben. Die Soldaten griffen die Orks an und die liefen auseinander.

Rankstrail spürte Auroras Geruch und ihr Haar unter seiner Hand, doch etwas Grauenhaftes machte die Rührung zunichte, legte sich wie der Schatten der Unterwelt über alles.

In seinem Inneren verspürte der Hauptmann nicht nur die Angst, ihr womöglich wehzutun, sondern etwas deutlich Furchtbareres, Tieferes. Er wollte seine Hände nicht auf ihr sehen müssen.

Brüsk zog Rankstrail sich von Aurora zurück, als hätte er sich verbrannt. Er trat einen Schritt zurück und half ihr nicht einmal aufzustehen.

Als sie ihn um Hilfe bitten musste, weil sie mit einem Fuß im Gestrüpp hängen geblieben war und ihn allein nicht herausziehen konnte, achtete er mit unendlicher Sorgfalt darauf, sie weit oberhalb des Ellbogens am Arm zu fassen, wo über der schwarzen und silbernen Jacke der Harnisch aus Metall- und Lederplättchen war.

Sobald sie auf den Beinen war, schrie er, sie solle sofort in die Stadt zurückkehren und gefälligst dort bleiben.

Er fragte, auf was für eine Schnapsidee sie denn da bloß gekommen sei, hier einfach so unaufgefordert auf dem Schlachtfeld zu erscheinen.

Mit unverminderter Anmut fragte Aurora, ob er vielleicht etwas lauter sprechen könnte, durch den Schlachtenlärm höre sie fast nichts.

Ihr Sarkasmus wirkte wie eine kalte Dusche. Rankstrail beruhigte sich auf der Stelle.

»Bei der Truppe gibt es den seltsamen Brauch, Befehle auszuführen, werte Dame«, gab er ihr eisig Bescheid.

»Ach nein, wirklich?«, frage Aurora in höflich interessiertem Tonfall. »Wirklich? Wessen Befehle denn? Von jedem Dahergelaufenen im Harnisch? Wenn man sich allerdings auf die Befehle des eigenen Vorgesetzten beschränken sollte, so darf ich Euch daran erinnern, dass Ihr weder mein Kommandant noch mein König seid. Ich habe die Absicht, mein Lebtag lang nur die Befehle dessen zu befolgen, den ich mir als Kommandanten oder Herrscher ausgesucht habe, in diesem Fall die Königin von Daligar, die mir befohlen hat, jetzt hier zur Stelle zu sein. Ich will nicht ausschließen, dass ich bereit sein könnte, Weisungen eines Ehemannes zu befolgen, falls ich denn eines Tages einen haben sollte. Wenn es Euch irgendwie tröstlich sein kann, ich habe mich sogar den Befehlen meines Vaters widersetzt, der, wenn mich die Erinnerung nicht trügt, immerhin imstande war, Euch den einen oder anderen Befehl zu erteilen.«

Rankstrail geriet fast ins Wanken. Die Tatsache, dass diese Aussage zutraf, machte sie zu einer noch weitaus schlimmeren Demütigung als jede Beschimpfung.

»Herrin«, sagte Rankstrail immer ruhiger und eisiger, »ich habe Euch soeben das Leben gerettet.«

»Ich habe Euer Leben gerettet«, erwiderte Aurora mit ebensolcher Freundlichkeit.

»Nun, Herrin, ein nützliches Leben, das meine, aber nicht unverzichtbar. Um hierherzukommen und mir die unbezweifelbare Höflichkeit zu erweisen, mich zu retten, habt Ihr die Stadt, wo die Königin und ihre Kinder sind, ohne Schutz zurückgelassen. Die Orks, das kann ich Euch versichern, weil ich sie seit Jahren bekämpfe, sind nicht dumm und verfügen über herausragende strategische Fähigkeiten. Schwimmer, die absolut in der Lage sind, den Fluss ungesehen zu durchqueren, weil sie die ganze Strecke unter Wasser bleiben.«

Diesmal war es Aurora, die erbleichte und fast schwankte, als ob sie einen Schlag bekommen hätte.

Rankstrail gab Auroras Bogenschützen und seinen paar Männern, die herbeigeeilt waren, Befehl, auf der Stelle in die Stadt zurückzukehren.

KAPITEL 14

Erbrow saß am Boden, versteckt hinter einem schweren Vorhang in dem üblichen, verhassten Rot, das hier überall vorherrschte. Sie rührte sich nicht, damit man sie nicht wegschickte. Sie hielt ihr Wolfsjunges im Arm, das eingeschlafen war, und versteckt hielt sie sich seinetwegen.

Parzia hatte den kleinen Wolf schon dabei erwischt, wie er auf den kostbaren Marmorboden pieselte, und hatte gedroht, ihn im Garten festzubinden, wenn er ihr noch einmal unter die Augen käme.

Mama war ganz dicht bei ihr, gleich hinter der Tür, die nur angelehnt war, damit etwas Luft in die halb abgedunkelten Räume kam, während draußen die Sonne brütete. Durch alle Räume hallte das Schreien des ersten Brüderchens.

»Es sind zwei, Herrin«, sagte die Hebamme. »Da ist noch ein zweites.«

Für Erbrow gab es keinen Zweifel: Das Holzpferdchen war für das zuerst geborene Brüderchen, dessen Herz immer kräftig und gut hörbar gepocht hatte und dessen Geschrei jetzt durchdringend und laut durch die weiten Säle schallte. Der Kreisel war für das zweite.

»Der hier ist weniger kräftig als der Erste, er ist sehr klein«, sagte die Hebamme besorgt. Kein Schreien war zu hören.

Das Herz des kleineren Brüderchens schlug immer schneller und schwächer. Auch wenn man sie aus dem Raum verbannt hatte, verspürte Erbrow einen ganz besonderen Schmerz, den sie nicht zu benennen wusste, der aber ganz ähnlich war wie das, was sie empfunden hatte, als sie damals ins Wasser gefallen war, bevor sie begriff, dass sie sich vorstellen musste, ein Fisch zu sein. Oder als die Erinnyen ihr die Luft abschnitten.

Sie hörte, wie die Hebamme Anweisungen gab, man möge ihr zwei Eimer bringen, einen mit heißem und einen mit kaltem Wasser, und sie hörte Leute eilig hin und her laufen.

»Aber was macht Ihr denn da?«, fragte ihre Mama. »So ertränkt Ihr es ja! Warum taucht Ihr es in kaltes und heißes Wasser? So stirbt es doch! Es ist tot, nicht wahr? Es ist tot auf die Welt gekommen? Es schreit nicht, weil es tot ist, nicht wahr?«

Das kleinere Brüderchen hatte Angst, diese ganz besondere Angst, die man hat, wenn man keine Luft bekommt. Das ist eine schreckliche Angst, die auch ein sehr kleines Kind empfinden kann, oder etwas noch Kleineres als ein sehr kleines Kind, wie zum Beispiel ein Seestern an einem Strand oder ein Möwenküken, das ins Wasser fällt.

Endlich ließ sich unter den hohen Gewölben der alten Säle ein leises Wimmern vernehmen.

»Habt Ihr gesehen, Herrin? Wenn ein Neugeborenes nicht schreit, muss man es in heißes und dann in kaltes Wasser tauchen, und manchmal fängt es dann an zu atmen... Habt Ihr gesehen, Herrin! Die Götter waren Euch gnädig. Ihr habt mein Kind gerettet und ich das Eure. Der Hauptmann wird siegen und wir alle werden gerettet...«

»Mein Kleiner«, sagte die Stimme ihre Mutter, »mein Mäuschen, mein Spatz. Mein kleiner Kater. Ich habe solche Angst gehabt, dass auch du dich im Reich des Todes verlierst. Vielleicht warst du ja schon dort, vielleicht bist du deinem Vater begegnet und er hat dich zurückgeschickt. Du sollst heißen wie er. Du sollst Yorsh heißen, wie dein Vater.«

»Und der andere, Herrin, der Erstgeborene?«

»Arduin«, sagte Mama nach einem Augenblick der Überlegung. »Er soll Arduin heißen.«

Erbrow lachte vergnügt in sich hinein. Sie war froh und zufrieden. Yorsh würde an dem Kreisel seine Freude haben und Arduin an dem Pferdchen. Auch ihre Namen würden den beiden gefallen. Jetzt hatten sie ihre Freude an der Mama, an ihrem Geruch. Sie spürte Yorshs Lust am Atmen, das ihm die Lungen weitete. Sie spürte den Geschmack von Mamas Milch auf der Zunge der Brüderchen, ihre Erinnerung erwachte wieder, denn auch sie hatte davon gekostet.

Blieb das Problem mit den anderen Spielsachen, mit der Puppe und dem Bötchen. Sie liebte beide sehr, es war, als würden sie auf besonders innige Weise zu ihr gehören. Behielt sie sie aber für sich, so würde dadurch eine Ungerechtigkeit entstehen, sie hätte zwei Spielsachen und ihre Brüderchen jedes nur eines.

Erbrow trat an die Tür und spähte hinein. Sie sah Mama und die Köpfchen der beiden Brüderchen an ihren Brüsten. Alle drei lagen sie unter der weißen Decke, die sich bauschte wie eine Wolke, und es war nicht gerecht, dass sie nicht auch dabei sein durfte. Dadrunter musste es ganz herrlich weich und kuschelig sein, während die übrige Welt draußen hart und glühend heiß war. Sie empfand ein seltsames Gefühl, das sie noch nie verspürt hatte. Weil sie auch dort hätte sein wollen, es aber in diesem Augenblick schien, als wäre sie weniger wichtig als die Brüderchen. Sie mochte das Gefühl nicht und lief weg.

Erbrow lief auf die Terrasse hinaus und hockte sich bei der Brüstung mit ihren marmornen Säulen unter den blühenden Glyzinien auf den Boden. Plötzlich kam eine merkwürdige Eiseskälte in die Welt. Das war anders als bei dem Mann des Hasses, dessen Hass klein und stumpf gewesen war; das hier war größer, tiefer. Das Mädchen drückte das Wolfsjunge an sich und blickte auf. Zwischen den efeuumrankten Säulen hindurch sah sie im Garten mit der Schaukel die Orks. Sie waren fast nackt, sie trugen nur Hosen und ihre Kampfmasken, ihre Körper glänzten noch vom Wasser des Flusses. Es waren viele. Zum Glück hatten sie sie noch nicht erspäht. Vielleicht konnte sie noch entkommen. Erbrow stand auf und lief an der Brüstung entlang. Sofort wurde ihr klar, dass das ein Fehler gewesen war, aber jetzt war es zu spät. Sie hätte sich langsam und unauffällig bewegen sollen. Das verhasste, scheußliche Kleid, das sie trug, musste in all dem Grün und Grau auf der Terrasse und im Garten hervorstechen wie ein Goldfisch, den es aus seinem Teich ins Meer verschlagen hat, wo die Fische alle grau sind, eben um im Blau der Fluten nicht aufzufallen. Erbrow stieß mit Parzia zusammen, der Frau, die Mama geholfen hatte, die Brüderchen zur Welt zu bringen, und sie schöpfte wieder Hoffnung. Vielleicht konnte sie sich ja noch retten.

»Oax!«, schrie Erbrow mit aller ihr noch verbleibenden Kraft. »Oax!«, wiederholte sie und zeigte auf den Garten unterhalb der Terrasse.

Lang ließ Parzia ihre dunklen Augen über den Garten schweifen, suchte im Schatten der Glyzinien und bei der träge baumelnden Schaukel; kleine Schmetterlinge und Fliegenschwärme glänzten im Sonnenlicht des Hochsommertages.

»Oax fü' mi'«, flüsterte das Mädchen noch und zeigte auf sich selbst.

»Orks, die dich suchen?«, fragte die Frau.

Erbrow nickte erleichtert. Parzia hatte sie verstanden! Jetzt würde sie etwas unternehmen. Die Frau bückte sich und nahm sie auf den Arm.

»Das geht allen Kindern so, dass die Eifersucht sie plagt, wenn ein Geschwisterchen geboren wird, und bei Euch sind es gleich zwei! Wir schließen einen Pakt, wir zwei. Ich erzähle Eurer Mama nichts davon, dass Ihr versucht habt, durch Dummheiten die Aufmerksamkeit auf Euch zu lenken, und Ihr versprecht mir, das nicht wieder zu tun. Denkt Euch etwas anderes aus. Alle zwei Schritt steht ein Wachposten auf den Wehrgängen, und auch wenn das nur gewöhnliche Einwohner sind, kein Ork könnte da durchkommen. Jetzt muss ich gehen«, sagte die Frau und setzte sie ab, schon eilte sie wieder in die inneren Gemächer, wo die Wäschetruhen und die Treppe zur Küche waren.

»Oax«, versuchte Erbrow es noch einmal mit dünnem Stimmchen. Sie suchte in ihrem spärlichen Wortschatz, damit sie Parzia sagen könnte, dass die Orks sich bei ihrem Erscheinen einfach zwischen den Glyzinien und dem blühenden Holunderstrauch versteckt hatten. Sie spürte ihren Hass mit derselben Deutlichkeit, wie sie ihre Körper gesehen hatte. »Oax«, wiederholte sie hartnäckig.

Parzia sah sich nicht einmal um.

Erbrow durchquerte einen nach dem anderen die weiten Säle bis zu dem großen Raum, wo unter der Decke, die aussah wie eine Wolke, Mama und die Brüderchen schliefen. Obwohl sie sie zum ersten Mal sah, erkannte Erbrow sie sofort: Arduin, ruhig und kräftig, und Yorsh, der, kaum auf der Welt, schon die Schatten des Todes kennengelernt hatte. Sie schliefen. Alle drei. Mama hielt die Brüderchen, auf jeder Seite eines. Zunächst war da der rasende

Wunsch, selbst auch in der Wolke zu sein, und dann die rasende Empörung darüber, dass für sie kein Platz darin vorgesehen war. Als ob das nicht genügte, waren außerhalb der Wolke die Orks. Erbrow versuchte, Mama zu rufen, aber die schlief so fest, dass sie nicht aufwachte. Die Brüderchen mussten ihre kämpferischen Tugenden ganz im Kampf gegen die Erinnyen verausgabt haben, denn jetzt wirkten sie eher schwach und machten nicht den Eindruck, als ob sie recht viel gegen die Orks ausrichten könnten. Erbrow überlegte auch, sich wieder hinter dem Vorhang zu verstecken, wo sie sich vor allen verborgen hatte, die sie wegschicken wollten, aber auch das ging nicht. Die Orks würden die Wolke finden und Mama und die Brüderchen, die darunter schliefen.

Sie brauchte nicht in den Garten hinunterzuschauen, um zu wissen, dass die Orks sich nicht mehr im Gebüsch versteckt hielten, sondern längst auf der Terrasse heroben waren. Sie fühlte den Hass immer näher kommen. Das Mädchen wandte sich um und lief davon, sie musste rennen, so schnell sie konnte, um die Orks mit ihren Äxten und den Tierzähnen im Gesicht so weit wie möglich von der Wolke wegzulocken.

Erbrow rannte und ihr Herz schlug zum Zerspringen; sie kam in den Raum, wo Jastrin auf einem alten Tisch hockte, umgeben von Pergamenten, denen, die er las, und denen, die er vollschreiben wollte. Der Junge hob den Kopf, um sie anzusehen, und sein Blick füllte sich mit Grauen. Sehr langsam und ganz leise ließ Jastrin sich unter den Tisch gleiten. Erbrow begriff, dass die Orks hinter ihr waren, aber sie sah sich nicht um, sei es, um auch nicht eine Sekunde der kostbaren Zeit zu verlieren, die sie noch von ihnen trennte, sei es, um zu verhindern, dass ihr der Schrecken die ohnehin zu kurzen Beine lähmte und ihr auch noch den letzten Rest Atem raubte. Sie rannte die Treppe hinunter, hielt sich dabei an der karmesinroten Kordel des Handlaufs fest, um nicht hinzufallen, und stürzte in den Garten hinaus. Endlich erschien Angkeel. Er hielt eine noch lebende Möwe in den Fängen, er ließ sie los, und obwohl verletzt und völlig verängstigt, schaffte sie es doch, sich wieder in die Lüfte zu erheben. Der Adler schwebte oberhalb von Erbrow, die nicht stehen blieb. Hinter ihr zerriss ein Schrei die Hitze des Sommernachmittags, der ohnehin schon erfüllt war vom Schlachtenlärm aus der Ebene. Auf den Schrei folgte das Geräusch von halb nackten, aber von Waffen klirrenden Körpern, die übereinanderfallen. Erbrow rannte immer weiter, ohne sich umzusehen. Dieser gellende Schrei musste auch bis in den Schlaf ihrer Mama gedrungen sein, sie war aufgewacht.

»Hände weg von meiner Tochter, weg da, ihr Hunde, ihr Hyänen«, brüllte ihre Mama. »Lauf, Erbrow, lauf weiter!«, rief sie noch. »Ich halte sie auf. Du lauf weiter. Sieh dich nicht um!«

Keuchend gehorchte Erbrow. Jetzt war niemand mehr hinter ihr. Angkeel hatte sie aufgehalten, was ihrer Mutter die Zeit gab, zu ihr zu gelangen. Aber jetzt war Mama ganz allein gegen die Orks.

Nein, nicht allein. Angkeel war da. Nach dem Schmerz in den Schreien der Orks zu urteilen, musste ihr Adler auch ein guter Krieger sein.

Erbrow rannte weiter durch den Garten. Sie hätte gern geweint, aber sie wusste, dass Mama das nicht wollte.

»Wir sind da, Herrin!«, riefen zwei Stimmen. »Wir kommen. Wir retten Euch.«

Erbrow war bei dem großen Tor angelangt, das den Garten verschloss. Sie blieb stehen. Wenn sie nicht verschnaufte, würde ihr Herz zerspringen wie ein Ei, das zu Boden fällt. An das Tor gelehnt und ihr Wolfsjunges im Arm, das ihr in diesem Augenblick so schwer vorkam wie ein Felsbrocken, drehte das Mädchen sich um. Ihre Mutter stand oben an der Treppe, sie hatte nur das

Nachtkleid an und Papas Schwert in der Hand. Auch diesmal war Blut am Schwert, und wieder fragte sich Erbrow, ob sie wohl je wieder Omeletts darauf würden braten können, wenn es ihnen gelingen sollte, nach Hause zurückzukehren, an den Strand. Auch auf Mamas Kleid war Blut, und Erbrow verspürte eine andere Angst als die, dass die Orks sie einholen könnten. Es war die Angst, dass auch Mama auf den Flügeln des Drachen davonfliegen könnte. Die beiden Alten, die in diesem Palast wohnten, waren herbeigeeilt, um Mama zu helfen; sie hatten sich mit Schwertern bewaffnet, aber auch so schien keiner von beiden ein großer Krieger zu sein. Ein Ork, der hinter Mama stand, erhob seine Axt über ihr, und der sympathische Alte, der, der Kakerlaken und Grillen mit Honig für sie karamellisierte, trat dazwischen und konnte den Schlag abwehren, aber sein Schwert zerbrach, und er konnte sich nicht mehr retten, als der Ork auf ihn losging. Erbrow sah ihn fallen, während sich sein Gewand mit lauter Öl- und Honigflecken darauf ganz mit Blut durchtränkte. Der andere Alte, der lange, der immer mit Mama stritt, trat mit seinem Schwert dazwischen, und das gab ihrer Mama Gelegenheit, sich aus dem Gemenge zu lösen und zu ihr zu laufen.

Mama umarmte sie nicht, wie sie gehofft hatte, beugte sich nicht einmal zu ihr herunter. Sie schob den schweren Riegel am Tor beiseite, und mit einer Anstrengung, die ihr ein Stöhnen entlockte, stieß sie das riesige Tor auf.

»Raus hier, Kind, sofort!«, rief sie ihr keuchend zu.

Erbrow trat aus dem schattigen Garten in das gleißende Licht der Straße.

Dröhnend schlug Mama das Tor hinter ihr zu und verriegelte es. Erbrow stellte sich die Hand ihrer Mutter vor, diejenige, die nicht das blutige Schwert hielt, wie sie den riesigen Riegel vor das wuchtige Tor schob, das nun zwischen ihnen lag.

»Lauf!«, rief ihre Mama ihr von jenseits des Tores noch nach. »Lauf weg, weg von hier!«

Erbrow fing an zu weinen, aber sie gehorchte. Sie suchte jemanden, den sie um Hilfe hätte bitten können, aber auf der Straße waren nur sie und ihr Schatten, der unter der senkrecht stehenden Sonne ganz klein unter ihr zusammengeschrumpft war. Sie lief abwärts, denn irgendwohin musste sie ja laufen und abwärts war weniger anstrengend als die andere Richtung.

Sie lief bis zu der Biegung, wo die Straße in die Wehrgänge mündete, und da hob sie den Blick. Die Zugbrücke war herabgelassen und einer nach dem anderen jagten im Galopp zwei Krieger herein: Sie erkannte Aurora auf ihrem rauchfarbenen Pferd und den Mann, der ihr das Wolfsjunge geschenkt hatte, auf dem Pferd, das Papa gehört hatte. Hinter ihnen kamen noch mehr Reiter und das, was aussah wie ein Hund. Die Reiter preschten in die Stadt und das Getrappel ihrer Hufe drang zu ihr und wurde immer lauter, sie konnte also sicher sein, dass sie näher kamen, auch wenn sie sie noch nicht sehen konnten, weil Balkone, Terrassen und Taubenhäuser den Blick versperrten. Zwei Orks, die als Letzte noch aus dem Garten flohen, schwangen sich an Glyzinienzweigen über die Mauer und landeten behende wie die Katzen mit einem Satz auf der Straße. Die Kriegsmasken waren aus Federn und Tierzähnen zusammengesetzt wie bei Fabeltieren in bösen Träumen.

Erbrow rannte weiter abwärts, aber die Orks holten sie ein. Wieder ertönte hinter ihr Angkeels rauer Schrei und wieder hatte sie Zeit davonzulaufen. Das Pferdegetrappel war mittlerweile ganz nah, die Reiter aber noch nicht in Sicht. Erbrow sah sich um. Einer der beiden Orks musste sich gegen Angkeel zur Wehr setzen, aber der andere stürzte sich auf sie. Erbrow fiel hin, schlug sich die Knie auf, fest drückte sie das Wolfsjunge an sich, das winselte. Ihr fiel wieder ein, was der Mann gesagt hatte, der es ihr geschenkt hatte, der, den sie Hauptmann nannten. Wenn ein Ork sie packen wollte, würde ihr Junges ihn beißen. Erbrow konnte sich auf den Knien aufrichten und hielt dem Ork ihr Junges entgegen, das tapfer knurrte.

Der Ork lachte unter seiner Kriegsmaske.

Endlich tauchten Aurora und der Hauptmann auf ihren Pferden aus dem Häuserschatten auf, aber sie waren noch weit entfernt.

Mit der freien Hand, in der er keine Axt hielt, versetzte der Ork dem Wolfsjungen einen Schlag, der es gegen die Hauswand schleuderte, von wo es mit einem verzweifelten Winseln auf den Boden fiel. Erbrow kippte wieder vornüber. Sie hörte ein böses Knurren im Dunkel. Ganz in der Nähe war ein Gitter, das eine Art Höhle verschloss.

»Morgentau!«, rief der Hauptmann. »Lass die Wölfin frei! Lass sie jetzt frei, auf der Stelle!«

Unversehens tauchte eine kleine Frau auf, fast so klein wie ein Kind. Sie hielt eine Axt in der Hand und mit einem einzigen Hieb öffnete sie den schweren Riegel des Käfigs. Wie der Blitz schoss die Mama ihres Welpen heraus, um dem Ork heimzuzahlen, was er ihrem Jungen angetan hatte. Aber der Ork war stark und bis an die Zähne bewaffnet. Aurora war bei Erbrow angelangt. Sie hielt ihr Pferd in der Farbe von Rauch und Nebel so jäh an, dass es sich aufbäumte. Aurora sprang ab, nahm das Mädchen in die Arme, stieg wieder aufs Pferd und preschte davon in Richtung Palast. Erbrow hatte sich umgewandt, um zu sehen, was geschah, sie hörte die Stimme der kleinen Frau, die viel tiefer und kräftiger war, als sie vermutet hatte, und das Gekläff, Gebrüll und das Gekreisch des Adlers übertönte.

»Ich hatte es dir gesagt, Hauptmann, dass sie ein wildes, ungezähmtes Tier ist.«

»Und ich hatte dir gesagt, dass ich mich daran erinnern würde«, entgegnete der Hauptmann, wobei er mit der unverletzten Hand die Axt der alten Frau ergriff und ebenfalls ihrem Welpen und ihrem Adler zu Hilfe eilte.

Endlich kam, völlig außer Atem und mit hängender Zunge, auch der Vater ihres Hündchens angehetzt, und auch er stürzte sich wütend auf den, der seinem Jungen wehgetan hatte.

Aurora ritt durch das Hauptportal in den Palast und durchquerte die Räume zu Pferd. Jastrin kauerte noch immer unter dem Tisch, den Kopf zwischen den Händen. Sie kamen auf die Terrasse hinaus und das Pferd bäumte sich noch einmal auf. Aurora zückte ihr Schwert, es war vollkommen gerade und ganz schlicht, ohne Efeu am Griff und ohne jede Kerbung, unmöglich, darauf ein Omelett zu braten. Aurora hatte das Schwert erhoben, aber da war niemand mehr zu bekämpfen, das hatte Mama schon erledigt. Mama ordnete etwas Schreckliches an und sagte auch etwas Schreckliches, doch dann schloss sie sie endlich in die Arme und nahm sie mit, um ihr die Brüderchen zu zeigen, und sie hielt sie die ganze Zeit über ganz fest im Arm, bis die Brüderchen aufwachten, und das war wirklich schön. Und Mama sang etwas, auch für sie.

KAPITEL 15

Rosalba verriegelte hinter ihrer Tochter das Tor und wandte sich um zum Kampf gegen die Orks. Oben auf der Terrasse gelang es dem alten Seneschall, einen von ihnen mit seinen vollendeten Fechtkünsten in Schach zu halten. Die Übrigen erschlug Rosalba einen nach dem anderen mit dem Elfenschwert, das in ihren Händen glänzte. Angkeel löste sich aus dem Getümmel, stieg hinauf in die Lüfte und verschwand hinter der von Glyzinien überwucherten Mauer, er folgte Erbrow, um sie zu beschützen, und Rosalba tat einen Stoßseufzer der Erleichterung. Bewaffnet mit einer riesigen Bratpfanne, erschien auch Parzia auf der Terrasse und schlug tapfer einen Ork nieder, was der Königin Zeit zum Luftholen ließ, bevor sie ihn dann tötete. Im selben Augenblick, da er fiel, gelang es dem Seneschall, seinen Gegner niederzustrecken, und zwar mit einem so formvollendeten Ausfall, dass er wie ein Tanzschritt wirkte. Hufgetrappel ließ sich vernehmen und Aurora erschien, das Schwert in der Hand und Erbrow im Arm. Rosalba dankte ihr von ganzem Herzen und sagte es ihr auch, während sie zu ihr hinstürzte und die Kleine in die Arme schloss. Sie drückte Erbrow mit aller Kraft an sich und musste feststellen, dass sie kaum noch Kräfte hatte und wankte. Sie stützte sich auf Aurora und auch dafür dankte sie ihr. Aurora teilte ihr mit, dass der Hauptmann den Angriff bemerkt hatte. Ihm verdankte die kleine Prinzessin ihre Rettung. Der Hauptmann schlug sich eben noch mit den beiden letzten Orks, der Adler und der Wolf waren bei ihm.

In diesem Augenblick kam Angkeel mit kräftigem, ruhigem Flügelschlag daher und ließ sich auf der silbernen Schaukel nieder, die leise schwankte.

»Ich glaube, das ist ein gutes Zeichen«, bemerkte Aurora. »Der Hauptmann braucht keine Hilfe mehr.«

Ein Stöhnen erregte die Aufmerksamkeit der Herrscherin.

Der Hofmeister des Königlichen Hauses war noch am Leben, würde es aber nicht mehr lange sein.

Er versuchte, etwas zu sagen.

Rosalba übergab Erbrow wieder Aurora, die lächelte; dann kniete Rosalba neben dem alten Herrn nieder. Der Seneschall tat desgleichen.

»Danke«, sagte Rosalba, »Euer Mut hat mir das Leben gerettet.« Sie hatte Tränen in den Augen.

Der alte Mann röchelte, aber er konnte noch sprechen.

»Meine Herrin«, flüsterte er, »gewiss fragt Ihr Euch, warum ich eine Waffe zu führen weiß, ich, dessen Aufgabe doch bloß war, die Küchen zu beaufsichtigen und darauf zu achten, dass sich an den Decken und in den Winkeln keine Spinnweben bilden …«

»Aber gewiss«, log Rosalba, »ich habe mich das gefragt und frage es mich noch. Ich habe nicht einen Augenblick aufgehört, mich das zu fragen.«

Ein strahlendes Lächeln brach sich auf dem Gesicht des alten Mannes Bahn.

»Ihr müsst nämlich wissen, Herrin … ich entstamme einem Geschlecht von Kriegern, aber wir haben unsere Ehre verloren, Herrin. Wir gehörten zu denen, die vor den Orks geflohen sind, als

Daligar fiel und Sire Arduin es zurückerobern musste, und seitdem ist uns der Waffendienst versagt.«

»Ich verstehe«, antwortete Rosalba.

Seitdem sie das Kommando über die Stadt innehatte, hatte sie mehr als einen Menschen, von den Pfeilen der Orks durchbohrt, sterben gesehen, und keinen davon würde sie je vergessen. Viele waren junge Männer gewesen, sie hatten Kinder, die jetzt allein durch die Stadt gehen mussten, während sie das vorher an der Hand ihrer Väter getan hatten. Wenn sie nach einem Gefecht im Gefolge des Hauptmanns ein herrenloses Pferd sah, konnte sie sich immer an das Gesicht seines Reiters erinnern. Jedes Mal glaubte sie, sie hätte ihr Herz so weit verhärtet, dass sie nicht mehr darunter litt, und jedes Mal musste sie feststellen, dass das unmöglich war. Doch der Schmerz über den Tod des Hofmeisters des Königlichen Hauses war anders.

Der alte Mann, der die unvorstellbarsten Tiere beschafft hatte, um sie in schmackhafte Gerichte zu verwandeln, und sich bemüht hatte, die unwahrscheinlichsten Gegenstände in Spielsachen für Erbrow zu verwandeln, war etwas zwischen einem Freund und einem Großvater gewesen, den weder sie noch ihre Tochter je gehabt hatten.

»Jetzt ist die Ehre Eures Geschlechts wiederhergestellt«, sagte Rosalba. »Ich kann Eure Tapferkeit bezeugen.«

»Wisst Ihr, Herrin«, sagte der alte Mann noch, »jetzt, da meine Ehre wiederhergestellt ist, wird mir klar, dass mir an meiner Ehre als Krieger weniger liegt als an der, Euch ein Essen zu bereiten … ein gedeckter Tisch … ein Eintopf … ein Braten … darin liegt die wahre Ehre der Welt! Wisst Ihr, ich habe keine Kinder, und es ist, als ob Ihr … als ob Euer Töchterchen …«

Der alte Mann konnte den Satz nicht beenden.

»Ihr habt mein Leben gerettet«, sagte Rosalba.

Der alte Mann starb. Rosalba schloss ihm die Augen.

»D'achen«, sagte Erbrow sanft und leise. »Papa, D'achen.«

»Verzeiht, Herrin«, schluchzte Parzia. »Die Kleine hatte mich vor den Orks gewarnt… ich habe ihr nicht geglaubt…«

»Wir alle machen Fehler«, antwortete Rosalba halblaut und mit einem Kopfschütteln. »Gestern noch hätte ich Euch dafür hinrichten lassen. Doch allmählich begreife ich, dass wir alle Fehler machen. Auf meinen eigenen Befehl hin waren die Festung und die Stadt ohne Verteidigungsschutz. Die beiden Krieger, die mehr als jeder andere bereit waren, für mich und meine Kinder zu kämpfen, habe ich bedroht, beschimpft und beleidigt, und mit Gezeter, Beschimpfungen und falschen Befehlen habe ich es so weit gebracht, dass meine eigenen Kinder fast ohne jeden Schutz waren. Wir alle, und ich an erster Stelle, müssen wachsamer und klüger sein… müssen lernen zuzuhören, was die anderen sagen, wenn sie uns warnen, auch wenn wir uns selbst für die Einzigen halten, die etwas verstehen…«

Rosalba stand auf. Sie sah sich dem Seneschall von Angesicht zu Angesicht gegenüber, der seinerseits in allerhöchster Verlegenheit mit den Tränen kämpfte.

»Auch Ihr habt Euer Leben aufs Spiel gesetzt, um das meine zu retten«, musste sie erstaunt anerkennen.

Sofort verging dem Seneschall jede Rührung und er sah sie mit empörtem Staunen über ihr Erstaunen an. Mit seinem halb arroganten, halb mitleidigen Ausdruck, den Rosalba aus tiefster Seele hasste, zog er die Augenbrauen hoch.

»Herrin«, fragte er, »wie konnte Euch die unleugbare Tatsache, dass ich Euch als Herrscher unter aller Würde finde, zu der Annahme verleiten, ich könnte nicht bereit sein, für Euch zu sterben?«

Die Frage war verblüffend. Rosalba versuchte, in dem Gedankengang einen logischen Faden zu entdecken, und stellte fest, dass sich mit viel Mühe tatsächlich eine gewisse Folgerichtigkeit erkennen ließ.

»Herrin«, versetzte der Seneschall und unterstrich seine Worte mit einer leichten Bewegung des Arms, die den goldenen Saum an seinen weiten Ärmeln aus Brokat und Samt aufblitzen ließ, »zu behaupten, Ihr wärt ein König mit schlechten Manieren und Eure Höflichkeit komme der eines Grottenolms gleich, würde heißen, die Dinge zu beschönigen – aber Ihr seid der König. Wer im Kampf gegen die Orks das Kommando übernimmt, ist der König, und für den König kämpft und stirbt man.«

»Warum seid Ihr nicht mit dem übrigen Hofstaat fortgegangen?«, fragte Rosalba.

»Wenn die Orks vor den Toren stehen? Herrin!«, sagte der Seneschall entrüstet. »Irgendjemand musste doch im Palast bleiben, falls sie anrücken sollten! Nicht dass ich geblieben wäre, um meine Stadt zu verteidigen, das hätte ich mir nicht zugetraut. Ich bin nur geblieben, um mit ihr zu sterben. Ich wollte nicht, dass Daligar alleine stirbt. Es ist eine Stadt, die oft und über lange Zeit hinweg ihre Würde verloren hat, aber man lässt eine Stadt nicht allein sterben, ohne dass da im Königspalast jemand ist, der die Schlächter empfängt.«

Rosalba nickte.

»Ich glaube, ich habe Euch unterschätzt«, sagte sie schließlich.

»Heißt das, dass Ihr lernen wollt, mit Messer und Gabel zu essen?«

»Nein, aber vielleicht bringt Ihr es meinen Kindern bei.«

Der alte Herr verneigte sich.

In diesem Augenblick kam der Hauptmann, zu Fuß, völlig außer Atem, schlamm- und blutbesudelt, eine Hand verletzt, in der anderen eine blutige Axt, gefolgt von seinem völlig erschöpften Wolf, der an dem einstigen Teich zu trinken versuchte und im Morast zusammenbrach.

»Den muss man zweimal anschauen, um ihn von den Orks zu unterscheiden, die er bekämpft«, bemerkte Parzia leise.

»Gelegentlich auch dreimal«, bestätigte der Seneschall ebenso leise.

Der Hauptmann lehnte sich an die Wand und schöpfte Atem. Er hörte Rosalba zu, die ihm dankte und sich bei ihm entschuldigte, weil sie …

»Wir alle machen Fehler«, schnaubte er verlegen, ohne sie ausreden zu lassen. Er lächelte nicht.

Er ging auf Aurora zu, um Erbrow ihr Wolfsjunges zu bringen, und zog sich sofort wieder zurück.

Rosalba fragte ihn, wie es käme, dass er an der Hand verletzt war. Der Hauptmann trat in den schattigen Teil der Terrasse zurück, vielleicht um der Hitze zu entgehen; auch sah man im Schatten den Schlamm auf seinem Harnisch weniger, während die Silberstickerei auf Auroras Jacke und das Gold im Brokatgewand des Seneschalls in der Sommersonne leuchteten.

Der Hauptmann lehnte sich an die Wand und erklärte, sein Schwert sei im Kampf zerbrochen, und da es ein Orkschwert war, wo die Klinge bis in den Griff hineinreicht, hatte er sich verletzt, als es zerbrach. Er musste erklären, dass er mit einem Orkschwert kämpfte, das zwar schwer, aber von schlechter Legierung war, weil sein vorheriges Schwert, das zu leicht gewesen war, in der Schlacht von Varil zu Bruch gegangen war, und dass dieses wiederum ein anderes ersetzt hatte, das in den Bergen des Südens zerbrochen war, er erinnerte sich jetzt nicht mehr genau, wo. Der Seneschall erklärte, es sei noch eines der Königsschwerter übrig, das von Karl VI., wenn er sich nicht täuschte. Während der Hauptmann Luft schöpfte, ging er es holen und überreichte es ihm mit großem Zeremoniell. Das Schwert war am Griff dermaßen mit Verzierungen und Edelsteinen überladen, dass man es kaum festhalten konnte, aber wenigstens schien es von guter Legierung.

Als er sich einigermaßen erholt hatte, berichtete der Hauptmann, die Stadt sei nun wieder in Sicherheit, die Brücke und die Wurfmaschinen waren verbrannt. Die Vorräte hatten sie erobert. Wenn die Herrscherin einverstanden war, würde er Befehl geben, die Hälfte davon in den unterirdischen Gewölben des Palastes einzulagern; die andere Hälfte würden der Gefreite Lisentrail und seine Leute mit Erlaubnis der Herrscherin auf dem Hauptplatz direkt an die Bevölkerung verteilen.

Rosalba nickte.

»Wir alle machen Fehler«, wiederholte sie noch einmal nachdenklich für sich.

Dann fragte sie, ob jemand wisse, auf welchem Weg die Orks in die Stadt gekommen seien; die Wehrgänge waren schließlich bewacht gewesen, wenn auch nur von einfachen Bürgern, aber immerhin.

Die Frage blieb ohne Antwort.

»Herrin«, sagte der Seneschall, »Ihr habt vor wenigen Stunden zwei Kinder zur Welt gebracht. Solltet Ihr Euch nicht etwas ausruhen?«

Parzia stimmte begeistert zu. Alle nickten.

In der Tat spürte Rosalba, dass sie sich nicht mehr lang auf den Beinen würde halten können. Sie gab Befehl, die getöteten Orks zu köpfen und ihre Köpfe auf Piken gut sichtbar aufzustellen, sodass ihre Auftraggeber wussten, welches Ende die nahmen, die ihre Tochter zu entführen versuchten.

Dann endlich hob sie Erbrow hoch und brachte sie zu ihren

Brüderchen. Parzias Hilfe lehnte sie ab. Sie wollte mit ihren Kindern allein sein, vor allem jetzt, da sie solche Angst hatte ausstehen müssen, sie womöglich zu verlieren.

Sie kam an Jastrin vorbei, der noch immer unter seinem Tisch hockte, in Tränen aufgelöst. Der Junge schluchzte aus Angst wie auch vor Scham. Rosalba hatte ihr Leben aufs Spiel gesetzt, um ihn zu retten, und er hatte nichts zurückgegeben. Rosalba lachte hell auf und dankte dem Himmel, dass wenigstens er aus dem Getümmel heraußen geblieben war, sodass sie sich keine Sorgen zu machen brauchte, aber das tröstete den Jungen nicht.

Sie betrat ihr großes Gemach, wo das Tageslicht schräg auf die frisch getünchten weißen Wände fiel. Eine Handvoll Fliegen summte immer an demselben Lichtfleck in einem Sonnenstrahl.

Rosalba setzte Erbrow auf das Bett neben ihre Brüderchen.

»Gefallen sie dir?«, fragte sie.

Das Mädchen nickte.

Rosalba legte das schlamm- und blutbesudelte Gewand ab und schlüpfte in ein sauberes, das der Hofmeister des Königlichen Hauses für sie hatte machen lassen, und während sie mit der Hand über das bestickte Leinen strich, dachte sie an ihn. Sie befreite Erbrow von dem ganz unglaublich verdreckten karmesinroten Kleid und zog ihr wieder die geliebte blaue Schürze mit den großen Taschen für ihr Spielzeug an. Dann endlich legte auch sie sich nieder, schloss die Kleine fest in die Arme, herzte und liebkoste sie unentwegt, denn das Entsetzen über die Gefahr, sie womöglich zu verlieren, war genauso groß gewesen wie das vollkommene Glück, dass es nicht so gekommen war.

Als die Hitze nachließ und es Abend wurde, stand Rosalba auf und trat auf die oberste Terrasse des Palasts hinaus, die nicht auf den Garten ging, sondern sich auf die Stadt hin öffnete. Sie setzte sich auf eine große Steinbank.

Die Schornsteine, die tagelang kalt geblieben waren, belebten sich einer nach dem anderen.

Winzige Rauchsäulchen, durchsichtig wie Engelsflügel, stiegen auf zwischen den Dächern und den Wolken am Himmel, vermengten sich und bildeten bald einen feinen Dunst über der Stadt, die die Belagerung durchbrochen hatte und nicht mehr Hunger litt.

Sie würden keinen Hunger mehr leiden. Nie mehr.

Das schwor sich Rosalba. Solange sie einen Funken Leben in sich hatte, würde sie Daligar und seine Einwohner verteidigen. Sie würde ihren Mut verteidigen wie ihre Angst, ihre erbärmliche Gerissenheit wie ihre grobe Dummheit, ihre große Weisheit wie ihren bestechenden Scharfsinn, womit sie ihr eigenes Leben und das ihrer Kinder durch allen Betrug, alle Katastrophen und alles Leid hindurch gerettet hatte.

Rosalba wusste, dass der Hass sie hart, die Angst sie böse gemacht hatte und dass durch die Verzweiflung die Quelle ihrer Sanftmut und ihrer Höflichkeit womöglich für immer versiegt war und, was schlimmer war, sie fehlbar gemacht hatte in ihrem Gerechtigkeitsgefühl, aber sie konnte kämpfen und wusste die Menschen im Krieg zu führen. Sie würde lernen, das auch im Frieden zu tun.

Aus einem Fenster drang der Gesang einer Frau.

Rosalba erkannte ein Wiegenlied wieder, das ihre Mutter ihr einst auch vorgesungen hatte und das sie vergessen hatte. Es erzählte eine komische Geschichte. Es erzählte von einer Hornisse, die versucht, ein Glühwürmchen davon zu überzeugen, ihr als Laterne zu dienen. Sie dachte, dass es Erbrow wahrscheinlich gefallen würde.

Robi versuchte, es ihr mit ihrer wenig wohlklingenden Stimme vorzusingen. Entzückt sah Erbrow sie an und war selig. Vor Freude klatschte sie in die Hände.

Robi hatte ihrer Tochter noch nie etwas vorgesungen. Sie wusste, dass sie nicht gut singen konnte, und die einzigen Lieder, die sie ganz auswendig wusste, waren die Lobeshymnen auf den Verwaltungsrichter aus ihrer Zeit im Waisenhaus.

Yorsh hatte für Erbrow gesungen, mit seiner großartigen Stimme und seinem unerschöpflichen Vorrat an Elfenliedern, die vom Wind und den Sternen erzählten.

Weil sie sich an den Text des Liedes nicht mehr erinnerte, stockte Robi. Erbrow machte ein finsteres Gesicht, aus Angst, dass sie ganz aufhören könnte. Seitdem ihr Vater tot war, hatte niemand mehr für sie gesungen.

Robi fing wieder an. Sie hörte der anderen Mutter zu und brachte die ganze Geschichte wieder zusammen. Die Hornisse trifft das Glühwürmchen und bittet es, ihr als Laterne zu dienen. Das Glühwürmchen weigert sich; um es zu überzeugen, sagt die Hornisse ihm, wie nett es ist und dass sie ihm den Nektar von sämtlichen Mandelblüten der Gegend bringen wird, und das Glühwürmchen, das wirklich ein bisschen dumm ist, fällt darauf herein; im Sommer, wenn die Glühwürmchen unterwegs sind, ist die Mandelblüte nämlich längst vorbei. Erbrow lachte wie toll. Sie fiel in Robis fröhlichen und falschen Gesang mit ein, dann schlief sie ein.

Robi blieb auf der Terrasse sitzen, das schlafende Kind im Arm.

Die Belagerung war durchbrochen. Die Stadt litt keinen Hunger mehr.

Die Orks waren zurückgeschlagen worden, und wenn auch nur für einen Tag.

Zwei lebende und gesunde Kinder waren zu Erbrow hinzugekommen und in ihnen lebten Yorsh und das Elfengeschlecht weiter.

Sie hatte sich an das Lied von der Hornisse erinnert.

Nach dem Duft zu urteilen, wurde in der Palastküche wieder eine Fledermaus gebraten, oder diesmal war es wohl tatsächlich ein Kaninchen. Nicht der Hofmeister des Königlichen Hauses würde die Zubereitung beaufsichtigen und Rosalba überließ sich den weichen Gefühlen von Wehmut und Trauer. Sie gestattete es sich, ebenfalls einzunicken, doch das Weinen eines der Neugeborenen weckte sie, und sie ging sich um ihre Kinder kümmern.

KAPITEL 16

Der nächste Morgen war verhangen und die dicken Wolken am Himmel trugen eine Hoffnung auf Regen in sich.

Aurora trat an den Rand des Balkons, von wo die Steintreppe in den Hof hinunterführte. Dort unten beim Brunnen standen Rankstrail und Lisentrail. Weiter hinten unter einer efeuüberwachsenen Wand spielte Erbrow mit ihrem Wolfsjungen, laut und unbekümmert. Erbrow hatte die abrupten Bewegungen von kleinen Kindern, besaß dieselbe tollpatschige Anmut wie ihr Wolfsjunges.

Auch Aurora begann, mit dem kleinen Tier zu spielen, kraulte und streichelte es, stieß es von sich, um es in die Arme zu schließen, wenn es pfeilschnell zurückgesaust kam. Der kleine Wolf besaß Klauen und Reißzähne, sie waren zwar winzig, aber scharf, und er brachte Aurora am Handgelenk einen leichten Kratzer bei, der etwas blutete. Erbrow runzelte die Stirn.

»Aua«, sagte sie und wies dabei auf das Blutströpfchen, das aus der Wunde trat.

Aurora sah dem Mädchen in die Augen. Sie hatte dieselben blauen Augen wie ihr Vater, denselben Blick.

Sie hatte Yorsh nur ein einziges Mal in ihrem Leben gesehen, während er durch ihren Garten lief, die halbe Armee der Grafschaft auf den Fersen. Auch sie kannte die Prophezeiung, und sie hatte keinen Zweifel gehabt, dass der, dem sie da begegnete, der letzte und mächtigste der Elfen war. Sie hatte Angst bekommen, dass er sich in sie verlieben könnte.

Das wäre möglich gewesen, und war das erst einmal geschehen, wäre es endgültig gewesen, denn Elfen verlieben sich sehr jung und ein für alle Mal.

Aber es wäre auch eine Katastrophe gewesen, denn unerwiderte Liebe, obwohl der reinste aller Seelenschmerzen, zehrt die Seele doch aus und hätte dem letzten Spross aus dem Geschlecht der Elfen die Kraft geraubt. Auroras Herz war bereits vergeben; sie hatte sich also zugleich albern und gemein aufgeführt, indem sie die Tochter einer Hofdame zum Weinen brachte, ein Mädchen, das kleiner war als sie, und das einzige Wesen, das ab und zu den Weg in ihre eisige Einsamkeit fand. Zum Zeitpunkt ihres Zusammentreffens mit Yorsh fürchtete Aurora, sie könnte die Auserwählte aus der Prophezeiung sein. In Wirklichkeit aber war Yorsh der Erbin Arduins, die ihm bestimmt war, schon begegnet. Wie alle Elfen hatte er sich sehr jung verliebt, ein für alle Mal.

»Nein Aua«, sagte die Kleine und legte die Spitze des Zeigefingers auf die Wunde.

Aurora sah zu, wie die Wunde verheilte. Nicht nur das, sie verspürte ein merkwürdiges Gefühl, während Erbrow sie berührte. Nicht nur war sie geheilt, sondern es war auch, als wäre in ihrem Kopf klar geworden, welchen Weg sie einschlagen würde.

Wieder sah sie in Erbrows blaue Augen, schloss sie in die Arme und stand auf. Es rührte sie, die Tochter des letzten Helden des Elfengeschlechts in Armen zu halten. Es war, als würde sie ihre eigene Mutter wiedersehen, es war, als würde das Vermächtnis ihres mittlerweile ausgelöschten Volkes doch noch weiterleben.

»Meine Mutter, wisst Ihr, gehörte demselben Volk an wie Euer Vater«, flüsterte sie.

Das Kind lachte.

Aurora genoss es, die Wärme von Erbrows Körper an ihrem zu fühlen, ihre dunklen Locken in ihrem Gesicht. Sich selbst überlassen, krallte sich das Wolfsjunge zu ihren Füßen plötzlich im Saum ihres Kleides fest und zupfte daran, dann machte es Jagd auf eine Eidechse.

Erbrow war genau auf der Höhe einer tiefen Nische, in der ein Kerzenhalter mit einer großen Kerze stand. Erfreut betrachtete sie sie, sah sich um, um sicher zu sein, dass ihre Mutter nicht in der Nähe war, legte den Finger an den Docht und munter loderte eine Flamme auf. Das musste lustig und angenehm sein, denn sie lachte dabei von Herzen. Nach einem weiteren besorgten Blick in die Runde strich Erbrow mit der Hand über die Flamme und sie erlosch.

»Nein aua«, sagte sie entschieden mit ausgebreiteten Armen und gerunzelter Stirn.

Aurora begriff, dass die Kleine imstande war, eine Flamme zu entfachen und zu löschen, ohne sich oder anderen dabei wehzutun. Doch wie jede Mutter musste auch Rosalba ihr verboten haben, mit dem Feuer zu spielen.

Sie streckte die Hand aus und berührte den Docht. Auch sie ließ eine Flamme auflodern und löschte sie wieder. Es hatte genügt, Erbrow zu berühren, um zu begreifen, wie das ging. Sie spürte erst die Kühle und dann die Wärme hinter der Stirn, wie einen Kitzel. Wirklich lustig und angenehm. Für größere Feuer musste die Anstrengung allerdings unerträglich groß und schmerzhaft werden, aber bei einer so kleinen Flamme war das ... wirklich ... eine Art Kitzel. Erbrow lachte. Aurora drückte sie noch einmal an sich, dann bückte sie sich und setzte sie am Boden ab. Vor dem Wolfsjungen lag die verletzte und blutende Eidechse, ein Beinchen war fast abgetrennt. Aurora nahm sie in die Hand und hielt sie fest, dabei spürte sie, wie das Bein wieder in Ordnung kam und das kleine Herz wieder kräftiger pochte. Sie stöhnte.

»Ni' schön!«, sagte sie bleich vor Anstrengung.

Erbrow nickte mehrmals mit Überzeugung.

Die Eidechse war wieder heil. Aurora ließ sie laufen. Sie richtete sich auf und verabschiedete sich feierlich mit einer tiefen Verbeugung von Erbrow, die ihr in ebenso übertriebener Manier antwortete, dann lief sie über die Treppe in den Hof.

»Dieses Mädchen besitzt die Kräfte des letzten der Elfen, in ihren Adern fließt das Blut Arduins und sie trägt den Namen des letzten Drachen«, sagte sie gerührt zu Rankstrail und Lisentrail, indem sie auf Erbrow zeigte.

Lisentrail saß am Boden, mit dem Rücken zum Brunnen gewandt, genoss die kühle Abendluft und die Tatsache, dass er noch am Leben war, ein Sachverhalt, auf den er bis vor Kurzem noch keine Wette abgeschlossen hätte.

»Ja«, schnaubte er weniger begeistert und gerührt. »Wenn man dann auch noch den Charakter der Mutter dazunimmt, dann Hochachtung für den, der sie einmal heiratet, er braucht den Mut eines Löwen.«

KAPITEL 17

Als Antwort gab Rankstrail ein unverständliches Knurren von sich. Er versuchte, am Brunnen die verletzte Hand zu verarzten. Sie blutete nicht mehr, aber es war Schmutz in der Wunde und die Ränder waren rot und geschwollen.

»Erlaubt, dass ich mich dessen annehme, mein Herr«, sagte Aurora, indem sie näher trat.

Rankstrail zuckte zusammen. Es war ihm maßlos peinlich, von Aurora mit »mein Herr« angeredet zu werden. Da er weder ihr Kommandant noch ihr König war, fühlte er sich gelinde gesagt auch verspottet. Er wäre gern ohne diese hochtrabenden und hohlen Achtungsbezeugungen ausgekommen.

»Danke, Herrin«, begann er hochmütig und herausfordernd, »das ist nicht nötig. Seit Jahren versorge ich meine Wunden selbst, und wenn auch nicht mit Eurem Sachverstand, so bin ich doch noch immer am Leben …«

Er konnte den Satz nicht zu Ende sprechen. Aurora war zu ihm getreten und hatte seine verletzte Hand in ihre Hände genommen.

»Ich bitte Euch«, sagte sie, während sie sich die Hand besah. »Ich glaube, Heilkräfte zu haben, oder ich hoffe es wenigstens«, setzte sie mit dem Anflug eines Lächelns hinzu.

Rankstrail zuckte zusammen, als ob er sich verbrannt hätte. Er gab sich Mühe, keine allzu abrupten Bewegungen zu machen, während er den Arm zurückzog.

Er wollte nicht gepflegt werden. Er wollte nicht berührt werden. Er wollte auch nicht ihr Kommandant oder gar ihr König sein. Er wollte sie bloß von den Orks fernhalten, sie wie alle anderen, ansonsten aber in Ruhe gelassen werden.

Gereizt und verlegen sah er auf seine riesige, dunkle Hand in den blassen, schmalen Händen Auroras und hatte nur den einen Wunsch, sie zurückzuziehen.

Sie bemerkte es.

»Ich versichere Euch, ich bin gleich fertig«, versprach sie.

Sie hatte die Wunde ausgewaschen und von Schmutz gereinigt und verband sie gerade mit dem weißen Leinenschal, den sie um den Hals trug, da sonst kein Stoff da war.

»Ich bin sicher, dass der Schmerz schon vergangen ist«, sagte sie. Wieder wagte sie die Andeutung eines Lächelns, auch wenn sie plötzlich sehr müde wirkte. Aurora lächelte selten, doch wenn sie es tat, strahlten ihre Augen in einem intensiven, funkelnden Grün.

Der Schmerz war vergangen. Diese Feststellung minderte Rankstrails Gereiztheit aber nicht.

»Es hat auch vorher nicht sehr wehgetan«, schnaubte er unwillig und warf dabei Lisentrail einen scharfen Blick zu, bevor der womöglich auf die Idee kam, dumme Bemerkungen zu machen.

Lisentrail hielt den Mund und Aurora entfernte sich endlich. Rankstrail rieb sich die verbundene Hand. Er war schon wieder imstande, das Schwert zu halten.

Eine Schar Kinder stürmte lärmend und schreiend in den Hof, mit Holzstücken bewaffnet, die Schwerter und Bögen sein sollten. Von den sechs Mädchen stellte die eine Hälfte die Königin-Hexe dar, die andere Hälfte dagegen Dame Aurora. Die fünf Jungs spielten alle fünf Rankstrail.

Das Problem war nicht nur, dass keiner den Ork spielen, sondern dass auch keiner einen anderen Krieger als den Hauptmann darstellen wollte.

Eins der Mädchen, das sich zur Königin-Hexe erklärt hatte, stieg auf einen Stein und verkündete: »Ich bin zwar nur eine schwache Frau, aber ich habe den Magen eines Königs.«

Die anderen klatschten Beifall.

»Das haben wir verpasst, das muss sie gesagt haben, bevor wir kamen«, bemerkte Lisentrail. »Zum Glück war ich nicht dabei, denn da hätte ich nicht ernst bleiben können.«

Rankstrail knurrte etwas zur Antwort.

Als sie die beiden Männer im Hof bemerkten, stoben die Kinder lachend davon.

Der Wagemutigste blieb und kam schüchtern zum Brunnen.

»Gestattet, mein Herr, dass ich es wage, Euch zu stören. Verzeiht, ich wollte wissen, wenn es Euch gefällig ist, wie der Name Eures Pferdes ist, mein Herr, verzeiht, wenn Ihr erlaubt, wenn es keine allzu große Mühe ist«, fragte er Rankstrail in einem Atemzug und errötete dabei bis über die Ohren.

»Es heißt Zecca«, antwortete der Hauptmann mürrisch.

»Das bedeutet etwas Großartiges in der alten Sprache, nicht wahr?«, fragte der Junge.

Rankstrail bequemte sich, zu ihm hinunterzuschauen. Der Kleine sah ihn ehrfürchtig an. Er zitterte vor Erregung, weil er das Wort an ihn richten durfte. Er war klein und mager, die dunklen Haare fielen ihm ins Gesicht.

Lisentrail übernahm es, ihm zu antworten.

»Sicher«, sagte er sanft, »in der alten Sprache bedeutet es ›der

Prächtige‹, in der Sprache, die noch vor den Elfen gesprochen wurde, weißt du.«

»Die Sprache der Ersten Runenzeit?«, fragte der Junge nach.

»Genau die«, bestätigte Lisentrail im Brustton der Überzeugung. Dann quittierte er einen scharfen Blick des Hauptmanns mit einem Achselzucken.

»Das ist für die Annalen, müsst Ihr wissen«, verkündete der Junge.

»Was für Annalen?«

»Die der Stadt, mein Herr. Ich entstamme einer Familie von Schreibern. Mein Vater war Schreiber, der Vater meines Vaters ebenfalls und ich will es auch werden. Mein Großvater musste fliehen, der Henker hatte ihm die Füße verkrüppelt, aber jetzt ist die Königin-Hexe da und so etwas wird nicht mehr geschehen. Wisst Ihr, Herr«, sagte er, errötend vor Stolz, »ich kann schreiben. Wir schreiben auf, was geschehen ist, damit alle es wissen. Ich werde über den Hauptmann Rankstrail mit seinem schimmernden Harnisch und seinem prächtigen Ross schreiben, damit die kommenden Generationen durch die Jahrhunderte davon erfahren. Ich werde auch über Euch schreiben, Herr, und wie Ihr auf die Wurfmaschinen der Orks losgegangen seid. Die künftigen Generationen in den kommenden Jahrhunderten werden von Eurer Geschichte wissen und werden sie erzählen, wenn sie Mut brauchen, weil sie ihrerseits belagert oder besiegt werden.«

»Ich bin gerührt!«, entgegnete Lisentrail mit einem Kopfnicken. »Mein Name ist Lisentrail. Mein Pferd heißt Goldschwanz, wenn das von Interesse ist. Und auch mein Harnisch schimmert.«

Überglücklich lief der Junge davon. Auf seinem Weg tönte die Stimme des Hauptmanns hinter ihm her: »Es war dein Großvater, der mir das Schreiben beigebracht hat.«

Wie vom Blitz getroffen, blieb der Junge stehen, drehte sich um und sah ihn an, die Augen weit aufgerissen und die Hände vor den Mund geschlagen.

»Es war dein Großvater, der mir das Schreiben beigebracht hat«, wiederholte Rankstrail. »Du siehst ihm ähnlich. Der Verrückte Schreiber. Seinen wahren Namen habe ich nicht gekannt.«

»Primo, mein Herr. Er hieß Primo, wie ich.«

»Ein schöner Name«, bemerkte der Hauptmann. Etwas Besseres war ihm nicht eingefallen. Als er so weit war, dass er dem Jungen die Worte seines Großvaters hätte wiederholen können – dass Schreiber und Ritter die edelsten Berufe seien, weil der eine von den Ungerechtigkeiten berichtet und der andere gegen sie zu Felde zieht –, war der Junge schon verschwunden.

»Hieß dein Pferd nicht Mäuseschwanz?«, fragte er Lisentrail, nur um etwas zu sagen und den Kloß, der ihm in der Kehle saß, loszuwerden.

»In hundert Jahren weiß das doch keiner mehr. Vielleicht hätten wir ihm auch sagen sollen, wer unser Vater war, so hätte er schreiben können: Lisentrail, Sohn von Giartrail oder Partrail oder sonst wem. In hundert Jahren weiß schließlich niemand mehr, dass man mich auch Lisentrail mit den vielen Vätern nennt.«

»Wir haben ihm schon die Pferdenamen aufgebunden, das ist Prahlerei genug.«

»Das war doch keine Prahlerei.«

»Goldschwanz und Zecca, der Prächtige. Und wo sind denn unsere schimmernden Harnische?«

»Die Rindersehnen, die unsere Harnische zusammenhalten, sind von den Orks, aber das Blut darauf ist unseres und das schimmert in der Sonne. Und jedes Pferd, das seinen Reiter in die Schlacht trägt, ist prächtig. Wer weiß, wer Arduin wirklich war?«, fragte Lisentrail noch. In der Dämmerung leuchteten die ersten Sterne, und ein paar Schwalben, die der Grausamkeit der Orks und den kümmerlichen Spießen der Menschen entgangen waren, schwirrten noch umher. Im stillen Vergnügen darüber, noch am Leben zu sein, wurde Lisentrail philosophisch. »Ich habe noch nie darüber nachgedacht. Vielleicht war er ein Hungerleider wie wir, der Harnisch zusammengehalten von Rindersehnen. Die Annalen haben ihn dann mehr und mehr verherrlicht, und so ist der König des Lichts daraus geworden, der leuchtet wie eine Laterne. He, Hauptmann, ist dir aufgefallen, dass es in der ganzen Stadt keine einzige Statue von Arduin gibt? Er muss wohl auch ein Hungerleider von der Leichten Kavallerie gewesen sein, deshalb gibt es kein Denkmal. Wir wissen nicht einmal, wie er ausgesehen hat.«

Rankstrail zuckte die Achseln. Es gab kaum etwas, was ihm weniger wichtig gewesen wäre als das Aussehen des Sire Arduin.

Lang blieb er schweigend am Brunnenrand sitzen.

Lisentrail holte aus seinem Quersack einen halben Brotlaib hervor, der noch übrig war von dem, was die Frauen der Stadt am Abend vor der Schlacht verteilt hatten. Er hatte auch etwas Knoblauch und Salz. Er teilte alles brüderlich mit dem Hauptmann.

»Wenn wir auch noch Öl hätten, wäre es besser, aber auch so ...«

Rankstrail nickte. Sie aßen langsam, damit es länger vorhielt.

Obwohl er keinen Schmerz mehr verspürte, ließ Rankstrail die verletzte Hand lange auf der gesunden liegen, sorgsam darauf bedacht, den weißen Leinenverband nicht zu beschmutzen, eine Umsicht, die er nie zuvor bei all den Verbänden seiner vielen Verwundungen hatte walten lassen.

Es wurde Abend.

Es wurde kalt.

Rankstrail machte sich auf den Weg in die Gemächer der Königin, um für sich und seine Männer Befehle zu empfangen.

KAPITEL 18

Rosalba saß auf der äußeren Brüstung der Königsgalerie, gegenüber des großen steinernen Throns, der schräg in den Raum gerückt war. Die Nacht war etwas frisch, aber in ihrer Schwäche empfand sie sie als kalt. Rosalba zog den Mantel fester um sich und schmiegte sich hinein wie in ein Nest. Parzia wachte bei ihren schlafenden Kindern.

Rankstrail kam und fragte mit einer angedeuteten Verbeugung, was er mit der Leichten Kavallerie machen sollte. Jetzt, da nicht mehr verzweifelt gekämpft wurde, konnte man daran denken, den Männern zu erlauben, eine Familie zu gründen und mit ihr zu leben. Der Dienst in der Kavallerie würde ein Beruf werden wie jeder andere, anständig und ehrbar, jenseits von Elend und Ehrlosigkeit. War das einmal geschehen, musste man, ohne zu viel Zeit zu verlieren, Mittel und Wege finden, um die Orks hinter das Hügelland zurückzuschlagen. Robi pflichtete ihm bei. Die Idee war vernünftig.

»Das ist ein absolutes Muss.« Sie lächelte. »Auf der Stelle lasse ich die alte und schändliche Bestimmung rückgängig machen, die den Söldnern verbietet, eine Ehe einzugehen, ja, das Wort ›Söldner‹ selbst wird abgeschafft. ›Soldat‹ gefällt mir besser.«

Aurora kam und unterbrach die Unterredung.

Sie kam, grüßte, und ohne Rücksicht darauf, was die beiden miteinander besprachen, räusperte sie sich und fing im beklommenen Tonfall dessen, der eine schwierige Rede lang und sorgfältig vorbereitet hat, an: »Das ist Arduins Thron«, sagte sie, indem sie auf den steinernen Thron wies, der den Raum beherrschte.

Rosalba nickte mit maßvollem und wohlerzogenem Desinteresse, ohne ihren Blick vom Horizont abzuwenden, wo der letzte Schnee auf den Bergen im Licht des Halbmonds in der hellen Nacht glänzte. Sie legte Wert darauf, höflich zu erscheinen, aber sie wollte sich nicht auch nur andeutungsweise interessiert zeigen, aus Angst, Aurora könne ihr einen nach dem anderen die einzelnen Einrichtungsgegenstände des Raums erläutern.

»Das ist kein Thron aus Holz mit Goldintarsien, das ist ein Thron aus Stein«, unterstrich Aurora noch einmal.

Wieder nickte Rosalba. Vielleicht hatte sie ein Übermaß an Höflichkeit und nicht genügend an Desinteresse an den Tag gelegt.

»Es handelt sich um einen großen Thron«, fing sie wieder an.

Aurora war genauso hartnäckig wie Jastrin, hatten sie erst einmal ein Gesprächsthema gefunden, war es schwer, sie wieder davon abzubringen. Rosalba nickte noch einmal, immer weniger ermutigend.

»Auch Arduin war sehr groß. Er war es gewohnt, auf Stein zu sitzen«, fuhr Aurora fort.

Aurora war nicht aufzuhalten. Im Vergleich zu ihr war Jastrin ein Waisenkind.

Rosalba lenkte ihren Blick vom Horizont auf Auroras Gesicht, nickte kurz und ließ den Blick dann wieder in die Ferne schweifen, in der Hoffnung, das Gespräch damit beendet zu haben.

Aurora trat zur Galerie, wo sich in unregelmäßiger Reihe die Steinstatuen der alten Könige erhoben.

»Das ist Karolus der Schlichter«, sagte sie, indem sie auf den ersten wies, dann ging sie weiter zum zweiten, einem gewissen Bertrhand ohne weitere Zusätze, während der dritte, Karolus der Zweite, Enkel des ersten, auch der Kurze genannt wurde, weil er nur zwei Monate regiert hatte, immer noch besser als Karolus der Dritte, der fünfte in der Reihe, auch der Kürzeste genannt, weil seine Regentschaft wegen eines tödlichen Sturzes vom Pferd nur sechs Tage gedauert hatte, wenn nicht eine geheime Verschwörung dahintersteckte.

Rosalba fragte sich, was sie Böses getan hatte. Vielleicht in einem früheren Leben… Mit einem Schauder des Grauens warf sie einen Blick auf die schier endlose Reihe der steinernen Herrscher. Falls Aurora die Absicht hatte, ihr Leben, Taten und Tod der ganzen Gesellschaft aufzuzählen, wären sie bis zum Morgengrauen beschäftigt. Zum Glück machte Aurora aber bei Karolus dem Dritten halt. Sie wies auf die Reihe der Könige.

»Arduin ist nicht darunter«, sagte sie. »Alle sind da, auch die, die nur wenige Tage regiert und nichts hinterlassen haben als die Erinnerung an ihren Namen, Arduin aber fehlt, Arduin der Retter, Arduin der Gerechte, Herr des Lichts, der einzige wirkliche König nach dem Fall der Elfenreiche.«

»Was Ihr nicht sagt!«, rief Rosalba schließlich.

Sie hatte das Gefühl, als sei ihre Geduld nun wirklich erschöpft und die Grenzen ihrer Höflichkeit erreicht. Sie warf Rankstrail einen Blick zu, der aber starrte Aurora an, ohne auch nur eine Sekunde lang den Blick von ihrem Gesicht zu lassen, fast wagte er nicht zu atmen.

»Es gibt keine Statue von Arduin«, sagte Aurora. »Es gibt keine Darstellungen irgendwelcher Art. Er wollte nicht… er wollte keine… falschen Darstellungen und es konnte keine Bilder von ihm geben.«

Rankstrail wirkte wie versteinert, so vollkommen war seine Reglosigkeit.

»Vielleicht war er schüchtern«, bemerkte Rosalba, gereizt von dieser Unterhaltung und in der unbestimmten Hoffnung, sie zu beenden. »Die Müllerstocher im Dorf von Arstrid kam um vor Scham, wenn man nur das Wort an sie richtete. Arduin wird es gestört haben, sich in einer Statue oder sonst wie dargestellt zu sehen, er war halt ein bisschen schüchtern. Nein, er war zurückhaltend und, wie heißt das noch? Bescheiden! Ja, er war zurückhaltend und bescheiden.«

Langes Schweigen. Rosalba amtete auf. Die Unterredung war beendet. Sie würde schlafen gehen können. Sie würde die Augen schließen und schlafen können.

»Nein, nein, Tatsache ist, dass er… Er war nicht… er gehörte nicht dem Menschengeschlecht an, jedenfalls nicht dem Menschengeschlecht im engeren Sinn…«, fügte Aurora leise, fast flüsternd hinzu.

Rosalba schreckte aus ihrer gelangweilten Zerstreutheit auf. Sie riss den Mund auf. Ihr Herz hüpfte.

»Wirklich!«, rief sie begeistert. »Habe ich es doch gewusst!«, sagte sie triumphierend. »Ich habe es immer gewusst!«, wiederholte sie und sprang auf. »Auch Arduin war ein Halb-Elf. Wie meine Kinder! Ein Halb-Elf wie meine Kinder! Ich habe es ja schon immer gewusst!«

Sie war wie ausgewechselt vor Begeisterung.

Rankstrail war so reglos, als hätte man ihn einbalsamiert. Rosalba fragte sich, ob ihm womöglich etwas fehlte. Dann trat sie an die Brüstung und sog glücklich die kalte Nachtluft ein. Als sie sich zu Rankstrail und Aurora umwandte, überstrahlte ein Lächeln ihr Gesicht. Es war seit unvordenklichen Zeiten das erste Lächeln, das sie zeigte.

Aurora schwieg eine Weile, dann fing sie langsam und mit leiser Stimme wieder an.

»Arduin war kein Halb-Elf«, hauchte sie fast.

»Aber Ihr habt doch gerade gesagt, dass er nicht ganz menschlich war!«, erwiderte die Königin ärgerlich. Sie fand diese ständigen Andeutungen, diese nur zur Hälfte gegebenen Erklärungen unerträglich, bloß dazu da, sie, Rosalba, dumm aussehen zu lassen.

»Ich habe gesagt, dass er nicht vollständig menschlich war, nicht, dass er ein Halb-Elf war«, erklärte Aurora geduldig.

»Und wessen Blut hatte er noch in sich? Das eines Huhns vielleicht?«

»Arduin war einer von ihnen«, entgegnete Aurora. »Er war ein Mong-hahul-Ork. Deshalb hat er sie niedergeworfen und vernichtet.« Aurora machte eine Pause. »Er wusste, wie man sie bekämpft. Er wusste, wo und wie er zuschlagen musste. Wie alle Orks hatte er vor nichts Angst. Schmerz fühlte er fast nicht. Der Tod war ihm gleichgültig. Nicht einmal, wenn der Oberste aller Dämonen aufgestiegen wäre aus den tiefsten Tiefen der Unterwelt, hätte ihn das beeindrucken können. Nichts und niemand hat ihn je bezwungen. Er war der größte Heerführer, den die Menschenwelt je gekannt hat, nach den Elfenkönigen. Einsam, verzweifelt, hellsichtig und unbesiegbar. Seine Wut war rasend und er konnte grausam sein. Als die Targh-hail-Orks die Bauernfamilien im Hügelland niedergemetzelt und beinah die Verteidigung der Stadt durchbrochen hätten, verschonte Arduin nicht einen von ihnen. Nach beendetem Angriff war die Ebene von hier bis zu den Dunklen Bergen vollkommen übersät von Hellebarden mit den abgeschlagenen Köpfen darauf. Monatelang zehrten nicht nur die Adler von dem, was von den Gesichtern der Targh-hails übrig war, sondern auch die Möwen. Deshalb sind die Möwen den Dogon hinauf bis nach Daligar gekommen; bis dahin hatte es sie nur am Meer gegeben. Monatelang hat man in Daligar nur Adler und Möwen gegessen, weil in der Ebene mit den auf Piken steckenden Köpfen nichts angebaut werden konnte, doch keiner wagte es, sie anzurühren, bevor Arduin nicht den Befehl dazu gab, und den gab er nie.«

Aurora schwieg. Rosalba hatte es die Stimme verschlagen oder vielleicht hätte sie schon Stimme gehabt, aber ihr fehlten die Worte. Sie bekam keine Luft, und einen Augenblick lang hatte sie das Gefühl, dass ihr das Blut stockte, und sie wankte. Glücklicherweise konnte Rankstrail, der plötzlich aus seiner Versteinerung aufgewacht war, sie stützen. Er geleitete sie weg von der Brüstung und ließ sie sicher auf dem Podest von Karolus dem Dritten niedersitzen, dem Karolus, der weniger als eine Woche regiert hatte und den das Schicksal nun endlich auch zu etwas nütze sein ließ.

»Das ist eine Lüge«, sagte Rosalba schließlich. »Weder ich noch meine Kinder haben Ork-Blut in den Adern. Das ist lächerlich und auch dumm.« Sie stand auf und sagte leise und verächtlich: »Ich habe Arduin gesehen. Ich habe ihn im Spiegelbild auf meinem Schwert gesehen, und ohne seinen Mut hätte ich es niemals geschafft, die Belagerung zu durchbrechen. Es war sein Geist, der mich leitete. Er trug diesen Mantel. Die Silberstickerei und die Perlen sind unverkennbar. Er hatte die efeuumwundene Goldkrone auf.«

»Eben, meine Herrin. Arduins Krone ist aus Eisen, mit einem schmalen Goldreif darin zum Andenken an seine Gemahlin. Überlegt doch! Arduin hätte niemals die Krone der Elfen tragen können, da doch Ihr und Euer Gemahl sie erst vor einigen Jahren wiedergewonnen habt. Dieser Mantel hat nicht Arduin gehört. Mein Vater hat ihn sich vergangenes Jahr machen lassen und dazu solche Mengen Gold verbraucht, dass sie ausgereicht hätten, die ganze Grafschaft zu ernähren und ein Heer zu bewaffnen, das die Erde des Menschenvolks bis zu den Grenzen der Bekannten Welt verteidigt. Arduin der Gerechte hätte sich niemals einen solchen Mantel machen lassen. Was Ihr im Moment der Gefahr gesehen habt, meine Herrin, war das Bildnis Eures Sohnes, wenn er den Thron bestiegen haben wird. Einer Eurer Söhne heißt Arduin. Der künftige König von Daligar. Euer Blick durchdringt die Schleier der Zukunft wie der Arduins, er dringt nicht in die Vergangenheit.«

Ein langes Schweigen trat ein. Aurora und Rosalba standen sich gegenüber, reglos, die grünen Augen der einen begegneten den schwarzen der anderen.

Endlich ließ Rankstrail sich vernehmen.

»Aber wie konnte denn das zugehen, dass man einen Mong-hahul-Ork zum König gemacht hat?«

Rosalba belebte sich wieder. Aurora antwortete prompt.

»Arduin wurde einstimmig gewählt. Er war der siegreiche General. Als er kam, war die Stadt in der Gewalt der Orks. Die Grausamkeiten waren unerhört und unaussprechlich. Die Hälfte der Einwohner war tot, und die andere Hälfte hätte gewünscht, es zu sein. Arduin ergriff das Kommando über das, was von der Armee übrig war, und befehligte den Gegenangriff. Er eroberte die Stadt zurück. Vernichtete der Reihe nach die anrückenden Ork-Heere, vertrieb sie aus der Bekannten Welt und machte die Grenzen wieder fest und sicher.«

»Und wie konnte es zugehen, dass ein Mong-hahul-Ork zum Befehlshaber unserer Armee oder dessen werden konnte, was davon übrig war, um den Gegenangriff zu führen?«

Aurora suchte nach Worten, fast verlegen.

»In den Annalen steht, dass er sozusagen ernannt wurde, ›angeheuert‹ wäre freilich das richtigere Wort, von der Tochter des Königs ...«

»Und wie konnte der Königstochter so etwas in den Sinn kommen? Wo hat sie den Ork denn gefunden? Unter ihrem Bett vielleicht in einer hochsommerlichen Vollmondnacht? Tochter von welchem König? Hinz dem Bescheuerten oder Kunz dem Bekloppten? Und wer ist denn der Idiot, der auf die Idee kommen konnte, einen Mong-hahul-Ork den Herrn des Lichts zu nennen? Womit hat er die Welt denn erleuchtet? Etwa mit dem Feuer seiner Scheiterhaufen?«, brauste Rosalba auf.

KAPITEL 19

Aurora wurde immer unsicherer und verlegener, aber sie ließ nicht locker und versuchte, den Faden ihrer Erzählung wieder aufzunehmen.

»Erlaubt, dass ich euch das Leben Arduins von Anfang bis Ende erzähle. Ich bin, glaube ich, die Einzige, die es wirklich kennt. Meine Mutter hat mir das Elfische beigebracht und mithilfe des Hofmeisters des Königlichen Hauses habe ich auch die alten Sprachen gelernt. Bevor er starb, hat Arduin seine Prophezeiung oberhalb der Bogengänge in die Wand meißeln lassen und seine Lebensgeschichte von eigener Hand aufgezeichnet. Er schrieb nur in der Elfensprache. Die Aufzeichnungen waren in anderen Texten versteckt, hier und da eine Zeile, und man musste sie wie ein Rätsel entschlüsseln. Ich weiß nicht, ob Arduin selbst seinen Text so versteckt hat oder ob es seine Nachfolger waren, die auf diese Weise einen Kompromiss fanden zwischen dem Wunsch, seine Zugehörigkeit zum Volk der Orks zu verbergen, und dem, die Erinnerung an ihn zu bewahren. Die Prinzessin hieß Jade und war die jüngste Tochter des Königs, das letzte von neunundzwanzig Kindern, die der König mit seinen vier Frauen, die ihn eine nach der anderen als Witwer zurückließen, und sechs Konkubinen, die die

Zwischenzeiten ausfüllten, gehabt hatte. Ihr Vater war Dardrail der Vierte gewesen, genannt der Grausame, wegen der Unerbittlichkeit, mit der er seine Gebiete verwaltete, der Härte, mit der er seine Familie regierte, und der Grausamkeit, die er gegenüber den Orks an den Tag legte.

So viele man auch vernichtete, früher oder später kamen andere nach. Sosehr man die Grenzen auch befestigen mochte, ob man Wachtürme errichtete, Gräben aushob, alle fünfzig Schritt einen bewaffneten Wachsoldaten postierte, früher oder später geschah es doch, dass einer nicht aufpasste oder einschlief, und dann gingen die Bauernhöfe in Flammen auf. Dardrail der Grausame hatte Befehl gegeben, die Gebiete der Orks anzugreifen und sie alle zu vernichten, einschließlich der Kinder. Doch die Prinzessin griff ein und der Befehl kam nicht zur Ausführung. Man erzählt, wie der Blitz sei sie auf ihrem Pferd herbeigeschossen und habe sich mit gezücktem Schwert zwischen ein schon vom Feuer versengtes Kind der Orks und die Soldaten ihres Vaters gestellt. Sie habe gebrüllt, Kinder tötet man nicht, niemals, lieber Tod oder Untergang. Wer einem Kind wehtut, ist ein Ork. Wenn man die Orks nur dadurch bekämpfen kann, dass man selbst wird wie sie, dann lieber Tod und Niederlage. Als Kämpferin taugte sie offenbar nicht sonderlich viel, aber sie war die Tochter des Königs, und so hatte keiner der Soldaten es gewagt, sie offen anzugreifen und womöglich königliches Blut zu vergießen. Sie hatte das Kind befreit und von den Soldaten weggebracht. Sie hatte ihm ihr Pferd gegeben, damit es zu seinen Leuten zurückkehren konnte, und hatte ihm ihr königliches Siegel um den Hals gehängt, das war eine Jadekugel mit einer darin eingravierten aufgehenden Sonne, damit kein Soldat es aufhalten sollte. Dieses Kind war Arduin. In gewisser Weise rettete die Prinzessin sämtliche Kinder der Orks.

Es ist merkwürdig, es genügt, dass ein einziger Mensch sich

einem grausamen Befehl widersetzt, damit alle, auch die, die ihn ausführen, und die, die ihn erteilt haben, seine Grausamkeit bemerken. Jade war die Lieblingstochter ihres Vaters. Nicht nur wurde sie nicht bestraft, sondern nach dem Auftritt wurde der Befehl, die Kinder der Orks zu töten, widerrufen. Das war ein Segen. Viele Soldaten waren desertiert, nur um ihn nicht ausführen zu müssen. Nach dem Tod Dardrails des Grausamen folgte ihm sein Sohn, Balruin der Jüngere, auf dem Thron nach, weil niemand anderer da war. Solange die Welt und der Horizont unverändert blieben, regierte Balruin ohne Lob und Tadel, doch als am Horizont von den Ebenen des Ostens her die schwarzen Horden der Orks aufzogen, fielen ihm dazu nur zwei Dinge ein. Die Zugbrücke von Daligar hochziehen, damit die Stadt wenigstens ein Weilchen der Belagerung standhalten konnte, und dann fliehen, bevor die Belagerung einsetzte. Man muss allerdings sagen, dass er im Unterschied zu meinem Vater wenigstens das Heer in Daligar zurückließ. Während seine Soldaten abgeschlachtet wurden und die Köpfe seiner Generäle zusammen mit ihren Eingeweiden als Girlanden die Wurfmaschinen zierten, floh er nach Alyil, die uneinnehmbare Festung in den Bergen des Nordens, wohin jetzt auch mein Vater geflohen ist, zusammen mit dem, was von seinem Hofstaat übrig ist, und mit fast dem ganzen Heer. Erst in den Bergen des Nordens bemerkte Balruin, dass Jade fehlte, seine jüngste Schwester, die einzige, die noch unvermählt war. Die Prinzessin war in der Stadt zurückgeblieben und versuchte, die Kinder in den Waisenhäusern zu schützen, die es auch damals schon gab und die gewiss … anständiger waren als unter der Herrschaft meines Vaters. Die Orks brauchten bestimmt niemanden, der ihnen befahl, Kinder abzuschlachten, und sie desertierten auch nicht, wenn das zu tun war. Das Land stand in Flammen. Die Prinzessin hatte sämtliche Waisenkinder um sich geschart und versuchte, sie im Gebirge in Sicherheit zu bringen, als sie von einer Bande Orks umzingelt wurde. Sie zog ihr nutzloses Schwert, als einer der Angreifer zwischen sie und die anderen trat. Der Ork trug den Jadeanhänger um den Hals. Er sah sie an und sagte: ›Man tötet keine Kinder, niemals.‹ Er sprach die Menschensprache nicht gut, aber er war zu verstehen. Dann drehte er sich um, sodass er ihr den Rücken zuwandte, riss sich die furchtbare Kriegsmaske vom Gesicht, dann wandte er sich gegen die Orks und vernichtete sie. In den folgenden Tagen übernahm er das Kommando, versammelte die versprengten Soldaten, bewaffnete die Bauern mit ihren Mistgabeln und brachte allen Zivilisten das Kämpfen bei, befehligte den Gegenangriff und befreite Daligar. Einmal im Inneren der Stadt, ließ er die Pfähle anbringen, die außen schräg aus den Mauern herauswachsen, über jedem davon brannte ein Feuer, um das Pech zu erhitzen, das auf die Belagerer hinabgegossen wurde. Die Stadt glich immer mehr einem Igel und wurde uneinnehmbar. Die Feuer sah man in der Dunkelheit, und sie gaben denen Mut, die ihn verloren hatten. Eine Menschenstadt hatte sich befreit und kämpfte. Früher oder später würden auch die anderen es schaffen …«

»Hat man ihn deswegen Herr des Lichts genannt?«, fragte der Hauptmann.

»Ja, sicher, aber ich glaube, da gab es noch ein anderes, bedeutungsvolleres Motiv, verborgener, aber nicht weniger wichtig. Es war ein Lichtstrahl, dass ein Ork für die Rettung der Kinder kämpfte statt für ihre Ermordung. Das bedeutete, dass man wählen kann, dass das Schicksal nicht vorgezeichnet ist. Dass die Hoffnung nie verloren ist. Es bedeutete, dass Orksein eine Wahl ist, kein Schicksal. Auf seine Art ist mein Vater ein Ork, auch wenn er zarte Hände hat und sein Bart seidenweich und schön gekämmt ist. Arduin hatte beschlossen, nicht länger Ork zu sein.

Ursprünglich lautete sein Name, glaube ich, Arduink. In den alten Chroniken wird er so geschrieben.«

»Aber warum war er unbesiegbar als Krieger? Weil er ein Ork war? Die anderen waren doch auch Orks, vom Ersten bis zum Letzten …«

»Die Orks sind ungeliebte, gehasste Kinder, die auf die Welt gebracht werden, um Krieger zu werden und wie eine Keule oder wie ein Wurfgeschoss gegen eine verhasste Welt eingesetzt zu werden. In der Welt der Orks ist die Mutter nur ein Werkzeug, das der Krieger benutzt, um noch einen Krieger zu erschaffen, oder wenn möglich, mehr als einen. Es gibt keine Zärtlichkeit. Es gibt kein Mitleid. Jeder Ork empfindet ein Höchstmaß an Lust dabei, sich zusammen mit allen anderen zu bewegen. Sie kämpfen alle gemeinsam, sie essen alle gemeinsam, sie betrinken sich alle gemeinsam. Habt ihr schon einmal eine Orkparade gesehen? Das ist sehr eindrucksvoll. Keiner rührt ein Glied, wenn nicht im Gleichtakt mit allen anderen. Für jeden stumpfsinnigen Kommandanten sind sie die idealen Soldaten. Sie können nicht denken, weil sich Gedanken nur in demjenigen bilden, der Vertrauen zum Leben hat, und wer nicht geliebt wurde, hat dieses Vertrauen nicht. Isoliert von den anderen, ist ein Ork verloren. Ohne Befehl wissen sie nicht weiter. Kriege gewinnt man mit Barmherzigkeit und mit Denken. Wer weder das eine noch das andere hat, muss verlieren, auch wenn er oft die ersten Schlachten gewinnt. Wenn ein Ork jedoch im Kindesalter von der Barmherzigkeit berührt wird, hört er auf, Teil eines Heeres zu sein, und wird ein unbesiegbarer Krieger. Nach wie vor kennt er keine Angst, aber die Hellsicht nimmt zu und kann in einigen Fällen die Jahrhunderte durchdringen. Nie wird er Erbarmen mit dem Feind kennen, den er erschlägt, aber er wird für die Gerechtigkeit kämpfen bis zum Sieg. Die Orks wurden gleichzeitig mit den Menschen und den

Elfen erschaffen. Der gleiche universale Schöpfergeist schuf sie und verlieh ihnen Gaben, und wenn den Elfen große Macht über den Geist und über die Materie gegeben ist, so hat das Volk der Orks nicht weniger mitbekommen, das Fehlen von Angst, die Fähigkeit, Schmerz zu ertragen, und in einigen Fällen eine mehr oder minder ausgeprägte Fähigkeit, in die Zukunft zu blicken. Dann hat der Böse sich eingemischt und die Orks verfielen der Macht von grausamen und dumpfen Göttern. Der Schmerz hat sie verkrüppelt und der Hass auf ihr Elend hat sie verdorben. Sie sind niederträchtige, blutrünstige und gemeine Wesen geworden, die die Welt mit ihrer Grausamkeit überziehen. Sie verstecken ihr Gesicht unter Kriegsmasken, die sie sich auf die nackte Haut kleben. Dadurch muss ihr Gesichtsausdruck immer gleich bleiben, was das Denken noch mehr behindert. Aber am Anfang der Zeiten waren sie groß wie die Elfen. In der alten Sprache wurde Elf und Ork verschieden ausgesprochen, aber mit den gleichen Zeichen geschrieben.«

»Und haben die Menschen denn auch etwas mitbekommen, eine Gabe, meine ich, außer den Läusen?«, fragte Robi.

»In gewisser Weise war genau das ihre Gabe«, antwortete Aurora und gestattete sich den Anflug eines Lächelns.

»Die Läuse?«

»Seht Ihr, Herrin«, entgegnete Aurora, »glaubt man den Berichten vom Anfang der Welt, so war die einzige Gabe für die Menschen das Fehlen einer Gabe. Die Menschen haben keine Macht über die Materie oder den Geist, niemals könnten sie einen Drachen reiten, sie sind gegen Schmerz empfindlicher als ein Ork und gegen Frost mehr als ein Elf. Ständig konfrontiert mit der eigenen Unvollkommenheit, immer wieder in die Knie gezwungen von einer unverständlichen und unbeherrschbaren Wirklichkeit, mussten die Menschen den Mut erlernen. Nicht die selbstmörderische und blutrünstige Verwegenheit der Orks, sondern echten Mut, den Mut, immer wieder aufzustehen. Der einzige Weg, den das Volk der Menschen beschreiten kann, ist, sich die Materie durch Verstehen untertan zu machen. Vielleicht werden auch die Menschen eines Tages mit einer Handbewegung Feuer anzünden, den Schmerz überwinden oder sich Flügel bauen können, die sie wie einen Vogel oder wie einen Drachen durch die Lüfte tragen. Die Gabe, die die Menschen mitbekommen haben, ist der Mut, nicht aufzugeben und es immer wieder von Neuem zu versuchen. Es gibt eine Legende vom Anfang der Welt, die von einem Zaubergarten erzählt, in dem ein Baum stand, dessen Früchte verboten waren. Die Große Mutter der Elfen beachtete ihn gar nicht, die der Orks liebkoste die Früchte lange mit Blicken und Händen und sog ihren Duft ein. Die Mutter der Menschen dagegen biss in die Frucht und erkannte ihren Geschmack. Deshalb wurden ihre Nachfahren dazu verdammt, ohne eine Gabe gegen Tod und Schmerz auskommen zu müssen.«

»Wirklich erhebend«, bemerkte Rosalba eisig.

»Wisst Ihr«, fuhr Aurora fort, »es gibt eine eigenartige Interpretation dieses Mythos. Der absolute Gehorsam der Elfen wurde mit Unsterblichkeit belohnt, die sie schließlich zugrunde richtete; der teilweise Gehorsam der Orks mit der Unempfindlichkeit gegenüber Schmerz, die in Grausamkeit umschlug. Die einzig richtige Wahl war die der Menschen, ihre Neugier, ihre Kühnheit. Sich niemandem unterzuordnen, wissen zu wollen. Das war es, was der universale Schöpfergeist des Universums bezweckte. Findet Ihr das nicht spannend?«

»Es verschlägt mir vor Spannung den Atem«, versicherte Rosalba trocken. »Könnten wir zur Geschichte Arduins zurückkehren, wenn es Euch beliebt?«

Rosalba hoffte, dass der universale Schöpfergeist Sinn für Humor hatte. Sie musste verschiedene Dinge mit ihm klären, wenn sie denn je das Glück haben sollte, ihm zu begegnen.

»Prinzessin Jade, die sechs Jahre älter war als Arduin, willigte ein, seine Gemahlin zu werden«, fuhr Aurora fort.

»Hat sie ihn aus eigenem Willen geheiratet, oder war das der Preis dafür, dass der Krieger für sie kämpfte?«, fragte der Hauptmann.

»Das... weiß ich nicht. Das... das wird in keinem der Berichte erwähnt. Ich glaube, da nichts anderes gesagt wird... hat sie es vermutlich... gewollt«, entgegnete Aurora unsicher.

»Könnten wir vielleicht mit der Geschichte fortfahren, wenn es nicht allzu viel Mühe macht?«, fragte Rosalba und hatte das unangenehme Gefühl, die Einzige in der Runde zu sein, die noch etwas gesunden Menschenverstand besaß.

Aurora versuchte, rasch zum Schluss zu kommen. »Das Volk der Menschen liebte Arduin über die Maßen, aber ebenso maßlos schämte es sich auch für ihn. Das war der Grund, weshalb die Welt dann in Feigheit und Barbarei versank. Auch weil sie den Elfen nicht verzeihen konnten, dass diese sich hatten von den Orks besiegen lassen.«

»Warum sind die Elfenreiche gefallen?«, fragte der Hauptmann. »Wie war das möglich? Sie mussten doch über außerordentliche Kräfte verfügen.«

»Weil ihre Fähigkeit zum Mitleiden so groß geworden war, dass es sie zugrunde gerichtet hat«, diesmal war es Rosalba, die antwortete. »Mein Gemahl hat es mir erklärt. In Friedenszeiten waren sie gute Könige, wenn sie den Menschen auch fern und oft unverständlich blieben, weil sie sich nur mit den Bewegungen der Gestirne oder dem Erlernen des Lautenspiels befassten. Als die Orks anrückten, waren die Elfen nicht in der Lage, sie zu bekämpfen. Mein Gemahl musste einen Mann töten, wisst Ihr, als er kam, um mich aus den Klauen des Verwaltungsrichters zu befreien. Seither ist kein Tag in seinem Leben vergangen, an dem er nicht an diesen getöteten Mann gedacht hätte. Als die Orks anrückten, waren die Elfenkönige nicht imstande zu kämpfen, weil sie jeden Hieb, den sie austeilten, wie am eigenen Leib fühlten, und das wurde ihnen als Schwäche gegenüber dem Feind ausgelegt. Verwundete Gegner tötete man, und wenn jemand etwas zu rächen hatte, dann ließ er das an ihnen aus, und ich glaube, es hat vieles zu rächen gegeben. Zuletzt verlangten die Elfenkönige sogar, dass Gefangene gemacht werden. Wer aber Frau und Kinder in einem der Massaker verloren hat, der ist nicht bereit, ihren Schlächtern Essen und sauberes Wasser zu reichen; auch dieses Ansinnen wurde den Elfenkönigen als Entgegenkommen gegenüber dem Feind ausgelegt.«

Die Königin schwieg einen Augenblick, dann wandte sie sich wieder an Aurora.

»Ich habe Euch unterbrochen«, sagte sie.

Aurora nahm den Faden ihrer Erzählung wieder auf.

»Arduins Sohn war König geworden, aber er konnte keine Frau finden. Er starb ohne Nachkommen. Er war Sohn eines Orks. Niemand will Orkblut in der Familie. Der alte, siegreiche König hatte gewollt, dass seine Töchter sich unerkannt unters Volk mischten, lebten wie sie, um nicht zur Einsamkeit verdammt zu bleiben. Prinzessin Jade war kurz nach der Geburt ihrer jüngsten Tochter gestorben, getötet vom letzten Pfeil, des letzten Bogenschützen der letzten fliehenden Orkeinheit. Arduins Zorn war fürchterlich. Der König, der wohl Gerechtigkeit, aber kein Erbarmen kannte, vernichtete restlos alle Orks in der Menschenwelt, befestigte die Grenzen und machte sie unüberwindlich. Er sollte der einzige Ork sein, der seinen Fuß auf die Erde der Menschen setzte, der letzte. Nach Jades Tod und nach seinem Sieg blieb Arduin allein und verzweifelt zurück. Er dankte ab und verbrachte seine Tage in Bibliotheken. Jemand hatte ihm Lesen und Schreiben beigebracht, die alten Sprachen und das Elfische. Sein Sohn wurde einstimmig zum König gewählt und erhielt den Beinamen ›der Weise‹, doch zu Arduins größtem Schmerz wurde er in jungen Jahren von einem merkwürdigen Fieber dahingerafft, das keiner erklären konnte und das vielleicht Gift war…«

»Dann wäre ich also Nachfahrin einer der Töchter Arduins?«, unterbrach Rosalba sie. »Ich habe gesiegt, weil das Blut eines Orks in meinen Adern fließt, oder gar das von diesem Weiß-der-Kuckuck des Grausamen?«

Es herrschte Schweigen. Aurora schien nach den rechten Worten zu suchen, sich zu sammeln.

»Herrin«, sagte sie schließlich, »zweifellos tragt Ihr das Blut von Arduin dem Gerechten und von Jade in Euch, aber Ihr habt gesiegt, weil Ihr Ihr seid. Das Blut Arduins fließt in Euren Adern, gewiss, aber nicht nur in Euren. Weder Eure Eltern noch Vorfahren waren Einzelkinder, und bestimmt habt Ihr eine Unmenge an Vettern und Basen unterschiedlichen Grades, die sich die Herkunft mit Euch teilen. Keiner von ihnen hat uns zum Sieg geführt, das wart Ihr. Ihr habt Kampftaktik gelernt, wenn Ihr als Kind mit Eurem Vater auf die Jagd gingt, Eure Mutter hat Euch Vertrauen gelehrt, Euer Gemahl hat Euch die Fähigkeit gegeben, die Seelen zu begeistern, Eure Kinder und die Notwendigkeit, sie zu schützen, haben Euch den erforderlichen Mut und die nötige Grausamkeit eingeflößt, vor nichts haltzumachen.«

Aurora wandte ihre grünen Augen von denen Rosalbas ab und ihr Blick verweilte kurz auf dem undurchdringlichen Gesicht von Hauptmann Rankstrail. Dann ließ sie den Blick in die Ferne zum Horizont schweifen, wo sich die Gipfel der Dunklen Berge abzeichneten.

»Wir sind nicht das Blut, das wir in uns haben«, fuhr Aurora fort. »Das war früher einmal. Die Heiligen kamen als Kinder von Heiligen auf die Welt, die Ausgestoßenen als Kinder von Ausgestoßenen. Vom König bis zum Verräter, über Heroen und Dämonen, alle kamen auf die Welt und ihr Schicksal war vorgezeichnet in Lettern aus Schlamm oder Gold, sie brauchten diesen nur zu folgen. War die Ehre einmal verloren, blieb sie das für immer. Die Schande wurde zu einer Verdammnis, die noch weit über den Tod hinaus fortwirkte und die ganze Sippe ereilte. Ehrlosigkeit war wie ein Feuerkreis, aus dem es kein Entrinnen gab. Gut und Böse waren durch eine Grenze geschieden. Es galt als Ehre, Orks und von der Unterwelt ausgespiene Dämonen zu bekämpfen, deren Bösartigkeit jeden Begriff himmelhoch überstieg. Diese Welt ist nicht mehr, wie die Elfen nicht mehr sind, wie Drachen und Erinnyen. Wir sind wir. Wir sind die Entscheidungen, die wir treffen, nicht das Blut, das wir in uns haben. Wir alle müssen lernen, wieder aufzustehen, wenn wir gefallen sind, denn die Helden, die niemals stürzten, sind einer nach dem anderen ins Reich des Todes eingegangen, und übrig sind nur wir. Nach jedem Sonnenuntergang ziehen wir Bilanz, prüfen, ob Mut oder Feigheit, Ehre oder Ehrlosigkeit überwogen haben, und so erkennen wir, ob es ein guter Tag war. Ihr, Herrin, wisst nicht, wie schauerlich es ist, sich für das Blut schämen zu müssen, das in den eigenen Adern fließt. Eure Eltern sind getötet worden und Ungerechtigkeit ist gar kein Ausdruck dafür, aber sie haben sich bei der Hand gehalten, als sie starben. Ihr seid stolz auf sie, ebenso wie Euer Gatte. Ich weiß ja nicht, ob er diejenigen noch kennenlernen konnte, die ihn gezeugt haben, aber er hat gewiss nie aufgehört, stolz auf sie zu sein. Mir ist dieses Glück nicht beschieden. Mein ganzes Leben lang war ich zerrissen. In gewissem Sinn bin ich Tochter eines Orks. Mein Vater war ohne alle Bedenken bereit, Euch als Kind ermorden zu lassen oder Eure Tochter von nicht einmal zwei Jahren; und wie Jade sagte, wer bereitwillig ein Kind tötet, verdient es, Ork genannt zu werden. Wenn wir sämtliche Orks aus unserem Land vertrieben haben, müssen wir daran denken, dass da noch ein letzter übrig ist, versteckt in den Bergen, in Alyil. Ich kenne alle Verbrechen meines Vaters, und doch bleibt in einem Winkel meines Gedächtnisses das Lächeln, mit dem er mir als Kind entgegenkam. Lang habe ich gedacht, müsst Ihr wissen, das einzig mögliche Schicksal für mich sei die Einsamkeit, weil meine Kinder das Blut dieses Ungeheuers in sich tragen würden, aber jetzt bin ich mir da nicht mehr so sicher. Ein Nachmittag in Gesellschaft Eurer Tochter hat mir mehr Dinge über meine Seele offenbart, als ich ahnen konnte. Ich glaube, jeder von uns ist die Summe seiner Taten, nicht das Blut, das in seinen Adern fließt. Das gilt für Sire Arduin. Es gilt… für mich. Für jeden.«

Aurora verstummte. Ihre Blicke schweiften über die Wehrgänge hinaus, nicht in die Ferne, sondern zu den Köpfen der Orks, die ganz in der Nähe an den Wachtürmen hingen. Das Licht wich aus ihrem Gesicht, und ihre Augen wurden grau wie das Meer, wenn im Winter Sonne und Horizont hinter den riesigen Regenwolken verborgen sind.

»Wir müssen einen doppelten Kampf führen. Die Horden der Orks eine nach der anderen bekämpfen, in dem Bewusstsein, dass immer neue nachrücken werden; andererseits aber nicht unsere Seele verraten, indem wir das Mitleid vergessen und so werden wie sie.«

»Wer immer meine Kinder töten will, den töte ich«, sagte Rosalba ruhig und bestimmt. »Sein Kopf landet auf den Piken am Rande der Kloaken.«

»Nein, nicht einmal der Kopf dessen, der Eure Kinder töten will, darf auf den Pfählen landen, die die Grenzen der Sümpfe abstecken. Ihr wisst ja nicht. Verzeiht, Herrin, aber Ihr begreift nicht. Es liegt etwas Furchtbares in der Enthauptung eines Menschen: Seine ganze Menschlichkeit wird vernichtet…«

»Gerade deswegen tun wir es ja«, unterbrach Rosalba sie. »Die Orks haben keine Angst vor dem Tod. Das Einzige, was sie schreckt, ist die Vorstellung, bis ans Ende aller Zeiten ohne etwas auf den Schultern durch die Unterwelt irren zu müssen, während andere Krieger sich über sie schieflachen.«

»Die Orks haben eine schreckliche Angst vor dem Tod, wie alle, die lauthals beteuern, ihn zu lieben. Indem sie den Tod geben und suchen, halten sie ihn in Schach. Unerträglich ist ihnen aber, den Tod ganz einfach erwarten zu müssen, ohne zu wissen, wann er kommt, wie alle es tun, die weder Selbstmörder noch Mörder sind. Wenn ein Ork stirbt oder wenn auch nur sein Leichnam geköpft wird, bricht wie in einem Strudel der ganze Schmerz der Welt auf, wie könnt Ihr das nur nicht fühlen! Wie könnt Ihr nur nicht bemerkt haben, dass Eure Tochter mit niedergeschlagenen Augen herumläuft, um… das nicht sehen zu müssen.«

Aurora wies auf die abgeschlagenen Köpfe, die man in der Dunkelheit erkennen konnte.

»Erbrow sieht die Orks nicht an, weil sie Angst vor ihnen hat…«

»Eure Tochter schaut nicht in diese Richtung, weil sie den Schmerz ihres Todes und das Grauen ihrer Enthauptung mitfühlt. Lasst nicht zu, dass Eure Kinder und die anderen Kinder von Daligar an einem Ort aufwachsen, wo sich auf das Jausenbrot mit Honig Fliegen setzen, die sich eben noch an den Augenhöhlen eines Toten gelabt haben. Meine Herrin, verzeiht mir«, fuhr Aurora fort, sie zitterte, »Euer Gemahl hätte das niemals zugelassen. Für ihn wäre ein Mangel an Mitleid purer Schmerz gewesen, wie eine offene Wunde. Wir müssen den Verletzten zu Hilfe kommen, auch denen der Orks. Die Gefangenen müssen leben.«

»Wo?«, fragte Rosalba.

»In den Verliesen!«

»Wie? Wovon? Indem man einer belagerten Stadt Lebensmittel und Wasser fortnimmt, um sie zu ernähren? Indem man für ihre Bewachung Soldaten von einem Heer abzieht, das ohnehin schon dünn genug besetzt ist, um sie zu bewachen?«

Aurora war sehr blass. Sie schien am ganzen Leib zu zittern. Rosalba begann zu verstehen. Rankstrail kam ihr zuvor.

»Ihr seid ein ...«, fing Rankstrail an. »Ich meine ...«

»Gewiss, mein Herr, ich bin das, was man einen Halb-Elfen nennt. Meine Mutter gehörte dem Volk der Elfen an.«

»Aber hat Euer Vater die Elfen denn nicht gehasst? Hat er nicht sein Leben damit zugebracht, sie zu vernichten?«

Rosalba war fassungslos. Sie war empört. Schon wieder nahm das Gespräch eine Wendung ins Unverständliche. Vor allem aber wollte, ja duldete sie nicht, war es ihr unerträglich, dass Aurora und Yorsh etwas gemeinsam haben sollten.

»Also«, ergriff sie das Wort, »fassen wir mal zusammen: Ich habe etwas Orkblut in mir und Ihr seid ein Halb-Elf. Fehlt nur noch das Huhn.«

Aurora dachte lang nach, bevor sie antwortete. »Ich glaube, mein Vater ist geistig nicht gesund«, sagte sie leise.

Sie hatte sich auch auf das Podest einer Königsstatue gesetzt, vielleicht der Eriks des Kahlen.

»Er hasst die Elfen«, fuhr sie fort, »aber gleichzeitig faszinieren sie ihn. Ich glaube, er hasst sie, weil es ihm nicht vergönnt ist, so zu sein wie sie. Er zwang meine Mutter, ihn zu heiraten, mit dem Versprechen, das er dann nicht hielt, er würde ihr Volk retten ... und dann ... als sie ihre Flucht vorbereitete ...« Aurora führte den

Satz nicht zu Ende. »Nicht alle Elfen sind verschwunden, Herrin. Wie mein Vater leider herausfand, vernichtet der Schmerz die Zauberkräfte der Elfen. ›Man braucht nur einen umzubringen, dann werden alle seine Angehörigen und Nachbarn brav wie die Lämmer und lassen sich zur Schlachtbank führen‹, sagte er lachend. Die Elfen fühlen den Schmerz dessen, den sie töten, und das macht sie wehrlos. Der Schmerz über die Verachtung und den Hass hat ihre Zauberkräfte zunichtegemacht. Sie sind allein geblieben, sie sind gestorben, aber nicht alle. Viele haben bei den Menschen Unterschlupf gesucht, an einem Herd oder in den Kornfeldern, in Sicherheit vor der Barbarei. Es waren nicht nur Eure Eltern, die einen Elfen aufgenommen haben, nicht nur Ihr habt Euer Blut mit dem ihren vermischt. Die Welt ist voller Halb-Elfen. Wer auch nur einen Tropfen Elfenblut in den Adern hat, den erkennt man an den Haaren. Welche Farbe auch immer sie haben mögen, im Licht der schräg stehenden Sonne, bei Sonnenauf- oder -untergang, schimmern sie auf eine ganz eigentümliche Weise. Die magischen Kräfte vererben sich leichter bei Mädchen, und wenn sie erkannt werden, nennt man solche Mädchen Hexen. Oft haben sie außergewöhnlichere Fähigkeiten als Heilerinnen. Jungs sind wesentlich seltener mit Kräften begabt und meist sind es geringe Fähigkeiten, wie eine größere Treffsicherheit, ein besseres Verständnis für alles Gesprochene und eine größere Liebe zu allem Geschriebenen. Was mein Vater nicht weiß, ist, dass Halb-Elfen ihre Fähigkeiten nie gänzlich verlieren, nicht einmal im fürchterlichsten Schmerz. Es war nicht nur Grausamkeit, weshalb er es so einrichtete, dass Eure Tochter den Tod ihres Vaters mit ansah und ich den …« Wieder blieb der Satz unvollendet. »Er hat das getan, um uns wehrlos zu machen, aber Halb-Elfen besitzen den Mut der Menschen. Wie die Menschen ergeben wir uns niemals, bis zuletzt nicht.«

»Seid Ihr eine Hexe?«, fragte der Hauptmann.

»Man würde mich so nennen, wenn das alles bekannt wäre.«

»Und woran erkennt man die Kinder der Orks?«, fragte der Hauptmann.

Aurora schwieg. Sie schwieg lang, machte eine unbestimmte Geste und ging dann plötzlich davon.

Der Mond verschwand hinter den Wolken.

Die Dunkelheit wurde dichter, durchbrochen nur vom Feuerschein der letzten noch brennenden Fackel.

In der Ferne hörte man den Ruf einer Eule und den verzweifelten Schrei der erlegten Beute.

Rosalba schwieg betroffen.

Alles, was Aurora gesagt hatte, wirbelte ihr durch den Kopf.

Sie war zu müde. Sie würde morgen darüber nachdenken. Und am Tag danach. Und am darauffolgenden Tag auch noch.

Jetzt war ihre Müdigkeit überwältigend. Das Einzige, was wach blieb, war ihr Mitleid mit Aurora. Es musste schrecklich sein, sich für den eigenen Vater schämen zu müssen.

»Das ist alles nicht wahr«, sagte sie hartnäckig. »Es ist absurd. Arduin war kein Ork. Weder ich noch meine Kinder haben Orkblut in uns. Das müssen bloße Gerüchte sein, und Aurora hat sie geglaubt, weil sie es… in einem gewissen Sinn braucht, das zu glauben. Es muss eine unbeschreibliche Qual sein, einen verwerflichen Vater zu haben, zu wissen, dass die eigenen Kinder sein Blut in sich haben werden«, sagte sie halblaut.

Rosalba sah Rankstrail an und verstummte plötzlich.

Der Hauptmann stand so reglos da wie die Statuen hinter ihm und wirkte genauso undurchdringlich. Die Königin sah ihn noch lange an, als ob sie ihn zum ersten Mal sähe, dann verabschiedete sie sich rasch mit einem Kopfnicken.

Sie zog sich in ihre Gemächer zurück. Erbrow und ihre kleinen Brüder schliefen wie Engelchen. Rosalba entließ Parzia und verfolgte vom Fenster aus, ob sie wohlbehalten nach Hause kam. Bevor sie sich niederlegte, verrammelte Robi die Tür mit allem, was sie finden konnte, und glitt dann in einen leichten Schlaf, aus dem sie immer wieder aufwachte, ihre Kinder im Arm und die Schwerter von Yorsh und Arduin in Reichweite.

KAPITEL 20

Wenn sie nicht mit ihrem Wolfsjungen spielte und nicht bei ihrer Mama war, sah Erbrow die Brüderchen an, die fast immer schliefen, versunken in ihre Träume von Milch und der Lust zu trinken. Sie unterschieden sich sogar in ihren Träumen. Arduin träumte von hellem Licht, Yorsh von der Dämmerung. Wenn Parzia sie wegschickte, ging Erbrow zu Jastrin und hörte ihm zu, oder vielleicht sollte man besser sagen, sie hielt sich in dem Raum auf, wo Jastrin unentwegt redete.

Jastrin betonte immer wieder, wie wichtig die Erkenntnis sei und dass die höchste und erstrebenswerteste Form der Erkenntnis das Wissen um die Geschichte der Menschen sei. Am Firmament des Jungen war nach Yorsh ein neuer Stern aufgegangen, der seinen Wissensdurst stillte: Aurora. Aurora wusste alles, hatte alles gelesen, Jahre und Jahre in den Bibliotheken der Grafschaft zugebracht, und wenn sie nicht gerade jedem, der es begehrte, das Bogenschießen beibrachte oder in den Verbandsstationen den Verwundeten beistand, hockte sie bei Jastrin auf dem Tisch und unterhielt sich mit ihm. Gerade tags zuvor hatte sie ihm ein Geschenk gemacht, eine Pergamentrolle, die von einer dicken, samtenen Schicht Spinnweben überzogen war und die nicht einmal sie bisher Zeit gehabt hatte zu lesen. Jastrin würde der Erste sein.

Yorsh wie Aurora waren der Ansicht, dass, wer die Vergangenheit kennt, die Zukunft vorhersagen kann. Damit meinten sie nicht die blitzartige Hellsicht eines Sire Arduin oder der Königin-Hexe, die durch die Schleier der Zeit in die Zukunft blicken konnten. Sie sprachen von einem anderen Wissen, weniger spektakulär, dafür aber nachhaltiger, bestehend aus mühsam erworbenen Kenntnissen, Einsichten, Vergleichen und Intuitionen, die zwar keine festen Gewissheiten bieten, aber in der Unvorhersehbarkeit der Welt eine gewisse Orientierung ermöglichen. Schon fünf Jahre zuvor hatte Aurora vorausgesehen, dass die Orks bald einen entscheidenden Angriff unternehmen würden. Sie hatte bemerkt, dass die Überfälle an den Grenzen mindestens zwei Jahre lang unterblieben, um dann nur umso heftiger zu werden, wie das auch in früheren Jahrhunderten immer wieder vorgekommen war. Eine Weile lang hielten die Orks sich still, sodass man fast meinen konnte, der Krieg sei vorbei, währenddessen aber rekrutierten und bewaffneten sie ein Heer, dann begannen sie, die Truppen zu erproben, und schließlich kam der große Angriff. Von Aurora stammte auch die Theorie, das Wichtigste sei die Rückeroberung der Neumondhügel, denn hatte man erst einmal den Verbindungsweg zwischen Daligar und Varil in der Hand, war der Krieg schon halb gewonnen... Auch Sire Arduin hatte den Krieg gewonnen, indem er sich die Kontrolle über diese Anhöhen sicherte. Man brauchte ja nur die Aufzeichnungen aus der Zeit zu lesen...

Ein bisschen hörte Erbrow zu, ein bisschen spielte sie mit den Pergamentrollen, ein bisschen nickte sie ein, um beim Aufwachen festzustellen, dass Jastrin ununterbrochen weitererzählt hatte.

Zwei Tage nach der Geburt der Brüderchen, während eine leichte Brise die Hitze etwas milderte, verstummte Jastrin auf einmal. Erbrow, die eingenickt war, schreckte bei dieser plötzlichen Stille auf. Mit weit aufgerissenen Augen, die Hände voller Spinnweben, hockte Jastrin da.

»Erbrow«, hauchte er, »es gibt einen unterirdischen Gang! Er beginnt im südlichen Abschnitt des Flusses, direkt unter der Wasseroberfläche. Die Orks tauchen unter und schwimmen durch eine Öffnung, die bei dem kleinen Brunnen herauskommt, dem unteren, nicht dort, wo wir Wasser holen gehen, bei dem anderen mit dem stehenden Wasser, wo wir Frösche fangen! Der unterirdische Gang wurde angelegt, um im Falle der Belagerung einen Ausweg zu haben, aber dann hat man ihn vergessen. Wir wussten nicht mehr, dass es ihn gibt, sie aber wohl.«

Immer aufgeregter, oder richtiger wäre wohl zu sagen, in blankem Entsetzen erklärte Jastrin Erbrow, dass Sire Arduin die Stadt, als sie in die Hände der Orks gefallen war, zurückerobern konnte, weil Prinzessin Jade sich an die Existenz dieses Gangs erinnerte. Auch die Orks hatten einen Begriff von Geschichte. Auch sie mussten wohl ein Buch besitzen, ein Pergament, oder womöglich verfuhren sie noch nach dem alten Prinzip der Geschichtenerzähler, die alles mündlich weitergeben, von Generation zu Generation. Die Orks hatten sich die Erinnerung an die strategischen Gegebenheiten bewahrt, die Menschen hingegen hatten sie eingebüßt, und nur durch puren Zufall, nur weil Dame Aurora freundlicherweise Jastrin etwas noch nicht Gelesenes geben wollte, war sie wiederbelebt worden.

Das war alles etwas schwierig, aber Erbrow verstand trotzdem. Die Orks, die sie hatten entführen wollen, waren auf diesem Weg gekommen, wo sie nicht gesehen wurden. So viele Soldaten auch auf den Wehrgängen Wache halten mochten, so viele Augen auch den Fluss absuchen mochten, sie konnten jeden Augenblick wiederkommen.

Jastrin stand auf und nahm sie bei der Hand.

»Komm«, sagte er voller Furcht, aber entschieden, »jetzt gehen wir zu deiner Mama und sagen ihr, was ich entdeckt habe. Sie wird dich schützen. Diesmal lasse ich dich nicht allein. Diesmal kämpfe ich für dich, wie deine Mama für mich und die anderen gekämpft hat. Es ist die Stunde der Helden«, flüsterte er mit bebender Stimme, sodass er kaum verständlich war.

Erbrow nickte, dann spürte sie die Eiseskälte. Sie sah das Grauen und den Schrecken in Jastrins Gesicht und begriff, dass es zu spät war. Ein triefnasser Ork pflanzte sich vor ihr auf, andere folgten nach. Diesmal waren weder Angkeel noch ihr Wolfsjunges da. Sie war allein. Der Ork packte sie. Erbrow spürte die böse Umklammerung und beschloss, die Augen zuzumachen, um nichts zu sehen. Der Hass war so stark, dass sie das Gefühl hatte, in eisigem Wasser zu sein. Sie hörte die Glocke schlagen, zwei Schläge und dann noch einmal vier, dann Jastrins Schrei. Er hatte Alarm gegeben: Orks innerhalb der Mauern, Kind entführt. Hinter ihren geschlossenen Lidern sah Erbrow den Drachen mit seinen Schuppen und dem Fell, die in Schlangenlinien miteinander verschlungen waren, und sah Jastrin, der ihren Vater umarmte, und begriff, dass Jastrin getötet worden war. Die Orks waren böse geworden, weil er die Glocke geläutet hatte. Der Hass des Orks war furchtbar, fast so schlimm wie der Griff seiner klobigen Hand, die sie zwischen Bauch und Brustkasten umklammert hielt. Erbrow erwog zu gehen, ihr Herz anzuhalten und nichts mehr zu spüren. Sie würde mit ihrem Vater und Jastrin auf dem weichen, warmen und kräftigen Rücken des Drachen sitzen. Ihr Papa würde ihr zeigen, was auf der anderen Seite des Windes war, sie würden gemeinsam die Sterne zählen, dort, wo es keine Angst und keinen Schmerz mehr gab. Doch sie erinnerte sich daran, dass ihr Vater sein Herz nicht angehalten hatte. Sie erinnerte sich, wie furchtbar die Pfeilspitze gewesen war, die ihn getroffen hatte, und doch war er dem Schmerz des folgenden Pfeils nicht ausgewichen, auch wenn er das gekonnt hätte. Erbrow begriff, dass etwas falsch war daran, das eigene Herz anzuhalten, ein bisschen wie Nasenbohren. Eins von den Dingen, die man nicht tut, und basta. Auch sie würde es nicht tun. Jastrin war gestorben, weil er die Glocke geläutet hatte, damit sie am Leben blieb.

Erbrow fühlte, wie man sie durch einen engen und kalten Gang schleppte, das ging immer weiter und immer weiter und hörte gar nicht mehr auf, dann fühlte sie eine andere Kälte, das war kein Hass, sondern kaltes Wasser. Sie waren im Fluss. Erbrow stellte sich vor, ein Fisch zu sein, und das Wasser drang nicht dorthin, wo man atmet, dann wurde sie auf ein Pferd gehoben, wo es sie kräftig durchschüttelte, aber das dauerte nicht lang.

Der Griff, der sie umklammert hielt, gab plötzlich nach. Erbrow fiel. Sie spürte den Schwindel des freien Falls, kniff die Augen fest zu, weil sie den schmerzhaften Aufprall ihres Körpers am Boden erwartete, doch der kam nicht. Ein Arm fing sie auf, ein Arm, der in einer verstümmelten, aber nicht bösartigen Hand endete.

»He, Hauptmann«, brüllte die Stimme. »Ich hab das Mädchen. Ein Ork weniger ...«

Noch eine Übergabe.

»Nimm du sie. Ich reite in Richtung Stadt. Die glauben, ich habe die Kleine. Ich lenke sie ab«, sagte die Stimme noch.

Die Stimme des Mannes, der ihr das Wolfsjunge geschenkt hatte, redete ihr gut zu.

»Hab keine Angst, Kleine. Ich bin da. Hab keine Angst. Du wirst sehen, wir schaffen es.«

Endlich machte Erbrow die Augen wieder auf. Der Mann mit dem Hündchen hielt sie im Arm und das war gut so. Sie mochte den Geruch dieses Mannes und das Gefühl von Wärme in seinem Arm. Ihr war noch eiskalt vom Hass und vom Flusswasser. Sie fühlte sich wohl im Arm des Mannes mit dem Hündchen. Erbrow bemerkte, dass sie von Orks umzingelt waren, die bis an die Zähne bewaffnet waren, vor allem mit Bögen.

Selbstverständlich hatte sie keine Angst. In dem Moment, als sie ihrem sterbenden Papa in die Augen sah, hatte sie all das gelernt, was ihr Papa konnte, auch wenn sie es dann nicht angewandt hatte.

Ihr Papa hatte sein Herz nicht selbst angehalten, aber den Gedanken daran hatte sie wahrgenommen und hatte gelernt, wie es ging, auch wenn es nur ein Gedanke geblieben war. So hatte sie gefühlt und gelernt, wie man Pfeile ablenkt. Ihr Papa hatte es nicht getan, damit ihr der Mann, der ihr die Klinge an die Kehle hielt, nicht wehtat, aber er hatte es gedacht, und der Gedanke hatte Erbrow erreicht, wie der Schmerz des Pfeils sie erreicht hatte, der die Schulter ihres Papas durchbohrte. Der Mann mit dem Federbusch auf dem Helm würde nie erfahren, dass es ihr Papa gewesen war, der mit letzter Kraft selbst den tödlichen Pfeil auf sein Herz gelenkt hatte, weil sie, Erbrow, diesen Pfeil abgelenkt hatte. Ihr Papa wollte nicht gerettet werden, zu groß war die Gefahr, dass man sie töten würde, wenn er sich nicht ermorden ließ. Ihr Papa hatte allerdings bemerkt, dass sie ihn hatte retten wollen, trotz der drohenden Klinge an der Kehle, und es waren Tränen der Rührung gewesen, die ihm in die Augen traten.

Jetzt war da aber kein Kind mit der Klinge an der Kehle. Kein Pfeil würde sie treffen. Kein Pfeil würde den Mann treffen, den sie den Hauptmann nannten, und auch keinen seiner elenden Männer, die aussahen wie Orks.

Auch Angkeel kam angeflogen und stand über ihnen in der Luft und beim Anblick der weiten, weißen und blauen Schwingen empfand Erbrow die Lust an der Leichtigkeit; das Pferd des

Hauptmanns lief wie der Wind und ebenso schnell galoppierten die Pferde der Männer hinter ihm. Auch der Papa ihres Wolfsjungen, der seit jeher mit hängender Zunge hinter dem Hauptmann herhechelte, weil die Pferdebeine viel länger waren als seine, lief an diesem Tag mit dem Wind.

Erbrow lehnte sich mit dem Rücken fester gegen den Harnisch des Hauptmanns, der sie fest an sich gedrückt hielt und sie vor den Pfeilen zu schützen versuchte, die sie aber ohnedies nicht treffen würden.

Sie zog ihre Puppe aus der Schürzentasche und ließ die Finger über das alte, abgenutzte Holz gleiten. Wind hatte sich erhoben und die Schwüle und die lastenden Wolken vertrieben. Die Wipfel der Bäume glänzten im sommerlichen Sonnenlicht, ein Geruch von heißer Erde und Gras lag in der Luft. Die Mohnblüten leuchteten durchscheinend im flirrenden Sommerlicht. Der Ginster blühte und stand in großen gelben Flecken auf den Hügeln, wo es von Schmetterlingen und Bienen wimmelte.

Es würde ein wunderschöner Ritt werden.

Dann verspürte Erbrow den Schmerz, es war großer Schmerz und große Angst. Sie kam von fern, von dort, wo das Brombeergestrüpp und die spitzen Felsen waren, wo zum Geruch der heißen Erde der des Blutes hinzutreten würde, und da war sie froh, beim Hauptmann zu sein. Er würde wissen, was zu tun war.

Sie musste ihn nur dorthin lenken, wo er gebraucht wurde.

KAPITEL 21

Rankstrail schlug das Herz bis zum Hals.

Zum Glück hatte jemand Alarm geben können. Die Leichte Kavallerie war eben hinausgeritten und die nördliche Zugbrücke war noch nicht wieder hochgezogen. Als er die Glocke hörte, machte der Hauptmann kehrt und ritt durch die Stadt, wobei er beinah die Verkaufsstände mit Süßigkeiten und Apfelküchlein über den Haufen warf, die wieder aufgetaucht waren, seitdem die Söldner die Vorräte der Orks geplündert hatten. Die große südliche Zugbrücke ging langsam und quietschend hinunter, und sie waren draußen, gerade rechtzeitig, um zu sehen, wie das Mädchen von ein paar halb nackten und triefnassen Kriegern einem Trupp berittener Orks übergeben wurde. Lisentrail bahnte sich seinen Weg durchs Gebüsch und war als Erster bei ihnen, er riss das Kind an sich und übergab es dem Hauptmann.

»Nimm du sie. Ich reite in Richtung Stadt. Die glauben, ich habe die Kleine. Ich lenke sie ab«, rief er ihm zu.

Der Hauptmann nickte.

Dieses Mal ritt er allerdings auf Zecca dem Prächtigen.

Enstriils herablassender Gehorsam und seine unbezweifelbare Geschwindigkeit fehlten ihm jetzt.

Die Orks hatten einen Teil ihrer Pferde wiederbekommen und für den Hauptmann zählte jede Minute. Lisentrails Manöver hatte Erfolg. Überzeugt, die kleine Geisel sei bei ihm, verfolgten ihn die Orks mit der ganzen Stärke ihrer wieder formierten Kavallerie.

Der Hauptmann konnte aber nicht zurück in die Stadt. Zwischen ihm und der Zugbrücke war, wenn auch von Lisentrail und seinen Reitern abgelenkt, die Kavallerie der Orks. Und sie hatten kräftige Pferde, schneller als ihre, von Zecca ganz zu schweigen. Das Risiko war zu groß.

Ihm blieb nichts anderes übrig, als sich nach Osten in Richtung der Neumondhügel zu wenden.

Der Adler des Mädchens tauchte auf.

Nur mühsam verkniff sich der Hauptmann, aus Rücksicht auf die Ohren der Kleinen, einen Fluch.

Seine einzige Hoffnung war, nicht bemerkt und nicht verfolgt zu werden, und die wurde durch die kreischenden Freudenschreie des Adlers zunichte. Das gesamte feindliche Heer wusste nun, dass das Mädchen bei ihm war. Selbst wenn sie blind oder zerstreut gewesen wären oder den Kopf in einen mit Wasser gefüllten Eimer gesteckt hätten, das Gekreisch des blöden Federviehs ließ keinerlei Zweifel.

Wieder musste der Hauptmann sich beherrschen, um nicht zu fluchen.

Zu seinem Schutz hatte er nur die Hälfte seines Heeres, denn die andere Hälfte war bei Lisentrail, um sein Manöver glaubwürdig erscheinen zu lassen und um an der Zugbrücke jemand zu haben bei seiner Rückkehr, die allerdings wohl nicht stattfinden würde.

Er sah sich umringt von Orks und eine Wolke von Pfeilen verfinsterte den Himmel.

Er wurde von keinem Pfeil getroffen.

Niemand wurde von einem Pfeil getroffen.

Zecca galoppierte wie der Wind, die Pferde seiner Männer ebenso. Sogar der Wolf war genauso schnell wie sein Pferd.

Das Wunder von Varil wiederholte sich.

»Hast du magische Kräfte, Mädchen?«, fragte der Hauptmann. Und gab sich selbst die Antwort: »Du bist die Tochter eines Elfen, du bist eine Hexe, ein Hexenmädchen. Hör zu, wir müssen zurück nach Haus. Nach Haus. Wir müssen zurück zu deiner Mama, sonst hat sie Angst. Zu Mama, verstehst du, Mama? Hast du verstanden, Kleine? Sonst wird Mama böse. Jetzt kehren wir um und reiten zurück zu Mama. Halt das Pferd an, Kleine, sonst können wir nicht umkehren und Mama wird böse…«

Schnell wie der Wind und rasend wie die Wut ritt Zecca weiter in Richtung auf die Neumondhügel. Seine Hufe schlugen auf den von der Hitze ausgedörrten Boden und wirbelten kleine Staubwolken auf, die im Wind verwehten. Sie trafen auf Einheiten von Orks, die entsetzt vor ihnen zurückwichen.

Der Adler vor ihnen, der Wolf hinter ihnen, die Pfeile, die sie nicht trafen, die Geschwindigkeit ihrer Pferde, die dahinstürmten wie die der Götter, sofern sie denn Pferde hatten, all das stürzte ihre Gegner in Angst und Schrecken und sie stoben auseinander wie eine Schar Kinder vor einem wütenden Stier. Viele von ihnen fielen den Steilhang hinunter, andere konnten sich an Sträuchern und Felsen festhalten und hinunterklettern. Es wurde Rankstrail klar, dass er im Begriff war, die Neumondhügel zu befreien und die Orks daraus zu vertreiben, nach unten, wo die Hügel in steilen und unzugänglichen Felswänden abfielen. Waren die Hügel erst einmal befreit, konnten sie durch einen Angriff von unten her nicht mehr eingenommen werden, eine Art natürliche Barriere auf dem Weg von Daligar nach Varil.

»Jetzt!«, brüllten seine Männer hinter ihm.

»Nein!«, versuchte der Hauptmann zu brüllen. »Jetzt nicht.«

Nicht mit Erbrow auf seinem Pferd. Nicht mit der Tochter des letzten der Elfen. Er hatte ihren Vater verloren, sie würde er nicht verlieren. Er musste kehrtmachen und nach Hause zurückreiten, aber sein Ruf blieb ungehört, seine Männer übertönten ihn.

»Jetzt!«, brüllten sie.

Die Hörner von Varil antworteten ihnen.

Von Orks völlig umzingelt, bemerkte der Hauptmann versprengte Grüppchen von Kriegern und er erkannte die weißgoldenen Harnische und Banner. Er erkannte Prinz Erik und einige von denen, die seine Männer gewesen waren, bevor er beschlossen hatte, sie als reguläre Soldaten in Varil zurückzulassen.

Auch die Reiherstadt versuchte also, den Gegenangriff zu eröffnen, und zwar auf die einzig mögliche Art und Weise, durch Wiederherstellung des Verbindungsweges zwischen den beiden Städten, aber ihre Soldaten waren versprengt und isoliert voneinander. Überwältigt von Angst, Chaos und den Äxten der Orks, waren sie schon im Begriff aufzugeben.

Der Hauptmann kam gerade rechtzeitig, um ihnen beizustehen. Bis zu diesem Augenblick hatte er das Schwert mit dem komplizierten Griff aus getriebenem Silber noch nicht benutzt, weil die Orkseinheiten vor ihrem Ansturm kampflos zurückgewichen waren. Jetzt, während sie Prinz Erik und seinen Männern zu Hilfe eilten, kam es zum ersten wirklichen Gefecht. Ein Ork mit einer Wolfsmaske baute sich vor ihm auf und schwang seine Axt. Es gelang dem Hauptmann, den Schlag abzufangen, mit dem goldenen und silbernen Schwert von Carolus dem Was-weiß-ich, aber bestimmt nicht dem Krieger oder dem Siegreichen, denn mit einem solchen Schwert hätte niemand Krieg führen können, und wenn doch, wäre er umgehend mit dem Gesicht im Schlamm gelandet.

Der Hauptmann verlor keine Zeit, weder mit Staunen noch mit Fluchen, als sein Schwert zerbrach, und er konnte den Ork niederstrecken, indem er ihn mit dem, was von seiner Klinge übrig war, und mit dem Dolch, den er in der Linken hielt, an der Schulter und der Brust traf, während sein Wolf seine Beine attackierte und ihn zu Fall brachte.

Zu seiner Rechten in Richtung Süden, wo die Bäume lichter standen, sah er das weiße Banner mit feuerroter Lilie und Glyzinienblüte auftauchen. Die Königin-Hexe, gefolgt von Anrico und seinen Reitern, war gekommen, um ihre Tochter zu holen. Die Anwesenheit des Adlers hatte auch ihr gezeigt, dass Erbrow sich in den Armen des Hauptmanns befand, in Sicherheit. Und jetzt schlug sie alle zurück, die ihn von der Seite her hätten angreifen können.

Der Hauptmann wollte die Königin-Hexe nicht auf dem Schlachtfeld sehen, auch nicht als Siegerin.

Er wollte sie dort nicht sehen, aber auch keine andere Frau auf der Welt, ob sie nun ein Kind trug oder nicht, auch nicht an der Spitze eines Angriffs, der der Befreiung ihres Landes galt. Frauen können Kinder in ihrem Schoß tragen, und das brachte es mit sich, dass nicht nur ihr Leib heilig war, sondern auch ihre Seele. Das Lächeln, womit sie ein Wesen anblicken, wenn sie es auf dieser Welt begrüßen, würde nicht mehr dasselbe sein, wenn sie einem sterbenden Feind den Todesstoß gegeben hatten. Der Hauptmann verfluchte seine Zeit, die Frauen dazu brachte, Blut zu vergießen, das andere Frauen in ihrem Schoß erschaffen hatten.

Er schwor sich, dass er die Orks aus seinem Land vertreiben würde, alle, bis auf den letzten, damit niemand, kein Mann und schon gar keine Frau sich hinabbeugen musste, um einen sterbenden Feind zu töten, mit demselben Gesicht, mit dem sie sich über ihre Kinder beugten.

Er sah auch, was er absolut nicht sehen wollte. Er erkannte das nebelfarbige Pferd und das helle Haar Auroras, und wieder wünschte er aus ganzer Seele, ihr Fleisch, ihr Blut und ihr helles Haar möchten dort sein, wo die Orks nicht waren. Zum Glück hatte die Königin-Hexe Aurora in der Mitte der Einheit aufgestellt, wo sie wenigstens zum Teil geschützt war.

Der Angriff war taktisch perfekt, das musste man ihr lassen. Wenn Rankstrail und die Seinen auch jahrelang über einem solchen Plan gebrütet hätten, es wäre ihnen nicht gelungen, eine so perfekt aufeinander abgestimmte Aktion auszudenken, wo die einzelnen Bewegungen wie ein Räderwerk ineinandergriffen.

Prinz Erik kam, um sich bei ihm zu bedanken, dass er ihm und seinen Leuten noch einmal das Leben gerettet hatte. Der Hauptmann sagte ihm, er sollte die Südflanke, wo sie die Orks zurückgeschlagen hatten und wo die Neumondhügel steil aus der Ebene aufragten, bewachen lassen, ein Posten alle tausend Schritt, durch ein System von Warnfeuern miteinander verbunden. Der Prinz war einverstanden. Der Hauptmann bemerkte, dass die Königin-Hexe den Männern Anricos die gleichen Anweisungen gab.

Sie hatten gesiegt.

Die Belagerung von Daligar war aufgehoben.

Sie hatten sie überwältigt.

Sie hatten die Neumondhügel befreit.

Jetzt brauchte man nicht mehr Monat für Monat um das Überleben zu bangen. Jetzt konnten und würden sie siegen. Für immer. Jetzt konnten sie daran denken, die Orks aus ihrem Land zu vertreiben, alle bis auf den letzten, sodass ihre einzigen Sorgen die sein würden, ob die Pflanzen Blattläuse hatten oder die Maulwürfe den Kohl fraßen.

»Geht es dir gut, Mädchen?«, fragte der Hauptmann.

Erbrow nickte.

Sie waren außer Gefahr.

Der Hauptmann stieg vom Pferd und ließ auch sie absteigen.

Prinz Erik kniete vor ihm nieder, was ihn fast so verlegen machte, wie wenn Aurora ihn »Mein Herr« nannte. Der junge adlige Krieger dankte ihm erneut und ausführlich dafür, dass er ihn gerettet hatte, diesmal endgültig, ihn, sein Leben und das seiner Leute. Er hatte die Neumondhügel befreit, wiederholte der Prinz bewegt. Der Hauptmann knurrte etwas zur Antwort.

Nachdem er ihm versichert hatte, dass seine Familie in Varil bei bester Gesundheit und ihr Häuschen wieder instand gesetzt worden wäre, entfernte Prinz Erik sich schließlich.

Der Hauptmann blieb mit Trakrail und Nirdly zurück. Er gab den beiden Befehl, die verletzten Orks zu töten und zu enthaupten, dann bückte er sich, um Erbrow hochzuheben und sie so schnell wie möglich nach Daligar zu bringen. Aber es war zu spät.

Erbrows Schrei gellte durch den warmen Morgen.

Das Mädchen lief zu einem der verletzten Orks, dem mit der Wolfsmaske, und stellte sich zwischen ihn und die Männer des Hauptmanns. Der Wolf knurrte, dann legte er sich still nieder.

»Nein aua tot aua!«, schrie sie aus voller Kehle.

»Was zum Teufel hat sie gesagt?«, fragte Nirdly.

»Sie will nicht, dass wir ihn töten«, antwortete Trakrail, der erheblich intelligenter war.

Der Hauptmann wurde blass. Er hatte nicht nachgedacht, hatte voreilig gesprochen. Das Mädchen war ein Halb-Elf. Jetzt war es zu spät.

»Euer Gnaden«, sagte der Zwerg verbindlich, »geh weg da. Ich tu ihm ja nicht weh. Ich muss ihn nur töten.«

Das Mädchen rührte sich nicht vom Fleck. Stille trat ein, die geräuschvolle Stille eines Sommertags mit Hornissengebrumm und Grillengezirp.

»Hör mal, Kleine«, versuchte er sie zu überzeugen, »geh weg da, das ist gefährlich.«

Das Mädchen trat noch näher zu dem Ork hin. Noch ein paar Schritte, und sie war in Reichweite seines Arms und seiner Axt. Sie hatte angefangen zu weinen und hielt dem Hauptmann ihr Holzbötchen hin, zum Tausch. Ihr Bötchen gegen den Ork.

»Nein, warte, das ist nicht möglich … Wir töten sie, ohne ihnen wehzutun … Sie erwarten das auch. So ist das üblich. Wir können sie schließlich nicht verbluten lassen … das wäre schlimmer … das wäre wirklich schändlich.«

»Das ist auch unser Schicksal, weißt du, Kleine?«, versuchte Nirdly es. »Früher oder später nehmen wir alle dieses Ende. Auch wir. Wenn wir Glück haben, finden wir jemand, der anständig ist und es mit einem glatten Schuss erledigt …«

Die Kleine machte noch einen Schritt auf den Ork zu.

»Nein!«, brüllte Rankstrail. »Bleib stehen! Wir können ihnen nicht helfen. Wir können die verletzten Orks nicht mitschleppen. Wie sollen wir das denn anstellen? Sollen wir ihnen unsere Pferde überlassen? Das wäre absurd, verstehst du? Es wäre dumm. Auch wir enden so. Das ist unser Schicksal.«

Die Kleine trat noch näher zu dem Ork. Ihre blauen Augen blitzten wie die ihres Vaters, damals in der Ebene von Varil. Sie hatte aufgehört zu weinen. Jetzt war ihr Blick gebieterisch.

»Ich tue, was du willst. Ich schwöre es. Bei meiner Ehre. Bleib stehen. Komm zurück.«

Der Hauptmann dachte, was für ein Glück es war, dass nur zwei seiner Allergetreuesten zugegen waren.

Das Mädchen sah ihn prüfend an.

»Genau wie ihre Mutter«, schnaubte Trakrail.

»Wie der Gefreite Lisentrail sagt: Wer die heiratet, braucht den Mut eines Löwen«, ergänzte Nirdly.

»Bei meiner Ehre, Mädchen«, schloss der Hauptmann wutentbrannt. »Bei meiner Ehre, und auch wenn ich ein Söldner bin, hat doch noch niemand gewagt, die anzuzweifeln.«

Erbrow sah ihn aus ihren Elfenaugen ernst an.

»Mädchen«, sagte der Zwerg, »mit Söldnerehre spaßt man nicht.«

»Stimmt«, bestätigte Trakrail, »Könige und Ritter mögen ja Meineide schwören, Briganten und Söldner aber nehmen es ernst mit der Ehre, sie haben schließlich sonst nichts auf der Welt.«

Der Hauptmann wandte sich um und warf den beiden einen vernichtenden Blick zu, damit sie endlich den Mund hielten.

Endlich sah der verletzte Ork die Kleine und versuchte, sich zu ihr umzudrehen.

»Ich tue, was du willst. Ich schwöre es, bei meiner Ehre. Komm weg da«, sagte der Hauptmann noch.

Erbrow rührte sich nicht von der Stelle. Der Ork begann, zu ihr hinzurobben.

»Ham ham«, sagte sie, auf den verletzten Ork weisend.

»Sie will, dass wir Nahrungsmittel herbeischaffen«, übersetzte Trakrail.

»Erzähl keinen Unsinn«, entgegnete der Hauptmann. Jetzt reichte es ihm. »Ich kann nicht Wasser und Lebensmittel für die gefangenen Orks vergeuden. Wir haben selbst nicht genug. Das wäre ein Verbrechen! Hast du eine Vorstellung, welche Mühe es meine Männer kosten würde, sie als Gefangene zu halten? Ich kann sie doch wohl schlecht dazu anstellen, Hühner zu züchten, um die Orks satt zu kriegen.«

Die Kleine machte noch einen halben Schritt auf den Ork zu, der sich ganz zu ihr umdrehte.

»Ich tue, was du willst«, zischte der Hauptmann, »bei meiner Ehre. Ich schwöre es. Sauberes Wasser und etwas zu essen.«

»Die ist ja noch schlimmer als ihre Mutter«, bemerkte der Zwerg.

»Stimmt. Ihre Mutter hat wenigstens erst sprechen gelernt, bevor sie uns alle in die Knie zwang. Die hier schafft das mit ’ner Handvoll Worte.«

Der Hauptmann erteilte seiner ganzen Kompanie brüllend den Befehl, die Orks zu entwaffnen und nach Daligar zu schaffen, wo man sie in den Hütten gefangen halten würde, die sie selbst für die Belagerung errichtet hatten. Dann sollten die Soldaten sie mit frischem Wasser und etwas zu essen versorgen.

Das Staunen in den Reihen seiner Leute war groß. Sie äußerten dies mit so deftigen Kommentaren, dass Rankstrail sich erlaubte, sie daran zu erinnern, dass Hauptmann der Leichten Kavallerie er war und dass er nicht die Angewohnheit hatte, seine Befehle zu wiederholen.

Endlich konnte er zu der Kleinen hingehen und sie wieder auf den Arm nehmen.

»Jetzt habe ich geschworen. Es ist eine Verrücktheit, aber ich habe es geschworen«, versicherte ihr der Hauptmann, bleich vor Zorn und Angst.

Das Mädchen nickte, und ohne den Blick von ihm zu wenden, hielt sie ihm ihr buntes Holzbötchen hin.

Entnervt sah der Hauptmann sie an. Da griff sie mit der Hand in die Schürze, holte ihre Holzpuppe heraus, streichelte sie mit einem Seufzer, dann hielt sie ihm auch die noch hin.

»Danke, nicht nötig«, antwortete der Hauptmann in dem Versuch, die Spielsachen zurückzuweisen, und erleichtert, dass niemand außer den Allergetreuesten der Szene beiwohnten. »Nichts für ungut, aber ich weiß nicht, was ich damit anfangen soll.«

Hartnäckig drückte die Kleine sie ihm wieder in die Hand.

»Du Papa«, sagte sie entschieden. »Papa lieb.«

»Ich glaube, sie will sagen, Eure Kinder können damit spielen, die Kinder, die Euch zum Vater haben. Ein lieber Vater«, übersetzte Trakrail.

»Ich bin nicht Vater. Ich habe keine Kinder, da ist niemand, der damit spielen könnte. Ich kann nichts damit anfangen. Behalte du sie.«

»Du Papa 'päta«, beharrte das Mädchen.

»Für später, wenn Ihr Vater werdet.«

»Ich habe nicht die Absicht, je Kinder zu haben«, brauste der Hauptmann auf und schob die Spielsachen mit der Hand beiseite, während er mit der anderen Trakrail bedeutete, er könne sich von seiner neuen Aufgabe als Übersetzer entbunden fühlen.

Das Mädchen sah ihn an und musste lachen. Es war das erste Mal, dass der Hauptmann sie lachen sah.

»Du Papa 'päta«, wiederholte Erbrow fröhlich und drückte ihm zum letzten Mal die Spielsachen in die Hand.

Entnervt ließ der Hauptmann sie so schnell wie möglich in seinem Quersack verschwinden. Er wollte nicht, dass sich die Szene noch länger hinzog. Seitdem er seinen Männern das Schreiben beigebracht hatte, benahmen sie sich halbwegs manierlich, aber sie waren immer noch nicht die Art Truppe, die es sonderlich schätzte, Befehle von einem mit Holzpuppe und -schiffchen ausgestatteten Kommandanten entgegenzunehmen.

»He, Euer Gnaden«, fragte Nirdly, indem er auf den Ork am Boden wies, »darf ich ihn entwaffnen? Er braucht die Axt ja schließlich nicht zum Holzhacken.«

Das Mädchen dachte darüber nach, wahrscheinlich um sicher zu sein, dass sie die Bedeutung der Frage richtig verstanden hatte, dann nickte sie.

Mit einem strahlenden Lächeln hielt Trakrail sein Schwert an die Kehle des Orks, was Nirdly Gelegenheit gab, ihn gefahrlos zu entwaffnen.

»Er hat eine Stichwunde in der Brust, aber er atmet ohne Schwierigkeiten. Die Schulter heilt von selbst. In weniger als einem Monat ist der wieder auf den Beinen«, bemerkte der Hauptmann halblaut.

Der Ork wandte sich zu ihm um. Seine Augen hinter der Kriegsmaske sahen Rankstrail an, der dem Blick nicht auswich. Auch wenn er nun schon seit Jahren die Orks bekämpfte, überlegte der Hauptmann, war dies das erste Mal, dass er einem von ihnen in die Augen sah.

Endlich konnten sie in Richtung Daligar aufbrechen. Unter Jubel und Freudenschreien trafen sie mit der Einheit der Königin-Hexe zusammen, und endlich wurde der Hauptmann das kleine Mädchen los, das in den Armen seiner Mutter landete.

Anrico kam und verneigte sich vor ihm.

»Mein Herr«, sagte er bewegt, »Ihr, Kommandant des Menschenheers, habt die Orks zurückgeschlagen, Ihr … ich betrachte es als eine Ehre, unter Eurem Befehl zu stehen, und werde immer stolz darauf sein …«

»Das Mädchen …«, erwiderte Rankstrail verlegen in dem Versuch, den Hergang der Ereignisse zu erklären.

»Es stimmt!«, unterbrach ihn Anrico noch gerührter und fast lachend. »Ihr habt den Angriff geführt, obwohl Ihr ein Kind zu beschützen hattet …«

Der Hauptmann beschloss, die Sache auf sich beruhen zu lassen. Auch Aurora und ihre Bogenschützen verneigten sich vor Rankstrail, der das mit einem verlegenen, schiefen Lächeln quittierte. Endlich kehrten sie im Galopp nach Daligar zurück.

Wenigstens war er die Kleine los.

Rankstrail und die Seinen schleppten sich dahin, gefolgt von dem Wolf, der noch immer hechelte.

Zecca der Prächtige blieb stehen und graste, sah den Schmetterlingen und Bremsen in der Sommersonne nach, dann graste er wieder.

Wenn in seiner Truppe Befehle auch bedingungslos befolgt werden mussten, so war es doch nicht verboten, sie zu kommentieren. Während des nicht enden wollenden Rückwegs nach Daligar hatte der Hauptmann Gelegenheit und allen Grund, das zu bereuen. Unausgesetzt hänselten sie ihn in der typischen blumigen Ausdrucksweise der Soldaten mit feineren oder gröberen Sticheleien über diese ihre neue Funktion als Pfleger der verletzten Orks. Sie fragten mit höflich verbrämter Bissigkeit nach, ob der Hauptmann etwa noch andere Aufgaben für sie vorgesehen habe, wie beispielsweise Blumen zu gießen, die Wäsche aufzuhängen oder braven Kindern Spielzeug zu bringen.

KAPITEL 22

In Daligar fragte der Hauptmann nach Lisentrail, doch die Frage erstarb ihm auf den Lippen, als er die Gesichter seiner Söldner sah, die ließen keinen Zweifel.

Der Gefreite und die anderen Verwundeten waren in der Stadt.

Die Transportfähigen waren schon in die Verbandsstationen gebracht worden.

Die Schwerstverwundeten hatte man gleich hinter der Zugbrücke beim Brunnen abgelegt.

Da waren Daverkail und Workail, zwei Riesenkerle, größer noch als der Hauptmann, die auf den Rückzügen immer an seiner Seite gewesen waren, wenn es galt, Einkesselungen zu durchbrechen. Da war Rouil, ein sehr schlichter Mann, dem man alles immer mindestens zweimal erklären musste. Rouil hatte nie mehr als den Buchstaben A gelernt und den hatte er in sämtliche Baumrinden und Steine geritzt.

Da war Zeelail, der Jüngste und Hübscheste von allen, der eine Armbinde aus hellblauem, mit Röschen besticktem Stoff trug.

Da war Rossolo, der vom Hochfels kam. Seine ganze Familie war von den Schwarzen Banditen ausgelöscht worden und er hatte ein paar Felder und eine ansehnliche Herde Schafe geerbt. Er war Söldner geworden, nicht weil er das nötig gehabt hätte, sondern um mit dem Hauptmann zu ziehen.

Da war Arkry, ein Herr der Zwerge, er war sehr alt und hatte noch die Zeiten gesehen, als sein Volk frei und ungeschlagen war.

Da war Roxtoil, sehr groß und blond aus den Sümpfen des Nordens. Die Augenklappe, die seit jeher sein fehlendes Auge bedeckte, war durch ein Stück weißen Stoff ersetzt worden, er stammte aus dem Rock einer jungen Frau, die Aurora in den Verbandsstationen half.

Blutgetränkte Mäntel waren über die Soldaten gebreitet.

Daverkail, Workail, Roxtoil, Rossolo, Arkry und Zeelail waren schon tot, als er sich über sie beugte. Rouil erkannte ihn noch.

Lisentrail war am Leben, aber seine Brust hob und senkte sich in immer mühsameren Atemzügen, die nur seine letzten sein konnten.

Es gelang dem Gefreiten, die Augen zu öffnen, und er sah den Hauptmann an.

»He, Hauptmann, sag der Hexe nicht, dass ich den Drachen getötet habe, sonst wirft sie meine Knochen den Hunden zum Fraß vor. Hauptmann, lass nicht zu, dass meine Knochen den Hunden vorgeworfen werden«, flüsterte er.

»Nein«, antwortete Rankstrail. »Nein.«

Verzweifelt wandte er sich um. Trakrail war in der Nähe und zog gerade einen Eimer Wasser aus dem Brunnen. Vielleicht war ja noch etwas zu machen.

»Geht und holt Dame Aurora!«, brüllte Rankstrail.

Aber es musste ihr schon jemand Bescheid gesagt haben, denn Aurora kam herbeigeeilt. Von der anderen Seite des Platzes nahte Parzia mit Erbrow an der Hand, um die Sieger zu begrüßen, aber das Lächeln erstarb ihr auf den Lippen, als sie die Leichen beim

Brunnen sah, und sie blieb stehen. Aurora überquerte den Platz und beugte sich zu Lisentrail hinunter.

»Rette ihn«, sagte Rankstrail zu ihr. »Tu alles, was in deiner Macht steht. Ich bitte dich. Ich bitte Euch, Herrin.«

Aurora schob den Mantel beiseite, der den Gefreiten bedeckte. Da war eine große Wunde in der Brust, die schon jemand zu verbinden versucht hatte. Sie und Trakrail legten je eine Hand dorthin, wo sie noch blutete. Einen Augenblick lang sahen sie sich an. Mit einem Ruck machte Erbrow sich von Parzias Hand los und kam zu ihnen gelaufen.

Parzia stürzte ihr nach, um sie zurückzuhalten.

»Nicht hierher, Kleine, das ist nichts für dich«, sagte sie, indem sie sie wegzuziehen suchte, doch Aurora fiel ihr ins Wort.

»Lauft zur Verbandsstation, so schnell Ihr könnt«, sagte sie zu ihr. »Bringt mir saubere Verbände, Parfüm, Nadel und Faden, Arnikablätter, Echinaceaextrakt, Hamamelis- und Kamilleblüten. Lauft. Lasst das Mädchen hier, ich kümmere mich um sie. Ihr seid schneller ohne sie. Lauft!«

»Herrin! Das Kind hier!«, protestierte die Frau.

»Lauft!«, befahl ihr Aurora.

Parzia gehorchte.

»Ich habe hier ein paar Arnikablätter, die man auf die Wunde legen könnte«, sagte Trakrail, holte sie aus seinem Quersack und steckte sie in den Mund.

»Legt Ihr gekaute Kräuter auf die Wunde?«, fragte Aurora empört.

»Das wirkt besser«, erklärte Trakrail verlegen.

»Verzeiht«, griff der Hauptmann ein, »auch wenn das nicht die ersten Toten sind, die sie zu Gesicht bekommt, wäre es nicht doch besser, die Kleine fortzuschaffen?«

»Jetzt ist keine Zeit dafür«, antwortete Aurora entschieden.

»Ich kann das übernehmen«, schlug der Hauptmann vor.

»Nein, das könnt Ihr nicht, wir müssen diesen schmutzigen Verband abnehmen und die Wunde auswaschen. Ihr wascht Euch die Hände im Eimer und legt sie dann hierher, wo der Schaum austritt, zusammen mit dem Blut verliert er auch Atemluft. Deswegen sind Brustverletzungen so oft tödlich. Ihr müsst fest zudrücken, denn es ist wichtig, dass er weder Blut noch Atemluft verliert, versteht Ihr. Euer Gefreiter atmet jetzt wieder, vielleicht können wir ihn retten.«

»Aber Herrin, das Mädchen!«, wandte der Hauptmann ein.

»Dem Mädchen geht es nicht schlecht. Sie wird warten, bis wir fertig sind.«

»Aber es geht ihr wohl schlecht, schaut doch nur!«

»Wir bringen sie weg, sobald wir können!«, erwiderte Aurora unwirsch.

Erbrow hockte neben Aurora auf dem Boden, sie saß praktisch in der Armbeuge der jungen Frau, und obwohl Aurora mit beiden Händen beschäftigt war, hielt sie die Kleine doch im Arm. Erbrow hatte eine der schmutzigen und verstümmelten Hände des Gefreiten mit ihren Fingern umschlossen und hockte da, sie wurde immer blasser, die Augen waren immer weiter aufgerissen und von tiefen Augenringen gezeichnet.

Ein Schatten fiel auf den Hauptmann. Rankstrail sah hoch. Eine kleine Frau in einem weiten grünen Samtrock, das Gesicht schmerzverzerrt und tränenüberströmt, sah den Sterbenden an, die Hände vor den Mund geschlagen, um einen Schrei oder ein Stöhnen zu ersticken. Die Frau kniete nieder, oder besser, sie ließ sich auf die Knie fallen und brach neben dem Kopf des Gefreiten, der einzigen Stelle, die noch nicht von Helfern besetzt war, in verzweifeltes Schluchzen aus. Mit den Händen strich sie über das Gesicht des Verletzten, dann nahm sie die noch freie Hand in ihre und streichelte sie dort, wo anstelle der Finger die Narben des Henkers saßen. Seit jeher war Lisentrail Gegenstand ihrer Liebe gewesen, den sie von ferne angesehen hatte. Er, der nichts auf der Welt mehr begehrt hätte als ihre Liebe, wäre nie daraufgekommen.

Ein zweiter Schatten tauchte auf. Parzia war zurückgekommen. Nachdem sie aus einem Fläschchen Nadeln hervorgezogen hatte, die so krumm waren wie Schusterahlen und an denen dicke, grobe Fäden hingen, tränkte sie diese auf Geheiß von Aurora in Parfüm.

»Rindersehnen?«, fragte Trakrail, auf die Fäden deutend. »Und warum tränkt Ihr sie in Parfüm?«

»Leinen und Schafdarm, die sind elastischer und lassen sich besser verknoten. Mit Darm nähe ich die inneren Schichten zusammen, mit Leinen die äußeren. Ich lasse sie mit Parfüm tränken, denn wenn die Fäden sauber sind, entzündet sich die Wunde nicht so leicht, und es ist weniger wahrscheinlich, dass Wundfieber auftritt.«

»Verzeiht, Herrin, aber das ist Zeitverschwendung«, wandte Trakrail kritisch ein. »Und auch die Schichten einzeln zu vernähen, ist Zeitverschwendung. Mit einer größeren Nadel macht man alles auf einmal. Wenn Ihr wollt, erledige ich das«, schlug er vor.

»Es ist keine Zeitverschwendung, Muskel mit Muskel zu vernähen und Hautschicht mit Hautschicht und das mit einem sauberen Faden zu tun, denn die Heilung schreitet dann besser voran«, beharrte Aurora auf ihrem Standpunkt. »Und ich möchte nicht, dass Ihr das macht. Haltet nur den Faden straff. Danke.«

»Herrin, macht schnell, oder wir verlieren ihn. Er atmet schon fast nicht mehr.«

KAPITEL 23

Erbrow hielt eine Hand des Gefreiten in ihren. Es war fürchterlich. All diese Narben! All diese Erinnerungen, die wie ein Schwarm Hornissen in der Seele des Gefreiten herumschwirrten! Wie die Orks seinen Bruder ermordeten. Wie seine Mutter von allen ausgelacht wurde, weil sie nie einen Mann gehabt hatte. Wie er Söldner geworden war. All die Male, die er Hunger gehabt und gestohlen hatte, um ihn zu stillen oder damit seine Kameraden keinen mehr haben mussten. Und dann in Abständen, regelmäßig wie die Schläge der Totenglocke, die Erinnerung an die Male, die man ihn dem Henker in die Hand gegeben hatte. Und über allem lag dieser ganz besondere, furchtbare Schmerz, wenn man keine Luft bekommt, wie wenn ein Möwenküken ins Wasser fällt oder ein Seestern an den Strand gespült wird. Das war so schlimm, dass dagegen der Schmerz in den Beinen, die von den Orks mit Äxten zertrümmert worden waren, verblasste.

Erbrow schloss die Augen, um das Blut nicht zu sehen.

Die Welt wurde grün, darin abwechselnd und ineinander verschlungen die Arabesken von Pelz und goldene Schuppen.

Erbrow sah ihren lächelnden Vater wieder vor sich.

Sie mussten den Gefreiten gehen lassen, dann fänden seine Erinnerungen endlich Trost und Ruhe. Ihr Vater und der Drache würden das übernehmen. Sie wusste nicht, wie sie es Aurora und Trakrail sagen sollte. Sie würden es von allein verstehen. Vielleicht wussten sie es ja bereits. Die Atemzüge des Gefreiten wurden immer schwächer.

Die kleine Frau mit dem roten Zopf und dem dunkelgrünen Rock, die zwischen Erbrow und Trakrail kniete, begann zu schluchzen. Sie wollte ihn nicht gehen lassen, aber er atmete schon kaum mehr, die Luft entwich ganz durch die Wunde und dieser Schmerz, ähnlich dem eines Seesterns am Strand, wurde mit jedem Augenblick unerträglicher. Auch die Tränen der Frau mit dem roten Haar waren unerträglich.

Es gab schon so viele andere Tränen hier.

Ihr Vater lächelte. Der Drache erhob sich zum Flug.

Erbrow löste ihre eine Hand von der des Gefreiten und schob sie in die Schürzentasche, wo noch der kleine Ball aus verknoteten Stofffetzen war, den ihr Chicco geschenkt hatte, als die Erinnyen über die Welt gekommen waren und ihr das Licht geraubt hatten.

Erbrow spürte den groben, ungeschickt zusammengeknoteten Stoff und schöpfte neuen Mut.

Ihre Kraft nahm zu und wurde stärker als der Schmerz des Gefreiten.

Da hatte sie plötzlich eine Vision. Kinder tollten zwischen Hühnern und Gänsen herum, an einem merkwürdigen Ort voller Pfützen und mit einem verkohlten Kirschbaum in der Mitte, der ganz von weißen Blüten übersät war.

Erbrow drückte den Stoffball fest in ihrer Hand, und es war, als strömte das ganze Licht des Strands und des Dorfs, die ihren Namen trugen, in sie ein und käme ihr zu Hilfe.

Sie musste rasch die Wunde schließen, durch die die Atemluft entwich. Aurora vernähte sie gerade und sie klaffte nicht mehr, sondern da war nur noch eine Reihe von kleinen Zwischenräumen. Sie hatte Aurora und Trakrail an ihrer Seite, und auch sie versuchten, diese kleinen Zwischenräume zu schließen. Vielleicht schafften sie es ja.

KAPITEL 24

Lisentrail hustete und spuckte einen blutigen Schleimklumpen aus.

Die Frau im grünen Rock hörte auf zu weinen.

»Lebt er?«, fragte sie vorsichtig. »Wird er am Leben bleiben? He, Frau, lebt er?«

Aurora, furchtbar blass und mit Schweißperlen auf der Stirn, antwortete nicht, sie war zu sehr mit Nähen beschäftigt.

»He, Söldner, ist er tot oder lebendig?«, fragte die Frau noch einmal.

»Besonders lebendig ist er nicht«, antwortete Trankrail ausweichend. »Aber wirklich tot ist er auch nicht.«

Aurora nähte weiter, Schicht um Schicht.

»Wenn wir etwas Belladonna in die Wunde geben, bekommt er kein Fieber. Ich habe hier ein paar Blüten, jetzt kaue ich sie.«

»Wenn die Fäden sauber sind, ist Fieber wenig wahrscheinlich«, wandte Aurora ein. »Ich würde lieber ein paar Tropfen Echinaceaextrakt auf die letzte Naht geben und ich möchte nichts Gekautes in der Wunde.«

Lisentrail hustete wieder. Sein Atem ging kräftiger und wurde regelmäßiger.

Sobald sie fertig war, schob Aurora die Decke beiseite, die Lisentrails Beine bedeckte. Ein leiser Schrei entfuhr ihr.

»Was ist, Frau? Stirbt er?«, fragte die Frau.

»Die Beine sind zerquetscht«, antwortete Trakrail, der zum Umfallen müde schien.

»Es sind zu viele Brüche«, erklärte Aurora wispernd und totenblass.

»Und heißt das, dass er sterben wird?«

»Vielleicht nicht, aber wenn er überlebt, wird er nicht mehr laufen können. Und auch nicht reiten.«

»Aber er bleibt am Leben?«

»Vermutlich wird er überleben, aber die Beine sind nicht zu retten.«

»Das macht nichts. Auch wenn er nicht mehr laufen kann, rette ihn. Das macht nichts, ein Mann ist ein Mann, auch so, auch wenn er nur sitzen kann. Herrin, das macht nichts, rette ihn. Er kann nicht mehr laufen. Egal, unsere Kinder werden laufen. Einen Mann kann man glücklich machen, auch wenn er nicht mehr laufen kann. Wenn du ihn mir rettest, dann heirate ich ihn, und unsere Kinder werden laufen und springen. Frau, lass ihn nicht sterben. Ihn glücklich zu machen, das ist dann meine Sache. Es macht nichts, wenn er nicht mehr reiten kann. Das ist sogar besser so. Dann kann er nicht mehr in den Krieg ziehen und ich hab ihn immer bei mir.«

Der Gefreite Lisentrail hustete noch einmal, dann schlug er die Augen auf und sah ein Weilchen lang ausdruckslos in die Gegend.

»Hauptmann«, sagte Aurora, »ich glaube, ich habe die Auswirkungen dieses Anblicks auf die kleine Prinzessin unterschätzt: Sie wirkt sehr müde und zittert. Ich brauche Parzias Hilfe, um die Knochenbrüche zu verbinden. Ich bitte Euch also, bringt Ihr sie zu ihrer Mutter.«

Der Hauptmann nickte. Er beugte sich über Aurora und hob Erbrow hoch, die so müde war, dass ihr das Köpfchen auf die Brust sank, und richtete sich wieder auf.

»Ich bringe dich sofort weg von hier, Kleine«, flüsterte er ihr zu.

Erbrow war zu schwach für eine Antwort, schüttelte aber den Kopf und hob die Hand. Der Hauptmann begriff, dass sie bleiben wollte. Sie wies auf die Toten beim Brunnen. Jetzt, da sich seine Angst um den Gefreiten gelegt hatte, hörte Rankstrail das Weinen der Frauen.

Der Blick der kleinen Prinzessin war ernst und gefasst. Sie weinte nicht, sie sah auf die Toten. Sie wiederholte das Zeichen, das Dableiben bedeutete, und er verstand. Diese Männer waren unter seinem Kommando gestorben, um sie zu retten.

Jetzt mussten sie ihrer gedenken, alle beide, das war ihre Pflicht; sie mussten dableiben und dem Blick der Toten wie der Lebenden standhalten.

Arkry, Herr der Zwerge, Rossolo, Zeelail, Rouil, Roxtoil, Daverkail und Workail würden sich nie mehr erheben. Neben Zeelail kniete das Mädchen im hellblauen, mit Röschen bestickten Rock, der jetzt mit Blut und Schlamm verschmiert war. Sie hatte den Kopf auf seine Brust gelegt und weinte Tränen, die er nicht mehr wahrnahm. Bei Rouil war die Bettlerin mit ihrem ärmlichen, ausgebleichten schwarzen Rock und stimmte eine fast unhörbare Klage an. Neben Rossolo schluchzte eine junge Frau, die Witwe sein musste, denn sie hatte ein Mädchen von etwa sechs Jahren bei sich, und bei Roxtoil war seine junge Heilerin, die weiße Schürze voller Blut, worin die Farben von Daligar wiederkehrten. Sie nahm die Schürze ab und breitete sie über ihn. Neben Arkry stand Morgentau mit unbewegtem Gesicht, kein Seufzer würde es erschüttern und keine Träne es benetzen. Der Hauptmann überlegte sich, dass Morgentau, nachdem sie davon geträumt hatte, ihre ewige Einsamkeit durchbrechen zu können, nun wieder allein zurückblieb, einzig eine Wölfin im Käfig als Trost und Gesellschaft. Der Hauptmann hatte schon viele seiner Männer begraben, aber das waren Söldner gewesen. Keiner war von einer Frau beweint und betrauert worden. Von allen unsinnigen Gesetzen des Verwaltungsrichters war das Eheverbot für Söldner das einzige, das eine, wenn auch verdrehte Logik hatte. Der Schmerz in den Klagen dieser Frauen war unerträglich.

Eine kleine Menge hatte sich um die Toten zusammengefunden. Die Familien der Stadt nahmen sich dieser armen Leichname an, um sie auf den Friedhof zu bringen. Der Hauptmann wusste, dass jede Familie dort ein winziges, quadratisches Feld besaß, wo unter kleinen blühenden Sträuchern ihre Toten bestattet lagen. Die Söldner würden in den Boden gebettet werden, der für die Frauen bestimmt war, die es nicht mehr geschafft hatten, die Ihren zu werden, aufgenommen und begraben von den Familien, denen anzugehören sie nicht mehr erlebt hatten.

Erstmals seit dem Tod seiner Mutter war Rankstrail zum Weinen zumute. Oder vielleicht zum Erbrechen, er konnte das nicht recht unterscheiden. Die ins Leere stierenden Augen seiner Männer verschleierten sich. Rankstrail dachte an all die Dinge, die er ihnen hätte sagen wollen und nie gesagt hatte, weil er es immer auf morgen verschoben hatte, wie selbstverständlich davon ausgehend, dass es ein Morgen geben würde. Einer nach dem anderen wurden Rossolo, Zeelail, Rouil und Roxtoil unter Seufzern und Tränen fortgetragen.

Jetzt lagen nur noch Arkry, Herr der Zwerge, Daverkail und Workail am Boden, in Lachen ihres Bluts.

»Die will keiner, Hauptmann«, hauchte Morgentau. »Die will wirklich keiner. Für solche, die keine Familie haben, gibt es in

Daligar das Massengrab. Wenn du mir ein paar Männer schickst, die mir helfen, bringe ich sie hin.«

Der Hauptmann zögerte, dann sagte er: »Wir werden ihnen ein Begräbnis geben, das ihrer würdig ist. Ich habe ihnen noch nicht einmal gedankt.«

»Nie meh aua, Papa D'ache«, hauchte Erbrow, aber ohne Trakrails Übersetzung verstand der Hauptmann gar nichts.

Rankstrail wurde es zu viel. Er musste gehen. Wenn es die Götter gab, so wünschte er sich zu deren Wohl, dass er ihnen niemals begegnen müsse, denn auch wenn ihm das die ewige Verdammnis in der Unterwelt einbringen sollte, er würde ihnen klipp und klar sagen, was er über sie dachte. Dann fiel ihm ein, dass Lisentrail nicht zu atmen aufgehört hatte, und er wagte nichts mehr zu denken.

Die Kleine in seinen Armen zitterte.

»Das bist du gewesen, nicht wahr?«, fragte der Hauptmann sie leise, während er unter den Danksagungen der Umstehenden davonging; man wich zurück, um ihm Platz zu machen. »Du und die anderen, stimmt's? Ihr zwei Hexen und der Sohn einer Hexe, deshalb ist Lisentrail am Leben? Deshalb seid ihr so müde? Auch die anderen beiden sind müde. Lisentrail war mehr tot als lebendig, es ist nicht nur, weil sie ihn zusammengenäht und nicht in die Wunde gespuckt haben, nicht wahr? Da ist eine Art Zauber dabei, ihr heilt die Menschen durch Berührung und dann seid ihr müde. Deshalb sind Trakrail und Aurora so gut. Sie wissen nicht nur wie jeder beliebige Arzt, was man machen muss, sondern haben obendrein auch magische Kräfte. Du musstest ihn berühren, stimmt's? Aurora wollte nicht, dass ich dich wegbringe, auch wenn dich das so... so müde macht. Danke, Kleine. Lisentrail ist ein guter Kerl. Er war es, der dich den Orks weggenommen hat. Ein guter Kerl, ein anständiger Kerl. Trakrail kann sich kaum auf den Beinen halten, wenn er eine Wunde versorgt hat, und er ist erwachsen, um wie viel schlimmer muss das für dich sein. Du bist klein. Klein, tapfer und großartig. Die beiden da, Aurora und Trakrail, haben ein großes Palaver veranstaltet von wegen Schichten zusammennähen und so und da waren alle abgelenkt. Vielleicht haben sie auch im Ernst diskutiert, aber das Wesentliche war doch, dass dich keiner beachtete. Niemand hat bemerkt, dass du … nun, dass du kannst, was du kannst. Verrat es niemandem. Behalt es für dich, sonst sagen sie, wenn du jemanden nicht retten kannst, das sei deine Schuld, und hassen dich deswegen.«

Still zusammengekauert schmiegte Erbrow sich an den Hauptmann, der sie umfasste, als ob er sie wärmen müsste, dann beugte er sich über sie und küsste ihr Haar.

Erbrow hörte auf zu zittern.

»Mama!«, sagte sie leise, aber deutlich.

»Gewiss«, versicherte ihr der Hauptmann. »Jetzt bringe ich dich zu deiner Mama.«

Die Herrscherin war im Äußeren Hof, sie hockte auf der untersten Treppenstufe, den Kopf in den Händen vergraben. Der Junge, der langsam lief und viel redete, Jastrin, lag neben ihr am Boden, mitten auf dem großen, mit Goldfäden gesteppten Tuch, das den Saal des Kleinen Throns auskleidete.

Sie wirkte auf den Hauptmann wie ein zerdrückter Schmetterling.

Die Königin hob den Kopf und sah Rankstrail an, voll einer düsteren Traurigkeit, einer schlimmeren Verzweiflung, als wenn sie geweint hätte. Sie erblickte das Mädchen.

»Nein«, sagte sie, »nicht hier. Ich will nicht, dass sie das sieht. Ich hatte sie fortbringen lassen. Bringt Erbrow weg von hier.«

Zum ersten Mal empfand Rankstrail Zärtlichkeit für sie. Seine Achtung vor ihr war so groß, dass sie nicht einmal in den Augenblicken geringer wurde, wenn er sie aus ganzer Seele verabscheute. Ihre Autorität stand für ihn außer Frage. Um ihre Befehle auszuführen und sie zu beschützen, war er bereit zu sterben. Zärtlichkeit hatte er jedoch noch nie für sie empfunden.

»Meine Herrin!«, widersprach er ihr sanft und legte das Kind in ihre Arme. Erbrow umklammerte ihren Hals. »Verzeiht mir. Eure Tochter möchte bei Euch sein. Sie will diesen Augenblick mit Euch durchleben. Schickt sie nicht weg.«

Die Königin sah den Hauptmann einen Augenblick lang an, dann drückte sie ihr Kind fest an sich.

Schließlich brach sie in Tränen aus.

Erbrow hing an ihrem Hals und weinte mit ihr.

»Jastrin hat die Glocke geläutet und die Orks haben es ihn büßen lassen. Bis zur Glocke hat er es geschafft, aber dann konnte er nicht mehr. Seine Beine waren nicht so… flink wie die der anderen. Ich hätte mich seiner annehmen sollen, als ob er eines meiner Kinder wäre«, sagte sie. Ihre Stimme zitterte.

»Das habt Ihr getan, Herrin«, antwortete Rankstrail. »Ihr habt ihn ernährt, habt für ihn gekämpft, Ihr habt ihn getröstet in seiner Verzweiflung, Ihr habt ihm Mut eingeflößt. Das ist es, was man für Kinder tun kann.«

»Ich hätte ihn vor dem Tod bewahren müssen.«

»Nein, meine Herrin. Es steht nicht in Eurer Macht, jemanden vor seinen Entscheidungen zu bewahren. Niemanden, nicht einmal Eure Kinder. Jastrin hat sich entschieden zu kämpfen und im Kampf ist er gestorben. Hätte er nicht rechtzeitig die Glocke geläutet, so hätten wir Eure Tochter und wahrscheinlich auch Euch verloren. Wir hätten gegen die Belagerer verloren. Wir hätten die Stadt verloren. Es wäre nur noch eine Frage der Zeit gewesen, bis der Verlust Eurer Tochter auch Euch zerstört hätte. Jastrin hat seine Entscheidung getroffen. Das war sein gutes Recht.

Und nun, Herrin, ordnet an, was Ihr anordnen würdet, wäre es Euer leibliches Kind gewesen, das die Orks getötet haben. Lasst die Krypta der Königsgräber öffnen und Jastrin darin bestatten, mit allen Ehren, wie sie einem Prinzen königlichen Geblüts, dem Sohn eines Herrschers von Daligar zustehen.«

Die Herrscherin sah ihn lang an, dann nickte sie.

»Gewiss«, sagte sie. »Das wird ein Symbol für alle Waisenkinder. Wer nicht weiß, wer ihn auf die Welt gebracht hat, träumt davon, einer Königsfamilie zu entstammen. Jedes verlassene Kind hegt den Traum, oder besser den Verdacht, ein Königskind zu sein oder Kind eines Gottes, der aus seiner Welt zu uns herabgestiegen ist. Ich werde es so machen.«

Rankstrail blieb wie angewurzelt vor ihr stehen und machte keine Anstalten zu gehen.

»Gibt es noch etwas, was Ihr mit mir besprechen wollt?«, fragte die Königin.

»Ja, Herrin. Arkry, Rossolo, Zeelail, Rouil, Roxtoil, Daverkail und Workail sind während der Befreiung Eurer Tochter getötet worden. Drei von ihnen warten darauf, ins Massengrab gebracht zu werden, weil keine der Familien von Daligar sie auf ihrem Totenacker aufnehmen will. Vielleicht erinnert Ihr Euch an sie, Arkry gehörte dem Volk der Zwerge an, die man auch Gnome nennt, er war der Älteste von allen, der Einzige, der noch aus eigener Anschauung wusste, wie es war, als das Volk der Zwerge noch Würde und Ansehen genoss, weshalb wir ihn als einen König betrachten können. Die anderen beiden, Daverkail und Workail, waren riesige Kerle, schrecklich von Narben entstellt und von besonders wenig vertraueneinflößendem Aussehen. Beiden fehlten Finger und Zähne, sie hatten sie dem Henker lassen müssen; im Söldnerheer ist das die Strafe, die auf Diebstahl steht. Sie kamen von den Grenzen der Bekannten Welt und kannten den Namen ihres Erzeugers nicht; Kinder ohne Vater sind aber, wie mir Euer Gemahl damals in der Ebene von Varil erklärte, Kinder des Lebens selbst oder der Götter.«

»Da sie ihren Vater nicht kennen, können sie nicht ausschließen, dass er königlichen Geblüts war«, schloss die Herrscherin mit einem leisen Lächeln, das sich langsam auf ihrem Gesicht ausgebreitet hatte, ohne dass die Traurigkeit aus ihren Augen gewichen wäre, »oder göttlichen Ursprungs.«

»Tatsächlich können wir das nicht ausschließen«, entgegnete Rankstrail. »Ich bin gekommen, um Euch zu bitten, die Söldner Arkry, Daverkail und Workrail von der Leichten Infanterie, gefallen im Dienst der Kavallerie, in der Krypta der Könige beisetzen zu dürfen.«

Rankstrail schwieg.

Auch die Königin brauchte ein Weilchen für ihre Antwort.

»Es wird für die Stadt eine Ehre sein«, antwortete sie entschieden. »Ruft den Seneschall und sagt ihm, er solle sich um die Beisetzung kümmern. Sie soll morgen früh stattfinden, für alle zusammen und mit großer Feierlichkeit. Zuerst aber zerteilt das Tuch, ich will, dass jeder der Toten ein Stück davon als Leichentuch bekommt.«

Rankstrail schüttelte den Kopf.

»Ich habe kein Schwert, Herrin«, sagte er und hob bedauernd die Arme.

»Ist dieses auch zerbrochen?«

»Leider ja, Herrin.«

Die Herrscherin sagte nichts weiter. Sie stand auf, das Kind noch immer im Arm, zog ihr langes, starkes Schwert mit den Efeuranken am Griff und schnitt aus dem Tuch, das Rankstrail ihr hinhielt, ein kleines Stück für Jastrin heraus. Den Rest gab sie dem Hauptmann.

»Papa«, sagte Erbrow wieder heiter.

Ihre Mutter beugte sich über sie und sah sie lange an. Eine kleine Menge war zusammengeströmt. Die Einwohner von Daligar waren gekommen, um Jastrin zu beweinen, den kleinen Jungen, der Alarm gegeben hatte und deswegen sterben musste. Viele beweinten ihre Toten. Viele beweinten die Söldner.

Die Königin betrachtete lange ihre Tochter, die noch einmal die zwei Silben wiederholte, dann richtete sie sich auf und wandte sich an den Hauptmann und die Menge.

»Brüder«, sagte sie laut und vernehmlich. »Schwestern, Volk von Daligar! Heute beweinen wir unsere Toten. Wir weinen um die, die nicht mehr unter uns sind und es nie wieder sein werden. Wir weinen heute aus Trauer, weil wir ohne sie leben müssen, aber wir bedauern sie nicht, denn sie sind nun auf der anderen Seite des Windes, wo es keinen Schmerz mehr gibt, nicht einmal die leise Trauer des Heimwehs. Die uns verlassen haben, sind im Reich des Todes nicht allein, denn alle unsere Vorfahren haben sie dort empfangen und getröstet, und wenn wir selbst auf die andere Seite des Windes hinübergehen, werden wir sie wiedersehen, sie erwarten uns auf endlosen Wiesen und unter grenzenlosen Himmeln, wo die Sterne auch bei Sonnenschein strahlen. Wir wollen nicht verzweifeln, wenn wir uns erinnern. Einmal im Jahr wollen wir an sie denken, am Jahrestag ihres Todes wollen wir an dem Ort, wo sie gelitten haben, Lichter anzünden und gemeinsam weinen über ihre Abwesenheit, denn der Verlust der Erinnerung ist die schlimmste Schande. Volk von Daligar, ich bin nur eine Frau, aber ich habe das Herz eines Königs. Ich habe mit euch und für euch gekämpft. Volk von Daligar, ich bin nur ein König, aber ich habe das Herz einer Mutter, und wer je die Hand gegen meine Kinder oder gegen mein Volk zu erheben wagt, den treffen mein Schwert und mein Zorn. Jedes Mal wenn mein Volk und meine

Kinder weinen, weint mein Herz mit ihnen. Ich werde für meine Kinder und für Daligar kämpfen, sooft es nötig ist, und ich werde vor nichts zurückschrecken, wenn nur meine Kinder und mein Volk am Leben bleiben.«

Der Hauptmann hörte ihr schweigend zu. Die Königin-Hexe war ein großer Führer, das musste man ihr lassen. Ein geborener Führer. Oder nein, sie war es nach und nach geworden, Tag für Tag. Sie hatte alles in sich angesammelt, Mut, Erbarmen, Gerechtigkeit und Ungerechtigkeiten, Witz, Barbarei, Ahnungen und Fehler, sie hatte gelernt, ein Volk zu führen, es zu lieben und es zu beschützen in der Gefahr, ihm Mut zu geben in der Verzweiflung, es zu trösten in Leid und Tod. Ein großer König. Einer jener Könige, deren Andenken über Generationen hinweg lebendig bleibt und Mut gibt, wenn der Henker wiederkehrt.

Die einen hörten auf zu weinen, andere fingen an. Die Königin verneigte sich tief vor ihrem Volk und seinen Tränen, verabschiedete sich mit einem Nicken vom Hauptmann, dann wandte sie sich um und lief die Treppe hinauf, das Kind immer noch am Hals.

KAPITEL 25

Die feierliche Beisetzung der Toten hatte stattgefunden.

Die Welt kehrte zur Normalität zurück.

Händler zogen wieder ihres Wegs.

Gaukler ließen sich wieder blicken.

Sogar die Taschendiebe hatten sich wieder in Erinnerung gebracht.

Hühner scharrten in den Straßen und an allen Straßenecken schossen Verkaufsstände für Fladenbrot aus dem Boden.

Die Spätsommersonne brannte gnadenlos herunter.

Rankstrail war in den Ställen und sah nach den Pferden. Seitdem die Stadt frei und offen war, hatten sich scharenweise Händler eingestellt; im Tausch gegen Gold und Arbeit suchten sie hier Zuflucht und Schutz.

Die Pferde, die einer von ihnen zum Verkauf anbot, waren in den Ställen des Königspalasts untergestellt und würden am folgenden Tag nach Varil gebracht werden.

Es gab ein halbes Dutzend Füchse, zwei Stuten, eine davon trächtig, und einen herrlichen Rappen, jung, rabenschwarz und kaum gezähmt.

Zecca, der Prächtige, stand ganz hinten und stach hervor wie ein Rostfleck auf einem blanken Schwert. Rankstrail fragte sich, wann er je ein Pferd besitzen würde, das diesen Namen verdiente. Er trat zu dem schwarzen Hengst. Das war ein echtes Ross, würdig eines Heerführers oder eines Königs. Der Hauptmann legte dem Tier eine Hand auf die Schnauze, es zog sie nicht zurück und er streichelte es langsam.

Er zuckte die Schultern.

Er würde Zecca behalten. Schließlich und endlich hatte er mit ihm den entscheidenden Angriff gegen die Orks geritten.

Ein Geräusch schreckte ihn auf, der Seneschall stand vor ihm. Er war gekommen, um ihm mitzuteilen, dass die beiden Damen von Daligar seine Anwesenheit auf dem Festungswall wünschten. Am liebsten wäre Rankstrail im Erdboden versunken, die beiden Damen von Daligar waren jede für sich schon eine Plage, und nun sollte er beide zusammen treffen. Der Seneschall trug ein Gewand in Karmesinrot und Gold, sein Haar fiel auf eine Stola aus Goldplättchen und kleinen Quadraten aus weißer Seide. Das musste die Tracht für offizielle Gelegenheiten sein, also war eine solche wohl im Gange.

Hätte er die Wahl gehabt, dem Hauptmann wäre ein Bataillon Orks lieber gewesen. Er hatte aber keine Wahl, also machte er sich auf den Weg.

Er besah seine schmutzigen Hände, den Harnisch aus Leder und Metallplättchen, der seit einer Weile schon nahezu lehmfarben wirkte, die bis über die Knie mit Schlamm bedeckten Stiefel, und er wünschte ohne sonderlichen Nachdruck, nicht der Einzige zu sein, der nichts zum Wechseln hatte.

Auf den Festungswällen traf er die anderen. Sie standen an der höchsten und östlichsten Stelle, wo das Tageslicht zuerst hinfiel.

Rosalba und Aurora standen nebeneinander und der Seneschall trat zu ihnen. Rankstrail konnte das Gesicht der Königin-Hexe nicht sehen, sie war wohl die Einzige, die wusste, was hier vor sich ging, denn alle anderen machten undurchdringliche, aber auch leicht erstaunte Gesichter. Schnell versammelte sich eine Menge.

Ein paar Soldaten trugen Erdreich ab von dem, was immer wie eine kleine Terrasse ausgesehen hatte, jetzt hingegen stellte sich heraus, dass es der Deckel eines riesigen Sarkophags von mindestens zehn mal fünf Fuß war. Er war aus unbehauenem, glattem Stein, in den mit großen, schmucklosen und tief eingegrabenen Lettern ein Name eingraviert war, in den Buchstaben der Elfenschrift der Zweiten Runenzeit.

Es war ein kurzer Name: Der erste Buchstabe war ein A, der zweite ein R wie in Rankstrail, der fünfte ein I, was in allen Alphabeten, auch im Elfischen, der einfachste ist. Es konnte nur er sein:

ARDUIN

Die Königin-Hexe hatte Arduins Grab gefunden und war dabei, es öffnen zu lassen.

Der Sarkophag war enorm schwer. Zu den ersten drei Soldaten kamen sechs weitere hinzu, ausgerüstet mit Spitzhacken, die sie als Hebel einzusetzen suchten, meist ohne Erfolg. Einige der Spitzhacken zerbrachen. Endlich gelang es einem der Männer, bei dem Spalt zwischen Deckel und Basis anzusetzen, und der Sarkophag öffnete sich. Ringsum waren im Stein schmale, senkrechte Schlitze angebracht, in der Form genauso wie die Schießscharten auf den Bastionen, sodass Arduin zugleich in der Erde war und doch von ihr getrennt. Es war, als habe man einen Kompromiss gesucht zwischen der Bestattungsart der Menschen, die im Tod von der Erde getrennt bleiben, und der der Orks, die hingegen ins Erdreich zurückkehren, ohne in irgendeiner Weise getrennt zu sein. Erde war in den Sarkophag eingedrungen und hatte sich mit Steinchen und verrottetem Laub vermischt, sodass er jetzt einen Geruch wie von Unterholz im Herbst verströmte, wenn man Pilze suchen geht. Im Sarkophag hatten sich neben den Überresten des alten Königs Schnecken, Käfer, Würmer und eine Familie von Spitzmäusen eingenistet, die jetzt in alle Richtungen davonstoben.

Der König war riesig, mindestens sieben Fuß groß. Auf dem Kopf trug er eine Krone, bestehend aus Metallplatten, die von einem schmalen, nicht polierten Goldreif zusammengehalten waren. Am Leib trug er einen Harnisch aus Eisen- und Lederplatten, der bis zu den Knien reichte, wo die Beinschienen aus Metall begannen; an der Seite trug er einen Schild mit Eisenbeschlägen in Form von übereinandergelegten Klauen. In Händen hielt er ein Schwert von mindestens vier Fuß Länge, dazu kam noch der Knauf von etwa zwanzig Zoll aus Metall und Stein, um die Wucht des Schlags noch weiter zu erhöhen, ein Schwert, das nur mit beiden Händen zu führen war. Der Knauf und der obere Teil der Klinge waren von einer feinen Schicht Gold überzogen.

Keinerlei Reliefs, Edelsteinverzierungen oder sonstige Schnörkel. Nur Stein und Stahl. Und eine feine Schicht Gold zur Erinnerung an Sehnsucht und Schmerz.

Reglos und undurchdringlich stand Aurora da.

Die Königin-Hexe wandte sich an den Seneschall und befahl ihm, eine Statue von Arduin anfertigen und an den Anfang der Königsgalerie setzen zu lassen. Sieben Fuß hoch und mit einem Brandmal auf der rechten Wange.

»Was machen wir mit dem Gesicht, Herrin? Wir wissen doch nicht, wie er ausgesehen hat«, wandte der Seneschall ein.

Langes Schweigen trat ein, durchbrochen nur vom Schrei der Möwen. Die Herrscherin wandte sich kurz um und warf dem Seneschall einen schiefen Blick zu.

»Nach dem Harnisch und den Waffen zu schließen, bestimmt nicht wie ein Elf«, antwortete sie trocken.

Dann trat sie zum Sarkophag. Sie kniete nieder. Sie streckte die Hand aus und strich über die Krone und das, was vom Gesicht übrig war, in einer langen, langsamen Liebkosung. Aus der Ferne hörte man Kinderlachen und Hühnergegacker. Obwohl sie stark war, kostete es sie doch beträchtliche Mühe, das Schwert aus den Händen des Kriegers zu nehmen und hochzuheben. Sie stand auf. Sie reinigte das Schwert von Erdreich und Staub, indem sie die Klinge am Saum ihres Mantels abwischte. Der Stahl war unversehrt und blank. Die Königin sprach langsam, betonte jedes Wort einzeln und machte lange Pausen zwischen den Sätzen.

»Ehre sei Arduin«, sagte sie. »Seine Königskrone möge ihn begleiten ins Reich der Toten. Seine Waffe aber nehmen wir zu uns, weil immer noch Gefahr droht. Solange die Menschenwelt umzingelt ist, muss sie kämpfen. Der Hauch von Arduins Geist ist im Wind, ist unter uns, sein Schwert soll in unseren Händen sein. Solange wir es halten, denken wir an unseren unbesiegbaren König und wissen, dass uns niemals irgendjemand vernichten kann.«

Rosalba erhob das Schwert über ihren Kopf. Es war außerordentlich schwer.

»Ihr könnt den Sarkophag schließen«, befahl die Königin dann und setzte die Schwertspitze auf den Boden.

Es hochzuhalten, wenn auch nur kurz, hatte ihr den Schweiß auf die Stirn getrieben.

»Herrin«, bemerkte der Seneschall, »dieses Schwert ist zu schwer für Euch!«

Rosalba sah ihn an und lächelte.

»Alles ist möglich auf dieser Welt, sogar dass ich ausnahmsweise einmal einverstanden bin mit Euch«, entgegnete die Königin. »Das Schwert des Sire Arduin ist zu schwer für mich. Nicht ich werde es tragen. Varil ist der östliche Vorposten, die erste Verteidigungsbastion.«

Mühsam wandte Rosalba sich zu Rankstrail um. Sie setzte die Spitze des Schwerts zwischen ihnen auf den Boden und hielt ihm den Knauf hin.

»Hauptmann«, sagte sie zu ihm. »Das nächste Mal, wenn Ihr die Menschenwelt und meine Kinder verteidigt, wäre es mir lieber, Ihr hättet ein Schwert in Händen, das nicht zerbricht.«

Sie sahen sich an. Rosalbas Ton wurde wieder barsch.

»Du hast den Drachen getötet. Er war mein Freund, er war der Bruder meines Gemahls. Er war großartig. Aber du hast meine Kinder gerettet. Wenn eines Tages dein Horn erschallt, werde ich für dich kämpfen, ebenso wie meine Nachkommen. Und ich weiß, dass du kommst, wenn mein Horn erschallt.«

Rankstrail sah ihr lang in die Augen, dann kniete er nieder. Es war das erste Mal in seinem Leben, dass er vor jemandem niederkniete. Er hatte seinen Vater nicht um seinen Segen gebeten, als er zum ersten Mal von Varil aufbrach. Er wäre bereit gewesen, vor Yorsh niederzuknien, aber dazu hatten ihm das Schicksal und die verbrecherische Dummheit seiner Mörder keine Zeit gelassen. Jetzt kniete er vor der Mutter seiner Kinder nieder, vor der Königin-Hexe von Daligar. Unerschrocken war sie, wild, verzweifelt und einsam, manchmal grausam wie der große König vor ihr. Ohne aufzustehen, legte Rankstrail seine Hände auf den Knauf des Schwerts und betrachtete sie, es waren riesige, dunkle Pranken. Sie passten zu dem Knauf, als ob das Schwert für ihn geschaffen worden wäre oder als ob es ihn erwartet hätte.

In diesem Augenblick kündete das Horn der Hellebardiere am Südtor hochrangige Besucher an. Alle sahen sich um, sie hatten gar nicht bemerkt, dass eine Gruppe von Reitern eingetroffen war, die nun vom Pferd stiegen, um zu Fuß die Stadt zu betreten.

Es waren etwa zwanzig, in Samt und Brokat gekleidet und mit den weiß-goldenen Wappenzeichen von Varil. Rankstrail erkannte Prinz Erik und dessen Onkel, den Bürgermeister.

Er ging ihnen entgegen. Er trug Arduins Schwert in Händen, und das war ein Gefühl, dem er keinen Namen zu geben wusste. Es war, als ob der Schlamm von seinen Stiefeln abgefallen wäre. Als ob sein Harnisch heller strahlen würde als der Mond in einer klaren Winternacht. In Wirklichkeit war es seine Seele, die heller strahlte als die Sonne an einem Sommertag, wenn die Grillen in den Wiesen zirpen und der Klatschmohn purpurrot leuchtet. Als er der Abordnung gegenüberstand, grüßte er höflich mit einem Kopfnicken. Ohne dieses Schwert in seinen Händen hätten diese Herren immer noch die Macht gehabt, ihn einzuschüchtern. Jetzt aber trug er das Schwert des Herrn des Lichts, des großen Königs, der als Ork geboren wurde und die Entscheidung getroffen hatte, es nicht zu sein.

Nachdem er sie begrüßt und willkommen geheißen hatte, antworteten die Herren aus Varil mit einer Verbeugung. Sie waren gekommen, um ihm den Oberbefehl über ihre Stadt anzutragen.

Der Bürgermeister erklärte ihm, dass die Stadt in Gefahr sei, erneut belagert zu werden. Die Flutwelle aus Wasser und Schlamm, die durch das Öffnen der Schleusen entfesselt worden war, schützte weiterhin den Fuß des Hügels, auf dem Varil gelegen war, aber weiter weg in den Reisfeldern wimmelte es von Orklagern, und jeden Tag kamen weitere Feuer hinzu, weil immer neue Horden dazustießen. Tagtäglich kamen neue Familien in den Äußeren Bezirk, auf der Flucht vor den Grausamkeiten der feindlichen Heere, noch mehr Unglückselige und Verzweifelte. Seit Tagen beratschlagte der Adel von Varil in ständiger Ratssitzung, um die Namen derer festzulegen, die hinausziehen und die Orks vertreiben sollten, aber alles, was sie zustande gebracht hatten, waren die Namen derer, die zu ihm gehen und ihn bitten sollten, dass er den Angriff auf die Orks befehligen möge. Prinz Erik hatte von vornherein die einzig mögliche Lösung vorgeschlagen, ihm die Befehlsgewalt über die Stadt anzuvertrauen und ihn für die Wahl zum König vorzuschlagen.

Die Statuten der Stadt sahen vor, dass die Kommandanten von Varil dem Kreis der Männer entstammen mussten, die ihr seit Generationen angehörten, aber im Falle großer Gefahr konnten die Statuten außer Kraft gesetzt werden, denn wenn es keine Nachkommen der großen Geschlechter und Dynastien gab, wandte man sich eben an einen, der in der Lage war, ein solches Geschlecht und eine solche Dynastie zu begründen.

Rankstrail nickte.

Die Delegation übereichte ihm das Symbol der Befehlsgewalt, die Kette mit den Insignien der Stadt, bestehend aus Plättchen, in getriebenem Gold und Email, die die Farben des Stadtbanners wiederholten. Sie lag in einem reich verzierten Holzkästchen, das mit weißem Samt und Goldbrokat ausgeschlagen war.

Rankstrail nickte noch einmal. Er umfasste den Knauf seines Schwerts: Er fühlte den Stein und das Eisen an seinen Handflächen. Er dachte an den großen König. Man hatte ihn Arduin den Gerechten genannt. Er würde sich seines Schwertes würdig erweisen. Dann hob er an zu sprechen.

»Solange Atem in mir ist«, erklärte er, »soll es mir eine Ehre sein, für Freiheit und Wohlstand der Stadt zu kämpfen. Und wenn ich dafür sterben muss, so bin ich dazu bereit. Bei uns allen liegt die Verantwortung dafür, dass unser Volk vor denen verschont bleibt, die es als eine Ehre betrachten, unsere Kinder zu töten, vor denen, die ihre blutbesudelten Hände vorzeigen, jubeln und tanzen, wenn sie jemanden erstochen haben. Bei uns liegt die Verantwortung dafür, unser Volk von dem Elend zu befreien, das sich in rauen Winternächten in unbeheizte Hütten schleicht und die Kinder hinwegrafft, mit einer Grausamkeit, die der der Orks gleichkommt; es von dem Husten zu befreien, der die Unterernährten entkräftet und auch das wenige Blut noch ausspucken lässt, das Mücken und Läuse ihnen übrig gelassen haben, weil sie am Rand von derart ungesunden Sümpfen leben, dass man es eine Schande fände, einen Hund dort zu halten; die Menschen von den Zecken zu befreien, die sie plagen, weil sie im Schweinekoben schlafen müssen. Unser ist die Verantwortung zu kämpfen, um die Straßen sicher zu machen, damit die Händler wieder reisen können, damit die Handwerker wieder zu arbeiten beginnen und der Reichtum sich wieder vermehrt wie die Kaulquappen in den Tümpeln im Frühling, und dafür werden wir sorgen. Unser ist die Verantwortung, die Grenzen sicher zu machen, damit man wieder Bohnen und Kohl anpflanzen kann, ohne dass jemand wie ein Wolf in der Nacht oder ein Schakal im Dunklen über das Menschenvolk herfällt, und dafür werden wir sorgen. Unser ist die Verantwortung, dem Volk der Zwerge Freiheit, Würde und seine Bergwerke zurückzugeben und das begangene Unrecht wiedergutzumachen, und dafür werden wir sorgen. Unser ist die Verantwortung, Vorräte anzulegen, um Hungersnöte zu verhindern, auch dafür werden wir sorgen. Unser ist die Verantwortung, dafür zu sorgen, dass es auch in den entlegensten Dörfern eine Heilerin gibt, damit aus Verbrennungen keine schwärenden Wunden werden, gebrochene Knochen gerade zusammenwachsen und Kinder, die auf die Welt kommen, in sauberes Tuch gehüllt werden, auch dafür werden wir sorgen. Unser ist die Verantwortung, fahrende Lehrer anzustellen, die durchs Land ziehen, auch in die entlegensten Winkel der Bekannten Welt, weil nicht lesen und nicht schreiben zu können, ein Leiden ist, wozu niemand, weder Mann noch Frau noch Kind verdammt sein soll, auch dafür wollen wir sorgen. Wie Sire Arduin gesagt hat: Kriege muss man immer zwei gleichzeitig führen, den gegen die Orks und den gegen die Ungerechtigkeit. Ein gerechtes Volk kämpft mit mehr Mut und Entschlossenheit, Hungerleider schlagen sich schlecht.«

Die Delegation nahm seine Rede mit langem Schweigen auf. Schließlich sah der Bürgermeister ihn an, verneigte sich tief und sagte: »Ja, mein Herr, so werden wir es machen. Ihr zeigt uns den Weg und wir führen es aus.«

Auch die anderen verneigten sich.

Der Bürgermeister nahm die Kette und legte sie Rankstrail um, schloss sie über dem schlammfarbenen Harnisch.

Dann überreichte ihm die Abordnung ein zweites Kästchen aus Holz mit Goldbeschlägen und mit einer weiteren, sehr tiefen Verbeugung verabschiedeten die Männer sich.

Rankstrail hatte den Eindruck, als ob Prinz Erik ihn irgendwie eigenartig ansähe, bald mit vielsagenden Blicken, dann wieder kleinen Zeichen der Verneinung, wie jemand, der etwas sagen möchte, es aber nicht wagt, weil die Situation nicht geeignet ist.

Als sie gegangen waren, öffnete Rankstrail das Kästchen. Es enthielt mehr Gold, als er jemals gesehen hatte. Tatsächlich enthielt es mehr Gold, als er sich jemals vorgestellt hatte. Er hätte sich davon den ganzen Äußeren Bezirk kaufen können und wäre immer noch sagenhaft reich gewesen. Damit würde er anfangen. Etwas davon würde er für den Äußeren Bezirk verwenden, wo es von verzweifelten Bauern ohne Land, von Schmieden ohne Esse, von Fuhrleuten ohne Fuhrwerk und Zugtiere, von Leuten ohne alles nur so wimmelte. Einen Teil davon würde er jedoch für sich behalten und für sich ausgeben müssen. Ob er wollte oder nicht, jetzt, da er eine Stadt befehligen sollte, brauchte er Kleidung, Waffen und… ein Pferd, das diesen Namen verdiente. Das war seine Pflicht.

Endlich konnte er Zecca dem Prächtigen, der ihn in zwei seiner siegreichen Attacken getragen hatte, durch die er das Volk der Menschen befreit hatte, ein geruhsames Alter bieten, in einem hübschen Stall inmitten von Wiesen, so weit das Auge reichte, voller Klee, Luzerne und Blumen.

KAPITEL 26

Rosalba war müde. Als sie den Moschusgeruch einatmete, der dem Königsgrab entströmte, verspürte sie Sehnsucht danach, sich in der Erde auszustrecken und für die kommenden Jahrhunderte dort ruhen zu können. Auch sie wollte im Dunkel sein, im stillen Reich der Schnecken und Würmer. Ihr Leben erschien ihr eine Folge von sinnlosen Tagen, die abliefen wie Wasser an einem Stein, um schließlich mit dem Geruch von feuchter Erde und verrottetem Laub in einem Steinsarkophag zu enden.

Sie musste daran denken, auch für sich Schlitze in den Stein schneiden zu lassen.

Doch das war nicht der einzige Gedanke, der in ihrer quälenden Müdigkeit einen gewissen Trost spendete.

Da war noch ein anderer Gedanke, es war der an ihr Zuhause. Sie spielte mit dem Gedanken ans Meer. Sie sah die langsam heranrollenden langen Wellen der Herbstabende, die Winterstürme, die Sommergewitter, wenn das Wasser steil wie eine Wand vor einem stand und sich auf mörderischen Brechern Hagel und Gischt vermischten. Die Erinnerung an den lang gezogenen Strand, der wie ein ausgestreckter Drachen zwischen den beiden Felsvorsprüngen dalag, war tröstlich für sie.

Sie wollte nach Hause.

Ihr Zuhause, das sie gemeinsam mit Yorsh aufgebaut hatte.

Sie würde durch den Sand laufen und Yorshs Spuren suchen und nicht finden, aber da wären die Spuren ihrer Kinder. Sie wollte, dass sie in dem Haus aufwüchsen, das sie und Yorsh zusammen erbaut hatten, Steine und Muscheln aufeinandeschichtend und Treibholz, das vom Meer angeschwemmt wurde.

Sie rief den Seneschall und schickte ihn, Aurora holen zu gehen. Es dauerte eine Weile, dann endlich erinnerte sich jemand, dass die Dame von Daligar ihren Tag gern auf den östlichen Wehrgängen ausklingen ließ, die Blicke in die Ferne gerichtet, von wo der Dogon kam, ein schimmerndes Band im letzten Licht des Sonnenuntergangs.

Mit ihrem leichten Schritt kam Aurora heran. Sie trug ein taubengraues Kleid, wie immer wenn sie in den Verbandsstationen tätig war. Es war ein einfaches Kleid, fast wie das einer Frau aus dem Volk, doch auch so gestattete Aurora sich wie stets ihre kompliziert geflochtenen und akkurat gelegten Zöpfe, die mit Goldfäden und winzigen Perlen durchwirkt waren. Robi fragte sich, ob jemals irgendwer sie mit aufgelöstem oder wirrem Haar gesehen hatte. Das wäre auf jeden Fall einen Eintrag in die Annalen wert gewesen.

Auf dem Steinthron sitzend, kündigte die Herrscherin von Daligar Aurora ihre Absicht an fortzugehen. Sie würde nach Erbrow, in die Drachenstadt, zurückkehren samt ihren Kindern. Rankstrail würde Varil schützen, Dame Aurora kam die Herrschaft in Daligar zu.

Rosalba schloss die Augen und lehnte sich zurück. Das war geschafft. Hier war es zu Ende. Noch ein paar Tage, und sie würde das Rauschen des Meeres hören, das sie in ihren nicht enden wollenden schlaflosen Nächten begleitete.

Sie fühlte einen Funken von Freude in ihrer sonst ganz verdüsterten Seele aufglimmen. Sie brauchte nur die Reihe von gerührten Danksagungen Auroras abzuwarten und mit einem anmutigen Lächeln zu quittieren, dann wäre sie frei.

Die Zeit verging. Da in der Stille außer dem ständigen Hühnergegacker im Hof nichts zu hören war, entschloss sich Rosalba, die Augen zu öffnen. Aurora stand wie üblich reglos und undurchdringlich da. Keine Regung von Freude erhellte ihr Gesicht, ja, im Halbschatten hatte Robi sogar den Eindruck, dass ihre Augen düsterer waren als sonst.

»Ich fürchte, Herrin, dieser Plan ist nicht zu verwirklichen«, sagte sie schließlich.

»Nicht zu verwirklichen?«, wiederholte Rosalba.

»Nicht zu verwirklichen«, bestätigte Aurora.

Die Königin fühlte, wie sich Wut in ihrer müden Seele regte. Früher oder später würde ja der Tag kommen, da sie mit Aurora sprechen konnte, ohne den Impuls zu verspüren, sie zu erwürgen, aber dieser war es nicht.

»Meine Herrin«, begann Aurora zu erklären. »Ich bin die Tochter meines Vaters, des Verwaltungsrichters, des Mannes, der Eure Eltern hängen ließ und Euren Gemahl tötete wie einen tollwütigen Hund. Er ist verrückt und krank und feige obendrein. Solange Ihr auf diesem Thron sitzt, werden weder er noch einer der Aasgeier, die ihn auf seiner Flucht begleitet und Daligar den Orks ausgeliefert haben, sich zu rühren wagen. An dem verhängnisvollen Tag allerdings, an dem ich Euch an der Spitze der Stadt ablösen sollte, werden mein Vater und sein ganzer Hofstaat hier auftauchen und sie für sich beanspruchen. Alle werden sich an mich erinnern als das brave kleine Mädchen, das »Jawohl« sagt, und ich müsste mit Feuer und Eisen unter Beweis stellen, dass dieses Mädchen auf immer verschwunden ist. So verhasst mein Vater mir ist, so gut ich all seine Verbrechen kenne, möge es mir dennoch erspart bleiben, die Waffen gegen mein eigen Blut erheben zu müssen. Nicht nur müsste ich, wenn ich das täte, in Abgründe blicken, die ich lieber vergessen möchte, sondern, was wichtiger ist, ich würde die Stadt damit in einen Bruderkrieg hineinzerren, der auch das noch zerstörte, was sich vor den Orks retten ließ.«

Rosalba war wie versteinert. Anzuerkennen, dass Auroras Überlegungen begründet, ja, mehr als einleuchtend waren, verminderte seltsamerweise nicht den Drang, sie zu erwürgen.

Endlich brachte sie ein Nicken zustande.

Die Verzweiflung legte sich wie ein Tuch über sie.

Es gab kein Entkommen.

Ihr Strand, die Grillen, der Wasserfall, das Meeresrauschen, alles würde ein bloßer Traum bleiben.

»Ich fürchte, Ihr habt recht«, sagte sie schließlich finster.

Sie war gefangen, festgehalten in der Stadt, die die Hinrichtung ihrer Eltern mit angesehen und den Tod ihres Gemahls festlich begrüßt hatte.

Sie konnte nicht nach Hause zurück.

Stille machte sich breit. Dann ergriff Aurora wieder das Wort.

»Herrin«, sagte sie, »mit Eurer Erlaubnis würde ich diese Stadt gern verlassen und nach Varil gehen, um dort meine Wohnung zu nehmen.«

Wieder herrschte Stille, auch diesmal nur unterbrochen vom Gackern der Hühner. »Weder Ihr noch sonst irgendjemand braucht meine Erlaubnis, um zu leben, wo es ihm beliebt, aber warum Varil?«, fragte Rosalba. »Was wollt Ihr dort? Hier seid Ihr geboren.«

Sie war erstaunt und gewiss auch erleichtert von der Nachricht, dass sie, wenn sie schon in Daligar bleiben musste, wenigstens nicht gezwungen war, mit Aurora zusammenzuleben, aber auch neugierig.

»Tatsächlich bin ich hier geboren und habe immer hier gelebt: Hier bin und werde ich aber stets die Tochter meines Vaters sein. In Varil bin ich einfach nur ich selbst. Außerdem glaube ich, eine Gabe als Heilerin zu haben. Varil ist der Vorposten, der Ort, wo der Krieg früher beginnt als anderswo und erst aufhört, wenn er anderswo längst vorbei ist, deshalb kann ich dort von größerem Nutzen sein als hier. Die Verletzten dort können von meiner Pflege profitieren, die Kämpfer von meinem Bogen.«

Robi nickte noch einmal. Ihr Verlangen, das Meer zu sehen, wurde so stark, dass es fast mit Händen zu greifen war.

Sie beruhigte sich. Sie brauchte nur etwas Zeit, aber sie würde nach Hause zurückkehren. In aller Ruhe würde sie fortgehen können und zurück an den Strand von Erbrow. Anfangs nur für kurze Zeiträume, dann immer länger. In aller Ruhe würde sie die Voraussetzungen schaffen, um Daligar einem Gouverneur anzuvertrauen.

Eine Straße!

Man musste die Schlucht wieder öffnen und Serpentinen bauen, um unter dem schwindelerregenden Wasserfall des Dogon bis an den Strand hinunterzugelangen, man musste den alten Bibliotheksturm wieder aufbauen und die darin enthaltenen Bücher retten. Die Straße zwischen Daligar und Erbrow würde breit und bequem passierbar sein wie in alten Zeiten, und wie in alten Zeiten würde auf halber Strecke in der Mitte der Turm der Weisheit stehen, der ehemalige Wohnsitz der Drachen.

Erbrow war ein natürlicher Hafen. Das Städtchen würde wachsen und gedeihen. Es würde die Drachenstadt werden. Jeden Morgen würden die Fischerboote mit ihren Netzen auslaufen.

Zu den Ziegen und Hühnern würden die Erträge des Fischfangs

hinzukommen und der Hunger würde nur noch eine blasse Erinnerung sein.

Salz! In Erbrow gab es ausgeprägte Gezeiten und oft wehte ein trockener Südwind. Yorsh hatte ihr erzählt, dass es in der Zweiten Runenzeit an der Küste ausgedehnte Salinen gegeben hatte, sie wurden in den Annalen geschildert.

Robi schloss die Augen und alles färbte sich blau und gold. Ausgedehnte, geometrische Flächen in Weiß funkelten in der Sonne vor dem Meer, dazwischen hier und da Mühlen, die das Wasser durch Windkraft voranbewegten, dahinter das Grün der Felsenklippe, die von Ginster und blühenden Kapernsträuchern überwuchert war. Sie sah die vielen Segel im Hafen. Sie sah unglaubliche Tiere, eine Art von gefleckten Kühen mit sehr langem Hals, einen lächerlichen, schwarz-weiß gestreiften Esel.

Sardinen und Schweinefleisch konnte man in Salz einlegen und konservieren, sodass die Gefahr von Hungersnöten gebannt war.

Rosalba fragte sich, wer und was wohl jenseits des Meeres sein mochte.

Sie würde nach Erbrow zurückkehren, aber später. Zunächst wollte sie dafür sorgen, dass es so stark wurde wie das Mädchen, das denselben Namen trug wie der Ort und wie der Drache, der sein Leben für sie hingegeben hatte. Bis dahin würde sie in Daligar leben, der Stadt, die mit ihr gekämpft hatte, die mit ihr Hunger und Belagerung erlitten hatte und ihr Banner trug.

Auroras Stimme unterbrach sie in ihren Gedankengängen. »Herrin, meine Absicht wäre es, so bald wie möglich aufzubrechen, morgen früh noch vor Tagesanbruch. Gibt es sonst noch etwas, was Ihr mir sagen wollt?«

Rosalba fuhr hoch. Sie war so in Gedanken versunken gewesen, dass sie sowohl ihre Müdigkeit als auch Auroras Anwesenheit vergessen hatte. Sie stand auf, um sich von ihr zu verabschieden, ihr Dank zu sagen und all die übrigen Höflichkeitsfloskeln, die bei solchen Gelegenheiten fällig sind.

Zum ersten Mal bemerkte Robi an Auroras Hals einen Anhänger, eine Art von durchscheinender, von Gold durchzogener Muschel, die sich an den Seiten öffnete, was aussah wie Flügel. Er war leicht und schön, es war, als ob der Geist der Leichtigkeit selbst darin eingeschlossen wäre. Er hing an einem ziemlich abgenutzten, geflochtenen Lederband. Aurora bemerkte ihren Blick.

»Das ist von meiner Mutter«, erklärte sie.

»Und das Band?«, fragte Rosalba. Es war eine etwas ungewöhnliche Art, ein so kostbares und fein gearbeitetes Schmuckstück zu tragen.

Aurora errötete heftig bis unter die Haarwurzeln, was ihr einen Augenblick lang ein fast kindliches Aussehen verlieh.

»Das? Das war die Sehne meines ersten Bogens, den ich als Kind geschenkt bekam und an dem ich sehr hing«, antwortete sie verlegen.

Rosalba vermutete, es sei ein Geschenk des Vaters, das Aurora in kindlicher Liebe an ihn band, derer sie sich nun schämte. Doch dann erinnerte sie sich, dass Yorsh ihr einmal erzählt hatte, Elfen verliebten sich sehr früh, manchmal schon als Kinder, und zwar für immer. Häufig komme es vor, dass bei der ersten Begegnung ein Spielzeug oder ein Geschenk ausgetauscht und dann wie ein Pfand gehütet werde. Vielleicht galt das ja auch für Halb-Elfen. Sie fragte Aurora leise und wie beiläufig, wer ihr den Bogen geschenkt hatte.

Wieder errötete Aurora bis unter die Haarwurzeln.

»Hauptmann Rankstrail hat ihn für mich gemacht«, gelang es ihr, in beiläufigem Tonfall zu antworten. »Obwohl er noch sehr jung war und nicht der Aristokratie angehörte, wurde ihm aufgetragen, bei mir Wache zu stehen, wenn auch nur einen Tag lang, als ich noch ein Kind war. Er war es, der mir an diesem einzigen Tag beigebracht hat, Schwert und Bogen zu benutzen. Zum Glück hat mein Vater das nie entdeckt …«

»Er muss ein großartiger Lehrer gewesen sein«, bemerkte Rosalba lächelnd. »Ihr seid der großartigste Krieger, den ein Kommandant sich nur wünschen kann.«

Aurora lächelte ihrerseits.

»Ich bin ein Halb-Elf, Herrin. Ich habe die Treffsicherheit der Elfen und ein bisschen von der Robustheit der Menschen. Und Ihr, Herrin«, fuhr sie fröhlich, ja geradezu ein wenig keck fort, »Ihr seid der großartigste Kommandant, den ein Krieger sich nur wünschen kann.«

»Größer als Hauptmann Rankstrail?«, fragte Robi listig.

»Wenn Ihr gestattet, könnte man sagen, Hauptmann Rankstrail ist der einzige Kommandant, der Euch gleichkommt.«

»Ich gestatte es«, räumte Rosalba ein.

Lächelnd sahen sie sich an.

»Wie geht es dem Gefreiten Lisentrail?«

»Er ist außer Lebensgefahr.«

»Das freut mich. Wann wird er Eurer Einschätzung nach imstande sein, die Stadt zu verlassen?«

»In wenigen Tagen, aber er wird es auf einem Fuhrwerk tun müssen, Herrin. Sein Leben ist gerettet, aber seine Beine werden ihn nie wieder tragen. Warum fragt Ihr nach ihm?«

»Wisst Ihr, als ich mich bei ihm bedanken wollte, weil er meine Tochter gerettet hat, nahm das Gespräch eine unerwartete Wendung. Weil er wusste, dass ich ihm nun kein Härchen mehr krümmen würde, gestand er mir, wer den Befehl gab, Erbrow zu töten. Der Hauptmann wäre bereit gewesen, die Befehlsverweigerung mit seinem Leben zu bezahlen, Lisentrail aber wollte ihm das nicht gestatten. Das Opfer des Drachen hat alle gerettet.«

»In den letzten Stunden ist dieses Gerücht auch zu mir gedrungen«, bestätigte Aurora. »Alle Soldaten, die an der Schlucht von Arstrid dabei waren, haben es mir bestätigt, und wenn ein Mann verwundet ist und nicht weiß, ob er den nächsten Morgen erlebt, lügt er nicht. Es war Lisentrail, der den Befehl gegeben hat. Werdet Ihr ihn bestrafen?«

»Symbolisch. Ich habe ihm als Auszeichnung fast die Hälfte meiner Kette überlassen und ihn aus Daligar verbannt. Ich muss sparsamer mit diesen Goldplättchen umgehen, für einen weiteren Krieg reichen sie schon nicht mehr. Was die Verbannung betrifft, so kann ich mir schwerlich eine mildere Strafe vorstellen. Lisentrail wartet ja nur darauf, dass es ihm gut genug geht, um seine Gemahlin und ihre beiden Hühner auf ein Fuhrwerk zu laden und alles nach Varil zu schaffen. Dort erwartet ihn der Titel eines Regenten des Äußeren Bezirks. Ich weiß zwar nicht, was das genau heißt, aber wenn Rankstrail ihm diesen Titel verliehen hat, muss das eine Aufgabe sein, bei deren Ausübung der gesunde Menschenverstand des Gefreiten dem Wohl aller dienlich ist und die er ohne Verlegenheit wegen seiner fehlenden Finger und seiner nicht immer aristokratischen Ausdrucksweise erfüllen kann!« Rosalba lächelte. »Auch meine Tochter hat dem Gefreiten ein Geschenk gemacht, müsst Ihr wissen.«

»Eure Tochter?«

»Ja, ich hatte sie mitgenommen. Sobald sie ihn sah, umarmte sie ihn lang. Ich glaube, das war es, was ihn bewogen hat, mir die Geschichte der Schlucht von Arstrid zu erzählen.«

»Darf ich fragen, was die kleine Prinzessin ihm geschenkt hat?«

»Einen kleinen Ball aus zusammengenähten Stofffetzen, ich weiß auch nicht, wer ihr den gegeben hat.«

Aurora lächelte kurz, dann wurde sie ernst.

»Ich frage mich, warum der Hauptmann nie seine Unschuld beteuert hat«, sagte sie nachdenklich.

Rosalba dachte lang nach, bevor sie antwortete. Sie kannte die Antwort ganz genau; sie versuchte, nur zu ergründen, ob Aurora diese Frage wirklich hatte stellen wollen oder ob sie der Königin nur das Gefühl geben wollte, dass sie von ihnen beiden die Gescheitere wäre. Da das aber im Grunde nicht wichtig war, entschloss sie sich zu antworten: »Weil ein echter Kommandant die Verantwortung für seine Männer übernimmt. Auf seine Entscheidung hin können seine Männer am Leben bleiben oder sie gehen in den Tod. Wie er die Verantwortung für ihr Leben und ihren Tod trägt, so übernimmt der Kommandant auch die Verantwortung für ihre Taten und Fehler und muss bereit sein, für sie zu bezahlen«, sagte sie schließlich.

Aurora nickte. Zum ersten Mal in ihrem Leben empfand Rosalba heftige Zärtlichkeit für sie. Sie sah vor sich ein tapferes, aufgewecktes Mädchen, zerrissen von der Liebe zu einem grausamen und verrückten Vater und in ihrem Herzen verschlossen die Liebe zu dem jungen Hauptmann.

»Varil muss nicht nur die Reisfelder befreien, sondern auch den Horden standhalten, die aus den Ebenen des Ostens anrücken könnten, und außerdem erneut die Grenzen befestigen. Es darf nie wieder vorkommen, dass die Orks uns unvorbereitet überfallen. Wir haben hier inzwischen genügend Kräfte. Ich wäre ruhiger, wenn Ihr sofort nach Varil reiten und diejenigen, die Euch freiwillig folgen, mitnehmen würdet. Rankstrails Söldner, die noch in der Stadt sind, gehen bestimmt mit. Ich verspreche das Dreifache des üblichen Solds. Die Händler, denen wir Schutz gewähren, haben unsere Kassen mit ihren Abgaben gefüllt, und nun ist es an der Zeit, diese Gelder zu verwenden. Man kämpft nicht für Geld, aber es ist nur recht und billig, dass wer kämpft, auch gut bezahlt wird. Diese Männer brauchen Geld, sie wollen Familien gründen, und sie lieben ihren Hauptmann. Sie werden mitgehen. Brecht sofort auf, sodass ihr noch vor Tagesanbruch dort seid. Morgen wird Hauptmann Rankstrail vermutlich den Angriff eröffnen und die Reisfelder befreien, fünfzig Bewaffnete mehr könnten dabei ausschlaggebend sein. Varil ist unser Vorposten und im Augenblick muss der gestärkt werden.«

Aurora gestattete sich noch ein Lächeln, das ihre Augen strahlen ließ.

»Ja, meine Herrin«, sagte sie mit einer angedeuteten Verneigung.

»Ich habe Euch noch nie dafür gedankt, dass Ihr mir das Leben gerettet habt«, sagte Rosalba abschließend, »für all die Male, die Ihr mir das Leben gerettet habt. Ich habe Euch nicht gedankt für Eure Loyalität, für Euren unerschütterlichen Glauben an einen Sieg. Ich habe Euch noch nie gedankt für die Zärtlichkeit, die Ihr meiner Tochter entgegenbringt. Danach zu urteilen, wie die Kleine strahlt, wenn sie Euch erblickt, muss sie vollkommen sein«, setzte sie langsam hinzu, und die Mühe, die sie das kostete, nahm mit jedem Satz ab. »Ich habe Euch nie dafür gedankt, dass Ihr mich ›Herrin‹ genannt habt. Ihr wart die Erste, die das tat, und bei mindestens zwei Gelegenheiten hat mir das eine Autorität verliehen, die mich aus tödlicher Gefahr befreit hat. Ich hätte es nicht geschafft, zu kämpfen und zu siegen, wenn Ihr nicht mit mir gekämpft hättet. Ohne Euch wäre ich tot und die Kinder des letzten Elfen mit mir. Ihr habt mein Leben gerettet und das meiner Kinder, indem Ihr all Euren Mut aufgeboten und einen Ort hinter Euch gelassen habt, wo Ihr in Sicherheit gewesen wärt, um mit uns den Tod zu riskieren. Ich bitte Euch um Verz ...«

»Ihr habt mein Leben gerettet«, unterbrach Aurora sie, »am ersten Tag, da ich Euch begegnete. Ich saß damals in meiner Sänfte, und Ihr wart gefesselt, in Lumpen, blutverschmiert und übersät von blauen Flecken. Wir alle, und ich als Erste, beugten den Kopf vor meinem Vater. Ihr aber habt gekämpft. Erst als ich Euch sah, begriff ich, dass man sich dafür entscheiden kann, zu kämpfen. Jedes Mal wenn Angst und Mutlosigkeit größer waren als die Zimmer, in denen ich eingesperrt war, dachte ich an Euch. Wenn Ihr kämpfen konntet, konnte ich das auch. Nach dem Tod meiner Mutter wart Ihr für mich einer der beiden Fixsterne, die Licht in meine Jugend brachten. Ich verstehe, warum Euer Gemahl Euch liebte, wegen Eures Muts, Eures Glauben und, mit Verlaub gesagt, Herrin, wegen Eurer Wildheit …«

Aurora holte Luft, dann erhellte ein schüchternes Lächeln ihr Gesicht.

»Herrin … Argniòlo … Der Seneschall und ich haben seine … sein … das, was von ihm übrig ist, zusammengetragen und auf dem Friedhof von Daligar beigesetzt.«

Rosalba sah sie an. Bei dem Namen Argniòlo war die Erinnerung an Yorshs Tod in ihr wieder wach geworden, wie wenn eine frisch verheilte Wunde aufreißt, und eine Weile lang vermochte sie nicht zu sprechen. Schweigend stand die Königin-Hexe da und sah Aurora an. Als sie ihre Stimme wiederfand, konnte sie Aurora in ruhigem und gelassenem Ton dafür danken, wie man für eine kleine Gefälligkeit dankt, fürs Aufhängen von Wäsche oder fürs Umtopfen der Geranien. Auch Argniòlo musste eine Geschichte haben.

»Ich würde Euch auch gern ein Stück von meiner Kette geben«, sagte sie, nahm sie ab und begann, daran herumzunesteln. Mittlerweile hatte sie eine gewisse Übung darin. »Wenn ich sie noch kürzer mache, wird es ein Armband, aber ein letztes Plättchen kann ich noch entbehren, und ich will unbedingt, dass Ihr es bekommen sollt. Als Unterpfand meiner Freundschaft, an der es Euch nie mangeln soll.«

»Mit unendlicher Freude nehme ich es entgegen, Herrin«, beteuerte Aurora, »Ich werde es zu meiner Kette hinzufügen. Es freut mich auch sehr, ein Unterpfand Eurer Freundschaft zu besitzen.«

Aurora verneigte sich und nahm Abschied, stolz und wunderschön.

Rosalba sah ihr nach. Zum ersten Mal empfand sie keinerlei Hass oder Groll auf sie, nur Dankbarkeit und Zärtlichkeit.

Noch lang hing sie ihren Gedanken nach. Es gab für sie keinen Zweifel, dass der zweite Fixstern, der Licht in Auroras Jugend gebracht hatte, jener Mann war, der ihr den Bogen geschenkt hatte. Zum ersten Mal wurde ihr klar, in welch auswegloser Finsternis Aurora gefangen gewesen sein musste, in ihren Kleidern aus Brokat und Silber und mit den perlenbesetzten Haarnetzen.

Rosalba überließ sich Gedankengängen, die vielleicht trivial, für sie aber völlig neu waren, Wahrheiten, die sie nie gestreift hatten, sie aber faszinierten wie die Entdeckung eines unbekannten Kontinents. Sie überlegte, wie absolut fragwürdig doch die Begriffe von Sieg und Niederlage sind. In dem Moment, der ihr stets als einer der erbärmlichsten in ihrem Leben erschienen war, hatte sie in ein anderes Leben Licht gebracht. Sie überlegte, und auch das berührte sie wie das Erlernen einer neuen Sprache, wie oft das, was wir im Blick der anderen zu erkennen glauben, bloß das Spiegelbild unserer eigenen Ängste ist. Die vermeintliche Verachtung in Auroras Blick war stets eine Projektion ihrer Angst vor der eigenen Wildheit gewesen und dass diese sie von Yorsh entfernen könnte.

Sie war sie. Es waren ihre menschliche Wildheit und ihr Orkblut, die ihr die Entschlossenheit und die Grausamkeit verliehen hatten, Daligar zu retten, ihre Kinder und die Welt.

Auch wenn zweifellos Grausamkeit Bestandteil der Mischung war, musste man sie als kostbares Gut ansehen und mit äußerster Sparsamkeit einsetzen. Die Königin rief den Seneschall und gab ihm Befehl, die Leichen der Orks zu bestatten, so gut es ging. Sie befahl ihm, für die Orks einen Friedhof anzulegen, tief im Wald und abseits von Wegen, um Grabschändungen zu vermeiden, und sie empfahl, das solle ein … ein …

»Ein schicklicher Ort sein?«, half der alte Herr aus.

»Ein schicklicher Ort«, bestätigte die Königin.

»Da sind die Kastanienwälder gleich hinter der Lichtung, wo Hauptmann Rankstrail die Gefangenenlager hat errichten lassen.«

»Ich glaube, das passt«, antwortete Rosalba.

Sie wollte nicht, dass Yorshs Kinder in einer Stadt aufwuchsen, wo sich auf das Honigbrot Fliegen setzten, die sich eben noch an den Augenhöhlen abgeschlagener Köpfe gütlich getan hatten.

Als der Mann gegangen war, dachte die Königin von Daligar noch lang über Aurora und Rankstrail nach und dass sie es längst hätte verstanden haben müssen …

Sie wünschte den beiden von ganzem Herzen eine lange Zeit der Gemeinsamkeit und Liebe, wünschte ihnen, dass sie Söhne und Töchter bekämen, sie heranwachsen und gedeihen sähen.

Sie wünschte ihnen, dass sie ihre Enkelkinder auf die Welt kommen sähen und die Kinder ihrer Enkelkinder.

Sie wünschte ihnen ein hohes Alter und einen gemeinsamen friedlichen Tod, Hand in Hand.

Dann brach sie in Tränen aus. Es war ein furchtbares Weinen, ein unaufhaltsames, nicht zu bezwingendes, heftiges Schluchzen, das sie schüttelte wie der Herbstwind ein welkes Blatt. Zusammengekauert auf ihrem Steinthron, auf dem auch Arduin vor Verzweiflung über die für immer verlorene Gattin geweint haben musste, empfand Rosalba all den Schmerz, den sie bis zu diesem Augenblick in einen Winkel ihrer Seele verbannt hatte, weil die Schlachten vordringlich waren. Jetzt war der Krieg gewonnen, und nichts schützte sie mehr vor der Erkenntnis, dass ihr Gemahl jenseits des Winds und der Sterne auf immer für sie verloren war.

Ihre eine Hand lag auf Yorshs Schwert, die andere auf Arduins grüner Jadekugel.

Rosalba weinte fast die ganze Nacht hindurch. Die Kälte wurde unerträglich. Der steinerne Thron war eisig. Sie begann zu zittern. Sie erhob sich und schleppte sich in ihre Gemächer. Auf dem großen Bett, auf feinen Tüchern und inmitten von duftigen, kostbaren Spitzen lagen, ruhig und leise atmend, ihre Kinder. Rosalba entledigte sich ihrer Waffen, streckte sich unter der Decke neben ihren Kindern aus und umarmte sie. Deren Wärme ging auf sie über. Ihr Schluchzen beruhigte sich. Ihr Töchterchen wachte auf. Sie sah ihre Mutter im Schein des Feuers an, das in dem riesigen steinernen Kamin prasselte und den Raum erwärmte. Sie berührte ihr tränennasses Gesicht.

»Mama aua«, sagte sie mitleidig.

»Es ist vorbei«, sagte Rosalba.

Das Mädchen nickte. Sie war ihrer beider Kind. Sie hatte Yorshs Augen. Neben ihr schliefen die beiden Brüderchen, die Kinder von ihr und Yorsh. Jenseits der Palastmauern unter den letzten Sternen schliefen die anderen Wesen dieser Stadt. Yorsh war jenseits des Winds, aber auch so würde jeder Augenblick ihres Lebens ein unschätzbares Geschenk sein und sie würde es genießen.

Rosalba umarmte Erbrow und vergrub ihr Gesicht in den dunklen Locken.

»Papa hia«, sagte die Kleine.

»Hast du Papa gesehen? Hast du von deinem Papa geträumt?«

Die Kleine nickte noch einmal.

»Papa hia«, bestätigte sie. Dann legte sie sich mit Entschiedenheit die Hand auf die Brust. »Schön«, ergänzte sie.

»Du hast Papa gesehen, und er hat dir gesagt, dass du schön bist«, übersetzte Robi.

Erbrow nickte. Robi fragte sich, wie lang sie sich wohl die Erinnerung an ihren Vater bewahren würde. Sie war froh, dass sie von ihm geträumt hatte.

»Das anne'e Papa.«

»Ein anderer Papa. Da ist noch ein Papa? Ein anderer Mann! Da war ein anderer Mann, der das hier hatte? Den Anhänger?«

Die Kleine nickte.

»Hast du ihn gesehen?«

Wieder wies sie auf den Kamin.

»G'ooß un schwaaz.«

»Er war groß und schwarz. Ein großer, kräftiger, dunkler Mann? Mit einem Mantel? Und er trug diesen Anhänger um den Hals? Du hast einen großen, kräftigen, dunkel gekleideten Mann gesehen, der diesen Anhänger um den Hals trug?«

Erbrow nickte wieder, dann legte sie sich die Hand auf die linke Wange und schaute finster drein.

»Aua.«

»Seine Wange war ... verletzt? Verbrannt?«

»Aua«, bestätigte das Mädchen düster. Dann lächelte sie wieder und legte sich noch einmal die Hand auf die Brust. »Schön«, wiederholte sie zufrieden.

»Auch er hat dir gesagt, dass du schön bist?«

Erbrow nickte. Ihre Mutter drückte sie an sich.

Sie sah sie noch lange an. Vielleicht war es nur ein Traum gewesen. Ein merkwürdiger Traum, in dem die Kleine sich an ihren Vater erinnerte und in gewisser Weise auch das wahre Gesicht Arduins erblickte.

Vielleicht konnte die Kleine ja in der Vergangenheit lesen, wie sie selbst in die Zukunft blicken konnte.

Oder vielleicht war der Tod etwas anderes als das Nichts, war er ein Ort, von wo man gelegentlich zurückkehren und jemanden grüßen konnte. Vielleicht war es Yorsh und Arduin ja vergönnt gewesen, die Pforten des Todes zu durchschreiten, um das Kind zu grüßen, in dessen Adern sich das Blut der Elfen mit dem der Menschen und der Orks mischte.

Auf der Truhe, wo Parzia die Kindersachen bereitgelegt hatte, sah sie die blau bestickten Hemdchen für Yorsh und die grün bestickten für Arduin, den Kreisel und das Holzpferdchen, die Solario einst für Erbrow geschnitzt hatte, und sie schmunzelte über die Großzügigkeit des Mädchens, das auf sein Spielzeug verzichtet hatte, damit die Brüderchen auch eins hatten. Sie fragte ihre Tochter nach der Puppe und dem Bötchen. In diesem Augenblick war ihr klar geworden, dass sie sie schon länger nicht gesehen hatte.

»Weg«, antwortete sie und breitete die Hände aus.

Rosalba war verärgert.

Das waren ihre alten Spielsachen, Geschenke ihrer Eltern, die Yorsh aus den Trümmern ihres Hauses gerettet und ihr mitgebracht hatte. Sie in Erbrows Händen zu sehen, hatte sie immer mit Zärtlichkeit erfüllt...

»Du hast sie nicht mehr? Du hast sie verloren? Oh nein!«, entschlüpfte es ihr.

Sofort bereute sie es. Die Spielsachen waren ihr egal. Das einzig Wichtige waren ihre Kinder. Sie wollte Erbrow nicht betrüben, in dieser Nacht voller Zärtlichkeit, weil sie die Puppe und das Bötchen verloren hatte, auch wenn das alles war, was ihr von ihrer Kindheit blieb. Unachtsamkeit ist bei Kindern normal. Es ist das ganz gewöhnliche Schicksal von Spielsachen, verloren, zerbrochen oder vergessen zu werden.

Erbrow war aber weder betreten noch zerknirscht.

»Akkail«, erklärte sie munter.

»Rankstrail? Du hast sie Hauptmann Rankstrail gegeben?«, fragte Rosalba erstaunt. »Das Bötchen und die Puppe? Dem Hauptmann?«

»Akkail. Aoa. Bebi«, erklärte Erbrow weiter und breitete wieder die Arme aus, wie jemand, der etwas wirklich völlig Selbstverständliches erklärt.

»Rankstrail, Aurora? Du hast sie Rankstrail und Aurora gegeben für ihre Kinder?«

Erbrow nickte, dann gähnte sie. Rosalba musste lachen. Zum ersten Mal seit Yorshs Tod hörte sie sich selbst wieder lachen.

»Gut gemacht, mein Kind, eine gute Idee. So haben wir den beiden schon ein Hochzeitsgeschenk gemacht.«

Sie sprach mit sich selbst. Ihre Tochter hatte die großen blauen Augen geschlossen und war in den Schlaf hinübergeglitten. Der Weg der Zärtlichkeit, den ihre Puppe und ihr Bötchen genommen hatten, war nicht zu Ende. Jetzt würde er zu den Kindern von Aurora und dem Hauptmann führen.

Dann erinnerte sie sich mit Entsetzen daran, dass sie Aurora verflucht hatte.

Der Gedanke ließ die Freude dieses Augenblicks zusammenschrumpfen wie Frost im April die Apfelblüte.

Rosalba hatte noch nie gebetet.

Niemals in ihrem Leben.

Wenn die Götter nichts vermochten, war es zwecklos, zu ihnen zu beten. Wenn sie allmächtig waren und dennoch zuließen, dass Leid, Elend, Willkür herrschten und dass die Gerechtigkeit mit Füßen getreten und die Unschuld verraten wurde, dann hatte sie nur umso mehr Grund, lieber in die Unterwelt hinabzusteigen, als ein Gebet an sie zu richten. Sie hatte nicht gebetet, als ihre

Eltern gehängt wurden. Nicht mal angesichts von Yorshs Tod. Sie hatte nicht darum gebetet, dass ihre Kinder gesund auf die Welt kommen mögen, weil ihr das unschicklich erschien, wenn andere Frauen, die nie etwas Böses getan hatten, an Körper und Geist furchtbar entstellte Kinder zur Welt brachten.

In dieser Nacht betete sie aus ganzer Seele. Sie bat um Verzeihung für ihre Undankbarkeit und entschuldigte sich für ihren Groll. Sie dankte für das Leben, ihres und das aller anderen, auch das der Leidenden und der Missgeburten. Sie sah ein, dass es nicht möglich gewesen wäre, die Menschen zu erschaffen ohne den Schmerz, nicht möglich gewesen wäre, ihnen die Freiheit zu geben, ohne das Böse zuzulassen. Sie sah ein, dass der Schöpfer des Universums nicht die Aufgabe hat, Leid zu verhindern, sondern es zu verstehen. Sie bat um Verzeihung, und darum, dass der Fluch, den sie gegen eine Unschuldige geschleudert hatte, gelöst werden möge. Sie betete und betete. Sie entschuldigte sich dafür, dass sie Argniòlo getötet und seinen sterblichen Überresten nicht die gebührende Achtung erwiesen hatte. Dasselbe tat sie für die Orks, die sie hatte köpfen lassen.

Rosalba vergoss still ihre letzten Tränen und genoss es als die höchste Seligkeit, die Atemzüge und den Geruch ihrer Kinder um sich zu haben, unter der großen weißen Decke, die war wie eine Wolke. Sie stillte die beiden Kleinen, sobald sie aufwachten, sodass auch nicht das leiseste Wimmern zu vernehmen war. Lang ließ sie ihre Finger durch Erbrows Locken gleiten, durch das glatte, feine Haar Arduins und über das noch kahle Köpfchen des Jüngsten, der den Namen des Vaters trug, das Kind, das im Reich des Toten gewesen und wiedergekehrt war.

Im Morgengrauen schlief endlich auch sie ein. Da setzte das leise Geräusch des Regens ein. Robi schlief und schlief und träumte und endlich löste sich ihre Müdigkeit wie Staub im Wasser.

Sie sah einen dunklen und sehr engen Ort, geschlossen wie ein Kreis, und sie begriff, dass es das Innere eines Quersacks war.

Da war ein Obstkern, ein Brief, der nicht mehr zu entziffern war, die geschnitzte Holzpuppe und das kleine Boot, die ihr gehört hatten und nun den Kindern einer Frau gehören würden, die sie einst verflucht hatte, und sie begriff, dass die Gabe den Fluch gelöst hatte. Erst jetzt bemerkte sie, dass an dem alten Holzspielzeug weiße und karmesinrote Blütenblätter klebten, die sich lösten und auf den Grund des Quersacks glitten, wo sie sich mit anderen, älteren und trockenen Blütenblättern in denselben Farben vermischten, wie sich in einer lang ersehnten Umarmung die Glieder umschlingen. Das Blut des letzten Drachen und das des letzten Elfen waren in Berührung gekommen. Der dunkle, geschlossene Kreis öffnete sich dem Licht, denn das war nicht nur das Innere eines Quersacks, sondern der düstere Bezirk des Todes selbst. Sie sah die Vergangenheit, die sich mit einer Zukunft verknüpfte, in der jede Qual aufgehoben war.

Sie sah die Neumondhügel voller Mohnblumen und blühendem Ginster, darüber sah sie die weiten Flügel des Drachen, zwischen seinen großen Flügeln sah sie die Krieger, die ihn getötet hatten und denen verziehen worden war, weil das nicht geschehen war, um zu zerstören, sondern um zu retten. Diesen Männern verdankte ihre Tochter, die den Namen des Drachen trug, ihr Leben. Sie begriff, dass die Menschen und der Drache sich darüber, dass sie keine Nachkommenschaft hatten zeugen können, hinwegtrösteten mit den Namen der Kinder, die sie gerettet hatten. Sie sah Jastrin, der im Wind lief, sie sah Yorshs Lächeln und erinnerte sich an ihn. Sie erkannte den großen, schweigsamen Mann. Der erste Soldat, der unter seinem Kommando gefallen war, und hinter ihm sah sie all jene, die ihm nachgefolgt waren. Sie sah eine sehr lange gedeckte Tafel, deren Tischtuch abwechselnd aus feinem Leinen und aus grobem Baumwollstoff und Jute war, und sie erkannte den Hofmeister des Königlichen Hauses, beflissen und munter bei seinen Vorbereitungen, auf dass nie wieder irgendjemand Hunger leiden müsse; ein unendliches Bankett, wo der feinste gefüllte Fasan neben fetten Schweinswürsten mit Bohnen stand, und in Honig karamellisierte Fledermäuse neben mit Pinienkernen gefüllten Ratten, die den Hunger der Belagerten gestillt hatten.

Eingehüllt in den leichten Morgennebel, sah sie ihren Vater und ihre Mutter... Weiter hinten, in der Ferne, sah sie die Schatten der Orks. Zuletzt sah sie den Schatten Argniòlos, der auch einmal Kind gewesen war und bestimmt auch eine Geschichte zu erzählen hatte.

Millionen und Abermillionen Tropfen entließ der Regen aus den tief hängenden Wolken, die schon seit Tagen über der Stadt gelastet hatten, und sie fielen auf Daligar, füllten die Brunnen, kühlten die Hitze, wuschen den Staub und das Blut ab, das Blut Jastrins, das Lisentrails, das Blut all jener, deren Blut vergossen worden war, an allen Stellen, wo Blut geflossen war, sodass als Erinnerung an die Toten nur die reine Wehmut der Erinnerung an sie blieb. Die Tropfen traten zusammen zu kleinen Bächen, winzigen Rinnsalen, die von den Dächern und über die Treppen hinunterliefen, sie spülten das Blut Argniòlos hinweg und das der Orks, wuschen die Pfähle rein, auf denen die abgehackten Köpfe gesteckt hatten und die von nun an als Kletterhilfe für Buschbohnen dienen sollten.

Sie wuschen das Blut hinweg, das Jahr um Jahr vergossen worden war durch die Ungerechtigkeit der Henkersknechte, und sie wuschen die Schande derer hinweg, die zugesehen und nichts unternommen hatten.

Der Regen vermischte sich mit der Erde, damit das Gras wieder grün werden konnte, die Rebschößlinge sich stolz in die frische Luft recken konnten, der Kohl sich mit seinen fast blauen Blättern entfalten. Die Haut der Tomaten, die in der Hitze verschrumpelt war, straffte sich.

KAPITEL 27

Rankstrail, der junge Hauptmann von Daligar, Sieger über die Orks, Befreier von Varil, Rächer der Ehre des Menschengeschlechts, gelangte in Sichtweite seiner Stadt, während die späte Nachmittagssonne das dichte, zarte Grün der reifen Reispflanzen zum Leuchten brachte. Während er vom Pferd stieg und das große Eingangstor zum Äußeren Bezirk durchschritt, fiel das rote Licht des Sonnenuntergangs schräg auf die mächtigen Mauern oberhalb des Hangs mit Mandel- und Orangenbäumen.

Rankstrail grüßte die beiden Soldaten, die ihn am Tor erkannt hatten, und ließ den Wolf und sein wunderschönes Pferd, das so schwarz war wie der Hauch der Nacht, in ihrer Obhut zurück.

Er wollte niemanden bei sich. Er machte sich zu Fuß auf den Weg. Der Mantel verbarg ihn und zugleich das Schwert, das er an der Seite trug. Er schritt über Bäche hinweg, wo Kinder zwischen Hühnern und einer Schar Gänse spielten, deren weiße Flügel sich in den Pfützen mit dem Spiegelbild der Wolken vermengten.

Zwischen den Steinen der Stadtmauern wuchsen wieder Efeu, Moos, Büschel kleiner Blumen. Auch die bunten Gärten oben auf den Mauern waren wieder da. An der Südseite wuchs ein ganzer Baum, ein echter wilder Kirschbaum, schräg aus den Mauern heraus, seine Wurzeln hatten zwischen den losen Steinen Platz genug gefunden, um ihn wachsen, blühen und Früchte tragen zu lassen, kleine, säuerliche Kirschen, und auch er spiegelte sich zusammen mit Wolken und Gänseflügeln in den Pfützen.

Die Pfützen fanden ihre Fortsetzung in den Rinnsteinen der Küchen, durch die ihrerseits das Wasser aus dem Graben geleitet wurde, das von den Hügeln kam und sich mit dem stehenden Gewässer mischte, um sich dann in die Kanäle zwischen den Reisfeldern zu verzweigen.

Viele Stimmen waren zu hören, die einander übertönten oder riefen, sich ins Wort fielen.

Rankstrail ging an der östlichen Seite der äußeren Stadtmauer entlang, wo die Wasserverkäufer und die Stände mit Fladenbrot und Marzipan schon sehr bald wieder aufgetaucht waren und die Luft mit ihren köstlichen Düften erfüllten, unter die sich der herbe Geruch der über Kohleglut gerösteten Kichererbsen mischte.

Das Gesicht unter der Kapuze verborgen, kaufte sich der Kommandant der Stadt den größten Sesamkringel mit Honig, den es auf dem winzigen Markt gab, und schlug die Zähne hinein. Er schloss die Augen und musste sich einen Augenblick lang an die Mauer lehnen, so groß war der Genuss, dass ihm fast schwindlig davon wurde.

Am äußersten Ende des Markts, ganz an die Mauer gedrängt, fand er den Teppichverkäufer wieder, der aus der Karawanenstadt Donadio kam, die von einer Windhose vernichtet worden war. In seiner kuriosen Redeweise wiederholte ihm der Mann, dass er, wenn er den einen oder anderen Teppiche verkaufte, nach Hause zurückkehren könne, in seine Stadt, und dass sie sie wieder aufbauen würden, diesmal nicht aus Holz und Kamelhaut, sondern ganz aus Stein mit einer Kuppel aus Lapislazuli darüber, damit nichts mehr sie zerstören konnte, und sie würden sie Samkid nennen, die Unbesiegbare. Rankstrail kaufte ihm alle Teppiche ab, die die Farben des Windes und der Sonne hatten, und bat ihn nur, sie so lange bei sich aufzubewahren, bis er wusste, wo er sie ausbreiten konnte. Dann ging Rankstrail, begleitet von einer Flut von Segenswünschen, die ebenso klangvoll und unverständlich waren wie die Flüche, die der Mann ihm einst hinterhergeschickt hatte.

Rankstrail stieg über den Stamm des wilden Kirschbaums hinweg, der noch ganz verkohlt war von den Bränden der Belagerung; winzige Büschel grüner Blätter sprossen wie der Inbegriff des Frühlings selbst an dem einzigen Ast, der sich vor dem Feuer hatte retten können. Rankstrail blieb stehen, sah ihn an und fuhr mit der Hand über den runzeligen Stamm, wobei er sich die Finger mit Ruß schmutzig machte, und auch den Verband, den er immer noch trug, obwohl ihn die Wunde schon längst nicht mehr schmerzte.

Das Haus seines Vaters war exakt wieder so aufgebaut worden wie früher. Es lag zwischen zwei Strebepfeilern des zweiten Mauerrings, eine notwendige schiefe Wand und ein Dach waren hinzugefügt worden, eine ganz mit Schnitzwerk überzogene Tür vervollständigte das Ganze. Von der Höhe der rußgeschwärzten Wehrgänge wucherten erneut Efeu und blühende Kapernpflanzen auf das winzige Häuschen herab. Der junge Kommandant der Stadt erinnerte sich an all die Kaulquappen, die sie gefangen hatten, die Schnecken und Frösche, die sie verzehrt hatten, die gewilderten Reiher, um das magere Einkommen der zwischen den Strebepfeilern des zweiten Mauerrings und dem wilden Kirschbaum eingeklemmten Schreinerwerkstatt aufzubessern.

Mit den Fingern strich er über seinen groben und abgenutzten Quersack, den er unter der Samtjacke trug. Darin befand sich ein Pfirsichkern, Andenken an die ersten Toten, die er gerächt hatte.

Dann waren da Blütenblätter, getränkt im Blut des Drachen, der sein Leben geopfert hatte, um seinen Elfenbruder zu retten. Da war der Brief, den sein Vaters diktiert hatte, wo die Worte »Mein geliebter Sohn, ich träume von deiner Heimkehr, um deine Heimkehr bete ich…« nicht mehr zu lesen waren, so oft waren die Fingerkuppen des Hauptmanns darübergegelitten. Da waren die Spielsachen, die Erbrow ihm gegeben hatte, um sein Mitleid zu erkaufen und die Kinder zu erfreuen, die er entschlossen war niemals zu haben.

Als er eintrat, war es schon dunkel. Sein Vater war im Inneren des Hauses, er saß auf einem Holzstumpf beim Feuer zwischen dem Herd und der Bettstatt, die fast die ganze Fläche einnahm. Die Tür zu dem anderen winzigen Zimmer, in dem das Bett seiner Schwester stand, war verschlossen, Zeichen dafür, dass sie schon zur Ruhe gegangen war. Borstril, sein jüngerer Bruder, schlief ruhig im Heu auf dem hölzernen Zwischenboden, der das Häuschen auch in der Höhe noch einmal unterteilte. Rankstrail sah den Vater an. So gebeugt hatte er ihn nicht in Erinnerung gehabt. Das Haar war weißer und schütterer als beim letzten Mal, in den Händen ein Zittern, das vorher nicht da gewesen war. Der Alte hob den Blick von der Truhe, die er gerade mühsam reparierte, mit Händen, die nicht mehr die seinen schienen; er erblickte ihn und lächelte ihn an. Einen Augenblick lang strahlte er.

Rankstrail trat zu ihm. Er überragte den Alten wie ein Berg. Er erwiderte das Lächeln, aber seines war schwächer, fast nur angedeutet. Er schwieg lange.

»Vater, verzeiht mir, ich bin gekommen, Euch zu fragen, wer ich bin«, sagte er schließlich ruhig.

Das Lächeln des Alten erlosch. Er schwankte, wandte den Blick aber nicht vom Gesicht des Hauptmanns. Ein sehr langes Schweigen trat ein.

»Du bist mein Sohn«, sagte er schließlich sehr leise. »Du bist mein erstgeborener Sohn. Du bist der Sohn von mir und meiner Gemahlin. Du hast ihre Augen, du… nun ja. Du lächelst wie sie… du bist mein Sohn. Du bist unser Kind, unser erstgeborener Sohn…«

Die Stimme des Alten erstarb mit der letzten Silbe.

Rankstrail nickte. Dann kniete er vor dem Alten nieder, nahm sanft dessen Hand von der Truhe, küsste sie und legte sie dann an seine Wange.

»Das weiß ich«, sagte Rankstrail. »Das weiß ich«, wiederholte er noch einmal. »ich könnte nicht leben, wenn ich das nicht wüsste. Ich weiß, dass ich Euer erstgeborenen Sohn bin, und dieses Wissen hat jeden meiner Schritte, jeden meiner Atemzüge begleitet.«

Die Hand des Alten lag kalt auf seinem glühenden Gesicht. Er spürte ihr Zittern.

»Jetzt bitte ich Euch, Vater, sagt mir, wer ich bin«, wiederholte er schließlich, während die Schatten des Abends in das kleine Haus drangen.

Erst als die ersten Sterne zur Tür hereinschienen, die offen stehen geblieben war, ließ sich die Stimme des Vaters wieder vernehmen.

»Vor den Großen Regenfällen lebten wir am Rand der Ebenen des Ostens, an der Grenze der Bekannten Welt. Unser Dorf war arm, aber nicht elend. Ich liebte deine Mutter und sie mich. Wir wollten nur noch den Sommermond und die Ernte abwarten und dann würden wir heiraten. Ich konnte schnitzen, besaß sechs Ziegen und war im rechten Alter, um zu heiraten. Dieser Mond brachte aber keinen Sommer, sondern den Beginn der Unendlichen Regenfälle und die Erde überzog sich mit Wasser und Elend. Die Ziegen ertranken, die Kartoffeln verfaulten. Da war nichts mehr, womit man um die Hand einer Frau hätte anhalten können. Wir wagten es, uns zu beklagen, und vielleicht haben uns die Herren der Unterwelt deshalb bestraft. Die Dämonen mögen keine Unzufriedenheit, sie rächen sich für Verwünschungen. Als wir schon glaubten, es sei genug des Elends und das Schicksal sei ungerecht genug zu uns gewesen, kamen die Orks und fielen über uns her. Ich kann dir nicht sagen, woher sie kamen. Es waren die ersten, die wir sahen. Seit den Zeiten Arduins waren die Orks vertrieben, aber damals wurden die Grenzen von Soldaten bewacht und es gab kleine Forts und Warnfeuer. Jetzt hingegen lagen an der Grenze zwischen dem Bekannten und dem Unbekannten nur noch unsere Bohnenfelder und die waren begraben unter ellenhohem Schlamm. Der Hunger trieb die Orks in unsere Gebiete. Sie fanden das, was von unseren Bohnen übrig war, aber sie wollten mehr. Unsere Frauen … siehst du … wir waren nicht imstande …«

Der Alte verstummte. Einen Augenblick lang bedeckte er sein Gesicht mit den Händen. Dann fuhr er fort.

»Wir waren nicht imstande, sie zu schützen«, sagte er. »Das ist schwer zu erklären. Ich weiß, dass wir unser Leben dafür hätten wagen müssen … Es ist nur … siehst du … wir waren nicht darauf gefasst. Sie sind über uns hergefallen wie … wie Wölfe in der Nacht. Bevor wir begriffen, was geschah, war die eine Hälfte von uns tot und die andere wäre es am liebsten gewesen. Ja, so war das. Und dann geschah, was in solchen Fällen immer geschieht. Diejenigen von uns, die noch am Leben waren, rafften sich auf und beschlossen weiterzuleben. Wir haben die Brände gelöscht, die Toten begraben, die Wunden der Verletzten verbunden und beschlossen, in alle Ewigkeit so zu tun, als sei nichts geschehen. Ich habe auch meinen Vater begraben und jedem Lebewesen, das Orkblut in sich trug, ewige Rache geschworen. Die Frauen, die neun Monate später mit den Kindern der Orks niederkommen würden, wollten sie im Teich ertränken, den die Regenfälle unterhalb des Hügels hatten entstehen lassen, und dann wäre alles ausgelöscht. Die Ehre des Dorfes wäre wiederhergestellt. Aber sie wollte nicht. Deine Mutter, meine ich. Sie sagte, du seiest ein Kind. Ein Kind, und basta. Kinder weinen alle auf die gleiche Weise. Sie sagte, Menschen morden keine Kinder. Niemals. Sonst wäre man ja ein Ork. Und da wurde sie verjagt. Und ich, der ich jedem Lebewesen, das Orkblut in sich trägt, ewige Rache geschworen hatte, ich habe begriffen, dass ich fern von ihr… von dir… dass mein Leben nichts mehr wert sein würde. Ich habe sie gebeten, ihr Mann werden zu dürfen, um dir ein Vater zu sein. Sie wollte nicht, weil ihr Gesicht gebrandmarkt war und ihr Leib vergewaltigt, und ich habe zu ihr gesagt… ich sagte zu ihr… Weißt du, das war eine schwierige Rede, ich hatte mir das alles zurechtgelegt, ich habe zu ihr gesagt, dass ich gern reich, stark und schön, dass ich gern ein König wäre, um ihr ein Reich zu Füßen legen zu können, wenigstens ein Dieb wäre ich gern gewesen, sodass ich etwas zum Essen hätte für euch, aber ich war nichts und ein Niemand, der sich in einem Land voller Schlamm mühsam dahinschleppte. Ich habe zu ihr gesagt, dass die Nächte gemeinsam weniger kalt sind, während die Welt uns zermalmen würde, wenn wir allein blieben; und selbst wenn sich keiner die Mühe machte, uns zu töten, würden wir von selbst an unserem Leid ersticken, bevor der neue Tag heraufzog. Wir konnten nichts ausrichten gegen die Orks, nur dies: die Spuren ihrer Missetaten auslöschen, indem wir ihnen zum Trotz am Leben blieben.

Ich wollte, dass sie meine Gemahlin wird, um sie zu lieben über alles. Ihr Gesicht würde wieder heil und ihr Leib wieder unversehrt sein, denn das waren sie in meinen Augen und so wären sie es auch in ihren eigenen. Die Orks, die unser Volk vernichtet hatten und in seinen Schoß eingedrungen waren, würden nichts weiter sein als der wirre Traum einer stürmischen Nacht. Das Kind, das auf die Welt käme, würde unser erstgeborener Sohn sein, und die Liebe, die wir ihm schenkten, würde Hass und Zerstörung auf immer verbannen.«

Der alte Mann verstummte. Wieder trat ein langes Schweigen ein. Auch das Feuer im Kamin war erloschen. Rankstrail wagte kaum zu atmen. Wind kam auf und die Tür klapperte. Der Alte schauderte. Der junge Hauptmann stand auf, schloss die Tür, legte dem Vater seinen Mantel um die Schultern und im Dunkeln leuchteten die goldenen Rangabzeichen des Kommandanten; dann fachte er das Feuer wieder an. Die Flammen erleuchteten den Raum und die Schatten verschwanden.

Der Alte sah seinen Sohn an.

»Ich bin glücklich, dass du die Stadt gerettet hast«, sagte er schließlich und wiederholte es gleich noch einmal.

Rankstrail nickte. Er hatte das Gefühl, in die Unterwelt hinabgestiegen und wieder heraufgekommen zu sein. Der giftig nagende Zweifel, welcher ihn seit eh und je plagte und den er immer wieder in einen hinlänglich dunklen Winkel verbannt hatte, wo man so tun konnte, als habe man ihn vergessen, jetzt brauchte er ihn nicht länger zu verscheuchen. Jetzt stand die Wahrheit vor ihm wie ein lang gesuchtes, lang gemiedenes und endlich erkanntes Ungeheuer. Er sah seinem Vater in die Augen und das Ungeheuer verschwand für immer, zusammen mit den Gespenstern jener Nacht an der Grenze zur Unbekannten Welt. Er war der erstgeborene Sohn eines Mannes und einer Frau, die einander mehr geliebt hatten als alles andere auf der Welt. Er war der erstgeborene Sohn ihrer Liebe.

Die Unterwelt hatte ihre Pforten wieder geschlossen und würde sie für niemanden mehr öffnen.

Besorgt sah der Alte auf den Verband an seiner Hand.

»Bist du verletzt?«, fragte er.

»Nein, nicht mehr«, antwortete Rankstrail verlegen.

Mit den Fingern strich der alte Mann über den Saum des samtenen Ärmels und deutete auf die goldenen Ehrenzeichen an Rankstrails Uniform.

»Du bist jetzt ein bedeutender Mann«, bemerkte er. »Bist du… bist du auch reich?«, erkundigte er sich schüchtern.

Rankstrail nickte.

»Sicher«, antwortete er. »Sicher«, wiederholte er und hatte Schuldgefühle, weil er noch nicht daran gedacht hatte, den alten Mann aus seinem winzigen Häuschen zu holen. »Morgen suche ich als Erstes ein richtiges Haus für dich, mit sämtlichen Wänden… mit Fenstern, Obstbäumen und… einem Gemüsegarten…«

»Nein, nein, nicht für mich, es ist nicht für mich«, wehrte sich der Alte. »Das hier ist mein Haus, ich will nicht weg von hier. Hier habe ich immer gelebt. Hier ist deine Mutter gestorben. Ihr Grab ist nur ein paar Schritte entfernt, und ich kann hinübergehen und mir ihr reden, sooft ich mich allein fühle. Ich kenne die Nachbarn. Nein, es ist für deine Schwester. Sie wird bald heiraten…«, erklärte er mit besorgter Miene.

Dieser Sprung in die Alltagswirklichkeit heiterte die Stimmung des jungen Hauptmanns auf.

»Hat der Bäckersohn sich nun endlich entschlossen, um sie anzuhalten? Wir können seiner Mutter, dieser bösen Alten, sagen, dass sie so viel Mitgift bekommt, wie sie nur will.«

»Nein, es ist nicht der Bäckersohn, es ist der Prinz von den Bogenschützen, der um ihre Hand angehalten hat.«

»Prinz Erik, der Kommandant der Bogenschützen? Der Spross des bedeutendsten Geschlechts der Stadt?«

»Eben der. Er will deine Schwester zur Frau, und er hat gesagt, die Mitgift ist ihm gleichgültig, er will nichts davon hören. Er sagt, ihr Bogen und ihr Mut sind schon eine… wie hat er sich ausgedrückt… sind schon Mitgift genug. Sie waren immer zusammen, weißt du, gemeinsam haben sie die Verteidigung der Stadt organisiert. Deine Schwester hat allen Frauen von Varil das Bogenschießen beigebracht, auch den großen Damen, auch den Wäscherinnen. Du hättest sie sehen sollen… Er hat gesagt, die Ehre, ein Mädchen wie Fiamma heiraten zu dürfen, das deine Schwester ist, bedeutet mehr als…«

Rankstrail brach in Gelächter aus, es war ein langes, befreiendes Gelächter, das die Wände des kleinen Hauses erschütterte.

»Jetzt, wo wir sie hätten, die Mitgift, da will sie keiner mehr haben!«

Der Alte lachte nicht, er war nach wie vor bekümmert.

»Auch wenn er nichts will, müssen wir doch etwas beisteuern. Sie braucht ein Brautkleid. Ein prächtiges Kleid. Er ist ein Prinz… Ihr Brautkleid, weißt du, das von deiner Mutter, hat sie angezogen, um in den Krieg zu ziehen. Vielleicht hat das auch etwas Gutes. Weißt du, sie hatte es an, als sie sich zum ersten Mal begegneten. Sie war so schön… Sie hatte sich das Brautkleid angezogen, um in den Tod zu gehen. Aber jetzt ist das Kleid voller Schlamm und Blut, und auch wenn wir es reinigen könnten, so kann sie doch nicht…«

Rankstrail beruhigte ihn. Nachdem er dem Vater beim Zubettgehen geholfen hatte, blieb er noch ein Weilchen bei ihm sitzen.

Vor dem Einschlafen flüsterte der Alte noch: »Ich bin wirklich glücklich, dass du die Stadt gerettet hast.«

Wieder kniete Rankstrail vor ihm nieder und küsste ihm die Hand.

Als der Alte eingeschlafen war, ging Rankstrail aus dem Haus.

Er musste die ganze Stadt durchqueren, um zu der Treppe zu gelangen, die zu den Türmen und den Wehrgängen am innersten der drei Mauerringe des Stadt hinaufführte, von wo aus man den ganzen Horizont überblickte.

Die Fackeln waren angezündet.

Sein Mantel war auf den Schultern des Vaters zurückgeblieben, seine goldenen Ehrenzeichen leuchteten im Dunkeln. Die Leute, denen er begegnete, erkannten ihn und verneigten sich, wenn er vorüberkam. Manch einer beugte das Knie.

Rankstrail kam zu den östlichen Bastionen und stieg hinauf. Die Wachsoldaten salutierten. Vor seinen Augen dehnte sich die Ebene bis zu den Dunklen Bergen. An den Krieg erinnerten am Horizont noch die Lagerfeuer der Orks und die Reihe von Lanzen mit den Köpfen der Feinde darauf.

»Das schreckt sie«, versuchte der Führer der Soldaten, der zu seinem Empfang herbeigeeilt war, eine Erklärung. »Die Orks, meine ich. In einer alten Chronik haben wir gelesen, Geköpftwerden macht ihnen Angst, weil sie glauben, sie müssen dann auch im Reich des Todes ohne Kopf sein. Das ist das Einzige, was sie schreckt.«

Rankstrail entließ ihn und sah lang auf die Feuer der Orklager in der Ferne und auf die Piken unter ihm, dann ließ er die beiden Statthalter rufen.

Er kündigte an, dass sie am nächsten Tag angreifen würden, um die Reisfelder zu befreien, und bat, die Waffen zu überprüfen und eine ausreichende Zahl Pfeile verteilen zu lassen. Er befahl, alle stählernen Harnische durch die Plattenpanzer der Leichten Kavallerie ersetzen zu lassen, weil sie größere Beweglichkeit erlaubten, in der Sonne nicht glänzten und dadurch die Pfeile nicht auf sich zogen. Er befahl, die Köpfe der Orks, die am Eingang der Stadt noch auf Lanzen steckten, zu entfernen, die Leichen so gut wie möglich zusammenzusetzen und zu bestatten. Er gab den Befehl, verletzte oder gefangene Orks nicht zu töten, sondern als Gefangene zu nehmen, und schließlich befahl er, die unterirdischen Verliese, die zwischen den Brunnen im Inneren Bezirk der Stadt lagen, wieder zu öffnen und dafür zu sorgen, dass dort reichlich frisches Wasser und Verbandsmaterial für die Verwundeten vorhanden waren.

Ein Schweigen trat ein, so kalt und scharf wie eine Schwertklinge.

Der jüngere der beiden Statthalter, ein hochgewachsener Mann mit dichtem braunem Bart, sah ihn aus stahlblauen Augen an, die vor Enttäuschung und Groll funkelten.

»Die Orks haben meine gesamte Familie ausgelöscht, Herr«, sagte er schließlich. »Einer meiner Söhne irrt nun durch das Reich des Todes, in das er vor mir eingegangen ist, dabei war er noch ein Kind. Die Orks haben mein Haus niedergebrannt. Jedes Mal wenn ich die Augen schließe, höre ich die Schreie, die damals erklangen, und ich weiß, kein Mensch kann lang genug leben, um sie je zu vergessen.«

Rankstrail sah den Mann lang an, bevor er antwortete. Es war, als suchte er nach Worten. Endlich hatte er sie gefunden.

»Es gibt, glaube ich, keinen schlimmeren Schmerz auf Erden als den eines Vaters oder einer Mutter, wenn sie sehen müssen, wie ihr Kind ihnen ins Grab vorangeht. Ich habe selbst gesehen, was die Orks meinen Leuten zugefügt haben, meiner Familie; erlaubt mir daher, ich bitte Euch, wie ein Bruder zu Euch zu sprechen.« Der Hauptmann hielt inne, holte Luft, dann sprach er weiter. »Dein Schmerz ist mein Schmerz«, sagte er zu dem Mann. »Wenn im Tausch für mein Leben dein Kind wieder lebendig würde, ich gäbe es hin. Wenn im Tausch für meine Hand dein Schmerz gelindert würde, ich ließe sie mir abhacken, ich schwöre es dir. Dein Kind ist nicht allein im Reich der Toten, denn alle Vorfahren, die uns vorausgegangen sind, haben es dort in Empfang genommen und getröstet, und sobald wir selbst auf die andere Seite des Windes hinübergehen, sehen wir, wie es uns entgegengelaufen kommt auf den unendlichen Wiesen und unter grenzenlosen Himmeln, wo die Sterne auch bei Sonnenschein leuchten. Ich werde Anweisung geben, dass zum Jahrestag seines Todes Fackeln und Blumen den Ort schmücken sollen, an dem es sein Leben verlieren musste. Nun gebe ich Befehl, für gefallene Orks ordentliche Gruben auszuheben und für die, die wir gefangen nehmen, Orte herzurichten, wo sie überleben können und sauberes Wasser haben.«

»Herr«, sagte der ältere der beiden Statthalter, ein etwas gebückter Mann mit grauweißem Bart, »das sind Orks.«

»Wir aber nicht«, entgegnete Rankstrail.

KAPITEL 28

Rankstrail setzte sich auf die Brüstung des Festungswalls. Der Jasmin blühte und erfüllte die Luft der Spätsommernacht mit seinem herbsüßen, schweren Duft. In der Ferne über Daligar hingen dicke Wolken und bald würde der Regen die Hitze vertreiben, über Varil aber war der Himmel noch klar.

Am nächsten Tag würde er den Angriff eröffnen und die Ebene von Varil endgültig für das Volk der Menschen zurückerobern.

Er hätte nicht schlafen können und versuchte es auch gar nicht.

Der Schmerz seines Statthalters und die Erzählung seines Vaters geisterten ihm durch den Kopf wie ein Schwarm aufgescheuchter Krähen.

Er wusste, dass er zum König gewählt werden würde. Die Art, wie alle ihn grüßten, ließ da keinen Zweifel. Er würde wahrscheinlich als Rankstrail der Einsame in die Geschichte eingehen. Er sah nicht, woher er den Mut nehmen sollte, sein Blut weiterzugeben und eine Familie zu gründen. Die Unterwelt hatte sich hinter ihm geschlossen und würde sich nicht mehr auftun. Er würde allein leben und allein würde er sterben. Er würde seine Pflicht tun bis zuletzt, damit sich niemand je für ihn schämen musste. Er würde keine Nachkommen haben. Er würde für die Stadt ein gerechter und einsamer König gewesen sein. Das betrachtete er als seine Ehre.

Er dachte an das Brautkleid, das seine Mutter bestickt hatte, um es dann niemals zu tragen.

Er erinnerte sich daran, wie seine Mutter ihn auf dem Totenbett hatte rufen lassen, um ihm zu sagen, sie sei stolz darauf, ihn zum Sohn zu haben.

Rankstrail hatte sich gefragt, warum. Alles, was er verstanden hatte zu tun, war gewesen: dasein, atmen, auf die kleine Schwester aufpassen, bei der Wäsche helfen oder sie selbst erledigen, Holz hacken, Wasser holen, dem Vater helfen und Reiher jagen, damit etwas zum Essen im Haus war.

Als Kind hatte er sich geschworen, die Erwartungen seiner Mutter nicht zu enttäuschen und jemand zu werden, auf den man stolz sein konnte. Dieser Entschluss verfestigte sich nun. Mutter und Vater sollten immer stolz auf ihn sein können.

Wenn er die Ebene befreit hatte, würde er an den Grenzen Wachposten und Warnfeuer aufstellen lassen, sodass die Wölfe nicht mehr nachts über die Dörfer herfallen und die Menschen scheiden konnten in solche, die tot waren, und solche, die es gern gewesen wären. Nie wieder sollte ein Vater ein Kind beweinen wegen der Orks. Seine Aufgabe war es, die Vorherrschaft des Menschenvolks auf der Erde wiederherzustellen, die würde er erfüllen und dann sterben.

Er hatte die Pforten der Unterwelt hinter sich geschlossen und würde sie nicht wieder öffnen. Er würde allein leben und allein würde er sterben.

In der Ferne sah Rankstrail von Daligar her einen größeren Trupp Soldaten herankommen, und er dankte im Stillen der Königin-

Hexe, dass sie sie geschickt hatte. Das waren seine Söldner und das war genau die Truppenstärke, die ihm fehlte, um den Angriff an den Flanken zu unterstützen und den Frontalangriff der Kavallerie zu ermöglichen. Er fragte sich, wer sie befehligte.

Fast stockte ihm der Herzschlag und Übelkeit befiel ihn, als er an der Spitze der Männer Aurora erkannte.

Jeden Augenblick würde man ihm ihre Ankunft melden.

Der kommende Tag würde der Tag der letzten, der entscheidenden Schlacht sein. Wieder würde er denken müssen, dass Auroras Fleisch, Blut und Knochen, ihre Augen, ihre Haut und ihr Haar den Horden der Orks preisgegeben waren.

Er fragte sich, wie und warum es der Herrscherin von Daligar in den Sinn gekommen sein mochte, ihm eine junge Frau zum Kampf in einem Krieg zu schicken, der erst noch entschieden werden musste.

Rankstrail dachte an die Schlacht, die er plante. Vielleicht würde ihm mitten im Schlachtengetümmel jemand melden, dass der Kommandant der Bogenschützen von Daligar gefallen war, von Pfeilen durchbohrt, und Blut verlor, das sich ins Abwasser der Reisfeldern mischte, oder dass ein Schwertstoß sein Herz durchbohrt hätte. Vielleicht würde ihm jemand melden, dass der Kopf des Kommandanten von Daligar vom Rumpf getrennt worden war und auf einer Lanze steckte. Oder man würde ihm melden, dass der junge Anführer mit dem langen blonden Haar, in das Perlen und Silber hineingeflochten waren, inmitten der Orkhorden verschwunden war wie eine Insel, die im Meer versinkt.

Das konnte er nicht dulden.

In seiner Eigenschaft als Kommandant konnte er Aurora keine Befehle erteilen, weil sie einer fremden Streitmacht angehörte. Den Rang des Königs bekleidete er noch nicht, auch wenn er sich nunmehr sicher war, dass man ihn dazu ernennen würde, aber ebenso sicher war, dass die Krönungsfeierlichkeiten Tage, wenn nicht Wochen in Anspruch nehmen würden. Er hatte keinerlei Autorität Aurora gegenüber. Er war weder ihr König noch ihr Kommandant.

Vielleicht würde er ihr als Ehemann befehlen können, etwas anderes zu tun, als die Bogenschützen in die Schlacht zu führen. Bestimmt. Ihr befehlen, etwas anderes zu tun, beispielsweise gemeinsam mit Fiamma sämtliche Frauen von Varil im Bogenschießen zu unterrichten. Einer Stadt, in der alle sich verteidigen, ist das Kriegsglück eher hold. Man wusste ja nie... bei der nächsten Belagerung... gute Bogenschützen konnten immer von Nutzen sein... Da der Krieg seiner Natur nach unvorhersehbar ist, konnte man nie genügend Vorsichtsmaßnahmen treffen und nie genug ausbilden.

Und dann waren da die Verwundeten! Aurora würde die Pflege der Verwundeten organisieren können, aller Verwundeten, sie gemeinsam mit den anderen Frauen; je länger er darüber nachdachte, desto großartiger erschien ihm die Idee.

Nicht nur um Aurora von den Pfeilen der Orks möglichst fernzuhalten, sondern es ging auch um die Verwundeten, alle Verwundeten, dachte er noch.

Alle. Nicht nur ihre eigenen. Auch die... die der Feinde, auch wenn der bloße Gedanke daran verrückt erschien...

Es fand es unglaublich, dass er nicht schon früher auf die Idee gekommen war. Am Anfang erschien sie absurd, aber dann, schon nach kurzer Zeit, war sie nicht mehr wegzudenken.

Er musste sie heiraten.

Die Bitte eines Ehemanns, sich vom Schlachtfeld fernzuhalten und innerhalb der Mauern zu bleiben, würde Aurora nicht ausschlagen können. Das hätte bedeutet, ihren Ehemann bloßzustellen, und das würde sie niemals tun, noch dazu, wenn der Ärmste ein Heer zu befehligen hatte.

Vielleicht würde sie einwilligen. Vielleicht. Er musste seinen Antrag geschickt vorbringen.

Ein Trupp Soldaten hielt am Fuß der Mauern. Im Licht der Fackeln erkannte Rankstrail Auroras Gesicht, und er sah, wie sie die schmale Treppe zum Befestigungswall heraufkam. Er erinnerte sich, dass er ihr erstmals Schwert und Bogen in die Hand gegeben hatte, und er verwünschte sich selbst dafür in allen Tonarten.

Als Aurora die oberste Stufe erreicht hatte, erblickte sie ihn und lächelte. Rankstrail versuchte, sich zu erinnern, wann er sich in sie verliebt hatte. Es musste doch eine Zeit in seinem Leben gegeben haben, da er noch nicht in sie verliebt gewesen war, aber die verlor sich im Dunkeln. Niemals hätte er gewagt, eben weil sie sie war, ihr sein verdorbenes Blut anzutragen, um eine Familie zu gründen, ihr am allerwenigsten. Eben weil sie sie war, hätte er es nicht ertragen, seine Hand, die Hand eines Orks, eine breite, dunkle, quadratische Hand auf ihrer liegen zu sehen …

Er wollte etwas sagen, aber seine Stimme verlor sich in den Erinnerungen an die Nacht. Dann sah er noch einmal auf die Ebene mit den endlosen Orklagern hinaus, und die Angst, Aurora womöglich mitten unter ihnen zu sehen, überwog den Abscheu, sich an ihrer Seite zu denken.

»Wollt Ihr meine Frau werden?«, sagte er barsch. »Jetzt«, ergänzte er.

Ein Blitz aus der Unterwelt hätte ihn treffen sollen! Er hatte einfach »Frau« gesagt und nicht einmal »Gemahlin«. Er hätte sie um die Ehre bitten müssen, seine Gemahlin zu werden. Oder die Ehre, ihn zum Mann zu nehmen? Das heißt zum Gemahl. So in etwa. Auf wessen Seite war denn die Ehre? Auf seiner oder auf Auroras Seite? Wie hieß denn der verfluchte Satz noch gleich? Er hätte sie bitten müssen, ihm die Ehre zu erweisen … Ja, das war's. Auch zu sagen »jetzt« war fatal. So durfte man das nicht sagen.

Unverquicklich? *Ohne Zeit dazwischen*, nein, *ohne Zeit verstreichen* … Er wollte noch einmal von vorn anfangen, aber er kam nicht mehr dazu.

»Ich will es, mein Herr«, antwortete Aurora.

Rankstrail blieb die Luft weg.

»Ihr habt Ja gesagt«, erkundigte er sich verdutzt. »Wirklich? Das heißt also, dass Ihr einverstanden seid?«

»Ja, mein Herr«, bestätigte sie, »genau das will ich sagen.«

»Jetzt bedeutet sofort«, fühlte Rankstrail sich bemüßigt zu erläutern, »ohne zu warten.«

Aurora sah ihn an.

»Ich kenne die Bedeutung des Wortes ›jetzt‹, mein Herr«, erklärte sie. »Ich habe es zusammen mit Euch und Euren Männern gebrüllt, als wir gemeinsam die Attacke ritten. Erinnert Ihr Euch?«

Wieder verfluchte Rankstrail sich selbst. Er musste wenigstens daran denken, »meine Herrin« zu sagen, wenn er mit ihr redete, und sich Mühe geben, weniger blöd zu erscheinen: Wieder hatte er alles vermasselt!

Dann hörte er auf zu fluchen.

Es hatte geklappt.

Sie hatte Ja gesagt.

Der erste Reiher kam ihm in den Sinn, den er noch als Kind erlegt hatte. Bei ihm zu Hause hatte es schon seit zwei Tagen nichts zu essen gegeben und da war er mit seiner Schleuder in die Reisfelder gegangen. Es war Neumond. Er hatte auf gut Glück geschossen und an dem Abend gab es Reiherbraten. Da war Mama noch am Leben.

Er erinnerte sich an Auroras erste Jagd. Sie hatte keine Freude daran gehabt. Ein Kaninchen zu töten, brach ihr das Herz.

Aurora fühlte den Schmerz der Sterbenden wie Yorsh.

Rankstrail informierte sie über die Notwendigkeit, jedem, der einen Bogen in Händen halten konnte, das Bogenschießen beizubringen, damit die Bevölkerung nie wieder in den Belagerungszustand geriet, und die Pflege für die Verwundeten zu organisieren, für alle Verwundeten, und sie willigte so überzeugt ein, dass Rankstrail klar wurde, dass sie das, worum er sie bat, schon längst von sich aus wollte. Hätte er eher an das Erlebnis mit dem Kaninchen gedacht, wäre er von selbst daraufgekommen. Wie für Yorsh war es für Aurora qualvoll, die Rolle des Kriegers zu übernehmen. Nur im äußersten Notfall waren sie imstande zu kämpfen, aber mit blutendem Herzen. Leute wie sie vom Schlachtfeld fernzuhalten, war also nicht schwer.

Er war da anders. Wie Arduin hätte man ihn den Gerechten nennen können, vielleicht auch den Großen. Aber gewiss nicht den Barmherzigen.

Er fühlte den Schmerz derer, die er tötete, nicht.

Vielleicht sollte er das lernen. Vielleicht konnte man das lernen.

Solang man diesen Schmerz nicht spürt, sucht man nicht wirklich nach Mitteln und Wegen, die Zahl der Toten so gering wie möglich zu halten. So lang besteht immer die Gefahr, dass man sich über die Zahl der getöteten Feinde freut oder darum wetteifert, ihre Zahl zu erhöhen, und wenn das geschieht, ist eine Truppe im Begriff, moralisch zu verkommen.

Er war anders als Aurora.

Der Satz hallte in ihm nach.

Er war anders. Das konnte er Aurora nicht verbergen.

»Es gibt Dinge, meine Geburt betreffend, die Ihr wissen solltet«, sagte er barsch.

»Es gibt nichts, Eure Geburt betreffend, was ich wissen müsste oder nicht schon wüsste«, antwortete Aurora gleichmütig. »Eure

Familie ist eine von denen, die durch die Überfälle der Orks von den Grenzen der Bekannten Welt vertrieben wurden, wie mein zweiter Bogenschütze oder der dritte Eurer Hellebardiere. Wie mehr als die Hälfte dieser Armee.«

Rankstrail brauchte sich nicht nach dem zweiten Bogenschützen oder dem dritten Hellebardier umzusehen, auch sie waren Kinder aus den Grenzlanden, wo die Orks gewütet hatten. Sie waren unverkennbar: Enorm breite Schultern, die sie aussehen ließen wie Schränke, und auch im Dunkel würde er ihre Hände erkennen, die genauso waren wie seine eigenen, dunkel und breiter als lang. Unverkennbar.

Auch sie gerettet durch das Erbarmen von Müttern, die ihr Leben eingesetzt hatten, um sie nicht opfern zu müssen.

Sie waren Kinder gewesen, die nicht auf der Welt hätten sein sollen, und das hatte sie gezeichnet, eine finstere Traurigkeit war davon zurückgeblieben, denn im Unterschied zu ihm hatten sie auf ihrem Weg keinen Vater gefunden, der bereit war, Trauben für sie zu pflücken oder ihnen, um sie zu trösten, langweilige Geschichten zu erzählen, die in ihrer Überflüssigkeit pure Zärtlichkeit ausstrahlten.

Zusammen mit ihm und unter seinem Befehl waren sie unbezwingbare Krieger geworden. Zwei von ihnen ruhten jetzt zusammen mit dem letzten Fürsten vom Volk der Zwerge in der Königsgruft von Daligar.

Sie alle gemeinsam hatten den Vormarsch der Orks gestoppt.

Sein Blick wanderte zu Aurora, die gelassen den Horizont betrachtete, dann kehrte er zurück zu seinen Männern, dann wieder zu Aurora.

Aurora wusste schon. Viele wussten es. Viele hatten es schon geahnt. Er ging seine Erinnerung durch. Der Geldverleiher hatte es gewusst, der Seneschall wahrscheinlich auch, die Königin-

Hexe hatte es am Ende mit Sicherheit gewusst, als sie ihm das Schwert gab.

Aurora musste es schon lang geahnt haben. Kein einziges Wort in der langen Rede, die sie an Arduins Thron gehalten hatte, war zufällig gewesen.

In gewisser Weise schlossen sich die Pforten der Unterwelt noch einmal hinter ihm.

Er würde nicht als Rankstrail der Einsame in die Geschichte eingehen.

Aurora sollte stolz sein auf ihn, wie seine Mutter es gewesen war. Auch sie sollte sagen können, es sei eine Ehre, seine Frau zu sein… das heißt seine Gemahlin. Nicht mehr *der Einsame*«, es blieb ihm nichts übrig, er musste ein anderer werden, vielleicht *der Gerechte* wie Arduin.

Oder sollte er den Versuch machen, *der Barmherzige* zu werden?

Vielleicht konnte er, alles zusammengenommen, *Rankstrail der Friedensstifter* werden, derjenige, der die Welt der Menschen von den Orks befreit hatte und die Orks dahin gebracht hatte, ein Volk zu werden, das diesen Namen verdient und eines Landes würdig ist.

Wenn nicht er, wer dann?

Ihr Blut floss in seinen Adern. Auch die Orks waren sein Volk.

Er musste einen Weg finden, sich etwas ausdenken, und während er noch darüber nachgrübelte, bemerkte er, dass er die Lösung bereits in Händen hielt. Er hatte die Gefangenen.

Rankstrail hatte sich bereit erklärt, Gefangene zu machen, weil er es Erbrow versprochen hatte.

Ein einziger Tag, an dem sie Gefangene machten, hatte genügt, damit ihnen die Vorstellung, diese zu töten … wie sagte noch Aurora… nicht mehr praktikabel erschien.

Sie hatten die Gefangenen. Durch Feldarbeit würden sie sich ihre Freilassung verdienen: Man würde sie erst freilassen, wenn sie das Bauernhandwerk erlernt hatten. Er würde Land verteilen und mit den Herden würden sie es machen wie in Kastel Hohe Wacht… Geschenkte Dinge haben keinen Wert, sie werden vergeudet und sind schnell aufgebraucht. Ein System von redlichen Krediten im Verbund mit Steuerfreiheit würde erlauben, den Reichtum ins Unendliche zu steigern. Man musste die Frauen vor den Orks schützen. Völker, bei denen die Frauen keine Achtung genießen und bloß das Mittel sind, durch das ein Krieger einen neuen Krieger erschafft, werden unausweichlich für immer im Schlamm und Blut der Kriege versinken. Völker, die Frauen verachten, bestehen aus Männern, deren Seele in den ersten Lebensjahren gezeichnet wird von der ätzenden Verachtung, die ihre Mütter traf. In Ländern, wo die Frauen Sklavinnen sind, kommt jeder Mann als Sohn einer Sklavin zur Welt, und das raubt ihm für immer die Vorstellung, etwas denken, tun, entdecken, sagen, träumen zu können, was nicht die Väter und Vorväter auch schon geträumt, getan und gesagt haben. Wer als Sohn einer Sklavin geboren wird, bleibt in seiner Seele immer Sklave, ewiger Untertan. Deshalb waren die Orks keine Individuen, sondern Teile eines Heeres, jederzeit und mit Gleichmut bereit, ihr Leben zu opfern.

Ein Leben ohne das Abenteuer des Denkens war eine so dumpfe Sache, dass man es auch wegwerfen konnte, einzig zu dem Zweck, so viele Feinde wie möglich zu töten, gleichgültig, wenn nicht mit Lust.

Zum ersten Mal in seinem Leben verspürte Rankstrail zwischen Magen und Rückenwirbel, unfasslich, undefinierbar, unverwechselbar, ein Gefühl der Angst, wie er es noch nie empfunden hatte.

Er wollte nicht sterben.

Er wollte nicht verletzt werden.

Er wollte nicht, dass sein Blut auf dem Schlachtfeld im Schlamm endete. Er wollte, dass es in seinen Adern blieb, damit er zu Aurora zurückkehren konnte, in sein Haus, wo seine Kinder auf Teppichen in der Farbe des Winds und der Sonne auf allen vieren herumkrabbeln würden. Ihm wurde bewusst, dass der Mut, der ihn auf all seinen Wegen begleitet hatte, viel von der Gleichgültigkeit der Orks hatte. Jetzt waren sein Leben und sein Blut ein Gut geworden: Aurora liebte sie. Er wollte sie nicht mehr verlieren. Ihm wurde bewusst, dass er, wenn er weiterhin in den Kampf ziehen wollte, den schmerzlichen Mut der Menschen erlernen musste voranzugehen, auch wenn die Angst sich in die Eingeweide krallt.

Diplomatisches Geschick und der Reichtum der Erde konnten die Kriege verringern, sie vielleicht sogar in Vergessenheit bringen.

Er war fähig, König zu sein. Der Geldverleiher hatte ihm gezeigt, wie man Geld nutzt, damit die Erde keimt und Früchte bringt, da nur Wohlstand die Grausamkeit der Völker mildert. Er war auch fähig, sich bei Tisch zu benehmen, wenn er mit Botschaftern essen musste. Alles hatte seinen Sinn gehabt.

Rankstrail sah noch einmal Aurora an, dann wandte er den Blick zum Horizont und der Horizont veränderte sich, begann zu strahlen. Vor ihm lag jetzt das zukünftige Land der Orks. Er sah Städte entstehen, Brücken, die sich über Flüsse wölbten und Täler überwanden, dort, wo sich jetzt nur öde Steppe dehnte. Er sah den Mais in regelmäßigen Reihen stehen neben zerrupften Lupinenfeldern, dort, wo jetzt nur finstere Wälder waren. Er sah das Volk der Orks, das seine Lehmhütten und Zelte aus ungegerbtem Leder verließ und Städte aus Stein und Marmor errichtete, wo türkisfarbene und goldene Kuppeln das Licht des Himmels einfingen und riesige Bibliotheken den Stolz des freien Denkens und der Wissenschaft neu begründeten.

Mit Aurora an seiner Seite war alles möglich.

Er nickte.

Er verweilte noch bei der Vision, und als die Stadt, die Bögen und Kuppeln zitternd verloschen wie eine Kerze im Wind, hatte sich das Bild doch schon in sein Gedächtnis eingegraben, als mögliche Landkarte und Ziel.

Rankstrail wandte sich zu Aurora und ein praktisches Problem tauchte vor ihm auf. Wenn er sie vor dem Morgengrauen heiraten wollte, musste man jemanden finden, der die Trauung vollzog.

Ihm wurde klar, dass er keine Idee hatte, wen man darum bitten könnte. Die Bewohner des Äußeren Bezirks wandten sich in solchen Fällen an den Steuereinnehmer, das schiefe Männlein mit dem Aussehen eine Geiers, mit seinem gräulichen, fettigen Haar, der auch dazu bestellt war, Todesfälle, Geburten und Zuzüge zu verzeichnen. Der Steuereinnehmer nahm nicht nur die Eintragungen vor, sondern erhob auch die Gebühren, die bei jedweder Veränderung, einschließlich des Auf-die-Welt-Kommens, der Verheiratung oder des Ablebens im Äußeren Bezirk fällig wurden.

Er, Rankstrail, war der Oberbefehlshaber der Stadt, und Aurora war Angehörige der Aristokratie von Daligar, außerdem Vizekommandant des Heers der verbündeten Stadt. Es war bestimmt nicht der Geier aus dem Äußeren Bezirk, der diese Trauung vollziehen konnte. Im Stillen nahm Rankstrail sich vor, als erste Amtshandlung seiner Regierung das Steuersystem überprüfen zu lassen, und fragte sich noch einmal, an wen er sich wenden sollte, um sich trauen zu lassen.

Er wusste fast gar nichts über das Leben im Inneren Bezirk. Er war nur zweimal in seinem Leben dort gewesen.

Auch fragte er sich, wo er jetzt, da er Oberbefehlshaber der

Stadt war, wohl wohnen würde. Auroras Stimme riss ihn aus seinen Gedanken.

»Mein Herr«, fragte sie, »möchtet Ihr, dass ich den Bürgermeister holen gehe, damit er die Trauung vollzieht? Ich kenne ihn seit meiner Kindheit und Ihr braucht Euch nicht von Euren strategischen Überlegungen ablenken zu lassen.«

Einen Augenblick lang herrschte Schweigen.

»Ja, gewiss«, antwortete Rankstrail, seine Erleichterung hinter Gleichgültigkeit verbergend.

»Soll ich ihn bitten, das Kommandantenpalais aufzuschließen? Es ist, glaube ich, geschlossen geblieben, seit Sire Erktor von den Orks gehenkt wurde.«

»Ja, gewiss«, bestätigte Rankstrail gleichmütig.

Es gab also ein Kommandantenpalais! Er hatte etwas, wohin er Aurora bringen konnte! Wenn er jetzt sogar eine Wohnung hatte, konnte er auch schon Mobiliar hinbringen lassen, die Teppiche in der Farbe des Windes und der Sonne aus der Karawanenstadt Donadio.

Aurora hatte sich schon zum Gehen gewandt, als Rankstrail sich endlich daran erinnerte zu sagen: »Meine Herrin.«

Sie blieb stehen, drehte sich um, verneigte sich leicht und lächelte. Sie wandte sich wieder um und begann, die Treppe hinabzusteigen, aber durch eine ungeschickte Bewegung verlor sie einen Augenblick lang das Gleichgewicht. Rankstrail eilte herbei, konnte sie am Arm fassen und verhindern, dass sie stürzte. Dabei verfing sich aber ein Haken seiner Kette aus massivem Gold, Abzeichen des Kommandanten der Stadt, in dem Netz aus Silber und winzigen Perlen, das Auroras Haar in vielen fein geflochtenen Windungen zusammenhielt. Das Netz zerriss, die Zöpfe lösten sich und fielen herab in einer seidigen goldenen Flut, die sich weich senkte wie ein Reiher im Flug. Auch im schwachen Mondlicht, vermischt mit dem der Fackeln, sah Rankstrail, dass Aurora errötete. Lang blieb er reglos stehen, er wagte nicht, sich zu rühren, oder vielleicht wollte er es nicht, und auch Aurora machte keine Anstalten, sich zu bewegen. Mit einer unendlich vorsichtigen Geste wagte er endlich, ihr die Haare aus dem Gesicht zu streichen.

Während er das tat, sah er seine dunklen Hände auf Auroras hellem Haar, und diesmal spürte er nicht den Impuls, sie wegzunehmen. Diese Hände gehörten ihm und nicht dem, der ihn gezeugt hatte.

Er konnte sie ohne Scham auf dem Haar der Frau ruhen lassen, die er mit einem schier unbeschreiblichen Gefühl liebte und die ihn in vollkommener Freiheit angenommen und gewählt hatte.

Er fragte Aurora, ob alles in Ordnung sei, und sie nickte. Sie sahen sich an, dann sagte Aurora leise: »Auch in meinem Schatten wohnen Dämonen.«

Das war ohne Teilnahme gesagt, aber Rankstrail spürte den Schmerz, der wie ein Meer von Schlamm die Welt erfüllte.

Er erinnerte sich an die eigenartigen Gewissensbisse, die er an jenem Spätsommertag empfunden hatte, als er Aurora bei Sonnenuntergang in ihrem Garten voller Blumen und silberner Schaukeln zurückgelassen hatte, es war gewesen, als hätte er einen Waffenkameraden schutzlos den Orks ausgeliefert.

»Ihr habt mir nie erzählt, wie Eure Mutter gestorben ist«, sagte er.

»Sie hat versucht zu fliehen und mich mitgenommen. Sie ist enthauptet worden«, sagte Aurora mit tonloser Stimme.

»Es war Euer Vater, der die Hinrichtung angeordnet hat?«, fragte Rankstrail. Er wollte sicher sein, dass er richtig verstanden hatte.

Aurora nickte.

»Ihr habt es mit angesehen? Die Hinrichtung, meine ich?«, fragte er noch flüsternd.

Aurora nickte wieder.

Rankstrail spürte die Mischung aus Schmerz und Scham, wie nur die Kinder gemeiner, niederträchtiger Eltern sie kennen. Seine Zweifel, denn er hatte noch welche, schwanden, lösten sich auf für immer.

Er überlegte, dass jeder für seine eigenen Entscheidungen verantwortlich ist, nicht für die seines Erzeugers.

Er schloss Aurora in die Arme und drückte sie mit ganzer Kraft an sich, es war, als ob zwei, die Wüsten durchquert hatten, sich endlich finden würden. Wieder fühlte er das Zittern, wie wenn man einen Spatz in der Hand hält, dann beruhigte sich alles. Aurora legte den Kopf an seine Schulter und begann zu weinen.

Das war die Stelle, wo sich die alten Striemen von den Peitschenhieben mit denen kreuzten, die der Henker jüngst hinzugefügt hatte.

Lisentrail hatte ihm gesagt, dass, wenn eine Frau die Narben eines Mannes berührt, sie nicht länger wehtun. Das stimmte. Es ist die Gegenwart, die der Vergangenheit die Farbe gibt. Jetzt, da er unter seiner Jacke die Wärme und das Gewicht von Auroras Gesicht spürte, löste sich der Schmerz der Vergangenheit in nichts auf. In gewisser Weise war er dazu gut gewesen, das Morgen und das Heute vorzubereiten. Das Morgen wie das Heute wogen den Schmerz auf bis zum letzten Gramm.

Der junge Hauptmann schloss die Augen. Zum ersten Mal nach langer Zeit kehrte da der Traum von einem kleinen Wesen wieder, das man im Arm halten konnte. Jemand, dem man beibrachte, wie man geht und spricht, jemand, der ihn Vater nennen würde. Diesen Traum hatte er als Kind geträumt, bevor der bösartige Wurm des Zweifels an ihm zu nagen begonnen hatte, dann hatte er ihn aufgegeben, an einem dunklen Ort fest verschlossen. Aus Angst davor, in den eigenen Kindern dem Ungeheuer begegnen zu müssen, das ihn gezeugt hatte. Jetzt kehrte der Traum wieder. Seine Kinder würden als Menschenkinder auf die Welt kommen und nur sich selbst gleichen.

Rankstrail wurde sich bewusst, dass er für die Kinder, die er haben würde, schon Spielzeug besaß. Er dachte, dass es das Paradies gab und er es erreicht hatte. Es lag in Auroras Atem an seiner Schulter. Er konnte ihren Duft spüren, während seine Hände auf ihrem warmen blonden Haar lagen. Er dachte an die Tage und Nächte, die einander ablösen würden in der kostbaren Gegenwart Auroras. Die Kinder, die sie in ihrem Schoß getragen hatte, würden ihn Vater nennen. Aurora teilte mit ihm die Furcht der Kinder unwürdiger Eltern, in den eigenen Kindern die monströsen Züge ihrer Erzeuger wiederentdecken zu müssen. Er und Aurora würden lernen, sich selbst zu lieben, indem sie sich im Blick des anderen erkannten.

Rankstrail fragte sich, ob es stimmte, was Lisenstrail behauptet hatte, dass die Kinder von Königen gezwungen waren, allein zu schlafen, in Zimmern, wo nur sie waren.

Lisentrail hatte nämlich eines Tages zu ihm gesagt: »He, Hauptmann, hast du gewusst, dass die Kinder von Königen allein in einem dunklen Zimmer schlafen müssen, ohne wen, der ihnen eine Geschichte erzählt oder ihnen etwas vorsingt? Davon bekommen sie einen miesen Charakter, und wenn sie erwachsen sind, liefern sie die Leute dann dem Henker aus.«

Ranstrail hoffte, dass man es nicht als zu unschicklich betrachten würde, dass er die seinen in der Nähe haben wollte, sodass er ihnen in stürmischen Nächten das Märchen vom Wolf und von der Ziege erzählen konnte, damit sie keine Angst hatten, und diesmal würde er die Geschichte auf die übliche Weise enden lassen, mit

Wolf und Ziege, die einträchtig den Morgen erlebten. Auch wenn die Menschen niemals die Grausamkeit ablegen, die die Götter ihnen verliehen haben, damit sie sich ernähren können, so ist doch auch wahr, dass der Traum davon, dass Wolf und Ziege friedlich beieinanderliegen, geträumt werden muss. Er würde aus seiner Schleuder wieder eine Flöte machen, damit ihre Töne die Worte der Erzählung untermalen und die Pausen ausfüllen konnten.

Wie es selbst im königlichen Marstall vorkommt, wo zwischen den Hufen der edelsten Rösser Mäuse umherhuschen, gingen ihm sogar in diesem Augenblick kleinliche und irgendwie banale Gedanken durch den Kopf.

Er fragte sich, ob es stimmte, dass es im Inneren Bezirk jeden Tag frisches Brot gab. Er fragte sich auch, ob sie die Zwiebelsuppe schön dick machten und ob man ihm jetzt, da er oberster Kommandant war, auch zwei Näpfe voll geben würde.

Rankstrail hatte seine Hand auf Auroras Nacken liegen und fühlte ihr seidenweiches Haar unter seiner rauen Handfläche. Zum zweiten Mal in seinem Leben, seitdem er als Kind hinter dem Sarg seiner Mutter gegangen war, traten ihm Tränen in die Augen. Yorsh hatte geweint, als er sein verzweifeltes Töchterchen im Arm hielt. Rankstrail schämte sich in Grund und Boden für diese Tränen und zugleich schämte er sich überhaupt nicht. Er ließ zu, dass Aurora sie bemerkte, die er weiter an sich gedrückt hielt, vor den Blicken der anderen geschützt durch die Brüstung der schmalen Treppe.

Nichts auf der Welt stand für ihn so unumstößlich fest wie dies: Sie waren füreinander da, gehörten einander an, zwei, die das Schattenreich durchquert und sich endlich gefunden hatten. Und sie beide – wer, wenn nicht sie? – würden der Welt das Licht bringen, das ihr fehlte. Auroras Weinen war still, rein und befreiend, es hielt lang an und ließ allmählich nach.

Rankstrail dachte, dass sie beide zusammen es schaffen würden, eine Welt zu errichten, in der sich niemand mehr für das Blut schämen musste, das in seinen Adern floss. Das Schlimme war dieser Ork-Anteil: das Ungeliebtsein als Kind, das für sich selbst Nichtssein, dieses Existieren nur als Teil eines Heeres. Sie würden aus den Orks ein Volk machen, das Größe und Würde zu erkennen und zu achten wusste und wo jeder stolz sein konnte auf sein Sosein.

Das Volk der Orks konnte seine finsteren und grausamen Gottheiten vergessen, die es in dem Glauben gelassen hatten, ihre einzige Fähigkeit und Größe läge in den Waffen. Sie würden wiederentdecken, dass ihnen nichts verschlossen war. Nach ihm würde sich niemand mehr für sein Blut schämen müssen. Er würde der Letzte sein. Nach ihm würde es keine Orks mehr geben.

Die Orks waren auch sein Volk. Ob er wollte oder nicht, er trug auch ihr Blut in sich. Er war dafür verantwortlich. Er musste die Macht der Waffen und die der Diplomatie gleichzeitig nutzen. Er musste der mächtigste der Orks werden, um den Teufelskreis von Barbarei und Grausamkeit zu durchbrechen, in dem sie seit Jahrhunderten gefangen waren, und ihrer einstigen Größe eine strahlende Zukunft eröffnen.

Aurora hatte aufgehört zu weinen.

Offensichtlich suchte sie etwas, um sich zu schnäuzen und sich die Tränen aus dem Gesicht zu wischen. Rankstrail gab es ihr, und beide mussten kurz lachen, als Aurora den Leinenschal wiedererkannte, mit dem sie ihn seinerzeit verbunden hatte. Er war nicht mehr sonderlich weiß, erfüllte aber seinen Zweck. Aurora hielt ihn vors Gesicht, trocknete sich Wangen und Augen, putzte sich die Nase, und endlich lächelte sie.

»Wir«, sagte Rankstrail und verstummte sofort wieder. Er wollte sagen: »Wir, Ihr und ich, werden für Gerechtigkeit sorgen«, doch ihm wurde klar, dass, so grausam ein Vater auch gewesen sein mag, es nicht an seinen Kindern ist, für Gerechtigkeit zu sorgen, sondern dass das die Aufgabe von anderen ist. Er korrigierte sich also: »Wir, die Königin-Hexe und ich werden für Gerechtigkeit sorgen. Für alle.«

Sie würden für Gerechtigkeit sorgen.

Alyil, die unzugängliche Falkenstadt, musste mit Sicherheit einen Zugang haben, und man durfte sie nicht allein lassen mit einem Verrückten, umgeben von fünfzehn Henkern.

Rankstrail beugte sich hinunter und küsste Aurora auf die Wange, dann küsste er ihr die Hand und schließlich streifte er ihre Lippen mit den seinen. Endlich ließ er sie gehen.

Die Nachricht von der Hochzeit verbreitete sich in Windeseile und löste bei den Soldaten große Freude aus. Die Vorstellung, dass der junge Kommandant ihrer Stadt und ihrer Armee die Kriegerin aus Daligar heiraten sollte, die den Mut eines Löwen besaß und schön war wie der Frühlingshimmel, entfachte ihre Begeisterung.

Von allen guten Vorzeichen war das bestimmt das allerbeste und froheste. Außerdem war es die Hochzeit mit einer der höchstgeborenen Damen der Aristokratie von Daligar, mit der Prinzessin der Grafschaft, und das gab dem jungen Kommandanten noch mehr Ansehen und Macht; er selbst gehörte nicht der Aristokratie an, würde sie aber befehligen.

Hauptmann Rankstrail blieb die ganze Nacht hindurch auf den Festungswällen. Er beobachtete das Wandern der Lagerfeuer längs der Kanäle. Schließlich wurde ihm klar, dass die ständigen Verlegungen der Lagerfeuer sie in eine Falle locken sollten. Er ließ die Offiziere der Kavallerie rufen, um ihnen Änderungen im Angriffsplan mitzuteilen. Viel weiter im Osten, als ursprünglich geplant, und am Nachmittag, nicht am Morgen. Das würde den reglos im Schilf versteckten Orks Zeit lassen zu fühlen, wie sich ihre Helme in der Sonne erhitzten, und den Läusen unter den glühenden Kettenhemden, sie bei lebendigem Leib zu fressen.

Der ältere der beiden Statthalter von Varil betrachtete die Szene von ferne. Seine Augen wanderten von Hauptmann Rankstrail zum zweiten Bogenschützen von Daligar, dann zum dritten Hellebardier, der auf den östlichen Wällen Wachdienst hatte. Er schüttelte den Kopf.

»Niemals hätte ich gedacht, dass ich so etwas noch erleben würde. Die Elfen sind verschwunden und die Ehre des Menschenvolks ist den Söhnen der Orks anvertraut«, sagte er leise.

Auch der jüngere der beiden Statthalter, der ein Kind verloren hatte, betrachtete die Szene. Aurora war eben an Rankstrails Seite zurückgekehrt und das erste Sonnenlicht lag schimmernd auf ihrem sehr hellen Haar. Unterhalb des Walls brachte eine Frau Wasser und Brot für die Hellebardiere, und sie bückte sich, um die verletzte Pfote eines Hündchens anzusehen, das bei ihrer Berührung sofort laut aufjaulte. Die Haube der jungen Frau fiel herunter, und die Sonne streifte ihr Haar, das braun war, darin aber goldene Fäden hatte, die hell schimmerten. Auch im roten Haar eines jungen Bogenschützen leuchteten im Sonnenlicht silberne Fäden auf. Der Bogenschütze lachte zusammen mit anderen, offenbar hatte es eine Wette gegeben, denn plötzlich spannte er seinen Bogen und traf ein Blatt, das im Morgenwind dahinsegelte.

Der junge Statthalter lächelte still.

»Niemals hätte ich gedacht, dass ich so etwas noch erleben würde«, bestätigte er leise, wie für sich selbst. »Die Elfen sind für immer unter uns und sogar die Söhne der Orks kämpfen für die Ehre des Menschenvolks.«

EPILOG

Kurz nach Sonnenaufgang, im goldenen Licht des frühen Morgens fand die Vermählung des Obersten Befehlshabers von Varil statt und gleichzeitig die seiner Schwester mit Prinz Erik, dem Sohn des Erktor und Spross der ältesten Adelsfamilie der Stadt. Die beiden Bräute waren einfach als Bogenschützen gekleidet, auch wenn sämtliche Frauen der Stadt sich eiligst erboten hatten, ihre prächtigsten Schals und die kostbarsten Kleider zur Verfügung zu stellen. Wieder einmal musste Hauptmann Rankstrail, den viele mittlerweile mit Sire anredeten, denken, wie absurd das Geschick doch sein konnte. Jetzt, da er Geld hatte, wurde es nicht mehr gebraucht, nicht einmal für ein Brautkleid. Die Einwohner sämtlicher Bezirke der Stadt, die Angehörigen sämtlicher Waffengattungen nahmen an dem Fest teil. Die Hersteller von Marzipan und Sesamkringeln mit Honig überschütteten das Volk mit allem, was sie hatten, und auch sie wiesen jede Bezahlung als Beleidigung zurück. Die letzten, knappen Weinvorräte, die die Belagerung überstanden hatten, wurden ausgeschenkt.

Bevor der Angriff begann, verdichteten sich die Gerüchte und wurden immer hartnäckiger, dass die Orks scharenweise desertierten und sich ergeben wollten. Es hatte sich herumgesprochen, dass zum ersten Mal in der Geschichte die Gefangenen nicht getötet werden sollten, sondern verschont und ernährt würden. Seit jeher beschränkt auf die Alternative zwischen den drakonischen Strafen für Desertion und dem Tod bei der Gefangennahme, hatten die Orks auf den Schlachtfeldern ausgeharrt, auch wenn jede Hoffung und auch der Krieg selbst längst verloren waren. Jetzt, da sie wussten, dass sie besiegt waren, ergaben sie sich zum ersten Mal und zogen eine Gefangenschaft in Ehren der Grausamkeit ihrer Kommandanten vor.

Hauptmann Rankstrail beschloss, den Angriff um einen Tag aufzuschieben, und am Ende war es nur noch eine Zurschaustellung der Truppe gegenüber einem in Auflösung begriffenen Heer. Die Armee von Varil eroberte die Ebene bis zu den Grenzen der Bekannten Welt zurück, ohne einen einzigen Mann zu verlieren und ohne dem Feind Verluste zuzufügen.

© privat

Silvana De Mari arbeitete als Ärztin in Italien und Afrika, bevor sie sich zur Psychotherapeutin ausbilden ließ. Mit ihrer Familie und einem riesigen Hund lebt sie nahe Turin.

Bei cbj bereits erschienen:
Der letzte Elf (Band 1)